廣州話普通話詞典

劉扳盛 編著

商務印書館

廣州話普通話詞典

編　　著：劉扳盛
責任編輯：謝江艷
封面設計：張　毅
出　　版：商務印書館（香港）有限公司
香港筲箕灣耀興道 3 號東滙廣場 8 樓
http://www.commercialpress.com.hk
發　　行：香港聯合書刊物流有限公司
香港新界大埔汀麗路 36 號中華商務印刷大廈 3 字樓
印　　刷：美雅印刷製本有限公司
九龍觀塘榮業街 6 號海濱工業大廈 4 樓 A
版　　次：2019 年 10 月第 6 次印刷

ISBN 978 962 07 0210 5
Printed in Hong Kong

目　錄

凡 例

1. 本字典共收單字約二千三百多個，詞語約八千條。
2. 本詞典按粵語音序（廣州話拼音方案）排列；同音多調的按調號1–6依次排列；同音同調的按普通話讀音相同的集中排列。
3. 本詞典採用粵語廣州話拼音、粵語國際音標和普通話漢語拼音三種注音方式，僅具粵語義或方言義的字頭和詞目不標注普通話漢語拼音。
4. 字頭採用繁體字正楷標準字款大字排印，字頭後圓括號中收錄該字的簡化字。字頭和詞條中，有音無字的則用“□”表示，如“撈□（lao^4sao^4）”。
5. 本詞典正文按廣州話拼音音節為先後順序排列 。
6. 字頭義項分通用義、粵語義和方言義三大部分，分別用㊣通、㊣粵或㊣方符號表示。多義項的用阿拉伯數字❶、❷、❸……區分。通用義義項以舉通用詞例為主，適當加普通話例句，粵語義和方言義義項則舉粵語例詞或例句。粵語例詞、例句後的括號內是相對應的普通話的例詞和例句。
7. 粵音不同而意義有別的均另出字頭；粵音不同意義相同的則在常用音讀後加斜槓加音讀；粵音相同，而普通話讀音不同的，用（一）、（二）……拆分音讀和義項；常用的口語變音，如銀 $ngen^2$、錢 qin^2 等亦另起字頭，並以列舉詞例或加註説明的方式明確使用範圍。
8. 粵音讀音相同、字義相同而字形有別的，以常見的為主，罕見的為異，異體字不另起字頭而是以“又作……”的形式註於正字之後，同義詞以“也説……”或“也作……”的形式註於正詞之後。
9. 字頭相同粵音不同的均在該字詞目（沒有例詞的在其粵語解釋）後附註“另見……”字樣，以備查驗。
10. 詞目相同，粵音不同的，用〈一〉、〈二〉……拆分音讀和義項。
11. 本詞典設廣州話拼音音節索引、字頭總筆畫索引、有音無漢字的字頭索引三表，字頭總筆畫索引筆畫相同的按橫、豎、撇、點、折的起筆順序排列。

廣州話拼音音節索引

字頭總筆畫索引

七 畫

八 畫

九畫

十二畫

十三畫

十四畫

十五畫

十六畫

十七畫

十八畫

十九畫

二十畫

二十一畫

二十二畫

二十三畫

二十四畫

二十五畫以上

有音無漢字的字頭索引

A

a

吖 a^{1} (a^{1}) (粵) 語助詞。❶ 表示同意或認可 ♦ 啱吖，佢講得有道理（對呀，他說得有道理）。❷ 表示責備或埋怨 ♦ 點解你要咁做吖（為甚麼你要這樣做呢）？❸ 表示申辯或追問 ♦ 我問你，點解你要同佢離婚吖（我問你，你為甚麼要跟他離婚呢）？

【吖嗎】a^{1}ma^{3} (粵) 語助詞。相當於“吧”♦ 冇錯吖嗎（沒錯吧）？/ 近排冇乜安排吖嗎（最近沒有甚麼安排吧）？

【吖嗱】a^{1}na^{6} (粵) 語助詞。表示建議或警告 ♦ 不如去公園逛吓吖嗱（不如上公園逛逛怎麼樣）？

☞ 另見 2 頁 a^{3}。

阿 a^{3} (a^{3}) [ā] (通) 用在排行、稱呼等的前面作詞頭 ♦ 阿妹 / 阿姨 / 阿仔。(粵) 有時候也作“亞”。詞頭。❶ 稱呼親屬 ♦ 阿爹 / 阿爸。❷ 稱呼他人，同輩附其姓，晚輩附其名 ♦ 阿陳（老陳）/ 阿李（老李）/ 阿貴 / 阿梅。❸ 稱呼從事某種職業或有某種身份的人 ♦ 阿 sir（警察）/ 阿頭（上司）。❹ 稱呼生理上或心理上有某種特點的人 ♦ 阿跛（跛子）/ 阿奀（瘦猴兒）。

【阿伯】a^{3}bag^{3} (粵) ❶ 伯伯；伯父。❷ 大爺（泛稱老年男子）。

【阿燦】a^{3}can^{3} (粵) 原為香港一電視劇的劇中人物，借指剛從內地到香港的移民。含貶義。

【阿福】a^{3}fug^{1} (粵) 指傻頭傻腦的人。含貶義。

【阿公】a^{3}gung^{1} (粵) ❶ 外公；姥爺；外祖父（有些地方指祖父）。❷ 老大爺（尊稱老年男子）。❸ 公家的；共有的。

【阿嬤】a^{3}ma^{4} (粵) 奶奶；祖母。也叫“嬤嬤”ma^{4}ma^{4}。

【阿婆】a^{3}po^{4} (粵) ❶ 外婆；姥姥；外祖母。❷ 大娘；大媽（尊稱老年婦女）。

【阿嬸】a^{3}sem^{2} (粵) ❶ 嬸嬸；嬸母。❷ 大嬸（泛稱年長婦女）。

【阿 sir】a^{3}sê^{4} (方) 對警察或警官的稱呼。

【阿叔】a^{3}sug^{1} (粵) ❶ 叔叔；叔父。❷ 大叔（泛稱年長男子）。

【阿爺】a^{3}yé^{4} (粵) ❶ 爺爺；祖父。❷ 指國家的；公家的 ♦ 使阿爺嘅錢（花公家的錢）。

【阿姐】a^{3}zé^{1} (粵) ❶ 資深且走紅的影視女星 ♦ 大阿姐 / 阿姐級人馬（走紅的女明星）。❷ 亦可泛指一般成年女性。

【阿崩叫狗】a^{3}beng^{1}giu^{3}geo^{2}（歇）越叫越走 yud^{6}giu^{3}yud^{6}zeo^{2} (粵) 比喻不聽勸告，一意孤行。

【阿福阿壽】a^{3}fug^{1}a^{3}seo^{6} t 張三李四。

【阿吱阿咗】a^{3}ji^{1}a^{3}zo^{1} (粵) 嘮嘮叨叨；連聲抱怨。

【阿蘭賣豬】a^{3}lan^{4}mai^{6}ju^{1}（歇）一千唔賣賣八百 yed^{1}qin^{1}m^{4}mai^{6}mai^{6}bad^{3}bag^{3} (粵) 比喻錯失機會後，被迫降低身價或賤賣物品。

【阿聾送殯】a³lung⁴sung³ben³（歇）唔聽你支死人笛 m⁴téng¹néi⁵ji¹séi²yen⁴dég⁶⁻² [粵] 比喻充耳不聞或不予理會。相當於"老虎推磨——不吃這一套"。

【阿聾燒炮(仗)】a³lung⁴xiu¹pao³(zêng²)（歇）散晒 san²sai³ [粵] 比喻散夥。也比喻事情告吹或關係終止。

【阿貓阿狗】a³mao¹a³geo² [粵] 隨便甚麼人♦阿貓阿狗都得應酬，冇時得閒（隨便甚麼人都得應酬，閒不下來）。

【阿駝行路】a³to⁴⁻²hang⁴lou⁶（歇）舂舂（中中）地 zung¹zung¹déi⁶⁻² [粵] 比喻採取中庸之道，或形容勉強過得去。

【阿蘭嫁亞瑞】a³lan⁴ga³a³sêu⁶（歇）大家累鬥累 dai⁶ga¹lêu⁶deo³lêu⁶ [粵] 比喻彼此結成關係，反而互相牽累。

吖 a³ (a³) [粵] 語助詞。表示一般的肯定或疑問♦係吖，我啱啱先問過佢（是呀，我剛剛才問過他）/ 去邊吖（上哪兒呀）？

【吖吓】a³ha² [粵] 語助詞。表示提醒♦記得今晚等我吖吓（記住今晚等我呀）。

☞ 另見 1 頁 a¹。

B

ba

巴 ba¹ (ba¹) [bā] [通] ❶ 急切盼望♦巴望 / 巴不得。❷ 黏結之物♦泥巴 / 鍋巴。❸ 作詞尾用♦乾巴巴 / 眼巴巴。[粵] ❶ 公共汽車，"巴士"的簡稱♦大巴 / 中巴 / 小巴。❷ 公共汽車公司♦城巴（城市汽車公司）。❸ 量詞♦摑佢一巴（摑他一巴掌）。

【巴閉】ba¹bei³ [粵] ❶ 了不得；了不起♦真巴閉（真了不起）/ 有乜咁巴閉啫（有甚麼了不起的）。❷ 勢力大；有來頭♦睇佢個人都好似幾巴閉嘅噃（看他模樣兒好像有點來頭）。❸ 大事張揚；大舉其事♦佢嚟咪嚟囉，使乜咁巴閉噃（他來就來吧，何必那麼張揚）。

【巴辣】ba¹lad⁶ [粵] 嘴巴厲害，不饒人♦佢個人好巴辣㗎，你都係小心啲先好（他這個人嘴巴挺厲害的，你還是當心點才好）。

【巴士】ba¹xi⁶⁻² [粵] 英 bus 音譯。❶ 公共汽車♦巴士站。❷ 長途客車；豪華巴士。

【巴渣】ba¹za¹ [粵] ❶ 多嘴多舌，好管閒事♦巴渣婆（饒舌婦）。❷ 斤斤計較，寸步不讓♦好彩佢咁巴渣，唔係蝕晒底嘛（多得她據理力爭，不然就可吃大虧了）。

【巴士佬】ba¹xi⁶⁻²lou² [粵] 公共汽車或客車司機。

吧 ba¹ (ba¹) [bā] [通] 擬聲詞♦吧的一聲 / 吧嗒吧嗒地抽着水煙筒。[粵] 酒吧的省稱♦清吧（純飲酒聽歌的酒吧）。

【吧女】ba¹nêu⁵⁻² [粵] 酒吧的陪酒女郎。

把 ba² (ba²) [bǎ] [通] ❶ 握住；掌握♦把盞 / 把舦（把舵）。❷ 守住；看守♦把門。❸ 成捆的♦火把 / 草把 / 拖把。❹ 介詞♦把書還給他。❺ 量詞♦一把米 / 一把尺子 / 一把摺扇。㊚ 量詞。❶張♦死淨把口（光會耍張嘴皮子）。❷股♦認出佢把聲（認出他說話的那股腔調）。❸捆；紮；束♦一把青菜／一把筷子。

【把家】ba^2ga^1 ㊚ 持家，特指善於持家。

【把鬼】ba^2guei^2 ㊚❶用於否定事物的價值、效用等♦隻錶咁舊，仲修佢把鬼咩（這塊錶那麼舊了，還修它幹啥）。❷對某事物表示厭惡♦講咁多把鬼咩（講那麼多幹啥）。防止出錯。

【把脈】ba^2meg^6 ㊚ 中醫診脈、切脈。

【把炮】ba^2pao^3 ㊚ 辦法；把握♦有冇把炮㗎（有沒有把握呀）？

【把屁】$ba^2péi^3$ ㊚ 意義同"把鬼"，語氣更強烈，帶無奈或憤恨色彩，相當於"有屁用"♦問佢把屁咩（問他有個屁用）／攞嚟把屁咩（拿來有屁用）。

罷（罢） ba^2 (ba^2)

【罷喇】ba^2la^1 ㊚ 語助詞。表示祈使或商量♦俾返佢罷喇（還給他得了）。／我哋仲係先走罷喇（我們還是先走得了）。

☞ 另見本頁 ba^6。

霸 ba^3 (ba^3) [bà] ㊟❶強佔♦獨霸一方。❷依仗權勢橫行無忌的人♦惡霸／稱王稱霸。❸古代諸侯的盟主♦春秋五霸。㊚❶佔；霸佔♦早啲去霸位（早點去佔個位置）／霸晒啲家產（把家產全佔了）。❷驕橫跋扈♦蝦蝦霸霸。❸攬♦霸住啲嘢嚟做（把事情攬着自己做）。

【霸位】ba^3wei^{6-2} ㊚ 佔位子；佔座位♦你同我霸位先啦。

【霸王】ba^3wong^4 [bàwáng] ㊟ 名詞。極端蠻橫無理的人♦他是這個地段的小霸王。㊚ 形容詞。❶蠻橫無理♦咁霸王點得㗎（別那麼蠻橫不講理）。❷該付錢而不付錢的霸道行為♦坐霸王車／食霸王飯／睇霸王戲。

罷（罢） ba^6 (ba^6) [bà] ㊟❶停止；歇止♦罷課／罷市／欲罷不能。❷免去；解除♦罷官／罷免／罷職。❸結束；完畢♦說罷，他轉身離去。

【罷就】ba^6zeo^6 ㊚ 作罷；算了；拉倒♦唔買罷就（不買就算了）。

☞ 另見本頁 ba^2。

bad

八 bad^3 (bat^8) [bā] ㊟ 數目，七和一相加所得♦八成／四面八方。㊚"八卦"的省略♦八妹（愛管閒事的女子）／八婆（愛管閒事的婦女）／八公（譏諷愛說是非、多管閒事的男人）。

【八卦】bad^3gua^3 [bāguà] ㊟ 我國古代的一套有象徵意義的符號。㊚ 指愛打聽別人隱私，搬弄是非的行為，常用作戲謔或罵人，省稱"八"♦八八卦卦（愛搬弄是非；老不正經）。

【八卦婆】$bad^3gua^3po^{4-2}$ ㊚❶潑婦；饒舌婦。❷封建意識濃厚的女人。

【八卦新聞】$bad^3gua^3sen^1men^{4-2}$ ㊚ 流

言蜚語；無聊的傳聞。

【八卦週刊】bad3gua3zeo1hon2 [粵] 香港流行的娛樂雜誌，專門報道娛樂圈的趣聞逸事。

【八月十五】bad3yud6seb6ng5 [粵] 謔稱屁股 ♦ 因住個八月十五（小心屁股捱揍）。

【八十歲返頭嫁】bad3seb6sêu3fan1teo4ga3（歇）攞路行 luo2lou6hang4 [粵] 比喻自尋煩惱。

bag

百 bag3 (bak8) [bǎi] [通] ❶ 數目，十個十 ♦ 一百元 / 百分比。❷ 表示很多或多種多樣 ♦ 千方百計 / 一呼百應 / 千奇百怪。

【百厭】bag3yim3 [粵] 淘氣；頑皮；搗蛋 ♦ 細蚊仔唔好咁百厭（小孩子不要頑皮）。

【百足】bag3zug1 [粵] 蜈蚣 ♦ 百足咁多爪（比喻行蹤飄忽）。

【百分百】bag3fen6bag3 [粵] 百分之百；完完全全。

【百厭仔】bag3yim3zei2 [粵] 淘氣鬼；小淘氣。也說“百厭星” bag3yim3xing1。

【百無禁忌】bag3mou4gem3géi6 [bǎiwújìnjì] [通] 沒有甚麼可忌諱的。[粵] 年長婦女聽到別人說不吉利的話或自己打了噴嚏之後，常說此語以求趨吉避凶的自我安慰。

【百上加斤】bag3sêng6ga1gen1 [粵] 火上澆油；雪上加霜。

【百忍成金】bag3yen2xing4gem1 [粵] 勸人凡事都要忍耐。

【百聞不如一見】bag3men4bed1yu4yed1gin3 [bǎiwénbùrúyíjiàn] [通] 親眼見到的遠比聽別人說的更為真切可靠。

伯 bag3 (bak8) [bó] [通] ❶ 父親的哥哥 ♦ 叔伯兄弟。❷ 尊稱跟父親同輩或輩分高而較年長的男子 ♦ 老伯。❸ 封建五等爵位的第三等 ♦ 伯爵。❹ 指兄弟裏最年長的 ♦ 伯仲叔季。

【伯父】bag3fu6 [bófù] [通] ❶ 父親的哥哥。❷ 大爺；伯伯。bag3fu2 [粵] 稱老年男子。

【伯公】bag3gung1 [粵] 伯祖（父親或丈夫的伯父）。

【伯母】bag3mou5 [bómǔ] [通] ❶ 伯父的妻子。❷ 大媽；老太太。[粵] 一般用於稱朋友的媽媽。

【伯娘】bag3nêng4 [粵] 大娘；伯母。

【伯爺】bag3yé4-1 [粵] 父親（非當面稱呼）♦ 你伯爺在生時（你父親生前）。

【伯爺公】bag3yé4-1gung1 [粵] 老頭子；老大爺。

【伯爺婆】bag3yé4-1po4-2 [粵] 老太婆；老大娘。

白 bag6 (bak9) [bái] [通] ❶ 像霜或雪的顏色 ♦ 白衣 / 花白 / 潔白。❷ 明亮；天亮 ♦ 白天 / 白晝 / 一唱雄雞天下白。❸ 清楚；明瞭 ♦ 明白 / 真相大白 / 不白之冤。❹ 說明；陳述 ♦ 表白 / 告白 / 辯白。❺ 無代價；無報償 ♦ 白給 / 白拿。❻ 徒勞；沒有結果 ♦ 白幹 / 白說 / 白跑一趟。❼ 不外加任何東西的 ♦ 空白 / 白滾水（白開水）/ 交白卷。❽ 把字寫錯或讀錯 ♦ 寫白字／唸白字。❾戲曲中只說不唱的語句♦對白／獨白。

【白車】bag^{6}cé^{1} (方) 救護車。

【白焯】bag^{6}cêg^{3} (粵) 涮；用開水燙熟♦白焯蝦／白焯牛百葉。

【白粉】bag^{6}fen^{2} (粵) 指毒品海洛英♦白粉檔（賣海洛英的祕密場所）／食白粉（吸食海洛英）／白粉道人（謔稱吸食海洛英者）。

【白霍】bag^{6}fog^{3} (粵) 形容態度輕浮。相當於"臭顯"。

【白果】bag^{6}guo^{2} [báiguǒ] (通) 銀杏的果實。(粵) 徒勞無功；沒有成績♦食白果。

【白欖】bag^{6}lam$^{5-2}$ (粵) ❶橄欖；青果。也作"白杬"。❷一種民間藝術♦數白欖（快板書）。

【白領】bag^{6}léng^{5} (粵) 文員♦白領人士／白領階層。

【白話】〈一〉bag^{6}wa^{6} [báihuà] (通) ❶現代漢語的書面形式♦白話文。❷不能實現或沒有根據的話♦空口說白話。

〈二〉bag^{6}wa^{2} (粵) 通常指粵語方言♦佢識講白話（他會說粵語）。

【白食】bag^{6}xig^{6} (粵) ❶白癜風；白斑病。也作"白蝕"。❷白吃；吃了不用付錢♦白食一餐（白吃了一頓）。

【白淨】bag^{6}zéng^{6} (粵) 皮膚細嫩潔白。也說"白白淨淨" bag^{6}bag^{6}zéng^{6} zéng^{6}。

【白撞】bag^{6}zong^{6} (粵) ❶白日撞；白天乘人不備入屋行竊的小偷。❷沒預先打招呼，擅自摸上門。

【白鼻哥】bag^{6}béi^{6}go^{1} (粵) ❶常指考試落第的人。❷丑角。引申指專門追逐女性的人。

【白鴿籠】bag^{6}geb^{3}lung^{4} (粵) ❶鴿舍。❷貧民窟；矮小的木屋。

【白鴿眼】bag^{6}geb^{3}ngan^{5} (粵) 勢利眼。

【白蒙蒙】bag^{6}mung$^{4-1}$mung$^{4-1}$ (粵) 雪白雪白的。

【白切雞】bag^{6}qid^{3}gei^{1} (粵) 以開水燙熟，切塊上碟，蘸薑葱汁調味。

【白晒晒】bag^{6}sai^{4}sai^{4} (粵) 白裏呱嘰的。

【白鬚公】bag^{6}sou^{1}gung^{1} (粵) 鬍子花白的老人♦寧欺白鬚公，莫欺鼻涕蟲（粵諺。指後生可畏）。

【白雪雪】bag^{6}xud$^{3-1}$xud$^{3-1}$ (粵) 雪白；潔白♦皮膚白雪雪。

【白斬雞】bag^{6}zam^{2}gei^{1} (粵) 同"白切雞"。

【白撞雨】bag^{6}zong^{6}yu^{5} (粵) ❶夏天出着太陽時突然而下的驟雨。❷（歇）澬壞 zan^{3}wai^{6} (粵) "澬"，往表面發熱的物體上澆水、油等，與"誇讚"的"讚"同音，借指被人過分誇讚而得意忘形。

【白領儷人】bag^{6}léng^{5}lei^{6}yen^{4} (粵) 在銀行、公司等任職的漂亮女子。

【白鱔上沙灘】bag^{6}xin^{5}sêng^{5}sa^{1}tan^{1}（歇）唔死一身潺 m^{4}séi^{2}yed^{1}sen^{1}san^{4} (粵) 比喻即使可逃過大難，也會惹來許多麻煩。

【白狗偷食黑狗當災】bag^{6}geo^{2}teo^{1}xig^{6} heg^{1}geo^{2}dong^{1}zoi^{1} (粵)（諺）比喻無辜替人受過。

bai

擺（摆） bai² (bai²) [bǎi] ㊣ ❶ 放置；陳列 ♦ 擺放。❷ 推開；排除 ♦ 擺開。❸ 操縱；玩弄 ♦ 擺弄。❹ 故意顯示 ♦ 擺架子 / 擺威風。❺ 來回擺動 ♦ 擺手 / 擺動。❻ 陳述；列舉 ♦ 擺事實，講道理。

【擺檔】bai²dong³ ㊢ 設攤；擺攤子。

【擺款】bai²fun² ㊢ 擺架子。

【擺賣】bai²mai⁶ ㊢ 擺攤賣貨。

【擺平】bai²ping⁴ ㊢ 收拾；整治 ♦ 擺平佢（收拾他）。

【擺酒】bai²zeo² ㊢ 設宴；辦酒席 ♦ 擺滿月酒。

【擺到明】bai²dou³ming⁴ ㊢ 明確地表明目的或意圖。

【擺街邊】bai²gai¹bin¹ ㊢ 擺地攤；在馬路邊設攤。

【擺甫士】bai²pou¹xi⁶⁻² ㊢ ❶ 擺姿勢。❷ 故意作狀。含揶揄意味。

【擺烏龍】bai²wu¹lung⁴⁻² ㊢ 弄錯，出錯（有時可能是故意的）♦ 嗰位仁兄成日擺烏龍（那位老兄老是出錯兒）。

【擺明車馬】bai²ming⁴gêu¹ma⁵ ㊢ 公開表明立場；公然；分明是 ♦ 佢咁做擺明車馬係想攞番個面啫（他這樣做分明是想挽回點面子罷了）。

拜 bai³ (bai³) [bài] ㊣ ❶ 見面時行禮 ♦ 跪拜 / 叩拜。❷ 尊崇；佩服 ♦ 崇拜 / 甘拜下風。❸ 敬辭。用於人事往來 ♦ 拜讀 / 拜見。❹ 恭敬地與對方結成某種關係 ♦ 結拜 / 拜師學藝。

【拜山】bai³san¹ ㊢ ❶ 掃墓；上墳。❷（俗）探監。

【拜神】bai³sen⁴ ㊢ 求神。

【拜契爺咁拜】bai³kei³yé⁴gem³bai³ ㊢ 形容非常殷勤懇切地敬奉某人。

【拜神唔見雞】bai³sen⁴m⁴gin³gei¹ ㊢ 形容口中唸唸有詞、忙來忙去的樣子。

敗（败） bai⁶ (bai⁶) [bài] ㊣ ❶ 失利；輸 ♦ 成敗 / 一敗塗地。❷ 使失利；使失敗 ♦ 打敗 / 挫敗。❸ 破壞；毀掉 ♦ 敗興 / 敗家 / 傷風敗俗。❹ 消除；解除 ♦ 敗火 / 敗毒。❺ 破舊；腐爛 ♦ 破敗 / 衰敗 / 腐敗。

【敗家】bai⁶ga¹ [bàijiā] ㊣ 使家道敗落 ♦ 執輸行頭慘過敗家（粵諺：開頭失利，無異於使家道敗落）。

【敗家精】bai⁶ga¹jing¹ ㊢ 敗家子。指不務正業，使家道敗落的子弟。也說“敗家仔” bai⁶ga¹zei²。

ban

班 ban¹ (ban¹) [bān] ㊣ ❶ 按工作或學習等需要而編成的組織 ♦ 班級 / 班組 / 甲班。❷ 一天內的一段工作時間 ♦ 早班 / 值班。❸ 軍隊的基層單位。❹ 劇團單位 ♦ 戲班 / 科班。❺ 調動 ♦ 班師 / 班兵。❻ 定時開航的 ♦ 班機 / 航班。❼ 量詞 ♦ 這班女仔。

【班房】ban¹fong⁴⁻² [bānfáng] ㊣ 監牢 ♦ 坐班房。㊢ 教室 ♦ 佢仲留喺班房未走（他還留在教室沒有走）。

【班馬】ban¹ma⁵ ㊢ 請救兵；糾集黨徒打手參加行動。

【班次】ban^{1}qi^{3} [bāncì] [方] ❶交通運輸工具定時開行的次數。❷班級的次序。[方] 級別；水平。

板 ban^{2} (ban^{2}) [bǎn] [通] ❶較硬的片狀物♦木板/鐵板/玻璃板。❷音樂、戲曲的節拍♦快板/慢板/有板有眼。❸不靈活；少變化♦古板/死板/呆板。

【板斧】ban^{2}fu^{2} [bǎnfǔ] [通] 刃平而寬的大斧子。[粵] 辦法；本事♦耍幾度板斧俾佢睇吓（露幾手給他瞧瞧）。

扮 ban^{3} (ban^{3}) [粵] 用長棍子打♦一竹篙扮落去（一竹竿打下去）。

☞ 另見本頁 ban^{6}。

扮 ban^{6} (ban^{6}) [bàn] [通] 裝飾；化裝♦裝扮/打扮/假扮。

【扮靚】ban^{6}léng^{3} [粵] 打扮♦係女仔都鍾意扮靚（女孩子都喜歡打扮）。

【扮懞】ban^{6}mung^{2} [粵] 裝傻。也作“扮矇”。

【扮傻】ban^{6}so^{4} [粵] 裝蒜；裝瘋賣傻。

【扮嘢】ban^{6}yé^{5} [粵] 裝模作樣，好出風頭；裝腔作勢，故弄玄虛。

【扮純情】ban^{6}sên^{4}qing^{4} [粵] 裝出純情可愛的樣子。

【扮豬食老虎】ban^{6}ju^{1}xig^{6}lou^{5}fu^{2} [粵] 披着羊皮吃狼。比喻裝笨相圖謀損人利己。

☞ 另見本頁 ban^{3}。

湴 ban^{6} (ban^{6}) [粵] 稀泥；爛泥♦爛湴。

bao

包 bao^{1} (bau^{1}) [bāo] [通] ❶用紙、布等把東西裹起來♦包書/包紮/包餃子。❷裹起來的東西♦郵包/行李包。❸裝東西的袋子♦書包/皮包/公事包。❹容納；總括♦包容/無所不包。❺承攬；負責完成♦包攬/包銷/承包。❻約定的；專用的♦包車/包機。❼擔保；保證♦包退包換/包你滿意。❽圍；圍繞♦包圍。❾鼓起的疙瘩♦膿包。❿量詞♦一包煙/十包水泥。[粵] ❶愛吵鬧的女孩子。含貶義♦喊包（愛哭的女孩子）/死女包（臭丫頭）。❷包子♦糖包/豆沙包。

【包保】bao^{1}bou^{2} [粵] 包管；管保；準保♦你照我嘅吩咐去做，我包保你冇事（你按照我的吩咐去做，我包管你沒事）。

【包起】bao^{1}héi^{2} [粵] 承包下來；包攬下來。特指一些富豪出資將女明星、女模特包下來為己服務。

【包埋】bao^{1}mai^{4} [粵] 全包了♦包埋飲食（飲食全包了）。

【包尾】bao^{1}méi$^{5-1}$ [粵] 壓尾；行事或成事在後的♦我行頭，你包尾（我走在前頭，你走在後頭）。

【包裝】bao^{1}zong^{1} [bāozhuāng] [通] ❶包裹商品或把商品裝進瓶子、箱子、盒子等。❷包裝商品的東西。[粵] 演員等為宣傳目的而刻意打扮♦包裝一個歌星需要投入不少資金。

【包頂頸】bao^{1}ding^{2}géng^{2} [粵] 老愛抬槓。

也指老愛抬槓的人。也說“包拗頸” bao1ngao3géng2。

【包剪揼】bao1jin2deb6 (粵) 一種猜拳遊戲。

【包斷尾】bao1tün5méi5 (粵)（治病）保管去根。

【包撞板】bao1zong6ban2 (粵) 做事老出岔子。含揶揄意味。

【包租婆】bao1zou1po4 (粵) 二房東；轉租房屋的婦女。

【包羅萬有】bao1lo4man6yeo5 (粵) 包羅萬象。

飽（饱）bao2 (bau2)［bǎo］(通) ❶ 吃足了食量 ♦ 温飽 / 酒足飯飽。❷ 滿足 ♦ 一飽眼福。❸ 充實；充分 ♦ 飽和 / 飽經風霜。

【飽死】bao2séi2 (粵) 臭吹；臭美。常用來挖苦、取笑別人，也說“飽死荷蘭豆” bao2sei2ho4lan1deo2。

【飽唔死餓唔嚫】bao2m4séi2ngo6m4cen1 (粵) 指過着僅夠温飽的生活。

炮 bao3 (bau3)［bāo］(通) 一種烹飪法。把魚肉等物用油在旺火上炒熟 ♦ 大葱炮羊肉。(粵) 也作“爆”。把鍋燒熱，加油，將料物倒入鍋裏快炒（不一定至熟）♦ 炮香啲狗肉先至落水炆（先把狗肉炒一炒，然後再添水用慢火煮）。

【炮鑊】bao3wog6 (粵) 加油把鍋燒熱。

☞ 另見 307 頁 pao3。

爆 bao3 (bau3)［bào］(通) ❶ 猛然炸裂或迸出 ♦ 引爆 / 爆破 / 火山爆發。❷ 出人意料地出現或發生 ♦ 爆冷。(粵) ❶ 破裂 ♦ 爆呔（輪胎破裂）/ 打爆個頭（把腦袋砸破）。❷ 祕密外洩 ♦ 因住佢爆晒你啲嘢出嚟嗜（當心他把你的祕密全捅了出來）。❸ 往熱鍋上加油快炒。❹ 超過極限；打破紀錄 ♦ 爆錶（田徑比賽成績破紀錄）/ 打爆機（玩遊戲機得滿分）/ 唱爆咪（唱歌聲音太高，把麥克風震壞）。

【爆煲】bao3bou1 (粵) 洩露隱私。

【爆拆】bao3cag3 (粵) 皮膚皸裂 ♦ 爆拆膏（治皮膚皸裂的藥膏）。

【爆格】bao3gag3 (粵) 入屋偷竊 ♦ 隔離屋俾人爆格（鄰居被人入屋偷竊）。

【爆料】bao3liu6-2 (粵) 洩露內情、隱私。

【爆棚】bao3pang4 (粵) 指觀眾、顧客等達到所能容納的極限。引申指演出等受歡迎 ♦ 場場爆棚 / 夠晒爆棚（滿叫座的）。

【爆肚】bao3tou5 (粵) ❶ 即興發表演講。❷ 演員演出時自編台詞。

【爆鑊】bao3wog6 (粵) 同“炮鑊”。

【爆竊】bao3xid3 (粵) 入屋盜竊 ♦ 爆竊案。

【爆大鑊】bao3dai6wog6 (粵) 洩露重大祕密。

【爆冷門】bao3lang5mun4-2［bàolěngmén］(通) 指出現意料之外的結果（多指競技）♦ 大爆冷門。也說“爆冷” bao3lang5。

bé

啤 bé1 (bɛ1)［pí］(通) 啤酒 ♦ 生啤 / 熟啤。(粵) ❶ 模壓；衝壓；銲接；鉚 ♦ 啤實（用鉚釘固定）。❷ 小孩自製的單音笛。❸ 喇叭；汽笛。

【啤酒肚】bé[1]zeo[2]tou[5] ㊣ 男子發胖而凸起的肚子。

☞ 另見 13 頁 bi[4]。

beb

卜 beb[4] (bɐp[4]) ㊣ 擬聲詞 ♦ 嚇到我嘅心卜卜咁跳（嚇得我心裏嘣嘣直跳）。

【卜卜聲】beb[4]beb[4–2]séng[1] ㊣ 形容心跳聲。

☞ 另見 21 頁 bug[1]。

bed

筆(笔) bed[1] (bɐt[7]) [bǐ] ㊣ ❶ 寫字、畫圖的用具 ♦ 毛筆 / 鋼筆 / 鉛筆 / 粉筆。❷ 用筆寫 ♦ 代筆 / 親筆 / 筆者。❸ 筆法 ♦ 工筆 / 伏筆 / 敗筆 / 妙筆生花。❹ 組成漢字的筆畫 ♦ 人字有兩筆。❺ 像筆管一樣直 ♦ 筆直 / 筆挺。❻ 量詞。用於款項、賬目等 ♦ 一筆賬 / 一大筆錢。㊣ 量詞。用於事情，相當於“碼” ♦ 傾下呢筆先（先談談這碼事）/ 你究竟講邊筆吖（你到底說哪一碼事呀）？/ 一筆還一筆（一碼事歸一碼事）。

不 bed[1] (bɐt[7]) [bù] ㊣ ❶ 表示否定 ♦ 不好 / 不對 / 不平。❷ 沒有；無 ♦ 不毛之地 / 不約而同。

【不特】bed[1]deg[6] ㊣ 不僅，不但。

【不菲】bed[1]féi[2] ㊣ 不少 ♦ 價值不菲（價值昂貴）/ 收入不菲（所得頗豐）。

【不景】bed[1]ging[2] ㊣ 不景氣；不興旺 ♦ 經濟不景時期。

【不留】bed[1]leo[4–1] ㊣ 一直；一向；從來；經常 ♦ 佢不留都食煙（他一向抽煙）/ 佢做嘢不留都係咁㗎嘞（他做事情從來都是這樣）。

【不而】bed[1]yi[4] ㊣ 不如 ♦ 不而搭下一班機算嘞（不如乘下一班機吧）。

【不然】bed[1]yin[4] [bùrán] ㊣ ❶ 不是這樣 ♦ 其實不然。❷ 表示轉折，同“否則”。粵口語多說“不然嘅話” bed[1]yin[4]gé[3]wa[6] 或“唔係嘅話” m[4]hei[6]gé[3]wa[6]。

【不爭】bed[1]zang[1] ㊣ 無可爭議 ♦ 不爭的事實。

【不俗】bed[1]zug[6] ㊣ 有一定水平 ♦ 該球員表現不俗。

【不特止】bed[1]deg[6]ji[2] ㊣ 不僅僅。

【不知幾…】bed[1]ji[1]géi[2] ㊣ 可太…了 ♦ 不知幾好睇（實在太好看了）。

【不過不失】bed[1]guo[3]bed[1]sed[1] ㊣㊍ 平平常常；還算過得去。

【不知所為】bed[1]ji[1]so[2]wei[4] ㊣ 形容舉止行為令人莫名其妙。

摔 bed[1] (bɐt[7]) ㊣ 舀；盛；裝 ♦ 摔飯（盛飯）/ 摔湯（舀湯）/ 摔垃圾（裝垃圾）。

拔 bed[6] (bɐt[9]) [bá] ㊣ ❶ 抽出；拉出 ♦ 拔草 / 拔牙 / 拔劍。❷ 吸出 ♦ 拔毒。❸ 高出；超出 ♦ 海拔 / 出類拔萃。❹ 選擇；提升 ♦ 選拔 / 提拔。❺ 攻克；奪取 ♦ 連拔數城 / 拔掉敵人的據點。

【拔火罐】bed[6]fo[2]gun[3] ㊣ 拔罐子。

beg

北 beg¹ (bɐk⁷) [běi] [通] ❶ 表示方位的名詞，跟"南" 相對 ♦ 北部 / 北邊 / 坐北向南。❷ 打敗仗 ♦ 敗北 / 連戰皆北。

【北佬】beg¹lou² [粵] 北方人（不友好的稱呼）。

bei

跛 bei¹ (bɐi¹) [bǒ] [通] 腳或腿有毛病，走起路來不平衡 ♦ 腳跛咗（腿瘸了）/ 俾人打跛隻腳（給人打瘸了一隻腳）。[粵] 也指手臂骨折或有毛病 ♦ 跛手仔（手臂有毛病的男孩）/ 你隻手跛咗咩（難道你的手臂有毛病）。

【跛腳鴨】bei¹gêg³ngab³ [粵] 比喻軟弱無能、左右搖擺的機構或政府。

【跛腳佬】bei¹gêg³lou² [粵] 瘸子。

【跛腳了哥】bei¹gêg³liu¹go¹ [粵] 比喻無能的人 ♦ 跛腳了哥撞到飛來蜢（粵諺 ♦ 相當於"瞎貓子碰到死老鼠"）。

閉（闭）bei³ (bɐi³) [bì] [通] ❶ 關；合 ♦ 閉關自守 / 閉目養神。❷ 堵塞不通 ♦ 閉氣 / 密閉。❸ 結束；停止 ♦ 閉會 / 閉幕。

【閉翳】bei³ngei³ [粵] 愁悶；操慮 ♦ 成日咁閉翳做乜（幹嘛整天悶悶不樂的）。/ 樣樣有你老公打理，使乜你閉翳（樣樣事有你丈夫打點，用不着你來操心）。

【閉門會議】bei³mun⁴wui⁶yi⁵ [方] 不允許列席旁聽的祕密會議。

弊 bei⁶ (bɐi⁶) [bì] [通] ❶ 害處；毛病 ♦ 利弊 / 流弊 / 興利除弊。❷ 欺騙作假的行為 ♦ 作弊 / 營私舞弊。[粵] 也作"嚩"。❶ 糟；糟糕。❷ 壞（指人）♦ 啯條友好弊㗎，小心啲先至好（那傢伙挺壞的，小心點才好）。

【弊喇】bei⁶la³ [粵] 糟了；糟糕 ♦ 弊喇，唔記得帶鎖匙嚟（糟了，忘了帶鑰匙）。

【弊傢伙】bei⁶ga¹fo² [粵] 真糟糕 ♦ 弊傢伙，機票唔知放咗喺邊度嚟（真糟糕，機票不知放到哪去了）。

béi

比 béi² (bei²) [bǐ] [通] ❶ 比較；較量 ♦ 對比 / 無與倫比 / 貨比三家。❷ 相對照 ♦ 比照 / 將心比心。❸ 表示數字之間的倍數關係或對比 ♦ 男女生人數為二與一之比 / 中國隊以三比二獲勝。❹ 表示事物間的差別 ♦ 佢比我高（他比我高）/ 佢嘅藏書比我仲多（他的藏書比我還多）。

【比對】béi²dêu³ [粵] 對比。

【比數】béi²sou³ [粵] 比分。

【比如】béi²yu⁴ [bǐrú] [粵] 例如。

【比堅尼】béi²gin¹néi⁴ [粵] 英 bikini 音譯。三點式泳衣。也叫"三點裝" sam¹dim²zong¹。

畀 béi² (bei²) [bì] [通] 給；給予。僅用於文言。[粵] 也作"俾"。❶ 給；付 ♦ 畀番本書你（把書還你）/ 買嘢畀錢（買東西付錢）。❷ 讓；被 ♦ 畀人鬧（捱罵）/ 畀人整蠱（被人作弄）/ 畀人篤背脊（被人背後議論、指責）。

【畀番】béi²fan¹ ㊣ 還給 ♦ 畀番錢你未㗎（把錢還你沒有）？

【畀面】béi²min⁶⁻² ㊣ 賞臉；給面子 ♦ 唔畀面（不給面子）/ 畀番幾分薄面（給一點面子）/ 畀面佢啫（給他面子罷了）。

【畀心機】béi²sem¹géi¹ ㊣ 用心；努力；下功夫 ♦ 畀心機讀書（用功讀書）/ 畀心機做人（好好做人）。

【畀你個頭】béi²néi⁵go³teo⁴ ㊣ 拒絕對方索求時常說的賭氣話。

【畀蕉皮人踩】béi²jiu¹péi⁴yen⁴cai² ㊣ 指故意設圈套害人。

【畀人揸住痛腳】béi²yen⁴za¹ju⁶tung³gêg³ ㊣ 給人抓住把柄。

【畀個心你食都當狗肺】béi²go³sem¹néi⁵xig⁶dou¹dong³geo²fei³ ㊣ 埋怨對方不知好歹。

髀 béi² (bei²) [bì] ㊟ 書面語。大腿；大腿骨。㊣ 大腿；腿部 ♦ 雞髀（雞腿）/ 鴨髀（鴨腿）/ 大髀（大腿）。

庇 béi³ (bei³) bì ㊟ 遮蔽；保護 ♦ 庇護 / 包庇。

【庇護工場】béi³wu⁶gung¹cêng⁴ ㊣ ㊍ 指專門供殘疾及弱智人士工作的地方。

滗（滗） béi³ (bei³) [bì] ㊟ 擋住渣滓或泡着的東西把液體倒出 ♦ 滗汁 / 滗咗面上嗰層油（把浮在面上的那層油弄走）。

痹 béi³ (bei³) [bì] ㊟ 中醫指因風、寒、濕侵入肌體引起的肢體疼痛或麻木的病。㊣ ❶ 身體某部位感覺酸麻 ♦ 成身痹晒（渾身發麻）/ 手痹腳痹（手腳酸麻）。❷ 極好；挺過癮 ♦ 呢場波簡直勁到痹（這場球賽精彩極了）。❸ 麻辣 ♦ 味道有啲痹（有點麻辣味）。

【痹痹哋】béi³béi³⁻²déi² ㊣ 麻酥酥的；酸麻酸麻的。

祕（秘） béi³ (bei³)

（一）[mì] ㊟ ❶ 不公開的 ♦ 祕本 / 隱祕。❷ 不易測知的 ♦ 奧祕 / 詭祕 / 神祕。❸ 保守祕密 ♦ 祕而不宣。

【祕撈】béi³lou¹ ㊣ 悄悄地掙錢；業餘兼職掙錢。

（二）[bì] ㊟ 僅用於"便祕"一詞。

鼻 béi⁶ (bei⁶) [bí] ㊟ ❶ 嗅覺器官，呼吸的孔道 ♦ 鼻樑 / 鼻音。❷ 帶孔的器物 ♦ 印鼻 / 針鼻兒。

【鼻哥】béi⁶go¹ ㊣ 鼻子。

【鼻塞】béi⁶seg¹ ㊣ 鼻子不通氣。

【鼻水】béi⁶sêu² ㊣ 清鼻涕 ♦ 流鼻水。

【鼻哥窿】béi⁶go¹lung¹ ㊣ 鼻孔。

【鼻敏感】béi⁶men⁵gem² ㊍ 過敏性鼻炎。

【鼻涕蟲】béi⁶tei³cung⁴ [bítìchóng] ㊟ 蛞蝓。㊣ ❶ 整天流鼻涕的孩子。❷ 泛指幼稚無知的小孩 ♦ 寧欺白鬚公，莫欺鼻涕蟲。❸ 比喻懦弱無能的人。

避 béi⁶ (bei⁶) [bì] ㊟ ❶ 躲開 ♦ 避開 / 迴避 / 躲避 / 退避三舍。❷ 防止 ♦ 避雷針。

【避孕袋】béi⁶yen⁶doi⁶⁻² ㊣ 避孕套。

bem

泵 bem1 (bɐm1) [bèng] [通] 抽送液體或氣體的設備 ♦ 水泵 / 油泵 / 氣泵。[粵] ❶ 抽水；打氣 ♦ 泵水 / 泵氣。❷ 打氣筒 ♦ 單車泵（自行車用的打氣筒）/ 師傅，唔該借個泵用吓（師傅，請借個打氣筒用一用）。❸ 抽水機。又叫“水泵” sêu2bem1。

ben

賓（宾） ben1 (bɐn1) [bīn] [通] 客人 ♦ 貴賓 / 嘉賓 / 喧賓奪主。

【賓妹】ben1mui6-1 [方] 菲律賓籍女傭。也稱“菲傭” féi1yung4。

稟（禀） ben2 (bɐn2) [bǐng] [通] ❶ 對上報告 ♦ 稟報 / 稟告 / 回稟。❷ 承受；領受 ♦ 稟承 / 稟命 / 稟受。

【稟神咁聲】ben2sen4gem2séng1 [粵] 嘟嘟囔囔。

【稟神都冇句真】ben2sen4dou1mou5gêu3zen1 [粵] 形容某人慣於説謊，從未説過一句真話。

品 ben2 (bɐn2) [pǐn] [通] ❶ 東西；物件 ♦ 物品 / 商品 / 紀念品。❷ 種類；等級 ♦ 品類 / 上品 / 正品。❸ 性質 ♦ 人品 / 精品。❹ 辨別；體察 ♦ 品評 / 品茶。

【品牌】ben2pai4 [粵] 牌號；牌子。

捹 ben3 (bɐn3) [粵] 也作“擯”。梳；編 ♦ 捹辮（梳辮）/ 捹麻繩（編麻繩子）。

笨 ben6 (bɐn6) [bèn] [通] ❶ 不聰明；智力低下 ♦ 愚笨 / 蠢笨。❷ 不靈活；不靈巧 ♦ 笨拙 / 呆笨。❸ 粗重；沉重；費力 ♦ 笨重 / 呢隻櫃又大又笨（這隻櫃子又大又笨重）。

【笨頭笨腦】ben6teo4ben6nou5 [粵] 形容理解能力或記憶能力差。

【笨嘴笨舌】ben6zêu2ben6xid6 [粵] 笨口拙舌。形容沒口才，不會説話。

beng

崩 beng1 (bɐŋ1) [bēng] [通] ❶ 倒塌；毀壞 ♦ 雪崩 / 山崩地裂。❷ 破裂 ♦ 談崩了 / 氣球吹崩了。[粵] 破；缺損 ♦ 打崩頭（打破頭）/ 崩咗一忽（缺了一塊）。

【崩口】beng1heo2 [粵] ❶ 兔唇。❷ 器物豁口 ♦ 崩口刀（缺口刀）/ 崩口碗（豁口碗）。

【崩嘴】beng1zêu2 [粵] 豁嘴。

【崩牙佬】beng1nga4lou2 [粵] 缺牙的男子。

【崩口人忌崩口碗】beng1heo2yen4géi6beng1heo2wun2 [粵] 忌諱説及別人的短處、痛處；當着矮子別説短話。

憑（凭） beng6 (bɐŋ6) [粵] 靠；倚靠 ♦ 憑埋牆（靠在牆上）/ 把梯憑住喺度先（暫時將梯子倚放在這兒）。

béng

餅 (饼) béng² (bɛŋ²) [粵] 口語音。❶ 點心的通稱 ♦ 西餅。❷ 量詞。相當於“卷”、“盒” ♦ 借餅錄音帶聽吓（借一盒錄音帶聽聽）。

【餅家】béng²ga¹ [粵] 賣餅食的店舖。也說“餅舖” béng²pou³⁻²。

【餅印】béng²yen³ [粵] ❶ 餅模子。❷ 形容模樣酷似 ♦ 成個爸爸餅印咁（模樣兒挺像爸爸）。

柄 béng³ (bɛŋ³) [粵] ❶ 藏；收起 ♦ 邊個柄埋我副眼鏡呢（誰把我的眼鏡藏了起來）？ ❷ 口語音 ♦ 刀柄 / 把柄 / 鋤頭柄。

病 béng⁶ (bɛŋ⁶) [粵] 口語音 ♦ 病人 / 病歷 / 病假 / 病房。

【病君】béng⁶guen¹ [粵] 病夫；體弱多病的人（含譏諷意味）。

【病貓】béng⁶mao¹ [粵] 經常患病，身體羸弱、消瘦的人。

【病壞】béng⁶wai⁶ [粵] 老病號。

【病字邊】béng⁶ji⁶bin¹ [粵] 漢字部首的“病字頭”。

bi

啤 bi⁴ (bi⁴)

【啤啤】bi⁴bi⁴⁻¹ [粵] 嬰兒 ♦ 個啤啤又肥又白（小寶貝又白又胖）/ 佢有咗啤啤（她懷了孩子）。❶ 擬聲詞。形容哨聲 ♦ 啤啤聲。❷ 指哨子 ♦ 吹啤啤（吹哨子）。

【啤啤女】bi⁴bi⁴⁻¹nêu⁵⁻² [粵] 對女嬰愛憐的稱呼。

【啤啤仔】bi⁴bi⁴⁻¹zei² [粵] 對男嬰愛憐的稱呼。

☞ 另見 8 頁 bé¹。

bid

㘉 bid¹ (bit⁷) [粵] 液體因受擠壓而噴出 ♦ 㘉啲墨水出嚟（擠一點墨水出來）。

別 bid⁶ (bit⁹) [bié] [通] ❶ 分離 ♦ 別離 / 告別 / 生離死別。❷ 分辨 ♦ 辨別 / 區別 / 分門別類。❸ 另外 ♦ 別人 / 別處 / 個別 / 特別。❹ 類別 ♦ 性別 / 職別 / 派別。❺ 差別 ♦ 千差萬別。

【別墅】bid⁶sêu⁵ [biéshù] [通] 在郊外或風景區建造的供遊玩休養用的園林住宅。[方] 諱稱專供男女幽會的場所。

big

逼 big¹ (bik⁷) [bī] [通] ❶ 強迫；威脅 ♦ 強逼 / 威逼。❷ 靠近；十分接近 ♦ 逼近 / 逼視。

【逼夾】big¹gib⁶ [粵] 地方狹窄；過於擠迫 ♦ 幾個人住間房，逼夾得滯（幾個人住一個房間，太過擠迫）。

迫 big¹ (bik⁷) [pò] [通] ❶ 逼迫；強迫 ♦ 壓迫 / 被迫出走 / 飢寒交迫。❷ 急促；緊急 ♦ 迫切 / 緊迫 / 從容不迫。❸ 接近 ♦ 迫近 / 迫在眉睫。[粵] ❶ 擠；擁擠 ♦ 迫前啲會睇得清楚啲（擠前點會看得清楚些）/ 三個迫埋張牀，瞓都瞓得唔安樂（三個人擠在一張牀上，睡也睡得不安穩）。❷ 緊迫 ♦ 時間咁迫，邊嚟得切吖（時間這麼緊，哪來得及呀）？❸ 逼迫 ♦ 你唔好迫我好唔好（你別逼我好不好）？

【迫車】big¹cé¹ [粵] 擠公共汽車 ♦ 日日迫車返工（天天擠公共汽車上班）。

【迫人】big¹yen⁴ [粵] 人多擁擠 ♦ 好迫人（很擁擠）。

【迫真】big¹zen¹ [粵][方] 同"逼真"。

bin

邊（边）bin¹ (bin¹) [biān] [通] ❶ 沿外緣的部分 ♦ 海邊 / 馬路邊。❷ 沿外緣的裝飾物 ♦ 花邊 / 金邊。❸ 區域之間的界線或沿着這個界線的地帶 ♦ 邊疆。❹ 方面 ♦ 這邊 / 雙邊協議。❺ 靠近物體的地方 ♦ 旁邊 / 身邊 / 屋邊。❻ 幾何圖形上夾成角的直線或圍成多邊形的線段 ♦ 斜邊 / 直角邊。❼ 方位詞詞尾 ♦ 北邊 / 前邊。[粵] 疑問代詞。相當於"哪"、"哪兒" ♦ 邊位（哪一位）？/ 邊日（哪一天）？

【邊啲】bin¹di¹ [粵] 哪些 ♦ 邊啲人講㗎（哪些人説的呀）？

【邊度】bin¹dou⁶ [粵] ❶ 哪兒；哪裏 ♦ 你去咗邊度啫（你究竟去了甚麼地方呀）？❷ 到處；不管甚麼地方 ♦ 邊度都係一樣（哪裏都一個樣）。

【邊個】bin¹go³ [粵] ❶ 誰；誰人 ♦ 求先邊個打電話嚟（剛才誰來的電話）？❷ 哪一個 ♦ 邊個係你㗎（哪個是你的呀）？

【邊爐】bin¹lou⁴ [粵] 火鍋 ♦ 打邊爐（吃火鍋）/ 邊爐氣（燒火鍋用的小型罐裝石油氣）。

【邊位】bin¹wei⁶⁻² [粵] 哪一位；甚麼人 ♦ 閣下係邊位（您是哪位）？/ 你係佢邊位（你是他甚麼人）？

【邊處】bin¹xu³ [粵] ❶ 哪兒；哪裏。❷ 到處；不管甚麼地方 ♦ 去到邊處都好（不管到了甚麼地方）。

【邊緣少年】bin¹yun⁴xiu³nin⁴ [方] 面臨犯罪邊緣的少年。

【邊度有咁大隻蛤乸隨街跳吖】bin¹dou⁶yeo⁵gem³dai⁶zég³geb³na²cêu⁴gai¹tiu³a¹ ❶ [粵] 哪有這麼大的青蛙滿大街跳呀。意指天底下哪有這麼大的便宜讓人去撿。

扁 bin² (bin²) [biǎn] [通] 平面圖形上下距離比左右距離小，立體的厚度比長度和寬度小 ♦ 扁平 / 扁圓。

【扁柏】bin²bag³ [粵] 柏樹。常綠喬木。葉子像鱗片。迷信的人認為有驅邪作用。

【扁□□】bin²cég⁶cég⁶ [粵] 扁扁的 ♦ 荷包扁□□（錢包癟癟的，意指囊中羞澀）。也説"扁□□" bin²téd⁶téd⁶。

【扁桃腺】bin²tou⁴xin³ [biǎntáoxiàn] [通] 分佈在呼吸道內，類似淋巴結的組織 ♦ 扁桃腺炎。也叫"扁桃體" bin²tou⁴tei²。

【扁嘴扁舌】bin²zêu²bin²xid⁶ [粵] 繃着個

臉，想哭又未哭出來的樣子。又稱“扁口扁面” bin2heo2bin2min6。

【扁鼻佬戴眼鏡】bin2béi6lou2dai3ngan5géng3-2（歇）你緊佢唔緊 néi5gen2kêu5m4gen2 [粵] 你急他不急。❷（歇）冇得頂 mou5deg1ding2 [粵] 比喻好極了，無可競爭，無可比擬。

鯿（鳊） bin2 (bin2)

【鯿魚】bin2yu4-2 [粵] 白鰱魚。

便 bin6 (bin6) [biàn] [通] ❶ 方便；便利 ♦ 輕便 / 簡便 / 請便。❷ 簡單平常的；非正式的 ♦ 便條 / 便裝。❸ 屎尿，也指排泄屎尿 ♦ 小便 / 便血。❹ 就 ♦ 一看便知 / 舉手便打。[粵] 方位詞。相當於“邊” ♦ 呢便（這邊）/ 嗰便（那邊）/ 喺裏便（在裏邊）。

【便利店】bin6léi6dim3 [粵] 晝夜營業的雜貨店。

辯（辩） bin6 (bin6) [biàn] [通] 辯論；申辯 ♦ 分辯 / 爭辯 / 答辯。

【辯方】bin6fong1 [方] 被告；被起訴的一方 ♦ 辯方律師。

bing

兵 bing1 (biŋ1) [bīng] [通] ❶ 武器 ♦ 兵器 / 鐵兵相接。❷ 士卒；軍隊 ♦ 士兵 / 官兵 / 閱兵 / 富國強兵。❸ 關於軍事或戰爭的 ♦ 兵書 / 紙上談兵 / 先禮後兵。

【兵來將擋，水來土掩】bing1loi4zêng3dong2, sêu2loi4tou2yim2 [粵] 表示不論遇到甚麼情形，自有應付的辦法。

冰 bing1 (biŋ1) [bīng] [通] ❶ 水在攝氏零度或零度以下凝結成的固體 ♦ 結冰 / 滴水成冰。❷ 使人感到寒冷 ♦ 冰冷 / 凍冰冰（冰涼冰涼的）。❸ 用冰或涼水使東西變涼 ♦ 把西瓜拿去冰一冰。

【冰凍】bing1dung3 [粵] ❶ 冰冷；冰涼。❷ 冰鎮 ♦ 冰凍汽水。

【冰室】bing1sed1 [粵] 冷飲店。

乒 bing1 (biŋ1) [pīng] [通] ❶ 擬聲詞 ♦ “乒”的一聲。❷ 指乒乓球 ♦ 乒壇 / 乒賽。

【乒乓波】bing1bem1bo1 [粵] 乒乓球。

乒 bing4 (biŋ4)

【乒鈴嘭唥】bing4ling4-1bang4lang4 [粵] 擬聲詞。相當於“劈哩啪啦”。

biu

標（标） biu1 (biu1) [biāo] [通] ❶ 標誌；記號 ♦ 路標 / 商標 / 標記。❷ 用文字或記號來表明 ♦ 標明 / 標上記號。❸ 用競價方式承包工程或買賣貨物 ♦ 招標 / 投標。❹ 發給競賽優勝者的獎品 ♦ 錦標 / 奪標。❺ 目標；準則 ♦ 指標 / 達標。❻ 事物非根本的或非本質的方面 ♦ 治標不治本。[粵] ❶ 噴出；射出 ♦ 嚇到標屎（嚇得屁滾尿流）。❷ 竄出；衝出 ♦ 突然標出一隻野兔（突然竄出一隻野兔）。❸ 冒出；迅速長高 ♦ 標芽（出芽）。

【標青】biu1céng1 [粵] ❶ 才貌出眾 ♦ 喺阿姐級藝員中算佢最標青（在一流的女藝員中，她算是出類拔萃的一個）。❷ 拔尖；超羣 ♦ 中國女排最標青的二傳手（中國女排最拔尖的二傳手）。

【標汗】biu¹hon⁶ [粵] 冒汗 ♦ 熱到成身標汗（熱得周身冒汗）。

【標參】biu¹sem¹ [粵] 綁票；挾持人質勒索錢財。

【標升】biu¹xing¹ [粵] 迅速提升、升高。

【標松柴】biu¹cung⁴cai⁴ [粵] 中飽私囊；侵吞他人錢財。

【標奇立異】biu¹kéi⁴lab⁶yi⁶ [粵] 標新立異。

表 biu² (biu²) [biǎo] [通] ❶ 外層；外面 ♦ 表皮。❷ 外貌 ♦ 外表 / 一表人才。❸ 表示；顯示 ♦ 表達 / 表明。❹ 表格 ♦ 圖表 / 一覽表 / 統計表。❺ 表親 ♦ 表叔 / 表弟 / 表姐。❻ 舊時稱臣子給君主的奏章 ♦ 出師表 / 陳情表。

【表表】biu²biu² [方] 佼佼 ♦ 表表者（佼佼者）。

【表哥】biu²go¹ [biǎogē] [通] 表兄。[粵] 香港人對邊防線上中方檢查員的戲謔稱呼（稱女的為表姐）。另指內地的男性，女性則稱表姐。

【表叔】biu²sug¹ [biǎoshū] [通] 稱中表親戚當中年紀比父親小的男子。[粵] 香港人對來港公幹或省親的內地幹部的戲謔稱呼（稱女的為表嬸）。現泛指內地男性。

【表錯情】biu²co³qing⁴ [粵] 產生誤會 ♦ 直情係表錯情喇，佢邊度會鍾意我㗎（簡直是一場誤會，她哪裏會喜歡上我呀）。

bo

波 bo¹ (bɔ¹) [bō] [通] ❶ 水浪；起伏不平的水面 ♦ 水波 / 隨波逐流。❷ 振動在物體中的傳播 ♦ 電波 / 震波 / 微波 / 超聲波。❸ 比喻事情的意外變化 ♦ 風波 / 一波未平，一波又起。[粵] ❶ 英 ball 音譯。球類的統稱 ♦ 打波（打球）/ 乒乓波（乒乓球）。❷ 球類比賽，特指足球比賽 ♦ 場波唔係幾好睇啫（這場球賽沒多少看頭）。❸ 風球 ♦ 改掛三號波（改掛三號風球）。❹（汽車的）檔 ♦ 波箱（變速箱）/ 波棍（換檔器）。❺ 波紋 ♦ 頭髮電咗一個波（頭髮燙成波浪型）。❻ 俗稱婦女的乳房。

【波士】bo¹xi⁶⁻² [粵] 英 boss 音譯。老闆；上司。

【波友】bo¹yeo⁵⁻² [粵] 球迷，特指足球迷。

玻 bo¹ (bɔ¹) [bō]

【玻璃】bo¹léi⁴⁻¹ [bōli] [通] ❶ 一種硬而脆的透明物質，一般用含石英的砂子、石灰石、純鹼等混合熔化，然後冷卻製成。❷ 某些像玻璃的質料 ♦ 玻璃絲 / 有機玻璃。[粵] 俗稱白開水。

菠 bo¹ (bɔ¹) [bō]

【菠蘿雞】bo¹lo⁴gei¹（歇）靠黐 kao³qi¹ [粵] 比喻專靠揩油混日子。

【菠蘿蓋】bo¹lo⁴goi³ [粵] 髕骨；膝蓋骨。

嚩 bo3 (bɔ3) [粵] 語助詞。❶ 表示轉告、囑咐、祈求 ♦ 你記得話俾佢知嚩（你記住告訴他呀）。❷ 表示讚賞或同意 ♦ 係幾好手勢嚩（手藝的確不錯）/ 講得幾啱嚩（說得挺有道理）。❸ 表示醒悟或警告 ♦ 係嚩，我都唔記今日係我生日㖭（真是的，我都忘了今天是我的生日）。

bog

𢯎 bog1 (bɔk7) [粵] ❶ 用棍子打 ♦ 俾人𢯎咗一棍（被人打了一棍子）。❷ 老土；土裏土氣 ♦ 乜咁𢯎㗎（怎麼這麼老土）/ 佢個身打扮夠晒𢯎（他那身打扮十分土氣）。

【𢯎佬】bog1lou2 [粵] 鄉巴佬。含貶義。

【𢯎濕】bog1seb1 [粵] 打得頭破血流，引申為狠揍一頓 ♦ 你再敢口硬，睇我敢唔敢𢯎濕你吖嗱（你再敢嘴硬，看我敢不敢狠狠揍你一頓）。

【𢯎𢯎齋】bog1bog1zai1 [粵] 私塾 ♦ 我阿爺只讀過兩年𢯎𢯎齋（我爺爺僅唸過兩年私塾）。

駁（驳） bog3 (bɔk8)［bó］[通] ❶ 用理由否定別人的意見 ♦ 批駁 / 反駁 / 辯駁。❷ 用船載運 ♦ 駁運 / 駁卸。❸ 顏色不純 ♦ 斑駁 / 駁雜。[粵] ❶ 接；接通 ♦ 駁個火（引個火，指抽煙忘了帶火，向人家借煙蒂接火）/ 駁水喉（接水管）。❷ 頂嘴；回嘴 ♦ 話嚫佢都要駁番幾句（每次說他，他總要頂回幾句）。❸ 反駁；駁斥 ♦ 駁到佢口啞啞（把他駁斥得啞口無言）。❹ 私下匯兑；套換。❺ 一般時間 ♦ 呢駁成日唔得閒（最近老抽不出空兒）。

【駁艔】bog3dou6-2 [粵] 駁輪；駁船。

【駁火】bog3fo2 [粵] ❶ 交火；槍戰 ♦ 警匪駁火。❷ 引火。

【駁骨】bog3gued1 [粵] 接骨頭。

【駁殼】bog3hog3 [粵] 駁殼槍。

【駁嘴】bog3zêu2 [粵] 頂嘴。

【駁嘴駁舌】 bog3zêu2bog3xid6 [粵] 回嘴。

搏 bog3 (bɔk8)［bó］[通] ❶ 對打 ♦ 搏鬥 / 肉搏 / 拼搏。❷ 跳動 ♦ 搏動 / 脈搏。[粵] ❶（下象棋時）兑子 ♦ 搏車（拼車）。❷ 極力爭取 ♦ 搏升職 / 搏加薪 / 搏同情。

【搏炒】bog3cao2 [粵] 吊兒郎當，敷衍塞責，作好被解僱的打算 ♦ 你連續請咁多日假，搏炒咩（你連續請那麼多天的假，找刷呀）？

【搏彩】bog3coi2 [粵] 存僥倖，瞎碰運氣 ♦ 冇乜把握，靠搏彩嘅咋（沒有把握碰碰運氣得了）。

【搏亂】bog3lün6 [粵] 混水摸魚；企圖趁局面混亂順手牽羊。

【搏命】bog3méng6 [粵] ❶ 拼命，豁出性命，搏晒老命。❷ 比喻竭力地 ♦ 搏命去做（拼命去幹）/ 搏命搵銀（拼命地去掙錢）。

【搏懵】bog3mung2 [粵] 乘人不備鑽空子、佔便宜，尤指佔女人便宜 ♦ 迫咁埋，想搏懵咩（擠這麼緊，是不是想佔便宜呀）？

【搏殺】bog3sad3 [粵] ❶ 拼命苦幹、奮鬥 ♦ "下海" 搏殺（"下海" 闖蕩）。❷ 豪賭 ♦ 過澳門搏殺（去澳門豪賭）。

【搏傻】bog³so⁴ ㊊ 裝瘋扮傻，以圖撈取好處。

【搏邊份】bog³bin¹fen⁶ ㊊ 圖個啥。有時含貶義。

【搏到盡】bog³dou³zên⁶ ㊊ 不遺餘力，拼搏到底；玩了命了。

【搏唔過】bog³m⁴guo³ ㊊ 不值得去拼；不值得去冒險。

【搏一搏】bog³yed¹bog³ ㊊ 冒一冒險；碰碰運氣。

膊 bog³ (bɔk⁸) [bó] ㊌ 膀子，指肩膀以下手腕以上的部分 ♦ 胳膊。㊊ 肩膀 ♦ 縮膊（聳肩）/ 袒胸露膊。

【膊頭】bog³teo⁴ ㊊ 肩膀 ♦ 搭膊頭（搭肩）。

【膊頭高過耳】bog³teo⁴gou¹guo³yi⁵ ㊊ 肩膀高出耳際，形容瘦骨嶙峋的樣子。

薄 bog³ (bɔk⁸)

【薄鑹】bog³cang¹ ㊊ 糯米麵烙餅。

☞ 另見本頁 bog⁶。

壆（坣） bog³ (bɔk⁸) ㊊ 土堤；石堤 ♦ 河壆 / 塘壆。

薄 bog⁶ (bɔk⁹)

（一）[báo] ㊌ ❶ 厚度小的 ♦ 薄片 / 薄紙 / 薄板。❷ 密度小；不濃 ♦ 薄酒。❸ 感情不深；冷淡 ♦ 情分不薄。（二）[bó] ㊌ ❶ 輕微；少 ♦ 薄酬 / 微薄 / 淺薄 / 稀薄。❷ 不厚道；不莊重 ♦ 刻薄 / 輕薄。❸ 不堅強；不充實 ♦ 單薄。❹ 輕視；慢待 ♦ 鄙薄 / 厚此薄彼。

【薄脆】bog⁶cêu³ ㊊ 一種油炸食品，成薄片狀，酥脆可口。年宵品之一。也可作粥品、蛇羹等的配料。

【薄皮】〈一〉bog⁶péi⁴⁻² ㊊ 表皮不厚。〈二〉bog⁶péi⁴ ㊊ 臉皮薄，小心眼兒，容易哭或容易臉紅。

【薄削】bog⁶sêg³ ㊊ 指布料或紙張等單薄、稀疏。

【薄英英】bog⁶ying¹ying¹ ㊊ 薄薄的。

☞ 另見本頁 bog³。

bong

幫（帮） bong¹(bɔŋ¹) [bāng] ㊌ ❶ 相助 ♦ 幫助 / 幫忙。❷ 物體旁邊的部分 ♦ 鞋幫 / 船幫。❸ 郡；夥，集團 ♦ 搭幫 / 匪幫。㊊ ❶ 替 ♦ 幫吓我眼（替我瞧着點兒）/ 我幫你值班（我替你值班）。❷ 量詞 ♦ 又嚟咗一幫人（又來了一撥人馬）。

【幫襯】bong¹cen³ ㊊ 光顧；惠顧 ♦ 多謝幫襯（承蒙惠顧，非常感謝）。/ 我經常幫襯街口嗰間雜貨舖（我經常光顧街口的那間雜貨店）。

【幫手】bong¹seo² ㊊ ❶ 幫忙 ♦ 使唔使我幫手？（要不要我幫忙呀）。❷ 幫工 ♦ 請多幾個幫手（多請幾個幫工）。

【幫吓眼】bong¹ha⁵ngan⁵ ㊊ 幫忙瞧着點兒。也說"幫幫眼" bong¹bong¹ngan⁵。

【幫吓手】bong¹ha⁵seo² ㊊ 搭把手 ♦ 唔該幫吓手（請幫幫忙）。也說"幫幫手" bong¹bong¹seo²。

【幫理不幫親】bong¹léi⁵bed¹bong¹cen¹ ㊊ 秉公處事，不徇私情。

傍 bong⁶ (bɔŋ⁶) [bàng] [通] 靠近 ♦ 依山傍水。[粵] ❶ 在某人身邊 ♦ 唔好成日傍住我（不要老纏在我身邊）。❷ 引申表示依附或關照 ♦ 傍住契爺搵食（依附乾爹謀生）/ 有我傍住，唔使驚（有我作後盾，你不用擔心）。

綁（绑） bong² (bɔŋ²) [bǎng] [通] 用繩子、帶子捆繞 ♦ 捆綁。[粵] ❶ 繫；結 ♦ 綁行李 / 綁鞋帶。❷ 管束；約束 ♦ 佢俾老婆綁死一世（他被他妻子管束了一輩子）/ 綁手綁腳點做嘢吖（捆住手腳怎麼做事呀）？

【綁票】bong²piu³ [bǎngpiào] [通] 匪徒把人劫走，強迫用錢去贖。粵口語多說"標參" biu¹sem¹。

磅 bong² (bɔŋ²) [粵] 口語變音 ♦ 過磅。

☞ 另見本頁 bong⁶。

磅 bong⁶ (bɔŋ⁶) [bàng] [通] ❶ 秤的一種 ♦ 磅秤。❷ 用磅去稱 ♦ 磅體重。❸ 英美制重量單位，一磅等於 0.4536 公斤。

【磅水】bong⁶sêu² [粵] 原為黑社會向人勒索錢財時所說的黑話，現多用來表示"給錢"、"付款"等意思 ♦ 先磅水，後提貨（先給錢，後提貨）/ 身上冇帶咁多現金，聽日磅水都唔遲嘅（我身上沒帶那麼多現款，明天付款也不遲吧）。

☞ 另見本頁 bong²。

bou

煲 bou¹ (bou¹) [bāo] [通] ❶ 較深的鍋 ♦ 砂煲（砂鍋）/ 銻煲（鋼精鍋）。❷ 煮；熬 ♦ 煲飯（煮飯）/ 煲藥（熬藥）❸ 用煲盛載的什錦菜 ♦ 豆腐煲 / 牛腩煲 / 三鮮煲。❹ 暗算；暗害 ♦ 啯條友俾人煲咗咯（那個傢伙被人幹掉了）。❺ 量詞 ♦ 一煲飯。

【煲煙】bou¹yin¹ [粵] 一根接一根地抽煙 ♦ 成晚喺度煲煙（整個晚上在一根接一根地抽煙）。

【煲水】bou¹sêu² [粵] ❶ 燒水 ♦ 煲水沖涼（燒熱水洗澡）。❷ 胡編亂造。

【煲老藕】bou¹lou⁵ngeo⁵ [粵] 比喻娶老婦為妻。

【煲燶粥】bou¹nung¹zug¹ [粵] 把稀飯給燒糊了，意指把事情弄糟。

【煲仔飯】bou¹zei²fan⁶ [粵] 用小砂鍋煮的飯，有菜有肉，夠一個人吃。

【煲電話粥】bou¹din⁶wa⁶⁻²zug¹ [粵] 通過電話侃大山。

【煲冇米粥】bou¹mou⁵mei⁵zug¹ [粵] ❶ 空口講白話；沒有切實根據。❷ 做沒有成果的事；作沒有成功希望的努力。

【煲水新聞】bou¹sêu²sen¹men⁴⁻² [粵] 瞎編的或沒有實質內容的新聞。

保 bou² (bou²) [bǎo] [通] ❶ 調護；守衛 ♦ 保護 / 保家衛國。❷ 堅持；維持 ♦ 保持 / 保暖。❸ 保證；擔保 ♦ 保質 / 保修。❹ 保證人 ♦ 交保 / 取保 / 作保。

【保險套】bou²him²tou³ [方] 避孕套。

【保你大】bou²néi⁵dai⁶ 粵 服了你了。

【保養期】bou²yêng⁵kéi⁴ 方 保用期；保修期。

補 (补) bou² (bou²) [bǔ] 通 ❶ 修補 ♦ 補衣服 / 修橋補路。❷ 補充；補足 ♦ 補考 / 補給 / 填補 / 增補。❸ 滋養 ♦ 補藥 / 滋補。❹ 利益；用處 ♦ 於事無補 / 不無小補。

【補㾀】bou²na¹ 粵 ❶ 補丁 ♦ 補㾀衫（打補丁的衣服）。❷ 打補丁。

【補身】bou²sen¹ 粵 滋補身體。

【補水】bou²sêu² 粵 ❶ 補回貨款、差價。❷ 發津貼、補助費。

【補數】bou²sou³ 粵 補償；補請 ♦ 上次唔見咗你枝筆，還番呢枝俾你補數（前次把你的筆丟了，還你這枝作為補償）。/ 你仲欠我一餐嘢嚡，幾時補數吖（你還欠我一頓呢，甚麼時候補請呀）？

【補鑊】bou²wog⁶ 粵 ❶ 補鍋 ♦ 補鑊佬（補鍋匠）。❷ 彌補缺漏、失誤。

【補鞋佬】bou²hai⁴lou² 粵 補鞋匠。

簿 bou² (bou²) 粵 口語音 ♦ 賬簿 / 日記簿 / 集郵簿 / 點名簿。

☞ 另見 21 頁 bou⁶。

報 (报) bou³ (bou³) [bào] 通 ❶ 告知 ♦ 預報 / 匯報。❷ 報答 ♦ 報效 / 報恩。❸ 報復 ♦ 報怨。❹ 報紙 ♦ 日報 / 週報 / 登報。❺ 某些刊物 ♦ 畫報 / 學報。❻ 傳達消息的文字或信號 ♦ 電報 / 情報 / 警報。

【報館】bou³gun² [bàoguǎn] 通 舊稱報社。方 現稱報社 ♦ 返報館處理啲事（回報社處理點事情）。

布 bou³ (bou³) [bù] 通 棉、麻織物的統稱 ♦ 布匹 / 布料 / 花布。

【布甸】bou³din⁶⁻¹ 粵（英 pudding 音譯。）即用牛奶、雞蛋、麵粉、水果等製成的西式點心。普通話作“布丁”，粵語也有作“布丁”。

【布菲】bou³ féi¹ 粵 法 buffet 音譯。自助餐；冷餐會。

【布碎】bou³sêu³⁻² 粵 碎布片。

佈 bou³ (bou³) [bù] 通 ❶ 分散；鋪開 ♦ 分佈 / 散佈 / 遍佈。❷ 規劃；安排 ♦ 佈防。❸ 宣告 ♦ 宣佈 / 公佈 / 發佈。

【佈設】bou³qid³ 方 佈置，擺設。

暴 bou⁶ (bou⁶) [bào] 通 ❶ 突然；猛烈 ♦ 暴風 / 暴雨。❷ 兇殘；狠毒 ♦ 粗暴。❸ 急躁 ♦ 暴跳如雷。

【暴富難睇】bou⁶fu³nan⁴tei² 粵 暴發戶倡狂。

曝 bou⁶/bug⁶ (bou⁶/buk⁹) [bào]

【曝光】bou⁶guong¹ [bàoguāng] 通 ❶ 使照相底片或感光紙感光。❷ 使不光彩的事顯露出來，被眾人知道。粵 也作“暴光”。❸ 在公眾中露面 ♦ 近排佢好少喺圈中曝光（近來他很少在圈中露面）。❹ 披露名人隱私。❺ 女人有意無意暴露身體的敏感部位。

步 bou⁶ (bou⁶) [bù] 通 ❶ 走路時兩腳之間的距離 ♦ 腳步 / 寸步難行。❷ 徒步行走 ♦ 散步 / 步入會場。❸ 程度；階段 ♦ 初步 / 逐步 / 一步步嚟（逐步地）。❹ 境地 ♦ 地步 / 不幸落到這一步。

【步級】bou⁶keb¹ ㊣ 台階。

簿 bou⁶ (bou⁶) [bù] ㊣記載、登記事項的本子 ♦ 簿冊 / 簿記。

☞ 另見 20 頁 bou²。

埠 bou⁶ (bou⁶) ㊣ 口語音 ♦ 抵埠（抵達）/ 到埠（到達）。

【埠頭】bou⁶teo⁴ ㊣ 渡口；碼頭 ♦ 輪船埠頭。也作"埗頭" bou⁶teo⁴。

☞ 另見 100 頁 feo⁶。

菢 bou⁶ (bou⁶) ㊣ ❶ 孵 ♦ 菢雞仔（孵小雞）。❷ 依偎；纏住 ♦ 咁大個仔仲成日菢住老母，唔知醜（長這麼大了還老傍着媽媽，不知害臊）。

【菢竇】bou⁶deo³ ㊣ 抱窩 ♦ 菢竇雞乸（抱窩母雞）。

bud

鉢（钵） bud³ (but⁸) [bō] ㊣ 平底搪釉的陶製盛器 ♦ 飯鉢 / 乳鉢。

【鉢仔糕】bud³zei²gou¹ ㊣ 用小鉢蒸的發麵糕。

【鉢滿盤滿】bud³mun⁵pun⁴mun⁵ ㊣ 同"盤滿鉢滿"。

撥（拨） bud⁶ (but⁹) [bō] ㊣ ❶ 使東西移動或分開 ♦ 撥鐘 / 撥開枱面嘅書（把桌面上的書扒拉開）。❷ 劃分給；調劑給 ♦ 劃撥 / 調撥。

【撥開雲霧見青天】bud⁶hoi¹wen⁴mou⁶gin³qing¹tin¹ ㊣ 撥雲見日。比喻衝破黑暗，見到光明。

bug

卜 bug¹ (buk⁷) [bǔ] ㊣ ❶ 占卜 ♦ 卜卦 / 問卜 / 未卜先知。❷ 預料；猜想 ♦ 吉凶未卜 / 勝敗可卜。

【卜位】bug¹wei⁶⁻² ㊣ 預定座位，英 book 音譯。

☞ 另見 9 頁 beb⁴。

伏 bug⁶ (buk⁹) ㊣ 口語變音。❶ 趴；俯伏 ♦ 伏低（趴下）/ 伏喺椅拼度瞓着咗（趴在椅背上睡着了）。❷ 打埋伏 ♦ 差人正喺度伏緊佢（警察埋伏下來正要抓他）。

【伏匿匿】bug⁶néi¹néi¹ ㊣ 捉迷藏。

【伏兒人】bug⁶yi⁴⁻¹yen⁴⁻¹ ㊣ 同"伏匿匿"。也說"捉兒人" zug¹yi⁴⁻¹yen⁴⁻¹。

☞ 另見 105 頁 fug⁶。

bui

背 bui³ (bui³) [bèi] ㊣ ❶ 人體從肩膀到後腰的部位 ♦ 背脊 / 汗流浹背 / 虎背熊腰。❷ 某些物體的反面或後部 ♦ 手背 / 刀背 / 屋背後。❸ 背對着 ♦ 背光 / 背水一戰 / 背山面海。❹ 離開；違反 ♦ 背離 / 背棄 / 違背 / 背信棄義。❺ 躲避；瞞着 ♦ 背地裏 / 背着他講話。

【背脊】bui³zég³ ㊣ 背部；脊背。

☞ 另見本頁 bui⁶。

背 bui⁶ (bui⁶) [bèi] ㊣ ❶ 偏僻 ♦ 背靜 / 呢度咁背，都幾難搵（這裏太偏僻，挺難找的）。❷ 倒楣；不順 ♦ 背運 / 手氣背（手氣不順，沒手氣）。❸ 聽覺不靈 ♦ 耳背。❹ 憑記憶讀出 ♦ 背詩 / 背台詞 / 篇課文你背熟未㗎（你把課文背熟了沒有）？❺ 落伍；追不上潮流 ♦ 乜你咁背㗎，乜都唔知道（你這麼落伍，甚麼也不知道）。

【背默】bui⁶meg⁶ [粵] 默寫。

【背時】bui⁶xi⁴ [bèishí] [通] 背運；運氣不好。[粵] 不合時宜 ♦ 背時貨。

【背手影】bui⁶seo²ying² [粵] 寫字時手部擋住光線。

☞ 另見 21 頁 bui³。

焙 bui⁶ (bui⁶) [bèi] [通] 用微火烘乾 ♦ 焙藥 / 焙茶 / 焙花椒 / 啲衫仲未乾透，焙下先着喇（衣服還沒透乾，焙一焙再穿吧）。

bun

搬 bun¹ (bun¹) [bān] [通] ❶ 移動；遷移 ♦ 搬運 / 搬遷。❷ 原封不動地使用 ♦ 搬用 / 照搬書本 / 生搬硬套。

【搬屋】bun¹ngug¹ [粵] 搬家。

本 bun² (bun²) [běn] [通] ❶ 草木的根 ♦ 草本 / 木本。❷ 根基；根源 ♦ 根本 / 忘本。❸ 主要的；中心的 ♦ 本部 / 本末倒置。❹ 原來 ♦ 本意 / 變本加厲。❺ 自己方面的 ♦ 本人 / 本行。❻ 本錢 ♦ 落本 / 虧本。❼ 現今的 ♦ 本月 / 本年度。❽ 裝訂成冊的東西 ♦ 書本 / 練習本。❾ 版本 ♦ 刻本 / 抄本 / 精裝本。❿ 演出的底本 ♦ 劇本 / 腳本 / 唱本。⓫ 按照 ♦ 本着良心去做 / 本着平等互利的原則。⓬ 量詞 ♦ 五本書 / 兩本賬。

【本來】bun²loi⁴ [běnlái] [通] ❶ 原有的 ♦ 本來面目。❷ 原先；先前 ♦ 他本來就不打算去。❸ 從道理上講應當如此 ♦ 本來就是他不對。粵口語也說"本嚟" bun²lei⁴。

【本心】bun²sem¹ [běnxīn] [通] 本來的心意。[粵] 天良；孝心 ♦ 你個人真冇本心（你這個人真沒半點良心）。

【本地雞】bun²déi⁶gei¹ [粵] ❶ 珠江三角洲一帶農家飼養的雞，就"飼料雞"和"洋種雞"相對而言。❷ [方] 稱本地的妓女。

【本地人】bun²déi⁶yen⁴ [běndìrén] [通] 當地人。[粵] 廣州府屬地區的人，就外省人相對而言。❷ 廣東土著，就客家人相對而言。

【本地薑唔辣】bun²déi⁶gêng¹m⁴lad⁶ [粵] 當地出產的薑辣味不夠。相當於"牆裏開花牆外香"。

半 bun³ (bun³) [bàn] [通] ❶ 二分之一 ♦ 半日 / 半價 / 對半分。❷ 中間；在中間 ♦ 半空 / 半路 / 半途而廢。❸ 不完全 ♦ 半透明 / 半生不熟。❹ 比喻很少 ♦ 一知半解 / 一星半點。[粵] 放在兩個反義詞之前，相當於普通話"半…半…"、"半…不…" 結構 ♦ 半生熟（半生不熟）/ 半新舊（半新不舊）/ 半公私（半公半私）。

【半山】bun³san¹ [方] 特指建於半山腰的高級住宅區。

【半世】bun³sei³ [粵] 半生，半輩子 ♦ 半世人未搭過飛機（活了半輩子還沒乘過飛機）。

【半晝】bun³zeo³ [粵] 半天 ♦ 上半晝班。

【半公乸】bun3gung1na2 (粵) 半男女，戲稱易性打扮的男人或女人。

【半鹹淡】bun3ham4tam5 (粵) 南腔北調♦佢喺廣州住咗十幾年，講嘅廣州話仲係半鹹淡（他在廣州住了十多年，說的廣州話還是南腔北調）。

【半勒卡】bun3leg1keg1 (粵) 半截兒；半中腰♦啲嘢做到半勒卡，點走得自吖（事情做了一半，哪能就走了呢）？

【半天吊】bun3tin1diu3 (粵) 吊在半空中，比喻為人或做事不實在。

【半條命】bun3tiu4méng6 (粵) 半死不活♦睇佢剩番半條命噉，都係捱唔得幾耐㗎嘞（看他半死不活的樣子，熬不了多少日子啦）。

【半唐番】bun3tong4fan1 (粵) ❶ 半中不西。❷ 指中外混血兒。

【半桶水】bun3tung2sêu2 (粵) 半瓶醋。比喻知識膚淺，對事物一知半解。

【半生不熟】bun3sang1bed1sug6 [bànshēngbùshú] (通) ❶ 食物沒有全熟。❷ 不熟勻，不熟練。粵口語多說“半生熟”bun3sang1sug6。

【半路出家】bun3lou6cêd1ga1 [bànlùchūjiā] (通) 中途改行。方言口語也說“半途出家”bun3tou4cêd1ga1。

【半夜三更】bun3yé6sam1gang1 [bànyèsāngēng] (通) 深夜。粵口語也說“三更半夜”sam1gang1bun3yé6。

【半夜食黃瓜】bun3yé6xig6wong4gua1（歇）不知頭定尾 bed1ji1teo4ding6méi5 或唔知頭唔知尾 m4ji1teo4m4ji1méi5 (粵) 意指不知來龍去脈。

bung

埲 bung6 (buŋ) (粵) 量詞。堵（用於牆）♦小心撞埋埲牆度（當心碰到那堵牆）/咁唔抵得，扻埋埲牆度吖笨（忍不下去，一頭撞到牆上得了，笨蛋）！

飈 bung6 (buŋ6) (粵) 量詞。股（用於氣味）♦好大飈饐（一股濃烈的味兒）/一飈臭火燶味（一股糊味）。

C

ca

叉 ca1 (tsa1)

（一）[chā] (通) ❶ 一端有齒的器具♦刀叉/魚叉/鋼叉。❷ 交錯♦交叉/叉手。❸ 用來表示錯誤或作廢的符號，即×♦即打交叉（打叉）。(粵) ❶ 捉；抓♦嗰條賊仔終於俾警察叉住（小偷終於被警察捉住）。❷ 卡住；夾住♦俾佢叉住條頸透唔到氣（被他卡住脖子無法呼吸）。

【叉雞唔着蝕把米】ca1gei1m4zêg6xid6ba2mei5 (粵) 抓雞不着蝕把米。又稱為“偷雞唔到蝕揸米”teo1gei1m4dou3-2xid6za1mei5。

（二）[chǎ] (通) 分開；張開♦叉着腿/雙手叉開。

差 ca1 (tsa1)

（一）[chā] (通) ❶ 不相同；不相合♦差異/千差萬別。❷ 有出入的程度◆順差／逆差／偏差／一念之差。❸兩數相減的餘數。

【差啲】ca¹di¹ 粵 差點兒◆差啲唔記得咗添（差點給忘了）。

【差皮】ca¹péi⁴⁻² 粵 差勁◆乜咁差皮㗎（怎麼那麼差勁的）？

【差唔多】ca¹m⁴do¹ 粵 ❶相差不大。❷幾乎；接近；就快◆啲米差唔多食完㗎喇（米就快吃完了）／差唔多就嚟做完（很快就要幹完）。❸相似；相像。

【差一皮】ca¹yed¹péi⁴ 粵 差了一個檔次；低了一個等級◆呢隻機比起"樂聲"係差一皮（這種機子比起"樂聲牌"的確差了一個檔次）。

【差天共地】ca¹tin¹gung⁶déi⁶ 粵 天壤之別；差別很大。

（二）[chà] 通 ❶不及；欠缺◆差得遠／差不多／仲差佢未交作業（還差他一個沒交作業）。❷不好；不夠標準◆質量差／成績很差。粵 差勁◆乜咁差㗎，噉都會輸俾佢嘅（真差勁，怎麼會輸給他了呢）。

☞另見 26 頁 cai¹。

蹅 ca¹/ca² (tsa¹/tsa²) [chǎ] 通 腳踩；在泥水中行走◆蹅濕對鞋（把鞋子踩濕了）／唔小心，蹅咗隻腳落氹水度（不小心，一腳蹅進水窪子）／明知嗰度係個黑窩，你仲蹅隻腳落去做乜（明知那裏是個黑窩，你還踩進去幹啥）？

茶 ca⁴ (tsa⁴) [chá] 通 ❶常綠喬木。嫩葉加工後就是茶葉◆紅茶／綠茶／花茶／烏龍茶。❷用茶葉沏成的飲料◆斟茶／喝茶／沖茶／泡茶。❸指某些飲料◆奶茶／杏仁茶。粵 中藥湯劑◆涼茶（清涼茶）／煲茶（煎中藥）／食咗幾劑茶，冇晒感冒咯（服了幾帖中藥，感冒全好了）。

【茶包】ca⁴bao¹ 粵 ❶袋裝茶。❷廉價的大眾麵包。

【茶煲】ca⁴bou¹ 粵 用來燒開水、熬中藥的陶罐。英 trouble 音譯，用來形容麻煩的人，尤指女人。

【茶居】ca⁴gêu¹ 粵 茶館。

【茶樓】ca⁴leo⁴⁻² 粵 供應茶點的餐館。

【茶錢】ca⁴qin⁴⁻² 粵 ❶喝茶的花費◆想話搵番啲茶錢噉啫（打算掙點喝茶用的錢罷了）。❷小費；小賬◆人工唔收，俾番啲茶錢都要啩（不付工錢，給點小費也是要的）。

【茶市】ca⁴xi⁵ 粵 餐館開市供應茶水、點心。粵語的餐館多做早午晚三市甚至夜市。

【茶莊】ca⁴zong¹ 粵 茶葉舖。

搽 ca⁴ (tsa⁴) [chá] 通 塗；抹；敷◆搽粉。粵 口語比普通話常用◆搽藥膏（塗藥膏）／搽面脂（抹面脂膏）／搽雪花膏（抹雪花膏）。

【搽脂盪粉】ca⁴ji¹dong⁶fen² 粵 塗脂抹粉。

【搽咗面懵膏】ca⁴zo²min⁶mung²gou¹ 粵 厚着臉皮。

查 ca⁴ (tsa⁴) [chá] 通 ❶仔細驗看◆檢查／查證件／查戶口。❷翻檢◆查字典／查一查呢個字點讀（查一查這個字怎麼唸）。❸仔細地了解情況◆調查／追查。

【查家冊】ca⁴ga¹cag³ 粵 指查戶口。

【查家宅】ca⁴ga¹zag⁶ 粵 查家底。比喻查根究底。

扠 ca⁵ (tsa⁵) [粵] ❶ 用筆抹掉、劃去 ♦ 中間一段扠咗幾行（中間那一段抹掉了幾行）。❷ 劃 ♦ 扠花塊面（把臉劃花）/ 扠到花晒（刻得亂七八糟）。

【扠喎】ca⁵wo⁵ [粵] 捅婁 ♦ 俾人扠喎咗（叫人捅婁了）。

cab

插 cab³ (tsap⁸) [chā] [通] ❶ 刺入；穿入；擠入 ♦ 插進 / 插翅難飛。❷ 中間加進去 ♦ 插入 / 插話 / 安插。❸ 加入；參與 ♦ 插手 / 插身。

【插手】cab³seo² [chāshǒu] [通] 參與進去。[粵] 扒手；小偷 ♦ 人咁迫，因住插手先好（人太擠，要提防扒手才成）。

【插蘇】cab³sou¹ [粵] 插頭；插銷 ♦ 扁頭插蘇 / 三腳插蘇。

【插翼難飛】cab³yig⁶nan⁴féi¹ [粵] 插翅難飛。

cad

擦 cad³ (tsat⁸) [cā] [通] ❶ 摩擦 ♦ 擦火柴 / 摩拳擦掌。❷ 揩拭 ♦ 擦汗 / 擦玻璃窗。❸ 貼近；挨着 ♦ 擦黑 / 擦肩而過。[粵] ❶ 痛快地、盡情地吃 ♦ 請你擦番餐又點話（請你好好吃一頓又算得了甚麼）/ 有得擦就擦，有拖拍就拍（有的吃就盡情吃，有機會戀愛別遲疑）。❷ 刷；刷子 ♦ 牙擦 / 鞋擦 / 洗衫擦（洗衣刷子）。

【擦鞋】cad³hai⁴ [粵] ❶ 擦鞋子。❷ 拍馬屁；討好上司，奉承別人。

【擦牙】cad³nga⁴ [粵] 刷牙。

【擦嘢】cad³yé⁵ [粵] ❶ 吃東西。❷ 擦拭物件。

【擦錯鞋】cad³co³hai⁴ [粵] 比喻本想討好別人，結果適得其反。

【擦鞋仔】cad³hai⁴zei² [粵] 馬屁精。也說"擦鞋友" cad³hai⁴yeo⁵⁻²。

cag

賊 cag² (tsak²) [粵] 口語變音 ♦ 捉賊。

☞ 另見本頁 cag⁶。

拆 cag³ (tsak⁸) [chāi] [通] ❶ 把合在一起的東西分開 ♦ 拆信 / 拆咗件冷衫再織過（把毛衣拆了重新編織）。❷ 卸下；毀掉 ♦ 拆卸 / 拆毀 / 拆牆 / 拆咗間舊屋（把舊房子拆掉）。

【拆招】cag³jiu¹ [粵] 挫敗對方的陰謀詭計。

【拆穿西洋鏡】cag³qun¹sei¹yêng⁴géng³ [粵] 洞悉其欺騙，揭露其虛偽。

㧣 cag³ (tsak⁸) [粵] 也作"坼"。❶ 皮膚皸裂 ♦ 爆㧣。❷ 物體裂開 ♦ 條竹㧣咗（竹子裂開了）。❸ 聲音沙啞 ♦ 把聲㧣晒（嗓子啞了）。

賊（贼） cag⁶ (tsak⁹) [zéi] [通] ❶ 偷東西的人 ♦ 竊賊 / 盜賊。❷ 指嚴重危害民族或大眾利益的人 ♦ 工賊 / 賣國賊 / 獨夫民賊。❸ 心術不正的 ♦ 賊心 / 賊眉鼠眼 / 賊頭賊腦。

【賊竇】cag⁶deo³ [粵] 賊窩。

【賊公】cag⁶gung¹ [粵] 賊；盜匪；強盜。

【賊佬】cag⁶lou² ⓖ 賊；小偷♦因住賊佬入屋（當心小偷進屋子盜竊）。

【賊仔】cag⁶zei² ⓖ ❶ 小偷。❷ 少年盜竊犯。

【賊眉賊眼】cag⁶méi⁴cag⁶ngan⁵ ⓖ 賊眉鼠眼。形容神色鬼祟。

☞ 另見 25 頁 cag²。

cai

猜 cai¹ (tsai¹) [cāi] ⓣ ❶ 推測；推想♦猜測 / 猜謎。❷ 起疑心♦猜疑 / 兩小無猜。

【猜枚】cai¹mui⁴⁻² ⓖ 猜拳；划拳。

【猜呈尋】cai¹qing⁴cem⁴ ⓖ 猜拳以定勝負的一種方法，各人在喊出“呈尋”的同時伸出手來，五指張開叫“包”，伸出食指和中指叫“剪”，伸出拳頭叫“揼”，“包”勝“揼”，“揼”勝“剪”，“剪”勝“包”。也説“猜包剪揼”cai¹bao¹jin²deb⁶。

差 cai¹ (tsai¹) [chāi] ⓣ ❶ 派遣♦差遣。❷ 被派遣去做某事♦公差 / 出差 / 交差。ⓕ 沿用舊義，指派遣服務的人♦郵差（郵遞員）/ 當差（當警察）。

【差館】cai¹gun² ⓕ 警署♦拉佢返差館（拉他回去警署）。

【差佬】cai¹lou² ⓖ 警察。略含貶義。

【差婆】cai¹po⁴ ⓖ 女警察。略含貶義。

【差人】cai¹yen⁴ ⓖ 警察。

☞ 另見 23 頁 ca¹。

搓 cai¹ (tsai¹) ⓖ ❶ 揉♦搓麪（揉麪團）。❷ 打球時互相推送♦搓波（推球）。

【搓麻雀】cai¹ma⁴zêg³⁻² ⓖ 玩麻將牌。

【搓皮球】cai¹péi⁴keo⁴ ⓖ 意同“踢皮球”，比喻把事情、責任等互相推來推去。

☞ 另見 40 頁 co¹。

踩 cai² (tsai²) [cǎi] ⓣ 用腳踏在上面♦踩了一腳泥 / 當心踩壞莊稼。ⓖ 蹬♦踩單車（蹬自行車）/ 踩三輪車。

【踩低】cai²dei¹ ⓖ ❶ 壓低；貶低；打擊別人。❷ 搞垮；擠垮。

【踩台】cai²toi⁴ ⓖ 演出前在舞台上實地彩排。

【踩地盤】cai²déi⁶pun⁴ ⓖ 插足某人的勢力範圍，損害某人的利益。

【踩死蟻】cai²séi²ngei⁵ ⓖ 原意為“踩死螞蟻”。多用來形容走路慢條斯理的樣子。

【踩嚫條尾】cai²cen¹tiu⁴méi⁵ ⓖ 得罪某人；觸犯某人的忌諱♦踩嚫你條尾咩，貓刮咁嘈（我得罪你啦？嚷嚷甚麼）！

【踩住人膊頭】cai²ju⁶yen⁴bog³teo⁴ ⓖ 踩着人家肩膀。意指為謀求私利，不惜損害他人利益。

柴 cai⁴ (tsai⁴) [chái] ⓣ 燒火用的草木♦柴草 / 木柴 / 柴米油鹽。ⓖ ❶ 大聲議論；爭辯；起鬨♦嗰班人喺度柴乜吖（那幫人在喊喊喳喳議論甚麼）？❷ 找人論理、算賬♦分房方案琴日已經公佈，你仲去柴邊個（房子分配方案昨天已經公佈了，你還要去找誰論理呢）？

【柴魚】cai⁴yu⁴ ⓖ 乾製鱈魚♦柴魚花生粥。

cam

摻（掺） cam¹ (tsam¹) [chān] [通] 同"攙"。混合；混雜 ◆ 摻水 / 摻雜 / 摻和。

【摻假】cam¹ga² [chānjiǎ] [通] 把假的摻在真的裏頭。也作"攙假"。

【摻雜】cam¹zab⁶ [chānzá] [通] 夾雜；混雜。也作"攙雜"。

☞ 另見 33 頁 cem¹。

慘（惨） cam² (tsam²) [cǎn] [通] ❶ 使人悲傷痛苦 ◆ 悲慘 / 淒慘 / 慘不忍睹。❷ 兇狠；惡毒 ◆ 慘無人道。❸ 程度深 ◆ 呢次輸得好慘（這次輸得好慘）。[粵] 倒楣 ◆ 呢次慘咯，連身份證都唔見埋嘛（真倒楣，連身份證也給丟了）。

篸（篸） cam² (tsam²) [粵] ❶ 簸箕或類似之物 ◆ 垃圾篸。❷ 指紋的箕。❸ 量詞 ◆ 一篸泥。

蠶（蚕） cam⁴ (tsam⁴) [cán] [通] 昆蟲。幼蟲能吐絲作繭。有家蠶、柞蠶等 ◆ 蠶繭 / 蠶絲 / 春蠶 / 桑蠶。

【蠶蟲】cam⁴cung⁴⁻² [粵] 幼蠶；蠶。

㓐 cam⁵ (tsam⁵) [粵] 也作"劖"。被尖利的東西扎、刺 ◆ 㓐嚫手（扎了手）/ 點解行路跛跛吓噉㗎？——係咯，琴日唔小心俾玻璃㓐嚫隻腳（怎麼走路一拐一拐的？——甭提了，昨天不小心被玻璃扎了腳）。

can

餐 can¹ (tsan¹) [cān] [通] ❶ 吃飯 ◆ 聚餐 / 野餐。❷ 飯食 ◆ 午餐 / 晚餐 / 西餐。❸ 量詞。一頓飯為一餐 ◆ 一日三餐。[粵] 量詞。相當於"頓"，但不限於指飯食 ◆ 迫餐懵（擠得要命）/ 食咗餐飽嘅（吃了個夠）。

【餐牌】can¹pai⁴⁻² [粵] 菜單；菜譜。

【餐飲業】can¹yem²yib⁶ [方] 飲食業。

【餐搵餐食】can¹wen²can¹xig⁶ [粵] 吃了上頓找下頓。形容日子過得艱難。

鏟（铲） can² (tsan²) [chǎn] [通] ❶ 鐵製帶柄的器具，用來挖、削或攝取 ◆ 鐵鏟 / 鍋鏟 / 煤鏟。❷ 用鏟子削平、清除或攝取 ◆ 鏟平 / 鏟煤 / 鏟除雜草。[粵] ❶ 搶 [qiǎng] ◆ 鏟刀磨鉸剪（搶菜刀磨剪子）。❷ 削平；刮光 ◆ 鏟咗個光頭（剃了光頭）。❸ 車輛等失去控制衝向、撞向 ◆ 小心啲，因住鏟埋嚟（小心點，別撞過來）。❹ 用作詞尾，表示鄙夷或厭惡 ◆ 煙鏟（老煙鬼）/ 躝鏟（臭傢伙）/ 你個死鏟（你這渾蛋）。

【鏟地皮】can²déi⁶péi⁴ [粵] 指貪官污吏大肆搜括民脂民膏。

燦（灿） can³ (tsan³) [càn] [通] 光彩鮮明耀眼。

【燦妹】can³mui⁶⁻¹ [方] 稱新來港的內地姑娘。含貶義。

殘（残） can⁴ (tsan⁴) [cán] [通] ❶ 不完整；有毛病 ◆ 殘缺 / 殘損 / 斷簡殘編。❷ 剩餘的；將盡的 ◆ 殘餘 / 殘生 / 殘花敗柳。❸ 傷害；毀壞♦摧殘/殘害。❹兇惡♦殘暴/殘酷/兇殘。[粵] 使大傷元氣，嚴重受損♦捱到殘(勞累過度，元氣大傷)/一於玩殘佢(給他點厲害瞧瞧)。

【殘舊】can^{4}geo^{6} [cánjiù] [通]殘破陳舊。粵口語也說“殘殘舊舊”♦呦傢俬用咗十幾年，殘殘舊舊，要換晒佢先得(這套傢具用了十多年，十分殘舊，打算把它全換了)。

【殘片】can^{4}pin$^{3-2}$ [粵] 老的電影片♦粵語殘片。

cang

撐 (撑) cang^{1} (tsaŋ^{1}) [chēng] [通] ❶抵住；支援♦幫我撐住條腰(請抵住我的腰部)/用枝竹撐住度門(用竹竿把門抵住)。❷用竹竿抵住水底使船前進♦撐船。❸張開♦撐開把遮(把傘撐開)。[粵] 蹬直♦死雞撐飯蓋(雞死了，蹬直雞爪，把鍋蓋撐開)。

【撐艇】cang^{1}téng^{5} [粵] ❶撐小船。❷漢字部首的“走之底”。也說“撐屎艇” cang^{1}xi^{2}téng^{5}。

☞另見本頁 cang^{3}。

鐺 cang^{1} (tsaŋ^{1}) [粵] 平底砂鍋♦瓦鐺(砂鍋)/電子瓦鐺(電熱鍋)。

橙 cang^{2} (tsaŋ^{2}) [粵] 口語變音♦種橙(種植橙樹)/買橙(買橙子)/食橙(吃橙子)/金山橙(美國出產的一個品種)。

撐 (撑) cang^{3} (tsaŋ^{3}) [chēng]

【撐枱腳】cang^{3}toi$^{4-2}$gêg^{3} [粵] 兩口子樂和。也說“踭枱腳” yang^{3}toi$^{4-2}$gêg^{3}。

☞另見本頁 cang^{1}。

瞠 cang^{3} (tsaŋ^{3}) [粵] 瞪；睜♦瞠大隻眼望吓(瞪大眼睛看一看)。

☞另見本頁 cang^{4}。

瞠 cang^{4} (tsaŋ^{4}) [粵] 光線刺眼♦瞠眼(晃眼)/光瞠瞠(明晃晃)。

【瞠眼瞠鼻】cang^{4}ngan^{5}cang^{4}béi^{6} [粵] 晃眼。

☞另見本頁 cang^{3}。

棖 cang^{4} (tsaŋ^{4})

【棖雞】cang^{4}gei^{1} [粵] 粗野橫蠻。多指女人撒潑♦冇你咁棖雞(沒人像你這麼潑野)！

【棖雞妹】cang^{4}gei^{1}mui$^{6-1}$ [粵] 潑辣的女子。

【棖雞婆】cang^{4}gei^{1}po$^{4-2}$ [粵] 潑婦；喜歡喊喊喳喳、胡攪蠻纏的女人。

cao

抄 cao^{1} (tsau^{1}) [chāo] [通] ❶照原文寫下來♦抄錄/抄本/傳抄/照抄。❷查驗並沒收♦抄家/查抄。❸走近路♦抄小道走。❹兩手交插在袖筒裏♦抄着手。

【抄錶】cao^{1}biu^{1} [粵] 定期抄錄電錶、水錶等的讀數，以便計算需繳的費用。

【抄橋】cao^{1}kiu^{2} [粵] 抄襲別人作品的情節或表現手法。

☞另見 29 頁 cao^{3}。

吵 cao^{2} (tsau^{2}) [chǎo] [通] ❶聲音雜亂攪擾人♦吵嚷/吵人。❷爭吵♦吵嘴。[粵] 方言多用“嘈”代替“吵”。

炒 cao^{2} (tsau^{2}) [chǎo] (通) 把食物放在鍋裏加熱並隨時翻動使熱或熟 ♦ 炒飯 / 炒菜 / 炒花生。(粵) ❶ 帶投機性質的買賣活動 ♦ 炒金 / 炒樓 / 炒地皮 / 炒外匯。❷ 解僱 ♦ 俾老細炒咗 (被老闆解僱了)。❸ 辭工 ♦ 炒老細魷魚 (向老闆辭工)。

【炒車】cao^{2}cé^{1} (粵) ❶ 倒賣汽車。❷ (方) 翻車。

【炒家】cao^{2}ga^{1} (粵) 指專門從事倒買倒賣活動的人，尤指從事外匯、房地產投機交易者。

【炒更】cao^{2}gang^{1} (粵) 主業之外的業餘兼職；從事第二職業；業餘幹活找外快。

【炒股】cao^{2}gu^{2} (粵) 炒股票。

【炒魷魚】cao^{2}yeo^{4}yu$^{4-2}$ (粵) 比喻被解僱、被辭退。也比喻解僱、辭退。

【炒蝦拆蟹】cao^{2}ha^{1}cag^{3}hai^{5} (粵) 粗言爛語；説話不乾淨 ♦ 唔好啷啲就炒蝦拆蟹 (不要動不動就滿口粗言)。

【炒買炒賣】cao^{2}mai^{5}cao^{2}mai^{6} (粵) 倒買倒賣，尤指黑市外匯投機買賣。

抄 cao^{3} (tsau^{3}) (粵) ❶ 翻弄；尋找 ♦ 抄衫 (找要穿的衣服) / 窿窿罅罅都抄勻 (旮旮旯旯都翻遍了)。❷ 翻舊賬 ♦ 幾十年前嘅嘢，仲抄番嚟講做乜吖 (幾十年前的事，還提它幹甚麼)？

【抄櫃桶】cao^{3}guei^{6}tung$^{4-2}$ (粵) 翻抽屜。

【抄起身】cao^{3}héi^{2}sen^{1} (粵) 在睡夢中被人叫起 ♦ 夠鐘嘑，仲唔快啲抄佢起身 (時間到啦，還不趕快叫他起牀)？

☞ 另見 28 頁 cao^{1}。

巢 cao^{4} (tsau^{4}) [cháo] (通) ❶ 鳥窩，也指蜂、蟻的窩 ♦ 鳥巢 / 蜂巢。❷ 比喻壞人的藏身之處 ♦ 匪巢 / 賊巢。(粵) ❶ 皺；起皺 ♦ 整到我件衫巢晒 (把我的衣服弄得皺巴巴的)。❷ 蔫；枯萎 ♦ 點解啲花插咗兩日就巢晒嘅 (花才插了兩天，怎麼全蔫啦)。

【巢皮】cao^{4}péi^{4} (粵) 皮膚起皺紋。

【巢嗌嗌】cao^{4}meng^{1}meng$^{1-6}$ (粵) 皺巴巴的 ♦ 件衫巢嗌嗌嘅，淥下先着喇 (衣服皺巴巴的，熨一熨再穿吧)。也説 "巢瞇嗌" cao^{4}mi^{1}meng^{1}。

【巢皮瞇嗌】cao^{4}péi^{4}mi^{1}meng^{1} (粵) 形容皮膚皺紋很多。也形容水果等的外皮乾癟、起皺。

cé

車 (车) cé^{1} (tsɛ^{1}) [chē] (通) ❶ 陸地上有輪子的交通運輸工具 ♦ 火車 / 汽車 / 摩托車。❷ 利用輪軸旋轉的工具 ♦ 滑車 / 吊車 / 纜車 / 水車。❸ 機器 ♦ 車牀。❹ 用水車打水 ♦ 車水。

【車房】cé^{1}fong^{4} (粵) 車庫。

【車款】cé^{1}fun^{2} (方) 車子的款式；車型。

【車腳】cé^{1}gêg^{3} (粵) 車資；車費。

【車仔】cé^{1}zei^{2} (粵) 人力車。❶ 兒童學步車。❷ 玩具車。

【車大炮】cé^{1}dai^{6}pao^{3} (粵) 撒謊；吹牛皮；説大話。

【車天車地】cé^{1}tin^{1}cé^{1}déi^{6} (粵) ❶ 吹牛；吹噓；吹得天花亂墜。❷ 漫無邊際地胡吹瞎聊。

☞ 另見 131 頁 gêu[1]。

唓 cé[1] (tsɛ[1]) ㊣ 歎詞。表示不在乎或不屑一顧等語氣 ♦ 唓，有乜咁巴閉喎（哼，有啥了不起的）/ 唓，咁簡單嘅嘢，我都識喇（哼，這麼簡單，我也懂）。

扯 cé[2] (tsɛ[2]) [chě] ㊣ ❶ 拉 ♦ 拉扯 / 扯斷。❷ 撕 ♦ 撕扯 / 扯爛件衫（把衣服撕碎）。❸ 閒聊 ♦ 閒扯 / 胡扯。㊣ ❶ 走開；離去 ♦ 咁快就扯（這麼快就走）？/ 你同我扯（你給我走開）！❷ 喘 ♦ 扯氣（喘氣）/ 扯住條氣（呼吸不順暢）。❸ 抽；吸 ♦ 眼灶扯風得滯，費柴火（爐灶抽風得厲害，挺費柴火的）/ 先審啲石灰扯乾塊地（先撒點石灰把地面吸乾再説）。❹ 升 ♦ 扯旗（升旗）。

【扯蝦】cé[2]ha[1] ㊣ 哮喘。

【扯氣】cé[2]héi[3] ㊣ 喘氣；呼吸困難。

【扯人】cé[2]yen[4] ㊣ 開溜 ♦ 冇事我就扯人（沒事我就先走啦）。

【扯鼻鼾】cé[2]béi[6]hon[4] ㊣ 打鼻鼾；打呼嚕。

【扯貓尾】cé[2]mao[1]méi[5] ㊣ 借喻“演雙簧”。指二人串通，一呼一應矇騙第三者。也説“搣貓尾” meng[1]mao[1]méi[5]。

【扯線公仔】cé[2]xin[3]gung[1]zei[2] ㊣ 牽線木偶。比喻任人擺佈或支配的人。

斜 cé[2] (tsɛ[2]) ㊣ 口語變音。用於省稱斜紋布 ♦ 的斜（的確良卡嘰）/ 黃斜（黃色斜紋布）。

☞ 另見本頁 cé[3]，cé[4]。

斜 cé[3] (tsɛ[3]) ㊣ 口語音。❶ 斜坡 ♦ 落斜要小心啲（下坡要小心點）。❷ 陡 ♦ 個山咁斜點爬上去？（山這麼陡，怎爬得上去呢）？❸ 不正 ♦ 歪斜 / 打斜放。

☞ 另見本頁 cé[2]，cé[4]。

斜 cé[4] (tsɛ[4]) [xié] ㊣ 跟平面或直線既不平行也不垂直的 ♦ 傾斜 / 斜邊 / 斜陽 / 斜紋布。

【斜斜哋】cé[4]cé[4–2]déi[2] ㊣ 稍斜。

【斜喱眼】cé[4]léi[1]ngan[5] ㊣ ❶ 斜視。❷ 患斜視的人。也叫“蛇喱眼” sé[4]léi[1] ngan[5]。

☞ 另見本頁 cé[2]，cé[3]。

邪 cé[4] (tsɛ[4]) [xié] ㊣ ❶ 不正當 ♦ 邪念 / 改邪歸正。❷ 荒誕怪異 ♦ 邪術 / 邪教 / 驅邪。❸ 中醫指致病的環境因素 ♦ 風邪 / 寒邪。㊣ ❶ 不正經；不正派 ♦ 你眼甘甘望住佢，乜你咁邪㗎（你色迷迷地注視着她，怎麼這樣不正經）？❷ 倒楣；差勁 ♦ 撞邪（碰上倒楣事）/ 乜今日手氣咁邪㗎（怎麼今天手氣這麼差）？

ced

七 ced[1] (tsɐt[7]) [qī] ㊣ ❶ 數目，六和一相加所得 ♦ 七手八腳 / 七折八扣。❷ 人死後每隔七天祭一次，共祭七次 ♦ 頭七（第一個七天）/ 做七（斷七）。

【七彩】ced[1]coi[2] ㊣ 激烈；劇烈。常用來形容事情達到的程度 ♦ 鬥到七彩嘞（鬧得不可開交）/ 病到七彩嘞（病得一塌糊塗）。

【七七八八】ced[1]ced[1]bad[3]bad[3] ㊣ 八九不離十 ♦ 婚禮已經準備得七七八八。

【七除八拆】ced1cêu4bad3cag3 (粵) 七折八扣。

【七國咁亂】ced1guog3gem3lün6 (粵) 形容混亂不堪◆將屋企搞到七國咁亂（把家裏弄得亂糟糟的）。

【七老八十】ced1lou5bad3seb6［qīlǎo bāshí］(通) 形容一大把年紀。

【七手八臂】ced1seo2bad3béi3 (粵) 形容門路廣，神通廣大。

cêd

出 cêd1 (tsœt7)［chū］(通) ❶ 從裏面到外面◆出入 / 出門 / 出國。❷ 來到◆出席 / 出場。❸ 超出；越過◆出界 / 出軌。❹ 往外拿◆出錢 / 出力 / 出主意。❺ 支出◆出納 / 量入為出。❻ 產生；發生◆出品 / 出產 / 事出有因。❼ 出現；明露◆出面 / 出頭 / 水落石出。❽ 用在動詞或形容詞後面表示趨向或效果等◆走出 / 高出 / 騰出時間。

【出便】cêd1bin6 (粵) 外頭；外面◆出便風大，你要多着件衫（外面風大，你要多加件衣服）/ 佢大佬喺出便打工（他哥哥在外頭做工）。

【出痘】cêd1deo6-2 (粵) 出花兒。也說"出水痘" cêd1sêu2deo6-2。

【出街】cêd1gai1 (粵) ❶ 上街◆佢啱啱出咗街（他剛上街去了）。❷ 面世；上市◆呢個月公司又有一部新片出街（這個月公司又推出一部新片）。❸ 歡場女子外出與客人過夜。

【出更】cêd1gang1 (粵) 香港指警察等上班值勤◆學警出更（警務學員上班執勤）。

【出鏡】cêd1géng3 (粵) 在電影或電視上鏡頭◆佢近排出鏡唔多（他最近上鏡頭不多）。

【出恭】cêd1gung1［chūgōng］(通) 拉大便。因古時士子離座上廁要領"出恭入敬"牌而得名。粵口語仍常用。

【出橋】cêd1kiu2 (粵) 出主意。

【出嚟】cêd1lei4 (粵) 出來。

【出糧】cêd1lêng4 (粵) 發工資；領工資◆你哋幾時出糧（你們單位甚麼時候發工資）？/ 出雙糧（發或領加倍工資）。

【出貓】cêd1mao1 (粵) ❶ 考試作弊。❷ 工作上出了差錯。也說"出貓仔" cêd1mao1zei2。

【出年】cêd1nin4-2 (粵) 明年。

【出千】cêd1qin1 (粵) 舞弊；耍騙術。也說"出老千" cêd1lou5qin1。

【出術】cêd1sêd6 (粵) 耍花招；耍陰謀詭計。

【出身】cêd1sen1［chūshēn］(通) 家庭背景。(粵) ❶ 出生◆出身於潮汕地區。❷ 開始自立◆你幾個仔女都出晒身咯呵（你幾個兒女都工作了吧）？

【出聲】cêd1séng1［chūshēng］(通) 發出聲音◆大家別出聲。(粵) 作聲；吭聲；說話◆問極都唔出聲（問來問去都不作聲）/ 只要你出句聲，我哋一定幫你（只要你打個招呼，我們一定幫你的忙）。

【出手】cêd1seo2［chūshǒu］(通) ❶ 表現出來◆出手不凡。❷ 拿出來◆出手大方。❸ 脫手；賣出貨物。(粵) 動手打架◆精仔使口，蠢仔出手（聰明人動嘴，蠢人動手）。

【出頭】cêd1teo4［chūtóu］[通] ❶ 出面；帶頭。❷ 從困苦的環境中解脱出來 ♦ 出頭之日。❸ 表示整數後面的零頭 ♦ 三十出頭。

【出位】cêd1wei6–2［chūwèi］[通] 舊指超越本分。[粵] 超出水準；超越界線 ♦ 嗰兩位新秀今晚有出位表現。

【出符弗】cêd1fu4fid1 [粵] 打鬼主意；使壞心眼。同“出鵝哥”。

【出蠱惑】cêd1gu2wag6 [粵] 耍滑頭。

【出公數】cêd1gung1sou3 [粵] 由公家報銷。

【出嚟撈】cêd1lei4lou1 [粵] ❶ 指男人從事不正當的勾當混飯吃。❷ 指女人當娼妓或交際花謀生。

【出世紙】cêd1sei3ji2 [方] ❶ 出生證。❷ 貨物出廠證。

【出出入入】cêd1cêd1yeb6yeb6 [粵] 進進出出。

【出口成文】cêd1heo2xing4men4 [粵] 出口成章。

【出嚟搵食】cêd1lei4wen2xig6 [粵] ❶ 以正當職業謀生。❷ 當娼妓或掙不當的錢。

【出雙入對】cêd1sêng1yeb6dêu3 [粵] 形容兩個人（特指情侶）形影不離，進進出出都成雙成對。

【出人意表】cêd1yen4yi3biu2 [通] 出人意外。

【出盡八寶】cêd1zên6bad3bou2 [粵] 想盡一切辦法 ♦ 出盡八寶先至攞番個車牌（想盡一切辦法才領回駕駛執照）。

【出得廳堂，入得廚房】cêd1deg1téng1tong4–2，yeb6deg1qu4fong4–2 [粵] 指妻子美麗大方、聰明能幹，既善於應酬賓客，又善於操持家務。

cég

尺 cég1 (tsɛk7) [粵] 英check音譯。指檢查，核對 ♦ 唔該同我尺一尺呢張單（請幫我核一核這張單據）。

☞ 另見本頁 cég3。

尺 cég3 (tsɛk8)［chǐ］[通] ❶ 長度單位，十寸為一尺。❷ 尺子 ♦ 直尺 / 曲尺 / 皮尺 / 標尺。❸ 繪圖器具 ♦ 丁字尺 / 放大尺。❹ 像尺的東西 ♦ 戒尺 / 計算尺。

【尺土寸金】cég3tou2qun3gem1 [粵] 香港人用以形容地價昂貴。

☞ 另見本頁 cég1。

赤 cég3/qig3 (tsɛk8/tsik8)［chì］[通] ❶ 比朱紅稍淺的顏色，泛指紅色 ♦ 赤色 / 赤紅 / 面紅耳赤。❷ 比喻忠誠、純潔 ♦ 赤誠 / 赤膽忠心。❸ 象徵革命 ♦ 赤衛隊。❹ 裸露；光着 ♦ 赤腳 / 赤裸。❺ 空無所有 ♦ 赤貧 / 赤手空拳。[粵] ❶ 冷；冰涼 ♦ 點解你對手咁赤嘅（怎麼你雙手冰涼冰涼的）❷ 疼痛；刺痛 ♦ 頭赤身㷫（頭痛發燒）/ 笑到肚都赤（笑得肚子都疼了）/ 赤赤痛（刺痛）。

cêg

焯 cêg3 (tsœk8)［chāo］[通] 把蔬菜放在開水裏略煮一下就取出 ♦ 焯豆芽 / 將菠菜焯一焯。[粵] 也作“灼”。可“焯”的食物不限於蔬菜 ♦ 白

焯蝦 / 白焯牛百葉。

綽（绰） cêg3 (tsœk8) [chuò] [通] 寬裕 ♦ 寬綽 / 綽有餘裕。

【綽頭】cêg3teo4 [方] 噱頭 ♦ 綽頭片（粗製濫造賣弄噱頭的影片）。

卓 cêg3 (tsœk8) [zhuō] [通] 高超的；不平凡的 ♦ 卓見 / 卓識 / 卓有成效。[粵] 形容人機靈，善於見機行事。

cei

淒（凄） cei1 (tsɐi1) [qī] [通] 悲傷；難過 ♦ 淒楚 / 淒切。

【淒涼】cei1lêng4 [粵] ❶ 淒慘；可憐 ♦ 睇佢兩姊弟就淒涼咯（他們兩姐弟夠可憐的）。❷ 悲哀；傷心 ♦ 喊得好淒涼（哭得挺傷心的）。❸ 引申表示厲害 ♦ 瘦得真淒涼（瘦得皮包骨）/ 今日熱得真淒涼（今天熱得厲害）。

砌 cei3 (tsɐi3) [qì] [通] ❶ 把磚石等用泥灰黏合，逐層壘起 ♦ 砌牆。❷ 拼；壘 ♦ 拼砌 / 堆砌。[粵] ❶ 痛毆；毒打 ♦ 俾人砌一身（被人痛打了一頓）。❷ 瞎編；胡編 ♦ 冇事實根據唔好亂砌（沒有事實根據不要胡編）。❸ 收拾；整理 ♦ 砌啱呢份先（先把這事弄妥再說）。

【砌積木】cei3jig1mug6 [粵] 壘積木。

【砌雪人】cei3xud3yen4 [粵] 堆雪人。

【砌生豬肉】cei3sang1ju1yug6 [粵] 誣陷；栽贓；羅織罪名陷害 ♦ 俾人砌生豬肉（被人誣陷）。

【砌四方城】cei3séi3fong1xing4 [粵] 打麻將。

齊（齐） cei4 (tsɐi4) [qí] [通] ❶ 整齊 ♦；紙疊得很齊。❷ 達到同樣高度 ♦ 齊腰 / 齊肩。❸ 一起；同時 ♦ 百花齊放 / 並駕齊驅。❹ 同樣；一致 ♦ 齊心協力 / 等量齊觀。❺ 全；完備 ♦ 材料齊備 / 人都到齊了。

【齊齊】cei4cei4 [粵] 一起；一齊 ♦ 齊齊學英語（一起來學英語）。

【齊整】cei4jing2 [qízhěng] [通] 整齊 ♦ 個書架執拾得幾齊整（書架收拾得挺整齊）。

【齊緝緝】cei4ceb1ceb1 [粵] 整整齊齊。

【齊頭數】cei4teo4sou3 [粵] 整數 ♦ 俾個齊頭數喇（給個整數吧）。

cem

摻（掺） cem1 (tsɐm1) [粵] ❶ 添；加；續 ♦ 摻啲水（攙點兒水）/ 摻油（加油）。❷ 和…一起；讓…參加 ♦ 摻埋你玩（你也來一塊玩吧）。

☞ 另見 27 頁 cam1。

譖（谮） cem3 (tsɐm3) [粵] 囉唆；嘮叨。

【譖氣】cem3héi3 [粵] 同“譖” ♦ 乜你咁譖氣嚟（怎麼你這麼囉唆）？也說“譖醉”cem3zêu3 或“譖趙”cem3jiu6。

沉 cem4 (tsɐm4) [chén] [通] ❶ 沒入水中 ♦ 沉沒 / 沉浮 / 石沉大海。❷ 向下落 ♦ 月落星沉 / 房基下沉。❸ 落入某種境地 ♦ 沉浸 / 沉淪 / 沉湎酒色。❹ 程度深 ♦ 沉思 / 死氣沉沉。❺

鎮定；不急躁♦沉着 / 沉靜。❻重；分量大♦沉甸甸 / 這東西很沉。

【沉實】cem4sed6 (粵) 沉着；文靜♦沉實姑娘假正經。又言"密實姑娘假正經" med6sed6gu1nêng4ga2zing3ging1。

☞另見 467 頁 zem6。

尋(寻) cem4 (tsɐm4) [xún] (通) 找♦尋人啟事 / 尋根究底。

【尋日】cem4yed6 (粵) 昨天♦我尋日先去睇過佢（我昨天才去看望過他）。也說"琴日" kem4yed6。

cen

親(亲) cen1 (tsɐn1) [qīn] (通) ❶父母♦父親 / 母親 / 雙親。❷有血統或婚姻關係的♦親朋好友 / 大義滅親 / 你同佢有親咩（你跟他沾親帶故）？❸婚姻♦定親 / 成親 / 近親。❹關係密切；感情深♦親近 / 親愛 / 親熱。❺親自♦親身 / 親眼所見。❻用嘴唇接觸，表示親愛♦親嘴 / 她親了親孩子的臉。

【親情】cen1qing4 (粵) 親屬之間的感情。

【親力親為】cen1lig6cen1wei4 (粵) 親自動手，不假外力♦佢樣樣事都親力親為㗎（每樣事情他都自己動手去做）。

【親生仔不如近身錢】cen1sang1zei2bed1yu4gen6sen1qin4-2 (粵)（諺）親生的兒子也比不上自己手頭有錢。

☞另見本頁 cen3。

嚫 cen1 (tsɐn1) (粵) 助詞。❶用在動詞後面，表示動作及於客體或造成相應後果♦撞嚫隻腳（碰了腳了）/ 咬嚫條脷（咬了舌頭了）/ 凍嚫吓嗜（受了點涼）。❷用在動詞後面，表示動作即刻引起反應，相當於"一…就…"或"每次…都…"♦話嚫佢都駁嘴（每次說他他都回嘴）/ 兩個見嚫就嘈交（兩人一見面就吵架）。

趁 cen3 (tsɐn3) [chèn] (通) 利用；乘便♦趁熱打鐵 / 趁佢得閒（趁他有空）。

【趁墟】cen3hêu1 (粵) 趕集。

【趁住】cen3ju6 (粵) 趁着。

【趁勢】cen3sei3 [chènshì] (通) 利用有利的形勢、時機♦趁勢話埋俾佢知（順便也一併告訴他吧）。

【趁手】cen3seo2 (粵) 趁便；順手♦要買趁手（要買請趁便快點買）/ 趁手幫我洗埋件衫（順便替我把衣服洗了）。

【趁你病，攞你命】cen3néi5béng6，lo2néi5méng6 (粵) 形容心狠手辣，落井下石。

襯(衬) cen3 (tsɐn3) [chèn] (通) ❶在裏面墊上一層♦襯底 / 襯上層紙。❷襯在裏面的♦襯衣。❸陪襯；對照♦映襯 / 反襯 / 對襯。(粵) ❶相稱♦呢件衫幾襯你嚹（你穿這件衣服挺得體的）。❷幫助♦幫襯。

【襯家】cen3ga1 (粵) 冤大頭。參見"搵老襯"條，見 394 頁。

親(亲) cen3 (tsɐn3) [qìng]

【親家老爺】cen3ga1lou5yé4 (粵) 親家翁。

【親家奶奶】cen3ga1nai5-4nai5-2 (粵) 親家母。

☞另見本頁 cen1。

塵（尘） cen⁴ (taɐn⁴) ［chén］ [通] ❶ 塵土◆灰塵／彩塵／除塵器／一塵不染。❷ 塵世；世俗◆凡塵／紅塵／塵俗。[粵] 可單用。指塵土，灰塵◆枱面鋪滿晒塵（桌面鋪滿灰塵）／你哋樓上冇咁大塵啩（你們樓上灰塵沒這麼多吧）。

【塵氣】cen⁴héi³ [粵] 形容神氣十足或擺架子的神態。

【塵埃落定】cen⁴ai¹log⁶ding⁶ [粵] 指事情經過周折或紛擾之後出現定局。

陳（陈） cen⁴ (tsɐn⁴) ［chén］ [通] ❶ 時間久的◆陳醋／陳酒／推陳出新。❷ 安放；擺設◆陳放／陳列館。❸ 敘說◆陳述／鋪陳。❹ 姓。

【陳村種】cen⁴qun¹zung² [粵] 指有錢就花光的人。

【陳顯南賣告白】cen⁴hin²nam⁴mai⁶gou³bag⁶ ❶（歇）得把口 deg¹ba²heo² [粵] 比喻光會耍嘴皮子。

cên

春 cên¹ (tsœn¹) ［chūn］ [通] ❶ 季節，在冬夏之間◆立春／開春／春暖花開。❷ 男女愛慕之情◆少女懷春。❸ 比喻生機勃發◆青春／妙手回春。[粵] 同"檘"。

【春袋】cên¹doi⁶ [粵] 同"檘"。

【春茗】cên¹ming⁵ [粵] 春節期間宴請有關人士的應酬活動。

蠢 cên² (tsœn²) chǔn [通] 愚笨◆愚蠢／蠢笨／我真係蠢嘅啊，啲都會信佢嘅（我真蠢，怎麼會相信起他來呢）／人蠢冇藥醫（愚蠢沒得治）。

【蠢豬】cên²ju¹ [粵] 蠢驢；笨蛋。

循 cên⁴ (tsœn⁴) ［xún］ [通] 按照；遵守◆遵循／因循／循序漸進。

【循循善導】cên⁴cên⁴xin⁶dou⁶ [粵] 循循善誘。

ceng

曾 ceng⁴ (tsɐŋ⁴) ［céng］ [通] 表示從前有過的情況或行為◆未曾／我何曾應承過你（我甚麼時候答應過你）？

【曾幾何時】ceng⁴géi²ho⁴xi⁴ ［céng jǐhé shí］ [通] 時間過去不久。僅用於書面語。[粵] 口語常用◆曾幾何時，佢兩個仲出雙入對，咁快又分咗手咯（前不久他們倆還挺親密的，這麼快就分手啦）？

層（层） ceng⁴(tsɐŋ⁴) ［céng］ [通] ❶ 重疊；重複◆層出不窮。❷ 量詞◆五層樓／一層薄膜。[粵] ❶ 表示事項，相當於"點"◆呢一層我知（這一點我知道）。❷ 樓宇單位，有時僅指樓層的其中一個套間◆買番層樓（買一套房）。

【層面】ceng⁴min⁶⁻² [粵] 社會階層◆要關注老人這一層面。

céng

青 céng¹ (tsɛŋ¹) [粵] 口語音。❶ 青色。❷ 某些瓜果未熟◆啲黃皮仲咁青，點食吖（黃皮果還沒有熟，怎麼吃呀）？

【青瓜】céng¹gua¹ [粵] 即"黃瓜"。

【青椒】céng¹jiu¹ [粵] 青辣椒。

【青啤啤】céng¹bi¹bi¹ [粵] ❶ 果子未成熟所呈的青綠色。❷ 臉色發青。

【青頭仔】céng¹teo⁴zei² [粵] 指未有性經驗的青少年。

【青竹蛇】céng¹zug¹sé⁴ [粵] 竹葉青蛇。

☞ 另見 318 頁 qing¹。

請（请）céng² (tsɛŋ²) [粵] 口語音。❶ 請求 ♦ 請假 / 請人幫忙。❷ 邀請 ♦ 請客 / 請醫生。❸ 敬辭 ♦ 請教 / 請坐。

【請槍】céng²cêng¹ [粵] 請人槍替；考試請人代筆。

【請飲】céng²yem² [粵] 請喝喜酒。

☞ 另見 319 頁 qing²。

cêng

長（长）cêng¹ (tsœŋ¹) [粵] 口語變音。表示的意義與本義相反，相當於"短" ♦ 咁長，點夠吖（這麼短，哪裏夠呢）？/ 得咁長長咋（才這麼短呀）？

☞ 另見本頁 cêng²；37 頁 cêng⁴。

腸（肠）cêng² (tsœŋ²) [粵] 口語變音 ♦ ❶ 腸子 ♦ 豬腸 / 雞腸。❷ 用腸子或腸衣製成的食品 ♦ 香腸 / 粉腸 / 灌腸。

長（长）cêng² (tsœŋ²) [粵] 口語變音。對本義有所限制，含有"僅僅這麼長" 的意思 ♦ 條繩得咁長唔係幾多夠嚟（繩子就這麼長，不大夠用）。

☞ 另見本頁 cêng¹；37 頁 cêng⁴。

搶（抢）cêng² (tsœŋ²) [qiǎng] [通] ❶ 用強力奪取 ♦ 搶奪 / 有人搶嘢（有人搶東西）。❷ 抓緊時間進行 ♦ 搶救 / 搶修。❸ 爭先 ♦ 搶佔市場 / 大家搶住做（大夥搶着幹）。

【搶鏡】cêng²géng³ [粵] 在鏡頭中形象顯得特別突出。

【搶眼】cêng²ngan⁵ [粵] 顯眼；惹人注意 ♦ 標題十分搶眼（標題非常醒目）。

【搶灘】cêng²tan¹ [qiǎngtān] [通] 軍事上指搶佔灘頭，強行登陸。[粵] 引申指搶先佔領市場。

【搶閘】cêng²zab⁶ [方] 原指賽馬時放開柵欄，搶先出發。泛指突破限制，搶先行動。

唱 cêng³ (tsœŋ³) [chàng] [通] ❶ 歌唱 ♦ 唱戲 / 合唱 / 演唱會。❷ 高聲 ♦ 唱名 / 唱票 / 雞唱三遍。[粵] 嘲諷；散佈流言 ♦ 有人喺背後唱你（有人在背後説你壞話）/ 俾人周圍咁唱就唔好喇（被人到處説閒話就不好啦）。

【唱碟】cêng³dib⁶⁻² [粵] 唱片 ♦ 鐳射唱碟。

【唱口】cêng³heo² [粵] ❶ 人的嗓音。❷ 鳥的叫聲 ♦ 隻雀幾好唱口（這鳥叫得挺動聽）。

【唱衰】cêng³sêu¹ [粵] 詆毀；説別人壞話 ♦ 俾人唱衰（遭人詆毀）/ 一於唱衰佢（乾脆把他的名聲搞臭）。

【唱生晒】cêng³sang¹sai³ [粵] ❶ 瞎嚷嚷。❷ 到處散播。

暢（畅）cêng³ (tsœŋ³) [chàng] [通] ❶ 沒有阻礙 ♦ 暢行無阻。❷ 痛快；盡情 ♦ 暢談 / 歡暢 / 舒

暢。粵 將大面額鈔票兑換成零錢 ♦ 暢散紙（換零錢）/ 暢開張廿蚊紙（將二十塊錢兑成零鈔）。

熗（炝） cêng^3 (tsœŋ^3) [qiàng] 通 ❶ 一種烹飪方法。將菜餚放在開水中略煮，取出後再加作料拌。❷ 一種烹飪方法。先將肉、葱花等用熱油略炒，再加作料和水煮。粵 ❶ 火舌噴吐 ♦ 火熗晒出嚟（火全噴出來了）。❷ 灼；燎 ♦ 因住俾火熗嚫眼眉（小心火燎眉毛）。

長（长） cêng^4 (tsœŋ^4) [cháng] 通 ❶ 兩點間距離大；時間相隔久 ♦ 天長地久 / 來日方長。❷ 長度 ♦ 全長三千米。❸ 長處；專長 ♦ 特長 / 一技之長 / 取長補短。❹ 擅長 ♦ 長於工筆畫。

【長氣】cêng^{4}héi^3 粵 ❶ 嘮叨不休 ♦ 乜咁長氣㗎（幹嘛那麼絮叨）？❷ 引申指說話或哭喊持續的時間長 ♦ 喊夠未吖，咁長氣嘅（哭夠了吧，還有完沒完）？

【長糧】cêng^{4}lêng^4 粵 終身退休金 ♦ 食長糧（靠退休金過日子）。

【長篇】cêng^{4}pin^1 粵 形容事情複雜，說來話長 ♦ 講起嚟就長篇嘞（說來話長）。

【長情】cêng^{4}qing^4 粵 深情；重感情。

【長腳蜢】cêng^{4}gêg^{3}mang$^{5-1}$ 粵 ❶ 比喻腿長的人。❷ 比喻走得快或善於走路的人。

【長氣鬼】cêng^{4}héi^{3}guei^2 粵 絮叨鬼。

【長氣婆】cêng^{4}héi^{3}po$^{4-2}$ 粵 愛嘮叨的女人。

【長期飯票】cêng^{4}kéi^{4}fan^{6}piu^3 方 女子可終生依靠的伴侶。

☞ 另見 36 頁 cêng^1，cêng^2。

ceo

抽 ceo^1 (tsɐu^1) [chōu] 通 ❶ 把夾在中間的東西取出 ♦ 從書架上抽本字典俾我（從書架上抽出本字典給我）。❷ 從全部中取出若干 ♦ 抽樣調查 / 將佢幾個抽出來另作安排（把他們幾個抽調出來另作安排）。❸ 用長條的東西打 ♦ 抽鞭子。❹ 用球拍擊 ♦ 抽球 / 抽殺。❺ 吸 ♦ 抽煙 / 抽油煙機。粵 由下往上提 ♦ 抽高啲條褲（把褲子拉高一點）。

【抽波】ceo^{1}bo^1 粵 抽球；扣球（指打乒乓球）。

【抽佣】ceo^{1}yung^2 [chōuyòng] 通 從成交額中抽佣金，相當於“提成”。

【抽絲剝繭】ceo^{1}xi^{1}mog^{1}gan^2 粵 比喻一步步查明真相或找出原因。

秋 ceo^1 (tsɐu^1) [qiū] 通 ❶ 秋季，在夏冬之間 ♦ 秋天 / 中秋 / 秋風秋雨。❷ 指一年的時間 ♦ 千秋萬代 / 一日不見，如隔三秋。❸ 指某一時期 ♦ 多事之秋 / 危急存亡之秋。

【秋蟬】ceo^{1}xim^4 粵 蟬；知了。

揪 ceo^1 (tsɐu^1) 粵 量詞。相當於“掛”、“串”、“束” ♦ 一揪鎖匙（一串鑰匙）/ 一揪龍眼（一束龍眼）/ 一揪豬肉（一掛豬肉）。

醜（丑） ceo^2 (tsɐu^2) [chǒu] 通 ❶ 相貌難看 ♦ 醜八怪。❷ 令人厭惡或瞧不起 ♦ 醜態百出 / 家醜不可外揚。粵 ❶ 作動詞用，相當於

"羞" ♦ 醜吓佢（羞羞他）。❷ 作形容詞用，相當於"害羞" ♦ 怕醜（害羞）/ 唔知醜（不知羞）。

【醜頸】ceo^{2}géng^{2} [粵] 臭脾氣；壞脾氣。

【醜怪】ceo^{2}guai^{3} [chǒuguài] [通] 樣子難看 ♦ 模樣醜怪 / 生得醜怪（長得難看）。[粵] ❶ 形容行為可羞 ♦ 咁醜怪嘅事都做得出嘅（這麼丟人的事也幹得出來）。❷ 逗嬰幼兒扮怪相時常說的話。

【醜樣】ceo^{2}yêng$^{6-2}$ [粵] ❶ 樣子難看 ♦ 件衫咁醜樣，點着出去見人吖（這件衣服樣子那麼難看，怎麼穿出去見人哪）。❷ 反其意而用，恭維人家的新生兒漂亮。

籌（筹）ceo^{2} (tsɐu^{2}) [chóu] [通] 用作計數或憑證的小物件。[粵] ❶ 籤兒 ♦ 執籌（抓鬮）。❷ 號碼牌 ♦ 派籌（分發號碼牌）/ 攞籌（領號碼牌）。

☞ 另見本頁 ceo^{4}。

臭 ceo^{3} (tsɐu^{3}) [chòu] [通] ❶ 氣味難聞 ♦ 口臭 / 狐臭 / 臭氣沖天。❷ 令人厭惡的 ♦ 臭架子 / 臭脾氣 / 臭名遠揚。❸ 狠狠地 ♦ 臭罵一頓。

【臭青】ceo^{3}céng^{1} [粵] 蔬菜等未煮熟發出的氣味。

【臭檔】ceo^{3}dong^{3} [粵] 形容人臭名昭著或聲名狼藉。

【臭飛】ceo^{3}féi^{1} [粵] 對流氓阿飛的蔑稱。

【臭丸】ceo^{2}yun$^{4-2}$ [粵] 樟腦丸；衛生球。

【臭崩崩】ceo^{3}beng^{1}beng^{1} [粵] 臭烘烘。

【臭屎密冚】ceo^{3}xi^{2}med^{6}kem^{2} [粵] 糞便太臭，必須蓋嚴。比喻醜事切勿張揚。

湊（凑）ceo^{3} (tsɐu^{3}) [còu] [通] ❶ 聚集；合在一起 ♦ 湊夠 / 湊足 / 生拼硬湊。❷ 碰；趕；趁 ♦ 湊巧 / 湊熱鬧 / 湊啱人齊（湊巧人那麼齊）。❸ 接近 ♦ 往前湊 / 湊到跟前。[粵] 帶孩子；照料小孩 ♦ 湊細路（帶小孩）。

【湊埋】ceo^{3}mai^{4} [粵] 湊在一起，合起來 ♦ 湊埋唔夠一百文（湊在一起不足一百元）。

【湊啱】ceo^{3}ngam^{1} [粵] 湊巧；恰好 ♦ 湊啱呢兩日得閒（恰好這兩天有空）。

【湊仔】ceo^{3}zei^{2} [粵] 帶孩子 ♦ 佢喺屋企湊仔（她在家帶孩子）。

【湊夠一個好字】ceo^{3}geo^{3}yed^{1}go^{3}hou^{2}ji^{6} [粵] 指要生兩個孩子，一子一女最好。

籌（筹）ceo^{4} (tsɐu^{4}) [chóu] [通] 出主意；想辦法；定計劃 ♦ 一籌莫展 / 統籌安排。[粵] 量詞。相當於"遍" ♦ 之後我去搵過你幾籌（之後我去找過你幾次）。

☞ 另見本頁 ceo^{2}。

cêu

吹 cêu^{1} (tsœy^{1}) [chuī] [通] ❶ 合攏嘴唇用力呼氣 ♦ 吹氣 / 吹簫 / 吹蠟燭。❷ 空氣流動，衝擊物體 ♦ 風吹草動。❸ 誇口；說大話 ♦ 自吹自擂 / 冇咁嘅事，唔好亂吹（沒這樣的事不要瞎吹）。❹ 事情失敗；感情破裂 ♦ 告吹 / 他們倆早就吹了。[粵] ❶ 抽 ♦ 吹鴉片（抽鴉片）。❷"吹脹"的省略，表示"奈何不了"、"氣得不得了"的意思♦你吹我咩（你奈何不了我）/俾佢吹到爆（被他氣死了）。

【吹爆】cêu^{1}bao^{3} (粵) 氣死；氣壞♦真俾佢吹爆（真給他氣死）。

【吹波】cêu^{1}bo^{1} (粵) 把頭髮吹成波浪型。

【吹筒】cêu^{1}tung$^{4-2}$ (粵) 吹乾頭髮用的小型吹風機。

【吹脹】cêu^{1}zêng^{3} (粵) ❶奈何♦你吹脹我吖（你奈何我啥）？❷氣壞；氣死♦呢勻我俾佢吹脹（這回我給他氣死了）。

【吹唔脹】cêu^{1}m^{4}zêng^{3} (粵) 奈何不了♦真係吹佢唔脹（真拿他沒辦法）。

【吹鬚睩眼】cêu^{1}sou^{1}lug^{1}ngan^{5} (粵) 吹鬍子瞪眼睛，形容大發脾氣的樣子♦個老坑俾佢激到吹鬚睩眼（那老頭被他氣得吹鬍子瞪眼睛）。

催 cêu^{1} (tsœy^{1}) [cuī] (通) 促使行動、變化等加快♦催逼/催化劑/唔好催我咁快喇（別催我這麼快）。

【催穀】cêu^{1}gug^{1} (方) 千方百計促成某事。

【催命咁催】cêu^{1}méng^{6}gem^{3}cêu^{1} (粵) 像催命那樣催。比喻緊緊地催促。

取 cêu^{2} (tsœy^{2}) [qǔ] (通) ❶拿♦取款/取行李。❷得到；招致♦取暖/取樂/奪取/咎由自取。❸挑選；採用♦錄取/取長補短。

【取鏡】cêu^{2}géng^{3} (粵) 選取外景；拍外景。

【取景】cêu^{2}ging^{2} (粵) 同"取鏡"。

【取向】cêu^{2}hêng^{3} (粵) 傾向；方向♦價值取向。

【取料】cêu^{2}liu$^{6-2}$ (粵) 採訪新聞。

【取錄】cêu^{2}lug^{6} (粵) 錄取。

鎚（锤） cêu^{2} (tsœy^{2}) (粵) 口語變音♦鐵鎚/釘鎚/唔該遞個鎚俾我（請把鎚子遞來給我）。

脆 cêu^{3} (tsœy^{3}) [cuì] (通) ❶容易折斷、破碎♦脆骨/鬆脆/酥脆。❷聲音清爽響亮♦清脆悦耳。❸説話做事爽利痛快♦乾脆。

【脆皮】cêu^{3}péi$^{4-2}$ (粵) ❶食物的表皮甘香酥脆♦脆皮乳豬/脆皮花生。❷臉皮薄♦好脆皮㗎佢，話幾句就喊（她臉皮挺薄的，説她幾句就哭了起來）。

【脆卜卜】cêu^{3}bug^{1}bug^{1} (粵) 綳脆。也説"卜卜脆"bug^{1}bug^{1}cêu^{3}或"脆碧卜"cêu^{3}big^{1}bug^{1}。

趣 cêu^{3} (tsœy^{3}) [qù] (通) ❶興味♦風趣/樂趣/自討沒趣。❷有趣味的♦趣事。❸志向♦趣向/志趣/情趣/雅趣。

【趣怪】cêu^{3}guai^{3} (粵) ❶活潑有趣♦個仔生得幾趣怪（你兒子挺活潑可愛的）。❷新奇有趣♦呢種玩具睇嚟都幾趣怪（這種玩具看上去挺新奇有趣的）。

【趣致】cêu^{3}ji^{3} (粵) 逗人喜愛。

【趣趣哋】cêu^{3}cêu$^{3-2}$déi^{2} (粵) 讓個意思♦趣趣哋減啲喇（讓個意思減點兒吧）。

除 cêu^{4} (tsœy^{4}) [chú] (通) ❶去掉♦根除/清除/排除/免除。❷不計算在內♦除外/除開。❸算術的除法♦除數/除號。[粵]❶脫下；解下♦除衫（脫衣服）/除褲（脫褲子）。❷卸下；摘下♦除咗隻戒指（卸下戒指）/除低副眼鏡（摘下眼鏡）。

【除咗】cêu⁴zo² [粵]除了♦除咗佢仲會有邊個吖（除了他還會有誰呀）？

【除笨有精】cêu⁴ben⁶yeo⁵zéng¹ [粵]❶表示愚笨的人偶爾也要點小聰明。❷表示雖然吃點小虧，但還是有便宜可佔。

【除褲局屁】cêu⁴fu³o¹péi³ [粵]脫褲子放屁。比喻多此一舉或自找麻煩。

錘（锤）cêu⁴ (tsœy⁴) [chuí] [通]❶古代一種兵器♦銅錘。❷錘子，敲打東西的器具♦鐵錘。❸秤錘，配合秤桿稱分量的金屬塊。❹用錘敲打♦錘煉/千錘百煉。[粵]量詞。相當於"拳"♦抌佢一錘（打他一拳）。

捶 cêu⁴ (tsœy⁴) [chuí] [通]用拳頭或棒槌敲打♦捶背/捶胸頓足。[粵]捶打♦捶多幾下（多捶打幾下）。

隨（随）cêu⁴ (tsœy⁴) [suí] [通]❶跟在後面♦跟隨/尾隨/伴隨。❷任憑♦隨時隨地/去唔去隨你（去不去由你作主）。❸順從♦隨和/隨風轉舵/入鄉隨俗。[粵]滿；通♦隨街隨巷（滿街滿巷）/隨街都有得賣（通街都有賣）。

【隨帶】cêu⁴dai³ [粵]隨身攜帶的♦隨帶行李唔多（隨身攜帶的行李不多）。

【隨得】cêu⁴deg¹ [粵]任由；聽憑♦你去唔去，隨得你（你去還是不去，隨你便）。

【隨便你】cêu⁴bin⁶⁻²néi⁵ [粵]你喜歡怎麼樣就怎麼樣；隨你的便。

嚿 cêu⁴ (tsœy⁴) [粵]氣味；味兒♦臭嚿（臭味兒）/香嚿（香味兒）/酸嚿（酸味兒）/嗰唆嚿好難聞（那股味挺難聞）。

CO

初 co¹ (tsɔ¹) [chū] [通]❶開始的部分♦初春/月初/最初。❷第一項；剛開始♦初次見面/初出茅廬。❸等級最低的♦初級班/初等數學。❹原來的；原來的情況♦初願/想當初/和好如初。

【初初】co¹co¹ [粵]起初；剛開始時♦我初初都唔識用電腦（起初我也不會使用電腦）。

【初哥】co¹go¹ [粵]新手；生手；第一次做某事的人。

【初時】co¹xi⁴ [粵]起初；開始的時候♦初時我都唔係幾習慣（起初我也不大習慣）。

【初嚟步到】co¹lei⁴bou⁶dou³ [粵]新來乍到。也作"初嚟甫到"。

【初歸心抱，落地孩兒】co¹guei¹sem¹pou⁵, log⁶déi⁶hai⁴yi⁴ [粵]暗喻對新娶的媳婦和新生的嬰兒都要及早教導。

搓 co¹ (tsɔ¹) [cuō] [通]兩手相摩擦，或用手掌推揉♦搓手/搓繩子/搓一搓條領先至放落洗衣機度（先把領子搓一搓，再放入洗衣機）。

【搓得圓撳得扁】co¹deg¹yun⁴gem⁶deg¹bin² [粵] 形容人性情隨和。

☞ 另見 26 頁 cai¹。

錯 (错) co³ (tsɔ³) [cuò] [通] ❶ 不對；不正確 ♦ 錯字 / 出錯 / 過錯。❷ 參差；交雜 ♦ 交錯 / 錯落 / 錯雜。❸ 避開；失去 ♦ 錯車 / 錯開時間 / 錯過時機。❹ 差；壞 ♦ 呢份工入息唔錯㗎（這份工收入挺不錯的）。

【錯蕩】co³dong⁶ [粵] 見親朋忽然來訪時常說的客套話 ♦ 乜今日咁錯蕩，得閒嚟探我吖（怎麼今天有空兒看望我呀）？

【錯失】co³sed¹ [粵] 錯過某種機會。

【錯手】co³seo² [粵] 失手 ♦ 錯手傷人。

【錯有錯着】co³yeo⁵co³zêg⁶ [粵] 因禍得福；錯了也有錯了的好處。

鋤 (锄) co⁴ (tsɔ⁴) [chú] [通] ❶ 鬆土、除草用的農具。❷ 用鋤鬆土、除草 ♦ 鋤地。[粵] ❶ 專心做某事 ♦ 鋤吓書（認真看看書）。❷ 挑刺兒 ♦ 費事俾人鋤（省得給人家挑刺兒）。

【鋤低】co⁴dei¹ [粵] 揭發某人的短處使他下不了台。

【鋤大弟】co⁴dai⁶di² [粵] 撲克遊戲之一，即所謂“鬥大”。也作“鋤大 D”。也說“鋤弟”co⁴di²。

坐 co⁵ (tsɔ⁵) [粵] 口語音。乘；搭 ♦ 坐車 / 坐船 / 坐飛機。

【坐低】co⁵dei¹ [粵] 坐下 ♦ 坐低先講（先坐下再說）。

【坐監】co⁵gam¹ [粵] 坐牢。

【坐正】co⁵zéng³ [粵] 升任正職；當上一把手。

【坐月】co⁵yud⁶⁻² [粵] 坐月子。

【坐花廳】co⁵fa¹téng¹ [粵] 坐大牢。戲謔的說法。

【坐霸王車】co⁵ba³wong⁴cé¹ [粵] 乘車耍賴不買票。

【坐移民監】co⁵yi⁴men⁴gam¹ [方] 移居外國，人地生疏，一時難以找到職業，賦閒在家，頗覺無聊，故有此戲稱。

【坐穩釣魚船】co⁵wen²diu³yu⁴xun⁴ [粵] 穩坐釣魚船。意指成功在握。

☞ 另見 475 頁 zo⁶。

cog

剒 cog³ (tsɔk⁸) [粵] ❶ 猛然用力拉扯 ♦ 條繩一剒就斷（繩子用力一扯就斷了）。❷ 用脅逼、質問等方式讓對方說出真相 ♦ 俾佢剒得幾剒，乜都講晒出嚟（被他質問了幾句，就甚麼都說出來了）。

【剒住度氣】cog³ju⁶dou⁶héi³ [粵] ❶ 呼吸困難，氣往上頂。❷ 比喻被迫忍氣吞聲。

coi

啋 coi¹ (tsɔi¹) [粵] 歎詞。表示嫌棄或斥責，女性多用 ♦ 啋，新年流流，唔好講埋晒啲嗽嘅嘢（去你的，新年別說這些鳥話）。

【啋過你】coi¹guo³néi⁵ [粵] 去你的。常用於聽別人說了不吉利的話時作出回應 ♦ 啋過你，大吉利是。

【啋過你把口】coi¹guo³néi⁵ba²heo² [粵] 閉上你的臭嘴。使用語境同“啋過你”。

採（采）coi² (tsɔi²) [cǎi] ㊣ ❶ 摘 ♦ 採花／採茶／採桑葉。❷ 發掘 ♦ 開採／採煤／採礦。❸ 搜集 ♦ 採集／採珠。❹ 選取 ♦ 採取／採購。

【採青】coi²céng¹ ㊣ 喜慶活動時，讓參加慶賀的舞獅人把懸於高處的利是封和生菜摘下來，視為吉利。

彩 coi² (tsɔi²) [cǎi] ㊣ ❶ 多種顏色 ♦ 彩色／五彩繽紛。❷ 精美；多樣 ♦ 精彩／豐富多彩。❸ 稱讚誇獎的叫喊聲 ♦ 喝彩。❹ 負傷流血 ♦ 掛彩。❺ 賭博或遊戲中給得勝者的財物 ♦ 中彩／彩金。㊣ 運氣 ♦ 博彩／撞彩（碰運氣）／好彩我冇去（幸虧我沒去）。

【彩數】coi²sou³ ㊣ 彩氣；運氣 ♦ 睹彩數（碰運氣）／好彩數（好運氣）。

睬 coi² (tsɔi²) [cǎi] ㊣ 理會；答理 ♦ 理睬／冇人睬佢（沒有人理睬他）／睬都唔睬（壓根兒不理睬）。

【睬佢都傻】coi²kêu⁵dou¹so⁴ ㊣ 傻瓜才去理睬。表示對人對事不屑一顧 ♦ 呢種人睬佢都傻（這種人，只有傻瓜才會去理睬）。有時也說“睬佢都戇居” coi²kêu⁵dou¹ngon⁶gêu¹。

菜 coi³ (tsɔi³) [cài] ㊣ ❶ 蔬菜植物的總稱 ♦ 菜農／菜市／肉菜市場。❷ 經烹製的菜色 ♦ 炒菜／飯菜／點菜／上菜。㊣ 對女性的蔑稱 ♦ 試菜比賽（選美賽）／一條正菜（一個漂亮、風騷的娘們）。

【菜膽】coi³dam² ㊣ 某些蔬菜最中間的部分 ♦ 芥菜膽／生菜膽。

【菜腳】coi³gêg³ ㊣ 殘羹剩菜；吃剩的菜餚。也叫“餸腳” sung³gêg³。

【菜乾】coi³gon¹ ㊣ 乾菜 ♦ 煲菜乾湯。

【菜館】coi³gun² ㊣ 餐館，一般指有風味特色的餐館 ♦ 潮州菜館。

【菜欄】coi³lan⁴⁻¹ ㊣ 菜市場（既指批發市場，也指零售市場）。

【菜牌】coi³pai⁴⁻² ㊣ 菜單。參見“餐牌” can¹pai⁴⁻²，見 27 頁。

【菜脯】coi³pou² ㊣ 醃製乾菜，如蘿蔔乾之類。

【菜心】coi³sem¹ ㊣ 菜薹，粵港地區主要蔬菜品種之一 ♦ 腑胵炒菜心。

【菜田】coi³tin⁴ ㊣ 菜地。

財（财）coi⁴ (tsɔi⁴) [cái] ㊣ 金錢和物資的總稱 ♦ 資財／發財／當家理財。

【財主佬】coi⁴ju²lou² ㊣ 財主。

【財大氣粗】coi⁴dai⁶héi³cou¹ [cáidàqì cū] ㊣ 仗着錢財多而氣勢淩人或敢於花銷。

【財可通神】coi⁴ho²tung¹sen⁴ ㊣ 有錢能使鬼推磨。

【財不可露眼】coi⁴bed¹ho²lou⁶ngan⁵ ㊣ 漫藏誨盜。

【財到光棍手】coi⁴dou³guong¹guen³seo²（歇）有去冇回頭 yeo⁵hêu³mou⁵wui⁴teo⁴ ㊣ 被騙去的錢財永遠無法收回。相當於“肉包子打狗 —— 一去不回頭”。

cong

倉（仓）cong¹ (tsɔŋ¹) [cāng] ㊣ 貯藏穀物等的庫房 ♦ 糧倉。

【倉存】cong¹qun⁴ ㊣ 庫存。

【倉底貨】cong¹dei²fo³ ⑨ 積壓商品。

【倉底片】cong¹dei²pin³⁻² ⑨ 拍成後一直未發行的影片。

蒼（苍）cong¹(tsɔŋ¹) [cāng] ⑳ ❶ 青色 ♦ 蒼松翠柏。❷ 灰白色 ♦ 白髮蒼蒼。❸ 老練 ♦ 蒼勁有力。

【蒼蠅】cong¹ying⁴ [cāngying] ⑳ 昆蟲，種類很多，通常指家蠅，能傳染多種疾病。粵口語説“烏蠅”wu¹ying¹。

廠（厂）cong² (tsɔŋ²) [chǎng] ⑳ ❶ 工廠 ♦ 紡織廠 / 製衣廠 / 加工廠。❷ 有空地可以存貨或進行加工的場所 ♦ 水廠 / 煤廠 / 木材廠。

【廠景】cong²ging² ⑤ 指拍攝電影、電視的內景。

牀（床）cong⁴ (tsɔŋ⁴) [chuáng] ⑳ ❶ 供人睡臥的傢具 ♦ 鐵牀 / 吊牀 / 雙人牀。❷ 像牀的地面 ♦ 河牀 / 苗牀 / 温牀。❸ 指某些機器 ♦ 車牀 / 機牀。❹ 量詞 ♦ 一牀新被。

【牀墊】cong⁴din³ ⑨ 褥子。同“牀褥”。

【牀罩】cong⁴zao³ [chuángzhào] ⑳ 罩在牀上的布，邊上多有裝飾物。粵口語也説“牀冚”cong⁴kem²。

【牀下底】cong⁴ha⁶dei² ⑨ 牀底下。

【牀上戲】cong⁴sêng⁶héi³ ⑨ 指有男女性愛鏡頭的影視節目。

【牀鋪被蓆】cong⁴pou¹péi⁵zég⁶ ⑨ 鋪的蓋的。

【牀下底破柴】cong⁴ha⁶dei²po³cai⁴（歇）撞大板 zong⁶dai⁶ban² 或包撞板 bao¹zong⁶ban² ⑨ 比喻遭到拒絕或受到斥責。

【牀下底放紙鷂】cong⁴ha⁶dei²fong³ji²yiu²（歇）高極有限gou¹gig⁶yeo⁵han⁶ ⑨ 常用來諷刺人本領不大，水平不高。相當於“牀底下堆寶塔 —— 縱高也有限”。

cou

操 cou¹ (tsou¹) [cāo] ⑳ ❶ 手持；控制 ♦ 操刀 / 穩操勝券。❷ 從事；勞作 ♦ 操勞 / 重操舊業。❸ 肢體運動 ♦ 早操 / 韻律操。❹. 説某種語言或方言 ♦ 操粵語 / 操北方口音。⑨ ❶ 操練；訓練 ♦ 操吓佢（幫他練一練）。❷ 操勞；苦幹 ♦ 琴晚操到好夜先至瞓（昨晚弄到很晚才睡覺）。

【操兵】cou¹bing¹ ⑨ 練兵。

【操正步】cou¹jing³bou⁶ ⑨ 按規矩、規章辦事。

粗 cou¹ (tsou¹) [cū] ⑳ ❶ 條形物的橫剖面較大 ♦ 粗紗 / 粗鐵線（粗鐵絲）。❷ 顆粒大 ♦ 粗砂。❸ 不光滑；不精細 ♦ 粗布 / 粗重嘢（粗重活）。❹ 疏忽；不周密 ♦ 粗心大意 / 粗枝大葉。❺ 魯莽 ♦ 粗魯 / 粗暴。❻ 聲音大而低 ♦ 粗聲粗氣 / 嗓音粗啞。❼ 略微 ♦ 粗知一二 / 粗具規模。⑨ 地位高 ♦ 捞到好粗（當了大）。

【粗嚡】cou¹hai⁴ ⑨ 粗糙。

【粗口】cou¹heo² ⑨ ❶ 粗話；髒話，下流話 ♦ 講粗口（説髒話，罵人）。❷ 説話粗野 ♦ 嗰條爛仔鬼咁粗口（那個小流氓説話粗野得很）。

【粗生】cou¹sang¹ [cūshēng] ⑳ 植物對

環境條件要求不高，繁殖力強 ♦ 木薯好粗生（木薯很粗生）。

【粗重工夫】cou1cung5gung1fu1 (粵) 粗重活兒。

【粗口爛舌】cou1heo2lan6xid6 (粵) 説話粗鄙下流。

【粗生粗養】cou1sang1cou1yêng5 (粵) ❶ 常用來形容家庭環境雖不優裕，但孩子都健碩少病。❷ 指家庭環境不富裕，只能給孩子不太好的生活環境。

【粗身大勢】cou1sen1dai6sei3 (粵) 形容孕婦挺着肚子。

【粗聲大氣】cou1séng1dai6héi3 (粵) 粗聲粗氣。

【粗手粗腳】cou1seo2cou1gêg3 (粵) 粗手笨腳；笨手笨腳。

【粗言爛語】cou1yin4lan6yu5 (粵) 粗話；髒話。

草 cou2 (tsou2) [cǎo] (通) ❶ 栽培植物以外的草本植物 ♦ 青草 / 野草 / 花草樹木 / 風吹草動。❷ 用作飼料、燃料等的莖葉 ♦ 草料 / 稻草 / 柴草。❸ 粗糙；簡略 ♦ 草圖 / 草稿。❹ 馬虎；不細緻 ♦ 草率 / 草草了事。❺ 草稿 ♦ 起草。❻ 草書 ♦ 行草 / 狂草。

【草蜢】cou2mang5-2 (粵) ❶ 蚱蜢，常用來餵鳥。❷ 比喻小人物。

【草披】cou2péi1 (粵) 草地。

【草花頭】cou2fa1teo4-2 (粵) 漢字部首的“草字頭”。

【草根階層】cou2gen1gai1ceng4 (粵) 英 grassroots 意譯。指黎民百姓；社會底層的人們。

醋 cou3 (tsou3) [cù] (通) ❶ 一種酸味的液體調味品 ♦ 酸醋 / 陳醋。❷ 比喻男女關係中的嫉妒心理 ♦ 呷醋（吃醋）/ 醋意大發。

【醋埕】cou3qing4 (粵) 醋罐子。比喻妒性大的女人。

燥 cou3 (tsou3) [zào] (通) 缺少水分 ♦ 乾燥 / 枯燥。(粵) 指某些食物具有使人上火的性質。

【燥火】cou3fo2 (粵) 同“燥” ♦ 煎炸嘢好燥火㗎，因住唔好食咁多（煎炸的食品挺容易上火的，當心別吃得太多）。

【燥熱】cou3yid6 [zàorè] (通) 天氣乾燥炎熱。(粵) 形容食物容易使人上火 ♦ 啲魷魚都幾燥熱吓㗎（吃魷魚也挺容易使人上火的）。

躁 cou3 (tsou3) [zào] (通) 性急；不冷靜 ♦ 累躁 / 煩躁 / 戒驕戒躁。(粵) 煩躁；急躁 ♦ 唔好咁躁（別這麼煩躁）/ 咁躁點做得成嘢㗎（這麼急躁哪幹得成事呀）？

曹 cou4 (tsou4) [cáo] (通) ❶ 周朝國名。❷ 姓。

【曹操都有知心友，關公亦有對頭人】cou4cou1dou1yeo5ji1sem1yeo5，guan1gung1yig6yeo5dêu3teo4yen4 (粵) 比喻好人有其反對者，壞人亦有其支持者。

嘈 cou4 (tsou4) [cáo] (通) 聲音雜亂 ♦ 嘈雜。(粵) ❶ 吵鬧；嘈雜 ♦ 啯班嘩鬼，一日到晚嘈到死（那幫小子，一天到晚吵得要命）。❷ 爭執；爭吵 ♦ 無謂再同佢嘈喇（沒必要再跟他吵）。

【嘈交】cou4gao1 (粵) 吵嘴；吵架 ♦ 隔籬

兩公婆又試嘈交（隔壁那兩口子又吵起來了）。

【嘈嘈閉】cou⁴cou⁴bei³ [粵] 吵吵嚷嚷；鬧個不停 ♦ 成日嘈嘈閉，嘈到人心都煩（整天吵吵嚷嚷，吵得人心煩）。

【嘈生晒】cou⁴sang¹sai³ [粵] 大聲嚷嚷；吵個不停 ♦ 嘈生晒，慌死冇人知噉（大聲張揚，好像怕別人不知道似的）/ 嗰邊嘈生晒，唔知發生乜嘢事呢（那邊吵吵嚷嚷，不知道發生了甚麼事）？

【嘈喧巴閉】cou⁴hün¹ba¹bei³ [粵] 喧喧嚷嚷；鬧哄哄 ♦ 咪喺度嘈喧巴閉好唔好吖，老竇要寫嘢㗎（別在這裏喧嚷好不好，爸爸還要寫東西呢）。

槽 cou⁴ (tsou⁴) [cáo] [通] ❶ 餵牲口的長條形器具 ♦ 豬槽。❷ 物體凹下的部分 ♦ 水槽 / 喺木板上挖條槽（在木板上挖一條槽）。[粵] 把粗放飼養、將要宰殺的家禽關起來餵養，使肉質肥美 ♦ 槽鵝。

措 cou⁵ (tsou⁵) [粵] 積攢；收集 ♦ 措錢 / 措郵票。

【措埋】cou⁵mai⁴ [粵] 攢起來 ♦ 措埋啲利是（把利是錢積攢起來）/ 措埋啲錢唔捨得使（把錢攢起來捨不得花）。

【措錢】cou⁵qin⁴⁻² [粵] 攢錢；存錢 ♦ 措錢買屋（存錢買房子）。

【措措埋埋】cou⁵cou⁵mai⁴mai⁴ [粵] 一點一點積攢起來。

娶 cou⁵ (tsou⁵) [粵] 口語音 ♦ 娶老婆（娶妻）。

【娶心抱】cou⁵sem¹pou⁵ [粵] 娶媳婦 ♦ 娶埋心抱就安樂晒（等兒子都成了親那就舒心啦）。

cug

促 cug¹ (tsuk⁷) [cù] [通] ❶ 時間短；緊迫 ♦ 短促 / 匆促 / 急促。❷ 催；推動 ♦ 催促 / 督促 / 促其成功。❸ 靠近 ♦ 促膝談心。

【促銷商品】cug¹xiu¹sêng¹ben² [方] 為求多銷而減價的商品。

束 cug¹ (tsuk⁷) [shù] [通] ❶ 繫；紮；捆住 ♦ 束腰帶 / 束手待斃 / 束住件衫（把衣服束起來）。❷ 控制；制約 ♦ 拘束 / 約束 / 無拘無束。❸ 聚成條狀的 ♦ 花束 / 光束。❹ 量詞。用於捆成一紮的東西 ♦ 一束鮮花。

速 cug¹ (tsuk⁷) [sù] [通] ❶ 快 ♦ 迅速 / 火速 / 兵貴神速。❷ 速度 ♦ 風速 / 光速 / 超速行駛。

【速速】cug¹cug¹ [粵] 迅速；趕快 ♦ 速速磅水（趕快付錢）。

cung

充 cung¹ (tsuŋ¹) [chōng] [通] ❶ 滿；足 ♦ 充足 / 充實。❷ 填滿；塞住 ♦ 填充 / 充耳不聞。❸ 擔任 ♦ 充任。❹ 假冒 ♦ 冒充 / 充內行。[粵] ❶ 冒充 ♦ 水貨充名牌。❷ 冒好漢 ♦ 一味喺度充（拼命充好漢）。

【充闊】cung¹fud³ [粵] 冒充闊氣。

【充闊佬】cung¹fud³lou² [粵] 冒充闊氣。

【充大頭鬼】cung¹dai⁶teo⁴guei² [粵] 硬充好漢，窮也要裝門面 ♦ 死充大頭鬼

(諷刺那些不自量力、硬充好漢的人)。

沖 (冲) cung^{1} (tsuŋ^{1}) [chōng] (通) ❶ 清；澆 ◆ 沖水 / 沖洗 / 沖滾水 (沖開水)。❷ 直上；升 ◆ 一飛沖天 / 幹勁沖天。❸ 互相抵銷 ◆ 沖賬 / 沖抵 / 沖銷。❹ 山區的平地 ◆ 沖田 / 韶山沖。(粵) ❶ 沖洗 ◆ 沖菲林 (沖洗膠捲) / 放水沖廁所 (放水沖洗廁所)。❷ 攻下來 ◆ 沖埋呢一份 (把這點事兒攻下)。

【沖茶】cung^{1}ca^{4} (粵) 沏茶；泡茶。

【沖涼】cung^{1}lêng^{4} (粵) 洗澡 ◆ 沖凍水涼 (用涼水洗澡) / 沖熱水涼 (洗熱水澡)。

【沖曬】cung^{1}sai^{3} (粵) 沖洗膠捲並洗印照片。

【沖涼房】cung^{1}lêng^{4}fong$^{4-2}$ (粵) 洗澡間；浴室。

衝 (冲) cung^{1} (tsuŋ^{1}) (一) [chōng] (通) ❶ 很快地向前、向上 ◆ 衝上山頂 / 直衝雲天。❷ 猛烈撞擊 ◆ 衝撞。❸ 抵銷 ◆ 衝賬 / 衝銷。❹ 交通要道 ◆ 要衝 / 首當其衝。

【衝鋒車】cung^{1}fung^{1}cé^{1} (方) 高速警車。

【衝紅燈】cung^{1}hung^{4}deng^{1} (粵) 闖紅燈。

(二) [chòng] (通) ❶ 對着；向着 ◆ 他衝我點了點頭。❷ 猛烈；力量大 ◆ 有股衝勁兒 / 水來得真衝。❸ 衝壓 ◆ 衝牀 / 衝模。

涌 cung^{1} (tsuŋ^{1}) [chōng] (粵) ❶ 小河；河汊 ◆ 河涌 / 涌邊。❷ 地名用字 ◆ 沙涌 / 塘羅涌 / 鰂魚涌。

聰 (聪) cung^{1} (tsuŋ^{1}) [cōng] (通) ❶ 聽覺 ◆ 失聰。❷ 聽覺靈敏 ◆ 耳聰目明。❸ 心思靈敏 ◆ 聰慧 / 聰敏。

【聰明一世，蠢鈍一時】cung^{1}ming^{4} yed^{1} sei^{3}, cên^{2}dên^{6}yed^{1}xi^{4} (粵) 聰明一世糊塗一時。

㧤 cung^{3} (tsuŋ^{3}) (粵) 也作"揰"。杵；捅；用力往上一頂 ◆ 攞支竹嚟㧤咗個蜂竇 (拿根竹竿來把蜂窩捅下來)。

蟲 (虫) cung^{4} (tsuŋ^{4}) [chóng] (通) ❶ 昆蟲。❷ 泛指動物 ◆ 長蟲 (蛇) / 大蟲 (老虎)。(粵) 稱懶惰、無能的人 ◆ 懶蟲 (懶鬼) / 眼瞓蟲 (瞌睡蟲)。

從 (从) cung^{4} (tsuŋ^{4}) [cóng] (通) ❶ 依順 ◆ 順從 / 服從 / 言聽計從。❷ 跟隨；跟隨的人 ◆ 從師學藝 / 隨從 / 侍從。❸ 次要的；從犯 / 有主有從。❹ 採取某種方式 ◆ 一切從簡 / 從嚴處理 / 坦白從寬。❺ 參加 ◆ 從軍 / 從政。❻ 介詞。相當於"由"、"自" ◆ 從古到今 / 從無到有。❼ 副詞。用在表示否定的詞前面 ◆ 從未謀面 / 從沒聽説過。

【從來】cung^{4}loi^{4} [cónglái] (通) 從過去到現在。粵口語讀"從嚟" cung^{4}lei^{4}。

重 cung^{5} (tsuŋ^{5}) [zhòng] (通) ❶ 重量 ◆ 淨重 / 舉重 / 載重 / 超重。❷ 分量大 ◆ 重型 / 重賞 / 繁重 / 笨重。❸ 程度深 ◆ 重病 / 重傷 / 情意重。

【重本】cung^{5}bun^{2} (粵) 大的本錢 ◆ 落重本 (投入大的本錢)。

【重秤】cung^{5}qing^{3} (粵) 壓秤；很沉 ◆ 呢

隻瓜好重秤（這瓜挺沉的）。

【重手】cung5seo2 [粵] 用手打人用力過大。

【重頭】cung5teo4 [粵] 重要的；分量大的 ♦ 重頭戲／重頭節目。

【重揞揞】cung5deb6deb6 [粵] 沉甸甸。也說"重泅泅" cung5neb6neb6。

【重量級】cung5lêng6keb1 [粵] 重要的；有分量的；地位高的 ♦ 重量級人馬。

【重鎚出擊】cung5cêu4cêd1gig1 [粵] 集中重要力量進行打擊。

D

da

打 da1 (da1) [dá] [通] 量詞。十二個為一打 ♦ 一打絲襪／一打原子筆。

【打令】da1ling6-2 [粵] 英 darling 音譯。愛人；戀人。也作"達令"。

☞ 另見本頁 da2。

打 da2 (da2) [dǎ] [通] ❶ 拍；擊 ♦ 打球／打鼓／鞭打。❷ 把東西擊碎 ♦ 打爛／打破／打碎。❸ 與人交涉 ♦ 打官司／打交道。❹ 和動詞配合，表示動作的進行 ♦ 打扮／打劫／打滾。❺ 和名詞結合，表示針對名詞的動作 ♦ 打牌／打價／打毛衣。❻ 介詞。相當於"自"、"從" ♦ 打去年七月算起／打福建嗰邊過嚟（從福建那邊過來）。[粵] ❶ 預料之中；計算在內 ♦ 我都打算佢唔嚟㗎喇（我已經料定他不來的啦）／嗰筆開銷我已經打埋喺入便喇（那筆開支我已經算在裏頭了）。❷ 計算數目時，表示兩數加在一起 ♦ 兩個八打六個四一共九個二（二塊八加六塊四，一共是九塊二）。

【打靶】da2ba2 [dǎbǎ] [通] 對設置的目標進行射擊。[粵] ❶ 槍斃；槍決 ♦ 拉去打靶（拉去槍斃）。❷ 該殺的 ♦ 個隻死打靶鬼（那該殺的傢伙）。

【打包】da2bao1 [dǎbāo] [通] 包裝物品 ♦ 打包託運。[粵] ❶ 顧客在餐館用餐後將所剩食物帶走 ♦ 小姐，唔該同我打包（小姐，請幫我將剩下的東西裝好讓我帶走）。❷ 病人死後醫護人員將屍體用白布裹好送入殮房。

【打餅】da2béng2 [粵] ❶ 用模子製餅。❷ 成餅狀 ♦ 蛇打餅。

【打波】da2bo1 [粵] ❶ 打球。❷ 狎妓（波，俗稱女性乳房）。

【打本】da2bun2 [粵] 落本錢 ♦ 老竇打本俾我做生意（爸爸出本錢讓我做生意）。

【打斜】da2cé3 [dǎxié] [通] 坐立時斜對尊長或客人表示恭謹。[粵] 斜着 ♦ 要打斜啲放（要斜一點放）。

【打出】da2cêd1 [粵] 露出（尤指身體的某一部位）♦ 打出手骨（露出胳膊）／件衫咁短，打出個肚臍（衣服這麼短，把肚臍也露出來了）。

【打低】da2dei1 [粵] 打垮；打倒；打下去 ♦ 三拳兩腳將佢打低（三兩下拳腳就將他打倒在地）／打低佢嘅威風（把他的威風打下去）。

【打底】da2dei2 [粵] ❶ 喝酒前先吃點東西墊肚子。❷ 配菜的墊底 ♦ 整扣肉搵梅菜打底至啱（做扣肉用梅菜墊底最好)。❸ 內襯的衣物 ♦ 白恤衫打底(白襯衣做裏襯)。

【打躉】da^{2}den^{2} 粵 較長時間地蹲坐着。

【打鬥】da^{2}deo^{3} 粵 打架;爭鬥。也說"打打鬥鬥" da^{2}da^{2}deo^{3}deo^{3}。

【打的】da^{2}dig^{1} 粵 租用、乘坐出租汽車。

【打點】da^{2}dim^{2} [dǎdiɑn] 通 ❶ 收拾;準備 ♦ 打點行李。❷ 送禮託情,請人關照 ♦ 其他幾位,你都要打點吓啯噃(另外那幾位,你也要打點一下)。

【打啱】da^{2}dim^{6} 粵 ❶ 直着 ♦ 打横打啱(横着直着)/ 張牀打啱放(牀直着擺放)。❷ 豎着 ♦ 打啱睇(豎着看)。

【打賭】da^{2}dou^{2} [dǎdǔ] 通 賭輸贏 ♦ 唔信,我哋打賭吖哪(你不信,我們打賭怎麼樣)?另稱"輸賭" xu^{1}dou^{2}。

【打動】da^{2}dung^{6} [dǎdòng] 通 使人感動。

【打風】da^{2}fung^{1} 粵 颳大風;颳颱風 ♦ 琴日打風,將個瓜棚吹冧咗(昨天颳大風,把瓜棚吹倒了)。

【打交】da^{2}gao^{1} 粵 打架。

【打機】da^{2}géi^{1} 粵 玩電子遊戲機。

【打救】da^{2}geo^{3} 粵 搭救。

【打估】da^{2}gu^{2} 粵 ❶ 猜謎語 ♦ 細佬哥中意打估(小孩子喜歡猜謎語)。❷ 出謎語。

【打工】da^{2}gung^{1} 粵 做工 ♦ 打住家工(做女傭、保姆等)/ 打暑期工(學生暑假期間做臨時工)/ 打政府工(在政府部門任職)。

【打尖】da^{2}jim^{1} [dǎjiān] 通 ❶ 旅途中休息吃點東西。❷ 掐掉棉花等作物的頂尖。粵 加塞兒;不依次序排隊而在中間插入去。方言也作"打攙"。

【打轉】da^{2}jun^{3} 粵 打旋;旋轉。

【打咭】da^{2}ked^{1} 粵 打考勤卡。也說"打卡" da^{2}ka^{1}。

【打理】da^{2}léi^{5} 粵 ❶ 料理;管理 ♦ 打理家頭細務(料理家務)。❷ 任由;不理睬 ♦ 打理佢咁多(才不去管他呢)!

【打落】da^{2}log^{6} 粵 ❶ 擊落。❷ 從…以來 ♦ 從阿爺嗰代打落(從爺爺那一代算起)。

【打孖】da^{2}ma^{1} 粵 成雙地;雙倍地 ♦ 打孖生(生雙胞胎)/ 打孖條繩嚟綁(將繩子合成雙股捆綁)。

【打埋】da^{2}mai^{4} 粵 連…包括在內 ♦ 打埋運費要幾多錢(連運費算在內一共多少錢)?

【打霧】da^{2}mou^{6} 粵 夜間露宿戶外為露水所濕。

【打賞】da^{2}sêng^{2} 粵 賞錢;給賞錢,給小費。

【打稅】da^{2}sêu^{3} 粵 支稅;繳納稅款。

【打通】da^{2}tung^{1} [dǎtōng] 通 除去阻隔,使互相貫通 ♦ 將兩間房打通佢(打通兩個房間)。

【打滑】da^{2}wad^{6} [dǎhuá] 通 車輪或皮帶輪因摩擦力不夠而空轉。粵 地面太滑而致站不住、走不穩 ♦ 地板剛上蠟,小心打滑。

【打橫】da^{2}wang^{4} [dǎhéng] 通 指圍着

方桌坐時坐在末座。(粵) ❶ 橫着 ♦ 打橫放（橫着放）/ 打橫讀（橫着唸）。❷ 橫蠻 ♦ 打橫嚟講（蠻不講理）。

【打噎】da2yig1 (粵) 打嗝兒。也說“打呃” da2eg1。也作“打思噎” da2xi1yig1。

【打預】da2yu6 (粵) 打算 ♦ 打預點啫（打算怎麼着）？/ 我都冇話打預佢去嘅（我並沒打算讓他去的呀）？

【打仔】da2zei2 (粵) ❶ 打手。❷ 指蠻勇好鬥的青少年。❸ 打兒子 ♦ 老竇打仔（父親打兒子）。

【打掣】da2zei3 (粵) 合上開關；接通電源。

【打掌】da2zêng2 (粵) 釘掌兒。也說“打鞋掌” da2hai4zêng2。

【打包單】da2bao1dan1 (粵) 打包票 ♦ 我唔敢打包單（我不敢打包票）。

【打鼻鼾】da2béi6hon4 (粵) 打鼾；打呼嚕。也說“扯鼻鼾” cé2béi6hon4。

【打邊爐】da2bin1lou4 (粵) 吃火鍋。

【打赤腳】da2cég3gêg3 (粵) 光腳丫子。

【打赤肋】da2cég3leg6-3 (粵) 打赤膊；光膀子；光着身子。也說“打大赤肋” da2dai6cég3leg6-3。

【打地氣】da2déi6héi3 (粵) 把東西攤放地上使吸收潮氣。

【打地鋪】da2déi6pou1 (粵) 直接鋪蓆子在地上睡覺 ♦ 今晚我哋幾個打地鋪算了（今晚我們幾個就睡地上得了）。

【打倒褪】da2dou3ten3 (粵) ❶ 倒退；後退。❷ 倒運。參見“行路打倒褪”條，見 172 頁。

【打飛機】da2féi1géi1 (粵) 男子手淫的戲謔說法。

【打斧頭】da2fu2teo4-2 (粵) ❶ 代人購物或辦事時虛報價款，將差額部分據為己有 ♦ 咁貴？我唔信。有冇打斧頭㗎（這麼貴？我不信。你有沒有報大數呀）？❷ 指轉述一件事時故意略去某些細節。

【打交叉】da2gao1ca1 (粵) 打叉。

【打交道】da2gao1dou6 [dǎjiāodɑo] (通) 交際；來往；聯繫 ♦ 我從嚟冇同佢打過交道（我從來沒跟他打過交道）。

【打腳骨】da2gêg3gued1 (粵) ❶ 攔路搶劫。❷ 敲竹槓。也作“敲腳骨” hao1gêg3gued1。

【打關斗】da2guan1deo2 (粵) 翻跟斗。

【打功夫】da2gung1fu1 (粵) 打拳練武。

【打工妹】da2gung1mui6-1 (粵) 青年女工。

【打工仔】da2gung1zei2 (粵) 青年男工。

【打荷包】da2ho4bao1 (粵) 扒手掏人錢包。也簡作“打荷” da2ho4。

【打冷震】da2lang5zen3 (粵) 打寒顫；打哆嗦。

【打籠通】da2lung4tung1 (粵) 同“打同通”。

【打麻雀】da2ma4zêg3 (粵) 打麻將。

【打茅波】da2mao4bo1 (粵) 打球時使用刁鑽的技巧。比喻打馬虎眼。

【打牙骹】da2nga4gao3 (粵) 打牙涮嘴；閒聊；神聊。

【打牙祭】da2nga4zei3 (粵) 大吃一頓。

【打平手】da2ping4seo2 (粵) 打成平局。

【打鐵佬】da2tid3lou2 (粵) 鐵匠；鐵工。

【打同通】da2tung4tung1 (粵) 也作“打籠通”。❶ 串謀做壞事。❷ 考試串通作弊。

【打思噎】da2xi1yig1 (粵) 同“打噎”。

【打屎忽】da2xi2fed1 [粵] 打屁股 ◆ 咁淺嘅題目都唔識做，抵打屎忽（這麼淺顯的題目都不會做，該打屁股）。

【打小人】da2xiu2yen4-2 [粵] 用木頭或泥巴做成所詛咒的人的形狀，背上寫上其姓名，生辰八字，然後一邊詛咒一邊用針刺偶人。

【打輸數】da2xu1sou3 [粵] 作好損失或失敗的準備。

【打工皇帝】da2gung1wong4dei3 [方] 指任職銀行、大企業等年薪豐厚的總裁、總經理。

【打響頭砲】da2hêng2teo4pao3 [粵] 旗開得勝。

【打爛齋缽】da2lan6zai1bud3 [粵] 比喻破戒或還俗。

【打雀噉眼】da2zêg3gem2ngan5 [粵] 目不轉睛，常用來形容凝神注視目標或色迷迷地盯住女性。

【打個白鴿轉】da2go3bag6geb3zun6 [粵] ❶ 兜個圈兒；打個轉兒。❷ 到附近蹓躂蹓躂。

【打蛇隨棍上】da2sé4cêu4guen3sêng5 [粵] 順杆爬。指順着情勢，乘機提出於己有利的要求或設想。

【打死狗講價】da2séi2geo2gong2ga3 [粵] 比喻造成既成事實，再向對方漫天索價。

【打鑼都搵唔到】da2lo4dou1wen2m4dou3-2 [粵] 打着燈籠都找不到。指到處找不到某人。含埋怨語氣。

【打邊爐同打屎忽】da2bin1lou4tung4da2xi2fed1 [粵] 比喻二者不能相提並論，二者不能同日而語。

【打得更多夜又長】da2deg1gang1do1yé6yeo6cêng4 [粵] 比喻空言無益，行動最實際。

【打爛沙盆問到篤】da2lan6sa1pun4men6dou3dug1 [粵] 打破沙鍋問到底。指盤根究底。

【打死不離親兄弟】da2séi2bed1léi4cen1hing1dei6 [粵] 形容兄弟同甘苦共患難。

【打醒十二分精神】da2xing2seb6yi6fen1jing1sen4 [粵] 保持高度警惕，提高十倍警覺。

【打完齋唔要和尚】da2yun4zai1m4yiu3wo4sêng2 [粵] 唸完經趕走和尚，意指過河拆橋。

【打場大風執塊樹葉】da2cêng4dai6fung1zeb1fai3xu6yib6 [粵] 撿了芝麻，丟了西瓜。

☞ 另見 47 頁 da1。

dab

嗒 dab1 (dap7) [粵] ❶ 吮；咂摸 ◆ 嗒糖（吮糖果）/ 嗒落又幾有味（越咂摸越覺得有味兒）。❷ 呷；品賞 ◆ 難題終於解決了，今晚嗒得杯落（今晚喝它兩杯）。

【嗒嗒聲】dab1dab1séng1 [粵] ❶ 咂巴咂巴，形容吃東西時嘴巴發出的聲音。❷ 形容吃得挺有滋味 ◆ 食到嗒嗒聲（吃得津津有味）。

搭 dab3 (dap8) [dā] [通] ❶ 架設 ◆ 搭棚 / 搭橋。❷ 掛；放 ◆ 搭毛巾 / 膊頭搭住件衫（肩上搭着一件衣服）。❸ 相連 ◆ 搭線 / 勾搭 / 前言不搭後語。❹乘；坐♦搭船／搭飛機。❺湊上；加上♦搭配／搭夥。❻幫忙；幫人出力♦搭幫／搭救。

【搭檔】dab3dong3 粵 ❶協作♦搭檔做生意（合夥做生意）。❷協作的人♦老搭檔。

【搭夠】dab3geo3 粵 因所購物品斤兩欠缺而用另一種物品湊足。

【搭客】dab3hag3 粵 乘客。

【搭棚】dab3pang4 粵 搭建腳手架。

【搭枱】dab3toi4-2 粵 在餐館就餐時，與不相識的人共桌♦搵唔到位，只好搭枱（找不到位置，只好跟別人共桌）。

【搭食】dab3xig6 粵 付餐費在某處開伙♦一個人煮好鬼麻煩嘅，乾脆喺朋友度搭食好過（一個人做飯挺麻煩的，倒不如在朋友家裏搭伙）。

【搭沉船】dab3cem4xun4 粵 比喻給別人招致禍害或損失的人。

【搭錯線】dab3co3xin3 粵 ❶（打電話）串線；撥錯號碼。❷因聽錯或聽不明而答非所問。

【搭霸王車】dab3ba3wong4cé1 粵 乘車不買票。

【搭錯賊船】dab3co3cag6xun4 粵 ❶跟錯風。❷因被誤導而招致損失。

【搭順風車】dab3sên6fung1cé1 粵 趁便免費乘車；搭腳兒。

遝 dab6 (dap9)

（一）[dá] 通 量詞。用於疊起來的紙張或其他薄的東西♦一遝信紙。粵 ❶量詞。相當於“座”、“棟”♦想喺開發區買番遝樓（想在開發區買座樓房）。❷疊；摞♦遝埋啲書（把書摞起來）。❸時針指着的數字♦五點遝四（五點二十分）。

【遝正…點】dab6zéng3…dim2 粵 整…點♦遝正十點（整十點鐘）。

（二）[tà] 通 多而重複♦雜遝／紛至遝來。

踏 dab6 (dap9)

[tà] 通 ❶踩♦踏步／踐踏／腳踏實地。❷在現場查看♦踏勘。

【踏兩頭船】dab6lêng5teo4xun4 粵 同“一腳踏兩船”。

dad

笪 dad3 (dat8) [dá] 通 拉船用的竹索。粵 ❶用粗竹篾等編成的像席子的東西♦竹笪。❷量詞。相當於“塊”♦心口有笪瘀（胸口上有塊疤痕）／留番笪空地（留一塊空地）。

撘 dad3 (dat8) 粵 也作“撻”。❶同“摜”。將軟物用力摔在地上♦撻暈條生魚先至劏（把烏魚摔昏了再宰）。❷躺下；卧倒♦一撘落牀就瞓着咗（一躺下就睡着了）。❸摔交；跌倒♦撘低佢（把他摔倒在地）／撘嚫條腰（跌傷腰部）。

dai

大 dai1 (dai1) 粵 口語變音。表示與字義相反的意思♦咁大大個就識騎摩托（年紀這麼小就懂駕駛摩托車）。

☞另見52頁 dai2，dai6。

歹 dai² (dai²) [dǎi] ㊟ 壞；惡 ♦ 歹意 / 為非作歹 / 不知好歹。

【歹角】dai²gog³ ㊥㊍ 反派角色。

大 dai² (dai²) ㊥ 口語變音。表示“僅僅這麼大”的意思 ♦ 隻豬係咁大㗎喇，快啲賣鬼咗佢喇（這頭豬不會再長，趕快把牠賣掉得了）。

☞ 另見 51 頁 dai¹；本頁 dai⁶。

帶 (帶) dai³ (dai³) [dài] ㊟ ❶ 攜；拿 ♦ 攜帶 / 帶槍 / 帶行李。❷ 順便做某事 ♦ 捎帶 / 順帶 / 唔該幫我帶本書俾佢（請替我捎本書給他）。❸ 連着 ♦ 連枝帶葉 / 拖泥帶水。❹ 含有 ♦ 帶電 / 說話帶刺 / 面帶笑容。❺ 引導；率領 ♦ 帶領 / 帶頭 / 帶徒弟。❻ 條狀物 ♦ 鞋帶 / 吊襪帶。❼ 地區；地域 ♦ 地帶 / 熱帶 / 沿海一帶。

【帶備】dai³béi⁶ ㊍ 攜帶以備隨時使用。

【帶挈】dai³hid³ [dàiqiè] ㊟ 帶領；攜帶。㊥ 關照，提攜 ♦ 冇好帶挈（沒好事關照）/ 帶挈吓我個仔（請關照關照我兒子）。

【帶眼識人】dai³ngan⁵xig¹yen⁴ ㊥ 分辨好人壞人 ♦ 你隻身在外，千祈要帶眼識人（你一個人在外，一定要分清好人壞人）。

【帶埋錢去做賊】dai³mai⁴qin⁴⁻²hêu³zou⁶cag⁶⁻² ㊥ 意指花大本錢去圖小利，得不償失。

戴 dai³ (dai³) [dài] ㊟ ❶ 把東西放在頭、面、胸、臂等處 ♦ 戴花 / 戴帽 / 戴眼鏡。❷ 擁護；尊敬 ♦ 愛戴 / 感恩戴德。

【戴綠帽】dai³lug⁶mou⁶⁻² [dàilǜmào] ㊟ 比喻妻子與第三者有姦情。

大 dai⁶ (dai⁶) [dà] ㊟ ❶ 跟“小”相反 ♦ 房子大 / 年紀大。❷ 程度深 ♦ 大快人心 / 恍然大悟。❸ 數量多 ♦ 大量 / 大批。❹ 年輩較長的；排行第一的 ♦ 大伯 / 大嫂 / 一家大小。❺ 聲音響 ♦ 大聲 / 大喊大叫。❻ 時間上再往後或往前 ♦ 大後天 / 大前年。❼ 總起來說 ♦ 大約 / 大概。❽ 敬辭 ♦ 大劄 / 大作。

【大把】dai⁶ba² ㊥ 有的是；多的是 ♦ 大把機會（有的是機會）/ 大把親戚（親戚多的是）。

【大班】dai⁶ban¹ [dàbān] ㊟ ❶ 幼兒園裏由六歲至七歲兒童編成的班。❷ 洋行經理。㊥ 通稱公司總裁、企業首腦等高層領導。

【大包】dai⁶bao¹ ㊥ 肉包；包子。

【大髀】dai⁶béi² ㊥ 大腿。

【大賽】dai⁶coi³ ㊥ 聯賽；錦標賽 ♦ 足球大賽。

【大牀】dai⁶cong⁴ ㊥ 雙人牀。

【大啖】dai⁶dam⁶ ㊥ 大口大口地 ♦ 大啖吞落去（大口地吞下去）。

【大單】dai⁶dan¹ ㊥ 同“大劑”。

【大帝】dai⁶dei³ [dàdì] ㊟ 天帝 ♦ 玉皇大帝。㊍ 大爺，指好吃懶做、傲慢任性的男子。

【大檔】dai⁶dong³ ㊍ ❶ 地下賭場。❷ 專指澳門賭場。

【大揈】dai⁶feng³ ㊍ 形容花錢大手大腳，用東西不加節制。

【大□】dai⁶feng⁶ ㊍ 塊頭大；個子高大 ♦ 佢生得好大□㗎（他個子挺高大的）。

【大方】dai⁶fong¹ [dàfang] [通] ❶ 對財物不計較，不吝嗇 ♦ 出手大方。❷ 舉止自然，不拘束 ♦ 大方得體。❸ 顏色、式樣不俗氣 ♦ 美觀大方。

【大假】dai⁶ga³ [粵] 時間較長的假期。

【大件】dai⁶gin⁶ [dàjiàn] [通] 件頭大的 ♦ 大件行李。[粵] 塊頭大的 ♦ 佢睇落都幾大件（他看上去塊頭挺大的）。

【大個】dai⁶go³ [粵] ❶ 個頭大 ♦ 隻西瓜咁大個，食唔晒啩（這麼大的西瓜，吃不完吧）？❷ 長大 ♦ 你大個仔㗎喇，仲玩埋啲噉嘅嘢（你長大啦，還玩這種玩意兒）？

【大姑】dai⁶gu¹ [粵] 對一般年長婦女的稱呼。

【大戲】dai⁶héi³ [粵] 稱粵劇 ♦ 做大戲 / 睇大戲。

【大姊】dai⁶ji² [粵] 長姊。

【大蕉】dai⁶jiu¹ [粵] 芭蕉 ♦ 食大蕉有益（吃芭蕉對身體有好處）。

【大妗】dai⁶kem⁵⁻² [粵] 臨時請來陪伴新娘的年紀較大的婦女。

【大舅】dai⁶keo⁵ [粵] 大舅子。

【大褸】dai⁶leo¹ [粵] 大衣。

【大佬】dai⁶lou² [粵] ❶ 大哥；哥哥。❷ 對年紀相若的男子的尊稱 ♦ 大佬，請問去東站坐邊路車（大哥，請問去東站坐哪一路車）？❸ 出來混的女孩稱所依傍的男子。

【大馬】dai⁶ma⁵ [粵] 香港人俗稱馬來西亞人。

【大命】dai⁶méng⁶ [粵] 命大 ♦ 跌佢唔死，算佢大命（他沒摔死，算他命大）。

【大懵】dai⁶mung² [粵] 馬大哈；頭腦不清醒 ♦ 你個人咁大懵㗎（你怎麼這麼馬大哈）。

【大牙】dai⁶nga⁴ [dàyá] [通] 槽牙；門牙 ♦ 笑掉大牙 / 講大話，甩大牙（說大話，掉大牙）。

【大鱷】dai⁶ngog⁶ [粵] ❶ 財雄勢大、心狠手辣的奸商。❷ 貪污巨款的人。

【大牌】dai⁶pai⁴⁻² [粵] ❶ 派頭挺足 ♦ 使錢唔好咁大牌（花錢不要這麼大手大腳）。❷ 撲克牌中點數大的牌。

【大牌】dai⁶pai⁴ [粵] ❶ 有相當名氣的；知名度高的 ♦ 大牌司儀。❷ 氣派大；架子大。

【大砲】dai⁶pao³ [dàpào] [通] ❶ 大口徑火砲。❷ 比喻愛說大話、愛吹牛皮、誇誇其談的人。[粵] 指假話、謊話 ♦ 車大砲（吹牛皮）/ 咪信佢嘅大砲（別信他的假話）。

【大皮】dai⁶péi⁴⁻² [粵] ❶ 本錢大；皮費重。❷ 豐盛。

【大婆】dai⁶po⁴⁻² [粵] 正室；大老婆。

【大嘥】dai⁶sai¹ [粵] 浪費 ♦ 大唔大嘥啲吖（不太浪費了嗎）？

【大晒】dai⁶sai³ [粵] 霸道；說了算 ♦ 大晒咩（哪有這麼霸道的）？/ 好似佢大晒噉（好像由他說了算似的）。

【大使】dai⁶sei² [粵] 愛花錢；揮霍 ♦ 搵到錢都唔好咁大使（賺了錢也不要這樣亂花）。

【大修】dai⁶seo¹ [方] 指需要動手術的治療。

【大餸】dai⁶sung³ [粵] 進餐時菜吃得多 ♦ 大餸王 / 咪咁大餸先得㗎（吃飯時別光顧吃菜）。

【大睇】dai^{6}tei^{2} (粵) 有相當的分量，多指禮物 ♦ 呢份禮都幾大睇㗎喇（這份禮物有相當分量啦）。

【大肚】dai^{6}tou^{5} (粵) 大肚子；懷孕 ♦ 大咗肚（懷了孕）/ 大肚婆（孕婦）。

【大鑊】dai^{6}wog^{6} (粵) 事情嚴重；問題嚴重 ♦ 身份證都唔見埋，噉就大鑊喇（連身份證也給丟了，這可就嚴重啦）。參見"大劑"，"大件事"條。

【大食】dai^{6}xig^{6} (粵) ❶ 吃量大。❷ 大吃 ♦ 大使大食（大吃大喝亂花錢）。

【大隻】dai^{6}zég^{3} (粵) ❶ 身體健碩 ♦ 大隻佬（壯漢）。❷ 個頭飽滿 ♦ 隻蝦都幾大隻（這些蝦個頭還算大）。

【大劑】dai^{6}zei^{1} (粵) 事態嚴重 ♦ 搞到咁大劑（弄到這麼嚴重的地步）。

【大仔】dai^{6}zei^{2} (粵) 大兒子；長子。

【大掣】dai^{6}zei^{3} (粵) 總閘 ♦ 拉大掣（關總閘）。

【大狀】dai^{6}zong^{6} (粵)(方) 律師。

【大早】dai^{6}zou^{2} [dàzǎo] (通) 大清早。(粵) 老早；早已，同"一早" ♦ 大早叫咗佢唔好去㗎喇（老早就叫他不要去的啦）。

【大茶飯】dai^{6}ca^{4}fan^{6} (粵) 靠聚斂不義之財過悠閒闊綽的生活 ♦ 食慣大茶飯（靠不義之財過慣悠閒闊綽的生活）。

【大疊水】dai^{6}dib^{6}sêu^{2} (粵) 大疊鈔票，大把錢財。

【大堆頭】dai^{6}dêu^{1}teo$^{4-2}$ (粵) 數量大；規模大。

【大冬瓜】dai^{6}dung^{1}gua^{1} (粵) ❶ 比喻舉止笨拙、不靈活的人。❷ 形容人舉止笨拙、不靈活。

【大花面】dai^{6}fa^{1}min$^{6-2}$ (粵) 大花臉。

【大花灑】dai^{6}fa^{1}sa^{2} (粵) 比喻大手大腳亂花錢的人。也說"大花筒" dai^{6}fa^{1}tung^{4}。

【大快活】dai^{6}fai^{3}wud^{6} (粵) ❶ 形容人性格樂觀、開朗。❷ 樂觀、豁達的人。

【大番薯】dai^{6}fan^{1}xu$^{4-2}$ (粵) 比喻愚笨的人 ♦ 成嚿大番薯噉（像個大傻瓜）。

【大覺瞓】dai^{6}gao^{3}fen^{3} (粵) ❶ 睡大覺。❷ 比喻安心，無憂無慮 ♦ 而家有大覺瞓嘞（現在可以安枕無憂了）。

【大嚿衰】dai^{6}geo^{6}sêu^{1} (粵) 形容個頭大而行動笨拙的人。

【大件事】dai^{6}gin^{6}xi^{6} (粵) ❶ 問題嚴重 ♦ 噉就大件事咯（這麼一來，問題可就嚴重啦）。❷ 了不起的事 ♦ 有乜咁大件事啫（有甚麼大不了的事呀）。

【大哥大】dai^{6}go^{1}dai^{6} (粵) ❶ 黑社會組織的大頭目。❷ 手提移動電話；對講無線電話。

【大客仔】dai^{6}hag^{3}zei^{2} (粵) 指有大宗生意來往的主顧。

【大喊十】dai^{6}ham^{3}seb^{6} (粵) ❶ 比喻常為小事大聲嚷嚷的人。❸ 指光說不做的人。

【大鄉里】dai^{6}hêng^{1}léi^{5} (粵) ❶ 土包子；鄉下人。❷ 老土；土裏土氣 ♦ 乜你咁大鄉里㗎（怎麼你這麼老土呀）。

【大喉欖】dai^{6}heo^{4}lam^{5} (粵) ❶ 做事貪多圖快 ♦ 乜你做嘢咁大喉欖㗎（你

做事幹嘛老是貪多圖快）。❷ 貪慾強，貪心大。

【大枝嘢】dai6ji1yé5 [粵] 傲慢；驕傲 ♦ 乜咁大枝嘢㗎，嗌咗幾聲都唔睬（怎麼這麼傲氣，叫了幾次都不答理）。也作“大資爺” dai6ji1yé4-2。

【大妗姐】dai6kem5-2zé2 [粵] 臨時請來陪伴新娘的年輕婦女。

【大葵扇】dai6kuei4xin3 [粵] ❶ 用葵葉製成的大扇，可搧涼、遮蔭。❷ 媒人 ♦ 撥恆把大葵扇（盡力撮合男女的婚事）。

【大喇喇】dai6la4la4 [粵] 同“大拿拿”。

【大轆木】dai6lug1mug6 [粵] 比喻呆板、愚笨的人。

【大轆藕】dai6lug1ngeo5 [粵] ❶ 比喻亂花錢的人。❷ 比喻抽鴉片用的煙槍。

【大轆竹】dai6lug1zug1 [粵] 俗稱竹製的水煙筒。

【大唔透】dai6m4teo3 [粵] 指年紀不小而童心未泯 ♦ 仲同埋啲咁細嘅細路玩，真係大唔透（還跟這麼小的小孩玩，真是老大不小的）。

【大拿拿】dai6na4na4 [粵] 數量不少的，多指錢 ♦ 大拿拿幾百蚊，點解會唔見㗎（幾百塊可不是小數目，怎麼會丟了呢）。也說“大喇喇” dai6la4la4。

【大難友】dai6nan4yeo5 [粵] 指遊手好閒、好吃懶做的人。也說“大難種” dai6nan4zung2。

【大粒癦】dai6neb1meg6 [粵] 大人物。也說“大粒佬” dai6neb1lou2、“大粒嘢” dai6neb1yé5、“大粒筍” dai6neb1sên2。

【大諗頭】dai6nem2teo4 [粵] 心性高；抱負大；思慮遠 ♦ 咁大諗頭有乜嘢用嗜（心性太高有甚麼用呢）。

【大眼雞】dai6ngan5gei1 [粵] ❶ 鹹魚的一種。❷ 漁船的一種。

【大排檔】dai6pai4dong3 [粵] 在街邊擺賣的小食或雜貨攤檔。現有些設於室內、檔次稍高的食肆也稱“大排檔”。也作“大牌檔”。

【大泡和】dai6pao1wo4 [粵] ❶ 窩囊貨；糊塗蟲 ♦ 你呢個人正式係大泡和（你真是個十足的糊塗蟲）。❷ 無能；笨拙；糊塗 ♦ 乜你咁大泡和㗎（你怎麼這麼無能）。

【大砲友】dai6pao3yeo5-2 [粵] 牛皮大王；愛吹牛皮的人。

【大細路】dai6sei3lou6 [粵] 稱個子、年齡都不小卻仍保持孩子氣的人 ♦ 你睇佢個樣，似足個大細路噉（你瞧瞧他那模樣，活脫兒像個大孩子）。

【大細眼】dai6sei3ngan5 [粵] 眼睛一大一小。

【大信封】dai6sên3fung1 [粵] 指解僱通知書 ♦ 冇厘神氣噉，係唔係接到大信封呢（瞧你垂頭喪氣的樣子，是不是收到解僱通知書呀）？

【大聲公】dai6séng1(xing1)gung1 [粵] ❶ 嗓門大的漢子。❷ 俗稱擴音器。

【大手筆】dai6seo2bed1［dàshǒubǐ］[通] 名作家的著作，也指名作家。[粵] 指較大的投資行為。

【大水蟹】dai6sêu2hai5 [粵] ❶ 一種個大而肉少的蟹。❷ 比喻虛有其表的人 ♦ 嗰隻噉嘅大水蟹，做唔成事嘅（那個傢伙虛有其表，幹不成事）。

【大水喉】dai6sêu2heo4 (粵) 指財源不斷的大富翁。

【大頭佛】dai6teo4fed6 (粵) ❶ 大面具，舞獅子時戴着逗引獅子。❷ 譏諷身居高位而養尊處優的人。❸ 麻煩事 ♦ 舞出個大頭佛(惹出一堆麻煩)。

【大頭鬼】dai6teo4guei2 (粵) 出手闊綽的人 ♦ 死充大頭鬼(擺闊)。

【大頭蝦】dai6teo4ha1 (粵) ❶ 一種蝦，頭大身小，味道鮮美。❷ 馬大哈；糊塗蟲。比喻粗心大意、丟三落四的人 ♦ 佢個人大頭蝦，梗係出門唔記得帶鎖匙定嘞(他這個馬大哈，一定是出門忘了帶鑰匙)。

【大肚腩】dai6tou5dem1 (粵) 大肚皮；大肚腩。

【大王眼】dai6wong4ngan5 (粵) 比喻貪心，胃口大。

【大食懶】dai6xig6lan5 (粵) 懶骨頭；好吃懶做 ♦ 大食懶，起身晏(骨頭懶，起得晚)。

【大食細】dai6xig6sei3 (粵) 大的吃小的；大魚吃小蝦。

【大日子】dai6yed6ji2 (粵) 有重大紀念意義的日子。

【大姨媽】dai6yi4ma1 (粵) 婉稱婦女來月經。

【大耳窿】dai6yi5lung1 (粵) 高利貸者；放印子錢的人。

【大耳牛】dai6yi5ngeo4 (粵) 指倔強不聽勸告的人，常用來責備頑皮而固執的孩子。

【大熱症】dai6yid6jing3 (粵) 俗稱傷寒病。

【大熱門】dai6yid6mun4-2 (粵) 最引人注目的；最受歡迎的。

【大肉飯】dai6yug6fan6 (粵) 豬肉蓋飯。

【大姐大】cai6zé2-1dai6 (粵) 資深的女明星。

【大姐仔】dai6zé2zei2 (粵) 指小姑娘。

【大隻講】dai6zég3gong2 (粵) 天橋把式；光說不做的人。

【大隻佬】dai6zég3lou2 (粵) 身材健碩的漢子；壯漢；大個子。

【大陣仗】dai6zen6zêng6 (粵) 排場大；規格高；鄭重其事。

【大大話話】dai6dai6wa6wa6 (粵) ❶ 誇張點兒說；粗略而言 ♦ 大大話話有好幾千人(粗略估計，大概有好幾千人)。❷ 畢竟是；總算是，勉強算得上 ♦ 我大大話話算個組長，呢度嘅事我可以作主(我畢竟算是個組長，這裏的事情我可以作主)。

【大跌眼鏡】dai6did3ngan5géng3-2 (粵) 見"跌眼鏡"條，見74頁。

【大顛大廢】dai6din1dai6fei3 (粵) 大大咧咧，不拘小節 ♦ 女人之家，成日大顛大廢似乜嘢樣(女孩子家整天嘻嘻哈哈像甚麼樣子)。也作"大顛大肺"。

【大家噉話】dai6ga1gem2wa6 (粵) 對別人的恭維、道賀等表示回應時常說的話，相當於"同喜，同喜"。也說"大家都噉話" dai6ga1dou1gem2wa6。

【大家好做】dai6ga1hou2zou6 (粵) 彼此方便；大家都好交差。

【大家心照】dai6ga1sem1jiu3 (粵) 不言而喻；你知我知。

【大吉利是】dai6ged1lei6xi6 (粵) 大吉大利，常於聽人說了不吉利的話或自己打完噴嚏之後說這句話。

【大紅大紫】dai^{6}hung^{4}dai^{6}ji^{2}［dàhóngdà zǐ］通 形容名聲盛極一時。

【大展拳腳】dai^{6}jin^{2}kün^{4}gêg^{3} 粵 大顯身手。

【大模廝樣】dai^{6}mou^{4}xi^{1}yêng^{6} 粵 大模大樣。形容傲慢、滿不在乎的樣子。

【大安主義】dai^{6}on^{1}ju^{2}yi^{6} 粵 過分放心而撒手不管 ♦ 唔好大安主義（可別太鬆心）。也說“大安指擬” dai^{6}on^{1}ji^{2}yi^{5}。

【大殺三方】dai^{6}sad^{3}sam^{1}fong^{1} 粵 原為賭博用語，指贏家席捲三位輸家的賭注。現多指在生意等方面擊敗眾多對手。

【大蛇屙屎】dai^{6}sé^{4}o^{1}xi^{2} 粵 罕見的大場面 ♦ 你都未見過大蛇屙屎（你還沒見過世面，用來鄙薄別人少不更事之意）。

【大小通吃】dai^{6}xiu^{2}tung^{1}hég^{3} 粵 大的小的全吃掉。原為賭博用語，現指不管生意、工程大小，統統都攬下來。

【大笑姑婆】dai^{6}xiu^{3}gu^{1}po^{4} 粵 戲稱常喜歡無拘無束地嘻哈大笑的女人。

【大庭廣眾】dai^{6}ting^{4}guong^{2}zung^{3}［dà tíngguǎngzhòng］通 人多而公開的場合。

【大人大量】dai^{6}yen^{4}dai^{6}lêng^{6} 粵 冒犯或得罪他人後請求寬恕的話 ♦ 你大人大量，請多多包涵。另作為“大人有大量”。

【大人大姐】dai^{6}yen^{4}dai^{6}zé^{2} 粵 泛指成年人，老大不小的 ♦ 你大人大姐，同細佬哥計較咁多做乜？（你老大不小啦，還跟小孩子計較那麼多幹啥）？

【大有斬獲】dai^{6}yeo^{5}zam^{2}wog^{6} 粵 收穫頗豐，成果甚大 ♦ 呢次出賽，中國隊大有斬獲（這次比賽，中國隊收穫頗豐）。

【大熱勝出】dai^{6}yid^{6}xing^{3}cêd^{1} 粵 賽前一致看好的果然獲勝。

【大隻騾騾】dai^{6}zég^{3}lêu^{4}lêu^{4} 粵 膀大腰圓的壯漢。略帶貶義。

【大種乞兒】dai^{6}zung^{2}hed^{1}yi$^{4-1}$ 粵 比喻雖然窮困，卻不願意接受嗟來之食的人。

【大菌食細菌】dai^{6}kuen^{2}xig^{6}sei^{3}kuen^{2} 粵 相當於“不乾不淨，吃了沒病”。

【大纜絞唔埋】dai^{6}lam^{6}gao^{2}m^{4}mai^{4} 粵 比喻人多嘴雜，意見難以統一。

【大石責死蟹】dai^{6}ség^{6}zag^{3}séi^{2}hai^{5} 粵 比喻以權勢壓人 ♦ 你噉即係大石責死蟹嘅啫（你這不就是用強制手段來壓服別人嗎）？也說“大石壓死蟹” dai^{6}ség^{6}ngad^{3}séi^{2}hai^{5}。

【大話夾好彩】dai^{6}wa^{6}gab^{3}hou^{2}coi^{2} 粵 幸虧；僥倖。

【大話怕計數】dai^{6}wa^{6}pa^{3}gei^{3}sou^{3} 粵 誇下海口，就怕兑現。

【大食有指擬】dai^{6}xig^{6}yeo^{5}ji^{2}yi^{5} 粵 比喻一個人敢作敢為或敢於花錢，背後必有支援或背景。

【大花面撟眼淚】dai^{6}fa^{1}min$^{6-2}$giu^{2}ngan^{5}lêu^{6}（歇）離行離迾 léi^{4}hong^{4}léi^{4}lad^{6} 粵 ❶ 指兩者相差有一定距離。❷ 和某人（某物）扯不上關係。

【大雞唔食細米】dai^{6}gei^{1}m^{4}xig^{6}sei^{3}mei^{5} 粵 大雞不吃小米。比喻不屑做小事、賺小錢。

【大好沉香當爛柴】dai6hou2cem4hêng1 dong3lan6cai4 [粵] ❶ 比喻不識貨。❷ 比喻不知人善任。

【大好鮮花插在牛屎裏】dai6hou2xin1 fa1cab3zoi6ngeo4xi2lêu5 [粵] 一朵鮮花插在牛糞上。指俏姑娘嫁給了醜漢子。

☞ 另見51頁 dai1；52頁 dai2。

dam

擔（担） dam1 (dam1) [dān] [通] ❶ 用肩挑 ♦ 擔水 / 擔米 / 擔柴。❷ 承當；承受；負責 ♦ 承擔 / 分擔 / 負擔。[粵] ❶ 用手搬 ♦ 擔張櫈過嚟（搬一把椅子過來）。❷ 用肩扛 ♦ 擔住把鋤頭（扛着鋤頭）。❸ 用嘴銜 ♦ 擔住支煙（叼着香煙）/ 貓擔住隻老鼠（貓兒叼着一隻老鼠）。❹ 抬起（頭）♦ 擔高個頭（抬起頭來）。❺ 打（傘）♦ 落雨要擔遮（下雨天要打傘）。

【擔戴】dam1dai3 [dāndài] [通] 承擔責任；擔當 ♦ 出咗事我擔戴唔起（出了事我擔戴不起）。普通話也作“擔待”。

【擔正】dam1zéng3 [粵][方] 飾演主角。

【擔大旗】dam1dai6kéi4 [粵] 扛大旗。比喻指揮、統率全局。

【擔幡買水】dam1fan1mai5sêu2 [粵] 扶靈送葬。

【擔屎唔敢偷食】dam1xi2m4gem2teo1xig6 [粵] 形容人極之老實可靠。

☞ 另見本頁 dam3。

眈 dam1 (dam1) [dān]

【眈天望地】dam1tin1mong6déi6 [粵] 東張西望。形容分心不留神的樣子。也說“頭眈天，眼望地” teo4dam1tin1, ngan5mong6déi6。

膽（胆） dam2 (dam2) [dǎn] [通] ❶ 膽囊 ♦ 食咗老虎膽（吃了老虎膽。形容膽大妄為）。❷ 量 ♦ 膽識 / 膽子大 / 冇膽（沒膽量）/ 沙膽（大膽）。❸ 中空器物 ♦ 球膽 / 水壺膽。[粵] ❶ 燈泡 ♦ 電燈膽。❷ 電子管 ♦ 五膽收音機（五管收音機）。❸ 物體的中心部分 ♦ 筆膽 / 菜膽。

【膽粗】dam2cou1 [粵] 膽子大 ♦ 你咁膽粗，連佢都敢得罪（你膽子真大，連他也敢得罪）。

【膽細】dam2sei3 [粵] 膽小。也作“細膽”。

【膽色】dam2xig1 [粵] 膽量；膽識 ♦ 真有膽色。

【膽生毛】dam2sang1mou4 [粵] 膽大包天。

擔（担） dam3 (dam3) [dàn] [通] ❶ 擔子 ♦ 重擔 / 挑擔 / 貨郎擔。❷ 量詞 ♦ 一擔米 / 一擔菜。

【擔挑】dam3tiu1 [粵] 扁擔。也說“擔竿” dam3gon1。

☞ 另見本頁 dam1。

淡 dam6 (dam6) [dàn] [通] ❶ 不興旺；不景氣 ♦ 淡季 / 淡月 / 最近生意好淡。❷ 不熱心；不熱情 ♦ 反應冷淡。

【淡出】dam6cêd1 [粵] ❶ 逐漸淡化。❷ 悄然離去 ♦ 淡出藝壇。

【淡定】dam6ding6 [粵] 從容不迫；鎮定自若 ♦ 淡定啲，唔使慌（鎮定些，不用慌張）。

啖 dam^{6} (dam^{6}) [dàn] [通] ❶ 吃 ♦ 啖飯。❷ 引誘 ♦ 啖以私利。[粵] ❶ 量詞。相當於"口" ♦ 飲啖茶(喝口茶) / 食啖飯(吃口飯) / 出番啖氣(出口氣)。❷ 量詞。相當於"下"(僅用於親吻) ♦ 錫佢一啖(親她一下) / 俾我錫啖(讓我親一親)。

【啖啖到肉】dam^{6}dam^{6}dou^{3}yug^{6} [粵] 指稍有行動，都會觸及利益所在。

dan

單(单) dan^{1} (dan^{1}) [dān] [通] ❶ 一個，跟"雙"相對 ♦ 單門獨戶 / 單槍匹馬。❷ 奇數 ♦ 單日 / 單數 / 單號。❸ 單獨 ♦ 單身 / 孤單。❹ 單子 ♦ 菜單 / 名單 / 清單。❺ 變小；不複雜 ♦ 簡單 / 單純 / 單調。❻ 衣被等只有一層 ♦ 單衣 / 單被。❼ 蓋牀的布 ♦ 被單 / 牀單 / 褥單。❽ 副詞。只；光 ♦ 單憑經驗辦事 / 單靠佢老竇一個人搵錢(單靠他父親一個人掙錢)。[粵] ❶ 票據；單據 ♦ 定單 / 落單(下定貨單)。❷ 瞇 ♦ 單起隻眼(瞇起一隻眼睛)。❸ 量詞。相當於"件"、"筆"、"樁、♦ 呢單嘢認真麻煩(這件事真夠麻煩的) / 傾啱單生意(談妥這筆生意)。

【單車】dan^{1}cé^{1} [粵] 自行車 ♦ 踩單車(騎自行車) / 單車胎(自行車輪胎)。

【單行】dan^{1}hang^{4} [粵] ❶ 不帶拖船單獨行駛。❷ 比喻男子沒有女伴，單獨行走。

【單拖】dan^{1}to^{1} [粵] 一個人。

【單張】dan^{1}zêng^{1} [粵] 傳單；單頁宣傳品 ♦ 宣傳單張。

【單眼仔】dan^{1}ngan^{5}zei^{2} [粵] 獨眼龍。

【單親家庭】dan^{1}cen^{1}ga^{1}ting^{4} [粵] 因離婚等原因以致只有父親或母親的家庭。

【單單打打】dan^{1}dan^{1}da^{2}da^{2} [粵] 指桑罵槐，不明言地譏諷。

【單料銅煲】dan^{1}liu$^{6-2}$tung^{4}bou^{1} [粵] 指喜歡跟陌生人(尤其陌生女性)套交情的人。

【單身寡佬】dan^{1}sen^{1}gua^{2}lou^{2} [粵] 單身漢；打光棍。也說"單身寡仔" dan^{1}sen^{1}gua^{2}zei^{2}。

【單身貴族】dan^{1}sen^{1}guei^{3}zug^{6} [dānshēn guìzú] [通] 指不受約束的單身漢或單身女性。

【單手獨拳】dan^{1}seo^{2}dug^{6}kün^{4} [粵] 無人協助，單獨去做；單人獨馬。

【單眼仔睇榜】dan^{1}ngan^{5}zei^{2}tei^{2}bong^{2} (歇) 一眼見晒 yed^{1}ngan^{5}gin^{3}sai^{3} [粵] 同"亞單睇榜"和"單眼仔睇老婆"條。

【單筷子批豆腐】dan^{1}fai^{3}ji^{2}fag^{3}deo^{6}fu^{6} (歇) 攪喎晒 gao^{2}wo^{5}sai^{3} [粵] 比喻把事情弄得一塌糊塗。

【單眼仔睇老婆】dan^{1}ngan^{5}zei^{2}tei^{2}lou^{5}po^{4} (歇) 一眼見晒 yed^{1}ngan^{5}gin^{3}sai^{3} [粵] 相當於"獨眼龍相親 —— 一目了然"。參見"亞單睇榜"、"單眼仔睇榜"條。

蛋 dan^{2} (dan^{2}) [粵] 口語變音 ♦ 雞蛋 / 燉蛋 / 皮蛋 / 鹹蛋。

☞ 另見 60 頁 dan^{6}。

彈(弹) dan^{2} (dan^{2}) [粵] 口語音 ♦ 砲彈 / 炸彈 / 手榴彈 / 原子彈。

☞ 另見本頁 dan6；368 頁 tan4。

但 dan6 (dan6) [dàn] [通] ❶ 副詞。只；僅 ♦ 不但 / 非但 / 但願人長久。❷ 連詞。但是；可是 ♦ 我好想去，但抽不出時間。

【但係】dan6hei6 [粵] 但是。

蛋 dan6 (dan6) [dàn] [通] ❶ 鳥、龜、蛇、蟲等所產的卵 ♦ 雞蛋 / 蛇蛋。❷ 形容像蛋的東西 ♦ 泥蛋 / 臉蛋 / 山藥蛋。

【蛋饊】dan6san2 [粵] 排叉。用雞蛋和麵粉製成的油炸食品。粵俗過年時用以招待客人。

【蛋撻】dan6tad1 [粵] 一種點心。用模子將揉好的麵粉壓成碟形，內裝蛋羹、奶油等，經烘烤而成。

【蛋筒】dan6tung4-2 [粵] 喇叭形蛋捲 ♦ 蛋筒雪糕（蛋捲包冰淇淋）。

☞ 另見 59 頁 dan2。

蜑（疍） dan6/deng6 (dan6/dɐŋ6) [dàn]

【蜑家】dan6ga1 [粵] 船民；水上居民。

【蜑家雞】dan6ga1gei1 [粵] 船上籠養的雞，成天見到水，但一滴也喝不到。常用以比喻每日經手的財物很多，卻絲毫不能取。也比喻常有機會接近自己心儀的異性，卻因種種原因無法得手。

【蜑家婆打醮】dan6ga1po4-2da2jiu3（歇）冇壇（彈）mou5tan4 [粵] 蜑家以艇為家，打醮酬神時，不能擺設祭壇。"壇"跟"彈"諧音，廣州話"彈"含有批評、指責的意思，故用以比喻無可挑剔或無可指責。

【蜑家婆打仔】dan6ga1po4-2da2zei2（歇）睇你走去邊 tei2néi5zeo2hêu3bin1 [粵] 看你往哪跑。意謂無路可走，難以逃脫。

【蜑家婆摸蜆】dan6ga1po4-2mo2hin2（歇）望第二篩（世）mong6dei6yi6sei1 (sei3) [粵] 比喻今生已成絕望，唯有寄希望於來世。

彈（弹） dan6 (dan6) [dàn] [通] ❶ 彈子 ♦ 彈丸。❷ 內裝爆炸物，具有殺傷、破壞能力的東西 ♦ 槍彈 / 砲彈 / 毒氣彈。[粵] ❶ 蹦起 ♦ 激到佢成個彈起（氣得他整個人蹦起來）。❷ 轉讓；介紹 ♦ 喂，有乜筍嘢彈啲過嚟噃（喂，有甚麼好生意給介紹點好嗎）？❸ 急升 ♦ 升彈（股價急升）/ 反彈（股價跌後急升）。❹ 迅速退出 ♦ 信用卡被彈番出嚟（信用卡被吐了出來）。

☞ 另見 59 頁 dan2；368 頁 tan4。

dé

嗲 dé1 (dɛ1) [粵] 閒聊 ♦ 得閒打電話俾我嗲幾句（有空致電給我閒聊一下）/ 快啲喇，仲嗲咁耐做乜吖（快點吧，還扯那麼久幹嘛）。

☞ 另見本頁 dé2；61 頁 dé4。

嗲 dé2 (dɛ2) [粵] 女性故作嬌態 ♦ 嬌嗲（撒嬌）/ 咪成日嗲住爹哋（別老纏着爸爸撒嬌）。

【嗲吊】dé2diu3 [粵] 形容人責任心不強，做事拖遝。也說"嗲嗲吊" dé2dé2diu3。

【嗲聲嗲氣】dé2séng1dé2héi3 [粵] 嬌聲嬌氣。

☞ 另見 60 頁 dé^1；本頁 dé^4。

嗲 dé^4 (dɛ^4) [粵] 擬聲詞。形容滴水的聲音 ♦ 個桶嗲嗲咁漏水（水桶滴滴答答地漏水）。

【嗲嗲渧】dé^{4}dé$^{4-2}$dei^3 [粵] 不停地往下滴 ♦ 恨到口水嗲嗲渧（饞嘴想吃，連口水都流出來了）。

☞ 另見 60 頁 dé^1，dé^2。

dê

多 dê^1 (dœ^1) [粵] 口語變音。表示“少”的意思，一般只跟“咁”“啲”連用 ♦ 咁多（這麼一點點）/ 啲多（一點點）。

☞ 另見 81 頁 do^1。

□ dê^3 (dœ^3) [粵] 螫 ♦ 俾黃蜂□到塊面腫晒（被黃蜂螫了，整個臉都腫了起來）。

deb

耷 deb^1 (dɐp^7) [粵] 也作“聕”。耷拉；垂下 ♦ 耷低頭（低下頭）。

【耷尾】deb^{1}méi^5 [粵] 垂下尾巴。形容人垂頭喪氣、沒精打采的樣子。也比喻做事後勁不繼。

【耷濕】deb^{1}seb^1 [粵] ❶ 簡陋 ♦ 間舖咁耷濕，點做生意？（店舖這麼簡陋，怎麼做生意呀）？❷ 寒磣 ♦ 餐餐鹹魚蒸豬肉，耷唔耷濕啲吖（每頓都是鹹魚蒸豬肉，是不是太寒磣了點）？

【耷頭佬】deb^{1}teo^{4}lou^2 [粵] 比喻工於心計，城府很深的人 ♦ 耷頭佬善扭計（常低着腦袋的人善於出鬼點子）。

【耷頭耷腦】deb^{1}teo^{4}deb^{1}nou^5 [粵] 形容垂頭喪氣、萎靡不振或若有所思的樣子。

揼 deb^6 (dɐp^9) [粵] ❶ 捶；擂；砸 ♦ 揼背（捶背）/ 揼佢一拳（擂他一拳）/ 揼爛把鎖（把鎖砸了）。❷ 掉下 ♦ 個箱放得咁□(men^3)，因住揼落嚟（箱子太靠邊緣，小心掉下來）。❸ 被雨淋 ♦ 揼到周身濕晒（被雨水淋得全身濕透）。❹ 擬聲詞。形容輕物落地的聲音 ♦ 揼一聲跌咗本書落地（啪一聲書本掉在地上）。

【揼骨】deb^{6}gued^1 [粵] 捶背；捶腿。同“揼骨”。

【揼腳骨】deb^{6}gêg^{3}gued^1 [粵] 同“打腳骨”，見 61 頁。

ded

凸 ded^1 (dɐt^7) [粵] ❶ 隨意放置 ♦ 啲嘢亂咁凸，用起上嚟就難揾喋嘞（東西隨意亂放，要用的時候就不好找啦）。❷ 隨便亂坐 ♦ 張櫈咁邋遢，好心你就唔好凸個屎忽上去喇（櫈子這麼髒，行行好你就別坐上去啦）。❸ 頂撞；搶白 ♦ 你個人真係唔聽教，連老母都敢凸（你這個人太不服管，連媽媽也敢頂撞）？

凸 ded^6 (dɐt^9) [tū] [通] 周圍低，中間高，跟“凹”相對 ♦ 凸透鏡 / 挺胸凸肚。[粵] 也作“突”。超出；多出 ♦ 俾夠有凸（已經多給了）/ 家用使凸咗（家用多花了）。

突 ded6 (dɐt9) [tū] 通 ❶ 高出周圍；鼓起 ♦ 突起。❷ 忽然；猛然 ♦ 氣温突增。❸ 猛衝；衝撞 ♦ 突襲 / 衝突。粵 也作"凸"。超出；多出 ♦ 俾三蚊有突（給三塊已經多給了）/ 使突咗五蚊（多花了五塊）。

deg

得 deg1 (dɐk7) [dé] 通 ❶ 獲取，跟"失"相對 ♦ 得分 / 得不償失。❷ 適合 ♦ 得宜 / 得用。❸ 許可；可以 ♦ 不得有誤 / 不得隨地吐痰。❹ 計算得出的結果 ♦ 二四得八。❺ 得意 ♦ 揚揚自得。粵 ❶ 表示同意、應允、認可等，相當於"好"、"行" ♦ 你係得嘅（你真行）/ 走得未？仲未得（可以走了嗎？還不成）！/ 噉點得㗎（這怎麼行呢）？ ❷ 表示除此之外別無其他，相當於"只有" ♦ 得咁多咋（就這麼多）？/ 得幾個人去（只有幾個人去）。❸ 用在動詞後，表示有這種能力 ♦ 我而家仲食得做得（我現在還能吃能做）。❹ 用在動詞後，表示善於做某事 ♦ 佢幾唱得個噃（她挺會唱的）。❺ 用在動詞後，表示可以做某事 ♦ 公園嘅花睇得唔摘得（公園裏的花可以觀賞但不可以採摘）。❻ 用在動詞後，表示值得做某事 ♦ 呢隻機玩得過㗎（這種機子值得買來試試）。

【得閒】deg1han4 [déxián] 通 得空；有空閒時間 ♦ 得閒記得俾我電話（有空記住給我來個電話）/ 近排好唔得閒（最近很忙，老抽不出空）。

【得主】deg1ju2 粵 獎項獲得者 ♦ 金牌得主。

【得米】deg1mei5 粵 得手；達到目的。

【得未】deg1méi6 粵 行了嗎 ♦ 噉做得未（這樣做行了吧）？

【得戚】deg1qig1 粵 形容揚揚自得、自鳴得意的神氣 ♦ 得戚喇你（有甚麼可神氣的）/ 睇佢得戚個樣（瞧他那得意的模樣）！

【得手】deg1seo2 [déshǒu] 通 辦事順利；達到目的 ♦ 等呢鋪得手，然後再作打算（這一趟得手後再作打算）。

【得意】deg1yi3 [déyì] 通 稱心如意 ♦ 得意忘形。粵 ❶ 有趣；有意思，逗人喜歡 ♦ 個公仔又幾得意噃（這個洋娃娃挺逗的）。❷ 開心；揚揚自得 ♦ 咪得意自，睇過先知（先別開心，看過才知道）。

【得滯】deg1zei6 粵 助詞。用在形容詞後表示程度太深 ♦ 凍得滯（太冷了）/ 貴得滯（太貴了）/ 鹹得滯（太鹹了）。

【得把口】deg1ba2heo2 粵 就會耍嘴皮子 ♦ 唔好成日得把口（別整天耍嘴皮子）。也說"得把聲" deg1ba2séng1。參見"得棚牙"條。

【得啖笑】deg1dam6xiu3 粵 ❶ 博人一笑而已；意義不大 ♦ 呢齣戲都冇料到嘅，睇完得啖笑（這部戲沒啥內容，意義不大）。❷ 表示無奈 ♦ 同這班識講唔識做嘅人開會，開完真係得啖笑（與這羣只説不做的人開會，真是一點建設性也沒有）。

【得個吉】deg1go3ged1 粵 落空；毫無收穫 ♦ 氹氹轉忙咗幾日仲係得個吉

(團團轉忙了幾天，到頭來還是毫無收穫)。

【得棚牙】deg¹pang⁴nga⁴ [粵] ❶ 諷刺人絮絮叨叨。❷ 諷刺人光說不做。

【得人驚】deg¹yen⁴géng¹ [粵] 可怕；令人驚懼 ♦ 真得人驚（真是可怕）！也說“得人怕” deg¹yen⁴pa³。

【得個講字】deg¹go³gong²ji⁶ [粵] 光說不做；答應過的事不兑現。

【得償所願】deg¹sêng⁴so²yun⁶ [粵] 如願以償。

【得上牀掀被冚】deg¹sêng⁵cong⁴hin¹péi⁵kem² [粵] 比喻得寸進尺，貪得無厭。

特 deg⁶ (dɐk⁹) [tè] [通] ❶ 傑出的；超出一般的 ♦ 特級 / 奇特 / 能力特強。❷ 格外；專門 ♦ 特邀 / 特設 / 特製。❸ 只；但 ♦ 不特如此。❹ 指特務 ♦ 匪特。

【特登】deg⁶deng¹ [粵] 特意；存心；有目的地 ♦ 特登嚟睇吓你（特意來探望你）/ 佢特登做俾你睇嘅啫（他故意做給你看的）。參見“專登” 條。

dég

笛 dég² (dɛk²) [粵] ❶ 口語變音 ♦ 吹笛。❷ 指揮、調度、使喚。含貶義 ♦ 唔聽佢支死人笛（不聽他瞎指揮）/ 冇人聽佢支笛（沒人聽他使喚）。

趯 dég³ (dɛk⁸) [粵] ❶ 逃跑；溜走 ♦ 趯都趯唔切（逃跑也來不及）/ 賊佬趯走咗（小偷給溜了）/ 呢幾日趯咗去邊吖，搵極都唔見人（這幾天溜哪去了，找來找去都找不到人）。❷ 奔跑；走動 ♦ 唔好周圍趯（不要到處亂跑）/ 為辦證嘅事成日趯嚟趯去（為辦理證件整天東跑西顛）。❸ 驅逐；攆走 ♦ 趯佢出街（攆他出去）。

【趯更】dég³gang¹ [粵] 溜走，溜之大吉；開小差；逃跑，逃命。

【趯人】dég³yen⁴ [粵] 溜號；溜之大吉 ♦ 冇事早啲趯人罷喇（沒事早點走好了）。

dêg

剁 dêg¹ (dœk⁷) [粵] 也作“斫”。用刀摳 ♦ 將啲肥肉剁咗出嚟（把肥肉摳掉）。

☞ 另見本頁 dêg³。

剁 dêg³ (dœk⁸) [方] 口語音 ♦ 剁碎 / 剁豬肉。

☞ 另見本頁 dêg¹。

dei

低 dei¹ (dɐi¹) [dī] [通] ❶ 離地面近；從上到下距離小 ♦ 低空 / 低矮。❷ 等級在下的 ♦ 低級階段 / 低年級學生。❸ 程度差 ♦ 水平低 / 眼高手低。❹ 價錢便宜 ♦ 低價。❺ 聲音細小 ♦ 聲音太低。❻ 地位、身份卑微 ♦ 低微 / 低賤。❼ 頭向下垂 ♦ 低頭 / 低着腦袋。[粵] 表示動作向下 ♦ 坐低（坐下）/ 踎低（蹲下）/ 瞓低（躺下）。

【低波】dei¹bo¹ [粵] ❶ 波，俗稱汽車的排檔，“低波” 即低速 ♦ 低波行駛。❷ 小氣；卑微。

【低格】dei^{1}gag^3 [粵] 人格、風格、格調等低下。

【低迷】dei^{1}mei^4 [粵] 經濟形勢處於低潮，前景不明朗、不樂觀。

【低威】dei^{1}wei^1 [粵] 妄自菲薄，缺乏自信♦認低威（甘拜下風）/ 唔好咁低威（不要這樣妄自菲薄）。

【低章】dei^{1}zêng^1 [粵] ❶ 不高明的做法。❷ 自降身價，輕賤自己。

【低俗】dei^{1}zug^6 [粵] 低級庸俗。

【低低哋躀鋪】dei^{1}dei^{1}déi^{2}guan^{3}pou^1 [粵] 表示承認受挫或主動認輸，向人道歉。

【低頭切肉，把眼看人】dei^{1}teo^{4}qid^{3}yug^6, ba^{2}ngan^{5}hon^{3}yen^4 [粵] 比喻先瞅準對方是否可欺，再決定該不該下手。

底 dei^2 (dɐi^2) [dǐ] [通] ❶ 物體最下層的部分♦鞋底 / 井底 / 海底 / 無底洞。❷ 事物的根源或內情♦家底 / 摸底。❸ 留作根據的原本♦底冊 / 案底。❹ 末尾；盡頭♦月底 / 年底 / 堅持到底。[粵] ❶ 穿在裏面的衣物♦底褲（內褲；襯褲）/ 底衫（內衣；襯衣）。❷ 量詞。用於未切開的整塊糕點、烙餅等♦一底年糕（一塊年糕）/ 兩底薄罉（兩塊糯米麵烙餅）。

【底線】dei^{2}xin^3 [粵] ❶ 底數，指基本情況或內部掌握的計劃、數字或談判時預定的最低條件。❷ 最大的限度；不可逾越的界限。

【底質】dei^{2}zed^1 [粵] 根底和素質♦佢底質差，嘟啲就感冒（他身體的底子差，很容易感冒）/ 佢底質唔錯，好有發展潛力（他根底和素質都不錯，很有發展潛力）。

抵 dei^2 (dɐi^2) [dǐ] [通] ❶ 到達♦抵達 / 抵港 / 抵粵。❷ 擋；拒♦抵抗。❸ 相當；代替♦一個抵兩個。❹ 抵償♦抵命 / 抵債 / 抵罪。❺ 抵消♦收支相抵。[粵] ❶ 值得；划算；便宜♦抵買（值得買）/ 抵食（吃得過）/ 喺呢間酒樓飲茶又幾抵嚱（在這間酒樓喝早茶還是挺便宜的）。❷ 該；活該♦抵鬧（該罵）/ 抵佢發（該他發跡的）/ 抵，我都話過要小心啲㗎喇（活該，我早説過要小心點的）！❸ 禁受；耐得住♦捱更抵夜（熬夜）/ 你着咁少衫，抵唔抵得住㗎（你穿這麼少衣服，受得了嗎）？

【抵諗】dei^{2}nem^2 [粵] 能忍讓，不怕吃虧♦後生仔，抵諗啲喇（小年青，想開點吧）。

【抵死】dei^{2}séi^2 [dǐsǐ] [通] 拼死♦抵死不從。[粵] ❶ 罵人缺德、下流、不負責任等♦抵佢死（活該他倒楣）/ 真抵死，一返嚟就攪到啲嘢立立亂（真該死，一回來就把東西弄得亂七八糟）。❷ 埋怨自己糊塗、疏忽大意♦真抵死，又唔記得話俾佢知（真糟糕，又忘了告訴他）。

【抵受】dei^{2}seo^6 [粵] 承受；忍受。

【抵到爛】dei^{2}dou^{3}lan^6 [粵] 太值了；太合算了。極言貨物便宜，買得挺合算。

【抵冷貪瀟湘】dei^{2}lang^{5}tam^{1}xiu^{1}sêng^1 [粵] 要得俏，凍得跳。指為了顯示自己苗條的身段，寧願少穿衣服而捱凍。

蒂 dei^3 (dɐi^3) [dì] [通] 花或瓜果等跟莖、枝相連的部分♦並蒂

蓮 / 瓜熟蒂落 / 根深蒂固。方言多説“椗” ding³。

諦（谛） dei³ (dɐi³) [dì] [通] ❶ 仔細聽或看 ♦ 諦聽 / 諦視。❷ 道理；意義 ♦ 真諦 / 妙諦。[粵] 也作“詆”。諷刺；挖苦 ♦ 唔好成日諦我（別老挖苦我）/ 諦佢一餐（好好挖苦他一下）。

渧 dei³ (dɐi³) [方] 滴；淌 ♦ 外母見女婿，口水嗲嗲渧（岳母見了女婿，歡喜得説這説那，唾沫橫飛）。

逮 dei⁶ (dɐi⁶)

（一）[dài] [通] ❶ 捉；捉拿 ♦ 逮捕。❷ 到；及 ♦ 力有未逮。

【逮捕】dei⁶bou⁶ [dàibǔ] [通] 捉拿人犯 ♦ 依法逮捕 / 逮捕歸案。

（二）[dǎi] [通] 口語音。也表示“捉；捉拿”的意思 ♦ 逮蝴蝶 / 逮住他，別讓他跑了！ 方言多説“捉” zug¹。

第 dei⁶ (dɐi⁶) [dì] [通] ❶ 表示次序 ♦ 第一 / 第三名。❷ 大宅 ♦ 門第 / 府第。❸ 科第 ♦ 及第 / 落第。[粵] 代詞。別；另外的 ♦ 第個禮拜先喇（改別個星期吧）。

【第啲】dei⁶dig¹ [粵] 另一些 ♦ 第啲人我就唔敢包（換了別的人，我不敢擔保）。

【第九】dei⁶geo² [粵] ❶ 差勁；沒出息 ♦ 算你第九咋（就你最沒出息）。❷ 次；劣；質量差 ♦ 呢隻包都好買嘅，算係第九個咯（這種包子買它幹啥，質量算是最差的啦）。

【第個】déi⁶go³ [粵] 別人；其他人 ♦ 第個就唔敢講（別人我不敢説）。

【第尾】dei⁶méi⁵⁻¹ [粵] 最末尾；倒數第一 ♦ 考試考第尾（考試成績倒數第一）。

【第次】dei⁶qi³ [粵] 下次 ♦ 第次仲係幫襯番你（下次還是來光顧你這裏）。

【第世】dei⁶sei³ [粵] 來世；下輩子 ♦ 第世仲係嫁番俾你（來世還是嫁給你）。

【第時】dei⁶xi⁴ [粵] 以後；過一段時間之後 ♦ 第時你就知（往後你就知道厲害）/ 第時至算喇（回頭再説吧）。

【第處】dei⁶xu³ [粵] 別處。也說“第度” dei⁶dou⁶。

【第日】dei⁶yed⁶ [粵] 以後；將來；改日 ♦ 第日先傾（改天再談）/ 第日發咗達，唔好唔記得我（將來發了大財，可別把我給忘了）。

【第樣】dei⁶yêng⁶⁻² [粵] 別的；其他的 ♦ 講笑搵第樣（別開這樣的玩笑）。

【第二】dei⁶yi⁶ [粵] 其他的；另外的。往往把“二”省略 ♦ 第（二）間商店（其他商店）/ 第（二）檔（別的攤檔）。

【第陣時】dei⁶zen⁶xi⁴ [粵] 以後。往往把“陣”省略，説成“第時” ♦ 話唔定第（陣）時會發達呢（説不定將來會發大財呢）。

【第一時間】dei⁶yed¹xi⁴gan³ [粵] 即刻；馬上 ♦ 有貨到我第一時間通知你（有貨到我即刻通知你）。

遞（递） dei⁶ (dɐi⁶) [dì] [通] ❶ 傳送 ♦ 傳遞 / 郵遞 / 遞眼色。❷ 順次 ♦ 遞升 / 遞增。[粵] ❶ 舉

起；抬起♦遞高隻手（把手舉起來）。❷傳送；傳遞♦遞張紙俾我（拿張紙給我）/唔該遞一遞手（請人幫忙傳遞東西時常説的一句話）。

déi

哋 déi² (dei²) ㊵❶用在疊音的形容詞後，表示輕微、稍微等意思♦傻傻哋（傻乎乎的）/酸酸哋（有點兒酸）。❷用在疊音的動詞後，表示輕微、稍微等意思♦會會哋（會一點兒）/識識哋（稍為懂一點兒）。

☞另見本頁 déi⁶。

地 déi⁶ (dei⁶) [dì] ㊣❶地殼；地球♦地層/陸地/天地。❷陸地♦地面/地下水。❸土地；田地♦荒地/旱地。❹地區♦內地/本地/當地。❺處所♦地址/兩地分居。❻處境；情況♦境地/設身處地/心地善良。❼花紋；底子♦黑地白花/白地黑字。

【地庫】déi⁶fu³ ㊍地下室。也説“地牢”déi⁶lou⁴。

【地氈】déi⁶jin¹ ㊵地毯♦鋪地氈/地氈式掃蕩。

【地頭】déi⁶teo⁴ [dìtóu] ㊣田地的邊。㊵❶地方；地點♦呢度地頭都幾好（這塊地方還是不錯的）。❷當地；本地方♦你地頭熟，仲係你出面去聯繫好啲（你熟悉當地情況，還是你出面去聯繫好些）。❸佔用或控制的地方♦呢度係人哋嘅地頭（這是別人的地盤）。

【地拖】déi⁶to¹ ㊵拖把。

【地王】déi⁶wong⁴ ㊍指售價最貴的地皮。

【地獄】déi⁶yug⁶ [dìyù] ㊣❶某些宗教指人死後靈魂受苦的地方。❷比喻苦難悲慘的生活環境。

【地藏】déi⁶zong⁶ ㊵❶祕密收藏；祕密擁有。❷特指私蓄、私房錢♦唔知我老公有幾多地藏（不曉得我丈夫有多少私蓄）？

【地頭蟲】déi⁶teo⁴cung⁴ ㊵同“地膽”。

哋 déi⁶ (dei⁶) ㊵❶用在單數人稱代詞後面表示多數♦我哋（我們）/你哋（你們）/佢哋（他們；她們）。❷用在形容詞後面構成狀語♦好哋哋嗌乜嘢交吖（好好的吵甚麼架呀）？

☞另見本頁 déi²。

dem

揼 dem¹ (dɐm¹) ㊵磨；慢慢拖下去♦揼時間（磨時間）/揼住條命（拖着活下去）。

【揼功夫】dem¹gung¹fu¹ ㊵費功夫♦編字典好揼功夫（編字典挺費功夫）。

☞另見67頁 dem³。

抌 dem² (dɐm²) ㊵❶用力地捶砸♦抌骨（捶背）/抌爛把鎖（把鎖砸爛）。❷扔；甩，擲；同“掟”♦抌晒落街（全扔出去）。❸也作“氹”。擬聲詞。形容重物落水的聲音♦抌一聲跌咗落水（撲通一聲掉進水裏）。

【抌低】dem²dei¹ ㊵❶撂下；放下♦我上去抌低啲嘢就落嚟（我上去把東西撂下就下來）。❷撇下；留下

♦扰低個仔喺屋企（把孩子留在家裏）。❸撒手不管♦公司啲嘢點能夠扰低唔理㗎（公司的事哪能撒手不管呢）？❹長期擱置；荒廢不用♦啲英語扰低咗十幾年，唔記得晒咯（我的英語荒廢了十多年，全忘光了）。

【扰印】dem²yen³ [粵] 蓋印；蓋章。

【扰心口】dem²sem¹heo² [粵]❶捶胸；表示懊喪或悲痛。❷敲詐勒索。

揼 dem³ (dɐm³) [粵] 也作“髧”。❶往下垂♦條辮揼到落腰（辮子垂至腰際）/揼條繩落嚟（把繩子放下來）。❷引申作“釣”，但不用釣鈎♦揼田雞（釣青蛙）/揼蟛蜞（釣小螃蟹）。

☞另見66頁 dem¹。

踩 dem⁶ (dɐm⁶) [粵] 跺♦踩地（跺腳）/一腳踩死隻甲甴（一腳把蟑螂跺死）。

【踩吓腳】dem⁶ha⁵gêg³ [粵] 用腳跺一跺地，表示下決心幹某事。

【踩蹄踩爪】dem⁶tei⁴dem⁶zao² [粵] 捶胸頓足，形容傷心或憤怒的樣子。

den

躉（趸）den² (dɐn²) [dǔn] [通] ❶整；整數♦躉批/躉賣。❷整批地買進♦躉貨/現躉現賣。[粵]❶座兒；墩子♦柱躉/橋躉。❷引申表示某種人♦監躉（囚犯）/擁躉（狂熱的擁護者）/香爐躉（獨苗兒）。❸量詞。相當於“座”♦一躉樓（一座樓）/一躉銅像（一尊銅像）。❹量詞。相當於“摞”♦一躉磚（一摞磚）。

扽 den² (dɐn²) [粵] 放；擱♦扽喺度（擱在這裏）/扽埋一便（放到一邊）。

【扽低】den²dei¹ [粵] 放下；擱下♦扽低行李（放下行李）/扽低抖吓先喇（先放下歇歇吧）/扽低啲手信就走嘞（一放下禮物就走了）。

☞另見本頁 den³。

扽 den³ (dɐn³) [粵]❶顛簸；劇烈震動♦架車好扽（車子震動得很厲害）/扽到尾龍骨好痛（顛得厲害，把我尾椎骨都震痛了）。❷磕；蹾；拍打♦扽一扽個罐，俾啲蟻走出來（磕一磕罐子，讓螞蟻跑出來）/對鞋入咗沙，扽吓佢喇（鞋子進了沙子，拍一拍它吧）。

【扽氣】den³héi³ [粵] 發牢騷；發洩怨氣♦揾我扽氣都冇用㗎（找我發牢騷也沒有用）。

【扽蝦籠】den³ha¹lung⁴⁻² [粵] 比喻掏人的錢包或被人掏了錢包。

☞另見本頁 den²。

燉 den⁶/dên⁶ (dɐn⁶/dœn⁶) [dùn] [通] ❶用文火煮♦燉羊肉/燉牛筋。❷隔水蒸♦燉肉/清燉雞。[粵] 清蒸；隔水蒸♦燉水魚（燉王八）/燉番熱啲魚先食（把吃剩的魚蒸熱再吃）。

【燉品】den⁶ben² [粵] 燉製的保健食品。

【燉冬菇】den⁶dung¹gu¹ [粵] 降職；降級♦呢單嘢做横咗，因住燉冬菇先好（這事給搞砸了，小心降職）。

dên

蹲 dên¹ (dœn¹) [dūn] [通] ❶ 兩腿儘量彎曲，像坐的樣子，但臀部不着地。❷ 比喻閒居 ♦ 不能再蹲在家裏了。方言多說“踎” meo¹。

頓（顿） dên⁶ (dœn⁶) [dùn] [通] ❶ 短時間的停歇 ♦ 停頓。❷ 處理；安排 ♦ 整頓 / 安頓。❸ 頭叩地；腳跺地 ♦ 頓首 / 頓足。❹ 立刻；忽然 ♦ 頓時 / 頓悟 / 頓然。❺ 量詞 ♦ 一天三頓飯 / 批評他一頓。

deng

燈（灯） deng¹ (dɐŋ¹) [dēng] [通] ❶ 發光的器具 ♦ 電燈 / 汽燈 / 探照燈 / 紅綠燈。❷ 加熱的器具 ♦ 噴燈 / 酒精燈。

【燈膽】deng¹dam² [粵] ❶ 燈泡；電燈泡。❷ 指不識相、不知趣的人，尤指不合時宜地介入正在談情說愛的戀人之間的人 ♦ 我費事喺度做燈膽喇（我省得在這裏妨礙你們倆談悄悄話）。

【燈光夜市】deng¹guong¹yé⁶xi⁵ [粵] 集中在街區夜間營業的集市。

【燈芯敲鐘】deng¹sem¹hao¹zung¹（歇）冇音 mou⁵yem¹ [粵] 相當於“秤砣落在棉花上——沒回音”。

【燈油火蠟】deng¹yeo⁴fo²lab⁶ [粵] 燈油錢。

【燈芯拎成鐵】deng¹sem¹ning¹xing⁴(séng⁴)tid³ [粵] 比喻原先沒多少分量的東西，手中保存久了，也會變得頓有分量。

登 deng¹ (dɐŋ¹) [dēng] [通] ❶ 由低處到高處 ♦ 登山 / 攀登 / 一步登天。❷ 刊載；記載 ♦ 登報 / 刊登。[粵] 蹺起；抬起 ♦ 登起手指公（豎起大拇指）/ 登高啲隻腳（把腿抬高點）。

【登對】deng¹dêu³ [粵] 相稱；相襯；匹配。多指夫婦、戀人 ♦ 佢兩個都幾登對（他倆挺襯的）。

等 deng² (dɐŋ²) [děng] [通] ❶ 等級 ♦ 特等 / 優等 / 共分三等。❷ 數量或程度相同 ♦ 相等 / 不等 / 等邊三角形。❸ 待着；候着 ♦ 等車 / 等機會 / 等埋佢先走（等他一起走）。❹ 種；類 ♦ 此等 / 諸等 / 這等事。❺ 表示列舉未完或收尾 ♦ 上海、武漢、廣州等地。[粵] 介詞。相當於“讓” ♦ 等我去話聲俾佢知（讓我去告訴他一聲）/ 扻喺度等老鼠咬咩（放在這裏不怕讓老鼠給咬嗎）？

【等陣】deng²zen⁶ [粵] 等一會兒；過一會兒。

【等於零】deng²yu¹ling⁴ [粵] 白搭；白費勁 ♦ 講咗咁多即係等於零（說了那麼多等於白搭）。

櫈（凳） deng³ (dɐŋ³) [dèng] [通] 沒有靠背的坐具 ♦ 茶櫈 / 方櫈。[粵] 櫈子 ♦ 擔張櫈埋嚟（搬張櫈子過來）。

【櫈仔】deng³zei² [粵] 小板櫈 ♦ 擔張櫈仔俾家姐坐（搬張小板櫈讓姐姐坐）。

戥 deng⁶ (dɐŋ⁶) [粵] ❶ 壓；平衡 ♦ 四兩戥千斤（四兩壓千斤）。❷ 弄平衡♦兩便戥匀啲（把兩邊弄平衡點兒）。

【戥興】deng⁶hing³ ㊣ 幸災樂禍，說風涼話。也說"贈慶" zeng⁶hing³。

【戥頭】deng⁶teo⁴ ㊣ 平衡♦呢擔嘢一便輕一便重，唔戥頭（這挑兒一頭輕一頭重，不平衡）。

【戥…唔抵】deng⁶…m⁴dei² ㊣ 替…可惜♦戥你唔抵（替你可惜）/ 戥佢唔抵（替他可惜）。

déng

訂（订） déng¹ (dɛŋ¹) [dìng] ㊣ 把書頁等裝成冊♦裝訂 / 訂個本子。

【訂裝】déng¹zong¹ ㊣ 裝訂。

☞ 另見本頁 déng⁶。

釘（钉） déng¹ (dɛŋ¹) ㊣ ❶ 口語音♦木釘 / 鐵釘 / 撳釘（圖釘）。❷ 掐；用指甲擠壓♦釘狗蝨（掐蝨子）。❸ 看管、監視♦釘住佢（監視他）。

盯 déng¹ (dɛŋ¹) ㊣ 口語音♦你要盯實佢，睇佢有乜嘢嘢（你要緊盯住他，看他有甚麼動靜）。

頂（顶） déng² (dɛŋ²) ㊣ 口語音。❶ 頂兒♦頭頂 / 山頂 / 蚊帳頂。❷ 量詞♦戴番頂帽（戴頂帽子）。

☞ 另見 77 頁 ding²。

掟 déng³ (dɛŋ³) ㊣ 扔；甩；擲♦掟手榴彈 / 將啲糖紙掟落果皮箱度（把糖果紙扔進垃圾箱裏）。

【掟煲】déng³bou¹ ㊣ 男女因感情破裂而分手♦佢兩個早就掟煲（他倆早吹了）。

【掟煲費】déng³bou¹fei³ ㊣ 情人分手後男方給女方的所謂"賠償費"。

【掟死狗】déng³séi²geo² ㊣ 形容食物太硬，用來打狗，足可以把狗砸死。

定 déng⁶ (dɛŋ⁶) ㊣ ❶ 口語音。預訂；約定♦定購 / 定單 / 定咗一批貨（定了一批貨）。❷ 特指定金♦落定（先交定金）/ 退定（退定金）撻定（犧牲定金，取消原先的買賣合同）。

☞ 另見 78 頁 ding²；79 頁 ding⁶。

訂（订） déng⁶ (dɛŋ⁶) ㊣ 口語音♦訂報紙 / 訂機票。

【訂位】déng⁶wei⁶⁻² ㊣ 預訂座位♦你早啲去訂位先，我哋跟住就嚟（你先走一步去預訂座位，我們隨後就到）。

☞ 另見本頁 déng¹。

埞 déng⁶ (dɛŋ⁶) ㊣ 地方；位置♦冇埞企（沒地方站立）/ 行李冇埞放（沒地方放行李）。

dêng

□ dêng¹ (dœŋ¹) ㊣ 小尖兒；小鈎兒♦鼻哥□（鼻子尖兒）。

啄 dêng¹ (dœŋ¹) ㊣ 口語讀音。❶ 啄♦雞啄米。❷ 叮咬♦俾蛇啄咗一啖（給蛇咬了一口）。

deo

兜 deo¹ (dɐu¹) [dōu] ㊣ ❶ 口袋一類的東西♦褲兜 / 網兜。❷ 做

成兜形把東西攏住♦用毛巾兜着。❸圍繞；包圍♦兜抄/兜捕。❹招攬♦兜攬/兜生意。❺繞；轉♦兜圈子/兜嚟兜去，兜咗個大彎（繞來繞去，繞了一個大圈）。[粵] ❶搪瓷食具♦飯兜/食完飯仲未洗兜（吃過飯還沒把飯盤洗乾淨）。❷雞、狗等吃食的用具。❸把食物放在鍋裏加熱快炒♦兜熱先至好食（放在鍋裏弄熱了再吃）。❹用力踢開♦一腳兜佢落坑渠（一腳把他踢進水溝裏）。❺撈♦用笊籬兜起啲油角（用笊籬把油角撈起來）。

【兜截】deo¹jid⁶ [粵] 從背後包抄攔截。

【兜住】deo¹ju⁶ [粵] ❶幫別人擺脱尷尬局面。❷給別人打圓場挽回面子。

【兜踎】deo¹meo¹ [粵] 比喻生活窘迫或衣衫襤褸。

【兜頭】deo¹teo⁴ [dōutóu] [通] 迎頭；正衝着頭♦兜頭淋落嚟（兜頭澆下來）/兜頭簽落去（衝着腦袋扣下去）。

【兜圈子】deo¹hün¹ji² [dōuquānzi] [通] 繞圈子。

【兜兜轉轉】deo¹deo¹jun²jun² [粵] 繞彎子；繞來繞去。

【兜口兜面】deo¹heo²deo¹min⁶ [粵] 兜頭蓋臉♦掹起盆水兜口兜面潑過去（端起一盆水兜頭蓋臉潑過去）。

蔸 deo¹ (dɐu¹) [粵] 量詞。相當於“棵”、“叢”、“條”、“個”、“盆”等♦一蔸草/一蔸飯/幾蔸魚/嗰蔸友仔，睬佢都傻（那小子，別理他）。

斗 deo² (dɐu²) [dǒu] [通] ❶口大底小的方形量器。❷形狀像斗的東西♦煙斗/漏斗/風斗。❸圓形的指紋。❹二十八宿之一，也泛指星♦氣衝斗牛/滿天星斗。❺指北斗星♦泰斗。❻指不大或不多♦斗室/斗儲。❼市制容量單位元，十升為一斗。

【斗令】deo²ling⁶⁻² [粵] ❶半角錢；五分錢；五仙。❷比喻極少的錢♦得斗令咁多（只有幾分錢）。

豆 deo² (dɐu²) [粵] 口語音♦大豆/黃豆/綠豆/蠶豆。

☞另見71頁deo⁶。

鬥（斗） deo³ (dɐu³) [dòu] [通] ❶對打♦拳鬥/械鬥/搏鬥。❷競爭；爭勝♦鬥智鬥勇/你鬥唔過佢（你鬥不過他）。❸使動物相鬥♦鬥牛/鬥雀（鬥鳥）/鬥蟀（鬥蟋蟀）。❹拼合；湊在一起♦鬥榫/鬥眼/用碎布鬥一個口袋。[粵] ❶做木工活♦鬥櫃（做櫃子）/鬥傢俬（做傢具）。❷比；賽♦鬥大膽（比膽量）/鬥游得快（游水比速度）。

【鬥踩】deo³cai² [粵] 互相詆毀；互相攻訐。也説“鬥踹”deo³yai²。

【鬥氣】deo³héi³ [dòuqì] [通] 為意氣相爭。[粵] 較普通話常用，意義也廣些，含“賭氣；慪氣；鬧彆扭；彼此存心過不去”等意思♦鬥氣噉鬥（像故意鬧彆扭似的）/你做大，佢做細，好心你就讓吓佢，唔好成日同佢鬥氣喇（你年紀大，他年紀小，行行好，你就讓一讓他，別老跟他過不去）。

【鬥叻】deo³lég¹ [粵] 比聰明、能力或來頭♦你兩個咪喺度鬥叻喇（你們倆別在這裏比來比去啦）。

【鬥木】deo3mug6 [粵] 做木工活 ♦ 鬥木佬(木匠)/鬥木師傅(木工師傅)。

【鬥嘥】deo3sai1 [粵] ❶ 互相詆毀；互相誹謗。❷ 與別人爭相浪費。

【鬥爭】deo3zang1 [dòuzhēng] [通] ❶ 衝突；相爭 ♦ 階級鬥爭/外交鬥爭。❷ 批判、控訴 ♦ 鬥爭地主。❸ 努力奮鬥。

【鬥嘴】deo3zêu2 [dòuzuǐ] [通] ❶ 爭吵。❷ 耍嘴皮子，互相開玩笑。

【鬥負氣】deo3fu3héi3 [粵] 賭氣；鬧彆扭。

【鬥雞眼】deo3gei1ngan5 [粵] 鬥眼；內斜視。

竇(窦) deo3 (dɐu3) [粵] ❶ 鳥獸昆蟲的窩 ♦ 雀竇(鳥窠)/狗竇(狗窩)/蟻竇(螞蟻窩)。❷ 窩點；家。略含貶義 ♦ 踢竇(搗毀窩點)/王老五即係王老五，攪成個竇咁亂(十足的單身漢，把屋子弄得這麼亂)。❸ 量詞。相當於"窩"、"家" ♦ 一竇豬(一窩小豬)/成竇人要養(要養活一家子)。

【竇口】deo3heo2 [粵] ❶ 住所；住地；安樂窩 ♦ 到而家仲未揾到竇口(到現在還沒找到落腳的地方)。❷ 買賣營生的地方；攤檔 ♦ 佢喺高第街搞咗個竇口(他在高第街弄了個鋪子)。❸ 壞人聚集的窩點 ♦ 賊竇/雞竇(妓女窩點)。

☞ 另見 72 頁 deo6。

㨪 deo3 (dɐu3) [粵] 也作"鬥"。❶ 碰；挨；弄 ♦ 唔好㨪佢啲嘢(別碰他的東西)/㨪吓佢都鬼殺咁嘈(碰一碰他就呱呱直叫)。❷ 逗 ♦ 㨪細佬哥(逗小孩)。

☞ 另見 72 頁 deo6。

豆 deo6 (dɐu6) [dòu] [通] ❶ 豆類作物及其種子 ♦ 紅豆/黃豆/豆油/豆製品。❷ 形狀像豆的東西 ♦ 土豆/咖啡豆/巧克力豆。

【豆丁】deo6ding1 [粵] ❶ 比喻東西極小 ♦ 豆丁咁大(像粒小豆那麼大)。❷ 小傢伙；小不點兒。含輕蔑意 ♦ 豆丁妹(小妞兒)。也作"餖飣"。

【豆泥】deo6nei4 [粵] ❶ 質量差 ♦ 豆泥嘢(次品)/呢隻鉛筆認真豆泥，一削就斷(這種鉛筆質量實在太次，輕輕一削就斷)。❷ 沒本事 ♦ 乜咁豆泥㗎，咁輕都搬唔郁(這麼輕都搬不動，真沒本事)。❸ 形容衣衫襤褸。

【豆皮】deo6péi4 [粵] 同"痘皮"，見本頁。

【豆腐刀】deo6fu6dou1 (歇) 兩便面 lêng5bin6min6–2 [粵] 相當於"鋼板切豆腐——兩面光"，意指要兩面派。

【豆腐𦢊】deo6fu6pog1 [粵] 豆泡兒；油炸豆腐。

【豆腐膶】deo6fu6yên6–2 [粵] 豆腐乾。

【豆沙喉】deo6sa1heo4 [粵] 沙嗓子。

☞ 另見 70 頁 deo2。

痘 deo6 (dɐu6) [dòu] [通] ❶ 天花病 ♦ 出痘。❷ 牛痘疫苗 ♦ 種痘。❸ 出天花或種痘後皮膚上出現的痘狀泡疹。

【痘皮】deo6péi4 [粵] 出天花後臉上留下的小疤痕 ♦ 痘皮佬(麻子)/痘皮婆(麻臉婆)。也作"豆皮"。

讀(读) deo6 (dɐu6) [dòu] [通] 古代通讀文章，分"句"和

"讀"，短的停頓叫"讀"，長的停頓叫"句" ♦ 句讀。

☞ 另見 87 頁 dug^{6}。

竇（窦） deo^{6} (dɐu^{6}) [dòu] (通) 孔；洞 ♦ 狗竇 / 鼻竇炎 / 疑竇叢生。(粵) 見"老竇"條，見 245 頁。

☞ 另見 71 頁 deo^{3}。

抖 deo^{6} (dɐu^{6}) (粵) ❶ 領取；索取 ♦ 抖人工（領工錢）/ 抖利是（要壓歲錢）。❷ 提起；兜住 ♦ 抖高啲張枱（把桌子抬高一點）/ 啲雞蛋咁重，加多個膠袋抖一抖好啲嘅（雞蛋這麼重，多加一個塑膠袋兜住好些）。

☞ 另見 71 頁 deo^{3}。

dêu

堆 dêu^{1} (dœy^{1}) [duī] (通) ❶ 積聚 ♦ 堆積 / 堆放 / 堆砌。❷ 堆積在一起的東西 ♦ 土堆 / 雪堆 / 問題成堆。❸ 量詞 ♦ 一堆人 / 一堆垃圾。(粵) 結夥 ♦ 埋堆。

【堆堆埋埋】dêu^{1}dêu^{1}mai^{4}mai^{4} (粵) 逐漸積聚 ♦ 啲嘢堆堆埋埋，做都做唔切（事情都堆在一起，老做不完）/ 啲邋遢衫堆堆埋埋幾日都唔洗（把髒衣服堆到一邊，好幾天都沒洗）。

隊（队） dêu^{2} (dœy^{2}) (粵) 口語變音 ♦ 排隊 / 軍隊 / 樂隊 / 少先隊。

☞ 另見 73 頁 dêu^{6}。

對（对） dêu^{2} (dœy^{2}) (粵) 口語變音。特指"對聯" ♦ 一副對（一幅對聯）/ 吟詩作對。

☞ 另見本頁 dêu^{3}。

揼 dêu^{2} (dœy^{2}) (粵) ❶ 伸；遞；推 ♦ 揼隻手出嚟（把手伸出來）/ 揼條竹過嚟（把竹竿遞過來）/ 揼晒啲嘢俾我做（把事情全推給我幹）。❷ 捅；指 ♦ 揼支棍入去（捅一根棍子進來）/ 用手踭揼我做乜（幹嘛用手肘捅我）/ 用手槍揼住佢（用手槍指着他）。❸ 撐；頂；抵 ♦ 攞條木方嚟揼住度門（拿一根方木來把門抵住）。❹ "揼啤"的省略說法 ♦ 聽日再同你揼過（明天再跟你鬥喝）。

對（对） dêu^{3} (dœy^{3}) [duì] (通) ❶ 回答 ♦ 應對 / 對答如流 / 無言以對。❷ 針對 ♦ 對症下藥 / 對事不對人。❸ 彼此相向 ♦ 對立 / 對流 / 對調。❹ 對面的；敵對的 ♦ 對岸 / 作對。❺ 使配合或接觸 ♦ 對句 / 對火。❻ 相互比照 ♦ 對筆跡 / 對號碼。❼ 投合；符合；適合 ♦ 對脾氣 / 文不對題 / 門當戶對。❽ 調整使合於要求 ♦ 對光 / 對時間。❾ 平分 ♦ 對開 / 對半分。❿ 介詞 ♦ 對我來說 / 對佢有利（對他有利）。⓫ 量詞 ♦ 一對鞋 / 一對小夫妻。(粵) ❶ 整二十四個小時 ♦ 昏迷咗一個對（昏迷了整整二十四小時）。❷ 量詞。用於成雙的東西，用法較普通話廣 ♦ 一對手襪（一副手套）/ 一對筷子（一對筷子）。

【對拗】dêu^{3}ao^{2} (粵) 對半；分錢物一人一半 ♦ 賺到對拗分，點吖？（賺了錢對半分，怎麼樣）？

【對落】dêu^{3}log^{6} (粵) 下；下面。表示互相有聯繫的時間、空間關繫，跟"對上"相對。

【對上】dêu^{3}sêng^5 [粵] 上；上面。表示互相有聯繫的時間、空間關係 ♦ 對上嗰個禮拜日（上星期天，依某一特定時間為基準）/ 屋村對上有座山（住宅區上面有一座山）。

【對得住】dêu^{3}deg^{1}ju^6 [粵] 對得起，不虧負 ♦ 你咁做對得住你死咗嘅老竇咩（你這樣做對得起你死去的父親嗎）？

【對唔住】dêu^{3}m^{4}ju^6 [粵] ❶ 對不起；虧負 ♦ 我有乜嘢對唔住你吖（我有甚麼對不起你的呀）？❷ 表示歉意的客套話 ♦ 對唔住，我唔記得話聲俾你知㖞（對不起，我忘了告訴你一聲）。

☞ 另見 72 頁 dêu^2。

隊（队） dêu^6 (dœy^6) [duì] [通] ❶ 行列 ♦ 排隊 / 列隊 / 站隊。❷ 具有某種性質的集體 ♦ 樂隊 / 球隊 / 警隊 / 消防隊。❸ 量詞 ♦ 一隊人馬。

☞ 另見 72 頁 dêu^2。

di

啲 di^1 (di^1) [粵] 助詞。表數量的若干、少許 ♦ 落啲胡椒粉（灑點胡椒麵）/ 要新啲嘅（要新點兒的）。

【啲吖】di^{1}da^3 [粵] 哨吶或吹奏樂器之類 ♦ 吹啲吖 / 啲吖佬（吹鼓手）。

【啲多】di^{1}dê^1 [粵] 同“啲咁多”。

【啲啲】di^{1}di^1 [粵] ❶ 全部；所有；一切；統統 ♦ 啲啲都係噉㗎喇（全都是一樣的呀）。❷ 一丁點；一點點 ♦ 啲餸唔夠味，落啲啲鹽㖭喇（菜不夠味，再放一點點鹽吧）。

【啲啩】di^{1}gua^3 [粵] 太…了吧。表示不滿 ♦ 貴啲啩（太貴了吧）/ 快啲啩（太快了吧）。

【啲嘢】di^{1}yé^5 [粵] 東西；那些東西 ♦ 呢度啲嘢咁平嗬（這裏的東西這麼便宜呀）/ 啲嘢咁難睇嘅（那些東西這麼難看）。

【啲人】di^{1}yen^4 [粵] 人們；那些人 ♦ 啲人搶住去買（人們競相爭購）/ 啲人都唔識做嘅（那幫傢伙真不會做）。

【啲咁多】di^{1}gem^{3}dê^1 [粵] 一丁點；一點點 ♦ 剩番啲咁多（剩下一點點）。

□ di^4 (di^4)

【□□震】di^{4}di$^{4-2}$zen^3 [粵] 直打哆嗦 ♦ 凍到□□震（冷得直打哆嗦）。

dib

碟 dib^2 (dip^2) [粵] 口語變音 ♦ 上碟（把煮好的菜裝上碟子）/ 唔該遞隻碟俾我（請遞一隻碟子給我）。

☞ 另見本頁 dib^6。

碟 dib^6 (dip^9) [dié] [通] 盛菜餚或調味品的器具 ♦ 菜碟 / 豉油碟（裝醬油的碟子）。[粵] 像碟子形狀的東西，尤指唱盤、視盤等 ♦ 大碟 / 細碟 / 鐳射影碟（鐳射視盤）。

【碟仔】dib^{6}zei^2 [粵] 小碟子。

【碟頭飯】dib^{6}teo$^{4-2}$fan^6 [粵] 蓋澆飯；份兒飯。也說“碟飯” dib^{6}fan^6。

☞ 另見本頁 dib^2。

疊（叠） dib^6 (dip^9) [dié] [通] ❶ 重複地堆起來 ♦ 重疊 / 層巒

疊嶂。❷ 摺 ♦ 摺疊 / 疊牀單。

【疊埋心水】dib[6]mai[4]sem[1]sêu[2] [粵] 塌下心來；一心一意 ♦ 一於疊埋心水，搦番張沙紙先算（塌下心來不想別的，先弄張文憑再作打算）。也作“疊埋心緒” dib[6]mai[4]sem[1]sêu[5]。

did

跌 did[3] (dit[8]) [diē] [通] ❶ 摔倒 ♦ 跌倒 / 跌了一跤。❷（物體）落下 ♦ 跌入水中。[粵] ❶ 丟失 ♦ 跌咗銀包（丟了錢包）。❷ 掉落 ♦ 喂，你跌咗嘢嚹（喂，你掉了東西啦）。❸ 跌倒；摔落 ♦ 成個人跌咗喺度（摔了個仰巴叉）/ 唔小心跌爛咗副眼鏡（不小心摔壞了眼鏡）。

【跌眼鏡】did[3]ngan[5]géng[3–2] [粵] 事情的發展與原先預料相差甚遠，使人大為吃驚 ♦ 呢次跌眼鏡喇啩（這次走了眼了吧）。也作“大跌眼鏡” dai[6]did[3]ngan[5]géng[3–2]。

【跌倒揦番揸沙】did[3]dou[2]la[2]fan[1]za[6]sa[1] [粵] 指失敗或做錯了事也不承認，反而找藉口掩飾以挽回面子。

【跌咗個橙，執番個桔】did[3]zo[2]go[3]cang[2]，zeb[1]fan[1]go[3]ged[1] [粵] 失之東隅，收之桑榆。比喻此時失敗了，彼時卻得到了補償。

dig

的 dig[1] (dik[7])

（一）[de] [通] ❶ 表示領屬或一般修飾關係 ♦ 我的字典 / 勇敢的人 / 偉大的祖國。❷ 組成“的”字結構，代替人或事物 ♦ 看戲的 / 吃的住的。❸ 用在句末表示肯定語氣 ♦ 這種病是可以治好的。

（二）[dí] [通] 真實；實在 ♦ 的確如此。

（三）[dì] [通] 箭靶的中心 ♦ 目的 / 有的放矢 / 眾矢之的。[粵] ❶ 揪住；提溜 ♦ 的佢起身（揪他起牀）/ 桶水咁輕，一手就的起嚟（這桶水不重，一隻手就提溜起來了）。❷ 用手指摁、按 ♦ 的實個竇仔（用手指摁住那個小窟窿）。❸ “的士”的省稱 ♦ 打的。

【的式】dig[1]xig[1] [粵] 小巧玲瓏；別致，秀氣 ♦ 支胸針幾的式（這支胸花挺別致）。

【的而且確】dig[1]yi[4]cé[2]kog[3] [粵] 的的確確 ♦ 呢單嘢的而且確唔關佢事（這件事的的確確與他無關）。

【的起心肝】dig[1]héi[2]sem[1]gon[1] [粵] 拿定主意去做某事 ♦ 的起心肝移民加拿大。

迪 dig[6] (dik[9]) [dí] [通] 開導；引導 ♦ 啟迪。

【迪士尼】dig[6]xi[6]néi[4] [粵] 英 Disney 音譯。指美國人迪士尼創辦的大型遊樂場。

dim

點（点） dim[2] (dim[2]) [diǎn] [通] ❶ 液體的小滴 ♦ 雨點。❷ 一定的地點或程度 ♦ 起點 / 終點 / 冰點 / 沸點。❸ 事物的方面或部分 ♦ 優點 / 特點 / 重點。❹ 逐一查對 ♦ 清點 / 點數。❺ 從中指定或挑出 ♦ 點菜 / 點曲／點播節目。❻ 指明；啟發 ♦ 點題／點破／點條路你行（給你點明該走的路）。❼ 引着火 ♦ 點火／點燃／點燈。❽ 裝飾 ♦ 點綴／裝點。❾ 點心 ♦ 早點／茶點／甜點（甜點心）／鹹點（鹹點心）。❿ 時間單位 ♦ 鐘點／三點正。⓫ 規定的時間 ♦ 正點到達／火車誤點。⓬ 表示少量 ♦ 有點兒心疼／吃點兒再走。⓭ 漢字的筆畫 ♦ 點橫豎撇。⓮ 量詞。表示事項 ♦ 三點意見。㊄ ❶ 如何；怎樣；怎麼着 ♦ 點做（如何做）／點辦（怎麼辦）／你想點（你想怎麼着）／點收科（怎樣收拾殘局）？❷ 指明；提醒 ♦ 點極都唔明（反覆提醒還是不明白）。❸ 蘸 ♦ 點豉油（蘸醬油）。❹ 胡弄；作弄 ♦ 你唔好點我嚅（你別胡弄我）。

【點吖】dim²a³ ㊄ 怎麼樣 ♦ 今晚七點，你喺大堂等我，點吖（今晚七點，你在接待大廳等我，怎麼樣）？

【點滴】dim²dig⁶ [diǎndī] ㊀ 比喻零星微小 ♦ 點滴經驗。

【點解】dim²gai² ㊄ 何故；為甚麼 ♦ 點解發嬲㗎（為啥不高興）／我都唔知點解（我也不知道為啥）？

【點係】dim²hei⁶ ㊄ 怎麼會是 ♦ 點係佢嚅（怎麼會是他呢）？

【點知】dim²ji¹ ㊄ ❶ 怎麼知道；怎麼曉得 ♦ 你點知㗎（你怎麼會知道的）？❷ 誰知道；誰曉得 ♦ 點知買錯咗（誰知給買錯了）／點知佢份人係噉嘅啲（誰曉得他竟是這副德性）。

【點止】dim²ji² ㊄ 何止；哪裏只是，不僅僅是 ♦ 點止咁簡單（何止這麼簡單）／筆數點止咁多吖（那筆款哪裏只有這個數目）？

【點睛】dim²jing¹ [diǎnjīng] ㊀ "畫龍點睛" 的簡略説法 ♦ 點睛之筆。㊄ 慶典等的一種儀式，由應邀出席的德高望重者執筆在"龍"、"獅" 等的眼睛部位點一下，表示活動正式開始。

【點脈】dim²meg⁶ ㊄ 點穴。

【點名】dim²méng² (ming⁴) [diǎnmíng] ㊀ ❶ 叫名字清點人數。❷ 指名 ♦ 點名要你出席。

【點醒】dim²séng² (xing²) ㊄ 提醒 ♦ 唔好話我唔點醒你（別怪我不提醒你）。

【點睇】dim²tei² ㊄ 怎麼看；看法。

【點算】dim²xun³ ㊄ 怎麼辦；如何是好 ♦ 到時佢唔還，點算（到時候他不歸還怎麼辦）？

【點樣】dim²yêng⁶⁻² ㊄ 怎樣；怎麼樣 ♦ 睇你做成點樣（看看你做得怎麼樣）／教你點樣做人（教你怎樣做人）。

【點不知】dim²bed¹ji¹ ㊄ 誰知；哪兒知道 ♦ 點不知佢唔喺度（誰知他不在）／點不知你返咗鄉下（哪兒知道你竟回鄉下去了）。

【點得㗎】dim²deg¹ga³ ㊄ 怎麼成啊 ♦ 咁點得㗎（這怎麼成啊）？

【點搞㗎】dim²gao²ga³ ㊄ 怎麼搞的。

【點計先】dim²gei³xin¹ ㊄ 怎麼算呀 ♦ 你話點計先（你說怎麼算吧）？

【點係吖】dim²hei⁶a³ ㊄ ❶ 不對吧。❷ 不好吧。

【點心餐】dim^{2}sem^{1}can^{1} [粵] 以點心為主的餐宴 ♦ 呢間酒家嘅點心餐好正㗎（這酒家的點心餐挺不錯的）。

【點為之】dim^{2}wei^{4}ji^{1} [粵] 怎麼才算；怎麼才叫 ♦ 點為之好（怎麼才算好）/ 點為之叻（怎麼才算聰明）。

【…點零鐘】…dim^{2}léng^{4}zung^{1} [粵] …點來鐘 ♦ 三點零鐘到（三點來鐘到）。

【…點鬆啲】…dim^{2}sung^{1}di^{1} [粵] …點過一點兒 ♦ 八點鬆啲（八點過一點兒）。

【…點…個字】…dim^{2}…go^{3}ji^{6} [粵] 表示時間的慣用說法，同“…點踏…” ♦ 五點八個字（五點四十分）。

【點紅點綠】dim^{2}hung^{4}dim^{2}lug^{6} [粵] 信口開河；胡說八道 ♦ 唔該你咪喺度點紅點綠好唔好吖？（請你別在這裏胡說八道好不好）？

【點話點好】dim^{2}wa^{6}dim^{2}hou^{2} [粵] 咋說咋辦 ♦ 點話點好喇，我冇所謂（咋說咋辦，我無所謂）。

踮 dim^{3} (dim^{3}) [diǎn] [通] 提起腳後跟，用腳尖着地 ♦ 踮着腳朝前看。方言多說“趌”ged^{6}。

惦 dim^{3} (dim^{3}) [diàn] [通] 掛念；不放心 ♦ 惦掛。方言多說“掛”gua^{3}。

玷 dim^{3} (dim^{3}) [diàn] [通] ❶ 白玉上面的斑點。❷ 使有污點 ♦ 玷辱。

【玷污】dim^{3}wu^{1} [diànwū] [通] 弄髒；污損。多比喻敗壞名譽、節操等 ♦ 玷污名聲。

掂 dim^{3} (dim^{3}) [粵] 碰；觸；摸；挨 ♦ 掂都唔好掂（碰都不要碰）/ 碟餸都冇掂到（那盤菜動都沒動過）/ 掂嚫都唔𠶧（稍碰一下都不行）。

𠶧 dim^{6} (dim^{6}) [粵] ❶ 直；豎 ♦ 橫𠶧（橫豎）/ 打𠶧放（直着放置）。❷ 妥；妥善；妥當 ♦ 搞𠶧（弄妥）/ 傾𠶧（談妥）/ 佢一個人舞𠶧（他一個人扒拉得開）。❸ 順當；平安無事 ♦ 最近啲生意𠶧唔𠶧（最近生意還順當吧）？❹ 清楚；通順 ♦ 呢句話好似唔係幾𠶧噉噃（這句話好像不大通順呢）。

【𠶧晒】dim^{6}sai^{3} [粵] 行了；全弄妥了。

【𠶧過轆蔗】dim^{6}guo^{3}lug^{1}zé^{3} [粵] 非常順當；生活安樂無憂。

din

顛（颠） din^{1} (din^{1}) [diān] [通] ❶ 泛指最高最上的部分 ♦ 山顛 / 塔顛。❷ 跌倒；倒過來 ♦ 顛覆 / 顛倒是非。❸ 跳動；震盪 ♦ 顛簸 / 車子顛得厲害。

【顛來倒去】din^{1}loi^{4}dou^{2}hêu^{3} [粵] 翻過來倒過去；來回重複。

癲（癫） din^{1} (din^{1}) [diān] [通] 精神錯亂 ♦ 瘋癲。[粵] ❶ 瘋；精神失常 ♦ 癲狗（瘋狗）/ 癲婆（瘋婆娘；瘋丫頭）/ 發癲（發狂）。❷ 痛快地、盡情地打鬧 ♦ 琴日去郊野公園癲咗一日（昨天去郊野公園痛痛快快地玩了一天）。

【癲佬】din^{1}lou^{2} [粵] 瘋子。

【癲雞乸】din^{1}gei^{1}na^{2} [粵] 撒潑的女人。

【癲狂院】din^{1}kuong^{4}yun$^{6-2}$ [方] 精神病醫院。

【癲癲廢廢】din1din1fei3fei3 [粵] 瘋瘋癲癲；不正經，瞎胡鬧。

【癲唔癲傻唔傻】din1m4din1so4m4so4 [粵] 形容言談舉止輕佻，放肆。也說"癲癲傻傻" din1din1so4so4。

捵 din2 (din2) [粵] 打滾◆捵地（在地上打滾）/ 捵牀捵席（在牀上滾來滾去）。

墊（垫） din3 (din3) [diàn] [通] 襯在下面加高或加厚◆墊高 / 墊平 / 墊路。

【墊屍底】din3xi1dei2 [方] ❶ 墊底；當最低層的人員。❷ 成績、成就較次等的人。

電（电） din6 (din6) [diàn] [通] ❶ 有電荷存在和電荷變化的現象◆電燈 / 電訊。❷ 閃電◆電閃雷鳴 / 雷電交加。❸ 電報◆電碼 / 電文 / 賀電。❹ 打電報◆電告 / 電賀 / 請即電示。❺ 觸電◆被電了一下 / 因住電嚫（小心觸電）。[粵] ❶ 電池◆大電（大號電池）/ 細電（小號電池）/ 乾電（乾電池）/ 濕電（電瓶）。❷ 女人的媚惑力◆放電（用媚態迷惑人）。

【電髮】din6fad3 [粵] 電燙；燙髮。

【電力】din6lig6 [diànlì] [通] 電所產生的作功能力。[方] 對異性的誘惑力。

【電單車】din6dan1cé1 [粵] 摩托車。

【電燈杉】din6deng1cam3 [粵] ❶ 電線杆。❷ 比喻呆立不動◆電燈杉噉企喺度做乜（在這裏呆立着幹啥）？❸ 比喻個子高挑◆電燈杉掛老鼠箱（比喻高大的男人娶矮小女人為妻）。

【電燈膽】din6deng1dam2 [粵] 見"燈膽"條。

【電飯煲】din6fan6bou1 [粵] ❶ 電熱鍋。❷ [方] 謔稱家庭主婦。

【電燈着，鬼掹腳】din6deng1zêg6，guei2meng3gêg3 [粵] 形容一到晚上就急着外出遊玩。

ding

丁 ding1 (diŋ1) [dīng] [通] ❶ 成年男子◆壯丁。❷ 從事某種職業的人◆園丁 / 家丁。❸ 人口◆人丁興旺 / 添丁發財。❹ 蔬菜、肉類切成的小方塊◆肉丁。❺ 天干的第四位，也作次序的第四。[粵] ❶ 極小；極少◆咁丁個（這麼小）/ 丁咁多（一點點）。❷ 疙瘩；疣狀突出物◆額頭有粒丁（額頭有個小疙瘩）。❸ 量詞◆兩丁友（兩個傢伙）/ 兩三丁人（兩三個人）。

頂（顶） ding2 (diŋ2) [dǐng] [通] ❶ 最高最上的部分◆頭頂 / 山頂 / 房頂。❷ 支承；支撐◆頂天立地 / 把門頂牢。❸ 用言語衝撞◆頂了他兩句。❹ 抵住；迎着◆頂風冒雨。❺ 相當；代替◆一個頂倆 / 冒名頂替。❻ 最；極◆頂好 / 頂多 / 頂討人喜歡。❼ 量詞◆一頂帽子 / 一頂蚊帳。[粵] ❶ 抗拒；應付◆問你點頂（問你該怎麼對付）/ 一個人死頂（一個人硬撐）。❷ 轉讓◆將間舖頂咗出去（把舖子轉讓出去）/ 將燒臘檔頂俾人做（把熟食檔轉讓給別人經營）。❸ 替；替代◆頂佢落嚟（替他下來）。

【頂包】ding2bao1 [粵] 冒名頂替，以假充真。

【頂點】ding2dim2 [dǐngdiǎn] [通] 最高

點；極點。㊚ 等級最高、價錢最貴的點心。

【頂檔】ding²dong³ ㊚ ❶ 暫時頂替 ♦ 幫我頂住幾日檔先（暫時頂替我幾天）。❷ 湊合着用 ♦ 冇計喇，先搦嚟頂頂檔都好（沒辦法，先拿來湊合着用也好）。

【頂風】ding²fung¹ [dǐngfēng] ㊣ ❶ 迎着風。❷ 跟風氣、時勢相逆 ♦ 頂風作案。

【頂頸】ding²géng² ㊚ 頂嘴；抬槓 ♦ 包頂頸（老愛抬槓）/ 唔好成日同人頂頸（別老跟別人拌嘴）。

【頂證】ding²jing³ ㊚ 作證；對證。

【頂級】ding²keb¹ ㊚ 最高級。

【頂樓】ding²leo⁴⁻² ㊚ 大樓的頂層。

【頂手】ding²seo² ㊚ 頂盤；轉手倒賣。

【頂肚】ding²tou⁵ ㊚ 充飢；填填肚子 ♦ 搵啲嘢食頂吓肚先（找點吃的東西先填肚子再說）。

【頂讓】ding²yêng⁶ ㊚ 出讓。

【頂趾鞋】ding²ji²hai⁴ ㊚ 妻管嚴，比喻對丈夫約束過嚴的妻子。

【頂呱呱】ding²gua¹gua¹ [dǐngguāguā] ㊣ 形容頂好。也作"頂刮刮"。

【頂尖級】ding²jim¹keb¹ ㊚ 最拔尖的 ♦ 頂尖級歌星。

【頂唔住】ding²m⁴ju⁶ ㊚ ❶ 吃不消；受不了 ♦ 我肚好痛，實在頂唔住（我肚子痛得厲害，實在吃不消）。❷ 承受不住；支援不住 ♦ 隻箱咁重，我頂唔住喇（箱子挺沉，我支持不住啦）。也說"頂唔順" ding²m⁴sên⁶。

【頂唔順】ding²m⁴sên⁶ ㊚ 同"頂唔住"。

【頂硬上】ding²ngang⁶sêng⁵ ㊚ 硬着頭皮頂着；勉力支撐局面 ♦ 冇其他辦法，只有頂硬上（沒別的辦法，只好硬着頭皮頂着）。

【頂心杉】ding²sem¹cam³ ㊚ 眼中釘。

【頂手費】ding²seo²fei³ ㊚ 轉讓費。

【頂頭陣】ding²teo⁴zen⁶ ㊚ 打頭站；打頭陣。

【頂心頂肺】ding²sem¹ding²fei³ ㊚ 形容言辭激烈或句句帶刺，使人聽了心裏難受 ♦ 咪成日喺度頂心頂肺喇（別老在這裏東一榔頭西一棒的說個沒完）。

【頂頭上司】ding²teo⁴sêng⁶xi¹ [dǐngtóu shàngsī] ㊣ 指直接領導自己的人或機構。

☞ 另見 69 頁 déng²。

鼎 ding² (diŋ²) [dǐng] ㊣ ❶ 古代烹煮東西用的器物，一般有三足兩耳。❷ 比喻三方並立 ♦ 勢成鼎足。

定 ding² (diŋ²)

【定喇】ding²la¹ ㊚ 用在句末，表示強調語氣 ♦ 去定喇（當然去啦）/ 好睇定喇（當然好看啦）。

【定嘞】ding²lag³ ㊚ 用在句末，表示推測 ♦ 冇厘神氣噉，俾老婆鬧定嘞（垂頭喪氣的，給妻子數落一頓了吧）？

☞ 另見 69 頁 déng⁶；79 頁 ding⁶。

椗 ding³ (diŋ³) ㊚ ❶ 瓜果的蒂，柄 ♦ 青瓜椗。❷ 動物心臟的蒂帶 ♦ 豬心椗 / 心肝椗（心肝寶貝，比喻最疼愛的人）。

定 ding⁶ (diŋ⁶) [dìng] 通 ❶ 平靜；穩固 ◆ 安定 / 固定 / 穩定。❷ 決定；議決 ◆ 商定 / 議定 / 舉棋不定。❸ 確定的；不改變的 ◆ 定時 / 定意。❹ 約定 ◆ 定購 / 定貨 / 定婚。粵 ❶ 穩；準 ◆ 架車開得好定（車子開得好穩）/ 睇定啲先（先看準了）。❷ 鎮定；鎮靜 ◆ 唔好驚，定啲嚟（別驚慌，鎮定些）/ 你同我定喇（你儘管放心好了）。❸ 連詞。表示二者擇其一 ◆ 去定唔去（去還是不去）/ 飲啤酒定係可樂（喝啤酒還是可口可樂）。❹ 用在動詞後，表示預先做好某事 ◆ 叫定部車（先約定車子）/ 執定啲行李（先把行李收拾好）。❺ 用在動詞後，表示已經做好某事 ◆ 佢兩個早商量定（他們倆早就商量好了）/ 嗰邊已經安排定房間（那邊已經安排好了房間）。❻ 呆滯 ◆ 眼定定望住佢（用呆滯的目光注視着他）。

【定必】ding⁶bid¹ 粵 必定。

【定當】ding⁶dong³ 粵 ❶ 鎮定；穩重 ◆ 好定當（不慌不忙）/ 都火燒眉毛嘞，你仲咁定當（到了火燒眉毛的時候了，你還這麼穩重）。❷ 停當；妥當 ◆ 準備定當 / 佈置定當。

【定斷】ding⁶dün³ 粵 定奪，決斷。

【定驚】ding⁶ging¹ 粵 壓驚 ◆ 定驚丸 / 飲杯定吓驚先（先喝杯東西壓一壓驚）。

【定係】ding⁶hei⁶ 粵 還是；或者。表示選擇。

【定力】ding⁶lig⁶ 粵 專忍堅定，鎮靜不亂的能力。

【定啲嚟】ding⁶di¹lei⁴ 粵 鎮定些。

【定晒形】ding⁶sai³ying⁴ 粵 愣住了；發呆 ◆ 嚇到定晒形（嚇呆了）。

【定過抬油】ding⁶guo³toi⁴yeo⁴ 粵 ❶ 比喻鎮定自若。❷ 比喻勝券在握。

☞ 另見 69 頁 déng⁶；78 頁 ding²。

diu

刁 diu¹ (diu¹) [diāo] 通 狡猾；無賴 ◆ 刁滑 / 刁頑 / 撒刁。

【刁鑽】diu¹jun³ [diāozuān] 通 狡猾；奸詐 ◆ 刁鑽古怪。

【刁蠻】diu¹man⁴ 粵 刁橫；刁猾蠻橫。多指小孩使小性子，諸多挑剔，喜怒無常等 ◆ 刁蠻公主（比喻喜歡使小性子的女孩）。

【刁難】diu¹nan⁴ [diāonàn] 通 故意讓人為難 ◆ 百般刁難。

【刁士】diu¹xi⁶⁻² 粵 英 deuce 音譯。指乒乓球等比賽終局前雙方得分一樣。也作"丟士"。

【刁僑扭擰】diu¹kiu⁴neo²ning⁶ 粵 形容小孩子調皮不聽話，諸多挑剔，難以對付。

丟 diu¹ (diu¹) [diū] 通 ❶ 失去；遺落 ◆ 鋼筆丟了。❷ 拋棄；扔掉 ◆ 丟棄 / 不要亂丟果皮。❸ 擱置；放下 ◆ 丟低唔理（丟下不管）。

【丟低】diu¹dei¹ 粵 見"掉低"條，見 80 頁。

【丟架】diu¹ga³⁻² 粵 ❶ 丟人；丟臉 ◆ 噉都輸咗俾佢，真丟架（這樣輸了給他，真丟人）！❷ 出洋相；失禮 ◆ 咪咁丟架，幾大都頂硬上（別出洋相，無論如何要挺住）。

【丟面】diu^{1}min$^{6-2}$ [粵] 丟臉；丟面子。

【丟那媽】diu^{1}na^{5}ma^{1} [粵] 他媽的。

【丟生晒】diu^{1}sang^{1}sai^{3} [粵] 荒疏；荒廢。也說"丟疏咗" diu^{1}so^{1}zo^{2}。

吊 diu^{3} (diu^{3}) [diào] [通] ❶ 懸掛◆吊燈/吊橋/提心吊膽。❷ 用繩子繫着拉上來或放下去◆吊張枱上嚟（把桌子吊上來）。❸ 舊時錢幣單位，通常是一千個制錢叫一吊。

【吊煲】diu^{3}bou^{1} [粵] 斷炊；斷頓兒。也說"吊砂煲" diu^{3}sa^{1}bou^{1}。

【吊頸】diu^{3}géng^{2} [粵] 上吊。

【吊尾】diu^{3}méi^{5} [粵] 跟蹤；盯梢。

【吊味】diu^{3}méi^{6} [粵] 調味；加調料或佐料從增加風味◆落些少蝦糕吊味（放點蝦醬調味）。

【吊命】diu^{3}méng^{6} [粵] ❶ 設法延長垂危病人的生命◆靠輸氧吊住條命（靠輸氧暫時延長生命）。❷ 苦熬日子，勉強維持生計◆靠打散工吊命（靠做零活勉強維持生計）。

【吊吊扔】diu$^{3-6}$diu$^{3-1}$fing^{3} [粵] ❶ 晃來晃去◆條辮吊吊扔（辮子晃來晃去）。❷ 事情掛着，未有結果◆件事仲喺度吊吊扔，噉唔係辦法嗰噃（事情還在那裏掛着，這如何是好啊）。

【吊靴鬼】diu^{3}hê^{1}guei^{2} [粵] 胡纏；死跟。

【吊泥鯭】diu^{3}nei^{4}mang^{1} [方] 指的士司機接載去同一方向的乘客，並分別收錢的違規行為。

【吊鹽水】diu^{3}yim^{4}sêu^{2} [粵] 醫院給病人吊鹽水。藉以比喻工廠開工不足，工人收入減少，只能勉強維持生計。

【吊起嚟賣】diu^{3}héi^{2}lei^{4}mai^{6} [粵] ❶ 商人自恃貨好，待價而沽。❷ 女子自恃貌美，對追求者諸多挑剔。

調（调）diu^{6} (diu^{6}) [diào] [通] ❶ 調動；分派◆對調/借調/調任。❷ 音樂或語言中的腔調變化；圖畫中的色彩變化◆音調/聲調/色調。[粵] 倒轉；反過來。

【調轉】diu^{6}jun^{3} [粵] 反過來◆調轉係你都會嬲喇（反過來是你也會生氣的）。

【調位】diu^{6}wei$^{6-2}$ [粵] 換位。

【調轉嚟】diu^{6}jun^{3}lei^{4} [粵] 倒過來。

【調轉頭】diu^{6}jun^{3}teo^{4} [粵] ❶ 倒過頭來；掉頭◆兩個人調轉頭瞓（兩個人倒着睡）。❷ 轉身◆抌低啲嘢調轉頭就走（放下東西轉身就走）。❸ 顛倒；倒過來◆調轉頭嚟搦會順手啲（倒過來拿會順手些）。

【調轉嚟講】diu^{6}jun^{3}lei^{4}gong^{2} [粵] 反過來說。

☞ 另見 379 頁 tiu^{3}，tiu^{4}。

掉 diu^{6} (diu^{6}) [diào] [通] ❶ 落下◆掉眼淚/掉頭髮。❷ 丟失；遺漏◆掉了錢包/呢一段掉咗幾個字（這段掉了幾個字）。❸ 回轉◆掉轉船頭/就喺呢度掉頭罷喇（就在這裏掉頭得了）。❹ 用在動詞後表示動作完成◆抹掉/改掉/忘掉/戒掉。[粵] 丟棄；亂扔◆掉咗對爛襪（把破襪子扔掉）/啲邋遢衫唔好隨處掉（髒衣服不要到處亂扔）。

【掉低】diu^{6}dei^{1} [粵] ❶ 留下；撇下◆掉低盤生意俾個細佬打理（把生意留給弟弟去做）。❷ 荒疏；棄置◆我啲俄語掉低咗幾年，要執番起冇咁易（我學的俄語荒疏了好多年，要撿起來可不容易）。

do

多 do¹ (dɔ¹) [duō] ㊀ ❶ 數量大 ♦ 多年不見 / 多才多藝。❷ 超出或增加 ♦ 多出一半 / 多給幾個名額。❸ 過分的；不必要的 ♦ 多此一舉。❹ 表示相差的程度大 ♦ 高得多 / 大得多。❺ 副詞。表示疑問或感歎 ♦ 多少 / 多久 / 他多聰明！

【多得】do¹deg¹ ㊁ 多虧 ♦ 多得你唔少（真多虧你了。有時是反話）。

【多計】do¹gei³⁻² ㊁ 形容鬼主意多 ♦ 矮仔多計（矮小子計謀多）。

【多心】do¹sem¹ [duōxīn] ㊀ 亂猜疑 ♦ 你多心啫，佢唔會嬲你嘅（你多心罷了，他才不會生你的氣呢）。㊁ 心思多 ♦ 唔好咁多心嘞，就噉定喇（別費心思了，就這樣決定吧）。

【多數】do¹sou³ [duōshù] ㊀ 數量較多 ♦ 多數人不贊成。㊁ 多半。表示數量超過一半或具有某種可能 ♦ 禮拜日佢多數喺屋企（星期天他多半在家）。

【多事】do¹xi⁶ ㊀ ❶ 變故多 ♦ 多事之秋。❷ 做多餘的或不應該做的事。㊁ 好管閒事 ♦ 咪咁多事（別管那麼多閒事）/ 多事，快啲行開喇（快走吧，就你愛管閒事）！

【多少】do¹xiu² [duōshǎo] ㊀ ❶ 指數量大小多少論（不計較數量大小）。❷ 或多或少 ♦ 多少有點影響。㊁ 一點點；些許 ♦ 執番多少嘅喇（有小小賺頭）。

【多籮籮】do¹lo⁴lo⁴ ㊁ 多得很，多多的。含厭煩意味 ♦ 事情多籮籮，做到氣咳都做唔完（事情沒完沒了，累得連氣也喘不過來）。也作"多羅羅"。

【多除少補】do¹cêu⁴xiu²bou² ㊁ 多退少補。

【多多益善】do¹do¹yig¹xin⁶ [duōduōyì shàn] ㊀ 越多越好 ♦ 多多益善，少少無拘（越多越好，一點點也無所謂）。

【多多少少都…】do¹do¹xiu²xiu²dou¹ ㊁ 多少也… ♦ 多多少少都識啲人嘅（多少也認識一些人）。

【多一事長一智】do¹yed¹xi⁶zêng²yed¹ji³ ㊁ 經一事長一智。

【多隻香爐多隻鬼】do¹zég³hêng¹lou⁴do¹zég³guei² ㊁ 多一個香爐多一位神道。比喻辦事多一個層次就多一分麻煩。也比喻多一個競爭對手就多一些牽扯。

☞ 另見 61 頁 dê¹。

墮（堕）do⁶ (dɔ⁶) [duò] ㊀ 落下；掉進 ♦ 墮地 / 墮海 / 墮馬身亡。㊁ 墜；往下垂 ♦ 張被墮落地嘞，仲唔拉番上嚟（被子垂到地上了，還不把它拉上來）/ 睇你下巴都墮晒落嚟噉，要減肥先得喇（瞧你下巴都往下墜了，要注意減肥才行）。

【墮角】do⁶gog³ ㊁ 偏僻 ♦ 佢住嗰度咁墮角，唔係咁好搵㗎（他住的地方很偏僻，不是那麼好找的呢）。

dog

度 dog⁶ (dɔk⁹) [duó] ㊌ 估計；推測♦忖度/猜度/以己度人。㊣ ❶量；比♦度身(量身裁)/你兩個度吓睇邊個高啲（你們兩個比一比看誰高些)。❷踱；溜達♦喺度度嚟度去，諗緊乜吖（踱來踱去，在考慮些甚麼呀)？/出街度吓(上街逛逛)。❸琢磨♦諗過度過先（先琢磨琢磨再說)。

【度街】dog⁶gai¹ ㊣ 在街上閒逛。

【度期】dog⁶kéi⁴ ㊣ 商定日期；安排日期。

【度橋】dog⁶kiu⁴⁻² ㊣ ❶想招兒；找竅門♦呢次遇到啲麻煩事，要請你來度一度橋先得（這次遇到一些麻煩的事，請你替我想想招兒)。❷指文藝創作等設計意念、安排情節♦呢套戲單係度橋都度咗幾日（這套戲我先是整體佈局就研究了好幾天)。也作"度蹺"。

【度水】dog⁶sêu² ㊣ 要錢；借錢♦你想買碟，問老竇度水喇（你想買唱盤，問爸爸要錢吧）/度啲水嚟用住幾日先喇（先借點錢給我用幾天再說吧)。

【度叔】dog⁶sug¹ ㊣ ❶小氣；吝嗇。❷小氣鬼；吝嗇鬼。也作"鐸叔"。

【度身訂造】dog⁶sen¹déng⁶zou⁶ ㊣ ❶量體裁製衣服。❷比喻根據某演員的特長專門編寫劇本。

【度住屎忽裁褲】dog⁶ju⁶xi²fed¹coi⁴fu³ ㊣ 按着頭做帽子，比喻量入為出。

☞另見85頁dou²；86頁dou⁶。

doi

袋 doi² (dɔi²) ㊣ 口語變音。口袋；袋子；兜兒♦褲袋/衫袋/紙袋/行李袋。

☞另見本頁doi⁶。

代 doi⁶ (dɔi⁶) [dài] ㊌ ❶替♦代號/取而代之。❷歷史的分期♦時代/世代/古代。❸世系的輩分♦第二代/老一代/青年一代。❹地質年代分期♦太古代/新生代。

【代入】doi⁶yeb⁶ ㊣ 置身其境♦代入角色。

待 doi⁶ (dɔi⁶)

(一) [dài] ㊌ ❶等；等候♦等待/期待/以日待勞。❷對待；招待♦接待/優待/以禮相待。❸需要；打算♦自不待言/正待出門，有人來了。

【待薄】doi⁶bog⁶ ㊣ 虧待♦俾心機做喇，我唔會待薄你嘅（好好地幹吧，我不會虧待你的)。

(二) [dāi] ㊌ 停留；逗留；延遲♦在北京一待十年/待會兒見。

袋 doi⁶ (dɔi⁶) [dài] ㊌ ❶口袋♦麻袋/布袋/衣袋。❷量詞♦一袋米。㊣ 裝進衣袋♦袋好啲銀紙(把鈔票穩妥地裝在衣袋裏)/一個人袋晒落袋（一個人獨吞)。

【袋仔】doi⁶zei² ㊣ 小口袋；衣袋；衣兜。

【袋袋平安】doi⁶doi⁶ping⁴on¹ ㊣ 把錢揣進口袋裏。根據語境不同，含有心安理得或妒忌、挖苦等意。

☞另見本頁doi²。

dong

當（当） dong¹ (dɔŋ¹) [dāng] 通 ❶擔任；充當◆當兵 / 當總經理。❷承受；承當◆敢做敢當 / 當之無愧。❸掌管；主持◆當政。❹相稱；相配◆相當 / 門當户對。❺對着；向着◆當眾宣佈 / 首當其衝。❻應該◆應當 / 理當 / 當辦則辦。❼正在某時或某地◆當今 / 當地。

【當差】dong¹cai¹ 粵 舊指當兵，現指當警察。

【當更】dong¹gang¹ 粵 當班；當值；值班。

【當黑】dong¹heg¹ 粵 合該晦氣、倒楣◆真係當黑，噉都會輸俾佢嘅（真晦氣，怎麼會輸了給他呢）。

【當紅】dong¹hung⁴ 粵 正走紅的◆當紅歌星。

【當眼】dong¹ngan⁵ 粵 顯眼◆放喺當眼嘅地方（放在顯眼的地方）。

【當衰】dong¹sêu¹ 粵 合該倒運、遭殃。

【當堂】dong¹tong⁴ 粵❶當場；就地◆當堂出醜（當眾出醜）/ 當堂暈倒（當場暈倒）。❷馬上；立即◆當堂拍板（立刻拍板）/ 當堂唔同晒（馬上變了樣）。

【當旺】dong¹wong⁶ 粵 生意等正興旺。

【當災】dong¹zoi¹ 粵 遭殃。

【當時得令】dong¹xi⁴deg¹ling⁶ 粵 正合時令；正合時宜。

☞另見本頁 dong³。

擋（挡） dong² (dɔŋ²) [dǎng] 通 ❶遮攔；阻隔◆擋風 / 抵擋 / 阻擋。❷用來遮擋的東西◆爐擋子 / 窗户擋兒。❸某些儀器或測量裝置上用來表明量的等級◆掛擋 / 一擋 / 二擋。

【擋煞】dong²sad³ 粵 擋住煞氣。一種迷信的説法，認為在家門口安裝鏡子、八卦等可以阻擋邪氣侵擾。

【擋災】dong²zoi¹ 粵 消災◆破財擋災。

當（当） dong³ (dɔŋ³) [dàng] 通 ❶合適；適宜◆恰當 / 妥當 / 用人不當。❷作為；看成◆以茶當酒 / 當你妹仔咁使（把你當成婢女一樣使喚）。❸抵得上◆老將出馬，一個當倆。❹抵押借款◆典當。❺用作抵押的實物◆贖當。

【當正】dong³zéng³ 粵 正式當做◆當正佢大佬噉（把他當成親哥哥一般）。

【當佢冇到】dong³kêu⁵mou⁵dou³ 粵 當沒那回事，根本不放在眼裏◆唔使驚嘅，當佢冇到咪得囉（甭擔心，當沒那回事得了）/ 佢算乜吖，當佢冇到（他算老幾，別管他）！

【當你冇到】dong³néi⁵mou⁵dou³ 粵 常用來埋怨別人不把自己放在眼裏◆嗰條友仔認真串，直情當你冇到噉（那小子高傲得很，根本不把你放在眼裏）。

☞另見本頁 dong¹。

檔（档） dong³ (dɔŋ³) 粵 ❶攤子；攤兒◆攤檔 / 魚檔 / 企檔（站攤子）/ 睇檔（守攤兒）。❷某些非法的營業場所◆賭檔 / 煙檔（鴉片煙館）。❸ 量詞 ♦ 嗰邊仲有幾檔豬肉（那邊還有幾攤賣豬肉的）。

【檔口】dong³heo² ㊣ 同"檔" ❶❷。

蕩（荡）dong⁶ (dɔŋ⁶) [dàng] ㊀ ❶ 搖晃；擺動 ♦ 蕩漾 / 飄蕩。❷ 閒逛；四處走動 ♦ 遊蕩 / 逛蕩 / 闖蕩江湖。❸ 清除；弄光 ♦ 掃蕩 / 傾家蕩產。❹ 廣闊；平坦 ♦ 浩蕩 / 坦蕩。❺ 行為放縱 ♦ 放蕩 / 浪蕩 / 淫蕩。❻ 淺水湖 ♦ 蘆花蕩。㊣ 逛蕩；蹓躂 ♦ 唔好周圍蕩（別到處亂逛）。

【蕩街】dong⁶gai¹ ㊣ 逛街。

【蕩失路】dong⁶sed¹lou⁶ ㊣ 迷路 ♦ 乜咁遲先返嚟，蕩失路咧（怎麼這麼久才回來，迷路了吧）？

dou

刀 dou¹ (dou¹) [dāo] ㊀ ❶ 兵器，也泛指供切削等用的工具 ♦ 軍刀 / 刺刀 / 剃刀 / 菜刀。❷ 形狀像刀的東西 ♦ 冰刀 / 刀幣 / 刀豆。❸ 量詞。規格、質量相同的紙張一百張為一刀。

【刀仔】dou¹zei² ㊣ 小刀 ♦ 唔該借把刀仔用吓（請把小刀借給我用一用）。

【刀仔鋸大樹】dou¹zei²gêu³dai⁶xu⁶ ㊣ 花小錢，圖大利。

都 dou¹ (dou¹)

（一）[dōu] ㊀ ❶ 全；完全 ♦ 全班都到齊了 / 無論做甚麼工作，都要努力做好。❷ 甚至 ♦ 連他都表示反對 / 我都參加嘞，你點解唔去啫（連我都參加了，你幹嘛不去呀）？❸ 已經 ♦ 都天黑了，還不趕快回家？/ 水都滾嘞，仲唔落麵（水都開了，還不下麵條）？❹ 表示強調 ♦ 連動都不想動。㊣ ❶ 還 ♦ 都係唔去咯（還是不去了吧）。❷ 也 ♦ 我都去（我也去）/ 我一啲都唔知（我一點也不知道）。

【都係啫】dou¹hei⁶zé¹ ㊣ 話是這麼說。

【都話…咯】dou¹wa⁶…lo³ ㊣ 早說了…嘛。表示不耐煩 ♦ 都話唔去咯（說了不去就不去）/ 都話等陣先做咯（說了等會兒再做嘛）。

（二）[dū] ㊀ ❶ 首都 ♦ 國都 / 建都 / 遷都。❷ 大城市 ♦ 都市 / 煤都 / 通都大邑。

倒 dou² (dou²) [dǎo] ㊀ ❶ 豎立的東西橫躺下來 ♦ 倒下 / 倒塌 / 跌倒。❷ 失敗；破產；垮台 ♦ 倒閉 / 倒台 / 倒閣。❸ 轉移；調換 ♦ 倒手 / 倒換 / 三班倒。

【倒米】dou²mei⁵ ㊣ 拆台；捅婁子。多指自招損失或損害自己一方的利益。

【倒牌】dou²pai⁴ ㊣ 砸招牌。

【倒瀉】dou²sé³⁻² ㊣ 不小心使容器所盛的東西傾瀉出來 ♦ 小心啲，因住倒瀉啲湯（當心點，別把湯給灑了）。

【倒灶】dou²zou³ ㊣ 砸鍋；幫倒忙；把事情辦壞。

【倒米壽星】dou²mei⁵seo⁶xing¹ ㊣ 拆台的貨。指自招損失或損害自己一方利益的人。

【倒瀉籮蟹】dou²sé³⁻²lo⁴hai⁵ ㊣ 形容事情突然發生變化，一時弄得手忙腳亂。

☞ 另見 85 頁 dou³。

賭 (赌) dou² (dou²) [dǔ] 通 ❶賭博◆賭場/禁賭。❷泛指爭輸贏◆打賭。

【賭波】dou²bo¹ 粵 踢足球或打桌球等賭博。

【賭船】dou²xun⁴ 方 載人到公海聚賭的船隻。

【賭彩數】dou²coi²sou³ 粵 碰運氣。

到 dou² (dou²) 粵 口語變音。❶用在動詞後，表示動作已經完成◆搵唔到人（找不着人）/睇到啲乜吖（看到了甚麼呀）？❷緊接動詞或形容詞，後面的成分省略，表示所達到的程度非比尋常◆今日熱到（今天熱得厲害）/睇佢惡到（瞧他兇成甚麼樣子）。

☞ 另見本頁 dou³。

度 dou² (dou²) 粵 ❶製成一定尺寸的東西◆鞋度（買鞋時用來比較尺碼的線段兒）/葱度（葱段兒）/攞條度嚟（拿個尺寸來）。❷用在數詞之後表示約數◆三千人度（三千人左右）/再過兩三日度（再過兩三天左右）。

☞ 另見 82 頁 dog⁶；86 頁 dou⁶。

艔 dou² (dou²) 粵 ❶也叫"拖艔"，指由機動船牽引的客船◆梧州艔/江門艔。❷渡船◆條艔剛開走（渡船剛開走）。

到 dou³ (dou³) [dào] 通 ❶達到；到達◆到站/從早到晚/先來後到。❷往；去◆到機場接人。❸用在動詞後，表示動作的結果◆受到/遭到/說到做到。粵 用在動詞或形容詞後連接補語，以強調所達到的程度◆紅到發紫（紅得發紫）/笑到肚都攣埋（笑得前仰後翻）。

【到埗】dou³bou⁶ 粵 到；到達。也作"到埠"。

【到肉】dou³yug⁶ 粵 比喻觸及到根本利益。參見"啖啖到肉"條，見 59 頁。

【到其時】dou³kéi⁴xi⁴ 粵 到那時◆到其時你就知死（到那時你就知道厲害）。

【到頭來】dou³teo⁴loi⁴ [dàotóulái] 通 到最後；結果◆到頭來蝕底嘅仲係你（到頭來吃虧的還是你）。

【到喉唔到肺】dou³heo⁴m⁴dou³fei³ 粵 ❶不解饞；意猶未足◆幾個人先得半支酒，點夠㗎，到喉唔到肺噉，不如唔飲（幾個人喝半瓶酒，哪夠呀，與其不解饞，倒不如不喝）。❷形容人不大正經，有點傻氣◆佢個人係咁㗎喇，成日到喉唔到肺（他就這副德性，整天傻乎乎的）。

☞ 另見本頁 dou²。

倒 dou³ (dou³) [dào] 通 ❶位置、順序、方向反了◆倒影/倒數/水倒流。❷反而；卻◆那倒不錯/房間不大，陳設倒很講究。

【倒掟】dou³déng³ 粵 上下顛倒；倒置；倒掛。

【倒眼】dou³ngan⁵ 粵 同"鬥雞眼"。

【倒褪】dou³ten³ 粵 後退◆大家倒褪兩步（大家後退兩步）。

【倒掟頭】dou³déng³teo⁴ 粵 ❶顛倒。❷倒立；拿頂◆玩倒掟頭。

【倒吊荷包】dou³diu³ho⁴bao¹ 粵 比喻花冤枉錢或甘願虧本。

☞ 另見 84 頁 dou²。

道 dou6 (dou6) [dào] [通] ❶ 路；途徑 ♦ 地道 / 遠道 / 正道。❷ 規律；事理 ♦ 天道循環 / 頭頭是道。❸ 正義；道德 ♦ 公道 / 慘無人道 / 大逆不道。❹ 方法；技術 ♦ 門道 / 醫道。❺ 學說；主張 ♦ 佈道 / 衛道 / 離經叛道。❻ 道家、道教、道士 ♦ 道藏 / 老道 / 妖道。❼ 說；講 ♦ 道別 / 道謝 / 稱道 / 胡說八道。❽ 量詞 ♦ 一道橋 / 兩道題 / 幾道手續。

【道友】dou6yeo5 [粵] 吸毒者；癮君子。女的稱"道姑" dou6gu1。

度 dou6 (dou6) [dù] [通] ❶ 計量長短 ♦ 度量衡。❷ 按一定的計量標準劃分的單位 ♦ 長度 / 角度 / 經緯度。❸ 水平；狀況 ♦ 程度 / 進度 / 難度。❹ 法式；體制 ♦ 法度 / 制度。❺ 外貌；儀容 ♦ 態度 / 風度。❻ 器量；胸懷 ♦ 度量 / 氣度非凡。❼ 跨過一段時間 ♦ 歡度春節 / 度日如年。❽ 回；次 ♦ 一年一度 / 再度公演。[粵] ❶ 表示地方、場所、處所 ♦ 喺邊度（在甚麼地方）/ 房度有人（房間裏有人）/ 隻錶放喺枱面度（手錶放在桌面上）。❷ 量詞。相當於"扇"、"座"、"個"等 ♦ 一度門（一扇門）/ 一度橋（一座橋）/ 諗度計仔（想個點子）/ 有番兩度（有兩下子）。

【度度】dou6dou6 [粵] 處處；到處；無論何處 ♦ 度度都咁多人（到處都那麼多人）。

【度數】dou6sou3 [dùshù] [通] 按度計算的數目 ♦ 呢隻酒度數唔係幾高（這種酒度數不是太高）。[粵] 譜兒；準兒；分寸 ♦ 做嘢要有啲度數先好噃（做事情要掌握點分寸才行的）。

☞ 另見 82 頁 dog6；85 頁 dou2。

杜 dou6 (dou6) [dù] [通] 堵塞 ♦ 杜門謝客 / 防微杜漸。[粵] 用藥物殺死昆蟲、微生物等 ♦ 杜木虱（藥殺臭蟲）。

【杜蟲】dou6cung4 [粵] 打蟲子。

düd

啍 düd1 (dyt7) [粵] ❶ 撅（嘴）♦ 啍長條嘴（撅起嘴巴）。❷ 擬聲詞 ♦ 食到啍啍聲（吃得津津有味）。

dug

督 dug1 (duk7) [dū] [通] 監管；察看 ♦ 督辦 / 督戰。[粵] ❶ 督促；監管 ♦ 唔好下下要人督住先得㗎（不要樣樣事都要別人督促）/ 督實啲幾條友（嚴密監管住那幾個傢伙）。❷ 同"篤"

【督硬晒】dug1ngang6sai3 [粵] 嚴格督促着。

篤（笃）dug1 (duk7) [dǔ] [通] ❶ 忠實；一心一意 ♦ 篤誠 / 篤信 / 情意甚篤。❷ 病勢沉重 ♦ 危篤 / 病篤。[粵] ❶ 容器底部 ♦ 碗篤 / 鑊篤。❷ 街巷盡頭 ♦ 巷篤（巷尾）/ 走到篤（行到街尾）。❸ 也作"厾"。扎；刺；戳 ♦ 篤嚫隻眼（戳傷了眼睛）/ 篤穿個膠蓋（戳穿塑膠蓋）。❹ 量詞。用於排泄物 ♦ 一篤屎（一堆屎）/ 一篤尿（一泡尿）/ 一篤口水（一口痰）。

【篤爆】dug1bao3 [粵] 扎穿使破裂 ♦ 篤

爆個汽球（把汽球扎破）。

【篤穿】dug1qun1 [粵] 戳穿 ♦ 篤穿佢槓嘢（戳穿他的把戲）。

【篤底】dug1dei2 [粵] 最裏邊；底層的。

【篤背脊】dug1bui3zég3 [粵] 背後説人壞話 ♦ 佢又喺老細面前篤你背脊（他又在老闆面前説你壞話）。

【篤口篤鼻】dug1heo2dug1béi6 [粵] ❶ 指着鼻子罵 ♦ 篤口篤鼻噉鬧咗佢一餐（指着鼻子罵了他一頓）。❷ 礙眼 ♦ 嗰隻衰鬼，篤口篤鼻噉，見到佢就嬲嘞（那個死鬼，咋看都不順眼，見到他就惹人生氣）。也説"篤眼篤鼻" dug1ngan5dug1béi6 或"篤口篤面" dug1heo2dug1min6。

毒 dug6 (duk9) [dú] [通] ❶ 危害生物體的物質，特指毒品 ♦ 毒性 / 吸毒 / 販毒。❷ 兇狠；猛烈 ♦ 惡毒 / 狠毒 / 毒打。❸ 用毒物害死 ♦ 毒老鼠。[粵] 指某些食物容易引起瘡癤化膿的性質。

獨（独） dug6 (duk9) [dú] [通] ❶ 單一；一個 ♦ 單獨 / 獨生仔（獨生子）/ 無獨有偶。❷ 獨自 ♦ 獨唱 / 獨吞 / 獨斷獨行。❸ 沒有依靠或幫助 ♦ 孤獨。

【獨食】dug6xig6 [粵] ❶ 吃獨食。❷ 獨吞。

【獨贏】dug6yéng4 [粵] 一人中頭彩，獨得全部獎金。

【獨沽一味】dug6gu1yed1méi6-2 [粵] 原意為單賣一味藥，引申指單賣一種貨或只幹一種工作。

【獨市生意】dug6xi5sang1yi3 [粵] 獨家生意。

【獨食難肥】dug6xig6nan4féi4 [粵] 比喻想一人獨佔利益，則難以得到發展。

讀（读） dug6 (duk9) [dú] [通] ❶ 看着字唸出聲 ♦ 朗讀 / 宣讀。❷ 看；閱讀 ♦ 審讀 / 默讀 / 通讀。❸ 指上學 ♦ 讀小學 / 讀中二。

【讀口黃】dug6heo2wong4-2 [粵] 見"唸口黃" nim6heo2wong4-2。

【讀破字膽】dug6po3ji6dam2 [粵] 讀別字。

【讀壞詩書包壞腳】dug6wai6xi1xu1bao1wai6gêg3 [粵] ❶ 指文人無行。❷ 譏諷人迂腐或不通情理。

☞ 另見 71 頁 deo6。

dün

短 dün2 (dyn2) [duǎn] [通] ❶ 兩端之間的距離小，跟"長"相對 ♦ 短小 / 短途 / 短評。❷ 欠缺；不足 ♦ 短少 / 短缺。❸ 缺點；過失 ♦ 短處 / 護短 / 取長補短。

【短火】dün2fo2 [粵] 短槍的別名。

【短褲】dün2fu3 [粵] 褲衩；短內褲。

【短見】dün2gin3 [duǎnjiàn] [通] ❶ 短淺的見識。❷ 指自殺 ♦ 自尋短見。

【短遠】dün2yun5 [粵] 掐尖；打頂；打尖。

【短敘】dün2zêu6 [方] 婉指不過夜的嫖妓。

【短命種】dün2méng6zung2 [粵] 短命鬼。

【短肚闊封】dün2tou5fud3fung1 [粵] 形容又短又闊。

斷 (断) dün³ (dyn³) [duàn] [通] ❶ 判定；決定 ♦ 判斷 / 診斷 / 當機立斷。❷ 絕對；一定 ♦ 斷無此事 / 斷不可信。[粵] 按照某種計量單位或規格進行買賣，相當於“論” ♦ 斷斤賣（論斤賣）/ 斷兩計（按兩論價）。

【斷搶】dün³cêng² [粵] 搶着；像搶一樣 ♦ 荔枝剛上市，個個都斷搶噉買（荔枝剛上市，大家都搶着買）。

【斷定】dün³ding⁶ [duàndìng] [通] 經判斷而下結論 ♦ 斷定佢呢場波會輸（斷定他這場球會輸掉）。

【斷估】dün³gu² [粵] ❶ 估計 ♦ 斷估佢唔會做到咁絕啩（估計他不會做得這麼絕）。❷ 亂猜；瞎矇 ♦ 我都係斷估啫（我也是亂猜的）。

☞ 另見 385 頁 tün⁵。

dung

東 (东) dung¹ (duŋ¹) [dōng] [通] ❶ 太陽升起的方向 ♦ 東方 / 大江東去。❷ 主人 ♦ 房東 / 股東 / 做東。[粵] 東家；老闆 ♦ 少東（少老闆）。

【東家唔打打西家】dung¹ga¹m⁴da²da² sei¹ga¹ [粵] 表示在職業方面可隨意選擇。

冬 dung¹ (duŋ¹) [dōng] [通] 一年四季的最後一季 ♦ 入冬 / 寒冬 / 冬去春來。

【冬瓜豆腐】dung¹gua¹deo⁶fu⁶ [粵] 三長兩短。指意外的災禍、事故或人的死亡 ♦ 有乜冬瓜豆腐，惟你是問（有個三長兩短，我找你算賬）！

凍 (冻) dung³ (duŋ³) [dòng] [通] ❶ 物體受冷凝結 ♦ 天寒地凍 / 缸裏的水凍了。❷ 湯汁等凝結成的膠狀物 ♦ 肉凍 / 魚凍 / 果子凍。❸ 受冷或感到冷 ♦ 凍得發抖 / 小心別凍着。[粵] ❶ 冷；涼 ♦ 凍手凍腳（手腳冰涼）/ 沖凍水涼（涼水浴）/ 攤凍啲先飲（涼一涼再喝）。❷ 冰凍食品 ♦ 凍品 / 鍾意食凍嘢（喜歡吃冰凍食品）。

【凍𠱸】dung³cen¹ [粵] ❶ 着涼 ♦ 因住凍𠱸（當心着涼）。❷ 使受涼 ♦ 凍𠱸條腰（腰部受涼了）。

【凍房】dung³fong⁴ [粵] 冷藏庫。

【凍水】dung³sêu² [粵] 涼水；冷水。

【凍冰冰】dung³bing¹bing¹ [粵] 冷冰冰；冰涼冰涼的 ♦ 出便凍冰冰，匿喺屋企好過（外面冷冰冰的，乾脆躲在家裏好了）/ 隻手凍冰冰噉，着多件衫喇（你的手冰涼冰涼的，快多加一件衣服吧）。

【凍滾水】dung³guen²sêu² [粵] 白開水；涼開水。

【凍過水】dung³guo³sêu² [粵] ❶ 生命危殆難保 ♦ 我睇呢勻佢條命凍過水咯（我看這回他的命兒難保啦）。❷ 希望十分渺茫 ♦ 咁龐大嘅投資計劃，我諗都係凍過水咯（這麼龐大的投資計劃，我看簡直沒甚麼希望）。

E

ei

哎 ei¹ (ɐi¹) [āi] [通] 表示提醒、埋怨等 ♦ 哎，下晝記得同我攞藥(哎，下午別忘了幫我去拿藥)。

【哎吔】ei¹ya¹ [粵] 歎詞。表示不滿，相當於“嗽” ♦ 哎吔，呃我嗾(嗽，還騙我) / 哎吔我你都敢打（嗽，連我你也敢打）？

【哎吔老竇】ei¹ya¹lou⁵deo⁶ [粵] 乾爹；義父。

em

揞 em²/ngem² (ɐm²/ŋɐm²) [ǎn] [通] 用手把藥面等敷在傷口上 ♦ 揞上一點消炎粉。[粵] 按；捂；掩 ♦ 揞脈(按脈) / 用手揞住塊面(用手捂着臉) / 有嘢唔好揞住喺心度（有事別捂在心裏)。

【揞住口笑】em²ju⁶heo²xiu³ [粵] 捂着嘴笑。含得意、慶幸或幸災樂禍之意。

【揞住良心】em²ju⁶lêng⁴sem¹ [粵] 昧着良心 ♦ 你噉講即係揞住個良心啫(你這樣説不是昧着良心嗎)？

暗 em³/ngem³ (ɐm³/ŋɐm³) [àn] [通] ❶ 光線不足 ♦ 陰暗 / 昏暗 / 黑暗 / 暗無天日。❷ 隱藏不露的 ♦ 暗礁 / 暗中 / 暗箭傷人 / 明爭暗鬥。❸ 糊塗；不明白 ♦ 兼聽則明，偏聽則暗。

【暗標】em³biu¹ [方] 不公開的招標。

【暗瘡】em³cong¹ [粵] 臉上長的粉刺。

【暗招】em³jiu¹ [粵] 祕密的招數；乘人不備而使出的招數。比喻暗中害人的手段。

【暗渠】em³kêu⁴ [粵] 暗溝；陰溝；地下的排水渠。

eo

歐(欧) eo¹/ngeo¹ (ɐu¹/ŋɐu¹) [ōu] [通] ❶ 指歐洲，世界七大洲之一 ♦ 東歐 / 西歐 / 歐亞大陸。❷ 姓。

【歐陸】eo¹lug⁶ [方] 歐洲大陸 ♦ 歐陸情懷。

【歐陸化】eo¹lug⁶fa³ [方] 歐化；西化 ♦ 歐陸化裝飾。

嘔(呕) eo²/ngeo² (ɐu²/ŋɐu²) [ǒu] [通] 吐 ♦ 嘔吐 / 嘔血 / 嘔心瀝血。

【嘔奶】eo²nai⁵ [粵] 漾奶。

漚(沤) eo³/ngeo³ (ɐu³/ŋɐu³) [òu] [通] 長時間地浸泡，使起變化 ♦ 漚麻 / 漚綠肥。[粵] ❶ 水、汗等浸漬 ♦ 換落嚟嘅衫褲奉旨唔洗，由得佢漚（換下來的衣服總是不洗，任由它讓汗漬着)。❷ 因受潮而致霉爛 ♦ 包蝦米漚到生蟲（蝦米發霉長蟲子了)。❸ 長時間地熬煮 ♦ 漚豬潲(熬豬食) / 啲飯冇味嘅，係唔係漚熟㗎(飯不大香，是用慢火焖熟的吧)。

【漚芽菜】eo³nga⁴coi³ [粵] 發豆芽。

F

fa

花 fa¹ (fa¹) [huā] ㊣ ❶ 種子植物的繁殖器官 ♦ 花朵 / 花粉。❷ 泛指可供觀賞的植物 ♦ 花草 / 花木 / 花盆。❸ 形狀像花的東西 ♦ 浪花 / 火花 / 雪花。❹ 有圖形的；雜色的 ♦ 花布 / 花邊 / 花花綠綠。❺ 視覺模糊不清 ♦ 眼花 / 老眼昏花。❻ 迷惑人的；不真實的 ♦ 花招 / 花樣 / 花言巧語。❼ 棉花的簡稱 ♦ 彈花 / 軋花。❽ 指某些幼小動物 ♦ 魚花 / 蠶花。❾ 比喻年輕女子 ♦ 校花 / 交際花 / 姊妹花。❿ 比喻事物的精華 ♦ 藝苑之花。⓫ 指妓女或與妓女有關的 ♦ 尋花問柳 / 花街柳巷。⓬ 用；耗費 ♦ 花錢 / 花時間 / 花精力。㊎ 弄上了印痕 ♦ 刮花 / 劃花。

【花哪】fa¹fid¹ ㊎ 愛打扮，趕時髦；花俏輕浮，用情不專 ♦ 個人咁花哪，都係靠唔住嘅喇（人這麼輕浮，靠不住的呀）。

【花款】fa¹fun² ㊎ ❶ 花色；款式 ♦ 咁多花款，點揀吖（款式這麼多，怎麼挑呀）？❷ 新花樣；新玩意 ♦ 今日又搞乜花款吖（今天又搞甚麼新玩意）？

【花假】fa¹ga² ㊎ 虛假的；虛有其表的 ♦ 正嘢嚟㗎，冇到啲花假（這是正貨，沒有一點摻假）/ 我句句真，冇花冇假（我說的句句是真話，沒半點虛假）。

【花街】fa¹gai¹ ㊎ 集中擺賣花卉的街市 ♦ 行花街（逛花市）。

【花冧】fa¹lem¹ ㊎ 花蕾。

【花靚】fa¹léng¹ ㊎ 同“花靚仔”。

【花名】fa¹méng² ㊎ 外號；綽號；諢名。

【花瓶】fa¹ping⁴ [huāpíng] ㊣ 插花用的瓶子。㊎ 美貌性感而無多大本事的年輕女職員或女演員。

【花灑】fa¹sa² ㊎ ❶ 澆花用的噴水壺。❷ 淋浴用的蓮蓬頭。❸ 指大手大腳亂花錢的人 ♦ 大花灑。

【花心】fa¹sem¹ ㊎ 形容男子見異思遷、愛情不專一。

【花臣】fa¹sen² ㊎ 英 fashion 音譯。❶ 花樣；式樣。❷ 點子；花樣。含貶義 ♦ 你又喺度揿乜花臣吖（你又在弄甚麼鬼花樣呀）？❸ 時髦；入時 ♦ 幾夠花臣嚸（挺入時的）。

【花廳】fa¹téng¹ [huātīng] ㊣ 某些大院宅中建在花園或跨院內的客廳。㊎ 監獄；牢房 ♦ 坐花廳（坐牢）。

【花王】fa¹wong⁴ [huāwáng] ㊣ 指牡丹。㊎ 園丁；花匠。

【花市】fa¹xi⁵ [huāshì] ㊣ 集中出售花卉的場所 ♦ 逛花市。

【花樽】fa¹zên¹ ㊎ 花瓶。

【花靚仔】fa¹léng¹zei² ㊎ ❶ 沒有社會經驗的青少年。❷ 喜歡打扮、流裏流氣、遊手好閒的青少年 ♦ 嗰條死花靚仔，點睇都唔順眼（那個臭小子，怎麼看都看不順眼）。

【花哩綠】fa¹li¹lug⁶⁻¹ ㊎ ❶ 花裏胡俏；花花綠綠，顯得俗氣 ♦ 幅插圖太過花哩綠，都唔襯嘅（這幅插圖花裏胡俏，不大相襯）。❷ 亂塗亂畫 ♦ 將本書畫到花哩綠（把書本畫得亂七八糟）。

【花面貓】fa¹min⁶mao¹ ⓨ 比喻小孩的髒臉 ♦ 去邊度玩嚟吖，成個花面貓噉（你去了甚麼地方玩啦，把臉弄得這麼髒）？

【花灑浴】fa¹sa²yug⁶ ⓨ 淋浴。

【花和尚】fa¹wo⁴sêng⁶⁻² ⓨ 好色的和尚。

【花多眼亂】fa¹do¹ngan⁵lün⁶ ⓨ 指可供選擇的東西太多，以致難以挑選。

【花心大少】fa¹sem¹dai⁶xiu³ ⓨ 指淫蕩好色的花花公子。

【花心蘿蔔】fa¹sem¹lo⁴bag⁶ ⓨ 比喻好色之徒或愛情不專一的男人。

化 fa³ (fa³) [huà] ⓣ ❶ 變化；使變化 ♦ 頑固不化 / 潛移默化 / 化整為零。❷ 消融 ♦ 融化 / 雪化了 / 入口就化。❸ 消除 ♦ 化痰止咳 / 活血化瘀。❹ 焚化 ♦ 火化 / 燒化 / 化紙錢。❺ 習俗；風氣 ♦ 風化。❻ 化學的省稱 ♦ 化工 / 化肥 / 數理化。❼ 用在名詞或形容詞後，表示轉變成某種性質或狀態 ♦ 美化 / 惡化 / 老化。ⓨ ❶ 開化；開通。多用於否定句 ♦ 點解你咁唔化啫（你怎麼這樣不開通）？❷ 透徹；徹底 ♦ 睇化晒（看破人世）/ 撚化佢（徹底作弄他一下）。

【化學】fa³hog⁶ [huàxué] ⓣ 研究物質的組成、結構、性質及變化規律的科學。ⓨ ❶ 易損壞、不經用、質量差 ♦ 呢種鎖極之化學，用得幾用就壞（這種鎖質量太次，用上幾次就損壞）。❷ 做事馬虎、草率 ♦ 佢做嘢係咁化學嚟喇（他做事情就是這麼馬虎的啦）。❸ 靠不住；玄 ♦ 佢講啲嘢好化學嘅咋，噉都好信嘅（他説的話靠不住，哪能相信呀）？/ 做人好化學嘅啫，何必咁認真（人生挺玄的，何必太認真）？

【化水】fa³sêu² ⓨ 洇 ♦ 呢種稿紙好易化水（這種稿紙很容易洇）。

【化算】fa³xun³ ⓨ 合算；划算。

【化骨龍】fa³gued¹lung⁴ ⓨ ❶ 傳説中的一種魚，誤食會將人銷毀無存。❷ 比喻需要供養的老人、小孩。

fad

發（发） fad³ (fat⁸) [fā] ⓣ ❶ 送出；交付 ♦ 發信 / 收發 / 轉發。❷ 放射；發射 ♦ 發光 / 發砲 / 百發百中。❸ 表達；發佈 ♦ 發言 / 發誓 / 發命令。❹ 產生 ♦ 發生 / 發病 / 發電。❺ 散出；放散 ♦ 散發 / 揮發 / 發出香氣。❻ 擴大 ♦ 發展 / 發揚 / 發育。❼ 揭露；打開 ♦ 揭發 / 開發 / 發掘。❽ 顯露出 ♦ 發黃 / 發乾。❾ 感覺出 ♦ 發慌 / 發麻 / 發癢。❿ 開始行動 ♦ 發起 / 出發 / 奮發。⓫ 因發酵或水浸而膨脹 ♦ 發麵 / 發海參。⓬ 因得到大量錢財而興旺 ♦ 暴發户 / 發家致富。⓭ 量詞 ♦ 一發砲彈。ⓨ ❶ 發達；發財 ♦ 發咗（發了財）/ 個個都發（個個都發財）。❷ 繁衍 ♦ 發丁唔發財。

【發達】fad³dad⁶ [fādá] ⓣ 事物得到充分發展；事業興旺 ♦ 頭腦發達 / 工業發達。ⓨ 發財；發跡 ♦ 你個人咁懶，點會發達吖（你這麼懶惰，發不了大財）/ 你老兄喺邊度發達吖（你老兄去了甚麼地方發跡呀）？

【發嗲】fad³dé² [粵] 撒嬌。

【發癲】fad³din¹ [粵] 發瘋 ♦ 你喺度發乜嘢癲吖（你在發甚麼瘋）？

【發覺】fad³gog³ [fājué] [通] 開始覺察。

【發姣】fad³hao⁴ [粵] 女性賣弄風姿，打情罵俏。

【發展】fad³jin² [fāzhǎn] [通] ❶ 指事物由小到大、由簡單到複雜、由低級到高級的變化過程。❷ 指組織、規模等不斷擴大 ♦ 發展新會員 / 發展第三產業。

【發冷】fad³lang⁵ [粵] 發瘧子；打擺子。

【發力】fad³lig⁶ [粵] ❶ 使勁用力。❷ [方] 發揮出威力。

【發矛】fad³mao⁴ [粵] 因感情衝動，失去理智而採取過激行動 ♦ 賭錢輸到發矛（賭錢輸紅了眼）。

【發懵】fad³mung² [粵] ❶ 因生病等而致發昏、迷糊。❷ 糊塗 ♦ 你梗係發懵定喇，噉都唔記得（你一定是犯糊塗，連這也忘了）。

【發夢】fad³mung⁶ [粵] 做夢 ♦ 發夢都諗唔到會喺香港撞到你（做夢也沒想到會在香港遇見你）。

【發嬲】fad³neo¹ [粵] 生氣；惱火；發脾氣 ♦ 因住王小姐發嬲唔睬你嗱（當心王小姐生氣不理睬你）。

【發惡】fad³ngog³ [粵] 動氣；發狠 ♦ 唔通要發惡鬧你先至聽（難道要發狠罵你一通你才肯聽我的説話）。

【發傻】fad³so⁴ [粵] 犯傻 ♦ 你發傻咩，噉嘅事都做得出嘅（你犯傻啦，這種事也做得出來）。

【發瘟】fad³wen¹ [粵] 罵人舉止失常或輕薄有邪念。也説“發瘟頭” fad³wen¹teo⁴ 或“發瘟雞” fad³wen¹gei¹。

【發市】fad³xi⁵ [fāshì] [通] 開市，商店等一天裏頭一次交易。[粵] ❶ 頭一次做成買賣 ♦ 三年唔發市，發市食三年（三年不開張，開張吃三年）。❷ 泛指開始有所收穫 ♦ 跖咗半日仲未發市（蹲了半天還沒釣上一條魚）。

【發青光】fad³céng¹guong¹ [粵] ❶ 青光眼。❷ 害青光眼。

【發花癲】fad³fa¹din¹ [粵] 女性因相思過度而致神經錯亂。

【發雞盲】fad³gei¹mang⁴ [粵] ❶ 夜盲症。❷ 患夜盲症。❸ 罵人瞎了眼 ♦ 發雞盲咩（瞎了眼啦）！

【發窮惡】fad³kung⁴ngog³ [粵] 因窮困而心煩，以發脾氣來發洩。

【發展商】fad³jin²sêng¹ [粵] 建築商或房產經銷商。

【發爛渣】fad³lan⁶za² [粵] 不顧尊嚴、後果地耍潑、撒野。

【發啷嚦】fad³long¹lei² [粵] 放肆地大發脾氣。

【發猛瘤】fad³meng²zeng² [粵] 莫明其妙地生悶氣、發脾氣。

【發噏風】fad³ngeb¹fung¹ [粵] 胡言亂語；信口雌黃 ♦ 佢發噏風啫，噉都好信嘅（他胡説八道，你別信他）。

【發吽哣】fad³ngeo⁶deo⁶ [粵] 發呆，發愣。又稱“發木獨” fad³mug⁶dug⁶。

【發錢寒】fad3qin4-2hon4 (粵) 見錢眼開；財迷心竅。

【發神經】fad3sen4ging1 [fāshénjīng] (通) 發瘋 ♦ 噉搞都得嘅，發神經咩（這樣做哪行，你瘋了嗎）？/ 噏啲乜吖，發神經（胡說些甚麼呀，神經病）。

【發燒友】fad3xiu1yeo5-2 (粵) 迷上某樣東西或某種事業的人 ♦ 粵劇發燒友。

【發羊吊】fad3yêng4diu3 (粵) 發羊角瘋；癲癇病發作。

【發軟蹄】fad3yun5tei4 (粵) 腿腳無力，走路時發軟。

【發開口夢】fad3hoi1heo2mung6 (粵) 做白日夢；滿口胡言。

【發風發出面】fad3fung1fad3cêd1min6-2 (粵) 比喻劣跡終於暴露。

【發夢冇咁早】fad3mung6mou5gem3zou2 (粵) 別想好事；別說夢話。

髮（发） fad3 (fat8) [fà] (通) 頭髮 ♦ 毛髮 / 理髮 / 令人髮指。

【髮腳】fad3gêg3 (粵) 鬢角；鬢腳；髮際。

法 fad3 (fat3) [fǎ] (通) ❶ 國家制定的強制遵守的行為準則 ♦ 法規 / 法令 / 守法 / 犯法。❷ 方式；方法 ♦ 辦法 / 用法 / 各有各的說法。❸ 標準；榜樣 ♦ 法書 / 法帖。❹ 佛教的教義 ♦ 法師 / 法事 / 現身說法。❺ 法術 ♦ 魔法 / 作法。(粵) 方法；情形；樣子 ♦ 你咁惡死法（你樣子這麼兇）/ 佢點樣蝦你法（他怎樣欺負你呀）？

【法團】fad3tün4 (方) 法人團體。

fag

扻 fag3 (fak8) (粵) ❶ 抽打 ♦ 搦雞毛掃扻佢（拿雞毛撣子抽他）。❷ 攪拌 ♦ 扻蛋（打雞蛋）/ 扻多幾扻唏嘞（再多攪幾下吧）。❸ 擴大 ♦ 扻大盤生意嚟做（把生意做大一點）。

【扻佢一身】fag3kêu5yed1sen1 (粵) 抽他一通。

fai

快 fai1 (fai1) (粵) 譯音字。

【快把】fai1ba2 (粵) 英 fiber 音譯。化纖布、衣料。

【快勞】fai1lou2 (粵) 英 file 音譯。❶ 檔案 ♦ 入快勞（存檔；入檔案）。❷ 檔案夾；文件夾。

☞ 另見本頁 fai3。

快 fai3 (fai3) [kuài] (通) ❶ 速度高；耗時少，跟"慢"相對 ♦ 快信 / 車速幾（挺）快。❷ 即將；馬上 ♦ 快要死了 / 就快 11 點嘞，仲唔瞓（就快 11 點啦，還不睡覺）？❸ 爽利；直截了當 ♦ 爽快 / 痛快 / 心直口快。❹ 高興；稱心 ♦ 暢快 / 愉快 / 大快人心。❺ 鋒利 ♦ 快刀斬亂麻。❻ 靈敏 ♦ 眼明手快。❼ 從速 ♦ 趕快 / 快點來呀！

【快脆】fai3cêu3 (粵) ❶ 做事乾脆、快當 ♦ 佢做嘢好快脆（他幹活挺利索）。❷ 快捷；迅速 ♦ 好快脆又一年喇（很快又過了一年）。也作"快趣"。

【快快】fai3fai3 (粵) 趕快 ♦ 快快做埋佢

收檔（趕快做完收攤）。

【快手】fai³seo² [kuàishǒu] [通] 指做事敏捷的人。[粵] 也指做事手腳快 ♦ 佢認真快手，三兩下搞啱（他手腳非常快，幾下子就弄妥了）。

【快掣】fai³zei³ [粵] 自動式的、連發的（槍）♦ 快掣駁殼。

【快快脆脆】fai³fai³cêu³cêu³ [粵] 快快噹噹；乾脆利索 ♦ 快快脆脆做完算數（快快噹噹幹完拉倒）。

【快手快腳】fai³seo²fai³gêg³ [粵] 手腳麻利；手腳快。

☞ 另見 93 頁 fai¹。

塊（块） fai³ (fai³) [kuài] [通] ❶ 成團或成疙瘩的東西 ♦ 金塊 / 石塊 / 方塊字。❷ 量詞。用於塊狀或片狀的東西 ♦ 一塊布 / 兩塊糖。[粵] 量詞。指臉 ♦ 燶起塊面（繃着臉）/ 成塊面瘀晒（整個臉都青了）。

fan

番 fan¹ (fan¹) [fān] [通] ❶ 指外國或外族 ♦ 番邦 / 番茄。❷ 量詞。相當於"回"、"次" ♦ 三番五次 / 思考一番。❸ 量詞。相當於"種" ♦ 別有一番風味。[粵] 助詞。用在動詞後，表示該動作含有回復的概念 ♦ 俾番我（還給我）/ 留番第日先做（留待明天再幹）/ 我部車琴日先至整番（我的車子昨天才修理好）。

【番鴨】fan¹ab³ [粵] 洋鴨；旱鴨子。

【番梘】fan¹gan² [粵] 肥皂。

【番瓜】fan¹gua¹ [粵] 南瓜。

【番鬼】fan¹guei² [粵] 外國的 ♦ 番鬼佬（洋鬼子）/ 番鬼仔（洋小子）/ 番鬼妹（洋妞兒）/ 番鬼石榴。

【番茄】fan¹ké² [粵] 西紅柿。

【番薯】fan¹xu⁴⁻² [粵] 白薯；紅薯，甘薯；地瓜 ♦ 番薯乾（地瓜乾）。

【番書仔】fan¹xu¹zei² [方] 在英文中學讀書的學生。

【番薯糖】fan¹xu⁴tong⁴⁻² [粵] 糖水白薯。

【番鬼荔枝】fan¹guei²lei⁶ji¹ [粵] 一種水果，形似小菠蘿，皮有瘤狀突起。

翻 fan¹ (fan¹) [fān] [通] ❶ 反轉；歪倒 ♦ 打翻 / 推翻 / 人仰馬翻。❷ 推翻原來的 ♦ 翻悔。❸ 爬過；越過 ♦ 翻山越嶺。❹ 翻譯 ♦ 把外文翻成中文。

【翻炒】fan¹cao² [粵] 重複；再來一次。指電影重映、戲劇重演，書籍重印等。

【翻草】fan¹cou² [粵] 食草動物反芻。

【翻單】fan¹dan¹ [粵] 按原先所下的訂貨單再次訂貨。

【翻發】fan¹fad³ [方] 復發；重犯 ♦ 心臟病翻發。

【翻風】fan¹fung¹ [粵] 起風，尤指突然颳北風 ♦ 翻風落雨（颳風下雨）/ 今日咁焗，或者會翻風（今天這麼悶熱，說不定會起北風呢）。

【翻生】fan¹sang¹ [粵] ❶ 復活 ♦ 死過翻生（死而復活）。❷ 再生 ♦ 翻生父母（再生父母）。

【翻渣】fan¹za¹ [粵] 泡過的茶葉、煎過的中藥再泡或再煎。

【翻頭嫁】fan¹teo⁴ga³ [粵] 再嫁。

【翻頭婆】fan¹teo⁴po⁴⁻² [粵] ❶ 二婚頭。稱再嫁的女人。含貶義。❷ 比喻飲料淡而無味。相當於"涼水沏茶——沒味兒"。

返 fan1 (fan1) [粵] 也作"翻"。去；回 ♦ 返廠（去工廠）/ 返香港（回香港）/ 返九點（九點上班）。

【返工】fan1gung1 [粵] 上工；上班 ♦ 返夜工（上夜班）/ 返工望出糧（去上班盼的是有工資領）。

【返去】fan1hêu3 [粵] 回去。

【返學】fan1hog6 [粵] 上學。

【返嚟】fan1lei4 [粵] 回來。

【返埋】fan1mai4 [粵] ♦ 返埋嚟（回到這邊來）/ 返埋父母身邊（回到父母身邊）。

【返鄉下】fan1hêng1ha2 [粵] 回老家。

【返轉頭】fan1jun3teo4 [粵] ❶ 回頭 ♦ 行返轉頭（走回頭路）/ 返轉頭就買唔到喋喇（回頭就買不着啦）。❷ 退路 ♦ 冇得返轉頭（沒有退路）。

【返屋企】fan1ug1kéi5-2 [粵] 回家。

☞ 另見本頁 fan2。

反 fan2 (fan2) [fǎn] [通] ❶ 顛倒的；方向相背的 ♦ 反面 / 相反 / 適得其反。❷ 顛倒；翻轉 ♦ 一反常態 / 易如反掌。❸ 回；還 ♦ 反攻 / 反光 / 反咬一口。❹ 反對；反抗 ♦ 反判 / 造反 / 謀反。❺ 類推 ♦ 舉一反三。

【反斗】fan2deo2 [粵] 頑皮；淘氣，好鬧 ♦ 反斗星（頑皮孩子）。

【反動】fan2dung6 [fǎndòng] [通] ❶ 逆歷史潮流而動的 ♦ 反動勢力。❷ 相反的作用。[粵] 別出心裁的行動 ♦ 又怕死又反動（調侃那些想有所動作但又膽小怕事的人）。

【反瞓】fan2fen3 [粵] 指睡覺不老實。

【反骨】fan2gued1 [fǎngǔ] [通] 相術所指反叛的骨相，也指反叛的本性。[粵] 泛指吃裏扒外、翻臉無情或恩將仇報的性格或行為 ♦ 反骨仔（白眼狼）/ 啯條友認真反骨，信唔過嘅（那個傢伙無情無義，靠不住的）。

【反面】fan2min6-2 [粵] 翻臉 ♦ 嘈到反晒面（吵得徹底翻臉）。

【反為】fan2wei4 [粵] 反倒 ♦ 呢排多嘢做，精神反為好咗（最近工作多一些，情緒反倒好些）。

返 fan2 (fan2) [fǎn] [通] 回 ♦ 返航 / 往返機票 / 一去不復返。

【返解】fan2gai3 [粵] 將非法入境者押解出境。

☞ 另見本頁 fan1。

犯 fan2 (fan2) [粵] 口語變音。指犯罪的人 ♦ 罪犯 / 案犯。

☞ 另見 96 頁 fan6。

帆 fan4 (fan4) [fān] [通] 掛在船桅上的布篷 ♦ 揚帆出航 / 一帆風順。

【帆布車】fan4bou3cé1 [方] 俗稱救護車。

煩（烦）fan4 (fan4) [fán] [通] ❶ 苦悶；急躁 ♦ 煩悶 / 煩躁 / 心煩意亂 / 心裏有點煩。❷ 繁雜；瑣碎 ♦ 煩瑣 / 煩雜 / 要言不煩。❸ 因繁雜、瑣碎而討厭 ♦ 厭煩 / 耐煩 / 這些話我都聽煩了。❹ 敬辭。表示請、託 ♦ 煩勞 / 有事相煩。[粵] ❶ 心煩 ♦ 近排好煩（最近心裏挺煩）。❷ 煩擾 ♦ 咪煩我喇（別給我添亂）。❸ 煩瑣 ♦ 手續太煩。❹ 煩人 ♦ 乜你咁煩㗎（你真煩人）/ 你煩唔煩啲吖（你這樣太煩人了吧）？

犯 fan⁶ (fan⁶) [fàn] ㊟ ❶ 侵犯 ♦ 進犯 / 秋毫無犯。❷ 抵觸；違犯 ♦ 犯規矩 / 明知故犯。❸ 犯罪的人 ♦ 罪犯 / 戰犯 / 教唆犯 / 盜竊犯。❹ 發作；發生 ♦ 犯病 / 犯錯誤 / 心絞痛又犯嘞（心絞痛又發作了）。㊟ 觸犯 ♦ 我犯你乜嚕（我哪裏觸犯你了）？

☞ 另見 95 頁 fan²。

飯 (饭) fan⁶ (fan⁶) [fàn] ㊟ ❶ 煮熟的穀類食品 ♦ 米飯。❷ 每天定時分次吃的食物 ♦ 早飯 / 晚飯。

【飯煲】fan⁶bou¹ ㊟ 飯鍋 ♦ 電飯煲（電熱鍋）。

【飯剷】fan⁶can² ㊟ 鍋剷。也說“鑊剷”wog⁶can²。

【飯店】fan⁶dim³ [fàndiàn] ㊟ 較大而設備好的旅館 ♦ 北京飯店。

【飯盒】fan⁶heb⁴⁻² [fànhé] ㊟ 用來裝飯菜的盒子。㊟ 也指盒飯。

【飯焦】fan⁶jiu¹ ㊟ 鍋巴。

【飯鎊】fan⁶pang¹ ㊟ 飯盒。通常指鋁製的有蓋或無蓋的盛飯菜的器皿。

【飯湯】fan⁶tong¹ ㊟ 米湯。

【飯堂】fan⁶tong⁴ ㊟ 食堂；飯廳。

【飯桶】fan⁶tung² [fàntǒng] ㊟ 比喻只會吃飯不會做事的人。

【飯壺】fan⁶wu⁴⁻² ㊟ 盛飯菜用的闊口保溫瓶。

【飯剷頭】fan⁶can²teo⁴ ㊟ 俗稱眼鏡蛇。

fé

䀹 fé³ (fɛ³) ㊟ 扒；撥 ♦ 䀹開衫（敞開衣襟）/ 雞㨢䀹竇（母雞扒窩）/ 䀹開晒啲嘢（把東西全扒拉開）。

啡 fé⁴ (fɛ⁴) ㊟ ❶ 噴射 ♦ 啡水（噴水）。❷ 擬聲詞。形容氣體洩漏的聲音 ♦ 條呔啡啡聲漏氣（輪胎刺刺地漏氣）。

【啡漏】fé⁴leo⁶ ㊟ 做事拖遝，丟三拉四。

fed

忽 fed¹ (fɐt⁷) [hū] ㊟ ❶ 不經意；不重視 ♦ 疏忽 / 玩忽職守。❷ 突然地 ♦ 忽冷忽熱 / 忽明忽暗。❸ 長度單位，十忽為一絲，十絲為一毫。㊟ 也作“窟”。❶ 處所；地方 ♦ 佢屋企喺邊忽我都唔知（連他家在甚麼地方我也不知道）。❷ 量詞。相當於“塊”、“片” ♦ 一忽布（一小塊布）/ 一忽爛地（一塊空置地）/ 搣去一忽（擘掉一塊）。❸ 神經病、神經失常、不正常 ♦ 忽忽哋。

罰 (罚) fed⁶ (fɐt⁹) [fá] ㊟ 對犯錯誤或犯罪的人進行處分或懲辦 ♦ 處罰 / 懲罰 / 賞罰分明。

【罰企】fed⁶kéi⁵ ㊟ 罰站。

佛 fed⁶ (fɐt⁹) [fó] ㊟ ❶ 佛教徒對修行圓滿的人的稱呼。❷ 佛教 ♦ 佛家 / 佛老。❸ 佛像 ♦ 銅佛 / 金佛 / 一尊大佛。

【佛都有火】fed⁶dou¹yeo⁵fo² ㊟ 佛爺都會發脾氣。比喻事情令人難以容忍。

【佛口蛇心】fed⁶heo²sé⁴sem¹ ㊟ 口蜜腹劍。

【佛門子弟】fed⁶mun⁴ji²dei⁶ ㊟ 佛門弟子；佛教徒。

fei

揮（挥） fei¹ (fɐi¹) [huī] ㊣ ❶ 揮舞 ♦ 揮戈 / 揮手 / 揮拳 / 大筆一揮。❷ 用手甩掉 ♦ 揮汗 / 揮淚。❸ 散發；拋灑 ♦ 揮發 / 發揮 / 揮金如土。

【揮春】fei¹cên¹ ㊥ ❶ 春聯。❷ 也指過年時貼的有吉祥字句的紅紙。

費（费） fei³ (fɐi³) [fèi] ㊣ ❶ 需花用的錢 ♦ 花費 / 自費 / 免費。❷ 花費；耗損 ♦ 耗費 / 浪費 / 枉費心機。

【費事】fei³xi⁶ [fèishì] ㊣ 耗費工力；事情煩難，不容易辦。㊥ 因怕麻煩而懶得去做 ♦ 費事嘞（懶得動）/ 費事買喇（省得買了）/ 費事叫醒佢（省得把他叫醒）。

廢（废） fei³ (fɐi³) [fèi] ㊣ ❶ 取消；停止 ♦ 廢除 / 作廢 / 半途而廢。❷ 多餘無用的；失去效用的 ♦ 廢紙 / 廢料。㊥ 無能；窩囊 ♦ 你都廢嘅（你真沒用）。

【廢柴】fei³cai⁴ ㊥ 不中用的人 ♦ 一條廢柴（一個不中用的人）。

féi

飛（飞） féi¹ (fei¹) [fēi] ㊣ ❶ 鳥蟲等鼓動翅膀在空中活動 ♦ 雞飛狗走 / 笨鳥先飛。❷ 用動力機械在空中行動 ♦ 飛行 / 飛船。❸ 物體在空中飄浮 ♦ 大雪紛飛 / 飛沙走石。❹ 形容速度快 ♦ 飛速 / 飛跑 / 飛漲。❺ 意外的；憑空而來的 ♦ 飛來橫禍 / 流言飛語。㊥ ❶ 英 fare 音譯。票 ♦ 買飛（買票）/ 撲飛（到處想辦法買票）/ 揸住張飛（拿着一張票）。❷ 理髮；剪髮 ♦ 同我飛高啲個髮腳（請把頭髮稍剪短一點）。❸ 厲害；不好惹 ♦ 佢個人好飛㗎，仲係小心啲好（這傢伙挺厲害的，你還是小心點）。❹ "阿飛"的簡稱 ♦ 臭飛（臭阿飛）。❺ 走私快艇 ♦ 大飛。❻ 指穿着時髦 ♦ 乜近排着得咁飛㗎（怎麼最近穿着這麼時髦）？❼ 情侶分手、拋棄 ♦ 俾人飛（被人拋棄）/ 飛咗佢（拋棄了他）。

【飛邊】féi¹bin¹ ㊥ 把片狀的東西去掉邊兒。

【飛髮】féi¹fad³ ㊥ 理髮 ♦ 飛髮舖（理髮店）/ 飛髮佬（剃頭匠；理髮師傅）。

【飛起】féi¹héi² ㊥ ❶ 形容程度極深 ♦ 熱到飛起（熱得要命）/ 貴到飛起（貴得厲害）。❷ 甩了。指遺棄情侶、朋友等 ♦ 俾佢飛起（讓他給甩了）。

【飛滋】féi¹ji¹ ㊥ 口瘡；口腔黏膜潰瘍。

【飛仔】féi¹zei² ㊥ 小阿飛；小流氓。女的叫"飛女" féi¹nêu⁵⁻²。

【飛虎隊】féi¹fu²dêu⁶⁻² ㊥ 指香港警察特別部隊。

【飛機場】féi¹géi¹cêng⁴ [fēijīchǎng] ㊣ 飛機起飛、降落、停放的場地。也叫"機場"。㊥ 戲稱女子胸部平坦。

【飛機師】féi¹géi¹xi¹ ㊥ 飛行員。

【飛來蜢】féi¹loi⁴mang⁵⁻² ㊥ 送上門來的利益、好處。

【飛起嚟咬】féi1héi2lei4ngao5 [粵] 形容商販趁機漫天要價。

【飛擒大咬】féi1kem4dai6ngao5 [粵] ❶ 同“飛起嚟咬”。❷ 指露出兇相、色相。

【飛象過河】féi1zêng6guo3ho4 [粵] 戲稱進餐時把筷子伸到另一端夾菜的不禮貌行為。

☞ 另見 100 頁 fi4。

非 féi1 (fei1) [fēi] [通] ❶ 過錯；不對 ♦ 大是大非 / 痛改前非。❷ 不符合 ♦ 非法 / 非分。❸ 責怪；反對 ♦ 非難 / 口是心非 / 無可厚非。❹ 不；不是 ♦ 非賣品 / 非同小可 / 答非所問。❺ 非洲的省稱 ♦ 亞非拉。

【非禮】féi1lei5 [fēilǐ] [通] 違背禮法，也指非禮行為 ♦ 非禮勿視 / 欲行非禮。[粵] 調戲；耍流氓 ♦ 非禮少女 (調戲少女) / 有人非禮吖 (有人耍流氓)！

菲 féi1 (fei1) [fēi] [通] ❶ 花草茂美，花香濃郁 ♦ 芳菲。❷ 菲律賓的省稱。

【菲林】féi1lem2 [粵] ♦ 英 film 音譯。膠捲 ♦ 一筒菲林 (一個膠捲兒) /21 度菲林 (21 度膠捲) / 謀殺咗好多菲林 (用了很多膠捲)。

【菲傭】féi1yung4-2 [方] 稱菲律賓籍女傭。

緋 (绯) féi1 (fei1) [fēi] [通] 紅色 ♦ 緋紅。

【緋聞】féi1men4 [粵] 桃色新聞 ♦ 最近佢啲緋聞唔少 (最近有關他的桃色新聞不少)。

肥 féi4 (fei4) [féi] [通] ❶ 含脂肪多；胖 ♦ 肥肉 / 肥胖 / 肥頭大耳。❷ 土質含養分多 ♦ 肥沃 / 黑土地很肥。❸ 使土地增加養分 ♦ 肥田粉 / 用草灰肥田。❹ 肥料 ♦ 化肥 / 綠肥 / 上肥。❺ 收入多；有油水可撈 ♦ 肥差 / 肥缺。❻ 不正當收入；由不正當收入而富裕 ♦ 分肥 / 損公肥私。❼ 寬大 ♦ 肥大 / 袖子太肥了。[粵] ❶ 胖 ♦ 肥仔 (胖小子) / 肥婆 (胖女人) / 最近肥番啲 (最近胖了一點點)。❷ 油多；油膩 ♦ 唔好落咁多油，我怕肥 (別放太多油，我怕肥膩) / 頭先炒完菜，隻鑊仲好肥 (剛炒過菜，鍋還挺油)。❸ 考試等失手、失敗 ♦ 佢今年會考又試肥咗 (他今年會考又落第了)。

【肥佬】féi4lou2 [粵] ❶ 胖子 ♦ 肥佬褲 (適合胖子穿的男裝褲)。❷ 英 fail 音譯。考試不合格、落第、失敗。

【肥妹】féi4mui6-1 [粵] 胖妞兒。

【肥水】fei4sêu2 [粵] 有肥效的水，比喻利益、好處 ♦ 肥水唔流別人田 (好處不外流)。

【肥嘟嘟】féi4düd1düd1 [粵] 肥嘟嘟；肥肥胖胖 ♦ 生個仔肥嘟嘟 (生了個胖小子)。也說“肥㖭㖭” féi4ded1ded1。

【肥稔稔】féi4nem6nem6 [粵] 脂肪多；十分油膩 ♦ 買嚿豬肉肥稔稔得過，點食吖 (買一塊這麼肥的豬肉，怎麼吃呀)？

【肥揗揗】féi4ten4ten4 [粵] ❶ 胖乎乎；胖得渾身是肉。含貶義。❷ 同“肥稔稔”。

【肥仔嘜】féi4zei2meg1 [粵] 胖小子；小

胖兒。

【肥肥白白】féi^{4}féi^{4}bag^{6}bag^{6} (粵) 白白胖胖。形容體型豐滿，皮膚嫩白。

【肥屍大隻】féi^{4}xi^{1}dai^{6}zég^{3} (粵) 肥頭大耳；肥碩高大。含貶義♦唔好睇佢肥屍大隻，噉做落去，兩日佢都捱唔住（別看他個子高大，照這麼幹，他熬不了兩天）。

fen

分 fen^{1} (fɐn^{1}) [fēn] (通) ❶ 分開♦瓜分／劃分。❷ 分配♦平分／均分。❸ 從總體分出的♦分廠／分店／分會。❹ 辨別♦分清是非／黑白不分。❺ 成數♦十分／萬分。❻ 表示單位♦分秒／分米／三角六分／入木三分。

【分分鐘】fen^{1}fen^{1}zung^{1} (粵) 隨時；時時刻刻♦分分鐘講錢（時刻着眼於金錢）。

【分甘同味】fen^{1}gem^{1}tung^{4}méi^{6} (粵) 有福同享；共用甜頭。

芬 fen^{1} (fɐn^{1}) [fēn] (通) 香；香氣♦清芬。

【芬蘭浴室】fen^{1}lan^{4}yug^{6}sed^{1} (方) 桑拿浴室；蒸氣浴室。

粉 fen^{2} (fɐn^{2}) [fěn] (通) ❶ 細末♦麵粉／花粉／藥粉。❷ 特指化妝用的粉末♦香粉／脂粉／塗脂抹粉。❸ 用澱粉製成的食品♦涼粉／米粉／炒粉。❹ 用塗料抹刷♦粉刷／粉牆壁。❺ 使碎成粉末♦粉碎／粉身碎骨。❻ 淺紅色♦粉色。(粵) ❶ 特指用米粉製成的粉條♦沙河粉／牛腩粉／有粉有麵。❷ 指某些食物熟後鬆軟♦粉芋（麵芋頭）／粉藕（麵蓮藕）。

【粉腸】fen^{2}cêng$^{4-2}$ [fěncháng] (通) 用糰粉加作料灌入腸衣做成的熟食品。(粵) ❶ 即"腸粉"，一種把米粉蒸熟後捲成筒狀的粉食。❷ 指牲畜尤指豬的小腸子。❸ 罵人沒用的粗話。

【粉底】fen^{2}dei^{2} (粵) 化妝前薄施的脂粉♦打粉底。

【粉板字】fen^{2}ban^{2}ji^{6}（歇）唔啱就抹咗佢 m^{4}ngam^{1}zeo^{6}mud^{3}zo^{2}kêu^{5} (粵) 如有不對，當我沒說。表達意見時一種自謙的說法。

份 fen^{2} (fɐn^{2}) (粵) 口語變音♦股份／我都有份（我也有一份）／我哋兩份分（我們兩個攤分）。

☞另見本頁 fen^{6}。

瞓 fen^{3} (fɐn^{3}) (粵) ❶ 睡；睡眠♦瞓唔着（睡不着）／唔夠瞓（睡眠不足）。❷ 躺；休息♦你瞓低，我幫你按摩一下（你躺下，我替你按一按摩）／癐就瞓吓先喇（累了就躺下歇一會）。

【瞓覺】fen^{3}gao^{3} (粵) 睡覺。

【瞓晏覺】fen^{3}an^{3}gao^{3} (粵) 睡午覺。

【瞓得稔】fen^{3}deg^{1}nem^{6} (粵) 睡得熟。

【瞓過龍】fen^{3}guo^{3}lung^{4} (粵) 睡過了頭。

【瞓戾頸】fen^{3}lei^{2}géng^{2} (粵) 落枕。

【瞓街乞食】fen^{3}gai^{1}hed^{1}xig^{6} (粵) 指淪落到露宿街頭，以討飯為生的境地。

【瞓到噱噱聲】fen^{3}dou^{3}gêd^{4}gêd^{2}séng^{1} (粵) 睡得呼呼的。形容睡得很熟。

【瞓晒身落去】fen^{3}sai^{3}sen^{1}log^{6}hêu^{3} (粵) 形容全身心泡在某件事情上。

份 fen^{6} (fɐn^{6}) [fèn] (通) ❶ 整體裏的一部分♦股份／水份／分成

兩份。❷ 表示劃分的單位 ♦ 年份 / 月份 / 省份 / 縣份。❸ 量詞 ♦ 一份禮物 / 一式兩份。

【份人】fen^{6}yen^{4} [粵] 為人 ♦ 佢份人幾好（他為人挺好）/ 佢份人都冇乜嘢嘅（他為人還算可以）。

☞ 另見 99 頁 fen^{2}。

忿 fen^{6} (fɐn^{6}) [fèn]

【忿氣】fen^{6}héi^{3} [粵] 只用於否定句。參見“唔忿氣” m^{4}fen^{6}héi^{3}。

fén

□ fén^{1} (fɛn^{1}) [粵] 英 friend 音譯。朋友。夠□唔夠□（夠不夠朋友）。

【□士】fén^{1}xi$^{6-2}$ [粵] ❶ 英 friends 音譯。朋友們 ♦ 佢兩個都係我嘅□士（他們倆都是我的朋友）。❷ 英 fans 音譯，指追捧偶像的人。

feo

否 feo^{1} (fɐu^{1}) [粵] 英 fault 音譯。❶ 犯規。❷ 淘汰 ♦ 俾人否咗（被人家淘汰了）/ 否佢出局（把他淘汰掉，引申指把某人逐出圈子之外）。

埠 feo^{6} (fɐu^{6}) [bù] [通] 碼頭；有碼頭的城鎮 ♦ 船埠 / 本埠 / 外埠。[粵] ❶ 商埠，多指外國的港口和城市 ♦ 開埠 / 出埠（指過去華僑出國）。❷ 堆棧 ♦ 米埠。

☞ 另見 21 頁 bou^{6}。

fi

飛（飞） fi^{4} (fi^{4})

【飛哩啡呢】fi^{4}li^{1}fé^{4}lé^{4} [粵] 形容說話快，吐字不清 ♦ 飛哩啡呢都唔知佢講乜（嘰裏咕嚕的，也不知道他說些甚麼）。

☞ 另見 97 頁 féi^{1}。

fid

咈 fid^{1} (fit^{7}) [粵] ❶ 用細枝條抽打 ♦ 信唔信我搦雞毛掃咈你吖嗱（看我敢不敢拿雞毛撣子抽你）？❷ 擬聲詞。形容揮動樹枝或皮鞭等的聲音。

扉 fid^{4} (fit^{4})

【扉扉聲】fid^{4}fid$^{4-2}$séng^{1} [粵] 形容風聲 ♦ 啲風扉扉聲（風在呼呼地吹）。

fing

抺 fing^{6} (fiŋ^{6}) [粵] ❶ 搖擺；晃盪 ♦ 左抺右抺（左右晃盪）。❷ 甩 ♦ 抺乾條手巾（把濕毛巾甩一甩）。❸ 掄 ♦ 抺佢一捶（掄他一拳）/ 抺緊啲（掄猛一點）。❹ 大手大腳亂花錢 ♦ 搵到錢都唔好亂咁抺（賺到錢也不要隨便亂花）。

【抺甩】fing^{6}led^{1} [粵] 甩掉；撇開 ♦ 抺甩佢（把他甩掉）。

【抺頭】fing^{6}teo$^{4-2}$ [粵] 搖頭，表示不

答、否認、厭惡或難過◆聽到呢個消息，佢猛咁⿰扌永頭（聽到這個消息他直搖頭）。

【⿰扌永頭⿰扌永髻】fing6teo4fing6gei3 [粵] 同"⿰扌永頭"。

fo

火 fo2 (fɔ2) [huǒ] [通] ❶物體燃燒時發的光焰◆火光／放火／救火。❷指槍砲彈藥◆火力／軍火／砲火。❸形容紅色◆火紅／火腿／火雞。❹比喻緊急◆十萬火急。❺比喻暴躁或發怒◆發火／怒火／把他惹火了。❻中醫指熱病病目◆上火／敗火／毒火攻心。[粵]❶脾氣◆係人都會有火（人人都會發脾氣）。❷量詞。相當於"瓦"◆40火燈膽（40瓦燈泡）。

【火頸】fo2géng2 [粵] 脾氣暴躁，容易激動。

【火滾】fo2guen2 [粵] 惱火；氣惱◆真火滾，部車買咗唔夠半年就俾人偷咗（真氣人，車子買了不到半年就給偷了）。

【火起】fo2héi2 [粵] 發火；冒火；怒火上升。

【火氣】fo2héi3 [huǒqì] [通] 暴躁的脾氣。[粵] 脾氣，多指不好的脾氣◆我唔係幾好火氣㗎咋，你千祈唔好激嬲我（我脾氣並不好，你當心別把我惹火了）。

【火圈】fo2hün1 [方] 火坑◆誤進火圈（誤落火炕）。

【火水】fo2sêu2 [粵] 煤油◆火水燈／火水爐。

【火燭】fo2zug1 [huǒzhú] [通] 泛指可引起火災的東西◆小心火燭。[粵]❶指火災。❷着火；發生火災◆琴日佢屋企火燭（昨天他家發生火災）。❸火警；救火◆火燭車（救火車）。

【火遮眼】fo2zé1ngan5 [粵] 形容極度憤怒的樣子。

【火燒燈芯】fo2xiu1deng1sem1（歇）有炭 mou5tan3。[粵]"炭"同"歎"諧音。方言的"歎"指享受舒適。比喻生活境況悲涼。

【火燒棺材】fo2xiu1gun1coi4（歇）大炭 dai6tan3 [粵] 比喻養尊處優，盡情享受。參見"火燒燈芯"條。

【火燒旗竿】fo2xiu1kéi4gon1（歇）長炭（歎）cêng4tan3 [粵] 比喻一生養尊處優。參見"火燒燈芯"條。

【火燒眼眉】fo2xiu1ngan5méi4 [粵] 火燒眉毛。比喻事情非常急迫。

【火星撞地球】fo2xing1zong6déi6keo4 [方] 形容兩個性情暴躁的人一碰面就爭吵起來。

伙 fo2 (fɔ2) [huǒ] [通] 伙食◆開伙／包伙／搭伙。[粵]❶家；居所◆入伙（入住新居）。❷量詞。相當於"戶"◆住三伙人（住三戶人）。

【伙頭】fo2teo4-2 [粵] 伙夫。

【伙頭君】fo2teo4guen1 [粵] 同"伙頭"。

夥（伙） fo2 (fɔ2) [huǒ] [通] ❶同伴；一起做事的人◆同夥。❷由同伴組成的集體◆合夥／團夥／散夥／成羣結夥。❸共同；一同◆夥同。

【夥記】fo2géi3 [粵]❶夥計；店員◆請夥記（招收店員）。❷合作共事的人；夥伴；搭檔。

貨（货） fo³ (fɔ³) [huò] [通] ❶ 錢幣 ♦ 通貨膨脹。❷ 商品 ♦ 百貨 / 年貨 / 貨真價實。

【貨辦】fo³ban⁶⁻² [粵] 貨樣；樣品 ♦ 睇貨辦（看貨樣）。

【貨尾】fo³méi⁵ [粵] 剩貨；殘貨。

【貨不對辦】fo³bed¹dêu³ban⁶⁻² [粵] ❶ 到貨跟原來的樣品不一樣。❷ 許諾給的東西跟實際所給的大有出入。

課（课） fo³ (fɔ³) [kè] [通] ❶ 有計劃的分段教學 ♦ 上課 / 停課 / 授課 / 備課。❷ 教學的科目 ♦ 數學課 / 選修課 / 課程表。❸ 教學的時間單位 ♦ 一堂（節）課。❹ 教材的段落 ♦ 呢（這）本教材分 32 課。❺ 某些機關、團體的行政單位 ♦ 會計課 / 秘書課。

fong

方 fong¹ (fɔŋ¹) [fāng] [通] ❶ 四個角都是直角的四邊形，或六個面都是四邊形的立體 ♦ 正方形 / 立方體。❷ 方向 ♦ 南方 / 四面八方。❸ 方面 ♦ 甲方 / 官方 / 男女雙方。❹ 地方 ♦ 他方 / 遠方。❺ 辦法；做法 ♦ 千方百計 / 領導有方。❻ 藥方 ♦ 配方 / 處方 / 祕方。❼ 乘方 ♦ 平方 / 立方 / 開方。❽ 平方、立方的省稱 ♦ 土方 / 一方木料。❾ 副詞。相當於“正”、“當” ♦ 來日方長 / 血氣方剛。❿ 副詞。相當於“才”、“剛” ♦ 方到此地 / 年方二十。⓫ 量詞。用於方形的東西 ♦ 一方圖章 / 三方石碑。

慌 fong¹ (fɔŋ¹) [huāng] [通] ❶ 急；忙亂 ♦ 不慌不忙。❷ 害怕 ♦ 驚慌 / 恐慌。❸ 難受 ♦ 悶得慌 / 累得慌。[粵] 擔心；生怕 ♦ 你慌乜嘢嗒（你擔心甚麼呀）/ 我慌佢會蕩失路（我怕他會迷路）。

【慌住】fong¹ju⁶ [粵] 生怕 ♦ 慌住買唔到票（生怕買不到票）。也說“驚住” géng¹ju⁶。

【慌怕】fong¹pa³ [粵] 怕；擔心 ♦ 慌怕你唔記得咗（怕你忘了）。

【慌死】fong¹séi² [粵] 擔心。含揶揄、調侃意味 ♦ 慌死輪唔到佢噉（老怕輪不到他）。也說“驚死” géng¹séi²。

【慌失失】fong¹sed¹sed¹ [粵] 慌慌張張；慌手慌腳 ♦ 睇你慌失失噉，做乜嘢（瞧你慌慌張張的樣子，到底發生甚麼事呀）？也說“失失慌” sed¹sed¹fong¹。

仿 fong² (fɔŋ²) [fǎng] [通] ❶ 效法；照着做 ♦ 仿製 / 仿照 / 模仿 / 仿宋體。❷ 似；像 ♦ 二者相仿。

【仿似】fong²qi⁵ [粵] 彷彿；好似；好像。

房 fong² (fɔŋ²) [粵] 口語變音。房間；屋子 ♦ 客房 / 書房 / 一廳三房 / 佢喺房度（他在房間裏）。

【房車】fong²cé¹ [粵] 高級轎車 ♦ 名貴房車 / 平治房車（奔馳牌轎車）。

放 fong³ (fɔŋ³) [fàng] [通] ❶ 解除或脫離約束 ♦ 放行 / 釋放 / 放手俾佢去做（放手讓他去幹）。❷ 趕牲口到野外覓食 ♦ 放牧 / 放羊 / 放鴨子。❸ 結束；散 ♦ 放工 / 放學。❹ 發出；射出 ♦ 放光 / 放槍 / 放衛星。❺ 點燃♦放爆竹。❻借錢給人，收取利息♦放債／放款／放高利貸。❼擴大；延長♦放大／放寬／放長線，釣大魚。❽花開♦百花齊放／心花怒放。❾擱；置♦放置／存放／放下書包。❿到邊遠地方去♦放逐／流放／下放。⓫加進去♦多放點醬油。[粵]賣出(股票、期貨等)♦呢幾日股票升得咁高，仲唔快啲放，等到幾時吖(這幾天股票升那麼高，還不趕快賣出，等到甚麼時候呀)？

【放低】fong^{3}dei^{1} [粵]❶放下♦放低支槍（把槍放下）。❷留下♦放低個仔俾亞媽湊（把孩子留下讓媽媽帶）。

【放落】fong^{3}log^{6} [粵]❶同“放低”。❷放落個袋度(放在袋子裏)。

【放□】fong^{3}pé^{5} [粵]撒野。

【放蛇】fong^{3}sé^{4} [方]指警察喬裝顧客，深入非法經營場所查案。

【放水】fong^{3}sêu^{2} [粵]❶有意通融；私下予人方便♦呢次肯定有人放水俾佢（這次肯定有人私下給他通融）。❷傳送小道消息、貼士♦阿sir放水，今次考試實掂(老師給消息，這次考試一定合格)。❸上廁所♦我好鬼急，趕住去放水(我人有三急，我現在去洗手間)。

【放白鴿】fong^{3}bag^{6}geb^{3} [粵]二人串通行騙，尤指利用女色騙人錢財。

【放大假】fong^{3}dai^{6}ga^{3} [粵]指時間較長的假期。婉指暫時停職。

【放飛機】fong^{3}féi^{1}géi^{1} [粵]指中途把人給甩了。

【放貴利】fong^{3}guei^{3}léi$^{6-2}$ [粵]放高利貸。

【放紙鷂】fong^{3}ji^{2}yiu$^{6-2}$ [粵]❶放風箏。❷放長線以圖大利。

【放生電】fong^{3}sang^{1}din^{6} [粵]指女人搔首弄姿以吸引男性。也作“放電”。

【放聲氣】fong^{3}séng^{1}héi^{3} [粵]放風聲；露口風。

【放葫蘆】fong^{3}wu^{4}lou$^{4-2}$ [粵]吹牛；撒謊；胡吹瞎扯。

【放軟手腳】fong^{3}yun^{5}seo^{2}gêg^{3} [方]指聽任別人擺佈。

【放下心頭大石】fong^{3}ha^{6}sem^{1}teo^{4}dai^{6}ség^{6} [粵]解除心中憂慮。

fu

斧 fu^{2} (fu^{2}) [fǔ] [通]❶砍東西用的工具♦斧子／刀斧／大刀闊斧／班門弄斧。❷古代一種兵器♦板斧。

【斧頭打鑿鑿打木】fu^{2}teo^{4}da^{2}zog^{6}zog^{6}da^{2}mug^{6} [粵]斧頭吃鑿子，鑿子吃木頭。

苦 fu^{2} (fu^{2}) [kǔ] [通]❶像膽汁或黃連的味道♦苦膽／苦味／苦汁。❷感到難受；痛苦♦苦境／愁苦／疾苦。❸使受苦♦苦肉計／何必自苦？❹有耐心地；極力地♦苦諫／苦勸／冥思苦想。

【苦茶】fu^{2}ca^{4} [粵]涼茶。

【苦力】fu^{2}lig^{6} [kǔlì] [通]❶艱苦的勞動♦白出苦力。❷英coolie音譯。苦工。方言也作“咕喱”gu^{1}léi^{1}。

【苦瓜面】fu^{2}gua^{1}min^{6} [粵]滿面愁容。也說“苦瓜噉嘅面”fu^{2}gua^{1}gem^{2}gé^{3}min^{6}。

【苦過弟弟】fu2guo3di4di4-2 (粵) 形容非常困苦 ♦ 講起嗰段日子，真係苦過弟弟咯（提起那段日子，可真苦啊）！

【苦口苦面】fu2heo2fu2min6 (粵) 哭喪着臉。

【苦瓜乾噉面】fu2gua1gon1gem2min6 (粵) 繃緊着臉；哭喪着臉。形容萬分愁苦之狀。參見"苦瓜面"條。

副 fu3 (fu3) [fù] (通) ❶居第二位的；輔助的 ♦ 副官 / 副主任。❷起輔助作用的人 ♦ 團副 / 大副。❸次要的；附帶的 ♦ 副產品。❹符合 ♦ 名副其實。❺量詞。用於成套或成對的東西 ♦ 一副象棋 / 一副眼鏡。(粵) 量詞。用法較普通話擴大 ♦ 成副心機 / 成副架鐣 / 成副身家。

【副選】fu3xun2 (方) 替補人選。

負（负）fu3 (fu3) [fù]

【負氣】fu3héi3 [fùqì] (通) 形容因心有怨氣而發牢騷、擺臉色、耍態度 ♦ 唔啱講到啱，使乜咁負氣噃（事情還可以再商量，用不着耍這種態度）。

【負面】fu3min6 (粵) 消極面 ♦ 負面影響。

戽 fu3 (fu3) [hù] (通) ❶一種汲水灌田的農具 ♦ 戽斗。❷用戽斗汲水 ♦ 戽水。

【戽被】fu3péi5 (粵) 蹬被子。

【戽魚】fu3yu4-2 (粵) 戽乾水溝或水塘的水以捉魚。

褲（裤）fu3 (fu3) [kù] (通) 穿在腰部以下的衣服 ♦ 短褲 / 牛仔褲 / 三角褲（三角褲衩）/ 肥佬褲（適合胖子穿着的寬大的褲子）。

【褲浪】fu3long6 (粵) 褲襠。

【褲頭】fu3teo4 (粵) 褲腰 ♦ 褲頭太窄。

【褲筒】fu3tung4-2 (粵) 褲腿。

【褲頭帶】fu3teo4dai3-2 (粵) 褲帶；腰帶；褲腰帶。

符 fu4 (fu4) [fú] (通) ❶標記；記號 ♦ 音符。❷相合；一致 ♦ 數目相符。❸道士所畫的一種圖形文書 ♦ 護身符 / 驅鬼符。❹古代朝廷傳達命令或徵調兵將的憑證 ♦ 兵符 / 虎符。(粵) 辦法 ♦ 冇符（毫無辦法）/ 冇晒佢符（拿他一點辦法也沒有）。

【符咈】fu4fid1 (粵) 辦法 ♦ 有乜符咈唔怕講吖（有甚麼錦囊妙計不妨說來聽聽）。

fud

闊（阔）fud3 (fut8) [kuò] (通) ❶寬廣 ♦ 寬闊 / 廣闊 / 遼闊 / 海闊天空。❷距離大；時間久 ♦ 闊步 / 闊別廿載。❸富有；奢侈 ♦ 擺闊。(粵) ❶寬；寬大 ♦ 長五米，闊三米 / 件衫太闊（上衣太肥大）。❷闊氣 ♦ 睇佢好似幾闊噉噃（瞧他挺闊氣的）。

【闊落】fud3log6 (粵) 寬敞 ♦ 個廳都幾闊落（客廳挺寬敞的）。

【闊佬】fud3lou2 [kuòlǎo] (通) 有錢的人。(粵) 闊氣；闊綽 ♦ 充闊佬（擺闊氣）/ 使錢唔好咁闊佬（花錢別那麼闊氣）。

【闊咧啡】fud3lé4fé4 (粵) 形容衣服過於寬大。含貶義 ♦ 套衫闊咧啡得過，好心你就唔好再着喇（這套衣服寬裏呱嘰的，你就別再穿啦）。

【闊佬懶理】fud⁶lou²lan⁵léi⁵ [粵] 不聞不問，懶得去管 ♦ 間屋搞到立立亂，個個都闊佬懶理（家裏弄得亂糟糟的，誰也不去收拾一下）。

fug

福 fug¹ (fuk⁷) [fú] [通] 幸福 ♦ 享福／口福。[粵] ❶ 福氣 ♦ 有福（有福氣）／無福消受（沒有福氣去受用）。❷ 運氣 ♦ 執福（交上好運）。

【福頭】fug¹teo⁴ [粵] 笨蛋；蠢傢伙 ♦ 成個福頭噉（活像個大笨蛋）。

幅 fug¹ (fuk⁷) [fú] [通] ❶ 布匹等織物的寬度 ♦ 單幅／雙幅。方言也説"封" fung¹。❷ 泛指寬度 ♦ 波幅／振幅／物價漲幅好大。❸ 量詞。用於圖畫、布匹等 ♦ 一幅畫／兩幅布。[粵] 量詞。也用於土地 ♦ 喺開發區買咗幅地（在開發區買了一塊地）。

蝠 fug¹ (fuk⁷) [fú] [通] 見"蝙蝠"條。

【蝠鼠】fug¹xu² [粵] 蝙蝠。也叫"飛鼠" féi¹xu²。

覆（复） fug¹ (fuk⁷) [fù] [通] ❶ 轉過來或轉過去 ♦ 反覆／翻來覆去。❷ 回答；答覆 ♦ 批覆／覆電話。

【覆電】fug¹din⁶ [粵] 回電話。

伏 fug⁶ (fuk⁹) [fú] [通] ❶ 趴着 ♦ 伏案讀書。❷ 低下去 ♦ 起伏不定／此起彼伏。❸ 隱藏 ♦ 埋伏／潛伏。❹ 使屈服 ♦ 伏魔／降龍伏虎。❺ 承受；被迫接受 ♦ 伏輸／伏法／伏罪。❻ 初伏、中伏、末伏的統稱 ♦ 伏天／入伏。❼ 電壓單位伏特的省稱。方言也叫"火"或"□" wog¹。[粵] 平順；伏貼 ♦ 燙伏啲頭髮（把頭髮燙平順）。☞ 另見 21 頁 bug⁶。

fun

寬（宽） fun¹ (fun¹) [kuān] [通] ❶ 橫的距離大；闊 ♦ 寬銀幕。❷ 橫的距離 ♦ 寬度／河寬三米。❸ 放開；使鬆緩 ♦ 寬衣解帶。❹ 不嚴厲；不苛求 ♦ 寬待／從寬處理。❺ 有富餘 ♦ 寬裕／手頭比過去寬多了。

【寬減】fun¹gam² [方] 因撫養親屬而減輕稅負。

款 fun² (fun²) [kuǎn] [通] ❶ 款項；錢 ♦ 存款／撥款／籌款。❷ 誠懇；親切 ♦ 款留／款洽。❸ 招待 ♦ 款客。❹ 緩；慢 ♦ 款步／點水蜻蜓款款飛。❺ 信件、書畫上的題名 ♦ 落款／上款／下款。❻ 法令、條約等條文裏分的項目 ♦ 條款／第四條第六款。[粵] ❶ 款式；花色；式樣 ♦ 新款／舊款／時款。❷ 架子；派頭；樣貌 ♦ 聖人款（扮聖人，譏諷別人裝出道貌岸然的模樣）／咪成日喺度擺款（別成天價裝模作樣的）。

fung

風（风） fung¹ (fuŋ¹) [fēng] [通] ❶ 空氣流動的現象 ♦ 春風／颱風／西北風。❷ 借風力吹 ♦ 風

乾 / 風箏。❸ 流行的習俗 ♦ 風尚 / 民風民俗。❹ 態度 ♦ 作風 / 學風。❺ 景象 ♦ 風景 / 風物。❻ 消息；傳聞 ♦ 聞風而動。❼ 傳聞的 ♦ 風言風語。❽ 民歌 ♦ 採風 / 土風。❾ 中醫指某些疾病 ♦ 中風 / 抽風 / 鵝掌風。

【風光】fung1guong1 [fēngguāng] [通] 風景，景致 ♦ 自然風光。[粵] 場面鋪張、熱烈、體面。

【風球】fung1keo4 [方] 預告風力的球形標誌 ♦ 八號風球。

【風栗】fung1lêd6-2 [粵] 栗子；板栗。也作"楓栗"。

【風褸】fung1leo1 [粵] 風衣；風雨衣。

【風流】fung1leo4 [fēngliú] [通] ❶ 傑出的；有才氣的 ♦ 風流人物。❷ 有才學而不拘禮法的 ♦ 名士風流。❸ 男女間放蕩的事 ♦ 風流韻事。[粵] 閒逸灑脱 ♦ 我做到死死吓，邊有你咁風流吖（我幹得死去活來，哪有你那種閒情逸致呀）？

【風爐】fung1lou4-2 [粵] 家庭用的小爐子 ♦ 透風爐（生爐子）。

【風水】fung1sêu2 [fēngshui] [通] 指宅基、墳地等的地脈、山水方向等 ♦ 風水佬（風水先生）。

【風筒】fung1tung4-2 [粵] 電吹風器。

【風擺柳】fung1bai2leo5 [粵] ❶ 比喻優柔寡斷，遇事缺乏主見的人。❷ 比喻左右搖擺，意志不堅定的人。

【風涼水冷】fung1lêng4sêu2lang5 [粵] 形容清風習習、涼爽宜人的居處。

【風生水起】fung1sang1sêu2héi2 [粵] 形容事業、生意等生機勃勃、興旺發達 ♦ 撈到風生水起（混得紅紅火火）。

【風頭火勢】fung1teo4fo2sei3 [粵] 指事態發展勢頭正盛 ♦ 而家風頭火勢，你仲係出去避一避好（目前正在勢頭上，你還是出去躲一躲吧）。

【風吹雞蛋殼】fung1cêu1gei1dan6-2hog3（歇）財散人安樂 coi4san3yen4on1log6 [粵] 比喻為求得安寧，花點代價也值得。

【風水輪流轉】fung1sêu2lên4leo4jun2 [粵] 比喻人人都有得志之日。

【風水佬呃你十年八年，唔呃得一世】fung1sêu2lou2ngeg1néi5seb6nin4bad3nin4, m4ngeg1deg1yed1sei3 [粵] 風水先生可以騙你十年八年，騙不了你一輩子。言下之意指時間或事實會證明一切。

蜂 fung1 (fuŋ1) [fēng] [通] ❶ 會飛昆蟲，有毒刺 ♦ 蜂窩 / 黃蜂 / 蜜蜂。❷ 特指蜜蜂 ♦ 蜂蜜 / 蜂乳 / 蜂王漿。❸ 比喻成羣地 ♦ 蜂聚 / 蜂起 / 蜂擁而至。

【蜂王漿】fung1wong4zêng1 [粵] 王漿；蜂乳。

鋒 (锋) fung1 (fuŋ1) [fēng] [通] ❶ 刀劍等的鋭利或尖端部分 ♦ 刀鋒 / 劍鋒 / 針鋒相對。❷ 在前列的，領頭的 ♦ 先鋒 / 前鋒。❸ 言談鋭利 ♦ 詞鋒 / 談鋒。

【鋒頭】fung1teo4 [方] 風頭，指出頭露面，顯示個人的表現 ♦ 鋒頭女（喜歡出風頭的女子）。

逢 fung4 (fuŋ4) [féng] [通] ❶ 遇到；遭遇 ♦ 相逢 / 左右逢源 / 千載難逢。❷ 迎合 ♦ 逢迎。

【逢嚫】fung4cen1 [粵] 每逢；凡是 ♦ 逢嚫開會佢梗遲到（凡開會他必定遲到）。

【逢場作興】fung4cêng4zog3hing3 [粵] 逢場作戲。指隨俗應酬，偶爾玩玩。

【逢年過節】fung4nin4guo3jid3 [粵] 每逢過年和過節日 ♦ 逢年過節佢都有嚟探吓我嘅（過年和節日他都來探望探望我）。也說"過年過節" guo3nin4guo3jid3。

鳳（凤） fung6 (fuŋ6) [fèng] [通] 鳳凰 ♦ 龍鳳呈祥 / 龍飛鳳舞。[粵] ❶ 雞之美稱 ♦ 鳳爪（雞爪子）/ 龍虎鳳（蛇貓雞，一道菜式）。❷ 俗稱私娼 ♦ 鳳姐（私娼）/ 鳳樓（私娼居處）。

奉 fung6 (fuŋ6) [fèng] [通] ❶ 給；獻給 ♦ 敬奉 / 貢奉 / 奉獻。❷ 接受 ♦ 奉命 / 奉使外國。❸ 尊崇 ♦ 崇奉 / 信奉 / 奉佛。❹ 侍候 ♦ 侍奉 / 奉養父母。❺ 敬辭 ♦ 奉勸 / 奉告 / 奉陪。

【奉旨】fung6ji2 [fèngzhǐ] [通] 遵照或接受帝王命令。[粵] 用於否定句，表示"決不"、"準不"、"從來不"、"照例不"等意思 ♦ 呢個仔認真硬頸，奉旨冇話聽吓人教（這孩子非常固執，從來就不聽人勸告）/ 禮拜奉旨唔駛返工（星期天照例不用上班）。

【奉旨成婚】fung6ji2xing4fen1 [粵] 戲指未婚先孕，不得不成親。"子"同"旨"諧音，也說"奉子成親" fung6ji2xing4cen1。

G

ga

加 ga1 (ga1) [jiā] [通] ❶ 合在一起 ♦ 加減 / 兩數相加。❷ 使數量增多、程度或等級提高 ♦ 加大 / 加緊 / 加速。❸ 把本來沒有的添上去 ♦ 添加 / 加標點 / 添枝加葉。❹ 施予某種動作 ♦ 多加考慮 / 橫加干涉 / 嚴加處理。

【加菜】ga1coi3 [粵] 加餐。

【加底】ga1dei2 [粵] ❶ 麵食或蓋澆飯等，下面的主食叫"底"，上面的肉菜叫"面"，加底即增加主食的分量。❷ 火鍋的湯料也叫"湯底"，加底即增加湯底的分量。

【加風】ga1fung1 [粵] ❶ 給汽車輪胎充氣。❷ [方] 加稅加價之風。

【加料】ga1liu6-2 [jiāliào] [通] ❶ 添加原料 ♦ 自動加料。❷ 材料用多一點或用精一點，使質量好一點。[粵] ❶ 加把勁；加倍努力。❷ 臨時增加菜式。❸ 充實；補充。

【加埋】ga1mai4 [粵] ❶ 加起來；總括起來 ♦ 加埋晒（全加起來）。❷ 包括 ♦ 加埋佢哋先得十零個人（包括他們在內才十來個人）。

【加把口】ga1ba2heo2 [粵] 插嘴；插上一槓 ♦ 你做乜加把口落去啫（你幹嘛要插上一槓）？

【加零一】ga1ling4yed1 [粵] 表示程度極深，相當於"…得不得了" ♦ 曳到加零一（調皮得不得了）。

【加加埋埋】ga1ga1mai4mai4 (粵) 全部加起來 ♦ 加加埋埋唔夠六百蚊（全加起來不足六百塊）。

【加鹽加醋】ga1yim4ga1cou3 (粵) 添油加醋。形容人在旁煽風點火，把事情誇大。

嘉 ga1 (ga1) [jiā] (通) ❶ 美好 ♦ 嘉名。❷ 誇獎；讚許 ♦ 嘉許 / 嘉勉 / 精神可嘉。

【嘉賓】ga1ben1 [jiābīn] (通) 尊貴的客人；貴賓。(方) 指特邀演員 ♦ 表演嘉賓 / 嘉賓演出（特邀表演）。

【嘉賓位】ga1ben1wei6-2 (粵) 嘉賓席；高票價席位。

【嘉應子】ga1ying3ji2 (粵) 蜜餞李子。以廣東嘉應地區生產的為有名。

【嘉年華會】ga1nin4wa4wui6-2 (粵) 英 carnival 音譯。遊藝會；遊園會。

家 ga1 (ga1) [jiā] (通) ❶家庭；人家 ♦ 全家老少 / 家破人亡。❷ 家庭的住所 ♦ 搬家 / 回家。❸ 經營某種行業或具有某種身份的人 ♦ 農家 / 廠家 / 姑娘家。❹ 掌握某種技能或熟習某種活動的人 ♦ 畫家 / 藝術家 / 社會活動家。❺ 學術流派 ♦ 儒家 / 一家之言 / 百家爭鳴。❻ 人工飼養的 ♦ 家畜 / 家鴿。❼ 量詞 ♦ 某家工廠 / 三家公司。(粵) 泛指有某種共同屬性或特徵的人，相當於"者" ♦ 買家（購買者）/ 用家（使用者）/ 贏家（獲勝者）/ 輸家（失敗者）。

【家變】ga1bin3 (方) 家庭變故；家庭破裂。

【家訪】ga1fong2 [jiāfǎng] (通) 到人家裏訪問。(方) 指社工（社會工作者）到孤寡、殘疾、受災人士家裏了解情況和提供服務。

【家姑】ga1gu1 (粵) 婆母。

【家公】ga1gung1 (粵) 公公；丈夫的父親。

【家下】ga1ha5 (粵) 目前；現在；這會兒。也作"家陣" ga1zen6-2。

【家婆】ga1po4-2 (粵) 婆婆；丈夫的母親。

【家嫂】ga1sou2 (粵) 對兒媳的客氣稱呼。

【家用】ga1yung6 [jiāyòng] (通) ❶ 家庭的生活費用 ♦ 補貼家用 / 寄家用番嚟（把家用寄回來）。❷ 家庭日常使用的 ♦ 家用電器。

【家姐】ga1zé2-1 (粵) 姐姐。

【家陣】ga1zen6-2 (粵) 同"家下"。

【家嘈屋閉】ga1cou4ug1bei3 (粵) 家庭成員之間爭吵不斷。

【家肥屋潤】ga1féi4ug1yên6 (粵) 家道興旺，寬綽富裕。

【家空物淨】ga1hung1med6zéng6 (粵) 家徒四壁；家裏一無長物。

【家山有眼】ga1san1yeo5ngan5 (粵) 祖宗有靈，澤及後代。也說"家山有福" ga1san1yeo5fug1 或"家山發" ga1san1 fad3。

【家頭細務】ga1teo4sei3mou6 (粵) 家庭雜務、瑣事 ♦ 打理家頭細務（料理家務）。

【家庭計劃】ga1ting4gei3wag6 (方) 計劃生育。

【家衰口不停】ga1sêu1heo2bed1ting4 (粵) 家道衰落，家庭成員之間整天吵吵鬧鬧。

【家和萬事興】ga1wo4man6xi6hing1 (粵) 家庭和睦，樣樣事都會遂心如意。

【家醜不出外傳】ga1ceo2bed1cêd1ngoi6 qun4 (粵) 家醜不可外揚。

【家家有本難唸嘅經】ga1ga1yeo5bun2nan4nim6gé3ging1 (粵) 家家都有一本難唸的經。比喻各家都有一些不便明言又難於解決的事情。

【家有一老，如有一寶】ga1yeo5yed1lou5，yu4yeo5yed1bou2 (粵) 形容老人對家庭十分重要。

傢 ga1 (ga1) [jiā] (通) 用於"傢什"、"傢伙"、"傢具"等詞。

【傢俬】ga1xi1 (粵) 傢具 ♦ 傢俬舖。

【傢俬雜物】ga1xi1zab6med6 (粵) 傢什；傢具。

假 ga2 (ga2) [jiǎ] (通) ❶不真實的；虛偽的；人造的 ♦ 假話 / 假肢 / 弄假成真。❷如果 ♦ 假如。❸借用；利用 ♦ 假手於人。(粵) ❶跟"就"連用，表示肯定或堅決的語氣 ♦ 唔嬲就假（不生氣才怪呢）/ 呢排落咁多雨，啲菜唔貴就假嘅（最近下那麼多雨，蔬菜不漲價才怪呢）。❷跟"連"連用，表示徒勞或無用的意思 ♦ 連資金都冇，講乜都假喇（沒有資金，說甚麼也是白搭）/ 做得咁辛苦，加人工都假（幹得這麼累，加工錢也划不來）。

【假假哋】ga2ga2déi6-2 (粵) 勉強算得上；畢竟還算是 ♦ 假假地都係阿頭（好賴也是個頭兒）。

☞ 另見 110 頁 ga3。

㗎 ga2 (ga2) (粵) 語助詞。表示疑惑不解 ♦ 冇錯㗎（沒錯的呀）/ 照計冇理由㗎（按說沒道理的呀）？

【㗎嗎】ga2ma3 (粵) 語助詞。表示強調語氣 ♦ 係我㗎嗎（本來就是我的嘛）。

☞ 另見 110 頁 ga3，ga4。

架 ga3 (ga3) [jià] (通) ❶搭；支撐 ♦ 架橋 / 架電線。❷抵擋 ♦ 招架。❸毆鬥；爭吵 ♦ 打架 / 吵架 / 勸架。❹用強力把人帶走 ♦ 綁架。❺量詞 ♦ 一架山 / 一架葡萄 / 一架飛機。(粵) 量詞。相當於"輛"、"台" ♦ 一架車 / 一架收音機。

【架步】ga3bou6 ❶ (方) 稱舞廳、夜總會等娛樂場所。❷ (方) 指非法營業的隱祕場所，如賭館、妓寨等 ♦ 色情架步（色情行當）。

【架𨋢】ga3cang1 (粵) 做某種活的一套工具 ♦ 鬥木架𨋢（一套木工工具）/ 連架𨋢都俾人執埋（連傢伙都給沒收掉了）。

【架構】ga3keo3 (粵) 框架；結構；機構 ♦ 整體架構 / 政府架構。

【架勢】ga3sei3 [jiàshi] (通) 姿態；姿勢 ♦ 擺開架勢。也作"架式"。(粵) ❶富麗堂皇，氣勢不凡 ♦ 嗰間大廈都幾架勢（那座大廈蠻氣派的）。點解今日着得咁架勢嘅（幹嘛今天穿得這麼威風）？❷心高氣傲，自命不凡 ♦ 好架勢咩（有甚麼了不起）/ 做咗經理都唔使咁架勢啩（當了經理也用不着這麼傲氣吧）？

駕（驾） ga3 (ga3) [jià] (通) ❶操縱；開動 ♦ 駕車 / 駕駛 / 駕輕就熟。❷敬辭。稱對方 ♦ 勞駕 / 大駕光臨。

【駕步】ga3bou6 (粵) 架勢；姿勢 ♦ 睇佢嘅駕步都唔似學過功夫喇（瞧他的架式，根本不像學過武功）。

嫁 ga³ (ga³) [jià] 通 ❶ 女子結婚 ♦ 出嫁 / 改嫁。❷ 轉移 ♦ 轉嫁 / 嫁禍於人。

【嫁雞隨雞，嫁狗隨狗】ga³gei¹cêu⁴gei¹, ga³geo²cêu⁴geo² 粵 女子既已出嫁，只好立定心腸隨夫過一輩子。

假 ga³ (ga³) [jià] 通 按規定或經批准暫時不工作或不學習的時間 ♦ 放假 / 請假 / 事假 / 病假。

【假單】ga³dan¹ 粵 假條 ♦ 叫醫生開張假單。

☞ 另見 109 頁 ga²。

㗎 ga³ (ga³) 粵 語助詞。❶ 表示疑問 ♦ 邊個話你知㗎（誰告訴你的）？❷ 表示肯定 ♦ 批貨唔錯㗎（這批貨不錯的）。❸ 表示選擇 ♦ 去唔去㗎（去還是不去）/ 難唔難㗎（難還是不難）？

【㗎喇】〈一〉ga³la¹ 粵 語助詞。表示無可奈何 ♦ 係咁㗎喇（是這樣的啦）/ 係人都會有錯㗎喇（人人都會犯錯誤的呀）。

〈二〉ga³la³ 粵 語助詞。❶ 表示提醒或規勸 ♦ 夠鐘㗎喇，仲唔快啲（夠鐘啦，還不快點）/ 好夜㗎喇，仲唔瞓覺（很晚啦，還不睡覺）？❷ 表示確信或認可 ♦ 佢識做㗎喇，你放心喇（他知道該怎麼做的，你放心好了）/ 呢次佢肯嚟，算唔錯㗎喇（這次他肯來，算不錯的啦）。

〈三〉ga³la⁴ 粵 語助詞。表示質疑或詫異 ♦ 幾百蚊咁快使完㗎喇（幾百塊錢這麼快就花光了）/ 九點㗎喇，瞓過龍喺（已經九點啦，瞧我睡過了頭）。

【㗎咋】〈一〉ga³za³ 粵 語助詞。表示勉強同意或應允 ♦ 俾你用一兩日㗎咋（只能給你用一兩天）。

〈二〉ga³za⁴ 粵 語助詞。表示嫌少 ♦ 得幾個人去㗎咋（才幾個人去哪）/ 一人一碗㗎咋（每人才一碗哪）。有時可省略"㗎"。

☞ 另見 109 頁 ga²；本頁 ga⁴。

㗎 ga⁴(ga⁴) 粵 語助詞。表示驚奇、疑問或反詰等語氣 ♦ 我冇㗎（我沒有的）/ 原來噉㗎（原來是這樣）。

☞ 另見 109 頁 ga²；本頁 ga³。

gab

夾（夹）gab² (gap²) 粵 口語音。夾子 ♦ 報夾 / 票夾 / 頂夾（頭髮卡子）/ 萬字夾（曲別針）。

☞ 另見本頁 gab³。

夾（夹）gab³ (gap⁸) （一）[jiā] 通 ❶ 從兩面加壓力 ♦ 夾攻 / 夾擊。❷ 處在兩者之間 ♦ 夾心 / 夾縫。❸ 攙雜 ♦ 夾敍夾議。❹ 夾東西的器具 ♦ 捲夾 / 文件夾。粵 ❶ 也作"合"。也讀 geb³。合得來 ♦ 班兄弟都幾夾（我的一班兄弟都挺合得來）。❷ 也作"合"。也讀 geb³。湊合；聚合 ♦ 夾錢（湊錢）/ 夾埋冇幾多（湊起來也沒多少）。❸ 兼；又…又… ♦ 平夾靚（價廉物美）/ 快夾妥（快捷妥當）。

【夾檔】gab³dong³ 粵 合夥做某事。也作"合檔" geb³dong³。

【夾份】gab³fen⁶⁻² 粵 ❶ 湊份子；合夥；合股 ♦ 夾份做生意（合夥做生意）。

❷ 分攤。也作“合份” geb^{3}fen$^{6-2}$。

【夾計】gab^{3}gei$^{3-2}$ [粵] 合謀；串謀♦夾計整蠱人（串謀捉弄人）。也作“合計” geb^{3}gei$^{3-2}$。

【夾硬】gab^{3}ngang$^{6-2}$ [粵] 硬是；愣來；強行♦佢夾硬迫咗入去（他硬是擠了進去）。也作“監硬” gam^{3}ngang$^{6-2}$。

【夾錢】gab^{3}qin$^{4-2}$ [粵] 湊錢；湊份子。也作“合錢” geb^{3}qin$^{4-2}$。

【夾心餅】gab^{3}sem^{1}béng^2 [粵] ❶ 夾心餅乾。❷ 比喻兩頭受氣，兩邊不討好。

【夾心人】gab^{3}sem^{1}yen^4 [方] 夾在中間，兩頭為難的人。

【夾夾埋埋】gab^{3}gab^{3}mai^{4}mai^4 [粵] 全加在一起♦夾夾埋埋唔夠五十人（全加在一起不足五十人）。

【夾慣夾熟】gab^{3}guan^{3}gab^{3}sug^6 [粵] 配合慣了，非常默契。

【夾心階層】gab^{3}sem^{1}gai^{1}ceng^4 [方] 中產階級；中等收入家庭。

【夾手夾腳】gab^{3}seo^{2}gab^{3}gêg^3 [粵] 一齊動手，互相配合♦大家夾手夾腳，唔使一個上晝就搞啱（大家密切配合，不用一個上午就弄妥了）。也作“合手合腳” geb^{3}seo^{2}geb^{3}gêg^3。

（二）[jiá] [通] 雙層的衣物♦夾褲 / 夾襖 / 夾被。

☞ 另見 110 頁 gab^2。

挾（挟） gab^3 (gap^8) [jiā] [通] 夾在腋下或指間♦挾帶。[粵] 搛；用筷子夾♦挾嚐雞試吓（搛一塊雞嚐嚐）。

【挾餸】gab^{3}sung^3 [粵] 搛菜；夾菜。

☞ 另見 131 頁 gib^6。

gad

甲 gad^6/ged^6 (gat^9/gɐt^9)

【甲甴】gad^{6}zad^6 [粵] 蟑螂；偷油婆。也讀 ged^{6}zed^6。

gag

胳 gag^3 (gak^8) [gā]

【胳肋底】gag^{3}lag^{1}dei^2 [粵] 胳肢窩；腋窩。

格 gag^3 (gak^8) [gé] [通] ❶ 隔成的空欄或框子♦格子 / 方格 / 表格。❷ 規矩；標準♦合格 / 資格 / 價格 / 破格提升。❸ 一定的結構或式樣♦規格。❹ 品質；作風♦人格 / 品格 / 風格 / 別具一格。❺ 打；擊♦格殺勿論。[粵] ❶ 竇點；祕密場所♦毒格（祕密吸毒的地方）/ 爆格（端掉非法活動場所）。❷ 也作“嗠”。語助詞。表示與估計或判斷相反♦計正啱格（按説對的呀）/ 照計唔會錯格（按説不會弄錯的呀）。❸ 也作“嗠”。語助詞。表示不在乎♦冇嘢格，俾錢之嘛（這算啥，給錢罷了）。

【格價】gag^{3}ga^3 [方] 比較價格高低。

隔 gag^3 (gak^8) [gé] [通] ❶ 遮斷；分開♦阻隔 / 分隔。❷ 有距離；不連接♦隔日 / 隔世 / 相隔千里。[粵] 過濾♦隔一隔藥渣（把藥渣過濾一下）。

【隔籬】gag^{3}léi^4 [粵] ❶ 隔鄰；隔壁♦隔籬房（隔壁房間）/ 隔籬冇人喺屋企

(隔壁沒有人在家)。❷ 旁邊；附近 ♦ 佢就坐喺我隔籬(他就坐在我旁邊)/我就住喺佢隔籬冇幾遠(我就住在他附近沒多遠)。

【隔籬飯香】gag3léi4fan6hêng1 (粵) 鄰居的飯菜特別香。通常只用來表示孩子多數喜歡吃鄰家的飯，也含有"東西總是人家的好"的意思。

【隔籬鄰舍】gag3léi4lên4sé3 (粵) 鄰居；街坊；左右四鄰。

【隔山買牛】gag3san1mai5ngeo4 (粵) 比喻沒親眼見過貨樣就瞎買。

【隔夜油炸鬼】gag3yé6yeo4za3guei2(歇)冇厘火氣 mou5léi4fo2héi3。(粵) 比喻性格軟弱或很有修養，不會隨便發脾氣。

gai

街 gai1 (gai1) [jiē] (通) 街道；街市 ♦ 街頭/大街小巷/出咗街未返(上街去了沒回來)。

【街邊】gai1bin1 (粵) 路旁；馬路邊 ♦ 擺街邊(在馬路旁擺賣)/街邊檔(在路邊擺賣攤位)。

【街斗】gai1deo2 (粵) 指可穿街過巷的小型貨車。

【街口】gai1heo2 (粵) 馬路口 ♦ 離街口冇幾遠就有間藥材舖(離馬路口沒多遠就有一間中藥舖)。

【街喉】gai1heo4 (粵) 設在馬路邊上的公共自來水管或滅火龍頭。

【街招】gai1jiu1 (粵) 貼在街上的廣告、招貼、啟事、海報之類。

【街市】gai1xi5 [jiēshì] (通) 指商店較集中的市區。(粵) 特指菜市場 ♦ 街市佬(菜市小販)。

【街坊大姐】gai1fong1dai6zé2 (粵) 稱搞街道工作的婦女。

【街知巷聞】gai1ji1hong6men4 (粵) 指事情已在普通百姓中廣泛傳開。也說"街知巷名" gai1ji1hong6ming4。

皆 gai1 (gai1) [jiē] (通) 都；都是 ♦ 皆大歡喜/盡人皆知。

【皆因】gai1yen1 (粵) 完全由於；都是因為 ♦ 佢落到呢種地步，皆因自細冇人教(他落得這種結果，都是因為從小就沒人對他進行管教)。

階 (阶) gai1 (gai1) [jiē] (通) ❶ 台階 ♦ 門階/石階/階下囚。❷ 等級 ♦ 官階/軍階。

【階磚】gai1jun1 (粵) ❶ 地板磚。❷ 指撲克牌中的方塊。

解 gai2 (gai2) [jiě] (通) ❶ 分開 ♦ 分解/瓦解/難解難分。❷ 將扣或結打開 ♦ 解開衫紐(解開衣扣)/解開條繩(把繩子解開)。❸ 除去 ♦ 解除/解約。❹ 調停 ♦ 勸解/調解/和解。❺ 分析；說明 ♦ 解說/註解/見解。❻ 明白；知道 ♦ 理解/誤解/一知半解。❼ 演算 ♦ 解題/解法。❽ 排泄大小便 ♦ 解手/大解/小解。(粵) ❶ 解釋 ♦ 呢句詩我真係唔明，你解俾我聽聽(這句詩我真的不明白是甚麼意思，請你給我解釋解釋)。❷ 理由；道理 ♦ 你都冇解嘅(你真不講道理)。

【解究】gai2geo3 (粵) 究竟何因。(更多用於表示辦法，如"冇乜解究？")

【解籤】gai2qim1 (粵) 解釋籤文。

【解明解白】gai²ming⁴gai²bag⁶ [粵] 解釋清楚；明白解釋。

介 gai³ (gai³) [jiè] [通] ❶ 在兩者之間♦中介／媒介。❷ 放在心裏♦不足介懷。❸ 耿直；有骨氣♦耿介。❹ 特指介紹♦產品簡介。❺ 量詞♦一介書生。

【介乎】gai³fu⁴ [粵] 介於♦介乎兩者之間。

戒 gai³ (gai³) [jiè] [通] ❶ 戒除♦戒煙／戒酒。❷ 防備♦戒驕戒躁。❸ 佛教戒規♦戒律／受戒／破戒。❹ 戒指的省稱♦鑽戒。

【戒口】gai⁶heo² [粵] 忌口；忌嘴。

【戒奶】gai³nai⁵ [粵] 斷奶。

鎅 gai³ (gai³) [粵] 也作"剕"。鋸、割、切、裁♦鎅木／鎅玻璃／因住鎅嚫手（當心別把手割破）。

【鎅花】gai³fa¹ [粵] ❶ 用尖利的東西劃、割♦鎅花佢塊面（劃破她的臉）。❷ 廚藝之一種，指用刀在魚肉等淺切條紋。

gam

監（监） gam¹ (gam¹) [jiān] [通] ❶ 從旁察看♦監控。❷ 牢獄♦男監／探監。[粵] 強迫；勉強♦監佢食藥（強迫他服藥）／佢冇興趣，你監佢學都冇用（他沒這個興趣，你勉強他去學也沒用）。

【監倉】gam¹cong¹ [粵] 監獄；監牢。

【監躉】gam¹den² [粵] 囚犯。也用來罵人♦你個死監躉（你這個壞蛋胚子）。

【監人賴厚】gam¹yen⁴lai⁶heo⁵ [粵] 譏諷不知羞恥地自認某人知己的人。

【監人食死貓】gam¹yen⁴xig⁶séi²mao¹ [粵] 諉過於人；強迫某人承認曾經做過某事。參見"抓死貓"條。

☞ 另見本頁 gam³。

減（减） gam² (gam²) [jiǎn] [通] ❶ 從一定數量中去掉一部分♦縮減／削減／偷工減料。❷ 降低；衰退♦不減當年。[粵] 將碗、碟裏的食物分出一些，相當於"撥"、"扒拉"♦咁大碗我點食得晒吖，減啲俾你喇（滿滿一大碗，我哪吃得完，給你扒拉點吧）。

【減磅】gam²bong⁶⁻² [方] 體重減輕。喻解減輕負擔。

【減實】gam²sed⁶ [粵] 減至最低價♦減實都要七蚊一斤（至少得七塊錢一斤）。

監（监） gam³ (gam³) [jiàn] [通] 帝王時代的官名或官府名♦太監／國子監。[粵] 趁着。多指在某種情況下硬幹某事♦監熱飲（趁熱喝）／監生瘞埋（活埋；趁還沒有死就埋掉）。

【監硬】gam³ngang⁶⁻² [粵] 同"夾硬"gab³ ngang⁶⁻²。

【監生】gam³sang¹ [粵] 同"夾生"gab³ sang¹。

【監粗嚟】gam³cou¹lei⁴ [粵] 胡來；硬幹；蠻幹♦監粗嚟唔得嘅（胡來是不行的）。

☞ 另見本頁 gam¹。

鑑（鉴） gam³ (gam³) [jiàn] [通] ❶ 鏡子♦銅鑑。❷ 照♦光

可鑑人 / 水清可鑑。❸ 審察；細看 ◆ 鑑別真偽。❹ 警戒；教訓 ◆ 鑑戒 / 借鑑 / 前車之鑑。

【鑑證】gam^{3}jing^{3} [粵] 鑑定證明。

gan

奸 gan^{1} (gan^{1}) [jiān] [通] ❶ 奸詐；虛偽 ◆ 老奸巨滑。❷ 出賣國家或民族利益的人 ◆ 奸臣 / 漢奸 / 內奸。[粵] 賴皮 ◆ 唔准咁奸（不許這麼賴皮）。

【奸角】gan^{1}gog^{3} [粵] 反派角色；反面人物 ◆ 演奸角。

【奸賴】gan^{1}lai$^{6-3}$ [粵] 耍賴皮；耍花招。

【奸貓】gan^{1}mao^{1} [粵] 賴皮傢伙 ◆ 呢隻正奸貓嚟嘅（十足的賴皮傢伙）。也説“奸賴貓” gan^{1}lai$^{6-3}$mao^{1}。

【奸相】gan^{1}sêng^{3} [粵] 陰險狡猾的面孔。

【奸仔】gan^{1}zei^{2} [粵] 小滑頭。

間（间）gan^{1} (gan^{1}) [jiān] [通] ❶ 一定的時空範圍 ◆ 空間 / 民間 / 晚間。❷ 介於兩事物之中的地位 ◆ 中間 / 朋友之間 / 居間調停。❸ 房屋內隔成的部分 ◆ 房間 / 單間 / 太平間。❹ 量詞。用於房間 ◆ 一間書房 / 三間卧室。[粵] 量詞。用法較廣，相當於“所”、“個”、“家” 等 ◆ 一間屋（一所房子）/ 一間房（一個房間）/ 一間銀行（一家銀行）。

☞ 另見本頁 gan^{3}。

揀（拣）gan^{2} (gan^{2}) [jiǎn] [通] ❶ 挑選 ◆ 挑揀 / 挑肥揀瘦。❷ 同“撿”。拾取。[粵] 挑選；選擇。用法較普通話普遍 ◆ 任揀唔嬲（無所謂的，請隨便挑選）/ 左揀右揀，揀個爛燈盞（挑來挑去，最終還是挑了個差的。常用來揶揄別人擇偶要求條件太高，終歸不能得償所願）。

【揀客】gan^{2}hag^{3} [粵] 指出租車司機挑揀乘客搭載。

【揀飲擇食】gan^{2}yem^{2}zag^{6}xig^{6} [粵] 挑吃揀喝，尤指小孩子挑吃、偏食。

硷 gan^{2} (gan^{2}) [jiǎn] [通] ❶ 含氫氧根的一類化學物質 ◆ 燒硷（氫氧化鈉）。❷ 碳酸鈉俗稱純硷，可用作洗滌劑，也可用來發麵，方言省稱“堿” ◆ 用硷揦吓啲牛肉先至炒，食起嚟嫩滑啲（牛肉先用純硷處理一下再炒，吃起來沒那麼粗）。

梘（枧）gan^{2} (gan^{2}) [粵] 肥皂 ◆ 香梘（香皂）/ 番梘（肥皂）/ 洗衫梘（洗衣皂）。

間（间）gan^{3} (gan^{3}) [jiàn] [通] ❶ 空隙 ◆ 間隙 / 親密無間。❷ 隔開；不連接 ◆ 黑白相間。^{3}挑撥使不和 ◆ 離間 / 反間計。^{4}拔除多餘的苗 ◆ 間苗。[粵] ❶ 隔開 ◆ 喺廳度間多個房（在廳裏隔出一個房間來）。❷ 依着尺子劃線條 ◆ 喺正中位置間一條線（在正中央劃一條直線）。

【間格】gan^{3}gag^{3} [粵] 打格子。

【間中】gan^{3}zung^{1} [粵] 間或；偶爾；有時候。

☞ 另見本頁 gan^{1}。

gang

耕 gang^{1} (gaŋ^{1}) [gēng] [通] ❶ 用犁把土翻鬆 ◆ 耕地 / 春耕 / 深耕細作。❷ 比喻為謀生而從事某種勞動

♦ 筆耕。[粵] ❶ 棉胎上的線網。❷ 蜘蛛絲。

【耕田】gang¹tin⁴ [gēngtián] [通] 耕地 ♦ 牛耕田，馬吃草。[粵] 種田 ♦ 耕田佬（種田人）。

更 gang¹ (gaŋ¹) [gēng] [通] 舊時一夜分五更 ♦ 打更 / 初更 / 更深人靜 / 半夜三更。[粵] 班；班次 ♦ 當更（值班）/ 輪更（輪班）/ 按每更八小時工作計（按每個班次八小時工作計算）。

☞ 另見 295 頁 ngeng³。

gao

交 gao¹ (gau¹) [jiāo] [通] ❶ 付給；繳納 ♦ 交給 / 交稅 / 移交。❷ 相連接；相接觸 ♦ 交點 / 交頭接耳 / 春夏之交。❸ 互相 ♦ 交相輝映。❹ 結交；交往 ♦ 交友 / 社交 / 世交。❺ 性交；交配 ♦ 交媾 / 濫交 / 雜交。❻ 一齊；同時 ♦ 內外交困 / 貧病交加 / 驚喜交集。❼ 同"跤"。跟頭 ♦ 摔交 / 跌交。

【交波】gao¹bo¹ [粵] ❶ 傳球。❷ 比喻遇事互相推諉，相當於"踢皮球"。

【交帶】gao¹dai³ [粵] ❶ 交代；吩咐 ♦ 係老闆交帶要噉做嘅（是老闆交代要這樣做的）。❷ 盡責；對某事負責 ♦ 做嘢冇啲交帶唔得嘅（做事情不盡責是不成的）。

【交低】gao¹dei¹ [粵] 留下來 ♦ 佢臨走前交低封信俾你（她臨走的時候給你留了一封信）。

【交付】gao¹fu⁶ [jiāofù] [通] 交給；付給 ♦ 交付罰金。[粵] 稱在貨倉等專門負責發貨工作的人 ♦ 佢個仔而家喺集裝箱公司做交付（他兒子現在在集裝箱公司負責發貨工作）。

【交更】gao¹gang¹ [粵] 交班；交接班；把工作交給下一班。

【交關】gao¹guan¹ [粵] 厲害；夠嗆 ♦ 熱得交關（熱得夠嗆）/ 曳得交關（非常調皮搗蛋）。

【交投】gao¹teo⁴ [粵] 股票市場的成交情況 ♦ 交投活躍。

【交足功課】gao¹zug¹gung¹fo³ [方] 盡心盡力；功夫做到家。

郊 gao¹ (gau¹) [jiāo] [通] 城市周圍的地區 ♦ 城郊 / 四郊。

【郊菜】gao¹coi³ [粵] 郊區所產的新鮮蔬菜 ♦ 要一碟郊菜。

膠（胶） gao¹ (gau¹) [jiāo] [通] ❶ 某些帶黏性的物質 ♦ 乳膠 / 魚膠 / 萬能膠。❷ 指橡膠 ♦ 膠墊 / 膠轆（橡膠輪子）。❸ 像膠一樣帶黏性的 ♦ 膠泥。❹ 黏住 ♦ 膠合板 / 膠着狀態。[粵] ❶ 塑膠 ♦ 膠粒（塑膠粒）。❷ 使含膠質 ♦ 起膠。

【膠袋】gao¹doi⁶⁻² [粵] 塑膠袋。也說"膠紙袋" gao¹ji²doi⁶⁻²。

搞 gao² (gau²) [gǎo] [通] 做；幹；辦；弄 ♦ 亂搞 / 胡搞 / 搞展覽 / 搞出個名堂。

【搞錯】gao²co³ [粵] 弄錯 ♦ 有冇搞錯（有沒有弄錯。常用於對方出現差錯或發生誤會時表示埋怨、責備）。

【搞掂】gao²dim⁶ [粵] ❶ 辦妥；弄妥 ♦ 手續仲未搞掂（手續還沒辦妥）。

❷ 行了；得了 ♦ 我一個人搞啱（我一個人就行了）。

【搞法】gao²fad³ [gǎofǎ] 通 做事的方式、方法 ♦ 噉搞法得唔得㗎（這麼弄成不成呀）？

【搞基】gao²géi¹ 粵 男性同性戀；雞姦。

【搞鬼】gao²guei² 通 搗鬼 ♦ 暗中搞鬼 / 係邊個喺度搞鬼呢（究竟是誰在搗鬼）？

【搞清】gao²qing¹ 粵 弄清楚 ♦ 先搞清究竟乜嘢回事（先弄清楚到底是怎麼回事）。

【搞事】gao²xi⁶ 粵 滋事；鬧事。

【搞笑】gao²xiu³ 粵 逗笑；製造笑料以博人一笑 ♦ 搞笑片（輕鬆、逗笑的電影）。也作"攪笑"。

【搞搞震】gao²gao²zen³ 粵 瞎胡鬧；亂起哄 ♦ 快啲行開，咪喺度搞搞震（快走開，別在這裏瞎胡鬧）。也作"攪攪震"。

【搞唔掂】gao²m⁴dim⁶ 粵 應付不了；顧不過來 ♦ 嗰班娃鬼，你實搞唔掂啫（那班小淘氣，你肯定對付不了）/ 咁大嘅工程，佢一個人搞唔掂嘅（這麼大的工程，他一個人顧不過來的）。

【搞乜鬼】gao²med¹guei² 粵 搞甚麼名堂。

【搞橫咗】gao²wang¹zo² 粵 弄糟了；砸鍋了。也說"搞𢫏咗" gao²wo⁵zo²。

【搞風搞雨】gao²fung¹gao²yu⁵ 粵 興風作浪，製造事端、矛盾或混亂。

【搞是搞非】gao²xi⁶gao²féi¹ 粵 播弄是非，挑撥離間。

【搞出個大頭佛（鬼）】gao²cêd¹go³dai⁶teo⁴fed⁶ (guei²) 粵 惹出亂子、麻煩。

攪（搅）gao² (gau²) [jiǎo] 通 ❶ 攪拌 ♦ 攪動 / 攪勻 / 攪吓先飲（攪一攪再喝）。❷ 擾亂 ♦ 攪擾 / 胡攪蠻纏。

【攪珠】gao²ju¹ 粵 搖珠；搖出中獎號碼。

【攪笑】gao²xiu³ 粵 同"搞笑"。

【攪攪震】gao²gao²zen³ 粵 同"搞搞震"。

【攪屎棍】gao²xi²guen³ 粵 ❶ 指喜歡播弄是非、挑撥離間的人。❷ 指多手多腳、愛惹麻煩的頑童。❸ 指小題大做、搬弄口舌的行為。

鉸（铰）gao³/gao² (gau³/gau²) [jiǎo] 通 ❶ 用剪刀剪 ♦ 把繩子鉸斷。❷ 用鉸刀切削 ♦ 鉸孔。粵 合葉；鉸鏈 ♦ 門鉸 / 釘個鉸。

【鉸剪】gao³jin² 粵 剪刀；剪子。也作"較剪"。

較（较）gao³ (gau³) [jiào] 通 ❶ 比較 ♦ 計較 / 兩者相較。❷ 表示具有一定的程度 ♦ 較好 / 較熟。粵 ❶ 骨頭的關節部分 ♦ 牙較（牙臼）/ 甩較（脫臼）。❷ 類似骨關節的器物 ♦ 門較（安在門上的合葉）。

【較腳】gao³gêg³ 粵 ❶ 撒丫子；溜之大吉。❷ 指偷渡。❸ 指逃學。

【較剪】gao³jin² 粵 同"鉸剪"。

【較早時】gao³zou²xi⁴ 粵 早些時候 ♦ 較早時佢仲喺度（早些時候他還在）。

校 gao³ (gau³) [jiào] 通 ❶ 訂正 ♦ 校訂 / 校稿子。❷ 比較 ♦ 校場。

㊣ 調校；校正 ♦ 校吓個錶（把錶調一調）/ 校細聲啲（把音量調小一點）/ 校快五分鐘（撥快五分鐘）。

【校味】gao³méi⁶ ㊣ 調味。也作“較味”。

【校色】gao³xig¹ ㊣ 調色。

【校鐘】gao³zung¹ ㊣ ❶ 按標準時間校對時鐘。❷ 把鬧鐘調至所需時間。

【校水沖涼】gao³sêu²cung¹lêng⁴ ㊣ 把冷、熱水兑至合適溫度用來洗澡。

教 gao³ (gau³) [jiào] ㊣ ❶ 指導；訓誨 ♦ 教誨 / 管教 / 請教。❷ 宗教 ♦ 道教 / 佛教 / 信教。❸ 同“叫”。使；令；讓 ♦ 教他別走 / 教高山低頭。

【教飛】gao³féi¹ ㊣ ❶ 糟蹋；浪費 ♦ 搦我嘅血汗錢去教飛（拿我的血汗錢去亂花）。❷ 當試驗品 ♦ 咪攞我條裙教飛（不要取了我的裙子去當試驗品）。

【教曉】gao³hiu² ㊣ 教人學會某種技能；教人弄懂某種知識 ♦ 教曉徒弟，餓死師父。也作“教會”gao³wui⁵。

【教識】gao³xig¹ ㊣ 讓人了解、明白 ♦ 教識你做人咋（讓你明白做人的道理）。

【教精】gao³zéng¹ ㊣ 使人變得精乖。

覺（觉）gao⁴ (gau⁴) ㊣ 口語變音 ♦ 瞓覺覺（睡覺覺）。

【覺覺豬】gao⁴gao⁴⁻¹ju¹ ㊣ 對小兒語。❶ 睡覺覺 ♦ 快啲去覺覺豬喇（快睡覺覺去吧）。❷ 睡懶覺 ♦ 咁晏仲覺覺豬吖（很晚了，還在睡懶覺）。

☞ 另見 137 頁 gog³。

gé

嘅 gé² (gɛ²) ㊣ 語助詞。表示反詰、疑問、贊同、肯定 ♦ 噉都有嘅（竟有這種事）/ 點解你唔去嘅（為甚麼你不去呢）/ 搭直通車都好嘅（乘坐直通車也好）。

☞ 另見本頁 gé³。

嘅 gé³ (gɛ³) ㊣ ❶ 助詞。表示領屬、修飾、限定等，相當於“的” ♦ 我嘅皮包 / 燦爛嘅陽光。❷ 語助詞。表示判斷，相當於“的” ♦ 呢啲地方唔係我哋去嘅（這種地方不是我們能去的）/ 咁好嘅節目佢實冇走雞嘅（這麼好的節目他肯定不會錯過的）。

【嘅啫】gé³zé¹ ㊣ 語助詞。表示反詰、責難、申辯 ♦ 你噉即係瘀我嘅啫（你這不是在挖苦我嗎）/ 佢唔俾面我，我都會唔俾面佢嘅啫（他不給我面子，我也會不給他面子的）。

【嘅唧】gé³zég¹ ㊣ 語助詞。❶ 表示疑問，語氣有點不耐煩 ♦ 你做完未嘅唧，個個喺度等緊你嚟（你到底做完了沒有？大家都在等着你呢）。❷ 表示事情的確如此，語氣比較婉轉 ♦ 係佢做嘅唧，仲想唔認（是他幹的，還想否認）？

☞ 另見本頁 gé²。

gê

鋸（锯）gê³ (gœ³) ㊣ 口語音 ♦ 遞把鋸俾我 / 鋸斷塊板。

【鋸扒】gê³pa² ⑧ 吃牛排、豬排◆今晚請你去鋸扒。

啹 gê⁴ (gœ⁴) ⑧ 順心；服氣◆個心唔啹喇（心裏憋氣）/ 呢次你心啹喇（這回你順心了吧）/ 輸咗俾佢真係唔啹（輸給了他，心裏真不服氣）。

geb

急 geb¹ (gɐp⁷) [jí] ⑧ ❶ 着急；焦急◆性急 / 心急 / 急住（着）要走。❷ 使着急◆火車就嚟開嘞，佢仲未嚟，真係急死人（火車就要開了還沒見他來，真急死人）。❸ 急躁；易怒◆有話慢慢説，別急。❹ 急促；迅猛◆急行軍 / 急轉彎 / 水流好急。❺ 迫切；緊迫◆急事 / 急件 / 急起直追。❻ 迫切的需要；緊迫的情況◆告急 / 應急 / 當務之急。⑧ 人排泄之不可忍◆屎急 / 尿急 / 人有三急（拉屎、拉尿、放屁）。

【急涷】geb¹dung³ ⑧ 速凍◆急凍食品。

【急尿】geb¹niu⁶ ⑧ 憋尿。

【急屎】geb¹xi² ⑧ 憋屎。

【急急腳】geb¹geb¹gêg³ ⑧ 快步走；行色匆匆◆急急腳趕返屋企（急急忙忙地趕回家裏）。

【急口令】geb¹heo²ling⁶ ⑧ 繞口令。

【急不及待】geb¹bed¹keb⁶doi⁶ ⑧ 迫不及待。

【急時抱佛腳】geb¹xi⁴pou⁵fed⁶gêg³ ⑧ 急來抱佛腳。也説“臨急抱佛腳”lem⁴geb¹pou⁵fed⁶gêg³。

【急驚風遇着慢郎中】geb¹ging¹fung¹yu⁶zêg⁶man⁶long⁴zung¹ ⑧ 對別人慢條斯理的德性看不慣而表示埋怨。

合 geb³ (gɐp⁸)

【合檔】geb³dong³ ⑧ 同“夾檔”。

【合計】geb³gei³⁻² ⑧ 同“夾計”。

【合埋】geb³mai⁴ ⑧ 同“夾埋”。

【合錢】geb³qin⁴⁻² ⑧ 同“夾錢”。

【合手合腳】geb³seo²geb³gêg³ ⑧ 同“夾手夾腳”。

☞ 另見 164 頁 heb⁶；179 頁 ho⁴。

趿 geb⁶ (gɐp⁹) ⑧◆盯◆趿實佢（緊盯住他）。

【趿住】geb⁶ju⁶ ⑧ ❶ 盯着；監視着◆趿住嗰條靚仔（盯住那個小子）/ 老細派人喺度趿住（老闆派人來這裏監視着）。❷ 掐着；密切注意◆趿住吓啲時間（掐算着時間）/ 幫我趿住盤數（替我關照着賬目）。

ged

吉 ged¹ (gɐt⁷) [jí] ⑩ 吉利；吉祥◆吉兆 / 凶多吉少 / 萬事大吉。⑧ ❶ 空的（方言“凶”“空”同音，故以“吉”代“空”）◆吉屋（空房子）/ 吉樓（空樓）。❷ 空的；虛的◆得個吉（一無所得）。

【吉身】ged¹sen¹ ㊍ 單身；獨身◆佢三十幾仲係吉身（他三十幾歲了，還是單身一個）。

【吉人天相】ged¹yen⁴tin¹sêng³ ⑧ 好人自有上天保祐◆佢吉人天相，唔會有事嘅（他好人自有上天保祐，不會有事的）。

桔 ged^{1} (gɐt^{7}) [jú] [通]"橘"的俗字。[粵] 桔子；桔子樹 ◆ 唔知點解，今年嘅桔特別貴（今年桔子賣得特別貴，不知為甚麼）/ 買番盆桔過年（過年了，買一盆桔子樹回家擺一擺）。

拮 ged^{1} (gɐt^{7}) [粵] 也作"刦"。刺；穿；扎 ◆ 拮個窿（穿個孔）/ 拮穿條軚（把輪胎戳穿了）/ 拮嚫手指（扎了手指）。

【拮肉】ged^{1}yug^{6} [粵] 扎身子，指布料粗糙使人產生如刺如扎的感覺。

趷 ged^{6} (gɐt^{9}) [粵] 也作"𧺫"或"趌"。❶ 走路一瘸一拐 ◆ 行路趷趷吓（走路一拐一拐的）。❷ 抬高或翹起肢體的某一部分 ◆ 趷起囉柚（撅起屁股）/ 趷高腳仲係唔夠高（踮起腳還是夠不着）。❸ 單腳跳。❹ 走；滾 ◆ 你同我趷開（你給我滾）。

【趷腳】ged^{6}gêg^{3} [粵] 一拐一拐地走路。

【趷路】ged^{6}lou^{6} [粵] 滾蛋。

【趷跛跛】ged^{6}bei^{1}bei^{1} [粵] 單足跳，一種兒童遊戲。

【趷起身】ged^{6}héi^{2}sen^{1} [粵] 欠起身；爬起身 ◆ 趷起身聽電話（欠起身來接電話）/ 半夜仲趷起睇波（半夜還爬起來看球賽）。

【趷高條尾】ged^{6}gou^{1}tiu^{4}méi^{5} [粵] ❶ 翹起尾巴。❷ 比喻驕傲自大。

gêd

噱 gêd^{4} (gœt^{4})

【噱噱聲】gêd^{4}gêd$^{4-2}$séng^{1} [粵] 形容熟睡時發出的呼嚕聲 ◆ 佢瞓到噱噱聲（他睡得很熟）。

☞ 另見 209 頁 kêg^{6}。

gêg

腳（脚） gêg^{3} (gœk^{8}) [jiǎo] [通] ❶ 人或動物腿下端的部分 ◆ 腳尖 / 赤腳。❷ 東西的最下部 ◆ 山腳 / 牆腳 / 高腳杯。❸ 殘渣；剩餘物 ◆ 酒腳 / 下腳料。[粵] ❶ 腳；腿 ◆ 腳痛 / 長腳蜢（長腿的人）。❷ 動物的爪子、蹄子 ◆ 雞腳（雞爪子）/ 豬腳（豬蹄子）。❸ 賭局或遊戲的人手 ◆ 搵腳（找人手）/ 唔夠腳（人手不夠）/ 麻雀腳（打麻將的人手）。❹ 同 [通]❸，用法更廣 ◆ 茶腳（茶渣）/ 飯腳（剩飯）/ 餸腳（剩菜）。

【腳板】gêg^{3}ban^{2} [粵] 腳掌 ◆ 大腳板。

【腳底】gêg^{3}dei^{2} [粵] 腳掌 ◆ 揇腳底（搔腳掌）。

【腳架】gêg^{3}ga$^{3-2}$ [粵] 照相機用的三腳架。

【腳甲】gêg^{3}gab^{3} [粵] 腳趾甲 ◆ 剪腳甲。

【腳骹】gêg^{3}gao^{3} [粵] 腳腕子 ◆ 扭嚫腳骹（扭傷了腳腕子）。

【腳瓜】gêg^{3}gua^{1} [粵] 腿肚子；腓腸肌。

【腳棍】gêg^{3}guen^{3} [粵] 同"腳骨"。

【腳骨】gêg^{3}gued^{1} [粵] 小腿；腿桿子 ◆ 打出腳骨（露出小腿）。

【腳趾】gêg^{3}ji^{2} [jiǎozhǐ] [通] 腳前端的分支 ◆ 腳趾公（腳拇趾）/ 腳趾尾（腳小趾）/ 腳趾罅（腳趾縫）。

【腳面】gêg^{3}min$^{6-2}$ [粵] 腳背。

【腳眼】gêg^{3}ngan^{5} [粵] 踝子骨。

【腳坳】gêg^{3}ngao^{3} [粵] 膕窩；膝的後部。

【腳心】gêg3sem1 [jiǎoxīn] (通) 腳掌的中央部分。

【腳肚】gêg3tou5 (粵) 腿肚子。

【腳魚】gêg3yu4–2 (粵) 鱉；甲魚；王八。

【腳軟】gêg3yun5 (粵) 腿發軟。

【腳踭】gêg3zang1 (粵) 腳後跟。

【腳掣】gêg3zei3 (粵) 腳刹；汽車等用腳控制的掣動裝置。

【腳震】gêg3zen3 (粵) 腿發顫，形容非常害怕。

【腳板底】gêg3ban2dei2 (粵) 腳掌。

【腳骨力】gêg3gued1lig6 (粵) 腳力；兩腿的力氣；走路的耐久力 ♦ 佢咁老仲幾好腳骨力（他年紀這麼大，可腳力相當好）。

【腳步浮浮】gêg3bou6feo4feo4 (粵) 因身體虛弱，走起路來腳步輕飄飄的感覺。

【腳踏兩條船】gêg3dab6lêng5tiu4xun4 (粵) 腳踏兩隻船，比喻兩下裏都佔着。

gei

雞（鸡）gei1 (gɐi1) [jī] (通) 家禽。品種很多，公雞會啼叫報曉，母雞能生蛋。(粵) ❶ 哨子 ♦ 吹雞（吹哨子）/ 銀雞一響（哨子一響）。❷ 扳機 ♦ 擙雞（扣扳機）。❸ 妓女 ♦ 做雞（當妓女）/ 叫雞（召妓；嫖妓）。❸ 不濟事、沒有用處、失靈 ♦ 雞雞哋。

【雞竇】gei1deo3 (粵) ❶ 雞窩。❷ 女子賣淫的場所。

【雞乸】gei1na2 (粵) 母雞。

【雞噉腳】gei1gem2gêg3 (粵) 諷刺聞風先逃或急急忙忙溜走。

【雞乸竇】gei1na2deo3 (粵) 形容蓬頭亂髮。

【雞屙尿】gei1o1niu6（歇）少有；少見 xiu2yeo5 / xiu2gin3 (粵) 比喻稀有或罕見。

【雞仔餅】gei1zei2béng2 (粵) 廣東名土特產。用糖和肉做餡，味兼甜鹹。

【雞啄唔斷】gei1dêng1m4tün5 (粵) 形容説話沒完沒了，令人生厭。

【雞毛鴨血】gei1mou4ngab3hüd3 (粵) 亂糟糟；一塌糊塗。

【雞手鴨腳】gei1seo2ngab3gêg3 (粵) 笨手笨腳；毛手毛腳。

【雞碎咁多】gei1sêu3gem3dê1 (粵) 這麼一點點；仨瓜倆棗的。

【雞同鴨講】gei1tung4ngab3gong2 (粵) 相當於"啞巴説聾子聽"。❶ 指跟操不同方言的人交談，彼此誰也聽不懂。❷ 指跟不明事理的人作解釋，怎麼也説不通。

【雞仔媒人】gei1zei2mui4yen4–2 (粵) ❶ 愛管閒事的人。❷ 多管閒事；做吃力不討好的事 ♦ 做埋晒啲雞仔媒人，有乜謂嚐（管那麼多閒事，有啥用）？

【雞食放光蟲】gei1xig6fong3guong1cung4–2（歇）心知肚明 sem1ji1tou5ming4 (粵) 斑鳩吃螢火蟲——肚裏明。比喻心中知道得一清二楚。

【雞乸咁大隻字】gei1na2gem3dai6zég3ji6 (粵) 斗大的字。

【雞髀打人牙骹軟】gei1béi2da2yen4nga4gao3yun5 (粵) 吃了人家的嘴軟。

【雞蛋摸過輕四兩】gei1dan6–2mo1guo3héng1séi3lêng5–2 (粵) 雁過拔毛。比喻

貪得無厭，凡經手的財物都要分佔一點。

【雞春咁密都菢出仔】gei¹cên¹gem³med⁶ dou¹bou⁶cêd¹zei² [粵] 比喻祕密保守得再嚴終究也會洩露。

偈 gei² (gɐi²) [粵] 話 ♦ 傾偈(談話)/傾閒偈(閒談)。

【偈油】gei²yeo⁴ [粵] 柴油；機器潤滑油。

計(计) gei² (gɐi²) [粵] 口語變音。計謀；辦法；主意 ♦ 好計(妙計)/冇計(沒辦法)/屎計(餿主意)/矮仔多計(矮子計謀多)。

【計仔】gei²zei² [粵] 計謀；辦法；主意 ♦ 諗計仔(想辦法)。

☞ 另見本頁 gei³。

計(计) gei³ (gɐi³) [jì] [通] ❶ 算；計算 ♦ 統計/冇計(不計算，不計較)/計吓條數(算一算賬)。❷ 測量或計算的儀器 ♦ 溫度計/血壓計。❸ 打算；謀劃 ♦ 估計/預計/從長計議。❹ 主意；策略；謀劃 ♦ 計策/計謀/將計就計。[粵] 照；依；按照 ♦ 計我話(依我看)。

【計埋】gei³mai⁴ [粵] 算進；連同 ♦ 計埋晒(全算上)/計埋一齊(算在一起)/計計埋埋(全算在一起)。

【計正】gei³zéng³ [粵] ❶ 按說；按理說；從情理上說 ♦ 計正佢唔會咁唔講義氣啩(按理說他決不會這樣不講義氣的)。❷ 本來；在正常情況下 ♦ 計正佢從來唔飲酒嘅噃(他本來從不喝酒的呀)。

【計足】gei³zug¹ [粵] 全算在內 ♦ 計足佢嘅支出(把他的支出全算在一起)。

【計數機】gei³sou³géi¹ [粵] 計算機；計算器。

【計時炸彈】gei³xi⁴za³dan⁶⁻² [方] 定時炸彈。

☞ 另見本頁 gei²。

géi

饑(饥) géi¹ (gei¹) [jī] [通] 莊稼收成不好或沒有收成 ♦ 連年大饑。

【饑饉三十】géi¹gen²sam¹seb⁶ [方] 一種慈善募捐活動，每年舉行一次。參加者在特設營地中停食三十小時，以此方式募集捐款。

機(机) géi¹ (gei¹) [jī] [通] ❶ 機器 ♦ 打字機/錄音機/計算機。❷ 指飛機 ♦ 客機/班機/候機室。❸ 事情變化的關鍵、環節 ♦ 轉機/日理萬機。❹ 機會 ♦ 時機/相機行事/隨機應變。❺ 生命力；活力 ♦ 生機勃勃/無機化學。❻ 靈活；靈巧 ♦ 機動/機智/機靈。❼ 心思；想 ♦ 心機/動機/靈機一動。

基 géi¹ (gei¹) [jī] [通] ❶ 基礎 ♦ 地基/路基/房基/奠基。❷ 根本的；最低層的 ♦ 基價/基業/基石。[粵] ❶ 英 gay 音譯。男性同性戀者 ♦ 搞基(男性同性戀；雞姦)。❷ 埂子 ♦ 田基(田埂；地埂)/桑基魚塘(埂上種桑，塘中養魚)。

【基佬】géi¹lou² [粵] 男性同性戀者。也作"基民" géi¹men⁴。

羈（羇）géi^1 (gei^1) [jī] [通] ❶ 停留；使停留 ♦ 羈留 / 羈旅。❷ 束縛；拘束 ♦ 放蕩不羈。❸ 馬籠頭 ♦ 無羈之馬。

【羈留病房】géi^{1}leo^{4}béng^{6}fong$^{4-2}$ [方] 為待審人犯或囚犯專設的病房。

幾（几）géi^2 (gei^2) [jǐ] [通] ❶ 詢問數目 ♦ 有幾個人參加 / 會議開幾天？❷ 表示十以下的不定數目 ♦ 幾丁人（幾個人）/ 十幾歲 / 幾千人。[粵] ❶ 表示疑問，相當於“甚麼”、“多少” ♦ 幾時去北京（甚麼時候去北京）/ 生菜幾錢一斤（生菜多少錢一斤）？❷ 表示感歎，相當於“多”、“多麼” ♦ 你話幾好呢（你說多好哇）/ 你睇幾威（你瞧多威風）！❸ 副詞。用於肯定句，相當於“十分”、“相當”、“很”、“挺”等 ♦ 間屋裝修得幾靚（房子裝修得挺漂亮）/ 呢個球場都幾大（這個球場還是挺大的）。❹ 副詞。用於否定句，相當於“不太”、“不怎麼”等 ♦ 有幾遠（不太遠）/ 天氣唔係幾熱啫（天氣不算怎麼熱）。❺ 附於整數後表示大概的餘數 ♦ 三個幾鐘頭（三個多小時）/ 千幾人參加（一千多人參加）/ 個幾銀錢一斤（一塊來錢一斤）。

【幾大】géi^{2}dai$^{6-2}$ [粵] ❶ 詢問歲數，相當於“多大” ♦ 你今年幾大（你今年多大）？❷ 表示決心，相當於“說甚麼…也”、“無論如何…也” ♦ 幾大都問佢攞番（無論如何也要向他討回來）/ 呢場官司幾大都要打落去（這場官司無論如何也要打下去）。

【幾多】géi^{2}do^1 [粵] ❶ 詢問數量，相當於“多少” ♦ 一共有幾多（一共有多少）/ 有幾多要幾多（有多少要多少）。❷ 許多；很多 ♦ 嗰度幾多嘢賣㗎（那裏貨品挺多的）/ 都有幾多人去㗎（去的人還真不少呢）。

【幾何】géi^{2}ho$^{4-2}$ [粵] 表示機會難得 ♦ 冇幾何見面（難得見一次面）/ 咁新鮮嘅嘢，有幾何食到吖（這麼新鮮的東西，能吃上幾回呀）？

【幾好】géi^{2}hou^2 [粵] 挺好 ♦ 幾好嘛（挺好的吧）/ 幾好，有心（挺好，謝謝）。

【幾味】géi^{2}méi$^{6-2}$ [粵] 幾道菜 ♦ 整番幾味歎吓（做幾道菜好好享受一下）。

【幾時】géi^{2}xi^4 [jǐshí] [通] 甚麼時候 ♦ 幾時開學？[粵] 指任何時間 ♦ 幾時都有得賣（甚麼時候都有賣）/ 佢幾時都咁得閒㗎喇（他甚麼時候都那麼閒）。

【幾係㗎】géi^{2}hei^{6}ga^3 [粵] 表示在某方面達到相當程度但又難以明言，相當於“有些那個”、“夠甚麼的” ♦ 企咗一個下晝，都幾係㗎（站了一個下午，真夠受）/ 呢間酒家收費都幾係㗎（這家酒店收費真夠高的）。與“幾係嘢”相通。

【幾咁閒唧】géi^{2}gem^{3}han^{4}zég^1 [粵] 沒甚麼；算不了甚麼。

【幾難至得】géi^{2}nan^{4}ji^{3}deg^1 [粵] 好不容易 ♦ 幾難至得佢肯應承（好不容易才讓他答應下來）。

【幾難先至】géi^{2}nan^{4}xin^{1}ji^3 [粵] 好不容易才 ♦ 幾難先至搵到呢隻藥（好不容易才找到這種藥）。

【幾時幾日】géi2xi4géi2yed6 [粵] 哪會兒 ♦ 我幾時幾日講過吖（我哪會兒說過呀）？

【幾大就幾大】géi2dai6-2zeo6géi2dai6-2 [粵] 無論如何；不顧一切；豁出去了。

記（记） géi3 (gei3) [jì] [通] ❶ 把印象保持在腦子裏 ♦ 記取 / 牢記 / 忘記。❷ 記載 ♦ 記事 / 速記 / 登記。❸ 記載、描述事物的文字 ♦ 筆記 / 日記 / 傳記。❹ 標誌；符號 ♦ 標記。[粵] ❶ "記者" 的省稱 ♦ 老記（記者）/ 娛記（跑娛樂新聞的記者）。❷ 附於詞尾，常用於店號或常見詞語的省略 ♦ 發記鞋店 / 添記麵舖 / 臨記（臨時演員）/ 廉記（廉政公署）。

【記得】géi3deg1 [jìde] [通] 想得起來，沒有忘掉 ♦ 我現在還記得她當時的俏皮模樣。[粵] 記住 ♦ 記得同我話聲俾佢知（記住替我告訴他一聲）。

【記掛】géi3gua3 [粵] 掛念；惦念 ♦ 唔好成日記掛住屋企（不必老惦念着家裏）。

【記認】géi3ying6 [粵] 記號 ♦ 做個記認。

【記番起】géi3fan1héi2 [粵] 想起來了 ♦ 我終於記番起（我終於想起來了）。也作 "記起身" géi3héi2sen1。

妓 géi6 (gei6) [jì] [通] 妓女 ♦ 娼妓。

【妓寨】géi6zai6-2 [粵] 妓院。

忌 géi6 (gei6) [jì] [通] ❶ 嫉妒；怨恨 ♦ 忌恨 / 猜忌 / 妒賢忌能。❷ 怕；畏懼 ♦ 顧忌 / 肆無忌憚 / 我都忌佢（我也怕他）。❸ 戒除 ♦ 忌煙 / 忌酒。❹ 認為不適宜的避免 ♦ 禁忌 / 忌食辛辣。

【忌廉】géi6lim1 [粵] 英 cream 音譯。奶油。

【忌辰】géi6sen4 [jìchén] [通] 先輩去世的日子。也說 "忌日" géi6yed6。

gem

甘 gem1 (gɐm1) [gān] [通] ❶ 甜；甜美 ♦ 甘泉 / 同甘共苦 / 苦盡甘來。❷ 情願；樂意 ♦ 不甘落後 / 自甘墮落。[粵] 食物中的油脂帶來的味道 ♦ 甘香酥脆。

【甘草演員】gem1cou2yin2yun4 [方] 配角演員；次要演員。

柑 gem1 (gɐm1) [gān] [通] 常綠灌木或小喬木。果實圓形，果肉多汁，味酸甜 ♦ 廣柑 / 蜜柑 / 潮州柑。

【柑咁大個鼻】gem1gem3dai6go3béi6 [粵] 形容驕傲的樣子。

今 gem1 (gɐm1) [jīn] [通] ❶ 現在；當前；當代 ♦ 當今 / 古往今來 / 古為今用。❷ 當前的，多用於年、天及其部分 ♦ 今年 / 今春 / 今晚。[粵] 當前的，用法較普通話廣泛 ♦ 今次（這次）/ 今屆港督（現屆港督）。

【今朝】gem1jiu1 [jīnzhāo] [通] ❶ 今天；現在 ♦ 今朝有酒今朝醉。❷ 當今 ♦ 數風流人物還看今朝。[粵] 今晨；今天早上。也說 "今朝早" gem1jiu1zou2。

【今次】gem1qi3 [粵] 這一次；這回 ♦ 今次實聽衰嘞（這回肯定要倒楣）。

【今晚黑】gem1man5-1heg1 [粵] 今晚；今

天晚上。

【今時唔同往日】gem^{1}xi^{4}m^{4}tung^{4}wong^{5}yed^6 (粵) 今非昔比；現在不同過去。也說"今時唔同往日，一個酸梅兩個核" gem^{1}xi^{4}m^{4}tung^{4}wong^{5}yed^6，yed^{1}go^{3}xun^{1}mui^{4}lêng^{5}go^{3}wed^6。

金 gem^1 (gɐm^1) [jīn] (通) ❶ 金屬 ♦ 五金 / 合金。❷ 金屬元素，符號 Au。通稱金子或黃金。❸ 錢 ♦ 金錢 / 現金 / 獎金。❹ 像金子的顏色 ♦ 金色 / 金碧輝煌。❺ 比喻尊貴、貴重 ♦ 金口玉言 / 金科玉律。❻ 朝代名。(粵) 黃金的省稱 ♦ 金市 / 炒金 / 金價急升。

【金牛】gem^{1}ngeo^4 (方) 稱面額一千元的港幣。

【金山】gem^{1}san^1 (粵) 原指美國的金山（即聖弗蘭西斯科），現泛指美國、美洲 ♦ 金山蘋果（美國蘋果）。

【金裝】gem^{1}zong^1 (粵) 指名貴的包裝。

【金唱片】gem^{1}cêng^{3}pin$^{3-2}$ (方) ❶ 本地歌星錄製的銷量達到二萬五千張的唱片。❷ 外國歌星錄製的銷量達到一萬張的唱片。

【金龜婿】gem^{1}guei^{1}sei^3 (粵) 非常富有的女婿。參見"吊金龜" diu^{3}gem^{1}guei^1。

【金山伯】gem^{1}san^{1}bag^3 (粵) 從美國、美洲回來的老華僑。也稱"金山客" gem^{1}san^{1}hag^3。

【金字招牌】gem^{1}ji^{6}jiu^{1}pai^4 [jīnzìzhāopái] (通) 用金粉塗字的招牌。也指商店資金雄厚、信譽卓著。現比喻向人炫耀的名義、稱號。同"金漆招牌" gem^{1}ced^{1}jiu^{1}pai^4。

【金睛火眼】gem^{1}jing^{1}fo^{2}ngan^5 (粵) ❶ 形容十分警覺地注視着。❷ 形容忙得頭昏腦脹 ♦ 做到金睛火眼（忙昏了頭）。

【金盆洗手】gem^{1}pun^{4}sei^{2}seo^2 (粵) 洗手不幹。

感 gem^2 (gɐm^2) [gǎn] (通) ❶ 覺得；預感 ♦ 你感到點啫（你覺得怎麼樣）？❷ 感動 ♦ 感人 / 感化 / 深有所感。❸ 感謝 ♦ 感恩 / 銘感於心。❹ 情感；感想 ♦ 好感 / 傷感 / 觀感 / 反感。(方) "感冒" 的省稱 ♦ 琴晚冷嚫，感嚫吓啫，冇乜事嘅（昨晚受涼，有點感冒，不礙事的）。

【感性】gem^{2}xing^3 [gǎnxìng] (通) 指屬於感覺、知覺等心理活動的 ♦ 感性認識。(方) ❶ 感動性；感人性 ♦ 感性的場面。❷ 動感情 ♦ 佢感性起嚟都幾得人驚（她動起感情來挺嚇人的）。

噉 gem^2 (gɐm^2) (粵) ❶ 這；這樣；那樣 ♦ 噉唔得（這樣不成）/ 話噉就噉（說了這樣就這樣）/ 係噉先喇（先這麼着吧）。❷ 用在名詞或詞組後，表示"像…似的"、"如…一樣" ♦ 豬噉蠢（像豬那樣蠢）/ 激到佢生蝦噉跳（氣得他像活蝦那樣跳來跳去）。❸ 用在詞組、擬聲詞、形容詞或重疊的數量詞後，相當於"地"或"的" ♦ 擘大喉嚨噉嗌（扯開喉嚨地叫）/ 個鐘吟吟噉響（鐘鈴鈴地響）/ 幾十斤幾十斤噉買（一買幾十斤）。❹ 用在動詞或形容詞後，表示所達到的程度 ♦ 減噉三成（減了三成）/ 比以前好噉些少（比以前稍好一點）。

【噉頭】gem^{2}teo$^{4-2}$ (粵) 接近…的樣子；好像要… ♦ 瘡到想死噉頭（累得要

死）/ 睇個天好似落雨噉頭（看天色好像快要下雨）。參見"咁滯"條。

【噉樣】gem2yêng6–2 (粵) 這樣；這麼樣 ♦ 噉樣做唔得㗎（這樣做不成的呀）。

【噉都得】gem2dou1deg1 (粵) 這也行。常用於反問，表示驚異。

【噉好喇】gem2hou2la1 (粵) 那好吧。

【噉又係】gem2yeo6hei6 (粵) 那倒是。

【噉點係吖】gem2dim2hei6a3 (粵) 真不敢當。

【噉都得嘅】gem2dou1deg1gé2 (粵) 這樣也成。

【噉都好嘅】gem2dou1hou2gé2 (粵) 這樣也好。

【噉仲得了】gem2zung6deg1liu5 (粵) 這還了得？

【噉又唔係噃】gem2yeo6m4hei6bo3 (粵) 那倒不是的。

禁 gem3 (gɐm3)［jìn］(通) ❶ 不准；制止 ♦ 禁毒 / 禁賭。❷ 拘押 ♦ 監禁 / 拘禁 / 囚禁。❸ 避忌 ♦ 違禁 / 入國問禁 / 百無禁忌。❹ 不許一般人進入的地區 ♦ 禁區 / 禁地。❺ 舊指皇帝居住的地方 ♦ 禁宮 / 紫禁城。

【禁制令】gem3zei3ling6 (方) 法庭作出的凍結財產的命令。

☞ 另見 211 頁 kem1。

咁 gem3 (gɐm3) (粵) ❶ 用在某些詞或詞組後面構成狀語。表示動作的方式 ♦ 搏命咁做（拼命地幹）/ 搏晒命咁咪書（盡力地啃書本）/ 大啖大啖咁食（大口大口地吃）。❷ 這麼；那麼 ♦ 咁快就到喇（這麼快就到了呀）/ 啲飯咁硬，點食吖（飯煮得這麼硬，怎麼吃呀）？

【咁多】gem3do1 (粵) 這麼多 ♦ 買咁多嘅（買這麼多呀）？

【咁多】gem3dê1 (粵) 一點點 ♦ 就得咁多（就這麼點兒）/ 剩番咁多（剩下一點點）。

【咁啱】gem3ngam1 (粵) 這麼巧 ♦ 咁啱嘅（這麼巧呀）/ 有咁啱得咁蹺（說這麼巧就這麼巧；恰巧）。

【咁滯】gem3zei6 (粵) 用在動詞或形容詞後，表示人或事物接近某種狀態 ♦ 車油就嚟冇咁滯（車油就快沒了）/ 條魚好似死咁滯（這條魚好像快死了）。參見"噉頭"條。

【咁好死】gem3hou2séi2 (粵) 這麼好的事 ♦ 有咁好死（沒那便宜、順當）/ 有咁好死咩（哪有這等好事）。

【…咁多…咁多】gem3do1…gem3do1 (粵) …多少…多少 ♦ 搵咁多食咁多（掙多少花多少）/ 有咁多攞咁多（有多少拿多少）。

撳 gem6 (gɐm6) (粵) 也作"揿"。❶ 用力按、壓 ♦ 撳住嚟搶（出手強搶）/ 撳低佢個頭（把他的腦袋摁下去）。❷ 以價高質次坑顧客 ♦ 明俾佢撳就唔抵喇（眼睜睜讓他給坑了，真不值）。

【撳住頭】gem6ju6teo4 (粵) 不停地，一個勁地，頭也不抬地 ♦ 撳住頭咁食（頭也不抬地狼吞虎嚥）/ 撳住頭咁做（埋頭苦幹）。

【撳地游水】gem6déi6yeo4sêu2 (粵) 按着地面游水。比喻不做冒險的事。

【撳住嚟搶】gem6ju6lei4cêng2 (粵) 形容索價太高，無異於強行奪取。

gen

跟 gen¹ (gɐn¹) [gēn] ㊣ ❶ 跟隨；跟從 ♦ 跟我來。❷ 和；同 ♦ 我跟他是鄰居。❸ 對；向 ♦ 已經跟他說過了。❹ 腳或鞋襪的後部 ♦ 腳跟 / 鞋後跟。㊥ ❶ 尾隨；排在…後面 ♦ 我跟你，佢跟我（我排在你後面，他排在我後面）。❷ 復核賬目 ♦ 得閒幫我跟吓盤賬（有空替我核一核賬目）。

【跟風】gen¹fung¹ ㊍ 隨大流；隨風倒。

【跟住】gen¹ju⁶ ㊥ ❶ 跟着；緊接着 ♦ 跟住仲有武術表演。❷ 跟隨；尾隨 ♦ 我跟住佢㗎（我跟在他後面的）。

【跟尾】gen¹méi⁵ ㊥ 隨後；尾隨 ♦ 我跟佢尾（我跟在他後面）/ 你行頭，我跟尾（你走前頭，我走後頭）。

【跟眼】gen¹ngan⁵ ㊥ 盯着；留意着 ♦ 跟吓眼（盯着點兒）/ 唔該幫我跟一跟眼（請替我關照一下）。

【跟手】gen¹seo² ㊥ 隨手；順手 ♦ 跟手關番度門（順手把門關上）。

【跟大隊】gen¹dai⁶dêu⁶⁻² ㊥ 隨大流。

【跟尾狗】gen¹méi⁵geo² ㊥ ❶ 指老纏住大人跟進跟出的小孩。❷ 指缺乏主見，只會盲目隨別人行動的窩囊廢。

【跟手尾】gen¹seo²méi⁵ ㊥ ❶ 替人收拾殘局，處理善後。❷ 事情引出的麻煩 ♦ 呢單嘢仲有好長手尾跟吖嗃（這件事還有許多麻煩需要處理）。

【跟住落嚟】gen¹ju⁶log⁶lei⁴ ㊥ 跟着；緊接着。

斤 gen¹ (gɐn¹) [jīn] ㊣ 重量單位。市制一斤等於十兩，舊制一斤等於十六兩。

【斤兩】gen¹lêng² [jīnliǎng] ㊣ ❶ 分量 ♦ 斤兩唔(不) 足。❷ 用於比喻 ♦ 講嘢啲斤兩都冇（說話沒半點分量）。

僅（仅） gen² (gɐn²) [jǐn] ㊣ 只；才 ♦ 不僅 / 絕無僅有 / 份工資僅夠佢自己用（工資僅夠他一個人花）。

【僅僅】gen²gen² [jǐnjǐn] ㊣ 只；才。㊥ 也作"緊緊"。剛；剛剛；勉強 ♦ 僅僅夠人（人數剛好）/ 僅僅合格（勉強合格）。

緊（紧） gen² (gɐn²) [jǐn] ㊣ ❶ 物體受壓力或拉力時的一種狀態 ♦ 拉緊 / 壓緊 / 收緊 / 繃緊。❷ 非常接近；間隙小 ♦ 緊靠 / 緊身 / 新買對鞋着起嚟有啲緊（新買的鞋子穿起來有點兒緊）。❸ 使物體固定或牢固 ♦ 擰緊啲個樽蓋（把瓶蓋擰緊點）。❹ 嚴；不放鬆 ♦ 抓緊時間 / 看管得很緊 / 緊緊盯住他。❺ 急；不停止 ♦ 緊催 / 緊追 / 任務緊 / 密鑼緊鼓。❻ 不寬裕 ♦ 手頭緊 / 經費緊 / 日子過得很緊。㊥ ❶ 急切；緊張 ♦ 好緊唔緊（該急的不急）/ 你緊佢唔緊（你急他不急）。❷ 助詞。附在動詞後表示該動作正在進行 ♦ 佢做緊嘢，唔得閒（他正忙着，沒空）/ 呢件事上頭正喺度研究緊（這事上面領導正在研究）。

【緊貼】gen²tib³ ㊍ 緊跟 ♦ 緊貼今夏時裝新浪潮。

【緊要】gen²yiu³ [jǐnyào] ㊣ 緊急重要；要緊 ♦ 緊要關頭。㊥ ❶ 要緊；重要 ♦ 我有件好緊要的事要搵你幫手（我有件挺要緊的事要找你幫忙）。❷嚴重；厲害◆病得好緊要（病得挺厲害）。

【緊張】gen^{2}zêng^1 [jǐnzhāng] [通] ❶提心吊膽或高度興奮◆精神緊張。❷事情緊迫或激烈◆緊張的勞動/緊張的角逐。❸供應不足，難以應付◆資金緊張/電力供應有點緊張。❹局勢或關係等出現僵持或惡化◆局勢緊張/關係緊張。❺關注；重視◆你咁緊張佢做乜呀（你這麼緊張他幹甚麼）？[方]認真◆佢做嘢好緊張㗎（他做事挺認真的）。

【緊逼感】gen^{2}big^{1}gem^2 [方]緊迫感。

【緊要事】gen^{2}yiu^{3}xi^6 [粵]要緊的事◆佢話有緊要事搵你喎（他說有要緊的事情找你）。

近 gen^6 (gɐn^6) [jìn] [通] ❶空間、時間距離短◆近鄰/近期。❷接近；靠攏◆靠近/年近花甲/不近人情。❸親密◆親近/平易近人。❹淺顯◆淺近。

【近住】gen^{6}ju^6 [粵]靠近；接近◆我屋企近住地鐵口（我家靠近地鐵出入口）。

【近廚得食】gen^{6}cêu^{4}deg^{1}xig^6 [粵]圍着鍋台轉總能多吃點。

【近官得力】gen^{6}gun^{1}deg^{1}lig^6 [粵]接近當官的總能藉助點勢力。

☞另見212頁ken^5。

geng

梗 geng^2 (gɐŋ^2) [gěng] [通] ❶植物的枝或莖◆荷梗/高粱梗。❷阻塞；妨礙◆從中作梗。❸挺直◆梗着脖子。❹正直；直爽◆梗直。[粵] ❶人體關節或機器部件轉動不靈活◆瞓到頸都梗晒（睡得脖子僵硬了）/粒螺絲梗咗，點擰都擰唔嘟（螺絲鏽住了，怎麼擰也擰不動）。❷固定不變的◆定梗一個價點得㗎，要隨行就市吖嘛（定死一個價哪行，要隨行就市呢）。❸當然；一定◆有正嘢我梗預埋你份（有好東西我當然算上你一份）。

【梗係】geng^{2}hei^6 [粵]當然；肯定◆梗係喇（當然是了）/新上司到任，梗係唔同喇（新上司到任，當然不同啦）。

☞另見146頁guang^2。

géng

驚（惊） géng^1 (gɛŋ^1) [粵]口語音。❶懼怕；害怕◆嚇我一驚（嚇我一跳）/幾得人驚（挺嚇人的）/驚到唔出得聲（嚇得說不出話來）。❷恐怕；擔心◆我驚飛機誤點（我擔心飛機會誤點）/我驚佢唔記得帶鎖匙（我擔心他忘了帶鑰匙）。

【驚青】géng^{1}céng^1 [粵]驚慌；慌張◆使乜咁驚青嗜（用不着那樣驚慌）。

【驚住】géng^{1}ju^6 [粵]恐怕；擔心◆驚住唔識做（恐怕不會幹）/驚住蕩失路（擔心會迷路）。

【驚死】géng^{1}séi^2 [粵] ❶怕死◆驚死仲使搵食嘅（怕死哪找到飯吃呀）。❷生怕；很擔心◆我驚死你趕唔切上機（我很擔心你來不及上飛機）。

【驚驚哋】géng¹géng¹déi² [粵] 有點兒害怕 ♦ 諗番上嚟仲有啲驚驚哋（回想起來還有點兒害怕）。

【驚驚青青】géng¹géng¹céng¹céng¹ [粵] 慌慌張張；神色慌張 ♦ 睇你驚驚青青噉，究竟出咗乜嘢事吖（瞧你慌慌張張的，到底發生了甚麼事）？

頸（颈）géng² (gɛŋ²) [jǐng] [通] 脖子 ♦ 頸椎 / 長頸鹿。[粵] 器物上像脖子的部分 ♦ 樽頸（瓶脖子）。

【頸巾】géng²gen¹ [粵] 圍巾；圍脖 ♦ 攬頸巾（繫圍巾）。

【頸渴】géng²hod³ [粵] 口渴。

【頸都長】géng²dou¹cêng⁴ [粵] 形容盼望、等待的時間太長 ♦ 望你呢封信望到頸都長（我等你這封信等了很久啦）。

鏡（镜）géng³ (gɛŋ³) [jìng] [通] ❶ 有光滑的平面，能照見形象的器具 ♦ 衣鏡 / 梳妝鏡 / 倒後鏡。❷ 用光學原理特製的各種器具 ♦ 眼鏡 / 放大鏡 / 望遠鏡 / 顯微鏡。

【鏡面】géng³min⁶⁻² [粵] 器物表面光滑如鏡 ♦ 上士叻要擇多幾次，擇到佢起鏡面（塗蟲漆膠要揉多幾遍，揉至表面反光才好）/ 你睇，衫領袖口起晒鏡面喇，仲唔快啲除落嚟洗（你瞧，衣領袖口都起油光了，還不趕快脫下來洗一洗）？

儆 géng⁶ (gɛŋ⁶) [粵] ❶ 小心；提防 ♦ 儆住嚟使（小心着用）/ 仲係儆住吓啲小偷好（還是要小心提防着小偷才好）。❷ 忍讓；克制 ♦ 我儆佢啫，唔係打到佢變屎餅都得吖（我讓着他罷了，要不真把他揍成肉餅）。❸ 妨礙 ♦ 咪企喺度儆手儆腳（別站在這裏礙手礙腳）。

【儆惜】géng⁶ség³ [粵] 愛護；愛惜 ♦ 冇話儆惜吓啲嘢嘅（老是這樣不愛惜東西）。也作"儆錫"。

gêng

薑（姜）gêng¹ (gœŋ¹) [jiāng] [通] 草本植物。根莖有辣味，可入藥和做調味品 ♦ 生薑 / 子薑 / 乾薑。[粵] 潑辣；犀利 ♦ 睇佢好似唔係幾夠薑噉嚡（看樣子他好像辣味不足）。

【薑醋】gêng¹cou³ [粵] 用生薑、甜醋加雞蛋、糖等煮成的食品，南方婦女坐月子常吃。

薑 gêng² (gœŋ²) [粵] 植物的根 ♦ 胡椒薑 / 有根有薑。

geo

狗 geo² (gɐu²) [gǒu] [通] ❶ 哺乳動物。種類很多，聽覺和嗅覺靈敏 ♦ 獵狗 / 門口狗（看家狗）。❷ 比喻幫兇 ♦ 走狗 / 狗腿子。

【狗竇】geo²deo³ [粵] ❶ 狗窩。❷ 比喻亂糟糟 ♦ 搞到鋪牀狗竇噉（把牀鋪弄得亂七八糟的）。

【狗公】geo²gung¹ [粵] ❶ 公狗。❷ 好色的男人。

【狗乸】geo²na² [粵] ❶ 母狗。❷ 不要臉的女人。

【狗仔隊】geo²zei²dui⁶⁻² [方] ❶ 香港警方專門跟蹤監視犯罪活動的人員。❷

娛樂雜誌派出的一班記者，跟蹤藝人，揭發其私生活、祕聞。

【狗咬狗骨】geo²ngao⁵geo²gued¹ ⓐ 狗咬狗。指壞人勾心鬥角，爭權奪利。

【狗上瓦桁】geo²sêng⁵nga⁵hang¹（歇）有條路 yeo⁵tiu⁴lou⁶ ⓐ 相當於"耗子鑽水溝——各有各的路"。

【狗眼看人低】geo²ngan⁵hon³yen⁴dei¹ ⓐ 比喻恃勢凌弱，瞧不起別人。

【狗咬呂洞賓】geo²ngao⁵lêu⁵dung⁶ben¹（歇）不識好人心 bed¹xig¹hou²yen⁴sem¹ ⓐ 相當於"狗咬呂洞賓——不知好歹"。

九 geo² (gɐu²) [jiǔ] ⓣ ❶ 數目字。八加一所得 ♦ 三教九流。❷ 表示多次或多數 ♦ 九死一生 / 九牛二虎之力。

【九成】geo²xing⁴ ⓐ 很有可能 ♦ 我睇佢九成唔會嚟㗎嘞（我看他很有可能不會來）。又稱"九成九" geo²xing⁴geo²。

【九大簋】geo²dai⁶guei² ⓐ 盛宴。"簋"為商、周時代的食器，後以九大碗菜宴客稱"九大簋" ♦ 請我食九大簋我都唔會去喇（邀請我赴宴我也不會去）。

【九九金】geo²geo²gem¹ ⓐ 純度為99％的黃金 ♦ 九九金價（九九金掛牌價格）。

【九九九】geo²geo²geo² ⓕ 報警電話號碼 ♦ 噉你仲唔快啲打九九九（那你還不趕快打電話報警）？

【九出十三歸】geo²cêd¹seb⁶sam¹guei¹ ⓐ 高利貸盤剝方式，即借十元，實得九元，到期須還十三元。

久 geo² (gɐu²) [jiǔ] ⓣ ❶ 時間長 ♦ 久遠 / 持久 / 由來已久 / 天長地久。❷ 經過的時間 ♦ 兩個月之久。

【久唔久】geo²m⁴geo² ⓐ 時不時；時而；偶爾 ♦ 久唔久有封信番嚟（時不時有寫信回來）/ 久唔久試吓冇乜相干啫（偶爾嘗試一下無所謂）。也說"久不久" geo²bed¹geo²。

【久一…久二…】geo²yed¹…geo²yi⁶… ⓐ 指斷斷續續地做某事 ♦ 久一抄啲久二抄啲，幾時先至抄完吖（今天抄寫幾頁明天抄寫幾頁，甚麼時候才抄寫完呀）？

夠 geo³ (gɐu³) [gòu] ⓣ ❶ 滿足一定的限度 ♦ 足夠 / 錢唔夠用（錢不夠用）。❷ 達到一定的程度 ♦ 夠味 / 夠硬 / 夠實淨（夠結實）。ⓐ 副詞。用在動詞前面，相當於"也"、"不也" ♦ 你憎我，我夠憎你咯（你恨我，我也一樣恨你）/ 淨係你先有咩，我又夠有喇（不光你有，我不也有嗎）。

【夠膽】geo³dam² ⓐ 敢；有膽量 ♦ 我邊夠膽呃你吖？（我哪裏敢騙你呀）？/ 夠膽就放馬過嚟（有膽量就放馬過來）。

【夠□】geo³fén¹ ⓐ "fén" 英 friend 音譯 ♦ 夠朋友。

【夠格】geo³gag³ [gòugé] ⓣ 合格；夠資格 ♦ 小陳邊夠格同你比？（小陳哪有資格跟你比）？

【夠薑】geo³gêng¹ ⓐ 夠辣；夠勁；夠厲害。

【夠勁】geo³ging⁶ ⓐ 一流；帶勁 ♦ 呢場波的確夠勁（這場球的確夠水平）。

【夠慳】geo³han¹ [粵] 夠省的。

【夠照】geo³jiu³ [方] 夠派頭。

【夠力】geo³lig⁶ [粵] ❶ 勁足；力量足 ♦ 用一部車嚟拖唔係幾夠力啩（用一部車來拖，拖不拖得動呀）/ 我一個人唔夠力搬（我一個人搬不動）。❷ 指物體的承受力 ♦ 條繩唔夠力（這根繩子承受不了）/ 啲鋼枝咁細，夠唔夠力㗎（鋼枝這麼小，承受得了嗎）？ ❸ 指食物、藥物等勁兒足、效力大 ♦ 食咗三粒，不過唔係幾夠力啯嗜（才吃三顆，藥效不大夠的呀）。

【夠派】geo³pai³⁻¹ [粵] 時髦；夠派頭。

【夠皮】geo³péi⁴⁻² [粵] ❶ 夠本 ♦ 近排啲生意淡晒，夠皮算唔錯㗎喇（最近的生意淡了，夠本算是不錯了吧）。❷ 足夠 ♦ 日日搵三幾百銀，仲唔夠皮咩（每天賺三幾百塊，還不夠呀）。

【夠晒】geo³sai³ [粵] ❶ 足夠 ♦ 夠晒嘞（足夠了）。❷ 早就夠 ♦ 夠晒人喇（早就夠人啦）！ ❸ 真夠 ♦ 夠晒疏乎（真夠舒服的）！

【夠數】geo³sou³ [gòushù] [通] 達到一定的數量；夠 ♦ 還差二十塊才夠數。[粵] 齊 ♦ 好似仲未夠數噉嗜，等多陣啄喇（好像人還沒到齊，多等一會吧）。

【夠威】geo³wei¹ [粵] 夠威風；有氣派。

【夠運】geo³wen⁶ [粵] 走運 ♦ 執番條命，算你夠運（撿回條命，算你走運）。

【夠使】geo³sei² [粵] 足夠開銷 ♦ 佢一個月先至俾我千零蚊家用，都好似唔係幾夠使噉（他一個月才給我一千來塊作家用，開銷還是挺緊的）。

【夠鐘】geo³zung¹ [粵] ❶ 到點；到時間了 ♦ 仲未夠鐘，咪走住（還沒到時間，先別走）。❷ 到達退休年齡 ♦ 我都就嚟夠鐘嘞，邊度仲會升職嗜（我快要退休了，哪還會升職呀）？

【夠膽死】geo³dam²séi² [粵] 指不顧性命去幹危險或違法的事 ♦ 喺噉高嘅地方跳落嚟，真係夠膽死（從這麼高的地方跳下來，命都不要了）/ 噉都夠膽死嘅（真是膽大包天）！

舊（旧） geo⁶ (gɐu⁶) [jiù] [通] ❶ 過去的；過時的 ♦ 舊時 / 舊案 / 新仇舊恨。❷ 長時間使用過的 ♦ 舊衫（舊衣服）/ 陳舊 / 古舊。❸ 老相識；老朋友 ♦ 舊交 / 舊友 / 念舊。❹ 原先的 ♦ 舊址。[粵] 吃剩的 ♦ 舊飯 / 舊餸。

【舊款】geo⁶fun² [粵] 舊式；舊款式。

【舊年】geo⁶nin⁴⁻² [粵] 去年 ♦ 舊年我嚟過廣州（去年我來過廣州）。

【舊時】geo⁶xi⁴ [粵] 過去；以往；從前 ♦ 舊時邊有呢支歌唱吖（從前哪有這種事兒）？

【舊曆年】geo⁶lig⁶nin⁴ [粵] 農曆新年；春節。

嚿 geo⁶ (gɐu⁶) [粵] 量詞。相當於"塊"、"團"、"截"、"紮"等 ♦ 一嚿梘（一塊肥皂）/ 一嚿飯（一團飯）/ 一嚿木（一截木頭）/ 咁大嚿錢（一大紮鈔票）。

gêu

居 gêu^{1} (gœy^{1}) [jū] [通] ❶ 住 ♦ 聚居 / 僑居 / 兩地分居。❷ 住處 ♦ 新居 / 舊居 / 遷居。❸ 處於；處在 ♦ 居中 / 居高臨下 / 居間調停。❹ 積蓄；儲存 ♦ 居積 / 奇貨可居。❺ 當；任 ♦ 居官 / 以功臣自居。

【居屋】gêu^{1}ug^{1} [方] 政府興建的以較低價格出售給收入較低家庭的住宅用房 ♦ 居屋計劃。

車 (车) gêu^{1} (gœy^{1}) [jū] [通] 象棋棋子的一種 ♦ 出車（走車）/ 兑車。

【車馬費】gêu^{1}ma^{5}fei^{3} [chēmǎfèi] [通] 因公外出時的交通費用。方言也説"舟車費" zeo^{1}gêu^{1}fei^{3}。

☞ 另見 29 頁 cé^{1}。

句 gêu^{3} (gœy^{3}) [jù] [通] ❶ 句子 ♦ 語句 / 警句 / 陳述句。❷ 量詞 ♦ 三句不離本行。[方] 量詞。用於小時、鐘點 ♦ 一句鐘（一小時）。

巨 gêu^{6} (gœy^{6}) [jù] [通] 大；多 ♦ 巨變 / 耗資巨款。

【巨無霸】gêu^{6}mou^{4}ba^{3} [方] ❶ 大型噴氣式客機。❷ 巨大；大塊頭。❸ 豪乳。

gi

嘰 gi^{1} (gi^{1})

【嘰趷】gi^{1}ged^{6} [粵] ❶ 刁難；找碴 ♦ 咪成日嘰趷我（別老是找我碴兒）/ 斷估佢唔會嘰趷你啩（估計他不會刁難你吧）。❷ 阻撓；梗阻 ♦ 嗰單嘢仲有些少嘰趷，睇吓點先喇（那事還有點梗阻）。

【嘰嘰趷趷】gi^{1}gi^{1}ged^{6}ged^{6} [粵] ❶ 説話結結巴巴 ♦ 佢講話嘰嘰趷趷，唔知講乜（他説話結結巴巴，不知他説些甚麼）。❷ 囉囉嗦嗦地加以阻撓 ♦ 行開啲，咪喺度嘰嘰趷趷（走開點，別在這裏囉嗦添麻煩）。

gib

喼 gib^{1} (gip^{7}) [粵] ❶ 箱子 ♦ 皮喼（皮箱）/ 藤喼（藤箱）。❷ 底火；火帽。

劫 gib^{3} (gip^{8}) [jié] [通] ❶ 強取；搶奪 ♦ 搶劫 / 洗劫 / 劫富濟貧 / 趁火打劫。❷ 威逼；脅迫 ♦ 劫持。❸ 災難 ♦ 浩劫 / 遭劫 / 在劫難逃。

【劫犯】gib^{3}fan$^{6-2}$ [粵] 搶劫犯；劫匪。

【劫案】gib^{3}ngon^{3} [粵] 搶劫案。

【劫財劫色】gib^{3}coi^{4}gib^{3}xig^{1} [粵] 搶劫女子財物並對其進行強姦。

澀 (涩) gib^{3} (gip^{8}) [sè] [通] 一種使舌頭或眼睛感到不潤滑、不好受的感覺 ♦ 呢啲柿仲有啲澀（這些柿子還有點澀）/ 瞓唔夠，眼好澀（睡眠不足，眼睛很澀）。

挾 (挟) gib^{6} (gip^{9}) [粵] ❶ 把東西夾在腋下 ♦ 挾住本書。❷ 被門、閘等夾住 ♦ 有人俾車門挾住（有人被車門夾住）。❸ 擠 ♦ 鞋有啲挾腳（鞋子有點擠腳）。❹ 把食物放在夾心 ♦ 挾塊餅乾喺麵包度零舍好食啲

(在麵包裏夾塊餅乾特別好吃)。
☞ 另見 111 頁 gab³。

gid

結 gid³ (git⁸) [jié] 通 ❶ 在條狀物上打扣或編織；也指結成的東西 ♦ 結繩 / 結網 / 死結 / 蝴蝶結。❷ 發生某種聯繫 ♦ 結親 / 聯結 / 團結。❸ 凝聚；凝固 ♦ 凝結 / 凍結 / 結冰。❹ 完了 ♦ 終結 / 了結。❺ 表示承擔責任的字據 ♦ 具結。

【結恭】gid³gung¹ 粵 便祕；大便乾結。

【結焦】gid³jiu¹ [jiéjiāo] 通 煤炭煉成焦炭的過程。粵 結痂。

【結他】gid³ta¹ 粵 英 guitar 音譯。吉他。

嘢 gid⁶ (git⁹) 粵 ❶ 稠 ♦ 嘢粥（稠粥）。❷ 豐盛的 ♦ 請你食番餐嘢嘅（請你美美地吃一頓）。❸ 麻煩；棘手 ♦ 單嘢好嘢（事情嚴重了）/ 呢鑊嘢嘞（這下可麻煩了）。

【嘢達達】 gid⁶tad⁶tad⁶ 粵 稠稠的 ♦ 啲粥嘢達達得過，點食得落吖（粥稠稠的，怎麼吃呀）？也說"嘢吔吔" gid⁶ded¹ded¹。

gig

激 gig¹ (gik⁷) [jī] 通 ❶ 水受阻或震盪而湧起或濺起 ♦ 激盪 / 激起浪花。❷ 感情衝動；使感情衝動 ♦ 感激。❸ 急劇；強烈 ♦ 激流 / 激戰 / 偏激 / 過激。粵 惹人生氣 ♦ 真係俾佢激死（讓他給氣壞了）/ 激到佢生蝦咁跳（氣得他直哆嗦）。

【激氣】gig¹héi³ 粵 生氣；氣惱 ♦ 真激氣（真氣人）！

【激嬲】gig¹neo¹ 粵 惹火了 ♦ 激嬲人（把人惹火了）/ 你千祈唔好激嬲佢（你千萬別把他給惹火了）。

【激奀】gig¹ngen¹ 粵 氣壞了 ♦ 真係俾佢激奀（真讓他給氣壞了）。

【激素】gig¹sou³ [jīsù] 通 內分泌腺分泌的對機體起調節作用的物質，舊稱荷爾蒙。方 激勵的因素 ♦ 把別人的指責當成催迫自己上進的激素。

極（极） gig⁶ (gik⁹) [jí] 通 ❶ 盡頭；頂點 ♦ 終極 / 登峯造極。❷ 地球的南北兩端，磁體和電路的正負兩端 ♦ 南極 / 陰極。❸ 最高的程度 ♦ 極少 / 極妙。粵 ❶ 表示達到無以復加的程度 ♦ 辛苦到極（辛苦透了）/ 好玩到極（好玩極了）。❷ 表示動作的持續或反覆 ♦ 講極都唔明（講了多遍還不明白）/ 話極佢都唔聽（怎麼勸他也不聽）。

【極之】gig⁶ji¹ 粵 極其；極為 ♦ 資金極之有限 / 人才極之短缺。

【極刑】gig⁶ying⁴ [jíxíng] 通 指死刑。方 指足球比賽中罰點球。

gim

兼 gim¹ (gim¹) [jiān] 通 ❶ 加倍 ♦ 日夜兼程。❷ 所涉及或所具有的不只一個方面 ♦ 品學兼優 / 軟硬兼施。

【兼且】gim¹cé² 粵 而且；並且。

【兼夾】gim¹gab³ 粵 而且；並且；加

上♦佢身子一向好弱，兼夾近排休息唔好，所以咪病咗咯（他身體向來很虛弱，加上最近沒好好休息，終於病倒了）。

【兼而有之】gim¹yi⁴yeo⁵ji¹ [粵] 兼有。

撿（捡） gim² (gim²) [jiǎn] [通] 拾取。方言多說"執" zeb¹。

檢（检） gim² (gim²) [jiǎn] [通] ❶ 查♦體檢 / 質檢。❷ 約束♦行為不檢。

【檢控】gim²hung³ [方] 檢察起訴；公訴。

【檢獲】gim²wog⁶ [方] 查獲♦檢獲大量毒品。

劍（剑） gim³ (gim³) [jiàn] [通] ❶ 古代一種隨身佩帶的兵器♦寶劍 / 佩劍 / 舞劍。❷ 指劍術♦學劍。

【劍擊】gim³gig¹ [方] 擊劍，體育運動項目之一。

gin

堅（坚） gin¹ (gin¹) [jiān] [通] ❶ 結實；堅固♦堅冰 / 堅如磐石。❷ 結實；堅固的東西♦中堅 / 無堅不摧。❸ 堅定；不動搖♦堅守 / 堅持。[粵] 確實的；優質的，跟"流"相對♦你呢對鞋係堅定流㗎（你這雙鞋是正牌貨還是冒牌貨）？

【堅料】gin¹liu⁶⁻² [粵] 確實的消息♦有乜堅料，講啲嚟聽吓（有甚麼確實的消息，給透透風吧）。

【堅嘢】gin¹yé⁵ [粵] 正牌、名牌或質量上乘的東西，跟"流嘢"相對♦佢着嘅都係堅嘢（他穿的都是名牌貨）。

件 gin² (gin²) [粵] 口語音。❶ 指可以一一計算的事物♦零件 / 案件 / 信件 / 條件。❷ 指文件♦函件 / 來件 / 急件 / 密件。

☞ 另見 134 頁 gin⁶。

見（见） gin³ (gin³) [jiàn] [通] ❶ 看到♦看見 / 撞見 / 眼見為實 / 司空見慣。❷ 接觸；遇到♦見風 / 怕見光。❸ 顯現♦見長 / 日見減少 / 天氣見涼。❹ 會面♦接見 / 會見 / 引見 / 求見。❺ 見解；見識♦主見 / 遠見 / 淺見 / 偏見。❻ 助詞。表示被動♦見疑。❼ 助詞。表示對自己如何♦見告 / 見諒。❽ 指明出處或需參看的地方♦見前頁 / 參見《史記・項羽本紀》。[粵] 感覺；覺得♦見個胃有啲唔妥（覺得胃有點不大舒服）/ 見得閒嚟睇睇你啫（有空兒就來看看你）。

【見飯】gin³fan⁶ [粵] 米出飯多♦呢隻米都幾見飯嘅（這種米挺出飯的）。

【見街】gin³gai¹ [方] 上市；面世♦新製作好快就嚟見街（新的製作很快就要面世）。

【見工】gin³gung¹ [粵] 求職時與用人單位面洽。

【見食】gin³xig⁶ [粵] 經吃；耐吃♦鹹蛋蒸豬肉，又的確係幾見食嘅（鹹蛋蒸豬肉，還滿經吃的呢）。

【見步行步】gin³bou⁶hang⁴bou⁶ [粵] 走一步算一步，比喻不作長遠打算。

【見招拆招】gin³jiu¹cag³jiu¹ [方] 來甚麼招式就用甚麼招式去化解，泛指對付，應付。

【見錢開眼】gin³qin⁴⁻²hoi¹ngan⁵ [粵] 見錢眼開，形容非常貪財。

【見山就拜】gin3san1zeo6bai3 (粵) 比喻不看對象，隨便恭維。

【見者有份】gin3zé2yeo5fen6-2 (粵) 在場見着的都有一份。

【見牙唔見眼】gin3nga4m4gin3ngan5 (粵) 形容咧嘴大笑。

【見高拜見低踩】gin3gou1bai3gin3dei1cai2 (粵) 媚上壓下。

【見過鬼才怕黑】gin3guo3guei2coi4pa3heg1 (粵) 經歷過危險才知道懼怕。

【見地不平擔鉚剷】gin3déi6bed1ping4dam1bong1can2 (粵) 路見不平，拔刀相助。比喻好抱打不平。

【見屎忽啷唔見米白】gin3xi2fed1yug1m4gin3mei5bag6 (粵) 比喻看起來好像在幹活，實際上毫無效果。

【見人講人話，見鬼講鬼話】gin3yen4gong2yen4wa6-2，gin3guei2gong2guei2wa6-2 (粵) 指説話投人所好。

件 gin6 (gin6) [jiàn] (通) ❶ 指可以一一計算的事物 ♦ 零件 / 案件 / 信件 / 條件。❷ 指文件 ♦ 函件 / 來件 / 急件 / 密件。❸ 量詞 ♦ 一件事 / 兩件衣服 / 三件行李。(粵) 量詞。用法較普通話廣泛，尤其用於食品 ♦ 一件蛋糕 / 兩件點心 / 一盅兩件（指一盅茶兩件點心）。

【件件】gin6gin6 (粵) 一件一件 ♦ 件件事都要佢去理（每件事都要他親自過問）。

【件頭】gin6teo4-2 (粵) ❶ 指配套物件中的一種 ♦ 三件頭（可指家用電器的"三大件"電視機、電冰箱、洗衣機，也可指成套的衣物如西裝的上衣、長褲和馬甲或女外衣、背心和胸罩）。❷ 指物品的體積大小 ♦ 大件頭嘅嘢唔好買咁多（大件的東西不要買那麼多）。

☞ 另見 133 頁 gin2。

健 gin6 (gin6) [jiàn] (通) ❶ 強壯 ♦ 健康 / 健壯 / 強健 / 穩健。❷ 使強壯 ♦ 健身 / 健胃。❸ 善於；在某方面顯得突出 ♦ 健忘 / 健談。

【健康舞】gin6hong1mou5 (方) 健身舞。

鍵（键） gin6 (gin6) [jiàn] (通) 某些樂器或機器上可以按下又彈起的部件 ♦ 琴鍵 / 按鍵 / 鍵盤。

【鍵掣】gin6zei3 (方) 按鍵。

ging

矜 ging1 (giŋ1) [jīn] (通) ❶ 自大；自誇 ♦ 驕矜。❷ 慎重；拘謹 ♦ 矜持 / 矜重。❸ 憐憫；憐惜 ♦ 矜憐 / 矜惜 / 哀矜。

【矜貴】ging1guei3 (粵) 貴重；寶貴；珍貴 ♦ 呢隻郵票幾矜貴㗎（這種郵票挺珍貴的）。

經（经） ging1 (giŋ1) [jīng] (通) ❶ 編織物的縱線 ♦ 經線。❷ 經度 ♦ 東經 / 西經。❸ 經久的；正常的 ♦ 經常 / 不經之談 / 荒誕不經。❹ 經營；治理 ♦ 經商 / 經管。❺ 禁受 ♦ 經得住考驗。❻ 經過 ♦ 經由。❼ 經典 ♦ 佛經 / 聖經。❽ 指月經 ♦ 經血 / 行經。(粵) 指某種專門的學問、訣竅 ♦ 股經 / 馬經。

【經手】ging1seo2 [jīngshǒu] (通) 經親手

辦理 ♦ 呢件事唔係佢經手嘅（這事不是他經手的）。[粵] 婉指男子與女子發生性行為，致使女方懷孕。

【經已】ging¹yi⁵ [粵] 已經 ♦ 早幾日我經已通知過佢（前幾天我已經通知了他）。

警 ging² (giŋ²) [jǐng] [通] ❶ 戒備 ♦ 警備。❷ 感覺敏鋭 ♦ 警覺 / 機警。❸ 告誡 ♦ 懲一警百。❹ 緊急的情況或事情 ♦ 報警 / 火警。❺ 警察的省稱 ♦ 民警 / 刑警 / 交通警。

【警花】ging²fa¹ [方] 指年輕的女警 ♦ 警花出更。

【警方】ging²fong¹ [方] 警察當局。

【警轟】ging²gueng² [粵] ❶ 不對勁；意外的阻梗 ♦ 有乜警轟搵我喇（遇到甚麼麻煩來找我吧）❷ 曖昧事 ♦ 聽講佢兩個有警轟噉嚡（聽説他們倆關係有點曖昧）。也作"景轟"。

【警眼】ging²ngan⁵ [方] 裝設在門上的貓眼。

競（竞） ging⁶ (giŋ⁶) [jìng] [通] 比賽；爭逐 ♦ 競技 / 競銷 / 競逐。

勁（劲） ging⁶ (giŋ⁶) [jìng] [通] ❶ 堅強有力的 ♦ 勁敵 / 疾風知勁草。❷ 猛烈 ♦ 勁風。[粵] ❶ 帶勁 ♦ 夠晒勁（真帶勁）/ 啲酒好勁（這酒挺帶勁）。❷ 形容程度高、質量好 ♦ 勁車（一流的車子）/ 勁料（有爆炸性的材料）/ 勁正（非常好）。

【勁抽】ging⁶ceo¹ [粵] 強勁。也作"勁揪"。

giu

驕（骄） giu¹ (giu¹) [jiāo] [通] ❶ 驕傲 ♦ 驕縱 / 驕兵必敗 / 戒驕戒躁。❷ 猛烈 ♦ 驕陽似火。

【驕人】giu¹yen⁴ [粵] 使人感到驕傲、自豪的 ♦ 驕人的成績。

撟（挢） giu² (giu²) [jiǎo] [通] 舉起；翹起。[粵] 抹；拭擦 ♦ 撟眼淚（擦眼淚）/ 偷食唔識撟嘴（偷吃了東西卻沒把嘴巴抹乾淨，比喻做了壞事，卻不曉得如何掩飾）。

繳（缴） giu² (giu²) [jiǎo] [通] ❶ 交納 ♦ 繳租 / 繳費 / 上繳國庫。❷ 收取；被迫交出 ♦ 繳槍 / 繳械 / 收繳 / 追繳。

【繳交】giu²gao¹ [粵] 繳納；交納 ♦ 繳交學費。

叫 giu³ (giu³) [jiào] [通] ❶ 呼喊 ♦ 呼叫 / 驚叫 / 拍案叫絕。❷ 招呼 ♦ 剛才誰叫我。❸ 稱呼 ♦ 佢叫乜嘢名（他叫甚麼名字）？❹ 動物發出聲音 ♦ 狗叫 / 貓叫。❺ 讓；令 ♦ 叫誰去，誰就去 / 係佢叫我咁做嘅（是他叫我這麼幹的）。[粵] 哭；喊。

【叫春】giu³cên¹ [粵] 某些雌性動物發情時發出叫聲以吸引雄性。

【叫雞 / 鴨】giu³gei¹/ngab³⁻² [粵] 召妓 / 舞男；嫖妓。

【叫緊糊】giu³gen²wu⁴⁻² [粵] 指事情已準備就緒，即將大功告成。

撬 giu⁶ (giu⁶) [qiào] [通] 用棍棒刀錐等工具一頭插入孔縫之中或重物下面，用力壓另一頭的動作 ♦ 撬門／撬鎖。(粵) 挖♦撬佢幾個人過嚟（挖他幾個人過來）。

【撬牆腳】giu^{6}cêng^{4}gêg^{3} (粵) 挖牆腳。指不擇手段地挖取別人的下屬，或把別人正在熱戀的情侶拉過來。

go

哥 go^{1} (gɔ^{1}) [gē] (通) ❶ 同父母而年紀比自己大的男子♦大哥／二哥。❷ 親戚中同輩而年紀比自己大的男子♦表哥。❸ 稱年紀跟自己差不多的男子以表示親切、敬重♦李大哥。

【哥仔】go^{1}zei^{2} (粵) ❶ 出賣色相的少女稱自己的"男友"，名義上盡"保護"之責，實則對她們進行控制和勒索。❷ 泛指年青的男性。

歌 go^{1} (gɔ^{1}) [gē] (通) ❶ 能唱的文詞♦山歌／民歌／情歌。❷ 唱♦引吭高歌。❸ 頌揚♦歌功頌德。

【歌書】go^{1}xu^{1} (粵) 歌本；歌曲集♦將我本歌書執埋去邊？（把我的歌本收拾到哪去了）？

【歌仔】go^{1}zei^{2} (粵) 歌兒♦唱支歌仔聽吓（唱支歌聽聽）。

嗰 go^{2} (gɔ^{2}) (粵) 那♦嗰日（那天）／嗰件事（那件事）／嗰間舖頭（那間店鋪）。

【嗰便】go^{2}bin^{6} (粵) 那邊♦嗰便唔夠人（那邊不夠人）。也說"嗰邊"go^{2}bin^{1}。

【嗰啲】go^{2}di^{1} (粵) 那些♦嗰啲人（那些人）／嗰啲嘢（那些事兒）。

【嗰度】go^{2}dou^{6} (粵) 那裏；那兒♦佢唔喺嗰度（他不在那裏）。

【嗰輪】go^{2}lên^{4} (粵) 那陣子♦嗰輪我好唔得閒（那陣子我挺忙的）。也說"嗰一輪" go^{2}yed^{1}lên^{4}。

【嗰排】go^{2}pai$^{4-2}$ (粵) 那些天；那段日子；前些時候♦嗰排我仲成日見佢（前些時候我還經常見到他）。也說"嗰一排" go^{2}yed^{1}pai$^{4-2}$。

【嗰位】go^{2}wei$^{6-2}$ (粵) 那位，常指彼此心知的那一位，或配偶，或情侶♦點解唔見你嗰位嚟嘅（怎麼沒見你那位一起來）？

【嗰陣】go^{2}zen^{6} (粵) 那會兒；那個時候♦個陣你仲細（那時你還小）。也說"嗰陣時" go^{2}zen^{6}xi^{4}。

【嗰單嘢】go^{2}dan^{1}yé^{5} (粵) 那檔事兒。常指彼此心知的事情♦嗰單嘢仲未搞掂吖？（那檔事還沒辦妥嗎）？

【嗰頭近】go^{2}teo^{4}ken^{5} (粵) 近那一頭了，老人對不久於人世的自歎。

【嗰條友】go^{2}tiu^{4}yeo$^{5-2}$ (粵) 那傢伙；那小子。也說"嗰條友仔" go^{2}tiu^{4}yeo$^{5-2}$zei^{2}。

個（个） go^{3} (gɔ^{3}) [gè] (通) ❶ 量詞♦三個人／洗個澡。❷ 單獨的♦個體。❸ 用在補語前，表示程度或持續♦吃個飽／看個夠／玩個痛快。(粵) 量詞。使用極為廣泛♦個二（一元二角）／幾個銀錢（幾塊錢）／遞個鐘俾我（把鐘遞給我）／揦個錘俾我（給我拿把錘子來）／嗰度有個水缸（那裏有口水缸）。

【個半】go^{3}bun^{3} (粵) 一元五角。

【個類】go^{3}lêu^{6} (粵) 某個類別♦睇你都係屬冇膽個類（看來你是屬於缺乏勇氣那一類人）。

【個案】go^3on^3 ㊎❶具體事件。❷實例 ♦ 個案分析 (實例分析)。

god

割 god^3 ($gɔt^8$) [gē] ㊟ ❶截下；切斷 ♦ 割斷 / 切割。❷劃分；分開 ♦ 割地 / 分割。❸捨棄 ♦ 割捨 / 割愛。

【割價】god^3ga^3 ㊎ 讓價；降價 ♦ 割價拋售。

【割禾青】$god^3wo^4céng^1$ ㊥ 指賭錢時贏錢就溜之大吉。

葛 god^3 ($gɔt^3$) [gé] ㊟ 草本植物。蔓生，根肥大，可供食用 ♦ 葛粉 / 煲葛湯。方言也叫"藤葛" $teng^4god^3$。

gog

角 gog^2 ($gɔk^2$) ㊥ 口語變音。用於角形的食品 ♦ 油角 / 芋角。

☞ 另見本頁 gog^3。

閣 (阁) gog^3 ($gɔk^8$) [gé] ㊟ ❶建築精巧，四周有窗的建築物，多為雙層結構 ♦ 佛閣 / 亭台樓閣。❷某些國家的最高權力機關 ♦ 內閣 / 組閣 / 閣員。❸舊時指女子的住房 ♦ 閨閣 / 出閣。㊥ 閣樓。

【閣仔】gog^3zei^2 ㊥ 同"閣樓" ♦ 搭番個閣仔 (架一個閣樓)。

各 gog^3 ($gɔk^8$) [gè] ㊟ ❶每個 ♦ 各位 / 各地 / 各級。❷彼此不同 ♦ 各色各樣 / 各類商品 / 各執一詞。㊥ 各人 ♦ 各有各的睇法 (各人有各人的看法)。

【各顧各】$gog^3gu^3gog^3$ ㊥ 各人自己顧自己。

【各款各色】$gog^3fun^2gog^3xig^1$ ㊎ 各色 ♦ 各式各樣。

【各施各法】$gog^3xi^1gog^3fad^3$ ㊥ 八仙過海，各顯神通。

【各適其適】$gog^3xig^1kéi^4xig^1$ ㊥ 各得其所；各自選擇自己喜愛的。

【各走各路】$gog^3zeo^2gog^3lou^6$ ㊥ 分道揚鑣；分手。

【各花入各眼】$gog^3fa^1yeb^6gog^3ngan^5$ ㊥ 因價值取向不同，各人對事物的評價標準也有所不同 ♦ 各花入各眼，好難講邊件最正 (各有所好，很難說哪一件最漂亮)。

【各有各精彩】$gog^3yeo^5gog^3jing^1coi^2$ ㊥ 指各人自有各人的過人之處。

【各處鄉村各處例】$gog^3qu^3hêng^1qun^1gog^3qu^3lei^6$ ㊥ 指每個地方有每個地方的風俗、慣例。

角 gog^3 ($gɔk^3$) [jiǎo] ㊟ ❶某些動物頭上長出的堅硬的東西 ♦ 牛角 / 羊角 / 鹿角。❷像角的東西 ♦ 菱角 / 觸角 / 豆角。❸物體兩個邊緣相接的地方 ♦ 牆角 / 屋角 / 拐角。❹幾何學上稱自一點引出兩條直線所成的形狀 ♦ 直角 / 銳角 / 五角星。❺貨幣單位，一元的十分之一。❻量詞。整塊分成的角形小塊 ♦ 一角月餅。

【角落頭】$gog^3log^{6-1}teo^{4-2}$ ㊥ 角落；犄角。也作"旮旯頭"。

☞ 另見本頁 gog^2。

覺 (觉) gog^3 ($gɔk^8$) [jué] ㊟ ❶感覺；感受 ♦ 知覺 / 幻覺 / 直覺。❷醒悟；明白 ♦ 先知先覺 / 覺

今是而昨非。❸ 睡醒 ♦ 大夢初覺。㊣ ❶ 覺得；感覺 ♦ 你覺點吖（你覺得怎麼樣）？❷ 留意；注意 ♦ 唔係幾覺吖（我沒留意）。❸ 顯眼 ♦ 件衫好似長咗啲噉嘅。—— 唔係好覺吖（上衣好像長了點 —— 並不怎麼顯眼）。

【覺眼】gog³ngan⁵ ㊣ ❶ 留意；注意 ♦ 有冇人入過我辦公室？—— 我都唔係幾覺眼嗦（有沒有人進過我的辦公室？—— 對不起，我沒留意）。❷ 顯眼；看得出來 ♦ 佢左腳有啲跛跛哋，但唔係幾覺眼（他左腳有點瘸，但不大看得出來）。

【覺意】gog³yi³ ㊣ 留意 ♦ 唔覺意揩嚫吓啫（沒留意擦了一下）。

☞ 另見 117 頁 gao⁴。

goi

該（该）goi¹ (gɔi¹) [gāi] 通 ❶ 應當 ♦ 應該 / 本該 / 活該 / 罪該萬死。❷ 指上文說及的人或事物 ♦ 該地 / 該生品學兼優。㊣ 見“唔該”條。

【該煨】goi¹wui¹ ㊣ 常用驚歎語。含同情、心疼意味 ♦ 該煨咯，撞到額頭都起泡（真可憐，額門都撞起疙瘩了）。

【該點咪點】goi¹dim²mei⁶dim² ㊣ 該怎麼樣就怎麼樣。

【該釘就釘，該鐵就鐵】goi¹déng¹zeo⁶déng¹, goi¹tid³zeo⁶tid³ ㊣ 一是一，二是二，不可含糊。參見“一就一，二就二”條。

改 goi² (gɔi²) [gǎi] 通 ❶ 變更；更換 ♦ 改朝換代 / 你嗰嘅脾性，要改一改嘞（你這種脾氣，得改一改才是）。❷ 修改；改正 ♦ 改稿 / 有錯必改。㊣ ❶ 寫毛筆字重描筆畫。❷ 將不規則的肉塊切成一定的形狀。

【改良】goi²lêng⁴ [gǎiliáng] 通 ❶ 改掉不足或缺陷，使更加適合。

【改善】goi²xin⁶ [gǎishàn] 通 改變原來狀況，使更好一些 ♦ 改善生活環境。

蓋（盖）goi³ (gɔi³) [gài] 通 ❶ 器物上部遮蔽的東西 ♦ 鍋蓋 / 桶蓋 / 樽蓋（瓶蓋兒）。❷ 動物背部的甲殼 ♦ 蟹蓋。❸ 遮蔽；蒙上 ♦ 遮蓋 / 覆蓋 / 掩蓋。❹ 打上 ♦ 蓋印 / 蓋圖章 / 蓋手指模。❺ 建築 ♦ 蓋樓 / 蓋房子。❻ 超過；壓倒 ♦ 英才蓋世 / 他嗓門大，蓋過了別人的說話聲。

【蓋章】goi³zêng¹ ㊣ 蓋圖章、印鑑。

gon

乾（干）gon¹ (gɔn¹) [gān] 通 ❶ 沒有水分或水分很少的 ♦ 乾柴 / 曬乾 / 風乾。❷ 不用水的 ♦ 乾洗 / 乾蒸燒賣。❸ 乾的食品 ♦ 餅乾 / 菜乾 / 葡萄乾。❹ 枯竭；空虛 ♦ 乾杯 / 外強中乾。❺ 拜認的親屬 ♦ 乾爹 / 乾兒子。

【乾炒】gon¹cao² ㊣ ❶ 炒時不加水 ♦ 乾炒牛河（牛肉炒沙河粉）。❷ 與妓女廝混而不發生性關係。

【乾蒸】gon¹jing¹ ㊣ 乾蒸燒賣的簡稱 ♦ 要一籠乾蒸。

【乾塘】gon1tong4 (粵) 把水塘的水排乾。比喻不名一文。粵俗以水比喻金錢。

【乾萌萌】gon1meng1meng1 (粵) 乾巴巴的。也說“乾骾骾” gon1keng2keng2。

【乾手淨腳】gon1seo2zêng6gêg3 (粵) 乾淨利落，不留手尾。

【乾時緊月】gon1xi4gen2yud6 (粵) 資金緊缺，手頭拮据。

趕 (赶) gon2 (gɔn2) [gǎn] (通) ❶ 追 ♦ 追趕 / 趕浪頭。❷ 加緊進行 ♦ 趕路 / 趕任務。❸ 驅逐；攆 ♦ 驅趕 / 趕跑 / 趕蚊 (趕蚊子)。❹ 駕御 ♦ 趕大車。❺ 遇到 ♦ 趕上他在家。

【趕住】gon2ju6 (粵) 急着 ♦ 趕住返屋企 (急着回家) / 趕住去投胎咩 (急着去投胎呀。含責備語氣)。

【趕鴨仔】gon2ngab3zei2 (粵) 參加旅遊團旅遊。參見“鴨仔團” ngab3zei2tün4。

【趕唔切】gon2m4qid3 (粵) 來不及，趕不上 ♦ 趕唔切上火車 (來不及上火車)。

【趕時髦】gon2xi4mou4 (粵) 指迎合時尚。

【趕喉趕命】gon2heo4gon2méng6 (粵) 形容拼着命兒加緊做某事。

【趕狗入窮巷】gon2geo2yeb6kung4hong6 (粵) 比喻迫使某人因自衛而進行反擊。

gong

肛 gong1 (gɔŋ1) [gāng] (通) 直腸的末端部位 ♦ 肛門 / 脫肛。

【肛探】gong1tam3 (方) 肛表，由肛門測試的體溫計。

缸 gong1 (gɔŋ1) [gāng] (通) ❶ 用陶、瓷、玻璃等製成的底小口大的器皿 ♦ 水缸 / 米缸 / 金魚缸。❷ 像缸的器物 ♦ 汽缸。

【缸瓦】gong1nga5 [gāngwǎ] (通) 用砂子、陶土等混合而成的質料。(粵) ❶ 家用陶瓷的統稱 ♦ 缸瓦舖 (陶瓷店)。❷ 貶稱仿冒的陶瓷古董。

江 gong1 (gɔŋ1) [jiāng] (通) ❶ 大河 ♦ 江岸 / 珠江 / 翻江倒海。❷ 特指長江 ♦ 江南塞北。

【江湖佬】gong1wu4lou2 (粵) 流浪江湖，以賣藝、賣藥為生的人。

【江湖佬舞死馬騮】gong1wu4lou2mou5séi2ma5leo1 (歇) 有家歸不得 yeo5ga1guei1bed1deg1 (粵) 比喻陷入困境或進退兩難。

港 gong2 (gɔŋ2) [gǎng] (通) ❶ 江河的支流 ♦ 港汊。❷ 可以停船的江海口岸 ♦ 港灣 / 軍港。❸ 香港的簡稱 ♦ 港澳地區 / 粵港兩地。

【港貨】gong2fo3 (粵) 香港製造的商品。

【港客】gong2hag3 (粵) 對在外地的香港人的稱呼。

【港紙】gong2ji2 (粵) 港幣 ♦ 換港紙 (兑換港幣)。

【港式】gong2xig1 (粵) 有香港特色的 ♦ 港式月餅 / 港式服裝 / 港式奶茶。

【港人】gong2yen4 (粵) 香港人 ♦ 港人治港。

【港姐】gong2zé2 (粵) 香港小姐的簡稱。香港小姐評選始於 1973年，每年舉行一次。

講 gong^2 (gɔŋ^2) [jiǎng] 通 ❶ 説；談 ♦ 講笑話。❷ 解釋；説明 ♦ 講授 / 講習班。❸ 注重 ♦ 講衛生 / 講信用。❹ 商議 ♦ 講和 / 講條件。

【講掂】gong^{2}dim^6 粵 ❶ 談妥 ♦ 價錢方面佢兩個經已講掂（至於價錢，他們兩個已經談妥了）。❷ 説服 ♦ 你講掂咗佢未吖（你説服他了嗎）？

【講古】gong^{2}gu^2 粵 講故事；説書 ♦ 講古佬（説書藝人）。

【講實】gong^{2}sed^6 粵 説準；説定 ♦ 講實下週見面（説定下星期見面）。

【講手】gong^{2}seo^2 粵 比武。

【講數】gong^{2}sou^3 粵 討價還價；講條件 ♦ 等我同佢講數（讓我去找他論理）。也説“講數口” gong^{2}sou^3 heo^2。

【講話】gong^{2}wa^6 [jiǎnghuà] 通 説話；發言。粵 説；説的是 ♦ 你大佬講話佢唔得閒（你大哥説他沒有空）。

【講玩】gong^{2}wan^2 粵 鬧着玩 ♦ 你估講玩咩（你以為鬧着玩哪）。

【講笑】gong^{2}xiu^3 粵 開玩笑 ♦ 講笑咩（別開玩笑了）/ 講笑搵第樣（別開這樣的玩笑）。

【講粗口】gong^{2}cou^{1}heo^2 粵 説粗話、髒話、下流話 ♦ 細路仔唔好學人講粗口（小孩子不要模仿別人説粗話）。

【講大話】gong^{2}dai^{6}wa^6 粵 撒謊；講假話 ♦ 講大話，甩大牙（撒謊會掉牙齒的）。

【講到話…】gong^{2}dou^{3}wa^6 粵 至於…，就…方面來説 ♦ 講到話定婚嗬，我睇仲係遲啲先喇（定婚的事，我看還是過些時候再説吧）。

【講吓啫】gong^{2}ha^{5}zé^1 粵 説説而已 ♦ 講吓啫，使乜咁緊張喎（説説而已，何必這樣緊張）。

【講口齒】gong^{2}heo^{2}qi^2 粵 言出必果；講信用。

【講漏嘴】gong^{2}leo^{6}zêu^2 粵 説走了嘴。

【講唔定】gong^{2}m^{4}ding^6 粵 説不定；説不準 ♦ 講唔定會遲啲先返（説不定會遲些回來）。

【講心啫】gong^{2}sem^{1}zé^1 粵 推心置腹。

【講數口】gong^{2}sou^{3}heo^2 粵 同“講數”。

【講耶穌】gong^{2}yé^{4}sou^1 粵 講大道理 ♦ 唔同你講耶穌（不跟你講那麼多廢話）/ 講咁多耶穌做乜吖（説那麼多大道理幹啥）？

【講嘢吖】gong^{2}yé^{5}a^6 粵 説得好聽；説得倒輕巧。對別人的説話表示反感或不屑理睬。

【講人事】gong^{2}yen^{4}xi$^{6-2}$ 粵 講人情；講情面。

【講得口響】gong^{2}deg^{1}heo^{2}hêng^2 粵 説得好聽；唱高調。

【講多錯多】gong^{2}do^{1}co^{3}do^1 粵 言多必失。

【講多無謂，食多會滯】gong^{2}do^{1}mou^4 wei^6 , xig^{6}do^{1}wui^{5}zei^6 粵 不必多説。

【講返轉頭】gong^{2}fan^{1}jun^{3}teo^4 粵 話説回來。

【講咁易咩】gong^{2}gem^{3}yi^{6}mé^1 粵 説得倒輕巧；説得倒容易。

【講過算數】gong^{2}guo^{3}xun^{3}sou^3 粵 説話算數。也説“講過就算” gong^{2}guo^3 zeo^{6}xun^3。

【講開又講】gong^{2}hoi^{1}yeo^{6}gong^2 粵 承

上啟下的插入語，相當於“依我說”、“順便說說”、“說起來呀”◆佢嗰份人係奄尖啲，不過講開又講，你噉樣糟質佢，過唔過分啲吖（他這個人的確喜歡挑剔，不過話說回來，你這樣刻薄他，是否有點過分）？也作“講起又講”gong2 h ē i2yeo6gong2。

【講三講四】gong^{2}sam^{1}gong^{2}séi^{3} [粵] 說三道四；說長論短◆喂，你哋幾個喺度講三講四做乜吖（你們幾個在說長論短幹嘛來着）？

【講飲講食】gong^{2}yem^{2}gong^{2}xig^{6} [粵] 談論吃喝◆成日講飲講食，有乜意思（整天談論吃喝，有啥意思）？

【講真嗰句】gong^{2}zen^{1}go^{2}gêu^{3} [粵] 說真的；說句心裏話。

【講得出就講】gong^{2}deg^{1}cêd^{1}zeo^{6}gong^{2} [粵] 說話沒遮攔。

【講笑搵笫樣】gong^{2}xiu^{3}wen^{2}dei^{6}yêng$^{6-2}$ [粵] 別開這樣的玩笑。

【講得出做得到】gong^{2}deg^{1}cêd^{1}zou^{6}deg^{1}dou^{3} [粵] 說到做到。

【講明就陳顯南】gong^{2}ming^{4}zeo^{6}cen^{4}hin^{2}nam^{4} [粵] 指不必再加解釋自然就會明白。

【講就易，做就難】gong^{2}zeo^{6}yi^{6}，zou^{6}zeo^{6}nan^{4} [粵] 說起來容易做起來難。

【講嚟講去三幅被】gong^{2}lei^{4}gong^{2}hêu^{3}sam^{1}fug^{1}péi^{5} [粵] 車轂轆話來回轉。

【講起嚟一匹布咁長】gong^{2}héi^{2}lei^{4}yed^{1}ped^{1}bou^{3}gem^{3}cêng^{4} [粵] 說起來一言難盡。

鋼（钢） gong^{3} (gɔŋ^{3}) [gāng] [通] 經過精煉的含碳的鐵◆軋鋼／煉鋼。

【鋼珠】gong^{3}ju^{1} [粵] 滾珠。

【鋼線】gong^{3}xin$^{3-2}$ [粵] ❶ 鋼絲。❷ 專指自行車車輪上的輻條。

絳（绛） gong^{3} (gɔŋ^{3}) [jiàng] [通] 深紅色。

槓 gong^{6} (gɔŋ^{6}) [粵] 螃蟹的鉗子◆蟹槓。

☞ 另見 249 頁 lung^{5}。

□ gong^{6} (gɔŋ^{6}) [粵] 撞擊；碰撞◆□拳頭（用拳頭對打）。

gou

高 gou^{1} (gou^{1}) [gāo] [通] ❶ 從上到下距離大，離地面遠◆高山／高樓／地勢高。❷ 高度◆身高／塔高／高矮肥瘦。❸ 超過一般標準或程度◆高温／高價／勞苦功高。❹ 等級在上的◆高級／高等／高官／高位。❺ 歲數大◆高齡／高壽。❻ 敬辭◆高見／高論。

【高層】gou^{1}ceng^{4} [粵] ❶ 領導層◆無線高層（無線電視台的領導層）。❷ 高樓◆高層建築。

【高竇】gou^{1}deo^{3} [粵] 傲氣足；架子大◆高竇貓（傲氣鬼）／撚高竇（擺臭架子）。

【高峯】gou^{1}fung^{1} [gāofēng] [通] ❶ 高的山峯◆世界第一高峯珠穆朗瑪峯。❷ 比喻事物發展的最高點◆高峯期。[方] 高層的；最高的◆高峯會議（首腦會議；最高級會議）。

【高佬】gou^{1}lou^{2} [粵] 高個子。

【高買】gou^{1}mai^{5} [方] 以“高超手法”買東西，戲稱商店竊賊、三隻手◆嚴拿高買。

【高大衰】gou¹dai⁶sêu¹ ㊥ 傻大個兒。
【高踭鞋】gou¹zang¹hai⁴ ㊥ 高跟鞋。
【高大威猛】gou¹dai⁶wei¹mang⁵ ㊥ 個子高大，英俊瀟灑。
【高齡津貼】gou¹ling⁴zên¹tib³ ㊐ 發給六十七歲以上老人的現金津貼。

膏 gou¹ (gou¹) [gāo] ㊀ ❶脂肪；油脂。❷ 很稠的糊狀物 ♦ 牙膏 / 唇膏 / 軟膏 / 雪花膏。㊥ 特指動物性脂肪 ♦ 豬膏（豬油）/ 雞膏（雞油）。

篙 gou¹ (gou¹) [gāo] ㊀ 撐船用的竹竿 ♦ 船篙。㊥ 晾曬衣物等的長竿 ♦ 竹篙。

告 gou³ (gou³) [gào] ㊀ ❶ 向人述說 ♦ 告知 / 通告 / 奔相走告。❷ 提出訴訟、檢舉 ♦ 上告 / 誣告。❸ 請求 ♦ 告饒 / 告貸。❹ 表明 ♦ 告急 / 自告奮勇。❺ 宣佈或表示某種情況的實現或完成 ♦ 告捷 / 告吹 / 告一段落。
【告票】gou³piu³ ㊐ 罰款通知書。
【告地狀】gou³déi⁶zong⁶ ㊥ 指將記述自己的身世及不幸遭遇的“狀紙”擺在路旁，祈求過往行人幫助或施捨的做法。
【告枕頭狀】gou³zem²teo⁴zong⁶⁻² ㊥ 妻子在枕邊向丈夫訴說自己受到別人的不公正對待。

gu

咕 gu¹ (gu¹) [gū] ㊀擬聲詞。形容鴿子、母雞等的叫聲。
【咕喱】gu¹léi¹ ㊥ 英 coolie 音譯。苦力；裝卸、搬運工人。
【咕嚕肉】gu¹lou¹yug⁶ ㊥ 古老肉。
☞ 另見 144 頁 gu⁴；217 頁 ku¹。

姑 gu¹ (gu¹) [gū] ㊀ ❶ 父親的姐妹 ♦ 姑姑 / 姑母 / 三姑 / 表姑。❷ 丈夫的姐妹 ♦ 大姑 / 小姑 / 姑嫂。❸ 出家修行或從事迷信職業的婦女 ♦ 尼姑 / 仙姑 / 道姑。❹ 暫且 ♦ 姑且一試 / 姑妄言之。
【姑媽】gu¹ma¹ [gūmā] ㊀稱已婚的姑母。㊥ 父親的姐姐。
【姑奶】gu¹nai⁵⁻¹ ㊥ 大姑子，丈夫的姐妹。
【姑娘】gu¹nêng⁴ [gūniang] ㊀ 稱未婚的女子。㊥ 對護士的稱呼。
【姑婆】gu¹po⁴ ㊥ ❶ 祖父的姐妹。❷ 指具有某種特徵的婦女 ♦ 姑婆屋（專供老處女住的房屋）/ 老姑婆（大齡未婚女子）/ 大笑姑婆（笑聲爽朗而放肆的女子）。
【姑爺】gu¹yé⁴ [gūye] ㊀ 岳家稱女婿。
【姑姐】gu¹zé²⁻¹ ㊥ 姑姑；姑母；父親的妹妹。
【姑丈】gu¹zêng⁶⁻² [gūzhàng] ㊀ 姑夫，姑媽、姑姐的丈夫。
【姑爺仔】gu¹yé⁴zei² ㊥ 教唆賣淫或拉皮條的小流氓。

孤 gu¹ (gu¹) [gū] ㊀ ❶ 幼年喪父或父母雙亡 ♦ 孤兒 / 遺孤。❷ 單獨 ♦ 孤島 / 孤身一人 / 孤掌難鳴。❸ 古代王侯的自稱 ♦ 孤家 / 孤王 / 稱孤道寡。
【孤寒】gu¹hon⁴ ㊥ 小氣；吝嗇；摳門兒。
【孤寒鬼】gu¹hon⁴guei² ㊥ 小氣鬼；吝嗇鬼。也說“孤寒種” gu¹hon⁴zung²。
【孤寒財主】gu¹hon⁴coi⁴ju² ㊥ 戲稱有

錢而吝嗇的人。

估 gu2 (gu2) [gū] (通)揣測；大致地推算◆評估／低估。(粵)❶猜；猜想◆你估呢啲係乜嘢（你猜這是甚麼東西）？❷以為；當成◆你估咁易咩（你以為這麼容易哪）／你估我盲㗎（你當我瞎子啦）？❸謎◆開估喇（開謎吧）。

【估中】gu2zung3 (粵)猜中了；猜着了◆俾佢估中晒（讓他給全猜着了）。

【估估吓】gu2gu2ha2 (粵)瞎猜；瞎矇◆我都係估估吓啫（我不過瞎矇罷了）。

【估唔到】❶gu2m4dou2 (粵)猜不着。❷gu2m4dou3 (粵)沒想到◆估唔到佢係噉嘅人（沒想到他竟是這種人）。

古 gu2 (gu2) [gǔ] (通)❶年代久遠的◆古人／遠古／憶古／考古。❷不同於時俗的◆古拙／古雅。(粵)故事，尤指歷史故事◆講古（講故事）／鬼古（關於鬼怪的故事）。

【古老】gu2lou5 [gǔlǎo] (通)經歷久遠年代的◆古老的風俗。(粵)守舊；保守。

【古縮】gu2sug1 (粵)形容性情孤僻，寡言少語，不愛交際。

【古仔】gu2zei2 (粵)故事，尤指兒童故事◆講古仔（講故事）。

【古靈精怪】gu2ling4jing1guai3 (粵)古古怪怪；稀奇古怪◆着得古靈精怪噉，似乜吖（穿得古古怪怪，像個啥樣）？

【古老石山】gu2lou5ség6san1 (粵)老古董。比喻頑固守舊的人。

【古老當時興】gu2lou5dong3xi4hing1 (粵)把古舊的東西當成時尚的東西，含譏諷意味。

【古老十八代】gu2lou5seb6bad3doi6 (粵)老八輩子。

蠱（蛊）gu2 (gu2) [gǔ] (通)舊時傳説，把許多毒蟲放進器皿裏使互相吞食，最後剩下不死的毒蟲叫“蠱”，可用來毒害人。

【蠱惑】gu2wag6 [gǔhuò] (通)毒害；迷惑◆蠱惑人心。(粵)詭計多端，奸滑詭詐◆出蠱惑（耍滑頭）／有蠱惑（其中必定有詐）。

【蠱惑友】gu2wag6yeo5-2 (粵)奸詐的人；詭計多端的傢伙。

【蠱惑仔】gu2wag6zei2 (粵)❶小滑頭。❷黑社會人物。

鼓 gu2 (gu2) [gǔ] (通)❶打擊樂器，多為圓筒形或扁圓形，中間空，一面或兩面蒙皮◆腰鼓／戰鼓。❷形狀、聲音或作用像鼓的◆耳鼓／石鼓。❸發動；振奮◆鼓氣／鼓勁。❹凸出；脹大◆鼓腮／鼓脹／鼓住個肚唔舒服（肚子脹脹的不舒服）。❺敲；使發出聲音◆鼓瑟。❻搧風；振動◆鼓風／鼓翼。

【鼓氣袋】gu2héi3doi6-2 (粵)❶形容人因生氣而氣鼓鼓的，像充滿氣的袋子。❷比喻整天憋着不哼不哈的人。

【鼓埋泡腮】gu2mai4pao1soi1 (粵)鼓着腮幫子，表示不滿或生悶氣。

故 gu3 (gu3) [gù] (通)❶意外的事情◆事故／變故。❷原因；緣由◆緣故／藉故／無故缺席。❸從前的；舊有的◆故人／故宮／依然如故。❹原來的；原本的◆故土。❺有意的；成心的♦故作姿態 / 明知故犯。❻指人死亡♦病故 / 已故。❼所以；因此♦會議臨時改期，故未能及時通知。

【故此】gu³qi² [gùcǐ] [通] 因此；所以。多用於書面語。[粵] 口語常用。

固 gu³ (gu³) [gù] [通] ❶結實；牢靠♦牢固 / 穩固 / 堅固。❷堅硬♦固態 / 凝固。❸堅定；堅決♦頑固 / 固守陣地。❹本來；原有♦固有資產。

【固然之】gu³yin⁴ji¹ [粵] 固然。

顧（顾）gu³ (gu³) [gù] [通] ❶回頭看；觀看♦回顧 / 環顧 / 左顧右盼。❷關注；照料♦顧及 / 顧全大局 / 公私兼顧。❸商店或服務行業指來購買東西或要求服務的♦主顧 / 歡迎惠顧。❹拜訪♦三顧茅廬。

【顧主】gu³ju² [gùzhǔ] [通] 顧客。[粵] 僱員稱僱請自己的人。

【顧住】gu³ju⁶ [粵] ❶留神；當心♦要顧住吓身體至好（要當心身體才行）。❷想着；惦着♦唔好成日顧住玩（別整天想着玩耍）。❸關照；照顧♦老竇唔喺屋企，你要顧住個細佬（爸爸不在家，你要照管好弟弟）。

【顧頭唔顧尾】gu³teo⁴m⁴gu³méi⁵ [粵] 顧及開頭而忽略結尾。比喻做事情或想問題欠周全。

【顧得頭嚟腳反筋】gu³deg¹teo⁴lei⁴gêg³fan²gen¹ [粵] 扶得東來西又倒。

咕 gu⁴ (gu⁴) [gū]

【咕咕聲】gu⁴gu⁴⁻²séng¹ [粵] ❶形容大怒的樣子♦激到佢咕咕聲。❷咕咕叫♦餓到個肚咕咕聲（肚子餓得咕咕叫）。

☞ 另見 142 頁 gu¹；217 頁 ku¹。

gua

瓜 gua¹ (gwa¹) [guā] [通] 葫蘆科植物。莖蔓生，種類很多♦黃瓜 / 冬瓜 / 絲瓜 / 哈密瓜。[粵] 死；完蛋；翹辮子♦造瓜佢（把他幹掉）！

【瓜柴】gua¹cai⁴ [粵] 死掉；伸腿兒。

【瓜直】gua¹jig⁶ [粵] 死亡；也比喻完全失敗或徹底完蛋。

【瓜老襯】gua¹lou⁵cen³ [粵] 死去；死掉；伸腿兒。

呱 gua¹ (gwa¹) [guā] [通] 擬聲詞♦鴨子呱呱叫。

【呱呱叫】gua¹gua¹giu³ [guāguājiào] [通] 形容極好。[粵] 哇哇直叫♦嚇到佢呱呱叫（嚇得他哇哇直叫）。

寡 gua² (gwa²) [guǎ] [通] ❶少♦寡不敵眾 / 沉默寡言 / 曲高和寡。❷婦女死去丈夫♦守寡 / 鰥寡孤獨。❸淡而無味或味道好寡。[粵] 因吃酸性或苦寒的東西引起口腔、腸胃的不適感覺♦口寡寡。

【寡佬】gua²lou² [粵] 鰥夫；光棍♦單身寡佬（單身漢）。

【寡母婆】gua²mou⁵po⁴⁻² [粵] 寡母，指中年以上或帶着孩子的寡婦。

【寡母婆死仔】gua²mou⁵po⁴⁻²séi²zei² （歇）冇晒希望 mou⁵sai³héi¹mong⁶。

【寡母婆咁多心】gua²mou⁵po⁴⁻²gem³do¹sem¹ [粵] 形容猶豫不決，三心兩意。

剮(剐) gua² (gwa²) [guǎ] [通] ❶ 割肉離骨，古代的一種極刑 ♦ 千刀萬剮。❷ 被尖銳的東西劃破 ♦ 剮了個口子。

掛(挂) gua³ (gua³) [guà] [通] ❶ 藉助繩子、鈎子、釘子等使物體高懸或附着於高處 ♦ 掛圖 / 掛鐘 / 懸掛。❷ 惦念；不放心 ♦ 掛念 / 牽掛。❸ 登記 ♦ 掛號 / 掛失。❹ 打電話 ♦ 掛長途電話。❺ 量詞 ♦ 一掛鞭炮 / 一掛珠子。[粵] ❶ 掛念；牽掛 ♦ 心掛掛（放心不下）/ 你掛住佢做乜（你何必掛念他）？❷ 盼望；巴望 ♦ 成日掛住過年（老盼着過年）。❸ 量詞。座 ♦ 一掛山（一座墳墓）。

【掛單】gua³dan¹ [guàdān] [通] 指遊方和尚到廟裏投宿。[粵] ❶ 掛賬。❷ [方] 單身，沒有異性朋友。

【掛靴】gua³hê¹ [粵] 掛鞋，指足球或田徑運動員結束運動員生涯。

【掛住】gua³ju⁶ [粵] ❶ 掛念；惦記 ♦ 掛住屋企（惦記着家裏）。❷ 盼望；巴望 ♦ 唔好成日掛住玩（別老想着玩耍）。

【掛望】gua³mong⁶ [粵] 掛念；惦念。

【掛接車】gua³jib³cé¹ [方] 汽車的拖卡。

【掛臘鴨】gua³lab⁶ngab³ [粵] 比喻上吊、自縊。

【掛羊頭賣狗肉】gua³yêng⁴teo⁴mai⁶geo²yug⁶ [guàyángtóumàigǒuròu] [通] 比喻打着好名義去做壞事。

褂 gua³ (gwa³) [guà] [通] 中式單上衣 ♦ 短褂 / 大褂 / 馬褂。

啩 gua³ (gwa³) [粵] 語助詞。表示推測或疑問，相當於"吧" ♦ 唔會啩（不會吧）/ 冇咁快啩（沒那麼快吧）/ 噉做唔係幾好啩（這樣做不大好吧）？

guad

刮 guad³ (gwat³) [guā] [通] ❶ 用刀等將物體表面的東西去掉 ♦ 刮鬍子 / 刮芋頭。❷ 搜取；掠奪 ♦ 搜刮 / 刮地皮。[粵] ❶ 摑耳光 ♦ 刮佢一巴（摑他一巴掌）。❷ 搜刮；騙取錢財 ♦ 俾人刮咗一筆都唔知（被敲了一筆還不曉得）。❸ 搜；捕 ♦ 搵人四周圍刮佢返嚟（派人到各處去把他找回來）。

【刮花】guad³fa¹ [粵] 劃破；擦傷 ♦ 刮花塊玻璃（劃破玻璃）。

guai

乖 guai¹ (gwai¹) [guāi] [通] ❶ 小孩子聽話，懂事 ♦ 大個仔乖咗好多（長大乖多了）。❷ 伶俐；機靈 ♦ 乖巧 / 嘴乖 / 上過一次當，學乖了。❸ 不正常；不和諧 ♦ 乖戾 / 乖僻。

【乖仔】guai¹zei² [粵] 乖孩子；好孩子。

【乖乖女】guai¹guai¹nêu⁵⁻² [粵] 乖女孩。

拐 guai² (gwai²) [guǎi] [通] ❶ 改變方向 ♦ 向左拐。❷ 用誘騙手段帶走 ♦ 拐賣 / 誘拐。❸ 腿腳有毛病，失去平衡，走路不穩 ♦ 一瘸一拐。❹ 走路時幫助支援身體的棍子 ♦ 拐棍 / 龍頭拐。

【拐子佬】guai²ji²lou² [粵] 詐騙犯；拐騙人口財物的人。

怪 guai³ (gwai³) [guài] [通] ❶ 奇異；不正常 ♦ 怪論 / 千奇百怪。❷ 覺得奇怪，驚異 ♦ 大驚小怪 / 少見多怪。❸ 神話中的妖魔、怪物 ♦ 妖怪 / 鬼怪。❹ 責備；抱怨 ♦ 錯怪 / 唔好怪佢（別怪他）/ 怪我唔小心（怪我自己不小心）。

【怪責】guai³zag³ [粵] 責怪；責備 ♦ 你同我定喇，上頭有乜怪責，由我一個人孭晒（你別慌，上頭如有責怪，我一個人全背了）。

【怪之得】guai³ji¹deg¹ [粵] “怪唔之得”的省略。

【怪唔得】guai³m⁴deg¹ [粵] 同“怪之得”。也說“怪唔嚫” guai³m⁴cen¹。

【怪唔之得】guai³m⁴ji¹deg¹ [粵] 怪不得；難怪。

guan

關（关） guan¹ (gwan¹) [guān] [通] ❶ 閉；合攏 ♦ 關門 / 關閘。❷ 禁閉 ♦ 關押 / 關進監牢。❸ 在交通險要或邊境出入的地方設置的守衛處所 ♦ 關內 / 關外 / 邊關 / 閉關自守。❹ 進出口檢查或收稅的地方 ♦ 海關 / 報關 / 關稅。❺ 比喻重要的轉折點或不易通過的過程、許可、時間 ♦ 難關 / 年關 / 把關。❻ 起轉折或關聯作用的部分 ♦ 牙關 / 機關 / 關節 / 關鍵。❼ 牽連；涉及 ♦ 息息相關 / 無關緊要 / 人命關天。[粵] 關注；注意 ♦ 一眼關七（眼觀六路）。

【關斗】guan¹deo² [粵] 觔斗 ♦ 打關斗（翻觔斗）。

【關刀】guan¹dou¹ [粵] 長柄大刀 ♦ 屎坑關刀（比喻毫無用處的東西）。

【關人】guan¹yen⁴ [粵] 表示某些事與己無關或自己根本不願過問的用語 ♦ 關人，我先冇噉嘅閒心（管它，我才沒這種閒心）/ 關人屁事（關我甚麼事）！

【關公細佬】guan¹gung¹sei³lou²（歇）亦得（翼德）yig⁶deg¹ [粵] 相當於“後腦勺留鬍子——隨便（辮）”。

慣（惯） guan³ (gwan³) [guàn] [通] ❶ 習以為常；積久成性 ♦ 慣常 / 習慣 / 司空見慣。❷ 放任；縱容 ♦ 嬌慣 / 嬌生慣養。

【慣熟】guan³sug⁶ [粵] 熟悉 ♦ 大家噉慣熟，仲使乜客氣嗜（大家這麼熟，何必客氣呀）？

【慣性】guan³xing³ [guànxìng] [通] 物體保持自身原有的運動狀態或靜止狀態的性質 ♦ 慣性作用。[方] 習慣，習性。

摜 guan³ (gwan³) [粵] 扔、摔、摺東西於地 ♦ 摜生魚 / 摜爛晒啲嘢（把東西摔個稀巴爛）。

躀 guan³ (gwan³) [粵] 跌倒；摔跤 ♦ 喺樓梯躀咗落嚟（從樓梯上摔了下來）。

【躀低】guan³dei¹ [粵] 跌倒；跌跤 ♦ 路好滑，因住躀低（路很滑，當心跌跤）。

【躀直】guan³jig⁶ [粵] 比喻徹底失敗。

guang

梗 guang²/kuang² (gwaŋ²/kwaŋ²) [粵] 菜莖 ♦ 菜梗。

☞ 另見 127 頁 geng²。

逛 guang⁶/kuang³ (gwaŋ⁶/kwaŋ⁶) [guàng] [通] 外出散步，閒遊 ♦ 逛街 / 逛商場 / 逛馬路 / 逛公園。

gud

□ gud⁶ (gut⁹) [粵] ❶ 擬聲詞。形容喝水的聲音 ♦ □一聲飲咗佢 (咕嘟一聲把它喝了) / 飲到□□聲 (喝得咕嘟咕嘟響)。❷ 喝 ♦ □咗幾啖水 (喝了幾口水)。

güd

撅 güd⁶ (gyt⁹) [粵] 量詞。相當於“段”、“截” ♦ 斬開幾撅 / 剩番一撅 / (歇) 黃瓜打狗——唔見咗一撅 (黃瓜打狗 —— 不見了一截)。

gued

骨 gued¹ (gwɐt⁷) [gǔ] [通] ❶ 人和脊椎動物內支援身體的堅硬組織 ♦ 骨骼 / 骨折。❷ 比喻物體內部支撐的架子 ♦ 扇骨 / 遮骨 (傘骨) / 船的龍骨。❸ 指品質、氣概 ♦ 俠骨 / 傲骨 / 仙風道骨。[粵] ❶ 骨頭 ♦ 豬骨 (豬骨頭) / 起骨 (剔骨頭)。❷ 刺 ♦ 魚骨 (魚刺) / 講説話有骨嘅 (説話淨帶刺兒)。❸ 梗；莖；筋 ♦ 麻骨 (麻稈兒) / 芹菜骨 (芹菜莖) / 生骨大頭菜 (起筋的菜頭)。❹ 關卡；難關 ♦ 呢次我睇幾難過骨 (我看，這次不容易過得了關)。❺ 稱從事某種行業資歷較深的人 ♦ 老差骨 (老警察)。❻ 衣物的接縫 ♦ 衫骨 (衣服的接縫) / 三骨絲襪 (三接縫絲襪子)。❼ [方] 英 quarter 省音。四分之一；一刻鐘 ♦ 五點一個骨 (五點一刻)。

【骨痺】gued¹béi³ [粵] 肉麻 ♦ 咁骨痺嘅嘢難為佢講得出口 (這麼肉麻的東西他居然説得出口)。

【骨子】gued¹ji² [粵] 精巧；雅致；嬌小玲瓏 ♦ 間房佈置得幾骨子 (房間佈置得很雅致)。

【骨痛】gued¹tung³ [粵] 骨頭疼。

【骨頭】gued¹teo⁴ [gǔtou] [通] ❶ 同骨。❷ 比喻人的品質 ♦ 硬骨頭 / 軟骨頭 / 懶骨頭。

倔 gued⁶ (gwɐt⁹) [jué] [通] 剛直生硬。[粵] 固執；不近人情 ♦ 你脾氣咁倔，點出嚟交際吖 (你脾氣這麼強，怎麼跟人交往相處呀)？

【倔古】gued⁶gu² [粵] 固執；古板；死心眼 ♦ 呢個人咁倔古嘅 (那傢伙太死心眼了)。

掘 gued⁶ (gwɐt⁹) [jué] [通] 挖；刨 ♦ 掘土 / 發掘 / 掘個窿 (挖一個洞) / 掘番薯 (刨地瓜)。[粵] 引申作“尋”、“覓” ♦ 同我掘佢返嚟 (幫我尋他回來)。

屈 gued⁶ (gwɐt⁹) [粵] 也作“倔”。禿；鈍 ♦ 屈尾雞 (禿尾巴雞) / 筆都寫到屈晒 (筆都寫禿了)。

【屈篤】gued⁶dug¹ [粵] 盡頭；無路可通 ♦ 行到屈篤先至返轉頭就遲喇 (走到盡頭才折回來就遲啦)。

【屈頭】gued⁶teo⁴ [粵] 同“屈篤”。

【屈擂搥】gued⁶lêu⁴cêu⁴ [粵] 禿禿的；

鈍鈍的。

【屈尾龍】gued⁶méi⁵lung⁴⁻² （歇）搞風搞雨 gao²fung¹gao²yu⁵ [粵] 比喻製造麻煩，挑起事端，撩起是非。

【屈頭巷】gued⁶teo⁴hong⁶⁻² [粵] 死胡同。

【屈頭路】gued⁶teo⁴lou⁶ [粵] 死路；走不通的路。

【屈頭掃把】gued⁶teo⁴sou³ba² [粵] 禿條帚。

𥉮 gued⁶ (gwɐt⁹) [粵] 瞟 ♦ 𥉮佢一眼（瞟他一眼）/ 使眼尾𥉮住佢（用眼角睨視着他）。

guei

歸（归）guei¹ (gwɐi¹) [guī] [通] ❶ 返回 ♦ 歸家 / 回歸 / 滿載而歸。❷ 還給 ♦ 物歸原主。❸ 趨向；集中 ♦ 殊途同歸 / 眾望所歸 / 將啲雜物歸埋一便（把雜物歸攏放到一起）。❹ 由；屬於 ♦ 這事歸他管 / 這段歸你唱。[粵] 當歸的省稱 ♦ 歸頭（當歸頭）/ 歸身（當歸身）。

【歸一】guei¹yed¹ [guīyī] [通] 歸為一統。[粵] 整齊劃一，有條理。

【歸根到底】guei¹gen¹dou³dei² [粵] 歸根結底。

龜（龟）guei¹ (gwɐi¹) [guī] [通] 爬行動物，背腹有硬殼，頭、尾和四肢能縮入甲殼內，種類很多，壽命很長 ♦ 烏龜 / 草龜 / 金錢龜。

【龜蛋】guei¹dan⁶⁻² [粵] 王八蛋。罵人的話。

【龜公】guei¹gung¹ [粵] ❶ 王八，指妻子有外遇的人。常用來罵人。❷ 蓄妓賣淫的男人。

【龜婆】guei¹po⁴⁻² [粵] 鴇母。

鬼 guei² (gwɐi²) [guǐ] [通] ❶ 迷信的人所說的人死後的靈魂。❷ 不光明正大；躲躲閃閃 ♦ 鬼頭鬼腦 / 鬼鬼祟祟。❸ 對有不良嗜好或令人討厭的人的鄙稱 ♦ 煙鬼 / 酒鬼 / 膽小鬼 / 孤寒鬼（吝嗇鬼）。❹ 惡劣；糟糕 ♦ 鬼天氣 / 鬼地方。❺ 機靈；詼諧 ♦ 生鬼（詼諧；有趣）/ 這孩子真鬼。[粵] ❶ 泛指任何人 ♦ 鬼理佢（誰理他）/ 鬼都怕（誰都怕）/ 鬼知（誰都知道）。❷ 插在雙音詞當中，或置於形容詞前，有加強語氣或感情色彩的作用 ♦ 麻鬼煩（真麻煩）/ 鬼咁精（十分精明）。❸ 用在動詞後，表示懷疑或否定 ♦ 佢呃鬼你啫（他在騙你吧）！/ 呢隻係鬼真絲嚟嘅（這哪是真絲呀）！❹ 同"番鬼"，指外國的（人）♦ 鬼佬（洋人、外國人）/ 鬼婆（洋女人、外國婦女）/ 鬼妹（外國年輕少女）/ 鬼仔（外國男孩）。

【鬼打】guei²da² [粵] 罵人的話。活見鬼；鬼迷心竅。也說"鬼打咯" guei²da²lo³ 或"鬼打你咩" guei²da²néi⁵mé¹。

【鬼火】guei²fo² [guǐhuǒ] [通] 磷火的俗稱。[粵] 形容詞，非常之意思 ♦ 鬼火咁靚（很漂亮）。

【鬼咁】guei²gem³ [粵] 怪…的 ♦ 鬼咁肉酸（怪肉麻的）。也說"鬼死咁" guei²séi²gem³。

【鬼鬼】guei²guei² [粵] 表示親熱、親近 ♦ 老友鬼鬼，仲有乜計較嗜（一場朋友，還計較甚麼）？

【鬼古】guei²gu² [粵] 鬼故事。

【鬼馬】guei2ma5 (粵) ❶ 滑頭；不可靠 ♦ 佢個人咁鬼馬，信唔過嘅（他那個人太滑頭，靠不住的）。❷ 不正經；會逗笑 ♦ 鬼馬精（活寶）/ 鬼馬歌星（詼趣歌星）。❸ 機巧；滑稽 ♦ 嗰隻玩具狗都幾鬼馬（那個玩具狗挺逗人的）。

【鬼迷】guei2mei4 (粵) ❶ 非常；極為 ♦ 鬼迷咁好睇（好看極了）。❷ 罵人的話 ♦ 鬼迷咩（你昏了頭了）！

【鬼頭】guei2teo4 (通) 機靈；聰明。

【鬼話】guei2wa6-2 [guǐhuà] (通) 假話；謊話 ♦ 鬼話連篇。

【鬼搰】guei2wed6 (粵) 奸狡；詭詐。

【鬼影】guei2ying2 (粵) ❶ 人影 ♦ 鬼影都冇隻（一個人也沒有）。❷ (方) 指電視畫面上出現的重影。

【鬼鼠】guei2xu2 (粵) 鬼祟 ♦ 鬼鬼鼠鼠（鬼鬼祟祟）。

【鬼責】guei2zag3 (粵) 魘，指夢中覺得被壓住不能動彈 ♦ 俾鬼責。也作"鬼砋"。

【鬼仔】guei2zei2 (粵) ❶ 外國男孩。❷ 稱自家的孩子。❸ 邪術下所衍生的產物 ♦ 養鬼仔。

【鬼都怕】guei2dou1pa3 (粵) 誰都害怕 ♦ 見到鬼都怕（誰見了都害怕）。

【鬼叫你】guei2giu3néi5 (粵) 誰叫你 ♦ 鬼叫你窮（誰叫你是個窮光蛋呢）/ 鬼叫你唔嚟咩（誰叫你不來呀）。

【鬼揞眼】guei2em2ngan5 (粵) 比喻糊裏糊塗地出錯。

【…鬼…馬咩】…guei2…ma5mé1 (粵) 表示埋怨或不滿 ♦ 做鬼做馬咩（還做甚麼呀）/ 睇鬼睇馬咩（還看甚麼呀）？

【鬼靈精】guei2ling4jing1 (粵) ❶ 特別機靈。❷ 特別機靈的人。

【鬼佬齋】guei2lou2zai1 (方) 指用海產品代替肉食的減肥餐。

【鬼剃頭】guei2tei3teo4 (粵) 一種病症，指夜間睡覺時大量掉頭髮。

【鬼頭仔】guei2teo4zei2 (粵) 內奸，指犯罪 ♦ 團夥內部向警方通風報信的人。

【鬼畫符】guei2wag6fu4 (粵) 形容寫字馬虎，字跡潦草。

【鬼鬼馬馬】guei2guei2ma5ma5 (粵) 鬼鬼祟祟；鬼頭鬼腦 ♦ 你哋鬼鬼馬馬噉，喺度做乜吖（你們偷偷摸摸的，到底搞甚麼鬼）？

【鬼五馬六】guei2ng5ma5lug6 (粵) ❶ 油頭滑腦；不正派；不正經 ♦ 睇佢着到鬼五馬六噉，唔慌好人喇（瞧他油頭滑腦的，不會是個正派人）。❷ 烏七八糟 ♦ 佢個人鬼五馬六嘅嘢特別多（他那個人，烏七八糟的事特別多）。

【鬼殺咁嘈】guei2sad3gem3cou4 (粵) 大吵大鬧；吵得要命 ♦ 隔籬鬼殺咁嘈，出乜嘢事吖（隔壁吵吵嚷嚷，發生甚麼事啦）？

【鬼聲鬼氣】guei2séng1guei2héi3 (粵) 怪聲怪氣；陰陽怪氣。

【鬼拍後尾枕】guei2pag3heo6méi5zem2 (粵) 不打自招，指自覺或不自覺地承認自己的過失或洩露自己的隱私。

【鬼食泥噉聲】guei2xig6nei4gem2séng1 (粵) 形容口中唸唸有詞，叨叨個沒完。

【鬼打都冇咁醒】guei2da2dou1mou5gem3xing2 (粵) 形容非常警覺，或稱“鬼打都冇咁精神” guei2da2dou1mou5gem3jing1sen4。

簋 guei2 (gwɐi2) [guǐ] (通) 古代盛食物的器具，圓口，有雙耳 ♦ 九大簋（泛指豐盛的筵席）。

貴 guei3 (gwɐi3) [guì] (通) ❶ 價格或價值高 ♦ 昂貴 / 春雨貴如油。❷ 值得珍視或重視 ♦ 寶貴 / 珍貴 / 名貴。❸ 地位高；有身份 ♦ 尊貴 / 高貴 / 富貴。❹ 敬辭。稱對方或有關的事物 ♦ 貴姓 / 貴校 / 貴公司。

【貴利】guei3léi6-2 (粵) 高利貸；閻王賬 ♦ 借貴利（借高利貸）。又稱“貴利數” guei3léi6-2sou3。

【貴賓房】guei3ben1fong4-2 (粵) 指酒吧、餐廳等設的豪華單間。

桂 guei3 (gwɐi3) [guì] (通) ❶ 木犀 ♦ 桂花。❷ 肉桂。❸ 月桂。❹ 桂皮樹。❺ 廣西的別稱。

【桂味】guei3méi6-2 (粵) 荔枝的一個優良品種，味香甜，核較小。

【桂圓肉】guei3yun4yug6 (粵) 曬乾的龍眼肉。

季 guei3 (gwɐi3) [jì] (通) ❶ 一年中每三個月為一季 ♦ 季刊 / 春季。❷ 指具有某種特徵的一段時間 ♦ 雨季 / 旺季。❸ 一季的末一個月 ♦ 季春。❹ 排行中第四或最小的 ♦ 季弟 / 伯仲叔季。

【季尾】guei3méi5 (粵) 季末。

櫃（柜） guei6 (gwɐi6) [guì] (通) ❶ 收藏衣物器皿、文件等的器具 ♦ 衣櫃 / 碗櫃 / 文件櫃 / 入牆櫃（壁櫥）。❷ 商店中營業或記賬的枱子 ♦ 站櫃枱。

【櫃面】guei6min6-2 (粵) 櫃枱 ♦ 企櫃面（站櫃枱）。

【櫃桶】guei6tung2 (粵) 抽屜。

【櫃位】guei6wei6-2 (粵) 櫃枱。

【櫃員】guei6yun4 (方) 櫃枱工作人員。

【櫃員機】guei6yun4géi1 (方) 自動取款機。

【櫃桶底穿】guei6tung2dei2qun1 (粵) 同“穿櫃桶底”。

跪 guei6 (gwɐi6) [guì] (通) 兩膝彎曲，使兩個或一個膝蓋着地 ♦ 跪倒 / 跪地 / 下跪。

【跪地餼豬乸】guei6déi6héi3ju1na2（歇）睇錢份上 tei2qin4-2fen6sêng6 (粵) 為了金錢甘願低三下四，甚麼都肯做。

guen

軍（军） guen1 (gwɐn1) [jūn] (通) ❶ 武裝部隊 ♦ 軍隊 / 陸軍 / 海軍 / 潰不成軍。❷ 軍隊的編制單位，在師以上 ♦ 一個軍的兵力。❸ 類似於軍隊的有組織的集體 ♦ 勞動大軍。

【軍裝警員】guen1zong1ging2yun4 (方) 指穿警服的警察，有別於便衣警探。

均 guen1 (gwɐn1) [jūn] (通) ❶ 均勻；使均勻 ♦ 均分 / 均攤 / 平均。❷ 都；全 ♦ 手續均已辦全。

【均碼】guen1ma5 (粵) 指表明衣服、鞋、帽等尺寸大小的統一編碼。

【均真】guen1zen1 (粵) 公平；公正 ♦ 我做人好均真嘅（我處事挺公正的）。

滾（滚） guen² (gwɐn²) [gǔn] [通] ❶旋轉着移動♦滾球 / 打滾。❷液體受熱沸騰♦滾開的水 / 煮滾（燒開）。❸燙；很熱♦滾熱 / 滾燙 / 額頭好滾（額門很燙）/ 水滾茶靚（水燙茶好）。❹逐步遞增♦滾存 / 利滾利。❺呵斥對方走開♦滾開 / 滾蛋。[粵] ❶稍微一煮♦滾豬膶湯（煮豬肝湯）/ 隔夜餸要滾幾滾先至好食（隔夜剩菜要煮一煮才能吃）。❷誆騙；花言巧語矇人♦靠滾咩（你騙人哪）/ 周圍去滾（到處行騙）。❸攪♦滾濁晒啲水（把水攪渾了）。❹揚起塵土♦汽車滾起一埲泥塵（汽車揚起了一陣塵土）。❺偷偷拿走；不問自取♦邊個滾咗我枱面本書呢（誰拿走了我桌面上的書）？

【滾攪】guen²gao³⁻² [粵] 打攪；打擾♦咁夜仲去滾攪人咩（這麼晚了，就別去打攪人家了）/ 滾攪晒，唔好意思（打擾了，不好意思）。

【滾瀉】guen²sé³⁻² [粵] 沸騰而溢出♦校慢啲火，因住滾瀉（把火調小一點，當心溢出來了）。

【滾水】guen²sêu² [粵] 開水♦飲滾水（喝白開水）。

【滾人】guen²yen⁴ [粵] 矇人家。

【滾友】guen²yeo⁵⁻² [粵] ❶騙子。❷胡說八道，不負責任的人♦佢條嘢正滾友嚟嘅，唔好睬佢啲（那傢伙光會耍嘴皮子，別理睬他）。

【滾熱辣】guen²yid⁶lad⁶ [粵] ❶滾燙的；熱騰騰的♦滾熱辣嘅參湯（滾燙的參湯）。❷剛傳出的♦最新消息，滾熱辣嘅（剛傳出的最新消息）。

【滾紅滾綠】guen²hung⁴guen²lug⁶ [粵] ❶胡作非為，亂來一氣，尤指對女性不規矩。❷矇神騙鬼，信口胡吹。

【滾水淥腳】guen²sêu²lug⁶gêg³ [粵] 形容行走倉促，彷彿被開水燙了腳似的。

【滾軸溜冰】guen²zug⁶leo⁶bing¹ [方] 滑旱冰。

【滾錢滾糧票】guen²qin⁴⁻²guen²lêng⁴piu³ [粵] 騙錢騙糧票。泛指一般的欺騙行為。

【滾水淥豬腸】guen²sêu²lug⁶ju¹cêng⁴⁻²（歇）兩頭縮 lêng⁵teo⁴sug¹ [粵] 指受到雙重的損失。

棍 guen³ (gwɐn³) [gùn] [通] ❶斷面呈圓形的硬的條形物♦木棍 / 鐵棍 / 攪屎棍（愛播弄是非的人）。❷無賴；壞人♦惡棍 / 賭棍。

【棍騙】guen⁶pin³ [粵] 哄騙；誆騙。

gug

穀（谷） gug¹ (guk⁷) [gǔ] [通] 穀類作物♦穀物 / 五穀豐登。[粵] 見“掬”。

【穀氣】gug¹héi³ [粵] 同“掬氣”。

掬 gug¹ (guk⁷) [jū] [通] 雙手捧♦笑容可掬。[粵] ❶憋氣；強忍怒火♦掬住一肚火（憋着一肚子氣）。❷閉氣用力♦舉唔起就咪亂嚟，因住掬𡁵（舉不動就別胡來，當心憋出毛病）。❸催；催逼♦落足料掬一掬佢（下足飼料催一催牠）/ 係佢掬我上之嘛（是他逼着我上的）。

【掬氣】gug¹héi³ [粵] 受氣；窩火♦喺佢

度做嘢真掬氣（在他那裏幹活真受氣）。也作“穀氣”。

【掬住度氣】gug^{1}ju^{6}dou^{6}héi^{3} [粵] 強忍怨氣、怒氣。

鞠 gug^{1} (guk^{7}) [jū] [通] ❶古代的一種皮球♦蹴鞠。❷養育；撫育♦鞠養 / 鞠育。

菊 gug^{1} (guk^{7}) [jú] [通] 草本植物。一般秋天開花。種類很多。是觀賞植物，有的花可入藥♦墨菊 / 賞菊。

【菊普】gug^{1}pou^{2} [粵] 加菊花的普洱茶。

局 gug^{6} (guk^{9}) [jú] [通] ❶棋盤♦棋局。❷下棋或其他比賽一次叫一局♦一局棋 / 第二局 / 五局三勝。❸形勢；情況♦時局 / 大局 / 結局。❹圈套♦騙局 / 做局。❺拘束；限制♦局促 / 局限。

【局束】gug^{6}cug^{1} [júshù] [通] 拘束。多用於書面語。[方] 拘束。口語也用，寫作“侷束”。

焗 gug^{6} (guk^{6}) [粵] ❶憋悶；悶熱♦翳焗（憋悶）/ 天氣咁焗，睇嚟就快落雨（天氣悶熱得很，看樣子很快就會下雨）。❷用煙燻♦焗蚊（燻蚊子）/ 焗蛇（往蛇洞裏灌煙讓蛇昏昏迷迷地鑽出來）。❸用蒸氣使容器內的食物變熱、變熟♦焗臘腸 / 鹽焗雞 / 焗番熱啲飯（把冷飯蒸熱）。❹被迫；強制♦係都要焗我飲晒支酒（說甚麼也要逼迫我把整瓶酒喝光）。

【焗茶】gug^{6}ca^{4} [粵] 泡茶。

【焗𩜠】gug^{6}cen^{1} [粵] 受暑；中暑。

【焗飯】gug^{6}fan^{6} [粵] 燜飯。

【焗腳】gug^{6}gêg^{3} [粵] 鞋子太小，擠迫而悶腳。

【焗汗】gug^{6}hon^{6} [粵] 發汗。

【焗住】gug^{6}ju^{6} [粵] 被迫地；並非出於自願地♦焗住要買 / 焗住要去。

【焗嗦】gug^{6}sug^{1} [粵] ❶地方狹小。❷氣量狹隘。

【焗蒸氣】gug^{6}jing^{1}héi^{3} [粵] 沐蒸氣浴。也說“焗桑拿” gug^{6}song^{1}na^{4}。

【焗嗦氣】gug^{6}sug^{1}héi^{3} [粵] 窩囊氣。

gui

癐 gui^{6} (gui^{6}) [粵] 累；疲乏♦做到好癐（幹得挺累）/ 癐到唔想嘟（累得動也不想動）。

【癐到死】gui^{6}dou^{3}séi^{2} [粵] 累得要命。也說“癐到想死” gui^{6}dou^{3}sêng^{2}séi^{2}。

【癐過頭】gui^{6}guo$^{3-2}$teo^{4} [粵] 太累了♦癐過頭反而瞓唔着（太累了反而睡不着覺）。

【癐拉拉】gui^{6}lai^{4}lai^{4} [粵] 疲憊不堪，疲憊無力的樣子♦成身癐拉拉（渾身軟綿綿的）。

gun

官 gun^{1} (gun^{1}) [guān] [通] ❶在政府機關或軍隊裏擔任一定職務的人員♦軍官 / 法官 / 外交官。❷政府或公家的♦官費。❸指器官♦感官 / 五官端正。

【官非】gun^{1}féi^{1} [粵] 官司；訴訟♦惹官非（引起訴訟）。

【官校】gun^{1}hao^{6} [方] 官立學校。

【官式】gun^{1}xig^{1} [方] 正式；官方性質♦

官式訪問。

【官仔骨骨】gun1zei2gued1gued1 [粵] 指打扮俊俏的男子。

【官字兩個口】gun1ji6lêng5go3heo2 [粵] 從政者多長一張嘴巴；老百姓說不過做官的。

棺 gun1 (gun1) [guān] [通] 裝殮死人的器具 ♦ 棺材 / 蓋棺論定。

【棺材老鼠】gun1coi4lou5xu2（歇）專食死人 jun1xig6séi2yen4 [粵] 靠死人吃飯，指殯葬行業中人。

【棺材舖拜神】gun1coi4pou3-2bai3sen4（歇）想人死之嘛 sêng2yen4séi2ji1ma5 [粵] 相當於"棺材店裏咬牙 —— 恨人不死"。

觀(观) gun1 (gun1) [guān] [通] ❶看；察看 ♦ 觀望 / 參觀 / 走馬觀花。❷景象；樣子 ♦ 景觀 / 奇觀 / 改觀。❸對事物的認識或看法 ♦ 主觀 / 樂觀 / 人生觀。

【觀音兵】gun1yem1bing1 [粵] 指喜歡為女性奔走效勞的人。

管 gun2 (gun2) [guǎn] [通] ❶圓而細長中空的東西 ♦ 鋼管 / 血管 / 輸油管。❷吹奏樂器 ♦ 管樂。❸形狀像管的電器元件 ♦ 電子管 / 晶體管。❹負責辦理 ♦ 管賬 / 管家 / 掌管。❺負責；保證 ♦ 管修 / 管接管送。❻約束；限制 ♦ 管押 / 看管。❼過問 ♦ 多管閒事。❽不管；無論 ♦ 管它多少 / 管他去不去。

【管道】gun2dou6 [guǎndào] [通] 用金屬或其他材料製成的輸送流體或粉末的管子 ♦ 管道煤氣。[方] 渠道；方式；途徑。

gün

捐 gün1 (gyn1) [juān] [通] ❶捨棄 ♦ 捐棄 / 為國捐軀。❷獻出 ♦ 捐獻 / 募捐。❸賦稅 ♦ 房捐 / 苛捐雜稅。

【捐血】gün1hüd3 [粵] 獻血。

狷 gün1 (gyn1) [粵] 也作"捐"。鑽 ♦ 隻老鼠狷咗入窿（老鼠鑽進洞裏了）/ 狷落牀下底（鑽到牀底下）。

【狷窿狷罅】gün1lung1gün1la3 [粵] 有空子就往裏鑽，比喻想盡一切辦法 ♦ 你狷窿狷罅都要同我搵佢返嚟（你要想盡一切辦法替我把他找回來）。

捲(卷) gün2 (gyn2) [juǎn] [通] ❶把東西彎轉裹成圓筒狀 ♦ 捲簾子 / 捲起衫袖（把衣袖捲起來）。❷東西被揚起或裹住 ♦ 風捲殘雲 / 被海浪捲走。❸裹成圓筒狀的東西 ♦ 花捲 / 煙捲 / 春捲。❹量詞。用於成捲的東西 ♦ 一捲行李 / 兩捲衛生紙。

【捲粉】gün2fen2 [粵] 捲成圓筒狀的熟米粉。也叫"腸粉" cêng4-2fen2 或"豬腸粉" ju1cêng4-2fen2。

【捲煙】gün2yin1 [juǎnyān] [通] ❶香煙。❷雪茄。

券 gün3 (gyn3) [粵] 口語音，票據；憑證 ♦ 證券 / 入場券 / 金融債券。

gung

工 gung1 (guŋ1) [gōng] [通] ❶工匠；工人 ♦ 技工 / 民工 / 能工巧匠。❷勞動；工作 ♦ 上工 / 收工

/巧奪天工。❸工程◆開工/動工/竣工。❹工業◆化工/輕工產品。❺一個工作日的勞動◆呢項工程要三百個工。❻技藝；功夫◆唱工/做工。❼長於；善於◆工詩善畫。❽精巧；細緻◆工巧/工整/工筆畫。❾我國民族音樂音階上的一級，相當於簡譜的"3"。

【工夫】gung¹fu¹ [gōngfu] [通] ❶做事所費的時間和精力◆花十來天工夫學會了打字。❷空閒時間◆有工夫再來看你。❸造詣；本領◆他的表演很有工夫。[粵] 活兒；事情◆做工夫(做事情)/做多好多工夫(多幹好些活兒)。也作"功夫"。

【工廠妹】gung¹cong²mui⁶⁻¹ [粵] 在工廠做工的青年女子。

【工夫片】gung¹fu¹pin³⁻² [粵] 武打片。

【工多藝熟】gung¹do¹ngei⁶sug⁶ [粵] 下的功夫多，技藝自然精熟。

【工業大廈】gung¹yib⁶dai⁶ha⁶ [方] 專供開設工廠的大樓。

【工業行動】gung¹yib⁶heng⁴dung⁶ [方] 指非工廠工人採取怠工方式的抗議行動。

【工業學院】gung¹yib⁶hog⁶yun² [方] 工業專科學校，分招收初中畢業(中三)生和高中畢業(中五)生兩類。

【工字不出頭】gung¹ji⁶bed¹cêd¹teo⁴ [粵] 意指做工的難有出頭之日。

功 gung¹ (guŋ¹) [gōng] [通] ❶功勞；功績◆立功/三等功/論功行賞。❷成就；成效◆急功近利/事半功倍/徒勞無功。❸技能；造詣◆武功/唱功/基本功。❹付出的勞動◆用功/十年苦功。❺物理學上在外力作用下使物體沿力的方向移動叫"做功"。

【功能團體】gung¹neng⁴tün⁴tei² [方] 對社會經濟有重大作用的行業團體。

公 gung¹ (guŋ¹) [gōng] [通] ❶屬於國家或集體的◆公家/公費。❷共同的◆公害/公德。❸共同；一致◆公推/公議/公認。❹於國際間的◆公海/公制。❺公事◆辦公/公文/公函。❻公開◆公告/公審。❼公平；公正◆大公無私/秉公辦事。❽對成年或老年男子的稱呼◆諸公/愚公移山/趙公元帥。❾丈夫的父輩、祖父輩◆公婆/叔公。❿母親或師父的父輩◆外公/師公。⓫禽獸中的雄性◆公雞/公羊/公牛。[粵] ❶對成年或老年男子的稱呼，用法較普通話普遍◆一支公(一個男人家)/壽星公(老壽星)/白鬚公(白鬍子老人)。❷指象棋的將、帥◆讓隻公俾你(我把老帥都讓給你)。

【公幹】gung¹gon³ [gōnggàn] [通] 公事；公務◆有何公幹？[方] 出差；公差。

【公屋】gung¹ug¹ [粵] ❶公家的房屋；公房。❷[方] 公共屋邨的省稱。

【公用】gung¹yung⁶ [gōngyòng] [通] 公共使用；共同使用◆公用電話。

【公仔】gung¹zei² [粵] ❶人物畫；有人物的圖畫◆畫公仔畫出腸(比喻說出底細或點穿要害)/睇書淨係睇公仔(看書光看插圖)。❷洋娃娃；玩具娃娃◆咁大個仲抱住個公仔瞓(長這麼大了還抱着玩具娃娃睡覺)。

【公司貨】gung¹xi¹fo³ [方] 按公司原批發

價出售的商品。

【公仔紙】gung¹zei²ji² [粵] 印有人物的小畫片。

【公仔麵】gung¹zei²min⁶ [粵] 快熟麵。也叫"即食麵" jig¹xig⁶min⁶。

【公仔書】gung¹zei²xu¹ [粵] 小人書；連環畫。

【公眾假期】gung¹zung³ga³kéi⁴ [方] 指按規定可以公休的假期。

【公一份婆一份】gung¹yed¹fen⁶po⁴yed¹fen⁶ [粵] 指夫妻倆都參加工作，各有一份收入。

【公不離婆，秤不離砣】gung¹bed¹léi⁴po⁴，qing³bed¹léi⁴to⁴ [粵] 形容夫妻形影相隨。

【公死有肉食，婆死有肉食】gung¹séi²yeo⁵yug⁶xig⁶，po⁴séi²yeo⁵yug⁶xig⁶ [粵] 鷸蚌相爭，漁人得利。

弓 gung¹ (guŋ¹) [gōng] [通] ❶ 射箭或發射彈丸的器械 ♦ 弓箭 / 彈弓 / 左右開弓。❷ 像弓的工具或器械 ♦ 胡琴弓子。❸ 彎曲 ♦ 弓腰 / 弓背。❹ 丈量土地的用具和計算單位 ♦ 步弓 / 一弓約等於五尺。[粵] 嗆 ♦ 弓鼻（嗆鼻子）。

【弓眼弓鼻】gung¹ngan⁵gung¹béi⁶ [粵] 指有刺激性的氣味使鼻子眼睛覺得難受。

供 gung¹ (guŋ¹) [gōng] [通] 供給；提供 ♦ 供水 / 僅供參考。[粵] 以分期付款方式購買住宅或其他高價商品 ♦ 供樓又供車（以分期付款方式購買住宅和車子）。

【供股】gung¹gu² [方] 企業以股票代替紅利。

【供盤】gung¹pun⁴⁻² [方] 指商品的市場投放。

【供樓】gung¹lou⁴⁻² [粵] 以分期付款方式購買住宅。

【供書教學】gung¹xu¹gao³hog⁶ [方] 出錢讓子女或後輩接受系統的正規教育。

共 gung⁶ (guŋ⁶) [gòng] [通] ❶ 相同；一樣 ♦ 共同 / 共通 / 共性。❷ 同；一道 ♦ 共處 / 共居 / 同甘共苦 / 生死與共。❸ 總計 ♦ 一共 / 總共。❹ 共產黨的省稱 ♦ 中共十四大。

【共埋】gung⁶mai⁴ [粵] 合在一起；湊在一起 ♦ 我哋幾個人共埋住一間房（我們幾個合住一個房間）。又作"同埋 tung⁴mai⁴"。

guo

裹 guo² (gwɔ²) [guǒ] [通] 用紙、布等包、纏 ♦ 包裹 / 用毛巾裹住塊面（用毛巾把臉裹住）。

【裹蒸粽】guo²jing¹zung³⁻² [粵] ❶ 用去殼綠豆、豬肉等做餡的鹹粽子，以廣東肇慶地區為有名。❷ 比喻穿得裏一層外一層。

過（过） guo³ (gwɔ³) [guò] [通] ❶ 經過某個空間或時間 ♦ 過河 / 過冬 / 招搖過市。❷ 從甲轉到乙 ♦ 過户 / 過繼 / 過門。❸ 經過某種處理 ♦ 過篩 / 過濾。❹ 超過一定限度或範圍 ♦ 過熱 / 過細。❺ 過失 ♦ 功過 / 罪過 / 閉門思過。❻ 用在動詞後，表示完畢或曾經發生 ♦ 吃過虧，上過當 / 佢頭先仲返過嚟（他剛才還回來過）。粵 ❶ 介詞。表示比較 ♦ 佢高過我（他比我高）/ 佢大過我三歲（他比我大三歲）。❷ 介詞。表示給予 ♦ 俾三蚊過我（給我三塊錢）/ 嗰件事我話咗過佢知㗎喇（那件事我已經告訴了他）。❸ 用在動詞後，含有"另外"、"重新"的意思 ♦ 呢個唔啱咪搵過個囉（這個不合適，另找一個就是了）。❹ 用在"一"和量詞後，表示一次性了結、完畢 ♦ 一筆過還清條數（一次性還清借款）/ 一批過入貨（一次性進貨）。❺ 大學中的用語，指考試合格的意思 ♦ 勁過（考試合格且取得好成績）。

【過電】guo3din6 粵 ❶ 傳電；漏電。❷ 女人秀目傳情。

【過檔】guo3dong3 粵 轉換門庭；改投…；轉至… ♦ 過檔亞視（轉至亞洲電視台）/ 挖佢過檔（把他挖過來）。

【過冬】guo3dung1［guòdōng］通 度過冬天。粵 粵俗把"冬至"當節日來過，有謂"過冬大過過年"（過冬比過新年還隆重）。

【過埠】guo3feo6 粵 出國；出洋 ♦ 過埠新娘（嫁出外國的女子）。

【過氣】guo3héi3 粵 泛指因過時而至質地、味道、效力、魅力等變差了 ♦ 過氣總統（卸任總統）/ 過氣油炸鬼（皮了的油條）/ 呢種款式過晒氣喇（這種款式早就不時興了）。

【過海】guo3hoi2［guòhǎi］通 渡海 ♦ 飄洋過海。粵 香港指乘渡輪來往於港島與九龍之間；廣州指乘渡輪橫渡珠江。

【過節】guo3jid3［guòjié］通 ❶ 在節日進行慶祝活動。❷ 指過了節日。粵 嫌隙；彆扭；兩人之間所發生的不愉快的事情。

【過主】guo3ju2 粵 更換主人。推搪語，找其他人之意 ♦ 想借錢？過主啦（想借錢，不要找我，找其他人吧）！

【過期】guo3kéi4［guòqī］通 超過期限。

【過橋】guo3kiu4［guòqiáo］通 在橋上通過。粵 當跳板 ♦ 唔好搦我嚟過橋（別把我當跳板）。

【過龍】guo3lung4 粵 超過一定限度、標準、準則；過了頭 ♦ 瞓過龍（睡過了頭）/ 眼大睇過龍（看偏了）。

【過衫】guo3sam1 粵 涮衣裳。

【過身】guo3sen1 通 婉辭。指人死亡，去世。

【過手】guo3seo2［guòshǒu］通 經手辦理（多為財物）。粵 經過某人之手 ♦ 錢銀嘅嘢，千祈唔好過佢手（千萬不要把錢交到他手上）。

【過水】guo3sêu2 粵 交錢；以錢財賄賂權勢或應付黑社會組織 ♦ 佢始終唔肯過水，卒之咪唔啹（他始終不肯付錢，終於惹出禍來）。

【過塑】guo3sog3 粵 加塑膠保護膜 ♦ 過塑封面。

【過太】guo3tai3 粵 太過分 ♦ 噉做過唔過太啲吖（這樣做太過分了吧）？

【過往】guo3wong5［guòwǎng］通 ❶ 來去 ♦ 過往人客太多（過往的人太多）。❷ 來往；交往。粵 過去；過去了的 ♦ 佢過往唔係噉嘅人嚟㗎（他過去倒不是這樣的人）/ 過往的事，仲提嚟做乜吖（過去了的事，還提它幹甚麼）。

【過大海】guo3dai6hoi2 [方] 從香港乘船去澳門，暗指去澳門賭博。

【過口癮】guo3heo2yen5 [粵] ❶ 沒話找話說；隨便閒聊。❷ 隨便找點東西嚼嚼。❸ 吃女人豆腐。

【過冷河】guo3lang5ho4-2 [粵] 將煮熟或加熱過的食物用涼水浸一浸。

【過唔去】guo3m4hêu3 [粵] 過不去；指通不過去、故意為難或過意不去。

【過雲雨】guo3wen4yu5 [粵] 短陣雨。

【過日神】guo3yed6sen4 [粵] 排遣日子；打發日子。

【過氣老倌】guo3héi3lou5gun1 [粵] ❶ 曾經走紅的老藝人或曾經顯赫的人物。❷ 引申指失去權勢、地位或資財的人。

【過橋抽板】guo3kiu4ceo1ban2 [粵] 過河拆橋。

【過水濕腳】guo3sêu2seb1gêg3 [粵] 經手三分肥。

【過意唔去】guo3yi3m4hêu3 [粵] 過意不去，指心中不安或抱歉。

【過咗海就神仙】guo3zo2hoi2zeo6sen4xin1 [粵] 用欺騙的手段蒙混過關。

guong

光 guong1 (gwɔŋ1) [guāng] [通] ❶ 光線 ♦ 陽光 / 燈光 / 月光。❷ 明亮 ♦ 光明 / 光輝 / 光澤。❸ 景物 ♦ 風光 / 春光 / 觀光。❹ 榮耀 ♦ 為國增光。❺ 敬辭。用於對方來臨 ♦ 光臨 / 光顧。❻ 光滑；平滑 ♦ 拋光 / 磨光 / 光溜溜。❼ 淨盡；無餘 ♦ 花光 / 精光 / 一掃而光。❽ 露着；裸露 ♦ 光頭 / 光腳 / 光膀子。❾ 僅；只 ♦ 光靠死記硬背 / 光打雷不下雨。[粵] ❶ 亮 ♦ 天光（天亮）/ 間房唔夠光（房間亮度不夠）。❷ 禽畜等宰後去毛的 ♦ 光雞 / 光鴨 / 光豬。

【光潔】guong1gid3 [guāngjié] [通] 光亮而潔淨。[方] 體面；有地位 ♦ 光潔的人家（體面的人家）。

【光猛】guong1mang5 [粵] 光線充足；豁亮 ♦ 間廳夠晒光猛（這個廳光線十分充足）。

【光瞠瞠】guong1cang4cang4 [粵] 光燦燦，形容光亮過強而刺眼 ♦ 拉埋啲窗簾喇，光瞠瞠，點瞓得着吖（把窗簾拉上吧，光燦燦的，哪睡得着覺哪）。

【光脫脫】guong1tüd3-1tüd3-1 [粵] ❶ 光禿禿 ♦ 剷到個頭光脫脫（把腦袋剷得光光的）。❷ 赤條條。也說“光捋脫” guong1lüd3-1tüd3-1。

【光棍佬教仔】guong1guen3lou2gao3zei2（歇）便宜莫貪 pin4yi4mog6tam1 [粵] 含貪得便宜反受累之意。

【光棍遇着冇皮柴】guong1guen3yu6zêg6mou5péi4cai4 [粵] 比喻半斤八兩，彼此彼此。也指騙中騙。

廣（广）guong2 (gwɔŋ2) [guǎng] [通] ❶ 寬闊；開闊 ♦ 廣闊 / 寬廣 / 地廣人稀。❷ 眾多 ♦ 大庭廣眾 / 見多識廣。❸ 擴大；使開闊 ♦ 推廣 / 以廣見聞。❹ 廣東、廣州的省稱 ♦ 廣貨 / 廣九鐵路。❺ “兩廣” 指廣東、廣西。

【廣府】guong2fu2 [粵] 舊廣州府屬地區

◆廣府人 / 廣府話（以廣州話為代表的廣州地區方言）。

【廣字頭】guong²ji⁶teo⁴ [粵] 漢字部首的廣字旁。

H

ha

蝦（虾）ha¹ (ha¹) [xiā] [通] 節肢動物。身上有殼。生活在水裏。種類很多◆龍蝦 / 對蝦 / 竹節蝦。[粵] 欺負◆大蝦細（大的欺負小的）/ 俾人蝦（被人欺負）。

【蝦霸】ha¹ba³ [粵] ❶ 欺負。❷ 愛欺負人；霸道◆咁蝦霸點得㗎（這麼霸道哪行）？

【蝦春】ha¹cên¹ [粵] 浮游生物。形似蝦卵，可做成醬作調味品。也作"蝦𥻘"。

【蝦餃】ha¹gao² [粵] 用蝦仁作餡、澄麵作皮的蒸餃。

【蝦笱】ha¹geo² [粵] 捕蝦的小竹籠。

【蝦膏】ha¹gou¹ [粵] 蝦醬。

【蝦公】ha¹gung¹ [粵] 蝦。

【蝦子】ha¹ji² [粵] 蝦卵，乾製後呈橙黃色，用作調味品◆蝦子麵。

【蝦蝲】ha¹lad³ [粵] 小螃蟹的一種，生活在稻田、小溝旁等地方。

【蝦球】ha¹keo⁴ [粵] 去殼去頭尾切成球形的蝦肉。

【蝦碌】ha¹lug¹ [粵] 去掉頭尾的蝦身。

【蝦米】ha¹mei⁵ [xiāmǐ] [通] 去頭去殼後曬乾的蝦。[粵] 形容人縮作一團的形態◆彎弓蝦米。

【蝦毛】ha¹mou⁴⁻¹ [粵] 小蝦。

【蝦人】ha¹yen⁴ [粵] ❶ 欺負人。❷ 難辦，考功夫◆唔好話，呢單嘢都幾蝦人㗎（你別說，這事還挺考功夫的呢）。

【蝦丸】ha¹yun⁴⁻² [粵] 用剁碎的鮮蝦肉製成的丸子。

【蝦眼水】ha¹ngan⁵sêu² [粵] 冒小水泡即將燒開的水，廣東人認為最宜泡茶。

【蝦蝦霸霸】ha¹ha¹ba³ba³ [粵] 橫行霸道◆俾啲利害佢睇下，咪俾佢成日喺度蝦蝦霸霸（給他點顏色瞧瞧，別讓他老在這裏橫行霸道）。

【蝦人蝦物】ha¹yen⁴ha¹med⁶ [粵] 欺負人。

下 ha⁵ (ha⁵) [粵] 收摘果子◆下荔枝。

☞ 另見 159 頁 ha⁶。

吓 ha⁵ (ha⁵) [粵] 也作"下"。❶ 附在動詞後，表示該動作持續時間很短◆你睇吓先喇（你先看看再說吧）/ 你問吓佢好唔好（你問一問他好不好）？ ❷ 附在單音節動詞後再重複一次，表示該動作緩慢持續◆玩吓玩吓，玩到唔知時候（玩呀玩的，連時間也給忘了）/ 諗吓諗吓覺得唔係幾對路（想了想，發覺不大對頭）。❸ 附在少數幾個單音節動詞後再重複一次，使該動作形象化◆行路跎吓跎吓（走路一瘸一拐的）/ 激到佢跳吓跳吓（氣得他跳來跳去）。❹ 用在"幾"及形容詞後，使意思變得婉轉◆佢都生得幾高大吓（他長得還是很高大的）/ 呢度啲嘢都幾貴吓（這裏的東西還是挺貴的）。❺ 量詞◆三兩吓手勢就搞啱（三兩下子就弄妥了）。

下 ha⁶ (ha⁶) [xià] [通] ❶ 位置低 ♦ 下部 / 樹下。❷ 等級、質量低 ♦ 下級 / 下等。❸ 時間或次序在後 ♦ 下午 / 下冊。❹ 從高處到低處 ♦ 仙女下凡 / 騎虎難下。❺ 做某種動作 ♦ 下筆 / 下船 / 下注。❻ 按時結束 ♦ 下班 / 下課。❼ 發出 ♦ 下命令 / 下聘書。❽ 使用 ♦ 下功夫 / 對症下藥。❾ 表示動作的完成或趨向 ♦ 坐下 / 喝下 / 打下基礎 / 結下冤仇。❿ 表示時間、處所、範圍 ♦ 眼下 / 腳下 / 言下之意。⓫ 量詞。表示動作的次數 ♦ 打了兩下 / 碰了一下。

【下便】ha⁶bin⁶ [粵] ❶ 下面；底下 ♦ 樓梯下便（樓梯底下）/ 下便由張總裁講話（下面由張總裁講話）。❷ 就廣東或廣州而言指香港 ♦ 最近佢家姐落咗下便（最近他姐姐去了香港）。

【下低】ha⁶dei¹ [粵] ❶ 下面，一般指貼近地面 ♦ 放喺枱下低好易受潮（放在桌子下面很容易受潮）。❷ 同"下便 ❷"。

【下底】ha⁶dei² [粵] ❶ 底下；正在某物的下面 ♦ 猸落牀下底（鑽到牀底下）。❷ 下頭。

【下間】 ha⁶gan¹ [粵] 廚房。現少用。

【下更】 ha⁶gang¹ [方] 中班，指從下午 4 時至晚上 12 時的班次。

【下氣】ha⁶héi³ [xiàqì] [通] 平心靜氣 ♦ 低聲下氣。[粵] ❶ 遏止怒氣 ♦ 等佢下咗度氣先（讓他消了怒氣再說）。❷ 煮東西到一定火候時，用某種方法讓鍋內溫度降下來。

【下欄】ha⁶lan⁴ [粵] ❶ 服務性行業工資外的收入。❷ 專指飯館的殘羹剩飯。

【下巴】ha⁶pa⁴ [粵] 下巴頦兒 ♦ 講話冇下巴（說話不算數）。也作"下扒"。

【下水】ha⁶sêu² （一）[xiàshuǐ] [通] ❶ 入水 ♦ 新船下水。❷ 順流而下。❸ 比喻做壞事 ♦ 拉人下水。

（二）[xiàshui] [通] 供食用的禽畜內臟。

【下晝】ha⁶zeo³ [粵] 下午；下半晌。也說"下晏" ha⁶an³。

【下空裝】ha⁶hung¹zong¹ [方] 女子不穿下衣的裝束。

【下巴輕輕】ha⁶pa⁴héng¹héng¹ [粵] 說話輕浮，不負責任；隨便許諾，不顧後果。也作"下扒輕輕"。

☞ 另見 158 頁 ha⁵。

hab

呷 hab³ (hap⁸) [xiā] [粵] 小口地喝；吸飲 ♦ 呷茶 / 呷一啖（呷一口）。

【呷醋】hab³cou³ [粵] 吃醋，指男女關係上的妒忌。

莢（荚） hab³ (hap⁸) [粵] ❶ 菜幫；青菜的邊葉 ♦ 摵晒啲菜莢（把菜幫摘乾淨）/ 啲菜莢剩番嚟餵豬（菜幫留着用來餵豬）。❷ 量詞。用於菜葉 ♦ 一莢芥菜。

hag

客 hag³ (hak⁸) [kè] [通] ❶ 客人 ♦ 賓客 / 會客 / 送客。❷ 主顧 ♦ 顧客 / 乘客 / 熟客。❸ 離鄉在外；也指

離鄉在外的人♦客居/客籍/作客他鄉。❹為某種目的而奔走活動的人♦政客/刺客/說客。❺獨立於人的意識之外的♦客體。[粵] 泛指某一類人♦人客/水客（單幫商販）/偷渡客（偷渡者）/香港客（香港來的人）。

【客席】hag3jig6 [方] 客座♦客席教授。

【客路】hag3lou6 [粵] 顧客的來源；客源♦客路好廣（客源很廣）。

【客串】hag3qun3 [粵] 不當主角或主唱參加演出。

【客仔】hag3zei2 [粵] 客戶♦熟客仔/大客仔。

【客貨車】hag3fo3cé1 [粵] 前部可以搭客、後部可以載貨的麵包車。

【客家佔地主】hag3ga1jim3déi6ju2 [粵] 喧賓奪主。

嚇（吓） hag3 (hak8) [xià] [通] 害怕；使害怕♦嚇了一跳/喺度嚇鬼咩（你嚇得了誰呀）？

【嚇窒】hag3zed6 [粵] 嚇呆了♦我差啲俾你嚇窒（我差點讓你給嚇呆了）。

hai

揩 hai1 (hai1) [kāi] [通] 擦；拭；抹♦揩鼻涕/揩乾眼淚。[粵] 蹭；碰、擦♦輕輕揩嚫吓（輕輕碰了一下）/係佢揩埋嚟之嘛（是他自己蹭過來的呀）。

【揩花】hai1fa1 [粵] 擦損；揩花架車（車子蹭了幾道印兒）。

【揩油】hai1yeo4-2 [kāiyóu] [粵] 比喻從中佔便宜。

□ hai1 (hai1)

【□快】hai1fai1 [粵] 英 high fidelity 簡稱 Hi-Fi 音讀。音響組合。

鞋 hai2 (hai2) [粵] 口語變音♦拖鞋。☞另見本頁 hai4。

鞋 hai4 (hai4) [xié] [通] 穿在腳上，走路時着地，沒有長筒的用品♦皮鞋/布鞋/雨鞋/膠鞋。

【鞋擦】hai4cad3-2 [粵] 鞋刷子。

【鞋抽】hai4ceo1 [粵] 鞋拔子。

【鞋碼】hai4ma5 [粵] 鞋釘♦打鞋碼（釘鞋釘）。

【鞋踭】hai4zang1 [粵] 鞋後跟。

【鞋底泥】hai4dei2nei4 [粵] 毫無價值的東西♦賤過鞋底泥（一文不值）。

【鞋底沙】hai4dei2sa1（歇）扽乾淨至安樂 den3gon1zéng6ji3on1log6 [粵] 另稱“鞋槓沙”相當於“眼中釘——拔掉了才舒服”。

☞另見本頁 hai2。

諧（谐） hai4 (hai4) [xié] [通] ❶配合得適當♦諧美/和諧/調諧。❷滑稽♦諧謔/詼諧。

嚡 hai4 (hai4) [粵] 也作“鞋”。粗糙♦皮膚好嚡（皮膚粗糙）/肉質好嚡（肉質不夠嫩滑）。

【嚡柴】hai4cai4 [粵] 同“嚡”。也說“粗嚡”cou1hai4。

【嚡熠熠】hai4sab6sab6 [粵] 粗糙的；糙裏呱唧的♦嚡熠熠噉點食？（糙裏呱唧的，怎麼吃呀）？也作“嚡什什”hai4seb6seb6。

蟹 hai5 (hai5) [xiè] [通] 螃蟹♦河蟹/海蟹/大閘蟹。

【蟹槓】hai⁵gong⁶ ㊣ 蟹螯；蟹鉗子。
【蟹厴】hai⁵yim² ㊣ 蟹腹下面的薄殼。
【蟹爪筆】hai⁵zao²bed¹ ㊣ 小楷毛筆。

械 hai⁶ (hai⁶) [xiè] ㊣ ❶ 器物；工具 ♦ 機械 / 器械。❷ 武器 ♦ 槍械 / 持械搶劫。❸ 枷和鐐銬之類的刑具。㊣ 陽具 ♦ 公然露械。
【械劫】hai⁶gib³ ㊣ 持械搶劫。

ham

餡 (馅) ham² (ham²) ㊣ 口語變音 ♦ 豆沙餡 / 啲肉包咁少餡嘅（肉包子餡太少了）。

喊 ham³ (ham³) [hǎn] ㊣ 大叫；呼叫 ♦ 喊叫 / 賊喊捉賊 / 他喊了我一聲。
【喊包】ham⁶bao¹ ㊣ 眼淚包；特別愛哭的孩子。
【喊驚】ham⁶géng¹ ㊣ 舊時迷信風俗，小孩得了重病，大人到野外呼喚病孩的名字，認為這樣可將其魂魄召回來。
【喊冷】ham⁶lang¹ ㊣ 叫賣；商店結業前的大拍賣，賣貨人高聲叫喊以廣招徠。
【喊苦喊忽】ham³fu²ham³fed¹ ㊣ 叫苦連天 ♦ 叫你做啲嘢就喊苦喊忽（要你做點事就叫苦連天）。

咸 ham⁴ (ham⁴) [xián] ㊣ 全部 ♦ 老少咸宜 / 少長咸集。
【咸豐年咁耐】ham⁴fung¹nin⁴gem³noi⁶ ㊣ 形容年代久遠。

鹹 (咸) ham⁴ (ham⁴) [xián] ㊣ 像鹽的味道；含鹽分多 ♦ 鹹味 / 鹹菜 / 鹹淡適中。㊣ ❶"鹹濕"的省稱。指色情的；淫穢的 ♦ 鹹書 / 鹹片 / 鹹帶（色情淫穢錄像帶）。❷ 髒；汗臭味。
【鹹臭】ham⁴ceo³ ㊣ 又髒又臭，形容衣服、身體等汗臭味重。
【鹹菜】ham⁴coi³ [xiáncài] ㊣ 用鹽醃製過的某些蔬菜。㊣ ❶ 也指味道較鹹的菜。❷ 專指酸芥菜。
【鹹蟲】ham⁴cung⁴ ㊣ ❶ 色鬼；色情狂；好色之徒。❷ 戲稱特別喜歡吃含鹽分多的食物的人。
【鹹帶】ham⁴dai³⁻² ㊣ 色情、淫穢錄像帶。
【鹹蛋】ham⁴dan⁶⁻² ㊣ 鹹鴨蛋；鹹雞蛋。也叫"味蛋" méi⁶dan⁶⁻²。
【鹹竇】ham⁴deo³ ㊣ 賣淫場所；淫窟。
【鹹蝦】ham⁴ha¹ ㊣ 蝦醬 ♦ 鹹蝦蒸豬肉。
【鹹粒】ham⁴neb¹ ㊣ 皮膚因發炎或受刺激而引起的小粒點。
【鹹濕】ham⁴seb¹ ㊣ 色情；淫穢；下流 ♦ 鹹濕佬（好色之徒）/ 鹹濕公（老色鬼）/ 鹹濕古仔（淫穢故事）/ 鹹濕話（下流話）。
【鹹水】ham⁴sêu² ㊣ ❶ 海水，香港指與"食水"相對的日常用水 ♦ 鹹水喉 / 鹹水樓（用海水拌水泥建成的樓房，質量差）。❷ 比喻外國 ♦ 佢浸過鹹水返嚟，係唔同啲嘅（他去過外國留學，見識果然非同凡響）。
【鹹魚】ham⁴yu⁴⁻² ㊣ 比喻死屍。
【鹹鹹地】ham⁴ham⁴déi⁶⁻² ㊣ 鹹津津；味道略帶點鹹。
【鹹煎餅】ham⁴jin¹béng² ㊣ 炸麵餅。

【鹹豬手】ham^{4}ju^{1}seo^{2} [方] 指佔女人便宜的好色者。

【鹹赧赧】ham^{4}nan^{3}nan^{3} [粵] 過鹹；太鹹 ♦ 啲餸鹹赧赧，冇辦法食（菜太鹹，沒法吃）。

【鹹水草】ham^{4}sêu^{2}cou^{2} [粵] 一種水草，可用來編蓆，菜市商販也常用來紮魚肉蔬菜等。

【鹹水埠】ham^{4}sêu^{2}feo^{6} [方] 特指加拿大溫哥華市。

【鹹水歌】ham^{4}sêu^{2}go^{1} [粵] 水上居民的情歌；廣東中部沿海地區流行的民間情歌。

【鹹水妹】ham^{4}sêu^{2}mui$^{6-1}$ [粵] 指專做外國人生意的娼妓。

【鹹水話】ham^{4}sêu^{2}wa$^{6-2}$ [粵] 口音不純正的話。

【鹹水魚】ham^{4}sêu^{2}yu$^{4-2}$ [粵] 海魚，與"塘魚"相對。

【鹹酸菜】ham^{4}xun^{1}coi^{3} [粵] 酸菜。

【鹹脆花生】ham^{4}cêu^{3}fa^{1}seng^{1} [粵] 五香花生仁。

【鹹鹹臭臭】ham^{4}ham^{4}ceo^{3}ceo^{3} [粵] 髒裏呱唧的，多用來形容衣服、身體等。

【鹹死大瀨】ham^{4}séi^{2}dai^{6}lai^{3} [粵] 齁鹹。

han

慳（悭） han^{1} (han^{1}) [qiān] [通] 吝嗇 ♦ 慳吝。[粵] ❶ 省儉 ♦ 佢好鬼慳㗎（他非常省儉）/ 知慳識儉（精打細算，善理家財）。❷ 節省 ♦ 慳錢（節省花費）/ 慳油（節省油料）/ 慳工慳料（節省人工、材料）。

【慳儉】han^{1}gim^{6} [粵] 節儉；儉省。

【慳皮】han^{1}péi$^{4-2}$ [粵] 節省；省錢；經濟 ♦ 喺屋企煮梗慳皮喇（在家裏自己煮當然節省啦）/ 十蚊一個飯盒，又幾慳皮噃（十塊錢一個盒飯，挺經濟的）。

【慳濕】han^{1}seb^{1} [粵] 吝嗇。

【慳電膽】han^{1}din^{6}dam^{2} [方] 節能燈膽。

【慳慳地】han^{1}han^{1}déi$^{6-2}$ [粵] 省一點兒 ♦ 慳慳地都夠用一個月嘅（省點兒或許夠花一個月）。

【慳得就慳】han^{1}deg^{1}zeo^{6}han^{1} [粵] 省得就省；能省則省。

【慳番啖氣】han^{1}fan^{1}dam^{6}héi^{3} [粵] 少囉嗦；少費唇舌；省得生氣。

【慳慳埋埋】han^{1}han^{1}mai^{4}mai^{4} [粵] 左省右省；一點一滴積攢 ♦ 佢慳慳埋埋，剩落唔少㗎（她長年省儉，留下的家產不少）。

【慳水慳力】han^{1}sêu^{2}han^{1}lig^{6} [粵] 原為推銷洗衣機的用語，指既節約用水，又少花力氣。指偷工減料，粗製濫造。

閒（闲） han^{4} (han^{4}) [xián] [通] ❶ 沒有事情做 ♦ 閒居 / 得閒（有空）/ 清閒。❷ 不在使用中 ♦ 閒置 / 閒錢 / 閒房。❸ 與正事不相干的 ♦ 閒談 / 閒話 / 閒聊 / 傾閒偈（聊天）。

【閒日】han^{4}yed$^{6-2}$ [粵] 背集；不逢集的日子。

【閒閒地】han^{4}han$^{4-2}$déi$^{6-2}$ [粵] ❶ 隨隨便便；輕而易舉 ♦ 閒閒地用幾十年（隨便可用幾十年）/ 閒閒地舉一二百斤（輕易地舉起一二百斤）。❷ 沒有問題 ♦ 閒閒地跑百二公里（跑一百二十公里沒有問題）

/幢樓閒閒地賣三幾百萬（這幢樓賣它三幾百萬沒問題）。

【閒時閒日】han4xi4han4yed6 [粵] 閒暇時期；非農忙季節；不逢集的日子。

hang

坑 hang1 (haŋ1) [kēng] [通] ❶ 凹入的地方 ♦ 泥坑 / 水坑 / 陷坑。❷ 欺騙 ♦ 坑人。❸ 地道；礦井 ♦ 坑道 / 礦坑。❹ 把人活埋 ♦ 坑殺 / 焚書坑儒。

【坑渠】hang1kêu4 [粵] 溝渠；下水道。

【坑腩】hang1nam5 [粵] 牛肋骨下的肉。也說“牛坑腩” ngeo4hang1nam5。

【坑渠老鼠】hang1kêu4lou5xu2 [粵] 指專幹見不得人勾當的壞人。

【坑渠浸死鴨】hang1kêu4zem6séi2ngab3-2 [粵]（諺）陰溝能翻船。

hao

敲 hao1 (hau1) [qiāo] [通] ❶ 叩；擊 ♦ 敲門 / 敲鑼打鼓 / 零敲碎打。❷ 勒索 ♦ 敲竹槓。

【敲鼓邊】hao1gu2bin1 [粵] 敲邊鼓。也說“捩鼓邊” lad3gu2bin1。

考 hao2 (hau2) [kǎo] [通] ❶ 測驗 ♦ 應考 / 監考。❷ 研究；推求 ♦ 考訂 / 考釋 / 思考。❸ 檢查 ♦ 考問 / 考績。❹ 舊稱死去的父親 ♦ 如喪考妣。

【考起】hao2héi2 [粵] ❶ 被考住 ♦ 真係俾佢考起（真叫他給考住了）。❷ 為難；被難住 ♦ 對佢嚟講唔會係一件俾人考起嘅事（對他來說不會是一件為難的事）。

【考牌】hao2pai4 [粵] 考駕駛執照。

【考功夫】hao2gung1fu1 [粵] 講究功夫到家。

姣 hao4 (hau4) [粵] 也作“嬲”。指女子起春心、淫心，或搔首弄姿、打情罵俏 ♦ 發姣。

【姣氣】hao4héi3 [粵] 威風 ♦ 發吓姣氣（抖抖威風）。

【姣婆】hao4po4 [粵] 淫婦；蕩婦；浪女人。

【姣扽扽】hao4den3den3 [粵] 形容女子自作多情或故作嬌媚姿態。

【姣屍扽篤】hao4xi1den3dug1 [粵] 同“姣扽扽”。

【姣婆遇着脂粉客】hao4po4yu6zêg6ji1fen2hag3 [粵] ❶ 淫蕩的男女一拍即合。❷ 比喻臭味相投。

hé

□ hé2 (hɛ2) [粵] 語助詞。要求對方作同意自己意見的回答時用 ♦ 仲係我講得啱□（還是我說得有道理，啊）/ 我真係冇噉講過□（我的確沒這樣說過，對不）？

□ hé3 (hɛ3) [粵] 扒開；撩開 ♦ 雞乸□竇（母雞扒窩）/ 唔好□開啲衫（別撩開衣服）。

hê

嘞 hê1 (hœ1) [粵] ❶ 起哄；喝倒彩 ♦ 大家唔好亂嘞（大家不要瞎起哄）/ 搦噉嘅節目出嚟，梗俾人嘞喇

(拿這樣的節目出來，當然被人喝倒彩啦)。❷ 擬聲詞。形容水將沸的聲音 ♦ 啲水嘞嘞聲，快滾啦 (水嘩啦啦響，快燒開了)。

☞ 另見本頁 hê^{4}。

嘞 hê^{4} (hœ^{4}) (粵) 哈氣 ♦ 嘞一啖氣 (哈一口氣)。

【嘞哆】hê^{4}dê^{1} (粵) 像喇叭似的東西 ♦ 嘞哆花 (喇叭形的花) / 嘞哆嘟嘴 (嘟起嘴巴)。

【嘞嘞聲】hê^{4}hê$^{4-2}$séng^{1} (粵) ❶ 水沸騰的聲音 ♦ 煲水滾到嘞嘞聲啦 (水燒得嘩啦啦響啦)。❷ 人流湧動的聲音 ♦ 啲人嘞嘞聲湧晒入去 (人羣嘩啦啦地湧了進去)。

☞ 另見 163 頁 hê^{1}。

heb

恰 heb^{1} (hɐp^{7}) [qià] (通) ❶ 適當；合適 ♦ 恰如其分。❷ 剛好；正好 ♦ 恰好 / 恰巧 / 恰到好處。(粵) 欺負 ♦ 大恰細 (大的欺負小的)。

瞌 heb^{1}/heb^{6} (hɐp^{7}/hɐp^{9}) [kē] (通) 睏倦想睡 ♦ 瞌睡。(粵) ❶ 略睡；打瞌睡 ♦ 瞌番下先 (打個盹兒)。❷ 閉目；合眼 ♦ 瞌着咗 (閉起雙眼漸漸睡着) / 瞌埋雙眼 (合上眼睛)。

【瞌眼瞓】heb^{1}ngan^{5}fen^{3} (粵) 打瞌睡；極想睡 ♦ 上課瞌眼瞓 (上課打瞌睡) / 喺車上瞌眼瞓 (在車上打瞌睡) / 呢齣戲睇到我瞌眼瞓 (這齣戲看得我直想睡)。

合 heb^{6} (hɐp^{9}) [hé] (通) ❶ 閉合；對攏 ♦ 合眼 / 合上書本。❷ 聚合；共同 ♦ 合力 / 結合 / 集合。❸ 相符 ♦ 符合 / 正合心意 / 不合時宜。❹ 折算；相當於 ♦ 折合 / 一公斤約合二點二磅。❺ 全；滿 ♦ 合家歡聚。

【合襯】heb^{6}cen^{3} (粵) 般配 ♦ 佢兩個都幾合襯嘅 (他兩個挺般配的)。

【合桃】heb^{6}tou^{4} (粵) 核桃。

【合得嚟】heb^{6}deg^{1}lei^{4} (粵) 合得來。

【合家歡】heb^{6}ga^{1}fun^{1} (粵) ❶ 全家歡聚 ♦ 合家歡時間。❷ 全家合影 ♦ 拍一張合家歡。

【合唔嚟】heb^{6}m^{4}lei^{4} (粵) 合不來。

【合眼緣】heb^{6}ngan^{5}yun^{4} (粵) 順眼；看起來覺得舒服。

【合心水】heb^{6}sem^{1}sêu^{2} (粵) 合心意；稱心；可心。

【合桃酥】heb^{6}tou^{4}sou^{1} (粵) 桃酥。

【合晒合尺】heb^{6}sai^{3}ho^{4}cé^{1} (粵) 正對勁兒；正好符合規格或標準。

【合約夫人】heb^{6}yêg^{3}fu^{1}yen^{4} (方) 合約租用的臨時夫人。也作"合約太太" heb^{6}yêg^{3}tai^{3}tai$^{3-2}$。

☞ 另見 118 頁 geb^{3}；179 頁 ho^{4}。

闔 (闔) heb^{6} (hɐp^{9}) [hé] (通) ❶ 關；閉。❷ 全；共 ♦ 闔家安康。

【闔府統請】heb^{6}fu^{2}tung^{2}qing^{2} (粵) 請帖上常用套語。請府上各位一齊蒞臨。

hed

乞 hed^{1} (hɐt^{7}) [qǐ] (通) ❶ 向人討要 ♦ 乞討。❷ 請求 ♦ 乞憐 / 乞降 / 乞援。

【乞嗤】hed1qi1 (粵) 噴嚏 ♦ 猛打乞嗤（一個勁地打噴嚏）/ 打個乞嗤使乜咁緊張（打個噴嚏何必那麼緊張）。

【乞食】hed1xig6 [qǐshí] (通) 討飯；要飯。普通話僅用於書面語。

【乞兒】hed1yi4–1 (粵) ❶ 乞丐；叫化子 ♦ 乞兒仔（小乞丐）。

【乞人憎】hed1yen4zeng1 (粵) 討人嫌；惹人討厭。

【乞兒裝】hed1yi4–1zong1 (粵) 貶稱在衣服上故意打上補丁以作裝飾的奇裝異服。

核 hed6 (hɐt9) [hé] (通) ❶ 果實中心保護果仁的堅硬部分 ♦ 桃核 / 荔枝核 / 龍眼核。❷ 物體中像核的東西 ♦ 核子 / 細胞核。❸ 指核能、核武器 ♦ 核電站 / 核威脅。❹ 仔細查對、考察 ♦ 審核 / 考核。

【核數】hed6sou3 (粵) 復核賬目。

【核數師】hed6sou3xi1 (方) 審計師。

☞ 另見 392 頁 wed6。

heg

黑 heg1 (hɐk7) [hēi] (通) ❶ 像煤或墨那樣的顏色 ♦ 黑髮 / 黑紙。❷ 暗；昏暗 ♦ 黑夜 / 天黑 / 間屋好黑（屋子裏黑乎乎的）。❸ 祕密的；非法的 ♦ 黑店 / 黑社會。❹ 壞；惡毒 ♦ 黑心 / 黑幫。(粵) ❶ 倒楣；運氣不好 ♦ 當黑（晦氣；倒楣）/ 頭頭碰着黑（處處倒楣）。❷ 陰沉 ♦ 黑埋塊面（陰沉着臉）。❸ 黑道、黑社會的省稱 ♦ 黑吃黑。

【黑幫】heg1bong1 [hēibāng] (通) 指反動集團或其成員。(方) 指有黑社會性質的幫夥。

【黑底】heg1dei2 (方) ❶ 有黑社會背景 ♦ 嗰條友有黑底㗎，你千祈唔好惹佢嗃嗃（那個傢伙有黑社會背景，你千萬不要招惹他）。❷ 表現不好的記錄。

【黑點】heg1dim2 (方) ❶ 污點。❷ 交通危險地段，治安易出問題的地方 ♦ 交通黑點。

【黑道】heg1dou6 [hēidào] (通) ❶ 夜間沒有光亮的道路。❷ 指盜賊行徑。(方) 黑社會；黑社會幫派。

【黑房】heg1fong4–2 (粵) 沖印照片的暗房、暗室。

【黑漢】heg1hon3 (方) 黑社會分子。

【黑咭】heg1ked1 (方) 有永久居留權的香港居民持有的身份證。也作"黑印" heg1yen3。

【黑臉】heg1lim5 (粵) 陰鬱而無表情的臉色。

【黑馬】heg1ma5 (粵) 突起的異軍，意外的獲勝者 ♦ 呢次比賽，甲隊係隻黑馬（這場比賽，甲隊算是異軍突起）。

【黑米】heg1mei5 (粵) 鴉片煙；捲煙。

【黑印】heg1yen3 (方) 同"黑咭"。

【黑葉】heg1yig6–2 (粵) 荔枝的一個品種。

【黑膠綢】heg1gao1ceo4–2 (粵) 雲紗一類的絲織品，質地稍硬而無明顯的花紋。

【黑媽媽】heg1ma1ma1 (粵) 黑漆漆的。也作"黑孖孖"。

【黑墨墨】heg1meg6meg6 (粵) 黑黝黝的。

【黑墨屎】heg1meg6xi2 (粵) 雀斑。

【黑瞇萌】heg¹mi¹meng¹ ㊥ 黑糊糊的。

【黑箱車】heg¹sêng¹cé¹ ㊍ 收屍車。

【黑手黨】heg¹seo²dong² ㊥ 戲稱鉛字排版工人。

【黑藥丸】heg¹yêg⁶yun⁴⁻² ㊍ 俗稱類固醇製劑。

【黑道上人】heg¹dou⁶sêng⁶yen⁴ ㊥ 指加入了黑社會組織的人。

【黑古勒特】heg¹gu²leg⁶deg⁶ ㊥ 黑不溜秋的。

【黑口黑面】heg¹heo²heg¹min⁶ ㊥ 陰沉着臉；死眉瞪眼。形容滿臉不高興的樣子或心懷不滿的神色。

【黑市夫人】heg¹xi⁵fu¹yen⁴ ㊥ 已婚男子的情婦。

【黑市居民】heg¹xi⁵gêu¹men⁴ ㊍ 沒有居民身份證的非法居留者。

【黑色電影】heg¹xig¹din⁶ying² ㊍ 表現恐怖、殘暴或鬼怪題材的電影。

【黑色喜劇】heg¹xig¹héi²kég⁶ ㊍ 內容有深度的喜劇。

【黑人黑戶】heg¹yen⁴heg¹wu⁶ ㊥ 沒有戶口的流竄人員或住戶。

【黑衣判官】heg¹yi¹pun³gun¹ ㊍ 足球裁判員。

【黑狗得食白狗當災】heg¹geo²deg¹xig⁶bag⁶geo²dong¹zoi¹ ㊥ 白狗吃肉黑狗當災。參見“白狗得食黑狗當災”條。

克 heg¹ (hɐk⁷)［kè］㊣ ❶ 制伏 ♦ 以柔克剛。❷ 攻下；戰勝 ♦ 攻克 / 攻無不克。❸ 嚴格限定 ♦ 克期動工 / 克日完成。❹ 公制重量單位 ♦ 千克 / 毫克。

【克力架】heg¹lig⁶ga³ ㊥ 英 cracher 音譯。鬆脆的餅乾。

hég

□ hég¹ (hɛk⁷)

【□□】hég¹pi² ㊥ 英 happy 音譯。消遣；快活；高興；娛樂 ♦ 去□□一下（去消遣消遣）。

hei

喺 hei² (hɐi²) ㊥ ❶ 在 ♦ 喺屋企（在家裏）/ 喺廣州（在廣州）/ 喺邊個月出世（在哪一個月出生）？❷ 從 ♦ 喺邊度嚟㗎（從哪兒來的呀）/ 喺澳洲託人帶番嚟（從澳洲託人帶來）。❸ 表示反問，相當於“是嗎” ♦ 喺，我有噉講過咩（我這樣説過，是嗎）？

【喺喇】hei²la¹ ㊥ 語助詞。表示勉強、不情願 ♦ 應承你喺喇（答應你就是了）。

【喺番度】hei²fan¹dou⁶ ㊥ 權當補足損失了的東西 ♦ 唔緊要，慳啲就喺番度喇（不要緊，省點不就補回來了）。

【喺口唇邊】hei²heo²sên⁴bin¹ ㊥ 指想説點甚麼又一時想不起來。

【喺門角落頭燒炮仗】hei²mun⁴gog³log⁶⁻¹teo⁴⁻²xiu¹pao³zêng⁶⁻² ㊥ 比喻意欲炫耀一番，卻又不得其法。

【喺孔夫子面前賣文章】hei²hung²fu¹ji²min⁶qin⁴mai⁶men⁴zêng¹ ㊥ 班門弄斧。又稱“喺夫子面前賣文章”。

係 (系) hei⁶ (hɐi⁶) [xì] ㊊是♦確係咁 / 郭沫若係四川樂山人。㊐❶是。用法較普通話普遍♦我係廣東人(我是廣東人) / 係唔係你做嘅，查過先知(是不是你做的，查一查才知道)。❷凡是♦係人都鍾意佢(個個都喜歡他) / 唔好係嘢都枳落口(不要把甚麼東西都往嘴裏塞)。

【係噃】hei⁶bo³ ㊐真是的♦係噃，我都唔記得咗𠺝(真是的，我都給忘了)。

【係噉】hei⁶gem² ㊐如果是這樣；這樣的話♦係噉我就唔一定去咯(要是這樣，我就不一定去啦)。

【係嘞】hei⁶lag³ ㊐是的；對了♦係嘞，夠鐘未吖(對了，到時間了嗎)?

【係咯】hei⁶lo¹ ㊐就是呀♦係咯，我都話唔好去㗎喇(就是呀，我早說過不要去的啦)?

【係呢】hei⁶né¹ ㊐語助詞。表示突然想起某事，相當於"對了"♦係呢，幾時請食喜糖吖?(對了，甚麼時候請吃喜糖呀)?

【係啫】hei⁶zé¹ ㊐語助詞。表示既承認別人說得有道理，又提出自己的保留意見，相當於"話是這麼說，不過…"或"是倒是，不過…"♦係啫，好難嘅(是倒是，太難了)。

【係定喇】hei⁶ding⁶⁻²la¹ ㊐語助詞。表示有把握的肯定，相當於"當然是真的"♦係定喇，我會呃你咩(當然是真的，難道我會騙你)?

【係都要】hei⁶dou¹yiu³ ㊐一定要；無論如何也要♦話極都唔聽，係都要去報名(說甚麼也不聽，一定要去報名)。也說"係要"、"係都話要" hei⁶dou¹wa⁶yiu³。

【係噉話】hei⁶gem²wa⁶ ㊐說定了；就這麼着♦係噉話，不見不散(說定了，不見不散)。

【係噉意】hei⁶gem²yi³⁻² ㊐做個意思；略表心意；象徵性地表示一下♦係噉意試吓(稍嚐嚐，做個意思) / 係噉意帶咗啲手信嚟啫(帶了點小禮物來表表心意)。

【係咁大】hei⁶gem³dai⁶⁻² ㊐玩完了♦架車照直衝過嚟，當時我以為係咁大嘞(車子直衝過來，我以為玩完了)。

【係就係】hei⁶zeo⁶hei⁶ ㊐的確是；確實是♦我係就係有噉講過，不過唔係針對佢嘅呢(我的確說過這樣的話，可不是針對他的呀)。

【係噉話啫】hei⁶gem²wa⁶zé¹ ㊐話是這麼說♦係噉話啫，我睇佢唔敢嘅(話是這麼說，我看他沒這個膽量)。也說"話啫" wa⁶zé¹。

【係噉先喇】hei⁶gem²xin¹la¹ ㊐先這麼着吧♦係噉先喇，下次再傾(先這麼着吧，下次再談)。

【係咁上吓】hei⁶gem³sêng⁶ha² ㊐差不離；大致如此♦我記得係咁上吓個樣，差唔到去邊度(我記得大致是這個模樣，不會差到哪裏去)。

héi

欺 héi¹ (hei¹) [qī] ㊊❶詐；騙♦欺詐 / 自欺欺人。❷侵犯；壓迫；侮辱♦欺軟怕硬 / 欺人太甚。

【欺山莫欺水】héi¹san¹mog⁶héi¹sêu² [粵] 在水中比在山上更危險。勸人游泳時切勿大意。

稀 héi¹ (hei¹) [xī] [通] ❶ 稀少 ♦ 古稀之年。❷ 稀疏 ♦ 地廣人稀 / 月明星稀。❸ 稀薄 ♦ 稀飯 / 啲粥咁稀嘅（粥太稀了）。

【稀冧冧】héi¹lem¹lem¹ [粵] 稀溜溜的。

起 héi² (hei²) [qǐ] [通] ❶ 由臥變坐或由坐變站 ♦ 起牀 / 起立 / 仰臥起坐。❷ 物體由下往上升 ♦ 升起 / 浮起。❸ 開始；開端 ♦ 起點 / 起飛 / 起步 / 起止。❹ 發生；產生 ♦ 起因 / 起意 / 發起 / 引起。❺ 長出；出現 ♦ 起瘰（起疙瘩）/ 起熱痱（起痱子）/ 起作用。❻ 取出；拔出 ♦ 起贓 / 起錨 / 起釘（起釘子）。❼ 草擬 ♦ 起草 / 起稿。❽ 創立；建立 ♦ 起家 / 平地起高樓。❾ 用在動詞後表示動作的趨向 ♦ 激起 / 提起 / 掀起 / 撩起。❿ 量詞 ♦ 一起事故 / 幾起案件。[粵] ❶ 蓋；建 ♦ 起屋（建房子）/ 起灶（起爐灶）/ 起豬欄（修豬圈）。❷ 翻；弄 ♦ 起清佢個底（弄清楚他的底細）。❸ 用在動詞後，表示動作的完成 ♦ 做起喇（做好了嗎）/ 做起咯（做完了）。

【起班】héi²ban¹ [粵] 劇團開始演出。

【起錶】héi²biu¹ [粵] 出租車的最低收費標準。

【起膊】héi²bog³ [粵] 上肩。

【起菜】héi²coi³ [粵] 上菜。

【起底】héi²dei² [粵] 打聽底細；揭露底子。

【起釘】héi²déng¹ [粵] ❶ 起釘子；拔釘子。❷ 削菠蘿時挖去凹處眼狀硬皮。❸ [方] 開始計息。尤指高利貸的計息。

【起筷】héi²fai³ [qǐkuài] [通] 就餐時開始動筷子 ♦ 請起筷（請開始用餐）。

【起貨】héi²fo³ [粵] ❶ 交貨 ♦ 按期起貨。❷ 把別人託辦的事情做完 ♦ 嗰份報告，今晚就可以起貨（那份報告，今天晚上就可以交貨）。

【起價】héi²ga³ [粵] 漲價；提價。

【起卸】héi²sé³ [方] 裝卸 ♦ 起卸貨物。

【起心】héi²sem¹ [粵] ❶ 青菜抽苔 ♦（歇）十月芥菜 —— 起心。❷ 動了邪念。

【起身】héi²sen¹ [qǐshēn] [通] ❶ 起牀 ♦ 今早起身遲咗（今天早上起牀晚了）。❷ 動身。[粵] 由臥而坐；由坐而站 ♦ 坐起身 / 企起身（站起來）。

【起水】héi²sêu² [粵] 指母豬發情。

【起痰】héi²tam⁴ [粵] ❶ 生痰。❷ 動邪念；起歹心。❸ 尤指男性對女性感興趣。

【起鑊】héi²wog⁶ [粵] ❶ 熗鍋 ♦ 起鑊要放啲蒜蓉（熗鍋要放點蒜泥）。❷ 把菜餚燒好後從鍋中取出 ♦ 起鑊後要加包尾油。

【起先】héi²xin¹ [qǐxiān] [通] 起初；開始。[粵] 剛才 ♦ 起先佢講乜嚟吖（剛才他説甚麼來着）？

【起意】héi²yi³ [qǐyì] [通] 動念頭，多指產生不良的念頭。[粵] 同"起心"。

【起租】héi²zou¹ [粵] 加租金。

【起步槍】héi²bou⁶cêng¹ [方] 田徑比賽用的發令槍。

【起飛腳】héi²féi¹gêg³ [粵] ❶ 奮起直追，企圖超越別人。❷ 出其不意，加害

別人 ♦ 我點會起你飛腳（我怎麼會突然把你甩了）？

【起雞皮】héi²gei¹péi⁴ [粵] 起雞皮疙瘩。

【起勢咁】héi²sei³gem³ [粵] 一個勁兒地 ♦ 起勢咁追（一個勁兒地追）。

【起薪點】héi²sen¹dim² [方] 公教人員最低級別工資。

【起色心】héi²xig¹sem¹ [粵] 產生慾念。

氣（气） héi³ (hei³) [qì] [通] ❶ 氣體，特指空氣 ♦ 氣流 / 煤氣 / 毒氣。❷ 自然界冷熱陰晴等現象 ♦ 氣象 / 天氣 / 節氣。❸ 氣息；呼吸 ♦ 歎氣 / 憋氣 / 斷氣。❹ 氣味 ♦ 香氣 / 臭氣 / 腥氣。❺ 人的精神狀態 ♦ 骨氣 / 志氣 / 士氣。❻ 人的作風習氣 ♦ 官氣 / 俗氣 / 孩子氣。❼ 欺壓；欺負 ♦ 受氣 / 忍氣吞聲。❽ 中醫指人體具有某種功能的物質，或指人的某種疾病 ♦ 元氣 / 濕氣 / 補氣。❾ 命運 ♦ 福氣。

【氣泵】héi³bem¹ [qìbèng] [通] 用來抽氣或壓縮空氣的裝置，也叫“風泵”。[粵] 氣筒；打氣筒。

【氣頂】héi³ding² [粵] 憋氣。

【氣袋】héi³doi⁶⁻² [方] 長跑運動員的俗稱。

【氣鼓】héi³gu² [方] 液化氣罐。

【氣喉】héi³heo⁴ [粵] 煤氣管；煤氣開關。

【氣咳】héi³ked¹ [粵] 氣喘 ♦ 做到氣咳都做唔完（忙得喘不過氣來）。

【氣定神閒】héi³ding⁶sen⁴han⁴ [粵] 鎮定自若；從容不迫。

【氣羅氣喘】héi³lo⁴héi³qun² [粵] 氣喘吁吁 ♦ 走到佢氣羅氣喘（跑得他氣喘吁吁）。

餼（饩） héi³ (hei³) [粵] 餵（禽畜）♦ 餼雞 / 餼豬 / 餼狗。

戲（戏） héi³ (hei³) [xì] [通] ❶ 玩耍 ♦ 遊戲 / 兒戲。❷ 嘲弄；開玩笑 ♦ 戲弄 / 戲言 / 調戲 / 嬉戲。❸ 戲劇；雜技 ♦ 排戲 / 唱戲 / 馬戲。

【戲份】héi³fen⁶ [粵] 演員所擔任角色的出場分量。

【戲骨】héi³gued¹ [粵] 技藝高超的老演員。

【戲橋】héi³kiu⁴⁻² [粵] 戲劇的劇情説明書。

【戲文】héi³men⁴ [粵] 戲詞，即戲曲中唱詞和説白。

【戲肉】héi³yug⁶ [粵] 整部戲劇的核心部分或精彩部分。

【戲子佬】héi³ji²lou² [粵] 稱戲曲演員，含貶義。

hem

龕（龛） hem¹ (hɐm¹) [kān] [通] 供奉神位、佛像的小閣子 ♦ 神龕 / 佛龕 / 壁龕 / 石龕。

【龕位】hem¹wei⁶⁻² [方] 寄放骨灰的位置。

扻 hem² (hɐm²) [粵] ❶ 磕；碰；撞 ♦ 扻穿個頭（磕破腦袋）/ 扻嚫膝頭哥（碰着膝蓋）/ 係你扻埋嚟之嘛（是你自己撞過來的呀）。❷ 拼 ♦ 同佢扻過（跟他拼了）。

【扻頭埋牆】hem²teo⁴⁻²mai⁴cêng⁴ [粵] 用頭撞牆，表示因無知做錯了事而懊悔不已。

嵌 hem3 (hɐm3) (粵) 拼裝；裝配 ♦ 嵌番架四驅車(拼裝一部四驅車)。

【嵌車】hem3cé1 (粵) 裝車。

含 hem4 (hɐm4) [hán] (通) ❶ 把東西放在嘴裏不吞不吐 ♦ 含服 / 含住藥片。❷ 意思、情緒等藏而未露 ♦ 含怒 / 含怨 / 含情脈脈。❸ 包容；裏邊有 ♦ 含淚 / 暗含 / 不含雜質。

【含含聲】hem4hem4-2séng1 (粵) ❶ 沸沸揚揚，人聲嘈雜 ♦ 嗰邊含含聲，搞乜東東吖（那邊沸沸揚揚，在鬧騰啥玩意）？❷ 聲勢大，勢頭猛 ♦ 賣廣告賣到含含聲（做廣告的聲勢可大了）/ 股市含含聲起（股市唰唰地往上升）。

【含冤莫白】hem4yun1mog6bag6 (粵) 有冤未訴。

坎 hem5 (hɐm5) [kǎn] (粵) 用於"門坎"一詞。口語多作"門檻" mun4lam6。

冚 hem6 (hɐm6) (粵) ❶ 蓋；罩 ♦ 冚埋啲餸（把菜蓋好）。❷ 全部；統統。❸ 兩物結合緊密，不留縫隙 ♦ 度門閂唔冚（門關得不嚴）。

【冚盅】hem6zung1 (粵) 有蓋的陶罐或瓷罐。

【冚唪唥】hem6bang6lang6 (粵) 全部；統統 ♦ 冚唪唥輸精光（全輸光了）/ 冚唪唥幾多個吖（一共幾個呀）？

【冚家剷】hem6ga1can2 (粵) 罵人的話。死你全家；斷子絕孫的。也說"冚家拎" hem6ga1ling1。

【冚家富貴】hem6ga1fu3guei3 (粵) 罵人的話。斷子絕孫的。

☞ 另見 211 頁 kem2。

hen

懇 (恳) hen2 (hɐn2) [kěn] (通) ❶ 真誠 ♦ 懇託 / 懇談 / 誠懇 / 勤懇。❷ 請求 ♦ 敬懇 / 哀懇。

痕 hen2 (hɐn2) (粵) 口語音。印痕；痕跡 ♦ 起咗一條痕（起了一道印兒）。

☞ 另見本頁 hen4。

痕 hen4 (hɐn4) [hén] (通) 傷疤，泛指痕跡 ♦ 傷痕 / 淚痕 / 裂痕。(粵) 癢 ♦ 揹痕（搔癢）/ 周身痕（全身發癢）。

【痕癢】hen4yêng5 (粵) 癢；作癢。也說"痕痕癢癢"。

【痕痕地】hen4hen4-2déi6-2 (粵) 有點兒癢。

☞ 另見本頁 hen2。

恨 hen6 (hɐn6) [hèn] (通) ❶ 仇恨；怨恨 ♦ 憤恨 / 怨恨 / 憎恨 / 深仇大恨。❷ 懊悔；不稱心 ♦ 悔恨 / 遺恨終身。(粵) ❶ 巴望；極盼 ♦ 女大恨嫁（女大思嫁）/ 恨咗好耐（盼了很久）。❷ 羨慕；喜歡 ♦ 嗰啲噉嘅嘢，有乜好恨㗎（那玩意，有啥好羨慕的）。

【恨得望】hen6deg1mong6-2 (粵) 恨不得；巴不得 ♦ 恨得望佢快啲執笠（巴不得他早點收攤）。

【恨死隔籬】hen6séi2gag3léi4 (粵) 指成為旁人羨慕的目標。

heng

吭 heng1 (hɐŋ1) [kēng] (通) 出聲，談話 ♦ 一聲不吭 / 唔吭唔哈（不作聲，不說話）。

【吭吭哈哈】heng¹heng¹ha¹ha¹ [粵] 支支吾吾；吞吞吐吐。也作"哼哼哈哈"。

摼 heng¹ (hɐŋ¹) [粵] 敲擊；磕碰◆摼爛隻碗(把碗敲碎) / 出力摼佢幾下(用力敲它幾下)。

行 heng⁴/hang⁴ (hɐŋ⁴/haŋ⁴) [xíng] [通] ❶ 走◆步行 / 日行千里。❷ 做；辦；從事◆行醫 / 行騙 / 行兇 / 行善。❸ 舉止◆行為 / 言行 / 罪行 / 獸行。❹ 流通；傳佈◆推行 / 發行 / 行銷 / 風行一時。❺ 外出；旅行◆歐洲之行 / 不虛此行。❻ 漢字字體的一種◆行書 / 行草。[粵] ❶ 走；逛◆行多一次(多走一趟) / 出去行吓(到外面逛一逛)。❷ 開；航行◆車行得好快(車開得很快) / 船行得好慢(船駛得很慢)。❸ 來往；交往，尤指男女談戀愛◆佢兩個最近行得幾密(他們倆最近來往挺頻繁的)。❹ 走開◆行開啲，咪喺度阻住晒(走開，別在這裏礙手礙腳的)。

【行街】heng⁴gai¹ [粵] ❶ 逛大街；壓馬路◆同朋友出去行街(跟朋友逛大街去了)。❷ 推銷員；跑外的◆做行街(做跑外的)。

【行開】heng⁴hoi¹ [粵] 走開；離開◆行開啲(走開點) / 行開咗(出去了) / 家頭細務都要我理，想話行開吓都唔得(家裏大小事情都得過問，想出外走走都不行)。

【行雷】heng⁴lêu⁴ [粵] 打雷◆行雷閃電。

【行路】heng⁴lou⁶ [粵] 走路；步行◆行路去算啦，懶得迫車(走路去得了，省得擠車)。

【行埋】heng⁴mai⁴ [粵] ❶ 來往；交往◆同佢行埋嘅都唔慌係好人喇(跟他來往的不會是好人)。❷ 指男女之間建立戀愛關係或發生性關係◆佢兩個早就行埋咯(他們倆早就是一對兒啦)。❸ 碰頭；見面◆佢兩個行埋就嗌交(他們倆一見面就吵架)。❹ 走近◆行埋啲(靠近點) / 行埋一便(靠邊走；走在一起)。

【行頭】heng⁴teo⁴ [粵] 走在前頭；帶頭◆你行頭，我跟尾(你走前面，我跟後面)。

【行船】heng⁴xun⁴⁻² [粵] 跑船。

【行者】heng⁴zé² [方] 旅行愛好者。也說"行友"heng⁴yeo⁵。

【行得埋】heng⁴deg¹mai⁴ [粵] 談得攏；合得來；關係融洽◆佢幾個又幾行得埋嗰嚸(他們幾個關係挺融洽的)。

【行花街】heng⁴fa¹gai¹ [粵] 逛花市。

【行公司】heng⁴gung¹xi¹ [方] 逛商店。

【行政房】heng⁴jing³fong⁴⁻² [方] 高級賓館的客房分普通房、行政房和豪華房三種。

【行衰運】heng⁴sêu¹wen⁶ [粵] 走背運。

【行小路】heng⁴xiu²lou⁶ [粵] ❶ 走小路。❷ 指男女相戀由於某種原因未能正式結合而另覓途徑。

【行人路】heng⁴yen⁴lou⁶ [粵] 人行道。

【行差踏錯】heng⁴ca¹dab⁶co³ [粵] 行為上有所疏忽而造成錯誤◆你剛出嚟做嘢，千祈唔好有乜行差踏錯(你剛出來做事，處處要小心謹慎，千萬別出甚麼差錯)。

【行出行入】heng4cêd1heng4yeb6 (粵) 進進出出。

【行東行西】heng4dung1heng4sei1 (粵) 東遊西逛。

【行行企企】heng4heng4kéi5kéi5 (粵) 這裏走走，那裏站站，比喻做事不踏實，趁機偷懶；也比喻遊手好閒，無所事事。

【行政午餐】heng4jing3ng5can1 (方) 指機關、公司等的工作午餐。

【行政總裁】heng4jing3zung2coi4 (方) 企業集團、大公司等的業務首腦。

【行人天橋】heng4yen4tin1kiu4 (粵) 在城市交叉路口上空架設的人行道。

【行路打倒褪】heng4lou6da2dou3ten3 (粵) 比喻走背運，倒大霉。

【行路唔帶眼】heng4lou6m4dai3ngan5 (粵) 走路不長眼睛。

【行船好過灣】heng4xun4hou2guo3wan1 (粵) "灣" 含 "停泊" 意。相當於 "不怕慢，只怕站"。引申指有點工作幹總比失業好。

【行船爭解纜】heng4xun4zang1gai2lam6 (粵) 指搶先行動。

【行得快，好世界】heng4deg1fai3，hou2sei3gai3 (粵) 比喻做事要雷厲風行，一馬當先，才會有好的發展。

【行得正企得正】heng4deg1jing3kéi5deg1jing3 (粵) 行為舉止光明磊落，無可指摘。

【行得山多終遇虎】heng4deg1san1do1zung1yu6fu2 (粵) 比喻壞事做多了，終有報應的一天。

【行運醫生醫病尾】heng4wen6yi1sang1yi1béng6méi5 (粵) 走運的醫生接手醫治疾病將癒的病人。比喻走運的人往往少花力氣，多佔便宜。

【行運一條龍，失運一條蟲】heng4wen6yed1tiu4lung4，sed1wen6yed1tiu4cung4 (粵) 比喻走運時趾高氣揚，背運時垂頭喪氣。

☞ 另見 184 頁 hong4。

掯 heng4 (hɐŋ4) (粵) ❶ 綳緊；拉緊 ♦ 搣掯條繩(把繩子綳緊)。❷ 充氣使脹 ♦ 前呔唔使打咁掯 (前輪打氣不必打得太鼓)。❸ 形容程度極高 ♦ 衝掯啲 (衝猛點兒) / 踎掯油 (開足油門) / 呢個牌子近排賣得好掯 (這個牌子最近銷路很好)。

【掯晒】heng4sai3 (粵) 用在動詞後，表示動作正在緊張進行 ♦ 跟掯晒 (緊跟不捨；亦步亦趨) / 催掯晒 (老催促着；催得很緊)。

héng

輕 (轻) héng1 (hɛŋ1) (粵) 口語音 ♦ 口輕輕。

【輕秤】héng1qing3 (粵) 物品堆頭大，不壓秤。跟 "重秤" 相對。

【輕溜溜】héng1liu1liu1 (粵) 形容東西輕。

【輕枷重罪】héng1ga1cung5zêu6 (粵) 比喻工作不多，但責任重大。

☞ 另見本頁 héng4；178 頁 hing1。

輕 héng4 (hɛŋ4)

【輕輕】héng4héng1 (粵) 輕輕地；輕微地 ♦ 輕輕嘟吓都唔得 (稍動一動都不行)。

☞ 另見本頁 héng1；178 頁 hing1。

hêng

香 hêng¹ (hœŋ¹) [xiāng] ⓣ ❶ 氣味好聞♦香氣/香味/清香/芳香。❷食物味道好♦香甜可口/甘香鬆脆。❸食慾好♦吃得香。❹睡得熟♦睡得正香。❺香料或香料製品♦香精/蚊香/燒香拜佛。

【香薰】hêng¹fen¹ ⓕ 香水。

【香梘】hêng¹gan² ⓨ 香皂。

【香雞】hêng¹gei¹ ⓨ 香棒♦香雞腳(形容人的腿像香棒一般又長又細)。

【香車】hêng¹gêu¹ ⓨ 華麗的車子♦香車美人。

【香信】hêng¹sên³ ⓨ 香菇的一種，質量稍次於"冬菇"。也作"香蕈"。

【香肉】hêng¹yug⁶ ⓨ 婉稱狗肉。

【香咗】hêng¹zo² ⓨ ❶婉指人死了。❷指生意失敗或事業受挫。

【香火緣】hêng¹fo²yun⁴ ⓨ 男女情緣。

【香港地】hêng¹gong²déi⁶⁻² ⓨ 即"香港這個地方"。含親切或慨歎意味。

【香港腳】hêng¹gong²gêg³ ⓨ 香港人多見的腳癬。

【香口膠】hêng¹heo²gao¹ ⓨ 口香糖。

【香蕉仔】hêng¹jiu¹zei² ⓕ 戲稱摹仿西方生活方式的年青人。

【香料粉】hêng¹liu⁶fen² ⓨ 五香粉。

【香爐躉】hêng¹lou⁴den² ⓨ 獨苗兒；唯一的繼承人。

【香爐灰】hêng¹lou⁴fui¹ ⓨ 香灰。

【香牙蕉】hêng¹nga⁴jiu¹ ⓨ 蕉的一種。皮薄，肉豐滿。

【香港小姐】hêng¹gong²xiu²zé² ⓕ 見"港姐"條。

鄉(乡) hêng¹ (hœŋ¹) [xiāng] ⓣ ❶農村♦山鄉/城鄉/魚米之鄉。❷家鄉♦故鄉/思鄉/背井離鄉。❸某一地方♦入鄉隨俗。❹境界♦夢鄉/醉鄉。❺縣以下行政單位♦鄉政府/鄉鎮企業。

【鄉下】hêng¹ha⁶⁻² [xiāngxia] ⓣ 鄉村；農村♦鄉下人。ⓨ 家鄉♦返鄉下。

【鄉里】hêng¹léi⁵ [xiānglǐ] ⓣ ❶同鄉。❷家鄉。ⓨ 老鄉；本地人。

響(响) hêng² (hœŋ²) [xiǎng] ⓣ ❶聲音♦聲響/雙響炮。❷回聲♦回響。❸發出聲音♦響起歌聲。❹聲音宏大♦響亮。ⓨ 介詞。同"喺"。❶在♦佢或者仲響屋企（他也許還在家裏）。❷從♦佢個女剛響澳洲返嚟（他女兒剛從澳洲回來）。

heo

吼 heo¹/heo⁴ (hɐu¹/hɐu⁴) ⓨ ❶留意；密切注意♦你喺度吼住有冇車經過（你留在這裏留意有沒有車經過）。❷看守；照管♦幫我吼住吓啲行李（請幫我照看一下行李）。❸追求♦吼女仔（追求女孩子）。❹光顧；想要♦正式籮底橙，邊有人吼嚟（這種劣貨，哪會有人要）！

【吼實】heo¹sed⁶ ⓨ 緊緊盯住、守住♦吼實佢（盯住他）/呢隻股仲會升嚟，你吼實啲先好（這隻股票還要往上升，你要守住才行）。

後(后) heo¹ (hɐu¹) [粵] 口語變音。

【後尾】heo¹méi⁵⁻¹ [粵] 表示時間或空間上居後 ♦ 佢後尾卒之簽咗字（他最後終於還是簽字了）/ 佢排隊排到最後尾（他排隊排到最末尾）。

☞ 另見 176 頁 heo⁶。

口 heo² (hɐu²) [kǒu] [通] ❶ 嘴 ♦ 口罩 / 口服 / 口述 / 虎口餘生。❷ 出入通過的地方 ♦ 出口 / 門口 / 關口。❸ 破裂的地方 ♦ 傷口 / 缺口。❹ 刀、劍等的鋒刃 ♦ 刀口 / 剪子還未開口。❺ 量詞 ♦ 一口井 / 一家三口。[粵] ❶ 嘴；嘴巴 ♦ 口唇（嘴唇）/ 擘大口（張大嘴巴）。❷ 量詞。相當於"根"、"枚" ♦ 一口針 / 一口釘。

【口碑】heo²béi¹ [kǒubēi] [通] 人們口頭上的讚頌 ♦ 口碑幾好（口碑很不錯）。

【口乾】heo²gon¹ [粵] 喉嚨乾涸；口渴。

【口果】heo²guo² [粵] 水果。也說"生果" sang¹guo²。

【口氣】heo²héi³ [kǒuqì] [通] ❶ 說話的氣勢 ♦ 口氣唔好咁大（別這麼大口氣）。❷ 言外之意 ♦ 聽佢口氣，好似唔係幾願意借嘅嚕（聽他的口氣，好像不大願意借）。[粵] 口臭。

【口痕】heo²hen⁴ [粵] 愛耍嘴皮子 ♦ 口痕友（貧嘴的人）。

【口響】heo²hêng² [粵] 唱高調；嘴上說得漂亮 ♦ 講得口響（說得好聽）。

【口碼】heo²ma⁵ [粵] 口才 ♦ 好口碼。

【口密】heo²med⁶ [粵] 口緊；嘴牢。

【口面】heo²min⁶ [粵] 臉；面孔 ♦ 瓜子口面（瓜子臉）/ 國字口面（方臉）/ 咁熟口面（面孔很熟悉）。

【口硬】heo²ngang⁶⁻² [粵] 嘴硬。

【口齒】heo²qi² [kǒuchǐ] [通] ❶ 說話的發音、才能 ♦ 口齒清楚 / 口齒伶俐。❷ 指牲口的年齡。[粵] 信用；說話算數 ♦ 冇口齒（說話不算數）。

【口唇】heo²sên⁴ [粵] 嘴唇。

【口訊】heo²sên³ [粵] 口信；口頭轉告的話。

【口疏】heo²so¹ [粵] 嘴快；喜歡亂說；守不住祕密。

【口爽】heo²song² [粵] 順口 ♦ 貪口爽（說話隨便，圖一時爽快）。

【口探】heo²tam³ [方] 指口腔體溫計。

【口淡】heo²tam⁵ [粵] 嘴裏無味；食慾不振。

【口啞啞】heo²a²a² [粵] 張口結舌；無言以對 ♦ 俾人問到口啞啞（被追問得無言以對）。

【口多多】heo²do¹do¹ [粵] 多嘴多舌；喜歡說三道四。

【口袋書】heo²doi⁶xu¹ [方] 可裝入口袋的書。也說"袋裝書" doi⁶zong¹xu¹。

【口花花】heo²fa¹fa¹ [粵] ❶ 信口開河；說話不負責任。❷ 說話輕浮，油腔滑調，尤指男人對女人。

【口垃濕】heo²leb⁶seb¹ [粵] 零食。

【口丫角】heo²nga¹gog³ [粵] 嘴角 ♦ 口丫角爛（爛嘴角）。

【口噏噏】heo²ngeb¹ngeb¹ [粵] 形容嚼東西或小聲說話時嘴巴不停蠕動。

【口輕輕】heo²héng¹héng¹ [粵] 輕嘴薄舌；輕易許諾 ♦ 口輕輕嘅，係唔係真㗎（說得這麼輕巧，是不是真的呀）？

【口唇膏】heo²sên⁴gou¹ [粵] 唇膏；口紅。

【口水花】heo²sêu²fa¹ [粵] 唾沫星兒 ♦ 講到口水花噴噴（說得唾沫星兒橫飛）。

【口水肩】heo²sêu²gin¹ [粵] 小孩用的圍嘴。

【口水歌】heo²sêu²go¹ [粵] 別人唱過的歌。

【口水佬】heo²sêu²lou² [粵] 嘴把式。也說"口水王" heo²sêu²wong⁴。

【口水尾】heo²sêu²méi⁵⁻¹ [粵] ❶ 唾沫星兒。❷ 別人說過的話或別人吃剩的東西 ♦ 執人口水尾（拾人牙慧或吃別人吃剩的東西）。

【口水騷】heo²sêu²sou¹ [方] 模仿別人，沒有多少新意的節目。

【口水會】heo²sêu²wui² [方] 空談而無實效的會議。

【口窒窒】heo²zed⁶zed⁶ [粵] 張口結舌；結結巴巴。

【口不對心】heo²bed¹dêu³sem¹ [粵] 口是心非。

【口嚡脷素】heo²hai⁴léi⁶sou³ [粵] 嘴巴乾澀，舌面粗糙，消化不良的癥狀。

【口黑面黑】heo²heg¹min⁶heg¹ [粵] 同"黑口黑面"。

【口口聲聲】heo²heo²séng¹séng¹(xing¹ xing¹) [kǒukoushēngshēng] [通] 形容不止一次地陳述、表白。

【口水多多】heo²sêu²do¹do¹ [粵] 耍貧嘴；說話沒完沒了。

【口甜舌滑】heo²tim⁴xid⁶wad⁶ [粵] 油嘴滑舌；能說會道。

【口同鼻拗】heo²tung⁴béi⁶ao³ [粵] 嘴巴跟鼻子抬槓。比喻無謂的爭執。

【口多是非多】heo²do¹xi⁶féi¹do¹ [粵] 禍從口出；多嘴容易招惹是非。

【口水多過茶】heo²sêu²do¹guo³ca⁴ [粵] 大耍嘴皮子。多用來譏諷誇誇其談而又言不及義的人。

【口爽荷包垃】heo²song²ho⁴bao¹leb⁶ [粵] 嘴上慷慨，實則吝嗇。

喉 heo⁴ (hɐu⁴) [hóu] [通] 咽和氣管的部分，是發音器官，又是呼吸器官的一部分。[粵] ❶ 管；管道 ♦ 水喉（水管）/ 膠喉（皮管）/ 煤氣喉（煤氣管道）。❷ 水龍頭 ♦ 街喉（街上公用的水龍頭）/ 滅火喉（消防龍頭）。❸ 飽；饜足 ♦ 仲未夠喉（尚未饜足）。

【喉筆】heo⁴bed¹ [方] 高壓消防龍頭。

【喉急】heo⁴geb¹ [粵] 性急；焦急；急切，急巴巴 ♦ 咪咁喉急，慢慢嚟（別急，慢慢來）/ 睇你喉急個樣（瞧你急巴巴的模樣）。也作"猴急"。

【喉管】heo⁴gun² [粵] 管子，特指自來水管。

【喉擒】heo⁴kem⁴ [粵] 同"喉急"。

【喉鉗】heo⁴kim⁴⁻² [粵] 管鉗子；管扳子。也說"水喉鉗" sêu²heo⁴kim⁴⁻²。

【喉欖】heo⁴lam⁵⁻² [粵] 喉結。

【喉嚨】heo⁴lung⁴ [hóulóng] [通] 咽部和喉部的統稱。[粵] 嗓子 ♦ 喉嚨痛（嗓子疼）/ 嗌到喉嚨都啞晒（叫喊得嗓子全啞了）。

【喉柱】heo⁴qu⁵ [方] 消防專用水龍頭。

厚 heo⁵ (hɐu⁵) [hòu] [通] ❶ 指物體的上下距離大 ♦ 厚實 / 厚漆。❷ 指物體的上下距離 ♦ 厚度 / 三寸厚。❸ 感情深 ♦ 厚意 / 深情厚誼。❹ 價值高 ♦ 厚利 / 厚禮。❺ 味道濃 ♦ 厚味。❻ 厚道 ♦ 寬厚 / 忠厚 / 仁厚。❼ 優待；

重視；唯崇◆厚待/厚今薄古。❽過分◆無可厚非。

【厚笠】heo⁵leb¹ [粵] 厚的絨衣。跟“薄笠”相對。

【厚噉噉】heo⁵dem⁴dem⁴ [粵] 厚墩墩；厚厚的。

後(后) heo⁶ (hɐu⁶) [hòu] [通] ❶背面的◆後邊/後台/幕後/屋前屋後。❷未來的；較晚的◆後輩/後世/今後/先後。❸次序靠近末尾的◆後排/後十名。❹後代；子孫◆後人/絕後。

【後便】heo⁶bin⁶ [粵] 後面◆屋後便/企喺後便(站在後面)。

【後底】heo⁶dei² [粵] 同“後便”。少用。

【後生】heo⁶sang¹ [hòushēng] [通] 後代；後輩◆後生可畏。[粵] ❶相貌年輕◆睇起上嚟佢仲後生過我(看上去他比我還年輕)。❷青年男子◆而家啲後生，唔同我哋噉諗㗎喇(現在的青年，跟我們的想法可不一樣)。❸稱學徒，練習生，小夥計◆舊陣時做後生仲要倒埋痰罐嘛(以前當夥計連痰盂也得倒)。

【後鑊】heo⁶wog⁶⁻² [粵] 廚師；大師傅；掌勺兒的。

【後市】heo⁶xi⁵ [粵] 以後的市場行情◆後市看好。

【後日】heo⁶yed⁶ [粵] 後天。

【後枕】heo⁶zem² [粵] 後腦勺。也說“後尾枕” heo⁶méi⁵zem²。

【後底乸】heo⁶dei²na² [粵] 後娘；繼母。

【後底爺】heo⁶dei²yé⁴⁻¹ [粵] 後爹；繼父；後父。

【後生女】heo⁶sang¹nêu⁵⁻² [粵] 姑娘；年青女子。

【後生仔】heo⁶sang¹zei² [粵] 小夥子；年青人。

【後生細仔】heo⁶sang¹sei³zei² [粵] 小青年；小夥子。

【後生仔女】heo⁶sang¹zei²nêu⁵⁻² [粵] 年青人。

☞另見174頁 heo¹。

hêu

墟 hêu¹ (hœy¹) [粵] ❶集市◆趁墟(趕集)/墟場(市集)。❷地名用字。

【墟冚】hêu¹hem⁶ [粵] ❶形容人多嘈雜，有如集市一般。❷作動詞用，表示張揚的意思◆使乜咁墟冚(用不着那麼張揚)。

【墟日】hêu¹yed⁶ [粵] 集市日。

【墟巴嘈閉】hêu¹ba¹cou⁴bei³ [粵] 嘈雜；喧鬧。

【墟墟冚冚】hêu¹hêu¹hem⁶hem⁶ [粵] 人羣雜亂，人聲鼎沸◆成個會場墟墟冚冚(整個會場沸沸揚揚)。

去 hêu³ (hœy³) [qù] [通] ❶離開◆去世/去職/去留未定。❷相隔◆相去甚遠。❸除掉◆去掉/去皮/去根/去火。❹失掉◆大勢已去。❺過去的◆去年/去冬。❻從所在地到另一地方◆去北京出差。❼表示動作的趨向◆上去/進去。❽去聲◆平上去入。[粵] 逝世之意◆佢琴晚去咗囉(他在昨晚去世)。

【去貨】hêu³fo³ [粵] 貨品銷售出去。

【去馬】hêu³ma⁵ [粵] 上馬。

【去票】hêu3piu3 (方) 入場券的發售。

【去水喉】hêu3sêu2heo4 (方) 下水口；出水管。

【去水渠】hêu3sêu2kêu4 (方) 下水道。

hid

歇 hid3 (hit8) [xiē] (通) ❶ 休息 ♦ 歇息 / 歇口氣 / 歇一歇先做(歇一會再幹)。❷ 停止 ♦ 歇工 / 手腳唔歇咁做 (手腳不停地幹)。

【歇夏】hid3ha6 [xiēxià] (通) 夏天最熱時停工休息。(方) 特指夏天最熱時停止賽馬。也説"歇暑" hid3xu2。

him

欠 him3 (him3) [qiàn] (通) ❶ 借他人財物未還；該給的沒給 ♦ 欠債 / 欠賬 / 拖欠 / 虧欠。❷ 不夠，缺乏 ♦ 欠佳 / 欠妥 / 考慮欠周到。❸ 身體稍向前移動 ♦ 欠身 / 欠腳。❹ 疲倦時張口出氣 ♦ 欠伸 / 打呵欠。

【欠奉】him3fung6 (方) 缺乏；欠缺。

【欠運】him3wen6 (方) 沒運氣；不走運；運氣不佳。

【欠債還錢】him3zai3wan4qin4-2 (粵) 方言常用語 ♦ 欠債還錢，天公地道。

hin

牽 (牵) hin1 (hin1) [qiān] (通) ❶ 拉着使移動 ♦ 順手牽羊。❷ 連累；關涉 ♦ 牽累。

【牽引】hin1yen5 [qiānyǐn] (通) 牽拉使向前運動。(方) 觸發、牽動情緒等。

顯 (显) hin2 (hin2) [xiǎn] (通) ❶ 表現；露出 ♦ 顯現 / 顯露 / 大顯身手。❷ 表現或表露出來的 ♦ 明顯 / 淺顯 / 顯而易見。❸ 有名聲，有權勢 ♦ 顯要 / 顯貴 / 顯達。

【顯嘢】hin2yé5 (粵) 露一手；表現自己 ♦ 咪喺度顯嘢喇 (別在這裏賣弄了)。

蜆 (蚬) hin2 (hin2) [xiǎn] (通) 軟體動物。介殼圓形或心臟形，生活在河涌或淺灘 ♦ 蜆肉 / 蜆湯。

【蜆鴨】hin2ngab3 (粵) 以蜆為食的野鴨，肉質較肥美。

【蜆殼粉】hin2hog3fen2 (粵) 形似蜆殼的通心粉。

芡 hin3 (hin3) [qiàn] (粵) 口語音。也作"獻"。芡粉 ♦ 打芡 / 勾芡。

獻 (献) hin3 (hin3) [xiàn] (通) ❶ 恭敬地呈送 ♦ 獻花 / 獻寶 / 捐獻 / 貢獻。❷ 表演給人看 ♦ 獻技 / 獻醜。

【獻世】hin3sei3 (粵) 比喻沒有用處的人，沒目標地留在世上生活。

【獻醜不如藏拙】hin3ceo2bed1yu4cong4jud3 (粵) 與其獻醜，不如將自己拙劣的技藝藏起來。

憲 (宪) hin3 (hin3) [xiàn] (通) ❶ 法令 ♦ 憲章。❷ 憲法 ♦ 立憲 / 憲政 / 違憲。

【憲報】hin3bou3 (方) 指政府公報。

hing

輕 (轻) hing^1 (hiŋ^1) [qīng] (通) ❶ 分量小，跟“重”相對 ♦ 頭重腳輕 / 身輕如燕。❷ 數量少；程度淺 ♦ 輕微 / 輕傷 / 年紀輕。❸ 不重要 ♦ 避重就輕 / 人微言輕。❹ 用力小 ♦ 輕拿輕放。❺ 輕鬆 ♦ 輕快 / 輕音樂 / 輕歌曼舞。❻ 輕率；隨便 ♦ 輕信 / 掉以輕心。❼ 輕視 ♦ 輕敵 / 重色輕友 / 文人相輕。

【輕鐵】hing^{1}tid^3 (方) 輕便鐵路。

【輕量級】hing^{1}lêng^{6}keb^1 (方) 次要的；微不足道的 ♦ 輕量級人物（次要人物）。

☞ 另見 172 頁 héng^1，héng^4。

馨 hing^1 (hiŋ^1) [xīn] (通) 散佈很遠的香氣 ♦ 如蘭之馨。

【馨香】hing^{1}hêng^1 [xīnxiāng] (通) ❶ 芳香。❷ 燒香的香味。(粵) 常用其反義 ♦ 好馨香咩（臭美）！

燮 hing^3 (hiŋ^3) (粵) 也作“慶”。❶ 以慢火加熱或保溫 ♦ 燮住啲飯 / 啲涼茶凍嘞，燮熱啲至飲（涼茶涼了，加加熱再喝）。❷ 烤乾 ♦ 燮乾件衫（把衣服烤乾）。❸ 發燒；發熱 ♦ 有乜頭燮身熱就快啲去睇醫生（身體有甚麼毛病就趕快去看醫生）。❹ 氣溫高；環境熱 ♦ 天口燮（氣溫高）/ 摸吓張牀都燮嘅（用手摸一摸，連睡牀都燙手）。❺ 情緒激昂；氣氛熱烈 ♦ 呢度咁燮嘅，搞生日會咧（這裏這麼熱鬧，是不是在開生日會呀）？❻ 發火；發脾氣 ♦ 激到佢好燮（把他氣火了）/ 佢燮起上嚟乜都做得出（他發起脾氣來啥都幹得出）。

【燮合合】hing^{3}heb^{6}heb^6 (粵) 熱烘烘；熱辣辣 ♦ 成個面珠墩燮合合（臉蛋熱烘烘的）。

【燮過火屎】hing^{3}guo^{3}fo^{2}xi^2 (粵) 比炭火還熱乎。指非常憤怒。也說“燮過焫雞”hing^{3}guo^{3}nad^{3}gei^1（比烙鐵還熱乎）。

hiu

曉 (晓) hiu^2 (hiu^2) [xiǎo] (通) ❶ 知道；了解 ♦ 通曉 / 知曉 / 家喻户曉。❷ 使知道，了解 ♦ 曉喻 / 揭曉 / 曉之以理。❸ 天剛亮的時候 ♦ 拂曉 / 破曉 / 曉行夜宿。(粵) 懂；會 ♦ 你曉唔曉修㗎（你會不會修理呀）？/ 咁簡單嘅嘢，我都曉喇（這麼簡單的事，我也懂）。

【曉得】hiu^{2}deg^1 [xiǎode] (通) 知道 ♦ 你曉得乜（你知道啥）？

ho

呵 ho^1 (hɔ^1) [hē] (通) ❶ 怒斥 ♦ 呵責。❷ 呼氣；哈氣 ♦ 呵一口氣 / 一氣呵成。❸ 歎詞 ♦ 呵，原來是你。❹ 擬聲詞 ♦ 笑呵呵（呵呵笑）。(粵) 婉言撫慰，憐惜 ♦ 老婆發嬲咧，呵番就冇事㗎嘞（老婆生氣了吧，安慰一下就沒事啦）。

【呵護】ho^{1}wu^6 [hēhù] (通) 保祐。(粵) 仔細地保護 ♦ 呵護備至 / 呵護你嘅皮膚。

【呵癢】ho^{1}yêng^5 (粵) 搔癢。

荷 ho⁴ (hɔ⁴) hé] 通 蓮 ♦ 荷花 / 荷葉 / 荷塘。

【荷包】ho⁴bao¹ [hébāo] 通 錢包。

【荷官】ho⁴gun¹ 方 稱賭場專門負責收輸家錢賠贏家錢的職員。

【荷蘭豆】ho⁴lan⁴⁻¹deo⁶⁻² 粵 一種菜豆，種子未成熟時扁平，可連莢吃。

【荷蘭水】ho⁴lan⁴⁻¹sêu² 粵 舊稱汽水。

【荷蘭薯】ho⁴lan⁴⁻¹xu⁴⁻² 粵 土豆；馬鈴薯。又叫"薯仔" xu⁴zei²。

【荷里活】ho⁴léi⁵wud⁶ 粵 英 Hollywood 音譯。通譯"好萊塢"。也作"荷李活"。

【荷蘭水(瓶)蓋】ho⁴lan⁴⁻¹sêu²(ping⁴)goi³ 通 方 謔稱勳章。

合 ho⁴ (hɔ⁴)

【合尺】ho⁴cé¹ 粵 ❶ 工尺，我國民族音樂音階上各個音的總稱。❷ 譜兒 ♦ 合晒合尺(比喻配合完全一致)。

☞ 另見 118 頁 geb³；164 頁 heb⁶。

賀(贺) ho⁶ (hɔ⁶) [hè] 通 慶祝；道喜 ♦ 賀年 / 祝賀 / 賀吓你啫(給你慶賀慶賀)。

【賀金】ho⁶gem¹ 粵 表示祝賀的禮金。

【賀咭】ho⁶ked¹ 粵 表示祝賀的卡片。也作"賀卡" ho⁶ka¹。

【賀歲波】ho⁶sêu³bo¹ 方 特意安排在春節期間舉行的球賽。

【賀歲片】ho⁶sêu³pin³⁻² 方 特意安排在春節期間放映的電影或電視劇。也說"賀歲戲" ho⁶sêu³héi³。

【賀年糖果】ho⁶nin⁴tong⁴guo² 粵 恭賀新年的糖果。

hod

喝 hod³ (hɔt⁸) [hē] 通 大聲叫喊 ♦ 喝斥 / 吆喝。粵 ❶ 喊叫；吆喝 ♦ 喝住佢(把他叫住) / 喝生晒(瞎吆喝)。❷ 把刀在磨刀石或缸沿上磨擦幾下，使它快些 ♦ 把刀咁鈍，喝吓至切喇(菜刀鈍了，鋼一鋼再切吧)。

渴 hod³ (hɔt⁸) [kě] 通 ❶ 喉乾；想喝水 ♦ 口渴 / 解渴 / 望梅止渴。❷ 急切；迫切 ♦ 渴慕。

【渴市】hod³xi⁵ 粵 商品緊俏，供不應求 ♦ 呢隻貨都幾渴市嘅(這種貨挺緊俏的)。

hog

殼(壳) hog³ (hɔk⁸) [ké] 通 口語音 ♦ 貝殼 / 蛋殼 / 外殼 / 蚌殼。粵 ❶ 植物種子的外皮 ♦ 穀殼(穀子皮) / 瓜子殼(瓜子皮)。❷ 勺；瓢 ♦ 飯殼(飯勺) / 水殼(水瓢)。❸ 器物的外層結構 ♦ 機殼 / 水壺殼。❹ 香港特指公司的空架子 ♦ 買殼(向行將倒閉的公司注入資本，利用其名義從事經營活動)。❺ 量詞。勺；瓢 ♦ 加半殼水(加半勺水) / 一殼眼淚(滿眶淚水)。

熇 hog³ (hɔk⁸) 粵 焙烤；烤乾 ♦ 熇荔枝乾。

鶴(鹤) hog⁶ (hɔk⁹) [hè] 通 鳥類。頭小頸長，嘴長而直，腿細長。生活在水邊。吃魚蝦、

蟲類和植物 ♦ 灰鶴 / 丹頂鶴。

【鶴嘴鋤】hog⁶zêu²co⁴ [粵] 十字鎬。

學 (学) hog⁶ (hɔk⁹) [xué] [通] ❶ 學習 ♦ 學科學 / 學技術。❷ 模仿 ♦ 學鳥叫 / 學得真像。❸ 學問 ♦ 治學 / 博學多才 / 才疏學淺。❹ 學科 ♦ 數學 / 生物學。❺ 學校 ♦ 小學 / 升學。[粵] 像；似 ♦ 學你咁有錢有幾多個吖（有幾個像你這麼富有的）？

【學店】hog⁶dim³ [方] 稱只顧賺錢，不顧教學質量的私立學校。

【學警】hog⁶ging² [方] 見習警員；警察學校學生 ♦ 學警出更（見習警員上崗值勤）。

【學曉】hog⁶hiu² [粵] 學會；學懂 ♦ 學曉彈琴。

【學額】hog⁶ngag⁶⁻² [方] 入學名額。

【學位】hog⁶wei⁶⁻² [xuéwèi] [通] 根據學術水平而授予的稱號，如學士、碩士、博士等。[方] 學校招收學生的名額 ♦ 派學位。

【學護】hog⁶wu⁶ [方] 見習護士；護士培訓班學員。

【學師】hog⁶xi¹ [粵] 從師學藝 ♦ 學師仔（學徒工）。

【學識】hog⁶xig¹ [xuéshí] [通] 學問和見識 ♦ 學識豐富。[粵] 學會；學懂。

【學生哥】hog⁶sang¹go¹ [通] 泛稱學生。含親切感。

【學你話齋】hog⁶néi⁵wa⁶zai¹ [粵] 如你所說 ♦ 學你話齋，做人仲係唔好咁多心好（如你所說，做人心思可不要太多）。

hoi

開 (开) hoi¹ (hɔi¹) [kāi] [通] ❶ 打開 ♦ 開門 / 開箱 / 開鎖。❷ 打通；開闢 ♦ 開路 / 開發 / 開礦。❸ 開始 ♦ 開工 / 開學 / 開業。❹ 開辦 ♦ 開工廠 / 開醫院。❺ 舉行 ♦ 開董事會 / 開運動會。❻ 發動 ♦ 開槍 / 開砲 / 開車。❼ 列出 ♦ 開到 / 開票 / 開藥方。❽ 支付 ♦ 開支 / 開銷 / 開工資。❾ 解除 ♦ 開戒 / 開禁。❿ 張開；舒展 ♦ 開花 / 笑開顏。⓫ 沸騰 ♦ 水開了。⓬ 配；分開 ♦ 三七開 / 十六開本。⓭ 用在動詞後表示效果 ♦ 避開 / 傳開 / 閃開。[粵] ❶ 調配；溶化；稀釋 ♦ 開顏料 / 開灰水 / 開牛奶。❷ 擺設；置辦 ♦ 開枱食飯（擺桌子吃飯）/ 開咗兩圍（辦了兩桌酒席）。❸ 用在動詞後，表示動作的延續 ♦ 食開呢隻藥，都覺得幾好（一直吃這種藥，覺得還挺不錯的）/ 佢老竇做開五金嘅（他父親一直做五金這一行）。❹ 副詞。相當於“外邊” ♦ 唔好游咁開（不要游得太遠）。

【開邊】hoi¹bin¹ [粵] 把魚剖開兩邊。

【開便】hoi¹bin⁶ [粵] 外邊；外面 ♦ 開便咁凍，快啲行番入嚟喇（外面這麼冷，快點進來吧）。

【開波】hoi¹bo¹ [粵] 發球 ♦ 輪到你開波（輪到你發球）。

【開初】hoi¹co¹ [粵] 開始；起初 ♦ 開初佢都唔肯去㗎（起初他也不願意去的呀）。

【開檔】hoi¹dong³ [粵] ❶ 開張。❷ 開始營業。❸ 開始做某事 ♦ 今晚去我屋企開檔（玩撲克或打麻將）。

【開度】hoi¹dou⁶⁻² [粵] 開本♦十六開度（十六開本）。

【開飯】hoi¹fan⁶ [kāifàn] [通] 把飯菜擺出來準備吃飯。[粵] 吃飯♦冇錢開飯（沒錢吃飯）/今晚去邊度開飯（今晚上哪兒吃飯）。

【開房】hoi¹fong⁴⁻² [粵] ❶在賓館、旅店等租用房間♦開房率。❷指男女幽會。

【開鏡】goi¹géng³ [粵] 開拍；開始拍攝。

【開古】hoi¹gu² [粵] ❶揭開謎底。❷揭曉；透露祕密。

【開鑼】hoi¹lo⁴ [kāiluó] [通] 戲曲開演。[粵] 開始。

【開年】hoi¹nin⁴ [kāinián] [通] 一年的開始。[粵] ❶粵俗多指年初二，因為從這一天開始外出拜年。❷在新年期間，小孩頑皮時，父母罵孩子的話♦你再咁曳，係咪想我幫你開年吖嗱（你別再頑皮，否則我會打你的）！

【開片】hoi¹pin³⁻² [方] 指黑社會等幫夥之間的械鬥。

【開舖】hoi¹pou³ [粵] 店舖開門營業♦九點鐘開舖。

【開身】hoi¹sen¹ [粵] 船舶啟航，特指漁船出海捕魚。

【開聲】hoi¹séng¹ [粵] 作聲；開口♦只要你開聲，我一定幫忙。

【開首】hoi¹seo² [方] 開頭；起初。

【開攤】hoi¹tan¹ [方] 設賭，特指開設"番攤"賭局。

【開投】hoi¹tou⁴ [粵] 開始投標、招標。

【開枱】hoi¹toi⁴⁻² [粵] ❶擺飯桌準備吃飯。❷擺桌子打麻將。

【開胃】hoi¹wei⁶ [kāiwèi] [通] 使人胃口好。[粵] ❶胃口好♦食乜都咁開胃（不管吃啥胃口都挺好）。❷指不切實際的空想。含揶揄意味♦入行先幾個月就想升職，你都幾開胃（你入行才幾個月就想升職，有那麼便宜嗎）？

【開鑊】hoi¹wog⁶ [粵] 婉指性交。

【開膳】hoi¹xin⁶ [kāishàn] [通] 食堂等開始吃飯；開飯♦開膳時間未到。[粵] 開伙♦我哋公司自己開膳（我們公司自己開伙）。

【開夜】hoi¹yé⁶⁻² [粵] 開夜車；打夜作。

【開藥】hoi¹yêg⁶ [粵] 開藥方♦叫醫生開幾味藥（讓醫生給開幾味藥）。

【開長喉】hoi¹cêng⁴heo⁴ [方] 不關水龍頭任水長流。

【開大價】hoi¹dai⁶ga³ [粵] 開價太高。

【開硬弓】hoi¹ngang⁶gung¹ [粵] 硬來；強制性地進行某事♦問題只能一步步解決，開硬弓係冇用嘅（問題只能逐步解決，硬來是不成的）。

【開罐頭】hoi¹gun³teo⁴⁻² [粵] 開苞，婉指使少女失去貞操。

【開口棗】hoi¹heo²zou² [粵] 同"笑口棗"。

【開籠雀】hoi¹lung⁴zêg³⁻² [粵] 比喻一開口便滔滔不絕。

【開篷車】hoi¹pung⁴cé¹ [方] 敞篷車。

【開心果】hoi¹sem¹guo² [粵] ❶一種美國產的堅果，形似白果，炒製後外殼開裂，故名。❷稱令人開心的演員，或時常保持心境愉快的人。

【開講有話】hoi¹gong²yeo⁵wa⁶ [粵] 常言道；常言說得好♦開講有話，害人之心不可有，防人之心不可無。

【開口埋口】hoi1heo2mai4heo2 (粵) 一開口老提起 ♦ 開口埋口都話錢，煩唔煩啲吖（一張嘴就是錢，太煩人了吧）？

【開明車馬】hoi1ming4gêu1ma5 (粵) 直言不諱地表明自己的意圖 ♦ 傾生意嘛，大家仲係開明車馬好啲（談生意嘛，大家還是爽快點好）。也說"擺明車馬" bai2ming4gêu1ma5。

【開心見誠】hoi1sem1gin3xing4 (粵) 開誠佈公；開誠相見，毫不隱瞞。

【開天索價】hoi1tin1sag3ga3 (方) 漫天要價。

【開啱…嘓槓】hoi1ngam1…go2lung5 (粵) ❶ 正合某人心意。❷ 正是某人所長。也說"開正…條槓" hoi1zéng3…tiu4lung5、"開正…佢嘓瓣" hoi1zéng3…kêu5go2fan6。

【開口及着脷】hoi1heo2geb3zêg6léi6 (粵) 一開口就觸犯某人。

【開埋井俾人食水】hoi1mai4zéng2béi2yen4xig6sêu2 (粵) 比喻艱苦創業，卻讓別人坐享其成。

【開天索價，落地還錢】hoi1tin1sag3ga3，log6déi6wan4qin4 (方) 指賣方漫天要價，買方還價極低的一種討價還價行為。

海 hoi2 (hɔi2) [hǎi] (通) ❶ 大洋靠近陸地的部分 ♦ 海岸 / 沿海 / 出海。❷ 某些大湖的名稱 ♦ 青海 / 黑海。❸ 海裏出產的 ♦ 海參 / 海帶 / 海鷗。❹ 比喻成片的同類事物或無止境的某種情況 ♦ 林海 / 人山人海 / 苦海無邊。❺ 形容容量或氣量大 ♦ 海碗 / 腦海 / 血海。(粵) 稱水面較寬的江河 ♦ 過海（指從珠江北岸到南岸）。

【海皮】hoi2péi4 (粵) ❶ 海邊；海濱。❷ 廣州的珠江邊。

【海傍】hoi2pong4 (方) 指九龍市區的某些濱海地段。

【海鮮】hoi2xin1 (粵) 新鮮的海產動物食品 ♦ 游水海鮮 / 海鮮酒家。

【海洛英】hoi2log3ying1 (方) ❶ 英 heroin 音譯。❷ 可卡因。

【海灘裝】hoi2tan1zong1 (方) 專供在海水浴場穿的游泳、日光浴兩用裝。

【海鮮舫】hoi2xin1fong2 (粵) 設於水面上的船形餐廳，以供應海鮮為主。

【海鮮醬】hoi2xin1zêng3 (粵) 甜醬。

【海上無魚蝦自大】hoi2sêng6mou4yu4ha1ji6dai6 (粵) 山中無老虎，猴子稱大王。

害 hoi6 (hɔi6) [hài] (通) ❶ 災害；禍患 ♦ 禍害 / 公害 / 為民除害。❷ 有害的 ♦ 害蟲 / 害鳥。❸ 使受損害 ♦ 毒害 / 暗害 / 危害。❹ 傷害；殺害 ♦ 被害 / 遇害。❺ 產生不安情緒 ♦ 害臊 / 害羞。❻ 得病 ♦ 害病。

【害人害物】hoi6yen4hoi6med6 (粵) 多用來埋怨孩子給大人帶來麻煩。

hon

看 hon1 (hɔn1) [kān] (通) ❶ 守護；照料 ♦ 看守 / 看門。❷ 監管；注視 ♦ 看押 / 把他看起來。

【看更】hon1gang1 (粵) 看門；看門人。

【看護】hon1wu6 [kānhù] (通) 護理。(粵) 稱護士。

【看更房】$hon^1gang^1fong^{4-2}$ [粵] 大廈的值班室；大廈管理處。

☞ 另見本頁 hon^3。

銲 hon^2 ($hɔn^2$) [粵] 口語變音 ♦ 燒銲。

看 hon^3 ($hɔn^3$) [kàn] [通] ❶ 使視線接觸目標 ♦ 看書 / 收看 / 偷看。❷ 觀察判斷 ♦ 看出 / 看穿 / 看漲。❸ 對待 ♦ 小看 / 刮目相看。❹ 診治 ♦ 看牙。❺ 拜訪 ♦ 看朋友。❻ 表示試一試或提醒注意 ♦ 試試看 / 找找看。

【看病】hon^3bing^6 ($béng^6$) [kànbìng] [通] ❶ 給人治病。❷ 找醫生治病。方言多說“睇病” $tei^5béng^6$。

【看風使㺢】$hon^3fung^1sei^2léi^5$ [粵] 見風使舵，比喻跟着情勢轉變方向，含貶義。

☞ 另見 182 頁 hon^1。

寒 hon^4 ($hɔn^4$) [hán] [通] ❶ 冷 ♦ 寒冷 / 耐寒。❷ 害怕 ♦ 心寒 / 膽寒。❸ 貧困 ♦ 貧寒 / 清寒 / 出身寒門。[粵] ❶ 虛寒；涼性 ♦ 風寒感冒。❷ 驚懼 ♦ 發寒 / 嚇到佢成個寒晒（把他嚇壞了）。❸ 背微駝 ♦ 唔好成日寒背（別老微彎着腰）。

【寒背】hon^4bui^3 [粵] 背微駝。

【寒底】hon^4dei^2 [粵] ❶ 身體虛弱，經不住風寒。❷ 家底薄，手頭緊，顯出窮酸相。

【寒飛】$hon^4féi^1$ [方] 窮酸阿飛。

【寒涼】$hon^4lêng^4$ [粵] 寒性 ♦ 唔好食埋咁多寒涼嘢（寒性食品別吃得太多）。

【寒削】$hon^4sêg^3$ [粵] 指食物寒性大，對身體有損害。

【寒酸】hon^4xun^1 [hánsuān] [通] 形容窮書生不大方的姿態 ♦ 寒酸相。[粵] 貧寒；可憐。

旱 hon^5 ($hɔn^5$) [hàn] [通] ❶ 缺少雨水 ♦ 天旱 / 抗旱。❷ 跟水無關的；陸地上的 ♦ 旱路 / 旱煙 / 旱稻。

【旱廁】hon^5qi^3 [方] 沒有抽水馬桶的露天廁所。

hong

康 $hong^1$ ($hɔŋ^1$) kāng [通] ❶ 安；樂 ♦ 安康。❷ 身體好，沒有病 ♦ 康寧 / 健康。❸ 寬闊 ♦ 康莊大道。

【康體活動】$hong^1tei^2wud^6dung^6$ [方] 文體活動。

糠 $hong^1$ ($hɔŋ^1$) [kāng] [通] 麥、稻、穀等作物子實脫下的皮或殼 ♦ 米糠 / 穀糠。[粵] 似糠的東西 ♦ 木糠（木屑）/ 麵包糠（麵包屑）。

【糠耳】$hong^1yi^5$ [粵] 指耳垢乾燥如糠。也作“粇耳” $hong^2yi^5$。

巷 $hong^2$ ($hɔŋ^2$) [粵] 口語變音 ♦ 橫巷 / 屈頭巷（死胡同）。

☞ 另見 184 頁 $hong^6$。

粇 $hong^2$ ($hɔŋ^2$) [粵] ❶ 陳米的異味 ♦ 粇𡁵（霉味）。❷ 皮膚乾燥。❸ 缺錢；手緊 ♦ 呢排粇晒（最近實在手緊）/ 乜咁粇㗎（手頭咋這麼緊）？

【粇耳】$hong^2yi^5$ [粵] 同“糠耳”。

炕 $hong^3$ ($hɔŋ^3$) [kàng] [粵] ❶ 烘；烤 ♦ 炕麵包（烤麵包）/ 電炕爐（電烤爐）/ 炕乾啲水至煮（把水烘乾再煮）。❷ 晾放 ♦ 啲油角剛起鑊，炕喺個盤度攤吓先（油角剛起鍋，先擱在盤子上涼一涼）。❸ 平躺 ♦ 炕喺牀度眼光光瞓唔着（躺在牀上睜大眼睛睡不着覺）。

【炕沙】hong³sa¹ ㊢ ❶ 船舳擱淺。❷ 比喻陷入僵局或困境，難以作為。

行 hong⁴ (hɔŋ⁴) [háng] ㊣ ❶ 排列 ♦ 行列 / 單行 / 縱橫成行。❷ 職業 ♦ 同行 / 改行 / 懂行。❸ 某些行業機構 ♦ 銀行 / 商行。❹ 量詞 ♦ 一行字 / 兩行詩。

【行檔】hong⁴dong³ ㊢ 希望；指望 ♦ 我睇都冇乜行檔㗎嘞（我看沒甚麼希望）。

☞ 另見 171 頁 heng⁴。

巷 hong⁶ (hɔŋ⁶) [xiàng] ㊣ 較窄的街道 ♦ 街頭巷尾 / 酒香不怕巷子深。

【巷篤】hong⁶dug¹ ㊢ 死胡同的盡頭。

☞ 另見 183 頁 hong²。

hou

好 hou² (hou²) [hǎo] ㊣ ❶ 優點多的；令人滿意的 ♦ 好人 / 好東西 / 態度好。❷ 友愛；和睦 ♦ 友好 / 關係好 / 他們相處很好。❸ 身體健康；疾病痊癒 ♦ 身體好 / 病好了。❹ 容易；便於 ♦ 好懂 / 這事好辦 / 給我一張名片，有事好聯繫。❺ 完成 ♦ 飯好了 / 準備好了 / 文章寫好了。❻ 很 ♦ 好多 / 好香 / 好面熟。❼ 表示應允、贊同 ♦ 好，你給我吧！

【好醜】hou²ceo² ㊢ ❶ 好壞；好歹 ♦ 唔知好醜（不知好歹）/ 好醜都要見人㗎（好賴都得見人哪）。❷ 很醜陋。

【好彩】hou²coi² ㊢ ❶ 幸運；走運 ♦ 呢回算你好彩（這回算你走運）。❷ 幸虧；幸好 ♦ 好彩及早發現（幸虧及早發現）。

【好膽】hou²dam² ㊢ 大膽 ♦ 邊個有你咁好膽嗰（有誰比得上你膽子大）。

【好得】hou²deg¹ ㊢ 多虧；幸而 ♦ 好得你咁通情達理（幸而你是那麼通情達理）。

【好番】hou²fan¹ ㊢ ❶ 疾病痊癒。❷ 和好如初。

【好夾】hou²gab³ ㊢ 合得來。

【好驚】hou²géng¹ ㊢ 很怕；很擔心。

【好頸】hou²géng² ㊢ 脾氣好 ♦ 佢真好頸，係咁激佢都唔嬲（他脾氣真好，怎麼逗他他也不生氣）。

【好景】hou²ging² ㊢ ❶ 景色好。❷ 興旺；景氣 ♦ 呢幾年房地產特別好景。

【好勁】hou²ging⁶ ㊢ ❶ 棒；很不錯 ♦ 佢手牌好勁（他手上的牌可真棒）！❷ 很帶勁；很了不起 ♦ 呢隻酒好勁（這種酒真帶勁）。

【好焗】hou²gug⁶ ㊢ 天氣很悶。

【好閒】hou²han⁴ ㊢ 無所謂；不必介意 ♦ 食餐飯好閒啫（吃頓飯算甚麼呀）/ 撞嚫吓好閒啫（碰了一下，不必介意）。

【好氣】hou²héi³ ㊢ ❶ 健談；囉嗦 ♦ 乜咁好氣㗎，雞啄唔斷噉（咋這麼囉嗦，老説不完）。❷ 脾氣好；有耐心 ♦ 噉都忍得落嘅，睇唔出你又幾好氣嗰（這你也忍得下去，還挺有耐心的）。❸ 想發火 ♦ 見到佢噉嘅樣，真係又好氣又好笑（見他這副模樣，真是又想發火又想笑）。

【好恨】hou2hen6 [粵] 很想；非常希望 ♦ 好恨食番餐番薯（真想再吃一頓地瓜）。

【好佬】hou2lou2 [粵] 老好人；正派人。

【好嬲】hou2neo1 [粵] 很生氣；十分惱火。

【好眼】hou2ngan5 [粵] 眼力好；視力強。

【好耐】hou2noi6 [粵] 很久；很長時間 ♦ 等咗好耐（等了很久）/ 好耐唔見（很長時間沒見面）。

【好似】hou2qi5 [hǎosì] [通] 好像。[粵] 似乎 ♦ 噉做好似唔係好啱噃（這樣做似乎不大成）。

【好死】hou2séi2 [hǎosǐ] [通] 指人善終 ♦ 不得好死。[粵] 表示懷疑或不滿 ♦ 冇咁好死啩（哪有這等好事）/ 咁好死，唔斬你算偷笑喇（想得美，不宰你一筆算你走運）。

【好心】hou2sem1 [hǎoxīn] [通] 好意 ♦ 好心冇好報（好心得不到好回報）。[粵] 行行好 ♦ 好心你就唔好激個老母喇（行行好，你就別惹媽媽生氣了）。

【好聲】hou2séng1 [粵] 小心；注意 ♦ 落雨天，好聲行（下雨天，走路小心）/ 好聲啲，撞嚫唔得啱（小心點，碰一碰不得了）。

【好天】hou2tin1 [粵] 晴天。

【好市】hou2xi5 [粵] 賣得好；賣得快。

【好嘢】hou2yé5 [粵] ❶ 好東西；好貨 ♦ 有乜好嘢，記得關照吓噃（有甚麼好貨，請關照關照）。❷ 頂呱呱；真棒。用於驚呼或讚歎 ♦ 中國隊，好嘢（中國隊，真棒）！

【好友】hou2yeo5 [hǎoyǒu] [通] 好朋友 ♦ 生前好友。[方] 在股市中力圖使股市上升的投機者。

【好易】hou2yi6 [方] 很容易；不難。

【好像】hou2zêng6 [hǎoxiàng] [通] 有些像；彷彿。[方] 譬如；比如。

【好唱口】hou2cêng3heo2 [粵] ❶ 嗓音好。❷ 賣乖；説風涼話 ♦ 唔使咁好唱口嘅（用不着賣乖了）。

【好地地】hou2déi6déi6 [粵] 好端端；好好的 ♦ 好地地點解會病咗㗎（好好的怎麼會病倒了）？也説“好能能”。

【好腳頭】hou2gêg3teo4 [粵] 形容一出世就帶來好運。

【好嘞啩】hou2lag3gua3 [粵] 好了吧 ♦ 俾五蚊好嘞啩（給五塊錢好了吧）？

【好似…噉】hou2qi5…gem2 [粵] 像…一樣 ♦ 好似隻鬼噉（像鬼一樣）。

【好猛火】hou2mang5fo2 [粵] 火很旺。

【好猛風】hou2mang5fung1 [粵] 風勢強勁。

【好猛鬼】hou2mang5guei2 [粵] 鬧鬼鬧得很兇。

【好啱偈】hou2ngam1gei2 [粵] 形容彼此志趣相投，相處融洽。也説“好啱橋” hou2ngam1kiu4-2。

【好眼界】hou2ngan5gai3 [粵] 形容射擊、投擲等眼力好。

【好失禮】hou2sed1lei5 [粵] 丟醜；不符合禮節 ♦ 好失禮你咩（丟你醜了嗎）/ 封咁少利是，好失禮㗎（給利是錢太少，有失禮節的呀）。

【好心地】hou2sem1déi6-2 粵 心地善良。

【好心機】hou2sem1géi1 粵 細緻；耐心。

【好醒瞓】hou2séng2fen3 粵 睡覺容易驚醒。

【好相與】hou2sêng1yu5 粵 ❶ 為人厚道，好說話兒。❷ 性格隨和，容易相處。

【好食神】hou2xig6sen4 粵 經常遇上飽口福的機會。

【好少何】hou2xiu2ho4-2 粵 很少；少有的 ♦ 好少何咁齊人（人到得這麼齊可是少見）/ 呢排好少何上茶樓（最近很少上茶樓）。

【好少理】hou2xiu2léi5 粵 ❶ 很少過問 ♦ 屋企嘅事佢一向好少理（家裏的事他一向很少過問）。❷ 不理不睬 ♦ 我幾次去搵佢，佢都好少理（我幾次去找他，他一概不理不睬）。

【好人事】hou2yen4xi6-2 粵 厚道；和藹；心腸好 ♦ 新搬嚟嗰位住客幾好人事（新搬進來的那位住客心腸蠻好）。

【好意頭】hou2yi3teo4 粵 有彩頭。

【好容易】huo2yung4yi6 [hǎoróngyì] 通 很不容易。粵 很容易 ♦ 你估好容易咩（你以為很容易哪）！

【好好睇睇】hou2hou2tei2tei2 粵 像像樣樣地 ♦ 呢回要做得好好睇睇先得㗎（這回要做得像像樣樣才成）。

【好眉好貌】hou2méi4hou2mao6 粵 模樣兒端正。

【好聲好氣】hou2séng1hou2héi3 通 好言好語；語氣溫和；態度和藹。

【好衰唔衰】hou2sêu1m4sêu1 粵 合該倒霉；最糟糕的是 ♦ 好衰唔衰，嗰隻牌子啱好賣晒（合該倒霉，那種牌子正好賣完）/ 好衰唔衰撞正嗰條題（最糟糕的是，偏偏就遇上那道題）。

【好人難做】hou2yen4nan4zou6 粵 好人難當。

【好戲在後頭】hou2héi3zoi6heo6teo4 粵 更熱鬧的事情還會發生。

【好佬怕爛佬】hou2lou2pa3lan6lou2 粵 好人或有教養的人不屑於跟粗人或不講道理的人爭吵或交往。

【好物沉歸底】hou2med6cem4guei1dei2 粵 好東西都留在後面。也說"寶物沉歸底" bou2med6cem4guei1dei2。

【好女仔兩頭瞞】hou2nêu5zei2lêng5teo4mun4 粵 好的女子在夫家不說娘家的是非，在娘家不說夫家的是非。

【好心着雷劈】hou2sem1zêg6lêu4pég3 粵 好心卻得到惡報。

【好話唔好聽】hou2wa6m4hou2téng1 粵 說句不好聽的；醜話說在前；不妨實說。

【好食爭崩頭】hou2xig6zang1beng1teo4 粵 比喻一見有便宜可佔，便爭先恐後，各不相讓。

【好水冇幾多朝】hou2sêu2mou5géi2do1jiu1 粵 比喻人一生中遇到順境或好機會並不多。

【好眉好貌生沙蝨】hou2méi4hou2mao6sang1sa1sed1 粵 ❶ 比喻外表雖好但行為不端。❷ 比喻中看不中用。

【好天搵埋落雨米】hou2tin1wen2mai4log6yu5mei5 粵 未雨綢繆。

【好事不出門，壞事傳千里】hou2xi6bed1cêd1mun4，wai6xi6qun4qin1léi5 粵 做了好事外人未必會知道，但發生不好的事情很快就會傳揚出去。

☞ 另見本頁 hou³。

好 hou³ (hou³) [hào] [通] ❶ 喜愛 ♦ 好客 / 好動 / 好玩 / 好為人師。❷ 常常；容易 ♦ 好寫錯別字。

【好男風】hou³nam⁴fung¹ [粵] [方] 男子有同性戀傾向、僻好。

【好食懶飛】hou³xig⁶lan⁵féi¹ [粵] 好吃懶做，用以譏諷那些饞嘴而懶惰成性的人。

☞ 另見 184 頁 hou²。

毫 hou⁴ (hou⁴) [háo] [通] ❶ 尖而細長的毛 ♦ 毫毛 / 羊毫 / 明察秋毫。❷ 指毛筆 ♦ 揮毫作畫。❸ 細微；極少 ♦ 毫不利己 / 毫無頭緒 / 絲毫不差。❹ 市制重量、長度單位，十絲為一毫，十毫為一厘。❺ 某些計量單位的表達 ♦ 毫升 / 毫米 / 毫克 / 毫安。[粵] 量詞。角、毛 ♦ 三毫六（三角六分）/ 三元六毫（三塊六）。

【毫子】hou⁴ji² [粵] ❶ 角；毛錢 ♦ 五毫子（五毛錢）/ 毫零子（一毛多錢）/ 九毫六子一斤（每斤九毛六）。❷ [方] 俗稱一千元。

蠔（蚝） hou⁴ (hou⁴) [háo] [通] 牡蠣 ♦ 蠔田 / 生蠔。

【蠔豉】hou⁴xi⁶⁻² [粵] 煮熟曬乾的牡蠣肉 ♦ 蠔豉髮菜（蠔豉炆髮菜，一道菜色，取“好事發財”的諧音）。

hün

勸（劝） hün³ (hyn³) [quàn] [通] ❶ 用道理開導人 ♦ 勸誡 / 奉勸 / 規勸。❷ 勉勵 ♦ 勸學 / 懲惡勸善。

【勸交】hün³gao¹ [粵] 勸架。

hung

空 hung¹ (huŋ¹) [kōng] [通] ❶ 裏面沒有東西或沒有內容 ♦ 空腹 / 空論 / 萬人空巷。❷ 不切實際的 ♦ 空談 / 憑空想像。❸ 沒有結果的 ♦ 空忙 / 撲空 / 落空。❹ 天空 ♦ 空中 / 領空 / 太空。

【空𠾴𠾴】hung¹kuag¹kuag¹ [粵] 空空；空蕩蕩。也說“空曠曠” hung¹kuang¹kuang¹。

【空寥寥】hung¹liu⁴⁻¹liu⁴⁻¹ [粵] 空空的；空落落。

【空心老倌】hung¹sem¹lou⁵gun¹ [粵] ❶ 徒有虛名的藝人。❷ 沒有真才實學的人。

【空口講白話】hung¹heo²gong²bag⁶wa⁶ [粵] 空口說白話；放空炮。

胸 hung¹ (huŋ¹) [xiōng] [通] ❶ 軀幹的一部分，在頸和腹之間 ♦ 胸口 / 胸膛 / 挺胸。❷ 指內心，心裏 ♦ 心胸 / 胸有成竹。

【胸圍】hung¹wei⁴ [xiōngwéi] [通] 圍繞胸部一周的長度。[粵] 乳罩。

【胸襲】hung¹zab⁶ [粵] 婦女遭人摸胸部調戲。取“空襲”諧音。

恐 hung² (huŋ²) [kǒng] [通] ❶ 懼怕；害怕 ♦ 驚恐 / 惶恐。❷ 恐怕 ♦ 恐難勝任 / 恐另有原因。

【恐防】hung²fong⁴ [粵] 因有所疑慮而加以防備。

控 hung³ (huŋ³) [kòng] [通] ❶ 支配；操縱 ♦ 控制 / 遙控。❷ 告

發 ♦ 指控 / 被控。

【控罪】hung3zêu6 (方) 所指控的罪名 ♦ 如果控罪成立，佢（他）將被監禁六個月。

嗅 hung3 (huŋ3) (粵) 嗅；聞 ♦ 隻狗四周圍嗷嗅，好似有啲唔妥嗷嚐（狗到處嗅，好像有甚麼發現似的）。

紅 (红) hung4 (huŋ4) [hóng] (通) ❶ 像鮮血一樣的顏色 ♦ 紅旗 / 面紅耳赤。❷ 象徵革命 ♦ 紅軍 / 紅色根據地。❸ 指喜慶 ♦ 紅白喜事。❹ 受人重視；受人歡迎 ♦ 紅人 / 紅歌星 / 呢首歌唱紅咗。

【紅底】hung4dei2 (方) 俗稱面值一百元的港幣。

【紅棍】hung4guen3 (方) 黑社會組織的打手。

【紅牌】hung4pai4–2 [hóngpái] (通) 在體育比賽中，裁判員向違反規則的運動員、領隊或教練出示的紅色警告牌。(方) 走紅的，出名的 ♦ 紅牌司儀。

【紅盤】hung4pun4–2 (方) 興旺的市場形勢。

【紅衫】hung4sam1 (方) 俗稱面值一百元的港幣。也說"紅衫魚" hung4sam1yu4–2。

【紅肉】hung4yug6 (粵) 豬、牛、羊等肉類，跟雞肉、魚肉等"白肉"相對。

【紅簿仔】hung4bou6–2zei2 (方) 個人銀行存款的存摺。

【紅卜卜】hung4bug1bug1 (粵) 紅撲撲，形容臉色紅。

【紅豆沙】hung4deo6sa1 (粵) 用紅小豆熬成的甜食。

【紅當蕩】hung4dong1dong6 (粵) 紅裏呱嘰的；紅紅的。

【紅鼕鼕】hung4dung1dung1 (粵) 紅彤彤。

【紅褲子】hung4fu3ji2 (方) 俗稱運動員。

【紅□□】hung4kuang4kuang4 (粵) 同"紅噹檔"，但多含貶義。

【紅蘿蔔】hung4lo4bag6 (粵) 胡蘿蔔。

【紅毛泥】hung4mou4nei4 (粵) 水泥；洋灰。

【紅毛裝】hung4mou4zong1 (粵) 小平頭，美國陸軍的髮型。

【紅牌車】hung4pai4cé1 (方) 舊稱出租汽車。

【紅粉菲菲】hung4fen2féi1féi1 (粵) 形容臉色紅潤。也說"紅粉花菲" hung4fen2fa1féi1。

【紅杏出牆】hung4heng6cêd1cêng4 (粵) 比喻已婚女子有外遇。

【紅毛墳場】hung4mou4fen4cêng4 (方) 稱香港西洋人的墳場。

【紅牌阿姑】hung4pai4a3gu1 (粵) 俗稱名妓。

【紅鬚軍師】hung4sou1guen1xi1 (粵) 指經常出餿主意的人。

【紅鬚綠眼】hung4sou1lug6ngan5 (粵) 紅鬍子綠眼睛，借指西洋人。

【紅色炸彈】hung4xig1za3dan6–2 (粵) 謔稱喜宴請帖。

哄 hung6 (huŋ6) (粵) ❶ 圍攏 ♦ 唔好哄咁埋（別擠太近）/ 哄住佢叫佢簽名（圍住他讓他簽名）。❷ 斑痕；痕跡 ♦ 咁大笪哄，點洗得甩吖（這麼一大塊斑痕，哪洗得掉）！

J

ji

之 ji1 (dzi1) [zhī] [通] ❶ 文言代詞。代替人或事物 ♦ 置之不理 / 求之不得 / 不了了之。❷ 文言助詞。相當於"的" ♦ 成人之美 / 少年之家。❸ 助詞。無實義 ♦ 總之 / 久而久之。

【之嘛】ji1ma5 [粵] 語助詞。表示輕視之意，相當於"罷了"、"而已"、"不算甚麼" ♦ 遲幾日之嘛，趕得切嘅（晚幾天罷了，趕得及的）。

【之不過】ji1bed1guo3 [粵] 連詞。相當於"只是"、"但是"、"不過" ♦ 佢係幾叻仔嘅，之不過懶啲啣（他是有幾分聰明，不過懶了點）。

芝 ji1 (dzi1) [zhī] [通] 靈芝，長在枯樹上的一種蕈。

【芝士】ji1xi6-2 [粵] 英 cheese 音譯。奶酪 ♦ 芝士餅乾。

支 ji1 (dzi1) [zhī] [通] ❶ 從主體分出來的 ♦ 支線 / 支隊 / 支店。❷ 撐持 ♦ 獨木難支。❸ 支持 ♦ 體力不支 / 樂不可支。❹ 調度；指使 ♦ 支派 / 支使。❺ 付款；領款 ♦ 預支 / 超支。❻ 量詞 ♦ 一支歌 / 一支軍隊 / 三支鉛筆。[粵] 量詞。用法較普遍 ♦ 一支旗（一面旗）/ 一支竹（一根竹子）/ 一支酒（一瓶酒）/ 一支藥膏（一管藥膏）/ 一支公（光桿兒一個）。

【支銷】ji1xiu1 [方] 開支，花銷。

【支持位】ji1qi4wei6-2 [粵] 貨幣匯價過高或過低時，須由政府採取措施予以支持的水平 ♦ 低點支持位。

【支上期】ji1sêng6kéi4 [粵] ❶ 提前支取下一期的薪金。❷ 婉指發生婚前性行為。

吱 ji1 (dzi1) [zhī] [通] 擬聲詞 ♦ 扁擔壓得嘎吱嘎吱響。

【吱喳】ji1za1 [粵] 多嘴；嚷嚷。多指女性 ♦ 咪咁吱喳好唔好吖（別那麼七嘴八舌亂嚷嚷好不好）？

【吱喳婆】ji1za1po4-2 [粵] 長舌婦；多嘴婆。

☞ 另見 192 頁 ji4。

枝 ji1 (dzi1) [zhī] [通] ❶ 植物主幹的分杈 ♦ 樹枝 / 柳枝。❷ 比喻次要的、瑣碎的 ♦ 節外生枝。❸ 量詞。用於帶枝子的花或桿狀物 ♦ 一枝花 / 一枝鋼筆。

【枝竹】ji1zug1 [粵] 捲成條狀的乾豆腐皮。

脂 ji1 (dzi1) [zhī] [通] ❶ 動植物所含的油質 ♦ 油脂 / 脱脂奶粉。❷ 指含油質的化妝品 ♦ 胭脂 / 塗脂抹粉。

【脂粉客】ji1fen2hag3 [粵] 嫖客。參見"姣婆遇着脂粉客"條。

知 ji1 (dzi1) [zhī] [通] ❶ 知道；了解 ♦ 知悉 / 告知 / 一問三不知。❷ 讓人知道 ♦ 通知 / 知照。❸ 知識 ♦ 求知 / 真知灼見 / 幼稚無知。[粵] ❶ 知道 ♦ 你知唔知佢去咗邊度（你知不知道他上哪去了）？❷ 懂得；明白 ♦ 呢啲道理我知（這些道理我懂）。

【知死】ji1séi2 [粵] 知道厲害 ♦ 等陣你就知死（待會兒你就知道厲害）/ 試

過呢勻仲唔知死咩（嚐過這趟苦頭我已經知道厲害啦）。

【知醒】ji¹séng² ㊄ 醒得了 ♦ 我怕你唔知醒啫（我擔心你醒不了呢）。

【知慳識儉】ji¹han¹xig¹gim⁶ ㊄ 會精打細算；善持家理財。

【知情識趣】ji¹qing⁴xig¹cêu³ ㊄ ❶ 有情趣，有品味 ♦ 知情識趣的男人。❷ 善於體會別人的意圖，言行恰如其分，不惹人討厭。

【知啲唔知啲】ji¹di¹m⁴ji¹di¹ ㊄ 對事情若明若暗；不完全了解。

【知子莫若父】ji¹ji²mog⁶yêg⁶fu⁶ ㊄ 最了解自己的兒子的莫過於父親。

【知頭唔知尾】ji¹teo⁴m⁴ji¹méi⁵ ㊄ 知道事情的開頭而不知道事情的結果。

【知人口面不知心】ji¹yen⁴heo²min⁶bed¹ji¹sem¹ ㊄ 了解一個人的外在表現，卻不一定了解其內心所想。含貶義。

姿 ji¹ (dzi¹) [zī] ㊇ 人或物的狀貌、形態 ♦ 姿容 / 舞姿 / 英姿。

【姿整】ji¹jing² ㊄ 喜歡搔首弄姿；過分講究打扮 ♦ 有得飲咩，咁姿整（又不是去赴宴，打扮何必那麼講究）。

【姿姿整整】ji¹ji¹jing²jing² ㊄ 磨磨蹭蹭；東搞西弄。常用來埋怨別人修飾打扮或拾掇東西花時間太多 ♦ 姿姿整整，成半日都出唔到門（磨磨蹭蹭，老半天還出不了門）。

資（资） ji¹ (dzi¹) [zī] ㊇ ❶ 錢財；費用；本錢 ♦ 資財 / 投資 / 合資。❷ 供給；幫助 ♦ 以資鼓勵 / 可資借鑑。❸ 才能；性情 ♦ 資質 / 天資。❹ 地位；閱歷 ♦ 論資排輩。

【資助】ji¹zo⁶ [zīzhù] ㊇ 用資財幫助 ♦ 企業資助。

【資訊產品】ji¹sên³can²ben² ㊍ 指通訊設備和電子計算機產品。

【資訊工業】ji¹sên³gung¹yib⁶ ㊍ 指信息工業和電子計算機工業。

【資助機構】ji¹zo⁶géi¹keo³ ㊍ 受官方資助的社會服務、醫療、教育等機構。

【資助學校】ji¹zo⁶hog⁶hao⁶ ㊍ 由政府資助、志願團體主辦的有別於公立和私立的學校。

滋 ji¹ (dzi¹) [zī] ㊇ ❶ 繁殖；生長 ♦ 滋生 / 滋長 / 滋事。❷ 增添；加多 ♦ 滋益 / 滋養。

【滋微】ji¹méi⁴⁻¹ ㊄ 精打細算；錙銖必較。

【滋陰】ji¹yem¹ ㊄ ❶ 中醫學名詞 ♦ 滋陰補腎。❷ 同"滋油"，即做事慢條斯理。

【滋油】ji¹yeo⁴ ㊄ ❶ 悠然自得，不慌不忙。❷ 慢條斯理，優哉悠哉。

【滋事婆】ji¹xi⁶po⁴⁻² ㊄ 愛招惹是非的女人。

【滋微麻利】ji¹méi⁴⁻¹ma⁴léi⁶ ㊄ 形容人小心眼，錙銖必較。

【滋油淡定】ji¹yeo⁴dam⁶ding⁶ ㊄ 從容自若，慢條斯理。

螆 ji¹ (dzi¹) ㊄ ❶ 寄生於人體或植物上的小蟲子 ♦ 生螆 / 菜螆 / 雞螆。❷ 小蟲；小蚊蟲 ♦ 蚊螆。

止 ji² (dzi²) [zhǐ] ㊇ ❶ 停下 ♦ 停止 / 靜止 / 適可而止。❷ 阻擋；使停下 ♦ 阻止 / 制止 / 止痛。❸ 僅；只 ♦ 不止一次 / 止此一家，別無分店。

【止咳】ji^{2}ked^1［zhĭké］(通) ❶ 使咳嗽停止。❷ 有止咳作用的 ♦ 止咳糖漿。(方) ❶ 止住；打斷。❷ 暫時舒緩、緩衝。

指 ji^2 (dzi^2)［zhĭ］(通) ❶ 手指 ♦ 食指 / 屈指可數 / 十指連心。❷ 一個手指的寬度 ♦ 兩指寬。❸ 示意；引導 ♦ 指路 / 專指 / 泛指。❹ 點名責備；斥責 ♦ 指斥 / 千夫所指。❺ 頭髮直立向上 ♦ 令人髮指。❻ 用尖端對着 ♦ 用手一指 / 時針指着十二點。(粵) 指點 ♦ 指條路你行。

【指標】ji^{2}biu^1［zhĭbiāo］(通) 計劃中規定的目標 ♦ 生產指標。(方) 路標；指引標誌。

【指嚇】ji^{2}hag^3 (方) 用武器指着威嚇。

【指證】ji^{2}jing^3 (粵) 指責證明。

【指身】ji^{2}sen^1 (方) 指明身份。

【指引】ji^{2}yen^5［zhĭyĭn］(通) 指示引導。(方) 指南。

【指擬】ji^{2}yi^5 (粵) 指望；依靠 ♦ 你唔使指擬（你休想）/ 指擬晒你㗎喇（指靠你的啦）。

【指壓妹】ji^{2}ad^{3}mui$^{6-1}$ (方) 按摩女郎。

【指甲鉗】ji^{2}gab^{3}kim$^{4-2}$ (粵) 指甲刀；指甲剪子。

【指天椒】ji^{2}tin^{1}jiu^1 (粵) 五色椒。辣椒的一種，個小，頂尖朝天，故名。

【指壓中心】ji^{2}ad^{3}zung^{1}sem^1 (方) 按摩中心；按摩院。

【指東指西】ji^{2}dung^{1}ji^{2}sei^1 (粵) 指手劃腳亂指揮。

【指手篤腳】ji^{2}seo^{2}dug^{1}gêg^3 (粵) 指手劃腳。形容作威作福、發號施令的神氣。

【指天罵地】ji^{2}tin^{1}ma^{6}déi^6 (粵) 胡說八道；胡吹瞎扯。

【指冬瓜話葫蘆】ji^{2}dung^{1}gua^{1}wa^{6}wu^{4}lou^4 (粵) 相當於"指鹿為馬"。

【指住禿奴罵和尚】ji^{2}ju^{6}tug^{1}nou^{4}ma^{6}wo^{4}sêng^2 (粵) 相當於"指桑罵槐"。

紙（纸）ji^2 (dzi^2)［zhĭ］(通) ❶ 紙張 ♦ 信紙 / 書寫紙。❷ 量詞 ♦ 一紙空文 / 一紙禁令。(粵) 指票、證、券、表格等 ♦ 出世紙（出生證）/ 律師紙（律師證明）/ 申請紙（申請表格）。

【紙皮】ji^{2}péi^4 (粵) 夾層紙；馬糞紙。

【紙鳶】ji^{2}yiu$^{4-2}$ (粵) 風箏。也作"紙鷂"。

【紙皮箱】ji^{2}péi^{4}sêng^1 (粵) 包裝商品用的硬紙箱。

【紙上明星】ji^{2}sêng^{6}ming^{4}xing^1 (方) 被傳媒捧為明星但未在觀眾中走紅的演員。

【紙紮下扒】ji^{2}zad^{3}ha^{6}pa^4（歇）口輕輕 heo^{2}héng^{1}héng^1 (粵) 相當於"下巴掛鈴鐺——想（響）到哪說到哪"。形容説話隨便，亂説一通。

只 ji^2 (dzi^2)［zhĭ］(通) 只有；僅 ♦ 只此一家 / 只准借閱。

【只得】ji^{2}deg^1［zhĭdé］(通) 不得不 ♦ 只得這樣。(粵) 只有 ♦ 屋企只得你一個咋（家裏只有你一個人）？

子 ji^2 (dzi^2)［zĭ］(通) ❶ 舊時指兒女，現專指兒子 ♦ 子女 / 母子 / 獨生子。❷ 人的通稱 ♦ 男子 / 內子 / 子民。❸ 古代指有德才的人或對男子的美稱 ♦ 夫子 / 諸子 / 君子。❹ 植物的種子 ♦ 瓜子 / 菜子 / 蓮子。❺ 動物的卵 ♦ 魚子 / 雞子。❻ 稚嫩的 ♦ 子雞

/ 子薑。❼ 小而硬的塊狀、粒狀物 ♦ 模子 / 石子。❽ 量詞。用於成束的細長物 ♦ 一子線 / 一子掛面。❾ 地支的第一位。❿ 五等爵位的第四位。

【子母被】ji^{2}mou^{5}péi^{5} [粵] 方便拆卸的被套。

至 ji^{3} (dzi^{3}) [zhì] [通] ❶ 到；及 ♦ 至今 / 至此 / 無微不至。❷ 最；極 ♦ 至遲 / 如獲至寶 / 佩服之至。[粵] ❶ 副詞。才；再 ♦ 噉至啱（這樣才對）/ 諗清楚至講（想清楚了再說）。❷ 最 ♦ 佢至鍾意聽輕音樂（他最喜歡聽輕音樂）/ 至低限度要去五個人（最低限度要去五個人）。

【至大】ji^{3}dai^{6} [粵] ❶ 最大 ♦ 至大嗰個（最大那個）。❷ 大不了 ♦ 至大捱多幾年（大不了多熬幾年）。

【至得】ji^{3}deg^{1} [粵] 才行 ♦ 抄整齊啲至得㗎（抄整齊一點才行）。

【至到】ji^{3}dou^{3} [粵] ❶ 直到；及至 ♦ 至到年底仲未交貨（直到年底還沒有交貨）。❷ 至於。

【至緊】ji^{3}gen^{2} [粵] 最要緊；千萬；一定要 ♦ 至緊記得同我話俾佢知（一定要記住代我告訴他知道）。

【至恨】ji^{3}hen^{6} [粵] 巴望；急切盼望。

【至好】ji^{3}hou^{2} [zhìhǎo] [通] 至交。[粵] ❶ 最好 ♦ 你肯去就至好喇（你願意去那最好不過）/ 呢啲噉嘢至好唔掂（這種事最好別沾）。❷ 才好 ♦ 搞啱至好收工（弄妥了才好收工）。

【至啱】ji^{3}ngam^{1} [粵] ❶ 最適合 ♦ 呢件衫你着至啱（這件衣服你穿最合適）。❷ 才適合 ♦ 條褲要長番啲咁多至啱（褲子要稍長一點才適合）。

【至怕】ji^{3}pa^{3} [粵] 最怕；最擔心 ♦ 至怕嚟唔切（最怕來不及）。也說"至驚" ji^{3}géng^{1}。

【至話】ji^{3}wa^{6} [粵] 正要；剛才；剛剛。也說"正話" jing^{3}wa^{6}。

【至大咁大】ji^{3}dai^{6}gem^{3}dai^{6} [粵] 大不了不過如此。

【至多唔係】ji^{3}do^{1}m^{4}hei^{6} [粵] 大不了，頂多是 ♦ 至多唔係蝕三幾千蚊（頂多虧三幾千元）。也說"至多咪" ji^{3}do^{1}mei^{6}。

致 ji^{3} (dzi^{3}) [zhì] [通] ❶ 給予；表達 ♦ 致函 / 致歡迎詞。❷ 集中 ♦ 專心致志。❸ 招來；招引 ♦ 致病 / 招致 / 導致。❹ 情趣；意態 ♦ 興致 / 景致 / 毫無二致。

【致電】ji^{3}din^{6} [zhìdiàn] [通] 打電報給某人。[方] 打電話給某人。

智 ji^{3} (dzi^{3}) [zhì] [通] ❶ 聰明 ♦ 明智 / 才智。❷ 智慧；智謀 ♦ 鬥智 / 智勇雙全 / 急中生智。

【智慧財產權】ji^{3}wei^{6}coi^{4}can^{2}kün^{4} [方] 同"知識產權"。

置 ji^{3} (dzi^{3}) [zhì] [通] ❶ 放；擱；擺 ♦ 放置 / 配置 / 安置。❷ 設立；裝備 ♦ 設置 / 裝置。❸ 購買 ♦ 購置 / 添置。[粵] 購置 ♦ 置嫁妝（置辦嫁妝）/ 置番啲家當（購些傢俬雜物）。

【置業】ji^{3}yib^{6} [粵] 購置物業 ♦ 置業人士仍持觀望態度。

【置業公司】ji^{3}yib^{6}gung^{1}xi^{1} [方] 房產公司。

吱 ji^{4} (dzi^{4})

【吱吱喳喳】ji^{4}ji$^{4-1}$za^{6}za^{6} [粵] 唧唧喳喳。

形容小鳥的叫聲或人的説話聲。也讀 ji^{1}ji^{1}za^{1}za^1。

【吱吱斟斟】ji^{4}ji$^{4-1}$zem$^{1-4}$zem$^{1-4}$ (粵) 嘰嘰咕咕 ♦ 成日喺度吱吱斟斟，噏乜吖（整天嘰嘰咕咕的，説甚麼呢）？

☞ 另見 189 頁 ji^1。

治 ji^6 (dzi^6) [zhì] (通) ❶ 管理 ♦ 治國 / 法治 / 民族自治。❷ 醫療 ♦ 醫治 / 診治 / 不治之症。❸ 懲辦 ♦ 治罪 / 懲治 / 處治。❹ 消滅害蟲 ♦ 治蟲 / 治蝗。❺ 研究 ♦ 治學。❻ 安定；太平 ♦ 治世 / 天下大治。(粵) 整治；對付 ♦ 我唔信治唔到佢（我不信整治不了他）。

【治邪】ji^{6}cé^4 (粵) 辟邪；驅除邪惡。

字 ji^6 (dzi^6) [zì] (通) ❶ 文字 ♦ 字句 / 常用字。❷ 字體 ♦ 篆字 / 草字 / 顏字 / 柳字。❸ 字音 ♦ 咬字清楚 / 字正腔圓。❹ 書法作品 ♦ 字畫。❺ 用文字寫的憑證 ♦ 見字速歸 / 立字為據。❻ 姓名或別名 ♦ 簽字 / 岳飛字鵬舉。(粵) 一刻鐘 ♦ 七點三個字（七點三刻）。

【字墨】ji^{6}meg^6 (粵) 指文化、文化知識。

【字粒】ji^{6}neb^1 (粵) 鉛字 ♦ 執字粒（鉛字排版）。

【字蝨】ji^{6}sed^1 (粵) 字眼 ♦ 捉字蝨（挑字眼）。

【字書】ji^{6}xu^1 (粵) 指文字書，與連環畫之類的圖畫書相對。

【字紙笠】ji^{6}ji^{2}leb^1 (粵) 字紙簍兒。

自 ji^6 (dzi^6) [zì] (通) ❶ 自己 ♦ 自學 / 私自 / 親自。❷ 自然；當然 ♦ 自有分寸 / 自不待言 / 山人自有妙計。❸ 從；由 ♦ 自南至北 / 他來自北京。(粵) 用在動詞後表示制止、停 ♦ 咪郁自（先別動）/ 唔好話俾佢聽自（先別告訴他）。

【自閉】ji^{6}bei^3 (方) 自我封閉。

【自細】ji^{6}sei^3 (粵) 自幼；從小 ♦ 自細冇咗老竇（從小失去父親）。

【自梳】ji^{6}so^1 (粵) 指舊時女子守身不嫁 ♦ 自梳女。

【自選】ji^{6}xun^2 (粵) 自己動手挑選商品 ♦ 自選商場。

【自助】ji^{6}zo^6 (粵) 顧客自我服務 ♦ 自助火鍋。

【自不然】ji^{6}bed^{1}yin^4 (粵) 自然；理所當然。

【自動波】ji^{6}dung^{6}bo^1 (粵) 自動變速裝置。

【自己工】ji^{6}géi^{2}gung^1 (方) 計件工。

【自己友】ji^{6}géi^{2}yeo$^{5-2}$ (粵) 自己人。

【自由身】ji^{6}yeo^{4}sen^1 (粵) ❶ 不受家庭奉累的單身人士。❷ (方) 個人身份 ♦ 自由身紀錄片製片人。

【自助餐】ji^{6}zo^{6}can^1 (粵) 顧客按標準付費，自選食品就餐。

【自助機】ji^{6}zo^{6}géi^1 (方) 自動售貨機。

【自把自為】ji^{6}ba^{2}ji^{6}wei^4 (粵) 自作主張；獨斷專行。

【自打嘴巴】ji^{6}da^{2}zêu^{2}ba^1 (粵) 自己打自己的嘴巴；自相矛盾。

【自斟自酌】ji^{6}zem^{1}ji^{6}zêg^3 (粵) ❶ 獨自享受個人生活。❷ 比喻獨斷專行。

【自己身有屎】ji^{6}géi^{2}sen^{1}yeo^{5}xi^2 (粵) 自己身上不乾淨。意指自己做了見不得人的事，因而心虛、有愧。

【自己知自己事】ji⁶géi²ji¹ji⁶géi²xi⁶ [粵] 自己最了解自己。

jib

接 jib³ (dzip⁸) [jiē] [通] ❶ 相連；使相連 ♦ 接合 / 連接 / 嫁接。❷ 挨近 ♦ 交頭接耳 / 短兵相接。❸ 迎 ♦ 接親 / 迎接。❹ 替換 ♦ 交接。❺ 承受；聯繫 ♦ 接球 / 承接業務。

【接駁】jib³bog³ [粵] 連接；接通。

【接單】jib³dan¹ [粵] 接受訂單；接受訂貨。

【接機】jib³géi¹ [粵] 到機場迎接親友、客人。

【接納】jib³nab⁶ [jiēnà] [通] 接受，收納 ♦ 接納入會。[方] 接受，採納 ♦ 接納對方嘅（的）意見。

【接贓】jib³zong¹ [方] 窩贓。

【接續】jib³zug⁶ [jiēxù] [通] 接着前面的繼續下去。[方] 接二連三地。

jid

滶 jid¹ (dzit⁷) [粵] 也作"唧"。❶ 液體受擠壓而噴射；濺 ♦ 用水槍滶佢（用水槍噴他）/ 汽車行過，滶到我成身污糟邋遢（汽車駛過，濺得我周身髒髒的）。❷ 擠；擠壓 ♦ 滶咗啲膿（把膿擠出來）/ 滶啲牙膏出嚟（擠點牙膏）。

㘉 jid¹ (dzit⁷) [粵] 撓癢癢 ♦ 㘉佢胳肋底（搔他胳肢窩）/ 我個人最怕㘉（我最怕被人家撓癢癢）。

節（节） jid³ (dzit⁸) [jié] [通] ❶ 物體各段之間相連的地方 ♦ 藕節 / 關節 / 盤根錯節。❷ 段落；整體的一部分 ♦ 節拍 / 音節 / 環節。❸ 節日；節令 ♦ 節氣 / 時節 / 春節。❹ 事項 ♦ 細節 / 情節 / 細枝末節。❺ 刪節 ♦ 節選 / 節錄 / 節譯。❻ 儉省；限制 ♦ 開源節流。❼ 操守；品質 ♦ 節操 / 變節 / 晚節。❽ 量詞 ♦ 一節課 / 三節車廂。

【節瓜】jid³gua¹ [粵] 形似冬瓜，但個兒比冬瓜小。也叫"毛瓜" mou⁴gua¹。

【節目】jid³mug⁶ [jiémù] [通] 表演或電台、電視台播送的項目。[粵] 應酬活動 ♦ 今晚又有乜節目？（今晚又有甚麼應酬）？

折 jid³ (dzit⁸) [zhé] [通] ❶ 斷 ♦ 折斷 / 骨折。❷ 死亡；損失 ♦ 夭折 / 損兵折將。❸ 掉轉 ♦ 折回 / 轉折。❹ 曲；彎 ♦ 曲折 / 波折 / 折腰。❺ 相抵 ♦ 折賬 / 折換。❻ 折扣 ♦ 打八折 / 七折八扣。❼ 服從；信服 ♦ 心折。

【折墮】jid³do⁶ [粵] ❶ 指做了缺德事而得到的報應 ♦ 有咁耐風流，有咁耐折墮（風流韻事越多，得到報應越大）。❷ 引申指缺德、沒良心 ♦ 真折墮（真造孽）/ 唔好咁折墮（別那麼缺德）！

【折價】jid³ga³ [zhéjià] [通] 把實物折合成錢 ♦ 折價出售。[粵] 減價。

【折頭】jid³teo⁴ [粵] 折扣 ♦ 有冇折頭㗎（打不打折扣）？

jig

積 (积) jig¹ (dzik⁷) [jī] [通] ❶ 聚集 ♦ 積聚 / 堆積 / 累積。❷ 積久而成的 ♦ 積怨 / 積弊 / 積勞成疾。❸ 中醫指兒童消化不良症 ♦ 食積 / 疳積 / 奶積。❹ 乘法的得數 ♦ 乘積。[粵] ❶ 積累；積攢 ♦ 積陰德（長期行善做好事）/ 積咗幾年，後尾開咗間舖頭仔（積攢了幾年，終於開了間小店舖）。❷ 英 jack 的音譯。指撲克牌中的 "J" 牌。

【積加】jig¹ga¹ [方] 英 jacket 音譯。夾克。也作"積克" jig¹hag¹。

【積分表】jig¹fen¹biu² [方] 成績單；分數表。

【積非成是】jig¹féi¹xing⁴xi⁶ [粵] 習非成是。

【積積埋埋】jig¹jig¹mai⁴mai⁴ [粵] 長時間積累下來 ♦ 積積埋埋有好幾十萬（積存下來有好幾十萬）。

即 jig¹ (dzik⁷) [jí] [通] ❶ 靠近；接觸 ♦ 若即若離 / 可望不可即。❷ 當時；當地 ♦ 即時 / 即日 / 即席。❸ 立刻；就 ♦ 立即 / 一拍即合。❹ 就是 ♦ 非此即彼 / 非親即友。❺ 假定；就算是 ♦ 即使。[粵] 當即 ♦ 即影即取 / 即煮即食。

【即管】jig¹gun² [粵] 只管；儘管 ♦ 有事即管開聲（有甚麼事你儘管說）/ 夠膽即管放馬過嚟（有種的儘管放馬過來）。

【即係】jig¹hei⁶ [粵] 就是 ♦ 噉即係唔俾面我啫（你這就不給面子啦）。

【即場節目】jig¹cêng⁴jid³mug⁶ [方] 現場節目。

績 (绩) jig¹ (dzik⁷) [jì] [通] ❶ 把麻纖維搓成線或繩 ♦ 績麻。❷ 功業；成果 ♦ 功績 / 成績 / 業績 / 政績。

【績效】jig¹hao⁶ [方] 成績和效果。

【績優股】jig¹you¹gu² [粵] 效益良好的股票。

織 (织) jig¹ (dzik⁷) [zhī] [通] 用紗、線等編成布匹、衣物等 ♦ 紡織 / 織布 / 織毛衣。[粵] 編織 ♦ 織籮 / 織草蓆。

職 (职) jig¹ (dzik⁷) [zhí] [通] ❶ 擔任的工作 ♦ 任職 / 盡職。❷ 工作崗位 ♦ 在職 / 退職 / 撤職。❸ 掌管 ♦ 職掌。

【職系】jig¹hei⁶ [方] 職務系列。

【職級】jig¹keb¹ [方] 職務級別。

【職業女性】jig¹yib⁶nêu⁵xing³ [方] 對從事色情行業的婦女的諱稱。也叫"職業婦女" jig¹yib⁶fu⁵nêu⁵。

癪 jig¹ (dzik⁷) [粵] 疳積 ♦ 生癪。

【癪滯】jig¹zei⁶ [粵] 飲食過量而致消化不良。

夕 jig⁶ (dzik⁹) [xī] [通] ❶ 太陽落山的時候 ♦ 夕陽 / 夕照 / 朝令夕改 / 朝夕相處。❷ 晚上 ♦ 前夕 / 除夕。

【夕陽工業】jig⁶yêng⁴gung¹yib⁶ [方] 進入衰退期的工業，通常指勞力密集型的產業。

直 jig⁶ (dzik⁹) [zhí] [通] ❶ 成直線的 ♦ 筆直 / 橫平豎直。❷ 跟地面垂直的 ♦ 直立 / 直升 / 直行排版。

❸從上到下的，從前到後的♦直排/直走。❹使直♦直起腰。❺公正；正義♦正直/忠直/理直氣壯。❻坦率♦率直/耿直/心直口快。❼一直♦直通/直達/單刀直入。❽不斷地♦直哆嗦/疼得直喊。㊣ 俗稱死亡♦死直/睇你幾時直喇（看你甚麼時候一命嗚呼）。

【直落】jig⁶log⁶ ㊣❶從南面的某地直接到北面的某地♦從廣州直落深圳。❷上完一班之後接着上下一班。❸陪酒女郎應客人之約下班後隨客人外出（多為姦宿）。

【直情】jig⁶qing⁴ ㊣❶簡直是；分明是♦佢直情唔將你放喺眼內（他分明不把你放在眼裏）。❷徑直地；直接地♦你直情去揾佢冇錯㗎嘞（你直接去找他沒錯）。❸肯定；當然♦呢首詩直情係抄人哋㗎喇（這首詩肯定是抄別人的）。

【直頭】jig⁶teo⁴ ㊣ 同"直情"。

【直銷】jig⁶xiu¹ ㊣ 不經批發環節，由廠家或代理商直接銷售♦直銷產品。

【直選】jig⁶xun² ㊣ 直接選舉。

【直筆甩】jig⁶bed¹led¹ ㊣ 筆直的。

【直通車】jig⁶tung¹cé¹ ㊣ 往返九龍、廣州的直達火車。

【直筒筒】jig⁶tung²tung² ㊣ 直通通♦說話、做事直截了當，不拐彎抹角。也作"直統統"。

【直腸直肚】jig⁶cêng⁴jig⁶tou⁵ ㊣ 直性子；説話不加掩飾。

【直通巴士】jig⁶tung¹ba¹xi⁶⁻² ㊣ 內地通香港的直達長途客車。

jim

尖 jim¹ (dzim¹) [jiān] ㊣❶末端細小♦削尖/磨尖。❷末端細小的部分♦針尖/筆尖。❸聲音高而細♦尖聲尖氣。❹感覺敏銳♦眼尖/耳尖。❺出類拔萃的人或事物♦尖子/冒尖。㊣❶挑剔；揀食♦嘴尖。❷説話尖刻♦牙尖嘴利。

【尖筆甩】jim¹bed¹led¹ ㊣ 尖尖的。

【尖頭佬】jim¹teo⁴lou² ㊣ 指善於投機鑽營的人。

【尖嘴辣椒】jim¹zêu²lad⁶jiu¹ ㊣ 秦椒。

櫼 jim¹ (dzim¹) [jiān] ㊣木片楔子。㊣ 從中間插入♦排隊打櫼。

【櫼隊】jim¹dêu⁶⁻² ㊣ 加塞兒，指不依次序排隊而從中間插入。

【櫼頭對腳】jim¹teo⁴dêu³gêg³ ㊣ 兩人同牀，各睡一頭。也說"櫼頭到腳"jim¹teo⁴dou³gêg³。

占 jim¹ (dzim¹) [zhān] ㊣ 占卜；預測♦占卦/占星/占夢。㊣果醬。英 jam 音譯。

粘 jim¹ (dzim¹) [zhān] ㊣ 黏的東西互相連接或附在別的物體上♦粘連。

【粘米】jim¹mei⁵ ㊣❶粳米；秈米♦粘米粉。❷指一般非黏性米。也説"粘仔"jim¹zei²。

jin

煎 jin¹ (dzin¹) [jiān] ㊣❶鍋裏放少量的油將食物加熱使熟♦煎

魚／煎蛋。❷ 用水熬煮 ♦ 煎藥。

【煎餅】jin1béng2 [粵] 烙餅。

【煎堆】jin1dêu1 [粵] 油炸年宵品，球狀或餅狀。

【煎煎炒炒】jin1jin1cao2cao2 [粵] 又煎又炒。形容小日子過得蠻不錯 ♦ 唔學得人哋煎煎炒炒嘅（哪能學人家又煎又炒的）。

揃 jin1 (dzin1) [jiǎn] [通] ❶ 剪斷；分割。❷ 消滅。[粵] 扒；剝；揭 ♦ 揃咗啲皮（把皮扒了）／揃開件膠布（把膠布揭了）。

氈（毡） jin1 (dzin1) [zhān] [通] 用獸毛壓成的像厚呢子或粗毯子的東西 ♦ 氈帽／氈靴／油毛氈。[粵] 方言氈、毯不分 ♦ 地氈（地毯）／棉氈（棉毯）／毛氈（毛毯）。

【氈酒】jin1zeo2 [方] 即杜松子酒。

腱 jin2 (dzin2) [粵] 腱子；帶筋的肉 ♦ 牛腱（牛腱）／手瓜起腱（手臂的肌肉突起）。

薦（荐） jin3 (dzin3) [jiàn] [通] ❶ 推舉；介紹 ♦ 推薦／舉薦／毛遂自薦。❷ 草；草墊子 ♦ 草薦。

【薦高枕頭】jin3gou1zem2teo4 [粵] 把枕頭墊高，含勸人“好好想一想”、“認真反省反省”的意思。也說“攝高枕頭” xib3gou1zem2teo4。

箭 jin3 (dzin3) [jiàn] [通] ❶ 一種細桿前端帶尖頭的兵器，用弓發射 ♦ 弓箭／射箭。❷ 像箭的東西 ♦ 飛箭／宇宙火箭。❸ 指箭能射到的距離 ♦ 一箭之遙。

【箭嘴】jin3zêu2 [粵] 箭頭；箭頭形符號。

戰（战） jin3 (dzin3) [zhàn] [通] ❶ 戰爭；作戰 ♦ 宣戰／停戰／百戰百勝。❷ 泛指鬥爭 ♦ 論戰／戰天鬥地。❸ 發抖 ♦ 寒戰／膽戰心驚。

【戰鬥格】jin3deo3gag3 [方] 爭鬥的架式；強硬的態度。

纏（缠） jin6 (dzin6) [chán] [粵] 口語音 ♦ 咪成日喺度纏住我（別老纏住我）。

【纏腳娘】jin6gêg3nêng4-1 [粵] 纏腳女人 ♦ 小腳女人。

賤（贱） jin6 (dzin6) [jiàn] [通] ❶ 地位低下 ♦ 低賤／卑賤／貧賤。❷ 價錢低廉 ♦ 賤價／賤賣／爛賤。❸ 人格卑劣 ♦ 下賤／賤骨頭。

【賤貨】jin6fo3 [jiànhuò] [通] ❶ 不值錢的貨物。❷ 罵人下賤。[粵] 辱罵婦女 ♦ 個隻死賤貨（那個賤貨）／生咗你呢個咁嘅賤貨（白養了你這麼一個賤貨）。

【賤格】jin6gag3 [粵] 賤骨頭，罵人品格低下，不識自尊自重 ♦ 做人唔好做得咁賤格（做人不要這麼低賤）。

【賤人】jin6yen4 [jiànrén] [通] 舊時用來辱罵婦女。方言仍常用。

【賤種】jin6zung2 [粵] 罵人下賤 ♦ 嗰個正賤種嚟嘅（那是十足的賤骨頭）。

jing

精 jing1 (dziŋ1) [jīng] [通] ❶ 經過提煉或挑選的 ♦ 精鹽／精米／精兵。❷ 提煉出來的精華 ♦ 酒精／醋精／香精。❸ 完美；出色 ♦ 精良／精益求精。❹ 精力；精神 ♦ 精疲力盡 / 聚精會神。❺ 精確；精細 ♦ 精巧 / 精緻。❻ 精通 ♦ 精於理財 / 博大精深。❼ 精子 ♦ 精液 / 遺精 / 受精。❽ 妖怪 ♦ 妖精 / 白骨精。[粵] 具有某種特殊脾性的 ♦ 牛精（倔小子）/ 百厭精（調皮鬼）/ 敗家精（敗家子）。

【精靈】jing^{1}ling$^{4-1}$ [粵] 機警聰明 ♦ 個仔生得幾精靈（這孩子挺機靈的）。jing^{1}ling^{4} [jīngling] [通] 鬼怪 ♦ 小精靈。

【精品屋】jing^{1}ben^{2}ug^{1} [粵] 專賣高檔飾物的商店。也叫“精品店”jing^{1}ben^{2}dim^{3}。

【精神爽利】jing^{1}sen^{4}song^{2}léi^{6} [粵] 形容精神飽滿，心情舒暢。

☞ 另見 469 頁 zéng^{1}。

正 jing^{1} (dziŋ^{1}) [zhēng] [通] 正月 ♦ 新正。

【正月】jing^{1}yud^{6} [zhēngyuè] [通] 農曆一年的第一個月。

【正月頭】jing^{1}yud^{6}teo$^{4-2}$ [粵] 正月的頭幾天。

☞ 另見 199 頁 jing^{3}；469 頁 zéng^{3}。

蒸 jing^{1} (dziŋ^{1}) [zhēng] [通] ❶ 液體化為氣體上升 ♦ 蒸氣。❷ 用熱氣加熱或弄熟 ♦ 蒸熟 / 蒸饅頭 / 清蒸鯇魚。

【蒸餅】jing^{1}béng^{2} [zhēngbǐng] [通] 一種用發麵蒸的餅，疊成多層，夾油、芝麻醬等。[粵] 一種用發麵做皮，用豆沙等做餡，用餅模製成後蒸熟的早點。

【蒸糕佬】jing^{1}gou^{1}lou^{2} [方] 英 gigolo 音譯。指男性職業伴舞者。

【蒸生瓜】jing^{1}sang^{1}gua^{1} [粵] 比喻反應遲純，傻頭傻腦。

【蒸滑雞】jing^{1}wad^{6}gei^{1} [粵] 一種家常菜色，把雞塊用調料拌勻後用蒸氣蒸熟即可上席。

整 jing^{2} (dziŋ^{2}) [zhěng] [通] ❶ 完整無缺；沒有零頭 ♦ 整批 / 整件 / 化整為零。❷ 有規則的；不亂的 ♦ 嚴整 / 工整。❸ 使有規則、不亂 ♦ 調整 / 休整。❹ 修理；修治 ♦ 整修 / 整治。❺ 迫害 ♦ 整人 / 捱整。[粵] ❶ 整理；修理 ♦ 書架咁亂，得閒整番下喇（書架這麼亂，有空整理一下吧）/ 部空調我幫你整番好喇（我幫你把空調機修理好了）。❷ 制訂；草擬 ♦ 整份計劃俾我先喇（先給我擬一份計劃吧）。❸ 修建；搭建 ♦ 修橋整路（修橋補路）/ 整間閣仔（搭個閣樓）。❹ 烹調；做菜 ♦ 整番幾味歎下（弄幾道菜享受享受）/ 佢老婆好識整餸（他老婆挺會弄菜的）。❺ 弄到；使得 ♦ 整到大家冇晒癮（弄得大家挺掃興）/ 整到成晚冇得瞓（弄得一夜沒法睡）。❻ 修飾；打扮 ♦ 今日乜日子吖，整得咁靚嘅（今天甚麼日子，打扮得這麼漂亮）？❼ 勸人試一試 ♦ 啲糖水幾清甜，整多碗嗒喇（糖水挺甜的，來多一碗怎麼樣）/ 好正喫，整番件咧（挺棒的，來一件怎麼樣）？

【整齊】jing^{2}cei^{4} [zhěngqí] [通] ❶ 有秩序，不亂 ♦ 整齊劃一。❷ 外形規則，大小一致 ♦ 字體整齊 / 一排整齊的房子。

【整定】jing^{2}ding^{6} [粵] 注定 ♦ 整定佢衰（活該他倒楣）/ 整定嘅，怨都冇用

（這是注定的，埋怨也沒有用）。

【整髮】jing2fad3 (粵) 做髮型。

【整蠱】jing2gu2 (粵) 捉弄；搗鬼 ♦ 唔好整蠱人（別捉弄人家）/ 成日喺背後整蠱人（老在背後搗鬼人家）。也作“整古”。

【整色水】jing2xig1sêu2 (粵) 裝模作樣，搞花架子。也説“整色整水”jing2xig1jing2sêu2。

【整古做怪】jing2gu2zou6guai3 (粵) ❶ 故意做鬼臉，出洋相。❷ 裝神弄鬼；故弄玄虛。也作“整古弄怪”jing2gu2lung6guai3 或“整古作怪”jing2gu2zog3guai3。

【整鬼整馬】jing2guei2jing2ma5 (粵) ❶ 瞎胡鬧；瞎折騰 ♦ 一日喺度整鬼整馬，梗搞唔完喇（整天在瞎胡鬧，當然搞不完啦）。❷ 賭氣話；整鬼整馬咩，搞咗半日連個大樣都仲未搞出嚟（還説呢，搞了半天，連個大樣都還沒搞出來）。

正 jing3 (dziŋ3) [zhèng] (通) ❶ 正中間的；不偏不歪的 ♦ 正北 / 正廳。❷ 佔主要地位的；基本的 ♦ 正文 / 正史。❸ 正直；正當 ♦ 正理 / 公正 / 名正言順。❹ 色味純一 ♦ 正紅 / 味道純正。❺ 端正；合乎規矩 ♦ 正楷 / 正步。❻ 改正；糾正 ♦ 指正 / 訂正 / 更正。❼ 幾何圖形各邊相等 ♦ 正方形 / 正六邊形。❽ 跟“負”相對 ♦ 正數 / 正極 / 正電。❾ 剛好；恰好 ♦ 正值 / 正中下懷 / 正合我心意。❿ 表示動作的進行、狀態的持續 ♦ 正忙着 / 汽車正向左拐。(粵) ❶ 十足的；地地道道的 ♦ 正蛇王（十足的懶漢）/ 正衰公（不折不扣的壞傢伙）/ 正紅花油（地道的紅花油）。❷ 陽光的輻射熱或反射熱 ♦ 晏晝日頭好正（中午太陽很熱）。

【正版】jing3ban2 [zhèngbǎn] (通) 合法出版的 ♦ 正版書 / 正版帶。

【正氣】jing3héi3 [zhèngqì] (通) 光明正大的氣節或風氣。(粵) 指食物不燥不寒，對人體有益 ♦ 呢味嘢幾正氣㗎，食多啲唔怕（這東西不燥不寒，有益身體，多吃點無妨）。

【正話】jing3wa6 (粵) ❶ 正要 ♦ 正話想打電話俾你（正想打電話給你）。❷ 剛才 ♦ 正話有人嚟搵你（剛才有人來找你）。❸ 正在 ♦ 我哋正話趕緊呢批貨（我們正在趕這批貨）。

【正式】jing3xig1 [zhèngshì] (通) 符合標準或手續的 ♦ 正式比賽。(粵) 確為；十足；真是。同“正一”。

【正一】jing3yed1 (粵) 確為；十足；真是 ♦ 正一牛皮燈籠，點極都唔明（十足牛皮燈籠，點不明）。

【正宗】jing3zung1 [zhèngzōng] (通) 正統；正統派。(粵) 正牌的；祖傳的 ♦ 正宗鹽焗雞。

☞ 另見 198 頁 jing1；469 頁 zéng3。

政 jing3 (dziŋ3) [zhèng] (通) ❶ 政治 ♦ 政綱 / 政客 / 政界。❷ 政府各部門主管的業務 ♦ 財政 / 郵政 / 法政。❸ 政治活動；政權 ♦ 參政 / 執政 / 行政。❹ 指家庭或集團中的事務 ♦ 家政 / 校政。

【政府工】jing3fu2gung1 (粵) 在政府機關或公營單位工作 ♦ 打政府工。

【政府醫生】jing3fu2yi1sang1 (方) 公營醫院的醫生。

【政府醫院】jing^{3}fu^{2}yi^{1}yun$^{6-2}$ (粵) 公營醫院；公立醫院。

證 (证) jing^{3} (dziŋ^{3}) [zhèng] (通) ❶證明◆證詞/考證/查證。❷證據；證件◆罪證/物證/工作證。

【證供】jing^{3}gung^{1} (方) 證據◆呈堂證供（向法庭提供的證據）。

淨 (净) jing^{6} (dziŋ^{6}) [jìng] (通) ❶清潔◆乾淨/潔淨/窗明几淨。❷空；光；沒有剩餘◆花光吃淨/細收淨打。❸僅，只◆他淨喜歡看京劇。

【淨係】jing^{6}hei^{6} (粵) ❶光是；只是；僅僅◆淨係人工就襟得你計（光是人工就夠你算的）。❷老是；總是◆淨係唔記得關窗（老忘了關窗户）。❸全是；都是◆賣剩嘅淨係殘嘢（賣剩的全是殘次商品）。

☞ 另見 470 頁 zéng^{6}。

靜 (静) jing^{6} (dziŋ^{6}) [jìng] (通) ❶安定不動◆靜養/平靜/樹欲靜而風不止。❷沒有聲響◆寂靜/清靜/幽靜/僻靜。

【靜局】jing^{6}gug^{6} (粵) ❶背靜◆佢住嗰度好靜局㗎（他住的那個地方挺背靜的）。❷寂寞◆啲後生出晒街，剩番我兩隻老嘢喺屋企好靜局（年青的全出門去了，留下我們兩個老的在家，挺寂寞的）。

【靜雞雞】jing^{6}gei^{1}gei^{1} (粵) ❶靜悄悄◆個個返晒工，成座樓靜雞雞（大家都上班去了，整座樓靜悄悄的）。❷悄悄地，不露聲色地◆靜雞雞行到佢後便（悄悄地走到他背後）。❸默不作聲◆你一個人靜雞雞坐喺度做乜嘢（你獨個兒默默地坐在這裏幹啥呀）？

【靜靜哋】jing^{6}jing$^{6-2}$déi^{2} (粵) 悄悄地◆靜靜哋走埋去（悄悄地走近過去）。

【靜英英】jing^{6}ying^{1}ying^{1} (粵) 靜悄悄；悄無聲息；孤獨無伴。

剩 jing^{6} (dziŋ^{6}) (粵) 口語音◆連渣都冇得剩（連殘渣都沒餘留下來）。

【剩得】jing^{6}deg^{1} (粵) ❶只有◆剩得十零個人報名（只有十來個人報名）。❷只剩下◆剩得三文咋（只剩三塊錢哪）！

【剩低】jing^{6}dei^{1} (粵) 留下；留低◆剩低個仔喺屋企（留下孩子在家）。

【剩番】jing^{6}fan^{1} (粵) 留下；剩下◆剩番佢兩個喺度值班（留下他兩個值班）/份稿剩番幾頁未抄（稿子剩下幾頁沒有抄完）。

【剩落】jing^{6}log^{6} (粵) 留下來◆你老竇剩落嗰份身家（你父親留下來的那份家產）。

【剩埋】jing^{6}mai^{4} (粵) 積攢下來；結餘下來。也說"剩剩埋埋"jing^{6}jing^{6}mai^{4}mai^{4}。

jiu

蕉 jiu^{1} (dziu^{1}) [jiāo] (通) 指某些有像芭蕉那樣的葉子的植物◆香蕉/美人蕉。(粵) 稱這種植物的果實◆食蕉/蕉皮。

朝 jiu^{1} (dziu^{1}) [zhāo] (通) ❶早晨◆朝霞/朝暉。❷日；天◆今朝/明朝/三朝。

【朝朝】jiu1jiu1 (粵) 每天早晨；每天早上 ♦ 朝朝堅持晨運（每天早晨堅持鍛煉）。

【朝早】jiu1zou2 (粵) 早晨；早上 ♦ 朝早去飲茶。

【朝朝早】jiu1jiu1zou2 (粵) 同"朝朝"。

【朝頭早】jiu1teo4zou2 (粵) 同"朝早"。

【朝行晚拆】jiu1hong4man5cag3 (粵) 早上架牀，晚上拆牀。實指晚間睡覺前把牀架起來，早晨起牀後把牀拆掉。

【朝陽工業】jiu1yêng4gung1yib6 (方) 符合經濟發展潮流的新興工業，通常指高科技工業。

【朝見口晚見面】jiu1gin3heo2man5gin3min6 (粵) 指朝夕相見。

☞ 另見 320 頁 qiu4。

招 jiu1 (dziu1) [zhāo] (通) ❶ 以手勢喚人 ♦ 招呼 / 招手。❷ 供認自己的罪行 ♦ 屈打成招。❸ 惹；引；逗 ♦ 招引 / 招災 / 招人喜歡。❹ 技法；手段 ♦ 花招 / 高招 / 絕招。❺ 發佈公告使人來 ♦ 招工 / 招領 / 招募。

【招紙】jiu1ji2 (粵) 商標紙；張貼的廣告。

【招積】jiu1jig1 (粵) 形容自鳴得意、趾高氣揚的樣子 ♦ 使乜咁招積嗒（別那麼洋洋自得）。

【招積仔】jiu1jig1zei2 (粵) 刺兒頭。

【招郎入舍】jiu1long4yeb6sé3 (粵) 招贅 ♦ 招女婿。

照 jiu3 (dziu3) [zhào] (通) ❶ 光線照射 ♦ 光照 / 日照 / 陽光普照。❷ 日光 ♦ 夕照。❸ 對着鏡子或其他反光物看自己的影子 ♦ 照鏡 / 映照。❹ 拍攝 ♦ 照相 / 拍照。❺ 相片 ♦ 小照 / 劇照 / 玉照。❻ 許可證；證明 ♦ 執照 / 護照 / 牌照。❼ 關心；看顧 ♦ 照管 / 照看。❽ 通知 ♦ 知照 / 關照。❾ 知道；明白 ♦ 心照不宣 / 肝膽相照。❿ 依據；模仿 ♦ 依照 / 按照 / 照我嘅説話去做（照我説的去做）。⓫ 察看 ♦ 比照 / 查照 / 對照。(粵) 照樣 ♦ 照做可也（照着做下去得了）。

【照計】jiu3gei3 (粵) 照理；按理説 ♦ 照計冇乜大問題（照理不會有甚麼大問題）/ 照計佢唔會遲到（按理説他不會遲到的）。

【照起】jiu3héi2 (方) 暗中保護、扶持。

【照住】jiu3ju6 (方) 關照；照顧；保護 ♦ 有大佬照住，使乜怕嗒（有老哥關照，怕甚麼）！

【照殺】jiu3sad3 (方) ❶ 賭博用語。莊家贏了，把各人所押賭注盡歸己有。❷ 引申指理直氣壯地把該得的利益拿到手。❸ 表示滿有把握地一口應承做某事 ♦ 呢單嘢風險係大啲，不過一於照殺（這事風險的確很大，不過還得去幹）。

【照睇】jiu3tei2 (粵) 看來 ♦ 照睇佢唔會呃我啩（看來他不會騙我吧）。

【照頭】jiu3teo4 (粵) 當頭；迎頭 ♦ 照頭淋（當頭淋下去）/ 照頭揼落去（當頭敲他一棍）。

【照田雞】jiu3tin4gei1 (粵) 夜裏到野外用手電筒照射捉青蛙。香港人藉以比喻相士夜間點燈在街頭為人看相。

【照板煮碗】jiu3ban2ju2wun2 (粵) ❶ 照葫蘆畫瓢。❷ 依原樣加工。❸ 以牙還牙。也作"照板煮糊" jiu3ban2ju2wu4-2。

【照單執藥】jiu3dan1zeb1yêg6 (粵) 按藥方抓藥。比喻按所吩咐的或所開列的事項去做。

噍 jiu⁶ (dziu⁶) [jiào] 通 嚼；用牙齒磨碎食物 ♦ 有噍頭(有嚼頭) / 噍香口膠(嚼口香糖)。

【噍完鬆】jiu⁶yun⁴sung¹ 粵 "噍"，咀嚼；"鬆"，溜走。指嚐過滋味後便吐出來。比喻對女性玩弄之後便甩掉。

㨄 jiu⁶ (dziu⁶) 粵 狠揍；痛打 ♦ 㨄佢(狠狠地揍他) / 俾人㨄到碌地(被人揍得趴在地上)。

ju

朱 ju¹ (dzy¹) [zhū] 通 ❶ 大紅色 ♦ 朱紅 / 朱筆。❷ 姓。

【朱油】ju¹yeo⁴⁻² 粵 深色的濃醬油。

【朱古力】ju¹gu²⁻¹lig⁶⁻¹ 粵 英 chocolate 音譯。巧克力 ♦ 朱古力雪糕。也作"朱咕叻"。

【朱士厘】ju¹xi⁶léi⁴⁻¹ 方"諸事理"的諧音。稱愛管閒事的人。

【朱義盛】ju¹yi⁶xing⁶⁻² 粵 鍍金首飾。二三十年代廣州有朱義盛首飾店，專做鍍金首飾，以永不變色作號召。借喻劣性難改。

珠 ju¹ (dzy¹) [zhū] 通 ❶ 珠子 ♦ 珍珠 / 夜明珠 / 掌上明珠。❷ 小的球形物 ♦ 眼珠 / 滾珠 / 淚珠。

【珠被】ju¹péi⁵ 粵 線毯。

諸 (诸) ju¹ (dzy¹) [zhū] 通 ❶ 眾；許多 ♦ 諸公 / 諸侯 / 諸子百家。❷ 文言中相當於"之於"、"之乎"的合音 ♦ 付諸東流 / 公諸同好。

【諸事】ju¹xi⁶ 粵 好事；好管閒事。

【諸事丁】ju¹xi⁶ding¹ 粵 好事鬼。

【諸多事幹】ju¹do¹xi⁶gon³ 粵 諸多藉口。也說"諸多事實" ju¹do¹xi⁶sed⁶。

【諸事八卦】ju¹xi⁶bad³gua³ 粵 好事；饒舌。

豬 (猪) ju¹ (dzy¹) [zhū] 通 哺乳動物。鼻口很大，體肥多肉。肉供食用，皮可製革 ♦ 山豬 / 野豬 / 養豬。粵 形容詞，用以形容人愚笨、愚蠢 ♦ 乜你咁豬㗎(為甚麼你還是那麼笨)?

【豬腸】ju¹cêng⁴⁻² 粵 豬腸子；豬的腸臟。

【豬腳】ju¹gêg³ 粵 豬的後蹄 ♦ 煲豬腳。

【豬膏】ju¹gou¹ 粵 豬油；板油；大油。

【豬紅】ju¹hung⁴ 粵 豬血。

【豬脷】ju¹léi⁶ 粵 豬舌。

【豬郎】ju¹long⁴ 粵 配種公豬。

【豬陸】ju¹lug⁶ 粵 豬圈。

【豬嚜】ju¹meg¹ 粵 蠢豬。也說"豬頭嚜"。

【豬乸】ju¹na² 粵 母豬。

【豬腦】ju¹nou⁵ [zhūnǎo] 通 豬腦髓。粵 形容頭腦遲鈍 ♦ 人頭豬腦。

【豬扒】ju¹pa⁴⁻² 粵 ❶ 豬排 ♦ 洋葱豬扒。❷ 形容女性又老又醜，皮膚如豬扒般乾枯、粗糙、有皺紋。

【豬手】ju¹seo² 粵 豬的前蹄 ♦ 豬手麵 / 髮菜炆豬手。

【豬膶】ju¹yên⁶⁻² 粵 豬肝。

【豬雜】ju¹zab⁶ 粵 豬雜碎。

【豬踭】ju¹zang¹ 粵 豬肘子。

【豬仔】ju¹zei² 粵 ❶ 小豬。❷ 舊時被拐賣到國外做苦力的勞工 ♦ 賣豬仔。❸ 被收買了的 ♦ 豬仔議員 / 佢做咗豬仔(他被收買了)。

【豬腸粉】ju1cêng4-2fen2 (粵) 熟米粉捲。也叫“腸粉” cêng4-2fen2。

【豬腳薑】ju1gêg3gêng1 (粵) 豬爪子煨薑，有驅風活血作用，產婦常吃。

【豬籠車】ju1lung4cé1 (粵) 大板車；排子車。(方) 警方拘捕大量犯人時所用的車。

【豬網油】ju1mong5yeo4 (粵) 豬的水油。

【豬乸菜】ju1na2coi3 (粵) 莙薘菜；牛皮菜。粗生快長，多用來餵豬。

【豬乸屎】ju1na2xi2（歇）一出就執 yed1cêd1zeo6zeb1 (粵) 母豬拉屎，一落地就被撿去。形容商品極為暢銷，一推出就被搶購。

【豬尿煲】ju1niu6bou1 (粵) 豬小肚；豬膀胱。

【豬頭炳】ju1teo4bing2 (粵) 指又醜又蠢的人。

【豬頭骨】ju1teo4gued1 (粵) 比喻難度大而利益少的工作。

【豬肚棉】ju1tou5min4 (粵) 做成片狀似豬肚子的絲綿。

【豬橫脷】ju1wang4léi6 (粵) 豬的沙肝；豬胰腺。

【豬踭肉】ju1zang1yug6 (粵) 同“豬踭”。

【豬欄報數】ju1lan4-1bou3sou3（歇）又一隻 yeo6yed1zég3 (粵) 比喻又多死了一人。

【豬籠入水】ju1lung4yeb6sêu2（歇）八面通 bad3min6tung1 (粵) ❶ 比喻財源廣進。❷ 形容左右逢源。

【豬乸上樹】ju1na2sêng5xu6 (粵) 比喻人蠢笨，怎麼教也學不會，怎麼拉也上不去。

【豬朋狗友】ju1peng4geo2yeo5 (粵) 臭味相投、不三不四的朋友 ♦ 唔好交埋晒啲豬朋狗友（別去結交那些不三不四的朋友）。

【豬乸戴耳環】ju1na2dai3yi5wan4-2 (粵) 形容醜女人愛打扮，但愈打扮反而愈難看。另外，也說“豬乸戴耳環都有三分俏” ju1na2dai3yi5wan4-2dou1yeo5 sam1fen1qiu3。

主 ju2 (dzy2) [zhǔ] (通) ❶ 主人 ♦ 賓主 / 東道主 / 反客為主。❷ 權力或財物的所有者 ♦ 物主 / 債主 / 當家作主。❸ 當事人 ♦ 事主 / 失主 / 寓主。❹ 負主要責任 ♦ 主辦 / 户主 / 盟主。❺ 最重要的；最基本的 ♦ 主犯 / 主旋律。❻ 對事物的確定的見解 ♦ 主戰 / 力主 / 自主。

【主禮】ju2lei5 (方) 主持典禮 ♦ 主禮嘉賓。

【主音】ju2yem1 (方) 主唱 ♦ 主音歌手。

【主打歌】ju2da2go1 (粵) 錄音製品中最主要的與專輯同名的歌曲。也說“主題歌” ju2tei4go1。

【主理人】ju2léi5yen4 (方) 主管人。

煮 ju2 (dzy2) [zhǔ] (通) 把食物等放在有水的鍋裏燒 ♦ 煮飯 / 煮雞蛋。(粵) ❶ 燒菜做飯；開伙 ♦ 喺屋企自己煮慳啲嘅（在家裏自己做飯會省一點）。❷ 在某些結構中含“整人”的意思 ♦ 煮佢一鍋（說人家壞話）/ 一於煮死佢（一定要把他整垮）。

【煮鬼】ju2guei2 (粵) 在背後說人壞話。

【煮重米】ju2cung5mei5 (粵) 在背後說人許多壞話。

【煮飯仔】ju2fan6zei2 (粵) ❶ 兒童遊戲。用玩具廚具模仿燒菜做飯。❷ 香港也指家庭主婦輪流到各家聚餐，每人負責包料做一道菜，主食及配料則由主人提供。

【煮到嚟就食】ju²dou³lei⁴zeo⁶xig⁶ [粵] 比喻要適應環境，或對所發生的事處之泰然。含“既來之，則安之”之意。

注 ju³ (dzy³) [zhù] [通] ❶ 灌入；流入 ♦ 注入 / 大雨如注。❷ 集中；聚集 ♦ 關注 / 專注。❸ 賭注 ♦ 下注 / 孤注一擲。

【注資】ju³ji¹ [粵] 注入資金；投放資金。

【注碼】ju³ma⁵ [方] 賭注和籌碼。

駐 (驻) ju³ (dzy³) [zhù] [通] ❶ 停留 ♦ 駐足。❷ 軍隊駐紮或機關設置在某地 ♦ 駐軍 / 駐守 / 駐穗辦事處。

【駐診】ju³cen² [方] 中醫在藥店應診。

【駐唱】ju³cêng³ [方] 歌手在相對固定的餐廳或酒吧等演唱。

住 ju⁶ (dzy⁶) [zhù] [通] ❶ 居住；住宿 ♦ 住處 / 暫住 / 衣食住行。❷ 停止；歇下 ♦ 住手 / 風住雨停。❸ 附在動詞後，表示牢固或穩當，停頓或靜止 ♦ 捉住 / 頂住 / 煞住 / 停住。[粵] 附在動詞後，表示動作的持續，相當於“着” ♦ 幫我睇住啲行李（替我看着行李）/ 做住至講喇（做着再説吧）。

【住家工】ju⁶ga¹gung¹ [粵][方] 家庭傭工。

【住年妹】ju⁶nin⁴⁻²mui⁶⁻¹ [粵] 舊指年齡較大的非賣身的婢女。

【住家男人】ju⁶ga¹nam⁴yen⁴⁻² [粵] 戲稱擔負主婦職責的男人。

箸 ju⁶ (dzy⁶) [zhù] [通] 筷子。[粵] 量詞 ♦ 用筷子一次夾起的菜 ♦ 大箸大箸食喇（請多點吃菜）/ 一箸餸一啖飯（夾一次菜吃一口飯）。

jud

啜 jud¹ (dzyt⁷) [粵] 口語音。吮；吻 ♦ 啜啖先喇（先親個嘴）。

【啜面珠】jud¹min⁶ju¹ [粵] 親親臉蛋。

☞ 另見本頁 jud³。

啜 jud³ (dzyt⁸) [chuò] [通] ❶ 吃；喝 ♦ 啜茗。❷ 抽噎 ♦ 啜泣。

【啜奶】jud³nai⁵ [粵] 嘬奶。

☞ 另見本頁 jud¹。

絕 (绝) jud⁶ (dzyt⁹) [jué] [通] ❶ 斷 ♦ 斷絕 / 拒絕。❷ 淨盡；窮盡 ♦ 自絕 / 滅絕 / 彈盡糧絕。❸ 走不通的；沒有出路的 ♦ 絕地 / 絕處逢生。❹ 獨特的；高妙的 ♦ 絕品 / 絕代佳人 / 絕世奇寶。❺ 極；最 ♦ 深惡痛絕 / 絕大部分。❻ 肯定；一定 ♦ 絕無此事。❼ 決絕、無情、絕情之意 ♦ 大家一場朋友，你唔好做到咁絕喎（大家是朋友，不要那麼決絕無情吧）！

【絕橋】jud⁶kiu² [粵] 絕招；絕妙的主意、計謀。

【絕情】jud⁶qing⁴ [juéqíng] [粵] 無情；不夠朋友 ♦ 咁做未免絕情啲（這樣做未免不夠朋友）。

jun

專 (专) jun¹ (dzyn¹) [zhuān] [通] ❶ 集中在某一方面 ♦ 專心 / 專門 / 專款專用。❷ 獨享獨佔；獨斷獨行 ♦ 專用 / 專有 / 專權。❸ 對某種學問、技術有特長 ♦ 專家 / 又紅又專。

【專登】jun1deng1 (粵)❶故意♦專登整蠱人(故意作弄人)。❷專門；特地♦專登買嚟孝敬你老人家（特地買來孝敬你老人家）。

【專案】jun1on3［zhuān'àn］(通)專門立案處理的重要案件或事件。(方)專門事項。

【專線】jun1xin3［zhuānxiàn］(通)❶廠礦鋪設的自用鐵路。❷專用電話線。(粵)按固定路線行駛、全程固定收費或分段計價的公共汽車♦專線車/搭專線。

【專業】jun1yib6［zhuānyè］(通)❶學校把學業分成的門類♦數學專業。❷根據產品生產過程劃分的各業務部分。(方)職業♦專業水準/專業眼光。

【專責】jun1zag3 (方)專門負責；專管♦專責小組/專責抽驗工作。

【專上教育】jun1sêng6gao3yug6 (方)大專教育。

【專上學院】jun1sêng6hog6yun2 (方)大專學院。

【專上程度】jun1sêng6qing4dou6 (方)大專學歷。

【專業操守】jun1yib6cou3seo2 (方)專業精神；職業道德。

【專業人士】jun1yib6yen4xi6 (方)通常指醫師、律師、會計師、建築師等。

【專業移民】jun1yib6yi4men4 (方)因有專業特長而被接受的移民。

磚(砖) jun1 (dzyn1)［zhuān］(通)❶用土坯燒成的建築材料♦紅磚/青磚/耐火磚。❷形狀像磚的♦茶磚/冰磚。(粵)❶錠♦鋁磚（鋁錠）/金磚（金錠）。❷量詞。塊♦一磚豆腐。

【磚頭】jun1teo4［zhuāntóu］(通)碎磚。(粵)磚。

鑽(鉆) jun1 (dzyn1) (粵)口語音。穿過；進入♦鑽山窿(鑽山洞)。

☞另見206頁jun3。

轉(转) jun2 (dzyn2)［zhuǎn］(通)❶改換方向、情勢、觀念等♦轉身/轉彎/回心轉意。❷通過中間環節溝通兩端♦轉送/轉贈/中轉站。

【轉介】jun2gai3 (方)把介紹給自己的人再介紹給別人。

【轉更】jun2gang1 (方)交班。

【轉工】jun2gung1 (粵)改換工作單位；換工作。

【轉行】jun2hong4 (粵)改行；轉業。

【轉名】jun2méng2 (粵)過戶。

【轉頭】jun2teo4 (粵)回頭；回來♦行返轉頭（又折回來了）/啲嘢放低喺你度先，轉頭再搦（東西先放在你這裏，回頭再拿）。

【轉性】jun2xing3 (粵)性格、性情發生轉變；學乖了♦佢好似轉咗性咁嚡，近排冇乜見佢嚟打牌嘅（他性情好像有些變了，最近很少見他來打撲克）。

【轉飯鑊】jun2fan6wog6 (粵)比喻到別的地方謀生。

【轉角點】jun2gog3dim2 (粵)(方)轉折點。

【轉下眼】jun2ha5ngan5 (粵)一轉眼；一眨眼♦轉下眼就唔見咗佢（一轉眼他就不見了）。

【轉型期】jun2ying4kéi4 (粵)(方)過渡期；

轉變期。

☞ 另見本頁 jun³。

鑽(钻) jun³ (dzyn³) [zuàn] [通] ❶ 穿孔的用具 ♦ 電鑽 / 風鑽。❷ 鑽石 ♦ 十七鑽手錶。

【鑽石】jun³ség⁶ [zuànshí] [通] 金剛石。[粵] 比喻強硬、固執，引申指堅強 ♦ 鑽石陣容（強大的陣容）/ 鑽石卡士（最佳演員陣容）。

【鑽飾】jun³xig¹ [粵] 鑲鑽石的飾物。

【鑽石王老五】jun³ség⁶wong⁴lou⁵ng⁵ [粵] 鐵桿光棍。

☞ 另見 205 頁 jun¹。

轉(转) jun³/jun² (dzyn³/dzyn²) [zhuàn] [通] 旋轉；繞圈子 ♦ 轉圈 / 轉動 / 公轉 / 車輪飛轉。

【轉膊】jun³bog³ [粵] 換肩。比喻隨機應變。

【轉軚】jun³tai⁵ [粵] 變換方向；改變主意。

【轉堂】jun³tong⁴ [粵] 換課程；課間。

【轉發球】jun³fad³keo⁴ [粵] 換發球。

☞ 另見 205 頁 jun²。

K

ka

卡 ka¹ (ka¹) [kǎ] [通] ❶ 阻擋；不肯調撥或發給 ♦ 銀行對非生產性開支卡得好緊。❷ 卡片 ♦ 年曆卡 / 借書卡。❸ 熱量單位“卡路里” 的省稱 ♦ 一千卡熱量。[粵] ❶ 車皮；車廂 ♦ 貨卡 / 餐卡 / 拖卡。❷ 量詞。用於“卡車”、“車皮” ♦ 兩卡貨物。

【卡車】ka¹cé¹ [粵] 大型的貨運汽車。

【卡帶】ka¹dai³⁻² [粵] 盒式錄音帶或錄像帶。

【卡位】ka¹wei⁶⁻² [粵] 廂座。

【卡士】ka¹xi⁶⁻² [粵] ❶ 英 cast 音譯。演員表；演員陣容。❷ 英 class 音譯。商品檔次。❸ 身份；派頭 ♦ 咩卡士吖（甚麼來頭）？

【卡士費】ka¹xi⁶fei³ [方] 付給電影或電視劇演員的酬金。

卡 ka³ (ka³) [qiǎ] [通] ❶ 夾在中間，不能活動 ♦ 卡在縫裏 / 魚骨卡住條喉（魚刺卡在喉嚨裏）。❷ 在交通要道上設置的檢查或收稅的關口 ♦ 關卡 / 哨卡 / 稅卡。

【卡罅】ka³la³ [粵] ❶ 兩物之間的間隙、縫隙。❷ 兩可之間。❸ 偏僻的地方；旮旯 ♦ 山卡罅。

kai

楷 kai²/gai¹ (kai²/gai¹) [kǎi] [通] ❶ 法式；模範 ♦ 楷模。❷ 楷書 ♦ 大楷 / 寸楷。[粵] 量詞。用於柚子、柑桔等的瓣兒 ♦ 食多幾楷嚟喇（多吃幾瓣吧）。

kao

靠 kao³ (kau³) [kào] [通] ❶ 倚着；挨着 ♦ 靠背 / 倚靠 / 背靠背。❷ 接近；挨近 ♦ 船靠岸 / 靠左邊嗰個櫃筒（靠左邊那個抽屜）。❸ 依仗；憑藉 ♦ 依靠 / 指靠 / 靠乜嚡（憑啥）/ 靠佢老竇（依仗他父親）。❹ 信賴；可信 ♦ 可靠 / 佢靠唔住㗎（他靠不住）！

【靠嚇】kao³hag³ ㊣ 威脅嚇唬。

【靠害】kao³hoi⁶ ㊣ 搗亂、抗害。

【靠惡】kao³og³ ㊣ 恃蠻；撒野 ♦ 哏，唔係靠惡就得嘅嚅，你講唔講道理㗎（哼，恃蠻不可行，你得講點道理）。

ké

茄 ké¹ (kɛ¹) ㊣ ❶ 屎 ♦ 屙茄（拉屎）。❷ 語助詞。無實際意義，但含輕蔑、不滿的感情色彩 ♦ 唔茄去（不去）/ 咪茄睬佢啫（別理睬他）。

【茄士咩】ké¹xi⁶mé¹ ㊣ 英 cashmere 音譯。山羊毛毛線及其織品。也作"開司米"。

☞ 另見本頁 ké²。

咖 ké¹ (kɛ¹)

【咖喱啡】ké¹lé¹fé¹ ㊣ 英 carefree 音譯。❶ 臨時演員；無關緊要的角色。❷ 比喻無足輕重的小人物。

茄 ké² (kɛ²) [qié] ㊣ 口語音 ♦ 秋茄 / 牛春茄。

【茄瓜】ké²gua¹ ㊣ 茄子。也叫"矮瓜" ngei²gua¹。

【茄子煲】ké²ji²bou¹ ㊣ 粵菜菜色。類似紅燒茄子，但加蒜子、鹹魚等作調料，並用砂鍋盛裝上桌。

☞ 另見本頁 ké¹。

騎（骑） ké⁴ (kɛ⁴) [qí] ㊣ ❶ 跨坐 ♦ 騎馬 / 騎自行車。❷ 兼跨兩邊 ♦ 騎縫碼 / 騎縫章。❸ 騎兵 ♦ 輕騎 / 鐵騎。❹ 所騎的馬或其他動物 ♦ 坐騎。❺ 有權力、地位者對下層的管轄、欺壓着，有負面意思 ♦ 俾佢咁騎住，唔駛旨意升職（你給他這樣欺壓着，升職是沒希望了）。

【騎劫】ké⁴gib³ ㊣ 指劫持飛機、車輛等交通工具 ♦ 騎劫案。

【騎□】ke⁴lé⁴ ㊣ ❶ 服飾、姿態等怪模怪樣。❷ 難看；彆扭。

【騎樓】ké⁴leo⁴⁻² ㊣ ❶ 跨過人行道的樓房。❷ 屋前半露天的過道、走廊。❸ 陽台。❹ 謔稱女性胸部。

【騎師】ké⁴xi¹ ㊣ 賽馬的騎手。

【騎膊馬】ké⁴bog³ma⁵ ㊣ 讓小孩騎在大人肩上。

【騎□蚂】ké⁴lé⁴guai² ㊣ ❶ 服飾或姿態怪模怪樣的人。❷ 蛙的一種。體瘦，善跳，在樹上生活。

【騎劉皇馬】ké⁴leo⁴wong⁴ma⁵ ㊣ 指將過手的公款或別人的錢財據為己有。

【騎牛搵馬】ké⁴ngeo⁴wen²ma⁵ ㊣ 騎着牛去找馬。比喻先保住現有的工作，等待機會再去找理想的職位。

【騎牛搵牛】ké⁴ngeo⁴wen²ngeo⁴ ㊣ 騎馬找馬。比喻東西就帶在身上或在自己身邊，卻還到處尋找。

kê

□ kê¹ (kœ¹) ㊣ 挼；揉搓成團 ♦ □埋一嚿（挼成一團）。

跔 kê⁴ (kœ⁴) [jū] ㊣ 腳受凍而抽筋難伸 ♦ 天寒足跔。㊣ 手足凍僵 ♦ 凍到手都跔晒（凍得手都僵了）。

keb

級 (级) keb¹ (kɐp⁷) [jí] 通 ❶ 等次 ♦ 等級 / 三級片 / 升級換代。❷ 學年的分段 ♦ 留級 / 同級唔（不）同班。❸ 台階；磴 ♦ 拾級而上。❹ 量詞。用於樓梯、台階等的層次 ♦ 七級浮屠 / 三十九級台階。

【級數】keb¹sou³ [jíshù] 通 指數列中各項的和 ♦ 幾何級數。方 等級；級別。

吸 keb¹ (kɐp⁷) [xī] 通 ❶ 引入氣體、液體 ♦ 呼吸 / 吸煙 / 根部吸水。❷ 收進來 ♦ 吸塵 / 吸墨紙。❸ 引過來 ♦ 吸鐵石 / 磁吸現象。

【吸納】keb¹nab⁶ 粵 吸收接納 ♦ 吸納人才 / 吸納資金。

【吸引】keb¹yen⁵ [xīyǐn] 通 把外界物體、力量或他人注意力引到自己這方面來 ♦ 吸引觀眾。粵 具有吸引力；吸引人 ♦ 你呢身打扮非常吸引（你這一身打扮非常具有吸引力）/ 嗰出戲都幾吸引（那部戲挺吸引人的）。

【吸火罐】keb¹fo²gun³ 粵 拔火罐。

扱 keb¹ (kɐp⁷) 粵 也作"撳"。❶ 扣；罩 ♦ 電話扱低咗（電話扣上了）/ 頭上扱住頂爛鬼帽（頭上罩着一頂破帽）。❷ 蓋 ♦ 扱印 / 扱公章。

【扱單】keb¹dan¹ 粵 在單據上蓋印。

及 keb⁶/geb⁶ (kɐp⁹/gɐp⁹) [jí] 通 ❶ 達到 ♦ 涉及 / 遍及 / 言不及義。❷ 比得上 ♦ 我不及他。❸ 和；與 ♦ 學生及學生家長。

【及第粥】keb⁶dei⁶⁻²zug¹ 粵 一種風味粥品，把豬下水放進熬好的粥裏煮熟，再放葱花、胡椒粉等作調味。也叫"三及第" sam¹keb⁶dei⁶⁻²。

㹠 keb⁶ (kɐp⁹)
方 ❶ 動物咬、齧 ♦ 俾狗㹠咗一啖（給狗咬了一口）。❷ 動物大口大口地吃 ♦ 好似豬乸㹠潲噉（像母豬吃食似的）。

ked

咳 ked¹ (kɐt⁷) [ké] 通 咳嗽 ♦ 百日咳。粵 ❶ 咳嗽。可單用 ♦ 成日咳（老咳嗽）/ 半夜咳醒咗（半夜咳嗽，醒來了）。❷ 喘氣 ♦ 做到氣咳（做到氣喘）。❸ 方 英 cut 音譯。中斷；停止。

【咳藥水】ked¹yêg⁶sêu² 粵 止咳藥水。久服會上癮。

咭 ked¹ (kɐt⁷) 粵 英 card 音譯。卡片及類似物 ♦ 聖誕咭 / 保修咭 / 九折咭 / 信用咭。

【咭片】ked¹pin³⁻² 粵 ❶ 名片 ♦ 有冇咭片，俾張我喇（請給我一張名片）。❷ 卡片。

☞ 另見 214 頁 kid¹。

kég

屐 kég⁶ (kɛk⁹) [jī] 通 ❶ 木板拖鞋；趿拉板 ♦ 木屐。❷ 泛指鞋 ♦ 屐履。粵 木屐 ♦ 花屐 / 做到隻屐噉（形容做得很累）。

劇(剧) kég^{6} (kɛk^{9}) [jù] (通) ❶ 戲劇 ♦ 京劇 / 粵劇 / 話劇。❷ 猛烈；厲害 ♦ 病勢加劇。❸ 迅速 ♦ 急劇。

【劇力】kég^{6}lig^{6} (方) 戲劇或影片的吸引力。

【劇人】kég^{6}yen^{4} (方) 指戲劇界人士。

【劇員】kég^{6}yun^{4} (方) 戲劇演員 ♦ 劇員組。

【劇集】kég^{6}zab^{6} (方) 系列連續劇。

【劇情片】kég^{6}qing^{4}pin$^{3-2}$ (方) 以情節取勝的影片，區別於動作片。

kêg

噱 kêg^{6} (kœk^{9}) [xué] (通) 笑 ♦ 可發一噱。

【噱頭】kêg^{6}teo^{4} [xuétóu] (通) 逗笑的話或舉動。(粵) 劇情故事中加插的笑料。方言也說"綽頭" cêg^{3}teo^{4}。

☞ 另見 119 頁 gêd^{4}。

kei

溪 kei^{1} (kɐi^{1}) [xī] (通) 山間的水溝，泛指一般的小河溝 ♦ 山溪 / 小溪 / 溪流。

【溪錢】kei^{1}qin^{4} (粵) 紙錢。

啟(启) kei^{2} (kɐi^{2}) [qǐ] (通) ❶ 開；打開 ♦ 啟封 / 開啟 / 收啟。❷ 開導；啟發 ♦ 承先啟後。❸ 開始 ♦ 啟程 / 啟航。❹ 陳述；告訴 ♦ 啟稟 / 謹啟。

【啟幕】kei^{2}mog^{6} (方) 開幕 ♦ 啟幕式。

契 kei^{3} (kɐi^{3}) [qì] (通) ❶ 合同；契約 ♦ 地契 / 房契 / 賣身契。❷ 投合；意氣相合 ♦ 投契 / 默契。(粵) 結拜、結認親戚 ♦ 上契 (認乾親) / 契佢做仔 (認他做乾兒子)。

【契弟】kei^{3}dei^{6} (粵) 原指男同性戀者，現多用於罵人，相當於"王八"、"混蛋"等 ♦ 你個死契弟 (你這臭小子)！

【契媽】kei^{3}ma^{1} (粵) 乾媽；乾娘。也說"契娘" kei^{3}nêng^{4} 或"契乸" kei^{3}na^{2}。

【契女】kei^{3}nêu$^{5-2}$ (粵) 乾女兒。

【契爺】kei^{3}yé^{4} (粵) 乾爹；乾爸爸。

【契仔】kei^{3}zei^{2} (粵) 乾兒子。

【契家佬】kei^{3}ga^{1}lou^{2} (粵) 姘夫；情夫。

【契家婆】kei^{3}ga^{1}po^{4} (粵) 姘頭；情婦。

【契細佬】kei^{3}sei^{3}lou^{2} (粵) 乾兄弟；結拜兄弟。

【契約工】kei^{3}yêg^{3}gung^{1} (方) 合同工。

kéi

畸 kéi^{1}/géi^{1} (kei^{1}/gei^{1}) [jī] (通) ❶ 不規則；不正常 ♦ 畸形。❷ 偏 ♦ 畸輕畸重。

【畸士】kéi^{1}xi$^{6-2}$ (粵) 英 case 音譯。案件；事件 ♦ 呢單畸士好難搞 (這件案挺難弄的)。

棋 kéi^{2} (kei^{2}) (粵) 口語變音 ♦ 捉棋 (下棋) / 玩跳棋 / 呢盤棋你輸梗吖 (這盤棋你輸定了)。

☞ 另見 210 頁 kéi^{4}。

企 kéi^{2} (kei^{2}) (粵) 口語變音。"屋企"的簡稱 ♦ 喺企 (在家) / 返屋企 (回家)。

☞ 另見 210 頁 kéi^{5}。

期 kéi4 (kei4) [qī] [通] ❶預定的日期◆定期/如期交貨/過期作廢。❷某一段時間◆時期/週期/學期。❸等待；希望◆期待/期望/期求/預期效果。❹約定；約會◆不期而遇。❺量詞。用於分期的事物◆辦了五期藝員培訓班/替我買第五期《家庭醫生》。

【期權】kéi4kün4 [方] 有一定期限的證券、外幣、黃金等購買權。

棋 kéi4 (kei4) [qí] [通] ❶文娛用品。一副棋包括若干棋子和一個棋盤◆象棋/圍棋/跳棋。❷指棋子◆舉棋不定/星羅棋佈。

【棋差一着】kéi4ca1yed1zêg6 [粵] 技藝、主意等稍遜一籌。

【棋高一着】kéi4gou1yed1zêg6 [粵] 技藝、主意等稍勝一籌。

☞另見209頁kéi2。

旗 kéi4 (kei4) [qí] [通] ❶用布帛或紙做成的標誌◆國旗/令旗/彩旗。❷清代滿族的軍隊編制和戶籍編制，共分八旗◆八旗子弟。

【旗下】kéi4ha6 [方] 屬下；手下◆集團旗下公司（集團下屬公司）/華星棋下一批歌手（華星屬下一批歌手）。

【旗艦物業】kéi4lam6med6yib6 [方] 指大型房產。

奇 kéi4 (kei4) [qí] [通] ❶特殊的；罕有的；不尋常的◆奇事/奇聞/奇趣錄。❷出人意料的；令人難測的◆奇兵/奇襲/出奇制勝。❸驚異◆驚奇/神奇。

【奇異果】kéi4yi6guo2 [粵] 獼猴桃。

芪 kéi4 (kei4) [qí] [通] 黃芪，草本植物。根可入藥。方言多稱"北芪" beg1kéi4。

蜞 kéi4 (kei4)

【蜞乸】kéi4na2 [粵] 螞蟥。

企 kéi5 (kei5) [qǐ] [通] 踮起腳跟，引申表示希望、盼望◆企望/企待。[粵] ❶站◆罰企（罰站）/企埋一便（站到一邊）/企喺度，咪郁（站住，別動）。❷立；直立◆戙督企（直立着）/樓梯企得滯（樓梯太陡）。❸處於上、落的某一位置◆日元高企（日元匯率高）/恆指低企（恆生指數偏低）。

【企定】kéi5ding6 [粵][方] 站穩；穩定。

【企檔】kéi5dong3 [粵] 守攤檔做生意。

【企街】kéi5gai1 [方] 妓女在街頭拉客。參見"阻街"條。

【企櫃】kéi5guei6 [粵] 站櫃枱。

【企理】kéi5léi5 [粵] 整齊；清潔；利落◆執企理啲先好出門（出門之前先收拾收拾）/本賬又幾企理噃（賬本挺整潔的）。

【企領】kéi5léng5 [粵] 衣服的高領◆企領唐裝（高領唐裝衫）。

【企身】kéi5sen1 [粵] 立式的◆企身櫃（立櫃）/企身琴（立式鋼琴）。

【企堂】kéi5tong4 [粵] 在課堂上被罰站。kéi5tong4-2 [粵] 堂館；跑堂的。

【企位】kéi5wei6-2 [粵] 站位。

【企穩】kéi5wen2 [粵] ❶站穩◆請乘客上車後企穩扶穩（請乘客上車後扶好站穩）。❷ [方] 價格等保持平穩。

【企歪啲】kéi5mé2di1 [粵] 讓開點；請讓

一讓。參見“借歪啲”條。

【企人邊】kéi5yen4bin1 (粵) 漢字部首的立人旁；單立人兒。

☞ 另見 209 頁 kéi2。

kem

衿 kem1 (kɐm1) [jīn] (通) ❶ 襟。僅用於書面語 ♦ 青衿。❷ 繫衣裳的帶子。(粵) 襟。用於口語 ♦ 對衿衫 / 大衿衫。

禁 kem1 (kɐm1) [jīn] (通) 承受；耐受 ♦ 弱不禁風 / 禁得起考驗。(粵) 也作“襟”。❶ 經用；耐用 ♦ 禁用 / 禁着 / 禁磨 / 好禁玩。❷ 經得起 ♦ 唔禁激(受不住氣) / 幾禁等(夠等的)。

【禁計】kem1gei3 (粵) 為數不少，難以計算 ♦ 條數好禁計（這個賬不好算）。也作“襟計”。

【禁諗】kem1nem2 (粵) 費腦筋；費思考。也作“襟諗”。

☞ 另見 125 頁 gem3。

襟 kem1 (kɐm1) [jīn] (通) ❶ 衣服的胸前部分 ♦ 大襟 / 對襟。❷ 妻子的姐夫、妹夫 ♦ 襟兄 / 襟弟。❸ 胸懷；抱負 ♦ 襟懷 / 胸襟。(粵) 同“禁” kem1。

【襟計】kem1gei3 (粵) 同“禁計”。

【襟諗】kem1nem2 (粵) 同“禁諗”。

【襟章】kem1zêng1 (粵) 胸章；徽章。

【襟兄弟】kem1hing1dei6 (粵) ❶ 連襟兄弟。❷ “本夫與姦”的諱稱。

冚 kem2 (kɐm2) (粵) 也作“扲”。❶ 蓋；罩 ♦ 冚被(蓋被子) / 冚住啲餸(把剩菜蓋好)。❷ 用手掌打；搧 ♦ 冚佢一巴(搧他一個耳光)。

【冚斗】kem2deo2 (粵) 倒閉；歇業。

【冚檔】kem2dong3 (粵) ❶ 歇業；收攤。❷ 查封違反經營的攤檔。

【冚賭】kem2dou2 (粵) 抓賭局。

【冚旗】kem2kéi4 (方) 出租汽車即使空駛也把服務標誌按下拒絕接客。這是一種違例行為。

【冚盤】kem2pun4-2 (方) 收盤；停止交易。

【冚牀布】kem2cong4bou3 (粵) 牀罩。

【冚到密】kem2dou3med6 (粵) 嚴格封鎖消息；捂住。也說“冚到實” kem2dou3sed6。

【冚蓆瞓石】kem2zég6fen3ség6 (粵) ❶ 露宿街頭。❷ 比喻過着乞丐般的生活。

☞ 另見 170 頁 hem6。

琴 kem4 (kɐm4) [qín] (通) ❶ 古琴，弦樂器。❷ 某些樂器的統稱 ♦ 口琴 / 胡琴 / 鋼琴 / 手風琴。

【琴晚】kem4man5 (粵) 昨晚；昨夜。也說“琴晚黑” kem4man5heg1 或“琴晚夜” kem4man5yé6-2。

【琴日】kem4yed6 (粵) 昨日；昨天。也說“尋日” cem4yed6。

擒 kem4 (kɐm4) [qín] (通) 捉拿 ♦ 生擒 / 束手就擒 / 擒賊先擒王。(粵) 攀；爬 ♦ 擒上瓦背頂(爬上房頂) / 喺隔離陽台擒過嚟（從隔壁的陽台攀爬過來）。

【擒青】kem4céng1 (粵) ❶ 急巴巴的樣子 ♦ 慢慢食，唔使咁擒青（慢慢吃，甭急）。❷ 魯莽；莽撞。

【擒高擒低】kem4gou1kem4dei1 (粵) 爬上爬下 ♦ 粗身大勢仲擒高擒低，因住至好嚹（挺着個大肚子還爬上爬下，小心點才好）。

【擒上擒落】kem^{4}sêng^{5}kem^{4}log^{6} [粵] 上上下下 ♦ 住九樓咁高，擒上擒落都幾辛苦（住九樓太高了點，上樓下樓挺吃力的）。

蠄 kem^{4} (kɐm^{4})

【蠄蟝】kem^{4}kêu$^{4-2}$ [粵] 癩蛤蟆。

【蠄蟧】kem^{4}lou^{4} [粵] 大蜘蛛。

【蠄蟧絲網】kem^{4}lou^{4}xi^{1}mong$^{5-1}$ [粵] 蜘蛛網。

妗 kem^{5} (kɐm^{5}) [jìn] [通] ❶ 舅母。❷ 內兄、內弟的妻子。[粵] 妗子 ♦ 大妗／小妗。

【妗母】kem^{5}mou^{5} [粵] 舅母；舅媽。

【妗婆】kem^{5}po^{4} [粵] 舅奶奶，父親的舅母。

ken

勤 ken^{4} (kɐn^{4}) [qín] [通] ❶ 做事盡力，不偷懶 ♦ 勤勞／勤快／辛勤。❷ 勤務；任務 ♦ 出勤／考勤／執勤／外勤。❸ 經常；次數多 ♦ 勤打掃／勤啲換衫（勤點換衣服）。

【勤力】ken^{4}lig^{6} [qínlì] [通] 勤勞盡力 ♦ 勵志勤力。[粵] ❶ 勤快；勤勞 ♦ 勤力啲做嘢（幹活勤快點）。❷ 勤奮；用功 ♦ 佢以前讀書好勤力㗎（他以前唸書挺勤奮的）。

【勤工獎】ken^{4}gung^{1}zêng^{2} [方] 全勤獎。

芹 ken^{4} (kɐn^{4}) [qín] [通] 芹菜，草本植物。葉柄粗而脆，有特殊香味。是普通蔬菜。[粵] 芹菜 ♦ 旱芹／西芹。

近 ken^{5} (kɐn^{5}) [粵] 口語音 ♦ 喺呢度去好近啫（從這裏去挺近的）。

☞ 另見 127 頁 gen^{6}。

keng

鯁 (鯁) keng^{2} (kɐŋ^{2}) [粵] 口語音。❶ 強嚥下去 ♦ 食唔落唔好死鯁（吞不下不要強嚥）。❷ 比喻任務艱巨，難以完成 ♦ 呢單嘢都幾難鯁嘅噃（這事做下來可不容易）。

【鯁嚫】keng^{2}cen^{1} [粵] 噎着了。

【鯁頸】keng^{2}géng^{2} [粵] ❶ 食物卡在喉嚨裏嚥不下去。❷ 食物太粗或太乾難以下嚥。

【鯁骨】keng^{2}gued^{1} [粵] 魚骨頭等卡在喉嚨裏。

【鯁唔落】keng^{2}m^{4}log^{6} [粵] ❶ 嚥不下去 ♦ 我實在鯁唔落呢啖氣（我實在嚥不下這口氣）。❷ 攬不下來 ♦ 呢單嘢都幾難搞，單靠我哋幾個恐怕鯁唔落（這事挺不好弄的，就憑我們幾個恐怕攬不下來）。

掯 keng^{3} (kɐŋ^{3}) [粵] ❶ 煙味夠勁，嗆喉嚨 ♦ 呢種黑煙好掯（這種黑煙勁挺足的）。❷ 酒味醇厚。❸ 能幹；有本事 ♦ 你真係掯（你真能幹）。

【掯喉】keng^{3}heo^{4} [粵] 嗆喉嚨。

kéng

擎 kéng^{4} (kɛŋ^{4}) [粵] 物體四周的邊沿 ♦ 缸擎／帽擎。

☞ 另見 215 頁 king^{4}。

kêng

強 (强) kêng^{4} (kœŋ^{4}) [qiáng] [通] ❶ 強壯；有力量 ♦ 強大 / 身強力壯。❷ 程度高 ♦ 責任心強 / 工作能力強。❸ 勝過；好 ♦ 他智力比我強。❹ 使用強力；竭力地 ♦ 強攻 / 強渡。❺ 粗暴；兇狠 ♦ 強橫。❻ 增強；加強 ♦ 強心劑。❼ 略多於某數 ♦ 三分之二強。

【強暴】kêng^{4}bou^{6} [qiángbào] [通] ❶ 兇橫殘暴。❷ 兇橫殘暴的勢力 ♦ 不畏強暴。[粵] 同"強姦" ♦ 遭人強暴。

鏹 (镪) kêng^{5} (kœŋ^{5}) qiāng [通] 鏹水，強酸的俗稱 ♦ 俾鏹水燒傷塊面（臉部被鏹水灼傷）。

keo

摳 (抠) keo^{1} (kɐu^{1}) [kōu] [通] ❶ 用手指或細小的東西挖。❷ 雕刻。❸ 向狹窄的方面深究 ♦ 摳字眼 / 死摳書本。[粵] 同"鳩"。

鳩 (鸠) keo^{1} (kɐu^{1}) [粵] 也作"摳"、"溝"、"遘"。調和；攙和；兑 ♦ 黃泥鳩沙 / 鳩到亂晒（攪和得一團糟）。

【鳩亂】keo^{1}lün^{6} [粵] 弄亂；攙和在一起。

【鳩水】keo^{1}sêu^{2} [粵] 攙水使稀釋 ♦ 牛奶鳩水（牛奶兑水）。

【鳩勻】keo^{1}wen^{4} [粵] 調和使勻。

溝 (沟) keo^{1} (kɐu^{1}) [粵] 勾引 ♦ 溝女仔。

【溝女/仔】keo^{1}nêu^{5}/zei^{2} [粵] 勾引女/男孩子。也說"溝女仔/男仔" keo^{1}nêu^{5}zei^{2}/nam^{4}zei^{2}。

叩 keo^{3} (kɐu^{3}) [kòu] [通] ❶ 敲 ♦ 叩門。❷ 磕頭 ♦ 叩謝 / 叩拜。

【叩門磚】keo^{3}mun^{4}jun^{1} [粵] 敲門磚。

扣 keo^{3} (kɐu^{3}) [kòu] [通] ❶ 用環等套住或搭住 ♦ 扣上房門 / 一環扣一環。❷ 繩結 ♦ 活扣 / 死扣。❸ 強留 ♦ 扣押犯人。❹ 把器物口朝下放或覆蓋住東西 ♦ 將碗扣喺枱上（把碗扣在桌子上）。❺ 從中減除；打折頭 ♦ 扣除 / 七折八扣 / 不折不扣。❻ 紐扣 ♦ 衣扣。

【扣數】keo^{3}sou^{3} [粵] 扣除一定數額或金額。

【扣肉】keo^{3}yug^{6} [粵] 燜肉。

【扣針】keo^{3}zem^{1} [粵] 別針。也叫"大頭針" dai^{6}teo^{4}zem^{1}。

【扣盅】keo^{3}zung^{1} [粵] 沏茶用的碗，有蓋。也叫"冚盅" hem^{6}zung^{1}。

求 keo^{4} (kɐu^{4}) [qiú] [通] ❶ 請求 ♦ 求婚 / 求和 / 懇求 / 求神拜佛。❷ 要求 ♦ 苛求 / 求全責備。❸ 需要 ♦ 需求 / 供不應求。❹ 追求；探索 ♦ 求生 / 求學 / 探求 / 尋求。

【求證】keo^{4}jing^{3} [qiúzhèng] [通] 尋找證據；求得證實。[方] 要求當事人證實 ♦ 就此傳聞求證張先生。

【求其】keo^{4}kéi^{4} [粵] ❶ 隨便；不加選擇地 ♦ 求其搵份工做（隨便找一份事幹幹）。❷ 馬虎；過得去就算 ♦ 做功課唔好求其就算（做功課可別馬虎了事）。

【求先】keo^{4}xin^{1} [粵] 剛才；剛不久 ♦ 求

先佢仲打過電話（他剛剛還打過電話來）。也説“頭先” teo^{4}xin^1。

【求求其其】keo^{4}keo^{4}kéi^{4}kéi^4 (粵) 隨隨便便；湊湊合合；馬馬虎虎。

【求人不如求己】keo^{4}yen^{4}bed^{1}yu^{4}keo^{4}géi^2 (粵) 求助別人不如求助自己。

球 keo^4 (kɵu^4) [qiú] (通) ❶ 圓形的立體 ◆ 球體。❷ 像球的東西 ◆ 煤球 / 眼球 / 繡球。❸ 某些球形的體育用品 ◆ 排球 / 籃球 / 乒乓球。❹ 有關球類運動的 ◆ 球技 / 球門 / 球星。❺ 特指地球；泛指星體 ◆ 全球 / 月球 / 星球。

【球證】keo^{4}jing^3 (粵) 球類比賽的裁判員。

【球例】keo^{4}lei^6 (方) 球類比賽規則。

【球員】keo^{4}yun^4 (粵) 參加球類比賽的運動員 ◆ 雙方球員出場。

舅 keo^5 (kɵu^5) [jiù] (通) ❶ 母親的弟兄。❷ 妻的弟兄 ◆ 妻舅 / 舅子 / 小舅子。

【舅父】keo^{5}fu$^{6-2}$ (粵) 舅舅；舅父。

【舅公】keo^{5}gung^1 (粵) 舅爺；父或母的舅父。

【舅媽】keo^{5}ma^1 (粵) 舅母；舅媽。

【舅仔】keo^{5}zei^2 (粵) 小舅子；妻弟。

kêu

拘 kêu^1 (kœy^1) [jū] (通) ❶ 逮捕；扣押 ◆ 拘禁 / 拘押。❷ 限制 ◆ 不拘禮節。❸ 固執 ◆ 拘泥成法。

【拘緊】kêu^{1}gen^2 (方) 拘束，緊張。

【拘執】kêu^{1}zeb^1 [jūzhí] (通) 拘泥固執。(粵) 計較小節或拘禮 ◆ 大家咁熟，重咁拘執（大家這麼熟，還拘禮甚麼）？

拒 kêu^5 (kœy^5) [jù] (通) ❶ 抵擋；抵抗 ◆ 拒敵 / 抗拒。❷ 不接受 ◆ 拒收 / 來者不拒。

【拒載】kêu^{5}zoi^3 (粵) 司機無正當理由拒不載客。

佢 kêu^5 (kœy^5) (粵) ❶ 他；她；它 ◆ 佢三十好幾仲未揾老婆（他三十多了尚未娶老婆）/ 佢係我嘅細女（她是我的小女兒）。❷ 在祈使句中使語氣變得婉轉 ◆ 執好啲碗筷佢（把碗筷收拾好）/ 擇埋啲垃圾佢（把垃圾裝起來）。

【佢哋】kêu^{5}déi^6 (粵) 他們；她們 ◆ 佢哋都係自己人（他們都是自己人）。

ki

□ ki^1 (ki^1)

【□□】ki^{1}ka^1 (粵) 擬聲詞。形容大笑聲 ◆ 引得大家□□大笑（逗得大家哈哈大笑）。

kid

咭 kid^1 (kit^7)

【咭咭聲】kid^{1}kid^{1}séng^1 (粵) 形容小聲地笑 ◆ 笑到咭咭聲（格格地笑）。

☞ 另見 208 頁 ked^1。

揭 kid^3 (kit^8) [jiē] (通) ❶ 掀開 ◆ 揭祕 / 揭被 / 揭膏藥。❷ 使顯露出來 ◆ 揭短 / 揭示。

【揭祕】kid^{3}béi^{3} (粵) 揭舉隱祕。

【揭盅】kid^{3}zung^{1} (粵) 揭曉；披露；公佈結果。

kig

嘓 kig^{1} (kik^{7}) (粵) 蛋糕類的西點，譯自英文 cake ♦ 蛋嘓。

kim

鉗（钳） kim^{2} (kim^{2}) (粵) 口語變音 ♦ 線鉗（鑷子）/ 喉鉗（管鉗子）/ 指甲鉗（指甲刀）。

kin

攓 kin^{2} (kin^{2}) (粵) 也作"搴"。揭；掀 ♦ 攓蓋（揭蓋子）/ 攓書（翻書）/ 攓開張被（掀起被子）。

虔 kin^{4} (kin^{4}) [qián] (通) 恭敬；誠心 ♦ 虔敬 / 虔誠 / 虔心。

【虔婆】kin^{4}po^{4} [qiánpó] (通) 鴇母。(粵) 辱罵婦女的話。也說"老虔婆" lou^{5} kin^{4}po^{4}。

king

傾（倾） king^{1} (kiŋ^{1}) [qīng] (通) ❶ 歪；斜；偏 ♦ 傾側 / 向前傾。❷ 趨向；偏向 ♦ 左傾。❸ 倒塌 ♦ 傾覆 / 大廈將傾。❹ 倒出 ♦ 傾盆大雨 / 傾箱倒櫃。❺ 盡數拿出 ♦ 傾巢而出 / 傾盡全力。(粵) 談話；閒聊 ♦ 傾生意（談生意）/ 有嘢同你傾（有話跟你說）/ 唔啱傾到啱（談到有個滿意的結果為止）。

【傾偈】king^{1}gei^{2} (粵) 談話；閒聊 ♦ 上課唔好傾偈（上課不要說話）。

【傾下】king^{1}ha^{5} (粵) 談談；聊聊 ♦ 有啲嘢想搵你傾下（有點事想找你聊聊）。

【傾哐】king^{1}kuang^{1} (粵) 擬聲詞。形容陶瓷等物碰撞的聲音 ♦ 傾哐一聲跌爛咗（哐啷一聲摔碎了）。

【傾得埋】king^{1}deg^{1}mai^{4} (粵) 談得來；談得攏 ♦ 佢兩個幾傾得埋（他們倆挺談得來的）。

【傾閒偈】king^{1}han^{4}gei^{2} (粵) 閒聊；侃大山。

【傾唔埋】king^{1}m^{4}mai^{4} (粵) 談不攏；話不投機。

【傾鈴哐吟】king^{1}ling$^{4-1}$kuang^{1}lang^{1} (粵) 擬聲詞。同"傾哐" ♦ 傾鈴哐吟跌爛晒（稀裏嘩啦地全摔碎了）。

【傾唔埋欄】king^{1}m^{4}mai^{4}lan$^{4-1}$ (粵) 話不投機；談不攏；說不到一塊；談判談崩了。

擎 king^{4} (kiŋ^{4}) [qíng] (通) 舉；往上托 ♦ 擎天柱 / 眾擎易舉。(粵) 也作"澄"、"瓊"。❶ 凝固；凝結 ♦ 擎埋一嚿（凝成一塊）。❷ 澄 ♦ 仲咁濁，擎一擎先喇（還那麼混濁，澄一澄再說吧）。❸ 掛起來去水 ♦ 啲衫咁濕，先晾喺陽台擎乾下啲水（衣服太濕，先晾在陽台上去一去水）。❹ 目瞪口呆 ♦ 見到佢咁個樣，我一時眼都擎晒（見他那副模樣，我當即目瞪口呆）。

☞ 另見 212 頁 kéng^{4}。

kiu

蹺 (跷) kiu² (kiu²) ㊣ ❶ 恰巧；湊巧♦有咁啱得咁蹺(就這麼巧)。❷ 巧妙；奇妙♦蹺就蹺喺呢度 (妙就妙在這個地方)。

【蹺妙】kiu²miu⁶ ㊣ 巧妙；奇妙；奧妙♦有啲蹺妙嘢佢唔會話俾你知嘅(有些奧妙的東西他不會告訴你的)。

橋 (桥) kiu² (kiu²) ㊣ 點子；招數；辦法♦絕橋(絕招) / 舊橋 (老辦法) / 屎橋 (餿主意) / 度橋 (想辦法)。

【橋櫈】kiu²deng³ ㊣ 條櫈；長櫈。

【橋段】kiu²dün⁶ ㊣ 情節安排；表現手法♦呢個橋段都幾新鮮 (這個情節安排倒有點新鮮感)。

僑 (侨) kiu⁴ (kiu⁴) [qiáo] ㊣ ❶ 寄居在外國♦僑居 / 僑民。❷ 寄居在外國的人♦華僑 / 外僑。

【僑領】kiu⁴ling⁵ ㊣ 華僑領袖。

藠 kiu⁵ (kiu⁵) [jiào]

【藠菜】kiu⁵coi³ ㊣ 嫩的薤。也作"蕎菜"。

【藠頭】kiu⁵teo⁴ [jiàotou] ㊣草本植物。地下莖膨大像蒜，可以吃。也專指這種植物的地下莖♦醃酸藠頭。方言也作"蕎頭" kiu⁵teo⁴。

繑 kiu⁵ (kiu⁵) ㊣ ❶ 纏繞♦繑線圈 (繞線圈) / 繑起條辮 (把辮子盤起來)。❷ 交叉♦繑起對手(雙手交叉着) / 繑埋手都有得食 (抱起雙手也不愁吃，比喻不幹活也可維持富裕的生活)。❸ 攬住；挽住♦繑住佢條腰 (攬着他的腰) / 繑住佢隻手 (挽着他的胳膊)。

【繑起】kiu⁵héi² ㊣ 難住♦呢次俾佢繑起嗮 (這次倒讓他給難住了)。

【繑絲邊】kiu⁵xi¹bin¹ ㊣ 漢字部首的"絞絲旁"。

【繑繑埋埋】kiu⁵kiu⁵mai⁴mai⁴ ㊣ 繞成一團。

【繑埋手腳】kiu⁵mai⁴seo²gêg³ ㊣ 悠閒；不幹活♦一於繑埋手腳唔做 (乾脆不幹拉倒)。

ko

可 ko¹ (kɔ¹)

【可惱也】ko¹nao¹yé¹ ㊣ 原為粵劇借用官話的摹音語句。口語常用，表示對某件事情不可容忍的風趣說法♦我嘅嘢都敢郁，真係可惱也 (我的東西也敢動，豈有此理)！

科 ko¹ (kɔ¹)

【科厘】ko¹li² ㊣ 英 qualification 第一、二音節譯音。學歷；資格♦騷啲科厘俾佢睇下 (把本錢抖出來讓他看看)。

kog

推 kog (kɔk⁷) ㊣ ❶ 敲擊♦推頭殼 (敲腦袋) / 推一推餅印 (把餅模子敲一敲)。❷ 擬聲詞。形容敲擊

硬物的聲音 ♦ 啲餅乾脆到摧摧聲嘞。

涸 kog³ (kɔk⁸) [hé] [通] 水乾枯 ♦ 乾涸。[粵] 天氣乾燥 ♦ 近排天氣好涸（最近天氣十分乾燥）。

【涸喉】kog³heo⁴ [粵] 嗆嗓子 ♦ 油多涸喉（油太多，直嗆嗓子）。

kong

擴（扩）kong³/kuog³ (kɔŋ³/kwɔk³) [kuò] [通] 放大；張大 ♦ 擴展 / 擴音器。

【擴闊】kong³fud³ [粵] 擴大；拓寬 ♦ 擴闊馬路 / 擴闊視野。

ku

箍 ku¹ (ku¹) [gū] [通] ❶ 用竹篾或金屬環束緊東西 ♦ 箍桶。❷ 束緊東西的環 ♦ 鐵箍 / 橡筋箍。❸ 勒住 ♦ 用毛巾箍住脖子。

【箍煲】ku¹bou¹ [方] 為挽救夫妻或情侶關係而採取補救措施。

【箍頸】ku¹géng² [粵] 勒脖子。

【箍頸黨】ku¹géng²dong² [方] 指突然襲擊，以手或鐵棍等箍住事主脖子勒索財物的歹徒。

【箍頸行動】ku¹géng²heng⁴dung⁶ [方] 指勒脖子搶劫財物的行為。

咕 ku¹ (ku¹) [粵] 英 cool 音譯。冷峻；冷漠；冷淡 ♦ 扮咕（裝作冷漠的樣子）。

【咕辰】ku¹sen² [粵] 英 cushion 音譯。坐墊；靠墊。也作"箍臣"。

☞ 另見 142 頁 gu¹；144 頁 gu⁴。

哊 ku¹ (ku¹)

【哊爹】ku¹dé¹ [方] 英 cocktail 音譯。雞尾酒。

kua

誇（夸）kua¹ (kwa¹) [kuā] [通] ❶ 誇大 ♦ 誇口 / 浮誇。❷ 稱讚 ♦ 誇獎。

【誇張】kua¹zêng¹ [kuāzhāng] [通] ❶ 誇大；言過其實。❷ 一種修辭手段，用誇大的詞句來形容事物。[粵] 言辭、行動過分 ♦ 唔使咁誇張係嘛（未免太過分了吧）。

【誇譽】kua¹yu⁶ [方] 誇獎，讚譽；引以為榮。

kuag

嚿 kuag¹ (kwak⁷) [粵] ❶ 彎兒；圈子 ♦ 兜一個嚿（兜一個圈）/ 打個嚿就返嚟（兜個圈就回來）。❷ 方框 ♦ 四方嚿。❸ 框住 ♦ 嚿住呢度（在這兒打個框框）。❹ 擬聲詞。形容彈新紙幣的聲音 ♦ 張銀紙仲嚿嚿聲（這張紙幣還彈得響呢）。

趷 kuag³ (kwak⁸) [粵] ❶ 閒逛 ♦ 趷商店（逛商店）/ 得閒去天光墟趷下（有空去天光墟逛逛）。❷ 繞路 ♦ 趷啯邊行（繞那邊走）。

【趷街】kuag³gai¹ [粵] 逛街；壓馬路。

kuang

框 kuang² (kwaŋ²) ㊣ 梗兒；稈兒；莖 ♦ 菜框（菜梗）。

逛 kuang³ (kwaŋ³) ㊣ ❶ 溜達；遊蕩 ♦ 逛街（逛街）/ 逛嚟逛去（東遊西蕩）。❷ 絆 ♦ 逛親（絆着）/ 逛伭（絆倒）。

kuei

虧（亏） kuei¹ (kwɐi¹) [kuī] ㊣ ❶ 受損失 ♦ 盈虧 / 吃虧。❷ 欠缺；短少 ♦ 理虧 / 血虧。❸ 幸而 ♦ 幸虧 / 多虧。❹ 對不起 ♦ 虧負。❺ 表示責備或譏諷 ♦ 虧你說得出口 / 虧你還是個先生呢。㊣ 虛弱 ♦ 佢啱病好，仲好虧（他剛病好，身子還很虛弱）/ 你咁虧，要鍛煉至得（你這麼虛弱，得鍛煉鍛煉才行）。

【虧柴】kuei¹cai⁴ ㊣ 同"虧佬"。

【虧佬】kuei¹lou² ㊣ 身體虛弱的男子。

葵 kuei⁴ (kwɐi⁴) [kuí] ㊣ 指某些開大花的草本植物 ♦ 蒲葵 / 向日葵。

【葵扇】kuei⁴xin³ ㊣ ❶ 葵葉做的扇子；芭蕉扇。❷ 撲克牌中的黑桃。

【葵瓜子】kuei⁴gua¹ji² ㊣ 葵花子。

kuen

坤 kuen¹ (kwɐn¹) [kūn] ㊣ ❶ 八卦之一，代表地 ♦ 乾坤。❷ 女性的 ♦ 坤鞋 / 坤車。㊣ 哄；騙 ♦ 俾人坤咗（讓人給騙了）。

【坤包】kuen¹bao¹ ㊣ 女式手提袋；女式小背囊。

【坤錶】kuen¹biu¹ ㊣ 女裝錶。

裙 kuen² (kwɐn²) ㊣ 口語變音 ♦ 圍裙。

羣 kuen⁴ (kwɐn⁴) [qún] ㊣ ❶ 聚在一起的人或動物 ♦ 人羣 / 羊羣 / 鶴立雞羣。❷ 成羣的 ♦ 羣山 / 羣起而攻之。❸ 量詞 ♦ 一羣馬 / 一羣人。

【羣埋】kuen⁴mai⁴ ㊣ 結伴；結交；與…混在一起 ♦ 唔好羣埋啲唔三唔四嘅人（別跟那些不三不四的人混在一堆）。

kueng

□ kueng³ (kwɐŋ³) ㊣ ❶ 扣；拴 ♦ □住度門（把門扣上）。❷ 掛；鈎 ♦ □喺眼釘處（掛在釘子上）。❸ 絆 ♦ 唔小心俾條繩□倒（不小心讓繩子絆倒）。❹ 剮；劃破 ♦ □爛件衫（把衣服劃破了）/ □損手腳（剮破了手腳）。

【□□】kueng³leng³ ㊣ 量詞。用於大小不一的一串或一掛東西 ♦ 一□□鎖匙。

kug

曲 kug¹ (kuk⁷) [qū] ㊣ ❶ 彎 ♦ 曲線 / 扭曲 / 彎曲 / 曲線身型（形容女子身材玲瓏浮突）。❷ 不合理；不公正 ♦ 曲解 / 歪曲 / 是非曲直。❸ 彎曲好地方 ♦ 河曲。

【曲尺】kug¹cég³ [qūchǐ] ㊣ 木工用來求直角的尺。㊣ 一種手槍。

【曲奇】kug¹kéi⁴ ㊐ 英 cookie 音譯。餅乾；小甜餅 ♦ 牛油曲奇。

kuig

闃（阒） kuig¹/guig¹ (kwik⁷/gwik⁷) [qù] ㊀ 寂靜 ♦ 闃無一人。

【闃皪】kuig¹kuag¹ ㊐ 同"闃皪皪嘞"。

【闃皪皪嘞】kuig¹lig¹kuag¹lag¹ ㊐ ❶ 擬聲詞。形容硬物相碰的聲音。❷ 雜七雜八；各色各樣 ♦ 闃皪皪嘞一大堆，乜鬼嘢嚟㗎（雜七雜八一大堆，啥東西呀）？

kung

窮（穷） kung⁴ (kuŋ⁴) [qióng] ㊀ ❶ 缺少財物 ♦ 貧窮 / 人窮志不窮。❷ 窮盡 ♦ 窮途末路 / 黔驢技窮 / 理屈詞窮。

【窮到燶】kung⁴dou³nung¹ ㊐ 形容一貧如洗。

藭 kung⁴ (kuŋ⁴) ㊐ 量詞。用於成穗的糧食或成串的果子 ♦ 一藭粟米（一包玉米）。

L

la

啦 la¹ (la¹) [lɑ] ㊀ 語助詞 ♦ 他走啦 / 這可好啦。㊐ 語助詞。❶ 表示命令、請求 ♦ 行快啲啦！/ 你就當幫幫我啦（就算是幫一幫我吧）。❷ 表示允許、同意 ♦ 就噉啦（就這樣吧）/ 去就去啦（你要去就去吧）。

☞ 另見 220 頁 la⁴。

喇 la¹ (la¹) ㊐ 語助詞。表示強調或祈使 ♦ 噉仲衰喇（這更糟呢）/ 落雨就咪走喇（下雨了，你就別走了吧）。

【喇嗎】la¹ma³ ㊐ 語助詞。表示疑問 ♦ 食飯喇嗎（開飯了吧）？/ 冇問題喇嗎（沒問題吧）？

☞ 另見 220 頁 la³。

揦 la² (la²) ㊐ ❶ 抓；撮 ♦ 揦起錢就走（抓起錢就跑）/ 揦拃米餵吓啲雞仔（抓把米餵餵小雞）。❷ 烹調前略醃食物 ♦ 用嫩肉粉揦吓啲牛肉（用嫩肉粉醃一醃牛肉）/ 啲苦瓜最好先用鹽揦一揦再炒（苦瓜最好用鹽醃一醃然後再炒）。❸ 皮膚接觸刺激性物質產生刺痛的感覺 ♦ 擦咗啲紅花油，好揦（抹了點紅花油，刺痛得很）/ 俾番梘水揦到眼都紅晒（肥皂水搞得眼睛都發紅了）。

【揦住】la²ju⁶ ㊐ ❶ 抓；攬；把持 ♦ 嗰間舖佢老婆死揦住唔放（那間店他老婆死抓住不放）/ 啲嘢你一個人揦住嚟做，咪盞得辛苦（事情全由你一個人攬下來，這不白辛苦嗎）？❷ 舊時飲食店通行的隱語，結賬時代替數字"五" ♦ 兩蚊揦住（二元五角）。

【揦脷】la²léi⁶ ㊐ ❶ 食物過鹹或有澀味使舌頭產生不舒服的感覺 ♦ 啲味鹹到揦脷（菜鹹得有點苦）。❷ 比喻出價太高，叫人受不了 ♦ 質量麻麻啫，要七十幾元一件，揦脷啲嚕（質量挺一般的，標價七十多塊一件，太厲害了）。

【揦埋】la^{2}mai^4 (粵) ❶ 收攏；歸總 ♦ 揦埋啲行李準備上車（收拾好行李準備上車）。❷ 通常；起碼 ♦ 間舖咁旺，一個月揦埋有幾十萬執（生意這麼旺，一個月起碼有幾十萬塊收入）。❸ 動不動；隨隨便便就 ♦ 搞清楚先講，唔好揦埋就鬧人（弄清楚了再說，別動不動就訓人）。

【揦高肚皮】la^{2}gou^{1}tou^{5}péi^4 (粵) 撩起衣服，露出肚子。比喻暴露自己的弱點。

【揦起塊面】la^{2}héi^{2}fai^{3}min^6 (粵) 繃着個臉。也說“揦埋口面” la^{2}mai^{4}heo^{2}min^6。

【揦屎上身】la^{2}xi^{2}sêng^{5}sen^1 (粵) 比喻自找麻煩，自作自受。

【揦手唔成勢】la^{2}seo^{2}m^{4}xing^{4}sei^3 (粵) 做事不得要領。

☞ 另見本頁 la^5。

喇 la^3 (la^3) (粵) 也作“嚹”。語助詞。❶ 用在陳述句裏，相當於“了” ♦ 天黑喇，仲唔返屋企（天黑了，還不回家）？❷ 用在祈使句裏，表示命令或請求 ♦ 好熄燈瞓覺喇（該熄燈睡覺啦）。

☞ 另見 219 頁 la^1。

罅 la^3 (la^3) [xià] (通) 縫隙；裂縫 ♦ 罅漏 / 罅隙。(粵) 縫兒；空子 ♦ 門罅 / 手指罅 / 走法律罅（鑽法律空子）。

啦 la^4 (la^4) (粵) 語助詞。表示疑問 ♦ 咁快好做完功課啦（這麼快就把功課做完了嗎）？

【啦啦聲】la^{4}la$^{4-2}$séng^1 (粵) 形容動作十分迅速 ♦ 啦啦聲執好啲嘢（趕快把東西收拾好）/ 啦啦聲湧晒出去（嘩啦啦全湧了出去）。也說“啦聲” la^{4}séng^1。

☞ 另見 219 頁 la^1。

揦 la^5 (la^5)

【揦鮓】la^{5}za^2 (粵) ❶ 骯髒；不乾淨 ♦ 睇吓你塊面幾揦鮓（瞧你的臉多髒）。❷ 比喻卑劣、醜惡 ♦ 使埋晒呢啲揦鮓手段（用這種卑劣的手段）。

☞ 另見 219 頁 la^2。

lab

立 lab^3 (lap^8)

【立立呤】lab^{3}lab^{3}ling^3 (粵) ❶ 亮 ♦ 將啲茶杯洗到立立呤（把茶杯洗得鋥亮）。也作“擸擸呤”。

☞ 另見 221 頁 lab^6；227 頁 leb^6。

眲 lab^3 (lap^8) (粵) 乍看；瀏覽 ♦ 眲眼睇落好似唔錯（乍看好像不錯）/ 嗰份計劃書我眲咗一下（那份計劃書我瀏覽了一下）。

【眲一眼】lab^{3}yed^{1}ngan^5 (粵) 瞜一眼。

擸 lab^3 (lap^8) (粵) ❶ 聚斂；收攏 ♦ 擸埋枱面啲碗先睇電視啦（把桌上的碗筷收拾好再看電視吧）。❷ 拿走；據為己有 ♦ 啲樣品俾人擸晒（樣品全給拿走了）。❸ 套購；搶購 ♦ 嗰度啲嘢好平，去擸番啲先（那裏東西挺便宜，得趕快去買）。

【擸埋】lab^{3}mai^4 (粵) ❶ 匯總；聚攏 ♦ 山大擸埋有柴（相當於“爛船也有三斤釘”，也說“山大砍埋有柴”）。

❷ 全拿走；全歸己 ♦ 最後幾張都俾佢攞埋（最後幾張也讓他給拿走了）/ 連我嗰份都俾佢攞埋（連我那一份他也佔去了）。

【攞晒】lab³sai³ ㊊ 獨吞；獨佔 ♦ 有乜好嘢都俾佢攞晒嘞（好的東西全讓他獨吞了）。

垃 lab⁶ (lap⁹) [lā]

【垃圾篸】lab⁶sab³cam² ㊊ 裝垃圾的器具。

【垃圾蟲】lab⁶sab³cung⁴ ㊊ 譏稱不講公共衛生，隨處亂扔廢舊雜物的人。

【垃圾佬】la⁶sab³lou² ㊊ 對清潔工人的蔑稱。

立 lab⁶ (lap⁹)

【立雜】lab⁶zab⁶ ㊊ ❶ 雜亂；拉雜 ♦ 食埋咁多立雜嘢，梗有胃口啦（吃那麼多雜七雜八的東西，當然沒有胃口啦）。❷ 混亂；複雜 ♦ 乜搞到啲嘢咁立雜㗎（幹嘛把東西弄得亂七八糟的）？/ 嗰度咁立雜，你仲係少去啲好（那裏這麼複雜，你還是少去點）。

【立立雜雜】lab⁶lab⁶zab⁶zab⁶ ㊊ 雜七雜八 ♦ 個櫃桶立立雜雜乜都有（抽屜裏雜七雜八的，甚麼東西都有）。

☞ 另見 220 頁 lab³；227 頁 leb⁶。

lad

瘌 lad³ (lat⁸) [là]

【瘌痢】lad³léi⁶⁻¹ ㊊ 頭癬；禿瘡 ♦ 生瘌痢（長頭癬）。也作"鬎鬁"。

邋 lad⁶ (lat⁹) [lā]

【邋遢貓】lad⁶tad³mao¹ ㊊ 髒猴兒。也説"烏糟貓" wu¹zou¹mao¹。

迾 lad⁶ (lat⁹) ㊊ 量詞。相當於對"行"、"列"、"排" ♦ 一迾樹（一行樹木）/ 一迾屋（一排房子）。

lag

嘞 lag³ (lak⁸) ㊊ 語助詞。相當於"了" ♦ 係嘞（對了）/ 得嘞（行了）/ 嚟咗嘞（來了）。

【嘞啩】lag³gua³ ㊊ 語助詞。表示揣測 ♦ 噉得嘞啩（這樣成了吧）？/ 佢就返嘞啩（他快回來了吧）？

lai

拉 lai¹ (lai¹) [lā] ㊟ ❶ 牽、扯、拽 ♦ 拉車 / 拉網 / 拉門。❷ 拖長 ♦ 拉長聲音 / 拉開距離 / 拖拖拉拉。❸ 聯絡 ♦ 拉關係 / 拉幫結派。❹ 使用樂器；使用裝置 ♦ 拉提琴 / 拉電閘 / 拉氣笛。❺ 排泄 ♦ 拉屎 / 拉尿。❻ 閒談 ♦ 拉家常 / 東拉西扯。㊊ ❶ 抓；拘捕 ♦ 俾警方拉咗（被警方拘捕）。❷ 叼 ♦ 老鼠拉龜（比喻無從下手）。

【拉柴】lai¹cai⁴ ㊊ 死了；蹬直；翹辮子。

【拉隊】lai¹dêu⁶⁻² ㊊ ❶ 調集人馬。❷ 集體行動 ♦ 職工拉隊跳槽（職工集體辭職另謀高就）。

【拉纜】lai¹lam⁶ ㊊ 拉縴。

【拉匀】lai1wen4 (粵) 平均；拉平來算 ♦ 一個月拉匀要三五十文（每個月平均要三五十塊）。

【拉線】lai1xin3 (粵) 牽線；作仲介；為雙方拉關係。

【拉人】lai1yen4 (粵) 抓人；逮捕 ♦ 拉人封舖（抓人封店舖）。

【拉大纜】lai1dai6lam6 (粵) 拔河。也說“扯大纜” cé2dai6lam6。

【拉力賽】lai1lig6coi3 (粵) 英 rally 音譯。汽車競賽；賽車。

【拉頭纜】lai1teo4lam6 (粵) 打頭砲；率先行動。也說“扯頭纜” cé2teo4lam6。

【拉埋落水】lai1mai4log6sêu2 (粵) 把某人拖下水；把部分責任歸咎某人。

【拉埋天窗】lai1mai4tin1cêng1 (粵) 男女結合；成婚。

【拉牛上樹】lai1ngeo4sêng5xu6 (粵) 相當於“趕鴨子上架”，比喻某人不堪造就。

【拉上補下】lai1sêng6bou2ha6 (粵) 截長補短；上下拉平。

褹 lai1 (lai1) (粵) ❶ 末尾；後。❷ 排行最小的 ♦ 亞褹（幺兒；幺女）。

【褹尾】lai1méi5-1 (粵) 後來；以後 ♦ 褹尾點啫（後來到底怎麼樣了）？/ 褹尾佢仲係同意咗（最後他還是同意了）。

【褹女】lai1nêu5-2 (粵) 幺女；最小的女兒。

【褹仔】 lai1zei2 (粵) 幺兒；最小的兒子。

【褹仔拉心肝】lai1zei2lai1sem1gon1 (粵) 最小的兒子連着父母的心肝。指父母往往疼惜最小的兒子。

嚹 lai2 (lai2) (粵) 舔 ♦ 嚹乾淨隻碟（把碟子舔乾淨）/ 唔好成日嚹條嘴唇（別老舔嘴唇）。

癩（癞） lai3 (lai3) [lài] (通) ❶ 毛髮脱落的 ♦ 癩皮狗。❷ 表面凹凸不平的 ♦ 癩蛤蟆。(粵) 疥瘡 ♦ 生癩（生疥瘡）。

【癩瘡】lai3cong1 (粵) 疥瘡。也說“癩渣” lai3za1。

賴（赖） lai3 (lai3)

【賴貓】lai3mao1 (粵) 賴皮；耍賴 ♦ 咁賴貓點得㗎（這麼賴皮怎麼成）？

【賴貓君】lai3mao1guen1 (粵) 賴皮；耍賴的傢伙。

☞ 另見本頁 lai6。

賴（赖） lai6 (lai6) [lài] (通) ❶ 依靠；仗恃 ♦ 依賴 / 信賴 / 有賴各方支援。❷ 有意不承認自己的責任或錯誤 ♦ 抵賴 / 人證物證俱在，賴是賴不掉的。❸ 硬說別人有過錯 ♦ 誣賴 / 你唔好賴得就賴（你別盡誣賴人）。❹ 怪罪；責備 ♦ 大家都有責任，不能光賴哪一個人 / 屙屎唔出賴地硬（怨天尤人）。❺ 不好；壞 ♦ 這方法真不賴。(粵) ❶ 遺漏；遺失，相當於普通話的“落” ♦ 弊喇，我把遮賴低喺車上（糟糕，我把雨傘留在了車上）。❷ 自己不能控制大小便，相當於普通話的“遺” ♦ 賴屎（大便失禁）/ 賴尿（尿牀；遺尿）。

【賴地】lai6déi6 (粵) 指小孩趴在地上耍賴。

【賴尿蝦】lai6niu6ha1 (粵) ❶ 一種海蝦，

身體呈扁狀，肉不多，但味鮮美。❷指經常尿牀的小孩。

【賴三賴四】lai⁶sam¹lai⁶séi³ ㊣ 怪這怪那◆係你自己搞錯之嘛，咪喺度賴三賴四啦（是你自己弄錯的，別怪這怪那好不好）。

【賴頭撒尾】lai⁶teo⁴sad³méi⁵ ㊣ 丟三落四。

☞另見 222 頁 lai³。

酹 lai⁶ (lai⁶) [lèi] ㊣ 把酒灑在地上表示祭奠◆酹酒祭英烈。㊣ 也作“瀨”。泛指像“酹”的動作◆酹多幾滴油（多澆點油）/ 酹啲酒醃吓啲魷魚（灑點酒把魷魚醃一醃）。

lam

籃（篮）lam² (lam²) ㊣ 口語變音◆投籃 / 花籃。

藍（蓝）lam⁴ (lam⁴) [lán] ㊣ 用靛青染成的顏色◆藍天 / 深藍 / 青出於藍而勝於藍。

【藍圖】lam⁴tou⁴ [lántú] ㊣ ❶設計圖；複製圖。❷計劃；規劃。

【藍領】lam⁴léng⁵ ㊄ 體力勞動者的代稱◆藍領階層。

【藍籌股】lam⁴ceo⁴gu² ㊣ 指實力雄厚、穩健可靠的股票。

攬（揽）lam⁵ (lam⁵) [lǎn] ㊣ ❶摟；抱◆母親攬着孩子睡覺 / 大家攬住一齊飛（同歸於盡）。❷拉到自己方面來◆包攬 / 兜攬生意。❸把持◆大權獨攬。㊣ ❶摟；抱；搭，用法較普通話普遍◆攬腰（摟腰）/ 攬頸（搭肩；摟着脖子）/ 攬住公仔瞓（抱着洋娃娃睡覺）。❷包攬；一手承擔◆唔好將乜嘢事都攬上身（不要把甚麼責任都往自己身上拉）。

【攬身攬勢】lam⁵⁻²sen¹lam⁵⁻²sei³ ㊣ 摟摟抱抱的◆喺大庭廣眾中間係噉攬身攬勢，成何體統（在大庭廣眾之中摟摟抱抱的，像個甚麼樣子）。

【攬頭攬頸】lam⁵⁻²teo⁴lam⁵⁻²géng² ㊣ 勾肩搭背，常形容兩人關係親密。

【攬住一齊死】lam⁵⁻²ju⁶yed¹cei⁴séi² ㊣ 大家同歸於盡。

纜（缆）lam⁶ (lam⁶) [lǎn] ㊣ ❶拴船用的粗繩或鐵索◆解纜。❷多股金屬絲擰成的粗繩◆電纜 / 鋼纜。㊣ 繫；戴◆纜褲頭帶（繫褲腰帶）/ 纜頸巾（戴圍巾）。

lan

欄（栏）lan¹ (lan¹) ㊣ 口語音。肉菜、果品等批發市場◆菜欄 / 魚欄 / 果欄。

躝 lan¹ (lan¹) ㊣ ❶爬行◆蟻躝咁慢（慢得跟螞蟻爬行似的）/ 啲餸俾甲由躝過，唔好再食（剩菜讓蟑螂爬過，別吃了）。❷叫人滾開◆仲唔快啲躝（還不快點滾蛋）。❸溜；躲◆你成日咁長躝咗去邊度吖（一整天你都溜到哪去了）？

【躝劖】lan¹can² ㊣ 臭東西；壞傢伙◆嗰隻死躝劖（那個臭東西）。又稱“躝癱”。

【躝屍】lan¹xi¹ ㊣ 滾蛋；給老子滾◆快啲躝屍啦，喺度阻頭阻勢（快給老子滾，別在這裏礙手礙腳的）！

【躝埋一便】lan¹mai⁴yed¹bin⁶ [粵] 滾到一邊去。

【躝屍趷路】lan¹xi¹ged⁶lou⁶ [粵] 同"躝屍"。

讕（谰）lan² (lan²) [粵] 擺；充；賣弄 ♦ 讕靚仔（臭美）/ 讕咁好人噉（裝甚麼好人）。

【讕闊】lan²fud³ [粵] 擺闊；充闊氣。

【讕叻】lan²lég¹ [粵] 逞能；自命不凡；喜出風頭。

【讕醒】lan²xing² [粵] 自以為是；自作聰明。

【讕白霍】lan²bag⁶fog³ [粵] 自我炫耀；傲氣十足。

【讕得戚】lan²deg¹qig¹ [粵] 洋洋自得；趾高氣揚；得勢不饒人。

【讕架勢】lan²ga³sei³ [粵] 逞強；好表現自己。

【讕高竇】lan²gou¹deo³ [粵] 恃才傲物；孤芳自賞。

【讕正經】lan²jing³ging¹ [粵] 假正經；假道學。

【讕有寶】lan²yeo⁵bou² [粵] 自以為了不起。

懶（懒）lan⁵ (lan⁵) [lǎn] [通] ❶ 不勤快 ♦ 懶惰 / 偷懶 / 好食（吃）懶做。❷ 疲倦；沒力氣 ♦ 懶洋洋 / 伸懶腰。

【懶鬼】lan⁵guei² [粵] 懶蛋。

【懶理】lan⁵léi⁵ [粵] 懶得管；少管；不管 ♦ 闊佬懶理（啥事不管；不問不睬）。

【懶佬】lan⁵lou² [粵] 懶漢。

【懶蛇】lan⁵sé⁴ [粵] ❶ 懶漢。❷ 懶 ♦ 咁懶蛇點搵食吖（這麼懶怎麼謀生呀）？

【懶佬鞋】lan⁵lou²hai⁴ [粵] 便鞋。

【懶佬椅】lan⁵lou²ji² [粵] 躺椅；靠椅。

【懶佬工夫】lan⁵lou²gung¹fu¹ [粵] 不費力氣的活兒。

爛（烂）lan⁶ (lan⁶) [làn] [通] ❶ 因過熟而變得鬆軟 ♦ 稀粥爛飯。❷ 腐壞 ♦ 腐爛 / 啲梨放咗幾日，有啲爛（梨子放了幾天，有些已經爛掉）。❸ 程度極深的 ♦ 爛醉如泥。❹ 東西破碎 ♦ 爛紙 / 破爛 / 破銅爛鐵。❺ 顏色美 ♦ 爛漫 / 燦爛。❻ 難以清理的 ♦ 爛攤子。[粵] ❶ 破損；損壞 ♦ 打爛隻碗（把碗摔破）/ 衫袖爛咗（衣袖破損）。❷ 耍潑；撒野 ♦ 嗰條友一向都係咁爛㗎喇（那傢伙向來蠻不講理）。❸ 形容程度深 ♦ 平到爛（極便宜）/ 爛瞓（易睡而難醒）/ 爛賭鬼（嗜賭成性的人）。

【爛泍】lan⁶ban⁶ [粵] 爛泥；稀泥。

【爛打】lan⁶da² [粵] 好鬥。

【爛賭】lan⁶dou² [粵] 好賭。

【爛飯】lan⁶fan⁶ [粵] 軟飯。

【爛鬼】lan⁶guei² [粵] ❶ 破爛玩意 ♦ 嗰啲噉嘅爛鬼啲嘢仲唔快啲掉咗佢（那些破爛玩意還不趕快扔掉）。❷ 同"爛佬"。

【爛喊】lan⁶ham³ [粵] 愛哭 ♦ 爛喊貓（愛哭的孩子）。

【爛口】lan⁶heo² [粵] ❶ 下流話；髒話。❷ 愛講粗言爛語。❸ 口腔潰爛。

【爛賤】lan⁶jin⁶ [粵] ❶ 非常便宜。❷ 賤；不值錢的。

【爛佬】lan⁶lou² [粵] 惡棍；潑皮。

【爛尾】lan⁶méi⁵ [粵] 結局糟糕；沒好收場。

【爛命】lan6méng6 (粵) 把生命看得不值錢；要錢不要命。

【爛數】lan6sou3 (粵) 爛賬。

【爛熟】lan6sug6 [lànshú] (通) ❶ 肉菜煮得很熟。❷ 很熟練；很熟悉 ♦ 背得滾瓜爛熟。

【爛市】lan6xi5 (粵) 滯銷；賣不出去。

【爛食】lan6xig6 (粵) 好吃；貪吃。

【爛癮】lan6yen5 (粵) 癮頭大；癮頭足 ♦ 爛煙癮（煙癮挺大）。

【爛仔】lan6zei2 (粵) 潑皮；無賴；小流氓；不務正業、遊手好閒的青少年。

【爛□□】lan6béd6béd6 (粵) 稀爛稀爛的。

【爛茶渣】lan6ca4za1 (粵) ❶ 不值錢的東西。❷ 形容女性人老色衰。

【爛笪笪】lan6dad3dad3 (粵) ❶ 不顧廉恥，為所欲為；破罐破摔，肆無忌憚。❷ 稀爛稀爛的。

【爛燈盞】lan6deng1zan2 (粵) 有缺陷的結婚對象 ♦ 左揀右揀，揀隻爛燈盞。

【爛鬥爛】lan6deo3lan6 (粵) 以無賴的手段對付無賴。

【爛瞓豬】lan6fen3ju1 (粵) 瞌睡蟲。

【爛口角】lan6heo4gog3 (粵) 口角炎。

【爛蓉蓉】lan6yung4yung4 (粵) 爛爛的；稀巴爛。

【爛泥扶唔上壁】lan6nei4fu4m4sêng5bég3 (粵) 癩狗扶不上牆。比喻低能，不堪造就。

lang

冷 lang1 (laŋ1) (粵) ❶ 毛線 ♦ 冷衫（毛線衣）/ 冷褲（毛褲）/ 冷襪（毛襪子）。❷ 對潮州人的諢稱 ♦ 冷佬 / 潮州冷。❸ 擬聲詞。形容鈴聲。❹ 鈴響 ♦ 乜鬧鐘仲未冷咩（怎麼鬧鐘還未響）？

☞ 另見本頁 lang5。

冷 lang5 (laŋ5) [lěng] (通) ❶ 溫度低，跟"熱"相對 ♦ 冷天 / 冷風 / 寒冷 / 陰冷。❷ 不熱情；不溫和 ♦ 冷漠 / 冷言冷語 / 冷若冰霜。❸ 寂靜；不熱鬧 ♦ 冷寂 / 冷場 / 冷冷清清。❹ 生僻；少見的 ♦ 冷僻。❺ 暗中的；突然的 ♦ 冷槍 / 冷箭 / 冷不防。

【冷𧞣】lang5cen1 (粵) 着涼了 ♦ 今日翻風，要着多啲衫，因住冷𧞣（今天起風，要多穿點衣服，小心着涼了）。

【冷淡】lang5dam6 [lěngdàn] (通) ❶ 平淡；冷清 ♦ 生意冷淡。❷ 不熱情；不熱心 ♦ 態度冷淡。❸ 不關心；使受冷落。

【冷待】lang5doi6 (方) ❶ 冷淡地對待。❷ 冷遇。

【冷飯】lang5fan6 (粵) 剩飯。

【冷感】lang5gem2 (粵) 不熱情；缺乏興趣 ♦ 性冷感 / 政治冷感。

【冷巷】lang5hong6–2 (粵) ❶ 小巷。❷ 屋內走廊；過道。

【冷氣】lang5héi3 (粵) 經空調機冷卻的空氣 ♦ 入去歎吓冷氣先（先進去享受空調的清涼）。

【冷氣機】lang5héi3géi1 (粵) 空調機。

【冷飯菜汁】lang5fan6coi3zeb1 (粵) 殘羹剩飯。

【冷卻動作】lang5kêg3dung6zog3 (方) 運動後的整理活動，跟"熱身動作"相對。

【冷竈冒煙】lang⁵zou³mou⁶yin¹ [粵] 比喻看似不大可能的事卻成為可能，或看似必敗者竟然獲勝。

【冷手執個熱煎堆】lang⁵seo²zeb¹go³yid⁶jin¹dêu¹ [粵] 冷鍋裏撿了個熱栗子。比喻得到意外的便宜。

☞ 另見 225 頁 lang¹。

lao

老 lao¹ (lau¹)

【老鬆】lao¹sung¹ [粵] 普通話"老兄"的摹音，稱北方人或說普通話的外省人。

【老鬆佬】lao¹sung¹lou² [粵] 同"老鬆"。也說"老鬆頭" lao¹sung¹teo⁴。

☞ 另見 244 頁 lou⁵。

撈 lao¹/lao⁴ (lau¹/lau⁴) [lāo] [通] 從液體裏面取東西 ♦ 打撈 / 水中撈月 / 隻雞浸熟喇，快啲撈起佢喇（雞燙熟了，快撈起來吧）。

☞ 另見本頁 lao²，lao⁴；243 頁 lou¹。

撈 lao² (lau²)

【撈攪】lao²gao²⁻⁶ [粵] ❶ 亂騰；雜亂 ♦ 搞到啲嘢撈咁攪（把東西弄得亂七八糟的）/ 份稿咁鬼撈攪，搦番去整理過先攞嚟喇（稿子雜亂無章，拿回去整理整理再送來吧）。❷ 麻煩；複雜 ♦ 報批手續咁鬼撈攪，你幫我搞啱佢嘞（報批手續這麼複雜，你替我辦吧）/ 我睇呢單嘢都幾撈攪（我看這事還是挺麻煩的）。❸ 沒條理；不檢點 ♦ 佢個人係咁撈攪嚟嘞（他那個人就那麼黏黏乎乎的）。❹ 指不正當的男女關係。

☞ 另見本頁 lao¹，lao⁴；243 頁 lou¹。

撈 lao⁴ (lau⁴)

【撈□】lao⁴sao⁴ [粵] 馬虎；草率；隨便敷衍 ♦ 做嘢咁撈□點得㗎（做事這麼草率怎麼成）！

☞ 另見本頁 lao¹，lao²；243 頁 lou¹。

lé

咧 lé² (lɛ²)

【咧橫折曲】lé²wang⁴jid³kug¹ [粵] 指鹿為馬。也說"捩橫折曲" lei²wang⁴jid³kug¹。

☞ 另見本頁 lé⁴，lé⁵。

咧 lé⁴ (lɛ⁴) [粵] 語助詞。❶ 表示商量 ♦ 今晚去睇番場戲劇咧（今晚去看看戲怎麼樣）？❷ 表示央求 ♦ 唔該俾番我咧（求求你，還給我吧）。

【咧啡】lé⁴fé⁴ [粵] ❶ 丟三落四；馬虎隨便 ♦ 做嘢咁咧啡（做事情太過隨便）。❷ 不修邊幅；衣冠不整。

【咧嘿】lé⁴hé³ [粵] ❶ 狼狽；手足無措 ♦ 工人放咗假，搞到我咧晒嘿（工人放了假，弄得我挺狼狽的）。❷ 吊兒郎當 ♦ 扣好啲紐，唔好咁咧嘿（把紐扣扣好，別吊兒郎當的）。

☞ 另見本頁 lé²，lé⁵。

咧 lé⁵ (lɛ⁵) [粵] 語助詞。❶ 表示事情不出所料，卻反問別人 ♦ 係咧，我冇估錯啩（是吧，我沒猜錯是嗎）？❷ 表示事情或個人意見確實如此

♦冇咧，呃你做乜(的確沒有，騙你幹啥)？/ 係佢講嘅咧(的確是他說的)。

☞ 另見 226 頁 lé²，lé⁴。

lê

𠾍 lê¹ (lœ¹) ⓐ 吐 ♦ 𠾍口水（吐痰；吐口水）/ 食人唔𠾍骨(吃人不吐骨頭)。

☞ 另見本頁 lê²，lê⁴。

𠾍 lê² (lœ²) ⓐ ❶ 磨嘴皮；胡攪蠻纏 ♦ 死𠾍爛𠾍(死纏活纏) / 幾大都將個名額𠾍番嚟(無論如何要將名額爭取到手)。❷ 揩擦；蹭 ♦ 𠾍到塊面邋遢晒(把臉弄得髒兮兮的) / 𠾍到成身油漬(蹭得滿身油污)。

☞ 另見本頁 lê¹，lê⁴。

𠾍 lê⁴ (lœ⁴)

【𠾍𠾍滯】lê⁴lê¹dei³ ⓐ 流涎的樣子 ♦ 岳母見女婿，口水𠾍𠾍滯。也説"嗲嗲滯" dé⁴dé¹dei³。

☞ 另見本頁 lê¹，lê²。

leb

笠 leb¹ (lɐp⁷) [lì] ⓣ 用竹篾等材料編製的遮擋太陽、雨水的帽子 ♦ 竹笠 / 草笠 / 斗笠。ⓐ ❶ 套；戴 ♦ 笠住牛嘴(套住牛的嘴巴) / 外便風大，笠上帽子才出門吧)。❷ 哄；奉承；吹捧 ♦ 笠細路咩(哄小孩哪)！/ 笠佢幾句不知幾高興(吹捧他幾句不知有多高興)！❸ 簍子 ♦ 字紙笠（字紙簍子)。❹ 笠衫（汗衫的省稱）♦ 過頭笠（套頭汗衫，即文化衫)。

【笠高帽】leb¹gou¹mou⁶⁻² ⓐ 戴高帽子；也比喻用好話恭維人。

立 leb⁶ (lɐp⁹) [lì] ⓣ ❶ 站 ♦ 立正 / 起立 / 坐立不安。❷ 豎起 ♦ 矗立 / 立竿見影。❸ 生存；存在 ♦ 自立 / 獨立。❹ 建立；制定 ♦ 立志 / 立法 / 立功 / 著書立説。❺ 即刻；馬上 ♦ 立即 / 立刻 / 立見成效。

【立亂】〈一〉leb⁶lün⁶ ⓐ 亂；雜亂 ♦ 盤數好立亂（賬目太亂）/ 枱面咁立亂，快啲執吓佢喇(桌面太亂，快收拾一下吧)。

〈二〉leb⁶lün⁶⁻² ⓐ 胡亂；隨便 ♦ 唔好立亂食嘢(別胡亂吃東西) / 件事仲未搞清之前，唔好立亂對人講(事情沒弄清楚之前，不要隨便説出去)。

【立立亂】leb⁶leb⁶⁻²lün⁶ ⓐ ❶ 亂糟糟 ♦ 抄到個櫃桶立立亂(把抽屜翻得亂糟糟的)。❷ 心煩意亂 ♦ 呢排個心立立亂（最近心煩意亂的)。❸ 局勢動盪、混亂 ♦ 嗰度仲打緊仗，立立咁亂(那裏正在打仗，局勢混亂得很)。

☞ 另見 220 頁 lab³；221 頁 lab⁶。

led

甩 led¹ (lɐt⁷) [shuǎi] ⓣ ❶ 扔 ♦ 甩手榴彈。❷ 拋開 ♦ 甩開 / 甩掉。ⓐ 掉；脱落 ♦ 甩牙（掉牙）/ 甩頭髮（掉頭髮）/ 甩咗粒紐(掉了一顆紐扣)。

【甩褲】led¹fu³ ⓐ 褲子掉了 ♦ 做到甩

褲 (形容忙得不可開交)。

【甩骹】led^{1}gao^{3} (粵) 脫臼；脫位。

【甩雞】led^{1}gei^{1} (粵) 逃脫；跑掉 ♦ 俾佢走甩雞咗 (讓他給逃了)。

【甩身】led^{1}sen^{1} (粵) 脫身；也比喻推卸責任或委過於人 ♦ 呢次我睇你都幾難甩身 (這一回，我看你不易脫身)。

【甩拖】led^{1}to^{1} (粵) 戀人因感情不合而分手。

【甩色】led^{1}xig^{1} (粵) 掉色；褪色。

【甩繩馬騮】led^{1}xing$^{4-2}$ma^{5}leo^{1} (粵) 脫了繩的猴子，比喻活躍好動，不受約束的人。

lêd

栗 lêd^{6} (lœt^{9}) [lì] (通) 栗樹，落葉喬木。果實叫栗子，方言也叫"風栗" fung^{1}lêd$^{6-2}$。

律 lêd^{6} (lœt^{9}) [lǜ] (通) ❶ 法規；規則 ♦ 紀律 / 規律 / 法律。❷ 約束 ♦ 嚴於律己。❸ 詩體 ♦ 五律 / 七律。

【律師紙】lêd^{6}xi^{1}ji^{2} (方) 律師公證的文書。

【律師樓】lêd^{6}xi^{1}leo^{4} (方) 律師事務所。

leg

勒 leg^{1} (lɐk^{7}) (粵) 眼睛、喉嚨等因發炎或受異物刺激而引起的不舒服感覺 ♦ 喉嚨發炎，成日好勒想咳 (喉嚨發炎，刺刺癢癢的，老想咳嗽)。

【勒卡】leg^{1}keg^{1} (粵) ❶ 說話結結巴巴。❷ 道路坑坑窪窪。也說"勒勒卡卡" leg^{1}leg^{1}keg^{1}keg^{1}。

☞ 另見本頁 leg^{6}。

勒 leg^{6} (lɐk^{9}) (一)[lè] (通) ❶ 帶嚼子的牲口籠頭 ♦ 馬勒。❷ 收住韁繩不使前進 ♦ 懸崖勒馬。❸ 強制；逼迫 ♦ 勒逼。❹ 雕刻 ♦ 勒石 / 勒碑。❺ 把 (屎、尿) ♦ 勒蘇蝦仔屙尿 (給嬰兒把尿)。

(二)[lēi] (通) 用繩子等捆綁住再拉緊 ♦ 勒緊點，免得散了。

【勒實褲頭帶】leg^{6}sed^{6}fu^{3}teo^{4}dai$^{3-2}$ (粵) 勒緊褲腰帶，比喻過苦日子。

☞ 另見本頁 leg^{1}。

lég

叻 lég^{1} (lɛk^{7}) (粵) 聰明；能幹；有本事 ♦ 讀書幾叻 (讀書挺聰明的) / 睇唔出你個仔咁叻 (看不出你兒子這麼有本事)。

【叻女】lég^{1}nêu$^{5-2}$ (粵) ❶ 聰明的女孩子。❷ 聰明；能幹。

【叻仔】lég^{1}zei^{2} (粵) ❶ 聰明的孩子。❷ 聰明；能幹。

【叻到□】lég^{1}dou^{3}men^{3} (粵) 絕頂聰明。有時含譏諷意味。

【叻唔切】lég^{1}m^{4}qid^{3} (粵) 責備別人好表現自己，喜歡露兩手。

☞ 另見 237 頁 lig^{1}。

lêg

略 lêg^{6} (lœk^{9}) [lüè] (通) ❶ 簡單；稍微 ♦ 簡略 / 約略 / 略知一二。❷ 簡要的敘述 ♦ 節略 / 要略 / 概略。

❸ 簡化；省去 ♦ 略去 / 省略 / 從略。❹ 計劃；計謀 ♦ 策略 / 謀略 / 方略。❺ 奪取 ♦ 侵略。

【略略】lêg⁶lêg⁶⁻² [粵] 稍稍；大致上 ♦ 呢件事我略略都知道啲嘅（這事我大致上了解一點）。

lei

捩 lei² (lɐi²) [粵] 扭；轉；翻 ♦ 捩埋塊面（背過臉去）/ 捩轉身就唔見咗人（一轉身他就不見了）。

【捩手掉咗】lei²seo²diu⁶zo² [粵] 一反手就扔掉，表示對某物十分厭惡。也說"捩手擲咗" lei²seo²pég⁶zo²。

嚟 lei⁴ (lɐi⁴) [粵] ❶ 口語中相當於"來" ♦ 佢幾時嚟（他甚麼時候來）？❷ 助詞。表示動作曾經發生 ♦ 求先你哋喺度做乜嘢嚟呢（剛才你們在這裏都幹了甚麼）？❸ 助詞。表示保持某種狀態 ♦ 坐住嚟傾（坐着談）/ 唔好反轉身嚟瞓（不要趴着睡）。❹ 用在句末，表示語氣 ♦ 睇住嚟（等着瞧）/ 聽住嚟（你聽着）/ 你去邊度嚟（你上哪去了）？

【嚟㗎】lei⁴ga³ [粵] 語助詞。❶ 表示強調或加重語氣 ♦ 呢啲係正嘢嚟㗎（這可是正牌貨呢）/ 佢係你二叔嚟㗎，噉都唔認得（他是你二叔，你怎麼沒認出來）？❷ 表示疑問 ♦ 乜嘢嚟㗎（是甚麼呀）？

【嚟嘅】lei⁴gé³ [粵] 語助詞。表示醒悟 ♦ 冒牌貨嚟嘅，梗平啦（這是冒牌貨，當然便宜啦）。

【嚟得切】lei⁴deg¹qid³ [粵] 來得及。

【嚟唔切】lei⁴m⁴qid³ [粵] 來不及。

【嚟真㗎】lei⁴⁻²zen¹ga⁶ [粵] 當真；認真。

例 lei⁶ (lɐi⁶) [lì] [通] ❶ 可作為依據的事物 ♦ 例子 / 事例 / 先例 / 案例。❷ 規則；常規 ♦ 常例 / 通例 / 慣例 / 照例。❸ 依照成規進行的 ♦ 例會 / 例行公事。

【例牌】lei⁶pai⁴⁻² [粵] ❶ 循例的；老一套的 ♦ 例牌節目 / 佢例牌應付幾句（他照例應付幾句）。❷ 例牌菜的省稱 ♦ 就要個例牌喇。

【例湯】lei⁶tong¹ [粵] 餐廳照例供應的湯。

𥊚 lei⁶ (lɐi⁶) [粵] 瞪；瞟。含責備、制止或偷看的意思 ♦ 眼𥊚𥊚噉望住隔離嗰個女仔（睨視着鄰座那位女孩子）/ 我𥊚咗你幾下，你仲唔醒水（我給你打了幾個眼色你還沒醒悟過來）。

léi

離（离） léi⁴ (lei⁴) [lí] [通] ❶ 分開；分別 ♦ 離開 / 離別 / 分離 / 隔離。❷ 相距；相隔 ♦ 距離 / 遠離 / 相離。

【離行離迾】léi⁴hong⁴léi⁴lad⁶ [粵] 形容字寫得歪歪扭扭。

理 léi⁵ (lei⁵) [lǐ] [通] ❶ 整治 ♦ 整理 / 治理 / 梳理。❷ 管；辦 ♦ 理家 / 經理 / 代理。❸ 物質組織的條紋 ♦ 紋理 / 肌理。❹ 道理；事理 ♦ 合理 / 情理 / 天理。❺ 自然科學 ♦ 數理化 / 理工學院。❻ 答 ♦ 答理 / 理會 / 置之不理。[粵] 管 ♦ 打理 / 邊個都唔理（誰也不管）/ 唔理你有冇理由（不管你有沒有理由）。

【理氣】léi5héi3 粵 好管閒事。

【理由】léi5yeo4 [lǐyóu] 通 事理，原由。粵 道理 ♦ 冇理由㗎（沒道理的呀）。

悝 léi5 (lei5) 粵 船帆 ♦ 扯悝（揚帆）/ 駛悝（駕船）/ 有風駛盡悝（有風就掛滿帆，比喻不留餘地）。

利 léi6 (lei6) [lì] 通 ❶ 刀、劍等快、尖 ♦ 鋒利 / 銳利。❷ 順當 ♦ 順利 / 便利 / 出師不利。❸ 好處；益處 ♦ 有利有弊。❹ 利息；利潤 ♦ 暴利 / 高利貸 / 有利可圖。❺ 使得到好處 ♦ 利國利民。粵 鋒利；銳利 ♦ 刀唔利（刀不快）。

【利是】léi6xi6 粵 也作"利市"。❶ 壓歲錢 ♦ 恭喜發財，利是拉來（恭喜你發財，壓歲錢拿來）。❷ 為祝賀或酬謝而贈送的錢 ♦ 心抱利是（新娘酬謝親友的現金）。❸ 獎金，紅包 ♦ 公司向員工大派利是。

【利是封】léi6xi6fung1 粵 裝利是的紅色小紙袋。

【利口不利腹】léi6heo2bed1léi6fug1 粵 指某些食物吃起來可口，但容易引起腸胃疾病。

脷 léi6 (lei6) 粵 舌頭 ♦ 鴨脷 / 豬脷 / 牛脷。

lem

冧 lem1 (lɐm1) 粵 ❶ 哄 ♦ 佢嬲喇，冧番佢喇（她不高興了，快哄哄她吧）。❷ 蕾 ♦ 花冧（花蕾）/ 鮮菇冧（未開的鮮蘑菇）。❸ 浪漫 ♦ 佢送咁大紮花俾你，真係好冧喎（他送了那麼大束的花給你，真的很浪漫啊）！

☞ 另見本頁 lem3。

冧 lem3 (lɐm3) 粵 倒塌；坍塌；垮台 ♦ 冧屋（房子倒塌）/ 冧落嚟（倒下來）。

【冧檔】lem3dong3 粵 店舖關門歇業；倒閉；垮台。

☞ 另見本頁 lem1。

林 lem4 (lɐm4) [lín] 通 ❶ 成片的樹木或竹子 ♦ 樹林 / 竹林 / 森林。❷ 比喻密集、眾多 ♦ 石林 / 碑林 / 書林。❸ 姓。

【林瀋】lem4sem2 粵 ❶ 雜七雜八的 ♦ 唔好食埋咁多林瀋嘢（別吃太多零食）。❷ 烏七八糟的 ♦ 理埋咁多林瀋嘢做乜吖（那些烏七八糟的事，管那麼多幹啥）。

淋 lem4 (lɐm4) [lín] 通 ❶ 澆 ♦ 淋雨 / 淋浴 / 日曬雨淋。❷ 形容液體往下流 ♦ 淚淋淋 / 血淋淋。粵 澆。用法較普通話普遍 ♦ 淋熄（澆滅）/ 照頭淋（往腦袋澆水）。

【淋淋聲】lem4lem4-2séng1 粵 形容動作迅猛，相當於"騰騰地" ♦ 淋淋聲走過嚟（騰騰地跑過來）。

臨（临）lem4 (lɐm4) [lín] 通 ❶ 到；來 ♦ 光臨 / 身臨其境 / 雙喜臨門。❷ 挨近；靠近 ♦ 臨街 / 居高臨下。❸ 將要；快要 ♦ 臨行 / 臨別。❹ 照着字畫摹仿 ♦ 臨帖。

【臨記】lem4géi3 方 臨時演員；羣眾演員。

【臨尾香】lem4méi5hêng1 粵 臨到最後出問題。

【臨時臨急】lem4xi4lem4geb1 (粵) 到了事情緊迫的時候。

【臨急抱佛腳】lem4geb1pou5fed6gêg3 (粵) 比喻事到臨頭才去湊合應付。

【臨老學吹打】lem4lou5hog6cêu1da2 (粵) 上了年紀才來學吹打樂器，譏笑人到老年才改行。也說"臨老學吹笛"。

【臨天光瀨尿】lem4tin1guong1lai6niu6 (粵) 快天亮了才尿牀，比喻功敗垂成、功虧一簣。

凜 (凛) lem5 (lɐm5) [lǐn] (通) ❶ 寒冷 ◆ 北風凜冽。❷ 嚴肅；嚴厲 ◆ 凜若冰霜 / 大義凜然 / 威風凜凜。(粵) 沾 ◆ 凜啲粉先好落鑊(沾點粉才下鍋)。

【凜抌嚟】lem5dem2lei4 (粵) 接二連三地；接連不斷地。

掹 lem6 (lɐm6) (粵) 摞；碼；堆 ◆ 將碗碟掹好(把碗碟摞起來) / 將啲書掹埋一堆(把書碼成一堆)。

【掹貨】lem6fo3 (粵) 碼貨。

lên

嶙 lên1 (lœn1) (粵) 啃 ◆ 嶙骨(啃骨頭)。

輪 (轮) lên2 (lœn2) (粵) 口語變音。輪子 ◆ 車輪 / 飛輪。

☞ 另見本頁 lên4。

輪 (轮) lên4 (lœn4) [lún] (通) ❶ 輪子 ◆ 車輪 / 齒輪。❷ 像輪子的 ◆ 日輪 / 月輪 / 年輪。❸ 依次序接續 ◆ 輪班 / 輪值 / 輪流。❹ 輪船 ◆ 江輪 / 遠洋貨輪。❺ 量詞 ◆ 一輪紅日 / 第一輪比賽。(粵) ❶ 排隊 ◆ 輪隊 / 你輪住先，我等陣就嚟(你先去排隊，我等會兒就來)。❷ 陣子 ◆ 呢輪好唔得閒(這一陣子挺忙的) / 嗰輪去咗旅行(那陣子我旅行去了)。❸ 量詞。相當於"下"、"頓"、"通"等 ◆ 行咗一輪(逛了一下) / 等咗一大輪(等了老半天) / 俾老竇鬧咗一輪(被爸爸罵了一通)。

【輪籌】lên4ceo4-2 (粵) 排號兒；輪號兒。

【輪候】lên4heo6 (粵) 排隊等候。

☞ 另見本頁 lên2。

論 (论) lên6 (lœn6) [lùn] (通) ❶ 分析和說明事理 ◆ 議論 / 評論 / 就事論事。❷ 分析、闡明事理的話或文章 ◆ 言論 / 輿論。❸ 學說 ◆ 進化論 / 相對論。❹ 衡量；評定 ◆ 論罪 / 論功行賞 / 論資排輩。❺ 按照 ◆ 論件承包 / 論天計算。❻ 看待 ◆ 一概而論 / 相提並論。

【論盡】lên6zên6 (粵) ❶ 舉動呆笨、不靈便 ◆ 剛做過手術，手腳係論盡啲嘅喇(剛做過手術，手腳當然有點不大靈便) / 年紀大嘞，食嘢都論盡過人(年紀大了，連吃東西都顯得呆笨)。❷ 因粗心大意而出差錯 ◆ 乜咁論盡連鎖匙都唔記得帶嘅(咋這樣粗心，連鑰匙都忘了帶)。❸ 麻煩；累贅；不方便 ◆ 嗰單嘢好論盡，手尾都有排執(那事夠麻煩的，要了結得花點時間) / 叫佢帶把遮都嫌論盡(讓他帶把雨傘都嫌累贅)。

leng

棱 leng³ (lɐŋ³) ㊣ ❶ 被鞭打後身上留下的印痕、道兒 ♦ 打到佢成身棱（打得他渾身一道一道的）。❷ 也作“攏”。量詞。相當於“串” ♦ 一揪一棱（一串串的；提着的大包小包）/一棱菩提子（一串葡萄）。❸ 也作“攏”。附着；牽累 ♦ 棱住條繩（拖着一根繩子）。

léng

靚 léng¹ (lɛŋ¹)

【靚口】léng¹kéng¹ ㊣ 小子；小傢伙。

【靚女】léng¹nêu⁵⁻² ㊣ 黃毛丫頭。也說“靚妹” léng¹mui⁶⁻¹。

【靚仔】léng¹zei² ㊣ 小子；傢伙 ♦ 你個死靚仔敢鬧我（你這臭小子竟敢罵我）！/ 新嚟嗰條靚仔做嘢認真蛇王（新來那個小子幹活懶得很）。

☞ 另見本頁 léng³。

靚（靓） léng³ (lɛŋ³) ㊣ 形容人或事物舒心悅目，相當於“美”、“好”、“佳”、“棒”、“漂亮”、“精彩” 等 ♦ 靚人靚衫（人漂亮，衣服也漂亮）/ 坐靚位，睇靚波（佔個好位置，看一場精彩的球賽）/ 心情靚，餸都煮得靚啲（心情好，燒的菜味道都棒些）。

【靚歌】lêng³go¹ ㊣ 好聽的歌。

【靚女】léng³nêu⁵⁻² ㊣ ❶ 長得漂亮、標致的女孩。❷ 女孩子長得漂亮或打扮得漂亮。

【靚嘢】léng³yé⁵ ㊣ 泛指一切質量好的東西。

【靚仔】léng³zei² ㊣ ❶ 長得漂亮、標致的男孩。❷ 男孩子長得漂亮或打扮得漂亮。

【靚妹仔】léng³mui⁶⁻¹zei² ㊣ 漂亮妞兒 ♦ 波士揾咗個靚妹仔做祕書（老闆找了個漂亮妞兒當祕書）。

☞ 另見本頁 léng¹。

靈（灵） léng⁴ (lɛŋ⁴) ㊣ 口語音。靈驗 ♦ 靈唔靈（靈驗不靈驗）。

【靈擎】léng⁴kéng⁴ ㊣ ❶ 靈驗 ♦ 又會咁靈擎嘅，一食落去個肚就唔痛囉喎（真靈驗，一吃下去肚子就不痛了）。❷ 技藝高明 ♦ 佢撲球幾靈擎喫（他撲救球的技術挺高明的）。

☞ 另見 238 頁 ling⁴。

鯪（鲮） léng⁴ (lɛŋ⁴) ㊣ 口語音 ♦ 鯪魚罐頭 / 豆豉蒸鯪魚。

領（领） léng⁵ (lɛŋ⁵) ㊣ 口語音 ♦ 衫領 / 反領恤衫。

【領當】léng⁵dong³ ㊣ 上當 ♦ 差啲領當（差點上當）。

【領花】léng⁵fa¹ ㊣ 領結。

【領呔】léng⁵tai¹ ㊣ 領帶。

【領嘢】léng⁵yé⁵ ㊣ ❶ 陷入圈套。❷ 惹上麻煩，譬如因不潔性交染上性病。

☞ 另見 238 頁 ling⁵。

嶺（岭） léng⁵ (lɛŋ⁵) ㊣ 口語音 ♦ 穿山過嶺（翻山越嶺）。

lêng

良 lêng⁴ (lœŋ⁴) [liáng] [通] ❶ 好 ♦ 優良 / 善良 / 消化不良。❷ 很 ♦ 良久 / 用心良苦 / 獲益良多。

【良民證】lêng⁴men⁴jing³ [方] 指沒有犯罪記錄證明書。

糧 (粮) lêng⁴ (lœŋ⁴) [liáng] [通] ❶ 供食用的穀類、豆類和薯類的統稱 ♦ 糧食 / 糧倉 / 雜糧。❷ 作為農業稅的糧食 ♦ 公糧 / 徵糧 / 納糧。[粵] 工資；薪水 ♦ 出糧（發工資）/ 雙糧（雙薪）。

涼 (凉) lêng⁴ (lœŋ⁴) [liáng] [通] ❶ 溫度低 ♦ 陰涼 / 清涼 / 涼風。❷ 比喻傷心或失望 ♦ 淒涼 / 悲涼 / 心涼了半截。

【涼茶】lêng⁴ca⁴ [粵] 清熱解毒的藥茶 ♦ 近排有啲熱氣，飲番碗涼茶先（最近有點兒上火，得喝碗涼茶）。

【涼粉】lêng⁴fen² [liángfěn] [通] 一種豆製食品，可用醋、辣椒等作料涼拌着吃。[粵] 用一種叫“涼粉草”的野生植物的汁液加入米漿，煮熟後冷卻凝固而成的清涼食品，吃時通常加少量糖漿。

【涼瓜】lêng⁴gua¹ [粵] 苦瓜。

【涼果】lêng⁴guo² [粵] 果脯；蜜餞。

【涼爽】lêng⁴song² [liángshuǎng] [通] 涼快。方言口語較普通話常用。

【涼涼哋】lêng⁴lêng⁴⁻²déi² [粵] 涼絲絲的 ♦ 今日好似有啲涼涼哋，要着多件衫至得（今天天氣有點涼絲絲的，要多穿一件衣服）。

【涼浸浸】lêng⁴zem³zem³ [粵] 涼颼颼的。

兩 (两) lêng⁵ (lœŋ⁵) [liǎng] [通] ❶ 數目字 ♦ 兩人 / 兩個月 / 切成兩半。❷ 雙方 ♦ 兩廂情願 / 勢不兩立。❸ 表示不定的數目 ♦ 三言兩語 / 說了他兩句。❹ 重量單位 ♦ 斤兩 / 半斤八兩 / 此地無銀三百兩。

【兩份】lêng⁵fen⁶⁻² [粵] 雙方共有、共用 ♦ 間舖係我同細佬兩份嘅（這間舖子是我跟弟弟共同開的）/ 賺到錢兩份分（賺錢一人一半）。

【兩家】lêng⁵ga¹ [粵] ❶ 有較親密關係的兩人，如兄弟、姊妹、夫婦、戀人等。❷ 雙方；兩方 ♦ 呢啲係你哋兩家嘅事，我先唔理（這是你們雙方的事，我才不管）。

【兩摳】lêng⁵keo¹ [粵] 兩種東西混合、摻合 ♦ 牛奶豆漿兩摳。

【兩睇】lêng⁵tei² [粵] 兩可之間；有可能這樣，也有可能那樣。

【兩公婆】lêng⁵gung¹po⁴⁻² [粵] 兩口子；兩夫妻。

【兩撇雞】lêng⁵pid³gei¹ [粵] 八字鬍；兩撇鬍子。也說“二撇雞”yi⁶pid³gei¹。

【兩婆孫】lêng⁵po⁴xun¹ [粵] 婆孫倆。

【兩頭蛇】lêng⁵teo⁴sé⁴ [粵] 兩面派；兩面光，比喻兩頭討好或挑撥是非，從中謀取利益的小人。

【兩仔乸】lêng⁵zei²na² [粵] 兩母子。

【兩仔爺】lêng⁵zei²yé⁴ [粵] 兩父子。

【兩頭唔到岸】lêng⁵toe⁴m⁴dou³ngon⁶ [粵] ❶ 比喻兩邊的好處都撈不着。❷ 進退兩難。

亮 lêng⁶ (lœŋ⁶) [liàng] [通] ❶ 明；發光 ♦ 明亮 / 光亮 / 發亮 / 天

亮了。❷ 明朗；清楚 ♦ 心明眼亮 / 心裏亮堂。❸ 聲音響 ♦ 響亮 / 洪亮 / 嘹亮。❹ 顯示 ♦ 亮相 / 亮底。❹ 好看；出色 ♦ 漂亮。

【亮麗】lêng^{6}lei^{6} [方] 漂亮，美麗。

【亮澤】lêng^{6}zag^{6} [粵] 光亮，潤澤。

【亮紅燈】lêng^{6}hung^{4}deng^{1} [liànghóng dēng] [通] 作出拒絕或禁止的表示。[粵] 事情可能惡化的徵兆。

leo

摟（搂）leo^{1} (lɐu^{1}) [粵] ❶ 蒙；蓋 ♦ 用毛巾摟住塊面（用毛巾蒙住臉）。❷ 披 ♦ 摟雨衣（披雨衣）/ 摟簑衣救火（披着簑衣救火，比喻惹火上身）。❸ 蟲、蟻等小昆蟲爬，叮 ♦ 啲餸俾烏蠅摟過，唔好食喇（菜讓蒼蠅爬過，別再吃了）/ 蟻多摟死象（比喻人多勢眾，龐然大物也抵擋不住）。

【摟口摟面】leo^{1}heo^{2}leo^{1}min^{6} [粵] 撲口撲面，指蚊、蠅等在眼前飛來飛去。

☞ 另見本頁 leo^{3}。

簍（篓）leo^{1} (lɐu^{1}) lǒu

【簍休】leo^{1}yeo^{1} [粵] 不修邊幅。

褸（褛）leo^{1} (lɐu^{1}) [粵] 大衣；外套 ♦ 大褸 / 皮褸 / 絨褸 / 風褸。

【褸尾】leo^{1}méi$^{5-1}$ [粵] 同"後尾"。

樓（楼）leo^{2} (lɐu^{2}) [粵] 口語變音 ❶ 樓房 ♦ 洋樓（小洋房）/ 寫字樓（辦公樓）/ 石屎樓（混凝土結構的樓房）。❷ 樓房的一層 ♦ 一樓 / 頂樓 / 閣樓。

【樓花】leo^{2}fa^{1} [粵] 已動工但尚未建成的樓房 ♦ 炒樓花（炒買未竣工的樓房）。

【樓面】leo^{2}min$^{6-2}$ [粵] 酒店、餐館等的營業樓層 ♦ 做樓面（當樓層服務員）/ 裝修樓面（裝修樓層）。

【樓市】leo^{2}xi^{5} [粵] 房產交易。

☞ 另見 235 頁 leo^{4}。

摟（搂）leo^{3} (lɐu^{3}) [粵] 搖動容器，使裏面的東西翻滾 ♦ 摟吓個盒，冇嘢先好掉（把盒子搖一搖，沒東西才扔掉）。

☞ 另見本頁 leo^{1}。

嘍（喽）leo^{3} (lɐu^{3}) [粵] ❶ 邀約 ♦ 嘍人玩（約人家去玩）/ 嘍我遊黃山（約我去遊黃山）。❷ 勸；動員 ♦ 嘍我夾份做生意（勸我合夥做生意）。

【嘍打】leo^{3}da^{2} [粵] 尋釁；揚言要打架。

【嘍口】leo^{3}heo^{2} [粵] 口吃；結巴。

留 leo^{4} (lɐu^{4}) [liú] [通] ❶ 停止在某一個地方 ♦ 留任 / 逗留 / 停留。❷ 把注視力放在某方面 ♦ 留神。❸ 使留下 ♦ 留客 / 挽留 / 扣留。❹ 保留 ♦ 留影 / 留鬍鬚（留鬍子）/ 留飯唔留餸（留飯不留菜）。❺ 接受；收下 ♦ 收留 / 容留 / 留下禮物。

【留堂】leo^{4}tong^{4} [粵] 學校處罰學生的一種手段，讓學生放學後留在教室裏。

【留醫】leo^{4}yi^{1} [粵] 住院治療。

【留案底】leo^{4}on^{3}dei^{2} [粵] 司法部門留下犯罪案情紀錄。

流 leo⁴ (lɐu⁴) [liú] [通] ❶ 液體移動 ♦ 水往低處流。❷ 像水一樣移動不停 ♦ 流轉 / 流星。❸ 流動的東西 ♦ 電流 / 寒流 / 氣流。❹ 向壞的方面轉變 ♦ 放任自流 / 流於形式。❺ 傳播 ♦ 流芳百世。❻ 品類 ♦ 一流產品 / 三教九流。

【流流】leo⁴leo⁴ [粵] ❶ 正當…時候 ♦ 新年流流（正當過新年的時候）/ 晨早流流（清晨時候）。❷ 女孩子家 ♦ 女仔流流，咁顛唔得嘅（女孩子家，這麼狂野可不行）。❸ 形容時間漫長 ♦ 一世人流流長（一輩子這麼長）。

【流嘢】leo⁴yé⁵ [粵] 低劣的；不地道的。

【流口水】leo⁴heo²sêu² [粵] ❶ 垂涎，表示很想得到或吃到某種東西。❷ 成績差，質量次 ♦ 唔認真複習，考試實穩流口水（不認真複習，考試成績保準很差）。

【流馬尿】leo⁴ma⁵niu⁶ [粵] 譏諷人流淚哭泣。

樓（楼）leo⁴ (lɐu⁴) [lóu] [通] ❶ 兩層或兩層以上的建築 ♦ 樓房 / 城樓 / 高樓大廈。❷ 樓房的某一層 ♦ 一樓 / 夾樓。

【樓盤】leo⁴pun⁴⁻² [粵] 投入市場銷售的房產。

【樓宇】leo⁴yu⁵ [粵] 泛指各種房屋、房產。

☞ 另見 234 頁 leo²。

柳 leo⁵ (lɐu⁵) [liǔ] [通] ❶ 落葉喬木或灌木。枝葉細長下垂 ♦ 垂柳 / 柳絮。❷ 姓。[粵] 紋理較粗長的肉 ♦ 牛柳（牛裏脊）/ 魚柳（乾魚絲）。

漏 leo⁶ (lɐu⁶) [lòu] [通] ❶ 從孔、縫透過或滴下 ♦ 漏水 / 漏氣 / 漏光。❷ 洩露 ♦ 洩漏 / 走漏風聲。❸ 遺落 ♦ 掛一漏萬 / 抄漏一個字。

【漏底】leo⁶dei² [粵] ❶ 器物底部脱落或穿孔。❷ 露餡；洩露了祕密。

【漏雞】leo⁶gei¹ [粵] 錯過了機會。

【漏氣】leo⁶héi³ [粵] ❶ 撒氣；跑氣 ♦ 車呔漏氣（輪胎跑氣）。❷ 走漏風聲。❸ 做事拖遝、不上勁 ♦ 連食飯都漏氣過人，咁點得㗎（連吃飯都比別人慢，這哪行）？

【漏罅】leo⁶la³ [粵] ❶ 漏洞；破綻。❷ 疏忽；遺漏。

【漏眼】leo⁶ngan⁵ [粵] 走眼 ♦ 睇漏眼（看走了眼）/ 漏眼嘅情形常有發生。

【漏口風】leo⁶heo²fung¹ [粵] ❶ 無意中脱口説出。❷ 無意中洩露祕密。

瘻（瘘）leo⁶ (lɐu⁶) [lòu] [通] 身體裏因病變而形成的管子 ♦ 瘻管 / 肛瘻。

【瘻瘻包包】leo⁶leo⁶beo⁶beo⁶ [粵] 鬆鬆垮垮；臃腫，累贅。

lêu

跦 lêu¹ (lœy¹) [粵] ❶ 鑽；鑽研 ♦ 跦入水中（鑽進水裏）/ 跦書（鑽書本）/ 死跦（死啃書本）。❷ 混跡其間 ♦ 明知啲班唔係好人，你仲跦埋去做乜（明明知道他們不是正派人，你還混進去幹啥）？❸ 突然倒下 ♦ 佢俾人㨃咗一棍，即刻跦低（他捱了一棍，立刻倒下）。❹ 縮作一團蹲着或躺下 ♦ 快啲返屋企喇，跦係街邊度似乜樣吖（快回家去吧，蹓縮在馬路上像啥樣子）。

雷 lêu⁴ (lœy⁴) [léi] 通 ❶閃電時發出的響聲♦打雷／響雷／春雷。❷一種爆炸性武器♦水雷／地雷／魚雷。

【雷公】lêu⁴gung¹ 粵 雷神；也指打雷。

【雷氣】lêu⁴héi³ 方 敢作敢為的氣魄♦有雷氣。

【雷公轟】lêu⁴gung¹gueng¹ 方 舊指利息高而贖期短的小當舖。

鐳（镭） lêu⁴ (lœy⁴) [léi] 通 放射性金屬元素，符號 Ra。銀白色結晶。鐳的放射線穿透力很強，可用來治療癌症或皮膚病。

【鐳射】lêu⁴sé⁶ 粵 英 laser 音譯。鐳射♦鐳射唱片（雷射唱片）／鐳射影碟（鐳射視盤）。

裏（里） lêu⁵ (lœy⁵) [lǐ] 通 ❶ 裏邊♦裏面／裏屋／城裏／屋裏。❷表示地點、位置♦這裏／那裏／哪裏。

【裏便】lêu⁵bin⁶ 粵 裏面；裏頭。

累 lêu⁶ (lœy⁶)

（一）[lèi] 通 疲乏；過勞♦勞累／我今天累了。

（二）[lěi] 通 牽連♦牽累／連累／累及。粵 害；連累♦累得我好慘（害得我真苦）／累你白跑一趟（害你白跑了一趟）／仲累埋人哋嗱（還連累了人家）。

【累鬥累】lêu⁶deo³lêu⁶ 粵 互相坑害；彼此給對方製造麻煩。

li

哩 li¹ (li¹)

【哩啦】li¹la¹ 粵 多嘴；多管閒事♦唔使你哩啦（不用你多嘴）。

☞ 另見本頁 li⁴。

哩 li⁴ (li⁴)

【哩哩啦啦】li⁴li⁴la⁴la⁴ 粵 形容動作迅速、利落♦哩哩啦啦好快就做完（呼啦啦一會兒就幹完）。

☞ 另見本頁 li¹。

lib

𨋍 lib¹ (lip⁷) 粵 英 lift 音譯。電梯；升降機♦客𨋍／貨𨋍。

獵（猎） lib⁶ (lip⁹) [liè] 通 ❶ 捕捉禽獸♦打獵／捕獵／獵獸。❷ 搜尋；搜索♦獵奇／獵潛艇。❸ 打獵的♦獵人／獵户／獵槍。

【獵裝】lib⁶zong¹ 粵 獵服。

【獵頭公司】lib⁶teo⁴gung¹xi¹ 方 職業及人才介紹機構。

lid

裂 lid³ (lit⁸) 粵 口語音。裂紋♦睇真啲冇裂先好買（先檢查一下，沒有裂紋的才買）。

纈（缬） lid³ (lit⁸) 粵 ❶ 繩、帶的結子♦打死纈（死結）／打生纈（活結）。❷ 植物的莖節♦條竹好多㯏（這根竹子圪節很多）/ 蔗㯏好難咬（甘蔗節咬不動）。

lig

叻 lig1 (lik7)

【叻架】lig1ga2 [粵] 清漆。

☞ 另見 228 頁 lég1。

lim

□ lim5 (lim5) [粵] 用舌頭舔 ♦ □嘴 / □脷 / 嘴□□。

lin

連（连） lin1 (lin1)

【連仁】lin1yen4–2 [方] 英 linen 音譯。亞麻、亞麻布及其製品。

☞ 另見本頁 lin4。

鏈（链） lin2 (lin2) [粵] 口語變音。❶ 鏈子 ♦ 鐵鏈 / 車鏈 / 頸鏈（項鏈）。❷ 發條 ♦ 錶鏈 / 鐘鏈 / 上鏈（上發條）。

連（连） lin4 (lin4) [lián] [通] ❶ 相接；接續 ♦ 骨肉相連 / 藕斷絲連。❷ 包括在內 ♦ 連本帶利 / 連根拔起 / 連我一共十個人。❸ 軍隊的編制單位。在團以下，排以上。❹ 表示強調，含有“甚至”之意 ♦ 連我都呃埋（連我也給騙了）。

【連埋】lin4mai4 [粵] 連同；加上 ♦ 連埋佢兩個先至七個人（加上他倆才七個人）。

【連串】lin4qun3 [方] 一連串；一系列 ♦ 連串展覽（系列展覽）。

【連鎖店】lin4so2dim3 [粵] 由總公司統一管理，採用同一經營方式，在各地設立分銷店的商店。

☞ 另見本頁 lin1。

蓮（莲） lin4 (lin4) [lián] [通] 水生草本植物。葉子大而圓，種子叫“蓮子”，地下莖叫“藕”。也叫“荷”、“芙蓉”。

【蓮蓉】lin4yung4 [粵] 蓮子泥 ♦ 蓮蓉包 / 蓮蓉月餅。

揀 lin5 (lin5) [粵] ❶ 收拾；整理 ♦ 揀好嗰堆書（把那堆書收拾好）。❷ 用手將小物件拿起放到另一個地方 ♦ 將啲雞蛋揀落冰箱度（把雞蛋放進電冰箱裏）。

ling

鈴（铃） ling1 (liŋ1) [粵] 口語音。

【鈴鈴】ling1ling1 [粵] ❶ 小鈴鐺 ♦ 砣住隻鈴鈴（掛着一個小鈴鐺）。❷ 道士做法事用的鈴。

呤 ling3 (liŋ3) [粵] 亮；鋥亮 ♦ 立立呤（鋥亮）/ 閃閃呤（光閃閃的）/ 又呤又滑（亮澤平滑）。

伶 ling4 (liŋ4) [líng] [通] 舊指戲劇演員 ♦ 伶人 / 名伶 / 優伶。

【伶俐】ling4léi6 [línglì] [通] 聰明；靈活。[粵] 清晰 ♦ 線條都幾伶俐（線條挺清晰的）。

【伶伶仃仃】ling⁴ling⁴ding¹ding¹ ⓢ 孤零零的。

玲 ling⁴ (liŋ⁴) [líng]

【玲瓏浮突】ling⁴lung⁴feo⁴ded⁶ ⓢ 玲瓏剔透。

聆 ling⁴ (liŋ⁴) [líng] ⓣ 聽 ♦ 聆聽 / 聆教。

【聆訊】ling⁴sên³ ⓕ 審訊。

【聆想】ling⁴sêng² ⓕ 邊聽邊聯想。

【聆訴】ling⁴sou³ ⓕ 聽取申訴。

零 ling⁴ (liŋ⁴) [líng] ⓣ ❶ 數字，表示“0”。❷ 無；沒有 ♦ 從零開始。❸ 整數以外的小數 ♦ 零頭 / 一千零一夜 / 一年零三天。❹ 部分的；細碎的 ♦ 零錢 / 零星 / 零件 / 零售。❺ 凋謝 ♦ 凋零 / 飄零 / 零落。

【零丁】ling⁴ding¹ ⓢ 不整齊的尾數 ♦ 三千六百八十六蚊零七毫二，乜條數咁零丁嘅（三千六百八十六塊七毛二分，怎麼尾數這麼零碎）？

【零星落索】ling⁴xing¹log⁶sog³ ⓢ 七零八落；零零落落。

靈 (灵) ling⁴ (liŋ⁴) [líng] ⓣ ❶ 聰明；敏捷 ♦ 靈活 / 靈巧 / 機靈 / 心靈手巧。❷ 精神 ♦ 心靈 / 英靈。❸ 舊稱神仙或與神仙有關的 ♦ 神靈 / 顯靈 / 靈異 / 靈怪。❹ 效驗極佳 ♦ 靈驗 / 失靈 / 靈丹妙藥 / 這辦法真靈。❺ 關於死人的 ♦ 靈車 / 靈柩 / 靈堂 / 守靈。

【靈舍】ling⁴sé³ ⓢ 尤其；特別；分外；格外 ♦ 靈舍唔同（大不相同）/ 靈舍多事（特別多事，多管閒事）。也作“零舍”。

【靈機一觸】ling⁴géi¹yed¹zug¹ ⓢ 靈機一動。

☞ 另見 232 頁 léng⁴。

領 (领) ling⁵ (liŋ⁵) [lǐng] ⓣ ❶ 頸；脖子 ♦ 引領而望。❷ 衣服護領的部分 ♦ 衣領 / 方領 / 翻領。❸ 大綱；要點 ♦ 綱領 / 要領。❹ 帶；引 ♦ 率領 / 帶領 / 領隊。❺ 領有；管轄 ♦ 領土 / 領空 / 領海。❻ 接收；取得 ♦ 領受 / 領款 / 招領。❼ 理解；明白 ♦ 領悟 / 領略 / 心領神會。

【領銜】ling⁵ham⁴ ⓢ 擔任主要角色 ♦ 領銜主演。

【領前】ling⁵qin⁴ ⓢ 領先 ♦ 領前三分（領先三分）。

【領袖生】ling⁵zeo⁶sang¹ ⓕ 中小學中協助教師維持秩序、檢查紀律的學生。

☞ 另見 232 頁 léng⁵。

令 ling⁶ (liŋ⁶) [lìng] ⓣ ❶ 上級對下級的指示 ♦ 命令 / 指令 / 明令規定。❷ 使 ♦ 令人高興。❸ 對對方親屬的敬稱 ♦ 令兄 / 令郎 / 令尊。❹ 時節 ♦ 時令 / 節令。

【令得】ling⁶deg¹ ⓢ 使得，致使。

【令到】ling⁶dou³ ⓢ 使得，導致 ♦ 令到股市大跌 / 令到道路水浸。

另 ling⁶ (liŋ⁶) [lìng] ⓣ 之外；其他 ♦ 另案處置 / 另請高明 / 另起爐竈。

【另類】ling⁶lêu⁶ ⓢ 另外一類 ♦ 另類人物。

【另一半】ling⁶yed¹bun³ ⓕ 指夫妻或戀人的另一方。

liu

了 liu¹ (liu¹)

【了哥】liu¹go¹ [粵] 八哥兒。也作"鷯哥"。

【了□】liu¹leng¹ [粵] ❶ 挑剔 ♦ 佢食嘢認真了□（他吃東西非常挑剔）。❷ 尖酸；刻薄 ♦ 乜佢講嘢咁了□㗎（他說話怎麼酸溜溜的）？

☞ 另見本頁 liu⁵。

料 liu² (liu²) [粵] 口語音。❶ 原料；材料 ♦ 木料 / 衣料 / 燃料。❷ 餡兒 ♦ 嗰度啲包料好正（那裏的包子餡兒不錯）。❸ 學識才藝 ♦ 名氣咁大，睇落冇乜料啫（名氣倒是挺大，實際上不怎麼樣）。❹ 新聞素材 ♦ 撲料（跑素材）/ 攞料（搜集素材）。❺ 背景；情況 ♦ 乜嘢料吖（甚麼來頭呀）？

撩 liu² (liu²) [粵] ❶ 用棍子等攪 ♦ 用筷子撩吓啲粥（用筷子把稀飯攪一攪）。❷ 用棍子等挑 ♦ 跌咗件衫落樓下㖭，搦支竹俾我撩番上嚟（衣服掉到樓下去了，拿根竹竿讓我把它挑上來）。❸ 用棍子等撥、挖 ♦ 撩鼻哥窿（挖鼻子）/ 隻乒乓球滾到牀底下去了，快把它撩出來。

【撩牙】liu²nga⁴ [粵] 剔牙。

【撩耳】liu²yi⁵ [粵] 挖耳朵。也說"撩耳仔"liu²yi⁵zei² 或"撩耳屎"liu²yi⁵xi²。

【撩雀竇】liu²zêg³deo³ [粵] 搗鳥窩。

【撩黃蜂竇】liu²wong⁴fung¹deo³ [粵] 捅馬蜂窩。

☞ 另見本頁 liu⁴。

繚 liu² (liu²) [粵] 口語音。潦草 ♦ 啲字咁繚，我唔識睇（字跡這麼潦草，我認不出來）。

【繚字】liu²ji⁶ [粵] ❶ 草字。❷ 寫草字。

寮 liu⁴ (liu⁴) [liáo] [通] 小屋 ♦ 茅寮 / 茶寮。[粵] 指低級妓院；窰子。

撩 liu⁴ (liu⁴) [liáo] [通] 挑弄；引逗 ♦ 撩撥 / 撩逗 / 春色撩人。[粵] 撩逗；逗弄 ♦ 撩女仔（逗女孩子）/ 唔好撩啲馬騮（別撩逗猴子）。

【撩人】liu⁴yen⁴ [粵] 招惹別人。

【撩是鬥非】liu⁴xi⁶deo³féi¹ [粵] 調三窩四；惹是生非。

☞ 另見本頁 liu¹。

了 liu⁵ (liu⁵)

（一）[liǎo] [通] ❶ 完結；結束 ♦ 一了百了 / 不了了之。❷ 完全 ♦ 了無結果 / 了不相干。❸ 與"不"、"得"連用，表示可能或不可能 ♦ 幹不了 / 吃得了。❹ 明白；懂得 ♦ 一目了然。

（二）[le] 助詞。❶ 用在動詞或形容詞後表示動作或變化已經完成 ♦ 買了一本書 / 他這兩年老了。❷ 用在句末表示肯定 ♦ 夜深了 / 我明白了。

☞ 另見本頁 liu¹。

lo

囉（啰） lo¹ (lɔ¹) [粵] 語助詞。❶ 表示勉強答應，相當於"唄" ♦ 去咪去囉（去就去唄）。❷ 表示明確肯定，相當於"嘛" ♦ 就係佢囉（就是他嘛）。❸ 表示不耐煩，相當於

"行了"♦嗷咪得囉(這不就行了嗎)！

【囉氣】lo^{1}héi^{3} [粵] 勞神♦成日要人囉氣(整天要人勞神)！

【囉攣】lo^{1}lün$^{4-1}$ [粵] 因身體不適或心情煩躁而鬧騰♦個仔成晚囉囉攣，會唔會有事㗎(孩子整晚哭鬧，會不會有甚麼事呢)？/做乜轉來轉去咁囉攣㗎，瞓唔着吖(幹嘛翻來覆去的，睡不着嗎)？/個肚有啲囉攣，我要去一去洗手間(肚子有點不舒服，我要去一去洗手間)。也說"囉囉攣" lo^{1}lo^{1}lün$^{4-1}$。

【囉柚】lo^{1}yeo$^{6-2}$ [粵] 屁股♦抵打囉柚(該打屁股)/跁起個囉柚(撅起屁股)。

☞另見本頁 lo^{3}。

籮(箩) lo^{1} (lɔ^{1}) [粵] 口語音。竹篾等編製的盛物器具♦竹籮(竹籃子)/攞個籮嚟裝住啲雞蛋(拿個籃子來裝雞蛋)。

☞另見 241 頁 lo^{4}。

攞 lo^{2} (lɔ^{2}) [粵] ❶ 拿；取♦攞支筆俾我(拿支筆給我)/去銀行攞錢(去銀行取錢)。❷ 收；集♦攞柴(打柴)/攞草(割草)/攞豬菜(採集餵豬的青飼料)。❸ 介詞。相當於"以"、"用"、"拿"♦攞尺度吓(用尺子量一量)/攞條命嚟搏(拿性命來拼)/攞佢做樣(以他為榜樣)。

【攞彩】lo^{2}coi^{2} [粵] 明知不對還要討便宜賣乖。

【攞膽】lo^{2}dam^{2} [粵] ❶ 要命♦熱到攞膽(熱得要命)/咳到攞膽(咳得厲害)。❷ 歎詞。大膽♦老竇都敢呃，真係攞膽(父親也敢騙，真大膽)！

【攞景】lo^{2}ging^{2} [粵] ❶ 取景。❷ 趁人失意時故意說風涼話氣人♦攞景抑或贈興(是存心氣人還是來湊熱鬧)？

【攞料】lo^{2}liu$^{6-2}$ [粵] 搜集材料。

【攞命】lo^{2}méng^{6} [粵] 要命♦咁熱仲要出街，攞命咩(天氣這麼熱還要上街，要命哪)。

【攞嚟搞】lo^{2}lei^{4}gao^{2} [粵] 瞎折騰。

【攞嚟講】lo^{2}lei^{4}gong^{2} [粵] 瞎扯；淨說廢話；說說而已。

【攞嚟賤】lo^{2}lei^{4}jin^{6} [粵] 自甘墮落；自暴自棄。

【攞嚟衰】lo^{2}lei^{4}sêu^{1} [粵] 自作自受；自討苦吃。

【攞便宜】lo^{2}pin^{4}yi^{4} [粵] ❶ 討便宜。❷ 吃女人豆腐。

【攞意頭】lo^{2}yi^{3}teo^{4} [粵] 取好兆頭。

【攞着數】lo^{2}zêg^{6}sou^{3} [粵] 討便宜；佔便宜。

【攞苦嚟辛】lo^{2}fu^{2}lei^{4}sen^{1} [粵] 自討苦吃。

【攞朝唔得晚】lo^{2}jiu^{1}m^{4}deg^{1}man^{5} [粵] 形容收支不相抵的生活狀況。

【攞條命嚟博】lo^{2}tiu^{4}méng^{6}lei^{4}bog^{3} [粵] 拼着命兒；拿生命作賭注。

螺 lo^{2} (lɔ^{2}) [粵] 口語變音♦田螺/石螺/炒螺。

囉(啰) lo^{3} (lɔ^{3}) [粵] 語助詞。也作"咯"。❶ 表示商量，相當於"吧"♦我哋都去囉(我們也去吧)。❷ 相當於"了"、"啦"♦上車囉(該上車啦)！/呢種人，我算睇透囉(這種人，我算看透啦)。

【囉噃】lo^{3}bo^{3} [粵] 語助詞。表示提醒、催促♦夠鐘囉噃，仲唔走(到點了，還不走哪）？/就嚟收工囉噃，大家爽啲手做完先走喇（快下班了，大夥加把勁做完才走吧）。

【囉可】lo³ho² 粵 語助詞。表示垂詢 ♦ 封信同我寄咗出去囉可（我的信給寄出了吧）？/佢哋都應承咗囉可（他們都答應了，是吧）？

【囉喎】lo³wo⁵ 粵 語助詞。表示肯定的答覆 ♦ 佢哋話唔去囉喎（他們說不去了）。

☞ 另見 239 頁 lo¹。

燶 lo³ (lɔ³) 粵 糊味，燒布、頭髮、橡膠等發出的臭味 ♦ 啲飯有啲燶燶哋（飯有點糊味）。

【燶嚫】lo³cên⁴ 粵 糊味。

羅（罗） lo⁴ (lɔ⁴) [luó] 通 ❶ 捕鳥的網 ♦ 羅網/天羅地網。❷ 張網捕雀 ♦ 門可羅雀。❸ 招請；搜集 ♦ 羅致/搜羅/收羅。❹ 陳列 ♦ 星羅棋佈。❺ 篩粉末或過濾流質的器具 ♦ 羅篩/銅絲羅。❻ 用羅篩東西 ♦ 羅麵。❼ 質地輕軟而稀疏的絲織品 ♦ 羅衣/羅扇。❽ 姓。

【羅宋湯】lo⁴sung³tong¹ 粵 據說源於俄國的菜湯，用牛肉和多種蔬菜製成。

蘿（萝） lo⁴ (lɔ⁴) [luó] 通 通常指某些能爬蔓的植物 ♦ 藤蘿/女蘿。

【蘿蔔】lo⁴bag⁶ [luóbo] 通 草本植物。塊莖肥大，圓柱形或球形 ♦ 蘿蔔炆牛腩。粵 凍瘡 ♦ 生蘿蔔（長凍瘡）。也說"蘿蔔仔" lo⁴bag⁶zei²。

【蘿蔔頭】lo⁴bag⁶teo⁴ 粵 俗稱日本人。

籮（箩） lo⁴ (lɔ⁴) [luó] 通 用竹篾編製的盛物器具，大多底方口圓 ♦ 籮筐。

【籮底橙】lo⁴dei²cang² 粵 ❶ 被人挑剩的次貨、下腳貨。❷ 比喻被人挑剩的結婚對象。❸ 比喻水平低的人。❹ 比喻質量差的東西。

☞ 另見 240 頁 lo¹。

log

落 log¹ (lɔk⁷) 粵 用鉗子等把硬物拔出或扭斷 ♦ 落釘（拔釘子）/落牙（拔牙）。

【落落聲】log¹log¹séng¹ 粵 擬聲詞。❶ 形容物體相碰發出的響聲。❷ 形容外語說得十分流利 ♦ 佢學過幾年英語，同鬼佬講嘢落落聲㗎（他學過幾年英語，跟外國人交談嘰哩呱啦的）。

【落咗佢棚牙】log¹zo²kêu⁵pang⁴nga⁴ 粵 打掉某人的傲氣；煞一煞某人的威風。

☞ 另見本頁 log⁶。

咯 log³ (lɔk⁸) 粵 語助詞。❶ 表示反問，相當於"嗎" ♦ 你又夠係咯（你不也是嗎）？❷ 表示厭煩，相當於"嘛" ♦ 都話我用緊咯（說了我正在用嘛）。

落 log⁶ (lɔk⁶) [luò] 通 ❶ 掉下來；往下降 ♦ 落淚/降落/落花流水/一落千丈。❷ 衰敗；失意 ♦ 敗落/沒落/衰落/淪落。❸ 遺留在後面 ♦ 落後/落伍/落選。❹ 聚居或停留的地方 ♦ 村落/部落/下落/着落。❺ 歸屬；得到♦花落誰家/落在我們手裏/落得個輕鬆。㊣❶下；從高處到低處♦落車(下車)/落樓梯(下樓梯)。❷下；到基層♦落鄉(下鄉)/落基層(下基層)。❸下；投入；施加♦落本錢(下本錢)/落功夫(下功夫)。❹上♦落船(上船)/落街行吓(上街走走)/落你個名(上你的名字)。❺去(由北向南)♦落香港(去香港)。❻加；放♦落豉油(加點醬油)/落胡椒粉(放點胡椒粉)。

【落敗】log⁶bai⁶ ㊣ 失敗；被打敗。

【落班】log⁶ban¹ ㊣ 下班。

【落倉】log⁶cong¹ ㊣ 上倉庫去。

【落單】log⁶dan¹ ㊣ 下訂單，下菜單。

【落定】log⁶déng⁶ ㊣ 付定金。

【落課】log⁶fo³ ㊣ 下課。

【落膈】log⁶gag³ ㊣❶據為己有。❷借喻偷吃。

【落力】log⁶lig⁶ ㊣ 賣勁；努力；認真♦做嘢好落力(幹活挺賣勁)。

【落面】log⁶min⁶⁻² ㊣❶丟臉；出醜。❷使丟臉♦落佢嘅面(丟他的臉)。❸放下臉面；不顧及面子♦肯落面求人，點話唔得㗎(肯放下臉面求人，哪有不行的)？

【落案】log⁶ngon³ ㊍ 警方結案移交法院起訴。

【落手】log⁶seo² ㊣❶下手；着手♦好難落手(很難下手)。❷動手(打人)♦係佢落手先嘅(是他先動手的)。

【落堂】log⁶tong⁴ ㊣ 下課。

【落剩】log⁶xing⁶ ㊣ 剩下♦佢咁為食，仲有落剩咩(他這麼饞嘴，還會有剩下的嗎)？

【落雪】log⁶xud³ ㊣ 下雪。

【落形】log⁶ying⁴ ㊣ 消瘦得變了模樣♦呢排忙啲乜嘢吖，成個人落晒形噉(最近忙些甚麼啦，瞧你都瘦得不成樣子了)。

【落雨】log⁶yu⁵ ㊣ 下雨。

【落妝】log⁶zong¹ ㊣ 卸妝；下妝。

【落足】log⁶zug¹ ㊣ 下足♦落足心機(費盡心思)/落足本錢(下足本錢)。

【落狗屎】log⁶geo²xi² ㊣ 形容天氣極其惡劣♦落狗屎都要去㗎喇(下刀子也得去)。

【落降頭】log⁶gong³teo⁴ ㊣ 一種類似"毒蠱"的巫術，在東南亞某些國家流行。

【落口供】log⁶heo²gung¹ ㊣ 錄口供。

【落雨微】log⁶yu⁵méi¹ ㊣ 下毛毛雨。

【落嘴頭】log⁶zêu²teo⁴ ㊣❶磨嘴皮子。❷阿諛奉承。

【落手落腳】log⁶seo²log⁶gêg³ ㊣ 自己動手；親力親為。

【落雨絲濕】log⁶yu⁵xi¹seb¹ ㊣ 下雨路滑；下雨天氣到處濕淋淋。也說"落雨濕濕" log⁶yu⁵seb¹seb¹。

【落足嘴頭】log⁶zug¹zêu²teo⁴ ㊣ 費盡唇舌。

☞另見 241 頁 log¹。

loi

來(来) loi⁴ (lɔi⁴) [lái] ㊟❶由彼至此；從遠到近♦來訪/來臨/人來人往。❷從過去到現在♦向來/近來/有生以來。❸現在

以後的 ♦ 來年 / 來日方長。❹ 到；發生 ♦ 問題來了 / 暴風雨來了。❺ 做某個動作 ♦ 胡來 / 來一盅 / 來一盤棋。❻ 表示事情發生的原因、經過、結果等 ♦ 由來 / 原來 / 來龍去脈。❼ 與"得"、"不"連用，表示可能或不可能 ♦ 談得來 / 合不來。❽ 表示約數 ♦ 十來人 / 六十來歲 / 三百來年。

【來路】loi^{4}lou$^{6-2}$ ㊚ 舶來的；進口的；外國製造的 ♦ 來路貨（舶來品；進口貨）/ 一對來路波鞋（一雙進口的球鞋）。

【來路嘢】loi^{4}lou$^{6-2}$yé^{5} ㊚ 來路貨；舶來品；進口貨。

long

啷 long^{1} (lɔŋ^{1}) [lāng] ㊟ 擬聲詞 ♦ 哐啷 / 噹啷。㊚ ❶ 擬聲詞。形容鈴鐺發出的聲音。❷ 小鈴鐺 ♦ 搖啷啷 / 買個啷啷。

【啷囖】long^{1}lei^{2} ㊚ 撒野；撒潑；橫蠻無理地發脾氣 ♦ 發啷囖（大發脾氣）/ 乜咁啷囖㗎（撒甚麼野呀）？

哴 long^{2} (lɔŋ^{2}) ㊚ 用水涮一下 ♦ 哴吓啲茶杯（把茶杯涮一涮）。

【哴口】long^{2}heo^{2} ㊚ 漱口 ♦ 擦牙哴口（刷牙漱口）。

【哴口盅】long^{2}heo^{2}zung^{1} ㊚ 漱口缸。

㨴 long^{3} (lɔŋ^{3}) ㊚ ❶ 墊；架 ♦ 㨴起張枱（把桌子架起來）/ 將木槓㨴上櫃頂（把木箱架在櫃子頂上）。❷ 將某人架空或閒置不用 ♦ 俾人㨴起（被架空）。

狼 long^{4} (lɔŋ^{4}) [láng] ㊟ 一種形狀像狗的野獸，耳直立，尾下垂，晝伏夜出，性兇狠，能傷人。㊚ 兇狠；兇猛；絕情 ♦ 嗰條友好狼㗎，你要小心啲先好（那傢伙挺狠的，你可要當心點）/ 狼死。

【狼胎】long^{4}toi^{1} ㊚ 兇狠；惡毒；貪婪 ♦ 佢賭得好狼胎（他賭得很兇）/ 賺成半咁多，狼胎啲啩（賺差不多一半，太厲害了吧）？

晾 long^{6} (lɔŋ^{6}) [liàng] ㊟ ❶ 把東西放在通風或陰涼的地方使乾 ♦ 晾乾。❷ 曬東西 ♦ 晾衫（晾衣服）。㊚ 張掛 ♦ 晾蚊帳。

lou

撈（捞） lou^{1} (lou^{1}) [lāo] ㊟ 用不正當的手段取得 ♦ 撈一把 / 撈油水。㊚ ❶ 混日子；混飯吃 ♦ 喺邊度撈（在哪兒混飯吃）？/ 你而家撈緊乜（你現在做啥活）？❷ 有搞頭；有油水 ♦ 有冇得撈（有沒有油水）？/ 做呢份唔撈（做這一行沒啥搞頭）。❸ 攪；拌 ♦ 撈吓碟餸（把菜拌一拌）/ 將沙同石仔撈勻佢（把沙子和石子拌均勻）。❹ 混合；混雜 ♦ 唔好撈亂啲相片（不要把照片混雜弄亂了）/ 唔好將我兩個啲衫褲撈埋放（不要把我們兩個的衣服混在一起放）。

【撈飯】lou^{1}fan^{6} ㊚ 拌飯 ♦ 豉油撈飯（醬油拌飯）。

【撈家】lou^{1}ga^{1} ㊚ ❶ 精明強幹，不避風險的實業家。❷ 不擇手段，拼命撈錢的冒險家。

【撈雞】lou1gei1 [粵] ❶ 弄到利益、好處 ♦ 呢次俾佢撈晒雞（這回讓他佔盡好處）。❷ 把事情辦妥，可以交待 ♦ 執埋啲手尾，噉咪撈雞囉（把手尾工作做完就行了）。

【撈起】lou1héi2 [粵] 發跡；抖起來；出人頭地；飛黃騰達 ♦ 睇唔出佢咁鬼精叻，幾年就撈起咗（看不出他這麼精明，幾年時間就發跡了）。

【撈麵】lou1min6 [粵] 拌麵 ♦ 蠔油撈麵。

【撈汁】lou1zeb1 [粵] ❶ 以菜湯拌飯。❷ 撈取最後一點好處 ♦ 連汁都撈埋（連最後一點好處也不放過）。

【撈家婆】lou1ga1po4-2 [粵] 從事不正當職業或賺取不正當錢財的女人。

【撈家仔】lou1ga1zei2 [粵] 沒有正當職業，靠盜竊、詐騙營生的人。

【撈過界】lou1guo3gai3 [粵] 串地盤；插手到別人的勢力範圍或業務範圍去賺錢、發財。

【撈唔掂】lou1m4dim6 [粵] 混不下去；無法發跡；難以打開局面。

【撈偏門】lou1pin1mun4-2 [粵] 靠邪門歪道賺錢、發財，如走私、販毒從事賭業或色情業等。

【撈世界】lou1sei3gai3 [粵] 投機鑽營，闖蕩江湖。

☞ 另見 226 頁 lao1，lao2，lao4。

佬 lou2 (lou2) [lǎo] [通] 成年的男子。含輕視意 ♦ 闊佬 / 鄉下佬。[粵] 用法較普通話普遍。❶ 稱有某種生理或心理特徵的人 ♦ 高佬（高個子）/ 四眼佬（戴眼鏡的）/ 斑馬佬（兩面派）/ 鹹濕佬（好色之徒）。❷ 稱從事某種職業或屬於某個社會階層的人 ♦ 差佬（警察）/ 放數佬（高利貸者）/ 寡佬（單身漢）/ 賊佬（賊人）。❸ 其他一些習慣的稱呼 ♦ 大佬 / 細佬 / 廣東佬（廣東人）/ 外江佬（外省人）。

爐（炉） lou2 (lou2) [粵] 口語變音 ♦ 風爐（小爐子）。

勞（劳） lou4 (lou4) [láo] [通] ❶ 人類創造物質或精神財富的活動 ♦ 勞動 / 勤勞 / 能者多勞 / 好逸惡勞。❷ 疲倦；辛苦 ♦ 疲勞 / 辛勞 / 勞苦 / 勞累。❸ 功績 ♦ 勞績 / 功勞 / 勳勞。❹ 慰問 ♦ 慰勞 / 犒勞 / 勞軍。❺ 請人做事的客氣話 ♦ 煩勞 / 勞駕 / 勞交。

【勞煩】lou4fan4 [粵] 麻煩；煩勞 ♦ 勞煩你嘞（麻煩你了）/ 勞煩你帶封信俾佢（煩勞你幫我捎封信給他）。

【勞氣】lou4héi3 [粵] 不必要的勞神、動氣 ♦ 唔使咁勞氣（犯不着動氣）。

【勞工假期】lou4gung1ga3kéi4 [方] 指元旦、春節、清明、端午、重陽、冬至等節日及七八月浮動假等工人享受的假期。

嘮（唠） lou4 (lou4) [láo]

【嘮嘈】lou4cou4 [粵] ❶ 大聲嚷嚷；大聲說話 ♦ 有話慢慢講，唔使咁嘮嘈（有話慢慢說，不必高聲嚷嚷）。❷ 發脾氣；發牢騷。

老 lou5 (lou5) [lǎo] [通] ❶ 年歲大 ♦ 老人 / 老年 / 老人家 / 不顯老。❷ 老年人 ♦ 敬老院。❸ 經歷長；經驗豐富 ♦ 老手 / 老練 / 老於世故 / 老謀深算。❹ 時間久；關係深 ♦ 老朋友 / 老同學 / 老關係。❺ 原來的；過去的 ♦ 老廠 / 老家 / 老黃曆 / 老辦法。❻ 經常；總♦老遲到／老下雨。❼極；很♦老早／老遠。❽合成詞的詞頭♦老公／老王／老虎／老鼠。[粵] 秤大♦呢把秤好老（這桿秤大）。

【老表】lou^{5}biu^{2} [粵] 表親；表兄弟。

【老親】lou^{5}cen^{1} [粵] 親家。

【老襯】lou^{5}cen^{3} [粵] 傻瓜；笨；不夠精明；容易上當♦揾老襯（使人上當受騙）／做咗老襯仲唔知（被人騙了還不知道）。

【老竇】lou^{5}deo^{6} [粵] 父親；爸爸。也作"老豆"。

【老定】lou^{5}ding^{6} [粵] 處事從容，老練鎮定。

【老到】lou^{5}dou^{3} [lǎodào] [通] ❶做事圓滿周到♦經驗老到。❷熟練；精湛♦技術老到。

【老番】lou^{5}fan^{1} [粵] 老外；外國人。

【老公】lou^{5}gung^{1} [粵] 丈夫♦老公仔（童養媳的小丈夫）。

【老坑】lou^{5}hang^{1} [粵] 老傢伙；老頭子。多含貶義。也說"老坑公" lou^{5} hang^{1}gung^{1}。

【老積】lou^{5}jig^{1} [粵] 年少老成；老氣。

【老契】lou^{5}kei^{3} [粵] ❶稱情夫或情婦。❷嫖客稱所愛的妓女。

【老母】lou^{5}mou$^{5-2}$ [粵] 母親；媽媽。

【老泥】lou^{5}nei^{4} [粵] 身上的汗垢。

【老藕】lou^{5}ngeo^{5} [粵] 上了年紀的婦人。含輕蔑意。參見"煲老藕"條。

【老朋】lou^{5}pang$^{4-2}$ [粵] 老朋友；知心朋友。

【老脾】lou^{5}péi$^{4-2}$ [粵] 脾氣♦我唔係幾好老脾嘅咋（我脾氣不大好的呢）。

【老千】lou^{5}qin^{1} [粵] 江湖騙子；慣於耍騙術的賭棍。

【老實】lou^{5}sed^{6} [lǎoshi] [通] ❶誠實。❷行為端正，不出格，不惹事。[粵] 顏色、式樣樸素大方♦呢隻布睇嚟都幾老實（這種布看上去挺樸素大方的）。

【老細】lou^{5}sei^{3} [粵] 老闆。

【老水】lou^{5}sêu^{2} [粵] 辦事沉着、老練♦老水鴨（老於世故者）。

【老同】lou^{5}tung^{4} [粵]❶年齡相同的拜把子兄弟。❷名字完全相同或部分相同的人。

【老土】lou^{5}tou^{2} [粵] 土裏土氣，不入時。也指這種人。

【老爺】lou^{5}yé^{4} [lǎoye] [通] ❶舊時對當官或有錢的男子的稱呼。❷外祖父。[粵]❶對丈夫的父親的稱呼。❷用舊了的東西、用了很久的意思♦個電視機咁老爺，換個新嘅把啦（那個彩電很舊了，不如換新的吧）！

【老嘢】lou^{5}yé^{5} [粵]❶老傢伙；老東西。含貶義。❷妻子背後稱上了年紀的丈夫。

【老友】lou^{5}yeo^{5} [粵]❶老朋友；好朋友。❷有交情，合得來♦你同佢咁老友（你跟他這麼有交情）。

【老宗】lou^{5}zung^{1} [粵] 本家；同姓的人。

【老火湯】lou^{5}fo^{2}tong^{1} [粵] 用慢火熬了很長時間的湯。

【老虎乸】lou^{5}fu^{2}na^{2} [粵]❶雌老虎。❷比喻悍婦。❸稱兇悍暴躁的妻子。

【老姑婆】lou^{5}gu^{1}po^{4} [粵] 老姑娘；老處女。

【老行尊】lou5hong4jun1 [粵] 老行家；老手，稱某一行業熟悉業務、經驗豐富的人。

【老懵懂】lou5mung2dung2 [粵] 老糊塗。

【老奀茄】lou5ngen1ké2 [粵] 比喻小孩與同齡人相較個子矮小卻十分老成。

【老牛聲】lou5ngeo4séng1 [粵] 破鑼嗓子。也說“老牛噉聲”lou5ngeo4gem2séng1。

【老婆乸】lou5po4na2 [粵] 老婆子。

【老婆仔/老公仔】lou5po4zei2/lou5gung1zei2 [粵] ❶ 對年輕妻子/丈夫的暱稱 ♦ 錫住個老婆仔/老公仔（疼他/她的小媳婦/丈夫）。❷ 戀人對對方的暱稱。

【老臣子】lou5sen4ji2 [粵] 稱參與創業或在企業服務多年有過貢獻的老職員。

【老鼠貨】lou5xu2fo3 [粵] 指低價出售的賊贓。

【老爺車】lou5yé4cé1 [粵] ❶ 舊式的車子。❷ 破車。

【老人精】lou5yen4jing1 [粵] 年少老成；人小計多的孩子。

【老友記】lou5yeo5géi3 [粵] 老相識；老朋友。

【老番涼茶】lou5fan1lêng4ca4 [粵] 謔稱啤酒。

【老公撥扇】lou5gung1pud3xin3（歇）妻涼 cei1lêng4 [粵] 淒涼；淒慘，可憐。

【老老實實】lou5lou5sed6sed6 [粵] ❶ 鄭重其事；正兒八經 ♦ 我老老實實話俾你知（我正兒八經地告訴你）。❷ 實實在在；真材實料 ♦ 老老實實王老吉（貨真價實的王老吉涼茶）。

【老貓燒鬚】lou5mao1xiu1sou1 [粵] 老馬失蹄，比喻有經驗或技術熟練的人一時失手鬧出笑話。

【老少平安】lou5xiu3ping4ngon1 [粵] 菜式名。剁爛的魚肉蒸豆腐。

【老鼠拉龜】lou5xu2lai1guei1（歇）無掟埋手。即 [粵] 狗咬刺蝟 —— 下不得嘴。比喻無從下手。

【老友鬼鬼】lou5yeo5guei2guei2 [粵] 要好的老朋友；一場老朋友。

【老虎頭上釘蝨乸】lou5fu2teo4sêng6déng1sed1na2 [粵] 老虎頭上捉蝨子，比喻敢於觸犯強暴或自尋死路。

【老糠都要榨出油】lou5hong1dou1yiu3za3cêd1yeo4 [粵] 敲骨吸髓，不放過絲毫利益。

☞ 另見 226 頁 lao1。

路

lou6 (lou6) [lù] [通] ❶ 通道 ♦ 陸路/水路/必由之路/走投無路。❷ 途徑 ♦ 門路/活路/生路/銷路。❸ 條理 ♦ 思路/紋路。❹ 方面；地區 ♦ 外路貨/南路人。❺ 路程 ♦ 路很遠。❻ 路線 ♦ 三路汽車。❼ 種類 ♦ 一路貨色。

【路向】lou6hêng3 [粵] 方向；走勢；趨勢 ♦ 經濟發展路向。

【路數】lou6sou3 [粵] 門路；路子 ♦ 你同我定喇，佢有路數嘅（你就放心好了，他會有門路的）。

露

lou6 (lou6)

（一）[lù] [通] ❶ 靠近地面的水蒸氣，夜間遇冷凝結成的小水珠 ♦ 露珠/朝露/雨露。❷ 沒有遮蓋或在屋外 ♦ 露營。❸ 用藥材、果汁等製成的飲料 ♦ 果子露/枇杷露。❹ 顯現出來 ♦ 揭露/顯露/暴露。

【露械】lou⁶hai⁶ [粵] ❶ 露出武器、兇器。❷ 諱稱男子露陰。

【露台】lou⁶toi⁴⁻² [粵] 陽台；涼台。

【露背裝】lou⁶bui³zong¹ [粵] 背部裸露的女式上裝。

【露肩裝】lou⁶gin¹zong¹ [粵] 雙肩裸露的女式上裝。參見"卸膊裝"條。

(二)[lòu] [通] 顯現出來 ♦ 露醜 / 露怯 / 露出舌頭。

【露出馬腳】lou⁶cêd¹ma⁵gêg³ [粵] 露馬腳，比喻隱蔽的事實真相露了出來。

lüd

捋 lüd³ (lyt⁸) [luō] [通] 用手握着東西向一端滑動 ♦ 捋膊 / 捋高衫袖（捋起袖子）。

【捋手捋腳】lüd³seo²lüd³gêg³ [粵] 挽起衣袖、褲腿，形容擺出大幹一場的架勢。

lug

睩 lug¹ (luk⁷) [lù] [通] 眼球轉動。[粵] 瞪；睜 ♦ 眼睩睩（圓瞪雙眼）/ 睩大雙眼（瞪大了眼睛）/ 睩咗佢一眼（瞪了他一眼）。

碌（碌）lug¹ (luk⁷) [lù] [通] ❶ 平凡 ♦ 庸碌。❷ 繁忙 ♦ 忙碌。也作"轆"。[粵] ❶ 滾動；使滾動 ♦ 碌個球埋嚟（把球滾過來）。❷ 趴倒 ♦ 一頭碌咗落地（一頭栽在地上）。❸ 量詞。相當於"根"、"段" ♦ 一碌木 / 一碌蔗（一截甘蔗）/ 斬開幾碌（砍成幾段）。

【碌地】lug¹déi⁶⁻² [粵] ❶ 在地上打滾，指小孩打鬧或耍賴。❷ 趴倒；打滾 ♦ 呢勻仲唔笑到佢碌地（這趟肯定令他笑破肚皮）。

【碌咭】lug¹ked¹ [粵] 憑信用卡取款或付款。

【碌碌】lug¹lug¹ [lùlù] [通] ❶ 平庸；平凡 ♦ 庸庸碌碌。❷ 辛苦；繁忙 ♦ 忙忙碌碌。

【碌士】lug¹xi⁶⁻² [方] 英 notes 音譯。❶ 筆記。❷ 文字材料。

【碌柚】lug¹yeo⁶⁻² [粵] 柚子 ♦ 用碌柚葉洗吓個身（用柚子葉泡水洗一洗身子。據説可以辟邪）。

【碌爆咭】lug¹bao³ked¹ [粵] 用信用卡超額提取款項；用信用卡超額消費。

【碌地沙】lug¹déi⁶sa¹ [粵] 小孩在地上打滾玩耍。

【碌架牀】lug¹ga³⁻²cong⁴ [粵] 架子牀。

轆（辘）lug¹ (luk⁷) [lù] [粵] ❶ 車輪 ♦ 車轆 / 前轆 / 後轆。❷ 像輪的東西 ♦ 線轆（木紗團）/ 墨轆（印刷捲棍）。❸ 滾動；使滾動 ♦ 從樓梯上轆落嚟（從樓梯上滾下來）/ 轆波子（玩玻璃珠子）。❹ 輾；軋 ♦ 俾車轆䞋（給車子輾着了）。

六 lug⁶ (luk⁹) [liù] [通] 數目字 ♦ 六畜 / 六親 / 六神無主。

【六甲】lug⁶gab³ [粵] 身孕 ♦ 身懷六甲（有了身孕）。

【六國大封相】lug⁶guog³dai⁶fung¹sêng³ [粵] ❶ 原為戲曲名，描述戰國時期蘇秦成功游説六國的故事。❷ 後指瘋狂殺戮無辜。❸ 非常混亂。

【六耳不同謀】lug^{6}yi^{5}bed^{1}tung^{4}meo^4 [粵] 比喻人一多，意見則難以統一；也比喻進行機密之事，不能為第三者所知。

淥 lug^6 (luk^9) [lù] [通] ❶ 清澈 ♦ 淥波。❷ 淥水，河流名。源出江西，流入湖南。[粵] 用開水燙或略煮 ♦ 淥麵（煮麵條）/ 俾滾水淥嚫（被開水燙傷）。

錄（录） lug^6 (luk^9) [lù] [通] ❶ 記載；抄寫 ♦ 記錄 / 筆錄 / 摘錄。❷ 任用；採取 ♦ 錄取 / 收錄。❸ 記錄言行或事物的書刊等 ♦ 目錄 / 語錄 / 回憶錄。

【錄影】lug^{6}ying^2 [粵] 錄像 ♦ 錄影帶（錄像帶）/ 錄影機（錄像機）/ 錄影帶雜誌（錄有多種文娛節目和廣告節目的錄像帶）。

戮 lug^6 (luk^9) [lù] [通] ❶ 殺 ♦ 殺戮。❷ 並；合 ♦ 戮力。[粵] 踩；踏 ♦ 戮爛呢泥（把泥巴踩爛，用以製土坯磚）/ 唔好喺草地上亂咁戮（不要在草地上亂踩亂踏）。

lün

孿（孪） lün^1 (lyn^1) [粵] ❶ 彎曲 ♦ 屈孿（弄彎）/ 撬孿（撬彎）。❷ 蜷縮 ♦ 孿埋雙腳（把雙腳蜷曲起來）/ 孿埋一嚿（縮作一團）。❸ 指有同性戀傾向的人。

【孿毛】lün^{1}mou$^{4-1}$ [粵] ❶ 捲髮。❷ 捲髮的人。

【孿弓蝦米】lün^{1}gung^{1}ha^{1}mei^5 [粵] 彎成蝦米一般，形容蜷曲着身子。

亂（乱） lün^2 (lyn^2) [粵] 口語變音。

【亂嚟】lün^{2}lei^4 [粵] 胡來；胡鬧 ♦ 你唔好亂嚟吖（你別胡來）。

【亂龍】lün^{2}lung^4 [粵] 亂糟糟；亂了套 ♦ 亂晒大龍（全亂套了）。

【亂噏】lün^{2}ngeb^1 [粵] 胡説；胡謅 ♦ 唔知咪亂噏（不知道就別胡説）。

【亂噏無為】lün^{2}ngeb^{1}mou^{4}wei^4 [粵] 瞎説一氣。

【亂噏廿四】lün^{2}ngeb^{1}ya^{6}séi^3 [粵] 信口開河；瞎説八道。

☞ 另見本頁 lün^6。

聯（联） lün^4 (lyn^4) [lián] [通] ❶ 連接；結合 ♦ 聯結 / 聯營。❷ 對子 ♦ 對聯 / 春聯。[粵] 用針縫 ♦ 聯衫（縫衣服）/ 聯咗幾針（縫了幾針）。

【聯手】lün^{4}seo^2 [粵] 共同；協力 ♦ 粵港兩地聯手對付走私活動。

【聯針】lün^{4}zem^1 [粵] 縫合傷口 ♦ 撞傷額頭，要去醫院聯針（碰傷了額頭，要到醫院去縫針）。

【聯合國】lün^{4}heb^{6}guog^3 [方] 謔稱混合咖啡。

【聯羣結隊】lün^{4}kuen^{4}gid^{3}dêu^6 [粵] 成羣結隊。

亂（乱） lün^6 (lyn^6) [luàn] [通] ❶ 沒有秩序；沒有條理 ♦ 混亂 / 雜亂 / 七國咁亂（一片混亂）。❷ 戰爭；禍事 ♦ 內亂 / 動亂 / 戰亂 / 叛亂。❸ 使混淆；使混亂 ♦ 擾亂 / 酒能亂性。❹ 任意；隨意 ♦ 亂跑 / 亂吃零食 / 亂出主意。

【亂咁舂】lün^{6}gem^{3}zung^1 [粵] 到處亂竄；

到處瞎碰。

【亂立立】lün6leb6leb6 (粵) 亂糟糟。

【亂晒坑】lün6sai3hang1 (粵) 全亂了套 ♦ 留低幾隻嘩鬼係屋企，搞到啲嘢亂晒坑（幾個淘氣鬼留在家裏，把東西弄得亂七八糟）。

【亂過一嚿雲】lün6guo3yed1geo6wen4 (粵) 亂成一鍋粥。

☞ 另見 248 頁 lün2。

lung

窿 lung1 (luŋ1) [lóng] (粵) 窟 窿；孔；洞 ♦ 山窿（山洞）/ 鼻哥窿（鼻孔）/ 褲穿窿（褲子破了個洞）。

【窿路】lung1lou6 (粵) 門路 ♦ 有乜窿路關照吓喇（有甚麼門路請關照關照）。

【窿窿罅罅】lung1lung1la3la3 (粵) 旮旮旯旯 ♦ 窿窿罅罅都搵過嘞仲係唔見（旮旮旯旯全找遍了，就是找不着）。

龍（龙）lung4 (luŋ4) [lóng] (通) ❶ 我國古代傳說中的神異動物 ♦ 蛟龍 / 巨龍 / 龍飛鳳舞 / 龍騰虎躍。❷ 古代一些巨大的爬行動物 ♦ 恐龍 / 翼手龍。❸ 封建時代帝王的象徵 ♦ 龍袍 / 龍牀 / 龍顏 / 龍廷。❹ 姓。(粵) 對蛇的美稱 ♦ 龍衣（蛇皮）/ 龍虎鳳大會（粵菜，用蛇貓雞的肉為主要原料烹製的羹）。

【龍門】lung4mun4 (粵) ❶ 足球球門 ♦ 守龍門（守球門）。❷ 守門員。

【龍鳳胎】lung4fung6toi1 (粵) 指一男一女的雙胞胎。

【龍舟節】lung4zeo1jid3 (粵) 同"五月節"、"端午節"。

【龍舟水】lung4zeo1sêu2 (粵) 端午節前後的洪水。

【龍虎武師】lung4fu2mou5xi1 (方) 指專職的電影武打演員。

【龍精虎猛】lung4jing1fu2mang5 (粵) 生龍活虎。

【龍馬精神】lung4ma5jing1sen4 (粵) 吉祥用語，指精神健旺。

【龍游淺水遭蝦戲】lung4yeo4qin2sêu2zou1ha1héi3 (粵) 比喻即使是曾經顯赫一時的人物，一旦落難，也會被小人所欺負。相當於"虎落平陽被犬欺"。

籠（笼）lung4 (luŋ4) [lóng] (通) ❶ 關養動物或關押人的器具 ♦ 鳥籠 / 雞籠 / 獸籠 / 囚籠。❷ 蒸食物的器具 ♦ 蒸籠 / 小籠包。

【籠民】lung4men4 (方) 住籠屋的居民。

【籠屋】lung4ug1 (方) 分成牀位租賃的房屋，每個牀位用柵網罩住，離開時可上鎖。

【籠裏雞作反】lung4lêu5gei1zog3fan2 (粵) 比喻內鬨；也比喻吃裏扒外，串通外人反對自家人。

槓（杠）lung5 (luŋ5) (粵) ❶ 同"籠"。較大的木箱 ♦ 樟木槓（樟木箱子）/ 未食五月粽，寒衣不入槓（吃了端午粽，才把寒衣送）。❷ 量詞。相當於"招"、"套" ♦ 睇穿佢槓嘢（看穿他那套詭計）/ 又出邊槓吖（又耍哪一招兒哇）？

☞ 另見 141 頁 gong6。

M

m

唔 m⁴ (m⁴) [粵] 不♦唔要（不要）/唔想（不想）/唔識貨（不識貨）/唔知醜（不知害羞）。

【唔得】m⁴deg¹ [粵] 不行；不可以♦話咗唔得就唔得（說了不行就不行）。

【唔抵】m⁴dei² [粵] ❶ 不值得♦唔抵可憐（不值得可憐）。❷ 不忿♦戥佢唔抵（替他不忿）。

【唔定】m⁴ding⁶ [粵] 拿不準；有可能♦講唔定（說不定）。

【唔啱】m⁴dim⁶ [粵] ❶ 不行；咁搞唔啱（這樣做不行）。❷ 有麻煩♦佢最近好唔啱（他最近感到很大麻煩）。

【唔多】m⁴do¹ [粵] 不大♦唔多覺（不大在意）/唔多妥（不大對頭）。

【唔化】m⁴fa³ [粵] 迂腐；不開通；不諳世情♦仔大仔世界，你都唔化嘅（孩子大了自有他的天地，你想開點啦）。

【唔忿】m⁴fen⁶ [粵] 同"唔忿氣"。

【唔慌】m⁴fong¹ [粵] ❶ 後接動詞，表示"不用擔心"♦唔慌冇嘢做（甭擔心沒事幹）。❷ 後接形容詞，表示程度受到限制♦唔慌叻過人（聰明不到哪兒去）。

【唔啹】m⁴gê⁴ [粵] 不服氣；心裏憋氣。

【唔驚】m⁵géng¹ [粵] ❶ 不驚慌。❷ 不怕；不擔心。

【唔夠】m⁴geo³ [粵] ❶ 不夠。❷ 用在比較對象及形容詞之前，相當於"不如"、"不及"♦唔夠你高（不及你個子高）/唔夠佢精（不及他精明）。❸ 用在比較對象及動詞之前，相當於"動詞＋不過＋賓語"♦唔夠佢講（說不過他）/唔夠佢打（打不過他）。

【唔該】m⁴goi¹ [粵] 禮貌用語。❶ 表示答謝，相當於"多謝"、"謝謝"。❷ 表示有求於人，相當於"請"、"勞駕"♦唔該奶茶（請來一杯奶茶）。

【唔係】m⁴hei⁶ [粵] ❶ 不是♦唔係佢（不是他）。❷ 不然；要不這樣♦唔係就死嘞（要不這樣就完了）。❸ 表示反詰語氣的合音讀成 mei⁶，見"咪"條。

【唔恨】m⁴hen⁶ [粵] 不想；不羨慕；不稀罕♦我先至唔恨（我才不稀罕呢）。

【唔好】m⁴hou² [粵] ❶ 不好♦噉做唔好（這樣做不好）。❷ 別；不要♦唔好亂講（別亂說）。

【唔值】m⁴jig⁶ [粵] 不值得。

【唔拘】m⁴kêu¹ [粵] 不要緊；沒關係。

【唔理】m⁴léi⁵ [粵] 不管；不理睬♦唔理點講（不管怎麼說）/唔理佢咁多（不管他那麼多）。

【唔撈】m⁴lou¹ [粵] ❶ 不行；行不通♦噉做梗唔撈喇（這樣做肯定不行）。❷ 不幹；不做。❸ 不划算；划不來♦成本咁高，梗唔撈喇（成本這麼大，當然划不來）。

【唔啱】m⁴ngam¹ [粵] ❶ 不合；不對；不合適♦唔啱口味（不合口味）/打

人唔啱（打人不對）/ 尺寸唔啱（大小不合適）。❷ 不然；要不然 ♦ 唔啱退票罷喇（要不然退票得了）。

【唔似】m^{4}qi^{5} [粵] ❶ 不像 ♦ 畫得唔似（畫得不像）。❷ 不如；不及 ♦ 唔似佢咁有錢（不如他那麼有錢）。

【唔切】m^{4}qid^{3} [粵] 不及；來不及 ♦ 做唔切（來不及做）/ 行路趕唔切（走路來不及）。

【唔使】m^{4}sei^{2} [粵] 不用；無須 ♦ 唔使本（不用本錢）/ 唔使擔心（無須擔心）/ 唔使慌（不用怕）。

【唔妥】m^{4}to^{5} [粵] 不妥；不合適；不對勁。

【唔通】m^{4}tung^{1} [粵] ❶ 不通順；不通暢。❷ 莫非；難道 ♦ 唔通佢冇收到電報（莫非他沒接到電報）？

【唔識】m^{4}xig^{1} [粵] ❶ 不認識。❷ 不會；不懂 ♦ 唔識英文（不懂英文）/ 唔識做生意（不會做生意）。

【唔憂】m^{4}yeo^{1} [粵] 不愁。

【唔𠺢】m^{4}zei^{3} [粵] 不幹；不肯；不願意；不情願。

【唔…罷就】m^{4}…ba^{6}zeo^{6} [粵] 不…就算了 ♦ 唔食罷就（不吃就算了）。

【唔臭腥】m^{4}ceo^{3}séng^{3} [粵] 乳臭未乾；幼稚無知。

【唔打緊】m^{4}da^{2}gen^{2} [粵] 不要緊；無關緊要。

【唔單只】m^{4}dan^{1}ji^{2} [粵] 不僅；非但。也說“唔只”m^{4}ji^{2} 或“唔淨只”m^{4}jing^{6}ji^{2}。

【唔得掂】m^{4}deg^{1}dim^{6} [粵] 不得了；不可收拾；不可開交。

【唔得閒】m^{4}deg^{1}han^{4} [粵] 沒時間；沒空兒；沒功夫。

【唔得切】m^{4}deg^{1}qid^{3} [粵] 同“唔切”。

【唔抵得】m^{4}dei^{2}deg^{1} [粵] ❶ 禁不住；不住。❷ 受不了 ♦ 唔抵得佢嗰種脾性（受不了他那種脾性）。

【唔等使】m^{4}deng^{2}sei^{2} [粵] 不切實用的；於事無補的。

【唔對路】m^{4}dêu^{3}lou^{6} [粵] 不對勁；不稱心；不和睦；不正常。

【唔化算】m^{4}fa^{3}xun^{3} [粵] 不合算；划不來。

【唔忿氣】m^{4}fen^{6}héi^{3} [粵] 不服氣；心有不甘。

【唔緊要】m^{4}gen^{2}yiu^{3} [粵] 不要緊；無關緊要。

【唔夠氣】m^{4}geo^{3}héi^{3} [粵] 氣短；氣不足；沒精神。

【唔夠喉】m^{4}geo^{3}heo^{4} [粵] 未飽；未滿足；不過癮；解不了渴。

【唔覺眼】m^{4}gog^{3}ngan^{5} [粵] 沒注意；沒留神。

【唔覺意】m^{4}gog^{3}yi^{3} [粵] 不在意；不小心；沒留意。

【唔該晒】m^{4}goi^{1}sai^{3} [粵] 同“唔該”。但語氣重些，相當於“太感謝了”。

【唔怪之】m^{4}guai^{3}ji^{1} [粵] 難怪；怪不得。也說“唔怪得”m^{4}guai^{3}deg^{1} 或“唔怪之得”m^{4}guai^{3}ji^{1}deg^{1}。

【唔關事】m^{4}guan^{1}xi^{6} [粵] 表示否認別人認為某事發生的原因。

【唔係勒】m^{4}hei^{6}lag^{3} [粵] 表示改變主意 ♦ 唔係勒，仲係話聲俾佢知先好（不，還是先告訴他一聲為妙）。

【唔係路】m^{4}hei^{6}lou^{6} [粵] 不對頭；不對勁；不是辦法。

【唔開胃】$m^4hoi^1wei^6$ ㊣ ❶ 沒胃口；食慾不振。❷ 倒胃口；令人反感、討厭。

【唔知醜】$m^4ji^1ceo^2$ ㊣ 沒羞；不害臊；不要臉。

【唔志在】$m^4ji^3zoi^6$ ㊣ 不在乎；其志不在 ♦ 賺多賺少唔志在（不在乎多賺少賺）。

【唔自在】$m^4ji^6zoi^6$ ㊣ 身體或精神不適；不舒服。

【唔自然】$m^4ji^6yin^4$ ㊣ 同"唔自在"，意思較為委婉。

【唔精神】$m^4jing^1sen^4$ ㊣ 精神欠佳；稍感不適。

【唔淨只】$m^4jing^6ji^2$ ㊣ 同"唔單只"。

【唔及得】$m^4keb^6deg^1$ ㊣ 比不上;不及。

【唔嗱耕】$m^4na^1gang^1$ ㊣ 無牽連；不相干；不着邊際；遠離正題。

【唔啱蕎】$m^4ngam^1kiu^2$ ㊣ 合不來；談不攏；意見不合。也說"唔啱啞"。

【唔黐家】$m^4qi^1ga^1$ ㊣ 不喜歡或不經常留在家裏。

【唔生性】$m^4sang^1xing^3$ ㊣ 不懂事；沒出息。

【唔捨得】$m^4sé^2deg^1$ ㊣ 捨不得。

【唔使本】$m^4sei^2bun^2$ ㊣ 不花本錢。

【唔使慌】$m^4sei^2fong^1$ ㊣ ❶ 不用擔心；不必害怕。❷ 表示希望不大 ♦ 唔使慌佢會嚟（他不大可能會來）。

【唔使計】$m^4sei^2gei^3$ ㊣ 不用多說；不必多提。

【唔使恨】$m^4sei^2hen^6$ ㊣ 不抱希望；不用指望。

【唔使拘】$m^4sei^2kêu^1$ ㊣ 別見外；不必拘束。

【唔受得】$m^4seo^6deg^1$ ㊣ 受不了。

【唔熟性】$m^4sug^6xing^3$ ㊣ 不懂人情世故；不會做人。

【唔妥你】$m^4to^5néi^5$ ㊣ 跟你過不去；找你的麻煩。

【唔通氣】$m^4tung^1héi^3$ ㊣ 不通人情；不識趣。

【唔話得】$m^4wa^6deg^1$ ㊣ 沒説的。

【唔少得】$m^4xiu^2deg^1$ ㊣ 少不了；少不得。

【唔算數】$m^4xun^3sou^3$ ㊣ ❶ 食言；不認賬。❷ 無效；作廢。

【唔入流】$m^4yeb^6leo^4$ ㊣ 不入流。

【唔爭在】$m^4zang^1zoi^6$ ㊣ 不在乎；沒有…也行。

【唔在行】$m^4zoi^6hong^4$ ㊣ ❶ 不熟悉；沒經驗。❷ 並非自己本行業的範圍。

【唔中用】$m^4zung^1yung^6$ ㊣ 不中用；不管用；不成器。

【唔瞅唔睬】$m^4ceo^1m^4coi^2$ ㊣ 愛理不理。

【唔臭米氣】$m^4ceo^3mei^5héi^3$ ㊣ 比喻幼稚無知，不諳世事。

【唔哆唔吊】$m^4dé^2m^4diu^3$ ㊣ 指處於一種不緊不慢、不上不下、愛理不理的半天吊狀態。

【唔抵得頸】$m^4dei^2deg^1géng^2$ ㊣ ❶ 憋不住氣 ♦ 你唔抵得頸就自己嚟喇（你憋不住氣就自己來幹吧）。❷ 不服氣 ♦ 噉輸法真係唔抵得頸（這樣輸了真不服氣）。

【唔抵得諗】$m^4dei^2deg^1nem^2$ ㊣ 斤斤計較；一點虧都不能吃。

【唔多唔少】$m^4do^1m^4xiu^2$ ㊣ 或多或少。

【唔到你唔】m⁴dou³néi⁵m⁴ [粵] 不由得你不♦唔到你唔服（不由得你不佩服）。

【唔見得光】m⁴gin³deg¹guong¹ [粵] 見不得光；不能公開。

【唔經大腦】m⁴ging¹dai⁶nou⁵ [粵] 說話做事過於輕率，缺乏考慮。

【唔經唔覺】m⁴ging¹m⁴gog³ [粵] 不知不覺。

【唔鹹唔淡】m⁴ham⁴m⁴tam⁵ [粵] 形容說某種語言不純正、不地道。

【唔係嘅話】m⁴hei⁶gé³wa⁶⁻² [粵] 不然的話；否則；要不…就。

【唔係噉話】m⁴hei⁶gem³wa⁶ [粵] 不能這麼說。

【唔係講玩】m⁴hei⁶gong²wan² [粵] 不是鬧着玩的；不是開玩笑的。

【唔係嘢少】m⁴hei⁶yé⁵xiu² [粵] 很不簡單。

【唔好手腳】m⁴hou²seo²gêg³ [粵] 手腳不乾淨；有小偷小摸行為。

【唔知好醜】m⁴ji¹hou²ceo² [粵] 不知好歹。

【唔埋得鼻】m⁴mai⁴deg¹béi⁶ [粵] 形容其臭無比。

【唔清唔楚】m⁴qing¹m⁴co² [粵] 不清不楚；難於估量♦賺到唔清唔楚（狠狠地賺了一大筆）。

【唔三唔四】m⁴sam¹m⁴séi³ [粵] 不三不四；不倫不類；形容不出的。

【唔使噉嘅】m⁴sei²gem²gé³ [粵] 用不着這樣；別來這一套。

【唔使指擬】m⁴sei²ji²yi⁵ [粵] 休想；別指望。

【唔聲唔盛】m⁴séng¹m⁴xing⁶ [粵] 一聲不吭；連招呼也不打。

【唔熟唔做】m⁴sug⁶m⁴zou⁶ [粵] 不熟悉的事情就不要去做。

【唔湯唔水】m⁴tong¹m⁴sêu² [粵] 不三不四；不倫不類，形容事情弄得不像個樣子。

【唔制得過】m⁴zei³deg¹guo³ [粵] 划不來；不合算。也說“制唔過” zei³m⁴guo³。

【唔…就假嘞】m⁴…zeo⁶ga²lag³ [粵] 不…才怪呢♦唔谷氣就假嘞（不窩火才怪呢）。

【唔係人噉品】m⁴hei⁶yen⁴gem²ben² [粵] ❶ 不通人性。❷ 形容品性怪異或行為超出常態。

【唔係我嗰皮】m⁴hei⁶ngo⁵go²péi⁴ [粵] 比不上我；不是我的對手。

【唔係我手腳】m⁴hei⁶ngo⁵seo²gêg³ [粵] 不是我的對手。

【唔係是必要】m⁴hei⁶xi⁶bid¹yiu³ [粵] 並非一定要♦唔係是必要你講（並非一定要你說）。

【唔埋得個鼻】m⁴mai⁴deg¹go³béi⁶ [粵] 形容臭不可聞。

【唔理得咁多】m⁴léi⁵deg¹gem³do¹ [粵] 顧不了那麼多。

【唔使問亞貴】m⁴sei²men⁶a³guei³ [粵] 不用問；不言而喻。

【唔衰攞嚟衰】m⁴sêu¹lo²lei⁴sêu¹ [粵] 自討苦吃；自找麻煩；自尋煩惱；沒事找事兒。

【唔聽佢支笛】m⁴téng¹kêu⁵ji¹dég⁶⁻² [粵] 不聽他那一套。

【唔知醜字點寫】m⁴ji¹ceo²ji⁶dim²sé² [粵] 不知道醜字怎麼個寫法，指不知羞恥。

【唔睇僧面睇佛面】m⁴tei²zeng¹min⁶tei² fed⁶min⁶ [粵] 指即使不把某人放在眼

裏，也得給背後支援他的人留點面子。

ma

媽 (妈) ma¹ (ma¹) [mā] 通 ❶ 對母親的稱呼 ♦ 媽媽 / 後媽 / 爹媽。❷ 對親屬中長一輩婦女的稱呼 ♦ 姑媽 / 姨媽 / 舅媽。❸ 對女性長輩的敬稱 ♦ 大媽。

【媽媽聲】ma¹ma¹séng¹ 粵 滿口粗言穢語；罵娘 ♦ 唔好嘟吓就媽媽聲（不要動不動就罵娘）。

孖 ma¹ (ma¹) [mā] 粵 ❶ 同類物合在一起 ♦ 孖塔（雙塔）/ 孖手指（手指黏連）。❷ 連帶；合夥 ♦ 孖埋你去（把你也帶去）/ 孖份做（合夥幹）。❸ 成雙的 ♦ 打孖生（生個雙胞胎）。❹ 量詞 ♦ 一孖臘腸 / 一孖番皂（一條肥皂，通常兩塊合在一起）。

【孖辮】ma¹bin¹ 粵 羊角辮；肉條辮子 ♦ 梳孖辮 / 孖辮女。

【孖份】ma¹fen⁶⁻² 粵 ❶ 兩人合夥。❷ 雙份。

【孖展】ma¹jin² 方 英 marchant 音譯。❶ 商人。❷ 商業性的 ♦ 孖展存款。❸ 外匯買賣。❹ 英 margin 音譯。賺頭；原價和賣價之差。

【孖女】ma¹nêu⁵⁻² 粵 雙生女；孿生姊妹。

【孖鋪】ma¹pou¹ 粵 兩人合睡一牀。

【孖生】ma¹sang¹ 粵 雙胞胎；生雙胞胎。

【孖四】ma¹séi³ 粵 兩個四，即“八”，“八”乃“八卦”之省稱，暗指某人多嘴多舌，愛管閒事。

【孖葉】ma¹yib⁶ 方 手銬的俗稱。

【孖仔】ma¹zei² 粵 雙生子；孿生兄弟。

【孖裝】ma¹zong¹ 粵 兩件裝；兩支裝。

【孖公仔】ma¹gung¹zei² 粵 ❶ 比喻兩人出雙入對，形影不離。❷ 結婚照；情侶照。

麻 ma² (ma²) 粵 口語變音。麻疹 ♦ 出麻（出麻疹）。

【麻仔】ma²zei² 粵 麻疹 ♦ 出麻仔（出麻疹）/ 麻仔針（麻疹疫苗）。

☞ 另見本頁 ma⁴。

麻 ma⁴ (ma⁴) [má] 通 ❶ 草本植物。種類很多。莖皮纖維可製繩索，也可作紡織原料 ♦ 黃麻 / 劍麻 / 亞麻。❷ 感覺不靈或失去感覺 ♦ 腿麻 / 發麻 /。❸ 芝麻 ♦ 麻蓉 / 麻醬。❹ 姓。

【麻查】ma⁴ca⁴ 粵 ❶ 視力模糊，看不真切。❷ 未知其詳，不明底細。

【麻麻】ma⁴ma⁴⁻² 粵 一般；湊合；不怎麼樣；勉強尚可 ♦ 你嘅手勢都係麻麻啫（你那兩下也不怎麼樣）/ 佢啲手字認真麻麻（他寫的字非常一般）。

【麻木】ma⁴mug⁶ [mámù] 通 感覺不靈或失去感覺。

【麻石】ma⁴ség⁶ 粵 花崗石。

【麻雀】ma⁴zêg³ [máquè] 通 鳥。身體褐色，食穀物和昆蟲。粵 麻將；麻將牌 ♦ 麻雀友（麻將迷）/ 打麻雀（搓麻將）/ 砌番幾圈麻雀（打幾圈麻將）。

【麻甩佬】ma⁴led¹lou² 粵 指言行猥瑣，

對女人存有非分之想的男人。

【麻麻哋】ma⁴ma⁴⁻²déi² ⓐ 同"麻麻"。

【麻骨枴杖】ma⁴gued¹guai²zêng⁶⁻² ⓐ 比喻靠不住或不中用的東西。

☞ 另見 254 頁 ma²。

嫲 ma⁴ (ma⁴) ⓐ 祖母。習慣上稱"亞嫲"或"嫲嫲" ♦ 你先做功課，嫲嫲等陣帶你上街（你先做功課，待會兒奶奶帶你上街）。

馬（马）ma⁵ (ma⁵) [mǎ] ⓣ ❶ 哺乳動物。頭小，面部長，頸上有鬃，尾有長毛，可供乘騎或拉東西 ♦ 馬匹 / 騎馬 / 走馬觀花。❷ 姓。

【馬蹄】ma⁵tei⁴⁻² ⓐ 荸薺 ♦ 馬蹄粉。

【馬仔】ma⁵zei² ⓐ ❶ 幫兇，爪牙，打手，嘍囉，聽差，保鏢之類的角色。❷ 年幼的馬。❸ 跑馬比賽的馬、賭馬 ♦ 跑馬仔。❹ 一種甜食，"薩琪瑪"的簡稱。

【馬騮精】ma⁵leo¹jing¹ ⓐ 比喻機靈而頑皮的小孩。

【馬騮王】ma⁵leo¹wong⁴ ⓐ 孩子王。

【馬騮仔】ma⁵leo¹zei² ⓐ ❶ 小猴子；猴子。❷ 頑皮的小孩。

【馬死落地行】ma⁵séi²log⁶déi⁶hang⁴ ⓐ 馬死了，只好下馬步行。比喻條件一旦惡化，必須採取相應的應變措施，甚或退而求其次。

碼（码）ma⁵ (ma⁵) [mǎ] ⓣ ❶ 表示數目的符號 ♦ 數碼 / 號碼 / 頁碼 / 價碼。❷ 表示數目的用具 ♦ 籌碼 / 砝碼。❸ 指一件事或一類事 ♦ 這是兩碼事。❹ 堆起來 ♦ 碼磚。❺ 英美長度單位 ♦ 一碼合 0.914 米。

【碼頭】ma⁵teo⁴ [mǎtou] ⓣ 在江河沿岸或港灣內供停靠船隻上下乘客或裝卸貨物的建築。ⓐ 指珠寶首飾、錢財、儲蓄、家當 ♦ 睇佢成身嘅碼頭，都唔嘢少嗰（她身上的珠寶首飾，都非常名貴）！

mad

抹 mad³ (mat⁸) [mā] ⓣ ❶ 擦 ♦ 抹桌子 / 抹玻璃。❷ 用手按着並向下移動 ♦ 把帽子抹下來。❸ 放下 ♦ 抹不下臉來。ⓐ 擦；揩 ♦ 抹枱 / 抹鼻涕 / 抹乾淨塊面（把臉擦乾淨）。

【抹身】mad³sen¹ ⓐ 擦身。

【抹枱布】mad³toi⁴⁻²bou³ ⓐ 抹桌布；搌布。

☞ 另見 274 頁 mud³。

mag

□ mag¹ (mak⁷) ⓐ ❶ 球賽時釘人 ♦ 一個□一個（一個釘一個）/ 中鋒俾人□死（中鋒被釘得死死的）。❷ 批分數；評成績 ♦ □卷（評試卷）。❸ 記下數碼或符號 ♦ □低條數（把數字記下來）/ □低個冧巴（把號碼記下來）。

擘 mag³ (mak⁸) [bò] ⓣ ❶ 拇指 ♦ 巨擘。❷ 剖；分開 ♦ 擘肌分理。ⓐ ❶ 撕開；撕爛 ♦ 擘開張紙 / 擘爛件衫（撕破衣服）。❷ 分開 ♦ 擘開兩份。❸ 張開；叉開 ♦ 擘大雙眼（睜大眼睛）/ 擘開對腳（叉開雙腳）。

【擘大口】mag³dai⁶heo² ⓐ ❶ 張大嘴

巴。❷ 索要；索價 ♦ 擘大口要錢（開口要錢）/ 擘大口開價（漫天要價）。

【擘大口得個窿】mag³dai⁶heo²deg¹go³lung¹ [粵] 形容張口結舌。

mai

埋 mai⁴ (mai⁴) [mái] [通] ❶ 把東西放在坑裏用土蓋上 ♦ 掩埋 / 活埋 / 埋葬 / 埋藏。❷ 隱藏 ♦ 埋伏 / 隱姓埋名。[粵] ❶ 靠近；閉合 ♦ 走埋啲（靠近點）/ 傷口就嚟埋合（傷口就快癒合）。❷ 用在動詞後，表示動作的趨向 ♦ 企埋啲（站靠近一點）/ 坐埋一齊（坐到一塊去）。❸ 用在動詞後，表示動作之完成 ♦ 食埋飯先走（吃過飯再走）/ 做埋啲嘢先落班（把活幹完才下班）。❹ 用在動詞後，表示動作之擴展或延續 ♦ 個證用埋今年就到期（證件到今年底到期）/ 連老母都得罪埋（連母親也給得罪了）。❺ 用在動詞後，表示動作所造成的狀態 ♦ 掃埋一堆（掃成一堆）/ 釘埋一本（釘成一冊）。

【埋便】mai⁴bin⁶ [粵] 裏邊；這裏邊；那裏邊。

【埋單】mai⁴dan¹ [粵] ❶ 用餐後開賬單結賬。❷ 俗稱死去 ♦ 佢埋單好耐喇（他死了很久啦）。

【埋堆】mai⁴dêu¹ [粵] 合羣結夥；拉幫結派。

【埋口】mai⁴heo² [粵] 傷口癒合。

【埋去】mai⁴hêu³ [粵] 走過去；靠前去。

【埋席】mai⁴jig⁶ [粵] 入席。參見“埋位”條。

【埋嚟】mai⁴lei⁴ [粵] 過來；靠前來。

【埋尾】mai⁴méi⁵ [粵] 收尾；煞尾 ♦ 呢個月唔夠錢埋尾（這個月的錢不夠用到月底）/ 爭取工程盡快埋尾（爭取工程早日完工）。

【埋牙】mai⁴nga⁴ [粵] ❶ 動手打架。❷ 正式着手幹某事。

【埋手】mai⁴seo² [粵] ❶ 入手；動手做某事。❷ 下手 ♦ 專向單身婦女埋手（專門找單身婦女下手）。

【埋數】mai⁴sou³ [粵] 結賬；算賬。

【埋位】mai⁴wei⁶⁻² [粵] 入席；就位。

【埋站】mai⁴zam⁶ [粵] 公共汽車等慢駛靠站 ♦ 汽車埋站，大家企穩扶穩（汽車靠站，大家站好扶穩）。

【埋棧】mai⁴zan⁶⁻² [粵] 進客棧住宿。

【埋頭埋腦】mai⁴teo⁴mai⁴nou⁵ [粵] 形容沉迷於某事或專心致志幹某事。

【埋手打三更】mai⁴seo²da²sam¹gang¹ [粵] 同“落手打三更”。

買（买） mai⁵ (mai⁵) [mǎi] [通] 拿錢換東西，跟“賣”相對 ♦ 買賣 / 買主 / 購買 / 收買。

【買單】mai⁵dan¹ [粵] 同“埋單”。

【買家】mai⁵ga¹ [粵] 買方；買主；貨物購買者。

【買起】mai⁵héi² [粵] 買命；買人頭；要人的命 ♦ 當場買起（當場取命）。

【買水】mai⁵sêu² [粵] 迷信風俗。父母死後，兒子到河邊取水給死者作儀式上的沐浴叫“買水”。

【買少見少】mai⁵xiu²gin³xiu² [粵] 買去一件少一件；也比喻日漸少見。

賣（卖） mai⁶ (mai⁶) [mài] [通] ❶ 用物品換錢，跟“買”相

對◆賣菜/賣衫(賣衣服)/賣假藥。❷盡量使出◆賣力/賣勁。❸炫耀；顯示◆賣弄/賣嘴。❹背叛；出賣◆賣國賊/賣友求榮/賣身投靠。(粵)❶刊登◆賣廣告(登廣告；做廣告)/報紙賣到振晒(報紙大量登載)。❷量詞。飲食業用於計算炒粉或炒麵的單位◆一賣炒粉/半賣炒麵。

【賣點】mai^{6}dim^2 (粵) 吸引顧客購買特別之處。

【賣懶】mai^{6}lan^5 (粵) 舊俗兒童在除夕上街呼喊“賣懶，賣懶，賣到年卅晚，人懶我唔懶”，相信藉此可改掉懶惰習氣。

【賣相】mai^{6}sêng^3 (粵) 商品的外觀、包裝。

【賣大包】mai^{6}dai^{6}bao^1 (粵) 大甩賣；送人情。

【賣告白】mai^{6}gou^{3}bag^6 (粵) 做廣告。

【賣鹹魚】mai^{6}ham^{4}yu$^{4-2}$ (粵) 俗稱死去。也說“賣鹹鴨蛋” mai^{6}ham^{4}ngab^{3}dan$^{6-2}$。

【賣口乖】mai^{6}heo^{2}guai^1 (粵) 賣嘴；用甜言蜜語或稱讚的話取悅別人。

【賣剩蔗】mai^{6}jing^{6}zé^3 (粵) 比喻剩下賣不出去的貨物、剩下來嫁不出去的女兒或舞會中沒有舞伴的人。

【賣豬仔】mai^{6}ju^{1}zei^2 (粵)❶騙賣苦力◆去賣豬仔(去賣苦力)。❷被出賣、背叛或誘拐◆俾人賣咗豬仔(被別人出賣了)。

【賣頭賣尾】mai^{6}teo^{4}mai^{6}méi^5 (粵) 出售殘餘貨物。

【賣花讚花香】mai^{6}fa^{1}zan^{3}fa^{1}hêng^1 (粵) 相當於“王老賣瓜——自賣自誇”。

【賣仔莫摸頭】mai^{6}zei^{2}mog^{6}mo^{1}teo^4 (粵) 比喻忍痛把自己心愛的東西賤價賣出去。

man

攣 (擟) man^1 (man^1) (粵)❶扶；攀◆攣住我個膊頭(搭住我的肩膀)。❷掰；扳◆攣番正(掰正)/攣番直(扳直)。❸挽回；挽救◆冇得攣(無法挽回)/大勢已去，攣唔番喍喇(大勢已去，無法挽回)。

【攣車邊】man^{1}cé^{1}bin^1 (粵)❶搭順風車。❷比喻趁勢沾光、得益。❸比喻剛剛好、勉強、處於邊緣位置◆佢攣車邊都升到班(他勉強地升級)。

晚 man^5 (man^5) [wǎn] (通)❶夜間◆晚上/傍晚/昨晚/從早到晚。❷時間靠後的◆晚期/晚婚。❸遲◆來晚了。❹後來的◆晚輩/晚生。

【晚黑】man^{5}hag^1 (方) 晚上；夜晚◆晚黑我好少出街(我晚上很少上街)。也說“夜晚黑” yé^{6}man^{5}hag^1。

【晚頭】man^{5}teo$^{4-2}$ (粵) 晚上。也說“晚頭夜” man^{5}teo^{4}yé$^{6-2}$ 或“晚頭黑” man^{5}teo^{4}hag^1。

慢 man^6 (man^6) [màn] (通)❶遲緩；速度低◆慢速/慢走/慢手慢腳/慢條斯理。❷態度冷淡◆傲慢/怠慢/輕慢。(粵)❶斤兩略為不足◆一斤慢啲，收少你一毫子(一斤略輕一點，少收你一毛錢)。❷火不旺◆火太慢(火太乏)/較慢啲個火(把火調弱點)。❸燈火暗◆將火水燈擰慢啲(把煤油燈擰暗點)。❹慢駛停車

♦ 前邊有慢（前面站請停一停）。

【慢慢嚟】man⁶man⁶⁻²lei⁴ [粵] 慢慢地；一點一點地 ♦ 慢慢嚟做（慢慢地做）/ 慢慢嚟還（一點一點還清）。

萬（万） man⁶ (man⁶) [wàn] [通] ❶ 數目字。千的十倍 ♦ 一萬元。❷ 比喻極多 ♦ 萬事 / 萬物 / 萬眾一心。❸ 極；很 ♦ 萬分高興 / 萬全之策 / 萬不得已。❹ 姓。

【萬大事】man⁶dai⁶xi⁶ [粵] 不管多嚴重的事情。

【萬字夾】man⁶ji⁶gab³⁻² [粵] 曲別針；迴形針。

【萬金油】man⁶gem¹yeo⁴ [粵] ❶ 清涼油。❷ 比喻樣樣都能做，但樣樣都不擅長的人。❸ 比喻做事慢條斯理的人，因"慢"與"萬"字同音。

【萬大事有我】man⁶dai⁶xi⁶yeo⁵ngo⁵ [粵] 天塌下來我頂着。

【萬事起頭難】man⁶xi⁶héi²teo⁴nan⁴ [粵] 萬事開頭難。

mang

掹 mang¹ (maŋ¹) [粵] 也作"綳"。❶ 綳；拉 ♦ 掹鼓（綳鼓面）/ 掹電線（拉電線）。❷ 張掛 ♦ 掹蚊帳。

【掹掹緊】mang¹mang¹gen² [粵] 緊巴巴的 ♦ 條褲窄咗啲，着起上嚟掹掹緊（褲子窄了點，穿起來緊巴巴的）/ 啲錢掹掹緊夠使（錢勉強夠花）。

☞ 另見 266 頁 meng¹，meng³。

盲 mang⁴ (maŋ⁴) [máng] [通] ❶ 瞎；看不見東西 ♦ 盲人 / 盲文 / 盲人瞎馬。❷ 不明事理 ♦ 文盲 / 法盲。

【盲婚】mang⁴fen¹ [粵] 包辦婚姻。

【盲公】mang⁴gung¹ [粵] 瞎眼的男人。

【盲棋】mang⁴kéi⁴⁻² [粵] ❶ 瞎眼棋，錯着。❷ 閉目棋 ♦ 捉盲棋。

【盲妹】mang⁴mui⁶⁻¹ [粵] 瞎眼女子；也指失明的女藝人。

【盲眼】mang⁴ngan⁵ [粵] 瞎；失明。

【盲朵朵】mang⁴dê³dê³ [粵] 瞎摸合眼的；亂碰亂撞的。

【盲公餅】mang⁴gung¹béng² [粵] 一種餅食，甘香酥脆。是廣東佛山的特產。

【盲公竹】mang⁴gung¹zug¹ [粵] ❶ 瞎子探路用的小棍子。❷ 比喻起導引作用的人或事物。

【盲摸摸】mang⁴mo²mo² [粵] ❶ 瞎摸；瞎碰 ♦ 盲摸摸叫佢點擺吖，擰支電筒俾佢喇（瞎摸一氣怎麼找呀，拿個手電筒給他吧）。❷ 情況不明，兩眼一抹黑 ♦ 我剛嚟，對呢間公司嘅情況仲係盲摸摸（我剛來，對這公司的情況不甚了解）。

【盲頭烏蠅】mang⁴teo⁴wu¹ying¹ [粵] 比喻莽莽撞撞，瞎摸亂碰的人。

猛 mang⁵ (maŋ⁵) [měng] [通] ❶ 氣勢壯；力量大 ♦ 兇猛 / 勇猛 / 用力過猛。❷ 忽然；突然 ♦ 猛不防 / 猛然驚醒。[粵] ❶ 猛烈；強勁 ♦ 日頭太猛（陽光猛烈）/ 北風好猛（北風很大）。❷ 旺；茂盛 ♦ 火唔夠猛（火不夠旺）/ 禾苗長得咁猛，要控制吓，唔好落咁多肥（禾苗長勢過旺，要控制一下，不要施太多肥料）。❸ 有活力，有朝氣 ♦ 生猛海鮮 / 高大威猛。❹ 職位高，權勢大 ♦ 佢撈到咁猛又點啫，老友鬼鬼唔通唔俾面咩（他當了大官又怎麼樣，老朋友難道還不給點面子）？

【猛火】mang⁵fo² [粵] 武火。

【猛咁】mang⁵gem³ [粵] 起勁地，拼命地 ♦ 猛咁做（起勁地幹）/ 猛咁追（拼命追趕）。

【猛鬼】mang⁵guei² [粵] 厲鬼。

【猛料】mang⁵liu⁶⁻² [粵] ❶ 有轟動效應的新聞材料。❷ 指很有潛質的人。

【猛片】mang⁵pin³⁻² [粵] 有激烈打鬥場面的電影、電視。

【猛人】mang⁵yen⁴ [粵] 要人；顯赫人物。

【猛龍活虎】mang⁵lung⁴wud⁶fu² [粵] 生龍活虎。

mao

貓（猫）mao¹ (mau¹) [māo] [通] 家畜。面部略圓，耳短眼大，腳有利爪，動作敏捷，善捉老鼠。[粵] 常用來稱有某種缺點、毛病的人 ♦ 醉貓（醉漢）/ 賴貓（賴皮）/ 為食貓（饞嘴貓）/ 污糟貓（很髒的人）。

【貓乸】mao¹na² [粵] 雌貓。

【貓樣】mao¹yêng⁶⁻² [粵] 德性 ♦ 睇佢個貓樣（瞧他那副德性）。

【貓魚】mao¹yu⁴⁻² [粵] 餵貓的雜魚 ♦ 食貓魚（指因窮困而過節儉的生活）。

【貓狗股】mao¹geo²gu² [方] 指小公司發行的股票。

【貓刮咁嘈】mao¹guad³gem³cou⁴ [粵] 嘰嘰呱呱直嚷嚷。

【貓哭老鼠】mao¹hug¹lou⁵xu² [māokū lǎoshǔ]（歇）假慈悲，比喻假意同情憐憫受害者。

茅 mao⁴ (mau⁴) [máo] [通] 茅草，草本植物。有白茅、青茅等。[粵] ❶ 耍賴；撒野。多指小孩 ♦ 發晒茅咁喊（一個勁地哭）。❷ 放刁；耍滑頭。多指在賭博或遊戲中不守規則。

【茅波】mao⁴bo¹ [粵] 指在球類比賽中不守規則 ♦ 打茅波。

【茅招】mao⁴jiu¹ [粵] 兇狠、刁鑽的招數 ♦ 出茅招。

【茅賴】mao⁴lai⁶⁻¹ [粵] 耍賴 ♦ 咁茅賴，唔同你玩（老耍賴皮，不跟你玩）。

mé

咩 mé¹ (mɛ¹) [miē] [通] 擬聲詞。形容羊叫的聲音。[粵] 語助詞。表示疑問或反詰 ♦ 你唔知咩（你不知道嗎）？/ 你估我唔知咩（你以為我不知道呀）？

乜 mé¹ (mɛ¹) [miē]

☞ 另見 260 頁 med¹。

孭 mé¹ (mɛ¹) [粵] 背；負；負擔 ♦ 孭書包（背書包）/ 孭細佬（背小弟弟）/ 成件事要佢一個人孭晒（整件事要他一個負全部責任）。

【孭飛】mé¹féi¹ [粵] 負擔責任、後果、開支等 ♦ 出咗事由你孭飛（出事由你負責）/ 呢餐你孭飛（這一頓由你付賬）。

【孭鑊】mé¹wog⁶ [粵] 背黑鍋；代人受過。

【孭仔】mé¹zei² [粵] 背嬰、幼兒 ♦ 孭仔婆／孭仔上班（背着孩子上班）。

歪 mé^{2} (mɛ^{2}) [粵] 也作"咩"。❶ 歪；斜 ♦ 掛歪咗（掛歪了）／歪埋把口（歪着嘴巴，欲哭的樣子）。❷ 偏 ♦ 讀歪音（把音讀偏了）。

【歪埋塊面】mé^{2}mai^{4}fai^{3}min^{6} [粵] 側着臉；轉過臉去，表示不高興或不理睬。

【歪歪斜斜】mé^{2}mé^{2}cé$^{4-2}$cé$^{4-2}$ [粵] 歪七扭八的。

【歪身歪勢】mé^{2}sen^{1}mé^{2}sei^{3} [粵] 形容坐、立或走路姿勢不正。

med

乜 med^{1} (mɐt^{7}) [粵] 代詞。❶ 甚麼 ♦ 有乜食乜（有甚麼吃甚麼）。❷ 怎麼；為甚麼 ♦ 乜噉㗎（怎麼會這樣）？／乜搞到而家先返嚟(怎麼弄到現在才回來)？

【乜嘢】med^{1}yé^{5} [粵] ❶ 甚麼 ♦ 乜嘢人都有（甚麼人都有）／乜嘢事都敢做（甚麼事都幹得出來）。❷ 甚麼東西 ♦ 姪女結婚，唔知買啲乜嘢俾佢好（姪女結婚，不知買點甚麼禮物送給她才好）。

【乜滯】med^{1}zei^{6} [粵] 用在否定句式中，含"不怎麼"、"沒甚麼"、"幾乎沒有"等意思 ♦ 唔係幾啱乜滯（不怎麼合適）／冇生意乜滯（沒甚麼生意）／呢輪冇訂單乜滯（最近幾乎沒接甚麼訂單）。

【乜都假】med^{1}dou^{1}ga^{2} [粵] ❶ 怎麼也不行，說甚麼也沒用 ♦ 唔賠償損失乜都假（不賠償損失，說甚麼也沒用）。❷ 毫無辦法；無能為力 ♦ 冇錢乜都假（沒有錢，有甚麼辦法）！

【乜東東】med^{1}dung^{1}dung^{1} [粵] 啥玩意 ♦ 唔知佢喺度搞乜東東（不知道他在弄甚麼玩意）。

【乜說話】med^{1}xud^{3}wa^{6} [粵] 哪兒的話 ♦ 呢次多得你幫忙，唔係我都唔知點算。——乜說話，舉手之勞啫（這次多得你幫忙，不然我真不知道該怎麼辦才好。——哪兒的話，這不過是舉手之勞罷了）。

【乜乜物物】med^{1}med^{1}med^{6}med^{6} [粵] 這樣那樣的；甚麼甚麼的 ♦ 乜乜物物，講咁多做乜嘢（這樣那樣的，說那麼多幹啥）。

【…乜…物】…med^{1}…med^{6} [粵]…這個…那個 ♦ 買乜買物（買這買那）／嫌乜嫌物（又嫌這個，又嫌那個）。

☞ 另見 259 頁 mé^{1}。

密 med^{6} (mɐt^{9}) [mì] [通] ❶ 事物之間的距離近；事物的部分之間空隙小 ♦ 密林／濃密／緊密。❷ 關係近；感情好 ♦ 密友／親密。❸ 細緻；精細 ♦ 細密／精密／周密／縝密。❹ 不公開 ♦ 密談／密件／機密／保密。

【密籠】med^{6}lung$^{4-2}$ [粵] 密；嚴密 ♦ 間房夠晒密籠（房間封閉嚴密）。

【密實】med^{6}sed^{6} [mìshi] [通] 細密；緊密 ♦ 針線做得密實。[粵] ❶ 嚴實 ♦ 將隻罐蓋密實（把罐子蓋嚴實）／佢今日着得好密實（他今天穿得嚴嚴實實）。❷ 隱蔽 ♦ 收埋得好密實(收藏得十分隱蔽）。❸ 謹言；不太喜歡講話 ♦ 佢咁密實，你放心都得嘞（他口不落風，你放心好了）。

【密斟】med^{6}zem^1 (粵) 密談；密商。

【密質質】med^{6}zed^{1}zed^1 (粵) 密密麻麻；密密匝匝。

蜜 med^6 (mɐt^9) [mì] (通) ❶ 蜂蜜 ♦ 釀蜜 / 百花蜜 / 荔枝蜜。❷ 像蜂蜜的東西 ♦ 蜜色 / 蜜餞 / 糖蜜。❸ 甜美 ♦ 甜蜜 / 甜言蜜語 / 口蜜腹劍。

【蜜糖】med^{6}tong^4 (粵) 蜂蜜。

襪 (袜) med^6 (mɐt^9) [wà] (通) 穿在腳上的棉、毛、絲、化學纖維織品 ♦ 襪子。(粵) ❶ 襪子 ♦ 絲襪 / 長筒襪。❷ 手套 ♦ 手襪。

【襪褲】med^{6}fu^3 (粵) 長筒絲襪。

勿 med^6 (mɐt^9) [wù] (通) 不要 ♦ 請勿喧嘩 / 非請勿進。

【勿歇】med^{6}hid^3 (粵) 不斷地；不停地 ♦ 勿歇有信嚟 (經常有來信)。

物 med^6 (mɐt^9) [wù] (通) ❶ 東西 ♦ 古物 / 貨物。❷ 人；眾人 ♦ 恃才傲物 / 待人接物 / 超然物外。❸ 內容 ♦ 言之有物 / 空洞無物。

【物業】med^{6}yib^6 (粵) 產業，尤指房地產 ♦ 購置物業 (購置房產) / 物業市場 (房地產市場)。

【物有所值】med^{6}yeo^{5}so^{2}jig^6 (粵) 貨品質量等與價錢相當 ♦ 呢件衫係就係貴啲，不過物有所值 (這件衣服是貴了點，不過值這個價)。

【物輕情義重】med^{6}hing^{1}jing^{4}yi^{6}zung^6 (粵) 物品雖然微薄，卻含有深厚的情義。

【物以罕為貴】med^{6}yi^{5}hon^{2}wei^{4}guei^3 (粵) 物以稀為貴。

meg

嘜 meg^1 (mɐk^7) (粵) ❶ 玄孫。❷ 也作"嚜"。英 mark 音譯。牌號；商標 ♦ 三角嘜 (三角牌) / 鷹嘜煉奶 (鷹牌煉奶)。❸ 英 mug 音譯。空罐頭盒 ♦ 鐵嘜 (鐵罐) / 牛奶嘜 (牛奶罐)。❹ 量詞。相當於圓形罐頭空罐一罐的量 ♦ 今晚煮兩嘜米夠喇 (今晚煮兩筒米夠了)。

【嘜頭】meg^{1}teo$^{4-2}$ (粵) ❶ 商標；牌號。❷ 相貌；樣子 ♦ 睇佢個人嘜頭唔錯 (他看上去樣貌還可以)。

麥 (麦) meg^6 (mɐk^9) [mài] (通) 草本植物。種類很多，有大麥、小麥、黑麥、燕麥等。通常指小麥。

【麥皮】meg^{6}péi^4 (粵) 同"麥片"。

【麥芽糖】meg^{6}nga^{4}tong$^{4-2}$ (粵) 用麥芽製成的軟糖。

默 meg^6 (mɐk^9) [mò] (通) ❶ 不說話；不出聲 ♦ 默認 / 默讀 / 沉默寡言。❸ 憑記憶寫出 ♦ 默生字。

【默劇】meg^{6}kég^6 (方) 啞劇。

癦 meg^6 (mɐk^9) (粵) 痣子，較大而突起的痣 ♦ 脫癦 / 下巴有粒癦 (下巴有顆痣)。

【癦屎】meg^{6}xi^2 (粵) 雀斑。也說"黑癦屎" heg^{1}meg^{6}xi^2。

mei

咪 mei^1 (mɐi^1) [mī] (通) 擬聲詞。形容貓叫聲 ♦ 小貓咪咪叫。(粵) ❶

死啃書本；苦心鑽研♦咪書(啃書本)/咪咗半年先至通過考試（鑽研了半年才通過考試)。❷用指甲掐♦咪唔入（掐不進去)。❸用小刀切割。❹英 microphone 頭一個音節的音譯。麥克風♦唱卡拉OK最好有兩支咪(唱卡拉OK最好有兩支麥克風)。❺英mile音譯。英里♦咪錶（出租汽車的計程器)。

【咪家】mei¹ga¹ [粵] 用功讀書的人；有鑽研精神的人♦佢係個大咪家嚟㗎（他讀書可是用了功夫)。

【咪仙】mei¹xin¹ [方] 英 streptomycin 後兩個音節的音譯。即“鏈霉素”。

☞ 另見本頁 mei⁵；263 頁 mei⁶；267 頁 mi¹。

迷 mei⁴ (mɐi⁴) [mí] [通] ❶分辨不清；失去判斷力♦迷路/迷航/迷茫。❷對某人或某一事物發生特殊愛好而沉醉♦入迷/着迷/沉迷/癡迷。❸沉醉於某一事物的人♦球迷/歌迷/棋迷/電影迷。❹使陶醉；使迷惑；使看不清♦迷人/迷魂陣/鬼迷心竅。

【迷幻藥】mei⁴wan⁶yêg⁶ [粵] 一種合成麻醉毒品。

【迷魂槍】mei⁴wen⁴cêng¹ [方] 麻醉槍。

【迷頭迷腦】mei⁴teo⁴mei⁴nou⁵ [粵] 專注沉迷於某事。也說“埋頭埋腦” mai⁴teo⁴mai⁴nou⁵。

米 mei⁵ (mɐi⁵) [mǐ] [通] ❶特指去了皮的稻實♦稻米/大米/糯米/糙米。❷泛指去掉皮、殼的種子，多指可以吃的♦小米/花生米。

【米舖】mei⁵pou³ [粵] 糧店♦香港地銀行多過米舖（香港這個地方，銀行比糧店還多)。

【米水】mei⁵sêu² [粵] 泔水；潲水。

【米飯錢】mei⁵fan⁶qin⁴⁻² [粵] 基本生活費用。

【米飯班主】mei⁵fan⁶ban¹ju² [粵] 為一夥人提供生活來源的人，如僱工老闆等。

【米已成炊】mei⁵yi⁵xing⁴cêu¹ [粵] 生米煮成熟飯；既成事實。

【米少飯焦燶】mei⁵xiu²fan⁶jiu¹nung¹ [粵] 米少容易把飯燒糊。比喻人手不足，做起事情往往棘手。

咪 mei⁵ (mɐi⁵) [粵] 副詞。相當於“別”、“不要”♦咪聽佢亂噏（別聽他胡說)/咪使指擬我會幫你（別指望我會幫你的忙)。

【咪搞】mei⁵gao² [粵] 別給我惹麻煩，表示拒絕別人要求自己參與♦咪搞，啲嘅事唔好搵我（免了，這種事別來找我)/咪搵我嚟搞（別給我惹麻煩)。

【咪自】mei⁵ji⁶ [粵] 且慢；慢着♦咪郁手自（且慢動手)/咪自，等我諗吓先（慢着，讓我先想一想)。也說“咪住” mei⁵ju⁶。“咪自先” mei⁵ji⁶xin¹ “咪住先” mei⁵ju⁶xin¹。

【咪拘】mei⁵kêu¹ [粵] 不必客氣；不必拘禮。反話，表示婉拒別人的提議或要求♦王生，請你做我哋公司嘅顧問好唔好？——咪拘，我實在分身無術，你另請高明吧！（王先生，請你當我們公司的顧問，好不好？——不必啦，我實在分身乏術，你另請高明吧！)

【咪郁】mei⁵yug¹ [粵] 別動。

【咪嚟】mei⁵zei³ ⑧ 別幹◆做的咁嘢，你千祈咪嚟𠺢嚿（那種事，你千萬別幹）。

【咪點我】mei⁵dim²ngo⁵ ⑧ 別給我胡指；別給我出難題。

【咪咁口響】mei⁵gem³heo²hêng² ⑧ 別誇口；不要說得那麼乾脆。

☞ 另見 261 頁 mei¹；本頁 mei⁶；267 頁 mi¹。

咪 mei⁶ (mɐi⁶)

【咪…囉】mei⁶…lo¹ ⑧ 不是…嗎；不就是…嗎◆咪返咗去囉（不是回去了嗎）？/ 咪喺度囉（不就在這兒嗎）？

【…咪…囉】…mei⁶…lo¹ ⑧ …就…唄◆食咪食囉（吃就吃唄）/ 你嚟咪嚟囉（你來就來唄）。

☞ 另見 261 頁 mei¹；262 頁 mei⁵；267 頁 mi¹。

méi

瞇（眯）méi¹ (mei¹) ⑧ 也作"瞴"。瞇縫；抿緊◆瞇埋雙眼（瞇上眼睛）/ 瞇埋嘴粒聲唔出（抿着嘴一句話不說）。

【瞇瞇嘴】méi¹méi¹zêu² ⑧ 抿嘴◆瞇瞇嘴咁笑（抿着嘴笑）。

【瞇眉瞇眼】méi¹méi⁴méi¹ngan⁵ ⑧ 眨巴着眼睛◆酸到佢瞇眉瞇眼（酸得他直眨巴眼睛）/ 話嚫佢都瞇眉瞇眼，真係冇佢收（一說他就眨巴起眼睛，真拿他沒辦法）。

尾 méi¹ (mei¹) ⑧ 也作"屘"。末尾；最後◆考試考第尾（考了最後一名）/ 排喺最尾嗰個咪佢囉（排在末尾那位不就是他嗎）。

【尾指】méi¹ji² ⑧ 小指；無名指。也讀 mei⁵ji²。

【尾二】méi¹yi⁶⁻² ⑧ 倒數第二。

【尾尾屎】méi¹méi¹xi² ⑧ 倒數第一。多為兒童用語。

☞ 另見 264 頁 méi⁵。

糜 méi¹ (mei¹) ⑧ 粥或米湯涼後表面凝結的一層皮◆一浸粥糜（一層粥皮）。

味 méi² (mei²) ⑧ 口語音。量詞。❶ 用於菜餚或中藥配方，相當於"道"、"種"等◆加多一味藥 / 整番幾味食吓（弄幾道菜嚐嚐）。❷ 用於事情，相當於"件"、"樣"◆鍾意呢味嘢（喜歡這種事）/ 嗰味嘢唔係咁好撈㗎（那種事不是那麼好幹的）。

☞ 另見 264 頁 méi⁶。

眉 méi⁴ (mei⁴) [méi] ⑩ ❶ 眼上額下的毛◆眉毛 / 眉梢 / 眼眉 / 濃眉大眼。❷ 指書頁上方空白的地方◆書眉 / 眉批。

【眉精眼企】méi⁴jing¹ngan⁵kéi⁵ ⑧ ❶ 精明機靈◆睇佢眉精眼企，點解會失手㗎（看他挺精明機靈的，怎麼會失手了呢）？❷ 指樣貌給人一種狡猾的感覺。

【眉頭眼額】méi⁴teo⁴ngan⁵ngag⁶⁻² ⑧ 指人的臉部表情◆睇人眉頭眼額（看人臉色）。

微 méi⁴ (mei⁴) [wēi] ⑩ ❶ 細小；賤薄◆微粒 / 微風 / 低微。❷ 稍；少◆稍微 / 微微點頭。❸ 衰落◆衰微 / 式微。❹ 精深；奧妙◆微言大義。

【微雨】méi⁴yu⁵ ㊣ 小雨。

尾 méi⁵ (mei⁵) [wěi] ㊣ ❶ 鳥獸蟲魚等的動物身體末端突出的部分♦尾巴/魚尾巴。❷ 末端♦末尾/排尾/有頭無尾。❸ 緊跟在後面♦尾隨/尾追。❹ 主要部分以外的♦掃尾/尾數/尾聲。❺ 量詞。用於魚♦一尾魚。㊣ ❶ 尾巴；尾部；屁股♦牛尾/魚尾（魚的尾部）/臘鴨尾（臘鴨屁股）。❷ 末；底♦月尾/年尾。❸ 最後；後邊♦你行頭，我跟尾（你先走，我隨後）。❹ 剩下的♦賣剩尾。❺ 終點；盡頭♦坐到尾（坐到終點站）/講到尾（説到底）。

【尾班】méi⁵ban¹ ㊣ 末班♦尾班車/尾班機。

【尾龍骨】méi⁵lung⁴gued¹ ㊣ 尾恥骨。

☞ 另見 263 頁 méi¹。

未 méi⁶ (mei⁶) [wèi] ㊣ ❶ 地支的第八位。❷ 沒；不曾♦未婚/聞所未聞/前所未有。❸ 不♦未詳/未可厚非/未卜先知。㊣ ❶ 沒；沒有♦未見過（沒見過）/未返嚟（沒回來）。❷ 還沒；還沒有♦至今未回信（至今還沒回信）/主管未簽字（主管還沒有簽名）。

【未得住】méi⁶deg¹ju⁶ ㊣ 還不行。也説"未得自" méi⁶deg¹ji⁶。

味 méi⁶ (mei⁶) [wèi] ㊣ ❶ 舌頭嚐東西所得到的感覺♦味道/滋味/甜味/鹹味。❷ 鼻子聞東西所得到的感覺♦氣味/香味/臭味。❸ 情趣♦趣味/興味/乏味/意味深長。❹ 體會♦品味/玩味/體味。❺ 量詞。用於中藥配方♦三味藥。㊣ 味道♦好味（味道好）/唔夠味（味道不足）。

☞ 另見 263 頁 méi²。

昧 méi⁶ (mei⁶)

【昧水】mêi⁶sêu² ㊣ 潛水。

【昧水舂牆】méi⁶sêu²zung¹cêng⁴ ㊣ 潛入水底，撞到牆上。表示意志堅定，決心很大。相當於"赴湯蹈火"。

mem

𨱑 mem¹ (mɐm¹) ㊣ 幼兒用語。指流質食物♦食𨱑𨱑。

men

炆 men¹ (mɐn¹) [wén] ㊣ 用文火燜食物♦炆牛腩/冬菇炆雞/花生炆豬手。

【炆豬肉】men¹ju¹yug⁶ ㊣ ❶ 紅燒豬肉。❷ "藤條炆豬肉"的省略説法。

蚊 men¹ (mɐn¹) [wén] ㊣ 蚊子，昆蟲。吸血，能傳播疾病。㊣ 貨幣單位。相當於"元"、"塊"。

【蚊螆】men¹ji¹ ㊣ 蚊蚋；蠓蟲。

【蚊都瞓喇】men¹dou¹fen³la³ ㊣ 蚊子都睡啦。比喻為時已晚♦而家先至嘟手，搞得嚟蚊都瞓喇（現在才動手，為時太晚了）。

【蚊叫噉聲】men¹giu³gem²séng¹ ㊣ 聲音細小微弱，像蚊子叫一樣。

【蚊髀同牛髀】men¹béi²tung⁴ngeo⁴béi² ㊣ 比喻兩事物有天淵之別，無法作相互比較。

文 men¹ (mɐn¹) [粵] 也作"蚊"。貨幣單位。相當於"元"、"塊" ♦ 一文 (一元) / 文零兩文 (塊把兩塊錢) / 十文紙 (面額十元的鈔票)。

【文雞】men¹gei¹ [粵] 貨幣單位。相當於"元"、"塊"，但僅用於小額整數 ♦ 三文雞一本 (三塊錢一本)。

☞ 另見本頁 men²，men⁴。

抆 men² (mɐn²) [wěn] [通] ❶ 擦拭 ♦ 抆淚。❷ 用泥灰漿等填塞抹平 ♦ 抆牆 (抹牆) / 抆石灰 (抹石灰)。

【抆屎】men²xi² [粵] 擦屁股。

【抆囉柚】men²lo¹yeo⁶⁻² [粵] 擦屁股。

文 men² (mɐn²) [粵] 口語變音 ♦ 外文 / 作文 / 散文。

☞ 另見本頁 men¹，men⁴。

聞 (闻) men² (mɐn²) [粵] 口語變音。用於"新聞"一詞 ♦ 有乜新聞，快啲講嚟聽吓 (有甚麼新聞，快說來聽聽)。

☞ 另見本頁 men⁴。

抿 men³ (mɐn³) [粵] ❶ 靠近邊緣，接近盡頭 ♦ 企得好抿 (站得太靠邊) / 隻碗放抿，因住跌落地 (碗放這麼靠邊，小心掉下來) / 叻到抿 (聰明到極點。含譏諷意)。❷ 略嫌不足；幾乎不夠 ♦ 得過十零萬，抿係抿啲 (不過十來萬，當然緊了點) / 限三日交稿，時間太抿 (限三天交稿，時間太緊了點)。

【抿尾】men³méi⁵⁻¹ [粵] 盡頭。

文 men⁴ (mɐn⁴) [wén] [通] ❶ 字；文字 ♦ 中文 / 英文 / 甲骨文。❷ 文章 ♦ 古文 / 譯文 / 論文。❸ 社會發展的狀態 ♦ 文化 / 文明。❹ 指社會科學 ♦ 文科。❺ 非軍事的 ♦ 文人 / 文官 / 文治武功。❻ 柔和，不強烈 ♦ 文雅 / 文弱 / 文火 / 文質彬彬。❼ 指禮節儀式 ♦ 繁文縟節。❽ 掩飾 ♦ 文過飾非。❾ 自然界的某些現象 ♦ 天文 / 水文。❿ 在身上刺畫花紋或字 ♦ 文面 / 文身。⓫ 量詞。舊指銅錢 ♦ 一文錢 / 不取分文。⓬ 姓。

【文法】men⁴fad³ [方] 語法。

☞ 另見本頁 men¹，men²。

聞 (闻) men⁴ (mɐn⁴) [wén] [通] ❶ 聽；聽見 ♦ 傳聞 / 風聞 / 耳聞目睹 / 不聞不問。❷ 聽見的事情；消息 ♦ 見聞 / 奇聞 / 趣聞 / 逸聞。❸ 用鼻子嗅 ♦ 難聞 / 好聞 / 聞到香味。❹ 姓。

【聞見】men⁴gin³ [粵] 聞到 ♦ 聞見飯香 (聞到飯香味) / 聞見棺材香 (嗅到棺材的味兒，比喻行將就木)。

☞ 另見本頁 men²。

問 (问) men⁶ (mɐn⁶) [wèn] [通] ❶ 有不清楚或不明白的請人解答 ♦ 不懂就問 / 答非所問。❷ 為表示關心而詢問 ♦ 慰問。❸ 審訊；追究 ♦ 審問 / 問口供 / 脅從不問。❹ 管；參與意見 ♦ 不聞不問 / 概不過問。

【問吊】men⁶diu³ [方] 執行絞刑 ♦ 四犯昨晨問吊。

【問起】men⁶héi² [粵] 被問及但回答不出。

【問料】men⁶liu⁶⁻² [方] 打聽消息。

【問秤攞】men⁶qing³lo² [粵] 買賣雙方發生爭拗時常說的一句話，意指"以秤為準"。

【問題少年】men^{6}tei^{4}xiu^{3}nin^4 (方) 沾染不良習氣，犯有輕微罪行的少年。

meng

揾 meng^1 (mɐŋ^1) (粵) ❶ 拉；扯；拽 ♦ 揾甩衫紐（扯掉紐扣）/ 揾埋佢去（把他也拽去）。❷ 拔 ♦ 揾槍（拔槍）/ 揾毛（拔毛）/ 揾草（拔草）。

【揾衫尾】meng^{1}sam^{1}méi^5 (粵) 指在賭館外向贏錢客乞取賞錢的行為。

【揾耳仔】meng^{1}yi^{5}zei^2 (粵) 揪耳朵。

【揾揾扯扯】meng^{1}meng^{1}cé^{2}cé^2 (粵) 拉拉扯扯。

☞ 另見 258 頁 mang^1；本頁 meng^3。

㗌 meng^1 (mɐŋ^1)

【㗌雞】meng^{1}gei^1 (粵) ❶ 眼皮上的疤痢。❷ 眼皮上有疤痢的人。也說"㗌雞眼" meng^{1}gei^{1}ngan^5。

【㗌雞趷腳】meng^{1}gei^{1}ged^{6}gêg^3 (粵) 形容樣貌醜陋而有殘疾的人。

𤺪 meng^2 (mɐŋ^2) (粵) 因心裏煩躁而脾氣古怪，説話火氣大 ♦ 你𤺪乜嘢啊（你發甚麼脾氣）？/ 等咗半日都唔見佢嚟，真係𤺪死人（等了半天也不見他來，真急死人）。

【𤺪瘤】meng^{2}zeng^2 (粵) 同"𤺪" ♦ 發𤺪瘤（發脾氣）/ 咁𤺪瘤好易傷身㗎（動不動就發火，會損害健康的呀）。

繃（绷） meng^2 (mɐŋ^2)

【繃埋塊面】meng^{2}mai^{4}fai^{3}min^6 (粵) 繃着臉。

揾 meng^3 (mɐŋ^3) (粵) 拉；扯；拽。

【揾貓尾】meng^{3}mao^{1}méi^5 (粵) 狼狽為奸；串通騙人。

【揾衫尾】meng^{3}sam^{1}méi^5 (粵) 曾與某人苟合而後入門的女人。

☞ 另見 258 頁 mang^1；本頁 meng^1。

蕄 meng^4 (mɐŋ^4) (粵) 也作"盟"。

【蕄鼻】meng^{4}béi^6 (粵) 鼻塞；鼻子不通氣 ♦ 你講話好似有啲蕄鼻噉（聽話音你好像鼻子不大通氣）。

【蕄塞】meng^{4}seg^1 (粵) ❶ 閉塞；消息不靈通。❷ 腦筋不開通，不靈活 ♦ 你個人咁蕄塞㗎，講極都唔明（你腦筋怎麼這麼不開通，說了半天你還是不理解）。

méng

名 méng^2 (mɛŋ^2) (粵) 口語音。名字 ♦ 唔記得佢叫乜嘢名（忘了他叫甚麼名字）/ 連佢嘅名都寫錯（連他的名字也寫錯了）。

☞ 另見 269 頁 ming^4。

命 méng^6 (mɛŋ^6) (粵) 口語音。生命；性命 ♦ 差啲冇命（差點沒命）。

【命根】méng^{6}gen^1 (粵) 命根子，指特別受寵愛或受重視的人或物。

【命賤】méng^{6}jin^6 (粵) ❶ 出身微賤。❷ 運氣不佳；沒福氣。

【命水】méng^{6}sêu^2 (粵) 命運；運氣 ♦ 佢命水好，勻勻都俾佢抽到獎（他運氣好，每次都讓他抽中了獎）。

【命仔】méng^{6}zei^{2} [粵] 小命 ♦ 執番條命仔（撿回一條小命）。

meo

踎 meo^{1} (mɐu^{1}) [粵] ❶ 蹲 ♦ 踎低（蹲下去）/ 踎喺度食飯（蹲着吃飯）。❷ 指在某個地方混日子、找生活。

【踎街】meo^{1}gai^{1} [粵] ❶ 在街邊設攤擺賣。❷ 蹲在街邊乞討。

【踎監】meo^{1}gam^{1} [粵] 坐牢；蹲監獄。

【踎廁】meo^{1}qi^{3} [粵] ❶ 蹲廁所。❷ 蹲式廁所，與“坐廁”相對。

謀（谋） meo^{4} (mɐu^{4}) [móu] [通] ❶ 主意；計劃；計策 ♦ 計謀 / 智謀 / 足智多謀 / 有勇無謀。❷ 設法尋求 ♦ 圖謀 / 為人類謀幸福。❸ 商議 ♦ 不謀而合。[粵] 覬覦；謀取 ♦ 眼見心謀 / 佢有心謀你嘅家產（他存心謀取你的家產）。

【謀殺菲林】meo^{4}sad^{3}fei^{1}lem$^{4-2}$ [粵] 指大量拍攝用去很多膠捲。

謬（谬） meo^{6} (mɐu^{6}) [miù] [通] ❶ 錯誤；不合情理 ♦ 謬論 / 荒謬 / 謬種流傳。❷ 差錯 ♦ 差之毫釐，謬以千里。[粵] 也作“茂”。荒謬 ♦ 乜你咁謬嚟（你怎麼這樣荒謬）。

mi

咪 mi^{1} (mi^{1}) [通] 音樂簡譜“3”音。

【咪媽爛臭】mi^{1}ma^{1}lan^{6}ceo^{3} [粵] 形容人滿口粗言穢語，不堪入耳。

☞ 另見 261 頁 mei^{1}；262 頁 mei^{5}；263 頁 mei^{6}。

mid

搣 mid^{1} (mit^{7}) [粵] ❶ 掐；搣 ♦ 搣斷（掐斷）/ 搣佢面珠墩（捏她的臉蛋兒）。❷ 剝；辨分 ♦ 搣皮（剝皮）/ 搣花生（剝花生）/ 搣開兩邊（掰開兩半）。❸ 撕；扯 ♦ 搣爛件衫（撕破衣服）/ 搣張紙俾我（扯一頁紙給我）。❹ 戒掉 ♦ 搣甩啲毒癮（決心戒掉毒癮）。

min

面 min^{2} (min^{2}) [粵] 口語變音。❶ 面子；臉面 ♦ 冇面見人（沒臉見人）/ 丟晒我面（把我的臉面給丟盡了）/ 冇話唔俾面（一定會給面子的）。❷ 面兒 ♦ 被面（被面兒）/ 底面唔分（分不出底兒面兒）。

【面衫】min^{2}sam^{1} [粵] 外衣；上衣。

☞ 另見 268 頁 min^{6}。

棉 min^{4} (min^{4}) [mián] [通] ❶ 草棉和木棉的統稱，通常多指草棉 ♦ 棉花 / 棉田。❷ 棉桃中的纖維 ♦ 棉絮 / 棉布 / 棉衣。

【棉褸】min^{4}leo^{1} [粵] 棉大衣。

【棉衲】min^{4}nab^{6} [粵] 棉襖。

【棉胎】min^{4}toi^{1} [粵] 被褥裏的棉絮。

綿（绵） min^{4} (min^{4}) [mián] [通] ❶ 絲綿 ♦ 綿裏藏針。❷ 延續不斷 ♦ 綿延 / 連綿。❸ 軟弱；單薄 ♦ 綿軟 / 綿薄 / 綿力 / 軟綿綿。[粵] ❶ 俗稱棉被 ♦ 趕綿羊（拿棉被去當押）/ 贖綿羊（去當舖贖回典當的棉被）。❷ 俗稱輕便摩托車。也叫“綿羊仔" min4yêng4-2zei2。

免 min5 (min5) [miǎn] [通] ❶ 去掉；除掉♦免税 / 罷免 / 減免。❷避免♦免疫 / 不免 / 難免。❸不可；不要♦免開尊口 / 閒人免進。

【免致】min5ji3 [粵] 免得♦免致誤事。

【免治】min5ji6 [方] 英 mince 音譯。剁碎的；絞碎的♦免治牛肉 / 免治蝦肉。

【免責】min5zag3 [方] 免予追究法律責任。

面 min6 (min6) [miàn] [通] ❶ 臉♦面孔 / 面容 / 笑容滿面。❷向着♦面向 / 面對 / 背山面水。❸事物的外表♦水面 / 路面 / 鞋面。❹當面；直接接頭的♦面談 / 面洽 / 面商。❺部位或方面♦反面 / 上面 / 片面。❻幾何學上稱線移動所生成的形跡♦平面 / 面積。❼量詞♦一面紅旗 / 見過一面。[粵] 臉♦面紅（臉紅）/ 洗面（洗臉）/ 面色幾好（臉色不錯）/ 成面鬍鬚（滿臉鬍子）。

【面口】min6heo2 [粵] ❶ 面孔；相貌♦好熟面口（面熟）。❷臉色；氣色♦睇人面口（看人家臉色）/ 睇佢面口幾好（他氣色不錯）。

【面懵】min6mung2 [粵] 難為情♦唔怕面懵（不怕難為情，臉皮厚）。

【面皮】min6péi4 [粵] 臉皮♦撕破面皮。

【面青青】min6céng1céng1 [粵] 臉色青白♦嚇到佢面青青（把他嚇得臉色青白）。

【面紅紅】min6hung4hung4 [粵] 臉色發紅。

【面珠墩】min6ju1den1 [粵] 臉蛋兒♦錫啖面珠墩（親親臉蛋兒）。

【面懵懵】min6mung2mung2 [粵] 臉上露出窘容♦俾人鬧到面懵懵（捱了一頓罵，臉上露出了窘容）。

【面皮厚】min6péi4heo5 [粵] 厚臉皮。

【面黃黃】min6wong4wong4 [粵] 臉色發黃。

【面左左】min6zo2zo2 [粵] 彼此不和，見面時繃着個臉。

【面不改容】min6bed1goi2yung4 [粵] 面不改色。

【面懵心精】min6mung2sem1zéng1 [粵] 似傻非傻；裝笨相。

【面紅面綠】min6hung4min6lug6 [粵] 臉紅耳赤。

【面青口唇白】min6céng1heo2sên4bag6 [粵] 因身體虛弱或受驚過度而臉青唇白。

☞ 另見 267 頁 min2。

ming

明 ming4 (miŋ4) [míng] [通] ❶ 明亮，跟"暗"相對♦明朗 / 明月 / 燈火通明。❷明白；清楚♦表明 / 去向不明。❸懂得；了解♦深明大義 / 不明利害。❹公開；顯露♦明令 / 明來暗往 / 有話明説。❺眼力好；眼光正確；能看清楚事物♦明智 / 聰明 / 英明。❻視覺；眼力♦復明 / 雙目失明。❼次（專指日或年）♦明日 / 明年 / 明春。❽朝代名。[粵] 明白♦明唔明（明不明白）？/ 擺到明（講得明明白白）/ 呢層我明（這我明白）。

【明搶】ming4cêng2 [粵] 公開搶劫；公開勒索♦噉即係明搶嘅啫（這不等於公開勒索嗎）？

【明火】ming⁴fo² ㊗ 用猛火煮的 ♦ 明火白粥。

【明刀明槍】ming⁴dou¹ming⁴cêng¹ ㊗ 公開地行事。

【明火打劫】ming⁴fo²da²gib³ ㊗ 公開搶劫。

【明碼實價】ming⁴ma⁵sed⁶ga³ ㊗ 按標明的實際價格出售商品。

名 ming⁴ (miŋ⁴) [míng] ㊟ ❶ 名字；名稱 ♦ 人名 / 命名 / 提名。❷ 叫出；説出 ♦ 無以名之 / 不可名狀 / 莫名其妙。❸ 聲譽 ♦ 出名 / 有名。❹ 有聲譽的 ♦ 名師 / 名醫 / 名將。❺ 量詞 ♦ 四名學生。

【名校】ming⁴hao⁶ ㊗ 名牌學校。

【名氣界】ming⁴héi³gai³ ㊍ 名流；名流社會。

☞ 另見 266 頁 méng²。

miu

吵 miu² (miu²) ㊗ 撇嘴；抿嘴。表示輕蔑 ♦ 吵嘴。

【吵嘴吵舌】miu²zêu²miu²xid⁶ ㊗ 努嘴。

廟(庙) miu² (miu²) ㊗ 口語變音 ♦ 山神廟 / 龍王廟。

瞄 miu⁴ (miu⁴) [miáo] ㊟ 把視力集中在一點上，注意看 ♦ 瞄準 / 遠遠地瞄着他。㊗ ❶ 偷看 ♦ 瞄咗一眼（偷看了一眼）。❷ 隨便地看。

妙 miu⁶ (miu⁶) [miào] ㊟ ❶ 美好 ♦ 美妙 / 絕妙 / 妙品。❷ 神奇 ♦ 巧妙 / 奇妙 / 妙訣。

【妙想天開】miu⁶sêng²tin¹hoi¹ ㊗ 異想天開。

mo

摩 mo¹ (mɔ¹) [mó] ㊟ ❶ 摩擦；接觸 ♦ 摩拳擦掌 / 摩肩擦背。❷ 撫摩；摸 ♦ 摩弄。❸ 研究切磋 ♦ 觀摩 / 揣摩。

【摩囉差】mo¹lo¹ca¹ ㊗ ❶ 俗稱印度錫克族人。❷ 看門人。因舊時銀行、洋行等常僱請錫克族人看門，故稱。

嚤 mo¹ (mɔ¹) ㊗ 做事拖遝、緩慢 ♦ 乜行得咁嚤㗎（幹嘛走得這麼慢）/ 食飯都嚤過人（連吃飯都比別人慢）。

摸 mo² (mɔ²) [mō] ㊟ ❶ 用手接觸或輕輕撫摩 ♦ 撫摸 / 摸一摸額頭。❷ 用手探取 ♦ 摸魚 / 順藤摸瓜。❸ 試探；揣測 ♦ 摸底 / 摸索 / 捉摸 / 估摸。❹ 暗中行走；在認不清的道路上行走 ♦ 摸黑 / 摸營。

【摸門釘】mo²mun⁴déng¹ ㊗ 吃閉門羹。

【摸身摸勢】mo²sen¹mo²sei³ ㊗ 在身上到處亂摸，尤指對女性輕薄，動手動腳。

【摸頭擸髻】mo²teo⁴lab³gei³ ㊗ 指輕薄、挑逗婦女。

磨 mo⁶ (mɔ⁶) [mò] ㊟ ❶ 把糧食弄碎的工具 ♦ 石磨 / 水磨 / 電磨。❷ 用磨把糧食弄碎 ♦ 磨麵 / 磨豆腐。

【磨芯】mo⁶sem¹ ㊗ 磨盤的中軸，比喻夾在中間兩頭受氣的人 ♦ 唔好搵我嚟做磨芯（別把我夾在中間，兩頭受氣）。

mog

剝(剥) mog¹ (mɔk⁷) (一) [bāo] [通] 去掉皮或外殼 ♦ 剝皮 / 剝花生 / 剝瓜子。[粵] 脱去；扒掉 ♦ 剝咗件衫佢喇（把衣服扒了吧）。

【剝衫】mog¹sam¹ [粵] 脱衣服 ♦ 剝衫替身（指代替演員演牀上戲的人）。

【剝花生】mog¹fa¹sang¹ [粵] 指陪人家去談情説愛。因自己無聊，只好“剝花生”陪着。

【剝光豬】mog¹guong¹ju¹ [粵] ❶ 一絲不掛；脱光衣服 ♦ 俾人剝光豬（給人脱得精光）。❷ 被人洗劫一空。❸ 下象棋大獲全勝，使對方只剩一個“將”或“帥”。❹ 打撲克時使對方拿不到分。

（二）[bō] [通] 用於複合詞或成語 ♦ 剝離 / 剝落 / 盤剝 / 生吞活剝。

膜 mog² (mɔk²) [粵] 口語變音 ♦ 耳膜 / 腦膜炎 / 塑膠薄膜。

mong

芒 mong¹ (mɔŋ¹) [粵] ❶ 差勁；不好 ♦ 個條友好芒㗎（那小子挺差勁的）。❷ 發育期間的男女 ♦ 芒仔 / 芒女。❸ 發育期間的禽畜 ♦ 芒鴨 / 芒豬。

網(网) mong¹ (mɔŋ¹) [粵] 口語音。罩；套；蒙 ♦ 用保鮮紙網住先至好入冰箱（用保鮮紙罩住再放入冰箱）/ 攞張厚啲嘅紙嚟網書（拿一張厚點的紙來包書）。

☞ 另見本頁 mong⁵。

忙 mong⁴ (mɔŋ⁴) [máng] [通] ❶ 事情多，沒有空閒 ♦ 忙碌 / 繁忙 / 幫忙 / 農忙。❷ 急迫；加緊 ♦ 急忙 / 匆忙 / 慌忙 / 趕忙。

【忙狼】mong⁴long⁴ [粵] 形容焦急而匆忙的樣子。也説“忙忙狼狼”mong⁴mong⁴long⁴long⁴。

網(网) mong⁵ (mɔŋ⁵) [wǎng] [通] ❶ 用繩線等織成的捕魚或捉鳥獸的工具 ♦ 魚網 / 自投羅網 / 成羣禾花雀撞晒落網度（一羣禾花雀全都落了網）。❷ 像網的東西 ♦ 蜘蛛網 / 水網 / 豬膏網。❸ 用網捕捉 ♦ 網魚。[粵] 網兜。也叫“線絡”xin³log³⁻²。

☞ 另見本頁 mong¹。

望 mong⁶ (mɔŋ⁶) [wàng] [通] ❶ 往遠處看 ♦ 觀望 / 展望 / 登高遠望 / 一望無際。❷ 拜訪 ♦ 看望 / 拜望 / 探望。❸ 希圖；盼 ♦ 盼望 / 期望 / 指望 / 喜出望外。❹ 名聲；聲譽 ♦ 聲望 / 威望 / 德高望重。❺ 農曆每月十五 ♦ 望日 / 望月 / 朔望。[粵] ❶ 瞧；看 ♦ 佢眼定定噉望住我（他定睛瞧着我）。❷ 盼；希望 ♦ 望就係噉望（盼倒是這麼盼）/ 望佢大個仔生性啲喇（希望他長大了懂點做人的道理）。

【望天打卦】mong⁶tin¹da²gua³ [粵] 靠天吃飯，企望上蒼垂憐 ♦ 望天打卦嘅日子已成過去（靠天吃飯的日子已成過去）。

【望到頸都長】mong⁶dou³géng²dou¹cêng⁴ [粵] 形容日盼夜盼，十分盼望。也説“望長條頸”mong⁶cêng⁴tiu⁴géng²。

mou

嘸 mou1 (mou1) [粵] 霉；發嘸（發霉）。

帽 mou2 (mou2) [粵] 口語變音 ♦ 草帽 / 筆帽 / 太陽帽 / 螺絲帽。

毛 mou4 (mou4) [máo] [通] ❶ 動植物的皮上所生的絲狀物 ♦ 羊毛 / 羽毛 / 枇杷葉上有細毛。❷ 像毛的東西 ♦ 發霉長毛 / 不毛之地。❸ 粗糙；未經加工的 ♦ 毛坯 / 毛鐵。❹ 不純淨的 ♦ 毛重 / 毛利。❺ 做事粗心；不細緻 ♦ 毛手毛腳 / 毛頭毛腦。❻ 小 ♦ 毛驢 / 毛賊 / 毛丫頭 / 毛毛雨。❼ 驚慌 ♦ 心裏發毛 / 把她嚇毛了。❽ 貨幣單位。相當於“角” ♦ 一毛錢。❾ 姓。[粵] 活的；尚未去掉羽毛的家禽 ♦ 毛雞 / 毛鴨 / 毛鵝。

【毛冷】mou4lang1 [粵] 毛線。

【毛管戙】mou4gun2dung6 [粵] 起雞皮疙瘩 ♦ 嚇到毛管戙（嚇得起雞皮疙瘩）。

【毛公仔】mou4gung1zei2 [粵] 用絨毛或絨布做的布娃娃。

無（无） mou4 (mou4) [wú] [通] ❶ 沒有 ♦ 從無到有 / 無人出席。❷ 不論 ♦ 事無大小 / 事無巨細。

【無分】mou4fen1 [粵] 不分 ♦ 無（不）分遠近。

【無悔】mou4fui3 [粵] 沒有悔意 ♦ 今生無悔。

【無他】mou4ta1 [粵] 沒有別的；沒有其他甚麼；沒有其他原因。

【無謂】mou4wei6 [wúwèi] [通] 沒有意義 ♦ 無謂的犧牲。[粵] ❶ 無內容；無意義 ♦ 講埋晒啲無謂嘢（盡說些廢話）。❷ 沒必要；犯不着 ♦ 無謂花時間（不必花時間）/ 無謂同佢計較（犯不着跟他計較）。

【無大礙】mou4dai6ngoi6 [粵] 沒有大的妨礙。

【無端端】mou4dün1dün1 [粵] 無緣無故；沒有情由。

【無厘頭】mou4léi4teo4 [粵] 荒誕不經；莫名其妙；沒有分寸。

【無嗱嗱】mou4na1na1 [粵] 沒有情由；沒有道理。

【無情雞】mou4qing4gei1 [粵] 借指解僱、辭退 ♦ 食無情雞（被解僱）。

【無形中】mou4ying4zung1 [wúxíngzhōng] [通] 不知不覺的情況下 ♦ 無形中做了他的幫腔。

【無端白事】mou4dün1bag6xi6 [粵] 平白無故；無緣無故。也說“無情白事” mou4qing4bag6xi6。

【無心裝載】mou4sem1zong1zoi3 [粵] 心不在焉；無心接受。

母 mou5 (mou5) [mǔ] [通] ❶ 媽媽 ♦ 母親 / 母女 / 父母 / 慈母。❷ 對女性長輩的稱呼 ♦ 祖母 / 姑母 / 姨母 / 舅母。❸ 禽獸雌性的 ♦ 母雞 / 母豬 / 母牛 / 母驢。❹ 有產生出其他事物的能力或作用的 ♦ 母本 / 母校 / 工作母機 / 失敗乃成功之母。

【母語】mou5yu5 [mǔyǔ] [通] ❶ 人首先掌握的那種語言。❷ 某些語言是從某一種語言演變而來，所由來的那種語言稱為母語。[粵] 本國語言；本民族語言。香港人特指“漢語”或

"中國話"♦母語教學（用漢語教學）。

舞 mou5 (mou5) [wǔ] ㊣ ❶隨音樂節奏表演各種姿勢♦跳舞 / 能歌善舞。❷揮動；飄動♦揮舞 / 飄舞 / 舞劍 / 舞嚟舞去。❸耍；玩弄♦舞文弄墨 / 徇私舞弊。㊣ 張羅；扒拉♦舞到成頭汗（弄得滿頭大汗）。

【舞上舞落】mou5sêng5mou5log6 ㊣ 忽漲忽落，形容股票指數等不穩定。

冇 mou5 (mou5) ㊣ ❶無；沒；沒有♦冇錢（沒錢）/ 冇面（沒面子）/ 冇良心（沒有良心）。❷副詞。沒；沒有♦上車冇買票（上車沒買票）/ 冇見佢好耐（很久沒有見過他）。

【冇符】mou5fu4 ㊣ 一點辦法也沒有♦冇佢符（拿他一點辦法也沒有）/ 冇晒符（毫無辦法；束手無策）。

【冇解】mou5gai2 ㊣ ❶無從解釋；毫無道理。❷表示責備，相當於"奇怪"、"不像話"♦真冇解，咁晏都仲唔嚟（真不像話，這麼遲還不來）。

【冇計】〈一〉mou5gei3-2 ㊣ 沒辦法♦冇晒計（一點辦法也沒有）。

〈二〉mou5gei3 ㊣ 不用計較♦一場朋友，冇計喇（朋友不必計較）。

【冇行】mou5hong4 ㊣ 沒有希望；不能指望。

【冇厘】mou5léi4 ㊣ 沒；沒有♦冇厘神氣（沒精打采）/ 冇厘正經（不嚴肅；不正經）。

【冇料】mou5liu6-2 ㊣ ❶沒本事，水平低。❷食品材料不足。❸沒有搞頭♦呢單嘢士冇料到（這案子沒啥搞頭）。

【冇乜】mou5med1 ㊣ ❶沒甚麼♦冇乜意思（沒啥意思）。❷不怎麼；很少♦冇乜病痛（很少病痛）。

【冇腦】mou5nou5 ㊣ 沒心眼；沒頭腦。

【冇譜】mou5pou2 ㊣ ❶離譜；不像話。❷走樣；沒準兒♦越傳越冇譜（越傳越走樣）。❸不合常態♦熱到冇譜（熱得厲害）。

【冇晒】mou5sai3 ㊣ 全沒了；一點也沒有♦冇晒面（面子全沒了）/ 冇晒錢（一個子兒也沒有）。

【冇修】mou5seo1 ㊣ ❶沒辦法；沒轍兒♦真係冇佢修（拿他沒轍兒）。❷無可奈何；狼狽不堪♦搭唔到車，搞到我哋冇晒修（搭不上車，弄得我們挺狼狽）。

【冇話】mou5wa6 ㊣ 副詞。從來不；歷來不；絕對不♦有事求佢，佢冇話托手踭嘅（有事找他，他從不推搪）。

【冇事】mou5xi6 ㊣ 沒事；沒問題。

【冇嘢】mou5yé5 ㊣ 沒事；沒有甚麼。

【冇癮】mou5yen5 ㊣ 沒癮頭；沒意思；掃興；沒趣。

【冇益】mou5yig1 ㊣ 無益；沒好處，多指食物或某些生活習慣對身體不好甚至有害。

【冇用】mou5yung6 ㊣ 沒有；不中用♦你真係冇用（你真不中用）。

【冇咗】mou5zo2 ㊣ ❶丟失；失去♦冇咗份工（失去工作）/ 冇咗個錢包（丟了錢包）。❷婉指懷孕流產。

【冇表情】mou5biu2qing4 ㊣ ❶沒有表情；沒有反應。❷窘迫；彆扭；尷尬。也說"冇晒表情"mou5sai3biu2qing4。

【冇本心】mou5bun2sem1 (粵) 沒良心。

【冇搭霎】mou5dab3sab3 (粵) ❶ 做事不踏實，不認真。❷ 言行不嚴肅，不正經。也説“冇厘搭霎”mou5léi4dab3sab3。

【冇得頂】mou5deg1ding2 (粵) 好極了；無與倫比；無法比擬。

【冇得傾】mou5deg1king1 (粵) 沒有商量的餘地。

【冇得撈】mou5deg1lou1 (粵) 沒活幹；混不了飯吃；沒有發展餘地。

【冇得攤】mou5deg1man1 (粵) 無法挽回；無可救藥。

【冇得彈】mou5deg1tan4 (粵) 無可指摘；無可挑剔。

【冇定性】mou5ding6xing3 (粵) 心野，好動。多指小孩。

【冇家教】mou5ga1gao3 (粵) 缺乏家庭教育，因而不懂禮貌、禮節。多指小孩。

【冇交易】mou5gao1yig6 (粵) ❶ 生意做不成。❷ 不來往；不打交道。

【冇幾何】mou5géi2ho4-2 (粵) 不經常；難得 ♦ 冇幾何返鄉下（難得回家鄉一次）。

【冇記性】mou5géi3xing3 (粵) 健忘；記憶力差。

【冇下巴】mou5ha6pa4 (粵) 説話輕率隨便，經常反悔。

【冇口齒】mou5heo2qi2 (粵) 説話不算數，不講信用。

【冇精神】mou5jing1sen4 (粵) 沒精神；提不起神來。也説“冇晒精神”mou5sai3jing1sen4、“冇厘精神”mou5léi4jing1sen4。

【冇理由】mou5léi5yeo4 (粵) 沒道理；不合道理。

【冇兩句】mou5lêng5gêu3 (粵) 形容與人相處融洽，沒有爭執。

【冇乜點】mou5med1dim2 (粵) 沒甚麼 ♦ 佢個人都冇乜點嘅（他那個人沒甚麼的）。

【冇米粥】mou5mei5zug1 (粵) 沒下米的“粥”，比喻事情不會有結果或希望極其渺茫。

【冇尾蛇】mou5méi5sé4 (粵) 一遇危險即把尾巴甩掉的蛇，比喻精明狡猾 ♦ 精過冇尾蛇。

【冇紋路】mou5men4lou6 (粵) ❶ 做事吊兒郎當，沒有條理。❷ 比喻事情沒有定規。

【冇面俾】mou5min6-2béi2 (粵) 不給面子。

【冇嗱攏】mou5na1neng3 (粵) 沒有牽連；沒有聯繫；沒有關係。

【冇眼睇】mou5ngan5tei2 (粵) ❶ 沒眼瞧；懶得去管；不想過問。❷ 沒有希望再見到 ♦ 到嗰陣時，我都冇眼睇咯（到那時，我沒希望再見到啦）。

【冇心機】mou5sem1géi1 (粵) 沒心情；沒耐性；不專心；沒那份心思。

【冇心肝】mou5sem1gon1 (粵) 沒心沒肺，對甚麼事情都不在意。

【冇聲氣】mou5séng1héi3 (粵) ❶ 無動靜；無消息。❷ 沒希望；成不了。

【冇相干】mou5sêng1gon1 (粵) 不相干；沒關係；不要緊。

【冇手尾】mou5seo2méi5 (粵) 做事有始無終；做事拖遝。

【冇數為】mou5sou3wei4 (粵) 不合算；沒賺頭。

【冇睇頭】mou⁵tei²teo⁴ ㊕ 沒有看頭。

【冇彎轉】mou⁵wan¹jun³ ㊕ 陷入僵局，沒有轉彎的餘地。

【冇王管】mou⁵wong⁴⁻²gun² ㊕ 沒人管束，放任自流。

【冇時閒】mou⁵xi⁴han⁴ ㊕ 沒有半點空閒。

【冇醒起】mou⁵xing²héi² ㊕ 沒想起；給忘了。

【冇藥醫】mou⁵yêg⁶yi¹ ㊕ 沒治；沒得救 ♦ 人懶冇藥醫。

【冇人有】mou⁵yen⁴yeo⁵ ㊕ 表示程度極深，幾乎沒見過 ♦ 嗰度啲嘢貴到冇人有（那裏的東西貴得不得了）。

【冇有怕】mou⁵yeo⁵pa³ ㊕ 用不着害怕；一點兒也不怕。

【冇衣食】mou⁵yi¹xig⁶ ㊕ ❶ 無食德；進餐時不規矩，不注意禮貌、風度。❷ 對人背信棄義。

【冇耳性】mou⁵yi⁵xing³ ㊕ 好忘事；健忘；對別人的規勸、吩咐等左耳進右耳出。

【冇腰骨】mou⁵yiu¹gued¹ ㊕ ❶ 坐姿不正，老歪着身子。❷ 沒骨氣；不講信義。

【冇揸拿】mou⁵za¹na⁴ ㊕ 沒有保證。

【冇走雞】mou⁵zeo²gei¹ ㊕ 十拿九穩；穩操勝券。

【冇走盞】mou⁵zeo²zan² ㊕ ❶ 有信心；有把握；十拿九穩。❷ 沒有迴旋的餘地。

【冇膽匪類】mou⁵dam²féi²lêu⁶⁻² ㊕ 譏稱想做事而又缺少膽量的人。

【冇尾飛砣】mou⁵méi⁵féi¹to⁴ ㊕ 斷線風箏，難於尋找蹤跡的人。

【冇穿冇爛】mou⁵qun¹mou⁵lan⁶ ㊕ 無病無痛。

【冇頭烏蠅】mou⁵teo⁴wu¹ying⁴⁻¹ ㊕ 比喻毫無主見、胡來瞎幹的人。

【冇拖冇欠】mou⁵to¹mou⁵him³ ㊕ 貨款一次付訖，不拖不欠。

【冇掩雞籠】mou⁵yim²gei¹lung⁴（歇）自出自入。比喻管理鬆散，任人自出自入。

【冇爪蟾蝣】mou⁵zao²kem⁴lou⁴ ㊕ 無爪蜘蛛，比喻失去憑藉，一籌莫展。

【冇雷公咁遠】mou⁵lêu⁴gung¹gem³yun⁵ ㊕ 形容很遠很遠的地方。

【冇眼屎乾淨盲】mou⁵ngan⁵xi²gon¹zéng⁶mang⁴ ㊕ ❶ 眼不見，心不煩。❷ 趕緊脱手，免多受損失。

【冇咁大隻蛤乸隨街跳】mou⁵gem³dai⁶zég³geb³na²cêu⁴gai¹tiu³ ㊕ 告誡別人貪心反招損失。

mud

抹 mud³ (mut⁸) [mǒ] ㊟ ❶ 塗；搽 ♦ 塗抹 / 抹粉 / 抹藥膏。❷ 去掉；勾銷 ♦ 抹殺 / 抹去零數。❸ 擦去 ♦ 抹眼淚 / 把粉筆字抹去。❹ 輕微的痕跡 ♦ 一抹浮雲。㊕ 擦拭 ♦ 抹吓塊臉（擦把臉）。

【抹油】mud³yeo⁴⁻² ㊕ 擦油泥。也讀 mad³yeo⁴⁻²。

【抹黑墨】mud³heg¹meg⁶ ㊕ 抹黑，比喻對某種事物加以醜化。

☞ 另見 255 頁 mad³。

末 mud⁶ (mut⁹) [mò] [通] ❶ 東西的梢；尖端 ♦ 末梢 / 秋毫之末。❷ 不是根本的、重要的 ♦ 細枝末節 / 捨本逐末。❸ 終了；最後 ♦ 末期 / 週末 / 明末清初。❹ 碎屑 ♦ 粉末 / 鋸末 / 茶葉末。❺ 戲曲裏扮演中年男子的角色。

【末世情懷】mud⁶sei³qing⁴wai⁴ [方] 指貪婪、自私、悲觀、頹廢的陰暗心理狀態。

mug

木 mug⁶ (muk⁹) [mù] [通] ❶ 樹；樹類植物 ♦ 草木 / 喬木 / 獨木不成林。❷ 供製造器物或建築用的木料 ♦ 木板 / 木條 / 杉木。❸ 用木料製成的 ♦ 木器 / 木盆 / 木馬。❹ 棺材 ♦ 棺木 / 行將就木。❺ 感覺遲鈍；失去知覺 ♦ 麻木 / 木訥 / 舌頭木了。[粵] ❶ 木頭。❷ 形容人呆頭呆腦 ♦ 咁木點見得人吖(那麼呆頭呆腦的，怎麼見人呀)？

【木獨】mug⁶dug⁶ [粵] ❶ 不好言語交流；不善交際。❷ 表示呆滯；動作遲鈍。

【木口木面】mug⁶heo²mug⁶min⁶ [粵] 形容人像木雕泥塑般表情呆滯。

【木木獨獨】mug⁶mug⁶dug⁶dug⁶ [粵] 木無表情；愚笨呆板。

【木頭公仔】mug⁶teo⁴gung¹zei² [粵] ❶ 木頭人，比喻愚笨或不靈活的人 ♦ 木頭公仔噉企喺度做乜(木頭人似的站在那裏幹啥)。❷ [方] 商店中擺放的服裝模特假人。

目 mug⁶ (muk⁹) [mù] [通] ❶ 眼睛 ♦ 目瞪口呆 / 有目共睹 / 眉清目秀。❷ 看 ♦ 一目了然 / 一目十行。❸ 大項中再分的小項 ♦ 項目 / 細目 / 條目 / 綱舉目張。❹ 目錄 ♦ 書目 / 劇目。

【目定口呆】mug⁶ding⁶heo²ngoi⁴ [粵] 目瞪口呆。

mui

妹 mui¹ (mui¹) [粵] 口語音。❶ 女孩子；女青年 ♦ 學生妹 / 打工妹 / 工廠妹(工廠青年女工)。❷ 女孩子用的 ♦ 妹裝 (女童裝) / 妹裙 (女童裙)。❸ [方] 稱妓女 ♦ 魚蛋妹 (雛妓) / 韓國妹 (韓國籍妓女)。

【妹釘】mui¹déng¹ [粵] 丫頭片子。含貶義 ♦ 你個死妹釘 (你這臭丫頭)。

【妹仔】mui¹zei² [粵] 婢女 ♦ 做人家妹仔 (當婢女)。

【妹仔大過主人婆】mui¹zei²dai⁶guo³ju²yen⁴po⁴ [粵] ❶ 喧賓奪主；次要的超過主要的。❷ 輕重倒置；做事沒分寸。

☞ 另見本頁 mui²。

妹 mui² (mui²) [粵] 口語變音。妹妹 ♦ 佢有兩個妹 (他有兩個妹妹)。

☞ 另見本頁 mui¹。

枚 mui² (mui²) [粵] 口語變音 ♦ 猜枚。

梅 mui² (mui²) [粵] 口語變音 ♦ 酸梅。

☞ 另見 276 頁 mui⁴。

梅 mui⁴ (mui⁴) [méi] [通] ❶ 落葉喬木。品種很多，性耐寒，早春開花。果實球形，味酸。❷ 這種植物的花 ♦ 梅花 / 紅梅 / 白梅。❸ 這種植物的果實 ♦ 青梅 / 烏梅 / 望梅止渴。❹ 姓。

【梅花間竹】mui⁴fa¹gan³zug¹ [粵] ❶ 兩色相間。❷ 兩種不同事物穿插相間 ♦ 梅花間竹生咗四個仔女（男女相間生了四個孩子）。

☞ 另見 275 頁 mui²。

霉 mui⁴ (mui⁴) [méi] [通] 東西因霉菌的作用而變質 ♦ 發霉 / 霉豆腐。[粵] ❶ 倒楣；失意；落泊 ♦ 撈得好霉（很失意）。❷ 衣物磨損將破 ♦ 條褲咁霉，唔好再着喇（褲子這麼糟，別穿了）。

煤 mui⁴ (mui⁴) [méi] [通] 古代的植物體壓埋在地下，年久變化成的黑色或黑褐色的固體礦物，主要用做燃料和化工原料 ♦ 煤田 / 煤礦。

【煤灰】mui⁴fui¹ [粵] 煤渣 ♦ 清煤灰。

媒 mui⁴ (mui⁴) [méi] [通] ❶ 婚姻介紹人 ♦ 媒妁之言。❷ 使雙方發生關係的人或事物。

【媒人婆】mui⁴yen⁴po⁴ [粵] 媒人；媒婆。

mun

門 (门) mun² (mun²) [粵] 口語變音 ♦ 送貨上門 / 走後門。

☞ 另見本頁 mun⁴。

門 (门) mun⁴ (mun⁴) [mén] [通] ❶ 建築物等的出入口 ♦ 大門 / 正門 / 車門。❷ 建築物等出入口用作開關的設備 ♦ 板門 / 鐵門 / 柵欄門。❸ 形狀或作用像門的東西 ♦ 電門 / 氣門 / 閘門。❹ 器物可以開關的部門 ♦ 櫃門 / 爐門。❺ 家；家庭 ♦ 雙喜臨門 / 一門老小。❻ 派別；宗派 ♦ 佛門弟子 / 左道旁門。❼ 途徑；方法 ♦ 門徑 / 竅門。❽ 事物的分類 ♦ 部門 / 五花八門。❾ 量詞 ♦ 一門功課 / 三門大砲。[粵] ❶ 珠江水道的出口 ♦ 虎門 / 橫門 / 磨刀門。❷ 香港海面兩島之間或島與半島之間的狹窄水道 ♦ 佛堂門 / 鯉魚門。

【門鐘】mun⁴zung¹ [粵] 門鈴；電鈴 ♦ 撳門鐘。

【門口狗】mun⁴heo²geo² [粵] ❶ 看家狗。❷ 在家蠻兇，出外被人欺負的人。尤指小孩。

☞ 另見本頁 mun²。

mung

矇 mung¹ (muŋ¹)

【矇豬眼】mung¹ju¹ngan⁵ [粵] 瞇縫眼，指張開度較小的眼睛。

【矇矇光】mung¹mung¹guong¹ [粵] 濛濛亮；天剛微明。

☞ 另見 277 頁 mung⁴。

懵 mung² (muŋ²) [měng] [通] 糊塗；不明事理。[粵] ❶ 糊塗；迷糊 ♦ 你都懵嘅（你真糊塗）/ 面懵心精（裝笨相）。❷ 暈了頭 ♦ 做餐懵（忙得暈了頭）/ 俾人鬧餐懵（給人狠狠訓了一頓）。

【懵懂】mung²dung² [měngdǒng] [通] 同

"懵"。[粵] 糊塗人 ♦ 老懵懂（老糊塗）。

【懵佬】mung²lou² [粵] 糊塗蟲；渾球。

【懵仔】mung²zei² [粵] 糊塗小子。

【懵閉閉】mung²bei³bei³ [粵] 懵懵懂懂；糊裏糊塗 ♦ 你俾人呃咗喇，仲懵閉閉（你給騙了，還糊裏糊塗的）。

【懵盛盛】mung²xing⁶xing⁶ [粵] 同"懵閉閉"。

【懵上心口】mung²sêng⁵sem¹heo² [粵] 糊塗萬分。也說"懵到上心口" mung² dou³sêng⁵sem¹heo²。

矇 mung⁴ (muŋ⁴) [méng] [粵] 模糊；不清楚 ♦ 眼矇 / 畫面好矇（畫面不清楚）。

【矇茶茶】mung⁴ca⁴ca⁴ [粵] ❶ 模糊不清。❷ 糊裏糊塗。❸ 對某事不明底細 ♦ 佢人都俾捉咗嘞，你仲矇茶茶（他已經被逮捕了，你還不知底細）。也作"矇查查"。

☞ 另見 276 頁 mung¹。

N

na

𤺧 na¹ (na¹) [粵] ❶ 疤痕 ♦ 手臂有笪𤺧（手臂上有塊疤痕）。❷ 衣服上的補丁 ♦ 補𤺧（打補丁）。

嗱 na¹ (na¹) [粵] ❶ 和；同；跟；與 ♦ 我嗱你一齊唱（我跟你一起唱）/ 我嗱佢合夥做生意（我跟他合夥做生意）。❷ 替；代 ♦ 嗱我俾返啲銀紙佢（替我把錢還他）/ 張表格你嗱我填一填（代我填寫這份表格）。

【嗱攏】na¹neng³ [粵] 牽連；瓜葛 ♦ 我同佢冇乜嗱攏（我跟他沒甚麼牽扯）/ 呢單嘢同佢一啲嗱攏都冇（那件事跟他毫不相干）。

乸 na² (na²) [粵] ❶ 雌性動物；母的 ♦ 雞乸 / 豬乸。❷ 女人；婆娘 ♦ 佢隻乸好惡㗎（他女人挺兇的）。

【乸形】na²ying⁴ [粵] 男人而有女人氣 ♦ 成個乸形噉，鬼鍾意佢咩（女人味太重，誰會喜歡他呀）。

拿 na⁴ (na⁴) [粵] ❶ 歎詞。表示提醒或引起注意 ♦ 拿，我冇估錯啩（欸，我沒猜錯吧）/ 拿，你支筆咪喺嗰度（喏，你的筆在那兒呢）。❷ 語助詞。表示反詰 ♦ 而家食飯拿（現在吃飯了呀）？

nad

焫 nad³ (nat⁸) [粵] 也作"焫"或"辣"。❶ 燙；灼 ♦ 焫手（燙手）/ 焫個窿（灼個洞）。❷ 滾燙的 ♦ 個杯好焫 / 啲湯好焫（湯太燙）。❸ "槍斃"的詼諧說法 ♦ 嗰兩個罪犯琴日經已焫咗（那兩名罪犯昨天已被槍決）。

【焫雞】nad³gei¹ [粵] 烙鐵 ♦ 電焫雞（電烙鐵）。也作"爇雞"或"辣雞"。

【焫着個火頭】nad³zêg⁶go³fo²teo⁴ [粵] 煽風點火，製造混亂。

捺 nad⁶ (nat⁹) [nà] [通] ❶ 按；抑制 ♦ 按捺。❷ 漢字從上向右斜下的筆畫。[粵] 用力按壓 ♦ 捺爛（摁碎；摁成粉末）/ 捺死隻蟻（把螞蟻摁死）。

nai

奶 nai¹ (nai¹) ㊣ 口語音 ♦ 少奶 / 二奶 / 三奶。

☞ 另見本頁 nai⁴，nai⁵。

瀨 nai³ (nai³) ㊣ ❶ 拖帶 ♦ 瀨埋個仔上班(帶着孩子上班)。❷ 連帶；搭配 ♦ 大瀨細(大小搭配) / 買電筒要瀨兩嚿電池(買手電筒要搭配兩節電池)。

奶 nai⁴ (nai⁴) [nǎi]

【奶奶】nai⁴nai⁴⁻² [nǎinai] ㊣ 祖母或與祖母年齡相仿、輩分相同的婦女 ♦ 老奶奶。㊣ 妻子稱丈夫的母親。

☞ 另見本頁 nai¹，nai⁵。

奶 nai⁵ (nai⁵) [nǎi] ㊣ ❶ 乳房 ♦ 奶頭 / 奶罩。❷ 乳汁；乳製品 ♦ 牛奶 / 酸奶 / 雙皮奶。❸ 用乳汁餵 ♦ 奶孩子。

【奶昔】nai⁵xig¹ ㊣ 英 milk shake 音、意合譯。牛奶加冰淇淋混合而成的飲料。

☞ 另見本頁 nai¹，nai⁴。

nam

揇 nam³ (nam³) ㊣ ❶ 拃；儘量張開拇指和中指進行量度 ♦ 揇吓度門有幾闊(拃一拃門有多寬)。❷ 量詞。相當於"拃"，即儘量張開拇指和中指，兩指指端之間的距離 ♦ 我一揇(拃)正好二十厘米 / 呢幅布先至八揇長，唔夠做條褲(這塊布才八拃長，不夠做一條褲子)。

踹 nam³ (nam³) ㊣ ❶ 跨 ♦ 大步踹過(大步跨過去，引申指避過災難)。❷ 隔 ♦ 踹日嚟打一次針(隔天來打一次針)。❸ 量詞。跨一大步的寬度 ♦ 兩柱之間唔夠十踹(兩柱之間不足十步)。

男 nam⁴ (nam⁴) [nán] ㊣ ❶ 男性 ♦ 男子 / 男人 / 男女老少。❷ 兒子 ♦ 長男 / 孫男。❸ 古代五等爵位的第五等。

【男仔】nam⁴zei² ㊣ ❶ 男孩子。❷ 男青年少年。❸ 與女子有戀愛關係的男子 ♦ 佢識咗男仔有幾耐(她有男朋友多久了)？

【男人婆】nam⁴yen⁴po⁴ ㊣ 性格、打扮似男人的女人。

【男仔頭】nam⁴zei²teo⁴ ㊣ ❶ 男孩子家。❷ 女孩子打扮成男孩樣。

南 nam⁴ (nam⁴) [nán] ㊣ 方向，早晨面對太陽右手的一邊 ♦ 南極 / 南半球。

【南洋伯】nam⁴yêng⁴bag³ ㊣ 南洋華僑。

【南乳肉】nam⁴yu⁵yug⁶ ㊣ 五香花生米。也説"南乳花生"nam⁴yu⁵fa¹sang¹。

nan

□ nan³ (nan³) ㊣ 絎；緔 ♦ □被(絎被)。

𧕴 nan³ (nan³) ㊣ 也作"癩"。皮膚因過敏或蚊叮蟲咬而起的疙瘩 ♦ 蚊𧕴 / 風𧕴 / 成身𧕴。

難 (难) nan⁴ (nan⁴) [nán] [通] ❶ 不容易 ♦ 難辦 / 艱難 / 繁難。❷ 使感到困難 ♦ 難住 / 難倒 / 為難。❸ 不大可能 ♦ 難保。❹ 做起來費事 ♦ 這條路難走。❺ 不好 ♦ 難看。

【難頂】nan⁴ding² [粵] 難受；難熬；難以支援 ♦ 日日食番薯，好難頂㗎（天天吃地瓜，真難熬）。

【難講】nan⁴gong² [粵] 難説；不好説。難説；説不定。

【難睇】nan⁴tei² [粵] ❶ 難看；不好看；不漂亮。❷ 難看；不光彩；不體面。

【難相與】nan⁴sêng¹yu⁵ [粵] 難相處；不好商量。

nao

鬧 (闹) nao⁶ (nau⁶) [nào] [通] ❶ 不安靜 ♦ 熱鬧 / 喧鬧 / 鬧市區。❷ 吵；擾亂 ♦ 吵鬧 / 哭鬧 / 大鬧天宮。❸ 發洩；發作 ♦ 鬧情緒 / 鬧彆扭 / 鬧意見。❹ 害 ♦ 鬧肚子。❺ 發生 ♦ 鬧旱災 / 鬧饑荒 / 鬧笑話。❻ 幹；搞 ♦ 鬧革命 / 鬧春耕 / 把事情鬧明白。[粵] 罵人 ♦ 鬧佢一餐（罵他一頓）/ 唔好一開口就鬧人（別張嘴就罵人）。

【鬧交】nao⁶gao¹ [粵] 吵嘴；吵架 ♦ 鬧大交（吵架吵得厲害）/ 兩公婆鬧交（兩夫妻吵嘴）。也説“嗌交” ŋai³gao¹。

【鬧衰】nao⁶sêu¹ [粵] 把…臭罵一頓，把…罵個狗血淋頭。

【鬧庭】nao⁶ting⁴ [方] 在法庭上抗爭。也説“鬧堂” nao⁶tong⁴。

【鬧熱】nao⁶yid⁶ [粵] 熱鬧（嗰條街一向都咁鬧熱（那條街一直都是那麼熱鬧）。

【鬧粗口】nao⁶cou¹heo² [粵] 用粗話、下流話罵人。

【鬧人老母】nao⁶yen⁴lou⁵mou⁵⁻² [粵] 罵娘。

né

呢 né¹ (nɛ¹) [ne] [通] ❶ 表示疑問 ♦ 我該怎麼辦呢？❷ 表示確定的語氣 ♦ 時間還早呢。❸ 表示動作正在進行 ♦ 他正忙着呢。❹ 用在句中表示略停一下 ♦ 滿意呢，就買，不滿意呢，就不買。[粵] 語助詞。表示強調或肯定 ♦ 仲有佢未計呢（還有他未給算上）/ 我呢，唔係仲蝕底（我呀，不更吃虧嗎）？

【呢吓】né¹ha² [粵] 語助詞。表示疑惑自問 ♦ 幾錢呢吓（倒是多少錢呢）？/ 鎖匙掉低喺邊度呢吓（鑰匙究竟掉在甚麼地方了呢）？

【呢可】né¹ho² [粵] 語助詞。表示疑惑自問或垂詢對方，相當於“會是…呢”或“是吧” ♦ 邊個咁夠膽呢可（膽子這麼大，會是誰呢）？/ 你估係邊啲人搞嘅呢可（你猜會是誰幹的呢）？

【呢嗱】né¹na⁴ [粵] 語助詞。表示提醒，相當於“這不是” ♦ 呢嗱，嚟嘞（這不是來了）/ 呢嗱，我話住你唔好㗎喇（瞧，我告訴了你別這樣弄的了）。

☞ 另見 300 頁 ni¹。

neb

凹 neb[1]/ao[1] (nɐp[7]/au[1]) [āo] ㊐低陷的；低於四周的♦凹陷/凹透鏡/凹凸不平。㊊❶凹；窪♦嗰度凹咗落去，填平佢先至油喇（那兒凹了進去，填平它再上油漆吧）。❷癟；陷♦跌凹個銻煲（鋁鍋掉下來，弄癟了）。

【凹凹凸凸】neb[1]neb[1]ded[6]ded[6] ㊊ 坑坑窪窪；凹凸不平。

粒 neb[1] (nɐp[7]) [lì] ㊐❶成顆的細小的東西♦顆粒/穀粒/沙粒。❷量詞♦一粒米/兩粒珠子。㊊❶丁兒♦肉粒（肉丁兒）切粒（切成丁兒）/炒粒（炒丁兒）。❷量詞。相當於“顆”、“個”♦一粒瘻（一顆痣）/兩粒子彈（兩顆子彈）/得一粒仔（只有一個孩子）。

【粒聲唔出】neb[1]séng[1]m[4]cêd[1] ㊊ 一聲不響；一句話不說♦你即管鬧，佢始終粒聲唔出（不管怎麼罵他，他依然一聲不響）/成個下晝，佢粒聲唔出（整個下午，他一句話也不說）。

涃 neb[6] (nɐp[9]) ㊊ 也作“粡”。❶磨蹭；慢吞吞♦做嘢咁涃（做事慢吞吞）。❷黏糊♦乜你個身咁涃㗎，幾日冇沖涼咧（怎麼你身上黏糊糊的，好幾天沒洗澡了吧）？❸油泥多；澀♦條車鏈咁涃，拆出嚟用火水洗吓喇（鏈條太澀，卸下來用煤油洗一洗吧）。❹軟乎乎♦軟涃涃。

【涃懦】neb[6]no[6] ㊊ 磨磨蹭蹭；慢條斯理♦乜咁涃懦㗎，夠鐘㗎喇（還磨磨蹭蹭的，快到點啦）！/個隻衰仔做嘢涃懦到死（那孩子做事情老是慢慢吞吞的）。也作“粡糯”。

ned

訥（讷） ned[6]/nab[6] (nɐt[9]/nap[9]) [nè] ㊐形容言語遲鈍♦口訥/木訥寡言。

neg

□ neg[1] (nɐk[7])

【□牙】neg[1]nga[4] ㊊ 大舌頭；說話發音不清楚♦□牙仔（說話發音不清楚的孩子）。

nei

泥 nei[4] (nɐi[4]) [ní] ㊐❶水和土合成的東西♦泥巴/泥漿/塘泥/污泥。❷像泥的東西♦印泥/豆泥/蒜泥/棗泥。

【泥湴】nei[4]ban[6] ㊊ 爛泥；稀泥。

【泥塵】nei[4]cen[4] ㊊ 灰塵；塵土。

【泥頭車】nei[4]teo[4]cé[1] ㊍ 水泥車。

néi

匿 néi[1] (nei[1]) ㊊ 口語音。躲藏♦冇埞匿（沒處躲）/呢幾日你匿鬼咗去邊度吖（這幾天你躲到甚麼鬼地方去了）？

【匿埋】néi¹mai⁴ [粵] 躲起來；藏起來 ♦ 喂，你匿埋喺邊吖（喂，你躲到哪兒去了）？

你 néi⁵ (nei⁵) [nǐ] [通] 代詞。❶ 稱對方 ♦ 你家 / 你校 / 你死我活。❷ 泛指任何人 ♦ 他的才學真叫你佩服。

【你哋】néi⁵déi⁶ [粵] 你們。

【你有心】néi⁵yeo⁵sem¹ [粵] 對別人的關懷、問候等表示感謝的套語。也說"有心" yeo⁵sem¹。

【你就想】néi⁵zeo⁶sêng² [粵] 你當然想啦；你當然希望這樣。

【你死你事】néi⁵séi²néi⁵xi⁶ [粵] 管你死不死呢。表示對對方的不幸遭遇漠不關心甚至幸災樂禍。

【你睇住嚟】néi⁵tei²ju⁶lei⁴ [粵] ❶ 你看着辦吧。❷ 你等着瞧。

【你有寶吖】néi⁵yeo⁵bou²a⁶ [粵] 你有啥了不起；誰希罕你。對人表示輕蔑的用語。

【你又係嘅】néi⁵yeo⁶hei⁶gé² [粵] 你真是的。對人表示埋怨或責備的用語。

【你以為喇】néi⁵yi⁵wei⁴la¹ [粵] 想得倒美。表示否認對方的觀點或看法的用語。

【你真開胃】néi⁵zen¹hoi¹wei⁶ [粵] 你想得美。表示否認對方的願望或要求的用語。

【你因住至好】néi⁵yen¹ju⁶ji³hou² [粵] 你可要當心；你小心着點。

膩 (腻) néi⁶ (nei⁶) [nì] [通] ❶ 食物中油脂過多 ♦ 油膩 / 肥膩。❷ 因過多而厭煩 ♦ 膩煩 / 膩味。❸ 光滑；細緻 ♦ 滑膩 / 細膩。❹ 污垢 ♦ 塵膩。

【膩喉】néi⁶heo⁴ [粵] 因油脂過多或吃的次數太多而不想吃；油膩；膩口。

nem

諗 nem² (nɐm²) [粵] 想；思量；考慮；動腦筋 ♦ 我諗過喇（我考慮過了）/ 你諗都唔好諗（你想也不要想）/ 呢條題你要認真諗一諗（這道題你可要真正動動腦筋）。

【諗掂】nem²dim⁶ [粵] 考慮清楚；想妥了 ♦ 你諗掂先至答覆我未遲（你考慮清楚了再答覆我不遲）。

【諗計】nem²gei³⁻² [粵] 想辦法。也說"諗計仔" nem²gei³⁻²zei²。

【諗住】nem²ju⁶ [粵] ❶ 準備；打算 ♦ 諗住過兩日再還返俾你（打算再過兩天才還給你）。❷ 以為；估計 ♦ 諗住個天唔會落雨，所以冇帶遮（估計不會下雨，所以沒帶雨傘）。❸ 惦記；記掛。

【諗落】nem²log⁶ [粵] 細想一下；想深一層 ♦ 諗落都係唔制得過（細想一下，還是划不來）。

【諗歪】nem²mé² [粵] 想歪 ♦ 你諗歪晒嘞（你想歪了）。

【諗頭】nem²teo⁴ [粵] ❶ 想法 ♦ 有乜諗頭，快啲講嚟聽吓（有甚麼想法，快說來聽聽）。❷ 會想辦法；善於思考 ♦ 佢好有諗頭（他很會想辦法）。❸ 值得考慮 ♦ 呢單嘢有啲諗頭（這事值得考慮一下）。❹ 雄心；野心 ♦ 佢好大諗頭嘅（他雄心很大）。

【諗番起】nem²fan¹héi² [粵] 回想起；憶起；記起。

【諗過先】nem²guo³xin¹ [粵] 先想想看；先考慮考慮。

【諗唔啱】nem²m⁴dim⁶ [粵] 想不通 ♦ 諗極都諗唔過（想來想去想不通）。

【諗唔過】nem²m⁴guo³ [粵] 划不來；不划算 ♦ 呢單嘢我睇都係諗唔過（這事我看划不來）。

【諗諗吓】nem²nem²ha² [粵] 想來想去；反覆思量。

【諗縮數】nem²sug¹sou³ [粵] 打小算盤；打如意算盤 ♦ 咪喺度成日諗縮數喇（別整天打個人小算盤）。

【諗真啲】nem²zen¹di¹ [粵] 好好想想；想清楚點。

【諗番轉頭】nem²fan¹jun³teo⁴ [粵] 回想起來。

【諗過度過】nem²guo³dog⁶guo³ [粵] 想通想透；考慮清楚。

【諗爛心肝】nem²lan⁶sem¹gon¹ [粵] 反覆思量；思慮過度。

【諗埋一便】nem²mai⁴yed¹bin⁶ [粵] 想偏了；想到一邊去了。

【諗條後路】nem²tiu⁴heo⁶lou⁶ [粵] 留條後路；留有餘地 ♦ 做嘢要諗條後路先至得嘅（做事情要留有餘地才行）。也説“諗定條後路”nem²ding⁶tiu⁴heo⁶lou⁶。

腍 nem⁴ (nɐm⁴) [粵] 也作“稔”、“煁”或“焾”。❶ 軟和；鬆軟 ♦ 剛剝咗牙，食嘅嘢要腍啲（剛脱了牙，吃的食物要軟和些）。❷ 使變軟；爛熟 ♦ 啲餅乾腍晒（餅乾變軟了）/ 炆腍啲狗肉（把狗肉燉爛）。❸ 性情和善、軟弱。

【腍善】nem⁴xin⁶ [粵] 善良；溫和；老實 ♦ 佢伯父一向都咁腍善（他伯父一向都挺和善）。

【腍啤啤】nem⁴bé⁴bé⁴ [粵] ❶ 食物爛糊。❷ 蔫乎乎的，指性格軟弱，沒有火氣。也讀 nem⁴bég⁶bég⁶。

淰 nem⁶ (nɐm⁶) [粵] ❶ 熟 ♦ 瞓到好淰（睡得很熟）。❷ 洇 ♦ 呢種紙寫字會淰嘅（這種紙寫字會洇的）。❸ 形容水分等過多 ♦ 油淰淰（油乎乎）/ 支筆好淰（筆尖上墨水很多）。❹ 把水分等吸透 ♦ 用布淰番乾佢喇（快拿布來把它吸乾）。

nen

撚 nen² (nɐn²) [粵] ❶ 捉弄；算計 ♦ 俾佢噉撚法，真係戥你唔抵（這樣被他捉弄，真替你不值）。❷ 擺弄；捏弄 ♦ 撚鬚（捏弄鬍子）。❸ 修整；打扮 ♦ 又唔係去相睇，使乜撚咁靚嚁（又不是去相親，用不着打扮這麼漂亮）。

【撚化】nen²fa³ [粵] 愚弄；捉弄；算計 ♦ 俾人撚化（讓人給捉弄了）/ 撚化吓佢（給他使點兒壞）。

【撚手】nen²seo² [粵] 拿手 ♦ 撚手小菜（拿手小菜）。

【撚花臣】nen²fa¹sen² [粵] 玩花樣。

neng

揇 neng³ (nɐŋ³) [粵] 也作“㨆”。❶ 繫；綁 ♦ 揇條絲帶做記認（綁條綢帶子做記號）/ 你衫尾好似攋住啲嘢噉嘅（你衣服後襬好像掛了甚麼東西）。❷ 牽連；連帶 ♦ 瓜攋藤，藤攋瓜（瓜連蔓，蔓連瓜，比喻關係糾纏不清）/ 攋埋個仔去度假（帶着孩子去度假）。

neo

嬲 neo¹ (nɐu¹) [粵] ❶ 惱怒；發火；生氣 ♦ 嬲死佢（可生他的氣了）/ 又嬲又好笑（令人哭笑不得）。❷ 憎恨；憎惡 ♦ 至嬲人哋抄佢櫃桶（最恨別人翻他的抽屜）。

【嬲爆爆】neo¹bao³bao³ [粵] 氣鼓鼓的；滿臉不高興 ♦ 嬲爆爆噉，係唔係俾老竇鬧呢（氣鼓鼓的，捱爸爸罵了吧）？/ 你搣爛佢本簿，唔怪之佢嬲爆爆（你撕爛了他的本子，怪不得他氣鼓鼓的）。

【嬲到彈起】neo¹dou³dan⁶hei² [粵] 勃然大怒；大光其火。

扭 neo² (nɐu²) [niǔ] [通] ❶ 掉轉；轉動 ♦ 扭動 / 扭轉 / 扭頭就走 / 扭過身來。❷ 擰；擰傷 ♦ 將樹枝扭斷 / 唔小心扭𢤹條腰（不小心扭傷了腰）。❸ 揪住不放 ♦ 扭住 / 扭打。❹ 走路時身體左右搖擺 ♦ 扭擺 / 扭秧歌 / 行路唔好噉扭扭吓（走路不要這樣扭來扭去的）。[粵] ❶ 用刁蠻的手段設法達到目的 ♦ 係都要扭我買隻公仔（千方百計纏我買個玩具）/ 卒之俾佢扭咗隻車去（最終還是讓他把車給吃掉）。❷ 設法騙取 ♦ 幾十萬就噉俾人扭咗去（幾十萬就這樣被騙去了）。❸ 擰；開 ♦ 扭爛把鎖（把鎖擰壞了）/ 扭開個龍頭（打開水龍頭）/ 扭大啲音量（把音量開大一點）。

【扭計】neo²gei³⁻² [粵] ❶ 淘氣；鬧彆扭 ♦ 佢扭計，你就氹氹吓佢（他淘氣哭鬧，你就哄一哄他）。❷ 耍心眼兒；想鬼點子；跟人勾心鬥角 ♦ 份合同唔肯簽，佢係唔係想扭計吖（合同不肯簽，他是不是在打甚麼鬼主意）？

【扭轉】neo²jun² [niǔzhuǎn] [通] ❶ 掉轉；轉過去 ♦ 扭轉臉來。❷ 改變或糾正事物的發展方向 ♦ 扭轉局勢。

【扭曲】neo²kug¹ [niǔqū] [通] 歪曲；使失去原來的面貌 ♦ 靈魂扭曲。

【扭紋】neo²men⁴ [粵] ❶ 木扭紋理扭曲不直。❷ 小孩不聽話；耍脾氣；動輒以哭鬧相要挾。

【扭擰】neo²ning⁶ [粵] 扭捏；羞答答；不大方 ♦ 要大方啲，咁扭擰點得㗎（大方點，這麼羞答答的怎麼成）。

【扭紋柴】neo²men⁴cai⁴ [粵] ❶ 紋理不直的木柴。❷ 比喻愛哭鬧或脾氣蠻橫的小孩。

【扭耳仔】neo²yi⁵zei² [粵] 擰耳朵，常用作妻子責罰丈夫的戲稱 ♦ 唔怕你老婆扭耳仔（不怕你老婆擰你耳朵）？

【扭扭擰擰】neo²neo²ning⁶ning⁶ [粵] 扭扭捏捏。

【扭身扭勢】neo²sen¹neo²sei³ [粵] 身體左右擺動。

紐 (纽) neo² (nɐu²) [niǔ] [通] ❶ 器物上可以抓住而提起來的部分 ♦ 秤紐 / 印紐。❷ 衣扣 ♦ 紐扣 / 衣紐。❸ 起連繫作用的 ♦ 樞紐 / 紐帶。[粵] 衣扣；扣子 ♦ 銅紐 / 骨紐 / 迫紐（子母扣兒）/ 袖口紐（袖扣）。

耨 neo6 (nɐu6) [粵] 也作"脓"。❶ 膩 ♦ 食到耨晒（吃得很膩了）/ 甜到耨（甜得發膩）。❷ 厭 ♦ 做到耨（做到令人生厭）。❸ 慢悠悠 ♦ 做嘢咪咁耨（幹活別那麼慢悠悠的）。

nêu

女 nêu2 (nœy2) [粵] 口語變音 ♦ 飛女（女阿飛）/ 撈女（女騙子）/ 乖乖女（溫順聽話的女孩）/ 嬌嬌女（嬌裏嬌氣的女孩）。

☞ 另見本頁 nêu5。

女 nêu5 (nœy5) [nǚ] [通] ❶ 女性 ♦ 女工 / 女學生。❷ 女兒 ♦ 獨女 / 一兒二女。[粵] ❶ 女兒 ♦ 個女仲讀緊書（女兒還在唸書）。❷ 女孩 ♦ 女大十八變（黃毛丫頭十八變）。❸ 撲克牌中的"Q"。

【女仔】nêu5zei2 [粵] 女孩；姑娘 ♦ 女仔鍾意打扮（女孩子愛打扮）。

【女人形】nêu5yen4-2ying4 [粵] 男人而有女人氣。參見"乸形"條，見277頁。

【女王老五】nêu5wong4lou5ng5 [方] 單身女子。

【女仔之家】nêu5zei2ji1ga1 [粵] 姑娘家；女孩子們。

☞ 另見本頁 nêu2。

ng

五 ng5 (ŋ5) [wǔ] [通] 數目字 ♦ 五穀 / 五金 / 五光十色 / 五花八門。

【五柳魚】ng5leo5yu4-2 [粵] 糖醋魚。

【五五波】ng5ng5bo1 [粵] ❶ 勝負可能各半的球賽。❷ 兩種結果都有可能出現的事件。

【五顏六色】ng5ngan4lug6xig1 [粵] 一塌糊塗 ♦ 病到佢五顏六色（他病得十分厲害）。

【五時花六時變】ng5xi4fa1lug6xi4bin3 [粵] ❶ 形容變化很快，一時一個樣。❷ 形容猶猶豫豫，拿不定主意。

仵 ng5 (ŋ5) [wǔ] [通] 仵作，舊時官府中檢驗命案死屍的人。[粵] 通稱殮葬死人的人 ♦ 仵工。

【仵作佬】ng5zog6lou2 [粵] 殮葬人。

忤 ng5 (ŋ5) [wǔ] [通] 不順從；不和睦 ♦ 忤逆。

【忤逆仔】ng5yig6zei2 [粵] ❶ 不孝子。❷ 稱背叛團夥的人。

誤（误） ng6 (ŋ6) [wù] [通] ❶ 錯；不正確 ♦ 錯誤 / 失誤 / 謬誤。❷ 使受損害 ♦ 誤人子弟 / 誤人不淺。❸ 耽擱 ♦ 耽誤 / 遲誤 / 誤工。❹ 並非故意的 ♦ 誤傷 / 誤殺。

【誤導】ng6dou6 [粵] ❶ 引上歧途。❷ 使得出錯誤的認識。

nga

丫 nga1/a1 (ŋa1/a1) [yā] [通] 上端分叉的 ♦ 枝丫 / 腳丫。[粵] 丫杈 ♦ 樹丫。

【丫杈】nga1ca1 [yāchā] [通] 樹枝分出的部分。[粵] 一種用以晾曬衣服等的器具，棍子頂端有一叉子。

啞 (哑) nga2/a2 (ŋa2/a2) [yǎ] (通) ❶不能説話♦啞巴/聾啞人。❷聲音低沉♦啞笑/聲音沙啞。❸無聲的♦啞然無聲。(粵) 色澤不鮮艷♦呢隻布顏色啞咗啲（這種布料顏色不太鮮艷）。

【啞光】nga2guong1 (粵) 無光澤的♦啞光紙。

【啞佬】nga2lou2 (粵) 啞巴（稱成年的）。

【啞仔】nga2zei2 (粵) 啞巴（稱少年的）。

【啞佬買棺材】a2lou2mai5gun1coi4（歇）死過你睇 séi2guo3néi5tei2 (粵) 常用來表示受他人牽連、坑害的不滿。

【啞仔食雲吞】nga2zei2xig6wen4ten1（歇）心中有數 sem1zung1yeo5sou3 (粵) 相當於“啞巴吃餃子 —— 心裏有數”。

【啞仔食黃連】nga2zei2xig6wong4lin4（歇）有苦自己知 yeo5fu2ji6gei2ji1 (粵) 相當於“啞巴吃黃連 —— 有苦難言”。

牙 nga2 (ŋa2) (粵) 口語變音♦滑牙（螺紋磨損）/起狗牙（使成鋸齒狀）。

☞另見本頁 nga4。

牙 nga4 (ŋa4) [yá] (通) ❶牙齒♦門牙/鑲牙/拔牙/牙醫。❷特指象牙♦牙筷/牙章/牙雕。❸形狀像牙齒的東西♦鋸牙。❹介紹買賣從中取利的人♦牙商/牙行。

【牙擦】nga4cad3 (粵) 誇誇其談；驕傲自負。也説“牙擦擦”nga4cad3 cad3。

【牙罅】nga4la3 (粵) 牙縫♦唔夠攝牙罅（不夠塞牙縫，形容所吃的食物太少）。

【牙屎】nga4xi2 (粵) ❶牙垢。❷驕傲自負；愛出風頭。

【牙煙】nga4yin1 (粵) ❶驚險；危險♦爬咁高，真牙煙（爬這麼高，真夠驚險的）。❷可怕；恐怖♦成條腿俾鯊魚咬咗落嚟，真牙煙（整條腿讓鯊魚給咬掉了，真恐怖）。❸馬虎；質量差難看；不像樣♦就用幾條木棍撐住，咁牙煙都得嘅（只用幾根木棍撐着，這麼馬虎哪行）！❹難看；不像樣♦三幾筆畫出嘅畫，太牙煙喇啩（草草畫成這樣的畫，太難看了吧）。

【牙擦友】nga4cad3yeo5-2 (粵) 喜歡誇誇其談炫耀自己的人。

【牙齒印】nga4qi2yen3 (粵) 仇隙；宿怨♦佢兩個不留都有啲牙齒印㗎喇（他們倆向來就有仇隙）。也説“牙齒痕”nga4qi2hen4-2。

【牙斬斬】nga4zam2zam2 (粵) ❶滔滔不絕地進行強辯或表現自己。❷炫耀自己。

【牙尖嘴利】nga4jim1zêu2léi6 (粵) 尖嘴薄舌；説話尖刻不饒人。

【牙痛噉聲】nga4tung3gem2séng1 (粵) 牙疼似的直哼哼。形容面有難色，支吾其辭♦叫嚫佢做嘢都牙痛噉聲（一叫他幹活就支支吾吾）。

【牙齒當金使】nga4qi2dong3gem1sei2 (粵) 比喻説話算數，一諾千金。

☞另見本頁 nga2。

芽 nga4 (ŋa4) [yá] (通) ❶植物的幼體，可發育成莖、葉或花♦幼芽/嫩芽/豆芽/麥芽。❷像芽的東西♦肉芽。❸比喻事物的開端♦萌芽。

【芽菜】nga⁴coi³ [粵] 豆芽 ♦ 大豆芽菜（黃豆芽）/ 細豆芽菜（綠豆芽）。也叫"銀針" ngen⁴zem¹。

瓦 nga⁵ (ŋa⁵) [wǎ] [通] ❶ 用陶土燒成的器物 ♦ 瓦盆 / 瓦器。❷ 用土製坯後燒成的蓋房頂的材料 ♦ 瓦片 / 磚瓦 / 紅磚綠瓦。

【瓦罉】nga⁵cang¹ [粵] 大砂鍋。

揸 nga⁶ (ŋa⁶) [粵] ❶ 佔 ♦ 單係張牀就揸咗半間房（光是那張牀就佔了半個房間）/ 你一個人唔好揸咁多地方（你一個人不要佔這麼大塊地方）。❷ 張開 ♦ 對腳唔好揸到咁開（雙腿不要張得太開）。

【揸埞】nga⁶déng⁶ [粵] 佔地方。

【揸位】nga⁶wei⁶⁻² [粵] 佔位置。

【揸拃】nga⁶za⁶ [粵] 也作"脛膪"或"岈嵖"。❶ 佔位置；佔地方 ♦ 隻櫃放喺呢度，鬼咁揸拃（櫃子放在這裏，太礙事了）。❷ 霸道；蠻橫 ♦ 佢個人咁揸拃，梗乞人憎啦（他這麼霸道，當然討人嫌）。

【揸拃鬼】nga⁶za⁶guei² [粵] 霸道、蠻不講理的人。也說"揸拃友" nga⁶za⁶yeo⁵⁻²。

ngab

鴨（鸭）ngab³/ab³ (ŋap⁸/ap⁸) [yā] [通] 水鳥。分家鴨和野鴨，通常指家鴨。嘴扁腿短，趾間有蹼，善游泳，肉、蛋均可吃。[粵] 考試得零分 ♦ 吃全鴨（考試得零分；也指生意一敗塗地）。

ngad

押 ngad³/ad³ (ŋat⁸/at⁸) [yā] [通] ❶ 在文書上簽字或畫符號，作為憑信 ♦ 押尾 / 簽押 / 畫押。❷ 把財物交給人作擔保 ♦ 抵押。❸ 拘留 ♦ 看押 / 拘押。❹ 跟隨着照料或看管 ♦ 押車 / 押運 / 押送。

【押後】ngad³heo⁶ [粵] 推遲；延期 ♦ 押後處理。

☞ 另見 421 頁 yab³。

餲 ngad³ (ŋat⁸) [粵] 也作"胺"。尿臊味 ♦ 一唿餲𡁻（一股尿臊味）。

【餲堪堪】ngad³hem¹hem¹ [粵] 臊裏呱嘰的；臊臊的。

嚙（啮）ngad⁶ (ŋat⁹) [粵] 口語音。❶ 啃 ♦ 狗嚙豬骨（狗啃豬骨頭）。❷ 蛀咬 ♦ 櫃腳俾蟲嚙爛（櫃腳讓蟲子給蛀爛了）。

扤 ngad⁶ (ŋat⁹) [粵] ❶ 磨；磨擦 ♦ 扤斷條繩（把繩子磨斷了）/ 坐定啲，唔好扤嚟扤去（坐穩一點，別磨來磨去）。❷ 嬰兒爬行。

☞ 另見 292 頁 nged¹。

ngag

鈪 ngag³/ag³ (ŋak⁸/ak⁸) [粵] 鐲子 ♦ 手鈪（手鐲）/ 金鈪（金鐲子）/ 玉鈪（玉鐲子）。

額（额）ngag⁶ (ŋak⁹) [é] [通] ❶ 眉上髮下的部分 ♦ 額門 / 前額 / 焦頭爛額。❷ 規定的數量 ♦ 名額 / 超額 / 限額。❸ 牌匾 ♦ 橫額 / 匾額。

粵 量詞♦一額汗（一頭汗）。

逆 ngag^6 (ŋak^9) 粵 口語音♦逆水/逆水行舟。

【逆次次】ngag^{6}qi^{3}qi^3 粵 ❶逆人意向。❷由於不順應他人意思而感為難。

ngai

挨 ngai^1/ai^1 (ŋai^1/ai^1) [āi] 通 ❶依次；順次♦挨次/挨家挨户。❷靠近♦挨近/挨着。粵 貼近；靠着♦唔好挨埋我身度（別靠在我身上）。

【挨晚】ngai^{1}man$^{5-1}$ 粵 傍晚；天快黑的時候。

【挨拼】ngai^{1}péng^1 粵 椅子的靠背。

【挨拼椅】ngai^{1}péng^{1}yi^2 粵 靠背椅。

【挨年近晚】ngai^{1}nin^{4}gen^{6}man^5 粵 時近年關；接近年底。也說"挨年近尾"ngai^{1}nin^{4}gen^{6}méi^5。

嗌 ngai^3/ai^3 (ŋai^3/ai^3) 粵 ❶叫；喊；呼♦嗌名（點名；唱名）/嗌救命（喊救命）/死人都俾你嗌番生（死人也讓你給叫得活過來。對別人的多次呼喚表示不耐煩）。❷吵；罵♦大家嗌少兩句（大家少說兩句）。

【嗌交】ngai^{3}gao^1 粵 吵架；吵嘴。

【嗌霎】ngai^{3}sab^3 粵 吵架；鬥氣。

【嗌生晒】ngai^{3}sang^{1}sai^3 粵 瞎叫喚。

【嗌通街】ngai^{3}tung^{1}gai^1 粵 跟整條街的人都吵過架。常用作"潑婦"的代名詞。

【嗌生嗌死】ngai^{3}sang^{1}ngai^{3}séi^2 粵 呼天搶地，要死要活。

捱(挨) ngai^4 (ŋai^4) 粵 辛勞；苦熬♦捱番薯我都捱過喇（靠吃地瓜過活的日子我也熬過）/難為佢捱大班仔女（難得她苦苦撐持，把兒女撫養大）。

【捱得】ngai^{4}deg^1 粵 受得了；忍受得住♦捱得苦（吃得了苦）。

【捱夜】ngai^{4}yé$^{6-2}$ 粵 熬夜。

【捱騾仔】ngai^{4}lêu^{4}zei^2 粵 做牛做馬，艱苦度日。

【捱世界】ngai^{4}sei^{3}gai^3 粵 熬苦日子。

【捱義氣】ngai^{4}yi^{6}héi^3 粵 賣賣義氣。

【捱得抵得】ngai^{4}deg^{1}dei^{2}deg^1 粵 能吃苦耐勞；能吃苦忍讓。

【捱更抵夜】ngai^{4}gang^{1}dei^{2}yé^6 粵 熬夜；起早睡晚；披星戴月。

【捱生捱死】ngai^{4}sang^{1}ngai^{4}séi^2 粵 拼死拼活。

ngam

啱 ngam^1 (ŋam^1) 粵 ❶合意；合適♦呢件襯衫，你着最啱（這件襯衣，你穿最合適）。❷對；行♦你講得啱（你說得對）/噉都啱嘅（這樣也行）。❸碰巧；剛好♦咁啱喺街度撞到佢（碰巧在街上遇着他）/我啱想去揾你（我正想去找你）。❹剛；才♦啱收工（剛下班）/啱食完飯（剛吃完飯）/佢啱嚟冇幾耐（他才來沒多久）。❺同"啱偈"、"啱蕎"。

【啱偈】ngam^{1}gei^2 粵 交情好；合得來♦佢哋兩個向來都好啱偈（他們倆一向合得來）。

【啱好】ngam^{1}hou^2 粵 ❶正好；剛好♦佢啱好行開咗（他正好走開了）。❷正合適♦呢個尺碼，我着啱好

（這個尺寸，我穿正合適）。也說“啱啱好” ngam¹ngam¹hou²。

【啱口】ngam¹ki¹ ㊊ 同“啱偈”。

【啱蕎】ngam¹kiu² ㊊ 同“啱偈”。也作“啱撬”。

【啱掗/牙】ngam¹nga⁴⁻² ㊊ 比喻互相投合 ♦ 佢兩個唔係幾啱掗/牙（他們倆不那麼合得來）。

【啱啱】ngam¹ngam¹ ㊊ 剛剛；剛好 ♦ 我啱啱接到佢嘅電話（我剛剛接到他的電話）/ 咁唔湊巧，你嚟廣州時我啱啱出咗差（真不湊巧，你來廣州時我剛好出差去了）。

【啱晒】ngam¹sai³ ㊊ ❶ 全對；絲毫不差；十分正確 ♦ 俾佢估啱晒（讓他全猜對了）。❷ 正合適 ♦ 對鞋啱晒你着（這雙鞋你穿正合適）。❸ 太好了 ♦ 啱晒，你喺度（你在這裏太好了）。

【啱數】ngam¹sou³ ㊊ 剛好夠數；賬款相符。

【啱先】ngam¹xin¹ ㊊ 剛才；剛不久 ♦ 佢啱先嚟過（他剛才來過）。

【啱用】ngam¹yung⁶ ㊊ 合用。

【啱着】ngam¹zêg³ ㊊ 合穿；合身。

【啱心水】ngam¹sem¹sêu² ㊊ 合心意。

【啱晒合尺】ngam¹sai³ho⁴cé¹ ㊊ 完全合適；非常合拍。

巖（岩） ngam⁴ (ŋam⁴) [yán] ㊟ ❶ 構成地殼的主要物質 ♦ 巖層 / 花崗巖。❷ 高峻的山崖。㊊ 犬牙狀的缺口 ♦ 一巖一忽（像犬牙般不整齊）。

【巖巉】ngam⁴cam⁴ ㊊ 參差不齊；高低不平。也說“巖巖巉巉” ngam⁴ngam⁴cam⁴cam⁴。

ngan

晏 ngan³/an³ (ŋan³/an³) ㊊ ❶ 晚；遲 ♦ 乜咁晏嚟（幹嘛這麼晚）/ 好晏先至出門（很遲才出門）。❷ 午餐；午飯 ♦ 食晏（吃午飯）。

【晏啲】an³di¹ ㊊ 遲些；晚點兒。

【晏覺】an³gao³ ㊊ 午睡；午覺 ♦ 瞓晏覺（睡午覺）。

【晏晝】an³zeo³ ㊊ 晌午；下午；午後 ♦ 晏晝佢唔喺度，晚頭先至打過嚟喇（下午他不在，晚上再打來吧）。

眼 ngan⁵ (ŋan⁵) [yǎn] ㊟ ❶ 人或動物的視覺器官，也稱眼睛。❷ 小孔；窟窿 ♦ 針眼 / 砲眼 / 泉眼。❸ 關節；要點 ♦ 字眼 / 節骨眼。❹ 戲曲的節拍 ♦ 有板有眼。❺ 量詞 ♦ 一眼井。㊊ ❶ 眼力 ♦ 幾好眼（眼力不錯）/ 唔夠眼（眼力不濟）。❷ 量詞。相當於“口”、“根”、“盞”等 ♦ 一眼塘（一口池塘）/ 一眼針（一根針）/ 一眼釘（一枚釘子）/ 一眼燈（一盞燈）。

【眼閉】ngan⁵bei³ ㊊ 合眼；閉眼 ♦ 死都唔眼閉（死不瞑目）。

【眼瞓】ngan⁵fen³ ㊊ 睏；想睡 ♦ 好眼瞓（很睏）/ 捱眼瞓（熬夜）/ 我唔眼瞓（我不睏）/ 眼瞓就早啲瞓（睏就早點兒睡）。

【眼緊】ngan⁵gen² ㊊ 盯得緊；看得嚴。常用來表示吝嗇或斤斤計較。

【眼利】ngan⁵léi⁶ ㊊ 視覺敏銳；眼力好。又稱“眼尖”。

【眼眉】ngan⁵méi⁴ ㊊ 眉毛 ♦ 火燒眼眉（火燒眉毛）。

【眼毛】ngan^{5}mou^4 (粵) 睫毛。

【眼朦】ngan^{5}mung$^{4-1}$ (粵) 老眯着眼睛的毛病。

【眼淺】ngan^{5}qin^2 (粵) ❶ 見識淺；氣量窄 ♦ 眼淺嘅人係咁斤斤計較㗎喇（氣量小的人是這麼斤斤計較的啦）。❷ 易受感動而流淚 ♦ 乜咁眼淺㗎，嘟啲就流馬尿（咋這麼輕易就掉淚啦）。

【眼水】ngan^{5}sêu^2 (粵) ❶ 眼力；準頭。❷ 淚水 ♦ 辣到佢眼水鼻水一齊標（辣得他淚水鼻水一齊流出來）。❸ 眼藥水 ♦ 滴啲眼水先喇（先滴一滴眼藥水吧）。

【眼肚】ngan^{5}tou^5 (粵) 下眼皮 ♦ 眼肚腫腫（下眼皮浮腫）。也說"眼袋" ngan^{5}doi$^{6-2}$。

【眼核】ngan^{5}wed^6 (粵) 眼珠子 ♦ 魚眼核（魚的眼珠子）。

【眼緣】ngan^{5}yun^4 (粵) 視覺印象及所產生的相應感情 ♦ 合眼緣（見着舒服、喜歡）。

【眼白白】ngan^{5}bag^{6}bag^6 (粵) 眼巴巴，形容無可奈何地看着。

【眼凸凸】ngan^{5}ded^{6}ded^6 (粵) 瞪大眼睛 ♦ 嬲到佢眼凸凸（氣得他瞪眼）。

【眼定定】ngan^{5}ding^{6}ding^6 (粵) 兩眼發愣；眼睛直直地看着。

【眼花花】ngan^{5}fa^{1}fa^1 (粵) 眼睛昏花。

【眼火爆】ngan^{5}fo^{2}bao^3 (粵) 看見氣人的事而火冒三丈。

【眼甘甘】ngan^{5}gem^{1}gem^1 (粵) 眼饞饞地，形容目不轉睛地看着自己想得到的東西。

【眼光光】ngan^{5}guong^{1}guong^1 (粵) ❶ 眼睛老睜開着 ♦ 成晚眼光光瞓唔着（整夜睡不着）。❷ 眼睜睜，形容無可奈何地看着。❸ 心有所思而目光呆滯 ♦ 佢眼光光噉，唔知喺度諗乜（他目光呆滯，不知道心裏在想些甚麼）。

【眼矋矋】ngan^{5}lei^{6}lei^6 (粵) 用不客氣的眼光睨視，以表示警告或禁止。

【眼睩睩】ngan^{5}lug^{1}lug^1 (粵) ❶ 眼睛瞪大，形容生氣的樣子。❷ 眼睛滴溜溜轉，形容目光靈活有神。

【眼眉跳】ngan^{5}méi^{4}tiu$^{3-4}$ (粵) 眼跳；眼皮不自主地抽搐，習俗以為是災禍發生或遠方的親人思念的徵兆。

【眼望望】ngan^{5}mong^{6}mong^6 (粵) 貪婪地或警覺地注視着。

【眼矇矇】ngan^{5}mung$^{4-1}$mung$^{4-1}$ (粵) ❶ 眯縫着眼睛的樣子。❷ 睡眼惺忪的樣子。

【眼睄睄/超超】ngan^{5}sao^{6}sao^6 (粵) 不時地掃一眼。

【眼濕濕】ngan^{5}seb^{1}seb^1 (粵) 眼含淚花的樣子。

【眼坦坦】ngan^{5}tan^{2}tan^2 (粵) 乾瞪眼，表示無可奈何或忍無可忍。

【眼嘶嘶】ngan^{5}zam^{2}zam^2 (粵) 眨巴眼睛，表示若有所思或心中不服 ♦ 鬧嚫佢都眼嘶嘶（每次教訓他，他總是眨巴着眼睛）。

【眼都擎晒】ngan^{5}dou^{1}king^{4}sai^3 (粵) 驚慌得眼都傻了。

【眼闊肚窄】ngan^{5}fud^{3}tou^{5}zag^3 (粵) 口大喉嚨小，比喻貪心不足或心有餘而力不足。

【眼見心謀】ngan^{5}gin^{3}sem^{1}meo^4 (粵) 見

到某種自己喜歡的東西很想把它佔為己有。

【眼眉毛長】ngan5méi4mou4cêng4 (粵) 人老了，眉毛長得特別長，用法約相當於"頭髮都白"，用以表示離實現某個目標還有很長時間。

【眼不見為淨】ngan5bed1gin3wei4zéng6 (粵) 自己沒見到就當是乾淨的。譬如吃了不大乾淨的東西，常以此作自我安慰。

【眼大睇過龍】ngan5dai6tei2guo3lung4 (粵) 心粗不細。也說"眼大睇過界" ngan5dai6tei2guo3gai3。

【眼睛生響頭頂】ngan5jing1sang1hêng2teo4déng2 (粵) 眼睛長在頭頂上，形容驕傲自大，目中無人。

【眼唔見為伶俐】ngan5m4gin3wei4ling4léi6 (粵) 眼不見心不煩。也說"眼不見為淨" ngan5bed1gin3wei4zéng6。

【眼尾都唔望吓】ngan5méi5dou1m4mong6ha5 (粵) 連瞧都不瞧。

【眼尾毛長過辮】ngan5méi4mou4cêng4guo3bin1 (粵) 譏諷人懶得動也不動。

【眼尾毛挑通瓏】ngan5méi4mou4tiu1tung1lung4-1 (粵) 比喻明察秋毫，不易受騙。也說"挑通眼眉" tiu1tung1ngan5méi4。

ngang

硬 ngang2 (ŋaŋ2) (粵) 口語音。

【硬係】ngan2hei6 (粵) 硬是；就是；偏偏；非…不可 ♦ 硬係唔肯走（就是不肯離開）/ 叫佢唔好買，佢硬係要買（叫他不要買他偏要買）/ 明知要落雨，佢硬係要去（明知天要下雨，他硬是要去）。

☞ 另見本頁 ngang6。

硬 ngang6 (ŋaŋ6) [yìng] (通) ❶ 堅；跟"軟"相對 ♦ 堅硬 / 僵硬 / 硬木 / 硬座。❷ 堅強；剛強 ♦ 強硬 / 硬漢 / 欺軟怕硬。❸ 勉強；不自然 ♦ 硬撐 / 生硬 / 生搬硬套。❹ 固執；頑固 ♦ 硬不承認錯誤。❺ 能力強；質量好 ♦ 過硬 / 硬手 / 貨色硬。

【硬邊】ngang6bin1 (粵) ❶ 把魚剖開兩邊，帶脊骨的一邊叫"硬邊"，另一邊叫"軟邊"。❷ 自行車外輪胎帶鋼絲的叫"硬邊軚"，不帶鋼絲的叫"軟邊軚"。

【硬頸】ngang6géng2 (粵) 倔強；牛脾氣；固執己見 ♦ 佢好硬頸，死都唔肯認錯（他非常固執，堅決不肯承認錯誤）。

【硬身】ngang6sen1 (粵) 質地堅硬的。

【硬軚】ngang6tai5 (粵) ❶ 駕駛盤轉動不了，比喻事情卡了殼或雙方鬧僵了。❷ 形容動彈不得，毫無進展希望。也說"硬晒軚" ngang6sai3tai5。

【硬淨】ngang6zéng6 (粵) 結實；硬朗 ♦ 幾件舊傢俬仲好硬淨（幾件舊傢具還挺結實的）/ 咪睇我幾十歲人，仲好硬淨㗎（別看我幾十歲了，身體還十分硬朗）。也說"硬掙" ngang6zang6。

【硬□□】ngang6gog6gog6 (粵) 硬邦邦的。也說"硬瓜瓜" ngang6gueg6gueg6。

☞ 另見本頁 ngang2。

ngao

揸 ngao1 (ŋau1) (粵) ❶ 搔；撓 ♦ 揸痕（搔癢）/ 揸背脊（撓背）。❷ 較隨意地梳理頭髮 ♦ 啲頭髮咁亂，揸吓佢先喇（頭髮這麼亂，先梳理一下吧）。❸ 擬聲詞。形容貓叫聲。

【揸頭】ngao1teo4 (粵) 搔腦袋，表示窘迫或被難住。

【揸烏婆】ngao1wu1po4-2 (粵) ❶ 傳説中的一種怪物，大人常用來嚇唬小孩。也作“拗烏婆”。❷ 不修邊幅、不打扮、不整齊的女性。

拗 ngao2/ao2 (ŋau2/au2)［ǎo］(通) 彎折；折斷 ♦ 把樹枝拗斷。(粵) 彎折；掰 ♦ 拗斷 / 拗開兩橛（折成兩段）。

【拗腰】ngao2yiu1 (粵) 向後折腰。

【拗手瓜】ngao2seo2gua1 (粵) ❶ 扳腕子；扳胳膊。❷ 比喻實力較量 ♦ 一於同佢拗過手瓜（決心跟他較量一番）。

詏 ngao3/ao3 (ŋau3/au3) (粵) 也作“拗”。爭執；爭論；爭辯 ♦ 條數有排詏（這筆賬還真夠爭的）/ 你兩個喺度詏乜嘢（你們倆在爭論甚麼呀）。

【詏頸】ngao3géng2 (粵) ❶ 抬槓 ♦ 大家都冷靜啲，詏頸就無謂喇（大家都冷靜點，沒必要抬槓）。❷ 固執；牛脾氣 ♦ 佢個人係咁詏頸㗎喇，唔使理佢嘅（他就這副牛脾氣，不必跟他計較）。

【詏撬】ngao3giu6 (粵) 爭執；鬧彆扭；意見相左 ♦ 佢兩個經常有啲詏撬（他們倆經常鬧點小彆扭）。

【詏數】ngao3sou3 (粵) ❶ 因價錢、賬目而爭執。❷ 泛指爭執，意見不合。

殽 ngao4 (ŋau4) (粵) 因翹曲而放置不平，搖動不穩 ♦ 張枱放唔平，殽嚟殽去（桌子沒擺穩，有點搖來搖去）。

【殽晒框】ngao4sai3kuang1 (粵) ❶ 圓形或方形的器具變了形 ♦ 個車轆殽晒框（那個轂轆全變形了）。❷ 比喻事情因嚴重受挫而難以挽回。

咬 ngao5 (ŋau5)［yǎo］(通) ❶ 用牙齒壓碎或夾住東西 ♦ 咬碎 / 咬爛 / 咬住不放。❷ 歪曲真相，誣賴別人 ♦ 反咬一口 / 亂咬好人。❸ 狗叫 ♦ 雞叫狗咬。❹ 讀字音或過分計較字義 ♦ 咬音不準 / 咬文嚼字。(粵) 趁機敲一筆；趁機撈一把 ♦ 近排鋼材緊缺，供應商直情飛起嚟咬（最近鋼材緊缺，供應商漫天開價，趁機敲一筆）。

【咬唔入】ngao5m4yeb6 (粵) ❶ 嚼不動；啃不動。❷ 比喻鑽不了空子或佔不了便宜。

【咬耳仔】ngao5yi5zei2 (粵) 咬耳朵，指附耳而語，説悄悄話。

【咬實牙根】ngao5sed6nga4gen1 (粵) 咬緊牙關，表示極力忍耐或忍受痛苦、屈辱。

ngé

□ ngé1 (ŋɛ1) (粵) ❶ 擬聲詞。形容小孩的哭聲。❷ 吭聲；抱怨 ♦ □都唔敢□（不敢吭一聲；不敢有半句抱怨）/ □都冇得□（忍氣吞聲；吃啞巴虧）。

□ ngé⁴ (ŋɛ⁴)

【□□】ngé⁴ngé⁴⁻¹ ㊔ ❶ 擬聲詞。拉胡琴的聲音。❷ 指胡琴 ♦ 拉□□（拉胡琴）。

ngeb

罨 ngeb¹ (ŋɐp⁷) ㊔ 也作"浥"。❶ 敷 ♦ 罨生草藥（敷草藥）。❷ 漚 ♦ 洗完面要抰開條手巾掛好，唔係好易罨爛嘅咋（洗完臉要把毛巾攤開掛好，不然很快就會漚爛）。❸ 捂 ♦ 洗完頭要吹番乾先至瞓，罨住唔好㗎（洗頭後要把頭髮吹乾才好睡覺，不然對健康有損害）。❹ 心情抑悒、煩悶。

【罨嚫】ngeb¹cen¹ ㊔ 因穿濕衣服而捂出病來 ♦ 除低件濕衫佢喇，着住好易罨嚫㗎（把濕衣服脱下來吧，穿在身上很容易捂出病來）。

【罨𡃁】ngeb¹cêu⁴ ㊔ 霉味。

【罨汁】ngeb¹zeb¹ ㊔ ❶ 不通風而又潮濕 ♦ 地牢咁罨汁，點住人吖（地下室又潮濕又不通風，怎麼住人呀）？❷ 地方狹小而不整潔。

噏 ngeb¹ (ŋɐp⁷) ㊔ 説；胡説；胡謅 ♦ 唔知佢喺度噏乜（不知道他在説些甚麼）/ 你唔知就唔好亂噏（你不知道就不要亂説）。

【噏三噏四】ngeb¹sam¹ngeb¹séi³ ㊔ 胡言亂語；胡説八道。

【噏得出就噏】ngeb¹deg¹cêd¹zeo⁶ngeb¹ ㊔ 信口雌黃，瞎説一氣。

砐 ngeb⁶ (ŋɐp⁹) ㊔ 也作"岌"。上下動彈，前後搖晃。

【砐頭】ngeb⁶teo⁴⁻² ㊔ 點頭。

【砐吓砐吓】ngeb⁶ha⁵ngeb⁶ha⁵ ㊔ 晃晃悠悠；搖來晃去。

nged

扤 nged¹ (ŋɐt⁷) ㊔ ❶ 用力壓；強塞 ♦ 扤實啲（壓緊點）/ 扤唔落唔好夾硬扤（塞不進去不要硬塞）。❷ 強使；強加 ♦ 係都要扤佢食（硬要他吃）/ 夾硬扤條罪俾佢（硬是給他強加一條罪名）。

【扤死貓】nged¹séi²mao¹ ㊔ 諉過於人；給某人強加罪名。

☞ 另見 286 頁 ngad⁶。

ngeg

呃 ngeg¹/eg¹ (ŋɐk⁷/ɐk⁷) [è] ㊟ 因橫膈膜拘攣引起的急促吸氣發聲，俗稱"打嗝兒" ♦ 打呃 / 呃逆。㊔ 欺騙；騙取 ♦ 呃人（騙人）/ 俾人呃（受騙）。

【呃秤】ngeg¹qing³ ㊔ 商販短秤騙顧客。

【呃得就呃】ngeg¹deg¹zeo⁶ngeg¹ ㊔ 能騙則騙。

【呃呃騙騙】ngeg¹ngeg¹pin³pin³ ㊔ 到處行騙；這也騙那也騙。

【呃神騙鬼】ngeg¹sen⁴pin³guei² ㊔ 欺矇人；胡弄人。

ngei

𠱓 ngei1 (ŋɐi1) (粵) 也作"噅"或"翳"。央求；懇求 ♦ 你去𠱓吓佢，佢或者會答應呢（你去求求他，他或許會答應）/ 你唔好再𠱓嘞，我點都唔會同意嘅（你別再磨了，我無論如何不會同意的）。

【𠱓𠱓西西】ngei1ngei1sei1sei1 (粵) 求爺爺告奶奶的。

【𠱓契爺咁𠱓】ngei1kei3yé4gem3ngei1 (粵) 跟求大爺似的，形容態度懇切地向人央求。

矮 ngei2/ei2 (ŋɐi2/ɐi2) [ǎi] (通) ❶ 身材短；高度小 ♦ 矮小 / 矮樹 / 矮個子。❷ 級別、地位低 ♦ 矮一級 / 俾人矮咗一截（比別人矮了半截）。

【矮瓜】ngei2gua1 (粵) 茄子。也說"茄瓜" ké4-2gua1。

【矮細】ngei2sei3 (粵) 矮小。

【矮仔】ngei2zei2 (粵) 矮個子。

【矮突突】ngei2ded1ded1 (粵) 矮墩墩。也作"矮墩墩"。

【矮矮細細】ngei2ngei2sei3sei3 (粵) 又矮又小。

【矮仔多計】ngei2zei2do1gei3-2 (粵) 矮子矮，一肚怪。

翳 ngei3/ei3 (ŋɐi3/ɐi3) (粵) ❶ 以挖苦、嘲笑的方式惹人生氣 ♦ 佢係你老竇嚟㗎，噉翳佢過唔過分啲吖（他是你的父親，你這樣氣他太過分了吧）！❷ 煩悶；憋氣 ♦ 呢排個心好翳（近來心情十分煩悶）。❸ 昏暗；陰暗 ♦ 個天咁翳，想落雨咯（天色昏暗，快下雨了）。❹ 房屋低矮使人有憋悶感。

【翳焗】ngei3gug6 (粵) 天氣悶熱。

【翳氣】ngei3héi3 (粵) 憋氣；鬱悶 ♦ 個仔唔生性，搞到佢成日都好翳氣（孩子不聽話，把他氣得終日愁眉不展的）。

【翳熱】ngei3yid6 (粵) 又悶又熱。

【翳翳滯滯】ngei3ngei3zei6zei6 (粵) 消化不良，食慾不振。

危 ngei4 (ŋɐi4) [wēi] (通) ❶ 不安全 ♦ 危難 / 轉危為安。❷ 將死 ♦ 臨危 / 病危 / 垂危。❸ 損害 ♦ 危及生命。❹ 高而陡 ♦ 危崖 / 危樓。

【危危乎】ngei4ngei4fu4 (粵) 玄乎；危險 ♦ 間屋危危乎想冧噉（房屋隨時有倒塌的危險）。

蟻（蚁）ngei5 (ŋɐi5) [yǐ] (通) 見"螞蟻"條。(粵) 螞蟻 ♦ 惹蟻（惹螞蟻）/ 啲糖俾蟻摟過，倒咗佢喇（糖讓螞蟻爬過，倒了它吧）。

【蟻多摟死象】ngei5do1leo1séi2zêng6 (粵) 比喻人多力量大。

藝（艺）ngei6 (ŋɐi6) [yì] (通) ❶ 技能；技術 ♦ 工藝 / 手藝 / 功多藝熟 / 多才多藝。❷ 藝術 ♦ 藝人 / 藝壇 / 文藝 / 曲藝。

【藝團】ngei6tün4 (方) 指表演藝術團體或演出團體。

【藝員】ngei6yun4 (方) 指演員及電視台節目主持人等 ♦ 藝員培訓班。

【藝能界】ngei6neng4gai3 (方) 文藝界；藝術界。

ngem

吟 ngem⁴ (ŋɐm⁴) ⓐ 囉嗦 ♦ 吟咗一大輪 (囉嗦了半天)。

【吟沉】ngem⁴cem⁴ ⓐ 嘮叨；嘟囔。

【吟吟沉沉】ngem⁴ngem⁴cem⁴cem⁴ ⓐ 嘮嘮叨叨；嘟嘟囔囔 ♦ 成日吟吟沉沉，成個伯爺婆噉 (整天嘮嘮叨叨，像個老太婆)。

扲 ngem⁴ (ŋɐm⁴) ⓐ 也作"揼"。掏；探取 ♦ 俾人扲咗個荷包 (被人掏了腰包) / 扲雀仔竇(搗鳥窩)。

【扲荷包】ngem⁴ho⁴bao¹ ⓐ 掏腰包，指掏錢、出錢付賬。

ngen

奀 ngen¹ (ŋɐn¹) ⓐ ❶ 瘦小；弱小 ♦ 生得好奀 (長得很瘦小)。❷ 少；賺頭少 ♦ 當年嘅獎品好奀啫 (當年的獎品很少) / 打工仔入息好奀 (小工人的收入少得可憐)。

【奀茄】ngen¹ké⁴⁻² ⓐ 小茄子，比喻長得瘦小的孩子；也比喻微不足道的小事 ♦ 咁奀茄嘢 (這麼一點小事)。

【奀仔】ngen¹zei² ⓐ 瘦小的孩子。

【奀孻孻】ngen¹niu¹niu¹ ⓐ 又高又瘦 ♦ 唔好睇佢奀孻孻噉，面口幾好㗎 (別看他又高又瘦，氣色蠻不錯的)。

【奀雌雌】ngen¹qi¹qi¹ ⓐ 很瘦弱；小不點兒。也說"奀支支" ngen¹ji¹ji¹。

【奀孻鬼命】ngen¹niu¹guei²méng⁶ ⓐ 形容十分瘦弱的樣子。也說"奀挑鬼命" ngen¹tiu¹guei²méng⁶。

銀 (银) ngen² (ŋɐn²) ⓐ 口語變音。❶ 錢；款 ♦ 錢銀嘅仲係計清楚啲好 (涉及金錢的事，還是算清楚一點好) / 個細女喺酒樓做收銀 (小女兒在酒樓做收款員)。❷ 元；塊錢 ♦ 部車仲值幾十萬銀 (這部車還可以賣幾萬塊錢)。

【銀仔】ngen²zei² ⓐ 硬幣；鋼鏰兒。

☞ 另見本頁 ngen⁴。

踬 ngen³ (ŋɐn³) ⓐ ❶ 使均勻顫動 ♦ 坐喺樹丫度踬踬吓 (跨在樹杈上顫動)。❷ 踮起腳後跟 ♦ 踬高腳都望唔到 (踮起腳跟也看不到)。

【踬踬腳】ngen³ngen³gêg³ ⓐ 架起二郎或腿跐着地下均勻抖動，形容優悠自在的樣子；也比喻過安逸的生活 ♦ 仔大女大，而家可以踬踬腳歎番吓咯 (孩子都大了，可以悠閒地過一過舒心的日子)。

銀 (银) ngen⁴ (ŋɐn⁴) [yín] ⓣ ❶ 金屬元素，符號 Ag。白色有光澤，質軟富延展性，在空氣中不易氧化。用於電鍍、製造合金及銀的化合物。❷ 銀子，舊時用銀鑄成塊的貨幣。❸ 跟貨幣有關的 ♦ 銀行 / 銀根。❹ 像銀的顏色 ♦ 銀白 / 銀灰 / 銀屏。

【銀包】ngen⁴bao¹ ⓐ 錢包。也說"荷包" ho⁴bao¹。

【銀雞】ngen⁴gei¹ ⓐ ❶ 哨子；警笛。❷ ⓕ 指暗中賣淫的影視演員。

【銀紙】ngen⁴ji² ⓐ ❶ 鈔票。❷ 錢 ♦ 揾銀紙 (掙錢；賺錢)。

【銀碼】ngen⁴ma⁵ ⓐ 錢數；金額。

【銀幕】ngen4mog6［yínmù］(通) 放映電影時用來顯示影像的白色熒幕。

【銀芽】ngen4nga4 (粵) 綠豆芽。也說"銀針"ngen4zem1。

☞ 另見 294 頁 ngen2。

仁 ngen4 (ŋɐn4) (粵) 口語音。❶ 瓜果的種子 ♦ 冬瓜仁 / 番茄仁。❷ 瓜果核內的肉 ♦ 欖仁 / 五仁肉月。

韌（韧） ngen6 (ŋɐn6) (粵) 口語音。❶ 韌性大；嚼不爛 ♦ 啲牛腩仲好韌（牛腩韌性還很大，嚼不動）。❷ 拉力好，難抽斷 ♦ 條藤咁韌，點拗得斷（這根藤這麼韌，哪折得斷呀）。

【韌皮】ngen6-1péi4 (粵) 老頑皮 ♦ 個仔認真韌皮，教極都唔聽（孩子十分頑皮，怎麼教他也不聽）。

【韌黐黐】ngen6qi1qi1 (粵) 韌韌的。

ngeng

碃 ngeng2/eng2 (ŋɐŋ2/ɐŋ2) (粵) 也作"哽"。硌 ♦ 碃嚫腳（硌腳了）/ 背脊好似有嘢碃住（好像有甚麼東西硌住背部）。

【碃心碃肺】ngeng2sem1ngeng2fei3 (粵) ❶ 肚子硌得難受。❷ 言語激烈、尖刻，讓人聽了心裏不好受。

更 ngeng3 (ŋɐŋ3) (粵) 口語音。再；更 ♦ 更快都要三個月（再快也得要三個月）/ 工作咁辛苦，更好人工都係假（工作這麼辛苦，更高的工資也沒用）。

☞ 另見 115 頁 gang1。

□ ngeng4 (ŋɐŋ4)

【□□聲】ngeng4ngeng4-2séng1 (粵) ❶ 直哼哼，形容呻吟的聲音 ♦ 痛到佢□□聲（痛得他直哼哼）。❷ 嘀嘀咕咕，形容發牢騷的聲音 ♦ 叫嚫佢做嘢都□□聲（每次讓他幹活都嘀嘀咕咕）。

ngeo

勾 ngeo1 (ŋɐu1)［gōu］(通) ❶ 塗掉；刪去；取消 ♦ 勾掉 / 一筆勾銷。❷ 描畫；畫出形象的邊緣 ♦ 勾畫 / 勾個圖樣 / 勾出輪廓。❸ 招引；串通 ♦ 勾勾搭搭 / 勾起回憶。❹ 不等腰直角三角形構成直角的短邊 ♦ 勾股定理。(粵) 指歲數 ♦ 幾十勾（幾十歲）/ 四十幾勾（四十幾歲）。

牛 ngeo4 (ŋɐu4)［niú］(通) ❶ 家畜名。有角，力大，能耕田、拉車，肉和奶可吃 ♦ 黃牛 / 水牛 / 菜牛。❷ 比喻固執或傲氣 ♦ 牛氣 / 牛脾氣。(粵) 蠻橫 ♦ 做人咁牛，出嚟點同人交際吖（性情這麼蠻橫，走出社會怎麼跟別人交往呀）。

【牛河】ngeo4ho4-2 (粵) 牛肉炒沙河粉 ♦ 乾炒牛河。

【牛精】ngeo4jing1 (粵) 橫蠻霸道；蠻不講理 ♦ 牛精鬼（倔小子）。

【牛一】ngeo4yed1 (粵) "生"的拆字俚語，指生日。

【牛雜】ngeo4zab6 (粵) 牛腸、牛心、牛肚之類的雜碎。

【牛高馬大】ngeo4gou1ma5dai6 (粵) 形容

人長得高大。常含貶義。

【牛嚼牡丹】ngeo4jiu6mao5dan1 [粵] 相當於"豬八戒吃人參果"，不知啥滋味。

【牛髀同蚊髀】ngeo4béi2tung4men1béi2 [粵] 同"蚊髀同牛髀"。

偶 ngeo5 (ŋɐu5) [ǒu] [通] ❶ 用木頭、泥土等製成的人像 ♦ 木偶 / 玩偶。❷ 雙數；成雙的 ♦ 偶數 / 無獨有偶。❸ 碰巧；不經常 ♦ 偶然 / 偶遇 / 偶一為之。❹ 夫或妻；夫妻 ♦ 求偶 / 配偶 / 佳偶。

【偶像派】ngeo5zêng6pai3–1 [粵] 着意要在觀眾中樹立偶像的演員 ♦ 偶像派演員。

吽 ngeo6 (ŋɐu6)

【吽哣】ngeo6deo6 [粵] 發呆；發愣；無精打采 ♦ 乜咁吽哣㗎，琴晚唔夠瞓咩（怎麼無精打采的，昨晚沒睡好）？/ 發乜吽哣吖，諗緊條女係唔係呢（發甚麼呆呀，又在思念女朋友了吧）？

【吽吽哣哣】ngeo6ngeo6deo6deo6 [粵] 同"吽哣" ♦ 隻雞吽吽哣哣噉（那隻雞有點呆滯）。

ngo

屙 ngo1/o1 (ŋɔ1/ɔ1) [ē] [通] 排泄大小便 ♦ 屙屎 / 屙尿。[粵] ❶ 排泄大小便等，較普通話常用 ♦ 屙屎（拉屎）/ 屙尿（撒尿）/ 屙屁（放屁）。❷ 腹瀉；拉肚子 ♦ 又嘔又屙（上吐下瀉）/ 屙得好厲害（拉肚子拉得厲害）。

【屙血】ngo1hüd3 [粵] 便血。

【屙□】ngo1ké1 [粵] 俗稱拉屎。

【屙肚】ngo1tou5 [粵] 拉肚子；腹瀉。也說"肚屙" tou5ngo1。

【屙□□】ngo1fé4fé4–2 [粵] 拉稀；腹瀉。

【屙尿遞草紙】ngo1niu6dei6cou2ji2 [粵] 比喻給予不必要的幫忙。

【屙尿隔過渣】ngo1niu6gag3guo3za1 [粵] 拉出的尿也要過濾一番。比喻十分吝嗇，一點利益也不輕易外溢。

【屙屎唔出賴地硬】ngo1xi2m4cêd1lai6déi6ngang6 [粵] 拉不出屎來怪責茅廁。比喻怪這怪那，毫無根據地責怪某人或某物。也說"屙屎唔出賴風猛" ngo1xi2m4cêd1lai6fung1mang5。

鵝（鹅） ngo2 (ŋɔ2) [粵] 口語變音 ♦ 燒鵝 / 劏鵝 / 黑棕鵝 / 獅頭鵝。

哦 ngo4 (ŋɔ4) [é] [通] 低聲地唱 ♦ 吟哦。[粵] 叨嘮 ♦ 成日哦佢都冇用嘅（整天跟他叨嘮也沒用）。

訛（讹） ngo4 (ŋɔ4) [é] [通] ❶ 錯誤 ♦ 訛誤 / 訛字 / 以訛傳訛。❷ 敲詐 ♦ 訛錢。

【訛騙】ngo4pin3 [方] 詐騙 ♦ 訛騙罪（詐騙罪）。

我 ngo5 (ŋɔ5) [wǒ] [通] ❶ 自稱。❷ 自己 ♦ 忘我 / 自我陶醉 / 惟我獨尊。❸ 我們 ♦ 我校 / 我廠 / 我省。

【我哋】ngo5déi6 [粵] 我們。

餓（饿） ngo6 (ŋɔ6) [è] [通] ❶ 肚子空，想吃東西 ♦ 飢餓 / 捱餓 / 肚餓（肚子餓）。❷ 使受餓 ♦ 可別餓着牲口 / 餓幾餐無所謂（幾頓不吃無所謂）。

【餓鬼】ngo6guei2 [粵] 餓死鬼。
【餓過飢】ngo6guo3géi1 [粵] 餓過勁兒。也說“餓過龍” ngo6guo3lung4。
【餓鬼投胎】ngo6guei2teo4toi1 [粵] 形容狼吞虎嚥的狼狽相。

ngog

惡（恶）ngog3/og3 (ŋɔk8/ɔk8) [è] [通] ❶ 很壞的行為；犯罪的事情 ♦ 作惡 / 罪惡 / 無惡不作 / 罪大惡極。❷ 兇狠；兇猛 ♦ 兇惡 / 險惡 / 惡棍 / 惡霸。❸ 惡劣；壞 ♦ 惡習 / 惡行 / 惡果 / 醜惡。[粵] ❶ 兇；狠 ♦ 大聲夾惡（嗓門大，態度兇）/ 靠惡唔得嘅（靠兇狠不行）/ 個仔咁曳，要發惡鬧吓佢先得嘅（兒子這麼淘氣，要發狠教訓教訓他才行）。❷ 難；棘手 ♦ 我睇嗰單嘢都幾惡搞（我看那件事不大好辦）。
【惡瞓】ngog3fen3 [粵] 睡覺不安穩，老在牀上翻來翻去。多指小孩。
【惡教】ngog3gao3 [粵] 指小孩頑皮，不聽人勸告。
【惡死】ngog3séi2 [粵] ❶ 兇狠；兇惡；厲害 ♦ 嗰條友仔好鬼惡死，我睇佢都係撞板多過食飯（那個傢伙這麼兇，我看他總有一天會倒大霉的）。❷ 難打交道的；故意作梗的。
【惡爺】ngog3yé4-1 [粵] ❶ 惡少；性情暴戾、胡作非為的小孩。❷ 兇惡；霸道 ♦ 我勸你唔好惹嗰班惡爺，否則冇好下場（我勸你不要招惹那班兇惡的人，否則沒有好下場）。
【惡作】ngog3zog3 [粵] 難辦；難對付；難處理 ♦ 嗰單嘢我睇都幾惡作（那件事我看不好辦）。
【惡到死】ngog3dou3séi2 [粵] 兇得要命。
【惡哼哼】ngog3heng1heng1 [粵] 惡兇兇。
【惡揗揗】ngog3ten4ten4 [粵] 樣子很兇。常指女人。
【惡死能登】ngog3séi2neng4deng1 [粵] 惡狠狠；兇惡粗暴 ♦ 話你兩句，使乜惡死能登噉嚁（說了你兩句，何必擺出那副惡狠狠的樣子）。也說“惡屎能登” ngog3xi2neng4deng1。

鱷（鳄）ngog6 (ŋɔk9) [è] [通] 鱷魚，爬行動物。四肢短，尾巴長，全身有灰褐色的硬皮。性兇猛，捕食小動物。[粵] 指兇狠而又貪得無厭的人 ♦ 大鱷。
【鱷魚淚】ngog6yu4lêu6 [粵] 鱷魚眼淚，比喻壞人的假慈悲。
【鱷魚蝨乸】ngog6yu4sed1na2 [粵] 鱷魚身上的蝨子，比喻連鱷魚頭一類的惡人都敢惹的人。

樂（乐）ngog6 (ŋɔk9) [yuè] [通] 音樂 ♦ 樂曲 / 配樂 / 奏樂。
【樂迷】ngog6mei4 [粵] 音樂迷。

顎 ngog6 (ŋɔk9) [粵] 仰(頭)；抬(頭) ♦ 頭顎顎（形容抬頭張望的樣子）/ 顎高頭（抬起頭）/ 下巴顎高小小（下巴稍微抬高一點）。

ngoi

藹（蔼）ngoi2/oi2 (ŋɔi2/ɔi2) [ǎi] [通] 和氣；對人態度好 ♦ 和藹可親。[粵] 用柔和的聲音哄嬰兒 ♦ 藹𡃶蝦仔（哄嬰兒）。

愛（爱）ngoi³/oi³ (ŋɔi³/ɔi³) [ài] [通] ❶ 對人或事物的感情深 ♦ 友愛 / 喜愛 / 愛祖國 / 愛憎分明。❷ 男女相戀的感情 ♦ 戀愛 / 愛情。❸ 喜好 ♦ 愛唱歌 / 愛乾淨 / 愛看電影。❹ 容易發生某種變化 ♦ 愛哭 / 愛笑 / 愛發脾氣。[粵] 要 ♦ 你愛乜嘢（你要甚麼）？/ 我愛雪糕（我要冰淇淋）/ 愛錢唔愛命（寧要錢也願賠掉性命）。

【愛錫】ngoi³ség³ [粵] 疼愛 ♦ 愛錫啲仔女（疼愛孩子）。

嬡（嫒）ngoi³/oi³ (ŋɔi³/ɔi³) [ài] [通] 令嬡，尊稱對方的女兒。

礙（碍）ngoi⁶ (ŋɔi⁶) [ài] [通] 妨害；阻擋 ♦ 妨礙 / 阻礙 / 冇乜大礙（沒多大妨礙）。

【礙眼】ngoi⁶ngan⁵ [àiyǎn] [通] 在人眼前，令人感到行事不方便。[粵] 顯眼而又難看 ♦ 鞋櫃擺喺呢度，礙眼啲嗜（鞋櫃放在這裏，有礙觀瞻了點）。

外 ngoi⁶ (ŋɔi⁶) [wài] [通] ❶ 超出一定範圍，跟"內"、"裏"相對 ♦ 外面 / 國外 / 喜出望外。❷ 不是自己方面的 ♦ 外地 / 外人 / 外銷。❸ 外國的 ♦ 外語 / 外幣 / 古今中外。❹ 稱母親、姐妹或女兒方面的親戚 ♦ 外甥 / 外孫 / 外祖母。❺ 不在分內的 ♦ 另外 / 此外 / 以外。

【外便】ngoi⁶bin⁶ [粵] 外邊；外面。

【外父】ngoi⁶fu⁶⁻² [粵] 岳父；老丈人。

【外家】ngoi⁶ga¹ [粵] 娘家。

【外賣】ngoi⁶mai⁶ [粵] ❶ 飯店、酒家等出售的讓顧客帶回家吃的食品 ♦ 送外賣 / 歡迎外賣。❷ [方] 指妓女應召賣淫。

【外母】ngoi⁶mou⁵⁻² [粵] 岳母；丈母娘。

【外援】ngoi⁶yun⁴ [wàiyuán] [通] 外國或外地的援助。[方] 特指球隊中聘用的外籍運動員。

【外空人】ngoi⁶hung¹yen⁴ [方] 對丈夫移居外國的太太的謔稱。因丈夫（外子）不在身邊（空了），故稱。

【外來妹】ngoi⁶loi⁴mui⁶⁻¹ [粵] 稱來廣東打工的外省姑娘。

【外務員】ngoi⁶mou⁶yun⁴ [方] 推銷員。

ngon

安 ngon¹/on¹ (ŋɔn¹/ɔn¹) [ān] [通] ❶ 平靜；穩定 ♦ 平安 / 坐立不安 / 居安思危。❷ 使平靜；使安定 ♦ 安撫 / 安民告示 / 治國安邦。❸ 裝配；設置 ♦ 安設 / 安水錶。❹ 存在；懷着 ♦ 沒安好心。[粵] ❶ 編造；捏造 ♦ 生安白造（胡編亂造；無中生有）。❷ 強加 ♦ 佢夾硬安條罪俾我（他給我強加罪名）。❸ 取名 ♦ 安花名（起外號）/ 同個仔安個名（給孩子起個名）。

【安樂】ngon¹log⁶ [ānlè] [通] 平安快樂。[粵] ❶ 開心；舒暢 ♦ 單嘢搞啱，安樂晒（事情終於辦妥，心情頓覺舒暢）/ 份稿未寫完，玩都玩得唔安樂（稿子沒寫完，玩也玩得不開心）。❷ 滿足；美滿 ♦ 仔大女大，個個有份工，仲唔安樂咩（兒女都長大了，個個都有一份工作，還能不滿足）。

【安全套】ngon^{1}qun^{4}tou^{3} [粵] 避孕套。

【安全掣】ngon^{1}qun^{4}zei^{3} [粵] 安全閥。

【安老服務】ngon^{1}lou^{5}fug^{6}mou^{6} [方] 對老年人的照顧和護理。

案 ngon^{3}/on^{3} (ŋɔn^{3}/ɔn^{3}) [àn] [通] ❶ 長形的桌子 ♦ 案桌 / 書案 / 香案。❷ 涉及法律的事件 ♦ 犯案 / 破案 / 慘案。❸ 記錄 ♦ 案卷 / 備案 / 有案可查。❹ 提出計劃辦法等的文件 ♦ 草案 / 方案 / 提案 / 議案。

【案底】ngon^{3}dei^{2} [粵] 作案犯罪記錄 ♦ 留案底（保存犯罪記錄）。

按 ngon^{3}/on^{3} (ŋɔn^{3}/ɔn^{3}) [àn] [通] ❶ 用手壓 ♦ 按壓 / 按摩 / 按電鈴。❷ 止住；壓住 ♦ 按住 / 按捺 / 按兵不動。❸ 依照 ♦ 按圖施工 / 按期完成。❹ 評論性的簡短插話 ♦ 按語 / 編者按。

【按金】ngon^{3}gem^{1} [粵] 押金；抵押金。

【按揭】ngon^{3}kid^{3} [粵] ❶ 銀行提供的購買房子的貸款，以所購房產相抵押，分期償還並付一定利息。❷ 以不動產相抵押的銀行貸款。

ngong

□ ngong^{5} (ŋɔŋ^{5}) [粵] 仰 ♦ 打□瞓（仰着睡）/ □轉過嚟（翻過來仰着）/ □喺度放（仰着放）。

戇（戅） ngong^{6} (ŋɔŋ^{6}) [粵] ❶ 呆板；笨拙 ♦ 傻傻戇戇（傻裏傻氣）/ 有近路都唔行，我先冇你咁戇（有近路不走，我才沒你那麼笨）。❷ 胡胡混混；瘋瘋癲癲 ♦ 一班舊同學聚埋一起戇咗半日（一班舊同學聚在一起胡混了半天）。

【戇居】ngong^{6}gêu^{1} [粵] 傻瓜；蠢貨；笨伯。

【戇居居】ngong^{6}gêu^{1}gêu^{1} [粵] 傻乎乎；傻頭傻腦 ♦ 一個人戇居居企喺街邊做乜嘢（一個人傻乎乎站在馬路邊幹啥呀）？

ngou

撴 ngou^{4} (ŋou^{4}) [粵] ❶ 搖；晃 ♦ 撴嚟撴去（晃來晃去）/ 撴唔郁（搖不動）/ 撴勻啲藥水先至好飲（把藥水搖勻才服用）。❷ 纏磨 ♦ 成日喺度撴我（整天在纏磨我）。

ngug

屋 ngug^{1}/ug^{1} (ŋuk^{7}/uk^{7}) [wū] [通] ❶ 房子 ♦ 屋頂 / 屋簷 / 茅屋。❷ 房間 ♦ 外屋 / 裏屋 / 堂屋。[粵] 房屋；房子 ♦ 買屋（買房子）/ 供屋（分期付款買房子）。

【屋邨】ngug^{1}qun^{1} [方] 住宅區 ♦ 公共屋邨（公房住宅區）/ 屋邨醫生（在居民住宅區開業的醫生）。

【屋主】ngug^{1}ju^{2} [粵] 房東；房屋主人。

【屋企】ngug^{1}kéi$^{5-2}$ [粵] 家；家裏 ♦ 佢屋企仲未搬嚟（他家還沒搬來）/ 得閒嚟我屋企坐喇（有空到我家裏坐坐吧）。

【屋苑】ngug^{1}yun^{2} [方] 住宅區。

【屋租】ngug^{1}zou^{1} [粵] 房租。

ngung

壅 ngung¹/ung¹ (ŋuŋ¹/uŋ¹) ⓨ ❶ 埋；以土覆蓋♦生壅(活埋)/壅死老鼠(把死老鼠埋掉)。❷培土♦壅啲塘泥(培些魚塘淤泥)。❸施肥♦一年要壅兩次肥(一年要施兩次肥)。

挐 ngung² (ŋuŋ²) ⓨ 也作“㧬”或“攏”。推♦挐門(推門)/挐佢落水(推他下水)/挐個仔俾佢湊(把孩子推給他帶)/佢挐晒啲嘢俾我做(把活兒全推給我一個人幹)。

ni

呢 ni¹ (ni¹) ⓨ 這♦呢個人(這個人)/呢單嘢(這件事)/呢幾年(這幾年)。

【呢度】ni¹dou⁶ ⓨ 這裏；這兒♦我哋呢度冇呢個人(我們這裏沒這個人)。

【呢輪】ni¹lên⁴ ⓨ 近來；這陣子♦呢輪忙乜(這陣子忙甚麼呢)？也説“呢一輪”ni¹yed¹lên⁴。

【呢排】ni¹pai⁴⁻² ⓨ 近來；這些天♦呢排好多嘢做(這些天很多事情要幹)。也說“呢一排”ni¹yed¹pai⁴⁻²。

【呢勻】ni¹wen⁴ ⓨ 這次；這趟♦呢勻你實死梗(這趟你死定了)。

【呢處】ni¹xu³ ⓨ 同“呢度”。

【呢幾排】ni¹géi²pai⁴⁻² ⓨ 這段日子♦呢幾排好似冇乜見你嚟舞廳嘅噃(這段日子好像沒怎麼見你來舞廳)。

【呢樖嘢】ni¹lung⁵yé⁵ ⓨ 這種事兒♦呢樖嘢我見得多喇(這種事兒我見多了)。

【呢隻嘢】ni¹zég³yé⁵ ⓨ 這廝；這個傢伙。

☞另見279頁né¹。

nib

凹 nib¹ (nip⁷) ⓨ 同“凹”。癟♦左便有一塊凹咗落去(左邊有一個地方癟了進去)/踩凹個汽水罐(把汽水罐踩癟它)。

nig

搦 nig¹ (nik⁷) ⓨ ❶拿♦搦啲錢去存(把錢拿去儲蓄)/搦封信去寄(把信拿去寄)。❷提；挽♦搦住桶水(提住一桶水)/搦住袋行李(挽着一袋行李)。

nim

□ nim³ (nim³) ⓨ 踮♦□起對腳(踮起腳)。

唸(念) nim⁶ (nim⁶) [niàn] ⓣ ❶朗讀♦唸信/唸詩/唸經。❷上學讀書♦唸大學。

【唸口黃】nim⁶heo²wong⁴⁻² ⓨ 口頭上讀熟，不求甚解。

nin

𨰝 nin¹ (nin¹) ⓨ ❶乳房。❷奶♦食𨰝(吃奶)。

撚(捻) nin² (nin²) [niǎn] ㊐ ❶ 用手指搓轉 ♦ 撚線 / 撚麻繩。❷ 用紙、布等搓成的條狀物 ♦ 紙撚 / 藥撚 / 燈撚。㊊ ❶ 捏 ♦ 撚碎啲泥（把泥土捏碎）/ 撚埋一嚿（捏成一團）/ 撚住條水喉（捏着水管）。❷ 掐 ♦ 撚死隻白鴿（把白鴿掐死）。

【撚住條頸】nin²ju⁶tiu⁴géng² ㊊ ❶ 掐住脖子。❷ 忍氣吞聲 ♦ 撚住條頸做人（忍氣吞聲做人）。❸ 抓住弱點、把柄、要害、條頸俾人撚住（被人抓住把柄）。

撻 nin² (nin²) ㊊ 鬥；比試 ♦ 同佢撻過（跟他鬥一鬥）/ 將佢撻低（把他鬥倒）。

【撻車】nin²cé¹ ㊊ 比試開車技術。

年 nin⁴ (nin⁴) [nián] ㊐ ❶ 時間單位。地球繞太陽一周的時間 ♦ 今年 / 去年 / 當年 / 三年五載。❷ 年節；有關年節的 ♦ 新年 / 拜年 / 年貨 / 年糕。❸ 時期；時代 ♦ 近年 / 宋代末年 / 光緒年間。❹ 歲數 ♦ 年紀 / 年富力強。❺ 一生中按年齡劃分的階段 ♦ 幼年 / 童年 / 青年 / 老年。❻ 一年中莊稼的收成 ♦ 年景 / 年成 / 豐年 / 荒年。

【年晚】nin⁴man⁵ ㊊ 農曆年底。

【年尾】nin⁴méi⁵ ㊊ 年底；歲末。

【年生】nin⁴sang¹ ㊊ 年度；指某人出生的年月日時。

【年頭】nin⁴teo⁴ ㊊ 年初。

【年晚煎堆】nin⁴man⁵jin¹dêu¹（歇）人有我有。指人家有的東西我也有。

【年宵花市】nin⁴xiu¹fa¹xi⁵ ㊊ 農曆臘廿八至除夕的鮮花市集。

【年少老成】nin⁴xiu³lou⁵xing⁴ ㊊ 年紀不大卻老成持重。

ning

拎 ning¹ (niŋ¹) ㊊ ❶ 拿；取；帶 ♦ 邊個拎咗我本字典（誰拿了我的字典）？/ 去銀行拎番啲錢（去銀行把錢取出來）/ 順便同我拎番本書俾佢（順便幫我把書捎還給他）。❷ 介詞。相當於"拿"、"把"、"以" ♦ 拎佢做典型（拿他當典型）/ 拎呢個做標準（以這個作標準）。

擰(拧) ning² (niŋ²) ㊊ 口語音 ♦ 擰手巾（擰毛巾）/ 擰乾啲衫（把衣服擰乾）/ 擰實啲個樽蓋（把瓶蓋擰緊點）。

☞ 另見本頁 ning⁶。

檸(柠) ning² (niŋ²) ㊊ 口語變音 ♦ 白檸（白檸檬水）。

寧(宁) ning⁴ (niŋ⁴) [níng] ㊐ ❶ 平安；安定 ♦ 安寧 / 康寧 / 寧靜 / 雞犬不寧。❷ 使安定 ♦ 息事寧人。❸ 南京的別稱。

【寧教人打仔，莫教人分妻】ning⁴gao³yen⁴da²zei²,mog⁶gao³yen⁴fen¹cei¹ ㊊ 告誡人在別人夫妻反目時切不可勸人離婚。

擰(拧) ning⁶ (niŋ⁶)
（一）[níng] ㊐ ❶ 兩隻手握住物體的兩端向相反的方向用力 ♦ 擰毛巾 / 擰繩子。❷ 用手指捏住皮肉轉動 ♦ 擰他一把。

（二）[nǐng] ㊐ 扭轉；絞轉 ♦ 擰螺絲 / 擰緊水龍頭。㊊ ❶ 搖（頭）♦ 個頭唔好擰嚟擰去（腦袋不要搖來擺去）。❷ 轉（身、臉）♦ 擰個身過嚟（把身子轉過來）/ 擰歪面唔睬佢（把臉轉過去不理睬他）。

【擰轉】ning^{6}jun^3 [粵] 扭；轉身。

【擰頭】ning^{6}teo$^{4-2}$ [粵] 搖頭，表示不同意，不贊成。

【擰轉面】ning^{6}jun^{3}min^6 [粵] ❶ 把臉轉過去。❷ 一轉臉 ♦ 擰轉面就唔見咗佢（一轉臉就找不到他）。

【擰轉頭】ning^{6}jun^{3}teo^4 [粵] ❶ 扭頭；回頭。❷ 轉身 ♦ 擰轉頭就走（轉身就走）。

【擰頭擰髻】ning^{6}teo^{4}ning^{6}gei^3 [粵] 搖頭晃腦。

☞ 另見 301 頁 ning^2。

niu

嬲 niu^1 (niu^1) [粵] 身材高挑、細長 ♦ 嬲嬲瘦瘦（瘦瘦長長）。

no

糯 no^6 (nɔ^6) [nuò] [通] 稻的一種，米富於黏性 ♦ 糯米 / 糯穀。

【糯米屎忽】no^{6}mei^{5}xi^{2}fed^1 [粵] 比喻客人久坐不願離去，好像屁股被黏在椅子上。

noi

耐 noi^2 (nɔi^2) [粵] 口語變音 ♦ 仲未有耐（還早着哩）/ 耐不耐嚟封信問候一下（偶爾來封信問候問候）。

☞ 另見本頁 noi^6。

耐 noi^6 (nɔi^6) [nài] [通] 受得住；禁得起 ♦ 耐用 / 耐寒 / 耐人尋味 / 急不可耐。[粵] 久；長時間 ♦ 等咗你好耐（等了你很久）/ 坐耐啲先至走喇（多坐一會再走吧）。

【耐中】noi^{6}zung^1 [粵] 偶爾；間或 ♦ 耐中返吓嚟（偶爾回來一下）。也説“耐唔中”noi^{6}m^{4}zung^1。

【耐不耐】noi^{6}bed^{1}noi$^{6-2}$ [粵] 久不久；隔不多久 ♦ 佢耐不耐過去睇吓佢（他隔不多久過去看望一下他）。也説“耐唔耐”noi^{6}m^{4}noi$^{6-2}$。

☞ 另見本頁 noi^2。

內（内） noi^6 (nɔi^6) [nèi] [通] ❶ 裏面 ♦ 內衣 / 內部 / 國內。❷ 指妻子或妻子的親屬 ♦ 內助 / 內弟 / 內姪。

【內鬼】noi^{6}guei^2 [粵] 內奸；吃裏扒外的人 ♦ 呢單嘢點都會爆出去嘅，我就唔信冇內鬼（這事怎麼會洩露出去呢，我就不信沒有內奸）。

【內裏】noi^{6}lêu^5 [粵] 內情；底細；裏面的內容。

【內斂】noi^{6}lim^5 [方] 內向；深沉 ♦ 性格內斂（性格內向）。

nou

腦（脑） nou^5 (nou^5) [nǎo] [通] ❶ 人和高等動物神經系統的主要部分，主管感覺和運動，又是主管思維、記憶等心理活動的器官 ♦ 腦汁 / 大腦 / 小腦。❷ 形狀或顏色像腦子的東西 ♦ 豆腐腦。❸ 從物體中提煉出精華部分 ♦ 樟腦 / 薄荷腦。[粵] 智力 ♦ 冇腦（不動腦筋）/ 食腦（靠智力吃飯）。

【腦囟】nou^{5}sên$^{3-2}$ [粵] 囟門。

【腦囟未生埋】nou^{5}sên$^{3-2}$méi^{6}sang^{1}mai^{4} (粵) 乳臭未乾，形容年幼無知。

nün

暖 nün^{5} (nyn^{5}) [nuǎn] (通) ❶ 不冷也不熱 ♦ 温暖 / 取暖 / 春暖花開。❷ 使變溫暖 ♦ 暖飯 / 暖被窩 / 暖暖手。

【暖水袋】nün^{5}sêu^{2}doi$^{6-2}$ (粵) 熱水袋。

【暖水壺】nün^{5}sêu^{2}wu$^{4-2}$ (粵) 暖水瓶；熱水瓶。

嫩 nün^{6} (nyn^{6}) [nèn] (通) ❶ 初生而柔弱的 ♦ 嫩葉 / 嬌嫩 / 幼嫩。❷ 指某些食物烹調時間短，容易咀嚼 ♦ 肉片炒得很嫩。❸ 顏色淺 ♦ 嫩黃 / 嫩綠。(粵) 指人，相當於“少” ♦ 有老有嫩（有老有少）。

【嫩滑】nün^{6}wad^{6} (粵) ❶ 指皮膚等細嫩光滑。❷ 指食物烹調時間短，口感細膩。

【嫩粒粒】nün^{6}neb^{1}neb^{1} (粵) 鮮嫩。也說“嫩微微” nün^{6}méi$^{4-1}$méi$^{4-1}$。

nung

燶 nung^{1} (nuŋ^{1}) (粵) ❶ 食物燒焦、燒糊 ♦ 煲燶粥，煮燶飯 / 飯燶喇，仲唔熄火（飯糊了，還不趕快把火熄掉）。❷ 挫折；失敗 ♦ 炒股炒燶咗（炒股票炒砸了）。❸ 臉色陰沉 ♦ 成日燶起塊面（整天陰沉着臉）/ 燶口燶面（沉着臉）。❹ 樹葉等枯黃 ♦ 葉都燶晒嘞（葉子全枯萎了）。

【燶焦】nung^{1}jiu^{1} (粵) 鍋巴。

農（农） nung^{4} (nuŋ^{4}) [nóng] (通) ❶ 農業 ♦ 農田 / 農藝。❷ 農民 ♦ 農婦 / 老農 / 菜農。

【農曆新年】nung^{4}lig^{6}sen^{1}nin^{4} (粵) 舊曆年；春節。

濃（浓） nung^{4} (nuŋ^{4}) [nóng] (通) ❶ 液體或氣體中含某種成分多 ♦ 濃墨 / 濃煙 / 濃淡。❷ 程度深厚 ♦ 感情濃厚 / 興趣正濃。(粵) 釅 ♦ 杯茶好濃（茶很釅）/ 壺茶焗濃啲先斟（那壺茶讓它泡釅點再斟）。

☞ 另見 454 頁 yung^{4}。

O

o

柯 o^{1} (ɔ^{1}) [kē] (通) ❶ 草木的枝莖 ♦ 枝柯。❷ 斧子的柄 ♦ 斧柯。❸ 姓。

【柯打】o^{1}da^{2} (方) 英 order 音譯。❶ 訂貨單 ♦ 落柯打（下訂單）。❷ 命令。

【柯箇】o^{1}go^{6} (粵) 過分矯揉造作；過分拘泥細節 ♦ 佢個人靈舍柯箇（他那個人特別矯揉造作）。

P

pa

扒 pa^{2} (pa^{2}) (粵) 口語音。(粵) 牛排；豬排 ♦ 鋸扒（用帶齒的刀子切牛排或豬排）。

☞ 另見本頁 pa4。

怕 pa3 (pa3) [pà] ⓣ ❶ 畏懼 ♦ 害怕 / 懼怕 / 可怕。❷ 估計或疑慮 ♦ 恐怕 / 怕他累壞了。粵 生怕；表示擔心 ♦ 我怕你趕唔切（我擔心你來不及）。

【怕醜】pa3ceo2 粵 怕羞；害羞；害臊。

【怕怕】pa3pa3 粵 怕；害怕；肝兒顫。

扒 pa4 (pa4) [pá] ⓣ ❶ 用手或耙子把東西聚攏 ♦ 扒草 / 扒土。❷ 用手抓、搔 ♦ 扒癢。❸ 一種烹調方法。指燉得很爛 ♦ 扒鴨 / 扒羊肉 / 扒白菜。❹ 偷取別人身上的東西 ♦ 扒竊。粵 ❶ 划船；划艇 ♦ 扒龍船 / 扒艇仔（划艇）。❷ 竊取；擅自拿走別人的東西 ♦ 本書求先仲放喺枱面度，邊個扒走我㗎（我的書剛才還放在桌上，誰擅自拿走了呀）？❸ 刮錢；貪污受賄。❹ 用筷子把飯撥到嘴裏 ♦ 扒飯。

【扒頭】pa4teo4 粵 ❶ 排隊或走路時趕到別人前頭。❷ 超車。❸ 弟、妹先於兄、姊結婚。

☞ 另見 303 頁 pa2。

pag

拍 pag3 (pak8) [pāi] ⓣ ❶ 用手掌輕輕地打 ♦ 拍球 / 拍案叫絕。❷ 樂曲的節奏 ♦ 節拍 / 打拍子 / 一拍即合。❸ 拍打東西的用具 ♦ 球拍 / 蠅拍。❹ 攝影 ♦ 拍照。❺ 發出 ♦ 拍電報。❻ 奉承 ♦ 拍馬溜鬚 / 吹吹拍拍。粵 ❶ 並；拼 ♦ 拍牀（拼牀）/ 兩個人拍住行（兩個人並排着走）。❷ 攆 ♦ 拍佢走（攆他出去）。❸ 用紗布將乾粉包住輕輕拍在粉、麵等製品上使互相不黏連 ♦ 拍乾澱粉。

【拍檔】pag3dong3 粵 ❶ 合作；協助 ♦ 搵人拍檔（找人合作）/ 拍吓檔（協助一下吧）。❷ 合作者；合夥人；夥伴 ♦ 佢係我嘅拍檔（他是我的合作者）。

【拍埋】pag3mai4 粵 並在一起；挪近一點 ♦ 拍埋啲張枱（把桌子挪近一點）。

【拍片】pag3pin3-2 粵 拍電影。

【拍拖】pag3to1 粵 戀人手挽手走路，指談戀愛 ♦ 仲讀緊書唔好咁快學人拍拖（還在唸書，別過早談情說愛）。

【拍膊頭】pag3bog3teo4 粵 ❶ 希望別人給予方便。❷ 企求別人的同情。

【拍得住】pag3deg1ju6 粵 比得上；與…平起平坐 ♦ 而家佢拍得住佢師傅㗎喇（現在他跟他師傅不相伯仲）。

【拍硬檔】pag3ngang6dong3 粵 同心協力；緊密合作；緊密配合。

【拍心口】pag3sem1heo2 粵 打包票；滿口應承 ♦ 佢拍心口話呢隻貨係堅嘢（他打包票說這種是名牌貨）。

【拍手掌】pag3seo2zêng2 粵 鼓掌。

【拍烏蠅】pag3wu1ying4-1 粵 拍打蒼蠅。比喻生意清淡或公事清閒。

【拍薑咁拍】pag3gêng1gem3pag3 粵 把別人狠揍一頓。

【拍爛手掌】pag3lan6seo2zêng2 粵 巴掌都拍紅了，指誇讚不絕。

【拍枱拍櫈】pag3toi4-2pag3deng3 粵 拍桌子摔碗，形容盛怒 ♦ 俾人激到拍枱拍櫈（被人家氣得拍桌子摔碗）。

泊 pag^{3} (pak^{8}) [粵] 停放車輛 ♦ 你等一等，我泊埋架車先（你稍等一會，我先把車子停放好）。

【泊車】pag^{3}cé^{1} [粵] 停放車輛。

【泊船】pag^{3}xun^{4} [粵] 船隻靠岸；停泊。

pai

派 pai^{1} (pai^{1}) [粵] 有派頭 ♦ 使乜扮得咁派吖（用不着裝出這副派頭）。

☞ 另見本頁 pai^{3}。

排 pai^{2} (pai^{2}) [粵] 一段時間 ♦ 呢排（這段時間）/ 嗰排（前一段時間）。

☞ 另見本頁 pai^{4}。

牌 pai^{2} (pai^{2}) [粵] 口語變音 ♦ 路牌（指路牌）/ 打牌（打撲克牌）/ 派牌（打撲克時發牌）。

☞ 另見本頁 pai^{4}。

派 pai^{3} (pai^{3}) [pài] [通] ❶ 江河的支流。❷ 一個系統的分支 ♦ 派生 / 流派。❸ 派別 ♦ 派系 / 宗派 / 學派。❹ 作風；風度 ♦ 正派 / 學派。❺ 調遣 ♦ 指派 / 選派 / 委派。[粵] 投遞；分發 ♦ 派信（送信）/ 派飛（分票）/ 派帖（分發請帖）/ 派利是（給利是錢）。

【派籌】pai^{3}ceo$^{4-2}$ [粵] 分發按序號碼。

【派發】pai^{3}fad^{3} [粵] 分發；發放。

【派送】pai^{3}sung^{3} [粵] 派發；分送。

【派糖】pai^{3}tong$^{4-2}$ [粵] 請吃喜糖 ♦ 幾時派糖吖（甚麼時候請吃喜糖啊）？

【派位】pai^{3}wei$^{6-2}$ [方] 學校分派入學名額 ♦ 派位表格（升學報名表）。

【派報紙】pai^{3}bou^{3}ji^{2} [粵] ❶ 給訂戶送報紙。❷ 暗指男子早洩。

☞ 另見本頁 pai^{1}。

排 pai^{4} (pai^{4}) [pái] [通] ❶ 擺成行列 ♦ 排列 / 排隊。❷ 行列 ♦ 前排 / 後排。❸ 軍隊的編制單位。在連以下，班以上。❹ 除去；推開 ♦ 排水 / 排泄 / 排山倒海。❺ 演員練習節目 ♦ 排演 / 排練 / 彩排。❻ 筏子 ♦ 竹排 / 木排。❼ 量詞 ♦ 一排樹 / 一排房子。[粵] 一段時間 ♦ 有排等（要等很長一段時間）。

【排期】pai^{4}kéi^{4} [粵] 安排日期；確定日期。

【排長龍】pai^{4}céng^{4}lung^{4} [粵] 排大隊。

【排排坐】pai^{4}pai^{4}co^{5} [粵] 成一排坐好。

☞ 另見本頁 pai^{2}。

牌 pai^{4} (pai^{4}) [pái] [通] ❶ 用木板、金屬等做的標誌或憑證 ♦ 招牌 / 門牌 / 存車牌子。❷ 商標 ♦ 名牌 / 雜牌 / 冒牌貨。❸ 古代作戰時士兵用來遮護身體的東西 ♦ 盾牌 / 擋箭牌。❹ 娛樂或賭博用具 ♦ 打牌 / 撲克牌。❺ 詞曲的調子 ♦ 詞牌 / 曲牌。[粵] 執照 ♦ 領牌 / 無牌小販。

【牌品】pai^{4}ben^{2} [粵] 牌風；打牌的風格。

【牌費】pai^{4}fei^{3} [粵] 執照費。

☞ 另見本頁 pai^{2}。

pan

攀 pan^{1} (pan^{1}) [pān] [通] ❶ 抓住東西往上爬 ♦ 攀爬 / 攀附 / 攀樹。❷ 指跟地位高的人結親戚或拉關係 ♦ 高攀 / 攀龍附鳳。❸ 拉扯；設法接觸

♦ 攀談 / 攀扯 / 攀親道故。

【攀升】pan¹xing¹ [方] 較大幅度地上升；升高。

襻 pan³ (pan³) [pàn] [通] ❶ 扣住紐扣的套 ♦ 扣襻。❷ 形狀或作用像襻的東西 ♦ 鞋襻。❸ 使分開的東西連在一起 ♦ 襻住。

pang

嘭 pang¹ (paŋ¹) [粵] 也作"㨃"。趕走；攆走 ♦ 再囉唆就嘭佢走（再囉唆就攆他出去）。

【嘭呤】pang¹lang¹ [粵] 擬聲詞。形容器物落地、撞擊或碰碎的聲音。

【嘭佢扯】pang¹kêu⁵cé² [粵] 把他攆走。

鎊 pang¹ (paŋ¹) [粵] 英 pan 音譯。❶ 白鐵罐；白鐵桶 ♦ 火水鎊（煤油罐）。❷ 泛指平底鍋、盆、罐之類 ♦ 飯鎊（飯盒）。

棚 pang² (paŋ²) [粵] 口語變音 ♦ 上天棚（上樓頂露台）。

☞ 另見本頁 pang⁴。

棚 pang⁴ (paŋ⁴) [péng] [通] ❶ 用竹木、葦蓆等搭成的篷架 ♦ 瓜棚 / 涼棚。❷ 簡陋的小屋 ♦ 茅棚 / 工棚 / 牲口棚。[粵] 量詞。相當於"把"、"排"、"副"等 ♦ 得棚骨（剩把骨頭）/ 笑甩棚牙（笑掉牙齒）。

【棚架】pang⁴ga³⁻² [粵] 建築用的腳手架 ♦ 搭棚架 / 棚架工人。

【棚寮】pang⁴liu⁴ [粵] 竹棚、茅棚、草棚、蓆棚等。

☞ 另見本頁 pang²。

pao

拋 pao¹ (pau¹) [pāo] [通] ❶ 扔；投 ♦ 拋球 / 拋擲 / 拋磚引玉。❷ 捨棄 ♦ 拋荒。[粵] 拋浪頭的簡稱。

【拋波】pao¹bo¹ [粵] 拋球。

【拋浪頭】pao¹long⁶teo⁴ [粵] 煞有介事、虛張聲勢地恫嚇對方 ♦ 佢拋浪頭之嘛，唔使驚佢嘅（他虛張聲勢而已，不用怕他）。

【拋媚眼】pao¹méi⁴ngan⁵ [粵] 賣弄風姿，暗送秋波。

【拋生藕】pao¹sang¹ngeo⁵ [粵] 賣弄風情，勾引男人。也說"賣生藕" mai⁶sang¹ngeo⁵。

泡 pao¹ (pau¹)
（一）[pāo] [通] ❶ 鼓起而鬆軟的東西 ♦ 眼泡 / 豆腐泡。❷ 質地鬆軟；不堅實 ♦ 饅頭發泡。❸ 量詞。用於屎尿 ♦ 一泡屎。[粵] 量詞。一泡氣（一肚子氣）/ 鼓埋泡腮（鼓起腮幫子）。
（二）[pào] [通] 泡狀物 ♦ 燈泡 / 手上打泡。

☞ 另見 307 頁 pao³。

跑 pao² (pau²) [pǎo] [通] ❶ 人或動物用腿腳迅速前進 ♦ 奔跑 / 賽跑 / 東奔西跑。❷ 逃走 ♦ 別讓他跑了 / 跑得了和尚跑不了廟。❸ 為某種事務而奔走 ♦ 跑材料 / 跑市場 / 跑買賣。❹ 揮發；漏出 ♦ 跑氣 / 跑油 / 跑電。

【跑街】pao²gai¹ [粵] ❶ 跑外，專門在外辦貨、收賬或聯繫業務。❷ 擔任跑外工作的人。

【跑贏】pao^{2}yéng^4(ying^4) (方) 贏得；勝過；大大超過。

刨 pao^2 (pau^2) (粵) 口語變音。❶ 刨子 ♦ 鬚刨 / 鉛筆刨。❷ 礤牀兒，把蘿蔔、瓜等擦成細絲的器具。

☞ 另見本頁 pao^4。

炮 pao^3 (pau^3) [pào] (通) ❶ 重型射擊武器 ♦ 迫擊炮 / 榴彈炮 / 高射炮 / 火箭炮。❷ 爆竹 ♦ 鞭炮。❸ 爆破土石等在鑿眼裏裝上炸藥後叫"炮" ♦ 點炮。(粵) 槍的俗稱 ♦ 炮仔（手槍）/ 孭住隻炮（背着槍）。

【炮妹】pao^{3}mui$^{6-1}$ (方) 淫蕩女子；女色情狂。

【炮仗頸】pao^{3}zêng$^{6-2}$géng^2 (粵) 火性子，比喻脾氣暴躁的人。

☞ 另見 8 頁 bao^3。

泡 pao^3 (pau^3) [pào] (通) 用水沖注或浸漬 ♦ 泡茶 / 泡菜 / 浸泡 / 泡在水裏。(粵) 用清水過洗衣服 ♦ 用清水泡多幾次。

☞ 另見 306 頁 pao^1。

刨 pao^4 (pau^4) [páo] (通) ❶ 挖掘 ♦ 刨土坑 / 刨花生。❷ 減除 ♦ 刨去零頭 / 一年刨去兩個月。(粵) ❶ 削 ♦ 刨鉛筆。❷ 摳；認真鑽研。

【刨書】pao^{4}xu^1 (粵) 啃書本。

【刨馬經】pao^{4}ma^{5}ging^1 (粵) 摳馬經；認真鑽賭馬竅門。

☞ 另見本頁 pao^2。

pé

啤 pé^1 (pɛ^1) (粵) ❶ 撲克牌 ♦ 玩啤（打撲克）。❷ 英 pair 音譯。對兒 ♦ 佢兩個一啤（他們兩個一對兒）/ 一啤啤情侶（一對對戀人）。

【啤牌】pé^{1}pai$^{4-2}$ (粵) 撲克牌。

□ pé^5 (pɛ^5) (粵) ❶ 歪着身子 ♦ 行路□□吓（歪着身子走路）。❷ 放□（放縱；破罐子破摔）。

péd

□ péd^1 (pɛt^7)

【□□】péd^{1}péd^1 (粵) 屁股 ♦ 打出個□□（露出屁股）。

□ péd^6 (pɛt^9) (粵) 量詞。相當於"灘" ♦ 一□泥（一灘泥）/ 成□口水（一灘吐沫）/ 一□糊嗽（像一團漿糊）。

pég

劈 pég^3/pig^1 (pɛk^8/pik^7) [pī] (通) ❶ 用刀斧等破開 ♦ 劈開 / 劈柴 / 劈成兩半。❷ 正對着；衝着 ♦ 劈面 / 劈頭蓋腦。❸ 雷電擊毀或擊斃 ♦ 天打雷劈 / 好心着雷劈（好心不得好報）。

【劈頭蓋腦】pég^{3}teo^{4}goi^{3}nou^5 (粵) 劈頭蓋臉。

擗 pég^6 (pɛk^9) [pǐ] (通) 用力使原物體分裂開。(粵) 扔；丟棄；遺棄 ♦ 唔好亂擗煙頭（不要亂扔煙蒂）/ 嗰個女仔，佢早就擗咗咯（那個姑娘，他早就甩了）。

【擗低】pég^{6}dei^1 (粵) ❶ 丟；扔 ♦ 擗低書包就出咗去（扔下書包就走了）。❷ 置之不管 ♦ 擗低啲仔女唔理（把孩子扔下不管）。❸ 留下；扔下 ♦

擗低啲仔女俾個老母湊（把孩子留給老母親照料）。

pei

批 pei^1 (pɐi^1) [pī] [通] ❶ 寫上字句；評析 ♦ 批註 / 批改 / 眉批。❷ 對缺點、錯誤提出評論 ♦ 批判 / 批駁。❸ 購銷大宗貨物 ♦ 批購 / 批銷。❹ 量詞 ♦ 一批貨 / 大批遊客。[粵] 英 pie 音譯。有餡的食品 ♦ 雪批 / 蘋果批。

【批盪】pei^{1}dong^6 [粵] ❶ 在牆面上抹泥、灰等 ♦ 石屎批盪（用水泥石粒抹牆）。❷ 形容女子搽脂盪粉，化妝太濃，欠缺自然。

【批發】pei^{1}fad^3 [pīfā] [通] 商品成批買賣。[方] 審批核發。

【批中】pei^{1}zung^3 [粵] 料到；估計到 ♦ 我早就批中呢隻股會升㗎喇（我早料到這種股票會升價的啦）。

刺 pei^1 (pɐi^1) [粵] 也作"批"。削 ♦ 刺蘋果 / 刺雪梨（削梨子）/ 刺馬蹄（削荸薺）。

【刺皮】pei^{1}péi^4 [粵] 削皮。也作"批皮"。

péi

皮 péi^2 (pei^2) [粵] 口語變音。❶ 本；本錢 ♦ 慳皮（省錢）/ 為唔到皮（無法保本）。❷ 引申指要求、慾望等的滿足 ♦ 食番夠皮（吃個夠）。❸ 皮貨 ♦ 一件皮（一件皮貨）。❹ 皮衣 ♦ 着皮（穿皮衣）。

☞ 另見本頁 péi^4。

皮 péi^4 (pei^4) [pí] [通] ❶ 人或生物體的表層組織 ♦ 牛皮 / 樹皮 / 瓜皮 / 皮笑肉不笑。❷ 用皮製的 ♦ 皮鞋 / 皮衣 / 皮包 / 皮箱。❸ 包在物體外面的一層東西 ♦ 書皮 / 封皮 / 包皮。❹ 薄片狀像皮的東西 ♦ 鐵皮 / 豆腐皮。❺ 某些有韌性的製成品，特指橡膠製品 ♦ 牛皮糖 / 皮球 / 膠皮 / 橡皮筋。❻ 淘氣 ♦ 頑皮 / 調皮。[粵] ❶ 邊；水邊 ♦ 邊皮（邊緣）/ 海皮（海濱）。❷ 量詞。相當於"元"、"塊錢" ♦ 花咗十幾皮（花了十多塊）。❸ 量詞。用於圓形器皿的碼號 ♦ 大一皮嘅瓦罉（大一號的砂鍋）/ 細一皮嘅水煲（小一號的水壺）。

【皮草】péi^{4}cou^2 [粵] 裘皮；皮貨 ♦ 皮草店 / 皮草服裝。

【皮費】péi^{4}fei^3 [粵] ❶ 維持某項經營所需的費用。❷ 貨物運輸、損耗等的費用。

【皮喼】péi^{4}gib^1 [粵] 皮箱。

【皮褸】péi^{4}leo^1 [粵] 皮大衣；皮外套。

【皮袍】péi^{4}pou$^{4-2}$ [粵] 皮襖。

☞ 另見本頁 péi^2。

脾 péi^4 (pei^4) [pí] [通] 人和高等動物內臟之一，起過濾血液、調節血量的作用 ♦ 脾臟。

【脾稟】péi^{4}ben^2 [粵] 脾性；稟性。

被 péi^5 (pei^5) [bèi] [通] 睡覺時蓋在身上起保暖作用的東西；被子 ♦ 棉被 / 絲綿被 / 毛巾被。

【被竇】péi^{5}deo^3 [粵] 被窩 ♦ 狷入被竇（鑽進被窩）/ 腳伸出被竇外（腳伸出被窩外面）。

pen

噴（喷）pen³(pɐn³) [pēn] ㊣ 物體因受壓而衝射出來 ♦ 噴射 / 噴發 / 噴水 / 噴農藥。

【噴口水】pen³heo²sêu² ㊣ 説廢話。

頻（频）pen⁴ (pɐn⁴) [pín] ㊣ 屢次；接連 ♦ 捷報頻傳。

【頻鄰】pen⁴len⁴ ㊣ 匆忙；急忙 ♦ 頻鄰唔得入城（急匆匆的反而進不了省城，指欲速則不達）。也作"頻倫"。

【頻密】pen⁴med⁶ ㊣ 頻繁 ♦ 佢兩個來往得好頻密（他們倆來往十分頻繁）。

【頻撲】pen⁴pog³ ㊣ ❶ 奔波；勞碌。❷ 奔忙；來回走動 ♦ 係噉兩頭趯，好頻撲㗎（這樣兩頭走動，夠忙碌的）。

【頻頻鄰鄰】pen⁴pen⁴len⁴len⁴ ㊣ 急急巴巴的。

【頻頻撲撲】pen⁴pen⁴pog³pog³ ㊣ 跑跑顛顛；到處奔波。

péng

拼 péng¹ (pɛŋ¹) ㊣ ❶ 椅子靠背 ♦ 挨拼椅（靠背椅）。❷ 牀頭或牀側的擋板 ♦ 牀拼 / 高低拼（兩頭擋板一高一矮的西式牀）。

平 péng⁴ (pɛŋ⁴) ㊣ 口語音。價廉；便宜 ♦ 平嘢冇靚，靚嘢冇平（便宜沒好貨，好貨不便宜）。

【平嘢】péng⁴yé⁵ ㊣ 便宜貨 ♦ 得閒去燈光夜市執番啲平嘢（有空到燈光夜市去撿點便宜貨）。

【平平哋】péng⁴péng⁴⁻²déi² ㊣ 便宜點 ♦ 就平平哋賣俾你喇（便宜點賣給你，怎麼樣）？

【平到笑】péng⁴dou³xiu³ ㊣ 非常便宜 ♦ 平到你笑（便宜得叫你高興）。

☞ 另見 310 頁 ping⁴。

peo

𡟻 peo³ (pɐu³) ㊣ ❶ 泡；鬆軟 ♦ 呢嚿木𡟻晒咯（這木頭發泡啦）/ 饅頭要蒸得鬆𡟻先至好食（饅頭要蒸得鬆軟才好吃）。❷ 糠 ♦ 啲蘿蔔放咗幾日仲唔𡟻咩（蘿蔔放了幾天還不糠嗎）？❸ 不結實 ♦ 捻吓啲肉都𡟻嘅（一捏就知道肌肉不結實）。❹ 不踏實；靠不住 ♦ 乜咁𡟻㗎，講過都唔算數（言而無信，説話不算數）。

【𡟻腩】peo³nam⁵ ㊣ 豬腹部肥而鬆軟的肉。

pid

撇 pid³ (pit⁸) [piě] ㊣ ❶ 平着向前扔 ♦ 撇磚頭。❷ 漢字筆畫，筆形是"丿"。❸ 量詞。用於像漢字的撇形 ♦ 兩撇黑眉毛 / 兩撇雞（兩撇八字鬍）。㊣ ❶ 潲；雨水斜灑 ♦ 俾雨撇濕個身（身上讓雨水給打濕了）。❷ 甩 ♦ 你唔好撇我嗮（你不要把我給甩了）。

【撇甩】pid³led¹ ㊣ 甩掉 ♦ 撇甩佢（甩掉他）。

【撇雨】pid³yu⁵ ㊣ 雨斜飛入屋；雨水斜灑。

pin

偏 pin^1 (pin^1) [piān] [通] ❶不正；歪斜 ♦ 偏離 / 太陽偏西 / 掛曆掛偏了。❷不公正；側重一方 ♦ 偏信 / 偏廢。❸跟願望、預料和一般情況不相同的 ♦ 不讓他去他偏去 / 指望出太陽，可偏又下起雨來。

【偏幫】pin^{1}bong^1 [方] 偏袒。

【偏門】pin^{1}mun$^{4-2}$ [粵] ❶與眾不同的；獨闢蹊徑的 ♦ 偏門生意。❷邪門歪道 ♦ 撈偏門。

【偏門歌】pin^{1}mun$^{4-2}$go^1 [方] 不流行的歌曲。

片 pin^2 (pin^2) [piān] [通] 用於"唱片"、"相片"、"影片"、"片子"等詞。[粵] ❶電影 ♦ 拍片（拍電影）/ 租片（租電影片）。❷切削成片狀 ♦ 片皮鴨 / 片皮乳豬。❸片兒 ♦ 切片 / 紙片 / 卡片 / 名片。❹"屎片"的簡稱 ♦ 押片（裹屎布）。

【片場】pin^{2}cêng^4 [粵] 電影製片廠。

☞ 另見 pin^3。

片 pin^3 (pin^3) [piàn] [通] ❶平而薄的東西 ♦ 木片 / 瓦片。❷切削成片狀 ♦ 肉片。❸零星的；不全的 ♦ 片言隻語。❹量詞 ♦ 一片瓦 / 三片藥 / 一片稻田。

【片面之詞】pin^{3}min^{6}ji^{1}qi^4 [粵] 一面之詞。

ping

平 ping^4 (piŋ^4) [píng] [通] ❶表面沒有高低凹凸；不傾斜 ♦ 平原 / 平展 / 平正。❷使平 ♦ 削平 / 剷平 / 平整土地。❸均等 ♦ 平分 / 平列。❹公正 ♦ 公平 / 路見不平，拔刀相助。❺安定；安靜 ♦ 風平浪靜 / 心平氣和。❻一般的；普通的 ♦ 平民百姓。❼用武力鎮壓 ♦ 平亂 / 平叛。❽漢語四聲之一 ♦ 平聲 / 平上去入。

【平倉】ping^{4}cong^1 [粵] 減少存貨或持有的股票、外幣等。

【平肩】ping^{4}gin^1 [方] 並列。

【平面設計】ping^{4}min$^{6-2}$qid^{3}gei^3 [方] 美術設計 ♦ 平面設計師（美術設計師）。

☞ 另見 309 頁 péng^4。

評（评）ping^4 (piŋ^4) [píng] [通] ❶評論 ♦ 評理 / 評説 / 評頭品足。❷評判 ♦ 評分 / 評獎。

【評講】ping^{4}gong^2 [粵] 講評。

piu

票 piu^3 (piu^3) [piào] [通] ❶可當作憑證的紙片 ♦ 郵票 / 股票 / 發票。❷紙幣 ♦ 鈔票 / 角票 / 票子。

【票尾】piu^{3}méi^5 [粵] 已使用過的僅留作報銷用的廢票。

【票房靈藥】piu^{3}fong^{4}ling^{4}yêg^6 [方] 指頗受觀眾歡迎、帶來可觀票房收入的影片或影星。

嫖 piu^4 (piu^4) [piáo] [通] 男子狎玩妓女 ♦ 嫖妓 / 嫖客。

【嫖賭飲吹】piu^{4}dou^{2}yem^{2}cêu^1 [粵] 吃喝嫖賭。形容生活糜爛，五毒俱全。

po

㪐 po^{1} (pɔ^{1}) (粵) ❶ 植物的棵兒 ♦ 白菜長得幾大㪐（白菜棵兒長得挺大）。❷ 量詞。相當於“株”、“棵”♦ 一㪐花（一株花）/ 門口有㪐大榕樹（門口有棵大榕樹）。

婆 po^{2} (pɔ^{2}) (粵) 口語變音 ♦ 大婆（正妻）。

【婆乸】po^{2}na^{2} (粵) 婆娘；娘們。

【婆乸仔】po^{2}na^{2}zei^{2} (粵) 小婆娘。

☞ 另見本頁 po^{4}。

破 po^{3} (pɔ^{3}) [pò] (通) ❶ 完整的東西碎裂、損壞 ♦ 頭破血流 / 家破人亡。❷ 劈開；分開 ♦ 破竹 / 破冰 / 乘風破浪。❸ 超過；廢除 ♦ 突破 / 破舊立新 / 不破不立。❹ 打敗；攻下 ♦ 破陣 / 大破敵軍。❺ 花費；耗費 ♦ 破鈔 / 破財消災。❻ 揭露；揭穿真相 ♦ 識破 / 一語道破。(粵) 劈；剖開 ♦ 破柴 / 將個瓜破開兩邊。

【破財擋災】po^{3}coi^{4}dong^{2}zoi^{1} (粵) 破財消災。

婆 po^{4} (pɔ^{4}) [pó] (通) ❶ 對祖輩或年老婦女的稱呼 ♦ 外婆 / 阿婆 / 老太婆。❷ 丈夫的母親 ♦ 公婆 / 婆媳。❸ 指某些職業的婦女 ♦ 神婆 / 媒婆 / 產婆 / 巫婆。(粵) ❶ 外婆 ♦ 阿婆。❷ 女人。含貶義 ♦ 矮婆（矮小的女人）/ 男人婆（打扮或性情像男人的女人）/ 鬼雞婆（潑婦）/ 婆仔（未老先衰的女人）。

【婆婆】po^{4}po$^{4-2}$ [pópo] (通) 丈夫的母親。(粵) 祖母；外祖母。

【婆媽劇集】po^{4}ma^{1}kég^{6}zab^{6} (方) 表現家庭瑣事的多集電視連續劇。

☞ 另見本頁 po^{2}。

pog

𦢊 pog^{1} (pɔk^{7}) (粵) ❶ 水泡；泡兒 ♦ 魚𦢊（魚鰾）/ 豆𦢊（油豆腐）/ 手起𦢊（手起泡）。❷ 種 ♦ 夠𦢊就嚟（有種的就來）/ 你夠唔夠𦢊吖（你有種嗎）？

撲（扑） pog^{3} (pɔk^{8}) [pū] (通) ❶ 衝 ♦ 猛撲過去 / 香氣撲鼻。❷ 輕打；拍 ♦ 撲粉 / 撲打衣服上的塵土。(粵) ❶ 奔 ♦ 到處撲（到處奔跑）/ 撲入元朗（上元朗奔了一趟）。❷ 袼褙；用漿糊黏成的厚布塊 ♦ 打撲。❸ 多層的厚紙 ♦ 元寶撲。

【撲飛】pog^{3}féi^{1} (粵) 到處想辦法弄票。

【撲料】pog^{3}liu$^{6-2}$ (粵) 到處搜集材料。

【撲水】pog^{3}sêu^{2} (粵) 到處籌款；到處去弄錢。

【撲嚟撲去】pog^{3}lei^{4}pog^{3}hêu^{3} (粵) 到處奔走。

pong

旁 pong^{4} (pɔŋ^{4}) [páng] (通) ❶ 左右兩側 ♦ 路旁 / 身旁 / 袖手旁觀。❷ 其他；另外 ♦ 旁人 / 他有旁的事先走了。❸ 漢字的偏旁 ♦ 雙人旁 / 火字旁。

【旁證】pong^{4}jing^{3} [pángzhèng] (通) 側面的證據；主要證據以外的證據 ♦ 旁證材料。(方) 副裁判，足球比賽的巡邊員。

pou

鋪(铺) pou¹ (pou¹) [pū] [通] ❶ 把東西展開或攤平 ♦ 鋪牀 / 鋪路 / 鋪枱布（鋪桌布）/ 鋪張氈喺上面（上面鋪張毯子）。❷ 量詞 ♦ 一鋪炕 / 一鋪牀。[粵] 量詞。相當於"盤"、"股"、"種" 等 ♦ 捉番鋪棋（下一盤棋）/ 佢得鋪牛力（他只有一股牛勁）/ 吊起佢鋪癮（把他的癮頭吊起來了）。

普 pou² (pou²) [pǔ] [通] 全面；廣泛 ♦ 普選 / 普查 / 普天同慶。

【普羅大眾】pou²lo⁴dai⁶zung³ [方] 普通民眾；普通老百姓。

【普羅教育】pou²lo⁴gao³yug⁶ [方] 普及教育；普通教育。

【普羅食品】pou²lo⁴xig⁶ben² [方] 大眾化的廉價食品。

甫 pou² (pou²) [粵] 廣州市街道名常用字 ♦ 第十甫 / 十八甫。

☞ 另見本頁 pou³。

鋪(铺) pou³ (pou³) [pù] [通] ❶ 商店 ♦ 店鋪 / 藥鋪 / 當鋪 / 雜貨鋪。❷ 舊時的驛站。現用於地名 ♦ 十里鋪。[粵] 店；館 ♦ 飛髮鋪（理髮店）/ 映相鋪（照相館）。

【鋪頭】pou³teo⁴⁻² [粵] 店鋪；小商店。

【鋪位】pou³wei⁶⁻² [粵] 鋪產 ♦ 鋪位出租 / 呢（這）條商業街有一百幾十個鋪位。

【鋪租】pou³zou¹ [粵] 租用店鋪的租金。

甫 pou³ (pou³) [粵] 也作"鋪"。量詞。十里為一甫 ♦ 唔夠三甫路（不到三十里地）。

☞ 另見本頁 pou²。

葡 pou⁴ (pou⁴) [pú]

【葡萄酸】pou⁴tou⁴xun¹ [方] 嫉妒。源自西方典故"吃不到的葡萄是酸的"。

蒲 pou⁴ (pou⁴) [pú] [通] ❶ 香蒲，水生草本植物。葉長而尖，可以編蓆或做蒲包、扇子。❷ 地名用字 ♦ 蒲州。❸ 姓。[粵] ❶ 浮在水面上 ♦ 蒲喺水面（浮在水面上）/ 有條屍蒲上嚟（一條屍體浮上水面）。❷ 流竄；遊蕩 ♦ 出嚟蒲（到外面闖，多指青少年離家出走，在外面胡混）。

【蒲頭】pou⁴teo⁴ [粵] ❶ 浮在水面；露出水面。❷ 露頭；露面 ♦ 佢驚住一蒲頭就俾人暗算（他擔心一露頭就會遭到別人暗算）。

pug

仆 pug¹ (puk⁷) [粵] ❶ 趴；俯臥 ♦ 仆住瞓（趴着睡）/ 快啲仆低（趕快趴下）。❷ 向前跌倒 ♦ 仆低喺街度（在馬路上摔倒爬不起來）/ 一仆一轆（跌跌撞撞）。❸ 竄，溜 ♦ 你仆咗去邊吖（你溜去哪了）。❹ 趕；奔 ♦ 仆倒去（趕着去）。

【仆街】pug¹gai¹ [粵] ❶ 罵人話。死於街頭 ♦ 你個死仆街。❷ 形容程度極深，相當於"要死" ♦ 做到仆街（死命幹活，累得要死）/ 鬧到佢仆街（把他臭罵一頓；罵他個狗血淋頭）。

【仆街仔】pug¹gai¹zei² [粵] 壞小子；王八蛋。也說"仆街貨" pug¹gai¹fo³。

pui

配 pui³ (pui³) [pèi] [通] ❶男女兩性結合 ♦ 許配 / 婚配。❷動物交合 ♦ 交配 / 配種。❸按標準或比例加以調和或組合 ♦ 配製 / 配色 / 裝配。❹把缺少的補足 ♦ 配貨 / 配零件 / 配鑰匙。❺有計劃地分派 ♦ 配置 / 配給。❻襯托；陪襯 ♦ 配角 / 搭配 / 紅花配綠葉。❼相當；夠得上 ♦ 他倆年齡不相配 / 佢好似唔係幾配你個女（他跟你的閨女好像不大般配）。

【配料】pui³liu⁶⁻² [pèiliào] [通] 生產過程中，將有關的原料、成分按一定比例相調配。[粵] 作料。

【配售】pui³seo⁶ [粵] 限量出售；定量供應。

陪 pui⁴ (pui⁴) [péi] [通] ❶隨同作伴 ♦ 失陪 / 奉陪 / 陪侍。❷從旁協助 ♦ 陪讀。

【陪客】pui⁴hag³ [péikè] [通] 陪伴客人的人。[粵] ❶陪客人。❷稱娛樂場所給顧客作陪的人。

【陪太子讀書】pui⁴tai³ji²dug⁶xu¹ [粵] 比喻陪人做事。

pun

盆 pun² (pun²) [粵] 口語變音 ♦ 面盆（臉盆）/ 瓷盆。

☞ 另見本頁 pun⁴。

盤 (盘) pun² (pun²) [粵] 口語變音 ♦ 托盤 / 茶盤 / 棋盤 / 磨盤。

☞ 另見本頁 pun⁴。

判 pun³ (pun³) [pàn] [通] ❶分辨；斷定 ♦ 判明 / 判定 / 判別是非。❷截然不同 ♦ 前後判若兩人。❸評定 ♦ 評判 / 裁判。❹對案件的決定 ♦ 判案 / 審判 / 宣判。[粵] ❶承包；承攬 ♦ 呢單工程判俾佢做（這項工程由他來承包）/ 佢最近判咗間舖嚟做（他最近承包了一間商舖）。❷估價出售 ♦ 呢堆舊料八十文判俾你（這一堆舊料八十塊錢賣給你）。

盤 (盘) pun⁴ (pun⁴) [pán] [通] ❶盛放東西的淺而扁平的器皿 ♦ 菜盤 / 茶盤。❷形狀或功用像盤子的東西 ♦ 棋盤 / 臉盤 / 磨盤。❸迴繞 ♦ 盤繞 / 盤旋 / 盤踞。❹仔細查問或清點 ♦ 盤查 / 盤貨。❺壘；砌 ♦ 盤炕 / 盤竈。❻量詞 ♦ 一盤棋 / 一盤磨。[粵] ❶盒子，方言"盤"、"盆"讀音相同，意義經常混淆。❷量詞 ♦ 一盤數（一筆賬）/ 一盤水（一萬塊錢）/ 一盤生意（一門生意）。

【盤盤聲】pun⁴pun⁴⁻²séng¹ [粵] 以萬元計算 ♦ 佢生意做得好大，賺嚫都盤盤聲（他生意做得很大，一次就賺上萬塊）。

【盤滿缽滿】pun⁴mun⁵bud³mun⁵ [粵] 比喻賺錢多或富有，相當於"大囤滿小囤流"。也作"盆滿缽滿"。也說"缽滿盤滿" bud³mun⁵pun⁴mun⁵。

☞ 另見本頁 pun²。

盆 pun⁴ (pun⁴) [pén] [通] 盛東西或洗東西的器具，多為圓形 ♦ 花盆 / 臉盆 / 木盆。

【盆桔】pun⁴ged¹ [粵] 盆栽的柑桔，供過年時室內擺設用。

【盆栽】pun⁴zoi¹ [粵] 盆景。

☞ 另見 313 頁 pun²。

pung

蓬 pung¹ (puŋ¹) [粵] ❶ 蒙上塵土 ♦ 枱面蓬滿晒塵（桌面蒙上厚厚一層灰塵）。❷ 塵土嗆人 ♦ 掃地唔灑水，蓬到鬼噉（掃地不灑水，嗆得要命）。

捧 pung² (puŋ²) [pěng] [通] ❶ 用雙手托着 ♦ 捧着鮮花 / 捧着孩子的臉。❷ 討好奉承；替人吹噓 ♦ 捧場 / 吹捧 / 捧到上天。❸ 量詞。用於用手能捧的東西 ♦ 一捧花生 / 一捧瓜子。[粵] 推舉；抬舉。含貶義 ♦ 佢係王老闆捧上嚟嘅之嘛（她是王老闆硬提拔上來的）。

【捧紅】pung²hung⁴ [粵] 通過宣傳手法使演員、歌手的知名度大增。

碰 pung³ (puŋ³) [pèng] [通] ❶ 撞擊 ♦ 碰撞 / 雞蛋碰石頭。❷ 遇見；遇到 ♦ 碰見 / 碰到。❸ 試探 ♦ 碰機會 / 我去碰碰看。

【碰彩】pung³coi² [粵] ❶ 碰巧；湊巧 ♦ 我都係碰彩撞到佢（我也是碰巧遇着了他）。❷ 碰運氣 ♦ 靠碰彩梗撞板喇（靠碰運氣當然碰釘子）。

【碰啱】pung³ngam¹ [粵] 碰巧；恰巧 ♦ 碰啱有呢隻貨賣（碰巧有這種貨賣）/ 我上次去揾佢，碰啱佢剛好出咗差（我上次去找他，碰巧他剛出差去了）。

【碰口碰面】pung³heo²pung³min⁶ [粵] 常常遇到；經常見面。

Q

qi

黐 qi¹ (tsi¹) [chī] [通] 一種用冬青樹皮製成的膠，可以用來黏鳥。[粵] ❶ 黏 ♦ 新買呢隻膠水都唔係幾黐嗰（剛買來的這種膠水不太黏）。❷ 黏 ♦ 鞋底甩咗，要用膠水黐番先至着得（鞋底脫了，要用膠水黏一黏才能穿）。❸ 緊緊跟隨；纏住不放 ♦ 做乜成日黐住個老母吖（幹嗎整天纏住媽媽）。❹ 沾光；揩油 ♦ 我唔會黐你嘅（我不會揩你的油）/ 今晚又去邊個度黐餐吖（今晚又上誰家擾頓飯吃呀）？❺ 神經失常之意 ♦ 黐線（神經病）。

【黐家】qi¹ga¹ [粵] 戀家；喜歡留在家裏 ♦ 成日唔黐家（在家裏老呆不住）。

【黐筋】qi¹gen¹ [粵] 嚴重精神失常。也說"黐孖筋" qi¹ma¹gen¹。

【黐牙】qi¹nga⁴ [粵] 食物黏牙 ♦ 黐牙黐爪（形容食物黏性大，既黏牙又黏手）。

【黐線】qi¹xin³ [粵] ❶ 電話串線。❷ 神經不正常，做事有悖常理 ♦ 你黐線嘅咩（你神經出了毛病哪）。

【黐脷根】qi¹léi⁶gen¹ [粵] 大舌頭；舌根轉動不靈，指小孩發音不正。

【黐黐哋】qi¹qi¹déi² [粵] 傻裏傻氣的；神經有點不太正常。

【黐頭婆】qi¹teo⁴po⁴ [粵] 蒼耳子。外皮有刺，可黏在人的頭髮上，故名。

【黐線佬】qi^{1}xin^{3}lou^{2} [粵] 指言行有悖常理的男人。用於罵人。

【黐總掣】qi^{1}zung^{2}zei^{3} [粵] 傻得不可救藥；精神完全失常。用於罵人的誇張說法。

【黐身膏藥】qi^{1}sen^{1}gou^{1}yêg^{6} [粵] 比喻整天纏住大人寸步不離的小孩。

廁 qi^{3} (tsi^{3}) [cè] [通] ❶ 專供人大小便的地方 ♦ 廁所 / 公廁。❷ 參與、混雜其間 ♦ 廁身其間。

【廁紙】qi^{3}ji^{2} [粵] 手紙；衛生紙。

【廁水】qi^{3}sêu^{2} [方] 沖廁用水。香港用海水沖廁，與食用水分設管道供應。也說"廁所水" qi^{3}so^{2}sêu^{2}。

次 qi^{3} (tsi^{3}) [cì] [通] ❶ 等第；順序 ♦ 次第 / 名次 / 依次入場。❷ 第二位的 ♦ 次日 / 次等 / 次子。❸ 品質較差的 ♦ 這人真次。❹ 外出旅行停留的地方 ♦ 途次 / 旅次。❺ 量詞。相當於"回" ♦ 第一次去北京 / 經過十次試驗才成功。

【次次】qi^{3}qi^{3} [粵] 每一次 ♦ 次次都係嘅（每一次都這樣）。

【次被告】qi^{3}béi^{6}gou^{3} [方] 第二被告。

刺 qi^{3} (tsi^{3}) [cì] [通] ❶ 尖銳像針的東西 ♦ 魚刺 / 芒刺。❷ 用尖的東西扎 ♦ 刺繡 / 刺穿 / 刺傷。❸ 殺傷；暗殺 ♦ 刺客 / 行刺 / 遇刺。❹ 譏笑；嘲諷 ♦ 譏刺 / 諷刺。❺ 刺激 ♦ 刺耳 / 刺鼻 / 刺眼。

【刺身】qi^{3}sen^{1} [粵] 指生吃的魚、蝦等 ♦ 龍蝦刺身。

遲 qi^{4} (tsi^{4}) [chí] [通] ❶ 慢；緩 ♦ 遲緩 / 推遲 / 延遲 / 事不宜遲。❷ 晚 ♦ 遲到早退 / 姍姍來遲。[粵] 晚。用法較普通話普遍 ♦ 遲咗交貨（交貨晚了）/ 嚟遲咗一步（來晚了一步）/ 點解咁遲先嚟㗎（為啥這麼晚才來）?

【遲小小】qi^{4}xiu^{2}xiu^{2} [粵] 晚點兒 ♦ 份報告要遲小小先至交得俾你（報告要晚點兒才能交給你）。也說"遲些小" qi^{4}sé^{1}xiu^{2}。

【遲嚟先上岸】qi^{4}lei^{4}xin^{1}séng^{5}ngon^{6} [粵] 來得早不如來得巧。

【遲到好過冇到】qi^{4}dou^{3}hou^{2}guo^{3}mou^{5}dou^{3} [粵] 晚到比不到要好。

匙 qi^{4} (tsi^{4}) [chí] [通] 舀東西的小勺 ♦ 湯匙 / 茶匙。

【匙羹】qi^{4}geng^{1} [粵] 調羹；匙子。

【匙羹白】qi^{4}geng^{1}bag^{6} [粵] 小白菜的一種。葉柄白色，形似調羹，故名。

茨 qi^{4} (tsi^{4}) [cí] [通] ❶ 用茅或葦蓋的房子。❷ 蒺藜。

【茨菰】qi^{4}gu^{1} [粵] 草本植物。生在水田裏。地下球莖可吃。也作"慈姑"。

【茨實】qi^{4}sed^{6} [粵] 芡實。廣東肇慶地區所產最為有名，故又稱"肇實" xiu^{6}sed^{6}。

祠 qi^{4} (tsi^{4}) [cí] [通] 供奉祖宗神位的地方 ♦ 宗祠 / 先賢祠 / 陳家祠。

【祠堂】qi^{4}tong$^{4-2}$ [cítáng] [通] 祭祀祖先、鬼神及聖賢的廟堂。[粵] 俗稱人及動物的陰囊。

磁 qi^{4} (tsi^{4}) [cí] [通] ❶ 物質能吸引鐵、鎳等的性能 ♦ 磁石 / 磁場。❷ 同"瓷"。

【磁碟】qi^{4}dib$^{6-2}$ [粵] 磁盤。

雉 qi^{4} (tsi^{4}) [zhì] [通] 野雞。雄的羽毛很美，尾長；雌的淡黃褐色，尾短。善走不善飛。肉可吃，羽毛可做裝飾品。

【雉雞】qi4gei1 粵 山雞；野雞。

【雉雞尾】qi4gei1méi5 粵 山雞的尾部羽毛，可作戲劇化裝的裝飾。

恃 qi5 (tsi5) [shì] 通 依賴；仗着 ♦ 恃才傲物 / 有恃無恐。粵 仗；依。較普通話常用 ♦ 恃人多 / 恃力大。

【恃住】qi5ju6 粵 仗着 ♦ 恃住老竇有錢（仗着老爸有錢）/ 恃住學過幾年拳腳（仗着學過幾年武功）。

【恃老賣老】qi5lou5mai6lou5 粵 倚老賣老。

【恃勢欺人】qi5sei3héi1yen4 粵 仗勢欺人。

【恃熟賣熟】qi5sug6mai6sug6 粵 由於彼此很熟而不拘禮節。

似 qi5 (tsi5) [sì] 通 ❶ 像；如同 ♦ 相似 / 近似 / 如飢似渴。❷ 好像 ♦ 似曾相識 / 似應再研究一下。❸ 勝過；超過 ♦ 勝似 / 一個高似一個 / 生活一天好似一天。

【似樣】qi5yêng6-2 粵 ❶ 很像；很相像 ♦ 畫得幾似樣（畫得挺像）/ 佢兩個生得幾似樣（他們倆長得很相像）。❷ 像樣 ♦ 而家間房咪執得幾似樣（現在房子不是收拾得挺像樣的）。❸ 像話 ♦ 噉似乜樣呀（這像話嗎）？

【似足】qi5zug1 粵 非常像 ♦ 似足佢老竇（很像他老爸）/ 似到十足（像極了）。

【似模似樣】qi5mou4qi5yêng6-2 粵 ❶ 十分相像 ♦ 扮女仔扮得似模似樣（演坤角演得很像）。❷ 像個樣子 ♦ 嗰幾下手勢又幾似模似樣嚡（那幾下子還挺像個樣子的）。

qib

妾 qib3 (tsip8) [qiè] 通 ❶ 男子在妻子以外娶的女子 ♦ 三妻四妾。❷ 舊時女子謙稱自己 ♦ 妾身。

【妾侍】qib3xi6 粵 小老婆；姨太太。

qid

切 qid3(tsit8)

（一）[qiē] 通 ❶ 用刀從上往下割 ♦ 切肉 / 切割 / 切斷。❷ 幾何學名詞 ♦ 切點 / 切線 / 相切。

【切肉不離皮】qid3yug6bed1léi4péi4 粵 比喻親情難捨。

（二）[qiè] 通 ❶ 符合 ♦ 切題 / 確切 / 貼切。❷ 親近；貼近 ♦ 親切 / 密切 / 切近。❸ 急迫；緊急 ♦ 迫切 / 懇切 / 回家心切。❹ 一定要；不疏忽 ♦ 切記 / 切忌 / 切切。❺ 按脈 ♦ 切脈 / 望聞問切。

【切菜】qid3coi3 粵 乾蘿蔔絲；乾苤藍絲。

【切醋】qid3cou3 粵 一種棕紅色的醋，多用來拌麵條或沾蟹肉吃。

設 qid3 (tsit8) [shè] 通 ❶ 佈置；安排 ♦ 陳設 / 架設。❷ 籌劃 ♦ 想方設法。❸ 假如；倘若 ♦ 設使 / 設若 / 假設。

【設局】qid3gug6 粵 設圈套 ♦ 設局殺佢（設圈套把她殺掉）。

qig

搣 qig¹ (tsik⁷) [粵] ❶ 提；挽 ♦ 搣住隻雞 (提着一隻雞) / 搣住個手袋 (挽着手提包)。❷ 揪；扭 ♦ 搣佢出去 (把他扭出去)。❸ 抽；拉 ♦ 搣起膊頭 (抽起肩膀) / 搣鞋踭 (抽鞋跟) / 搣高啲條褲 (把褲子拉高點)。

qim

簽 (签) qim¹ (tsim¹) [qiān] [通] ❶ 親自寫上姓名或畫上符號，多表示負責 ♦ 簽到 / 簽收。❷ 簡要地寫出 ♦ 簽註 / 簽呈。[粵] ❶ 用刀子捅，宰殺 ♦ 簽豬噉簽 (像宰豬那樣殺害)。❷ 剔 ♦ 簽牙 (剔牙)。❸ 嫁接 ♦ 簽荔枝 (嫁接荔枝)。

【簽單】qim¹dan¹ [粵] 賒賬；欠賬。

【簽紙】qim¹ji² [粵] 簽署文件，在文書上簽字。

【簽賬】qim¹zêng³ [粵] 賒賬；欠賬。

僭 qim³ (tsim³) [jiàn] [通] 超越本分。舊指下級冒用上級的名義、禮儀、器物 ♦ 僭越 / 僭用 / 僭號。

【僭建物】qim³gin³med⁶ [方] 違章建築物。

【僭建屋】qim³gin³ngug¹ [方] 指未經申報而擅自建築的房屋。

潛 (潜) qim⁴ (tsim⁴) [qián] [通] ❶ 在沒水裏 ♦ 潛游。❷ 隱藏 ♦ 潛藏。❸ 非表面的；深層的 ♦ 潛在危險。❹ 祕密地；不聲張地 ♦ 潛行。

【潛能】qim⁴neng⁴ [qiánnéng] [通] 內在的、未被發現的能力、能量。[方] 潛力；潛在的可能性。

qin

千 qin¹ (tsin¹) [qiān] [通] ❶ 數目字。大寫作 "仟"。❷ 表示很多 ♦ 千方百計 / 千言萬語 / 萬水千山。[粵] 騙 ♦ 千術 (騙術) / 出千 (使騙術) / 俾老千千 (給騙子騙了)。

【千祈】qin¹kéi⁴ [粵] 千萬；切切 ♦ 千祈唔好大意 (千萬不可大意) / 千祈唔好唔記得 (千萬別給忘了)。

【千足金】qin¹zug¹gem¹ [粵] 足成黃金。也說 "千足黃金" qin¹zug¹wong⁴gem¹。

【千真萬確】qin¹zen¹man⁶kog³ [粵] 形容非常真切、確實，沒有半點虛假。

遷 (迁) qin¹ (tsin¹) [qiān] [通] ❶ 搬移；另換地點 ♦ 遷都 / 搬遷 / 拆遷。❷ 改變 ♦ 變遷 / 時過境遷 / 見異思遷。❸ 古代官員調動 ♦ 遷客 / 升遷。

【遷冊】qin¹cag³ [方] 將公司註冊地點從香港遷到海外。

淺 (浅) qin² (tsin²) [qiǎn] [通] ❶ 從上到下或從外面到裏面的距離小，跟 "深" 相對 ♦ 淺水 / 淺海 / 這山洞很淺。❷ 時間短 ♦ 年代淺 / 相處的日子很淺。❸ 程度不深 ♦ 閱歷淺 / 交情淺 / 才疏學淺。❹ 顏色淡 ♦ 淺紅 / 淺黃。

【淺白】qin²bag⁶ [粵] 淺顯；淺易。

【淺窄】qin²zag³ [粵] 狹小 ♦ 地方淺窄 (地方狹小) / 房間淺窄 (房間很小)。

【淺底鑊】qin²dei²wog⁶ [粵] 平底鍋。

錢 (钱) qin2 (tsin2) [粵] 口語變音 ♦ 有錢（沒錢）/ 還錢 / 俾錢（給錢）/ 有錢佬。

【錢作怪】qin2zog3guai3 [粵] 金錢作怪；金錢在起作用。

【錢銀嘅嘢】qin2ngen4-2gé3yé5 [粵] 金錢上的事兒 ♦ 錢銀嘅嘢，仲係小心啲好（關乎錢財上的事，還是小心為妙）。

☞ 另見本頁 qin4。

錢 (钱) qin4 (tsin4) [qián] [通] ❶ 貨幣 ♦ 錢財 / 錢鈔 / 金錢 / 零錢。❷ 費用；經費 ♦ 車錢 / 飯錢 / 節約用錢。❸ 形狀像銅錢的東西 ♦ 榆錢兒。❹ 重量單位。一兩的十分之一。❺ 姓。

【錢七】qin4ced1 [粵] 殘的機器運轉時發出的聲音，借指殘舊的機器。

【錢罌】qin4ngang1 [粵] 撲滿；錢罐子。

☞ 另見本頁 qin2。

前 qin4 (tsin4) [qián] [通] ❶ 時間、方向、次序在先的，跟“後”相對 ♦ 前年 / 前三名。❷ 向前行進 ♦ 前進 / 前往 / 畏縮不前。❸ 已卸任或已撤銷的 ♦ 前總統 / 前政務院。

【前便】qin4bin6 [粵] 前邊；前面；前頭。

【前衞】qin4wei6 [qiánwèi] [通] ❶ 軍隊裏擔任先導及警戒任務的部隊。❷ 足球等球類比賽中運動員的一種分工，位置在前鋒與後衞之間。[粵] 指觀念等超前、開放 ♦ 前衞意識 / 呢種裝束好前衞。

【前幾排】qin4géi2pai4-2 [粵] 前些日子。

【前嗰輪】qin4go2lên4 [粵] 前陣子。

【前嗰排】qin4go2pai4-2 [粵] 前些天；前些時候。

【前功盡廢】qin4gung1zên6fei3 [粵] 前功盡棄。

【前世唔修】qin4sei3m4seo1 [粵] 迷信的人認為，前生缺乏修行，今生才會受到應得的報應。老年婦女多用來表示對子女的責備，含“恨鐵不成鋼”的埋怨。

【前任婚姻】qin4yem6fen1yen1 [方] 再婚者以前的婚姻。

【前世撈亂骨頭】qin4sei3lou1lün6gued1teo4 [粵] 比喻互相仇恨，糾纏不清，好像是前世彼此的骨頭亂放在一起。

qing

青 qing1 (tsiŋ1) [qīng] [通] ❶ 綠色或藍色 ♦ 青綠 / 青松 / 青天 / 青山綠水。❷ 青草或沒有成熟的莊稼 ♦ 青苗 / 踏青。❸ 比喻年輕 ♦ 青年。❹ 指黑眼珠 ♦ 青睞 / 垂青。❺ 青海省的簡稱。

【青春】qing1cên1 [qīngchūn] [通] 青年時期。[粵] 年輕 ♦ 三十幾歲仲幾青春（三十幾歲還挺年輕的）。

【青春痘】qing1cên1deo6-2 [粵] 青春期臉上長的疙瘩。

【青春劇】qing1cên1kég6 [方] 表現青少年生活題材的電影或電視劇。

【青春派】qing1cên1pai3-1 [方] 憑青春取勝的 ♦ 青春派歌手。

【青春樹】qing1cên1xu6 [方] 指在相當長的時期內取得成就的人。或稱“長春樹” cêng4cên1xu6。

☞ 另見 35 頁 céng1。

清 qing1 (tsiŋ1) [qīng] [通] ❶ 純淨透明，沒有雜質 ♦ 清水 / 清澈 / 冰

清玉潔。❷寂靜♦清靜/冷清/冷冷清清。❸明白；不混亂♦分清/一清二楚。❹一點不留；淨盡♦還清欠款。❺公正廉明♦清廉/清官。❻朝代名。

【清吧】qing¹ba¹ ㊎純飲酒聽歌的酒吧。

【清景】qing¹ging² ㊔ 清幽；雅致。

【清盤】qing¹pun⁴⁻² [qīngpán] ㊌ 清理盤點。㊔ 清賬；倒閉。

【清心】qing¹sem¹ [qīngxīn] ㊌ 內心純潔，沒有雜念♦清心寡慾。㊎ 放心♦有話不妨清心直説。

【清純】qing¹sên⁴ ㊎ 清白純潔♦清純女子。

【清淡】qing¹tam⁵ [qīngdàn] ㊌ ❶不濃不膩；清而淡♦菜要清淡啲好（菜餚要清淡一點才好）。❷生意不好♦生意清淡。

【清堂】qing¹tong⁴ ㊎ 法庭審訊時命令旁聽者離去。

【清補涼】qing¹bou²lêng⁴⁻² ㊔ 一種湯料。有淮山、玉竹、薏米、茨實、桂圓肉、百合、蓮子、沙參、京柿等藥材，具有清潤去火作用。

請 qing² (tsiŋ²) [qīng] ㊌ ❶要求♦請教/請假。❷邀；延聘♦請客/請幫工/請醫生。❸敬辭♦請進/請坐/請準時出席。

【請辭】qing²qi⁴ ㊎ 呈請辭職。

☞另見36頁céng²。

秤 qing³ (tsiŋ³) [chèng] ㊌ 衡量物體重量的器具♦磅秤/彈簧秤。㊔ 也作“掅”。❶提；拎♦將佢成個人秤起(把他整個人提起來)/我一個人秤佢唔起（我一個拎它不動）。❷量詞。相當於“掛”♦一秤鎖匙(一掛鑰匙)。

呈 qing⁴ (tsiŋ⁴) [chéng] ㊌ ❶顯出；顯露♦呈紅色。❷恭敬地送上去♦呈閱/謹呈。❸舊時上報的公文♦呈文。

【呈堂】qing⁴tong⁴ ㊔ 遞交法庭♦呈堂證供（遞交給法庭的證據）。

埕 qing⁴ (tsiŋ⁴) [chéng] ㊌ 酒甕。㊔ ❶罈子♦酒埕（酒罈子）/醋埕（醋罈子；也比喻妒心重的女人）。❷量詞♦一埕酒/一埕鹹酸菜（一罈子酸菜）。

【埕埕塔塔】qing⁴qing⁴tab³tab³ ㊔ ❶罈罈罐罐。❷方言“埕”與“情”諧音。指“男歡女愛”、“兒女情長”♦開口埋口都係啲埕埕塔塔嘅嘢（張口閉口都是那些情情愛愛的事）。

懲 qing⁴ (tsiŋ⁴) [chéng] ㊌ ❶處罰；制裁♦懲治/嚴懲兇犯。❷警戒♦懲前毖後。

【懲教】qing⁴gao³ ㊎ 對犯人的懲罰和管教。

成 qing⁴ (tsiŋ⁴) [chéng] ㊌ 十分之一叫一成♦增產兩成/八成新的錄像機。

【成數】qing⁴sou³ ㊔ ❶百分率。❷成功率；可能性♦成數唔係好高（可能性不大）。

☞另見349頁séng⁴；414頁xing⁴。

情 qing⁴ (tsiŋ⁴) [qíng] ㊌ ❶情緒；情感♦熱情/激情/深情厚意。❷情面♦説情/求情。❸愛情♦情侶/談情/癡情。❹狀況♦病情/災情/情急生智。

【情結】qing⁴gid³ [qíngjié] ㊌具有強烈情緒色調的一組觀念♦戀母情結。

[方] 念頭；潛意識。也說"情緒結" qing⁴sêu⁵gid³、"情意結" qing⁴yi³gid³。
【情信】qing⁴sên³ [粵] 情書。
【情商】qing⁴sêng¹ [方] 婉商；婉求。
【情聖】qing⁴xing³ [粵] 指善於追逐女性而愛情不專的男子。
【情緒化】qing⁴sêu⁵fa³ [方]容易感情用事。

qiu

超 qiu¹ (tsiu¹) [chāo] [通] ❶ 越過；高出 ♦ 超越 / 超過 / 超重。❷ 高出尋常的 ♦ 超級 / 高超 / 超凡入聖。❸ 在某個範圍以外的；不受限制的 ♦ 超階級 / 超政治。❹ 與眼睛有關的事物 ♦ 黑超（太陽眼鏡）。❺ 不懷好意的目光 ♦ 超咩超（望甚麼呀）。
【超資】qiu¹ji¹ [方] 超出預算資金。
【超士多】qiu¹xi⁶do¹ [方] 即"超級市場"。

朝 qiu⁴ (tsiu⁴) [cháo] [通] ❶ 對着；向着 ♦ 朝前走 / 朝南坐北。❷ 皇帝一姓統治的時期 ♦ 唐朝 / 改朝換代。❸ 君主聽政的地方 ♦ 上朝 / 在朝。❹ 臣子拜見君主 ♦ 朝見 / 朝拜。❺ 參拜神佛等 ♦ 朝聖 / 朝山。
【朝廷】qiu⁴ting⁴ [cháotíng] [通] 皇帝聽政的地方。
【朝野】qiu⁴yé⁵ [cháoye] [通] 朝廷和民間；政府方面和非政府方面。
☞ 另見 200 頁 jiu¹。

qu

處 qu² (tsy²) [chǔ] [通] ❶ 居住 ♦ 久處他鄉 / 穴處野外。❷ 相互交往 ♦ 相處 / 共處 / 立身處世。❸ 存在；置身 ♦ 設身處地。❹ 辦理 ♦ 審處 / 調處。❺ 懲罰 ♦ 懲處 / 判處 / 處以重刑。
【處境喜劇】qu²ging²héi²kég⁶ [方] 表現日常生活的喜劇。
☞ 另見本頁 qu³；418 頁 xu³。

處 qu³ (tsy³) [chù] [通] ❶ 地方 ♦ 住處 / 隨處 / 去處。❷ 部分；方面 ♦ 好處 / 害處 / 短處。❸ 單位或單位的一個部門 ♦ 售票處 / 辦事處。❹ 機關的一級辦事機構 ♦ 財務處 / 版權處。
【處處】qu³qu³ [chùchù] [通] 各個地方；各個方面。
☞ 另見本頁 qu²；418 頁 xu³。

廚 qu⁴ (tsy⁴) [chú]
【廚房】qu⁴fong⁴⁻² [chúfáng] [通] 做飯菜的地方。[粵] 廚師；炊事員 ♦ 佢一路都做緊廚房（他一直在做廚師工作）。

儲 qu⁵ (tsy⁵) [chǔ] [通] 積蓄 ♦ 儲存 / 倉儲 / 積儲 / 儲彈藥（儲錢）。
【儲錢】qu⁵qin⁴⁻² [粵] 存錢 ♦ 儲錢入銀行（把錢存進銀行）。
【儲值票】qu⁵jig⁶piu³ [方] 預先購買的一定面值的車票，每次乘車時分別扣除票價，直至面值數額扣完為止。
【儲稅券】qu⁵sêu³gün³ [方] 一種有價證券，購買後供繳稅用，有一定利息，如兑成現款則無利息。

qun

穿 qun¹ (tsyn¹) [chuān] [通] ❶ 通過 ♦ 穿針 / 穿越 / 穿過馬路。❷ 破；透 ♦ 穿透 / 刺穿 / 看穿。❸ 把衣

服鞋襪等套在身上 ♦ 穿鞋 / 穿衣服。[粵] ❶ 破 ♦ 打穿頭（砸破了頭）。❷ 通 ♦ 鑽穿牆（在牆上鑽洞）/ 打穿條隧道（打通隧道）/ 穿耳（打耳孔）。

【穿幫】qun^{1}bong^{1} [方] 露底；出醜。

【穿煲】qun^{1}bou^{1} [粵] 露餡；洩露私隱、祕密 ♦ 呢單嘢一旦穿煲，噉就夠晒大鑊（這件事一旦洩露出去，問題可就嚴重了）。

【穿窿】qun^{1}lung^{1} [粵] 穿孔；破損。

【穿心邊】qun^{1}sem^{1}bin^{1} [粵] 漢字部首的“豎心旁”。也叫“豎心邊”xu^{6}sem^{1}bin^{1} 或“企心邊”kéi^{5}sem^{1}bin^{1}。

【穿梭機】qun^{1}so^{1}géi^{1} [方] 航天飛機。也說“太空穿梭機”tai^{3}hung^{1}qun^{1}so^{1}géi^{1}。

串 qun^{3} (tsyn^{3}) [chuàn] [通] ❶ 連貫 ♦ 串聯 / 貫串 / 串字。❷ 往來；走動 ♦ 串門 / 串親戚 / 到處亂串。❸ 勾結 ♦ 串騙。❹ 錯誤地連接 ♦ 串台 / 串線。❺ 擔任戲曲角色 ♦ 客串 / 反串。❻ 量詞 ♦ 一串珍珠 / 一串鑰匙。[粵] ❶ 囂張，不可一世，油裏油氣，放蕩不羈 ♦ 嗰條女好串（那個女孩十分囂張）/ 唔好扮得咁串（別打扮得那麼油裏油氣的）/ 串到飛起（極之囂張）。

【串字】qun^{3}ji^{6} [方] 指外文的拼寫。

【串女】qun^{3}nêu$^{5-2}$ [粵] 閒遊放蕩，行為不端的女青少年。

【串仔】qun^{3}zei^{2} [粵] 閒遊放蕩，行為不端的男青少年。

傳 qun^{4} (tsyn^{4}) [chuán] [通] ❶ 交遞；轉援 ♦ 傳遞 / 傳聞 / 言傳身教。❷ 推廣；散佈 ♦ 傳佈 / 宣傳 / 謠傳。❸ 叫來 ♦ 傳訊 / 傳召 / 傳喚。❹ 傳導 ♦ 傳電 / 傳熱。❺ 表達 ♦ 傳情 / 傳神。

【傳譯】qun^{4}yig^{6} [粵] 翻譯 ♦ 傳譯員（翻譯人員）/ 即時傳譯（現場翻譯）。

【傳真】qun^{4}zen^{1} [chuánzhēn] [通] 利用電訊號傳送文字、圖表等真跡的通訊方式。[方] 重演；再現 ♦ 重案傳真（再現重大案件）。

【傳銷商】qun^{4}xiu^{1}sêng^{1} [方] 推銷商。

全 qun^{4} (tsyn^{4}) [quán] [通] ❶ 整個；遍 ♦ 全國 / 全文 / 面目全非。❷ 完備 ♦ 齊全 / 完全 / 殘缺不全。❸ 使完整不缺 ♦ 保全 / 兩全其美。❹ 都 ♦ 全到齊了 / 全損壞了。

【全東】qun^{4}dung^{1} [粵] 全資老闆。

【全職】qun^{4}jig^{1} [方] 專職 ♦ 全職看更（專職門衛）。

【全身裙】qun^{4}sen^{1}kuen^{4} [方] 裙式女大衣。

【全時間】qun^{4}xi^{4}gan^{3} [方] 全日制 ♦ 全時間課程（全日制課程）。

【全天域電影】qun^{4}tin^{1}wig^{6}din^{6}ying^{2} [方] 環幕電影。

S

sa

沙 sa^{1} (sa^{1}) [shā] [通] ❶ 細碎的石粒 ♦ 沙子 / 風沙 / 流沙。❷ 像沙子的東西 ♦ 豆沙 / 沙糖。❸ 聲音發啞 ♦ 沙啞 / 沙嗓子。

【沙塵】sa^{1}cen^{4} [通] 塵土 ♦ 沙塵滾滾。[粵] 輕浮；傲慢；好出風頭；喜歡自我炫耀。

【沙蟲】sa^{1}cung$^{4-2}$ [shāchóng] [通] 海產動物。生活在海濱泥沙中，形如蚯

蚓，囊中有細沙。可以吃。(粵) 孑孓；跟斗蟲。多用來餵金魚。

【沙膽】sa1dam2 (粵) 斗膽；膽大包天 ♦ 沙膽賊（斗膽的賊人）/ 邊個咁沙膽敢嘟佢一條毛吖（有誰膽子那麼大敢動他一根毫毛）？

【沙爹】sa1dé1 (粵) “沙茶”的潮州話讀音，即“沙茶醬” ♦ 沙爹牛肉（以沙茶醬調味的烤牛肉串）。

【沙葛】sa1gog3 (粵) 涼薯；葛薯。

【沙紙】sa1ji2 (粵) ❶ 文憑；學歷證書。❷ 證明書。

【沙展】sa1jin2 (方) 英 sergeant 音譯。❶ 英軍中士。❷ 警官。

【沙冚】sa1kem2 (粵) 自行車轂軲轆上的防泥蓋。

【沙欖】sa1lam5-2 (粵) 青橄欖。

【沙律】sa1lêd6-2 (粵) 英 salad 音譯。沙拉；色拉；西餐的涼拌菜。

【沙龍】sa1lung4［shālóng］(通) 法 salon 音譯。文藝界人士聚集傾談的場所，如音樂沙龍、美術沙龍、文學沙龍等。(方) 運輸署在路邊設置的測速設備。

【沙池】sa1qi4 (粵) 跳遠的沙坑。

【沙蟬】sa1sim4 (粵) 蟬；知了 ♦ 沙蟬殼（蟬蛻）。

【沙井】sa1zéng2 (粵) 設在馬路邊的滲井。

【沙茶醬】sa1ca4zêng3 (粵) 廣東潮汕地區出產的一種調味醬，主要成分有蝦、辣椒、薑、花生、芝麻、香料等。

【沙河粉】sa1ho4fen2 (粵) 廣州人愛吃的米粉條，以沙河鎮一帶所出最為有名，也簡稱“河粉”或“河” ♦ 炒河粉 / 乾炒牛河。

【沙塵白霍】sa1cen4bag6fog3 (粵) “沙塵”、“白霍”意義相近，口語常連用。也說“沙塵兼白霍” sa1cen4gim1bag6fog3。

【沙漠英雄】sa1mog6ying1hung4 (粵) 一文不名的詼諧說法。沙漠缺水，而“水”在方言中含“錢財”之意。

【沙灘老鼠】sa1tan1lou5xu2 (方) 指在海濱浴場作案的竊賊。

☞ 另見 323 頁 sa3，sa4。

砂 sa1 (sa1)［shā］(通) ❶ 小而細的石粒 ♦ 砂礦。❷ 像砂子的 ♦ 砂布 / 金剛砂。

【砂煲】sa1bou1 (粵) 沙鍋。也作“沙煲”。

【砂盆】sa1pun4 (粵) 擂東西用的瓦盆，裏側有粗紋。

【砂煲兄弟】sa1bou1hing1dei6 (粵) 同吃一鍋飯、禍福與共的哥們。

【砂煲罌罉】sa1bou1ngang1cang1 (粵) 鍋碗瓢盆，泛指廚房用具 ♦ 啱結婚，砂煲罌罉都要買番啲（剛結婚，鍋碗瓢盆都得添置點）。

紗 sa1 (sa1)［shā］(通) ❶ 用棉、麻等紡成的細絲，可捻成線或織成布 ♦ 紡紗 / 棉紗 / 麻紗。❷ 經緯線很稀疏或有小孔的織品 ♦ 羽紗 / 窗紗 / 面紗。❸ 像窗紗一樣的製品 ♦ 鐵紗 / 塑料紗。❹ 某些紡織品的類名 ♦ 喬其紗 / 泡泡紗。

【紗紙】sa1ji2 (粵) 一種類似毛頭紙的柔軟而堅韌的紙 ♦ 紗紙扇 / 紗紙燈籠。

耍 sa2 (sa2)［shuǎ］(通) ❶ 玩 ♦ 玩耍 / 孩子們在院子裏耍。❷ 舞弄；玩弄 ♦ 耍刀 / 耍猴 / 耍棍弄槍。❸ 施展；賣弄 ♦ 耍筆桿 / 耍手段 / 耍

花招 / 耍無賴。

【耍樂】sa²log⁶ [粵] 玩耍；娛樂。

【耍手】sa²seo² [粵] 擺手，表示不同意。

【耍花槍】sa²fa¹cêng¹ [粵] 夫婦間的調情、逗樂。

【耍太極】sa²tai³gig⁶ [粵] ❶ 打太極拳。❷ 比喻遇事敷衍、拖延，互相推諉，不肯負責任。

【耍手擰頭】sa²seo²ning⁶teo⁴⁻² [粵] 擺手搖頭，表示堅拒。也說"耍手兼擰頭" sa²seo²gim¹ning⁶teo⁴⁻²。

沙 sa³ (sa³) [粵] 沙啞；破嗓子 ♦ 聲沙沙 (嗓子沙啞)。

☞ 另見 321 頁 sa¹；本頁 sa⁴。

挲 sa³ (sa³) [粵] 伸開；張開 ♦ 挲大手問人攞 (伸開手向人索要) / 條裙太挲，要收窄啲 (裙子太奓，要收窄一點)。

沙 sa⁴ (sa⁴) [粵] 私自拿走 ♦ 俾人沙咗支筆 (那桿筆讓人拿走了)。

【沙沙滾】sa⁴sa⁴guen² [粵] 咋咋呼呼的 ♦ 佢個人成日都係沙沙滾㗎啦，鬼信佢咩 (他那個人整天咋咋呼呼，鬼才相信他)。

【沙沙聲】sa⁴sa⁴séng¹ [粵] 水流的聲音，相當於"嘩嘩地"。

【沙哩弄銃】sa⁴li¹lung⁶cung³ [粵] 毛手毛腳，粗心魯莽。

☞ 另見 321 頁 sa¹；本頁 sa³。

sab

霎 sab¹ (sap⁷) [粵] 拍攝；快拍 ♦ 快啲霎低呢個鏡頭 (趕快拍下這個鏡頭)。

☞ 另見本頁 sab³。

霎 sab³ (sap⁸) [shà] [通] ❶ 小雨。❷ 短時間 ♦ 霎時。[粵] ❶ 閃爍；搖曳 ♦ 盞燈霎吓霎吓 (燈光一閃一閃的)。❷ 嗓子沙啞 ♦ 講到聲喉都霎晒 (說得嗓子都沙啞了)。❸ 眨 ♦ 一霎眼 (一眨眼)。

【霎氣】sab³héi³ [粵] 孩子多病或不聽話，令大人操心、生氣 ♦ 幾個仔女都唔生性，佢梗霎氣喇 (幾個孩子都不聽話，他當然生氣啦)。

【霎戇】sab³ngong⁶ [粵] 荒唐；混賬。用於責備人行為不合常情。

【霎眼嬌】sab³ngan⁵giu¹ [粵] 乍看好像很漂亮 (指女人)。

【霎時間】sab³xi⁴gan³⁻¹ [shàshíjiān] [通] 霎時；極短時間 ♦ 我霎時間邊攞得出呢筆錢吖 (短時間內我哪拿得出這筆錢哪)？

☞ 另見本頁 sab¹。

烚 sab⁶ (sap⁹) [粵] 也作"炆"、"炠"。煮；熬 ♦ 烚粽 / 烚粟米 / 烚豬潲。

【烚熟狗頭】sab⁶sug⁶geo²teo⁴ [粵] 煮熟了的狗頭，形容人笑得齜牙咧嘴。

【烚狗都唔焾】sab⁶geo²dou¹m⁴nem⁴ [粵] 比喻成事不足。

sad

殺 (杀) sad³ (sat⁸) [shā] [通] ❶ 使人或動物喪失生命 ♦ 殺敵 / 宰殺 / 屠殺。❷ 戰鬥 ♦ 廝殺 / 殺出重圍。❸ 削弱；削減 ♦ 殺風景 / 殺暑氣。❹ 糾束；結尾 ♦ 殺尾 / 殺賬 / 殺筆。❺用在動詞後，表示程度深◆氣殺人／笑殺人／痛殺我也。[粵]❶賭博贏錢◆大殺四方（全贏了）／有殺冇賠（淨贏不輸）／過澳門搏殺（去澳門賭博）。❷幹；吃◆順便殺埋佢喇（順便把它也拿下來吧）。

【殺青】sad^{3}céng^{1} [粵] 電影或電視片拍攝完成，亦稱“煞科” sad^{3}fo^{1}。

【殺雞】sad^{3}gei^{1} [方] 打擊賣淫活動。

【殺起】sad^{3}héi^{2} [粵] 下決心去幹，堅決完成。

【殺攤】sad^{3}tan^{1} [粵] 結束；完畢◆舞咁耐仲未殺攤吖（弄那麼久還未結束嗎）？

【殺食】sad^{3}xig^{6} [粵] 受歡迎；討好。也作“煞食”。

煞 sad^{3} (sat^{8})

（一）[shā] [通]❶結束；收尾◆煞尾／煞筆／煞賬。❷止住◆煞車。❸用在動詞後，表示程度深◆氣煞人／笑煞人。

【煞食】sad^{3}xig^{6} [粵] 同“殺食”。

【煞掣】sad^{3}zei^{3} [粵] 煞車。

（二）[shà] [通]❶兇神◆兇神惡煞。❷極；很◆臉色煞白／煞有介事／煞費苦心。[粵] 暴徒；兇漢◆羣煞逞兇（暴徒逞兇）。

【煞星】sad^{3}xing^{1} [粵] 暴徒；殺手。

sag

□ sag^{1} (sak^{7}) [粵] 漂亮；好。

□ sag^{3} (sak^{8}) [粵] 量詞。❶半邊◆摵開兩□邊（掰開兩邊）／一人坐一□（一人坐一邊）。❷瓣◆一□柑（一瓣橘子）。

sai

嘥 sai^{1} (sai^{1}) [粵]❶浪費；糟蹋◆嘥錢／嘥電／大唔大嘥啲吖（太浪費了吧）？❷徒費；可惜◆噉嘅嘢都搵嚟做，嘥精神咩（這樣的事也去幹，徒費精神哪）／咁新淨就掉咗，嘥唔嘥啲吖（還這麼新就扔了，太可惜了吧）？❸錯過；錯失◆咁好嘅機會唔好嘥（這麼好的機會別錯過了）。❹嘲弄；貶損◆你唔好喺度嘥我喇（你別在這裏嘲弄我了）／嘥到佢一錢不值（把他貶損得一錢不值）。

【嘥氣】sai^{1}héi^{3} [粵] 徒勞；白搭；白費勁◆同佢講都嘥氣（跟他說等於白搭）／費事同你嘥氣（懶得跟你囉嗦）。

【嘥撻】sai^{1}tad^{3} [粵] 浪費；糟蹋。

【嘥口水】sai^{1}heo^{2}sêu^{2} [粵] 白費唇舌。

【嘥心機】sai^{1}sem^{1}géi^{1} [粵] 枉費心機◆嘥心機，捱眼瞓（白賠辛苦）。

【嘥燈賣油】sai^{1}deng^{1}mai^{6}yeo^{4} [粵] 不值得花工夫去做。

【嘥聲壞氣】sai^{1}séng^{1}wai^{6}héi^{3} [粵] 白費唇舌，無謂傷神。

晒 sai^{1} (sai^{1})

【晒士】sai^{1}xi$^{6-2}$ [粵] 英 size 音譯。尺寸；尺碼；大小◆你着幾大晒士（你穿多大碼的）？

☞ 另見本頁 sai^{3}。

晒 sai^{3} (sai^{3}) [粵]❶用在動詞或形容詞後面，表示“全”、“完”、

"光"、"了" 等意思 ♦ 出晒街（全都上街去了）/ 變晒樣（全變了樣）/ 睇晒本書（這本書全看完了）/ 塊面黑晒（臉全黑了）。❷ 用在形容詞後，表示程度到了極點 ♦ 惡晒（惡得不得了）/ 叻晒（聰明得不得了）/ 大晒（大得不得了）。❸ 用在表示感謝的動詞後面，起加強語氣的作用 ♦ 多謝晒（太謝謝了）/ 麻煩晒（太麻煩你了）。

☞ 另見 324 頁 sai1。

曬（晒） sai3 (sai3) [shài] (通) ❶ 陽光照射 ♦ 日曬 / 西曬。❷ 受陽光照射 ♦ 曬穀 / 曬衣服 / 曬太陽。(粵) 洗相片 ♦ 曬相。

【曬命】 sai3méng6 (粵) 誇耀自己的良好際遇。

【曬棚】 sai3pang4-2 (粵) 曬台；樓房的屋頂平台。

【曬蓆】 sai3zég6 (粵) 比喻生意清淡，沒有顧客上門。

舐 sai5 (sai5) [shì] (通) 舔 ♦ 老牛舐犢 / 舐犢情深。(粵) 用舌頭舔。用法較普通話普遍 ♦ 舐乾淨隻碟（把碟子舔乾淨）。

sam

三 sam1 (sam1) [sān] (通) ❶ 數目字 ♦ 三春 / 三軍 / 三三兩兩。❷ 表示多數或多次 ♦ 三令五申 / 三番五次。

【三花】 sam1fa1 (粵) 燒酒的一種，經三次蒸餾而成 ♦ 從化三花 / 桂林三花。

【三急】 sam1geb1 (粵) 指大便、小便、放屁之難忍 ♦ 人有三急。

【三行】 sam1hong4 (粵) 指泥水、油漆、木工三種行當；也泛指建築、裝修行業 ♦ 三行佬 / 三行仔。

【三六】 sam1lug6 (粵) 狗肉的俗稱。"三六" 相加得 "九"，方言 "九" 同 "狗" 諧音。

【三鳥】 sam1niu5 (粵) 雞鵝鴨的總稱。

【三片】 sam1pin2 (方) 即 "三級片"。

【三蛇】 sam1sé4 (粵) 通常指過樹榕、金環蛇和水律三種蛇 ♦ 三蛇酒。

【三索】 sam1sog3 (粵) ❶ 麻將用語。即 "三條"。❷ 對門牙外突、形如 "三索" 之品字形排列的人的戲稱。

【三圍】 sam1wei4 (粵) 指女性的胸圍、腰圍、臀圍。

【三板斧】 sam1ban2fu2 (粵) ❶ 二把刀，指技藝不高的人。❷ 指僅有的一點點本事 ♦ 三板斧都出齊咯（所有本事全用盡了）。

【三幅被】 sam1fug1péi5 (粵) 用三幅布做成的被套。指反來覆去都是差不多的東西，沒有甚麼新鮮內容。

【三夾板】 sam1gab3ban2 (粵) 三合板。

【三腳雞】 sam1gêg3gei1 (粵) 機動三輪車的俗稱。

【三腳櫈】 sam1gêg3deng3 (粵) 比喻靠不住的人或不可靠的東西。

【三件頭】 sam1gin6teo4-2 (粵) 全套西服，包括上衣、長褲及背心。

【三級制】 sam1keb1zei3 (方) 電影分級管理制度。

【三級片】 sam1keb1pin2 (粵) 有明顯的色情或暴力內容，不適合未成年人觀看的影片。

【三及第】sam1keb6dei6-2 [粵] ❶ 同"及第粥"。❷ 指底下糊、中間爛、上面夾生的飯。[方] 指夾雜文言、白話和粵方言或英文、白話和粵方言的語言文字。也讀 sam1geb6dei6-2。

【三文治】sam1men4ji6 [粵] ❶ 英 sandwich 音譯。即"三明治"，夾肉麵包片。❷ 又解作十分擠迫，人迫人之意。

【三文魚】sam1men4yu4-2 [粵] 鮭魚；大馬哈魚。

【三枝桅】sam1ji1wei4 [粵] 對再婚婦女的蔑稱。

【三字經】sam1ji6ging1 [粵] 即普通話的"他媽的"或粵方言的"丟那媽"；也指一般罵人的粗話。

【三粒星】sam1neb1xing1 [方] 即"三粒星身份證"，指永久性居民身份證。

【三條九】sam1tiu4geo2 [粵] 指"九九九"報警電話號碼。

【三隻手】sam1zég3seo2 [粵] 扒手；小偷。

【三更半夜】sam1gang1bun3yé6-2 [粵] 半夜三更。

【三句唔埋】sam1gêu3m4mai4 [粵] 一開口；說不上幾句。

【三姑六婆】sam1gu1lug6po4 [sāngūliùpó] [通] 泛指不務正業的女人，也泛指社會上形形式式的油滑女人。

【三口兩脷】sam1heo2lêng5léi6 [粵] 比喻言而無信。

【三口六面】sam1heo2lug6min6 [粵] 三頭對察 ♦ 有乜嘢事，大家咪三口六面講清楚囉（有甚麼事，大家當面講清楚好了）。

【三尖八角】sam1jim1bad3gog3 [粵] 形容物體多棱多角，不好應用。

【三六香肉】sam1lug6hêng1yug6 [粵] 見"三六"條。

【三唔識七】sam1m4xig1ced1 [粵] 誰也不認識誰。也說"三九唔識七" sam1geo2m4xig1ced1。

【三扒兩撥】sam1pa4lêng5bud6 [粵] 形容吃飯速度快，三口兩口就吃完。

【三山五嶽】sam1san1ng5ngog6 [粵] 指黑社會各個幫派。

【三心兩意】sam1sem1lêng5yi3 [粵] 三心二意。

【三衰六旺】sam1sêu1lug6wong6 [粵] 運氣有好有壞，人生有浮有沉。

【三兩下手勢】sam1lêng5ha5seo2sei3 [粵] 幾下子；幾板斧 ♦ 三兩吓手勢就搞啱（三兩下就弄妥了）。

【三歲定八十】sam1sêu3ding6bad3seb6 [粵] 從小時候的性情、表現就可以看出一個人長大後的性情及成就。

衫 sam1 (sam1) [shān] [通] ❶ 單衣 ♦ 布衫 / 襯衫 / 汗衫 / 長衫。❷ 泛指衣服 ♦ 衣衫。[粵] 用法較普通話普遍 ♦ 底衫（內衣）/ 面衫（外衣）/ 着衫（穿衣服）/ 女仔鍾意靚衫（女孩子喜歡漂亮衣裳）。

【衫刷】sam1cad3-2 [粵] ❶ 洗衣刷子，也叫"洗衫刷" sei2sam1cad3-2。❷ 刷衣服的刷子。

【衫褲】sam1fu3 [粵] 衣服；衣裳 ♦ 唔着衫褲（不穿衣服）/ 衫褲都俾人剝埋（連衣服都讓人脫光了）。

【衫架】sam1ga3-2 [粵] 衣架。

【衫腳】sam1gêg3 [粵] 上衣的下襬。

【衫裙】sam1kuen4 [粵] 連衣裙。

【衫裏】sam¹léi⁵ [粵] 衣服裏子。

【衫領】sam¹léng⁵ [粵] 衣領。

【衫紐】sam¹neo⁵⁻² [粵] 衣服扣子♦唔扣衫紐（不扣扣子）。

【衫袖】sam¹zeo⁶ [粵] 衣袖；袖子。

san

山 san¹ (san¹) [shān] [通] ❶ 地面形成的高聳部分♦山脈 / 山嶽 / 高山 / 名山。❷ 像山的東西♦山牆 / 冰山 / 人山人海 / 刀山火海。[粵] ❶ 墳墓♦山墳 / 拜山（掃墓）/ 一掛山（一座墳墓）。❷ 山多而偏僻♦佢鄉下好多山（他鄉下又多山又偏僻）。

【山頂】san¹déng² (ding²) [shāndǐng] [通] 山的最高處♦山頂公園。[粵] [方] 特指扯旗山山頂。

【山雞】san¹gei¹ [粵] 鳩；野雞。

【山蜞】san¹kéi⁴ [粵] 旱螞蟥。

【山窿】san¹lung¹ [粵] 山洞。

【山棯】san¹nim¹ [粵] 同“棯仔”。

【山婆】san¹po⁴ [粵] 對見識淺陋的鄉下妻子的鄙稱。

【山瑞】san¹sêu⁶ [粵] 生活在山溪中的大鱉。肉可吃。

【山草藥】san¹cou²yêg⁶ [粵] 草藥。

【山寨廠】san¹zai⁶cong² [方] 家庭作業式的小工廠，多設於山坡的木屋內，故名。

【山高水低】san¹gou¹sêu²dei¹ [粵] 比喻不幸或意外。

【山窿山罅】san¹lung¹san¹la³ [粵] ❶ 大山溝；山溝間。❷ 偏遠山區。

【山水有相逢】dan¹sêu²yeo⁵sêng¹fung⁴ [粵] 比喻人生常有相逢的一天。

閂（闩）san¹ (san¹) [shuān] [通] ❶ 橫插在門後使門推不開的木棍♦門閂。❷ 用閂把門插上♦閂上門。[粵] 關♦閂門 / 閂窗 / 閂煤氣爐 / 記得閂水喉（別忘了關水龍頭）。

【閂死】san¹sei² [粵] 球賽中把對方帶球的運動員封住。

【閂閘】san¹zab⁶ [粵] ❶ 關上鐵柵門。❷ 海關停止辦理出入境手續。

【閂掣】san¹zei³ [粵] 關掉開關。

【閂後門】san¹heo⁶mun⁴⁻² [粵] 把後門關上，指預先制止對方有可能提出的要求，譬如借錢。

【閂定度門】san¹ding⁶dou⁶mun⁴ [粵] 同“閂後門”。

散 san² (san²) [sǎn] [通] ❶ 鬆開；沒有約束♦散開 / 拆散 / 披頭散髮 / 背包散了。❷ 零碎的♦零散 / 散居。❸ 藥末♦丸散 / 健胃散 / 喉風散。

【散檔】san²dong³ [粵] 攤位不固定的攤檔。參見“散檔” san³dong³。

【散紙】san²ji² [粵] 零鈔；零錢♦暢散紙（換零票）/ 冇散紙找贖（沒有零錢找換）。也說“散銀” san²ngen⁴⁻² 或“碎紙” sêu³ji²。

【散賣】san²mai⁶ [粵] 零賣；零售；零沽。

【散使】san²sei² [粵] 零用；零花。

【散手】san²seo² [粵] 本領；技能♦學番幾度散手（要學幾招本事）。

【散仔】san²zei² [粵] ❶ 遊手好閒的男青年♦散仔館（遊手好閒的男青年羣聚的地方）。❷ 小嘍囉♦當咗十幾年差仲係個散仔（當了十多年警察還沒混上個一官半職）。

【散修修】san²seo¹seo¹ [粵] 未經整理的；鬆鬆散散的。也作"散收收"。
☞ 另見本頁 san³。

散 san³ (san³) [sàn] [通] ❶ 由集合而分離 ♦ 散合 / 失散 / 離散。❷ 分佈；分發 ♦ 擴散。❸ 排遣；消除 ♦ 散悶。

【散檔】san³dong³ [粵] ❶ 停業；散攤子 ♦ 做唔落去就散檔（做不下去就停業）。❷ 拆夥；分開 ♦ 佢兩個早就散咗檔咯（他們倆早就分手了）。參見"散檔" san²dong³。

【散馬】san³ma⁵ [粵] [方] 賽馬散場。

【散水】san³sêu² [粵] 指作案後各自逃跑。

【散更鑼】san³gang¹lo⁴ [粵] 小廣播，指喜歡傳播小道消息的人。
☞ 另見 327 頁 san²。

孱 san⁴ (san⁴) [chán] [通] 懦弱；弱小 ♦ 孱弱 / 孱仔 / 孱雞（孱頭）。[粵] 身體虛弱 ♦ 個幾月冇食過正經飯，搞到身子都孱晒（一個多月沒正兒八經吃過一頓飯，弄得身體十分孱弱）。

潺 san⁴ (san⁴) [粵] 無鱗魚身上的黏液 ♦ 泥鰍成身潺（泥鰍滿身黏液）。麻煩 ♦ 搞到一身潺（惹來許多麻煩）。

【潺菜】san⁴coi³ [粵] 藤菜；滑菜 ♦ 鹹蛋滾潺菜。

sang

生 sang¹/seng¹ (saŋ¹/sɛŋ¹) [shēng] [通] ❶ 活着；生存；跟"死"相對 ♦ 偷生 / 逃生 / 貪生怕死。❷ 生育；出生 ♦ 生日 / 誕生 / 接生。❸ 生長 ♦ 生根 / 生芽 / 野生 / 自生自滅。❹ 生平 ♦ 平生 / 畢生 / 今生今世。❺ 生命 ♦ 殺生 / 喪生 / 捨生取義。❻ 有生命力的；活的 ♦ 生龍活虎 / 栩栩如生。❼ 發生；產生 ♦ 生病 / 惹事生非 / 節外生枝。❽ 維持生活的辦法 ♦ 謀生 / 營生 / 國計民生。❾ 未成熟或未煮熟的 ♦ 生蕉 / 生飯。❿ 未經加工處理的 ♦ 生絲 / 生石灰。⓫ 不熟悉；不熟練 ♦ 陌生 / 人地生疏。⓬ 在校讀書的人 ♦ 學生 / 新生 / 男生。⓭ 對某些人的稱呼 ♦ 醫生 / 後生 / 奶油小生。[粵] ❶ 活；活着 ♦ 唔知佢生定死（不知他是死是活）。❷ 長；長出 ♦ 生瘡 / 生蝨乸（長蝨子）。❸ "先生" 的省稱 ♦ 李生是邊度人（李先生是哪裏人）？

【生埗】sang¹bou⁶⁻² [粵] 陌生；面生 ♦ 生埗人（陌生人）。

【生抽】sang¹ceo¹ [粵] 淡醬油，跟"熟抽"、"老抽" 相對。

【生蟲】sang¹cung⁴ [粵] 長蟲子。

【生蛋】sang¹dan⁶⁻² [粵] 下蛋。

【生番】sang¹fan¹ [shēngfān] [通] 對開化較晚的民族的蔑稱 ♦ 食人生番。

【生粉】sang¹fen² [粵] 豆粉；芡粉。

【生膠】sang¹gao¹ [粵] 半透明狀的橡膠 ♦ 生膠鞋。

【生雞】sang¹gei¹ [粵] 未閹過的公雞，跟"騸雞" 相對。

【生鬼】sang¹guei² [粵] 活潑有趣；詼諧滑稽。

【生滾】sang¹guen² [粵] 將魚、肉等加入熬好的白粥裏煮滾即食 ♦ 生滾肉粥。

【生果】sang1guo2 (粵) 水果 ♦ 放工順便買幾斤生果（下班順便買幾斤水果）。

【生口】sang1heo2 (粵) 活口。

【生螆】sang1ji1 (粵) ❶ 患皮膚病。❷ 植物長微小的寄生蟲。

【生癪】sang1jig1 (粵) 小兒患疳癪病。

【生猛】sang1mang5 (粵) ❶ 生龍活虎；精力旺盛 ♦ 病咗幾日仲咁生猛（病了幾天精力還這麼旺盛）。❷ 鮮活 ♦ 生猛海鮮（鮮活的海產）。❸ 生動活潑 ♦ 齣戲幾生猛（這齣戲很生動）。

【生切】sang1qid3 (粵) 未經製過的煙絲，跟"熟煙"相對。

【生晒】sang1sai3 (粵) ❶ 恢復活力，重新振作。❷ 放在動詞後，表示對該動作的延續感到厭煩 ♦ 嘈生晒（瞎嚷嚷）/ 喝生晒（瞎吆喝）。

【生蛇】sang1sé4 (粵) 俗稱生帶狀疱疹。

【生水】sang1sêu2 [shēngshuǐ] (通) 沒有燒過的水。(粵) 肉瓤兒；瓜果不脆。

【生性】sang1xing3 [shēngxìng] (通) 先天具有的性格、習慣 ♦ 生性好動。(粵) 懂事；爭氣；有出息 ♦ 個仔幾生性（兒子挺懂事）。

【生嘢】sang1yé5 (粵) 性病的諱稱。

【生油】sang1yeo4 [shēngyóu] (通) 沒有燒過的植物油。(粵) 花生油。

【生鹽】sang1yim4 (粵) 大鹽；粗鹽，指未經熬製的原鹽，跟"熟鹽"、"精鹽"相對。

【生魚】sang1yu4-2 (粵) 烏鱧；黑魚。

【生肉】sang1yug6 (粵) ❶ 未煮熟的 ♦ 生肉包（用未煮熟的肉做餡的包子，相對於"叉燒包"而言）。❷ 長肉；長胖 ♦ 唔生肉（不長胖；不長個兒）。

【生仔】sang1zei2 (粵) 生孩子。

【生白果】sang1bag6guo2 (粵) 歇後語。形容人好吹毛求疵，難以討好。

【生菜包】sang1coi3bao1 (粵) 用生菜葉包裹飯菜而成的糰子。

【生草藥】sang1cou2yêg6 (粵) 中草藥。

【生雞精】sang1gei1jing1 (粵) 比喻精力旺盛而又好色的男青年。

【生飛螆】sang1féi1ji1 (粵) 長口瘡。

【生雞仔】sang1gei1zei2 (粵) ❶ 小公雞。❷ 比喻血氣方剛的男青年，尤指熱切追逐女性者。

【生頸癧】sang1géng2lég2 (粵) 患甲狀腺腫大。

【生乾精】sang1gon1jing1 (粵) 瘦猴；瘪三。

【生觀音】sang1gun1yem1 (粵) 比喻美女。

【生果金】sang1guo2gem1 (方) 按月計發的高齡津貼。

【生招牌】sang1jiu1pai4 (粵) 活廣告；活招牌。

【生冷嘢】sang1lang5yé5 (粵) 沒有煮熟的生吃的食物。

【生勾勾】sang1ngeo1ngeo1 (粵) 未煮熟的；生的。活活的。

【生沙淋】sang1sa1lem4 (粵) 患了泌尿系統結石病。

【生烏雞】sang1wu1gei1 (粵) 衣服上長了黑色的小霉點。

【生意佬】sang1yi3lou2 (粵) 生意人；買賣人。

【生痄腮】sang1za3soi1 (粵) 患腮腺炎。

【生蝦噉跳】sang1ha1gem2tiu3 (粵) 形容因極度氣憤而坐立不安 ♦ 激到佢生蝦噉跳（把他氣瘋了）。

【生眼挑針】sang1ngan5tiu1zem1 (粵) 長針眼。

【生安白造】sang1ngon1bag6zou6 (粵) 憑空捏造。

【生蟣貓入眼】sang1ji1mao1yeb6ngan5 (粵) 比喻一見鍾情。

【生人霸死埞】sang1yen4ba3séi2déng6 (粵) 佔着茅坑不拉屎，又稱生人霸死地。

【生人唔生膽】sang1yen4m4sang1dam2 (粵) 形容膽小。

【生仔冇屎忽】sang1zei2mou5xi2fed1 (粵) 詛咒別人惡有惡報，生個兒子不長屁股。

省 sang2 (saŋ2) [shěng] (通) ❶ 節約 ♦ 省錢 / 省時 / 省吃儉用。❷ 免掉；減去 ♦ 省一道工序 / 這個字不能省。❸ 簡略 ♦ 省稱。❹ 行政區域單位 ♦ 廣東省。(粵) ❶ 間苗 ♦ 省菜秧。❷ 摘除菜葉 ♦ 省啲菜荚返嚟餵豬（摘點菜葉子回來餵豬）。❸ 省城廣州的略稱 ♦ 省港澳。

【省鏡】sang2géng3 (粵) 形容女性美麗，無須對鏡整容。

【省城】sang2séng4 (粵) 省會城市，專指廣州 ♦ 佢琴日出咗省城（他昨天去了廣州）。

【省港旗兵】sang2gong2kéi4bing1 (方) 廣東省及香港的不法分子勾結的犯罪集團。

揞 sang2 (saŋ2) (粵) ❶ 訓；剋；申斥 ♦ 揞佢一餐（剋他一頓）/ 俾人揞到口啞啞（被申斥得無言以對）。❷ 擦；刷 ♦ 揞番皂（擦肥皂）/ 揞乾淨隻煲（把鍋擦洗乾淨）。❸ 用球擲 ♦ 唔覺意俾佢揞咗個波餅（不小心吃了他一個球）。

【揞牛王】sang2ngeo4wong4 (粵) ❶ 強佔或強取他人的東西。❷ 勒索。

【揞到立立呤】sang2dou3lab3lab3ling3 (粵) ❶ 擦得鋥亮 ♦ 揞到對皮鞋立立呤（把皮鞋擦得鋥亮）。❷ 狠狠地訓斥某人一頓。

sao

筲 sao1 (sau1) [shāo] (通) 水桶，多用竹子或木頭製成 ♦ 水筲。

【筲箕】sao1géi1 [shāojī] (通) 淘米洗菜用的竹器。(粵) 泛指網眼的洗菜器具。

【筲箕打水】sao1géi1da2sêu2 (粵) 相當"竹籃打水"，比喻希望落空。

【筲箕冚鬼】sao1géi1kem2guei2 (粵) 比喻壞人成堆。

稍 sao2 (sau2) [shāo] (通) ❶ 略微 ♦ 稍微 / 稍有偏差。❷ 禾的頂端。

【稍為】sao2wei4 [shāowéi] (通) 稍微；略為 ♦ 稍為落多小小鹽（稍微多放一點點鹽）。

哨 sao3 (sau3) [shào] (通) ❶ 巡邏、警戒防守的崗位 ♦ 崗哨 / 哨兵。❷ 哨子 ♦ 吹哨集合。

【哨牙】sao3nga4 (粵) 上門牙外突；齜牙。

潲 sao3 (sau3) [shào] (通) 雨點被風吹斜灑下來 ♦ 雨往陽台上潲。

(粵) ❶ 豬食 ♦ 烚豬潲（煮豬食）。❷ 撩；灑 ♦ 潲啲水先掃（先撩點水再掃）。

【潲水】sao^{3}sêu^2 (粵) 泔水；淘米水。

□ sao^4 (sau^4) (粵) ❶ 不問自取 ♦ 放喺枱面支筆唔知俾邊個衰鬼□咗（放在桌面上的筆不知被哪個傢伙拿走了）。❷ 大口大口地吃 ♦ 成片番薯俾山豬□晒（一大片番薯讓野豬給吃光了）。

睄 sao^4 (sau^4) (粵) ❶ 眼睛很快地向某目標一掃 ♦ 睄佢一眼（掃了他一眼）。❷ 略瞧 ♦ 睄吓有乜嘢賣（瞧瞧有甚麼東西賣）/ 眼尾都唔睄吓（瞧也不瞧，不予理睬）。

sé

些 sé^1 (sɛ^1) [xiē] (通) ❶ 表示不定的數量 ♦ 有些 / 某些 / 這些 / 那些。❷ 表示較小的程度 ♦ 稍粗些 / 簡單些。

【些小】sé^{1}xiu^2 [xiēxiǎo] (通) ❶ 少許；一點兒 ♦ 落些小胡椒粉。❷ 稍微 ♦ 有些小唔安（稍有不適）。也作"些少"。

賒（赊）sé^1 (sɛ^1) [shē] (通) 買賣貨物時延期付款或收款 ♦ 賒賬 / 賒購 / 賒銷。

【賒數】sé^{1}sou^3 (粵) 賒賬；賒欠。

捨（舍）sé^2 (sɛ^2) [shě] (通) ❶ 放棄；不要 ♦ 捨棄 / 四捨五入 / 捨近求遠。❷ 用財物救濟別人 ♦ 施捨。

【捨得】sé^{2}deg^1 [shěde] (通) 願意割捨；不吝惜 ♦ 捨得落功夫（肯下功夫）。

寫（写）sé^2 (sɛ^2) [xiě] (通) ❶ 用筆在紙上或其他東西上書寫 ♦ 寫字 / 抄寫 / 複寫。❷ 寫作 ♦ 寫詩 / 寫文章。❸ 描摹；敘述 ♦ 描寫 / 寫生 / 寫景。

【寫紙】sé^{2}ji^2 (方) 開具證明。

【寫意】sé^{2}yi^3 [xiěyì] (通) 國畫的一種畫法，跟"工筆"相對。(粵) 愜意。

【寫真】sé^{2}zen^1 [xiězhēn] (通) ❶ 畫人像。❷ 畫出的人像。❸ 對事物的如實描繪。(粵) 裸體照 ♦ 拍寫真 / 寫真集。

【寫包單】sé^{2}bao^{1}dan^1 (粵) 打保票。

【寫字樓】sé^{2}ji^{6}leo^4 (粵) 辦公樓；辦公室 ♦ 坐寫字樓（在辦公室工作）/ 打寫字樓工（做辦公室工作）。

【寫真女郎】sé^{2}zen^{1}nêu^{5}long^4 (方) 裸照女模特兒。

瀉（泻）sé^2 (sɛ^2) (粵) 口語音。溢出；灑出 ♦ 因住煲粥滾瀉（當心鍋粥沸溢出來）。

卸 sé^3 (sɛ^3) [xiè] (通) ❶ 把東西去掉或搬下來 ♦ 卸車 / 卸運。❷ 解除；推脫 ♦ 卸任 / 卸責 / 推卸。

【卸膊】sé^{3}bog^3 (粵) 撂挑子；推卸責任。

【卸貨】sé^{3}fo^3 [xièhuò] (通) 把貨物從運輸工具上卸下來。(粵) 拋售（股票等）。

【卸肩裝】sé^{3}gin^{1}zong^1 (粵) 一肩裸露的女時裝。

蛇 sé^4 (sɛ^4) [shé] (通) 爬行動物。身體圓而細長，有鱗，無足。種類很多。有的有毒。(粵) ❶ 偷懶；磨洋工 ♦ 唔好咁蛇（別這麼懶）/ 蛇番陣先（先躲個懶兒）。❷ 偷東西 ♦ 佢蛇咗我支筆（他偷了我的筆）。

【蛇餅】sé^{4}béng^2 (粵) 盤繞着身子的蛇，比喻輪候的人羣 ♦ 火車站買票嘅人打晒蛇餅（在火車站買票的人擁擠不堪）。

【蛇竇】sé^{4}deo^3 (方) 指窩藏非法入境者的黑窩。

【蛇果】sé^{4}guo^2 (粵) 美國出產的一種蘋果。個頭較大，顏色深紅。

【蛇客】sé^{4}hag^3 (方) 偷渡者；非法入境者。

【蛇殼】sé^{4}hog^3 (粵) 指把蛇膽挖掉了的蛇。

【蛇頭】sé^{4}teo^4 (方) 指引渡非法入境者的人。

【蛇王】sé^{4}wong^4 (粵) ❶ 懶 ♦ 咪咁蛇王（別這麼懶）。❷ 大懶蟲 ♦ 正式蛇王嚟嘅（十足的大懶蟲）。

【蛇仔】sé^{4}zei^2 (粵) ❶ 汽車司機的助手。❷ 協助高利貸者拉生意的人。❸ (方) 特指跟隨無牌照的汽車沿途拉客的人。

【蛇都死】sé^{4}dou^{1}séi^2 (粵) 比喻到了無法挽救的地步。

【蛇皮袋】sé^{4}péi^{4}doi$^{6-2}$ (粵) 用編織塑料布縫製成的簡易行李袋。

【蛇王滿】sé^{4}wong^{4}mun^5 (粵) 廣州著名的蛇餐館。

【蛇見硫磺】sé^{4}gin^{3}leo^{4}wong^4 (粵) 比喻各有相剋。

【蛇頭鼠眼】sé^{4}teo^{4}xu^{2}ngan^5 (粵) 賊眉賊眼，比喻壞人的一副醜惡嘴臉。

【蛇鼠一窩】sé^{4}xu^{2}yed^{1}wo^1 (粵) 朋比為奸，比喻壞人互相勾結在一起。

【蛇有蛇路，鼠有鼠路】sé^{4}yeo^{5}sé^{4}lou^6, xu^{2}yeo^{5}xu^{2}lou^6 (粵) 比喻壞人總有其求生或謀利的手段。

社 sé^5 (sɛ^5) [shè] (通) ❶ 指某些團體或機構 ♦ 詩社 / 報社 / 通訊社。❷ 古代把土神和祭土神的地方、日子和祭禮都叫“社” ♦ 春社 / 社日 / 社稷。

【社工】sé^{5}gung^1 (方) 社區工作者的簡稱。

【社羣】sé^{5}kuen^4 (方) 社會羣體 ♦ 服務社羣 / 造福社羣。

【社女】sé^{5}nêu$^{5-2}$ (方) 指受黑社會保護的私娼。

sê

垂 sê^4 (sœ^4) (粵) 滑下 ♦ 垂落嚟（滑下來）。

【垂滑梯】sê^{4}wad^{6}tei^1 (粵) 溜滑梯。

seb

濕（湿） seb^1 (sɐp^7) [shī] (通) 沾了水或含水分多 ♦ 濕潤 / 潮濕 / 淋濕。(粵) ❶ 暗中施捨；賞賜 ♦ 有乜正嘢，濕啲嚟喇（有甚麼好的東西，請關照看點）/ 濕咗佢一筆（賞了他一筆錢）。❷ 少量進行；零敲零打 ♦ 濕吓濕吓真冇癮（零敲碎打的真沒勁）。❸ 中醫名詞 ♦ 去濕粥 / 祛風去濕。❹ 打 ♦ 濕佢一餐（打他一頓）。❺ 重傷、死傷 ♦ 你再嘈，我就扑濕你（你別再出聲，否則我打你打至重傷）。

【濕柴】seb^{1}cai^4 (粵) ❶ 濕的木柴。指通

貨膨脹、貨幣的貶值，鈔票像燒不着的濕木柴那樣沒用。也指買不了多少東西的零鈔。❷ 因音近，又謔稱“身材”。

【濕電】seb¹din⁶ [粵] 交流電，與“乾電”相對。

【濕碎】seb¹sêu³ [粵] 零零碎碎 ♦ 做啲濕碎嘢（打雜；做零碎的活兒）/ 清理吓櫃桶入便啲濕碎嘢（清理一下抽屜裏零七雜八的東西）。

【濕星】seb¹xing¹ [粵] ❶ 零零碎碎的東西。❷ 指皮膚病之類的小毛病。

【濕熱】seb¹yid⁶［shīrè］[通] ❶ 熱而濕度大。❷ 中醫名詞。濕病的一種。[粵] 同“濕滯” ❷。

【濕滯】seb¹zei⁶ [粵] ❶ 消化不良；腸胃不適。❷ 事情麻煩、棘手 ♦ 呢排夠晒濕滯（這段時間遇到的麻煩真多）。

【濕溷溷】seb¹neb⁶neb⁶ [粵] 濕漉漉。

【濕淰淰】seb¹nem⁶nem⁶ [粵] 濕淋淋；濕透。

【濕濕碎】seb¹seb¹sêu³ [粵] ❶ 零碎；瑣碎 ♦ 呢啲濕濕碎嘅嘢，你嚟幫我搞啱算嘞（這些瑣碎的事，你替我弄妥好了）。❷ 區區小事；小意思 ♦ 飲餐茶之嘛，濕濕碎喇（喝一次茶而已，小意思）/ 投資二三十萬，對佢嚟講濕濕碎喇（投資二三十萬，對他來説無非區區小事）。

【濕濕碎碎】seb¹seb¹sêu³sêu³ [粵] 零七碎八的。

【濕水欖核】seb¹sêu²lam⁵⁻²wed⁶（歇）兩頭標 lêng⁵teo⁴biu¹ [粵] 比喻東奔西闖、難覓其蹤的人。

【濕水棉胎】seb¹sêu²min⁴toi¹（歇）有得彈 mou⁵deg¹tan⁴ [粵] 比喻無可指責，無可非議。

【濕水炮仗】seb¹sêu²pao³zêng⁶⁻² [粵] 比喻不容易發火的人。

【濕水狗上岸】seb¹sêu²geo²sêng⁵ngon⁶ [粵] 比喻大肆揮霍、大把花錢的人。

十 seb⁶ (sɐp⁹)［shí］[通] ❶ 數目字。❷ 表示到了頂點 ♦ 十足 / 十全十美 / 十分好看。

【十分之】seb⁶fen¹ji¹ [粵] 十分 ♦ 十分之妙（非常妙）/ 呢單嘢十分之難搞（這件事十分難辦）。

【十字鎬】seb⁶ji⁶gou² [粵] 鶴嘴鋤；鎬頭。也説“十字鋤” seb⁶ji⁶co⁴。

【十字車】seb⁶ji⁶cé¹ [粵] 救護車。

【十三點】seb⁶sam¹dim² [粵] 言行乖張、半瘋不癲的女人。

【十一哥】seb⁶yed¹go¹ [粵] “土”拆開為“十一”。指土裏土氣或土裏土氣的男子。

【十足十】seb⁶zug¹seb⁶ [粵] 百分之百的；地地道道的 ♦ 十足十似晒佢老竇（完完全全像他老子）。

【十指孖埋】seb⁶ji²ma¹mai⁴ [粵] 十指連在一起。形容笨手笨腳的樣子。

【十五十六】seb⁶ng⁵seb⁶lug⁶ [粵] 七上八下，形容猶豫不決或忐忑不安 ♦ 個心更係十五十六嘅（心裏老是七上八下的）。

【十月芥菜】seb⁶yud⁶gai³coi³（歇）起心。héi²sem¹ [粵] 相當於“臘月的白菜——凍（動）了心”，指產生某種意念或萌發某種慾念，尤指少男少女春心萌動。

【十萬九千七】seb6man6geo2qin1ced1 粵 形容數目之大。

【十人生九品】seb6yen4sang1geo2ben2 粵 形容各個人的性格或意見等不可能完全一致。

【十年難逢一閏】seb6nin4nan4fung4yed1 yên6 粵 形容稀有或罕見。

【十畫未有一撇】seb6wag6méi6yeo5yed1 pid3 粵 相當於"八字還沒一撇兒"，形容事情剛開了個頭，離完成或成功還遠得很。

【十個甕缸九個蓋】seb6go3ngung3gong1 geo2go3goi3 粵 相當於"捉襟見肘"或"挖東牆補西牆"。

【十隻手指有長短】seb6zég3seo2ji2yeo5 cêng4dün2 粵 十個指頭不一般齊，形容人或物難免有缺點。

【十年唔耕，九年唔種】seb6nin4m4gang1, geo2nin4m4zung3 粵 形容荒疏學業或技藝。

拾 seb6 (sɐp9) [shí] 通 ❶"十"的大寫。多用於記賬或票據。❷撿；從地上拿起來◆撿拾／拾麥子／拾金不昧。❸整理；歸攏◆拾掇／收拾行李。方 愚蠢、戇直之意◆咪睇佢個樣拾吓拾吓噉，其實佢讀書好叻㗎（別看他像個傻子，他的學業成績很優秀）。

sed

失 sed1 (sɐt7) [shī] 通 ❶失掉；丟掉◆遺失／丟失／坐失良機。❷沒有把握住◆失言／萬無一失／失於檢點。❸錯誤；過失◆失誤／唯恐有失。❹找不着◆迷失／走失。❺改變常態◆失神／失聲／大驚失色。❻違背；背棄◆失信／失約。❼沒有達到目到◆失意／失望。

【失度】sed1dou6-2 粵 預算、估計發生偏差。

【失婚】sed1fen1 粵 離婚而未再婚。

【失驚】sed1géng1 粵 吃驚；驚惶。

【失禮】sed1lei5 [shīlǐ] 通 客套語。向對方表示歉意，責備自己不合禮貌。粵 言行不合禮貌；丟人◆琴日飲醉酒，失禮晒（昨天喝醉了酒，太現世了）。

【失手】sed1seo2 [shīshǒu] 通 手沒有抓住或握住。粵 ❶泛指沒有把握住而造成不利◆呢單生意失咗手嘞（這筆生意做砸了）。❷錯手◆失手打死咗人（錯手打死了人）。

【失蹄】sed1tei4 粵 打前失，驢馬因前蹄沒站穩而跌倒或要跌倒◆人有錯手，馬有失蹄。

【失拖】sed1to1 粵 失戀。

【失威】sed1wei1 粵 失去威風；丟臉；出醜◆喺女人面前失威（在女性面前出醜）。

【失魂】sed1wen4 粵 ❶魂不守舍◆點解咁失魂㗎，成日唔係唔見呢樣就唔見嗰樣（怎麼魂不守舍的，老是不見了這就是丟了那）。❷神色慌張◆我見佢失魂噉搦住包嘢落咗街（我見他神色慌張地拎着一包東西上街去了）。❸魂飛魄散◆嚇到佢當堂失魂（嚇得他即刻魂飛魄散）。❹指公共交通行車不定時，沒準兒。

【失運】sed1wen6 (粵) 不走運；倒霉。

【失儀】sed1yi4 (方) 失去儀態；丟面子。

【失憶】sed1yig1 (粵) 喪失記憶。

【失失慌】sed1sed1fong1 (粵) 慌慌張張。也說"慌失失" fong1sed1sed1。

【失魂魚】sed1wen4yu4-2 (粵) 比喻慌張、冒失、匆忙、亂了方寸。

【失驚無神】sed1géng1mou4sen4 (粵) ❶ 因突然受驚而神色變異 ♦ 嚇到佢失驚無神（嚇得他臉色都變了）。❷ 冷不防；突然間 ♦ 失驚無神落起雨嚟喺（突然下起了雨）。

【失禮死人】sed1lei5séi2yen4 (粵) 活現世；醜死人。

【失匙夾萬】sed1xi4gab3man6 (粵) 比喻沒有掌握財權或很難從父親那裏要到錢的富家子弟。

蝨（虱） sed1 (sɐt7) [shī] (通) 寄生在人、畜身上，吸食血液，能傳染多種疾病的一種小昆蟲 ♦ 蝨子。(粵) 蝨子 ♦ 狗蝨 / 木蝨（臭蟲）/ 頭蝨。

【蝨乸】sed1na2 (粵) 蝨子 ♦ 生蝨乸（長蝨子）。

【蝨乸春】sed1na2cên1 (粵) 蟣子；蝨子的卵。

【蝨乸擔枷】sed1na2dam1ga1 (粵) 比喻要受到十分嚴厲的懲罰 ♦ 蝨乸都要擔枷（除個人應受到惡懲外，連家人也得受到重罰）。

膝 sed1 (sɐt7) [xī] (通) 大腿和小腿相連的關節的前部 ♦ 膝蓋 / 促膝談心 / 卑躬屈膝。

【膝頭】sed1teo4 (粵) 膝蓋。

【膝頭哥】sed1teo4go1 (粵) 同"膝頭" ♦ 撞到膝頭哥好痛（碰得膝蓋好痛）。

【膝頭大過髀】sed1teo4dai6guo3béi2 (粵) 膝蓋比大腿還粗。形容兩腿消瘦。

【膝頭哥擒眼淚】sed1teo4go1giu2ngan5lêu6 (粵) 形容因鑄成大錯而傷心落淚。

實（实） sed6 (sɐt9) [shí] (通) ❶ 內部完全填滿 ♦ 充實 / 虛實 / 實心球。❷ 真；實在 ♦ 實話 / 誠實 / 樸實。❸ 實際 ♦ 事實 / 實用。❹ 履行；按理論或計劃去做 ♦ 實踐 / 實習。❺ 種子 ♦ 果實 / 子實 / 開花結實。(粵) ❶ 緊；結實 ♦ 抓實啲（捏緊點）/ 啲肉都幾實（肌肉挺結實的）。❷ 硬；堅固 ♦ 嗰木咁實，刨都刨唔入（木頭很硬，刨不動）。❸ 一定；肯定 ♦ 我實嚟嘅（我一定來）/ 今朝你實未食早餐（今天早上你肯定沒吃早餐）。❹ 用在動詞後，表示動作正在進行並將持續 ♦ 吼實佢（緊盯着他）。

【實發】sed6fad3 (粵) "十八"的諧音，認為是吉利的數字。

【實金】sed6gem1 (方) 現貨黃金。

【實行】sed6hang4 [shíxíng] (通) 實施執行。(粵) ❶ 乾脆 ♦ 實行係噉喇（乾脆就這樣啦）/ 實行當佢冇嚟（乾脆不把他當回事）。❷ 肯定 ♦ 實行輸梗喇（輸定啦）！

【實係】sed6hei6 (粵) 一定是。

【實志】sed6ji3 (方) 真正的目的；真實的意圖。

【實情】sed6qing4 [shíqíng] (通) 真實情況 ♦ 隱瞞實情。(粵) 肯定；一定 ♦ 實情係佢輸咗都得嘞（肯定是他給輸了）。

【實心】sed⁶sem¹ [shíxīn] [通] 物體內部是實的。

【實聽】sed⁶ting³⁻² [粵] 一定會 ♦ 實聽俾人鬧（一定會捱罵）。

【實穩】sed⁶wen² [粵] 包保；肯定 ♦ 實穩冇事嘅（包保沒事）。

【實淨】sed⁶zéng⁶ [粵] 結實；硬朗 ♦ 傢具做得幾實淨（傢具做得挺結實）/ 身子仲幾實淨（身體還挺硬的）。

【實況劇】sed⁶fong³kég⁶ [方] 表現現實生活狀況的電視劇或影片。

【實□□】sed⁶gued⁶gued⁶ [粵] 硬梆梆的 ♦ 啲炒米餅實□□，點咬得嘟吖（這些炒米餅硬梆梆的，哪咬得動呀）。

【實力派】sed⁶lig⁶pai³⁻¹ [粵] 有實力的；以實力取勝的演員、歌星等。

【實枳枳】sed⁶zed¹zed¹ [粵] 形容塞得很滿很緊。

【實斧實鑿】sed⁶fu²sed⁶zog⁶ [粵] 實實在在的；具有真實價值的。

【實牙實齒】sed⁶nga⁴sed⁶qi² [粵] ❶ 一口咬定；板上釘釘 ♦ 講到實牙實齒（説得板上釘釘）。❷ 千叮嚀萬囑咐。

【實憑實據】sed⁶peng⁴sed⁶gêu³ [粵] 證據確鑿；有根有據。

【實食冇黐牙】sed⁶xig⁶mou⁵qi¹nga⁴ [粵] 十拿九穩；完全有把握。

sêd

恤 sêd¹ (sœt⁷) [xù] [通] ❶ 憐憫 ♦ 憐恤 / 體恤。❷ 救濟 ♦ 恤金 / 撫恤。[粵] ❶ 也作"䘏"。稱某些類型的上衣 ♦ 波恤（球衣）/ 機恤（夾克）。❷ 瓶塞；塞子 ♦ 暖壺恤（熱水瓶的瓶塞）。❸ 塞住 ♦ 用完記得恤番個恤（用完後別忘了塞上塞子）。❹ 門閂；插銷 ♦ 安個門恤（裝個門閂）。❺ 閂住；插上插銷 ♦ 記得恤住度門（別忘了上門閂）。❻ 英 shoot 音譯。指籃球投籃 ♦ 恤波（投籃）/ 五分鐘恤中三隻波（五分鐘投中三個球）。

【恤髮】sêd¹fad³ [粵] 理髮時把頭髮整成波浪型。

【恤衫】sêd¹sam¹ [粵] 襯衫；襯衣 ♦ 白恤衫打底（裏面穿襯衣）。

seg

塞 seg¹ (sɐk⁷) [sāi] [通] ❶ 堵；填滿 ♦ 塞住 / 塞滿 / 堵塞 / 塞漏洞。❷ 塞子 ♦ 瓶塞 / 軟木塞。[粵] ❶ 堵 ♦ 塞車（堵車）。❷ 曾孫 ♦ 三個孫七個塞。

【塞車】seg¹cé¹ [粵] 交通堵塞；車行受阻或不暢 ♦ 好塞車（車堵得很）/ 冇塞車（交通順暢）/ 嗰段路經常塞車（那段路經常堵車）。

【塞竇窿】seg¹deo⁶lung¹ [粵] 比喻小孩的諧趣語。

【塞古盟憎】seg¹gu²meng⁴zeng¹ [粵] 忽然間；轉眼之間。

ség

錫 ség³/xig³ (sɛk⁸/sik⁸) [xī] [通] ❶ 金屬元素，符號 Sn。銀白色，有光澤，質軟，有延展性。可用來銲接或製造合金等 ♦ 錫礦 / 錫箔 / 銲錫。

❷ 賞賜。[粵] 也作"惜"。❸ 疼；疼愛 ♦ 錫住個仔（疼愛兒子）。❹ 溫存；撫慰 ♦ 佢嬲喇，快啲去錫番喇（她生氣了，快去撫慰撫慰她吧）。❺ 嬌慣；姑息 ♦ 因住錫壞個孫（當心把孫子嬌慣壞了）。❻ 親吻面頰 ♦ 錫佢一啖（親他一親）。❼ 愛惜；吝惜 ♦ 錫住啲嘢唔捨得用（愛東西不肯拿出來用）。

【錫住】 $ség^3ju^6$ [粵] ❶ 憐惜人。❷ 善用（物）。❸ 吝嗇（錢）。

石 $ség^6$ ($sɛk^9$) [shí] [通] ❶ 構成地殼的堅硬物質 ♦ 石板 / 石塊 / 石料 / 石碑。❷ 姓。[粵] 手錶的"鑽" ♦17 石手錶（17 鑽手錶）。

【石春】 $ség^6cên^1$ [粵] 卵石。

【石級】 $ség^6keb^1$ [粵] 石階。

【石米】 $ség^6mei^5$ [粵] 建築用的碎石粒 ♦ 石米批盪（水泥石粒抹牆）。

【石屋】 $ség^6ngug^1$ [粵] 磚房；用磚石砌成的房子。

【石山】 $ség^6san^1$ [粵] 園林的假山。

【石屎】 $ség^6xi^2$ [粵] 碎石。混凝土。

【石仔】 $ség^6zei^2$ [粵] 石子；碎石。

【石灰籮】 $ség^6fui^1lo^4$ [粵] 比喻到處留有污行穢跡的人，也比喻到處不受歡迎的人。

【石狗公】 $ség^6geo^2gung^1$ [粵] ❶ 魚的一種。❷ [方] 外表裝扮成大亨的窮漢。

【石罅米】 $ség^6la^3mei^5$ [方] 比喻只肯在女人身上花錢的男人。

【石屎樓】 $ség^6xi^2leo^{4-2}$ [粵] 鋼筋混凝土樓房。

【石屎森林】 $ség^6xi^2sem^1lem^4$ [粵] 形容成片的高樓大廈。

【石地堂鐵掃把】 $ség^6déi^6tong^4tid^3sou^3ba^2$ [粵] 相當於"石板上甩烏龜——硬碰硬。

sêg

勺 $sêg^3$ ($sœk^8$) [sháo] [通] ❶ 一種有柄的用來舀取東西的器具 ♦ 飯勺 / 鐵勺。❷ 舊時的容量單位，一升的百分之一。[粵] ❶ 酒提；油提。❷ 量詞。提 ♦ 一勺酒。

哨 $sêg^3$ ($sœk^8$) [粵] 也作"削"。❶ 肌肉鬆弛，不結實 ♦ 唔好睇佢咁大件，摸吓啲肉好哨嘅咋（別看他長得這麼高大，捏一捏他的肌肉很不結實）。❷ 食物等稀軟 ♦ 今日賣的豆腐認真哨（今天賣的豆腐太軟了）。

【哨胃】 $sêg^3wei^6$ [粵] 食物寒性大或含鹼性以致傷胃。

【哨仔】 $sêg^3zei^2$ [粵] 打扮花哨、外型清瘦的年青人。

【哨笪笪】 $sêg^3dad^3dad^3$ [粵] ❶ 肌肉鬆弛 ♦ 病到佢哨笪笪（病得他肌肉都鬆弛下來了）。❷ 食物軟不溜秋的 ♦ 呢底蘿蔔糕點解蒸得哨笪笪㗎（這塊蘿蔔糕為啥蒸得軟乎乎的）？

【哨□□】 $sêg^3péd^6péd^6$ [粵] 稀裏呱嘰的。

sei

篩（筛） sei^1 ($sɐi^1$) [shāi] [通] ❶ 用竹條、鐵絲等編成的有孔器具，用來分離粗細顆粒 ♦ 篩子 / 籮篩。❷ 用篩子過東西 ♦ 篩米 / 篩麵

/ 篩煤。(粵) ❶ 篩子 ♦ 竹篩。❷ 淘汰 ♦ 初賽就俾人篩咗出嚟（初賽就被淘汰掉）。❸ 搖擺；搖晃 ♦ 咪篩嚟篩去（別搖來晃去的）。

【篩身篩勢】sei1sen1sei1sei3 (粵) 身體擺來擺去，多指小孩撒嬌時搖擺身子。也省作“篩身”。

西 sei1 (sɐi1) [xī] (通) ❶ 方向，太陽落下的一邊 ♦ 西南 / 夕陽西下。❷ 有關西方國家或地區的 ♦ 西服 / 西餐 / 西醫 / 中西合璧。

【西餅】sei1béng2 (粵) 西式糕點 ♦ 西餅屋（西式糕點店）/ 西餅咭（禮餅券）。

【西斜】sei1cé4 (粵) 陽光西曬 ♦ 西斜熱（西曬）。

【西芹】sei1ken4 (粵) 西洋芹菜，植株大，肉質厚，口感爽脆。

【西紙】sei1ji2 (粵) 外幣；外鈔。

【西文】sei1men4 (粵) 外文。

【西片】sei1pin2 (粵) 外國電影。

【西人】sei1yen4 (粵) 外國人；西洋人。

【西裝】sei1zong1 (粵) ❶ 西服；西裝。❷ 分頭，男子的一種髮型。

【西瓜刀】sei1gua1dou1 (粵) 一種細長且薄的刀，常被用作兇器。

【西瓜刨】sei1gua1pao4-2 (粵) 戲稱牙齒外突的人。

【西洋菜】sei1yêng4coi3 (粵) 一種水生蔬菜 ♦ 煲老西洋菜（久熬的西洋菜湯）。

【西裝褲】sei1zong1fu3 (粵) 西褲。

【西裝友】sei1zong1yeo5-2 (粵) 穿西服的人。含揶揄意味。

【西南二伯父】sei1nam4yi6bag3fu6-2 (粵) 慣用語。老瘟生；心地不善的老傢伙。

犀 sei1 (sɐi1) [xī] (通) ❶ 犀牛 ♦ 犀角。❷ 鋭利 ♦ 犀利。

【犀利】sei1léi6 [xīlì] (通) 鋒利；鋭利 ♦ 談鋒犀利。(粵) 厲害 ♦ 鄉下啲蚊認真犀利（鄉下蚊子挺厲害）/ 一睇價錢都幾犀利（一看價錢挺厲害的）。

【犀飛利】sei1féi1léi6 (粵) 夠厲害的。

使 sei2 (sɐi2) (粵) 口語音。❶ 使用；用 ♦ 唔啱使就唔好使（不合用就別用）/ 使你講（那用得着你説）。❷ 使喚；支使 ♦ 使妹仔噉使（像使喚丫頭那樣隨意支使）。❸ 花錢 ♦ 唔好咁大使（不要亂花錢）/ 識使唔識搵（會花不會掙）。❹ 需；需要 ♦ 使唔使我去叫佢返嚟（需不需要我去叫他回來）？ ❺ 介詞。相當於“用” ♦ 使刀仔剃皮（用小刀削皮）。

【使得】sei2deg1 (粵) ❶ 能幹；有本事 ♦ 嗰位師傅真係使得（那位師傅的確有本事）。❷ 有效；管用 ♦ 呢隻藥使唔使得㗎（這種藥是否真的有效）？

【使到】sei2dou3 (粵) 使得；令到。

【使費】sei2fei3 (粵) 開銷；開支 ♦ 嗰度啲使費真係頂唔順（那裏的開銷的確受不了）。

【使頸】sei2géng2 (粵) 使性子；發脾氣 ♦ 佢使頸唔理我（她使性子不理睬我）。

【使開】sei2hoi1 (粵) 支使開 ♦ 使開佢先喇（先把他支使開吧）。

【使媽】sei2ma1 (粵) 舊指女傭。

【使乜】sei2med1 (粵) ❶ 用不着；不需 ♦ 使乜你理（用不着你管）/ 使乜行咁遠（不需要走這麼遠）。❷ 何必；用得着…嗎 ♦ 使乜咁麻煩（何必這麼麻煩）/ 使乜求佢喎（用得着求他嗎）？

【使牛】sei^2ngeo^4 [粵] 用牛犁地、耙地。

【使婆】sei^2po^{4-2} [粵] 老媽子；年紀較大的女僕。

【使用】sei^2yung^6 [粵] ❶ 運用；應用。❷ 同"使費"。

【使作】sei^2zog^3 [粵] 工匠自備的工具。

【使乜講】$sei^2med^1gong^2$ [粵] 用來表示非常肯定或無可辯駁的事實，相當於"那還用說"、"不必多說" ♦ 工會組織嘅活動梗參加喇，使乜講（工會組織的活動當然參加，那還用說）/ 使乜講，到時我實去搵你啫（不必再說，到時候我一定會去找你）。

【使人唔眨眼】$sei^2yen^4m^4zab^3ngan^5$ [粵] 指隨意支使別人。

駛（驶） sei^2 ($sɐi^2$) [shǐ] [通] ❶ 車馬等飛快地跑 ♦ 奔駛 / 疾駛 / 急駛而過。❷ 開動、操縱交通工具 ♦ 駕駛 / 行駛 / 停駛。[粵] 駕駛 ♦ 自己駛車（自己駕駛車輛）/ 將部車駛埋一便（把車子開到一旁去）。

洗 sei^2 ($sɐi^2$) [xǐ] [通] ❶ 用水或其他液體去掉污垢 ♦ 洗臉 / 洗衣服 / 清洗油污。❷ 除掉；清除 ♦ 清洗 / 洗雪 / 洗冤。❸ 搶光；殺光 ♦ 洗劫 / 血洗。❹ 照片的顯影定影 ♦ 洗膠捲 / 洗相片。[粵] 用；花 ♦ 洗錢（花錢）。

【洗底】sei^2dei^2 [方] 黑社會組織成員"洗脫黑底"，即洗手自新。

【洗袋】sei^2doi^{6-2} [粵] 賭博把錢輸得精光。

【洗錢】sei^2qin^{4-2} [通] ❶ 通過轉匯、轉存等方式將非法取得的金錢變成合法財產。❷ 製造偽幣的人將偽幣換成真幣。[粵] 花錢。

【洗身】sei^2sen^1 [粵] 洗澡 ♦ 用凍水洗身（用冷水洗澡）。

【洗白白】$sei^2bag^6bag^6$ [粵] 幼兒用語。指洗澡。

【洗大餅】$sei^2dai^6béng^2$ [粵] 對移民或留學生在餐館洗碗碟以謀生的詼諧說法。

【洗衫板】$sei^2sam^1ban^2$ [粵] ❶ 搓衣板。❷ 比喻女子胸部平坦。

【洗衫刷】$sei^2sam^1cad^{3-2}$ [粵] 洗衣刷子。也叫"衫刷" sam^1cad^{3-2}。

【洗濕個頭】$sei^2seb^1go^3teo^4$ [粵] 下了水了，指某件事已經開了個頭，出於利害關係只有做下去 ♦ 已經洗濕個頭，幾大都要做埋佢（已經開了個頭，無論如何要把它幹完）。

【洗太平地】$sei^2tai^3ping^4déi^6$ [方] ❶ 對曾經發生瘟疫的街區進行徹底清掃、消毒。❷ 指清除色情場所、毒品交易點檔或賭場等行動。

【洗腳唔抹腳】$sei^2gêg^3m^4mad^3gêg^3$ [粵] 比喻毫不吝惜地大把花錢。

世 sei^3 ($sɐi^3$) [shì] [通] ❶ 人的一生 ♦ 今世 / 一生一世 / 流芳百世。❷ 一代又一代 ♦ 世系 / 世襲 / 世醫。❸ 時代 ♦ 近世 / 盛世 / 亂世。❹ 世界；社會 ♦ 世事 / 舉世聞名 / 公之於世。[粵] 量詞。相當於"生"、"一輩子" ♦ 呢世（這一生）/ 一世人（一輩子）。

【世伯】sei^3bag^6 [shìbó] [通] 對與父親同輩而年齡比父親大的男人的稱呼。

【世界】sei³gai³ [shìjiè] ㊣ ❶ 宇宙 ♦ 世界觀。❷ 人類社會；地球 ♦ 世界風雲。❸ 人類活動的某一領域 ♦ 體育世界。❹ 世間；人間。㊟ ❶ 現實生活光景 ♦ 歎世界(享受人生)/捱世界(忍受艱辛生活)。❷ 世間的財富 ♦ 撈世界(闖蕩謀生)/做世界(以各種手段謀財)。❸ 美好前程 ♦ 你哋後生仔仲有大把世界(你們年輕人的美好前程還長遠着哩)。

【世姪】sei³zed⁶ ㊟ 對晚一輩年青人的稱呼。

【世界波】sei³gai³bo¹ ㊟ 世界一流的球藝，尤指足球射門的精湛技術。

【世界女】sei³gai³nêu⁵⁻² ㊟ 指善於交際的世故女子。

【世界仔】sei³gai³zei² ㊟ 指逢迎拍馬、八面玲瓏的年青人。

勢(势) sei³ (sɐi³) [shì] ㊣ ❶ 勢力；威力 ♦ 權勢/威勢/人多勢眾/仗勢欺人。❷ 事物表現出來的狀態或趨向 ♦ 趨勢/形勢/優勢/大勢所趨。❸ 動作的姿態 ♦ 姿勢/手勢/架勢。❹ 雄性生殖器 ♦ 去勢。

【勢兇】sei³hung¹ ㊟ 勢頭猛 ♦ 佢做嘢好勢兇(他幹得很猛)。

【勢估唔到】sei³gu²m⁴dou³ ㊟ 萬萬沒有料到。

【勢兇夾狼】sei³hung¹gab³long⁴ ㊟ ❶ 來勢兇狠猛烈 ♦ 嗰班人勢兇夾狼，千祈唔好招惹佢哋(那幫傢伙來勢洶洶，千萬別招惹他們)。❷ 胃口或野心非常大 ♦ 佢一心想整冧我哋間公司，真係勢兇夾狼咯(他一心想搞垮我們公司，野心真夠大的)。❸ 某些事情做得太過分 ♦ 睇佢勢兇夾狼噉，好似足足餓咗三日(瞧他狼吞虎嚥的，好像三天沒吃過一口飯)。

細(细) sei³ (sɐi³) [xì] ㊣ ❶ 顆粒小 ♦ 細沙。❷ 長條物橫斷面小 ♦ 細線/細鐵絲/細竹竿。❸ 聲音小 ♦ 細嗓門/細聲細氣。❹ 精緻 ♦ 細瓷/細布/精細。❺ 仔細；周密 ♦ 精打細算。❻ 細微；具體 ♦ 細節/細則/細枝末節。㊟ 小 ♦ 細仔(最小的男孩)。

【細膽】sei³dam² ㊟ 膽小；膽子小。

【細個】sei³go³ ㊟ ❶ 個頭小的。❷ 年齡較小的。

【細鬼】sei³guei² ㊟ 撲克牌中的小王。也說"小鬼" xiu²guei²。

【細力】sei³lig⁶ ㊟ 勁小；力氣小 ♦ 細力啲(小點勁)。

【細佬】sei³lou² ㊟ ❶ 弟弟。❷ 老弟。❸ 兄弟。用作自稱 ♦ 細佬敬大家一杯(兄弟敬大家一杯)。

【細路】sei³lou⁶ ㊟ ❶ 小孩；小男孩。❷ 商店雜工。

【細碼】sei³ma⁵ ㊟ 號碼小的。

【細粒】sei³neb¹ ㊍ ❶ 瘦小，個頭小 ♦ 生得細粒(個子瘦小)。❷ 小顆粒 ♦ 啲丸仔咁細粒，□(gud⁶)聲就吞咗佢喇(丸子這麼細小，咕嘟一聲不就吞下去啦)。

【細聲】sei³séng¹ ㊟ 小聲；聲音小 ♦ 細聲啲(聲音小點)。

【細餸】sei³sung³ ㊟ 省着吃菜，跟"大餸"相對。

【細時】sei³xi⁴ ㊟ 小時候 ♦ 細時偷針，

大時偷金（小時偷雞，大時偷牛）。

【細食】sei³xig⁶ [粵] 食量小，跟"大食"相對。

【細個仔】sei³go³zei² [粵] 小孩子。

【細佬哥】sei³lou²go¹ [粵] ❶ 小孩子 ♦ 細佬哥唔好玩火（小孩子不要玩火）。❷ 孩子 ♦ 你有幾個細佬哥（你有幾個孩子）？也說"細路哥" sei³lou⁶go¹。

【細路女】sei³lou⁶nêu⁵⁻² [粵] 小女孩。

【細路仔】sei³lou⁶zei² [粵] 小男孩。

【細蚊仔】sei³men¹zei² [粵] 同"細佬哥"。

【細樽仔】sei³zên¹zei² [粵] 小瓶子。

【細眉細眼】sei³méi⁴sei³ngan⁵ [粵] 小事一樁，小兒科。

噬 sei⁴ (sɐi⁴) [粵] 歪 ♦ 膊頭噬埋一便（肩膀歪向一側）/ 食到佢口噬噬（吃得他歪嘴伸舌）。

☞ 另見本頁 sei⁶。

誓 sei⁶ (sɐi⁶) [shì] [通] ❶ 表示決心依照說的去做 ♦ 誓師 / 誓約 / 誓不甘休。❷ 表示決心的話 ♦ 誓言 / 宣誓。

【誓願】sei⁶yun⁶ [粵] 發誓。

【誓願當食生菜】sei⁶yun⁶dong³xig⁶sang¹coi³ [粵] 比喻隨便起誓但從不履行。

噬 sei⁶ (sɐi⁶) [shì] [通] 咬 ♦ 吞噬 / 反噬 / 俾狗噬咗一啖（讓狗給咬了一口）。

☞ 另見本頁 sei⁴。

séi

死 séi² (sei²) [sǐ] [通] ❶ 生物停止生命，跟"生"、"活"相對 ♦ 死人 / 生死 / 死於非命。❷ 拼命 ♦ 死守 / 死戰 / 拼死。❸ 形容達到頂點 ♦ 笑死人 / 樂死人。❹ 不能通過；不能活動 ♦ 死水 / 死路 / 死胡同。❺ 不可調和的 ♦ 死敵 / 死對頭。❻ 不靈活 ♦ 死心眼 / 死規矩。[粵] ❶ 死命；拼命 ♦ 死𢯎（胡攪蠻纏）/ 死咁做（拼命幹）。❷ 死去；滾。用於罵人 ♦ 一日到晚死咗去邊度（一天到晚滾到哪去了）？❸ 用在形容詞後表示程度達到頂點 ♦ 精到死（太精明了）/ 熱到死（熱得要命）/ 嗰度啲嘢貴到死（那裏的東西貴得要命）。

【死黨】séi²dong² [sǐdǎng] [通] 效忠於某人或某集團的亡命之徒。[粵] 情誼深厚、可以依靠的朋友。

【死火】séi²fo² [粵] ❶ 發動機因故障熄火。❷ 事情受阻而難於繼續進行。❸ 糟糕 ♦ 死火，唔記得帶鎖匙㗎（糟糕，忘了帶鑰匙）。

【死梗】séi²geng² [粵] 死定了，指事情徹底失敗，無可挽回。

【死直】séi²jig⁶ [粵] 同"死梗"。

【死擂】séi²lêu⁴ [粵] 賣力地幹；拼命地幹。

【死佬】séi²lou² [粵] 死鬼；壞傢伙。女人罵男人用 ♦ 嗰條死佬，成日想索油（那個死鬼，老想佔便宜）。

【死人】séi²yen⁴ [sǐrén] [通] 已經死去的人。[粵] ❶ 用在名詞前，表示憎惡或厭惡 ♦ 個死人包工頭，一日黑住塊面（臭包工頭整天陰沉着臉）/ 我先唔坐佢架死人車（我才不坐他的鬼車）。❷ 糟糕；真倒霉 ♦ 死人嘞，又試唔記得帶遮（糟了，又忘了帶雨傘）。

【死冤】séi^{2}yun^{1} [粵] 死乞白賴；胡攪蠻纏。

【死八妹】séi^{2}bad^{3}mui$^{6-1}$ [粵] 臭丫頭。

【死八婆】séi^{2}bad^{3}po^{4} [粵] 臭娘兒們。

【死火燈】séi^{2}fo^{2}deng^{1} [方] 車輛在途中發生故障停車時亮起的安全燈。

【死估估】séi^{2}gu^{4}gu^{4} [粵] ❶ 呆頭呆腦，毫無生氣；神情沮喪，寡言少語 ♦ 乜佢粒聲唔出，成日死估估噉喋（幹嘛他一聲不哼，整天死氣沉沉的）。❷ 呆板；刻板 ♦ 做嘢唔好咁死估估至得喋（做事情不要那麼刻板才行）。

【死氣喉】séi^{2}héi^{3}heo^{4} [方] 機動車輛排放廢氣的排氣管。

【死絕種】séi^{2}jud^{6}zung^{2} [粵] 罵人全家死絕，只剩下被罵者一人。也說“死剩種” séi^{2}jing^{6}zung^{2}。

【死唔去】séi^{2}m^{4}hêu^{3} [粵] 死不了。

【死妹釘】séi^{2}mui$^{6-1}$déng^{1} [粵] 臭丫頭；死丫頭。多用於罵人家女兒。

【死牛龜】séi^{2}ngeo^{4}guei^{1} [粵] 死性子；強勁。參見“死牛一便頸”條。

【死女包】séi^{2}nêu$^{5-2}$bao^{1} [粵] 臭丫頭；死丫頭。多用於罵自家女兒。

【死死吓】séi^{2}séi^{2}ha^{5} [粵] ❶ 垂頭喪氣；沒精打采 ♦ 成日死死吓噉，有乜咁唔啱吖（整天垂氣喪氣的，遇到甚麼麻煩了嗎）？❷ 表示程度達到極點 ♦ 瘡到死死吓（累得夠嗆）/ 俾佢嚇到我死死吓（讓他給嚇得半死）。

【死人頭】séi^{2}yen^{4}teo^{4} [粵] 死鬼 ♦ 嗰隻死人頭（那個死鬼）。也說“死人嘢” séi^{2}yen^{4}yé^{5}、“死嘢” séi^{2}yé^{5}。

【死仔頭】séi^{2}zei^{2}teo^{4} [粵] 臭小子；壞小子。

【死俾你睇】séi^{2}béi^{2}néi^{5}tei^{2} [粵] 徹底完蛋 ♦ 呢次實死俾你睇嘞（這次肯定徹底完蛋）。

【死過翻生】séi^{2}guo^{3}fan^{1}sang^{1} [粵] 起死回生；死裏逃生。

【死慳爛抵】séi^{2}han^{1}lan^{6}dei^{2} [粵] 死摳苦攢。也作“死慳死抵” sei^{2}han^{1}sei^{2}dei^{2}。

【死口咬實】séi^{2}heo^{2}ngao^{5}sed^{6} [粵] 一口咬定。

【死剩把口】séi^{2}jing^{6}ba^{2}heo^{2} [粵] 就剩嘴皮子能耐。

【死唔閉眼】séi^{2}m^{4}bei^{3}ngan^{5} [粵] 死不瞑目。也說“死唔眼閉”。

【死蛇爛鱔】séi^{2}sé^{4}lan^{6}xin^{5} [粵] 形容疲疲沓沓、有氣無力的樣子，或懶惰成性，或疲累不堪，或精力衰退所致。

【死人燈籠】séi^{2}yen^{4}deng^{1}lung^{4}（歇）報大數 bou^{3}dai^{6}sou^{3} [粵] 比喻吹牛或誇大。

【死纏爛打】séi^{2}qin^{4}lan^{6}da^{2} [粵] 死求活磨；死乞白賴。

【死心不息】séi^{2}sem^{1}bed^{1}xig^{1} [粵] 死心眼兒。

【死性不改】séi^{2}xing^{3}bed^{1}goi^{2} [粵] 始終堅持原已形成的不良習性。

【死咗條心】séi^{2}zo^{2}tiu^{4}sem^{1} [粵] 死心；不再存幻想 。

【死做爛做】séi^{2}zou^{6}lan^{6}zou^{6} [粵] 累死累活地幹。

【死都拗番生】séi^{2}dou^{1}ngao^{3}fan^{1}sang^{1} [粵] 比喻擺出諸多理由進行強辯。

【死雞撐飯蓋】séi^{2}gei^{1}cang^{3}fan^{6}goi^{3} [粵]

鴨子死了嘴還硬，比喻無理強辯或擺窮架子。

【死雞撐硬腳】 séi2gei1cang3ngang6gêg3 (粵) 同“死雞撐飯蓋”。

【死牛一便頸】 séi2ngeo4yed1bin6géng2 (粵) 形容固執己見，一意孤行。參見“死牛龜”條。

【死人尋舊路】 séi2yen4cem4geo6lou6 (粵) 譏諷人冥頑不化，固守舊規。

【死人兼冧屋】 séi2yen4gim1lem3ngug1 (粵) 比喻禍不單行，也說“死人兼崩屋” séi2yen4gim1beng1ngug1、“死人冧樓” séi2yen4lem3leo4-2。

【死就一世，唔死大半世】 séi2zeo6yed1 sei3，m4séi2dai6bun3sei3 (粵) 自歎已到垂暮之年，難以有所作為。

四 séi3 (sei3) [sì] (通) 數目字。大寫作“肆” ♦ 四時 / 四季 / 四鄰 / 四海為家。

【四便】 séi3bin6 (粵) 四周；周圍 ♦ 四便都係圍牆（四周都是圍牆）。

【四邑】 séi3yeb1 (粵) 指廣東省台山、開平、恩平、新會。

【四塊半】 séi3fai3bun3 (粵) 指棺材。

【四方縪】 séi3fong1kuag1 (粵) 四方框。

【四方木】 séi3fong1mug6 (粵) 相當於“木頭人——推一推，動一動”。比喻做事情懶散、不主動的人。

【四九仔】 séi3geo2zei2 (方) 黑社會組織的新入夥者。

【四眼佬】 séi3ngan5lou2 (粵) 戴眼鏡的男人。

【四眼婆】 séi3ngan5po4-2 (粵) 戴眼鏡的女人。

【四眼仔】 séi3ngan5zei2 (粵) 小四眼兒；戴眼鏡的男青年。

【四式泳】 séi3xig1wing6 (方) 混合式游泳。

【四周圍】 séi3zou1wei4 (粵) 周圍；到處；各處 ♦ 四周圍搵你（到處找你）。

【四分五散】 séi3fen1ng5san3 (粵) 四分五裂。

【四方辮頂】 séi3fong1bin1déng2 (方) 指把錢花在並非真心愛自己的女人身上的男人。

sem

參 (参) sem1 (sɐm1) [shēn] (通) ❶ 人參，草本植物。是貴重藥材。❷ 二十八宿之一。(粵) 被綁的肉票；被劫持的人質 ♦ 標參（綁肉票）/ 贖參（拿錢贖回肉票）。

【參竇】 sem1deo3 (粵) 藏匿肉票的地方。

深 sem1 (sɐm1) [shēn] (通) ❶ 從上到下或從外到裏的距離大，跟“淺”相對 ♦ 深淵 / 深山 / 深院。❷ 水平高；程度高 ♦ 深信 / 精深 / 高深。❸ 時間久 ♦ 深秋 / 年深日久 / 夜靜更深。❹ 顏色重 ♦ 深紅 / 顏色太深。❺ 深度 ♦ 井有一丈餘深 / 房子寬一丈，深一丈四尺。

【深筆字】 sem1bed1ji6 (粵) 繁體字。

【深切治療部】 sem1qid3ji6liu4bou6 (方) 急救部；急救室。

心 sem1 (sɐm1) [xīn] (通) ❶ 人和高等動物體內主管血液循環的器官。❷ 通常也指大腦和思想、感情等 ♦ 開心 / 傷心 / 用心。❸ 中央的部分 ♦

中心 / 手心 / 圓心。粵 誠心；情意；多謝 ♦ 你有心（謝謝你的誠意）。

【心機】sem¹géi¹［xīnjī］通 心思；計謀。粵 ❶ 心情；情緒 ♦ 食都食唔落，邊度仲有心機去玩吖（連飯都吃不下，哪有心情去玩）？❷ 耐心；心血 ♦ 佢做嘢好好心機㗎（她做事情非常有耐心）/ 花咗成籮心機去收集資料（花了許多心血去搜集資料）。

【心口】sem¹heo² 粵 胸口；心窩 ♦ 心口痛（胸口疼痛）/ 抌心口（捶胸；表示氣憤、後悔或悲痛）。

【心罨】sem¹ngeb¹ 粵 內心感到壓抑、不舒暢。

【心翳】sem¹ngei³ 粵 心情鬱悶；憋悶。

【心抱】sem¹pou⁵ 粵 兒媳婦 ♦ 娶心抱（娶媳婦）/ 孫心抱（孫媳婦）。

【心水】sem¹sêu² 粵 ❶ 心意 ♦ 啱心水（可以；合心意）。❷ 頭腦 ♦ 心水清（頭腦清醒）。

【心淡】sem¹tam⁵ 粵 ❶ 心灰意懶 ♦ 做咗幾年先至加咗雞碎咁多人工，係人都心淡喇（做了幾年才加了一點點工資，誰也感到心灰意懶）。❷ 失去信心 ♦ 考咗幾年都落榜，我對你真係心淡咯（考了幾年都落榜，我對你真不敢抱甚麼希望）。❸ 不感興趣 ♦ 我對做官一向心淡（我向來沒興趣當官）。

【心息】sem¹xig¹ 粵 死心；甘心 ♦ 呢次你心息喇啩（這回你死心了吧）？

【心儀】sem¹yi⁴ 方 心中嚮往、傾慕、欣賞、喜歡 ♦ 心儀的女子（傾慕的女子）/ 心儀的一首歌（喜愛的一首歌）。

【心足】sem¹zug¹ 粵 滿足；心滿意足 ♦ 仲唔心足（還不滿足）。

【心多多】sem¹do¹do¹ 粵 三心兩意；拿不定主意。

【心都實】sem¹dou¹sed⁶ 粵 悶悶不樂；鬱鬱寡歡。

【心肝椗】sem¹gon¹ding³ 粵 心肝寶貝。

【心掛掛】sem¹gua³gua³ 粵 心裏老掛念着。

【心抱茶】sem¹pou⁵ca⁴ 粵 新媳婦在婚禮上敬給公婆的茶。

【心抱仔】sem¹pou⁵zei² 粵 新媳婦；年輕的媳婦。

【心頭肉】sem¹teo⁴yug⁶ 粵 心肝寶貝；最心愛的人或物。

【心思思】sem¹xi¹xi¹ 粵 心裏惦着，盼着，想着 ♦ 見隔離買咗架鋼琴，個女成日心思思（鄰居買了一架鋼琴，女兒見了心癢癢的）。

【心因症】sem¹yen¹jing³ 方 由於心情、情緒等因素引起的不適症狀。

【心郁郁】sem¹yug¹yug¹ 粵 動心；產生很想做某事的念頭。

【心大心細】sem¹dai⁶sem¹sei³ 粵 形容猶豫不決，拿不定主意 ♦ 唔好再心大心細喇（別再猶豫了）。

【心都涼晒】sem¹dou¹lêng⁴sai³ 粵 心裏涼了半截。

【心甘命抵】sem¹gem¹méng⁶dei² 粵 心甘情願；主動；自動。

【心知肚明】sem¹ji¹tou⁵ming⁴ 粵 心中明白；心照不宣 ♦ 大家心知肚明，無謂多講。

【心路歷程】sem^{1}lou^{6}lig^{6}cing^{4} [方]感情經歷；思想轉變過程。

【心中有屎】sem^{1}zung^{1}yeo^{5}xi^{2} [粵] 心中有鬼；作賊心虛。

【心肝唔嚀肺】sem^{1}gon^{1}m^{4}na^{1}fei^{3} [粵] 形容做事丟三落四或說話前言不搭後語。

芯 sem^{1} (sɐm^{1}) [xīn] [通] 去皮的燈心草 ♦ 燈芯。

【芯薯】sem^{1}xu^{4} [粵] 草本植物。莖蔓生，塊根圓柱形，可以吃。

審(审) sem^{2} (sɐm^{2}) [shěn] [通] ❶詳細；周密 ♦ 審慎 / 審視。❷ 檢查；核對 ♦ 審核 / 審稿 / 審處。❸查問案件 ♦ 審訊 / 公審 / 終審。[粵] 也作"糝"。撒 ♦ 審啲鹽（撒點鹽）/ 審胡椒粉（撒胡椒麵）。

甚 sem^{6} (sɐm^{6}) [shèn] [通] ❶ 很；極 ♦ 效果甚佳 / 欺人太甚。❷ 超過；勝過 ♦ 日甚一日 / 過甚其辭。❸同"甚麼" ♦ 姓甚名誰。

【甚至無】sem^{6}ji^{3}mou^{4} [粵] 甚至；甚至於；即使；就算是 ♦ 如果三日內起到貨，甚至無加啲人工又點話吖（如果三天內能出貨，就算是加點工錢也無所謂）。

sen

申 sen^{1} (sɐn^{1}) [shēn] [通] ❶ 陳述；表白 ♦ 申述 / 三令五申。❷ 地支的第九位。

【申辦】sen^{1}ban^{6} [粵] 申請開辦企業等。

【申領】sen^{1}ling^{5} [粵] 申請領取 ♦ 申領營業執照。

【申請紙】sen^{1}qing^{2}ji^{2} [粵] 申請書；申請表。

伸 sen^{1} (sɐn^{1}) [shēn] [通] ❶ 展開 ♦ 伸直 / 能屈能伸。❷ 表白 ♦ 伸冤。

【伸算】sen^{1}xun^{3} [方] 折合；換算。

【伸展台】sen^{1}jin^{2}toi^{4} [方] 時裝表演台。

身 sen^{1} (sɐn^{1}) [shēn] [通] ❶ 人和動物的軀體 ♦ 身體 / 身材 / 全身 / 轉身。❷ 本人；親自 ♦ 身臨其境 / 以身作則。❸ 指生命 ♦ 以身殉職 / 奮不顧身。❹ 人的品格和修養 ♦ 修身 / 立身處世 / 獨善其身。❺ 人的地位 ♦ 身份 / 身價百倍。❻ 物體的主要部分 ♦ 機身 / 車身 / 船身。❼ 量詞 ♦ 他穿一身新衣服。[粵] ❶ 器物等的厚薄或款型 ♦ 企身琴（立式鋼琴）/ 薄身花樽（薄壁花瓶）/ 呢隻布摸上去幾厚身（這種布料手感夠厚）。❷ 動物等的個頭大小、肥瘦、老嫩程度 ♦ 隻豬先養咗三個月，未夠身上市（豬才養了三個月，現在拿去賣還嫌小了點）。❸ 量詞。相當於"通"、"身" ♦ 打佢一身（揍他一通）/ 周身唔得閒（忙得分不開身）。

【身家】sen^{1}ga^{1} [粵] 個人資產；家庭財產 ♦ 大把身家（財產豐厚）/ 幾百萬身家（資產數百萬）。

【身紀】sen^{1}géi^{2} [粵] 身孕 ♦ 有咗身紀（有了身孕）。

【身痕】sen^{1}hen^{4} [粵] 身上發癢，常用來責備孩子不聽話，想捱揍 ♦ 你身痕定嘞（你想捱揍是不是）？

【身型】sen^{1}ying^{4} [粵] 身材；體型。

【身歷聲】sen^{1}lig^{6}séng^{1} [方] 立體聲；高

保真度聲音。

【身有屎】sen1yeo5xi2 (粵) 比喻做了虧心事，有被人抓住把柄的地方。

【身不由主】sen1bed1yeo4ju2 (粵) 身不由己。

【身當命抵】sen1dong1méng6dei2 (粵) 自承其咎。

【身嬌肉貴】sen1giu1yug6guei3 (粵) 形容富家子弟身子嬌貴。

【身光頸靚】sen1guong1géng2léng3 (粵) 形容衣着光鮮、華麗。

【身水身汗】sen1sêu2sen1hon6 (粵) 大汗淋漓；汗流浹背 ♦ 做到身水身汗（幹得大汗淋漓）。

【身壯力健】sen1zong3lig6gin6 (粵) 身強力壯。

辛 sen1 (sɐn1) [xīn] (通) ❶ 辣 ♦ 辛辣。❷ 勞苦；艱難 ♦ 辛勤 / 艱辛。❸ 悲傷 ♦ 辛酸。❹ 天干的第八位。❺ 姓。

【辛苦】sen1fu2 [xīnkǔ] (通) ❶ 身心勞苦。❷ 客套語。用於求人做事 ♦ 呢次辛苦你嘞（這回辛苦你了）。(粵) ❶ 難受 ♦ 頭痛發熱，覺得好辛苦。❷ 費力氣 ♦ 行得好辛苦。

【辛苦命】sen1fu2méng6 (粵) 命中注定一生勞碌困苦。

新 sen1 (sɐn1) [xīn] (通) ❶ 初出現或剛發生的，跟“舊”或“老”相對 ♦ 新事物 / 新產品 / 新問題。❷ 還沒有用過的 ♦ 新筆 / 新衣服。❸ 最近；剛剛 ♦ 新近 / 新交 / 新官上任。❹ 性質上改變得更好的 ♦ 新社會 / 新觀念 / 整舊翻新。❺ 使變得更好 ♦ 改過自新 / 耳目一新。❻ 稱新婚時或結婚不久的人或物 ♦ 新郎 / 新房 / 新媳婦。

【新地】sen1déi6 (粵) 英 sundae 音譯。水果、核果拌冰淇淋。

【新丁】sen1ding1 (方) 初入行的人；新手。

【新記】sen1géi3 (方) 對新華社香港分社的俗稱。

【新高】sen1gou1 (粵) 新高峯；新紀錄 ♦ 中國運動員再創新高。

【新血】sen1hüd3 (方) 新人；新參加工作的人。

【新女】sen1nêu5−2 (方) 新入行的妓女。

【新潮】sen1qiu4 [xīncháo] (通) 新的社會變動或發展的趨勢。(粵) 時髦的；合乎潮流的 ♦ 新潮服裝。

【新紮】sen1zad3 (方) 最近紅起來的 ♦ 新紮師兄。

【新仔】sen1zei2 (粵) 新手。

【新張】sen1zêng1（港）新開張。

【新淨】sen1zêng6 (粵) 簇新。

【新出爐】sen1cêd1lou4 (粵) 新出台；新當選；最近出現的。

【新發財】sen1fad3coi4 (方) 暴發戶。

【新嚹嚹】sen1kuag1kuag1 (粵) 簇新簇新的。也說“新簇簇” sen1cug1 cug1。

【新力軍】sen1lig6guen1 (方) 生力軍；新人。

【新曆年】sen1lig6nin4 (粵) ❶ 陽曆 ♦ 按新曆年計。❷ 元旦；陽曆新年。

【新郎哥】sen1long4go1 (粵) 新郎。

【新年頭】sen1nin4teo4−2 (粵) 新春期間（正月初一至十五）。

【新鮮人】sen1xin1yen4 (方) 大學新生。

【新鮮熱辣】sen1xin1yid6lad6 (粵) ❶ 剛出

爐的麵包；剛起鍋的菜餚。❷ 泛指剛出現或剛發生的事物。也說“新鮮滾熱辣” sen¹xin¹guen²yid⁶lad⁶。

【新絲蘿蔔皮】sen¹xi¹lo⁴bag⁶péi⁴ ㊊ 華而不實的貨色；輕飄飄的暴發戶。

呻 sen³ (sɐn³) ㊊ 怨天怨地；唉聲歎氣 ♦ 呻冇錢（老嚷嚷說沒有錢）/ 成日喺度呻（整天嘟嘟囔囔，怨這怨那）。

【呻笨】sen³ben⁶ ㊊ 因上當受騙或錯失機會而自怨自艾。

【呻氣】sen³héi³ ㊊ 歎氣。

【呻窮】sen³kung⁴ ㊊ ❶ 訴窮。❷ 裝窮。

【呻呢呻嘮】sen³ni¹sen³lou³ ㊊ 怨這怨那。

辰 sen⁴ (sɐn⁴) [chén] ㊟ ❶ 日、月、星的統稱 ♦ 星辰。❷ 古代把一晝夜分為十二個時段 ♦ 時辰。❸ 時光；日子 ♦ 生辰 / 誕辰 / 壽辰。❹ 地支的第五位。

【辰時卯時】sen⁴xi⁴meo⁵xi⁴ ㊊ 卯時在前，辰時在後，“辰時卯時”指時間顛倒，也指隨便甚麼時候。

晨 sen⁴ (sɐn⁴) [chén] ㊟ 清早 ♦ 清晨 / 早晨 / 凌晨 / 今晨。

【晨褸】sen⁴leo¹ ㊊ 早晨梳洗時穿的長衣；也指睡衣。

【晨運】sen⁴wen⁶ ㊊ 晨練；清早的鍛煉。

【晨早】sen⁴zou² ㊊ 早晨。

【晨早流流】sen⁴zou²leo⁴leo⁴ ㊊ 一清早；一大早。

神 sen⁴ (sɐn⁴) [shén] ㊟ ❶ 宗教和神話中天地萬物的創造者和統治者，也指能力、德行高超的人物死後的精靈 ♦ 神仙 / 天神 / 山神。❷ 高超的；不平凡的 ♦ 神奇 / 神速 / 神童。❸ 精神；注意力 ♦ 留神 / 費神 / 聚精會神。❹ 表情；氣色 ♦ 神采 / 神態。❺ 知覺；感覺 ♦ 神志 / 神清氣爽。㊊ ❶ 神奇；神妙 ♦ 真神！ ❷ 出毛病；發生故障 ♦ 行到半路部車神咗（途中車子出了故障）。

【神化】sen⁴fa³ ㊊ 神妙；神奇。

【神棍】sen⁴guen³ ㊊ 神漢；從事迷信活動的人。

【神樓】sen⁴leo⁴ ㊊ 神龕；供神像或祖宗牌位的閣子。

【神婆】sen⁴po⁴ ㊊ 從事迷信活動的婦女。

【神心】sen⁴sem¹ ㊊ ❶ 虔誠；誠心。❷ 有毅力；有恆心。

【神嘢】sen⁴yé⁵ ㊊ 有毛病、靠不住的東西 ♦ 唔好貪平買埋晒啲神嘢（別圖價錢便宜，淨買些破玩意）。

【神主牌】sen⁴ju²pai⁴⁻² ㊊ 祖宗牌位 ♦ 神主牌都會嘟（祖宗牌位也會動，比喻大走紅運）。

【神神哋】sen⁴sen⁴⁻²déi² ㊊ ❶ 機械等有毛病，運轉不正常 ♦ 我部單車有啲神神哋（我那部自行車有點兒毛病）。❷ 精神不大正常 ♦ 噉嘢都做得出嘅，我睇佢有啲神神哋（這種事也幹得出來，我看他神經有點不大正常）。

【神仙眼】sen⁴xin¹ngan⁵ ㊊ 千里眼。

【神仙肚】sen⁴xin¹tou⁵ ㊊ 比喻能捱得餓 ♦ 做我哋呢行至緊要有個神仙肚（幹我們這一行，最要緊的是能捱得餓）。

【神高神大】sen^{4}gou^{1}sen^{4}dai^{6} [粵] 身材高大；魁梧。

【神神化化】sen^{4}sen^{4}fa^{3}fa^{3} [粵] 形容言行古怪，難於捉摸。

【神神經經】sen^{4}sen^{4}ging^{1}ging^{1} [粵] 瘋瘋傻傻；精神不太正常。

【神推鬼㧬】sen^{4}têu^{1}guei^{2}ngung^{2} [粵] 鬼使神差；身不由己。

【神憎鬼厭】sen^{4}zeng^{1}guei^{2}yim^{3} [粵] 令人討厭、憎惡。

腎（肾） sen^{5} (sɐn^{5}) [shèn] [通] 人和高等動物分泌尿液的器官，俗稱“腰子”。[粵] ❶ 禽類的胃 ♦ 雞腎 / 鴨腎。❷ 蠢笨；癡呆 ♦ 你都腎嘅（你真傻）。❸ 生水；艮 ♦ 腎芋頭。

【腎人】sen^{5}yen^{4} [粵] 傻瓜 ♦ 正腎人嚟嘅，咁易俾人呃到（十足的傻瓜，輕易就讓人家給騙了）。

sên

筍（笋） sên^{2} (sœn^{2}) [sǔn] [通] 竹的嫩芽 ♦ 竹筍 / 冬筍 / 春筍。

【筍蝦】sên^{2}ha^{1} [粵] 乾筍片。

【筍嘢】sên^{2}yé^{5} [粵] 好東西；便宜的東西；有利可圖的事等 ♦ 有乜筍嘢，記得關照吓嗜（有啥好事，請多多關照）/ 想執筍嘢，就要經常行街（想買到價廉物美的東西，就得勤點逛商店）。

信 sên^{3} (sœn^{3}) [xìn] [通] ❶ 誠實 ♦ 信義 / 取信 / 守信。❷ 不懷疑；認為可靠 ♦ 信賴 / 相信 / 堅信。❸ 崇奉 ♦ 信奉 / 信教 / 迷信。❹ 函件 ♦ 書信 / 家信 / 介紹信。❺ 憑據 ♦ 信物 / 印信。❻ 消息 ♦ 口信 / 通風報信。❼ 隨意；隨便 ♦ 信步 / 信口開河。

【信邪】sên^{3}cé^{4} [粵] 相信會遭逢不幸。

【信皮】sên^{3}péi^{4} [粵] 信封。

【信肉】sên^{3}yug$^{6-2}$ [粵] 信瓤兒。

純（纯） sên^{4} (sœn^{4}) [chún] [通] ❶ 單一；不雜 ♦ 純金 / 純藍 / 單純。❷ 熟練 ♦ 他的功夫很純。

【純粹租房】sên^{4}sêu^{6}zou^{1}fong$^{4-2}$ [方] 情人旅館；供男女幽會或狎妓的旅舍。

馴（驯） sên^{4} (sœn^{4}) [xún] [通] ❶ 馴從 ♦ 馴服 / 馴良 / 馴順。❷ 使馴服 ♦ 馴馬 / 馴虎 / 馴養。

【馴品】sên^{4}ben^{2} [粵] 柔順；溫順；淳良 ♦ 嗰個女仔都幾馴品嘅（那個女孩子性情還算溫柔）。

順（顺） sên^{6} (sœn^{6}) [shùn] [通] ❶ 向着同一個方向 ♦ 順風 / 順水 / 順流而下。❷ 沿；循 ♦ 順藤摸瓜 / 順河邊走。❸ 依次 ♦ 順延。❹ 隨；趁便 ♦ 順手關門 / 順口説出。❺ 整理 ♦ 理順 / 文章太亂，得順一順。❻ 服從 ♦ 順從 / 依順 / 忠順 / 歸順。❼ 適合；如意 ♦ 順他的意。

【順境】sên^{6}ging^{2} [粵] 順當；順利。也作“順景”。

【順喉】sên^{6}heo^{4} [粵] 煙酒等味醇不嗆喉。

【順住】sên^{6}ju^{6} [粵] 順着；沿着。

【順眼】sên^{6}ngan^{5} [shùnyǎn] [通] 看着舒服 ♦ 睇唔順眼（看不慣）。

【順攤】sên^{6}tan^{1} [粵] 順利；順當 ♦ 唔好俾佢咁順攤（別讓他那麼順當）。

【順德人】sên^{6}deg^{1}yen$^{4-2}$ [粵] 順德縣人。

方言“德”與“得”同音，因此亦含“順得人意”的意思。

【順風駛幔】sên⁶fung¹sei²léi⁵ [粵] 見風駛舵，看情勢行事。

séng

聲（声）séng¹ (sɛŋ¹) [粵] 口語音。❶聲音；音量◆陰聲細氣（説話聲音柔弱）/電視唔好開咁大聲（電視機音量不要放太大）。❷吭聲；説話◆做乜聲都唔聲（幹嘛一句話也不説）/粒聲唔出就走咗（一聲不吭就走了）。❸嗓子◆聲都沙埋（嗓子都沙啞了）/佢把聲好尖（她嗓門很尖）。❹用在重疊的擬聲詞後面，相當於“…地響”◆咕咕聲（咕咕叫）/隆隆聲（隆隆地響）。

【聲氣】séng¹héi³ [粵] ❶希望◆我睇都係冇乜聲氣㗎喇（我看沒甚麼希望啦）。❷消息；信兒◆嗰單嘢仲未有聲氣（那事還沒有消息）。❸絮叨◆咪咁多聲氣喇（別那麼絮叨好不好）。

【聲喉】séng¹heo⁴ [粵] 嗓子；嗓門，嗓音◆聲喉大（大嗓門）/佢聲喉唔錯㗎（她嗓子不錯的）。

【聲線】séng¹xin³ [粵] 嗓音；音色◆聲線甜美。

【聲箱】séng¹sêng¹ [方] 音箱。

【聲大大】séng¹dai⁶dai⁶ [粵] 嗓門高；高聲嚷嚷。

【聲大夾惡】séng¹dai⁶gab³ngog³ [粵] 形容盛氣淩人，嗓門大，態度兇狠。

【聲大夾冇準】séng¹dai⁶gab³mou⁵zên² [粵] 扯着嗓門胡説八道。

☞ 另見 412 頁 xing¹。

腥 séng¹ (sɛŋ¹) [粵] 口語音◆腥夾臭（又腥又臭）。

【腥曷】séng¹hod³ [粵] 腥臭。

【腥鰛鰛】séng¹wen¹wen¹ [粵] 腥腥的；一股腥味。

醒 séng² (sɛŋ²) [粵] 口語音◆啱瞓醒（剛睡醒）/瞓到九點鐘仲未醒（睡到九點鐘還沒醒來）。

【醒瞓】séng²fen³ [粵] 睡得不熟；睡眠時易醒。

☞ 另見 413 頁 xing²。

鋥 séng³ (sɛŋ³) [粵] 銹◆生鋥（生銹）/臭鋥䐁（鐵銹味）。

成 séng⁴ (sɛŋ⁴) [粵] 口語音。❶成功；成事◆單生意成唔成吖（生意做成了沒有）？❷男女定婚◆佢兩個早就成咗喇（他們倆早定婚了）。❸整；整個◆成班人馬（整班人馬）/包晒成間酒樓（把整個酒樓全包了）。❹幾乎；將近◆成尺深（將近一尺深）/出去成個月嘞都仲未返（外出快一個月了還沒回來）。

【成日】séng⁴ (xing⁴)yed⁶ [粵] 整天；老是◆瞓足成日（睡足一天）/成日俾人鬧（老捱罵）。

【成朝早】séng⁴jiu¹zou² [粵] 整個早上。

【成世人】séng⁴sei³yen⁴ [粵] 一輩子；終生。

【成行成市】séng⁴hong⁴séng⁴xi⁵ [粵] 指已經形成相當規模的市場。

☞ 另見 319 頁 qing⁴；414 頁 xing⁴。

城 séng⁴ (sɛŋ⁴) [粵] 口語音。指省城◆出城（上省城）。

sêng

傷（伤）sêng1 (sœŋ1) [shāng] (通) ❶ 人體或其他物體受到的損害 ♦ 受傷 / 內傷 / 槍傷 / 燙傷。❷ 損害 ♦ 傷脾胃 / 傷感情 / 出口傷人。❸ 因某種致病因素而得病 ♦ 傷寒。❹ 妨礙；妨害 ♦ 無傷大雅 / 有傷大體。❺ 悲哀 ♦ 傷感 / 悲傷 / 哀傷。(粵) 受損；受創 ♦ 噉好傷嗰喎（這麼一來受損可就大了）。

商 sêng1 (sœŋ1) [shāng] (通) ❶ 交換意見 ♦ 協商 / 面商 / 有要事相商。❷ 生意；買賣 ♦ 通商 / 經商。❸ 做生意的人 ♦ 富商 / 客商 / 廠商。❹ 除法中的得數 ♦ 商數。

【商住大廈】sêng1ju6dai6ha6 (粵) 指底層為商店，上層為住宅的大廈。

雙（双）sêng1 (sœŋ1) [shuāng] (通) ❶ 兩個；一對 ♦ 雙方 / 雙親 / 雙管齊下 / 雙喜臨門。❷ 偶數，跟"單"相對 ♦ 雙數 / 雙號。❸ 加倍的 ♦ 雙份 / 雙料貨。❹ 量詞 ♦ 一雙鞋 / 一雙筷子。

【雙飛】sêng1féi1 (粵) 乘飛機往返 ♦ 雙飛團（乘飛機往返旅行團）。

【雙房】séng1fong4-2 (粵) 旅店的雙人房 ♦ 訂兩間雙房。

【雙蒸】sêng1jing1 (粵) 經兩次蒸餾的燒酒，度數較低 ♦ 九江雙蒸（九江產的雙蒸酒）。

【雙糧】sêng1lêng4 (粵) 年終發雙倍工資。

【雙料】sêng1liu6-2 (粵) 雙重的 ♦ 雙料冠軍（同時拿兩項冠軍）/ 雙料謀殺（雙重謀殺）。

【雙環】sêng1wan4 (粵) 體育運動的吊環。

【雙白金】sêng1bag6gem1 (方) 唱片的銷售量超過十萬張。

【雙下巴】sêng1ha6pa4 (粵) 指下巴肉多鼓起。

【雙企人】sêng1kéi5yen4 (粵) 漢字偏旁的"雙立人"，形狀是"彳"。

【雙眼簷】sêng1ngan5yem4 (粵) 雙眼皮；沿下緣有一條褶的上眼皮。

【雙皮奶】sêng1péi4-2nai5 (粵) 順德大良鎮製作的甜奶酪。

【雙窬牆】sêng1yu4cêng4 (粵) 兩層磚砌的牆。

【雙職婦女】sêng1jig1fu5nêu5 (方) 稱已婚的職業婦女。

相 sêng1 (sœŋ1) [xiāng] (通) ❶ 相互關聯或比較 ♦ 相識 / 相像 / 相處 / 相親相愛。❷ 表示一方對另一方的行為 ♦ 實不相瞞 / 好言相勸。❸ 親自看 ♦ 相親 / 相中 / 左相右看。

【相睇】sêng1tei2 (粵) 男女相親。

【相與】sêng1yu5 (粵) ❶ 相處；彼此往來。❷ 商量 ♦ 冇得相與（沒商量）。

【相就】sêng1zeo6 (粵) 將就；互相遷就 ♦ 大家相就下咪冇事咯（大家互相遷就一下不就沒事了）。

【相當之】sêng1dong1ji1 (粵) 相當 ♦ 嗰度啲茶葉相當之靚（那裏的茶葉相當不錯）。

【相嗌無好口】sêng1ngai3mou4hou2heo2 (粵) 雙方爭吵起來，彼此都不會有甚麼好聽的說話。也說"相爭無好口"

sêng¹zang¹mou⁴hou²heo²。

【相請不如偶遇】sêng¹qing²bed¹yu⁴ngeo⁵yu⁶ [粵] 偶然遇見正想招待的親朋時說的客套話。

☞ 另見本頁 sêng²，sêng³。

賞（赏）sêng² (sœŋ²) [shǎng] [通] ❶ 賜予；獎勵 ♦ 打賞 / 獎賞。❷ 愛好或觀看某種東西 ♦ 欣賞 / 觀賞 / 雅俗共賞。❸ 獎賞的錢物 ♦ 受賞 / 懸賞。❹ 請對方接受邀請或要求的客氣話 ♦ 賞光 / 賞臉。

【賞面】sêng²min⁶⁻² [粵] 賞臉。

想 sêng² (sœŋ²) [xiǎng] [通] ❶ 思考；思索 ♦ 想問題 / 想方設法 / 想入非非。❷ 推測；認為 ♦ 推想 / 料想 / 猜想。❸ 希望；打算 ♦ 理想 / 夢想 / 癡心妄想。❹ 惦記；懷念 ♦ 想念 / 想家 / 朝思暮想。

【想話】sêng²wa⁶ [粵] 打算；正想 ♦ 佢想話買咗間屋（他打算把房子買了）/ 想話出街買餸，佢啱啱嚟電話（正想上街買菜，他就來電話了）。

【想點就點】sêng²dim²zeo⁶dim² [粵] 想怎麼樣就怎麼樣；為所欲為。

【想唔…都幾難】sêng²m⁴…dou¹géi²nan⁴ [粵] 不…不行；非…不可 ♦ 想唔去都幾難（非去不可）。

相 sêng² (sœŋ²) [粵] 口語變音。相片；照片 ♦ 映相 / 曬相 / 證件相 / 半身相。

【相簿】sêng²bou² [粵] 影集；相冊。

【相底】sêng²dei² [粵] 底片。

【相機】sêng²géi¹ [粵] 照相機。也說"映相機" ying²sêng²géi¹。

☞ 另見 350 頁 sêng¹；本頁 sêng³。

相 sêng³ (sœŋ³) [xiàng] [通] ❶ 樣子；外貌 ♦ 相貌 / 長相 / 可憐相 / 狼狽相。❷ 觀察；察看 ♦ 相馬 / 相機行事。❸ 輔助；也指輔佐的人 ♦ 儐相 / 吉人天相。❹ 古代官名 ♦ 宰相 / 丞相。

【相夫教子】sêng³fu¹gao³ji² [粵] 襄助丈夫，教養子女。

☞ 另見 350 頁 sêng¹；本頁 sêng²。

上 sêng⁵ (sœŋ⁵) [shàng] [通] ❶ 由低處到高處 ♦ 上樓 / 上牀 / 上車。❷ 去；到；往 ♦ 上街 / 上學 / 上北京。❸ 按規定時間進行某種活動 ♦ 上班 / 上課。❹ 增添；安裝；塗沫 ♦ 上貨 / 上漆 / 上螺絲。❺ 登載 ♦ 上榜 / 上報 / 上賬。❻ 碰上；搭上 ♦ 上鈎 / 上當。❼ 表示動作的趨向或完成 ♦ 爬上去 / 騎上去 / 趕上考試。❽ 達到一定數量或程度 ♦ 上年紀 / 上等級 / 成千上萬。

【上電】sêng⁵din⁶ [方] 吸毒；過毒癮。

【上香】sêng⁵hêng¹ [粵] 裝香拜神或拜祭祖先。

【上契】sêng⁵kei³ [粵] 認乾親 ♦ 上契儀式。

【上鏈】sêng⁵lin⁶⁻² [粵] 鐘、錶等上發條、上錶弦。

【上岸】sêng⁵ngon⁶ [shàng'àn] [通] 從水上到岸上。[粵] ❶ 指發橫財後洗手不幹；脫離不正當職業。❷ 指經過一翻努力後，可以享受成果。

【上片】sêng⁵pin² [粵] 影片開始上映。

【上數】sêng⁵sou³ [粵] ❶ 記賬；登記賬目。❷ 算在…名下 ♦ 上晒我嘅數

(全算在我的名下)。也說"入數" yeb⁶sou³。

【上頭】sêng⁵teo⁴ ⓔ ❶ 女子出嫁時的梳頭儀式。❷ 酒力上腦袋。

【上堂】sêng⁵tong⁴ ⓔ 上課。

【上色】sêng⁵xig¹ [shàngsè] ⓣ 加顏色。ⓔ 着色；染上顏色。

☞ 另見本頁 sêng⁶。

上 sêng⁶ (sœŋ⁶) [shàng] ⓣ ❶ 位置在高處 ♦ 樓上 / 上方 / 上空。❷ 次序或時間在前 ♦ 上午 / 上旬 / 上卷 / 上輩。❸ 等級高；質量好 ♦ 上層 / 上級 / 上等 / 上品。❹ 表示時間、處所、範圍、方面等 ♦ 晚上 / 桌上 / 會上 / 組織上。

【上便】sêng⁶bin⁶ ⓔ 上面；上邊。

【上蓋】sêng⁶goi³ ⓕ 指大廈的高層。

【上高】sêng⁶gou¹ ⓔ ❶ 高處上面 ♦ 皮喼唔用就放喺櫃頂上高喇(皮箱如果不用，就放在櫃子上面吧)。❷ 上頭 ♦ 上高派人嚟追查呢單嘢(上頭派人來追查這件事)。

【上下】sêng⁶ha⁶⁻² ⓔ ❶ 表示約數、概數，相當於"大約"、"大概"、"左右" ♦ 卅文上下(三十塊左右) / 佢退休七年咁上下就病死嘞(他退休大概有七年就病死了)。❷ 將近；就快 ♦ 琴晚我上下天黑先返屋企(昨晚我將近天黑才回家)。

【上訴】sêng⁶sou³ [shàngsù] ⓣ 當事人不服一審的判決或裁定，依據向上一級法院提請重新審理。ⓔ ⓕ 反駁；辯駁。

【上湯】sêng⁶tong¹ ⓔ 高湯，用雞、瘦肉、火腿等熬製的供烹調用的湯。

【上圍】sêng⁶wei⁴ ⓣ 女子的胸圍。

【上揚】sêng⁶yêng⁴ ⓔ 上漲 ♦ 糧價上揚。

【上晝】sêng⁶zeo³ ⓔ 上午；上半晌。

【上空裝】sêng⁶hung¹zong¹ ⓕ 女子上身裸露的裝束。也說"無上裝" mou⁴sêng⁶zong¹。

☞ 另見 351 頁 sêng⁵。

seo

收 seo¹ (sɐu¹) [shōu] ⓣ ❶ 接到；接受 ♦ 收信 / 查收 / 招收工人。❷ 割取成熟的農作物 ♦ 收割 / 秋收 / 豐收。❸ 獲得經濟利益 ♦ 收益 / 收支 / 創收。❹ 招回；取回 ♦ 收回 / 收賬 / 沒收。❺ 聚集；合攏 ♦ 收拾 / 收口。❻ 結束；停止 ♦ 收工。❼ 逮捕；監禁 ♦ 收押 / 收審 / 收監。

【收得】seo¹deg¹ [shōudé] ⓔ 賣座或收視率高 ♦ 佢拍嘅戲部部都幾收得(他拍的電影每一部賣座率都挺高，或他拍的電視劇每一部收視率都挺高)。

【收檔】seo¹dong³ ⓔ ❶ 收攤；停止營業 ♦ 門口嗰間舖七點鐘就收檔㗎喇(門口那間小店七點鐘就收攤啦) / 茶樓做唔啱收檔算喇(茶樓做不下去，乾脆歇業算了)。❷ 結束 ♦ 做埋啲手尾就收檔(把手尾工作做完就結束)。❸ 收起來 ♦ 你嗰槓嘢快啲收檔喇(你那一套快點收起來吧)。

【收科】seo¹fo¹ ⓔ 收場；了結；煞尾 ♦ 呢單嘢我睇你點收科(這事我看

你怎麼收場)?

【收貨】seo¹fo³ [shōuhuò] [通] 接收貨物。[粵] 接受;認可。

【收風】seo¹fung¹ [粵] 通到消息。

【收緊】seo¹gen² [shōujǐn] [通]收攏,使之緊縮 ♦ 收緊銀根。[方] 從嚴;嚴格執行 ♦ 收緊監管條例。

【收樓】seo¹leo⁴⁻² [粵] 指房東收回租賃的房屋。

【收埋】seo¹mai⁴ [粵] 收起來;藏起來 ♦ 將本郵集收埋唔俾人睇(把集郵冊收起來不讓人看)。

【收納】seo¹nab⁶ [粵] 容納;吸納。

【收生】seo¹sang¹ [方] 招生。

【收身】seo¹sen¹ [方] 減肥;使身材苗條。

【收聲】seo¹séng¹ [粵] ❶ 停止哭泣 ♦ 喊咁耐仲唔快啲收聲(哭了半天就別再哭了)。❷ 住口;住嘴 ♦ 你收聲,喺呢度幾時輪到你牙擦(住嘴,這兒可不是你自吹自擂的地方)。

【收水】seo¹sêu² [粵] ❶ 收費;收錢。❷ 賭博時收取"抽頭"。❸ 因欠缺水分而收縮、變小、皺皮。

【收數】seo¹sou³ [粵] 收賬;收回欠款、債款 ♦ 上門收數 / 收數公司(專門替人催收欠款的公司)。

【收線】seo¹xin³ [粵] 掛斷電話 ♦ 唔好收線住(先別掛斷電話)。

【收掣】seo¹zei³ [粵] 剎車。

【收買佬】seo¹mai⁵lou² [粵] 收買破爛的;收買舊貨者。

【收拾心情】seo¹seb⁶sem¹qing⁴ [方] 收束心思;使心情回復平靜。

修 seo¹ (sɐu¹) [xiū] [通] ❶ 整治 ♦ 檢修 / 裝修。❷ 建造 ♦ 修建 / 修築 / 修鐵路 / 修水庫。❸ 寫;編寫 ♦ 修函 / 修書 / 修縣誌。❹ 學習;培養 ♦ 修業 / 自修 / 進修。❺ 長 ♦ 修長 / 茂林修竹。

【修面】seo¹min⁶ [粵] 刮臉。

【修為】seo¹wei⁴ [粵] 修養;涵養。

羞 seo¹ (sɐu¹) [xiū] [通] ❶ 慚愧;感到恥辱 ♦ 羞愧 / 羞恥 / 羞與為伍。❷ 難為情;不好意思 ♦ 害羞 / 羞羞答答 / 羞紅了臉。❸ 使難為難 ♦ 你別羞他。

【羞家】seo¹ga¹ [粵] 丟臉;出醜。

手 seo² (sɐu²) [shǒu] [通] ❶ 人體上肢前端能拿東西的部分 ♦ 手指 / 左手 / 得心應手。❷ 拿着 ♦ 人手一冊。❸ 小巧便於拿的 ♦ 手摺。❹ 親自 ♦ 手抄 / 手書 / 親手。❺ 做某種事情或擅長某種技能的人 ♦ 水手 / 獵手 / 神槍手。❻ 技能;本領 ♦ 手藝 / 身手 / 有兩手。[粵] ❶ 動物的前蹄 ♦ 豬手。❷ 量詞。用於表示買賣股票、期貨的基本單位 ♦ 買咗兩手和黃(買了兩手和記黃埔股票)。❸ 量詞。用於表示上發條時捏住錶把等轉動一次 ♦ 上幾手鏈(上幾圈弦)。❹ 量詞。用於表示使人為難、驚懼、討厭或忌諱的事 ♦ 佢嗰手嘢,好得人驚㗎(他那種手段很令人害怕)。

【手板】seo²ban² [粵] 手掌。

【手臂】seo²béi³ [粵] 胳膊 ♦ 有手臂咁長(有胳膊那麼長)/ 佢嘅手臂好粗(他胳膊粗大)。

【手冊】seo²cag³ [shǒucè] [通] ❶ 介紹實

用知識的參考書 ♦ 電工實用手冊。❷ 做某種記錄的本子 ♦ 學習手冊。[方] 證件；證明 ♦ 船員手冊（船員證）。

【手車】seo²cé¹ [粵] 手推車。

【手抽】seo²ceo¹ [粵] 手提籃子，多用藤、竹、草或塑料編製。

【手多】seo²do¹ [方] 指對異性動手動腳。

【手袋】seo²doi⁶⁻² [粵] 女用手提包。

【手風】seo²fung¹ [粵] 同"手氣"。

【手甲】seo²gab³ [粵] 指甲 ♦ 手甲咁長仲唔剪咗佢（指甲這麼長還不剪掉）？

【手腳】seo²gêg³ [shǒujiǎo] [通] ❶ 動作，舉動 ♦ 手腳敏捷。❷ 暗中採取的不正當行動 ♦ 做手腳 / 手腳唔乾淨（手腳不乾淨，指有小偷小摸行為）。[粵] 拳腳 ♦ 幾下手腳將佢做垮（幾下拳腳把他打翻在地）/ 佢邊係你手腳吖（打架他哪是你的對手）。

【手巾】seo²gen¹ [粵] 毛巾。

【手緊】seo²gen² [shǒujǐn] [通] ❶ 缺錢用 ♦ 呢排手緊，係要慳啲（最近手緊，得省着點）。❷ 吝惜 ♦ 佢個人係手緊啲（他的確有點吝惜）。

【手瓜】seo²gua¹ [粵] 上臂 ♦ 手瓜起腱（上臂肌肉發達）。

【手骨】seo²gued¹ [粵] ❶ 上肢的骨頭。❷ 胳膊 ♦ 打出手骨（露出胳膊）。❸ 有實力；有後台。

【手痕】seo²hen⁴ [粵] ❶ 手癢 ♦ 刮過芋頭有啲手痕（刮完芋頭手有點癢）。❷ 技癢。❸ 多手；喜歡東翻西弄。

【手扣】seo²keo³ [粵] 手銬。

【手鏈】seo²lin⁶⁻² [粵] 佩戴在手腕上的鏈狀飾物。

【手鐐】seo²liu⁴ [粵] 手銬。

【手襪】seo²med⁶ [粵] 手套。

【手尾】seo²méi⁵ [粵] ❶ 餘下的一小部分工作 ♦ 仲剩番啲手尾未做完（還剩下一些零碎活兒沒幹完）。❷ 事後出現的麻煩 ♦ 手尾長嘞（麻煩事可多了）/ 有手尾跟（還有麻煩事要處理）。❸ 做事有條理 ♦ 乜咁冇手尾㗎（咋這麼沒條理，東西亂扔亂放）/ 佢做嘢真係有手尾（他做事真有條理）。

【手鈪】seo²ngag² [粵] 手鐲。

【手眼】seo²ngan⁵ [粵] 手腕骨頭突出的地方。

【手硬】seo²ngang⁶ [粵] 有本事；夠手段 ♦ 各人手硬各人扒（誰有本事誰去撈，形容各施各法去撈取個人的好處）。

【手坳】seo²ngao³ [粵] 肘窩。

【手勢】seo²sei³ [shǒushì] [通] 用手做出的姿勢 ♦ 打手勢。[粵] ❶ 手藝 ♦ 煮啲餸手勢唔錯（做出的菜手藝不錯）。❷ 指習慣動作 ♦ 佢慣咗手勢，一入屋梗要開燈（他習慣一進屋就亮燈）/ 三兩下手勢搞啱（三兩下子就弄妥了）。❸ 同"手氣" ♦ 今日好手勢，贏咗幾百文（今天手氣不錯、贏了好幾百塊）。

【手信】seo²sên³ [粵] 探訪親友時隨手攜帶的禮物。

【手疏】seo²so¹ [粵] 手鬆；輕易花錢或給人東西。

【手踭】seo²zang¹ [粵] 胳膊肘。

【手掣】seo²zei³ [粵] 手動開關；手動控制器。

【手作】seo²zog³ [粵] 手工技藝。

【手足】seo²zug¹ [shǒuzú] [通] ❶ 動作；舉動 ♦ 手足無措。❷ 比喻弟兄之親 ♦ 手足之情。[粵] 指親密朋友。

【手板堂】seo²ban²tong⁴ [粵] 手心；手掌。

【手多多】seo²do¹do¹ [粵] 多手多腳；愛亂摸亂弄。

【手巾仔】seo²gen¹zei² [粵] 手帕；手絹。

【手瓜硬】seo²gua¹ngang⁶ [粵] 比喻有實力、有勢力。

【手痕友】seo²hen⁴yeo⁵⁻² [粵] 手癢的人；愛亂摸亂弄的人。

【手指公】seo²ji²gung¹ [粵] 拇指。

【手指尾】seo²ji²méi⁵⁻¹ [粵] ❶ 小指。❷ 比喻小不點 ♦ 手指尾咁大（小不點兒）。

【手指罅】seo²ji²la³ [粵] 指縫 ♦ 漏唔過我嘅手指罅（逃不出我的手心）。

【手指模】seo²ji²mou⁴ [粵] 指印；指模 ♦ 撳手指模（壓指模）。

【手撕雞】seo²xi¹gei¹ [粵] 用手撕成碎塊上碟的地方風味雞。

【手作仔】seo²zog³zei² [粵] 工匠；手藝人。

【手急眼快】seo²geb¹ngan⁵fai³ [粵] 手疾眼快；眼疾手快。

【手指罅疏】seo²ji²la³so¹ [粵] 同“手疏”。

【手指舞廳】seo²ji²mou⁵téng¹ [方] 指舞客可對舞女動手動腳的色情舞廳。

【手提電話】seo²tei⁴din⁶wa⁶⁻² [粵] 移動式無線電話。

【手揗腳震】seo²ten⁴gêg³zen³ [粵] ❶ 手腳顫抖 ♦ 嚇到佢手揗腳震（把他嚇得全身顫抖）。❷ 縮手縮腳 ♦ 睇你手揗腳震咁，等我嚟喇（瞧你縮手縮腳的，讓我來吧）。

【手停口停】seo²ting⁴heo²ting⁴ [粵] 不開工就難以維持生計 ♦ 使眾多手停口停的小企業主缺乏安全感。

【手指拗入唔拗出】seo²ji²ngao²yeb⁶m⁴ngao²cêd¹ [粵] 胳膊只會朝裏拐，指自家人應當幫自家人。

守 seo² (sɐu²) [shǒu] [通] ❶ 衛護 ♦ 防守／把守／守海島。❷ 看護 ♦ 守門／守候／守護病人。❸ 遵循 ♦ 守舊／遵守／守紀律。

【守清】seo²qing¹ [粵] 守寡。

【守得雲開見月明】seo²deg¹wen⁴hoi¹gin³ yud⁶ming⁴ [粵] 假以時日，終會遇上順境。

首 seo² (sɐu²) [shǒu] [通] ❶ 頭；腦袋 ♦ 昂首／首飾。❷ 領導的人 ♦ 首長／首領／罪魁禍首。❸ 第一；最高的 ♦ 首腦／首席代表。❹ 最先；最早 ♦ 首創／首次。❺ 出頭；告發 ♦ 自首／出首。❻ 量詞 ♦ 一首詩／一首歌。

【首本】seo²bun² [粵] ❶ 演員最拿手的劇目 ♦ 首本戲。❷ 泛指某人最拿手的技藝。

【首被告】seo²béi⁶gou³ [方] 第一被告。

瘦 seo³ (sɐu³) [shòu] [通] ❶ 脂肪少；肌肉不豐滿 ♦ 瘦肉／瘦弱／消瘦／面黃肌瘦。❷ 不肥沃 ♦ 瘦田／這地很瘦。❸ 衣服鞋襪等窄小 ♦ 褲腳太瘦／鞋瘦腳肥。[粵] 指鐵製的烹飪用具因缺乏油脂而呈生鏽狀態。

【瘦骨仙】seo³gued¹xin¹ [粵] 瘦猴兒；十分消瘦的人。

【瘦擘擘】seo³mag³⁻¹mag³⁻¹ [粵] 清瘦；枯瘦。

【瘦蜢蜢】seo^{3}mang$^{5-2}$mang$^{5-2}$ (粵) 同"瘦擘擘"。

【瘦骨□柴】seo^{3}gued^{1}lai^{4}cai^{4} (粵) 瘦骨嶙峋；骨瘦如柴。也説"瘦骨擂搥" seo^{3}gued^{1}lêu^{4}cêu^{4}。

漱 seo^{3}/sou^{3} (sɐu^{3}/sou^{3}) [shù] (通) 含水盪洗口腔 ♦ 漱口。方言多説"啷" long^{2}。

仇 seo^{4} (sɐu^{4}) [chóu] (通) ❶ 很深的怨恨 ♦ 冤仇 / 報仇 / 恩將仇報。❷ 敵人 ♦ 仇敵 / 仇人 / 疾惡如仇 / 同仇敵愾。

【仇家】seo^{4}ga^{1} (粵) 仇人。

【仇口】seo^{4}heo^{2} (粵) 宿仇；積怨 ♦ 佢兩個係有啲仇口 (他們倆確實有點積怨)。

受 seo^{6} (sɐu^{6}) [shòu] (通) ❶ 接納別人給的東西 ♦ 受獎 / 享受 / 接受。❷ 遭到 ♦ 受苦 / 受災 / 受批評。❸ 忍耐 ♦ 忍受 / 難受 / 受不了。(粵) ❶ 接受；接納 ♦ 受埋你玩 (接受你一起玩) / 兩頭唔受中間受 (雙方均不接受，只有第三者接受)。❷ 能忍受，適應 ♦ 唔受得佢個鋪長氣法 (忍受不了他那種囉嗦勁兒) / 唔受得嗰度啲水土 (適應不了那兒的水土)。

【受力】seo^{6}lig^{6} [shòulì] (通) 受到力的作用。(粵) ❶ 承受重力、壓力 ♦ 成個架就靠呢口釘受力 (整個架子就靠這枚釘子支承)。❷ 能承受重力、壓力 ♦ 塊板受唔受力㗎 (這塊板能承受得了嗎)？

【受落】seo^{6}log^{6} (粵) ❶ 接納；接受 ♦ 受落啲禮物 (把禮物接受下來) / 分期付款這種購物方式已逐漸被消費者受落。❷ 被人稱讚後感到榮幸。

【受眾】seo^{6}zung^{3} (方) 指傳媒的接受對象，包括觀眾、聽眾、讀者等。

【受唔起】seo^{6}m^{4}héi^{2} (粵) 沒資格接受。

【受唔住】seo^{6}m^{4}ju^{6} (粵) 受不住；吃不消。

【受硬唔受軟】seo^{6}ngang^{6}m^{4}seo^{6}yun^{5} (粵) 欺軟怕硬。

【受人二分四】seo^{6}yen^{4}yi^{6}fen^{1}séi^{3} (粵) 受僱於人。

【受軟唔受硬】seo^{6}yun^{5}m^{4}seo^{6}ngang^{6} (粵) 吃軟不吃硬。

壽 (寿) seo^{6} (sɐu^{6}) [shòu] (通) ❶ 活的歲數大 ♦ 長壽 / 人壽年豐 / 壽比南山。❷ 生命的年限 ♦ 壽命 / 壽數 / 壽終正寢。❸ 生日 ♦ 壽辰 / 拜壽 / 祝壽。❹ 婉辭。給死人用的 ♦ 壽衣 / 壽材。

【壽頭】seo^{6}teo^{4} (粵) 傻瓜；傻裏傻氣的人。

【壽仔】seo^{6}zei^{2} (粵) 小傻瓜 ♦ 傻裏傻氣的青少年。

【壽星公】seo^{6}xing^{1}gung^{1} (粵) ❶ 壽星；長壽者。❷ 以壽星做的飾物。

【壽星公吊頸】seo^{6}xing^{1}gung^{1}diu^{3}géng^{2} (歇) 嫌命長 yim^{4}méng^{6}cêng^{4} (粵) 指做事不顧危險，玩命，相當於"壽星老兒上吊——活膩了"。

sêu

衰 sêu^{1} (sœy^{1}) [shuāi] (通) 事物發展轉向微弱 ♦ 衰弱 / 衰敗。(粵) ❶ 倒霉；糟糕 ♦ 衰到貼地 (非常倒霉) / 呢排衰開有條路，做樣樣都唔順（這段日子真倒霉，做每一件事情都不順利）。❷缺德；混賬♦唔好咁衰亂掉煙頭（別這麼缺德亂扔煙頭）/佢份人好衰嘅，成日冇厘正經（他那人就這副德性，整天癲癲傻傻的）。❸下賤；墮落♦唔衰攞嚟衰（自己作賤自己）/做人做得咁衰，死埋佢算喇（做人做得這麼下賤，乾脆死了算了）。

【衰格】sêu¹gag³ [粵] 人格卑微、猥褻。

【衰鬼】sêu¹guei² [粵] ❶用於稍含不滿地罵人，相當於“死鬼”、“鬼東西”、“鬼傢伙”♦衰鬼，有筍嘢都唔關照（鬼東西，有好事也不打個招呼）。❷女人假裝生氣罵男人，相當於“討厭鬼”、“壞傢伙”♦衰鬼，咪咁口花花（討厭鬼，別胡言亂語了）。

【衰公】sêu¹gung¹ [粵] 女人罵男人，相當於“缺德鬼”、“下流坯”。也說“衰佬” sêu¹lou²。

【衰女】sêu¹nêu⁵⁻² [粵] 罵女孩，語氣可輕可重，相當於“壞女孩”、“調皮的女孩”。

【衰牌】sêu¹pai⁴⁻² [方] 不體面；丟臉。

【衰婆】sêu¹po⁴⁻² [粵] 男人罵女人，相當於“壞女人”、“缺德的女人”、“下流的女人”。

【衰神】sêu¹sen⁴ [粵] 主要用於罵男人，相當於“壞蛋”♦嗰隻死衰神（那個臭壞蛋）。

【衰話】sêu¹wa⁶⁻² [粵] 尖刻的話；挖苦人的話。

【衰嘢】sêu¹yé⁵ [粵] ❶罵人話。相當於“死鬼”、“壞蛋”。❷倒霉事♦冇乜衰嘢我擔晒（有甚麼倒霉的事情我一個人負責）。

【衰人】sêu¹yen⁴ [粵] 主要用於罵男人，相當於“壞傢伙”、“缺德鬼”。

【衰仔】sêu¹zei² [粵] 罵男孩，語氣可輕可重，相當於“渾小子”、“小壞蛋”。

【衰咗】sêu¹zo² [粵] 多指幹壞事的人失手或玩完。

【衰多口】sêu¹do¹heo² [粵] 多嘴惹禍。

【衰鬼豆】sêu¹guei²deo⁶ [粵] 同“衰鬼”。兒童多用。

【衰女包】sêu¹nêu⁵⁻²bao¹ [粵] 同“衰女”。

【衰衰哋】sêu¹sêu¹déi² [粵] 怎麼也；勉強也算♦衰衰哋總算讀過幾年大專（不管好賴總算讀過幾年大專）。

【衰衰噉】sêu¹sêu¹gem² [粵] 含嬌嗔語氣的責罵，相當於“討厭”、“壞”♦咪喇，衰衰噉（別這樣，討厭）！/行開啲喇，衰衰噉（離我遠點，你真壞）！

【衰多一鑊】sêu¹do¹yed¹wog⁶ [粵] 錯上加錯；罪上加罪。

尿 sêu¹ (sœy¹) [suī] [通] 小便（作名詞）♦尿了一泡尿。[粵] 把尿（作動詞）♦尿芮蝦仔屙尿（給嬰兒把尿）。

水 sêu² (sœy²) [shuǐ] [通] ❶一種無色無臭透明的液體♦泉水/開水/雨水。❷河流♦漢水/淮水。❸江河湖泊的通稱♦水陸交通/水上人家。❹液汁♦藥水/墨水/桔子水。[粵] ❶錢鈔；錢財♦一撇水（一千元鈔）/水頭不足（錢財不多）。❷謀生的門路、手段♦一向食開呢條水（一向靠這門道謀生）。❸湯♦綠豆水（綠豆湯）/蘿蔔水（蘿蔔湯）。❹ 水平低；質量次；程度差 ♦ 佢發表咗幾篇論文，我睇好水啫（他發表的那幾篇論文，我看水平不怎麼樣）。❺ 量詞。表示乘船或做生意往返一次 ♦ 呢條航線五日一水（這條航線五天往返一次）/ 走多幾水咪賺番啲咯（多跑幾趟生意不就賺回來啦）。❻ 量詞。表示衣物浸洗的次數 ♦ 呢套衫先至着過幾水（這套衣服才洗過幾次）。

【水吧】sêu²ba¹ [方] 茶室。

【水筆】sêu²bed¹ [粵] 自來水筆；鋼筆。也說"墨水筆" meg⁶sêu²bed¹。

【水蛋】sêu²dan⁶⁻² [粵] 雞蛋羹 ♦ 蒸水蛋。

【水斗】sêu²deo² [粵] 質量差；水平低。也說"水鬥水" sêu²deo³sêu²。

【水肺】sêu²fei³ [方] 潛水呼吸器。

【水貨】sêu²fo³ [粵] 走私貨；後門貨。

【水腳】sêu²gêg³ [粵] ❶ 路費；盤纏。❷ 運費 ♦ 行李要收水腳錢（行李要收運費）。

【水雞】sêu²gei¹ [粵] 落湯雞。

【水瓜】sêu²gua¹ [粵] 絲瓜的一種，無棱。

【水客】sêu²hag³ [粵] ❶ 以水路販運貨物為業的人。❷ 跑單幫走水貨的人。

【水鞋】sêu²hai⁴ [粵] 雨鞋。

【水蟹】sêu²hai⁵ [粵] 肉質不多的螃蟹，跟"肉蟹"相對。

【水喉】sêu²heo⁴ [粵] ❶ 自來水管 ♦ 水喉管（自來水）。❷ 水龍頭 ♦ 擰開水喉（擰開水龍頭）。❸ 俗稱富翁或花錢如流水的闊佬。

【水殼】sêu²hog³ [粵] 舀水的瓢、勺。

【水蠘】sêu²ji¹ [粵] 水蚤等水中浮游生物。

【水尾】sêu²méi⁵ [粵] ❶ 挑剩的東西；賣剩的殘貨。❷ 剩下不多的油水。

【水砲】sêu²pao³ [粵] 滅火用的高壓水龍。

【水皮】sêu²péi⁴ [粵] 水平低 ♦ 乜咁水皮㗎（水平真差）！

【水泡】sêu²pou⁵ [粵] ❶ 水泡兒。❷ 充氣救生圈。

【水柿】sêu²qi⁵⁻² [粵] 柿子的一種，須經石灰水浸泡數天後才能吃。

【水枱】sêu²toi⁴ [粵] 餐館裏專門負責宰殺雞鴨魚鱉的部門；也指這種工作。

【水塘】sêu²tong⁴ [粵] 池塘；水庫。

【水汪】sêu²wong¹ [粵] ❶ 渺茫；虛無縹渺。❷ 不踏實；不牢靠 ♦ 做嘢乜咁水汪㗎（做事情怎麼這樣不踏實）。

【水線】sêu²xin³ [粵] 地線。

【水嘢】sêu²yé⁵ [粵] 殘貨；次貨。

【水魚】sêu²yu⁴⁻² [粵] ❶ 鱉；王八。❷ 有錢而容易上當的人。

【水浸】sêu²zem³ [粵] 遭水淹。

【水圳】sêu²zen³ [粵] 水渠。

【水咗】sêu²zo² [粵] 弄糟；搞砸 ♦ 嗰單嘢水咗（那件事情搞砸了）。

【水豆腐】sêu²deo⁶fu⁶ [粵] 嫩豆腐；南豆腐。

【水喉鐵】sêu²heo⁴tid³ [粵] 自來水管；鐵管。

【水摳油】sêu²keo¹yeo⁴ [粵] 比喻合不來。

【水橫枝】sêu²wang⁴ji¹ [粵] 梔子，可作盆景的植物。

【水汪汪】sêu²wong¹wong¹ [粵] 水裏巴唧的，形容水分太多。

【水瓜打狗】sêu²gua¹da²geo²（歇）唔見咁截。比喻得不償失。

【水過鴨背】sêu2guo3ngab3bui3 (粵) 比喻對勸導、教誨謾不經心，聽後即忘。

【水上新娘】sêu2sêng6sen1nêng4 (粵) 指1989年前與香港漁民結婚，婚後在香港水域定居，而未獲得上岸居住權的婦女。

【水鬼升城隍】sêu2guei2xing1xing4wong4 (粵) 比喻小人得志。

【水洗都唔清】sêu2sei2dou1m4qing1 (粵) 相當於"跳進黃河洗不清"。

稅 sêu3 (sœy3) [shuì] (通) 國家徵收的貨幣或實物 ♦ 納稅 / 徵稅 / 關稅 / 營業稅。

【稅負】sêu3fu6 (粵) 納稅負擔。

【稅基】sêu3géi1 (方) 最低徵稅基準。

【稅網】sêu3mong5 (方) 徵稅範圍。

歲（岁）sêu3 (sœy3) [suì] (通) ❶ 年 ♦ 歲月 / 歲末。❷ 量詞。用來計算年齡 ♦ 年歲 / 歲數 / 周歲 / 虛歲。(粵) 一年將盡時；年終 ♦ 歲晚大酬賓。

碎 sêu3 (sœy3) [suì] (通) ❶ 完整的東西被弄成零片零塊 ♦ 粉碎 / 壓碎 / 撕碎。❷ 零星；不完整 ♦ 碎布 / 碎磚 / 瑣碎。❸ 說話嘮叨 ♦ 嘴碎 / 閒言碎語。

【碎紙】sêu3ji2 [suìzhǐ] (通) 紙屑。(粵) 零鈔。參見"散紙"條。

【碎濕濕】sêu3seb1seb1 (粵) 形容非常零碎。也說"碎吟吟" sêu3yem4 yem4。

誰（谁）sêu4 (sœy4) [shuí] (通) ❶ 疑問人稱代詞 ♦ 你找誰？/ 誰來啦？❷ 任何人；無論甚麼人 ♦ 誰也不願意去。

【誰不知】sêu4bed1ji1 (粵) 誰知；哪知；誰會料到 ♦ 誰不知佢一晚冇返（誰知他一夜沒回來）。

睡 sêu6 (sœy6) [shuì] (通) ❶ 睡覺 ♦ 入睡 / 安睡 / 午睡。❷ 男女同牀，意指發生性關係。

【睡房】sêu6fong4-2 (粵) 卧室；卧房。

【睡卡】sêu6ka1 (方) 卧鋪車廂。

SO

梳 so1 (sɔ1) [shū] (通) ❶ 整理頭髮的用具 ♦ 木梳 / 角梳。❷ 用梳子整理頭髮 ♦ 梳頭 / 梳理 / 梳妝 / 梳辮子。(粵) 量詞。相當於"掛"、"梭" ♦ 一梳香蕉 / 一梳子彈。

【梳菜】so1coi3 (粵) 大頭菜的一種，切成像梳子狀的片狀醃製，故名。

【梳打】so1da2 (粵) 英 soda 音譯。即蘇打（蘇打粉）/ 小梳打（小蘇打，即碳酸鈉）。

【梳化】so1fa3-2 (粵) 英 sofa 音譯。沙發椅 ♦ 真皮梳化（真皮沙發）。

【梳乎】so1fu4 (粵) 英 soft 音譯。舒服。

【梳起】so1héi2 (粵) 見"自梳" ji6so1。

【梳打埠】so1da2feo6 (粵) 澳門的俗稱。

疏 so1 (sɔ1) [shū] (通) ❶ 去掉阻塞使暢通 ♦ 疏導。❷ 稀；不密 ♦ 稀疏 / 疏林 / 疏密不均。❸ 關係遠；不親近；不熟悉 ♦ 疏遠 / 親疏 / 生疏。❹ 忽略；不細心 ♦ 疏漏 / 疏於防範。❺ 空虛；淺薄 ♦ 志大才疏 / 才疏學淺。

【疏殼】so1hog3 (粵) 漏勺。

【疏籬】so1léi1 (粵) 疏眼的竹篩。

【疏堂】so1tong4 (粵) 堂；堂房 ♦ 疏堂兄弟（堂兄弟）/ 疏堂姊妹（堂姊妹）

/ 疏堂叔伯（堂房叔伯）。

【疏嘞㗻】so¹lag³kuag³ ㊚ 稀稀疏疏的。

【疏哩大㗻】so¹li¹dai⁶kuag³ ㊚ 分佈稀疏；稀稀拉拉。

鎖（锁）so² (sɔ²) [suǒ] ㊣ ❶ 安在門、箱、櫃等的開合處使不能隨便打開的器具 ♦ 鎖頭 / 門鎖 / 彈子鎖。❷ 用鎖關住 ♦ 鎖門 / 鎖車。❸ 鏈子 ♦ 鎖鏈 / 鎖鐐。❹ 封閉；隔斷 ♦ 封鎖 / 閉關鎖國。❺ 一種縫紉方法 ♦ 鎖邊 / 鎖扣眼。

【鎖匙】so²xi⁴ ㊚ 鑰匙 ♦ 鎖匙扣 / 一抽鎖匙（一串鑰匙）。

【鎖鈕門】so²neo²mun⁴ ㊚ 鎖扣眼。

傻（傻）so⁴ (sɔ⁴) [shǎ] ㊣ ❶ 愚蠢；糊塗 ♦ 傻子 / 傻瓜 / 說傻話 / 做傻事。❷ 驚呆；失神 ♦ 傻眼 / 嚇傻了。

【傻更】so⁴gang¹ ㊚ 傻；傻瓜 ♦ 正傻更（十足傻瓜）！

【傻豬】so⁴ju¹ ㊚ 小傻瓜。

【傻佬】so⁴lou² ㊚ 傻瓜；傻子。

【傻妹】so⁴mui⁶⁻¹ ㊚ 傻丫頭；傻妞兒。

【傻婆】so⁴po⁴⁻² ㊚ 瘋女人。

【傻人】so⁴yen⁴ ㊚ 傻瓜。含親暱意味 ♦ 傻人，又俾人呃，係未（傻瓜，又讓人給騙了，是不）？

【傻仔】so⁴zei² ㊚ 傻瓜；傻小子。

【傻夾戇】so⁴gab³ngong⁶ ㊚ 傻乎乎的；缺心眼兒。

【傻兮兮】so⁴hai⁴hai⁴ ㊚ 傻呵呵。

【傻傻哋】so⁴so⁴déi² ㊚ 傻乎乎的。

【傻仔水】so⁴zei²sêu² ㊚ 酒的俗稱。

【傻傻更更】so⁴so⁴gang¹gang¹ ㊚ 傻裏傻氣；傻頭傻腦。

sog

搮 sog¹ (sɔk⁷) ㊚ 也作"𢱕"。用小棍子敲打 ♦ 唔好咁大餸，固住我搮你（別一個勁地吃菜，當心我用筷子敲你）。

塑 sog³/sou³ (sɔk⁸/sou³) [sù] ㊣ 用泥土或石膏等製成人物形象 ♦ 塑像 / 泥塑木雕。

【塑膠】sog³gao¹ ㊚ 俗稱塑料 ♦ 塑膠花 / 塑膠鞋。

索 sog³ (sɔk⁸) [suǒ] ㊣ ❶ 大繩子；大鏈子 ♦ 繩索 / 鐵索橋。❷ 搜尋；尋找 ♦ 搜索 / 探索 / 摸索 / 思索。❸ 要；討取 ♦ 索價 / 索欠 / 索還。❹ 枯燥 ♦ 索然無味。❺ 孤單 ♦ 離羣索居。㊚ ❶ 活套 ♦ 打個索（打個活結）。❷ 勒；套 ♦ 索緊啲個袋口（把袋口套緊一點）。❸ 形容有美貌和豐滿身材的女子 ♦ 嘩！條女好索喎！（嘩！這女子又美麗，又有美好的身段啊！）

【索油】sog³yeo⁴⁻² ㊚ 想吃女人豆腐；抱不良動機有意接近女人。

嗍 sog³ (sɔk⁸) ㊚ 吸 ♦ 嗍乾啲水（把水分吸乾）/ 嗍埋啲熱氣容易上火（吸進大量熱氣容易上火）。

【嗍氣】sog³héi³ ㊚ ❶ 喘氣 ♦ 做嘢做到嗍氣（幹活累得直喘氣）。❷ 吃力；費勁；辛苦 ♦ 搬屋真係索氣（搬家挺費勁兒的）。

【嗍水】sog³sêu² ㊚ 吸水，指海綿、織物、紙等的吸水性能。

soi

腮 soi^1 (sɔi^1) [sāi] [通] 兩頰的下半部 ♦ 腮腺 / 抓耳撓腮。[粵] 腮幫子 ♦ 鼓埋泡腮（鼓起腮幫子）。

song

爽 song^2 (sɔŋ^2) [shuǎng] [通] ❶ 明朗；清亮 ♦ 爽朗 / 神清目爽。❷ 痛快；率直 ♦ 爽直 / 豪爽。❸ 輕鬆；舒服 ♦ 清爽 / 涼爽 / 身體不爽。❹ 違背；差錯 ♦ 爽約 / 屢試不爽。[粵] ❶ 爽快；痛快 ♦ 耐不耐返鄉下住吓都幾爽㗎（隔些日子回鄉下住一住挺痛快的）。❷ 食物脆 ♦ 嗰度啲豬肚做得幾爽（那裏的豬肚子做得很脆）。❸ 軟滑；舒適 ♦ 用嗰隻洗頭水，洗過啲頭髮特別爽（用那種洗髮水，頭髮特別軟滑）。

【爽脆】song^{2}cêu^3 [粵] ❶ 食物脆 ♦ 鹹香花生幾爽脆（五香花生挺脆）。❷ 爽快；乾脆 ♦ 佢答應得幾爽脆（他答應得挺乾脆）。

【爽手】song^{2}seo^2 [粵] ❶ 敏捷；利索 ♦ 大家拍硬檔，爽手啲，好快就做完㗎嘞（大家緊密配合，利索點，很快就幹完的啦）。❷ 慷慨；爽快 ♦ 講到俾錢，佢仲係幾爽手嘅（說到付錢，他還是挺爽快的）。❸ 織物等手感軟滑 ♦ 呢隻衣料幾爽手（這種衣料很軟滑）。

【爽利】song^{2}léi^6 [粵] 興奮；振作；精神好 ♦ 精神爽利。

喪（丧） song^3 (sɔŋ^3) [sàng] [通] ❶ 丟掉；失去 ♦ 喪失 / 喪偶 / 喪盡天良。❷ 情緒低落；灰心失望 ♦ 沮喪 / 懊喪 / 灰心喪氣。[粵] ❶ 嬉皮笑臉；瘋瘋癲癲 ♦ 俾啲心機做人，咪咁喪（認認真真做人，別整天瘋瘋癲癲的）。❷ 嬉鬧到忘乎所以 ♦ 玩吓好啦，唔好咁喪（玩一玩就算了，別忘乎所以）。❸ 有點癡、癲 ♦ 我話你都喪嘅，咁仲睇唔化（我說你呀，別那麼癡呆啦，世事你還沒看透）？

【喪仔】song^{3}zei^2 [方] 傻子。

【喪喪哋】song^{3}song^{3}déi^2 [粵] 有點癡愚、瘋癲。

sou

騷（骚） sou^1 (sou^1) [sāo] [通] ❶ 擾亂；不安定 ♦ 騷擾 / 騷亂 / 騷動。❷ 指屈原的《離騷》♦ 騷體。❸ 泛指文人 ♦ 騷人 / 騷客。❹ 舉止輕佻，作風下流 ♦ 風騷 / 騷貨。[粵] ❶ 理睬 ♦ 冇人騷（沒人理睬）/ 譋高竇，叫咗佢幾聲，騷都唔騷（叫了他幾聲理都不理，擺甚麼款）。❷ 英 show 音譯。表演 ♦ 做騷（表演；演出）。

【騷擾】sou^{1}yiu^2 [sāorǎo] [通] 擾亂；使不安寧。[粵] 打擾 ♦ 騷擾晒（打擾了）。

【騷本錢】sou^{1}bun^{2}qin^4 [方] 指女演員着意顯示自己的身材。

【騷科厘】sou^{1}ko^{1}li^2 [方] 科厘，英 qualification 前兩個音節的音譯。該詞含“學歷，資格”的意思。“騷科厘”指炫耀自己的資歷或來頭；也指女子着意顯示自己的身材。

臊 sou¹ (sou¹) [sāo] [通] 像尿或狐狸散發的難聞的氣味♦臊氣／腥臊。[粵] 羶♦臊臊哋都係羊肉（羊肉雖然羶，但畢竟是羊肉，比喻事物雖有缺陷，仍不失其價值）。

【臊嚨】sou¹cêu⁴ [粵] 羶味。

【臊蝦】sou¹ha¹ [粵] 嬰兒；小娃娃。

【臊蝦女】sou¹ha¹nêu⁵⁻² [粵] 女嬰。

【臊蝦仔】sou¹ha¹zei² [粵] ❶ 男嬰。❷ 嬰兒。

蘇（苏）sou¹ (sou¹) [sū] [通] ❶ 植物名♦白蘇／紫蘇。❷ 從昏迷中醒來♦蘇醒／復蘇。❸ 指江蘇♦蘇繡。❹ 前蘇聯的省稱♦中蘇關係。❺ 姓。

【蘇州屎】sou¹zeo¹xi² [粵] 比喻遺留下來的麻煩♦留番啲蘇州屎俾佢歎（留下一大堆麻煩讓他好好收拾）。

【蘇州過後冇艇搭】sou¹zeo¹guo³heo⁶mou⁵téng⁵dab³ [粵] 過了這個村沒有這個店，比喻失去的機會永不再來。

酥 sou¹ (sou¹) [sū] [通] ❶ 牛羊奶製成的食品♦酥油茶。❷ 食品鬆脆易碎♦酥脆／酥糖。❸ 含油多而鬆脆的點心♦桃酥。

【酥皮】sou¹péi⁴⁻² [粵] 點心鬆脆易碎的外層♦酥皮麵包。

【酥炸】sou¹za³ [粵] 蘸上糖、麵粉、雞蛋等配料再用油炸，使食品變得鬆脆。

鬚（须）sou¹ (sou¹) [xū] [通] ❶ 鬍子♦鬍鬚／鬚眉。❷ 像鬍鬚的東西♦觸鬚／鬚根。[粵] 鬍子♦剃鬚（刮鬍子）／吹鬚睩眼（吹鬍子瞪眼睛）。

【鬚刨】sou¹pao⁴⁻² [粵] 刮鬍刀♦電鬚刨（電動刮鬍刀）。

數（数）sou² (sou²) [shǔ] [通] ❶ 查點；一個個地計算♦數一數／數錢。❷ 比較起來最突出的♦數一數二／就數他功課好。❸ 責備；列舉過錯，僅用於複合詞♦數落／數說／曆數。[粵] 責備，列舉過錯，可單獨使用♦數佢啲嘢出來（把他的醜事抖出來）／你哋唔好成日嚟數我喇（你們別一天到晚老責備我）。

☞ 另見本頁 sou³。

掃（扫）sou³ (sou³) [sǎo] [通] ❶ 拿掃帚除去塵土♦掃地／打掃／清掃。❷ 消除；清除♦掃盲／掃雷／一掃而光。❸ 橫掠而過的動作♦掃射／掃視。

【掃把】sou³ba² [粵] 掃帚；笤帚♦椰衣掃把（椰子皮掃帚）。

【掃黑】sou³hag¹ [方] 掃蕩黑社會分子。

【掃屋】sou³ngug¹ [粵] 打掃房子，多指春節前徹底清掃室內的牆壁和屋頂。

【掃把星】sou³ba²xing¹ [粵] ❶ 彗星。❷ 指帶來禍害的人。

【掃地出門】sou³déi⁶cêd¹mun⁴ [粵] ❶ 把某人轟出去。❷ 辭退；解僱。

數（数）sou³ (sou³) [shù] [通] ❶ 劃分或計算出來的量♦數目／人數／次數。❷ 表示事物的量的基本數學概念♦整數／自然數／有理數。❸ 幾；幾個♦數次／數人／數十次。❹ 底細♦心中有數。[粵] ❶ 賬；賬目♦收數（討賬）／睇數（會賬）／賒數（賒賬）。❷ 款項；開支♦出公數（由公家負擔開支）／下晝去銀行提埋筆數（下午去銀行把那筆款提回來）。❸一定的數目♦夠唔夠數㗎（數目對不對）？/欠數下次補足（所欠數目下次補足）。❹數學題♦咁簡單嘅數都唔識計（這麼簡單的數學題也不會算）。

【數簿】sou³bou⁶⁻² [粵] 賬冊；賬簿。

【數尾】sou³méi⁵ [粵] 尾數。

【數還數，路還路】sou³wan⁴sou³，lou⁶ wan⁴lou⁶ [粵] 人情是人情，數目要算清。

☞另見 362 頁 sou²。

訴（诉） sou³ (sou³) [sù] [通] ❶敍說；傾吐♦訴說/申訴/傾訴。❷控告♦起訴/上訴/控訴。

【訴求】sou³keo⁴ [方] 提出自己的要求或主張。

sug

叔 sug¹ (suk⁷) [shū] [通] ❶兄弟排行，老三為叔。❷父親的弟弟♦叔叔/叔父。❸稱跟父親同輩而年紀較小的男子♦大叔/表叔。❹丈夫的弟弟♦叔嫂/小叔子。

【叔公】sug¹gung¹ [粵] 叔祖父。

【叔婆】sug¹po⁴⁻² [粵] 叔祖母。

【叔仔】sug¹zei² [粵] 小叔子。

【叔姪縮窒】sug¹zed⁶sug¹zed⁶ [粵] 本來非破鈔不可，由於吝嗇而縮手，結果不費分文，事後自覺欣慰。

粟 sug¹ (suk⁷) [sù] [通] ❶穀子，子實去殼後叫"小米"♦滄海一粟。❷泛指穀類。❸姓。

【粟粉】sug¹fen² [粵] 打芡用的鷹粟粉。

【粟米】sug¹mei⁵ [方] 玉米♦粟米粉（玉米麵；棒子麵）/粟米油（玉米油）/粟米羹（用甜玉米加配料做的羹）。

宿 sug¹ (suk⁷) [sù] [通] ❶住；過夜；夜裏睡覺♦宿舍/住宿/寄宿/露宿。❷年老的；有經驗的♦宿將/宿儒。❸舊有的；素有的♦宿志/宿願/宿怨/宿疾。[粵] ❶餿♦將啲餸放返入雪櫃度，唔係隔夜會宿（將剩菜放入電冰箱裏，不然隔夜會變餿）。❷汗臭味♦成身宿夾臭（全身又酸又臭）。

【宿包】sug¹bao¹ [粵] 指全身酸臭味的小孩。

【宿位】sug¹wei⁶⁻² [方] 學校的寄宿生名額。

【宿哼哼】sug¹heng¹heng¹ [粵] 餿裏呱唧的；酸酸臭臭的。也說"宿堪堪" sug¹hem¹hem¹。

縮（缩） sug¹ (suk⁷) [suō] [通] ❶由大變小；由長變短♦縮小/縮短/熱脹冷縮。❷向後退♦退縮/畏縮/縮手縮腳。❸收緊♦收縮/緊縮銀根/節衣縮食。[粵] 躲；挪♦縮開隻手（把手挪開）/縮開啲喇（躲遠一點）。

【縮骨】sug¹gued¹ [粵] 滑頭；奸狡♦佢個人都幾縮骨㗎（他那個人挺滑頭的）。

【縮皮】sug¹péi⁴⁻² [方] 縮減開支；減少經營成本。

【縮沙】sug¹sa¹ [粵] 褪套兒；打退堂鼓；臨時反口♦一睇風頭唔對即刻縮沙（一看風頭不對馬上褪套兒）。

【縮細】sug¹sei³ [粵] 縮小；縮減。

【縮水】sug¹sêu² [suōshuǐ] [通] 布料、織物浸水變短。[粵] 比喻貨幣貶值 ♦ 銀紙縮水（鈔票貶值）。

【縮數】sug¹sou³ [粵] 計較小利；打小算盤 ♦ 諗縮數（打小算盤）。

【縮骨遮】sug¹gued¹zé¹ [粵] 摺疊傘。

【縮頭龜】sug¹teo⁴guei¹ [粵] 懦夫；膽小鬼。也說“縮頭烏龜” sug¹teo⁴wu¹ guei¹。

【縮龍成寸】sug¹lung⁴xing⁴qun³ [粵] 形容微雕、盆景等的精湛技藝。

【縮埋一嚿】sug¹mai⁴yed¹geo⁶ [粵] 縮作一團。

【縮頭縮頸】sug¹teo⁴sug¹géng² [粵] 縮頭縮腦，形容畏寒或膽怯。

【縮埋一字角】sug¹mai⁴yed¹ji⁶gog³ [粵] 躲在一邊；縮在一個角落裏。也說“縮埋一二角” sug¹mai⁴yed¹yi⁶gog³。

熟 sug⁶ (suk⁹) [shú] [通] ❶ 植物的果實完全長成 ♦ 成熟 / 麥子熟了。❷ 食物加熱到可以食用的程度 ♦ 熟飯 / 熟菜。❸ 經加工煉製的 ♦ 熟鐵 / 熟藥 / 熟石灰。❹ 因常見或常用而知道得清楚 ♦ 熟人 / 熟悉 / 熟視無睹。❺ 對某種工作精通而有經驗 ♦ 熟練 / 熟手 / 熟能生巧。❻ 程度深 ♦ 熟睡 / 深思熟慮。

【熟檔】sug⁶dong³ [粵] 內行；熟悉。

【熟行】sug⁶hong⁴ [粵] 內行；在行；熟練 ♦ 做生意我唔熟行（做生意我不在行）。

【熟落】sug⁶log⁶ [粵] ❶ 熟悉；親密 ♦ 相處時間長、慢慢就熟落。❷ 諳熟；熟練 ♦ 睇嚟佢做得幾熟落（看來他幹得非常熟練）。也作“熟絡”。

【熟性】sug⁶xing³ [粵] ❶ 通達人情世故，會處世做人。❷ 舊指賄賂，尤指賄賂警察。

【熟油】sug⁶yeo⁴ [粵] 熟的油，跟“生油”相對。

【熟鹽】sug⁶yim⁴ [粵] 精鹽，跟“生鹽”相對。

【熟煙】sug⁶yin¹ [粵] 製過的煙絲，跟“生切”相對。

【熟客仔】sug⁶hag³zei² [粵] 熟客；常客；老主顧 ♦ 做熟客仔生意。

【熟食檔】sug⁶xig⁶dong³ [粵] 專賣燒烤滷味等熟食的攤檔。

【熟口熟面】sug⁶heo²sug⁶min⁶ [粵] ❶ 彼此常見面，很熟悉。❷ 似曾相識 ♦ 求先撞見嗰個女人，好似咁熟口熟面嘅（剛才遇見的那個女人，似乎在甚麼地方見過）。

【熟門熟路】sug⁶mun⁴sug⁶lou⁶ [粵] 熟悉某個地方；熟悉某種門路。

【熟年女性】sug⁶nin⁴nêu⁵xing³ [方] 中年女性。

【熟人買破鑊】sug⁶yen⁴mai⁵po³wog⁶ [粵] 被熟人以次貨欺騙。

sung

鬆（松） sung¹ (suŋ¹) [sōng] [通] ❶ 散；不緊密 ♦ 鬆散 / 鬆軟 / 捆得太鬆。❷ 寬；不緊張 ♦ 鬆懈 / 鬆弛 / 規矩太鬆。❸ 放開；解開 ♦ 鬆開 / 鬆手 / 鬆綁 / 放鬆。❹ 用魚、瘦肉等製成的絨狀食品 ♦ 肉鬆 / 魚鬆 / 雞鬆。[粵] ❶ 溜走（含詼諧意）♦ 搞完清潔就可以鬆嘍喇（搞完清潔就可以開溜）。❷

活動一下；放鬆一下 ♦ 鬆吓腳骨（溜溜腿）/ 鬆吓腰骨（放鬆一下腰部）。

【鬆化】sung¹fa³ [粵] 食品酥脆 ♦ 呢隻梳打餅好鬆化（這種蘇打餅乾很酥脆）。

【鬆糕】sung¹gou¹ [粵] 發糕。

【鬆骨】sung¹gued¹ [粵] ❶ 按摩的一種方法，以手指或拳頭輕敲關節部位，以達到舒筋活絡的目的。❷ 打；揍。❸ 含詼諧意味 ♦ 你信唔信我同你鬆吓骨哪（你相信不相信我會揍你一頓）？

【鬆𡃓】sung¹peo³ [粵] 鬆軟 ♦ 麵包好鬆𡃓 / 一身肉好鬆𡃓。

【鬆人】sung¹yen⁴ [粵] 溜號兒；溜之大吉。

【鬆□□】sung¹péd⁶péd⁶ [粵] 鬆鬆散散；鬆鬆的。

【鬆𡃓𡃓】sung¹peo³peo³ [粵] 十分鬆軟。

【鬆毛鬆翼】sung¹mou⁴sung¹yig⁶ [粵] 形容得意洋洋，心花怒放的樣子。

慫（怂）sung² (suŋ²) [sǒng] [通] 驚懼。[粵] 慫恿 ♦ 唔好受人慫（別受人慫恿）。

送 sung³ (suŋ³) [sòng] [通] ❶ 傳遞；遞交 ♦ 送信 / 送書報 / 送公糧。❷ 贈給 ♦ 贈送 / 奉送。❸ 陪着走；告別 ♦ 送行 / 送客 / 送別。[粵] 下；伴着一起吃 ♦ 送飯（下飯）/ 送酒（下酒）。

【送機】sung³géi¹ [粵] 到機場送行。

【送口果】sung³heo²guo² [粵] 服藥後用來消除口中藥味的果脯。

【送外賣】sung³ngoi⁶mai⁶ [粵] ❶ 餐館、酒店等把顧客預訂的食品送到顧客家裏。❷ 妓女上嫖客家裏賣淫。

【送羊入虎口】sung³yêng⁴yeb⁶fu²heo² [粵] 白白把某人或某物犧牲掉。

【送佛送到西】sung³fed⁶sung³dou³sei¹ [粵] ❶ 幫人幫到底。❷ 做事要徹底。

餸 sung³ (suŋ³) [粵] 菜；菜餚 ♦ 買餸（買菜）/ 做餸（做菜）/ 鹹餸（鹹魚、鹹菜等）/ 隔夜餸（隔夜的剩菜）。

【餸腳】sung³gêg³ [粵] 吃剩的菜餚；剩菜。也說“餸尾” sung³méi⁵。

T

ta

他 ta¹ (ta¹) [tā] [通] ❶ 人稱代詞。稱你我以外的男性第三人，有時泛指，不分性別 ♦ 他們 / 他人 / 由他去。❷ 別的；另外的 ♦ 他殺 / 挪作他用。❸ 用在動詞和數量詞之間，表示虛指 ♦ 唱他幾句 / 睡他一覺。

【他條】ta¹tiu⁴ [粵] ❶ 從容不迫；慢條斯理 ♦ 快啲手腳好唔好，咁他條點得㗎（動作快點好不好，這樣慢吞吞的哪行）？❷ 舒適；悠閒 ♦ 搵份他條嘅工做（找份舒適的工作來做）/ 退休後日子過得幾他條（退休後日子過得挺悠閒）。也說“他他條條” ta¹ta¹tiu⁴tiu⁴。

tab

塔 tab³ (tap⁸) [tǎ] [通] ❶ 佛教的一種多層尖頂的建築物 ♦ 寶塔 / 石塔 / 六榕塔。❷ 塔形的設施和建築物 ♦

水塔 / 鑽塔 / 燈塔 / 金字塔。(粵) ❶ 一種底寬口小的罈子。❷ 馬桶 ♦ 屎塔（便桶；糞桶）。❸ 套 ♦ 塔埋支筆（把筆套上）。❹ 鎖 ♦ 出去記得塔門（出去別忘了把門鎖上）。❺ 鎖頭 ♦ 換過把塔（更換鎖頭）。

tad

撻 tad1 (tat7) (粵) ❶ 用巴掌打 ♦ 撻佢一巴（摑他一巴掌）。❷ 給發動機等機械裝置點火 ♦ 等我撻着個火先（讓我先把火打着）。❸ 英 tart 音譯。餡外露的西式點心 ♦ 蛋撻。

☞ 另見本頁 tad3。

撻（挞） tad3 (tat8) [tà] (通) 用鞭子、棍子等打人 ♦ 鞭撻 / 撻伐。(粵) ❶ 趿拉，穿鞋未提後跟 ♦ 撻住對鞋（趿拉着鞋）。❷ 伸出；露出 ♦ 撻脷（伸舌頭）/ 撻出條尾（把尾巴露出來）。❸ 矮而張開 ♦ 撻口碗（口大身矮的碗）。❹ 騙錢財 ♦ 俾人撻咗幾千文（給人騙了幾千元）。

【撻定】tad3déng6 (粵) 犧牲定金而取消原定購銷或買賣合同。也作“撻訂”。

【撻沙】tad3sa1 (粵) 比目魚的一種。也叫“撻沙魚” tad3sa1yu4-2。也作“鰨沙”。

【撻數】tad3sou3 (粵) 賴賬；壓賬。

【撻頭】tad3teo4 (粵) 光頭；禿腦袋。

【撻踭】tad3zang1 (粵) 穿鞋不拉上鞋後跟。

【撻踭鞋】tad3zang1hai4 (粵) 沒有後跟或後跟破損無法立起的鞋子。

☞ 另見本頁 tad1。

tai

呔 tai1 (tai1) (粵) 英 tyre 音譯。輪胎 ♦ 單車呔 / 汽車呔 / 爆呔（輪胎爆裂）/ 補呔（修補輪胎）。

袦 tai1 (tai1) (粵) 英 tie 音譯。領帶 ♦ 袦夾（領帶夾）/ 袦針（領帶飾針）/ 打袦（結領帶）。

太 tai3 (tai3) [tài] (通) ❶ 過於；極端 ♦ 太好 / 太熱 / 太美了 / 不太妙。❷ 大 ♦ 太空 / 太學 / 太湖。❸ 指高於兩輩的尊長 ♦ 太老師 / 太老伯。

【太公】tai3gung1 [tàigōng] (通) 曾祖父。(粵) 也泛指祖宗、祖先 ♦ 太公剩落（祖宗遺留下來的）。

【太婆】tai3po4-2 [tàipó] (通) 曾祖母。(粵) 也泛指曾祖母以上的女性祖輩。

【太太】tai3tai3-2 [tàitai] (通) 對已婚女性的尊稱 ♦ 王太太。(粵) 丈夫稱自己的妻子。

【太座】tai3zo6 (粵) 太太的謔稱，尊夫人，老婆大人。

【太空褸】tai3hung1leo1 (粵) 棉猴兒。

【太空船】tai3hung1xun4 (方) 宇宙飛船。

【太空人】tai3hung1yen4 (方) ❶ 宇航員。❷ 太太已移民外國的人。❸ 經常乘飛機的人。

【太子爺】tai3ji2yé4-2 (方) ❶ 大少爺；少老闆；少東家。❷ 指貪玩愛花錢的年輕人。

【太平門】tai3ping4mun4 [tàipíngmén] (通) 影劇院等公共場所用於快速疏散人羣而開的門。(方) 外國護照；外國國籍。

【太平鋪】tai³ping⁴pou¹ [粵] 通鋪。

【太爺雞】tai³yé⁴gei¹ [粵] 廣州的一種風味雞。

【太陽鏡】tai³yêng⁴géng³ [粵] 墨鏡；太陽眼鏡。

【太陽油】tai³yêng⁴yeo⁴ [粵] 防曬油。

【太平山下】tai³ping⁴san¹ha⁶ [方] 太平山又叫扯旗山，是香港島的主峯。"太平山下"常用作香港的別稱。

【太空穿梭機】tai³hung¹qun¹so¹géi¹ [方] 航天飛機。

軚 tai⁵ (tai⁵) [粵] 車輛的駕駛盤；方向盤 ♦ 左軚車（駕駛盤設於左側的車）/ 揸穩軚（把住駕駛盤）。

【軚盤】tai⁵pun⁴⁻² [粵] 方向盤；駕駛盤。

舦 tai⁵ (tai⁵) [粵] ❶ 舵 ♦ 擺舦（轉舵）。❷ 方向 ♦ 趕快轉舦（趕快改變方向）。

【舦房】tai⁵fong⁴ [粵] 舵房。

tam

貪（贪）tam¹ (tam¹) [tān] [通] ❶ 過分追求，不知滿足 ♦ 貪婪 / 貪吃 / 貪玩。❷ 私佔錢財 ♦ 貪污 / 貪贓枉法。[粵] 貪圖；為着 ♦ 我嫁俾你，貪你乜嘢唧（我嫁給你，圖甚麼呀）？

【貪靚】tam¹léng³ [粵] 愛美，喜歡打扮。

【貪得意】tam¹deg¹yi³ [粵] ❶ 好奇 ♦ 貪得意問吓啫（因為好奇而想問一問）。❷ 鬧着玩 ♦ 出嚟搵食，貪得意啾點得㗎（出來做事，鬧着玩可不成的呀）。

【貪方便】tam¹fong¹bin⁶ [粵] 圖方便。

【貪口爽】tam¹heo²song² [粵] 賣口乖；隨口說說。

【貪靚鬼】tam¹léng³guei² [粵] 謔稱愛打扮的人 ♦ 啯隻啾死貪靚鬼（她可喜歡打扮呢，臭美）！

【貪着數】tam¹zêg⁶sou³ [粵] 希圖佔佔小便宜。

【貪字變個貧】tam¹ji⁶bin³go³pen⁴ [粵] 貪心反而受損。

探 tam³ (tam³) [tàn] [通] ❶ 尋求；試圖發現隱藏的事物或情況 ♦ 探測 / 探求 / 探礦。❷ 偵察；做偵察工作的人 ♦ 探路 / 偵探 / 暗探 / 密探。❸ 看望 ♦ 探訪。❹ 向前伸出 ♦ 探頭探腦 / 探身窗外。[粵] ❶ 測量；測試 ♦ 探熱（量體溫）/ 探水（試試水的深淺）。❷ 探望 ♦ 探朋友 / 得閒去探你（有空去探望你）。

【探班】tam³ban¹ [方] 在上班時間探訪；在工作時間探訪。

【探盤】tam³pun⁴⁻² [方] 摸底；打聽；了解內情 ♦ 佢咁急搵你傾，明明係想探盤啫（他急於找你談，分明是想摸底）。

【探熱針】tam³yid⁶zem¹ [粵] 體溫計。

痰 tam⁴ (tam⁴) [tán] [通] 氣管或支氣管黏膜分泌出來的黏液 ♦ 化痰 / 祛痰 / 吐痰。

【痰罐】tam⁴gun³ [粵] 痰盂，兼作小兒等的便盆 ♦ 坐痰罐（小孩或危重病人蹲坐在痰盂上大小便。

燂 tam⁴ (tam⁴) [粵] 在火上略加烤、灼 ♦ 燂燶啲皮（把表皮烤焦）/ 用火燂吓消毒（用火灼一灼消毒）。

淡 tam⁵ (tam⁵) [dàn] ㊣❶鹽分少；不夠鹹◆菜太淡／淡水湖。❷稀薄；含某種成分少◆淡酒／淡茶／淡緣／雲淡風輕。

【淡口】tam⁵heo² ㊕ 放鹽少的，沒有用鹽醃製過的◆想食啲淡口嘢（想吃點淡的東西）／淡口魚乾（沒有醃製過的魚乾）。

【淡茂茂】tam⁵meo⁶meo⁶ ㊕ 淡巴巴的；淡而無味。也說"淡滅滅"tam⁵mid⁶mid⁶。

tan

攤(摊) tan¹ (tan¹) [tān] ㊣❶擺開；鋪平◆攤開／把涼蓆攤在牀上。❷簡便的售貨處◆貨攤／地攤／水果攤。❸分擔；分派◆分攤／均攤。❹量詞◆一攤泥／一攤子賬。㊕❶張開◆攤大手問人攞（張開手向人索取）。❷四肢伸展地仰臥着◆成日攤喺牀度（整天在牀上挺屍）。❸將過熱的食品擱置待冷◆攤凍先食（擱冷了再吃）。

【攤直】tan¹jig⁶ ㊕ 死去。

【攤位】tan¹wei⁶⁻² ㊕ 攤子；擺攤的位置。

【攤屍】tan¹xi¹ ㊕ 挺屍；睡大覺。

【攤攤腰】tan¹tan¹yiu¹ ㊕ 形容苦、累等程度深◆做嘢做到我攤攤腰（幹活累得要命）／俾人打到攤攤腰（被人揍得半死）。

【攤凍至食】tan¹dung³ji³xig⁶ ㊕ 穩紮穩打，不急於動手。也說"攤凍嚟食"tan¹dung³lei⁴xig⁶。

碳 tan³ (tan³) [tàn] ㊣ 非金屬元素；符號C。有金剛石、石墨和無定形碳三種形態，是構成有機物的主要成分，在工農業上和醫藥上用途很廣。

【碳紙】tan³ji² ㊕ 複寫紙。也叫"過底紙"guo³dei²ji²。

歎(叹) tan³ (tan³) [tàn] ㊣❶因憂悶悲痛而呼氣出聲◆歎氣／歎息／感歎／悲歎。❷吟哦◆詠歎／三唱三歎。❸發出讚美的聲音◆歎服／歎賞／讚歎／歎為觀止。㊕❶享受；品嚐◆歎茶（品茶）／歎報紙（悠閒地翻閱報紙）／一味識歎（光會享受）。❷愜意；舒服◆一個人住咁大間房真夠歎（一個人住這麼大的房間真夠舒服的）。

【歎冷氣】tan³lang⁵héi³ ㊕ 享受空調環境的清涼。

【歎世界】tan³sei³gai³ ㊕ 享清福；享受美好人生。

彈(弹) tan⁴ (tan⁴) [tán] ㊣❶手指彎曲後再突然伸直的動作◆彈指／用手指彈他一下。❷用手指或器具撥弄、敲擊◆彈奏／彈吉他／對牛彈琴。❸利用物體的彈性作用將另一物頂開或頂出◆彈射。㊕ 批評；指責◆冇得彈（無可指責）／有彈有讚（有褒有貶）。

【彈生晒】tan⁴sang¹sai³ ㊕ 瞎批評；亂指責。

【彈聲四起】tan⁴xing¹séi³héi² ㊕ 一片批評之聲。

【彈到樹葉都落】tan⁴dou³xu⁶yib⁶dou¹log⁶ ㊕ 批評得體無完膚；貶得一文

不值。

☞ 另見 59 頁 dan²；60 頁 dan⁶。

teb

□ teb¹ (tɐp⁷) [粵] ❶ 小昆蟲跳躍的聲音。❷ 青蛙跳躍的樣子 ♦ 打到佢□□跳（把他揍得蹦蹦直跳）。

【□□■】teb¹teb¹dim⁶ [粵] 妥妥當當；有條不紊 ♦ 老公出咗差，佢一個人將間鋪打理得□□■（丈夫出差去了，她一個人把鋪子管理得頭頭是道）。

【□□冚】teb¹teb¹hem⁶ [粵] 嚴嚴實實地扣緊、蓋住、罩住。

tég

踢 tég³ (tɛk⁸) [tī] [通] 抬起腿用腳撞擊 ♦ 踢足球 / 踢毽子。[粵] ❶ 誘逼加入 ♦ 踢入黑社會佈下的羅網。❷ 攆走；辭退 ♦ 踢佢出街（把他攆出門去）/ 因年老力衰，上個月公司將佢踢走（因年老力衰，上個月公司把他辭退了）。❸ 摧毀；搗毀 ♦ 踢檔口（摧毀非法經營的點檔）。

【踢爆】tég³bao³ [粵] 揭穿內幕；揭穿內情 ♦ 萬一俾人踢爆，你我都唔掂（一旦讓人捅穿，你和我都會有麻煩）。

【踢波】tég³bo¹ [粵] 踢足球。

【踢竇】tég³deo³ [粵] ❶ 丈夫與第三者鬼混，妻子上門問罪。❷ 警方摧毀黃、賭、毒等窩點。

【踢腳】tég³gêg³ [粵] 辦事陷入窘境 ♦ 話咗嚟又唔嚟，搞到我踢晒腳（說過要來又不來，把我弄得狼狽不堪）。

tei

銻 (锑) tei¹ (tɐi¹) [tī] [通] 金屬元素，符號 Sb。銀白色，有光澤，質脆而硬。銻的合金可製鉛字、軸承等。[粵] 把“鋁”誤認為“銻”，故將鋁製品或鋼精器皿都以“銻”稱之 ♦ 銻煲（鋁鍋）/ 銻罉（鋼精鍋）/ 銻盆（鋁盆）。

體 (体) tei² (tɐi²) [tǐ] [通] ❶ 身體；有時指身體的一部分 ♦ 體質 / 肢體 / 五體投地。❷ 物體 ♦ 固體 / 氣體 / 晶體 / 總體。❸ 形式；規格 ♦ 文體 / 字體 / 得體。❹ 體制 ♦ 國體 / 政體。

【體記】tei²géi³ [方] 體育記者。

【體能】tei²neng⁴ [粵] 身體素質；身體功能 ♦ 體能訓練。

睇 tei² (tɐi²) [粵] 觀；看；瞧 ♦ 睇波（觀看球賽）/ 睇書（看書）/ 睇透（看透）/ 睇唔起（瞧不起）。

【睇白】tei²bag⁶ [粵] 預料；估計 ♦ 睇白佢唔會嚟（估計他不會來）。

【睇辦】tei²ban⁶⁻² [粵] 看樣品、樣本。

【睇病】tei²béng⁶ [粵] 看病。

【睇場】tei²cêng⁴ [方] 黑社會組織對其勢力範圍內的飲食、娛樂場所勒索之後，派打手到場維持秩序，以盡“保護”之責，也指所派出的打手。

【睇定】tei²ding⁶ [粵] 看準了 ♦ 價錢相

差咁大，睇定先至好買（價錢相差這麼大，看準了再買）。

【睇化】tei²fa³ ㊥ 看透世事♦睇化晒（全看透了）。

【睇法】tei²fad³ ㊥ 看法；意見；觀點。

【睇起】tei²héi² ㊥ 瞧得起。

【睇戲】tei²héi³ ㊥ 看戲。

【睇好】tei²hou² ㊥ 看好；對某事持樂觀態度。

【睇症】tei²jing³ ㊥ 醫生診治病人。

【睇落】tei²log⁶ ㊥ 看上去；看來；細看♦睇落又幾好睇（看下去還是挺吸引人的）/睇落又幾順眼（細看一下還是挺順眼的）。

【睇脈】tei²meg⁶ ㊥❶中醫診治病人。❷找中醫看病。

【睇啱】tei²ngam¹ ㊥ 看中♦睇啱咪買咯（看中就買唄）。

【睇怕】tei²pa³ ㊥ 看來，表示估計、判斷、預測等。

【睇死】tei²séi² ㊥❶料定；斷定♦我睇死佢做唔嚟（我料定他幹不來）。❷看透，瞧不起♦要爭氣啲，去度度都俾人睇死噉就弊喇（要爭氣點，到哪裏都讓人瞧不起可就糟了）。

【睇相】tei²sêng³ ㊥ 相面♦睇相佬（相面先生）。

【睇衰】tei²sêu¹ ㊥ 輕視；蔑視，瞧不起♦唔好話睇衰佢喇，佢咁大個仔做過邊件好事吖（別説瞧他不起，他長這麼大究竟做了哪一件好事）？

【睇水】tei²sêu² ㊥ 把風；看風。

【睇數】tei²sou³ ㊥❶會賬；結賬♦食完先至睇數（吃完了再結賬）。❷做東，請客♦呢餐我睇數（這一頓我來做東）。❸負責，承擔後果。

【睇淡】tei²tam⁵ ㊥ 看淡，對某人某事持悲觀態度。

【睇頭】tei²teo⁴ ㊥ 看頭♦場波冇乜睇頭（那場球賽沒啥看頭）。

【睇小】tei²xiu² ㊥ 小看；看扁。

【睇真】tei²zen¹ ㊥ 看準；看清楚♦你睇真先至好講（你要看清楚了再説）。

【睇錯人】tei²co³yen⁴ ㊥ 看錯人，認錯人。

【睇過先】tei²guo³xin¹ ㊥ 看看再説。

【睇開啲】tei²hoi¹di¹ ㊥ 想開點。

【睇住嚟】tei²ju⁶lei⁴ ㊥❶提醒別人小心♦你睇住嚟先好吖（你可得當心着點）。❷警告別人不要胡來♦你睇住嚟吖（咱們走着瞧吧）！

【睇嚟湊】tei²lei⁴ceo³ ㊥ 視具體情況而定；看情況；看着辦♦合約簽定唔簽好難講，睇嚟湊喇（合約簽還是不簽很難説，看情況吧）。

【睇老婆】tei²lou⁵po⁴ ㊥ 相親，專指男方看女方。

【睇唔出】tei²m⁴cêd¹ ㊥ 看不出。

【睇門口】tei²mun⁴heo² ㊥❶看門♦你留喺屋企睇門口（你留下來看門）。❷門衛；傳達。❸家庭常備以應急需的藥品。

【睇頭勢】tei²teo⁴sei³ ㊥ 看風頭。

【睇勻晒】tei²wen⁴sai³ ㊥ 全看過了；看遍了。

【睇醫生】tei²yi¹sang¹ ㊥ 看病。

【睇霸王戲】tei²ba³wong⁴héi³ ㊥ 上劇

院、電影院不買票。

【睇差一皮】tei2ca1yed1péi4 (粵) 判斷稍有差錯，判斷錯誤。

【睇唔過眼】tei2m4guo3ngan5 (粵) 看不順眼；看不過去。

【睇錢份上】tei2qin4-2fen6sêng6 (粵) 看在錢的份上。

【睇餸食飯】tei2sung3xig6fan6 (粵) 看菜吃飯，比喻看情況辦事。

【睇頭睇尾】tei2teo4tei2méi5 (粵) 從旁照料，協助照管。

【睇人口面】tei2yen4heo2min6 (粵) 看人臉色行事；仰仗他人。

【睇準起筷】tei2zên2héi2fai3 (粵) 看準了再動筷子，比喻瞅準時機再行動。

【睇人眉頭眼額】tei2yen4méi4teo4ngan5ngag6 (粵) 同"睇人口面"。【提升】

替 tei3 (tɐi3) [tì] (通) ❶ 代；代理 ♦ 替班 / 代替 / 頂替 / 我替你辦。❷ 為；給 ♦ 替集體爭光。❸ 衰敗 ♦ 衰替 / 興替。

【替槍】tei3cêng1 (粵) 槍替，指考試時冒名頂替 ♦ 請替槍（考試時找人冒名頂替）。

剃 tei3 (tɐi3) [tì] (通) 用刀刮去毛髮 ♦ 剃刀 / 剃鬍子。

【剃面】tei3min6 (粵) 刮臉。

【剃鬚】tei3sou1 (粵) 刮鬍子。

【剃頭】tei3teo4 [tìtóu] (通) 剃去頭髮，也泛指理髮 ♦ 險過剃頭。

【剃眼眉】tei3ngan5méi4 (粵) 讓人丟臉、出醜、受辱 ♦ 佢噉做分明係剃你眼眉啫(他這樣做分明是要你好看)。

【剃光頭】tei3guong1teo4 (粵) 在競賽活動中得零分。

【剃刀門楣】tei3dou1mun4méi4 (粵) 舊指從事金融投機活動的小錢莊。

提 tei4 (tɐi4) [tí] (通) ❶ 懸空拿着 ♦ 提水 / 提飯。❷ 由下往上升 ♦ 往上提一提。❸ 日程往前移 ♦ 出發日期往前提。❹ 指出；舉出 ♦ 提出 / 提示 / 提名。❺ 舀油、酒的器具 ♦ 油提 / 酒提。❻ 取出 ♦ 提取 / 提貨 / 提交。

【提點】tei4dim2 (方) 提示；指點。

【提子】tei4ji2 (粵) 葡萄 ♦ 提子乾（葡萄乾）/ 提子包（提子麵包）。也說"菩提子" pou4tei4ji2。

【提堂】tei4tong4 (粵) 提訊；開庭審判。

【提升】tei4xing1 [tíshēng] (通) ❶ 用繩索等工具將物品提高。❷ 使職務上升。(方) 提高 ♦ 提升水準。

【提款機】tei4fun2gei1 (粵) 自動取款機。

tem

詃 tem3 (tɐm3) (粵) ❶ 哄騙 ♦ 詃細路仔（哄小孩）/ 詃人喜歡（嘴巴甜討人喜歡）/ 佢嬲喇，快啲詃番佢喇（她生氣了，快去哄哄她吧）。❷ 誘；套 ♦ 詃佢嘅說話（套他的話）。

【詃鬼食豆腐】tem3guei2xig6deo6fu6 (粵) 騙人相信；缺乏可信性的假話。

氹 tem4 (tɐm4)

【氹氹轉】tem4tem4-2jun3 (粵) ❶ 團團轉 ♦ 忙到我氹氹轉（忙得我團團轉）。❷ 盤旋 ♦ 架飛機喺上面氹氹轉（一架飛機在上面盤旋）。

【氹氹嚹】tem4tem4kuag1 (粵) 四周圍 ♦ 氹氹嚹搵過晒都搵唔到（四周圍找

遍了也沒找到）。

☞另見本頁 tem⁵。

氹 tem⁵ (tɐm⁵) [dàng] [粵] 坑；窪 ♦ 水氹（水坑）/ 泥氹（泥坑）/ 舂落屎氹（掉進糞池）。

☞另見 371 頁 tem⁴。

ten

吞 ten¹ (tɐn¹) tūn [通] ❶ 不經咀嚼，整個地嚥下去 ♦ 吞嚥 / 吞服 / 吞食 / 狼吞虎嚥。❷ 侵佔；兼併 ♦ 吞併 / 吞沒 / 侵吞。❸ 忍受；不發作 ♦ 吞聲 / 忍氣吞聲。

【吞槍】ten¹cêng¹ [粵] 飲彈；以槍自殺。

【吞蛋】ten¹dan⁶⁻² [方] 比賽得零分。

【吞那魚】ten¹na²yu⁴⁻² [方] 英 tuna 音譯。金槍魚。

【吞咗火藥】ten¹zo²fo²yêg⁶ [粵] 吃耗子藥了，比喻人火氣大，脾氣暴躁。

【吞口水養命】ten¹heo²sêu²yêng⁵méng⁶ [粵] 比喻苟延殘喘。

氽 ten² (tɐn²) [粵] 翻轉；裏外翻過來 ♦ 氽豬腸（把豬腸子翻轉過來清洗）/ 氽轉眼皮（把眼皮翻轉過來）。

褪 ten³ (tɐn³) [tùn] [通] 使穿着或套着的東西脫離 ♦ 褪下袖子 / 把背心褪下來。[粵] ❶ 後退 ♦ 褪後啲（退後一點）。❷ 平移 ♦ 褪出啲張枱（把桌子移出一點）。❸ 騰出 ♦ 唔該褪個位俾呢位伯父坐（請騰個位置讓這位老大爺坐）。❹ 挪；退 ♦ 褪番筆數（把款項挪出來）。

【褪車】ten³cé¹ [粵] 倒車。

【褪遲】ten³qi⁴ [粵] 推遲。

【褪軚】ten³tai⁵ [粵] 中途變卦；打退堂鼓。

【褪腸頭】ten³cêng⁴teo⁴ [粵] 脫肛。

揗 ten⁴ (tɐn⁴) [粵] ❶ 發抖；顫抖 ♦ 驚到手揗腳震（驚懼得手腳發抖）。❷ 因忙亂或煩躁而來回走動 ♦ 揗嚟揗去（走來走去）/ 揗上揗落（跑上跑下）。

【揗揗震】ten⁴ten⁴⁻²zen³ [粵] 哆哆嗦嗦 ♦ 嚇到佢揗揗震（嚇得他直打哆嗦）。

teng

藤（藤）teng⁴ (tɐŋ⁴) [téng] [通] ❶ 植物名 ♦ 紫藤 / 白藤。❷ 某些植物的柔韌的莖 ♦ 薯藤 / 葡萄藤 / 順藤摸瓜。❸ 用藤製的 ♦ 藤椅。

【藤喼】teng⁴gib¹ [粵] 藤篋；藤箱。

【藤條】teng⁴tiu⁴⁻² [粵] 藤條兒，父母常用來體罰子女 ♦ 藤條炆豬肉（捱了一頓雞毛撣子）。

【藤蓆】teng⁴zég⁶ [粵] 用藤篾編成的涼蓆，藤涼蓆。

【藤□瓜瓜□藤】teng⁴leng³gua¹gua¹leng³teng⁴ [粵] ❶ 互相糾纏不清。❷ 糾纏不清的事。

téng

聽（听）téng¹ (tɛŋ¹) [粵] 口語音。

【聽教】téng¹gao³ [粵] 聽從教誨、勸導。

【聽講】téng¹gong² [粵] 聽說。

【聽聞】téng¹men⁴ [粵] 聽說。

【聽書】téng1xu1 [方] 聽課。

【聽落有骨】téng1log6yeo5gued1 [粵] 指某人的説話，實在另有言外之意。

【聽聽話話】téng1téng1wa6wa6 [粵] 聽話；順從。多用來勸説。

☞ 另見 378 頁 ting1，ting3。

廳（厅） téng1 (tɛŋ1) [粵] 口語音 ♦ 三房一廳 / 出得廳堂，入得廚房。

【廳長】téng1zêng2 [粵] 謔稱在客廳裏歇宿 ♦ 做廳長（在客廳過夜）。

艇 téng5 (tɛŋ5) [粵] 口語音 ♦ 扒艇（划船）/ 遊艇 / 砲艇。

【艇家】téng5ga1 [粵] 水上人家；水上居民。

【艇屋】téng5ngug1 [粵] 水上人家所住的船屋。

【艇仔】téng5zei2 [粵] ❶ 小艇。❷ 湯匙的謔稱。

【艇仔粥】téng5zei2zug1 [粵] 原在小船上售賣的一種風味粥品，現在一般食肆、酒家也有售。

teo

偷 teo1 (tɐu1) [tōu] [通] ❶ 私下裏拿走別人的東西 ♦ 偷竊 / 偷盜 / 小偷。❷ 瞞着別人做事 ♦ 偷看 / 偷窺 / 偷偷走開。❸ 苟且敷衍，只顧眼前 ♦ 偷安 / 偷生。❹ 抽出時間 ♦ 偷空 / 偷閒。

【偷薄】teo1bog6 [粵] 削薄頭髮 ♦ 天氣咁熱，同佢偷薄啲頭髮喇（天氣太熱，把他的頭髮削薄些吧）。

【偷步】teo1bou6 [粵] 起跑時搶步。

【偷雞】teo1gei1 [粵] ❶ 偷懶；開小差 ♦ 偷雞唔上班（偷懶不上班）/ 開開吓會佢就偷雞走咗（會議沒有結束他就開小差走了）。❷ 曠課；逃學。

【偷橋】teo1kiu4-2 [粵] 偷偷借用別人的招數、點子。

【偷笑】teo1xiu3 [粵] ❶ 竊笑。❷ 暗暗慶幸 ♦ 唔罰錢就算偷笑（不罰款就算你走運）。

【偷嘢】teo1yé5 [粵] 盜竊；偷東西。

【偷呃拐騙】teo1ag1guai2pin3 [粵] 偷訛拐騙，為非作歹。

【偷龍轉鳳】teo1lung4jun3fung6 [粵] 偷樑換柱。

【偷雞唔到蝕揸米】teo1gei1m4dou3-2xid6za1mei5 [粵] 偷雞不着蝕把米，比喻得不到利益反而受損失。

頭（头） teo2 (tɐu2) [粵] 口語變音。頭兒；上司；領導者 ♦ 佢係我哋呢度嘅頭（他是我們這裏的頭兒）。

☞ 另見 374 頁 teo4。

哣 teo2 (tɐu2) [粵] 也作"敨"。歇；休息 ♦ 哣吓先做（歇一會再幹）/ 唔阻住你哣嘞（不妨礙你休息啦）/ 喂，哣夠未吖（喂，歇夠了沒有）？

【哣涼】teo2lêng4 [粵] 納涼；乘涼。

透 teo2 (tɐu2)

【透氣】teo2héi3 [粵] 呼吸；歎氣 ♦ 透氣唔到（呼吸困難）/ 出去透啖氣先（出去透透氣再説）。

【透大氣】teo2dai6héi3 [粵] 深呼吸；急促地呼吸。

☞ 另見本頁 teo3。

透 teo3 (tɐu3) [tòu] [通] ❶ 穿過；通過 ♦ 透風 / 透光 / 滲透 / 透過現

象看本質。❷ 徹底；深入 ♦ 透徹 / 透闢 / 講透 / 摸透。❸ 達到飽和、充分的程度 ♦ 透頂 / 恨透 / 熟透。❹ 洩露；顯露 ♦ 透露 / 白裏透紅。[粵] 點火 ♦ 透着個煤爐（把煤爐點着）。

【透火】teo³fo² [粵] 生火；起火。

【透過】teo³guo³ [粵] 通過 ♦ 透過新聞媒介（通過新聞媒介）。

【透落】teo³log⁶ [粵] 通向 ♦ 透落坑渠 / 條巷透落大馬路（巷子通向大馬路）。

【透明】teo³ming⁴ [方] 指沒有地位的人，不被人放在眼內 ♦ 佢都冇料到，當佢透明得啦！（他根本沒有真材實學，根本不用把他放在眼內。）

【透視裝】teo³xi⁶zong¹ [粵] 用薄而透明的衣料做的服裝。

☞ 另見 373 頁 teo²。

頭（头） teo⁴ (tɐu⁴) [tóu] [通] ❶ 人或動物的腦袋 ♦ 人頭 / 狗頭 / 頭痛 / 頭破血流。❷ 頭髮或頭髮樣式 ♦ 梳頭 / 剃頭 / 平頭 / 披頭散髮。❸ 物體的頂端、前端或殘餘部分 ♦ 鑽頭 / 山頭 / 橋頭 / 布頭。❹ 事情的起點或終點 ♦ 開頭 / 到頭 / 盡頭 / 冒頭。❺ 以前 ♦ 頭兩年。❻ 次序在前的 ♦ 頭等 / 頭號 / 頭班。❼ 量詞 ♦ 一頭牛 / 一頭豬。❽ 詞尾（讀輕聲）♦ 木頭 / 石頭 / 甜頭 / 骨頭。[粵] 量詞 ♦ 呢頭家好難當（這個家好難當）/ 成頭家好難當（這個家好難當）/ 成頭家交晒俾佢打理（整個家就交由他料理）。

【頭車】teo⁴cé¹ [粵] 首班車；第一班車。也説“頭班車” teo⁴ban¹cé¹。

【頭赤】teo⁴cég³ [粵] ❶ 頭痛 ♦ 有啲頭赤（有點頭痛）。❷ 頭痛；令人為難或討厭。

【頭槌】teo⁴cêu⁴ [粵] 足球用語。頭球。

【頭大】teo⁴dai⁶ [粵] 傷腦筋；費躊躇 ♦ 搞到頭都大晒（真傷腦筋）。

【頭房】teo⁴fong⁴⁻² [粵] 最外面的房間。

【頭夾】teo⁴gab³ [粵] 頭髮卡子。也説“頂夾” déng²gab³⁻²。

【頭殼】teo⁴hog³ [粵] 腦殼。

【頭蠟】teo⁴lab⁶ [粵] 髮蠟。

【頭鑼】teo⁴lo⁴ [粵] 開場鑼鼓。

【頭路】teo⁴lou⁶ [粵] 頭髮的分隔縫兒。

【頭尾】teo⁴méi⁵ [粵] 時間上的前後 ♦ 頭尾一年（前後一年）/ 頭尾五日（前後五天）。

【頭泥】teo⁴nei⁴ [粵] 頭垢。

【頭牙】teo⁴nga⁴⁻² [粵] 舊曆正月初二公司、企業招員工的宴會。

【頭盤】teo⁴pun⁴⁻² [粵] ❶ 第一道菜。❷ 第一個，第一項 ♦ 頭盤節目（第一個節目）。

【頭皮】teo⁴péi⁴ [粵] 頭屑。

【頭㾗】teo⁴peo³ [粵] 頭疼；因遇到困難、麻煩而頭腦發脹。

【頭牲】teo⁴sang¹ [粵] 家禽家畜的總稱。

【頭頭】teo⁴teo⁴⁻² [粵] ❶ 原先；當初。❷ 剛才。

【頭先】teo⁴xin¹ [粵] 剛才 ♦ 頭先佢仲打過電話嚟（剛才他還來過電話）。也説“求先” keo⁴xin¹。

【頭油】teo⁴yeo⁴ [tóuyóu] [通] 抹在頭髮上養護頭髮，使頭髮亮的油。[粵] 也指頭髮上油膩的分泌物。

【頭啖湯】teo4dam6tong1 (粵) 第一口湯。參見“飲頭啖湯”條。

【頭殼頂】teo4hog3déng2 (粵) ❶ 頭頂。❷ 頭頂上 ♦ 風扇吊正喺頭殼頂度（風扇恰好吊在頭頂上）。

【頭顫顫】teo4ngog6ngog6 (粵) 東張西望。

【頭長仔】teo4zêng2zei2 (粵) 長子。

【頭崩額裂】teo4beng1ngag6lid6 (粵) 焦頭爛額。

【頭腦流失】teo4nou5leo4sed1 (方) 人才流失。

【頭鬆尾鬆】teo4sung1méi5sung1 (粵) 渾身輕鬆、舒服。

【頭頭碰着黑】teo4teo4pung3zêg6hag1 (粵) 處處碰釘子。

【頭髮尾浸浸凉】teo4fad3méi5zem3zem3lêng4 (粵) ❶ 心涼。❷ 形容幸災樂禍。

【頭耷耷，眼濕濕】teo4deb1deb1, ngan5seb1seb1 (粵) 形容因受了委屈而頹然喪氣、眼淚汪汪的樣子。

☞ 另見 373 頁 teo2。

投 teo4 (tɐu4) [tóu] (通) ❶ 拋；扔 ♦ 投石 / 投球 / 空投。❷ 跳進 ♦ 投河 / 投井 / 投火自焚 / 自投羅網。❸ 參加；走向 ♦ 投奔 / 投身 / 投靠。❹ 合；迎合 ♦ 情投意合 / 投其所好。❺ 放進；送進 ♦ 投稿 / 投遞。

【投購】teo4keo3 (方) 投保；購買保險。

【投籃】teo4lam4-2 [tóulán] (通) 打籃球時，向籃筐投擲籃球。(粵) 投入廢紙簍，當成廢紙處理。

【投緣】teo4yun4 [tóuyuán] (通) 初次見面就情投意合。(粵) 對某事有所偏好。

têu

推 têu1 (tœy1) [tuī] (通) ❶ 手向外或向前用力使東西移動 ♦ 推門 / 推車 / 推磨。❷ 使事情開展 ♦ 推行 / 推動。❸ 根據已知的事實斷定其餘 ♦ 推求 / 推斷 / 類推。❹ 辭讓；脱卸 ♦ 推辭 / 推卸 / 推讓 / 推三阻四。❺ 延遲 ♦ 推延 / 推後幾天。❻ 薦舉；選舉 ♦ 推舉 / 推薦。❼ 稱讚；重視 ♦ 推重 / 推崇 / 推許。

【推介】têu1gai3 (粵) 推薦介紹 ♦ 勁歌推介。

【推廣】têu1guong2 [tuīguǎng] (通) 擴大使用範圍和影響 ♦ 推廣經驗。(方) 推銷。

【推展】têu1jin2 (方) 推動開展。

【推莊】têu1zong1 (粵) 拒絕；放棄；打退堂鼓；推卸責任。

【推三推四】têu1sam1têu1séi3 (粵) 推三阻四；以種種藉口推卸。

ti

T ti1 (ti1)

【T 裇】ti1sêd1 (粵) 英 T-shirt 音譯。針織衫。也作“T 恤”。

tib

貼 (贴) tib1 (tip7)

【貼士】tib1xi6-2 (粵) 英 tips 音譯。❶ 小

費；小賬。❷ 提示；祕密消息 ♦ 俾啲貼士嚟喇（請指點指點）。❸ 預測性結果。

☞ 另見本頁 tib³。

貼（贴） tib³ (tip⁸) [tiē] [通] ❶ 黏合；黏結 ♦ 黏貼 / 貼郵票。❷ 靠近；緊挨 ♦ 貼近。❸ 添補；補助 ♦ 補貼 / 津貼。❹ 適合；恰當 ♦ 貼切 / 妥貼。❺ 量詞 ♦ 一貼膏藥。

【貼地】tib³déi⁶⁻² [粵] 趴在地下；倒伏地上 ♦ 衰到貼地（糟透了）。

【貼紙】tib³ji² [粵] 塗有黏膠的小畫片。

【貼堂】tib³tong⁴ [粵] 把學生的優秀作業貼在課室的牆壁上作示範。

【貼錯門神】tib³co³mun⁴sen⁴ [粵] 把門神左右貼反了。比喻兩人互不理睬 ♦ 你兩個做乜鬼嗜，貼錯門神噉（你們倆幹啥啦，見面都背着臉）。

【貼身關係】tib³sen¹guan¹hei⁶ [方] 切身利害關係。

【貼錢買難受】tib³qin⁴mai⁵nan⁴seo⁶ [粵] 花錢買氣，比喻付出代價，反惹麻煩。

☞ 另見 375 頁 tib¹。

tid

鐵（铁） tid³ (tit⁸) [tiě] [通] ❶ 金屬元素，符號 Fe。灰色或銀白色，是煉鋼的主要原料 ♦ 鐵礦 / 鐵水。❷ 指兵器 ♦ 手無寸鐵。❸ 比喻堅強、有骨氣 ♦ 鐵漢 / 鐵人 / 鋼筋鐵骨。❹ 比喻確定不移 ♦ 鐵證如山 / 鐵的事實。❺ 比喻強暴和精銳 ♦ 鐵騎 / 鐵蹄。

【鐵筆】tid³bed¹ [粵] 鋼釬。

【鐵支】tid³ji¹ [粵] ❶ 鐵棍；鋼筋。❷ 窗、欄等的防護鐵條。

【鐵馬】tid³ma⁵ [粵] ❶ 摩托車。❷ 可移動的鐵柵欄。

【鐵通】tid³tung¹ [粵] 鐵管。

【鐵鑊】tid³wog⁶ [粵] 鐵鍋。

【鐵線】tid³xin³⁻² [粵] 鐵絲。

【鐵閘】tid³zab⁶ [粵] 鐵柵欄，活動鐵柵門。

【鐵騎士】tid³ké⁴xi⁶ [粵] 摩托車手。

【鐵沙梨】tid³sa¹léi⁴⁻² [粵] 鐵公雞，比喻非常吝嗇，任何人難以從他那裏得到好處的人。

【鐵嘴雞】tid³zêu²gei¹ [粵] 比喻嘴巴厲害的女人。

【鐵腳馬眼神仙肚】 tid³gêg³ma⁵ngan⁵sen⁴xin¹tou⁵ [粵] 形容記者必須具備的三個條件 ♦ 勤奔走，善觀察，能捱餓。

tim

添 tim¹ (tim¹) [tiān] [通] 增加 ♦ 添加 / 添補 / 添油加醋 / 錦上添花。[粵] 添加 ♦ 添飯（第二次以後的盛飯）。

【添食】tim¹xig⁶ [粵] 加多一些；再來一次。

嚟 tim¹ (tim¹) [粵] ❶ 語助詞。表示強調 ♦ 仲多咗嚟（還多了呢）/ 成日落雨嚟（還整天下雨呢）！❷ 副詞。含遞進或擴充的意思，相當於“用” ♦ 俾多三文嚟（再多給三塊錢）/ 唞陣嚟再做（多歇一會再幹）。

【添噃】tim1bo3 [粵] 語助詞。表示出乎意料，相當於“還…呢” ♦ 好好添噃(還挺不錯呢) / 仲混得唔錯添噃(還混得不錯呢)。

甜 tim4 (tim4) [tián] [通] ❶ 糖和蜜的味道 ♦ 甜味 / 甜瓜 / 甜菜 / 甜食。❷ 美好；舒服 ♦ 甜蜜 / 甜言蜜語。

【甜品】tim4ben2 [粵] 甜食。

【甜醋】tim4cou3 [粵] 黑醋 ♦ 甜醋煲薑(黑醋煮薑)。

【甜心】tim4sem1 [粵] 心肝寶貝。

【甜竹】tim4zug1 [粵] 甜腐竹。

【甜椰椰】tim4yé4-6yé4-6 [粵] 甜絲絲的。

【甜曳曳】tim4yei4-6yei4-6 [粵] 甜津津的。

掭 tim5 (tim5) [tiàn] [通] 用毛筆蘸墨汁在硯台上弄均勻 ♦ 掭筆寫字。[粵] 蘸 ♦ 掭豉油。

tin

天 tin1 (tin1) [tiān] [通] ❶ 地面以上的空間 ♦ 天地 / 天邊。❷ 位置在頂部或高處 ♦ 天窗 / 天庭。❸ 氣候；天氣 ♦ 陰天 / 晴天 / 大熱天。❹ 自然的；生成的 ♦ 天險 / 天然飲料 / 天生一對。❺ 季節；時令 ♦ 秋天 / 冬天。❻ 時間單位，一晝夜，又專指白天 ♦ 今天 / 昨天 / 半天。

【天花】tin1fa1 [tiānhuā] [通] 因病毒引起的急性傳染病，皮膚上出現斑疹，結痂後會留下痘疤。[粵] 天花板、頂棚 ♦ 裝天花(裝修天花板)。

【天光】tin1guong1 [tiānguāng] [通] ❶ 天空的光亮。❷ 早晨的天色。[粵] 天亮。

【天口】tin1heo2 [粵] 天時；天氣；氣溫 ♦ 天口熨(天氣熱，氣温高)。

【天橋】tin1kiu4 [tiānqiáo] [通] 在鐵路、街道上空加設的橋 ♦ 人行天橋。[粵] 時裝表演台。

【天面】tin1min6-2 [粵] 樓頂。

【天棚】tin1pang4-2 [粵] 屋頂曬台。

【天體】tin1tei2 [tiāntǐ] [通] 宇宙空間各種物質的總稱。[方] 裸體 ♦ 天體海灘。

【天台】tin1toi4-2 [粵] 屋頂曬台。

【天地線】tin1déi6xin3 [方] 比喻徇私舞弊的各種門路 ♦ 搭通天地線（打通各個關節）。

【天光墟】tin1guong1hêu1 [粵] 在黎明前後一段時間做買賣的集市。

【天腳底】tin1gêg3dei2 [粵] 天邊，指極遠的地方。

【天冷衫】tin1lang5sam1 [粵] 冬天穿的衣服。

【天那水】tin1na5-2sêu2 [粵] 一種稀釋劑，英 thinner 音譯。也作“天拿水”。

【天時旱】tin1xi4hon5 [粵] ❶ 天旱。❷ 旱季。

【天時冷】tin1xi4lang5 [粵] ❶ 冷天。❷ 冬天。

【天時熱】tin1xi4yid6 [粵] ❶ 熱天。❷ 夏天。

【天仙局】tin1xin1gug6 [方] 以色行騙。

【天熱衫】tin1yid6sam1 [粵] 夏天穿的衣服。

【天花龍鳳】tin1fa1lung4fung6 [粵] 活靈活現；天花亂墜。

【天光大白】tin¹guong¹dai⁶bag⁶ ㊥ 天大亮 ♦ 天光大白喇，仲唔起身（天大亮啦，還不起牀）？

【天生天養】tin¹sang¹tin¹yêng⁵ ㊥ 生了下來總能活得下去，表示樂觀或自慰之辭。

【天皇巨星】tin¹wong⁴gêu⁶xing¹ ㊥ 超級明星，最走紅的明星。

【天然資源】tin¹yin⁴ji¹yun⁴ ㊎ ❶ 自然資源。❷ 比喻女子的色相。

【天跌落嚟當被冚】tin¹did³log⁶lei⁴dong³péi⁵kem² ㊥ 天掉下來只當蓋了一牀被子，比喻對目前處境處之泰然。

田 tin⁴ (tin⁴) [tián] ㊣ ❶ 種植農作物的土地 ♦ 農田 / 麥田 / 田地 / 田園。❷ 同"畋"，打獵 ♦ 田獵。㊥ 有水的為"田"，旱地為"地"。

【田雞】tin⁴gei¹ ㊥ 青蛙，俗稱"蛤乸"。

【田基】tin⁴géi¹ ㊥ 田埂。

【田螺】tin⁴lo⁴⁻² ㊥ 田裏的螺螄 ♦ 炒田螺。

【田頭】tin⁴teo⁴ ㊥ 地頭。

【田雞髀】tin⁴gei¹béi² ㊥ 青蛙腿。

【田雞東】tin⁴gei¹dung¹ ㊥ 打平夥；大家湊錢吃東西。

【田雞過河】tin⁴gei¹guo³ho⁴ ㊥ 比喻各走各的路。

填 tin⁴ (tin⁴) [tián] ㊣ ❶ 把空缺的地方塞滿或補足 ♦ 填平 / 填坑。❷ 在空白表格上按項目寫 ♦ 填寫 / 填空。

【填命】tin⁴méng⁶ (ming⁶) ㊥ 以性命作抵償 ♦ 殺人填命（殺了人就得以自己的性命作抵償）。

ting

聽 (听) ting¹ (tiŋ¹) [tīng] ㊣ ❶ 用耳朵接收聲音 ♦ 聽聞 / 聽講 / 聽廣播 / 聽音樂。❷ 順從；接受 ♦ 聽話 / 聽從 / 言聽計從。

【聽暇】ting¹ha⁶⁻¹ ㊥ ❶ 稍待片刻；過一會兒，同"等吓"、"等陣"。❷ 如果；假若；萬一 ♦ 聽暇佢唔嚟呢，點算（萬一他不來，怎辦）？

【聽朝】ting¹jiu¹ ㊥ 明天早上。也說"聽朝早" ting¹jiu¹zou²。

【聽晚】ting¹man⁵⁻¹ ㊥ 明天晚上，也說"聽晚黑" ting¹man⁵hag¹。

【聽日】ting¹yed⁶ ㊥ 明天。

【聽早】ting¹zou² ㊥ 明天早上，同"聽朝"。

☞ 另見 372 頁 téng¹；本頁 ting³。

停 ting² (tiŋ²) ㊥ 量詞。相當於"種"、"樣" ♦ 呢停人，我都費事睬佢喇（這種人，懶得理睬他）！/ 你要邊停（你要甚麼樣的）？

☞ 另見本頁 ting⁴。

聽 (听) ting³ (tiŋ³) [tīng] ㊣ ❶ 任憑；隨 ♦ 聽憑 / 聽任 / 聽便 / 聽其自然。❷ 治理；判斷 ♦ 聽訟 / 垂簾聽政。❸ 量詞。用於馬口鐵筒 ♦ 一聽煙 / 一聽啤酒 / 一聽餅乾。㊥ 聽候；等着 ♦ 你實聽俾人鬧（你等着捱罵吧）/ 呢勻你實聽衰（這趟你注定倒霉）。

☞ 另見 372 頁 téng¹；本頁 ting¹。

停 ting⁴ (tiŋ⁴) [tíng] ㊣ 止住；不動 ♦ 停辦 / 停工 / 停頓 / 停車。

【停牌】ting⁴pai⁴⁻² 粵 ❶ 司機違章被罰停止駕駛。❷ 勒令停止營業。❸ 某種股票停止在交易所交易。

☞ 另見 378 頁 ting²。

tiu

挑 tiu¹ (tiu¹) [tiāo] 通 ❶ 用肩擔東西 ♦ 挑水 / 挑糧。❷ 挑、擔的東西 ♦ 挑着空挑子。❸ 選；揀 ♦ 挑揀 / 挑選 / 挑剔。❹ 所挑的東西 ♦ 一挑蔬菜 / 兩挑柴草。粵 刻 ♦ 挑圖章 (刻圖章)。

【挑通眼眉】tiu¹tung¹ngan⁵méi⁴ 粵 比喻明察秋毫，不易受騙。參見“眼眉毛挑通瓏”條。

【挑蟲入屎忽】tiu¹cung⁴yeb⁶xi²fed¹ 粵 見“捉蟲入屎忽”。

調 (调) tiu³ (tiu³) [tiáo]

【調皮】tiu³péi⁴ [tiáopí] 通 ❶ 淘氣；頑皮。❷ 不馴服。❸ 做事不踏實，耍小聰明。方言也作“跳皮”或“佻皮”。

☞ 另見 80 頁 diu⁶；本頁 tiu⁴。

跳 tiu³ (tiu³) [tiào] 通 ❶ 兩腳離地躍起 ♦ 跳躍 / 跳起 / 跳高 / 跳舞。❷ 一起一伏地動 ♦ 心跳 / 眼跳 / 心驚肉跳。❸ 跨過；越過 ♦ 跳班 / 跳級 / 隔三跳兩。❹ 物體由於彈性的作用突然向上移動 ♦ 皮球跳得高。

【跳槽】tiu³cou⁴ 方 轉工，離開原來的工作單位到新的工作單位。

【跳灰】tiu³fui¹ 粵 俗稱賣海洛因。

【跳台】tiu³toi⁴ [tiàotái] 通 跳水的高台。粵 收音機等串台 ♦ 架收音機成日跳台 (收音機老串台)。

【跳掣】tiu³zei³ 粵 自動斷路。

【跳字鐘】tiu³ji⁶zung¹ 方 液晶數字顯示鐘錶。

【跳樓貨】tiu³leo⁴⁻²fo³ 粵 以極低價格出售的商品。

【跳樓價】tiu³leo⁴⁻²ga³ 粵 極低的價格。

條 (条) tiu⁴ (tiu⁴) [tiáo] 通 ❶ 細長的樹枝 ♦ 枝條 / 柳條。❷ 狹長的東西 ♦ 麵條 / 布條 / 紙條。❸ 字據；短信 ♦ 收條 / 借條 / 字條。❹ 分項目的 ♦ 條目 / 條款 / 條文。❺ 層次；秩序 ♦ 井井有條 / 有條不紊。❻ 量詞 ♦ 一條繩 / 五條蛇 / 頭條新聞。粵 量詞。用法比普通話廣泛得多，相當於“個”、“筆”、“把”、“根”等 ♦ 嗰條友 (那個小子) / 條數未還 (那筆款尚未歸還) / 一條鎖匙 (一把鑰匙) / 一條痕 (一道裂痕)。

【條氣唔順】tiu⁴héi³m⁴sên⁶ 粵 ❶ 呼吸不順暢。❷ 心中憋氣，內心不忿。

【條氣順晒】tiu⁴héi³sên⁶sai³ 粵 ❶ 呼吸順暢。❷ 心情舒暢。

【條命凍過水】tiu⁴méng⁶dung³guo³sêu² 粵 形容性命難保或生命危在旦夕。

調 tiu⁴ (tiu⁴) [tiáo] 通 ❶ 配合均勻合適 ♦ 調味 / 風調雨順 / 飲食失調。❷ 使和諧 ♦ 調節 / 調配。❸ 挑逗；戲弄 ♦ 調弄 / 調笑 / 調戲。

【調較】tiu⁴gao³ 粵 調節；調較音量。

☞ 另見 80 頁 diu⁶；本頁 tiu³。

to

拖 to¹ (tɔ¹) [tuō] [通] ❶ 牽引；拉 ♦ 拖車 / 拖網。❷ 拉長時間 ♦ 拖延 / 拖拉。

【拖板】to¹ban² [粵] 接線板。

【拖艔】to¹dou⁶⁻² [粵] 由機動船牽引的客船。

【拖卡】to¹ka¹ [粵] 拖車。

【拖頭】to¹teo⁴⁻² [粵] 牽引集裝箱貨車的汽車。

【拖堂】to¹tong⁴ [粵] 壓堂；上課不能按時結束下課。

【拖線】to¹xin³ [粵] 接線。

【拖友】to¹yeo⁵⁻² [粵] 情侶；戀人。

【拖手仔】to¹seo²zei² [粵] 手拉手，特指男女談戀愛。

駝 (驼) to⁴ (tɔ⁴) [tuó] [通] ❶ 駱駝 ♦ 駝峯 / 駝絨。❷ 背脊彎曲 ♦ 駝背。

【駝背佬】to⁴bui³lou² [粵] 駝子。

砣 to⁴ (tɔ⁴) [tuó] [通] ❶ 秤錘 ♦ 秤砣。❷ 碾砣。[粵] 掛 ♦ 砣住嚿玉（掛着一塊玉）。

【砣錶】to⁴biu¹ [粵] 懷錶；掛錶。

陀 to⁴ (tɔ⁴) [tuó] [通] 陀螺。

【陀地】to⁴déi⁶⁻² [方] 黑社會或流氓地痞控制的勢力範圍。也指陀地費 ♦ 收陀地。

【陀地費】to⁴déi⁶⁻²fei³ [方] 黑社會或流氓地痞在自己控制的勢力範圍內，向經營的商家或拍攝電影的攝製組勒索的錢財。

佗 to⁴ (tɔ⁴) [粵] ❶ 懷孕 ♦ 佗仔好辛苦（懷孩子挺難受的）。❷ 牽累；負荷 ♦ 你咁做會佗埋佢㗎（你這樣做可能會牽累他）。

【佗累】to⁴lêu⁶ [粵] 拖累；連累；牽累 ♦ 佗累埋你㖭（把你也給拖累了）。

【佗衰】to⁴sêu¹ [粵] 牽累；連累；給別人造成不好的影響。

【佗衰家】to⁴sêu¹ga¹ [粵] 敗家子；敗壞門風。

【佗手攋腳】to⁴seo²neng³gêg³ [粵] 累累贅贅。

妥 to⁵ (tɔ⁵) [tuǒ] [通] ❶ 適當；穩當 ♦ 穩妥 / 欠妥 / 妥當 / 妥善。❷ 停當；齊備 ♦ 事已辦妥 / 貨已購妥。[粵] ❶ 妥當；恰當 ♦ 咁唔係幾妥啩（這不大妥當吧）？/ 我睇唔妥噃（我看不合適吧）。❷ 正常；舒服 ♦ 覺得個心有啲唔妥（覺得心臟有點不正常）。

tog

托 tog³ (tɔk⁸) [tuō] [通] ❶ 用手掌承着東西 ♦ 托槍 / 托着盤子。❷ 承托器物的座子 ♦ 茶托 / 花托。❸ 陪襯 ♦ 襯托 / 烘雲托月。[粵] ❶ 扛 ♦ 托槍（扛槍）/ 托杉（扛杉木）。❷ 拍馬屁，“托大腳”的簡稱 ♦ 啯條友認真識托（那小子挺會拍馬屁的）。

【托大腳】tog³dai⁶gêg³ [粵] 抱粗腿；拍馬屁。

【托手踭】tog³seo²zang¹ [粵] ❶ 掣肘；牽制或阻撓別人做事。❷ 拒絕支援或幫助別人 ♦ 斷估佢唔會托手踭啩

（想必他不會不幫一把吧）。

【托水龍】tog3sêu2lung4 [方] 代人收付款項時把款項吞沒掉。

【托塔都應承】tog3tab3dou1ying1xing4 [粵] 甚麼都答應下來；滿口應承。

toi

枱（台） toi4 (tɔi4) [tái] [通] ❶ 桌子 ♦ 書枱（書桌）/ 食飯枱（飯桌）/ 寫字枱（辦公桌）。❷ 特指飯桌 ♦ 枱布（桌布）/ 抹枱（擦桌子）/ 開枱（準備桌子開飯或打麻將）。

【枱鐘】toi4-2zung1 [粵] 娛樂場所小姐陪客按時間收費的計費方式。

【枱枱櫈櫈】toi4toi4deng3deng3 [粵] 桌椅板凳。

台 toi4 (tɔi4) [tái] [通] ❶ 高而平的建築物 ♦ 戲台 / 主席台 / 瞭望台。❷ 像台的東西 ♦ 灶台 / 井台 / 窗台。❸ 器物的座子 ♦ 燈台 / 磨台 / 砲台。❹ 舊時對人的敬稱 ♦ 台鑒 / 台啟 / 兄台。❺ 量詞 ♦ 一台戲 / 一台複印機。❻ 桌子或類似桌子的器物 ♦ 櫃台 / 乒乓球台。

【台期】toi4kéi4 [粵] 舞台表演的演出日期安排。

【台型】toi4ying4 [方] 舞台台風。

抬 toi4 (tɔi4) [tái] [通] ❶ 舉；提高 ♦ 抬手 / 抬起頭來。❷ 合力搬 ♦ 抬筐 / 抬擔架。

【抬轎佬】toi4kiu2lou2 [粵] ❶ 轎夫；抬轎子的人。❷ [方] 助選團；幫人競選者。

tong

湯（汤） tong1 (tɔŋ1) [tāng] [通] ❶ 熱水或沸水 ♦ 揚湯止沸 / 赴湯蹈火。❷ 食物煮後所得的汁液 ♦ 米湯 / 薑湯 / 白菜湯。❸ 中藥湯劑 ♦ 湯藥 / 迷魂湯 / 換湯不換藥。

【湯水】tong1sêu2 [粵] ❶ 熬的時間較長的肉湯、菜湯 ♦ 自己一個人搬出去住，在唉湯水都冇得飲（一個人搬出去住，想喝口湯都難）。❸ 同“湯藥”。

【湯丸】tong1yun4-2 [粵] 湯圓，用糯米粉捏製成的球狀食品。

劏 tong1 (tɔŋ1) [粵] ❶ 宰殺；屠宰 ♦ 劏雞 / 劏豬 / 劏牛。❷ 切開；剖開 ♦ 劏瓜 / 喺中間劏開（在中間剖開）。

【劏車】tong1cé1 [粵] 謔稱“拆車”。

【劏光豬】tong1guong1ju1 [粵] 同“剝光豬”。

【劏豬櫈】tong1ju1deng3（歇）上嚫就死 sêng5cen1zeo6séi2 [粵] 宰豬的枱子——上去就沒命。又用以形容剋死丈夫的女子。

【劏死牛】tong1séi2ngeo4 [粵] 打槓子、攔路搶劫。

【劏雞還神】tong1gei1wan4sen4 [粵] 殺雞以酬謝神的恩典，含“謝天謝地”之意。

【劏雞嚇馬騮】tong1gei1hag3ma5leo1 [粵] 殺雞給猴子看。

糖 tong2 (tɔŋ2) [粵] 口語變音。糖果 ♦ 什錦糖 / 牛奶糖 / 細路哥唔好食咁多糖（小孩子不要吃那麼多糖果）。

☞ 另見本頁 tong^{4}。

趟 tong^{3} (tɔŋ^{3}) [tàng] ㊀通 ❶行列；跟不上趟。❷量詞。表示行走的次數♦走一趟／來過好幾趟。粵 ❶沿着導槽推拉♦趟開餐櫃（拉開酒櫃）。❷順着摸過去♦趟吓牀底，睇隻鞋喺唔喺裏邊（掃一掃牀底下，看鞋子是不是在裏面）。

【趟蝦】tong^{3}ha^{1} 粵 用小網順着河底撈蝦。

【趟櫳】tong^{3}lung$^{4-2}$ 粵 橫推的木柵欄。

【趟門】tong^{3}mun$^{4-2}$ 粵 沿導槽推拉的門。

【趟閘】tong^{3}zab^{6} 粵 沿導槽推拉的活動鐵柵。

燙（烫） tong^{3} (tɔŋ^{3}) [tàng] 通 ❶溫度高♦滾燙／水太燙。❷皮膚接觸溫度高的物體，感到疼痛或受到燒灼♦燙手／燙嘴／燙傷。❸用溫度高的物體，使另外的物體提高溫度或改變形狀♦燙酒／燙衣服。

【燙髮】tong^{3}fad^{3} [tàngfà] 通 用高溫或化學藥品使頭髮變捲曲。方言多說"電髮" din^{6}fad^{3}。

【燙腳】tong^{3}gêg^{3} [tàngjiǎo] 通 用溫熱的水浸腳使暖和。方言多說"淥腳" lug^{6}gêg^{3}。

唐 tong^{4} (tɔŋ^{4}) [táng] 通 ❶朝代名，李淵所建。❷姓。粵 指中國♦半唐番（中西混合）。

【唐餐】tong^{4}can^{1} 粵 中餐；中式飯菜。

【唐樓】tong^{4}leo$^{4-2}$ 粵 中式樓房。

【唐山】tong^{4}san^{1} 粵 海外華僑對祖國的稱呼♦返唐山（回中國大陸）。

塘 tong^{4} (tɔŋ^{4}) [táng] 通 ❶水池♦池塘／魚塘／荷塘。❷堤岸；堤防♦河塘／海塘。

【塘蒿】tong^{4}hou^{1} 粵 蒿子稈。

【塘⿰虫尾】tong^{4}méi^{1} 粵 ❶蜻蜓♦捉塘⿰虫尾。❷稱一種無篷小船。

【塘蝨】tong^{4}sed^{1} 粵 鬍子鯰。

【塘魚】tong^{4}yu$^{4-2}$ [tángyú] 通 塘養的魚。方言也泛指人工養殖的淡水魚，跟"鹹水魚"相對。

【塘邊鶴】tong^{4}bin^{1}hog$^{6-2}$ 粵 比喻一有所獲便立即離開，尤指在賭博方面。

糖 tong^{4} (tɔŋ^{4}) [táng] 通 ❶食糖的統稱♦白糖／冰糖／蜜糖／黃糖（紅糖）。❷用糖製的食品♦糖果。❸糖類，即碳水化合物♦單糖／雙糖／多糖。

【糖心】tong^{4}sem^{1} 粵 煎荷包蛋時，蛋白已熟，蛋黃未熟，俗稱"糖心"。

【糖水】tong^{4}sêu^{2} 粵 泛稱甜食，如紅豆沙、綠豆沙、芝麻糊、蓮子羹等♦煲糖水／雞蛋糖水。

【糖環】tong^{4}wan^{4} 粵 ❶稱一種環狀的油炸食品。❷汽車駕駛盤的俗稱♦揸糖環（駕駛汽車）／鎖糖環（鎖住駕駛盤）。

【糖不甩】tong^{4}bed^{1}led^{1} 粵 用糯米粉製成的外沾白糖的甜疙瘩。

【糖黐豆】tong^{4}qi^{1}deo$^{6-2}$ 粵 比喻彼此關係十分密切、形影不離。

☞ 另見 381 頁 tong^{2}。

堂 tong⁴ (tɔŋ⁴) [táng] ⓣ ❶ 正房 ♦ 堂屋。❷ 專供某種活動用的房屋 ♦ 課堂 / 禮堂 / 祠堂 / 食堂。❸ 舊時官府中舉行儀式、審訊案件的地方 ♦ 大堂 / 過堂。❹ 表示同宗而非嫡親的關係 ♦ 堂房 / 堂兄 / 堂姊妹。ⓨ ❶ 教學的學科 ♦ 地理堂(地理課)。❷ 量詞。相當於"頂"或"牀" ♦ 一堂蚊帳。❸ 量詞。相當於"張"或"架" ♦ 一堂魚網 / 擔堂梯嚟(搬一架梯子來)。❹ 量詞。十里 ♦ 一堂路(十里路)。

【堂費】tong⁴fei³ ⓨ 過堂費；訴訟費。

【堂口】tong⁴heo² ⓕ 幫口，黑社會組織三合會的基層組織。

【堂主】tong⁴ju² ⓨ ⓕ 幫口的頭主、幫主。

【堂喫】tong⁴yag³ ⓨ 在餐館店堂裏吃，跟"外賣"相對 ♦ 只限堂喫，不供外賣(只限現吃，不供外賣)。也說"堂食" tong⁴xig⁶。

幢 tong⁴ (tɔŋ⁴) ⓨ 海幢公園，在廣州市海珠區。

淌 tong⁵ (tɔŋ⁵) ⓨ 液體因搖動從容器內溢灑出來 ♦ 小心咪淌瀉(當心別灑了)。

tou

土 tou² (tou²) [tǔ] ⓣ ❶ 地面上的泥沙混合物 ♦ 泥土 / 沙土 / 土壤。❷ 領域 ♦ 國土 / 領土 / 鄉土。❸ 本地的 ♦ 土話 / 土著 / 土特產。❹ 不合潮流；不開通 ♦ 土氣 / 土頭土腦。❺ 民間生產的；出自民間的 ♦ 土洋結合 / 土法上馬。

【土狗】tou²geo² ⓨ 螻蛄。

【土佬】tou²lou² ⓨ 世居本地的人。

【土砲】tou²pao³ ⓨ 俗稱米酒。香港人特指國產米酒。

【土魷】tou²you⁴⁻² ⓨ 曬乾的魷魚。

【土鯪魚】tou²léng⁴yu⁴⁻² ⓨ 即鯪魚。

套 tou³ (tou³) [tào] ⓣ ❶ 罩在外面的東西 ♦ 外套 / 封套 / 枕套。❷ 罩上 ♦ 套鞋 / 套頭巾 / 套背心。❸ 重疊；相連 ♦ 套色 / 套種 / 套間。❹ 拴；繫 ♦ 套車 / 套馬。❺ 引出；騙取 ♦ 套購 / 用話套他。❻ 應酬的話 ♦ 客套 / 俗套。❼ 量詞。用於同類事物合成的一組 ♦ 一套茶具 / 一套傢具 / 一套辦法。ⓨ 量詞。相當於"部"或"場" ♦ 睇套戲 / 一套電影。

【套餐】tou³can¹ ⓨ ❶ 主食、菜餚、湯羹、飲料等配成的份飯，可供一人或多人享用 ♦ 二人套餐。❷ 指配套的東西 ♦ 廣告套餐(成套廣告)。

【套牢】tou³lou⁴ ⓨ 因股價下跌嚴重，不忍拋出手中股票而難於收回資金。

【套頭】tou³teo⁴ ⓨ 利用現貨與期貨的差價進行的投機買賣活動。

掏 tou⁴ (tou⁴) [tāo] ⓣ ❶ 挖 ♦ 掏洞 / 掏糞。❷ 伸進去取 ♦ 掏取 / 掏錢 / 掏鳥窩。ⓨ 也作"綯"。拴；繫；綁 ♦ 掏牛(把牛拴住) / 掏住度門(用繩索或鎖鏈把門拴住)。

【掏錢】tou⁴qin⁴⁻² [tāoqián] ⓣ 從口袋中往外拿錢，多指付錢。方言多說"拎錢" ngem⁴qin⁴⁻²。

【掏腰包】tou4yiu1bao1 [tāoyāobāo] [通] ❶ 從腰包裏往外拿錢，多指付錢。❷ 小偷從別人的衣袋中偷錢。方言多說"拎荷包" ngem4ho4bao1。

淘 tou4 (tou4) [táo] [通] ❶ 除去雜質 ♦ 淘金 / 淘沙。❷ 清除深處的渣滓 ♦ 淘井 / 淘缸 / 淘廁所。❸ 頑皮 ♦ 淘氣。[粵] 泡飯 ♦ 淘飯（泡飯）/ 淘茶（用茶水泡飯）。

【淘古井】tou4gu2zéng2 [粵] 比喻娶富有的寡婦。

逃 tou4 (tou4) [táo] [通] 為躲避而跑開 ♦ 逃跑 / 逃走 / 逃脱。

【逃生門】tou4sang1mun4 [方] 太平門。

【逃生衣】tou4sang1yi1 [方] 救生衣。

圖（图） tou4 (tou4) [tú] [通] ❶ 畫出的畫 ♦ 草圖 / 插圖。❷ 謀求；打算 ♦ 圖謀 / 圖存 / 企圖 / 貪圖。❸ 規劃 ♦ 宏圖 / 良圖。

【圖則】tou4jig1 [方] 圖紙，建築設計方案。

肚 tou5 (tou5) [dù] [通] ❶ 人或動物的腹部 ♦ 肚皮 / 肚臍。❷ 圓而突起像肚子的部分 ♦ 腿肚子。[粵] 肚子 ♦ 肚痛（肚子痛）/ 頂肚（充飢；解餓）。

【肚肽】tou5dem1 [粵] 肚子 ♦ 大肚肽（大肚皮）/ 打出個肚肽（裸露出肚子）。

【肚腩】tou5nam5 [粵] 小肚子；肚囊兒，多指腹部的肥肉 ♦ 肚腩大（大腹便便）/ 有肚腩（身體發胖，腹部漸漸鼓起）。

【肚屙】tou5ngo1 [粵] 腹瀉；拉稀；拉肚子。

【肚餓】tou5ngo6 [粵] 餓；肚子餓 ♦ 捱肚餓（捱餓）/ 有啲肚餓（肚子有點餓）。

【肚皮打鼓】tou5péi4da2gu2 [粵] 飢腸轆轆，形容餓極。

【肚飽飯有沙】tou5bao2fan6yeo5sa1 [粵] 比喻生活富裕後對飲食諸多挑剔。

tüd

脱 tüd3 (tyt8) [tuō] [通] ❶ 皮膚、毛髮等落下 ♦ 脱皮 / 脱毛 / 頭髮脱光。❷ 取下；除去 ♦ 脱鞋 / 脱衣 / 脱脂奶粉。❸ 離開 ♦ 擺脱 / 逃脱。

【脱稿】tüd3gou2 [tuōgǎo] [通] 文章、著作等完稿。[方] 交稿脱期；脱期稿件。

【脱戲】tüd3héi3 [方] 裸露鏡頭；有裸露鏡頭的電影。參見"脱片"條。

【脱墨】tüd3meg6–2 [粵] 除掉皮膚上的黑痣。

【脱牙】tüd3nga4 [粵] 拔牙。也說"落牙" log6nga4 或"剝牙" mog1nga4。

【脱片】tüd3pin2 [方] 有裸露鏡頭的影片。

【脱星】tüd3xing1 [方] 指拍有裸露鏡頭的電影的女演員。

tün

團（团） tün4 (tyn4) [tuán] [通] ❶ 圓形的 ♦ 團扇。❷ 球形的東西 ♦ 線團 / 飯團 / 湯團。❸ 會合在一起 ♦ 團圓 / 團聚。❹ 把東西揉成球形 ♦ 團泥球 / 團雪團。❺ 工作或活動的集體 ♦ 團體 / 劇團 / 文工團 / 代表團。❻ 軍隊編制單位，在師以下，營以上。❼ 量詞 ♦ 一團毛線。

【團隊】tün⁴dêu⁶⁻² [方] 團體；集體 ♦ 團隊精神（團體精神）。

斷（断）tün⁵ (tyn⁵) [粵] 口語讀音。❶ 從中間截開 ♦ 割斷 / 剪斷 / 折斷。❷ 中止；隔絕 ♦ 中斷 / 斷電 / 斷奶。

【斷碼】tün⁵ma⁵ [粵] 號碼不齊全 ♦ 斷碼鞋 / 斷碼衫。

【斷尾】tün⁵méi⁵ [粵] 徹底根治疾病 ♦ 呢種病幾難斷尾（這種病很難徹底根治）/ 一劑藥斷尾（吃一劑藥就能徹底治癒）。

【斷市】tün⁵xi⁵ [粵] 脱銷；市面上買不到。

【斷擔挑】tün⁵dam³tiu¹ [粵] 壓彎了腰。

【斷窮根】tün⁵kung⁴gen¹ [粵] 徹底擺脱窮困。

☞ 另見 88 頁 dün³。

tung

通 tung¹ (tuŋ¹) [tōng] [通] ❶ 沒有阻礙，可以穿過，能夠到達 ♦ 貫通 / 直通 / 通行無阻 / 四通八達。❷ 使不阻塞 ♦ 疏通 / 通爐子 / 通坑渠（通溝渠）。❸ 連接；相來往 ♦ 通航 / 通郵 / 互通有無。❹ 傳達；使知道 ♦ 通風報信。❺ 了解；懂得 ♦ 精通業務 / 通曉三國文字。❻ 精通某方面知識的人 ♦ 中國通 / 萬事通。❼ 順暢 ♦ 通順 / 通暢 / 文理不通。❽ 共同的；普遍的 ♦ 通例 / 通稱 / 通病。❾ 全部；整個 ♦ 通通 / 通力 / 通盤考慮。❿ 十分；很 ♦ 通紅 / 通明 / 通亮。[粵] ❶ 管子 ♦ 膠通（橡膠或塑料管子）/ 水喉通（自來水管）。❷ 全；整個 ♦ 通街通巷（滿街滿巷）/ 通屋嘅人（一屋子人）。❸ 通透；明白 ♦ 睇得通（看得透徹）/ 諗唔通（想不明白）。

【通花】tung¹fa¹ [粵] 鏤空的花紋圖案。

【通街】tung¹gai¹ [粵] 滿街 ♦ 通街跑（滿街走）/ 呢種衫通街都有得賣（這種衣服街上到處可以買到）。

【通氣】tung¹héi³ [tōngqì] [通] ❶ 使空氣流通。❷ 互通信息。[粵] 通情達理，能寬容、體諒別人 ♦ 點解咁唔通氣嚟（怎麼這麼不近人情）。

【通窿】tung¹lung¹ [粵] 穿孔的；兩頭穿的。

【通水】tung¹sêu² [tōngshuǐ] [通] 接通自來水 ♦ 通水通電。[粵] ❶ 通風報信；洩露消息。❷ 考試作弊；吹耳邊風。

【通爽】tung¹song² [粵] 透氣，涼爽。

【通透】tung¹teo³ [tōngtòu] [通] 通徹透明。[粵] 透徹；明白 ♦ 睇通睇透（看得真切明白）/ 睇得仲未夠通透（看得仍不大透徹）。

【通天】tung¹tin¹ [tōngtiān] [通] ❶ 極高；極大 ♦ 通天的本領。❷ 比喻可直接向高層領導反映情況 ♦ 通天人通。[粵] 祕密盡洩；對事情毫不掩飾。

【通勝】tung¹xing³ [粵] 通書；曆書。

【通天曉】tung¹tin¹hiu² [方] 萬事通。

【通宵更】tung¹xiu¹gang¹ [粵] 夜班。

筒 tung² [粵] 口語變音 ♦ 郵筒 / 筆筒 / 竹筒 / 袖筒。

☞ 另見本頁 tung⁴。

疼 tung³ (tuŋ³) [téng] 通 ❶ 因病傷引起的痛苦感覺 ♦ 頭疼 / 肚子疼。❷ 喜愛；痛惜 ♦ 疼愛 / 心疼 / 奶奶最疼她。粵 親；吻 ♦ 疼一啖(親一下)。

【疼錫】tung³ség³ 粵 疼；疼愛；憐惜。

痛 tung³ (tuŋ³) [tòng] 通 ❶ 疼；因傷病引起的難受的感覺 ♦ 頭痛 / 傷口痛。❷ 悲傷 ♦ 悲痛 / 哀痛 / 痛失良友。❸ 極度；盡情 ♦ 痛悔 / 痛擊 / 痛改前非。

【痛腳】tung³gêg³ 粵 痛處；把柄。

同 tung⁴ (tuŋ⁴) [tóng] 通 ❶ 一樣；沒有差異 ♦ 同名同姓 / 同工同酬 / 同心同德。❷ 一起 ♦ 共同 / 會同 / 陪同 / 同甘共苦。❸ 和；跟 ♦ 同你商量 / 同他交朋友。粵 ❶ 連詞。相當於"跟"、"與" ♦ 我同佢(我和他) / 我同你哋唔同(我跟你們不一樣)。❷ 介詞。相當於"對"或"向"、"跟" ♦ 佢有嘢要同你講(他有事要跟你說) / 我早就同佢交代過(我早已向他交代過)。❸ 介詞。相當於"為"、"替"、"給" ♦ 同我話聲俾佢聽(替我告訴他一下) / 唔該同我寄咗封信(請替我把信寄了)。

【同工】tung⁴gung¹ 方 同事。

【同志】tung⁴ji³ [tóngzhì] 通 ❶ 志趣相同的人。❷ 同一政黨，同一政治理想的人之間的稱呼。方 同性戀者。

【同埋】tung⁴mai⁴ 粵 ❶ 共同；一起 ♦ 同埋間學校讀書(同在一間學校唸書)。❷ 跟…一起；和…一起 ♦ 同埋佢哋去黃山(跟他們一起去黃山)。

【同屋】tung⁴ngug¹ 粵 同住一屋的鄰居、鄰戶。

【同志片】tung⁴ji³pin² 方 表示同性戀題材的影片。

【同屋住】tung⁴ngug¹ju⁶⁻² 通 同住的，鄰居，參見"同屋"。

【同佢有路】tung⁴kêu⁵yeo⁵lou⁶ 粵 與她通姦。

【同撈同煲】tung⁴lou¹tung⁴bou¹ 粵 甘苦與共；有福同享，有難同當。

【同聲同氣】tung⁴séng¹tung⁴héi³ 粵 ❶ 志同道合，志趣相投。❷ 觀點、意見一致，一唱一和。

【同一個鼻哥窿出氣】tung⁴yed¹go³béi⁶go¹lung¹cêd¹héi³ 粵 ❶ 同某人意見相合。❷ 跟着某人瞎說。

【同人唔同命，同遮唔同柄】tung⁴yen⁴m⁴tung⁴méng⁶, tung⁴zé¹m⁴tung⁴béng³ 粵 人生際遇，各有不同，正如同樣是傘，但傘柄各有不同。

桐 tung⁴ (tuŋ⁴) [tóng] 通 落葉喬木 ♦ 泡桐 / 梧桐 / 油桐。

【桐油灰】tung⁴yeo⁴fui¹ 粵 油灰；泥子。

【桐油埕】tung⁴yeo⁴qing⁴ 粵 桐油罐子無二用，指改變不了自己職業的人。

童 tung⁴ (tuŋ⁴) [tóng] 通 ❶ 小孩 ♦ 兒童 / 牧童 / 學童 / 神童。❷ 未結婚的 ♦ 童男童女。❸ 舊指未成年的僕人 ♦ 書童 / 家童。❹ 姓。

【童子雞】tung⁴ji²gei¹ 粵 筍雞；毛還沒有長全的雞。

【童子尿】tung⁴ji²niu⁶ 粵 幼童的小便，據說可以治病。

筒 tung⁴ (tuŋ⁴) [tǒng] 通 ❶ 粗大的竹管 ♦ 竹筒。❷ 較粗的管狀器

物♦筆筒/郵筒。❸衣服等的筒狀部分♦袖筒/襪筒/靴筒。㊅❶餅子，麻將牌的一種花色。❷量詞。相當於"管"或"個"♦一筒膠捲/買筒藥丸。

☞另見385頁tung²。

W

wa

嘩(哗) wa¹ (wa¹) [huá] ㊀人多聲雜；吵鬧♦嘩然/喧嘩。

【嘩鬼】wa¹guei² ㊅愛喧嘩打鬧的人；調皮鬼。

☞另見本頁wa⁴。

蛙 wa¹ (wa¹) [wā] ㊀兩棲動物。幼蟲叫蝌蚪。前腿短，後肢長，趾有蹼，善跳。種類很多，青蛙是常見的一種。

【蛙人】wa¹yen⁴ [wārén] ㊀潛水員。

畫(画) wa² (wa²) ㊅口語音♦畫畫/畫報/漫畫。

☞另見389頁wag⁶。

話(话) wa² (wa²) ㊅語助詞。表示反問♦乜嘢話(甚麼呀)？/去邊話(倒是上哪去呀)？

☞另見本頁wa⁶。

搲 wa²/wé² (wa²/wɛ²) ㊅抓♦搲損塊面(抓破了臉皮)/搲爛本書(把書本抓破了)。

【搲痕】wa²hen⁴ ㊅抓癢。

【搲子】wa²ji² ㊅小孩玩小石子遊戲，玩法很多。

☞另見391頁wé²。

華(华) wa⁴ (wa⁴) [huá] ㊀❶美麗；有光彩♦華美/華貴/華服/光華。❷奢侈；繁盛♦豪華/繁華/浮華/榮華。❸精粹♦精華/才華/英華。❹花白♦華髮。❺指中華民族或中國♦華夏/華僑/華北。

【華埠】wa⁴feo⁶ ㊅海外華人在大城市內的聚居地♦倫敦華埠(倫敦唐人街)。

【華府】wa⁴fu² ㊅❶美國首都華盛頓。❷美國政府。

嘩(哗) wa⁴ (wa⁴) ㊅歎詞。表示讚歎、驚訝♦嘩，好靚吖(唷，多漂亮)！/嘩，噉都得嘅(嘿，這那行)！

☞另見本頁wa¹。

話(话) wa⁶ (wa⁶) [huà] ㊀❶言語♦話語/會話/說話。❷說；談♦話別/話家常/茶話會。㊅❶說♦話就係噉話(說是這麼說)。❷告訴♦呢件事先唔好話俾佢知(這事先別告訴他)。❸勸說；批評♦話極都唔聽(怎麼勸說也不聽)/話咗佢幾句就流馬尿(才說了他幾句就哭了起來)。❹看；認為♦你話點算(你看怎麼辦)？/我話你噉做唔啱(我認為你這樣做不對)。

【話低】wa⁶dei¹ ㊅留話；吩咐；交代♦波士話低有事call佢(老闆交代過有事傳呼他)。

【話定】wa⁶ding⁶ ㊅說定了；說好了。

【話之】wa⁶ji¹ ㊅管他呢♦話之佢(管他呢)/話之你(隨你；你看着吧)/話之佢去邊(他去哪，管他呢)。

【話落】wa^{6}log^{6} ㊣ 同"話低"。

【話名】wa^{6}méng^{2} ㊣ 名義上；掛名；説是説♦話名係董事長，其實乜都唔管（名義上是董事長，實際上啥事不管）/話名中學畢業，寫封信都唔通（説是説中學畢業，連信都寫得不通順）。

【話明】wa^{6}ming^{4} ㊣ 説明；説清楚♦話明噉做唔啱仲係要做（説了這樣做不對還要繼續做）。

【話晒】wa^{6}sai^{3} ㊣ 説到底；怎麼説也是♦話晒都係你唔啱（説到底還是你不對）/話晒都係洋博士（不管怎麼説，畢竟是洋博士）。

【話實】wa^{6}sed^{6} ㊣❶説定；肯定地説♦講係講過，但未話實（説是説過，但未説定）。/話實三點喺車站接佢（説定三點鐘在車站接他）。❷極力勸阻；不停地勸説♦細路哥要話實佢（小孩要説着他點才行）。

【話事】wa^{6}xi^{6} ㊣ 管事；作主；説了算♦話得事（能作主，有決定權）/喺呢度幾時輪到你話事（在這裏甚麼時候該你説了算）。

【話啫】wa^{6}zé^{1} ㊣ "係噉話啫"的省略。相當於"説是這麼説"♦所以話啫（所以嘛）。

【話齋】wa^{6}zai^{1} ㊣ 正如某人所説♦家姐話齋（正如姐姐所説）。又稱"話事偈" wa^{6}xi^{6}gei^{2}。

【話到尾】wa^{6}dou^{3}méi^{5} ㊣ 説到底；不管怎麼説。

【話咁快】wa^{6}gem^{3}fai^{3} ㊣ 説話就得♦話咁快就到（説話就到了）。

【話咁易】wa^{6}gem^{3}yi^{6} ㊣ 最容易不過♦話咁易咩（説倒容易；説得倒輕巧）。

【話極都】wa^{6}gig^{6}dou^{1} ㊣ 説甚麼也…♦話極都唔聽（説多少遍也不聽）。

【話唔定】wa^{6}m^{4}ding^{6} ㊣ 説不定；説不住；未可預料。

【話唔埋】wa^{6}m^{4}mai^{4} ㊣ 同"話唔定"♦話唔埋佢買唔到機票呢（説不定他沒買到機票）/呢種人話唔埋㗎（這種人，難説）！

【話都冇咁…】wa^{6}dou^{1}mou^{5}gem^{3} ㊣ 表示程度，後接形容詞♦話都冇咁快（非常快）/話都冇咁易（非常容易）/話都冇咁啱（非常湊巧）。

【話口未完】wa^{6}heo^{2}méi^{6}yun^{4} ㊣ 話音未落♦話口未完佢就唔見咗人（話音未落他就不見了）。

【話頭醒尾】wa^{6}teo^{4}xing^{2}méi^{5} ㊣ 略經提示就明白。形容人機靈，反應快。

☞另見 387 頁 wa^{2}。

wad

挖 wad^{3} (wat^{8}) [wā] ㊣❶掘；掏♦挖土/挖洞/挖戰壕。❷找出或利用♦挖潛力。㊣ 利用手段拉攏♦挖佢過檔（拉他過來）。

【挖角】wad^{3}gog^{3} ㊣ 利用手段將別人旗下的藝員拉攏過來。

【挖肉攞瘡生】wad^{3}yug^{6}lo^{2}cong^{1}sang^{1} ㊣ 比喻自找麻煩，自招災禍。

滑 wad^{6} (wat^{9}) [huá] ㊣❶光溜♦光滑/平滑/地很滑。❷滑動

♦ 滑冰 / 滑雪 / 滑水。❸ 狡詐 ♦ 油滑 / 奸滑 / 滑頭 / 滑腦。

【滑蛋】wad^{6}dan$^{6-2}$ [粵] 蛋羹 ♦ 蒸滑蛋。也說“水蛋” sêu^{2}dan$^{6-2}$。

【滑牙】wad^{6}nga$^{4-2}$ [粵] 捋扣；滑扣。

【滑牛】wad^{6}ngeo$^{4-2}$ [粵] 滑溜牛肉；炒得很嫩的牛肉片。

【滑捋捋】wad^{6}lüd^{1}lüd^1 [粵] 滑溜溜的，形容光滑細膩。

【滑潺潺】wad^{6}san^{4}san^4 [粵] 滑乎乎的，多因某些黏液而引起。

【滑揗揗】wad^{6}ten^{4}ten^4 [粵] 滑溜溜的，多因油多而引起。

【滑頭仔】wad^{6}teo$^{4-2}$zei^2 [粵] 狡猾的傢伙。

【滑浪風帆】wad^{6}long^{6}fung^{1}fan^4 [方] 帆板。

wag

畫（画） wag^6 (wak^9) [huà] [通] ❶ 描繪或寫 ♦ 畫像 / 畫圖 / 描畫 / 繪畫。❷ 漢字的一筆叫一畫。[粵] 漢字筆畫的橫 ♦ 一畫一戙（一橫一豎）。

【畫則】wag^{6}jig^1 [方] 畫圖；畫設計圖。

【畫鬼腳】wag^{6}guei^{2}gêg^3 [粵] 一種類似抓鬮的遊戲。也叫“揿鬼腳” gem^6 guei^{2}gêg^3。

【畫則師】wag^{6}jig^{1}xi^1 [方] 設計師。

【畫公仔畫出腸】wag^{6}gung^{1}zei^{2}wag^6 cêd^{1}cêng$^{4-2}$ [粵] 比喻說得太過直率或過分露骨，以致說穿要害或洩露祕密 ♦ 唔通要我畫公仔畫出腸咩（難道要我直言不諱）？

☞ 另見 387 頁 wa^2。

劃（划） wag^6 (wak^9) [huá] [通] 用尖銳的東西刻割 ♦ 劃破 / 劃玻璃。

【劃花口面】wag^{6}fa^{1}heo^{2}min^6 [粵] 指散佈流言，毀損別人的名譽。

wai

槐 wai^4 (wai^4) [huái] [通] 落葉喬木。花黃白色，果實長莢形。木質堅硬，可造車船、器具 ♦ 洋槐 / 刺槐。

【槐枝】wai^{4}ji^1 [粵] 荔枝的一個品種，產量較大，多用來烤曬荔枝乾。

壞（坏） wai^6 (wai^6) [huài] [通] ❶ 惡劣的；使人不滿意的 ♦ 壞人壞事。❷ 東西受了損傷 ♦ 破壞 / 損壞 / 毀壞 / 敗壞。❸ 放在動詞或形容詞後表示程度深 ♦ 忙壞 / 氣壞 / 餓壞 / 樂壞。

【壞化】wai^{6}fa^3 [方] 惡化；變壞；變得愈來愈糟。

wan

灣（湾） wan^1 (wan^1) [wān] [通] ❶ 水流彎曲的地方 ♦ 水灣 / 河灣。❷ 海洋伸入陸地的部分 ♦ 海灣 / 港灣。❸ 停泊船隻 ♦ 把船灣在河邊 / 灣七號碼頭。

【灣水】wan^{1}sêu^2 [粵] ❶ 歇腳；小憩。❷ 失業；暫斷生計。

玩 wan^2 (wan^2) [粵] 口語音。❶ 玩耍 ♦ 玩具 / 玩火自焚。❷ 姑且試

試♦玩股票。❸戲弄♦咪玩佢啦（不要戲弄他吧）/今次俾你玩死（這一次給你戲弄透了）！

【玩車】wan²cê¹ [粵] 在馬路上開車亂闖。

【玩家】wan²ga¹ [粵] 對玩賞有特別興趣的人。

【玩完】wan²yun⁴ [粵] 完了；沒了；垮了。泛指事業失敗、廠店倒閉、情人分手乃至人最終而死等。

【玩出火】wan²cêd¹fo² [粵] 指事情鬧大、弄僵，惹出麻煩等。

【玩到盡】wan²dou³zên⁶ [粵] 全力拼搏；全身心投入。

【玩泥沙】wan²nei⁴sa¹ [粵] 小孩玩土；玩沙子。

【玩新人】wan²sen¹yen⁴⁻² [粵] 鬧新房或戲弄新人。

還（还） wan⁴ (wan⁴) [huán] [通] ❶返回；復原♦還家/返老還童。❷歸還♦交還/歸還。❸回報♦還禮/還擊/以牙還牙。[粵] 連詞。用以區分兩種不同事物或情況♦數還數，路還路（友情歸友情，數目要算清）/佢還佢，我還我，唔好撈亂嚟講（他是他，我是我，不要混為一談）。

【還神】wan⁴sen⁴ [粵] 還願♦還得神落（可以還願去了）。

環（环） wan⁴ (wan⁴) [huán] [通] ❶圓圈形的東西♦耳環/吊環/花環。❷圍繞♦環繞/環顧/環城。❸互相關聯的許多事物中的一個♦一環扣一環/重要的一環。

【環頭】wan⁴teo⁴ [粵] 黑社會勢力所控制的地頭或主要活動範圍。

鯇（鲩） wan⁵ (wan⁵) [huàn] [通] 鯇魚，身體微綠色，鰭微黑色。生活在淡水中。也叫"草魚"cou² yu⁴⁻²。[粵] 鯇魚的簡稱♦脆肉鯇。

挽 wan⁵ (wan⁵) [wǎn] [通] ❶拉♦挽弓/手挽手。❷設法使情況好轉或恢復原狀♦挽救/挽回/力挽狂瀾。❸同"綰"。捲起♦挽袖。[粵] ❶提；拎♦挽住個手袋（拎着一隻手提包）。❷挎♦佢隻手挽住個籮（她胳膊挎着一個小提籮）。

【挽手】wan⁵seo² [粵] 提樑，器物上可供提握的部分。

wang

橫 wang¹ (waŋ¹) [粵] 砸鍋；壞事；告吹♦好端端俾佢搞橫晒（好好的讓他給全弄糟了）/點解會橫㗎（怎麼會砸鍋了呢）？

【橫咗】wang¹zo² [粵] 砸了♦搞橫咗（砸鍋了）。

☞另見本頁 wang⁴。

橫 wang⁴ (wang⁴) [héng] [通] ❶跟地面平行的♦跟"豎"、"直"相對♦橫線/橫樑/橫幅。❷地理上東西向的，跟"縱"相對♦橫渡太平洋。❸雜亂交錯♦橫七豎八/血肉橫飛/野草橫生。❹蠻不講理♦橫行霸道/橫加阻攔。❺漢字筆畫"一"。[粵] ❶橫蠻；不講理♦你講嘢都打橫嚟嘅（你說話不講道理）。❷橫着♦支竹橫喺度好容易迋嚫人（竹竿橫着放在這裏，很容易會將人絆倒）。

【橫啫】wang^{4}dim^6 [粵] 橫豎；反正♦橫啫你出開街，幫我買包煙返嚟喇（橫豎你上街，順便給我買一包煙回來吧）。

【橫巷】wang^{4}hong$^{6-2}$ [粵] 小胡同。

【橫脷】wang^{4}léi^6 [粵] 沙肝♦豬橫脷。

【橫額】wang^{4}ngag$^{6-2}$ [粵] 橫幅；橫披。

【橫手】wang^{4}seo^2 [粵] 不正當的手段，祕密代理人。

【橫□□】wang^{4}bang^{1}bang^6 [粵] ❶ 橫着♦橫□□噉瞓喺門口度（橫躺在門口）。❷ 形容蠻橫，不講理♦你講嘢都橫□□嘅（你說話不講道理）。

【橫丫腸】wang^{4}nga^{1}cêng$^{4-2}$ [粵] ❶ 盲腸。❷ 壞心眼；歪主意；鬼點子。

【橫水艔】wang^{4}sêu^{2}dou$^{6-2}$ [粵] 來往於兩岸的渡船。

【橫街窄巷】wang^{4}gai^{1}zag^{3}hong$^{6-2}$ [粵] 小街小巷；背街小巷。

【橫九啫十】wang^{4}geo^{2}dim^{6}seb^6 [粵] 無論如何；一不做二不休。

【橫講啫講】wang^{4}gong^{2}dim^{6}gong^2 [粵] 好說歹說。

☞ 另見 390 頁 wang^1。

wé

捹 wé^2 (wɛ^2) [粵] 想法子弄來♦將單工程捹過嚟（想法子把那項工程拉過來）。

【捹銀】wé^{2}ngen$^{4-2}$ [粵] 千方百計賺錢♦唔好成日顧住捹銀（別老想着賺錢）。

☞ 另見 387 頁 wa^2。

□ wé^5 (wɛ^5) [粵] 衣物因料子質量不好容易鬆垮變形♦件笠衫着過兩水就□晒（這件文化衫才洗過兩次就變了形）。

wed

屈 wed^1 (wɐt^7) [qū] [通] ❶ 彎曲；使彎曲♦屈腿 / 屈指可數 / 能伸能屈。❷ 服輸；妥協♦堅貞不屈 / 不屈不撓。❸ 冤枉♦委屈 / 冤屈 / 叫屈。❹ 理虧♦理屈詞窮。❺ 敬詞♦屈尊 / 屈駕 / 屈就。[粵] ❶ 弄彎♦屈魚鈎（彎魚鈎）。❷ 盤曲；蜷縮♦屈住隻腳（把腿曲起來）/ 屈住嚟瞓（蜷縮着睡）。❸ 扭傷♦屈𠱁條腰（扭傷了腰）/ 屈𠱁隻腳（扭傷了腳）。❹ 兜；繞♦屈個大圈（兜一個圈子）/ 喺後便屈過去（從後面繞過去）。❺ 冤枉；嫁禍♦唔好屈我（別冤枉我）/ 唔好屈得就屈（不要嫁禍於人）。❻ 收藏；隱藏；不讓別人知道♦將啲心事屈喺個心度，會好唔舒服㗎（將心事收藏在心裏，會不開心的）。

【屈氣】wed^{1}héi^3 [粵] 憋氣♦咁屈氣好易病㗎（老憋氣很容易憋出病來的呀）。

【屈曲】wed^{1}kug^1 [粵] 扭曲；弄彎；彎折♦屈曲支鐵支（把鐵支弄彎）。

【屈蛇】wed^{1}sé^4 [粵] 指坐船偷渡。

【屈質】wed^{1}zed^1 [粵] ❶ 擁擠；侷促♦搬屋前我哋都係住得好屈質嘅咋（搬家前我們一樣住得這麼擁擠）。❷ 鬱悶；悶氣♦做人唔使咁屈質嘅（做人用不着這麼鬱悶）。

【屈尾十】wed^{1}méi^{5}seb^6 [粵] 掉頭♦一個屈尾十走咗（一掉頭就溜掉了）。

【屈頭雞】wed^{1}teo^{4}gei^1 [粵] 孵不出殼的小雞。也說“屈頭雞仔” wed^{1}teo^{4}gei^{1}zei^2。

焗 wed^1 (wɐt^7) [粵] ❶ 燻♦焗蚊（燻蚊子）/ 焗老鼠（用煙燻老鼠）。❷ 一種烹飪方式♦焗雞 / 薑葱焗鯉（薑葱焖鯉魚）。

核 wed^6 (wɐt^9) [粵] 口語讀音。核；籽♦龍眼核 / 荔枝核 / 冇核西瓜（無籽西瓜）。

☞ 另見 165 頁 hed^6。

鶻（鹘） wed^6 (wɐt^9)

【鶻突】wed^6 ded^6 [粵] ❶ 肉麻；難看；令人作嘔♦着得咁鬼鶻突（穿得這麼難看）/ 成身血淋淋，幾鶻突（全身血淋淋，難看極了）。❷ 唐突；冒失♦聲都唔聲就入嚟，咁鬼鶻突喫（招呼都不打就闖進來，太唐突了吧）。也作“核突”。

揩 wed^6 (wɐt^9) [粵] 晃動♦揩嚟揩去（晃來晃去）/ 唔好抓住竹仔亂咁揩（不要拿着竹枝左揮右揮）。

wei

威 wei^1 (wɐi^1) [wēi] [通] ❶ 使人敬畏的♦權威。❷ 能壓服人的力量、聲勢♦示威 / 威力。❸ 以勢壓人♦威逼 / 威脅。[粵] ❶ 棒；出色；漂亮♦架車幾威（這輛車多棒）/ 門面裝修確係威（門面裝修的確漂亮）。❷ 威風；神氣♦科科考滿分，梗威喇（各科考滿分，當然神氣啦）/ 着起軍裝，孭埋支槍，仲夠威吖（穿上軍裝，佩上手槍，還更威風哪）！

【威化】wei^{1}fa^3 [粵] 英 wafer 音譯。使食物鬆脆♦威化焗羊肝。現又稱 rave，即 rave party 簡稱，指青少年的狂野派對。

【威猛】wei^{1}mang^5 [粵] 威風凜凜♦高大威猛。

【威水】wei^{1}sêu^2 [粵] 威風；氣派；鮮豔；醒目♦威水吓（顯顯威風）/ 好威水（真夠氣派）。

【威士】wei^{1}xi$^{6-2}$ [粵] 英 waste 音譯。廢棉紗；棉紗屑。多用來擦拭機器油污。

【威吔】wei^{1}ya^2 [粵] 英 wire 音譯。鋼絲；鋼繩♦吊威吔（表演空中高難動作時，為安全起見，演員繫上鋼絲繩）。

【威到盡】wei^{1}dou^{3}zên^6 [粵] 威風極了。

【威化餅】wei^{1}fa^{3}béng^2 [粵] 英 wafer 音譯。維夫餅；薄脆餅乾。

【威番吓】wei^{1}fan^{1}ha^5 [粵] 顯一顯；露一手。

萎 wei^2 (wɐi^2) [wěi] [通] 枯；縮♦枯萎 / 萎謝 / 萎縮。

【萎零】wei^{2}ling^4 [方] 萎謝，凋零。比喻衰落、衰敗。

位 wei^2 (wɐi^2) [粵] 口語讀音。座兒；位子；地方♦搵位（找位子）/ 霸位（佔個位子）/ 車位（停車的位子）/ 攤位（攤兒；攤子）。

為（为） wei^4 (wɐi^4) [wéi] [通] ❶ 做；行♦所作所為 / 事在人為 / 胡作非為。❷ 做；充當♦拜

他為師 / 選他為代表。❸ 成為；變為 ♦ 一分為二 / 據為己有 / 變沙漠為良田。❹ 是 ♦ 言為心聲 / 識時務者為俊傑。❺ 介詞。被 ♦ 為人稱頌 / 為人類所不齒。❻ 助詞。常跟"何"相應，表示疑問 ♦ 何以為家。❼ 用於某些單音節副詞、形容詞之後，表示程度、範圍 ♦ 尤為突出 / 廣為流傳 / 大為不滿。粵 折合；算平均價 ♦ 為幾多錢（合多少錢）？/ 為幾百蚊一件（平均算起來，合幾百塊錢一件）。

【為皮】wei⁴péi⁴⁻² 粵 本錢；成本 ♦ 為皮好重（成本太高）/ 為皮唔住（無法保本）。

【為得過】wei⁴deg¹guo³ 粵 划得來；合算 ♦ 出去食唔為得過（到外面吃划不來）。

【為你是問】wei⁴néi⁵xi⁶men⁶ 粵 找你兜着 ♦ 上便責怪落嚟，為你是問（上級如有責怪，由你一個人兜着）。

惟 wei⁴ (wɐi⁴) [wéi] 通 ❶ 單單；只 ♦ 惟獨 / 惟恐。❷ 只是；但是 ♦ 他成績不錯，惟體質稍差。❸ 思想 ♦ 思惟。

【惟有】wei⁴yeo⁵ [wéiyǒu] 通 只有。粵 只有；只好 ♦ 惟有佢一個人留喺屋企（只有他一個人留在家裏）/ 惟有係噉喇（只好這樣了）/ 惟有退咗張票（只好把票退了）。也作"唯有"。

【惟獨是】wei⁴dug⁶xi⁶ 粵 惟獨；僅僅是。

圍（围） wei⁴ (wɐi⁴) [wéi] 通 ❶ 環繞；四面攔住 ♦ 圍困 / 包圍 / 突圍。❷ 四周 ♦ 周圍 / 外圍 / 範圍 / 四圍是山。❸ 量詞。兩手合攏或兩臂合抱的長度 ♦ 樹粗十圍。粵 ❶ 村莊；村子。❷ 指客家人的圍屋 ♦ 吉慶圍。❸ 珠江三角洲一帶稱用堤圍起來的大片土地。❹ 量詞。表示酒席 ♦ 擺幾圍酒（擺幾桌酒席）。

【圍簾】wei⁴lim⁴⁻² 粵 圍幔。

【圍內人】wei⁴noi⁶yen⁴ 粵 圈中人；局內人。

彗 wei⁶ (wɐi⁶) [huì] 通 指掃帚。

【彗星】wei⁶xing¹ [huìxīng] 通 繞着太陽旋轉的一種星體。通常拖着一條掃帚樣的長尾巴。通稱"掃帚星"，方言也叫"掃把星" sou³ba²xing¹。

衛（卫） wei⁶ (wɐi⁶) [wèi] 通 ❶ 保護；防護 ♦ 保衛 / 捍衛 / 自衛 / 護衛。❷ 姓。

【衛生麻將】wei⁶sang¹ma⁴zêng³ 方 以娛樂為目的、輸贏不大的麻將。

為（为） wei⁶ (wɐi⁶) [wèi] 通 ❶ 因 ♦ 為何 / 為甚麼。❷ 給；替 ♦ 為國爭光 / 為民請願 / 為人作嫁。❸ 表示目的 ♦ 為實現世界和平而奮鬥。

【為乜】wei⁶med¹ 粵 為甚麼；為了甚麼。

【為食】wei⁶xig⁶ 粵 饞嘴；好吃。

【為因】wei⁶yen¹ 粵 因為 ♦ 為因噉小嘅事嗌霎就無謂喇（因為這麼一點小事而吵嘴嘔氣實在不值得）。

【為意】wei⁶yi³ 粵 在意。

【為咗】wei⁶zo² 粵 為了。

【為食街】wei⁶xig⁶gai¹ 粵 飲食點檔相對集中的街道。也叫"食街"。

【為食鬼】wei⁶xig⁶guei² [粵] 饞嘴的人。
【為食貓】wei⁶xig⁶mao¹ [粵] 饞嘴貓，饞嘴的人。

wen

温 wen¹ (wɐn¹) [wēn] [通] ❶ 不冷不熱 ♦ 温暖 / 温水 / 温泉 / 温室。❷ 温度 ♦ 氣温 / 體温 / 高温 / 温差。❸ 稍為加熱 ♦ 温酒 / 温稀飯。❹ 性情柔和 ♦ 温文爾雅 / 温情脈脈。❺ 復習 ♦ 温習 / 温課。❻ 姓。
【温書】wen¹xu¹ [粵] 温習功課。
【温調系統】wen¹tiu⁴hei⁶tung² [方] 空調系統；温度調節系統。

暈 (晕) wen¹ (wɐn¹) [粵] 頭發昏 ♦ 頭暈腦脹 (頭發昏，腦發脹)。
【暈舂雞】wen¹zung¹gei¹ [粵] 暈頭轉向。也作"瘟舂雞" 或"舂瘟雞"。
【暈暈沌沌】wen¹wen¹den⁶den⁶ [粵] 暈暈乎乎；迷迷糊糊。也作"瘟瘟沌沌"。
☞ 另見 395 頁 wen⁴。

穩 (稳) wen² (wɐn²) [wěn] [通] ❶ 固定；安定 ♦ 穩固 / 安穩。❷ 沉着；可靠 ♦ 穩步 / 十拿九穩。[粵] 牢靠 ♦ 搦穩碟餸 (把菜盤子端牢)。
【穩陣】wen²zen⁶ [粵] ❶ 穩當；穩妥 ♦ 佢做嘢一向好穩陣 (他做事一向十分穩當)。❷ 牢靠；安全 ♦ 條繩咁幼，穩唔穩陣㗎 (繩子太小，是否牢靠呢)？/ 交俾佢保管至穩陣 (交他保管最安全)。
【穩打穩紮】wen²da²wen²zad³ [粵] 穩紮穩打；求穩，不冒險。
【穩如鐵塔】wen²yu⁴tid³tab³ [粵] 固若金湯。

搵 wen² (wɐn²) [wèn] [通] 擦拭 ♦ 搵淚。[粵] ❶ 尋；找 ♦ 搵邊位 (找哪位) / 搵對象 (物色對象)。❷ 介詞。相當於"拿"、"用" ♦ 唔好搵我嚟做擋箭牌 (別拿我當擋箭牌) / 搵螺絲批撬 (用起子撬)。
【搵笨】wen²ben⁶ [粵] 愚弄；欺騙，拿冤大頭。
【搵丁】wen²ding¹ [粵] 騙人；誘人上當。
【搵腳】wen²gêg³ [粵] 打撲克牌、麻雀牌等找人湊夠一局；找牌友。
【搵工】wen²gung¹ [粵] 找工作 ♦ 而家搵工唔係咁易 (現在找工作不那麼容易)。
【搵銀】wen²ngen⁴⁻² [粵] 同"搵錢"。
【搵錢】wen²qin⁴⁻² [粵] ❶ 掙錢 ♦ 搏命搵錢 (拼命掙錢)。❷ 謀生 ♦ 出外便搵錢 (外出謀生)。
【搵食】wen²xig⁶ [粵] ❶ 謀生；找飯碗 ♦ 大家都係出嚟搵食 (我們都是出來找飯碗的)。❷ 覓食。
【搵晦氣】wen²fui³héi³ [粵] 刁難；問罪；找人麻煩。
【搵嚟搞】wen²lei⁴gao² [粵] 白忙乎；白費力氣。
【搵嚟講】wen²lei⁴gong² [粵] 空口說白話；沒話找話說。
【搵兩餐】wen²lêng⁵can¹ [粵] 混飯吃，混事。
【搵老襯】wen²lou⁵cen³ [粵] 拿冤大頭；愚弄人使之上當、受騙、吃虧。
【搵米路】wen²mei⁵lou⁶ [粵] 找活路；找

生活出路。

【搵世界】wen²sei³gai³ [粵] 找生活。

【搵嘢做】wen²yé⁵zou⁶ [粵] 找工作；找職業。

【搵着數】wen²zêg⁶sou³ [粵] 討便宜；佔便宜。

【搵周公】wen²zeo¹gung¹ [粵] 夢周公，指去睡覺。

【搵餐食餐】wen²can¹xig⁶can¹ [粵] ❶ 收入不多，僅夠糊口。❷ 花費大，沒有積蓄。

【搵氣嚟受】wen²héi³lei⁴seo⁶ [粵] 自尋晦氣；自找麻煩。

【搵得嚟使得出】wen²deg¹lei⁴sei²deg¹cêd¹ [粵] 指錢財等來得容易去得快。

【搵咁多食咁多】wen²gem³do¹xig⁶gem³do¹ [粵] 掙多少吃多少，指收入不多，僅夠日常開支。

韞（韫）wen³ (wɐn³) [yùn] [通] 收藏。[粵] ❶ 圈禽、畜 ♦ 韞雞 / 韞豬。❷ 關押；囚禁。

【韞黑房】wen³heg¹fong⁴⁻² [粵] 坐禁閉。

【韞雞噉韞】wen³gei¹gem²wen³ [粵] 像把雞羣圈起來那樣，比喻限制兒童的活動場所。

魂 wen⁴ (wɐn⁴) [hún] [通] ❶ 迷信說法指可以離開肉體而單獨存在的精神 ♦ 陰魂 / 亡魂 / 靈魂。❷ 指精神或情緒 ♦ 神魂 / 忠魂 / 英魂 / 民族魂。

【魂精】wen⁴zéng¹ [粵] 太陽穴。

渾（浑）wen⁴/wen⁶ (wɐn⁴/wɐn⁶) [hún] [通] ❶ 水不清；污濁 ♦ 渾水 / 渾濁。❷ 糊塗；不明事理 ♦ 渾人 / 渾話 / 渾事。❸ 天然的 ♦ 渾厚 / 渾樸 / 渾圓。❹ 全；滿 ♦ 渾身是汗。

【渾俗】wen⁴zug⁶ [粵] [方] 渾濁，庸俗。

雲（云）wen⁴ (wɐn⁴) [yún] [通] ❶ 水蒸氣上升聚集懸浮在空中的物體 ♦ 雲層 / 雲彩 / 烏雲密佈。❷ 雲南省的簡稱 ♦ 雲煙 / 雲腿。

【雲紗】wen⁴sa¹ [粵] 指廣東產的香雲紗，有花紋圖案的絲織品。

【雲石】wen⁴ség⁶ [粵] 大理石。

【雲吞】wen⁴ten¹ [粵] 餛飩 ♦ 雲吞麪（餛飩加麪條的麪食）。

【雲耳】wen⁴yi⁵ [粵] 木耳。

匀 wen⁴ (wɐn⁴) [yún] [通] ❶ 平均；使平均 ♦ 均匀 / 匀淨 / 厚薄不匀。❷ 從中抽出一部分給別人 ♦ 你買的紙匀一些給我。[粵] ❶ 作動詞外語，相當於“遍”、“全” ♦ 走匀全國（走遍全國）/ 行匀成條街（走完一條街）。❷ 量詞。相當於“次”、“趟” ♦ 頭一匀（頭一趟）/ 呢匀實弊（這回肯定倒霉）。

【匀循】wen⁴cên⁴ [粵] ❶ 匀和；匀稱；均匀 ♦ 啲蘋果生得都幾匀循（這些蘋果大小均匀）。❷ 似模似樣 ♦ 衰得咁匀循（真是次透了）。/ 睇唔出你都傻得幾匀循（看不出你傻成這個樣）。也作“匀巡”。

暈（晕）wen⁴ (wɐn⁴) [yūn] [通] 頭發昏 ♦ 暈車 / 暈船。

【暈浪】wen⁴long⁶ [粵] ❶ 因車船等顛簸而頭發昏 ♦ 我唔敢搭船，怕暈浪。❷ 被美色或甜言蜜語所陶醉，不能自持。

【暈酡酡】wen⁴to⁴to⁴ [粵] ❶ 暈眩。❷ 被美色迷住而心旋搖盪。

【暈晒大浪】wen⁴sai³dai⁶long⁶ [粵] 被美色

所迷而無法自持。

☞ 另見 394 頁 wen¹。

混 wen⁶ (wɐn⁶) [hùn] [通] ❶ 攙雜 ♦ 混同。❷ 假冒 ♦ 蒙混 / 混充 / 魚目混珠。❸ 胡亂 ♦ 混想 / 混出主意。❹ 得過且過 ♦ 混事 / 混日子 / 混飯吃。❺ 不分明 ♦ 混然 / 混沌 / 含混。

【混吉】wen⁶ged¹ [粵] 瞎擺弄；瞎忙乎；徒勞無功 ♦ 唔好喺度混吉（別在這兒瞎擺弄）/ 禮品送來送去，即係混吉（禮物你送給我，我送給你，這不等於瞎忙乎）。

運（运）wen⁶ (wɐn⁶) [yùn] [通] ❶ 物體的位置不斷變化的現象 ♦ 運行 / 運轉。❷ 搬送；運載 ♦ 運送 / 聯運 / 貨運。❸ 使用 ♦ 運筆 / 運思 / 運籌帷幄。❹ 運氣 ♦ 命運 / 幸運 / 好運 / 走運。[粵] ❶ 繞道 ♦ 前便塞車，要運路行（前面堵車，要繞道走）。❷ 從；打 ♦ 去郵局運邊度行（去郵局打哪走）？

【運腳】wen⁶gêg³ [粵] 運費。

【運程】wen⁶qing⁴ [方] 時運；運氣。也作"運情"。

【運作】wen⁶zog³ [方] 運轉；運行；泛指工作、業務等的進行和開展 ♦ 政府運作 / 市場運作 / 纜車運作。

熨 wen⁶ (wɐn⁶) [yùn] [通] 用熨斗燙平 ♦ 熨衣服 / 電熨斗。方言多用"燙"代替"熨"。

weng

□ weng⁶ (wɛŋ⁶) [粵] 條痕；水紋；光暈。

wi

喂 wi¹ (wi¹)

【喂嘩鬼叫】wi¹wa¹guei²giu³ [粵] 喧嘩嘈雜；鬼哭狼嚎。也作"喂嘩鬼喊" wi¹wa¹guei²ham³ 或"喂嘩鬼震" wi¹wa¹guei²zen³。

wing

榮（荣）wing⁴ (wiŋ⁴) [róng] [通] ❶ 草木茂繁 ♦ 欣欣向榮。❷ 興盛 ♦ 繁榮。❸ 有光彩 ♦ 榮耀 / 光榮。

【榮銜】wing⁴ham⁴ [粵] 榮譽頭銜；光榮頭銜 ♦ 獲冠軍榮銜。

永 wing⁵ (wiŋ⁵) [yǒng] [通] 長久；久遠 ♦ 一勞永逸。

【永久居民】wing⁵geo²gêu¹men⁴ [方] 在香港定居滿七年，取得永久居留權的人。

泳 wing⁶ (wiŋ⁶) [yǒng] [通] 在水裏游動 ♦ 游泳 / 仰泳 / 蛙泳 / 自由泳。

【泳褲】wing⁶fu³ [粵] 游泳褲，尤指男式游泳三角褲。

【泳池】wing⁶qi⁴ [粵] 游泳池。

【泳手】wing⁶seo² [粵] 游泳選手，有時也指跳水選手。

【泳灘】wing⁶tan¹ [粵] 海水浴場；開放供人游泳的海灘。

【泳裝】wing⁶zong¹ [粵] 游泳衣，尤指女式游泳衣。

WO

鍋（锅） wo¹ (wɔ¹) [guō] ㊀ ❶ 炊事用具 ♦ 飯鍋 / 鐵鍋 / 砂鍋。❷ 某些裝液體加熱以產生蒸氣的器具 ♦ 鍋爐。❸ 某些器物上像鍋的部分 ♦ 煙袋鍋。㊊ 火鍋 ♦ 生鍋。

窩（窝） wo¹ (wɔ¹) [wō] ㊀ ❶ 鳥獸、昆蟲的巢穴 ♦ 鳥窩 / 雞窩 / 蜂窩 / 燕窩。❷ 比喻壞人聚集的地方 ♦ 匪窩 / 賊窩。❸ 隱藏壞人或贓物 ♦ 窩贓 / 窩賊。❹ 凹進去的地方 ♦ 酒窩 / 心窩 / 山窩。❺ 鬱積 ♦ 窩火。❻ 量詞 ♦ 一窩蜂 / 一窩小豬。㊊ 鉚 ♦ 窩緊（鉚牢）。

【窩蛋】wo¹dan⁶⁻² ㊊ 煮糖水蛋。

【窩釘】wo¹déng¹ ㊊ 鉚釘。

喎（㖞） wo¹ (wɔ¹)

【喎呵】wo¹ho² ㊊ 歎詞。完蛋了。

☞ 另見本頁 wo³，wo⁵。

喎（㖞） wo³ (wɔ³) ㊊ 語助詞。❶ 表示不滿 ♦ 做乜喎（幹啥呀）。❷ 表示強調 ♦ 記得喎（別忘了呀）/ 一定嚟喎（一定要來呀）。

☞ 另見本頁 wo¹，wo⁵。

禾 wo⁴ (wɔ⁴) [hé] ㊀ 穀類作物的幼苗，特指水稻 ♦ 禾苗。㊊ 稻 ♦ 早禾（早稻）/ 割禾（割稻子）。

【禾蟲】wo⁴cung⁴⁻² ㊊ 輪沙蟲，生殖季節雌雄合體游入有潮水漲落的稻田或淡水河裏。珠江三角洲一帶用以做成一道美味菜餚。

【禾稈】wo⁴gon² ㊊ 稻草 ♦ 廣東三寶，陳皮老薑禾稈草。

【禾塘】wo⁴tong⁴ ㊊ 禾場；曬場。

【禾叉髀】wo⁴ca¹béi² ㊊ 指叔伯兄弟（姊妹）的關係。

【禾花雀】wo⁴fa¹zêg⁶⁻² ㊊ 黃胸鵐，秋天稻子吐穗時節羣飛南下，夜間可用羅網捕捉，成為廣東人季節性的野味 ♦ 酥炸黃花雀。

【禾字邊】wo⁴ji⁶bin¹ ㊊ 漢字部首的"禾字旁"。

【禾稈冚珍珠】wo⁴gon²kem²zen¹ju¹ ㊊ 比喻平凡的外表下藏着極有價值的東西。也比喻裝窮相。

和 wo⁴ (wɔ⁴) [hé] ㊀ ❶ 相處得好 ♦ 和衷共濟。❷ 平和；和緩 ♦ 溫和 / 柔和 / 和風細雨。❸ 平息爭端 ♦ 和談 / 講和 / 求和。❹ 體育比賽不分勝負 ♦ 和棋 / 逼和 / 打和（打成和局）。❺ 幾個數相加的結果 ♦ 和數 / 總和 / 兩數之和。❻ 連帶；連同 ♦ 和盤托出 / 和衣而睡。❼ 連詞。跟；與 ♦ 我和他去。❽ 介詞。對；向 ♦ 和他說一下。

【和𨋢】wo⁴guo² ㊊ ❶ 平局；和局；不分勝負 ♦ 打和𨋢（打成平局）。❷ 互不拖欠。

【和味】wo⁴méi⁶ ㊊ ❶ 美味。❷ 稱心；如意。多讀 wo¹méi¹。

【和頭酒】wo⁴teo⁴zeo² ㊊ 表示賠禮而設的酒宴。

【和尚食狗肉】wo⁴sêng⁶⁻²xig⁶geo²yug⁶ ㊊ 比喻做一次壞事和再多做一次壞事都一樣不光彩。

喎（㖞） wo⁵ (wɔ⁵) ㊊ 語助詞。❶ 表示驚訝 ♦ 咁貴喎，我先唔買（這麼貴，我才不買呢）！❷表示爭辯，語氣較婉轉◆噉喎，我夠得喇（這樣哪，我也行）！❸表示厭惡，嫌棄◆晚晚去跳舞，掉低啲仔女唔理，咁衰喎（每晚都去跳舞，扔下孩子不管，太不像話）！❹表示反詰◆俾晒你喎，你就想（你以為全給你呀，想得美）！❺表示重述、轉達新聞◆聽日喎（人家説明天呢）/佢話唔去喎（他説不去呢）。

☞另見397頁 wo¹，wo³。

搵 wo⁵ (wɔ⁵) [粵] ❶蛋類變質◆成籃雞蛋搵晒（整籃子雞蛋全變壞了）。❷引申指事情弄糟了◆呢單嘢俾佢踏搵晒（這件事讓他給弄得一蹋糊塗）。

【搵蛋】wo⁵dan⁶⁻² [粵] 變質了的蛋。

【搵咗】wo⁵zo² [粵] 糟了，指事情弄糟，完全失敗。

wog

□ wog¹ (wɔk⁷) [粵] 英 watt 音譯。量詞。瓦；瓦特◆買隻六十□燈膽（買一隻60瓦燈泡）。

【□□】wog¹men² [粵] 英 walkman 音譯，袖珍收錄機放音機。

鑊（镬）wog⁶ (wɔk⁹) [huò] [通] 古代指大鍋。[粵] ❶金屬鍋◆鐵鑊/鑊蓋。❷量詞。相當於“鍋”◆一鑊飯。❸量詞。相當於“件”◆大鑊嘢（大件事）/整鑊杰嘢佢歎（好好整一整他）。

【鑊剷】wog⁶can² [粵] 鍋剷。

【鑊蓋】wog⁶goi³ [粵] 鍋蓋。

【鑊氣】wog⁶héi³ [粵] 用大火炒東西時，食物所帶的油香氣味◆夠鑊氣（油香味挺足）。

【鑊撈】wog⁶lou¹ [粵] 鍋底的黑煙灰◆搞到塊面鑊撈噉（把臉弄得黑乎乎的）。

【鑊屎】wog⁶xi² [粵] 同“鑊撈”◆刮鑊屎（刮鍋底煙子）。

wong

黃 wong² (wɔŋ²) [粵] 口語變音。特指蛋黃◆雙黃蓮蓉（有兩個蛋黃的蓮蓉月餅）。

☞另見本頁 wong⁴。

王 wong² (wɔŋ²) [粵] 口語變音。❶首領；頭領◆山大王/冇王管（沒頭兒管）。❷撲克牌中的“K”。

黃 wong⁴ (wɔŋ⁴) [huáng] [通] ❶像金子的顏色◆黃色/鵝黃/淺黃。❷黃顏色的東西◆黃土/黃豆/蟹黃。❸黃色，指色情淫穢的◆黃毒/掃黃。❹指黃河◆黃淮/黃泛區/治黃工程。❺姓。[粵] ❶農作物的子實成熟變黃◆等到禾黃就割（稻子成熟了就收割）。❷消息洩露了；走漏風聲◆呢單嘢黃咗（這件事的消息洩露了）！

【黃蜂】wong⁴fung¹ [粵] 馬蜂◆黃蜂竇（馬蜂窩）。

【黃金】wong⁴gem¹ [huángjīn] [通] 金子。[粵] 最佳的；最好的◆黃金舖位（地點最好的舖位）/黃金檔期（最佳演出、比賽期間）/黃金時段（電視台稱收視率最高的一段時間）。

【黃猄】wong4géng1 (粵) 麂子。也作“黃麖”。

【黃蟪】wong4hün2 (粵) 蚯蚓。也作“黃犬”。

【黃蜞】wong4kéi4 (粵) 螞蟥。也叫“蜞乸” kéi4na2。

【黃牛】wong4ngeo4 (方) 稱票販子。

【黃泥】wong4nei4 (粵) 黃土。

【黃粟】wong4sug1 (粵) 黍子；黃米。

【黃熟】wong4sug6 (粵) ❶ 子實、果實熟透變黃。❷ 臉色萎黃。

【黃糖】wong4tong4 (粵) 紅糖。也叫“片糖” pin3tong4。

【黃頁】wong4yib6 (方) 電話號碼簿；指南性質的資料彙編 ♦ 升學黃頁（升學指南）。

【黃花筒】wong4fa1tung4-2 (粵) 黃花魚。

【黃瓜酸】wong4gua1xun1 (粵) 酸黃瓜。

【黃黚黚】wong4kem4kem4 (粵) 黃乎乎的。

【黃馬褂】wong4ma5gua3 (粵) 比喻與老闆有親戚關係的職員。

【黃面婆】wong4min6po4 (粵) 舊時男人稱自己住在鄉下的妻子。

【黃芽白】wong4nga4bag6 (粵) 大白菜。也叫“紹菜” xiu6coi3。

【黃泡仔】wong4pao1zei2 (粵) 稱臉色萎黃的青少年。

【黃絲蟻】wong4xi1ngei5 (粵) 黃色的小螞蟻。

【黃金地段】wong4gem1déi6dün6 (粵) 指商業活動十分活躍，地價、舖租昂貴的地段。

【黃金時段】wong4gem1xi4dün6 (粵) 電視的最佳收視時間。

【黃綠醫生】wong4lug6yi1sang1 (粵) 江湖醫生；庸醫。

【黃泡髧熟】wong4pao1dem3sug6 (粵) 形容面目浮腫、臉色蠟黃的樣子。

【黃色架步】wong4xig1ga3bou6 (方) 色情營業場所。

☞ 另見 398 頁 wong2。

皇 wong4 (wɔŋ4) [huáng] (通) ❶ 君主；國君 ♦ 皇上 / 皇宮 / 三皇五帝。❷ 盛大 ♦ 皇皇巨著 / 富麗堂皇。

【皇帝】wong4dei3 [huángdì] (通) 封建社會最高的統治者。(粵) 對對方的愚蠢、遲鈍不耐煩而以此稱之，含鄙夷意味 ♦ 皇帝，我服咗你嘞（皇帝老子，我算服了你）。

【皇氣】wong4héi3 (方) 警察。

【皇家工】wong4ga1gung1 (方) 政府僱員。

【皇家飯店】wong4ga1fan6dim3 (方) 戲稱監獄，因關在裏面可吃皇糧。

【皇帝女唔憂嫁】wong4dei3nêu5-2m4yeo1ga3 (粵) 皇帝的女兒不愁嫁不出去，比喻緊俏的商品不愁沒有銷路。

【皇帝唔急太監急】wong4dei3m4geb1tai3gam3geb1 (粵) 挖苦別人替人家着急。

往 wong5 (wɔŋ5) [wǎng] (通) ❶ 去；到 ♦ 前往 / 來往 / 古往今來。❷ 過去；從前 ♦ 今時唔同往日（今非昔比）。❸ 向 ♦ 往前 / 往何處去。

【往績】wong5jig1 (粵) (方) 往日的業績；先前取得的成績。

【往時】wong5xi4-2 (粵) 從前；舊時。

【往陣時】wong5zen6xi4-2 (粵) 同“往時”。

旺 wong6 (wɔŋ6) [wàng] (通) ❶ 熾烈 ♦ 爐火很旺。❷ 興盛 ♦ 興旺。(粵) ❶ 生意興隆 ♦ 近排建築材生意幾旺（近期建築材料生意不錯）。❷繁華；熱鬧◆呢條街一向咁旺（這條街一向這麼繁華）。

【旺場】wong6cêng4 [方] 經營場所興旺、熱鬧。

【旺菜】wong6coi3 [粵] 淡菜，即貽貝乾。“淡”意義不佳，改用“旺”字。

【旺區】wong6kêu1 [方] 鬧市區；繁華地段。

【旺舖】wong6pou3 [粵] 處於繁華地段的店舖◆租間旺舖（在繁華的地方租個舖子）。

【旺市】wong6xi5 [粵] ❶興旺的市場狀況。❷旺銷。

【旺丁唔旺財】wong6ding1m4wong6coi4 [粵] 人丁興旺，錢財卻不廣進。

wu

烏（乌）wu1 (wu1) [wū] [通] ❶鳥名，俗稱“老鴉”◆烏鴉/月落烏啼。❷黑色◆烏雲/烏木/烏紗帽。❸沒有◆化為烏有。

【烏雞】wu1gei1 [wūjī] [通] 雞的一個品種，也叫“烏骨雞”wu1gued1gei1。[粵] 衣物上的黑色霉點◆生烏雞（起霉斑）。

【烏龜】wu1guei1 [wūguī] [通] ❶爬行動物，體扁圓形，有硬殼，俗稱“王八”。❷罵人的話，指妻子有外遇的人。[粵] ❶替賣淫的女人拉客的男人。❷指膽小怕事的人，尤指男人◆縮頭烏龜。

【烏欖】wu1lam5-2 [粵] 黑橄欖。也作“烏杬”。

【烏龍】wu1lung4-2 [粵] ❶做事糊塗，常出差錯◆烏龍王（糊塗蟲）。❷烏龍茶。

【烏蠅】wu1ying4-1 [粵] 蒼蠅。也作“烏蠳”。

【烏啄啄】wu1dêng1dêng1 [粵] 稀裏糊塗；被蒙在鼓裏◆你講咗半日，我仲係烏啄啄（你說了半天，我還是稀裏糊塗）/你老公喺外便收埋個女人，你仲烏啄啄（你丈夫在外頭金屋藏嬌，你還被蒙在鼓裏呢）。

【烏劣劣】wu1lüd1lüd1 [粵] 烏油油，形容黑而潤澤。

【烏垂垂】wu1sê4sê4 [粵] 同“烏啄啄”。

【烏卒卒】wu1zêd1zêd1 [粵] 黑不溜秋◆搞到塊面烏卒卒（把臉弄得黑不溜秋的）。

【烏燈黑火】wu1deng1hag1fo2 [粵] 黑燈瞎火，一片漆黑。

【烏哩單刀】wu1léi1dan1dou1 [粵] 一塌糊塗，亂七八糟。

【烏哩麻查】wu1léi1ma4ca4 [粵] 同“胡哩馬杈”。

【烏蠅摟鹹魚】wu1ying4-1leo1ham4yu4-2 [粵] 蒼蠅叮鹹魚，比喻好色之徒死纏女人。

【烏蠅摟馬尾】wu1ying4-1leo1ma5méi5（歇）一拍兩散 yed1pag3lêng5san3 [粵] 指寧可把事情弄糟，兩方面都得不到好處。

污 wu1 (wu1) [wū] [通] ❶骯髒◆污水/污濁/污泥/污穢。❷貪贓；不廉潔◆貪污/貪官污吏。❸使受恥辱◆污辱/污衊/玷污。

【污點】wu1dim2 [wūdiǎn] [通] ❶弄

髒了的痕跡。❷比喻不光彩的事情。(粵)指曾經留下過污點的◆污點證人。

【污糟】wu1zou1 (粵) 骯髒。

【污糟貓】wu1zou1mao1 (粵) 髒猴兒。

【污糟邋遢】wu1zou1lad6tad3 (粵)❶骯髒。❷卑鄙；下流◆污糟邋遢嘅手段（卑鄙的手段）。

⿰亻烏 wu1 (wu1) (粵) 俯下；彎腰◆⿰亻烏低就頭暈（一彎腰頭就發昏）。

芋 wu2 (wu2) (粵) 口語變音◆香芋炆扣肉。

糊 wu2 (wu2) (粵)❶口語變音。糊狀食物◆麵糊／芝麻糊。❷搓麻將時的術語◆食糊／食雞糊／食乍糊。

【糊仔】wu2zei2 (粵) 用米粉等煮成的給嬰兒吃的糊狀食物。

胡 wu4 (wu4) [hú] (通)❶我國古代泛稱北方和西方少數民族◆胡人／胡地／胡服。❷隨意；亂來◆胡亂／胡來。❸姓。

【胡帝胡天】wu4dei3wu4tin1 (粵) 胡鬧；亂搞亂鬧。也作"胡天胡帝"。

【胡喱馬杈】wu4li1ma5ca5 (粵)❶亂七八糟。❷字跡潦草不清，也作"烏喱麻查"。

【胡胡混混】wu4wu4wen6wen6 (粵) 庸庸碌碌，胡混日子。

鬍（胡） wu4 (wu4) [hú] (通)❶鬍子◆鬍鬚。

【鬍鬑鬚】wu4lim4sou1 (粵) 絡腮鬍子。

【鬍鬚佬】wu4sou1lou2 (粵) 大鬍子。也說"鬍鬚公" wu4sou1gung1。

【鬍鬚勒特】wu4sou1leg6deg6 (粵) 鬍子拉碴，滿臉鬍子的樣子。

葫 wu4 (wu4) [hú]

【葫蘆】wu4lou4–2 (粵) 胡編亂造的假消息、假故事◆放葫蘆（瞎吹牛）／葫蘆王（牛皮大王、愛吹牛撒謊的人）。

瑚 wu4 (wu4) [hú] (通) 見"珊瑚"條。

【瑚璉】wu4lin4 (粵) 苦楝樹。

户 wu6 (wu6) [hù] (通)❶單扇的門，泛指門◆門户／窗户／夜不閉户。❷人家◆住户／農户／千家萬户／家喻户曉。❸有賬務關係的個人或單位◆存户／用户／債户。

【戶口】wu6heo2 [hùkǒu] (通)❶戶籍◆報户口／遷户口。❷人口和住戶口的總稱。(粵) 戶頭；賬戶◆銀行户口。

【戶外活動】wu6ngoi6wud6dung6 (方)❶野外活動。❷社會交際活動。

護（护） wu6 (wu6) [hù] (通)❶保衛；保護◆護衛／護送／愛護／救護。❷掩蔽；包庇◆庇護／袒護／護短／官官相護。

【護衛員】wu6wei6yun4 (粵) 保鏢；解款人員。

【護花使者】wu6fa1xi3zé2 (粵) 指經常陪伴戀人身旁的男士。

【護衛公司】wu6wei6gung1xi1 (方) 專門押送大批現金並提供安全保衛的公司。

wui

回 wui4 (wui4) [huí] (通)❶從別處走到原來的地方◆回鄉／回家／回國。❷掉轉方向◆回頭／回過身來／不堪回首。❸答覆；回覆／回信

/ 回話。❹ 舊體小說的一章或說書的一個段落 ♦ 章回小說 / 且聽下回分解。❺ 量詞 ♦ 兩回 / 去過幾回。(粵) 退還；回 ♦ 回樽（退瓶子）。

【回氣】wui4héi3 (粵) ❶ 喘過氣來。❷ 重鼓勇氣；恢復士氣。

【回流】wui4leo4 [huíliú] (通) 水迴旋或倒流。(粵) 指移居外國的人又返回定居。

【回尾】wui4méi5 (粵) 退回；回扣。

【回門】wui4mun4 [huímén] (通) 新婚夫婦結婚後若干天內，一起到女家去拜見長輩和親友。

【回南】wui4nam4 (粵) 回暖；颳南風，空氣濕度大。

【回水】wui4sêu2 (粵) ❶ 回扣；回佣。❷ 退錢；退款。

【回套】wui4tou3 (粵) 把持有的股票拋售出去。

【回話】wui4wa6-2 [huíhuà] (粵) 回答別人的問話。

【回應】wui4ying3 [huíyìng] (通) 回答。(粵) 反響；響應 ♦ 對對方的指責作出回應。

【回軟】wui4yun5 (方) 由堅挺變為疲軟 ♦ 美元匯價回軟。

【回佣】wui4yung2 (粵) 回扣。

【回籠覺】wui4lung4gao3 [huílóngjiào] (通) 早上醒來後重新入睡。

會（会） wui6 (wui6) [huì] (通) ❶ 理解；領悟 ♦ 領會 / 體會 / 誤會 / 只可意會。❷ 聚合；合在一起 ♦ 會聚 / 聚會 / 聚精會神。❸ 見面；接見 ♦ 會面 / 相會 / 幽會。❹ 時機 ♦ 機會 / 適逢其會。❺ 主要的城市 ♦ 省會 / 大都會。❻ 付款 ♦ 會賬 / 會鈔。

【會餐】wui6can1 (粵) 聚餐。

【會所】wui6so2 (粵) 同鄉或同業設立的聯誼機構。

【會錯意】wui6co3yi3 (粵) 誤解；誤會別人的意圖。

wun

援 wun4/yun4 (wun4/jyn4) [yuán] (通) ❶ 以手牽引 ♦ 攀援 / 援之以手。❷ 幫助；救助 ♦ 求援 / 支援。❸ 引用 ♦ 援用 / 援例。

【援手】wun4seo2 [yuánshǒu] (通) 救助。(粵) 援兵；援救人員。

換（换） wun6 (wun6) [huàn] (通) ❶ 互易；對調 ♦ 交換 / 調換 / 對換。❷ 變更；替代 ♦ 更換 / 替換 / 換衫 / 換季 / 改朝換代 / 改頭換面。

【換場】wun6cêng4 (粵) 體育比賽時雙方交換場地。

【換片】wun6pin2 (粵) 給嬰兒換尿布。

【換畫】wun6wa2 (方) 變換情人或戀人。

xi

師（师） xi1 (si1) [shī] (通) ❶ 傳授知識的人 ♦ 師長 / 教師 / 良師益友。❷ 擅長某種技能的人 ♦ 醫師 / 廚師 / 工程師。❸ 軍隊 ♦ 出師 / 會師 / 興師問罪。❹ 軍隊編制。在軍以下，團以上。❺榜樣♦前事不忘，後事之師。❻效法♦師其所長。❼對和尚的尊稱♦法師／禪師。

【師傅】xi^{1}fu$^{6-2}$ [shīfu] (通) ❶傳授技藝的人。❷對有技藝的人的尊稱♦木工師傅／泥水師傅。(粵) 味精、調味粉的俗稱♦落多啲師傅先至夠味（多放點味精味道才夠）。

【師姑】xi^{1}gu^1 (粵) 尼姑；姑子。

【師奶】xi^{1}nai$^{5-1}$ (粵) ❶太太；少奶奶。❷對中年婦女的客氣稱呼♦師奶裝（適合中年婦女穿着的服裝）。

【師太】xi^{1}tai$^{3-2}$ (粵) 師娘；師母。

【師爺】xi^{1}yé^4 (通) 舊時對幕友的尊稱。(粵) ❶鬼主意特別多，專門出謀劃策的人♦扭計師爺（狗頭軍師）。❷稱足智多謀而有點老頭子味道的人。❸形容我行我素有點迂腐的性格。

【師姑尿】xi^{1}gu^{1}niu^6 (粵) 謔稱淡而無味的茶、酒等。

施 xi^1 (si^1) [shī] (通) ❶實行♦施行／施政／無計可施。❷用上；加上♦施用／施加／施粉。❸給予♦施禮／施主／佈施。

【施暴】xi^{1}bou^6 (粵) 強姦。

【施恩莫望報】xi^{1}yen^{1}mog^{6}mong^{6}bou^3 (粵) 給人恩惠而不指望得到報答。

司 xi^1 (si^1) [sī] (通) ❶主管♦司政／司機。❷行政機構中所設立的分工辦事單位♦禮賓司／布政司。

【司儀】xi^{1}yi^4 [sīyí] (通)舉行典禮或召開大會時報告程序的人。(粵) 節目主持人♦金牌司儀（最佳節目主持人）。

【司馬秤】xi^{1}ma^{5}qing^3 (粵) 舊十六兩秤。一斤等於1.2096市斤。

絲 (丝) xi^1 (si^1) [sī] (通) ❶蠶絲♦絲線／繅絲。❷像絲的東西♦燈絲／粉絲／煙絲。❸細微；極少♦一絲不苟／紋絲不動。❹市制單位名稱。十絲為一毫。❺公制長度單位。一米的十萬分之一。

【絲發】xi^{1}fad^3 (粵) 絲綢；綢緞♦絲發戲服（綢緞戲服）。

【絲母】xi^{1}mou$^{5-2}$ (粵) 螺帽；螺絲母。

私 xi^1 (si^1) [sī] (通) ❶個人的♦私股／私仇／公私分明。❷自私；為自己♦營私／徇私／自私自利。❸祕密而不合法的♦私娼／走私。

【私房】xi^{1}fong^4 〈一〉[sīfáng] (通) ❶產權歸個人所有的房屋。

〈二〉[sīfang] (通) ❶在家庭中個人悄悄積累的錢財♦私房錢。❷隱蔽的；不願讓第三者知曉的♦私房話。(方) 個人獨有的風格。

【私伙】xi^{1}fo^2 (方) 私房；私房錢。

【私家】xi^{1}ga^1 (粵) 私人的；私有的♦私家車（私人汽車）／私家偵探（私人僱請的偵探）／私家醫生（私人聘僱的醫生）。

【私己】xi^{1}géi^2 (粵) 私房錢(多指女人的)。

【私校】xi^{1}hao^6 (方) 私立學校。

【私隱】xi^{1}yen^2 (粵) 隱私。

思 xi^1 (si^1) [sī] (通) ❶想；考慮♦思索／深思／思前想後。❷想念；懷念♦思鄉／相思／情思。❸觀念；想法♦文思／構思。

【思縮】xi^{1}sug^1 (粵) 害羞；拘謹；不大方。

【思疑】xi^{1}yi^4 (粵) 猜疑；懷疑。

【思思縮縮】xi^{1}xi^{1}sug^{1}sug^1 (粵) ❶害羞；拘謹；不大方。❷做事舉棋不定，

畏首畏尾。❸ 行動鬼鬼祟祟，躡手躡腳。❹ 因寒冷而縮頭縮腦。

斯 xi¹ (si¹) [sī] [通] 這；這個；這裏 ♦ 斯人 / 斯時 / 生於斯，長於斯。

【斯文敗類】xi¹men⁴bai⁶lêu⁶ [粵] 自甘墮落的文化人；文化人當中的敗類。

撕 xi¹ (si¹) [sī] [通] 扯開；扯破 ♦ 撕開 / 撕裂。

【撕票】xi¹piu³ [sīpiào] [通] 匪徒綁架人質，勒索不遂後，把人質殺掉。

屎 xi² (si²) [shǐ] [通] ❶ 從肛門出來的排泄物 ♦ 拉屎。❷ 眼睛、耳朵等器官裏分泌出來的東西 ♦ 眼屎 / 耳屎 / 鼻屎。[粵] 差勁；不行；水平低；沒本事 ♦ 乜咁屎嚟（怎麼這麼差勁）！/ 又屎又牙擦（沒本事卻很驕傲）。

【屎波】xi²bo¹ [粵] ❶ 球藝很差。❷ 差勁；水平低。

【屎蟲】xi²cung⁴ [粵] 糞蛆。

【屎抖】xi²deo² [粵] ❶ 差勁。❷ 質量差 ♦ 呢隻料認真屎抖（這種料質量太差）。

【屎忽】xi²fed¹ [粵] 屁股 ♦ 應該打屎忽（該打屁股），也作"屎朏"。

【屎計】xi²gei³⁻² [粵] ❶ 鬼主意；壞點子 ♦ 一肚屎計（一肚子鬼主意）/ 諗埋啲屎計（盡出壞點子）。❷ 餿主意；不高明的見解、計謀。

【屎坑】xi²hang¹ [粵] 毛坑；廁所 ♦ 屎坑公（管理公共廁所的人）。

【屎棋】xi²kéi⁴⁻² [粵] 臭棋。

【屎橋】xi²kiu⁴⁻² [粵] 餿主意；不高明的計謀、辦法 ♦ 度埋啲屎橋（盡出餿主意）。

【屎片】xi²pin² [粵] 嬰兒的尿布 ♦ 洗屎片（洗尿布，引申指照管嬰兒）。

【屎塔】xi²tab³ [粵] 馬桶 ♦ 倒屎塔（倒馬桶）。

【屎忽鬼】xi²fed¹guei² [粵] 兩面派 ♦ 正屎忽鬼嚟嘅（十足的兩面派）。

【屎忽痕】xi²fed¹hen⁴ [粵] 屁股癢，指坐不安穩，老動來動去。

【屎忽窿】xi²fed¹lung¹ [粵] 肛門；屁股眼。

【屎軍師】xi²guen¹xi¹ [粵] 低能的參謀。

【屎塔蓋】xi²tab³goi³ [粵] ❶ 馬桶蓋。❷ 嘲笑兒童剪的平頭。

【屎急開坑】xi²geb¹hoi¹hang¹ [粵] 臨渴掘井。

【屎坑關刀】xi²hang¹guan¹dou¹（歇）聞唔得，舞唔得 men⁴m⁴deg¹, mou⁵m⁴deg¹ [粵] 文(聞) 也不行，武(舞) 也不行。

【屎坑石頭】xi²hang¹ség⁶teo⁴（歇）又臭又硬 yeo⁶ceo³yeo⁶ngang⁶ [粵] 既沒本事還要嘴硬。

試（试） xi³ (si³) [shì] [通] ❶ 非正式地做 ♦ 試行 / 試用 / 嘗試。❷ 考；測驗 ♦ 試題 / 考試 / 口試。[粵] ❶ 嚐 ♦ 試吓夠唔夠味（嚐一嚐味道夠不夠）。❷ 嘗試 ♦ 試過先知（嘗試過才知道）。

【試過】xi³guo³ [粵] 經歷過；曾經有過；曾經出現過 ♦ 呢度未試過落雪（這裏未曾下過雪）/ 咁大個仔未試過俾人鬧（長這麼大未曾被人罵過）。

【試身】xi³sen¹ [粵] 試官；試衣服 ♦ 聽日嚟試身（明天來試穿）。

【試身室】xi³sen¹sed¹ [粵] 試衣間。

【試用裝】xi³yung⁶zong¹ ㊊ 供顧客購買試用的小量包裝。

時 (时) xi⁴ (si⁴) [shí] ㊌ ❶ 比較長的一段時間 ♦ 古時 / 唐時。❷ 季節 ♦ 時令 / 四時 / 不違農時。❸ 規定的時候 ♦ 按時上班 / 準時上課。❹ 當前；現在 ♦ 時局 / 時新 / 時鮮蔬菜。❺ 時機；機會 ♦ 及時 / 失時 / 千載一時。❻ 常常 ♦ 時有出現 / 舊疾時發。❼ 計時的單位。鐘點 ♦ 上午九時。

【時菜】xi⁴coi³ ㊊ 季節上市的菜。

【時年】xi⁴nin⁴ ㊊ 成年；年頭 ♦ 今年時年好。

【時鐘】xi⁴zung¹ [shízhōng] ㊌ 能報時的鐘。㊍ 按鐘點計租房 ♦ 過夜定係時鐘（租一個晚上還是按鐘點租房）？

【時不時】xi⁴bed¹xi⁴ ㊊ 有時；偶爾；間或。

【時辰鐘】xi⁴sen⁴zung¹ ㊊ 時鐘。

【時裝劇】xi⁴zong¹kég⁶ ㊍ 表現當代題材的影片或電視劇。

【時哩沙喇】xi⁴li¹sa⁴la⁴ ㊊ 形容做事快捷 ♦ 時哩沙喇一陣間就做完（呼嚕嘩啦一會兒就幹完了）。

【時時沙沙】xi⁴xi⁴sa⁴sa⁴ ㊊ 形容下小雨的聲音 ♦ 時時沙沙落緊微雨（沙沙地正下着小雨）。

市 xi⁵ (si⁵) [shì] ㊌ ❶ 集中買賣貨物的場所 ♦ 集市 / 街市 / 菜市。❷ 買賣貨物 ♦ 開市。❸ 城市；都市 ♦ 市容 / 市政建設。❹ 行政區域單位 ♦ 廣州市 / 北京市。❺ 市制的 ♦ 市斤 / 市尺。

【市道】xi⁵dou⁶ ㊊ 市場形勢；行情 ♦ 市道不佳。

【市肺】xi⁵fei³ ㊍ 都市中供人休憩的公園、綠化地帶。

豉 xi⁶ (si⁶) [chǐ] ㊌ 一種豆製品 ♦ 豆豉。

【豉油】xi⁶yeo⁴ ㊊ 醬油 ♦ 豉油雞 / 豉油碟。

【豉汁】xi⁶zeb¹ ㊊ 豆豉汁 ♦ 豉汁排骨。

【豉油撈飯】xi⁶yeo⁴lou¹fan⁶ ㊊ ❶ 醬油拌飯。比喻生活清貧。❷（歇）整色水 jing²xig¹sêu² ㊊ 比喻故作尊嚴或擺架子。

伺 xi⁶ (si⁶) [cì] ㊌ 照料；服侍 ♦ 伺候病人。

【伺候】xi⁶heo⁶ [cìhou] ㊌ 在人身邊供使喚，照料飲食起居。㊊ 泛指一般的照料 ♦ 佢個人咁鬼奄尖，你去伺候好過（他那人挺挑剔的，你去照料好些）。

士 xi⁶ (si⁶) [shì] ㊌ ❶ 舊指讀書人 ♦ 學士 / 名士 / 寒士 / 隱士。❷ 軍人 ♦ 士卒 / 戰士。❸ 指某些專業技術人員 ♦ 護士 / 教士 / 謀士 / 助產士。❹ 軍人在尉以下的一級 ♦ 上士 / 中士 / 下士。❺ 對人的敬稱 ♦ 人士 / 女士 / 志士 / 壯士。

【士的】xi⁶dig¹ ㊊ 英 stick 音譯。手杖；枴棍。

【士多】xi⁶do¹ ㊊ 英 store 音譯。小雜貨店。

【士巴拿】xi⁶ba¹na⁴⁻² ㊊ 英 spanner 音譯。扳手；扳子。

【士多房】xi⁶do¹fong⁴⁻² ㊊ “士多”是英 store 音譯。庫房；堆房；住宅內的貯物室。

【士多櫃】xi6do1guei6 [粵] 家用雜物櫃。

【士碌架】xi6lug1ga3-2 [粵] 英 snooker 音譯。桌球；枱波。

【士多啤梨】xi6do1bé1léi2 [粵] 英 strawberry 音譯。草莓。

【士急馬行田】xi6geb1ma5hang4tin4 [粵] 事告急時便要不擇手段或隨機應變。

侍 xi6 (si6) [shì] [通] 陪伴侍候 ♦ 服侍 / 侍奉 / 侍從 / 侍立一旁。

【侍仔】xi6zei2 [粵] 旅業招待員 ♦ 服務員。

【侍應生】xi6ying3sang1 [粵] 餐館、旅館等的服務員。

是 xi6 (si6) [shì] [通] ❶ 這；這個 ♦ 是日 / 如是 / 由是可知。❷ 對；正確 ♦ 實事求是 / 自以為是 / 一無是處。❸ 表示答應或贊成 ♦ 是，我就去 / 是，就這麼辦。❹ 表示解釋或分類 ♦ 他是工人 / 這藥是苦的。❺ 表示存在 ♦ 到處是水 / 渾身是汗。❻ 表示讓步 ♦ 説是這麼説。❼ 表示肯定 ♦ 你來的正是時候。❽ 表示疑問 ♦ 他是這麼説嗎？❾ 表示判斷 ♦ 他是壞蛋。❿ 加重語氣 ♦ 是誰在唱卡拉 OK。

【是必】xi4bid1 [粵] 勢必；必須；一定 ♦ 唔係是必要你講（並非一定要你開口）/ 下晝嘅會你是必要參加（下午的會你必須參加）。

【是但】xi6dan6 [粵] 隨便；不在乎；不計較 ♦ 是但點幾個餸就得喇（隨便點幾個菜就行了）/ 是但揾個人頂住檔先(隨便先找個人頂替一下)。

【是非啄】xi6féi1dêng1 [粵] 是非簍子；愛搬弄是非的人。

【是非根】xi6féi1gen1 [粵] 謔稱男性生殖器。

【是是但但】xi6xi6dan6dan6 [粵] 隨隨便便；馬馬虎虎。

【是非只為多開口】xi6féi1ji2wei6do1hoi1heo2 [粵] 言多必失。

【是非皆因強出頭】xi6féi1gai1yen1kêng5cêd1teo4 [粵] 為出風頭，容易招惹是非。

事 xi6 (si6) [shì] [通] ❶ 事情 ♦ 家事 / 急事。❷ 事故 ♦ 出事 / 肇事 / 平安無事。❸ 職業 ♦ 差事 / 謀事 / 找事做。❹ 從事；做 ♦ 不事生產 / 大事宣揚。❺ 關係或責任 ♦ 不關你的事 / 這裏沒你的事。

【事幹】xi6gon3 [粵] 事兒；事情 ♦ 揾我有乜事幹（找我有甚麼事）？

【事關】xi6guan1 [粵] 因為。

【事頭】xi6teo4-2 [粵] 掌櫃；東家；老闆。

【事頭婆】xi6teo4po4 [粵] 老闆娘。

【事不離實】xi6bed1léi4sed6 [粵] 所提及的事情確實如此。

示 xi6 (si6) [shì] [通] 把事物告訴人或給人看 ♦ 示意 / 示範 / 顯示 / 提示。

【示警】xi6ging2 [粵] 警告；提出警告。

【示愛】xi6ngoi3 [粵] 表示愛意。

視（视） xi6 (si6) [shì] [通] ❶ 看 ♦ 視覺 / 視線 / 環視。❷ 看待 ♦ 重視 / 忽視 / 仇視。❸ 觀察 ♦ 巡視 / 監視。

【視乎】xi6fu4 [方] 取決於 ♦ 能否入選，視乎呢一局嘅表現。

【視觀】xi6gun1 [方] 觀瞻 ♦ 有礙視觀（有礙觀瞻）。

【視藝】xi^6ngei^6 [方] 視覺藝術，多指書法、繪畫等 ♦ 視藝活動（藝畫展覽、拍賣等活動）。

蒔（莳） xi^6 (si^6) [shì] [通] 移栽植物 ♦ 蒔秧。

【蒔田】xi^6tin^4 [粵] 插秧。

xib

攝（摄） xib^3 (sip^8) [shè] [通] ❶ 吸取 ♦ 攝取養分。❷ 照相或拍片 ♦ 攝像 / 拍攝。❸ 保養 ♦ 攝生 / 珍攝 / 調攝。❹ 代理 ♦ 攝理 / 攝政。[粵] 也作“揳”。❶ 插；塞；掖 ♦ 攝牙罅（塞牙縫）/ 攝落玻璃板底下（插入玻璃板底下）/ 攝好蚊帳（把蚊帳掖好）。❷ 墊 ♦ 攝穩張枱（把桌子墊平穩）/ 攝高啲張櫈（把櫈子墊高一點）。

【攝𧞼】xib^3cen^1 [粵] 因着涼而患感冒。

【攝記】$xib^3géi^3$ [方] 攝影記者。

【攝汗】xib^3hon^6 [粵] 出汗後突然受涼，因毛孔收縮而將汗吸入體內，易引起感冒等病症。

【攝石】$xib^3ség^6$ [粵] 磁石；磁鐵。也說“攝鐵” xib^3tid^3。

【攝青鬼】$xib^3céng^1guei^2$ [粵] 比喻行蹤飄忽、行動詭祕的人。

【攝錄機】$xib^3lug^6géi^1$ [粵] 攝像機。也說“攝影機” $xib^3ying^2géi^1$。

xid

蝕（蚀） xid^6 (sit^9) [粵] 也作“貼”。虧損；耗損 ♦ 有蝕冇賺（光賠本不賺錢）/ 波杯磨蝕，要換過至得（軸碗磨損，要更換才行）。

【蝕本】xid^6bun^2 [粵] 虧本；賠本 ♦ 蝕本生意（賠本生意）/ 蝕晒大本（虧了老本，賠了老本）。

xig

色 xig^1 (sik^7) [sè] [通] ❶ 顏色 ♦ 色調 / 變色 / 五光十色。❷ 面部表情 ♦ 臉色 / 和顏悅色 / 喜形於色。❸ 情景；景象 ♦ 景色 / 夜色 / 月色。❹ 種類 ♦ 貨色 / 各色各樣 / 形形色色。❺ 物品的質量 ♦ 成色 / 足色。❻ 情慾 ♦ 色情 / 好色 / 色中餓鬼。

【色水】$xig^1sêu^2$ [粵] 顏色；色澤。多用於布料等。

【色士風】$xig^1xi^6fung^1$ [粵] 英 saxophone 音譯。一種銅管樂器，即薩克斯管。

【色情架步】$xig^1qing^4ga^3bou^6$ [方] 色情娛樂場所。

識（识） xig^1 (sik^7) [shí] [通] ❶ 認得；能辨別 ♦ 識字 / 認識 / 素不相識。❷ 知識 ♦ 常識 / 見識 / 學識豐富。❸ 見解；辨別是非的能力 ♦ 見識 / 才識 / 有識之士。[粵] ❶ 認識 ♦ 我唔識佢（我不認識他）。❷ 懂 ♦ 你識唔識英文㗎（你懂不懂英文呀）？❸ 會 ♦ 識睇風水（會看風水）/ 學識揸車（學會開汽車）。

【識貨】xig^1fo^3 [shíhuò] [通] 辨別物品的好壞。

【識撈】xig^1lou^1 [粵] ❶ 擅於鑽營、巴結 ♦ 嗰條友仔梗識撈喇，唔係會咁快當上經理咩（那小子擅於鑽營，不然哪會這麼快就當上經理）。❷ 懂經營；會賺錢 ♦ 佢都幾識撈嘅噃，唔夠三年就開咗幾間連鎖店（他挺懂經營的，不足三年就開了幾間連鎖店）。

【識嘟】xig¹du¹ 粵 同"識做"。

【識穿】xig¹qun¹ 粵 識破；看穿 ♦ 識穿佢籠野（識破他那套把戲）。

【識精】xig¹zéng¹ 粵 善於取巧；要小聰明 ♦ 咁識精，匿喺度偷懶（你挺鬼的，溜到這裏來躲懶）。

【識做】xig¹zou⁶ 粵 識趣；會做人，會辦事 ♦ 佢咁關照你，你識做㗎喇（他這麼關照你，你瞧着辦吧）。

【識飲識食】xig¹yem²xig¹xig⁶ 粵 ❶ 會吃會喝；懂得享受。❷ 光懂得吃喝。含貶義 ♦ 淨係識飲識食，乜都唔會做（光懂得吃喝，啥也不會幹）。

【識彈唔識唱】xig¹tan⁴m⁴xig¹cêng³ 粵 光會彈奏不會唱，"彈" 方言指 "批評"，意指光會評頭品足，自己並不在行。

【識人眉頭眼額】xig¹yen⁴méi⁴teo⁴ngan⁵ngag⁶ 粵 善解人意；善於察顏觀色。

飾（饰）xig¹ (sik⁷) [shì] 通 ❶ 裝飾 ♦ 修飾 / 粉飾 / 潤飾。❷ 裝飾品 ♦ 飾物 / 首飾 / 窗飾。❸ 扮演 ♦ 飾演。

【飾金】xig¹gem¹ 粵 黃金飾物。

【飾櫃】xig¹guei⁶ 粵 ❶ 櫥窗。❷ 擺放珠寶、首飾等名貴物品的櫃台。❸ 家庭擺放裝飾品的櫃子。

適（适）xig¹ (sik⁷) [shì] 通 ❶ 符合；相宜 ♦ 適度 / 適宜。❷ 恰好 ♦ 適逢其會 / 適可而止。❸ 舒服 ♦ 舒適 / 閒適 / 身體不適。❹ 去；往 ♦ 無所適從。

【適值】xig¹jig⁶ 粵 正好；正值 ♦ 你上次來港，我適值赴美講學。

釋（释）xig¹ (sik⁷) [shì] 通 ❶ 說明；解說 ♦ 解釋 / 註釋 / 釋文 / 釋義。❷ 消除；解除 ♦ 釋疑 / 消釋 / 冰釋。❸ 放開；放下 ♦ 手不釋卷 / 愛不釋手。❹ 放掉 ♦ 釋放 / 保釋 / 開釋 / 獲釋。

【釋囚】xig¹ceo⁴ 粵 刑滿釋放人員。

息 xig¹ (sik⁷) [xī] 通 ❶ 呼吸時進出的氣 ♦ 氣息 / 喘息 / 一息尚存。❷ 停止 ♦ 息兵 / 經久不息。❸ 休歇 ♦ 休息 / 歇息 / 按時作息。❹ 音信 ♦ 消息 / 信息。❺ 利錢 ♦ 利息 / 月息 / 年息。

【息口】xig¹heo² 粵 利率。

【息勞歸主】xig¹lou⁴guei¹ju² 粵 基督教徒用語。婉指死亡，常見於訃告。

熄 xig¹ (sik⁷) [xī] 通 火滅；滅火 ♦ 熄燈 / 熄火 / 熄滅 / 爐火已熄。粵 切斷電路 ♦ 熄燈 / 熄電視 / 熄風扇。

食 xig⁶ (sik⁹) [shí] 通 ❶ 吃 ♦ 食肉 / 自食其力 / 多食水果。❷ 食物 ♦ 食品 / 食鹽 / 糧食 / 肉食。❸ 飼料 ♦ 豬食 / 牲口食。粵 ❶ 吃 ♦ 食飯 / 食宵夜（吃夜宵）。❷ 喝 ♦ 食粥（喝稀飯）/ 食糖水（喝糖水；吃甜品）。❸ 服 ♦ 食藥。❹ 抽 ♦ 食煙 / 食鴉片。

【食府】xig⁶fu² 粵 餐館、飯店之雅稱。

【食家】xig⁶ga¹ 粵 ❶ 美食家；講究飲食的人。❷ 食客；餐館、飯店的顧客。

【食經】xig6ging1 [粵] 飲食之道。

【食腦】xig6nou5 [粵] 用腦子；動腦筋。

【食晏】xig6ngan3 [粵] 吃午飯。也說“食晏仔” xig6ngan3zei2。

【食神】xig6sen4 [粵] ❶ 賜人美食的神；也用作比喻 ♦ 食神駕到。❷ 有口福 ♦ 好食神（有口福）。

【食水】xig6sêu2 [粵] ❶ 飲用水。❷ 賺頭 ♦ 食水深（賺得太兇；竹槓敲得太厲害）。

【食糊】xig6wu4-2 [粵] 打麻將和牌。

【食肆】xig6xi3 [粵] 同“食店”。

【食嘢】xig6yé5 [粵] 吃東西。

【食波餅】xig6bo1béng2 [粵] 捱球搥。

【食錯藥】xig6co3yêg6 [粵] 吃錯了藥。譏責別人神經不正常，胡說八道。

【食飯枱】xig6fan6toi4-2 [粵] 飯桌。

【食夾棍】xig6gab3guen3 [粵] 利用手段從中揩油或撈一把。

【食穀種】xig6gu1zung2 [粵] 吃老本。

【食螺螄】xig6lo4xi1 [粵] 指演員等說話口齒不清。

【食貓面】xig6mao1min6 [粵] ❶ 捱罵；受申斥。❷ 讓人難堪。

【食尾糊】xig6méi5wu4-2 [粵] ❶ 打麻將最後一局和牌。❷ 最後撈了一把。

【食生菜】xig6sang1coi3 [粵] 比喻極為平常、十分輕巧的事 ♦ 食生菜噉食喇（那是輕而易舉的事）！/ 發誓當食生菜（指輕易許願發誓，都不準備兑現）。

【食塞米】xig6seg1mei5 [粵] 同“食枉米”。

【食死貓】xig6séi2mao1 [粵] 背黑鍋；蒙受冤屈；替人受過；吃啞巴虧。

【食枉米】xig6wong2mei5 [粵] 白吃飯，責罵光會吃飯，不會幹活的人。

【食軟飯】xig6yun5fan6 [粵] 靠老婆養家；靠女人出賣色相過活。

【食詐糊】xig6za3wu4-2 [粵] ❶ 打麻將自以為和牌，結果不合要求而無效。❷ 比喻做事自以為十拿九穩，結果還是以失敗告終。

【食霸王飯】xig6ba3wong4fan6 [粵] 吃飯不給錢。

【食霸王雞】xig6ba3wong4gei1 [粵] 嫖妓不給錢。

【食七噉食】xig6ced1gem2xig6 [粵] 狼吞虎嚥飽餐一頓。

【食葱餸飯】xig6cung1sung3fan6 [粵] 通情達理。

【食大茶飯】xig6dai6ca4fan6 [粵] 靠不義之財過闊綽生活。

【食法國餐】xig6fad3guog3can1（歇）多餘（魚）do1yu4 [粵] 相當於“瞎子戴眼鏡——多餘”。

【食過夜粥】xig6guo3yé6zug1 [粵] 指學過武術，練過功夫。

【食蓮子羹】xig6lin4ji2geng1 [粵] 吃黑棗兒，指被槍決。

【食偏門飯】xig6pin1mun4-2fan6 [粵] 靠邪門歪道發財。

【食西北風】xig6sei1beg1fung1 [粵] 喝西北風。

【食拖鞋飯】xig6to1hai4-2fan6 [粵] 同“食軟飯”。

【食屎屙飯】xig6xi2ngo1fan6 [粵] 比喻做事有悖常規常理；也指有這種行為的人。

【食人隻車】xig6yen4zég3gêu1 [粵] 狠狠敲人一筆；想要人家老命。

【食咗火藥】xig6zo2fo2yêg6 (粵) 比喻大動肝火，怒不可遏。也說“吞咗火藥”ten1zo2fo2yêg6。

【食粥食飯】xig6zug1xig6fan6 (粵) 是好是賴 ♦ 食粥食飯，就睇你嘿喇（結果如何，就看你啦）。

【食飽無憂米】xig6bao2mou4yeo1mei5 (粵) 指生活優裕，無牽無掛。

【食得唔好嘥】xig6deg1m4hou2sai1 (粵) 可以吃得下去的就別浪費掉；也常用作比喻。

【食得禾米多】xig6deg1wo4mei5do1 (粵) 暗指多行不義，必無好下場。

【食過翻尋味】xig6guo3fan1cem4méi6 (粵) 嚐到過美味或甜頭，還想再嘗試一下。

【食屎食着豆】xig6xi2xig6zêg6deo6-2 (粵) 歪打正着；因禍得福。

【食人唔謺骨】xig6yen4m4lê1gued1 (粵) 形容人極端兇殘。

【食飽飯等屎屙】xig6bao2fan6deng2xi2ngo1(粵) 無所事事，閒極無聊。

【食砒霜毒老虎】xig6péi1sêng1dug6lou5fu2（歇）大家一齊死 dai6ga1yed1cei4séi2 (粵) 常用來威嚇或警告對方，如果逼得太甚，大家只好同歸於盡。

【食碗面反碗底】xig6wun2min6-2fan2wun2dei2 (粵) 指忘恩負義，背叛朋友。

【食少啖多覺瞓】xig6xiu2dam6do1gao3fen3 (粵) 為求安寧，不做危險的事或賺不義之財。

【食得鹹魚抵得渴】xig6deg1ham4yu4-2dei2deg1hod3 (粵) 要吃鹹魚就要忍得住口渴，指做事要準備承擔後果。

【食鹽多過你食米】xig6yim4do1guo3néi5xig6mei5 (粵) 我吃鹽比你吃米還多，常用以指責年輕人少不更事，缺乏經驗。

xim

閃（闪）xim2 (sim2) [shǎn] (通) ❶ 天空的電光 ♦ 打閃。❷ 明亮耀眼 ♦ 閃亮／閃光／燈光閃閃。❸ 突然出現 ♦ 一閃念／燈光一閃。❹ 側身躲避 ♦ 躲閃／快閃開。❺ 迅速地、靜悄悄地離開 ♦ 佢一放工就即刻閃咗（他一下班就立即溜走了）。

【閃閃呤】xim2xim2ling3 (粵) ❶ 亮；油光發亮 ♦ 擦到對皮鞋閃閃呤（把皮鞋擦得鋥亮）。❷ 也說“閃呤呤”xim2ling3ling3。

【閃埋一便】xim2mai4yed1bin6 (粵) 閃開；躲到一邊。

【閃閃縮縮】xim2xim2sug1sug1 (粵) 躲躲閃閃。

xin

仙 xin1 (sin1) [xiān] (通) 神話中稱神通廣大、長生不老的人 ♦ 仙女／仙姑／神仙／天仙。(粵) 英 cent 音譯。一分錢；一個銅子 ♦ 一個仙都冇（一分錢也沒有）。

【仙骨魚】xin1gued1yu4-2 (粵) 胖頭魚的變種。

【仙都唔仙吓】xin1dou1m4xin1ha5 (粵) 一個子兒也沒有。

先 xin1 (sin1) [xiān] (通) ❶ 時間或次序在前的 ♦ 先前／先後／首先

/事先。❷尊稱死去的人◆先父/先哲/先輩/先烈。粵❶前◆先晚/先排（前些時候）。❷秤東西時斤兩略多些◆秤先啲俾你（秤稍多點給你）。❸副詞。相當於"才"、"再"◆做完功課先玩（做完功課才玩）/得閒先同你傾過（有空再跟你聊）。

【先機】xin1géi1 粵 先手；時機◆掌握先機。

【先至】xin1ji3 粵（然後）才，（然後）再◆而家先至九點（現在才九點）/等人齊先至開會（等人都到齊了然後再開會）。

【先排】xin1pai4−2 粵 早些天；前些日子。也說"先嗰排"xin1go2pai4−2 或"先一排"xin1yed1pai4−2。

【先生】xin1sang1［xiānsheng］通 ❶老師。❷對知識分子的稱呼。❸稱別人的丈夫或對人稱自己的丈夫。❹舊稱管賬的人◆賬房先生/在商號當先生。❺舊稱以相面、算卦、看風水等為職業的人◆算命先生/風水先生。粵❶醫生◆先生睇過喇（醫生給看了病）。❷對一般人的稱呼◆你搵嗰位先生啱返（你要找的那個人剛回來）。

【先頭】xin1teo4［xiāntóu］通 ❶位置在前的◆先頭部隊。❷時間在前的；從前。粵 剛才◆先頭有人搵你（剛才有人找你）。也說"頭先"teo4xin1 或"求先"keo4xin1。

【先時】xin1xi4 粵 以前；從前◆先時生活好艱難。

【先陣】xin1zen6−2 粵 前些時候。

【先使未來錢】xin1sei2méi6loi4qin4 粵 透支；借錢先花。

【先小人後君子】xin1xiu2yen4heo6guen1ji2 粵 雙方進行某項合作或交易時，首先講清楚利益的分配，以免日後因財失義。

【先敬羅衣後敬人】xin1ging3lo4yi1heo6ging3yen4 粵 譏諷以貌取人的勢利眼光。

鮮（鲜）xin1 (sin1)［xiān］通 ❶新的；不陳舊的；不乾枯的◆鮮果/鮮肉/新鮮。❷剛出產的；味道好的◆味鮮/時鮮/嚐鮮。❸有光彩的◆鮮豔/鮮紅。❹特指水產食品◆海鮮。

【鮮菇】xin1gu1 粵 新鮮的蘑菇。

【鮮甜】xin1tim4 粵 味道鮮美◆魚湯幾鮮甜（魚湯味道鮮美）。

【鮮菇冧】xin1gu1lem1 粵 未綻開的鮮蘑菇。

騸（骟）xin3 (sin3)［shàn］通 把牲畜的睾丸或卵巢割掉◆騸馬/騸豬。

【騸雞】xin3gei1 粵 閹過的公雞，跟"生雞"相對。

線（线）xin3 (sin3)［xiàn］通 ❶用絲、麻、棉、金屬等製成的細長條◆絲線/毛線/棉線/電線。❷像線的東西◆光線/視線/航線/京廣線。❸幾何學名稱◆直線/曲線/斜線/射線。❹邊緣交界的地方◆界線/前線/海岸線/國境線。❺比喻所接近的某種邊緣◆生命線/死亡線。❻比喻細微的、細小的◆一線希望/一線生機。

【線報】xin3bou3 方 從犯罪團夥內線人

員傳給警方的密報。

【線步】xin^{3}bou^6 [粵] ❶ 針腳 ♦ 線步太疏。❷ 縫在衣物上的線 ♦ 甩線步。

【線鉗】xin^{3}kim$^{4-2}$ [粵] 電工用的鑷子。

【線絡】xin^{3}log$^{3-2}$ [粵] 網兜。也叫"網絡" mong^{5}log$^{3-2}$。

【線轆】xin^{3}lug^1 [粵] 線軸；木紗團。

【線眼】xin^{3}ngan^5 [粵] 內線；眼目；便衣警察或犯罪團夥內部成員潛查密訪，掌握證據以助破案。

【線衫】xin^{3}sam^1 [粵] 汗衫。

【線人】xin^{3}yen^4 [方] 為警方服務的眼目；通風報信者。

【線路板】xin^{3}lou^{6}ban^2 [粵] 印刷電路板。

蹁 xin^3 (sin^3) [粵] ❶ 腳下打滑 ♦ 俾蕉皮蹁𠺝（踩着香蕉皮滑倒了）。❷ 存心騙人 ♦ 俾人蹁咗都唔知（讓人給騙了還不知道）。

【蹁腳】sin^{3}gêg^3 [粵] 腳下打滑。

【蹁人】sin^{3}yen^4 [粵] 涮人家；存心騙人。

【蹁西瓜皮】sin^{3}sei^{1}gua^{1}péi^4 [粵] ❶ 踩着西瓜皮滑倒。❷ 存心騙人、害人。

【蹁死黃絲蟻】xin^{3}séi^{2}wong^{4}xi^{1}ngei^5 [粵] 譏笑別人把頭髮梳得油亮光滑，連小螞蟻上去都會滑下來摔死。

善 xin^6 (sin^6) [shàn] [通] ❶ 品性、行為好，跟"惡"相對 ♦ 善心 / 慈善 / 改惡從善。❷ 友好；和好 ♦ 友善 / 親善。❸ 高明的；良好的 ♦ 善策 / 完善 / 妥善。❹ 有本領；擅長 ♦ 勇敢善戰 / 多謀善斷 / 能言善辯。❺ 做好；辦好 ♦ 善始善終。❻ 容易；易於 ♦ 善忘 / 善疑 / 善變。❼ 熟悉 ♦ 面善。

【善款】xin^{6}fun^2 [粵] 用作慈善事業的款項、捐款。

【善長仁翁】xin^{6}zêng^{2}yen^{4}yung^1 [粵] 尊稱熱心慈善事業的人士。

【善終服務】xin^{6}zung^{1}fug^{6}mou^6 [方] 為臨終病人提供的服務。

膳 xin^6 (sin^6) [shàn] [通] 飯食 ♦ 膳食 / 用膳 / 晚膳。

【膳堂】xin^{6}tong^4 [粵] 飯堂。

xing

升 xing^1 (siŋ^1) [shēng] [通] ❶ 向上；升起 / 升旗 / 上升 / 回升。❷ 提高 ♦ 升級 / 升官 / 提升 / 晉升。❸ 容量單位。相當於一立方分米。❹ 計量糧食的器具。[粵] 摑 ♦ 俾人升咗一巴（被人摑了一巴掌）。

【升水】xing^{1}sêu^2 [shēngshuǐ] [通] 兌換票據或貨幣時收取的差額。[粵] 加價；增加費用。

【升降機】xing^{1}gong^{3}géi^1 [shēngjiàngjī] [通] 建築機械，用來運載人或物上升或下降。[粵] 稱電梯。

聲（声）xing^1 (siŋ^1) [shēng] [通] ❶ 聲音 ♦ 鐘聲 / 雷聲 / 聲如洪鐘。❷ 宣佈；陳述 ♦ 聲東擊西。❸ 名譽 ♦ 聲名 / 聲威。❹ 音節的高低升降 ♦ 聲調 / 四聲 / 平聲。❺ 量詞 ♦ 大喝一聲。

【聲明】xing^{1}ming^4 [shēngmíng] [通] 公開表示態度或說明真相 ♦ 嚴正聲明。

【聲望】xing^{1}mong^6 [shēngwàng] [通] 為人仰望的名聲。

【聲勢】xing^{1}sei^3 [shēngshì] [通] 聲威氣勢 ♦ 聲勢浩大。

【聲音】xing^{1}yem^1 [shēngyīn] [通] 由物

體或聲帶振動形成的波，通過聽覺所感知的印象。

【聲言】xing¹yin⁴ [shēngyán] [通] 公開表示♦聲言要撕毀合同。

【聲譽】xing¹yu⁶ [shēngyù] [通] 名聲和信譽♦影響公司聲譽。

☞ 另見 349 頁 séng¹。

星 xing¹ (siŋ¹) [xīng] [通] ❶ 天空中閃爍發光的天體♦星體 / 星球 / 星斗 / 星光閃閃。❷ 細碎或細小的東西♦星火 / 零星 / 火星兒 / 唾沫星兒。❸ 標記♦準星 / 定盤星。[粵] 掌摑♦再嘈我就星你兩巴（你再鬧的話，我就掌摑你）/ 星你兩巴（摑你兩巴掌）。

【星君】xing¹guen¹ [粵] 頑皮；胡鬧；調皮搗蛋。

【星級】xing¹keb¹ [xīngjí] [通] 飯店賓館等按其設備、環境、服務等定的等級，共分為五個等級♦星級賓館 / 五星級酒店。[粵] 有明星聲譽的演員♦星級人馬。

【星路】xing¹lou⁶ [方] 成為明星演員的途徑。

【星媽】xing¹ma¹ [方] ❶ 明星的母親。❷ 女明星的女經理。

【星味】xing¹méi⁶ [方] 明星派頭；明星氣質。

【星探】xing¹tam³ [方] 物色演員的人。

【星運】xing¹wen⁶ [方] 影、視演員成名的運氣♦星運不佳。

【星君仔】xing¹guen¹zei² [粵] 淘氣鬼；小胡鬧。

醒 xing² (siŋ²) [xǐng] [通] ❶ 睡眠狀態結束或尚未入睡♦睡醒 / 驚醒 / 如夢初醒。❷ 酒醉、麻醉或昏迷後神志恢復正常♦甦醒 / 清醒 / 醒酒。❸ 覺悟♦覺醒 / 猛醒。❹ 明顯；清楚♦醒目。[粵] ❶ 聰明；伶俐；機靈♦你個仔幾醒嚁（你兒子十分聰明伶俐）。❷ 神氣；威風♦打番條呔靈舍醒啲（打起領帶特別神氣）。❸ 賞；獎賞♦呢啲係私人醒你嘅（這些是我個人賞給你的）。❹ 醒悟；想起♦一時唔醒起叫你順便寄埋封信（一時沒想起讓你順便把信給寄了）。

【醒定】xing²ding⁶ [粵] 留神；當心；注意♦以後醒定啲做人（做人要乖覺着點）/ 醒定啲嚟，咪慌失失噉（留神着點，別慌慌張張的）。

【醒覺】xing²gog³ [xǐngjué] [通] 覺醒；覺悟♦他到現在還沒醒覺過來。[粵] 警覺。

【醒目】xing²mug⁶ [xǐngmù] [通] 鮮明惹眼，引人注目。[粵] 聰明；機靈。

【醒神】xing²sen⁴ [粵] ❶ 神氣；了不起。❷ 聰明；伶俐，機靈。❸ 提起精神；打起精神。

【醒水】xing²sêu² [粵] 醒悟；覺察♦仲唔醒水，唔通要我點到明咩（還不醒覺，難道要我把話挑明嗎）？

【醒胃】xing²wei⁶ [粵] 開胃♦酸酸哋，幾醒胃（酸酸的，挺開胃）。

【醒獅】xing²xi¹ [方] 指喜慶典禮上的舞獅活動。

【醒字派】xing²ji⁶pai³⁻¹ [粵] 稱聰明伶俐，迎合時尚的人。

【醒目仔】xing²mug⁶zei² [粵] 機靈鬼；小機靈。

☞ 另見 349 頁 séng²。

繩（绳） xing^{2} (siŋ^{2}) 粵 口語變音 ♦ 遞條繩俾我（給我一條繩子）。

勝（胜） xing^{3} (siŋ^{3}) [shèng] 通 ❶ 贏，跟“負”或“敗”相對 ♦ 勝利 / 戰勝 / 取勝。❷ 超過 ♦ 今勝於昔 / 略勝一籌 / 事實勝於雄辯。❸ 優美的 ♦ 勝地 / 勝景 / 引人入勝。粵 飲酒時乾杯 ♦ 勝嘅（乾杯）！/ 飲勝佢（把酒都乾了）。

【勝出】 xing^{3}cêd^{1} 粵 得勝；獲勝 ♦ 冷門勝出（賽前不被看好的反而獲勝）/ 大熱勝出（賽前一致看好的果然獲勝）。

【勝瓜】 xing^{3}gua^{1} 粵 絲瓜。

【勝行】 xing^{3}hong$^{4-2}$ 粵 尊稱對方所從事的行業 ♦ 做勝行（幹哪一行）？

聖（圣） xing^{3} (siŋ^{3}) [shèng] 通 ❶ 最崇高的 ♦ 聖潔 / 聖地 / 神聖。❷ 指有最高智慧和道德的人 ♦ 聖人 / 聖賢。❸ 稱學識技能達到最高峯的人 ♦ 聖手 / 詩聖。❹ 封建時代尊稱帝王 ♦ 聖上 / 聖旨。❺ 宗教徒對所崇拜的事物的尊稱 ♦ 聖像 / 聖母 / 聖誕。

【聖人款】 xing^{3}yen^{4}fun^{2} 粵 聖人面孔。含貶義 ♦ 擺出嗰種聖人款，係人都怕喇（擺出那副聖人面孔，人見人怕）。

成 xing^{4} (siŋ^{4}) [chéng] 通 ❶ 做到；做好 ♦ 成事 / 完成 / 建成。❷ 使成功 ♦ 促成 / 玉成 / 成人之美。❸ 變為 ♦ 成材 / 弄假成真 / 百煉成鋼。❹ 成就；成果 ♦ 一事無成 / 坐享其成。❺ 已定的；定形的 ♦ 成規 / 成藥。❻ 生物生長到定形的階段 ♦ 成蟲 / 成年。❼ 夠；達到一定的數量 ♦ 成千上萬 / 成年累月。❽ 成數 ♦ 股份我先佔幾成（股份我才佔幾成）。粵 ❶ 快；將近 ♦ 借咗成年都仲未還（借了快一年了尚未歸還）/ 玩咗成個下晝（玩了將近一個下午）。❷ 整 ♦ 成粒吞落去（整粒吞下去）/ 成塊面俾佢掠損晒（整個臉部讓他給抓傷了）。

【成個】 xing^{4}go^{3} 粵 ❶ 整個 ♦ 成個人變晒（整個人全變了）/ 成個西瓜俾佢一個人食晒（整個西瓜讓他一個人給吃了）。❷ 似足 ♦ 成個大老細嘅（似足個大老闆）。也讀 séng^{4}go^{3}。

【成盤】 xing^{4}pun$^{4-2}$ 粵 成交。

【成世】 xing^{4}sei^{3} 粵 一輩子 ♦ 成世都咁慳（一輩子都那樣省儉）。也說“成世人” xing^{4}sei^{3}yen^{4} 或“一世人” yed^{1}sei^{3}yen^{4}。

【成數】 xing^{4}sou^{3} [chéngshù] 通 ❶ 不帶零頭的整數。❷ 表示比率。粵 有可能；可能性 ♦ 成數唔大（可能性不大）。

【成日】 xing^{4}yed^{6} 粵 ❶ 一整天 ♦ 成日未食過嘢（整天沒吃過東西）。❷ 老半天；將近一天 ♦ 去咗成日都仲未返（去了老半天也不見回來）。❸ 老是 ♦ 成日嗡三嗡四（老是胡說八道）。

【成人】 xing^{4}yen^{4} [chéngrén] 通 成年人 ♦ 成人教育。方 以成年人為對象的，暗指色情的 ♦ 成人角色（色情角色）/ 成人雜誌（色情雜誌）/ 成人電影（色情電影）/ 成人節目（帶色情內容的節目）。

【成衣業】 xing^{4}yi^{1}yib^{6} 粵 服裝業。

【成衣市場】xing4yi1xi5cêng4 (粵) 服裝市場。

☞ 另見 319 頁 qing4；349 頁 séng4。

承 xing4 (siŋ4) [chéng] (通) ❶ 托着；接着 ♦ 承載 / 承接。❷ 擔負；擔當 ♦ 承當 / 承辦。❸ 繼續；接連着 ♦ 繼承 / 承上啟下 / 一脈相承。❹ 謙詞。蒙受；受到 ♦ 承蒙 / 承情 / 承教。

【承接】xing4jib3 [chéngjiē] (通) ❶ 繼續；接續 ♦ 承接上文。❷ 用器具接收流下的液體。(粵) 在股票拋售風下購入。

【承惠】xing4wei6 (粵) 多謝惠顧。

【承你貴言】xing4néi5guei3yin4 (粵) 對別人的良好祝願表示謝意。

盛 xing6 (siŋ6) [shèng] (通) ❶ 繁茂；興旺 ♦ 繁盛 / 興盛 / 旺盛 / 強盛。❷ 豐富；華美 ♦ 盛宴 / 盛裝 / 盛服。❸ 隆重；規模大 ♦ 盛典 / 盛事。❹ 深厚；強烈 ♦ 盛意 / 盛怒 / 盛氣凌人。❺ 極；大 ♦ 盛讚 / 盛名。❻ 姓。(粵) 不定指，一般用於"又…又盛"、"有…有盛"句式，起強調作用 ♦ 呢度又熱又盛，快啲走喇（這裏太熱，快點走吧）/ 冇櫈冇盛，叫人點坐吖（連椅子都沒有，叫人怎麼坐呀）？

【盛惠】xing6wei6 (粵) 同"承惠"。

【盛妝】xing6zong1 (粵) 豔麗的打扮 ♦ 盛妝一族（愛好打扮的羣體）。

xiu

消 xiu1 (siu1) [xiāo] (通) ❶ 溶化；散失 ♦ 消溶 / 消散。❷ 除掉；滅掉 ♦ 消毒 / 消炎。❸ 度過 ♦ 消夏 / 消遣。❹ 需要 ♦ 不消説 / 何消你講。

【消夜】xiu1yé6-2 (粵) 同"宵夜"。

【消滯】xiu1zei6 (粵) 消食；幫助消化 ♦ 消滯藥。

【消防喉】xiu1fong4heo4 (粵) 消防水管；消防水龍頭。

【消毒碗櫃】xiu1dug6wun2guei6 (粵) 具有消毒功能的食具存放櫃。

宵 xiu1 (siu1) [xiāo] (通) 夜 ♦ 宵禁 / 通宵 / 良宵 / 春宵。

【宵夜】xiu1yé6-2 (粵) ❶ 夜宵。❷ 吃夜宵 ♦ 今晚約埋佢去宵夜（今晚約她一同去吃夜宵），也作"消夜"。

瀟（潇） xiu1 (siu1) [xiāo] (通) 水深而清。

【瀟湘】xiu1sêng1 (粵) ❶ 身體苗條 ♦ 抵冷貪瀟湘（為顯示苗條身材，寧願少穿衣服而捱凍）。❷ 衣物稱身而顯得秀氣。

燒（烧） xiu1 (siu1) [shāo] (通) ❶ 使東西着火 ♦ 燒香 / 燃燒 / 焚燒。❷ 加熱或接觸某些化學藥品、放射性物質等使物體起變化 ♦ 燒磚 / 燒炭 / 鹽酸把衣服燒壞了。❸ 烹調 ♦ 燒茄子 / 燒羊肉。❹ 體溫增高 ♦ 發燒。❺ 增高的體溫 ♦ 高燒 / 退燒。(粵) ❶ 烤 ♦ 燒雞 / 燒乳豬。❷ 燃放 ♦ 燒煙花 / 燒砲仗。

【燒臘】xiu1lab6 (粵) 指烤製或臘製的食品 ♦ 燒臘檔。

【燒鵝】xiu1ngo4-2 (粵) 烤鵝。

【燒衣】xiu1yi1 (粵) 燒紙；燒紙錢。

【燒肉】xiu1yug6 (粵) 烤豬肉。

【燒酒】xiu1zeo2 [shāojiǔ] (通) 白酒。

【燒冷灶】xiu1lang5zou3 (粵) 支持失勢的

人，希望在他重整旗鼓時得到好處。

【燒枱砲】xiu1toi4-2pao3 [粵] 拍桌子大罵。

【燒壞瓦】xiu1wai6nga5 [粵] 比喻與人合不來的人。

【燒到…嗰沓】xiu1dou3…go2dab6 [粵] ❶ 把矛頭指向某人；把話題轉移到某人身上。❷ 把某人扯入某事。

少 xiu2 (siu2) [shǎo] [通] ❶ 數量小，跟“多”相對 ♦ 少許 / 以少勝多。❷ 短時間 ♦ 少等 / 少候。❸ 遺失；缺失 ♦ 缺少 / 短少。❹ 不經常 ♦ 少有 / 少見多怪。

【少少】xiu2xiu2 [粵] 一點點；一點兒 ♦ 落少少鹽（放一點點鹽）/ 多多益善，少少無拘。

【少件膶】xiu2gin6yên2 [粵] 形容人心理不正常。

【少數怕長計】xiu2sou3pa3cêng4gei3 [粵] 數目不大，長算起來也不得了。勸人不要忽視少數。

☞ 另見 417 頁 xiu3。

小 xiu2 (siu2) [xiǎo] [通] ❶ 在體積、面積、數量、力量、強度、規模、範圍等方面不大的 ♦ 小車 / 小雨 / 短小 / 矮小。❷ 排行最末的；年紀小的 ♦ 小女 / 一家老小。❸ 短時間 ♦ 小住 / 小坐片刻。❹ 不重要的 ♦ 小節 / 小事一樁。❺ 輕視 ♦ 小看 / 小視。❻ 謙詞 ♦ 小弟 / 小可。

【小巴】xiu2ba1 [xiǎobā] [粵] 小型公共汽車。

【小賊】xiu2cag6 [粵] 少年搶劫、盜竊犯。

【小輪】xiu2lên4 [方] 指來往於香港島與九龍之間的渡輪。

【小手】xiu2seo2 [方] ❶ 扒手；小偷。❷ 對女性動手動腳的男人。

【小息】xiu2xig1 [方] 時間較短的課間休息。

【小厴】xiu2yim2 [粵] 肋下；腹部的兩側 ♦ 小厴痛。

【小月】xiu2yud6 [方] 商界指市場不景氣的時期。

【小築】xiu2zug1 [方] 暗指地下色情場所。

【小腸氣】xiu2cêng4héi3 [粵] 疝氣。

【小電影】xiu2din6ying2 [方] 色情淫穢錄像帶。

【小家種】xiu2ga1zung2 [粵] 吝嗇、卑鄙的人。

【小鬼頭】xiu2guei2teo4 [粵] 小鬼。

【小學雞】xiu2hog6gei1 [方] 對小學生的謔稱。

【小人蛇】xiu2yen4sé4 [方] 稱偷渡的少年。

【小兒科】xiu2yi4fo1 [xiǎo'érkē] [通] 醫院裏診治病人的部門。[粵] ❶ 小事；簡單的事。❷ 幼稚。

【小業主】xiu2yib6ju2 [粵] 小房產主，指自己置有住房的人。

【小鬼升城隍】 xiu2guei2xing1xing4wong4 [粵] 同“水鬼升城隍”。

【小鬼唔見得大神】 xiu2guei2m4gin3deg1dai6sen4 [粵] 比喻人過分自卑，不敢出入大場面。

【小心駛得萬年船】xiu2sem1sei2deg1man6nin4xun4 [粵] 勸喻人凡事需要小心。

【小財唔出，大財唔入】xiu2coi4m4cêd1，dai6coi4m4yeb6 [粵] 不花小錢，難賺大錢。

少 xiu^{3} (siu^{3}) [shào] [通] ❶ 年紀輕 ♦ 少年 / 少婦 / 男女老少。❷ 舊稱有錢人家的孩子 ♦ 少爺。[粵] ❶ 妻子稱丈夫的兄弟 ♦ 大少 / 二少。❷ 夥計稱老闆的兒子；僕人稱主人的兒子 ♦ 大少（大少爺）。

【少東】xiu^{3}dung^{1} [粵] 少老闆；少東家。

【少奶】xiu^{3}nai$^{5-1}$ [粵] 少奶奶。

☞ 另見 416 頁 xiu^{2}。

笑 xiu^{3} (siu^{3}) [xiào] [通] ❶ 露出喜悅的表情，發出歡樂的聲音 ♦ 微笑 / 歡笑 / 玩笑 / 苦笑。❷ 譏諷；嘲弄 ♦ 譏笑 / 嘲笑 / 恥笑 / 取笑。

【笑口棗】xiu^{3}heo^{2}zou^{2} [粵] 開口笑，一種油炸點心。

【笑噉噉】xiu^{3}méi^{1}méi^{1} [粵] 笑瞇瞇。

【笑笑口】xiu^{3}xiu^{3}heo^{2} [粵] 微笑 ♦ 見嚫我佢都笑笑口（他一見到我總是發出一絲微笑）。

【笑吟吟】xiu^{3}yem^{4}yem^{4} [xiàoyínyín] [通] 形容微笑的樣子。

【笑到碌地】xiu^{3}dou^{3}lug^{1}déi$^{6-2}$ [粵] 笑到在地上打滾，形容笑得厲害。

【笑到肚赤】xiu^{3}dou^{3}tou^{5}cég^{3} [粵] 笑疼了肚皮。

【笑到肚攣】xiu^{3}dou^{3}tou^{5}lün$^{4-1}$ [粵] 笑得前仰後合。

【笑口騎騎】xiu^{3}heo^{2}ké^{4}ké^{4} [粵] 嬉皮笑臉。也說"笑騎騎" xiu^{3}ké^{4}ké^{4}。

【笑口噬噬】xiu^{3}heo^{2}sei^{4}sei^{4} [粵] 咧着嘴笑。含貶義。

【笑口吟吟】xiu^{3}heo^{2}yem^{4}yem^{4} [粵] 笑容滿面也說"笑吟吟" xiu^{3}yem^{4}yem^{4}。

【笑甩棚牙】xiu^{3}led^{1}pang^{4}nga^{4} [粵] 令人笑掉大牙。

【笑大人個口】xiu^{3}dai^{6}yen^{4}go^{3}heo^{2} [粵] 貽笑大方。

【笑到有牙冇眼】xiu^{3}dou^{3}yeo^{5}nga^{4}mou^{5}ngan^{5} [粵] 笑得合不攏嘴。

【笑到見牙唔見眼】xiu^{3}dou^{3}gin^{3}nga^{4}m^{4}gin^{3}ngan^{5} [粵] 笑得眼睛都瞇縫了。

紹（绍） xiu^{6} (siu^{6}) [shào] [通] ❶ 繼續；繼承。❷ 聯繫 ♦ 介紹。❸ 浙江紹興市的簡稱 ♦ 紹劇 / 紹酒。

【紹菜】xiu^{6}coi^{3} [粵] 大白菜。也叫"黃芽白" wong^{4}nga^{4}bag^{6}。

xu

書（书） xu^{1} (sy^{1}) [shū] [通] ❶ 成本的著作 ♦ 書本 / 書籍 / 教科書。❷ 信 ♦ 書信 / 家書。❸ 文件 ♦ 證書 / 申請書 / 保證書。❹ 寫字；記載 ♦ 書寫 / 大書特書。❺ 字體 ♦ 楷書 / 草書 / 隸書。[粵] ❶ 本子；集子 ♦ 歌書（歌本；歌曲集）。❷ 課文；功課 ♦ 背書（背課文）/ 溫書（溫功課）/ 呢課書好難（這一課很難懂）。

【書蟲】xu^{1}cung^{4} [粵] 書蟲子，比喻酷愛讀書的人。

【書館】xu^{1}gun^{2} [粵] 舊指學校。

【書枱】xu^{1}toi$^{4-2}$ [粵] 書桌。

【書友】xu^{1}yeo$^{5-2}$ [粵] 舊指同學。

【書院】xu^{1}yun^{2} [shūyuàn] [通] 舊時地方上設立的供讀書講學的處所。[方] 相當於中學的學校 ♦ 書院仔（讀書院的男孩）。

輸（输） xu^{1} (sy^{1}) [shū] [通] ❶ 運送 ♦ 輸血 / 輸出 / 運輸。

❷ 捐獻 ♦ 捐輸。❸ 失敗；負；跟"贏"相對 ♦ 輸錢 / 認輸 / 服輸。粵 打賭 ♦ 輸啲乜嘢先（先說定賭些甚麼）？

【輸賭】xu¹dou² 粵 打賭 ♦ 唔信同你輸賭（你不信，我跟你打賭）。

【輸蝕】xu¹xid⁶ 粵 ❶ 吃虧；讓人佔上風 ♦ 大家都冇輸蝕（大家都沒吃虧）。❷ 差；差勁；不如 ♦ 你點會輸蝕過人呢（你怎會比別人差勁）？

鼠 xu² (sy²) [shǔ] 通 哺乳動物。通稱"老鼠"，俗稱"耗子"。一般體小尾長，偷吃食物，咬壞東西，有的能傳染疾病 ♦ 田鼠 / 家鼠 / 膽小如鼠。粵 ❶ 偷的俗稱。❷ 不問自取；偷偷拿走 ♦ 正話睇緊嗰本雜誌俾人鼠咗（剛才還在看的那本雜誌被人偷偷拿走了）。

【鼠摸】xu²mo¹ 粵 小偷。

【鼠嘢】xu²yé⁵ 粵 偷東西。

【鼠入嚟】xu²yeb⁶lei⁴ 粵 悄悄溜進來。

處（处） xu³ (sy³) 粵 方位詞。處；地方 ♦ 呢處（這裏）/ 嗰處（那裏）/ 第處（別處；別的地方）。

☞ 另見 320 頁 qu²，qu³。

薯 xu⁴ (sy⁴) [shǔ] 通 薯類作物的統稱 ♦ 番薯 / 木薯 / 甘薯 / 馬鈴薯。粵 笨頭笨腦 ♦ 乜咁薯㗎，講極都唔明（怎麼這麼笨，說了老半天還不明白）。

【薯頭】xu⁴teo⁴ 粵 ❶ 蠢笨。❷ 蠢貨；笨蛋。也說"薯頭嘜" xu⁴teo⁴ meg¹。

【薯仔】xu⁴zei² 粵 土豆；馬鈴薯。方 形容土頭土腦的人。

【薯頭薯腦】xu⁴teo⁴xu⁴nou⁵ 粵 笨頭笨腦。

樹（树） xu⁶ (sy⁶) [shù] 通 ❶ 木本植物的總稱 ♦ 樹木 / 樹林 / 榕樹 / 龍眼樹。❷ 種植；栽培 ♦ 十年樹木，百年樹人。❸ 建立；確立 ♦ 樹立 / 樹雄心 / 獨樹一幟。

【樹頭】xu⁶teo⁴ 粵 樹根；樹墩。

【樹仔頭】xu⁶zei²teo⁴ 粵 山上小雜樹的樹根，農村用作柴火。

【樹大招風】xu⁶dai⁶jiu¹fung¹ 粵 名聲大或地位高往往會給自己招來嫉妒或麻煩。

【樹大有枯枝，族大有乞兒】 xu⁶dai⁶yeo⁵fu¹ji¹, zug⁶dai⁶yeo⁵hed¹yi⁴⁻¹ 粵 一個大家族難免會有個別敗類，正如一棵大樹難免會出現枯萎的枝葉。

xud

説（说） xud³ (syt⁸) [shuō] 通 ❶ 用話來表達意思 ♦ 實説 / 胡說 / 據說。❷ 言論；主張 ♦ 學說 / 著書立說 / 異端邪說。❸ 解釋；評論 ♦ 陳說 / 演說。❹ 責備 ♦ 說了他一頓。❺ 介紹 ♦ 說波家。

【說白】xud³bag⁶ 粵 說得淺顯點；明說。

【說話】xud³wa⁶ [shuōhuà] 通 ❶ 用言語表達 ♦ 說話的藝術。❷ 閒聊；談話 ♦ 這裏不是說話的地方。粵 話 ♦ 講說話（講話）/ 我冇乜說話好講（我沒甚麼話好說的）。

雪 xud³ (syt⁸) [xuě] 通 ❶ 空中水蒸氣遇冷凝結成的白色晶體 ♦ 雪

花／積雪／風雪／冰天雪地。❷顏色或光澤像雪的♦雪白／雪亮。❸洗刷♦雪恥／雪恨／洗雪／昭雪。❹姓。[粵]❶冰♦滑雪（溜冰）／生雪店（賣人造冰的店鋪）。❷冰鎮；冷藏♦雪豬（凍豬肉）／雪住慢慢食（冰鎮起來慢慢吃）。

【雪藏】xud³cong⁴ [粵]❶冰鎮；冷藏♦雪藏汽水（冰鎮汽水）。❷打入冷宮♦俾人雪藏（被打入冷宮）。

【雪糕】xud³gou¹［xuěgāo］[通]冰淇淋♦牛奶雪糕。

【雪櫃】xud³guei⁶ [粵]冰箱；電冰箱。

【雪屐】xud³kég⁶ [粵]溜冰鞋；旱冰鞋♦踹雪屐（溜旱冰）。

【雪梨】xud³léi⁴⁻² [粵]泛指梨，特指鴨梨♦天津雪梨。

【雪褸】xud³leo¹ [粵]皮猴兒；棉猴兒；風雪大衣。

【雪帽】xud³mou⁶⁻² [粵]風雪帽。

【雪條】xud³tiu⁴⁻² [粵]冰棍。

【雪耳】xud³yi⁵ [粵]銀耳；白木耳。

【雪種】xud³zung² [粵]冰箱、冷氣機等的致冷劑。

【雪蛤膏】xud³geb³gou¹ [粵]哈蟆膏。

xun

孫（孙） xun¹ (syn¹)［sūn］[通]❶兒子的子女♦孫兒／長孫。❷跟孫子同輩的親屬♦外孫／姪孫／外孫女。❸孫子以下的後代♦曾孫／玄孫／重孫。❹姓。

【孫仔】xun¹zei² [粵]❶孫子，兒子的兒子。❷泛指兒女的子女。

宣 xun¹ (syn¹)［xuān］[通]❶發佈；傳播♦宣佈／宣傳。❷疏導♦宣洩。

【宣傳片】xun¹qun⁴pin² [方]電影或電視上映前預作宣傳的廣告片。

酸 xun¹ (syn¹)［suān］[通]❶能在水溶液中產生氫離子的化合物♦鹽酸／硫酸／硝酸／蘋果酸。❷像醋的氣味和味道♦酸味／酸菜。❸悲痛；傷心♦心酸／辛酸／悲酸。❹微痛而無力♦腰酸腿痛。❺舊時譏諷文人貧窮、迂腐♦窮酸／寒酸／酸秀才。

【酸枝】xun¹ji¹ [粵]製作高級傢具用的深紫色硬木♦酸枝枱／酸枝椅。

【酸刁刁】xun¹diu¹diu¹ [粵]酸溜溜，酸味較濃的味道。

【酸㣲㣲】xun¹méi¹méi¹ [粵]略帶酸味的味道。

【酸縮爛臭】xun¹sug¹lan⁶ceo³ [粵]難聞的酸臭味。

損（损） xun² (syn²)［sǔn］[通]❶減少♦虧損／增損。❷傷害♦破損／毀損。❸刻薄♦這法子真損。[粵]皮膚破損♦刮損皮（蹭破了皮）／整損手（把手弄傷了）。

【損爛】xun²lan⁶ [粵]破損♦唔緊要，有啲啲損爛啫（不要緊，有一點點破損而已）。

【損手】xun²seo² [方]受挫；受損。

【損友】xun²yeo⁵ [粵]壞朋友；於己有損的朋友♦認清損友，遠離毒品。

【損手爛腳】xun²seo²lan⁶gêg³ [粵]❶手腳損傷♦又同邊個打交喇，整到損手爛腳噉（手腳都損傷了，跟誰打架啦）？❷輕微的傷♦佢有乜損手爛腳，我搵你算賬㗎（他哪怕損傷一點皮膚，我也要找你算賬）。❸ 比喻蒙受損失。

算 xun^3 (syn^3) [suàn] (通) ❶ 計數 ♦ 算賬 / 算術 / 計算。❷ 謀劃 ♦ 打算 / 盤算 / 暗算。❸ 作為；當作 ♦ 這個算你的。❹ 作數 ♦ 他說了算。❺ 作罷 ♦ 不去就算。

【算數】xun^{3}sou^3 [suànshù] (通) ❶ 承認有效力 ♦ 說話算數。❷ 了結；為止 ♦ 做完了才算數。❸ 算了；作罷；拉倒 ♦ 就咁算數（就這樣算了）/ 唔買就算數（不買拉倒）。

【算死草】xun^{3}séi^{2}cou^2 (粵) 鐵算盤；鐵公雞。

蒜 xun^3 (syn^3) [suàn] (通) 大蒜，草本植物，地下莖通常分瓣，味辣，可供調味用。

【蒜子】xun^{3}ji^2 (粵) 蒜瓣，尤指獨瓣的蒜頭 ♦ 蒜子炆大鱔。

【蒜芯】xun^{3}sem^1 (粵) 蒜薹。

【蒜蓉】xun^{3}yung^4 (粵) 蒜泥，剁成細粒或搗成糊狀的蒜瓣。

【蒜子肉】xun^{3}ji^{2}yug^6 (粵) 青蛙大腿上的肉，因像蒜瓣，故名。

船 xun^4 (syn^4) [chuán] (通) ❶ 水上的主要交通運輸工具 ♦ 木船 / 帆船 / 輪船 / 貨船。❷ 也用於指航天工具 ♦ 宇宙飛船。

【船民】xun^{4}men^4 (方) 未經批准入境而乘船湧來香港的人 ♦ 越南船民。

【船到橋頭自然直】xun^{4}dou^{3}kiu^{4}teo^{4}ji^{6}yin^{4}jig^6 (粵) 相當於“車到山前必有路”，比喻事到臨頭，自然有應付的辦法。

【船頭怕鬼，船尾怕賊】xun^{4}teo^{4}pa^{3}guei^2, xun^{4}méi^{5}pa^{3}cag^6 (粵) 前怕狼後怕虎。形容畏首畏尾，這也擔心，那也擔心。也說“船頭慌鬼船尾慌賊”xun^{4}teo^{4}fong^{1}guei^{2}xun^{4}méi^{5}fong^{1}cag^6。

吮 xun^5 (syn^5) [shǔn] (通) 用嘴吸 ♦ 吮吸。

【吮手指】xun^{5}seo^{2}ji^2 (粵) 嘬手指頭。

ya

吔 ya^4 (ja^4) (粵) 擬聲詞。形容大叫聲。

【吔吔聲】ya^{4}ya$^{4-2}$séng^1 (粵) 因病痛而發出的聲音 ♦ 痛到吔吔聲（痛得直哼哼）。也讀 ya^{1}ya^{1}séng^1。

也 ya^5 (ja^5) [yě] (通) 副詞。❶ 表示同樣、並行的意思 ♦ 你去，我也去。❷ 表示讓步或轉折 ♦ 你不說我也知道 / 我雖然沒見過，也聽人說過。❸ 表示強調 ♦ 你說的一點也不錯。❹ 表示委婉 ♦ 也只好如此。❺ 表示疑問或反詰 ♦ 何也？/ 孔子者，魯人也。❻ 表示句中的停頓 ♦ 大道之行也，天下為公。

【也文也武】ya$^{5-6}$men^{4}ya$^{5-6}$mou^5 (粵) 耀武揚威；臭顯；耍威風。

廿 ya^6/nim^6 (ja^6/nim^6) [niàn] (通) 二十 ♦ 廿四史 / 廿幾皮（二十多塊）/ 唔理三七廿一（不管三七二十一）。

【廿四孝】ya^{6}séi^{3}hao^3 (粵) 盡心盡力服侍。含諧謔意味 ♦ 廿四孝老公（唯命是從的丈夫）。

yab

押 yab³ (jap⁸) ㊚ ❶ 掖 ♦ 押片（掖尿布）/ 押褲頭（掖褲頭）/ 押住支手槍（掖一支手槍）。❷ 綰；捲 ♦ 押高衫袖（捲起衣袖）/ 押高褲腳（捲起褲腿）。

☞ 另見 286 頁 ngad³。

挹 yab⁶ (jap⁹) ㊚ 招手 ♦ 挹佢過嚟（招手叫他過來）。

【挹手】yab⁶seo² ㊚ 招手；揚手 ♦ 挹手即停（揚手即停）。

yag

喫 yag³ (jak⁸) ㊚ 吃 ♦ 喫飯（吃飯）/ 喫咗飯未（吃過飯沒有）？

yai

踹 yai²/cai² (jai²/tsai²) [chuài] ㊤ ❶ 踐踏。❷ 用腳底踢 ♦ 一腳把門踹開。㊚ ❶ 踩 ♦ 踹嚫我隻腳（踩了我的腳）/ 一腳踹落堆牛屎度（一腳踩進牛糞堆裏）。❷ 蹬；騎 ♦ 踹單車（騎自行車）/ 踹三輪（蹬三輪車）。

【踹雪屐】yai²xud³kég⁶ ㊚ 溜冰；溜旱冰。

【踹住芋莢當蛇】yai²ju⁶wu⁶hab³dong³sé⁴ ㊚ 踩着芋莖當是蛇。意近"杯弓蛇影"，比喻疑神疑鬼，枉自驚慌。也說"踹着芋莢都當蛇"yai²zêg⁶wu⁶hab³dou¹dong³sé⁴。

yang

踭（踭） yang³ (jaŋ³) ㊚ ❶ 蹭 ♦ 踭開度門（把門蹭開）/ 踭佢一腳（蹭他一腳）/ 將被踭埋一便（把被子蹭到一邊）。❷ 登；爬 ♦ 踭上五樓（登上五樓）。

【踭枱腳】yang³toi⁴⁻²gêg³ ㊚ 同"撐枱腳"。

☞ 另見 459 頁 zang¹。

yé

椰 yé⁴ (jɛ⁴) [yē] ㊤ 椰子樹，常綠喬木。樹幹高直。果實叫椰子，肉多汁，可吃，也可榨油 ♦ 椰樹 / 椰子汁。

【椰菜】yé⁴coi³ ㊚ 捲心菜；洋白菜。

【椰殼】yé⁴hog³ ㊚ 椰子殼，可作椰雕或作舀水、盛物的器具。

【椰衣】yé⁴yi¹ ㊚ 椰樹果皮纖維 ♦ 椰衣掃把（椰衣皮掃把）。

【椰汁】yé⁴zeb¹ ㊚ 椰子汁。

【椰菜花】yé⁴coi³fa¹ ㊚ ❶ 菜花。❷ 性病的諱稱。

惹 yé⁵ (jɛ⁵) [rě] ㊤ 挑起；招引 ♦ 惹事 / 惹禍 / 惹出麻煩 / 惹人注目。㊚ ❶ 傳染；染上 ♦ 惹上性病。❷ 招惹；撩撥 ♦ 嗰啲噉人，你惹佢做乜吖（那種人，你招惹他幹啥）？❸ 招來；引來 ♦ 啲餸放喺度惹蟻（菜放在這裏招螞蟻）。❹ 引起；產生 ♦ 食糖水惹痰（食糖水生痰）。

【惹火】yé⁵fo² ㊚ 挑動異性情慾 ♦ 惹火

打扮（挑逗性的打扮）。

【惹味】yé⁵méi⁶ [粵] 增加味道，引起食慾 ♦ 落啲蒜蓉豆豉去蒸特別惹味（放點蒜泥豆豉去蒸增加不少味道）。

【惹官非】yé⁵gun¹féi¹ [粵] 惹上官司。

野 yé⁵ (jɛ⁵) [yě] [通] ❶ 郊外 ♦ 郊野 / 曠野 / 野火 / 野戰。❷ 不講道理，沒有禮貌 ♦ 野蠻 / 粗野 / 撒野。❸ 不是人所馴養或培植的 ♦ 野草 / 野貓 / 野兔。❹ 指不當政的地位 ♦ 下野 / 朝野 / 不在野。❺ 不受約束或難以約束 ♦ 野性。❻ 界限 ♦ 視野 / 分野。

【野仔】yé⁵zei² [粵] ❶ 私生子。❷ 罵人的話。野孩子。

【野老公】yé⁵lou⁵gung¹ [粵] 野男人；姘夫。

嘢 yé⁵ (jɛ⁵) [粵] ❶ 東西；物品 ♦ 買嘢（買東西）/ 食嘢（吃東西）。❷ 東西；傢伙。含貶義 ♦ 衰嘢（壞東西）/ 嗰隻嘢（那個傢伙）。❸ 活兒；事情 ♦ 冇嘢做（沒事做）/ 嗰個後生仔做嘢好落力（那位小伙子幹活挺賣力）。❹ 事；事情 ♦ 過嚟，我有嘢要同你傾（過來，我有事要跟你說）。❺ 語助詞 ♦ 真好嘢（好樣的）！❻ 量詞。相當於“下” ♦ 一嘢撞過嚟（一下撞了過來）。

夜 yé⁶ (jɛ⁶) [yè] [通] 從天黑到天亮的一段時間 ♦ 日夜 / 晝夜 / 夜生活 / 白天黑夜。[粵] 夜深；很晚 ♦ 咁夜仲唔瞓（這麼晚了還不睡）？/ 琴晚做到好夜（昨夜幹到深夜）。

【夜店】yé⁶dim³ [yèdiàn] [通] 夜晚可投宿的小旅店。[粵] 夜間營業的娛樂場所。

【夜街】yé⁶gai¹ [粵] ❶ 晚上逛街 ♦ 行夜街。❷ 娛樂場所較集中的街市。

【夜更】yé⁶gang¹ [粵] 夜班 ♦ 夜更車（夜班車）/ 值夜更（值夜班）。

【夜鬼】yé⁶guei² [粵] 夜貓子；喜歡晚睡的人。

【夜市】yé⁶xi⁵ [yèshì] [通] 夜間做生意的市場 ♦ 燈光夜市。

【夜來香】yé⁶loi⁴hêng¹ [yèláixiāng] [通] 草本植物。秋時開花，夜裏散發芳香。[方] 指大糞。也省作“夜香” ♦ 倒夜香（清糞）。

【夜晚黑】yé⁶man⁵hag¹ [粵] 晚上；夜間 ♦ 夜晚黑唔好出街（晚上別上街）。也說“晚黑” man⁵hag¹ 或“夜晚” yé⁶man⁵。

【夜麻麻】yé⁶ma⁴⁻¹ma⁴⁻¹ [粵] ❶ 深夜；很晚 ♦ 夜麻麻仲唔瞓（夜深了還不睡覺）？❷ 漆黑的夜；沒有燈火、月光的夜。

【夜遊神】yé⁶yeo⁴sen⁴ [粵] 夜貓子；慣於熬夜的人；過慣夜生活的人。

yeb

入 yeb⁶ (jɐp⁹) [rù] [通] ❶ 從外面進到裏面 ♦ 入場 / 進入 / 插入。❷ 參加 ♦ 入會 / 入學。❸ 收進 ♦ 入不敷出 / 量入為出。❹ 合乎 ♦ 入時 / 入情入理。

【入稟】yeb⁶ben² [方] 提起訴訟 ♦ 入稟法院（向法院提起訴訟）。

【入便】yeb⁶bin⁶ [粵] 裏頭；裏邊 ♦ 入便坐（裏頭坐）/ 入便冇嘢㗎（裏頭沒東西的呀）。

【入錶】yeb^{6}biu^{1} (粵) 往停車自動計費器投幣付費。

【入伙】yeb^{6}fo^{2} [rùhuǒ] (通) 搬進新屋；入住新居。

【入行】yeb^{6}hong^{4} (粵) 加入某一行業♦初入行。

【入紙】yeb^{6}ji^{2} (方) 遞交狀紙或申請文件。

【入職】yeb^{6}jig^{1} (方) 進入職務系列。

【入住】yeb^{6}ju^{6} (粵) 住旅館等♦入住新居 / 入住酒店。

【入味】yeb^{6}méi^{6} [rùwèi] (通) 有滋味；有味道。(粵) 配料味道進入食物。

【入嚟】yeb^{6}lei^{4} (粵) 進來。

【入錢】yeb^{6}qin$^{4-2}$ (粵) 把錢存入賬戶♦入錢落你袋（把錢裝進你的口袋，意指輕易讓你賺一筆）。

【入數】yeb^{6}sou^{3} (粵) 入賬；記賬。

【入圍】yeb^{6}wei^{4} (粵) 進入某種圈子、範圍♦佢仲未入圍（他還是圈外人）/ 奧斯卡金像獎入圍影片（奧斯卡金像獎入選影片）/ 買十張獎券冇一張入圍（買十張獎券沒有一張中獎）。

【入息】yeb^{6}xig^{1} (粵) 收入♦入息豐厚。

【入油】yeb^{6}yeo$^{4-2}$ (粵) 汽車加油。

【入肉】yeb^{6}yug^{6} (粵) 形容所受到的刺激或損失等十分厲害♦痛到入肉 / 蝕到入肉（虧損嚴重）。

【入罪】yeb^{6}zêu^{6} (粵) 定罪；判罪。

【入牆櫃】yeb^{6}cêng^{4}guei^{6} (粵) 壁櫥。也說“壁櫃” big^{1}guei^{6}。

【入伙紙】yeb^{6}fo^{2}ji^{2} (方) 建築物經檢查符合規定，可以入住的證書。

【入境紙】yeb^{6}ging^{2}ji^{2} (方) 入境許可證。

【入三甲】yeb^{6}sam^{1}gab^{3} (粵) 進入前三名。

【入薪點】yeb^{6}sen^{1}dim^{2} (方) 剛參加工作的薪金基數。也說“起薪點” héi^{2}sen^{1}dim^{2}。

【入息稅】yeb^{6}xig^{1}sêu^{3} (方) 收入調節稅。

【入座率】yeb^{6}zo^{6}lêd$^{6-2}$ (粵) 上座率。

【入鄉隨俗】yeb^{6}hêng^{1}cêu^{4}zug^{6} (粵) 入鄉隨鄉，指到甚麼地方就順隨那裏的風俗習慣和安排。

【入埋…佢數】yeb^{6}mai^{4}…kêu^{5}sou^{3} (粵) ❶ 記在某人的賬上。❷ 把責任歸咎於某人。

yed

一 yed^{1} (jɐt^{7}) [yī] (通) ❶ 數目字。最小的整數♦一些 / 一草一木 / 舉一反三。❷ 同一；相同♦一致 / 一樣 / 大小不一。❸ 全；滿♦一生 / 一無所知 / 煥然一新。❹ 專一♦一心一意 / 專心一意。❺ 另外的♦番茄一名西紅柿。❻ 放在重疊的動詞中間，表示稍微、輕微♦看一看 / 聽一聽。❼ 與“就”呼應，表示兩事時間緊接♦一學就會 / 一看就明白。(粵) 放在某些重疊單音節形容詞中間，表示“很”的意思♦打扮得靚一靚（打扮得非常漂亮）。

【一便】yed^{1}bin^{6} (粵) ❶ 一邊；一旁♦企埋一便（站到一邊）。❷ 邊♦一便行一便食（邊走邊吃）。

【一齊】yed^{1}cei$^{4-2}$ [yīqí] (通) 同時。(粵) 一起♦同佢坐埋一齊（跟他坐在一起）。

【一啲】yed¹di¹ [粵] ❶ 一點 ♦ 一啲都唔剩（一點不剩）。❷ 一些 ♦ 一啲人（一些人）。

【一哥】yed¹go¹ [粵] ❶ 頭兒；老大 ♦ 佢係呢度的一哥（他是這裏的頭兒）。❷ 爭強好勝的人。

【一係】yed¹hei⁶ [粵] 或者；要麼 ♦ 一係改期（要麼改期）/ 一係你嚟喇（要麼你來吧）。

【一路】yed¹lou⁶ [yīlù] [通] ❶ 全部行程；沿路。❷ 同行。❸ 同一類 ♦ 一路貨色。[粵] ❶ 一邊 ♦ 一路行一路傾（邊走邊談）。❷ 歷來；向來 ♦ 佢一路做緊呢行（他一向幹這一行）。

【一味】yed¹méi⁶⁻² [yīwèi] [通] 單純地；一個勁地 ♦ 一味求快 / 一味鍾意玩遊戲機。[粵] 菜色等單一、單調 ♦ 一味好餸（只有一道菜）/ 獨孤一味（比喻單一、單調）。

【一一】yed¹yed¹ [粵] 逐一；逐個 ♦ 呢啲人你都識，唔使我一一介紹喇啩（這些人你都認識，用不着我來逐一介紹了吧）？

【一於】yed¹yu¹ [粵] ❶ 堅決；決意 ♦ 一於同佢鬥到底（堅決跟他鬥到底）。❷ 一定要；怎麼也 ♦ 一於搵佢返嚟（一定要找他回來）。❸ 乾脆；就 ♦ 一於做完先走（乾脆幹完了才走）/ 一於噉話（就這麼着）。

【一陣】yed¹zen⁶ [粵] ❶ 一會兒；片刻 ♦ 坐一陣就走（坐一會兒就走）。❷ 一段時間；一段日子 ♦ 呢種式樣曾經流行過一陣（這種樣式曾經流行過一段時間。❸ 待會，表示假設 ♦ 一陣落雨點算（待會下雨怎麼辦）？

【一早】yed¹zou² [粵] ❶ 清早。❷ 早就，本來 ♦ 一早話俾你知咁做唔啱（早就告訴過你這樣做不行）。

【一把火】yed¹ba²fo² [粵] 冒火；滿肚子怒氣。

【一擔擔】yed¹dam³dam¹ [粵] 半斤八兩；彼此彼此 ♦ 佢兩個一擔擔（他們倆彼此彼此）。

【一堆跌】yed¹dêu¹lêu¹ [粵] ❶ 一堆堆的；成堆成堆的。❷ 一路貨。

【一啲啲】yed¹di¹di¹ [粵] 一個個人 ♦ 睇一啲啲人喇（一個個人不同；因人而異）。

【一刀切】yed¹dou¹qid³ [yīdāoqiē] [通] 比喻不顧具體的實際情況，都採取同一種方式處理。[方] 宰一刀；敲一筆。

【一度度】yed¹dou⁶dou⁶ [粵] 一個個地方 ♦ 一度度唔同(一個個地方不一樣)。

【一腳踢】yed¹gêg³tég³ [粵] ❶ 一手包辦；獨力完成。❷ 全部；所有 ♦ 呢啲嘢一腳踢買晒佢喇（這些東西全買了吧）？

【一嚿飯】yed¹geo⁶fan⁶ [粵] 呆板；笨拙。常用於罵人。

【一嚿溜】yed¹geo⁶leo⁶ [粵] 一塊塊的；一團團的。

【一嚿木】yed¹geo⁶mug⁶ [粵] 一塊木頭，比喻呆板、不靈活 ♦ 一嚿木噉，踢都踢唔郁（死木頭樣，推也推不動）。

【一嚿水】yed¹geo⁶sêu² [粵] 俗稱一百塊錢。

【一個骨】yed¹go³gued¹ [方] 四分之一，指時間一刻鐘，長度四分之一英尺，重量四分之一英磅。

【一口價】yed¹heo²ga³ [粵] 不二價。

【一枝公】yed¹ji¹gung¹ [粵] 光棍；獨身男人；一個男人。

【一字角】yed¹ji⁶gog³ [粵] 泛指角落♦縮埋一字角（躲在一個角落）。

【一輪嘴】yed¹lên⁴zêu² [粵] 形容人說話滔滔不絕。

【一路路】yed¹lou⁶lou⁶ [粵] 漸漸；越來越♦入冬以嚟，啲菜一路路貴（入冬以來，青菜越來越貴）。

【一碌杉】yed¹lug¹cam³ [粵] ❶一根杉木。❷比喻呆板、不靈活的人。

【一碌木】yed¹lug¹mug⁶ [粵] ❶一根木頭。❷比喻呆板、不靈活的人。

【一窿蛇】yed¹lung¹sé⁴ [粵] 一丘之貉；一夥壞人。

【一面屁】yed¹min⁶péi³ [粵] 碰得一鼻子灰；被人罵得狗血淋頭。

【一粒神】yed¹neb¹sen⁴⁻² [粵] 俗稱一毛錢。

【一粒骰】yed¹neb¹xig¹ [粵] 形容人的個子小。

【一粒嘢】yed¹neb¹yé⁵ [粵] 同"一粒神"。

【一拍行】yed¹pag³hang⁴ [粵] 並排走；肩並肩走。

【一坺迾】yed¹pég⁶lég⁶ [粵] 一鍋粥，比喻把事情弄到不可收拾的地步。

【一次過】yed¹qi³guo³ [粵] 僅此一次；一次性♦一次過搞啱（一次就弄妥）/ 一次過還啱筆數（一次性把債還清）。

【一身蟻】yed¹sen¹ngei⁵ [粵] 同"周身蟻"。

【一頭煙】yed¹teo⁴yin¹ [粵] 頭昏腦脹，熱氣上衝♦事情多到做唔切，搞到我近排一頭煙（事情太多做個沒完，弄得我最近頭昏腦脹）。

【一條數】yed¹tiu⁴sou³ [粵] 一樣的♦一條數啫（一樣的事）/ 又唔係一條數（不是一樣的事嗎）？

【一鑊泡】yed¹wog⁶pou⁵ [粵] 事情弄得一團糟，不可收拾♦俾佢搞到一鑊泡（讓他弄得一塌糊塗）。也說"成鑊泡" xing⁴wog⁶pou⁵。

【一鑊熟】yed¹wog⁶sug⁶ [粵] 一鍋煮，比喻大家一齊完蛋或畢其功於一役♦煲佢一鑊熟（大家一齊死）/ 一鑊熟，唔好留手尾（一次弄完，沒留手尾）。

【一時時】yed¹xi⁴⁻²xi⁴ [粵] ❶一個時候一個時候♦價錢好難講嘅，一時時價唔同（價錢很難說，時時不同）。❷有時；偶爾♦近排個胃仲有冇痛吖？——一時時喇（最近胃還痛不痛？——有時還痛）。

【一隻屐】yed¹zég³kég⁶ [粵] 垂頭喪氣，疲憊不堪的樣子♦俾老細搰到一隻屐噉（被老闆罵得垂頭喪氣）/ 做到一隻屐噉（幹得累垮了）。

【一隻乙】yed¹zég³yud⁶ [粵] 同"一隻屐"。

【一陣間】yed¹zen⁶gan¹ [粵] 同"一陣"。

【一陣陣】yed¹zen⁶zen⁶ [粵] ❶同一陣一陣。❷有些時候。

【一沉百踩】yed¹cem⁴bag³cai² [粵] 相當於"牆倒眾人推"。

【一抽二攏】yed¹ceo¹yi⁶leng³ [粵] ❶大包小包的。❷拖兒帶女的。

【一嘁都冇】yed¹dung⁶dou¹mou⁵ [粵] 一

點辦法也沒有，處於尷尬之中 ♦ 你咁樣當眾鬧佢，搞到佢一戚都冇（你這樣罵他，他會很尷尬的）。

【一家大細】yed1ga1dai6sei3 (粵) 一家老小。

【一個餅印】yed1go3béng2yen3 (粵) 比喻彼此一模一樣。

【一個二個】yed1go3yi6go3 (粵) 一個不剩地；全都 ♦ 你哋一個二個都冇用（你們一個個全都是廢物）。

【一殼眼淚】yed1hog3ngan5lêu6 (粵) 滿眶淚水，指傷心之極。

【一字咁淺】yed1ji6gem3qin2 (粵) 像“一”字那樣淺顯明白，形容事情、道理非常簡單。

【一朝竄紅】yed1jiu1qun3hung4 (粵) 指演員、歌手等一砲打響，很快走紅。

【一箸夾中】yed1ju6gab3zung3 (粵) 一猜便中，一語道破。

【一樓一鳳】yed1leo4yed1fung6 (方) 指在住家中賣淫的私娼。

【一買開二】yed1mai5hoi1yi6-2 (粵) 買一件得到了兩件，比喻得到意外的便宜。

【一岩一窟】yed1ngam4yed1fed1 (粵) ❶ 一塊一塊的。❷ 形容片狀物犬牙參差。

【一眼關七】yed1ngan5guan1ced1 (粵) 眼觀六路，耳聽八方。比喻要關照到各方面的事情。

【一拍兩散】yed1pag3lêng5san3 (粵) 指夫婦、情侶、合作夥伴關係等合不來而分手。

【一仆一碌】yed1pug1yed1lug1 (粵) 連滾帶爬。

【一石二鳥】yed1ség6yi6niu5 (粵) 一箭雙雕。

【一手一腳】yed1seo2yed1gêg3 (粵) 不假他人之手而獨力完成。

【一頭霧水】yed1teo4mou6sêu2 (粵) 莫名其妙；摸不着頭腦。

【一天光晒】yed1tin1guong1sai3 (粵) 一天雲霧散，比喻疑團、麻煩等一下子全排除掉。

【一鑊繑起】yed1wog6kiu5héi2 (粵) 徹底失敗；被迫破產。

【一時之間】yed1xi4ji1gan1 (粵) 突然間；即時；即刻。

【一時一樣】yed1xi4yed1yêng6 (粵) 一時一個樣。

【一日都係】yed1yed6dou1hei6 (粵) 全都怪 ♦ 一日都係我唔好（全怪我不好）。

【一日到黑】yed1yed6dou3hag1 (粵) ❶ 一天到晚 ♦ 一日到黑吟吟沉沉（一天到晚嘮嘮叨叨）。❷ 總而言之；歸根結底 ♦ 一日到黑都係佢喺度作怪（總而言之，是他在那裏搗鬼）。

【一人少句】yed1yen4xiu2gêu3 (粵) 各人少說一句，勸人不要再吵下去。

【一盅兩件】yed1zung1lêng5gin6 (粵) 一盅茶，兩件點心。

【一筆還一筆】yed1bed1wan4yed1bed1 (粵) 數目不能混淆。

【一腳踏兩船】yed1gêg3dab6lêng5xun4 (粵) 腳踏兩條船。

【一件還一件】yed1gin6wan4yed1gin6 (粵) 事情不能混淆。

【一節淡三墟】yed1jid3dam6sam1hêu1 (粵) 過了一個大的節日，市場會轉淡十天半個月。

【一匹布咁長】yed1ped1bou3gem3cêng4

㊥ 形容不是三言兩語可以說清的事情。

【一頭半個月】yed¹teo⁴bun³go³yud⁶ ㊥ 十天半個月。

【一就一，二就二】yed¹zeo⁶yed¹，yi⁶zeo⁶yi⁶ ㊥ 一是一，二是二。

【一世人流流長】yed¹sei³yen⁴leo⁴leo⁴cêng⁴ ㊥ 活在世上一輩子；人生一輩子。

【一本通書睇到老】yed¹bun²tung¹xu¹tei²dou³lou⁵ ㊥ 總是按老皇曆辦事，指因循舊例，墨守成規。

【一樣米養百樣人】yed¹yêng⁶mei⁵yêng⁵bag³yêng⁶yen⁴ ㊥ 一娘生九種，種種各不同。

日 yed⁶ (jɐt⁹) [rì] ㊣ ❶ 太陽 ♦ 日出 / 紅日 / 烈日。❷ 白天 ♦ 終日 / 白日。❸ 一晝夜 ♦ 今日 / 明日 / 連日。❹ 某一天 ♦ 生日 / 紀念日。❺ 一段時間 ♦ 往日 / 昔日 / 日內。㊥ 天 ♦ 琴日（昨天）/ 聽日（明天）/ 日日（天天）。

【日更】yed⁶gang¹ ㊥ 日班。

【日頭】yed⁶teo⁴⁻² ㊥ ❶ 太陽 ♦ 日頭好猛（太陽光很猛烈）。❷ 白天 ♦ 日頭瞓大覺（白天睡大覺）。

【日日】yed⁶yed⁶ ㊥ 天天；每天 ♦ 日日都要用。

【日嘈夜嘈】yed⁶cou⁴yé⁶cou⁴ ㊥ 整天吵架；老吵架。

【日掛夜掛】yed⁶gua³yé⁶gua³ ㊥ 日夜掛念；朝思暮想。

【日光日白】yed⁶guong¹yed⁶bag⁶ ㊥ 青天白日的。

【日捱夜捱】yed⁶ngai⁴yé⁶ngai⁴ ㊥ 日夜辛勞。

【日哦夜哦】yed⁶ngo⁴yé⁶ngo⁴ ㊥ 整天嘮叨；絮絮不休。

溢 yed⁶ (jɐt⁹) [yì] ㊣ ❶ 充滿而流出來 ♦ 洋溢 / 河水漫溢。❷ 過分 ♦ 溢美之詞。

【溢利】yed⁶léi⁶ ㊍ 贏利 ♦ 年溢利過百萬（一年贏利超過百萬）。

yêg

約（约）yêg³ (jœk⁸) [yuē] ㊣ ❶ 預先說定 ♦ 預約。❷ 邀請 ♦ 約請 / 特約記者。❸ 限制；拘束 ♦ 制約。❹ 節儉 ♦ 節約 / 儉約 / 簡約。❺ 共同訂立，要共同遵守的條文 ♦ 條約 / 公約 / 合約 / 租約。❻ 大概 ♦ 約略 / 約計 / 大約。

【約莫】yêg³mog⁶⁻² [yuēmo] ㊣ 大概估計 ♦ 約三十零歲（大概三十來歲）。

虐 yêg⁶ (jœk⁹) [nüè] ㊣ 殘暴兇狠 ♦ 暴虐 / 肆虐。

【虐畜】yêg⁶cug¹ ㊍ 虐待動物。

【虐老】yêg⁶lou⁵ ㊍ 虐待老人。

【虐兒】yêg⁶yi⁴ ㊍ 虐待兒童。

若 yêg⁶ (jœk⁹) [ruò] ㊣ ❶ 如果 ♦ 若是 / 倘若。❷ 如；像 ♦ 若無其事 / 旁若無人 / 呆若木雞。

【若果】yêg⁶guo² ㊥ 如果。

【若然】yêg⁶yin⁴ ㊥ 要是；如若。

弱 yêg⁶ (jœk⁹) [ruò] ㊣ ❶ 力氣小；勢力小 ♦ 弱小 / 軟弱 / 微弱 / 脆弱。❷ 年紀小 ♦ 弱冠 / 弱年 / 老弱。❸ 接在分數或小數後面表示略為不足 ♦ 三分之一弱。㊥ 虛弱 ♦ 身子弱（身體虛弱）。

【弱能】yêg6neng4 (方) 身體機能有殘疾。

【弱智宿舍】yêg6ji3sug1sé3 (方) 收容弱智人士的機構。

【弱能人士】yêg6neng4yen4xi6 (方) 生理有缺陷的人。

藥(药) yêg6 (jœk9) [yào] (通) ❶用來治病的物品 ♦ 中藥 / 西藥 / 草藥。❷某些有化學作用的物質 ♦ 火藥 / 炸藥 / 毒藥。❸用藥物治療 ♦ 不可救藥。❹用藥物毒殺 ♦ 藥老鼠。

【藥酒】yêg6zeo2 [yàojiǔ] (通) 經藥材浸泡過的酒，如人參酒、三蛇酒等。

yei

曳 yei5 (jɐi5) (粵) ❶差；劣；次 ♦ 手工好曳（手工太差）/ 呢隻米好曳（這種米質量太次）。❷頑皮；搗蛋；不聽話；不爭氣 ♦ 個衰仔係曳啲，但係做嘢都幾落力（那小傢伙是有點頑皮，但幹活還是挺賣力的）。

yem

音 yem1 (jɐm1) [yīn] (通) ❶聲 ♦ 聲音 / 雜音 / 擴音器。❷消息 ♦ 佳音。

【音線】yem1xin3 (方) 音色；音質。

陰(阴) yem1 (jɐm1) [yīn] (通) ❶暗；光線照不到 ♦ 陰影 / 陰暗 / 樹陰 / 背陰。❷天空被雲遮住 ♦ 天陰 / 陰雨。❸隱蔽的；不外露的 ♦ 陰溝 / 陰部。❹詭詐的；不光明正大 ♦ 陽奉陰違。❺生殖器，有時特指女性生殖器 ♦ 陰道 / 陰莖。❻帶負電的 ♦ 陰電 / 陰極。❼山的北面，水的南面。多用於地名 ♦ 華陰（華山之北）/ 江陰（長江之南）。❽指時間 ♦ 光陰 / 寸陰。(粵) ❶陰險；陰毒 ♦ 嗰個工頭夠晒陰（那工頭陰險得很）。❷暗算；暗害 ♦ 想陰我（想暗算我）？/ 俾人陰咗仲唔知（被人暗算還不覺察）。

【陰乾】yem1gon1 (粵) ❶放在陽光照不到的地方使其慢慢變乾。❷ (方) 價格逐漸下跌。

【陰功】yem1gung1 [yīngōng] (通) 同"陰德"。(粵) ❶造孽；殘忍 ♦ 唔好咁冇陰功孿個仔出街（不要這麼殘忍把孩子攆出家門）。❷可憐 ♦ 死得咁慘，真係陰功咯（死得這麼慘，真可憐）！

【陰濕】yem1seb1 (粵) 陰險；奸詐，卑劣，猥瑣。也說"陰陰濕濕" yem1yem1seb1seb1。

【陰卒】yem1zêd1 (粵) 陰險；狠毒。

【陰陰凍】yem1yem1dung3 (粵) 天氣微寒。

【陰陰笑】yem1yem1xiu3 (粵) 竊笑；偷偷作笑。

【陰司紙】yem1xi1ji2 (粵) 冥鈔。

【陰聲細氣】yem1sêng1sei3héi3 (粵) 柔聲細氣，低聲細語。

髫 yem1 (jɐm1) (粵) 劉海；女子額前的短髮。

飲(饮) yem2 (jɐm2) [yǐn] (通) ❶喝 ♦ 飲酒 / 飲食業 / 飲水思源。❷可喝的東西 ♦ 飲料 / 冷飲。❸含忍；心裏存着 ♦ 飲恨 / 飲泣吞聲。(粵) ❶喝 ♦ 飲湯（喝湯）/ 飲唔飲嘢吖（喝不喝點飲料）？❷特指喝喜酒

♦ 幾時請飲（甚麼時候請喝喜酒）？ / 佢去咗飲（他喝喜酒去了）。

【飲杯】yem²bui¹ [粵] ❶ 喝一杯。❷ 碰杯。

【飲茶】yem²ca⁴ [粵] ❶ 喝茶 ♦ 飲茶有助消化（喝茶有助消化）。❷ 有時指喝開水。❸ 專指上茶樓、餐館喝茶、吃點心 ♦ 請飲茶（請上茶樓喝茶）/ 飲早茶 / 飲下午茶。

【飲衫】yem²sam¹ [粵] 赴宴時穿的漂亮衣服。

【飲筒】yem²tung⁴⁻² [粵] 喝飲料的吸管。

【飲勝】yem²xing³ [粵] 乾杯 ♦ 飲勝佢（把這杯乾了）！

【飲薑酒】yem²gêng¹zeo² [粵] 喝滿月酒。

【飲水尾】yem²sêu²méi⁵ [粵] 喝剩湯，比喻分享最後剩餘的利益。也説"食水尾" xig⁶sêu²méi⁵。

【飲飽食醉】yem²bao²xig⁶zêu³ [粵] 吃飽喝足。

【飲得杯落】yem²deg¹bui¹log⁶ [粵] 可以開懷暢飲了，形容某事獲得成功或渡過某種難關的喜悦心情。

【飲頭啖湯】yem²teo⁴dam⁶tong¹ [粵] 喝第一口湯；試頭兒水。比喻獲得他人尚未得到的好處。

【飲咗門官茶】yem²zo²mun⁴gun¹ca⁴ [粵] 比喻笑口常開。

蔭（蔭）yem³ (jɐm³) [yìn] [通] ❶ 陽光照不到，又涼又潮 ♦ 這屋子很蔭。❷ 封建時代指由於先輩有功而給予子孫任官等特權 ♦ 封妻蔭子。[粵] ❶ 滲透 ♦ 雨水蔭晒落地（雨水全滲進地裏）。❷ 灌溉 ♦ 趕水蔭田（引水灌田）。

任 yem⁶ (jɐm⁶) [rèn] [通] ❶ 相任；信賴 ♦ 信任。❷ 任用 ♦ 委任 / 任人唯賢。❸ 擔當；負擔 ♦ 擔任 / 兼任 / 任勞任怨。❹ 職務 ♦ 到任 / 上任 / 身兼二任。❺ 由着；聽憑 ♦ 聽任 / 放任。❻ 隨便；不論 ♦ 任人皆知 / 任誰都不准無證出入。[粵] 隨意；儘管 ♦ 任佢點鬧都唔出聲（隨他怎麼罵也不作聲）。

【任…唔嬲】yem⁶…m⁴neo¹ [粵] 隨意…；盡可以 ♦ 任揀唔嬲（隨意挑選）/ 任食唔嬲（儘管吃）。

yen

人 yen¹ (jɐn¹) [粵] 口語變音。用於"一個人"、"捉兒人"等詞 ♦ 一個人去冇乜意思（一個人去沒多大意思）/ 得我一個人喺屋企（就我一個人在家）。

☞ 另見 430 頁 yen⁴。

因 yen¹ (jɐn¹) [yīn] [通] ❶ 原因；緣故 ♦ 原因 / 起因 / 事出有因。❷ 沿襲 ♦ 因襲 / 陳陳相因。❸ 憑藉；根據 ♦ 因勢利導 / 因陋就簡 / 因人成事。❹ 由於某種理由或緣故 ♦ 因小失大 / 因病請假 / 因故遲到。[粵] 算；估計 ♦ 因吓時間（算算時間）/ 因吓啲位（估計一下地方）。

【因何】yen¹ho⁴ [粵] 為甚麼。

【因住】yen¹ju⁶ [粵] ❶ 當心；留神 ♦ 你因住嚟先好（你可要當心着點兒）/ 因住路滑跌倒（小心路滑摔跤）。❷ 估計；可着 ♦ 因住啲錢嚟使（可着錢用）/ 因住塊布料嚟做（可着這塊布料裁製）。

【因應】yen1ying3 粵 適應；順應 ♦ 因應時局變化（順應時局變化）。

【因加得減】yen1ga1deg1gam2 粵 弄巧成拙。

甄 yen1/zen1 (jɐn1/dzɐn1) [zhēn] 通 審查；考核 ♦ 甄拔人才。

【甄別賽】yen1bid6coi3 方 選拔賽。

忍 yen2 (jɐn2) [rěn] 通 ❶ 抑制感情和痛苦使不表現出來 ♦ 忍辱負重。❷ 狠心 ♦ 殘忍 / 於心不忍。

【忍唔住】yen2m4ju6 粵 忍不住；忍受不了。

人 yen4 (jɐn4) [rén] 通 ❶ 能製造工具並使用工具進行勞動的高等動物。❷ 成年人 ♦ 長大成人。❸ 每人；一般人 ♦ 人手一冊 / 人所共知。❹ 別人 ♦ 人云亦云 / 助人為樂。❺ 指人的品質、性情 ♦ 丟人 / 他人不老實。❻ 指人的身體 ♦ 這幾天人不大精神。

【人版】yen4ban2 方 典型人物。

【人哋】yen4déi6 粵 人家；別人 ♦ 人哋有人哋嘅打算（人家有人家的打算）。

【人乾】yen4gon1 粵 木乃伊。形容瘦骨嶙峋。

【人工】yen4gung1 [réngōng] 通 ❶ 出於人力的 ♦ 人工降雨。❷ 用人力的 ♦ 人工攪拌。粵 ❶ 工錢；工資 ♦ 一個月就幾多人工（一個月工資多少）？❷ 工夫 ♦ 重新裝修太費人工（重新裝修太費工夫）。❸ 手工；手藝。

【人客】yen4hag3 粵 客人。

【人球】yen4keo4 粵 兒女不願奉養的老年父母，把他們像皮球一樣在兒女各家之間踢來踢去。

【人嚟】yen4lei4 粵 來人哪！

【人面】yen4min6-2 粵 人情；面子 ♦ 人面熟（人情關係熟）。

【人魔】yen4mo1 方 男同性戀者。

【人蛇】yen4sé4 粵 坐船偷渡者。

【人手】yen4seo2 [rénshǒu] 通 ❶ 每個人的手裏 ♦ 人手一冊。❷ 幹具體事的人 ♦ 人手不夠。

【人妖】yen4yiu2 粵 男性變女性的變性人。

【人渣】yen4za1 粵 罵人的話。社會渣滓；敗類。

【人頭量】yen4teo4lêng6 粵 人數。

【人事保】yen4xi6bou2 方 監外候審保證金。

【人夾人緣】yen4gab3yen4yun4 粵 有人緣才有朋友。

【人急智生】yen4geb1ji3sang1 粵 情急生智。

【人丁單薄】yen4ding1dan1bog6 粵 人口少。

【人細鬼大】yen4sei3guei2dai6 粵 人小點子多，年紀小卻懂得成年人的事。

【人心肉做】yen4sem1yug6zou6 粵 憑着良心。

【人有三急】yen4yeo5sam1geb1 粵 婉指要上廁所。

【人多手腳亂】yen4do1seo2gêg3lün6 粵 形容人多反而顯得忙亂。

【人多好做作】yen4do1hou2zou6zog3 粵 人多好辦事。

【人懶冇藥醫】yen4lan5mou5yêg6yi1 粵 懶惰成性，無藥可醫。對懶人無可奈何的責備。

【人情緊過債】yen⁴qing⁴gen²guo³zai³ ㊥ 償還人情比償還債務還要緊迫。

【人情薄過紙】yen⁴qing⁴bog⁶guo³ji² ㊥ 人情如紙薄。

【人生路不熟】yen⁴sang¹lou⁶bed¹sug⁶ ㊥ 人生地不熟 ♦ 人地生疏。

【人心當狗肺】yen⁴sem¹dong³geo²fei³ ㊥ 比喻對別人的一番好意不領情。

【人心隔肚皮】yen⁴sem¹gag³tou⁵péi⁴ ㊥ 人心難測。

【人多烚狗唔稔】yen⁴do¹sab⁶geo²m⁴nem⁴ ㊥ 人手多反而忙亂做不成事。

【人老精，鬼老靈】yen⁴lou⁵zéng¹, guei²lou⁵léng⁴ ㊥ 薑是老的辣。

【人一世，物一世】yen⁴yed¹sei³, med⁶yed¹sei³ ㊥ 人生幾何。

【人有三衰六旺】yen⁴yeo⁵sam¹sêu¹lug⁶wong⁶ ㊥ 人生有不如意之時，也有得意的日子。

【人心不足蛇吞象】yen⁴sem¹bed¹zug¹sé⁴ten¹zêng⁶ ㊥ 比喻貪得無厭。

☞ 另見 429 頁 yen¹。

引 yen⁵ (jɐn⁵) [yǐn] ㊟ ❶ 拉；牽 ♦ 引線／牽引／引而不發。❷ 領；帶 ♦ 引航／引人入勝／引狼入室。❸ 退避 ♦ 引退／引避。❹ 招惹 ♦ 招引／逗引／引人注目。❺ 用來作證據或理由 ♦ 引證／引用／引述／引經據典。㊥ 挑逗；招惹 ♦ 引細路仔（逗小孩子）／引到佢口水繏繏渧（惹得他口水直流）。

【引蛇入屋】yen⁵sé⁴yeb⁶ngug¹ ㊥ 引狼入室，比喻把敵人或壞人引入內部。

【引狼入屋拉雞仔】yen⁵long⁴yeb⁶ngug¹lai¹gei¹zei² ㊥ 引狼入室，招致禍患。

癮 (瘾) yen⁵ (jɐn⁵) [yǐn] ㊟ 特別深的嗜好 ♦ 煙癮／酒癮／上癮。㊥ 癮頭；興趣 ♦ 玩起上嚟又幾有癮（玩上手了還真有癮頭）／我對呢啲事冇乜癮（對這種事我沒有興趣）。

yên

膶 yên² (jœn²) ㊥ 在日常用語中常用以取代"肝"或"乾" ♦ 豬膶（豬肝）／雞膶（雞肝）／鵝膶（鵝肝）／豆腐膶（豆腐乾）。

【膶腸】yen²cêng⁴⁻² ㊥ 用豬肝和豬肉製成的香腸。

潤 (润) yên⁶ (jœn⁶) [rùn] ㊟ ❶ 濕燥適中 ♦ 濕潤／潮潤／潤澤。❷ 加油或水，使不乾燥 ♦ 潤滑／潤腸／潤嗓子。❸ 細膩光滑 ♦ 紅潤／豐潤／珠圓玉潤。❹ 修飾文字，使有光彩 ♦ 潤色／潤飾。❺ 利益；好處 ♦ 利潤。㊥ ❶ 給甜頭 ♦ 潤吓佢（給他點甜頭）／潤都唔潤吓（一點甜頭也不給）。❷ 滋潤 ♦ 呢味嘢都幾潤嘅（這玩意挺滋潤的）。

yéng

贏 (赢) yéng⁴ (jɛŋ⁴) ㊥ 口語音 ♦ 呢場波整定係佢哋贏嘅（這場球注定該他們獲勝）。

yêng

抰 yêng¹ (jœŋ¹) ㊥ 因客氣而推讓 ♦ 些少嘢啫，唔好抰嚟抰去（一點小意思，別推來推去）。

☞ 另見本頁 yêng^{2}。

抰 yêng^{2} (jœŋ^{2}) (粵) ❶ 抖；抖動 ♦ 抰吓張被（把被子抖一抖）。❷ 抖；炫耀 ♦ 抰乜嘢喎（抖甚麼呀）？❸ 抖；揭老底 ♦ 抰晒佢啲衰嘢出嚟（把他的臭老底全抖出來）。

☞ 另見 431 頁 yêng^{1}。

樣（样） yêng^{2} (jœŋ^{2}) (粵) 口語變音。樣子；模樣 ♦ 有樣學樣（見甚麼樣子學甚麼樣子）/ 個樣都幾好睇（模樣兒挺好看的）。

☞ 另見本頁 yêng^{6}。

羊 yêng^{4} (jœŋ^{4}) [yáng] (通) ❶ 哺乳動物，反芻類，有山羊、綿羊、羚羊等多種。皮毛可製衣，肉、乳供食用。❷ 姓。

【羊牯】 yêng^{4}gu^{2} (粵) 傻瓜；蠢蛋；容易受騙的蠢傢伙 ♦ 做咗羊牯（給人愚弄了）。

【羊咩】 yêng^{4}mé^{1} (粵) 羊。

洋 yêng^{4} (jœŋ^{4}) [yáng] (通) ❶ 地球表面比海更大的水域 ♦ 海洋 / 太平洋 / 北冰洋。❷ 盛大；多 ♦ 洋洋大觀 / 洋洋灑灑。❸ 外國的 ♦ 洋人 / 洋貨。❹ 現代化的 ♦ 洋辦法 / 土洋結合。

【洋樓】 yêng^{4}leo$^{4-2}$ (粵) 洋房。

【洋瓷】 yêng^{4}qi^{4} (粵) 搪瓷 ♦ 洋瓷面盆。

【洋燭】 yêng^{4}zug^{1} (粵) 洋蠟；蠟燭。

養（养） yêng^{5} (jœŋ^{5}) [yǎng] (通) ❶ 撫育；供給生活資料和生活費用 ♦ 撫養 / 供養 / 奉養。❷ 飼養；培植 ♦ 養魚 / 養豬 / 養雞 / 養花。❸ 生育 ♦ 生養 / 她養了一個兒子。❹ 使身心得到滋補和休息 ♦ 休養 / 補養 / 療養。❺ 保護；修復 ♦ 養路 / 保養 / 養護工。❻ 培育；修身 ♦ 培養 / 教養 / 修養。❼ 扶持；幫助 ♦ 以農養牧。

【養顏】 yêng^{5}ngan^{4} (粵) 對容顏有保養作用；保養容顏。

【養眼】 yêng^{5}ngan^{5} (粵) 看着舒服、悅目。

【養白兔】 yêng^{5}bag^{6}tou^{3} (粵) 女人養小白臉。

【養唔熟】 yêng^{5}m^{4}sug^{6} (粵) 難以馴服；馴服不了。

釀（酿） yêng^{6} (jœŋ^{6}) [niàng] (通) ❶ 利用發酵作用製造 ♦ 釀酒 / 釀造 / 醞釀。❷ 蜜蜂做蜜 ♦ 釀蜜。❸ 逐漸形成 ♦ 釀成事故。❹ 酒 ♦ 佳釀。(粵) 將魚茸、肉末等塞入豆腐、瓜、辣椒等裏面再煎或煮 ♦ 釀豆腐 / 釀苦瓜 / 釀辣椒。

樣（样） yêng^{6} (jœŋ^{6}) [yàng] (通) ❶ 形狀 ♦ 圖樣 / 模樣。❷ 作為標準的東西 ♦ 榜樣 / 貨樣。❸ 量詞。表示事物的種類 ♦ 幾樣菜 / 各式各樣。

【樣版】 yêng^{6}ban^{2} (方) 貨樣；樣品。

☞ 另見本頁 yêng^{2}。

yeo

蚯 yeo^{1} (jɐu^{1}) [qiū]

【蚯蚓】 yeo^{1}yen^{5} [qiūyǐn] (通) 環節動物。身體長圓、柔軟，生活在土壤中。方言叫“黃犬” wong^{4}hün^{2}，中醫入藥叫“地龍” déi^{6}lung$^{4-2}$。

休 yeo¹ (jɐu¹) [xiū] [通] ❶ 歇息 ◆ 午休 / 退休。❷ 停止 ◆ 休會 / 罷休。❸ 吉慶；歡樂 ◆ 休戚與共 / 休戚權關。❹ 副詞。不要；別 ◆ 休想 / 休得無禮。

【休閒裝】yeo¹han⁴zong¹ [粵] 假日在家休息或出外遊樂時穿的服裝。也說 "休閒服" yeo¹han⁴fug⁶。

優(优) yeo¹ (jɐu¹) [yōu] [通] ❶ 好，跟"劣"相對 ◆ 優質 / 優美。❷ 舊指演戲的人 ◆ 優伶 / 女優。[粵] 往上提拉 ◆ 優高啲條褲(把褲子往上提一提)。

【優皮】yeo¹péi⁴ [方] 英 yuppie 音譯。城市職業青年。

憂(忧) yeo¹ (jɐu¹) [yōu] [通] ❶ 發愁；擔心 ◆ 憂煩 / 擔憂。❷ 令人憂愁的事 ◆ 隱憂 / 內憂外患。[粵] ❶ 愁；憂慮 ◆ 而家唔憂食唔憂着(現在不愁吃不愁穿)。❷ 擔心 ◆ 實會搵番嘅，你使憂(一定會找到的，你何必擔心)？/ 我憂佢搵唔到嘢做(我擔心他找不到工作做)。

【憂心】yeo¹sem¹ [yōuxīn] [通] 憂愁的心情 ◆ 憂心忡忡。[粵] 擔心；擔憂 ◆ 唔使咁憂心嘅(用不着這麼擔憂)。

友 yeo² (jɐu²) [粵] 口語變音。❶ 愛好者 ◆ 拍友(攝影愛好者) / 釣友(釣魚愛好者)。❷ 傢伙；小子 ◆ 嗰條友(那傢伙)。❸ 稱具有某種特點的人。含貶義 ◆ 牙擦友(驕傲自負的人) / 掗拃友(粗魯霸道的人)。

【友仔】yeo²zei² [粵] 傢伙；小子 ◆ 嗰條友仔認真係奸(那小子十分狡詐)。

☞ 另見 434 頁 yeo⁵。

油 yeo² (jɐu²) [粵] 口語變音。❶ 油漆 ◆ 油油(塗油漆) / 買啲油返嚟(買點油漆回來)。❷ 機油；汽油 ◆ 上油(加機油) / 入油(加汽油)。

☞ 另見本頁 yeo⁴。

由 yeo² (jɐu²) [粵] 口語變音。"由得"的省略說法。隨便；不計較 ◆ 由佢喇(算了吧) / 唔好理佢，由佢想點就點(別管他，隨便他怎麼做吧)。

柚 yeo² (jɐu²) [粵] 口語音。柚木，碌柚，沙田柚。

幼 yeo³ (jɐu³) [yòu] [通] ❶ 年紀小；未長成 ◆ 幼年 / 幼蟲 / 幼苗。❷ 小孩 ◆ 婦幼保健 / 尊老愛幼 / 扶老攜幼。[粵] 細 ◆ 幼紗(細紗) / 幼冷(細毛綫) / 條繩太幼(繩子太細)。

【幼細】yeo³sei³ [粵] ❶ 細小；纖細 ◆ 呢度嘅沙幾幼細(這裏的沙子十分細小)。❷ 精細 ◆ 啲手工都幾幼細(手工挺精細的)。

【幼滑】yeo³wad⁶ [粵] 軟滑；嫩滑 ◆ 啲豆腐幾幼滑(豆腐很嫩滑)。

【幼鹽】yeo³yim⁴ [粵] 細鹽；精鹽。

【幼稚園】yeo³ji⁶yun⁴⁻² [方] 幼兒園。

油 yeo⁴ (jɐu⁴) [yóu] [通] ❶ 動植物體內所含的脂肪 ◆ 豬油 / 菜油 / 花生油。❷ 礦產中的液態燃料 ◆ 石油 / 汽油 / 柴油。❸ 用油漆塗抹 ◆ 油窗户 / 油傢具。❹ 像油一樣有光澤 ◆ 油亮 / 油光發亮。❺ 圓滑 ◆ 油嘴滑舌 / 油腔滑調 / 這小子油得很。[粵] 塗；刷；漆 ◆ 油油(髹油漆) / 油灰水(刷灰水) / 油成紅色(漆成紅色)。

【油雞】yeo^{4}gei^{1} (粵) ❶ 一種偷油吃的昆蟲，多在廚房裏活動。❷ 炸食物時殘留在油鍋裏的碎屑。

【油角】yeo^{4}gog$^{3-2}$ (粵) 油炸餃子。粵俗的年宵食品，多用花生、芝麻、椰絲、白糖等做餡。也叫"角仔"gog^{3}zei^{2}。

【油蓺】yeo^{4}ji^{1} (粵) 皮膚病的一種。多長在會陰部陰囊處，中醫叫"繡球風"。也叫"油蓺粒" yeo^{4}ji^{1}neb^{1}。

【油瓶】yeo^{4}ping^{4} [yóupíng] (通) 盛油的瓶子。(粵) 隨母改嫁的孩子。含貶義。

【油水】yeo^{4}sêu^{2} [yóushuǐ] (通) ❶ 飯菜所含的脂肪質。❷ 比喻額外的好處。

【油耳】yeo^{4}yi^{5} (粵) 指經常分泌黃色黏液的耳朵，跟"糠耳"相對。

【油渣】yeo^{4}za^{1} [yóuzhā] (通) 動植物榨出油後的渣滓。(粵) ❶ 輕柴油。❷ 食油殘留的渣滓。

【油嘴】yeo^{4}zêu^{2} [yóuzuǐ] (通) 説話油滑，善於狡辯。(粵) 挑好的東西才吃。

【油香餅】yeo^{4}hêng^{1}béng^{2} (粵) 一種油炸麵食。

【油脂飛】yeo^{4}ji^{1}féi^{1} (粵) 打扮花裏胡哨的小阿飛。

【油脂舞】yeo^{4}ji^{1}mou^{5} (粵) 油脂仔、油脂女愛跳的舞蹈。

【油脂女】yeo^{4}ji^{1}nêu$^{5-2}$ (粵) 打扮花裏胡哨的女青少年。

【油脂仔】yeo^{4}ji^{1}zei^{2} (粵) 打扮花裏胡哨的男青少年。

【油脂裝】yeo^{4}ji^{1}zong^{1} (粵) 油脂仔、油脂女習穿的服飾。

【油紙遮】yeo^{4}ji^{2}zé^{1} (粵) 紙傘。

【油麥菜】yeo^{4}meg^{6}coi^{3} (粵) 苣菜的一種。

【油淰淰】yeo^{4}nem^{6}nem^{6} (粵) 油乎乎；油汪汪。

【油炸鬼】yeo^{4}za^{3}guei^{2} (粵) 油條。

【油炸蟹】yeo^{4}za^{3}hai^{5} (粵) 指橫行霸道的人。

【油鹽醬醋】yeo^{4}yim^{4}zêng^{3}cou^{3} (粵) 相當於"柴米油鹽"，泛指日常生活的必需品。

【油浸唔肥】yeo^{4}zem^{3}m^{4}féi^{4} (粵) 形容人天生消瘦，怎麼吃也吃不胖。

☞ 另見 433 頁 yeo^{2}。

游 yeo^{4} (jɐu^{4}) [yóu] (通) ❶ 在水中運動 ♦ 游魚。❷ 江河的一段 ♦ 上游 / 下游。

【游水】yeo^{4}sêu^{2} [yóushuǐ] (通) ❶ 游泳。❷ 在水裏游的 ♦ 游水海鮮。

遊 (游) yeo^{4} (jɐu^{4}) [yóu] (通) ❶ 不固定 ♦ 遊牧 / 遊擊。❷ 閒逛；玩耍 ♦ 遊歷 / 遊玩 / 旅遊。❸ 來往；交往 ♦ 交遊甚廣。

【遊埠】yeo^{4}feo^{6} (粵) 到世界各地遊歷。

【遊車河】yeo^{4}cé^{1}ho$^{4-2}$ (粵) 乘車兜風遊覽。

【遊船河】yeo^{4}xun^{4}ho$^{4-2}$ (粵) 乘船兜風遊覽。

友 yeo^{5} (jɐu^{5}) [yǒu] (通) ❶ 朋友 ♦ 好友 / 良師益友。❷ 有友好關係的 ♦ 友人 / 友邦。❸ 相好；關係密切 ♦ 友善。(粵) ❶ 朋友；伴侶 ♦ 老友（老朋友）/ 豬朋狗友（壞朋友）。❷ 稱有某種不良嗜好的人 ♦ 道友（吸毒者）。

【友誼波】yeo^{5}yi^{4}bo^{1} (粵) 為增進友誼而

舉行的球賽，泛指交情、友情♦大家打友誼波啫（咱們講交情）。

【友誼章】yeo⁵yi⁴zêng¹ [方] 打麻將時故意讓別人贏的打法。

☞另見433頁yeo²。

有 yeo⁵ (jɐu⁵) [yǒu] [通] ❶ 表示所屬、領有♦具有／擁有／我有一本書。❷ 表示存在♦屋裏有十幾個人／牆上有幅畫。❸ 表示發生或出現♦他有病了／情況有了變化。❹ 表示估量或比較♦樓高有三十多米／井水有一丈深。❺ 表示大、多等♦有學問／有經驗／有膽量／有福氣。❻ 泛指人和事，跟"某"、"某些"相近♦有一天／有人違反紀律。❼ 用在某些動詞前，表示客氣♦有勞／有請。

【有寶】yeo⁵bou² [粵] 對某些事物表示輕蔑的用語♦好似有寶噉（自以為很了不起）／乜嘢咁有寶（甚麼東西那麼了不起）。

【有突】yeo⁵ded⁶ [粵] 有多；有餘♦煲飯夠三個人食有突（這煲飯三個人吃不完）。

【有得】yeo⁵deg¹ [粵] ❶ 值得♦呢單嘢有得諗（這事值得考慮）。❷ 有；足夠♦生意有得你做（生意夠你做的）。

【有限】yeo⁵han⁶ [yǒuxiàn] [通] ❶ 有一定限度。❷ 數量不多；程度不高♦剩番有限（所剩不多）。[粵] 表示性質、程度上受到限制，相當於"不怎麼"♦好人有限（人不怎麼好）／多極有限（不怎麼多）／靚極有限（不怎麼漂亮）。

【有行】yeo⁵hong⁴ [粵] 有希望；有可能，跟"冇行"相對。

【有之】yeo⁵ji¹ [粵] 表示判斷、估計♦佢呃你都有之（他可能騙了你）／佢先返咗屋企都有之（他或許先回家了呢）？

【有料】yeo⁵liu⁶⁻² [粵] ❶ 有本領；有能耐♦幾有料嘅（挺有本事的）。❷ 有情況♦有料到（有情況）。

【有晚】yeo⁵man⁵ [粵] 有一天晚上♦有晚我去搵你，咪撞見佢嘅（有天晚上我去找你，不是碰見過他嗎）？

【有排】yeo⁵pai⁴ [粵] 還有相當一段時間♦有排等（還要等很久）／有排未輪到你（該你還早着哩）。

【有心】yeo⁵sem¹ [yǒuxīn] [通] ❶ 有某種心思、想法♦有心唔（不）怕遲。❷ 存心；故意♦我唔係有心㗎（我不是故意的呀）／佢有心整蠱你（他存心作弄你）。[粵] 客套語。表示感謝別人的關心、問候、祝願等♦你嘅病好啲未吖？——好好多喇，你有心（你的病好點沒有？——好多了，謝謝你的關心）。

【有日】yeo⁵yed⁶ [粵] 有一天。

【有益】yeo⁵yig¹ [yǒuyì] [通] 有益處；有利♦有益身心健康。[粵] 特指食物等對身體有益處♦黃鱔炆飯幾有益嘅（鱔魚焖飯對身體很有好處）。

【有型】yeo⁵ying⁴ [粵] 有派頭♦讕有型噉（還自以為很有派頭呢）。

【有找】yeo⁵zao² [粵] 尚有零錢可找♦三十蚊有找（三十塊錢足夠，還有零錢要找）。

【有咗】yeo⁵zo² [粵] 懷孕了；有喜了。又稱"有餡"yeo⁵ham²。

【有把砲】yeo⁵ba²pao³ ㊣ 有辦法；有把握。

【有得執】yeo⁵deg¹zeb¹ ㊣ 有東西可撿，指有錢可賺、有利可圖等♦有得執都輪唔到你（有東西可撿也輪不着你）/ 你估有得執咩（你以為有那麼多横財呀）？

【有分數】yeo⁵fen¹sou³ ㊣ 有打算；有主意♦我自有分數（我自有安排）。

【有交易】yeo⁵gao¹yig⁶ ㊣ 生意可以做成♦十蚊有交易（十塊錢就可以做成買賣）。

【有幾何】yeo⁵géi²ho⁴⁻² ㊣ 少有；不經常♦有幾何話嚟探吓我吖（很少來探望我）。

【有景轟】yeo⁵ging²gueng¹⁻² ㊣ 有名堂；有蹊蹺；內有乾坤♦聽講佢兩個有景轟（聽説他們兩個關係曖昧）。也説"有路"you⁵lou⁶、"有嘢"you⁵yé⁵。

【有古講】yeo⁵gu²gong² ㊣ 説來話長。

【有血性】yeo⁵hüd³xing³ ㊣ 有種；有膽量；有骨氣。

【有蹺蹊】yeo⁵kiu¹kei¹ ㊣ 內有乾坤；裏面有鬼。

【有路數】yeo⁵lou⁶sou³ ㊣ 有門路；有線索。

【有味片】yeo⁵méi⁶pin² ㊍ 指色情影片、淫穢錄像。

【有牙力】yeo⁵nga⁴lig⁶ ㊣ 指説話有分量，能作數。

【有身己】yeo⁵sen¹géi² ㊣ 有了身子。

【有聲氣】yeo⁵séng¹héi³ ㊣ 有希望；有着落。

【有數為】yeo⁵sou³wei⁴ ㊣ 合算；划得來♦呢單生意有數為（這單生意划得來）。

【有着數】yeo⁵zêg⁶sou³ ㊣ 有便宜可佔；有好處可得♦咁做你仲有着數㖭（這樣做對你還有好處呢）。

【有陣時】yeo⁵zen⁶xi⁴⁻² ㊣ 有些時候，有時。

【有驚無險】yeo⁵géng¹mou⁴him² ㊣ 虛驚一場。

【有口無心】yeo⁵heo²mou⁴sem¹ ㊣ 嘴上是這麼説，心裏可沒這麼想，用來對失言表示歉意。

【有理冇理】yeo⁵léi⁵mou⁵léi⁵ ㊣ 不管三七二十一；不管有沒有道理♦有理冇理先搞掂佢先（不管三七二十一，先弄妥了再説）。

【有傾有講】yeo⁵king¹yeo⁵gong² ㊣ 有説有笑♦佢兩個有傾有講，唔似嗌過交嗰（他們倆有説有笑，不像是吵過架）。

【有紋有路】yeo⁵men⁴yeo⁵lou⁶ ㊣ 有條理；有章法。

【有毛有翼】yeo⁵mou⁴yeo⁵yig⁶ ㊣ 翅膀長硬了，比喻長大成人。

【有冇搞錯】yeo⁵mou⁵gao²co³ ㊣ ❶ 表示異議，語氣較委婉，相當於"有沒弄錯"。❷ 表示不滿或責備，相當於"怎麼搞的"。

【有眼無珠】yeo⁵ngan⁵mou⁴ju¹ ㊣ 責備別人不長眼睛。

【有屁就放】yeo⁵péi³zeo⁶fong³ ㊣ 有甚麼牢騷怪話儘管説出來。

【有神冇氣】yeo⁵sen⁴mou⁵héi³ ㊣ 無精打采；有氣無力。

【有手有腳】yeo5seo2yeo5gêg3 (粵) 四肢健全，尚可自食其力 ♦ 我有手有腳，使乜靠你吖（我四肢健全，用不着依靠你過活）。

【有頭有面】yeo5teo4yeo5min6-2 (粵) 在社會上有地位。

【有樣學樣】yeo5yêng6-2hog6yêng6-2 (粵) 見甚麼樣子學甚麼樣子。

【有型有款】yeo5ying4yeo5fun2 (粵) 有風度；有派頭；像模像樣；像個樣子。

【有讚有彈】yeo5zan3yeo5tan4 (粵) 有褒有貶。

【有賭未為輸】yeo5dou2méi6wei4xu1 (粵) 只要還能繼續賭下去，即使暫時輸了也可能會贏回來。反映賭徒僥倖求勝，一拼到底的心態。

【有風使盡𢃇】yeo5fung1sei2zên6léi5 (粵) 得勢不饒人。

【有氣冇埞唞】yeo5héi3mou5dêng6teo2 (粵) 找不到地方出氣，形容氣得一塌糊塗 ♦ 激到佢有氣冇埞唞（氣得他一塌糊塗）。

【有辣有唔辣】yeo5lad6yeo5m4lad6 (粵) 比喻某種辦法或措施有利也有弊。

【有情飲水飽】yeo5qing4yem2sêu2bao2 (粵) (1) 形容感情甚篤的夫妻甘願一起捱苦日子。(2) 譏諷那些沉迷於卿卿我我的談情說愛之中，荒廢事業的年青人。

【有心唔怕遲】yeo5sem1m4pa3qi4 (粵) 只要有心去做，哪怕遲些開始也無妨。

【有冤無路訴】yeo5yun1mou4lou6sou3 (粵) 有冤屈卻投訴無門。

【有得震冇得瞓】yeo5deg1zen3mou5deg1fen3 (粵) 終日提心吊膽，不得安寧。

【有咁啱得咁蹺】yeo5gem3ngam1deg1gem3kiu2 (粵) 無巧不成書；偏偏這麼湊巧。

【有乜冬瓜豆腐】yeo5med1dung1gua1deo6fu6 (粵) 萬一發生甚麼不幸。

【有便宜唔使頸】yeo5pin4yi4m4sei2géng2 (粵) 有利可圖的事就得乖乖去做。

【有頭威冇尾陣】yeo5teo4wei1mou5méi5zen6 (粵) 虎頭蛇尾。

【有爺生冇乸教】yeo5yé4sang1mou5na2gao3 (粵) 責備別人缺乏家教，不懂規矩。

【有早知，冇乞兒】yeo5zou2ji1, mou5hed1yi4-1 (粵) 事情若可預料，當然不會有人去乞食。回應“事後諸葛”常說的話。

【有碗數碗有碟數碟】yeo5wun2sou2wun2yeo5dib6sou2dib6 (粵) 有一說一有二說二。

又 yeo6 (yɐu6) [yòu] (通) (1) 表示重複或繼續 ♦ 想了又想 / 一年又一年。(2) 表示幾種情況並列 ♦ 又高又大 / 又高興又着急。(3) 表示更進一層 ♦ 時間緊，任務又很繁重。(4) 表示轉折 ♦ 我很想去北京，又老是抽不出時間。(5) 表示整數之外再加零數 ♦ 一又五分之一。(6) 表示有矛盾的兩件事 ♦ 又想買，又捨不得花錢。(粵) (1) 怎麼 ♦ 你又知（你怎麼知道的）？/ 又會噉嘅（怎麼會是這樣）？(2) 相當於“又”、“也” ♦ 你又夠係咯（你不也是嗎）？/ 又係你講嘅（不是你說的嗎）？

【又好】yeo6hou2 (粵) 也好；好的。

【又試】yeo6xi3 (粵) 又；再次 ♦ 又試搵你麻煩（再次找你麻煩）。

【又點話】yeo^{6}dim^{2}wa^{6} [粵] 無所謂；不在乎 ♦ 請飲茶又點話（請喝茶那沒問題）/ 益吓你又點話（讓你得點好處無所謂）。

【又係噃】yeo^{6}hei^{6}bo^{3} [粵] 也是的，可不是；真的，確是這樣 ♦ 又係噃，我都冇諗到㖭（可不是，連我都沒有想到）。

【又係嘅】yeo^{6}hei^{6}gé^{2} [粵] 可也是。

【又…又盛】yeo^{6}…yeo^{6}xing^{6} [粵] 又…又甚麼的 ♦ 又話唔好又盛（又說不好又甚麼的）。

【又唔係噉】yeo^{6}m^{4}hei^{6}gem^{2} [粵] 那不是那樣，指還是老一套，沒啥新鮮的。

【又乜又物】yeo^{6}med^{1}yeo^{6}med^{6} [粵] 又說這個又說那個。

【又平又靚】yeo^{6}péng^{4}yeo^{6}léng^{3} [粵] 又便宜又好。

右 yeo^{6} (jɐu^{6}) [yòu] [通] ❶ 面向南時靠西的一邊，跟“左”相對 ♦ 右手 / 右邊 / 右側。❷ 政治思想上屬於保守的 ♦ 右傾。

【右便】yeo^{6}bin^{6} [粵] 右面；右邊。也說“右手便” yeo^{6}seo^{2}bin^{6}。

【右軚】teo^{6}tai^{5} [粵] 汽車設置在右側的方向盤 ♦ 右軚車。

yêu

錐（锥）yêu^{1} (jœy^{1}) [粵] 口語音。❶ 錐子 ♦ 鞋錐。❷ 鑽；扎；刺 ♦ 錐穿 / 錐個竇（扎個洞）/ 咪用手指錐錐（別用手指點來點去）。

【錐仔】yêu^{1}zei^{2} [粵] ❶ 錐子。❷ 錐栗。

yi

衣 yi^{1} (ji^{1}) [yī] [通] ❶ 衣服 ♦ 上衣 / 內衣 / 大衣。❷ 披或包在物體外面的一層東西 ♦ 糖衣 / 筍衣 / 花生衣。

【衣車】yi^{1}cé^{1} [粵] 縫紉機。

【衣字邊】yi^{1}ji^{6}bin^{1} [粵] 漢字部首的“衣字旁”。

依 yi^{1} (ji^{1}) [yī] [通] ❶ 靠；仗賴 ♦ 相依為命 / 無依無靠。❷ 順從；答應 ♦ 依從 / 依順 / 不依不饒。❸ 按照 ♦ 依次進場 / 依樣畫葫蘆。

【依家】yi^{1}ga^{1} [粵] 同“而家”。

【依足】yi^{1}zug^{1} [粵] 嚴格遵照；完全遵守 ♦ 依足你嘅吩咐去做（嚴格遵照你的吩咐去做）/ 依足有關法律規定（完全遵守有關法律規定）。

【依時依候】yi^{1}xi^{4}yi^{1}heo^{6} [粵] 按時；準時；按照預定時間 ♦ 依時依候送牛奶（按照預定時間送牛奶）。

伊 yi^{1} (ji^{1}) [yī] [通] ❶ 彼；他；她。❷ 文言助詞 ♦ 下車伊始。

【伊麵】yi^{1}min^{6} [粵] 伊府麵，油炸過的麵條。

咿 yi^{1} (ji^{1})

【咿挹】yi^{1}yeb^{1} [粵] 指男女間不正派、不嚴肅的行為，如打情罵俏、偷情或私通等。也說“咿咿挹挹” yi^{1}yi^{1}yeb^{1}yeb^{1}。

【咿嘟】yi^{1}yug^{1} [粵] ❶ 動來動去（多指小孩）♦ 咪咿嘟，好好做功課（別動來動去，好好做功課）。❷ 動靜；

風吹草動 ♦ 睇吓對方有乜咿嘟（看看對方有甚麼動靜）。

醫（医） yi¹ (ji¹) [yī] [通] ❶ 預防、治療疾病的科學 ♦ 醫科 / 醫術 / 中醫 / 西醫。❷ 治病 ♦ 醫治 / 醫療 / 有病早醫。❸ 防治疾病的人 ♦ 軍醫 / 獸醫。[粵] ❶ 治 ♦ 醫病（治病）/ 有得醫（能治）。❷ 醫生 ♦ 牙醫（牙科醫生）。

【醫館】yi¹gun² [方] 私人開業的小診所。也說“醫生館” yi¹sang¹gun²。

【醫理】yi¹léi⁵ [yīlǐ] [通] 醫學上的道理及理論知識。[方] 醫療護理。

【醫肚】yi¹tou⁵ [粵] 填肚子，吃點東西以充飢。

【醫生紙】yi¹sang¹ji² [方] 醫生證明。

姨 yi¹ (ji¹) [粵] 口語音。❶ 母親的妹妹。❷ 阿姨。

【姨仔】yi¹zei² [粵] 妻妹；小姨子。

☞ 另見 440 頁 yi⁴。

齗 yi¹ (ji¹) [粵] 咧嘴。

【齗起棚牙】yi¹héi²pang⁴nga⁴ [粵] 咧着嘴露出牙齒。

【齗牙㖭哨】yi¹nga⁴bang⁶sao³ [粵] 咧着嘴；咧着嘴笑。也說“齗牙㖭爪” yi¹nga⁴bang⁶zao² 或“齗牙㖭齒” yi¹nga⁴bang⁶qi² 或“齗牙鬆槓” yi¹nga⁴sung¹gong⁶。

椅 yi² (ji²) [yǐ] [通] 有靠背的坐具 ♦ 木椅 / 藤椅 / 轉椅 / 躺椅。[粵] 椅子 ♦ 幫我搬張椅過嚟（幫我搬一把椅子過來）。

【椅墊】yi²din³ [粵] 坐墊。

【椅拼】yi²péng¹ [粵] 椅背 ♦ 將件衫搭喺椅拼度（把衣服搭在椅背上）。

綺（绮） yi² (ji²) [qǐ] [通] ❶ 有文彩的絲織品 ♦ 綺羅。❷ 美麗 ♦ 綺麗。

【綺夢】yi²mung⁶ [粵] 美夢，常指與意中人有親密行為的夢境。

【綺念】yi²nim⁶ [粵] 美妙的遐思，常指與意中人親密的遐想。

意 yi³ (ji³) [yì] [通] ❶ 意思；心願 ♦ 主意 / 詞不達意。❷ 意想；料想 ♦ 出其不意。❸ 情趣 ♦ 筆意 / 詩情畫意。

【意頭】yi³teo⁴ [粵] 彩頭；兆頭 ♦ 好意頭（有彩頭）/ 攞個意頭（討個彩頭）。

兒（儿） yi⁴ (ji⁴) [ér] [通] ❶ 小孩子 ♦ 兒童 / 嬰兒 / 幼兒。❷ 年輕人，多指男青年 ♦ 男兒 / 健兒 / 兒女情長。❸ 兒子 ♦ 兒女 / 兒孫 / 生兒育女。❹ 雄性的 ♦ 兒馬。❺ 作詞尾用 ♦ 小孩兒 / 小狗兒 / 高個兒 / 拐彎兒。

【兒嬉】yi⁴héi¹ [粵] ❶ 不牢靠；不結實；不紮實 ♦ 包裝太兒嬉（包裝太過馬虎）。❷ 太隨便；不負責任 ♦ 做嘢咁兒嬉（做事過於隨便，不負責任）。

而 yi⁴ (ji⁴) [ér] [通] ❶ 又；而且 ♦ 少而精 / 取而代之。❷ 卻；但是 ♦ 大而無當 / 華而不實。❸ 就；可以 ♦ 不言而喻 / 一掃而光。❹ 到 ♦ 從上而下 / 由小而大。❺ 把表示時間、方式、情態、目的等成分接到動詞上面 ♦ 匆匆而來 / 破門而入 / 盡力而為 / 挺身而出。

【而家】yi⁴ga¹ ㊕ 現在 ♦ 而家幾點鐘（現在幾點鐘）？/ 而家先嚟，遲唔遲啲吖（現在才來，太晚了吧）？也說“依家” yi¹ga¹。

姨 yi⁴ (ji⁴) [yí] ㊟ ❶母親的姐妹 ♦ 姨母。❷妻子的姐妹 ♦ 大姨子 / 小姨子。

【姨媽】yi⁴ma¹ [yímā] ㊟ 母親的姐妹。㊕ ❶母親的姐姐。❷諱稱月事 ♦ 姨媽到。

【姨甥】yi⁴sang¹ ㊕ 姐妹互相稱對方的子女；姨姪；姨姪女。

【姨媽姑姐】yi¹ma¹gu¹zé¹ ㊕ 七姨兒八姥姥。

☞ 另見 439 頁 yi¹。

移 yi⁴ (ji⁴) [yí] ㊟ ❶挪動；搬動 ♦ 移動 / 轉移 / 遷移。❷改變；變動 ♦ 移風易俗 / 堅定不移。

【移民紙】yi⁴men⁴ji² ㊕ ㊍ 移民申請書。

【移磡就船】yi⁴hem³zeo⁶xun⁴ ㊕ ❶屈尊遷就。❷指女子到男子家中幽會。

疑 yi⁴ (ji⁴) [yí] ㊟ ❶不相信 ♦ 疑心 / 懷疑 / 可疑 / 半信半疑。❷不能確定的 ♦ 疑問 / 疑難 / 存疑 / 釋疑。

【疑犯】yi⁴fan⁶⁻² ㊕ 未經起訴定罪的案犯。

【疑匪】yi⁴féi² ㊍ 多指搶劫案作案分子。

【疑兇】yi⁴hung¹ ㊍ 多指兇殺案作案分子。

【疑人】yi⁴yen⁴ ㊕ ❶值得懷疑的人；不可靠的人 ♦ 疑人不用，用人不疑。❷ ㊍ 有犯罪嫌疑的人。

【疑心生暗鬼】yi⁴sem¹sang¹ngem³guei² ㊕ 因多疑而產生莫名的忖測。

宜 yi⁴ (ji⁴) [yí] ㊟ ❶適合；相稱 ♦ 適宜 / 合宜 / 相宜 / 時宜。❷應該；應當 ♦ 事不宜遲 / 不宜操之過急。

【宜得】yi⁴deg¹ ㊕ 恨不得；巴不得 ♦ 宜得摑佢一巴（恨不得摑他一巴掌）/ 宜得馬上出院（巴不得立刻出院）。

耳 yi⁵ (ji⁵) [ěr] ㊟ ❶耳朵，聽覺器官 ♦ 耳聋 / 耳膜 / 中耳。❷形狀像耳朵的東西 ♦ 木耳 / 銀耳。❸位置在兩旁的 ♦ 耳房 / 耳門。㊕ 耳朵 ♦ 撩耳（挖耳朵）/ 左耳入右耳出（左邊耳朵進去右邊耳朵出來，比喻聽過即忘）。

【耳珠】yi⁵ju¹ ㊕ 耳垂。

【耳筒】yi⁵tung⁴⁻² ㊕ ❶聽筒。❷耳機。

【耳挖】yi⁵wad³⁻² ㊕ 耳挖子，用來掏耳屎的東西。

【耳性】yi⁵xing³ [ěrxìng] ㊟ 聽了別人的勸誡而沒有記住，下次又犯同樣的毛病，叫做“沒有耳性” ♦ 冇（沒有）耳性。

【耳筒機】yi⁵tung⁴⁻²géi¹ ㊕ 耳機。

【耳仔邊】yi⁵zei²bin¹ ㊕ 漢字部首的“右耳旁”。

【耳仔窿】yi⁵zei²lung¹ ㊕ 耳孔。

【耳仔軟】yi⁵zei²yun⁵ ㊕ 耳朵軟，指容易輕信別人的挑撥或奉承。

【耳仔出油】yi⁵zei²céd¹yeo⁴ ㊕ 形容所迷的事情生動有趣，使人聽得高興入神 ♦ 聽到耳仔出晒油（聽得入神）。

【耳仔嘟埋】yi⁵zei²yug¹mai⁴ ㊕ 連耳朵

都動了。形容吃得十分暢快。

二 yi6 (ji6) [èr] [通] ❶ 數目字 ♦ 一分為二 / 獨一無二。❷ 第二 ♦ 二哥 / 二樓 / 二次大戰。❸ 次等的 ♦ 二等品。❹ 兩樣 ♦ 不二價 / 三心二意 / 心無二用。

【二奶】yi6nai5-1 [粵] 小老婆。

【二手】yi6seo2 [粵] ❶ 舊的；用過了的 ♦ 二手貨 / 二手車。❷ 接替別人幹過的工作。

【二叔】yi6sug1 [粵] ❶ 父親的二弟。❷ 謔稱警察。

【二打六】yi6da2lug6 [粵] ❶ 職位低微；水平不高。❷ 東西低檔質次。

【二花面】yi6fa1min6 [粵] 二花臉，粵劇的一種行當，多演有俠義心腸、好打抱不平的角色，借指好打抱不平的人。

【二奶命】yi6nai5-1méng6 [粵] 借指地位低人一等。

【二奶仔】yi6nai5-1zei2 [粵] 小老婆生的兒子。

【二撇雞】yi6pid3gei1 [粵] 八字鬍子，也說"兩撇雞" lêng5pid3gei1。

【二五仔】yi6ng5zei2 [粵] 告密者；吃裏扒外的人。

【二世祖】yi6sei3zou2 [粵] 不務正業、揮霍祖業的敗家子；紈袴子弟。

【二手煙】yi6seo2yin1 [粵] 吸煙者噴出的煙。

【二仔底】yi6zei2dei2 [粵] 撲克牌中的"二仔"是最小的，比喻底子薄，基礎差、實力弱，沒有甚麼真本事。

【二手市場】yi6seo2xi5cêng4 [粵] 舊貨市場。

義 (义) yi6 (ji6) [yì] [通] ❶ 公正、合理的氣概或舉動 ♦ 義舉 / 正義 / 見義勇為。❷ 感情；情誼 ♦ 情義 / 有情有義 / 忘恩負義。❸ 意思；意義 ♦ 字義 / 定義 / 含義。❹ 指拜認的親屬 ♦ 義父 / 義兄。❺ 人工製造的（人體的部分）♦ 義肢 / 義齒。

【義工】yi6gung1 [方] 義務社會工作者。

異 (异) yi6 (ji6) [yì] [通] ❶ 不相同 ♦ 異樣 / 差異 / 同牀異夢。❷ 特殊；特別 ♦ 異香 / 奇異 / 奇花異草。❸ 奇怪；驚奇 ♦ 驚異 / 詫異 / 異想天開。❹ 另外的 ♦ 異族 / 異國。

【異能】yi6neng4 [方] 特異功能。

【異相】yi6sêng3 [粵] 洋相；樣子古怪 ♦ 咪咁異相嘞（別出洋相了）。

易 yi6 (ji6) [yì] [通] ❶ 容易；不費力 ♦ 輕易 / 易如反掌 / 來之不易。❷ 改變；變換 ♦ 變易 / 移風易俗。❸ 平和 ♦ 平易近人。

【易潔鑊】yi6gid3wog6 [粵] 不黏鍋。

【易話為】yi6wa6wei4 [粵] 好說話；好商量。

【易過借火】yi6guo3zé3fo2 [粵] 易如反掌；輕而易舉。

yib

醃 (腌) yib3/yim1 (jip3/jim1) [yān] [通] 用鹽等浸漬食品 ♦ 醃肉 / 醃鹹蛋 / 醃鹹菜。[粵] ❶ 微蝕；腐蝕 ♦ 件襯咁多汗仲唔洗，會醃爛㗎（衣服黏這麼多汗還不趕快洗，會腐壞的呀）。❷ 刺激皮膚等 ♦ 醃眼（蜇眼睛）。

業 (业) yib^{6} (jip^{9}) [yè] [通] ❶ 行業♦工業 / 商業 / 教育事業。❷ 工作；職業♦就業 / 轉業。❸ 學業♦專業 / 畢業 / 結業。❹ 財產♦產業 / 家業 / 祖業。❺ 已經♦業已完成 / 業經批准。

【業界】yib^{6}gai^{3} [粵] 某一行業；某一企業界。

【業主】yib^{6}ju^{2} [粵] 指自己購有產業的人。

【業者】yib^{6}zé^{2} [方] 某一行業的經營者。

葉 (叶) yib^{6} (jip^{9}) [yè] [通] ❶ 植物的營養器官。多呈片狀，綠色，長在莖上♦樹葉 / 菜葉 / 茶葉 / 煙葉。❷ 像葉片一樣的♦銅葉 / 肺葉 / 百葉窗。❸ 時期♦二十世紀中葉。❹ 姓。

【葉菜】yib^{6}coi^{3} [粵] 以莖葉為主供食用的蔬菜。

yid

熱 (热) yid^{6} (jit^{6}) [rè] [通] ❶ 物體燃燒或運動所產生的能♦熱能 / 發熱。❷ 溫度高，跟“冷”相對♦熱水 / 熱天 / 熱水器 / 趁熱打鐵。❸ 使溫度升高♦把飯熱一下 / 湯涼了，再熱一熱吧。❹ 情意深厚♦熱情。❺ 形容非常羨慕或很想得到♦眼熱 / 熱衷名利。❻ 受很多人歡迎的♦熱門貨。❼ 一時流行的♦集郵熱 / 空調熱 / 武俠小説熱。

【熱痱】yid^{6}féi^{2} [粵] 痱子♦出熱痱（長痱子）。

【熱氣】yid^{6}héi^{3} [粵] 上火；有火氣♦發熱氣（上火）/ 少食啲熱氣嘢（少吃點易上火的東西）。

【熱積】yid^{6}jig^{1} [粵] 積食；內熱♦有熱積容易感冒。

【熱錢】yid^{6}qin$^{4-2}$ [方] 容易賺得的錢。

【熱腥】yid^{6}séng$^{1-3}$ [粵] 晴天裏突然下陣雨所激發的氣味。

【熱頭】yid^{6}teo$^{4-2}$ [粵] 太陽；陽光。同“日頭”。

【熱滯】yid^{6}zei^{6} [粵] 因上火而導致消化不良。

【熱氣飯】yid^{6}héi^{3}fan^{6} [粵] 比喻不容易做的工作，可能產生的不良後果或麻煩。

【熱手貨】yid^{6}seo^{2}fo^{3} [粵] 熱門貨。

【熱身動作】yid^{6}sen^{1}dung^{6}zog^{3} [方] 熱身運動。參見“冷卻動作”條。

【熱飯唔可以熱食】yid^{6}fan^{6}m^{4}ho^{2}yi^{5}yid^{6}xig^{6} [粵] 欲速則不達；不可急功近利，不可以急切行事。也作“熱飯不能熱食”yid^{6}fan^{6}bed^{1}neng^{4}yid^{6}xig^{6}。

yig

抑 yig^{1} (jik^{7}) [yì] [通] ❶ 壓；壓制♦壓抑 / 抑強扶弱。❷ 連詞。表示選擇或轉折。

【抑或】yig^{1}wag^{6} [粵] 還是；或者。

益 yig^{1} (jik^{7}) [yì] [通] ❶ 好處♦利益 / 受益 / 收益 / 效益。❷ 有好處的♦益友 / 益蟲 / 益鳥。❸ 增加♦增益 / 進益 / 延年益壽。❹ 更加♦日益壯大 / 精益求精 / 多多益善。[粵] 對…有利、有好處♦噉咪益咗你（這不便宜了你嗎）？/ 搞間舖無非想益吓街坊啫（開個鋪子目的是想讓街坊得點好處）。

脇 yig¹ (jik⁷) 粵 哈喇味，油脂多的食物變質發出的難聞氣味 ♦ 一嗅脇噎（一股哈喇味）/ 啲臘腸脇咗（臘腸變質了）。

亦 yig⁶ (jik⁹) [yì] 通 也；也是 ♦ 亦步亦趨 / 人云亦云 / 反之亦然。

【亦都】yig⁶dou¹ 粵 也；同樣地 ♦ 我亦都噉諗（我也這樣想）/ 我亦都贊成（我同樣贊成）。

【亦係】yig⁶hei⁶ 粵 也是 ♦ 再見亦係朋友（再次相逢也還是朋友）。

yim

奄 yim¹ (jim¹) [yān] 通 ❶ 覆蓋。❷ 忽然；突然 ♦ 奄忽忽。

【奄尖】yim¹jim¹ 粵 愛挑剔、找茬；吹毛求疵 ♦ 有得食就食，咪咁奄尖喇（有的吃就吃，沒那麼挑剔）。

【奄悶】yim¹mun⁶ 粵 ❶ 指對方，意義同"奄尖腥悶"。❷ 指自己，意為獨自煩惱；心煩。

【奄尖腥悶】yim¹jim¹séng¹mun⁶ 粵 太講究，難侍候；過於挑剔，使人厭煩。也說"奄尖夾腥悶" yim¹jim¹gab³ séng¹ mun⁶。

掩 yim² (jim²) [yǎn] 通 ❶ 遮蔽；遮蓋 ♦ 遮掩。❷ 關；合 ♦ 掩門 / 掩卷 / 房門虛掩。❸ 乘人不備進行襲擊 ♦ 掩殺 / 掩襲。粵 專指關門，有時僅指"虛掩" ♦ 掩埋度門（把門關上）。

靨（厣）yim² (jim²) [yǎn] 通 ❶ 螺類介殼口圓片狀的蓋。❷ 蟹腹下面的薄殼。粵 也作"掩"。遮蓋物 ♦ 袋靨（口袋蓋）/ 雞籠靨（雞籠的小門）。

厭（厌）yim³ (jim³) [yàn] 通 ❶ 嫌惡；憎惡 ♦ 厭棄 / 討厭。❷ 滿足 ♦ 貪得無厭。粵 膩；膩煩 ♦ 食到厭晒（吃膩了）/ 睇得多都厭喇（看多了也覺得膩煩）。

【厭食】yim³xig⁶ 粵 沒有胃口，不想吃東西。

嫌 yim⁴ (jim⁴) [xián] 通 ❶ 可疑；猜疑 ♦ 嫌忌 / 涉嫌 / 避嫌。❷ 厭惡；不滿 ♦ 嫌惡 / 討人嫌 / 你嫌我乜嘢唧（你對我有甚麼不滿呀）？❸ 怨恨 ♦ 嫌怨 / 挾嫌報復 / 消釋前嫌。

【嫌錢腥】yim⁴qin⁴⁻²séng¹ 粵 嫌惡銅臭味。常用於反詰句 ♦ 你以為我嫌錢腥吖（你以為我有錢不想賺嗎）？

嚴（严）yim⁴ (jim⁴) [yán] 通 ❶ 緊密；周密；沒有空隙 ♦ 嚴實 / 嚴緊。❷ 認真；不放鬆 ♦ 嚴防 / 威嚴。❸ 厲害的；高度的 ♦ 嚴冬 / 嚴寒 / 嚴酷。❹ 軍事上的某種緊急狀態 ♦ 戒嚴。❺ 指父親 ♦ 家嚴。❻ 姓。

【嚴拿】yim⁴na⁴ 粵 堅決捉拿 ♦ 嚴拿小偷。

鹽（盐）yim⁴ (jim⁴) [yán] 通 ❶ 食鹽，化學成分是氯化鈉 ♦ 鹽場 / 井鹽 / 精鹽。❷ 鹽類，化學上指酸類中的氫根，被金屬元素置換而成的化合物 ♦ 硫酸鹽 / 硝酸鹽。

【鹽蛇】yim⁴sé⁴⁻² 粵 壁虎；蠍虎。

【鹽倉土地】yim⁴cong¹tou²déi⁶ 粵（歇）鹹夾濕 ham⁴gab³seb¹。指好色或好色之徒。

驗 (验) yim6 (jim6) [yàn] [通] ❶檢查；察看；查考♦驗貨 / 檢驗 / 考驗。❷有效果♦效驗 / 靈驗 / 屢試屢驗。

【驗單】yim6dan1 [粵] 檢驗單；檢驗報告。

【驗眼】yim6ngan5 [粵] 驗光；檢查視力。

【驗身】yim6sen1 [粵] 檢查身體；體檢。

yin

煙 (烟) yin1 (jin1) [yān] [通] ❶物質燃燒時產生的氣體♦炊煙 / 冒煙 / 硝煙。❷像煙的東西♦煙雨 / 煙霞。❸煙氣刺激眼睛♦一屋子煙，煙了眼睛。❹煙草製成品♦香煙 / 捲煙 / 請勿吸煙。❺指鴉片♦大煙。[粵] ❶煙氣濃♦整到成間屋煙（弄到整間房子煙霧濃濃）。❷水蒸氣♦水未滾，煙都未出（水沒開，連氣還未冒）。❸燻♦想煙死人咩（想把人燻死哪）！

【煙剷】yin1can2 [粵] 煙鬼；煙癮大的人。

【煙塵】yin1cen4 [yānchén] [通] 污濁的煙霧♦煙塵滾滾。[粵] 灰塵；塵土♦煙塵好大，快啲掩埋鼻（灰塵很大，趕快掩鼻）。

【煙花】yin1fa1 [yānhuā] [通] ❶指春天百花盛開的景象。❷指妓院♦煙花女子。[粵] 煙火♦燒煙花（放煙火）。

【煙格】yin1gag3 [粵] 售賣鴉片煙的祕密場所。

【煙骨】yin1gued1 [粵] 煙葉的葉柄和葉脈♦煙骨水可以杜蟲（用煙葉的葉柄浸泡的水溶液可以殺蟲）。

【煙士】yin1xi6–2 [粵] 撲克牌中的老尖。

【煙屎】yin1xi2 [粵] ❶煙具中的積垢。❷煙跡♦煙屎牙（因吸煙過多而發黄的牙齒）。❸加在姓或名之前，稱煙癮過大的人♦煙屎陳。

【煙韌】yin1yen6 [粵] ❶韌；有嚼勁♦牛腩太煙韌（牛腩太韌，嚼不動）。❷男女癡情纏綿♦佢兩個識咗冇幾耐就咁鬼煙韌（他們認識沒多久就這麼癡情纏綿）。也讀 yin1ngen6。

【煙友】yin1yeo5–2 [粵] 抽大煙的人，也指抽一般煙的人。

【煙肉】yin1yug6 [粵] 燻肉。

【煙仔】yin1zei2 [粵] 香煙♦食煙仔（抽香煙）。

【煙灰盅】yin1fui1zung1 [粵] 煙灰缸。

【煙屎牙】yin1xi2nga4 [粵] 佈滿煙漬的牙齒。

胭 yin1 (jin1) [yān]

【胭脂瓣】yin1ji1gêg3–2 [粵] 柚子的一個品種，肉粉紅色，味酸。

【胭脂紅】yin1ji1hung4 [粵] ❶粉紅色。❷番石榴的一個品種，外皮有像胭脂紅的顏色。

【胭脂馬】yin1ji1ma5 [粵] 比喻不受控制或難以駕馭的人。

演 yin2 (jin2) [yǎn] [通] ❶當眾表現技藝♦演戲 / 表演。❷根據一件事理發表見解♦演説 / 演講。❸依照一定程式練習或計算♦演練 / 演習 / 演算。❹不斷發展變化♦演化 / 演進。[粵] 也作"軀"。腆；挺♦演胸突肚（胸部和腹部凸起，形容體型難看）。

【演藝】yin^{2}ngei^{6} [方] 演技；表演的藝術。

【演辭】yin^{2}qi^{4} [方] 演講辭。

【演嘢】yin^{2}yé^{5} [粵] 賣弄♦你唔好喺度演嘢（你別在這裏賣弄）。

然 yin^{4} (jin^{4}) [rán] [通] ❶ 對；不錯♦不以為然。❷ 如此；這樣♦當然/知其然，不知其所以然。❸ 連詞。表示轉折♦此事雖小，然不可掉以輕心。❹ 詞尾。表示狀態♦突然/顯然/公然/飄飄然。

【然之後】yin^{4}ji^{1}heo^{6} [粵] 然後♦我先去北京，然之後轉機直飛巴黎。

延 yin^{4} (jin^{4}) [yán] [通] ❶ 引長；伸展♦蔓延/延年益壽。❷ 推遲；展緩♦推延/拖延。❸ 聘請；引進♦延聘/延請。

【延伸課程】yin^{4}sen^{1}fo^{3}qing^{4} [方] 進修課程。

現（现） yin^{6} (jin^{6}) [xiàn] [通] ❶ 顯露♦顯現/呈現/再現。❷ 此刻；目前♦現任/現行。❸ 當時；臨時♦現吃現做/現炒現賣。❹ 當時就有的♦現貨/現成。

【現況】yin^{6}fong^{3} [粵] 目前的狀況♦現況不佳。

【現銀】yin^{6}ngen$^{4-2}$ [粵] 現金♦現銀生意/現銀支付。

【現暫】yin^{6}zam^{6} [粵] 到目前為止♦現暫仲未出現乜嘢大問題（到目前為止尚未出現甚麼大問題）。

【現眼報】yin^{6}ngan^{5}bou^{3} [粵] 迷信認為做了壞事，當即就會得到應有的報應。

ying

應（应） ying^{1} (jiŋ^{1}) [yīng] [通] 該；當♦理應/罪有應得。[粵] 抽；抽縮♦應起個鼻（抽着鼻子）。

【應分】ying^{1}fen^{6} [yīngfèn] [通] 分內應該♦尊老愛幼是年青人應分的事。[粵] 理應如此；應該♦應分做就做（該做就做）/好應分幫下佢（理應幫一幫他）。

【應承】ying^{1}xing^{4} [yīngchéng] [通] 答應，承諾♦唔（不）肯應承。

☞ 另見 446 頁 ying^{3}。

嬰（婴） ying^{1} (jiŋ^{1}) [yīng] [通] ❶ 初生的小孩♦嬰兒/婦嬰/育嬰/託嬰所。❷ 纏繞♦嬰疾。

【嬰兒道友】ying^{1}yi^{4}dou^{6}yeo^{5} [方] 吸毒婦女所生的先天即有毒癮的嬰兒。

鷹（鹰） ying^{1} (jiŋ^{1}) [yīng] [通] 鳥類。嘴呈鈎形，腳趾有長而銳利的爪，性兇猛。種類很多，常見的有蒼鷹、鳶鷹等。

【鷹爪】ying^{1}zao^{2} [粵] 灌木。花像鳥爪，綠色，有香味。

影 ying^{2} (jiŋ^{2}) [yǐng] [通] ❶ 物體擋住光線所形成的暗像♦陰影/暗影/樹影。❷ 形象；照片♦攝影/留影/合影。❸ 電影的簡稱♦影壇/影院/影評。❹ 照原樣複印♦影印本/影宋本。[粵] ❶ 拍攝；拍照♦影相（照相）/影張全家福（拍一張全家福）。❷ 反射陽光。

【影帶】ying^{2}dai$^{3-2}$ [粵] 錄有錄像節目的錄像帶♦借盒影帶睇吓喇（請借一

盒錄像帶給我看看）。也叫“錄影帶” lug⁶ying²dai³⁻²。

【影碟】ying²dib⁶⁻² ㊄ 激光視盤♦影碟機（激光視盤放像機）。

【影樓】ying²leo⁴ ㊄ 照相館。

【影射】ying²sé⁶ ［yǐngshè］ ㊀ 暗指某人某事。㊁ 仿造；偽造；假冒。

【影印】ying²yen³ ［yǐngyìn］ ㊀ 用照相的方法翻印♦影印本。㊄ 靜電複印♦影印機（複印機）。

【影相機】ying²sêng³⁻²géi¹ ㊄ 照相機。也說“相機” sêng³⁻²géi¹。

【影相舖】ying²sêng³⁻²pou³⁻² ㊄照相館。

【影畫戲】ying²wa²héi³ ㊄ 舊稱電影。也簡作“影畫”♦睇影畫戲（看電影）。

映 ying² (jiŋ²) ［yìng］ ㊀ ❶ 照♦映照／映射。❷ 反照♦反映／放映。

【映衰】ying²sêu¹ ㊄ 同“映醜”。

認（认） ying² (jiŋ²)

【認真】ying²zen¹ ㊄ 的確；確實；真是♦認真抵食（的確值得一吃）／認真唔話得（的確沒説的）／認真冇得彈（確實無可挑剔）。

☞ 另見本頁 ying⁶。

應（应） ying³ (jiŋ³) ［yìng］ ㊀ ❶ 回答或隨聲附和♦應答／呼應／和應。❷ 接受；滿足要求♦應戰／應徵／有求必應。❸ 適合；配合♦應時／適應／順應。❹ 允許♦答應／應允／應許。

【應同】ying³tung⁴ ㊁ 答應，同意。

【應嘴】ying³zêu² ㊄ 回嘴。也說“應嘴應舌” ying³zêu²ying³xid⁶。

【應召女郎】ying³jiu⁶nêu⁵long⁴ ㊄ 到嫖客住處賣淫的妓女。

☞ 另見 445 頁 ying¹。

形 ying⁴ (jiŋ⁴) ［xíng］ ㊀ ❶ 樣子♦形狀／形體／圓形。❷ 顯露；表現♦形諸筆墨／喜形於色。❸ 對照；比較♦相形之下／相形見絀。㊄ 心裏老覺得♦成日形住有啲唔妥（老覺得有點不大對勁）。

型 ying⁴ (jiŋ⁴) ［xíng］ ㊀ ❶ 鑄造器物用的模子♦模型／砂型／紙型。❷ 樣式♦臉型／血型／小型企業。㊄ 樣貌；風度♦着起呢套衫幾有型（穿這套衣服滿有風度的）。

【型格】ying⁴gag³ ㊁ 形象，風格♦做藝人也好，做歌星也好，型格是不可少的。

迎 ying⁴ (jiŋ⁴) ［yíng］ ㊀ ❶ 接，與“送”相對♦迎送／迎賓／歡迎。❷ 向着；對着♦迎風／迎頭趕上／迎刃而解。

【迎對】ying⁴dêu³ ㊁ 應付；對付。

營（营） ying⁴ (jiŋ⁴) ［yíng］ ㊀ ❶ 軍隊駐紮的地方♦營房／軍營／安營紮寨。❷ 軍隊的編制單位。在團以下，連以上。❸ 籌劃、管理或做買賣♦營造／經營／私營。❹ 謀求♦營生／營私。

【營幕】ying⁴mog⁶ ㊄ 營帳。

認（认） ying⁶ (jiŋ⁶) ［rèn］ ㊀ ❶ 分辨；識別♦認清／認字／辨認。❷ 承認；表示同意♦認輸／公認／確認。

【認別】ying⁶bid⁶ ㊁ 認定，鑒別。

【認住】ying⁶ju⁶ ㊄ 認明；辨認清楚♦認

住呢隻牌子先好買（看清楚這個牌子才買）。

【認叻】ying⁶lég¹ ㊣ 自以為聰明能幹；逞能。

【認衰】ying⁶sêu¹ ㊣ 自認低能、沒本事。

【認數】ying⁶sou³ ㊣ ❶ 承認債項。❷ 承認自己所說過的話或所做過的事。也說“認賬”ying⁶zêng³。

【認頭】ying⁶teo⁴ ㊣ 承認某物是自己的，承認某事是自己所為。

【認同】ying⁶tung⁴［rèntóng］㊣ 承認與之同一。㊣ 承認；認可；贊同。

【認低威】ying⁶dei¹wei¹ ㊣ 自認不如；甘拜下風。

【認衰仔】ying⁶sêu¹zei² ㊣ 自認不如別人；自認失敗。

【認乜認物】ying⁶med¹ying⁶med⁶ ㊣ 自我吹噓，說自己這也有，那也有；或說自己這也行，那也行。

【認屎認屁】ying⁶xi²ying⁶péi³ ㊣ 自我貶低，把自己說得一錢不值。

☞ 另見 446 頁 ying²。

yiu

腰 yiu¹ (jiu¹)［yāo］㊣ ❶ 胯上肋下的部分，在身體的中部 ♦ 腰部 / 彎腰 / 兩手叉腰。❷ 褲、裙等圍在腰上的部分 ♦ 褲腰。❸ 置於腰部的用品 ♦ 腰帶。❹ 事物的中部 ♦ 山腰 / 此事說到半中腰就不說了。

【腰封】yiu¹fung¹ ㊣ 一種用來束腰的寬帶子。

【腰骨】yiu¹gued¹ ㊣ ❶ 脊椎骨；腰桿子 ♦ 腰骨痛。❷ 骨氣 ♦ 冇腰骨（沒有骨氣）。

抭 yiu¹ (jiu¹) ㊣ ❶ 剔；挑；摳；挖 ♦ 抭牙（剔牙）/ 抭鼻屎（摳鼻屎）/ 抭耳屎（挖耳屎）。❷ 唱反調；反駁 ♦ 佢下下抭住晒（他每每和我唱反調）。

【抭心抭肺】yiu¹sem¹yiu¹fei³ ㊣ 令人十分傷心、難過、氣結。

要 yiu³ (jiu³)［yào］㊣ ❶ 討取；希望得到 ♦ 要飯 / 要錢 / 要杯水喝。❷ 請求 ♦ 他要我三天內答覆他。❸ 表示做某件事的意志 ♦ 他要學電腦。❹ 重大、主要的內容 ♦ 摘要 / 紀要。❺ 應該；必須 ♦ 必要 / 要努力工作 / 要注意身體。❻ 將；將要 ♦ 天要下雨了 / 他們要來了。❼ 如果；要是 ♦ 明天要下雨，我就不去了。❽ 或者；要麼 ♦ 要就去打球，要就去游泳，別再猶豫了。

【要面】yiu³min⁶⁻² ㊣ 要面子 ♦ 死要面（死要面子）。

【要起手】yiu³héi²seo² ㊣ 要用的時候 ♦ 買定啲止血膠布，費事要起手上嚟再去買（買點止血膠布，省得要用的時候再去買）。

【要頸唔要命】yiu³géng²m⁴yiu³méng⁶ ㊣ 鬧意氣鬧得不顧死活。

【要靚唔要命】yiu³léng³m⁴yiu³méng⁶ ㊣ 為追求漂亮而不顧惜性命。

【要風得風，要雨得雨】yiu³fung¹deg¹fung¹, yiu³yu⁵deg¹yu⁵ ㊣ 呼風喚雨，隨心所欲，比喻權勢大，可以為所欲為。

yu

瘀 yu^{2} (jy^{2}) [yú] (通) 血液不流通♦瘀血。(粵) ❶ 皮膚因撞、壓而積瘀發青♦撞到膝頭哥瘀晒（撞到膝蓋出瘀血了）。❷ 蔬菜水果等因受壓或受熱而變色♦炒瘀啲菜（把菜炒變色）/ 責到啲雪梨瘀晒（把梨子全壓傷了）。❸ 挖苦；譏諷♦咪瘀我（別挖苦我了）。❹ 丟臉；出醜♦今次的確幾瘀（這次真的出醜了）/ 瘀到爆（尷尬非常）/ 瘀皮（尷尬）。

【瘀事】yu^{2}xi^{6} (粵) 丟臉的事；出醜的事。也說“瘀嘢” yu^{2}yé^{5}。

魚 yu^{2} (jy^{2}) (粵) 口語變音♦鹹魚 / 買條魚返嚟（買一條魚回來）。

☞ 另見本頁 yu^{4}。

魚（鱼）yu^{4} (jy^{4}) [yú] (通) 脊椎動物的一類。生活在水中，以腮呼吸，有鱗和鰭，體多為側扁。種類極多，大部分可供食用♦魚苗 / 魚鰾 / 鰱魚 / 草魚。

【魚青】yu^{4}céng^{1} (粵) 用勺子刮出的魚肉泥♦魚青丸。

【魚蛋】yu^{4}dan$^{6-2}$ (粵) 魚肉團兒。也叫“魚丸” yu^{4}yun$^{4-2}$。

【魚花】yu^{4}fa^{1} (粵) 魚苗；魚秧♦放魚花。

【魚腐】yu^{4}fu^{6} (粵) 用魚肉和雞蛋白攪拌後做成的一種風味食品。

【魚笱】yu^{4}geo^{2} (粵) 一種用竹篾編成的捕魚籠，進口似漏斗，魚鑽進去後自己不能出來。也作“魚鴝”。

【魚欄】yu^{4}lan$^{4-1}$ (粵) 魚類批發市場。

【魚露】yu^{4}lou^{6} (粵) 一種調味品。以醃鹹魚的浸出液濃縮而成。

【魚腩】yu^{4}nam^{5} (粵) ❶ 魚腹部的肉。❷ 比喻油水多而又容易上當的人。

【魚排】yu^{4}pai^{4} (粵) 海水養殖場。

【魚片】yu^{4}pin^{2} (粵) 切成薄片的魚肉♦魚片粥。

【魚膘】yu^{4}pog^{1} (粵) 魚鰾。

【魚生】yu^{4}sang^{1} (粵) 用來生吃的魚肉薄片。

【魚心】yu^{4}sem^{1} (粵) 把魚剖開，帶脊骨的一邊去掉魚頭和魚尾，剩下的部分叫“魚心”。

【魚肚】yu^{4}tou^{5} (粵) 乾製的魚鰾♦魚肚羹。

【魚雲】yu^{4}wen$^{4-2}$ (粵) 魚腦。也說“魚頭雲” yu^{4}teo^{4}wen$^{4-2}$。

【魚獲】yu^{4}wog$^{6-2}$ (粵) 魚白，即雄魚的精子。

【魚蛋檔】yu^{4}dan$^{6-2}$dong^{3} (粵) 可玩弄雛妓的下等黃色架步（妓院）。

【魚蛋妹】yu^{4}dan$^{6-2}$mui$^{6-1}$ (粵) 雛妓。

【魚蝦蟹】yu^{4}ha^{1}hai^{5} (粵) 一種擲骰子賭博遊戲。

【魚尾紋】yu^{4}méi^{5}men^{4} (粵) 上年紀的人眼角上出現的皺紋。

【魚網裝】yu^{4}mong^{5}zong^{1} (粵) 一種孔很大的編織外衣。

【魚絲袋】yu^{4}xi^{1}doi$^{6-2}$ (粵) 尼龍絲網兜。

☞ 另見本頁 yu^{2}。

娛 yu^{4} (jy^{4}) [yú] (通) ❶ 快樂♦歡娛 / 耳目之娛 / 文娛活動。❷ 使快樂♦聊以自娛。

【娛記】yu^{4}géi^{3} (方) 指娛樂性報刊或報刊娛樂版採訪記者。

與(与) yu⁵ (jy⁵) [yǔ] [通] ❶ 跟；和 ♦ 與眾不同 / 與世長辭 / 無與倫比 / 生死與共。❷ 給 ♦ 贈與 / 付與 / 與人方便，自己方便。❸ 交往；友好 ♦ 相與 / 此人易與。

【與及】yu⁵keb⁶ [方] 以及。

【與訴人】yu⁵sou³yen⁴ [方] 被告，跟"原訴人"相對。

【與別不同】yu⁵bid⁶bed¹tung⁴ [粵] 與眾不同。

雨 yu⁵ (jy⁵) [yǔ] [通] ❶ 空氣中的水蒸氣上升到天空中遇冷凝成雲，再遇冷聚集成大水點落下來就是雨。❷ 比喻密集得像雨 ♦ 槍林彈雨。

【雨撥】yu⁵bud⁶ [粵] 汽車前玻璃上的刮水器。也作"車撥" cé¹bud⁶。

【雨褸】yu⁵leo¹ [粵] 雨衣。也謔稱避孕套。

【雨溦溦】yu⁵méi¹méi¹ [粵] 毛毛雨 ♦ 落雨溦溦（下毛毛雨）。

預(预) yu⁶ (jy⁶) [yù] [通] ❶ 事先 ♦ 預報 / 預訂。❷ 參加 ♦ 參預 / 干預。[粵] ❶ 預料；估計 ♦ 預佢半年可以到貨（估計半年之內可以到貨）。❷ 留有餘地、餘額等 ♦ 條褲要預長啲（褲子要算長一點）/ 期限仲係預鬆啲好（期限還是算寬一點好些）/ 禮拜日去野餐，預埋我嗰份（星期天去野餐，把我也算在內）。

【預咗】yu⁶zo² [粵] 早有準備；早預料到 ♦ 預咗㗎啦（早預料到啦）。

【預早】yu⁶zou² [粵] 預先；提早 ♦ 預早準備（預先準備）。

遇 yu⁶ (jy⁶) [yù] [通] ❶ 碰到；相逢 ♦ 遇到 / 相遇 / 偶遇。❷ 對待；接待 ♦ 待遇 / 禮遇 / 善遇 / 冷遇。❸ 機會 ♦ 機遇 / 際遇 / 奇遇結良緣。

【遇啱】yu⁶ngam¹ [粵] 正好碰上 ♦ 遇啱落雨（正好碰上下雨）。

yud

月 yud⁶ (jyt⁹) [yuè] [通] ❶ 月球 ♦ 月亮 / 月光 / 明月 / 水中撈月。❷ 計時單位。一年分為十二個月。❸ 形狀像月亮的 ♦ 月餅 / 月琴。❹ 每月的 ♦ 月刊 / 月產量。

【月大】yud⁶dai⁶ [粵] 大月。

【月供】yud⁶gung¹ [粵] 分期付款每月須償還的款數。

【月光】yud⁶guong¹ [yuèguāng] [通] 太陽光照射到月亮上反射出來的光線。[粵] ❶ 月亮 ♦ 睇月光（看月亮）/ 月光光，照地堂。❷ 戲稱屁股 ♦ 整傷半邊月光（弄傷半邊屁股）。

【月尾】yud⁶méi⁵ [粵] 月底 ♦ 月尾出糧（月底發工資）。

【月小】yud⁶xiu² [粵] 小月。

【月入】yud⁶yeb⁶ [粵] 每月收入。

【月份牌】yud⁶fen⁶pai⁴⁻² [yuèfènpái] [通] 舊指掛在牆上的月曆，現指日曆。

【月下貨】yud⁶ha⁶fo³ [粵] [方] 通常在夜市銷售的質量低劣的商品。

【月字邊】yud⁶ji⁶bin¹ [粵] 漢字部首的"月字旁"。

越 yud⁶ (jyt⁹) [yuè] [通] ❶ 跨過；跳出 ♦ 越過 / 跨越。❷ 超出範圍 ♦ 越界 / 越級。❸ 經過 ♦ 越冬。❹ 揚起 ♦ 激越 / 聲音清越。❺ 表示程度加深 ♦ 越來越高 / 越幹越起勁。❻ 周朝國名。在今浙江東部，後來擴展到江蘇、山東一帶。

【越柙】yud⁶hab⁶ [方] 越獄。

【越描越黑】yud⁶miu⁴yud⁶heg¹ [粵] 越説越走樣；越傳離事實越遠。

【越洋電話】yud⁶yêng⁴din⁶wa⁶⁻² [方] 國際長途電話。

yug

嘟 yug¹ (juk⁷) [粵] ❶ 動 ♦ 唔好嘟嚟嘟去(別動來動去)。❷ 動手打人 ♦ 嘟佢(動手揍他)。❸ 碰；弄 ♦ 千祈唔好嘟我枱面嘅嘢(千萬別弄我桌面上的東西)。

【嘟親】yug¹cen¹ [粵] ❶ 稍為動一動 ♦ 嘟親佢啲嘢都聽衰(稍為動一動他的東西，有你好看的)。❷ 動不動 ♦ 嘟親就喊(動不動就哭)。也説“嘟啲” yug¹di¹ 或“嘟吓” yug¹ha⁵。

【嘟動】yug¹dung⁶ [粵] ❶ 走動；活動 ♦ 有咗身己就唔好嘟動咁多(有了身孕就不要走動太多了)。❷ 變化；調整 ♦ 公司的領導層幾年都冇嘟動過(公司的領導層幾年都沒調整過)。

【嘟手】yug¹seo² [粵] 動手 ♦ 嘟手煮飯(動手做飯)/喂，你唔好嘟手嚹(喂，你千萬別動手)。

【嘟嘟貢】yug¹yug¹gung³ [粵] 不停地亂動 ♦ 瞓就瞓喇，咪嘟嘟貢(好好睡吧，別動來動去)。

【嘟身嘟勢】yug¹sen¹yug¹sei³ [粵] 身體動來動去。

【嘟手嘟腳】yug¹seo²yug¹gêg³ [粵] 動手動腳；有時也指對婦女輕薄。

【嘟不得其正】yug¹bed¹deg¹kéi⁴jing³ [粵] 動彈不得；無所措手足。

肉 yug⁶ (juk⁹) [ròu] [通] ❶ 人或動物皮下的柔軟組織 ♦ 皮肉/肌肉/牛肉/豬肉。❷ 某些瓜果可以吃的部分 ♦ 果肉/桂圓肉。❸ 人的，人體的 ♦ 肉眼/肉搏/肉刑。[粵] 心；芯；瓤 ♦ 錶肉(錶芯)/信肉(信瓤)/枕頭肉(枕心)。

【肉赤】yug⁶cég³ [粵] 疼惜；憐惜；食不得 ♦ 噉靚嘅花樽打爛咗，真係肉赤(這麼漂亮的花瓶給打碎了，真叫人心疼)/佢肉赤個仔啫(他心疼他兒子罷了)。也作“肉刺”。

【肉彈】yug⁶dan² [方] 演色情電影的女演員。

【肉緊】yug⁶gen² [粵] 緊張；着急；不耐煩 ♦ 唔見咪唔見咯，使乜咁肉緊(不見就算了，何必這麼緊張)。

【肉粒】yug⁶neb¹ [粵] 肉丁。

【肉排】yug⁶pai⁴⁻² [粵] 帶一層厚肉的排骨。

【肉參】yug⁶sem¹ [粵] 肉票兒。

【肉疼】yug⁶tung³ [粵] 同“肉赤”。

【肉酸】yug⁶xun¹ [粵] ❶ 肉麻；難看 ♦ 喺車上攬身攬勢幾肉酸(在車上摟摟抱抱多肉麻)/件衫肉酸到死(衣服難看極了)。❷ 癢癢；令人身上發癢 ♦ 揞我胳肋底，鬼死咁肉酸(搔我的胳肢窩，癢癢死了)。

【肉帛相見】yug⁶bag⁶sêng¹gin³ [粵] 指影視節目或書刊中的裸露鏡頭。含譏諷意味。

【肉隨砧板上】yug⁶cêu⁴zem¹ban²sêng⁶

[粵] 比喻任人宰割或任人支配。

【肉麻當有趣】yug⁶ma⁴dong³yeo⁵cêu³ [粵] 拿肉麻的言語、舉止來尋開心，譏諷不正經、不知羞恥。

yun

冤 yun¹ (jyn¹) [yuān] [通] ❶ 受應♦冤情／伸冤。❷ 仇恨♦結冤。❸ 上當；吃虧♦白跑一趟，真冤。[粵] 也作"葱"。❶ 腐臭；惡臭♦冤臭。❷ 糾纏；給人添麻煩♦咪喺度成日冤住我（別老在這裏纏住我）。

【冤鬼】yun¹guei² [yuānguǐ] [通] 指含冤而死的人。[粵] 稱老是給人製造麻煩的人。

【冤戾】yun¹lei² [粵] 冤枉♦唔好冤戾人（不要冤枉人家）。也作"冤厲"。

【冤孽】yun¹yib⁶ [yuānniè] [通] ❶ 冤仇罪孽。❷ 同"冤家"♦小冤孽。[粵] ❶ 上一代敗德留下的報應。❷ 命中注定的關係。

【冤崩爛臭】yun¹heng¹lan⁶ceo³ [粵] 臭氣熏天；臭不可聞。

【冤口冤面】yun¹heo²yun¹min⁶ [粵] 因受了委屈臉上露出的欲哭的樣子。

【冤冤相報】yun¹yun¹sêng¹bou³ [粵] 以冤報冤♦冤冤相報何時了？

【冤有頭，債有主】yun¹yeo⁵teo⁴, zai³ yeo⁵ ju² [粵] 比喻凡事都有起因或主使者。

鴛（鸳） yun¹ (jyn¹) [yuān]

【鴛鴦】yun¹yêng¹ [yuānyāng] [通] 水鳥名。像野鴨但體形較小。羽毛顏色美麗。雌雄常在一起生活。文字上用來比喻恩愛夫妻♦只羨鴛鴦不羨仙。[粵] ❶ 成對而彼此不同或完全不同♦鴛鴦浴室（男女混合的浴室）／鴛鴦筷子（一長一短的一雙筷子）。❷ 指一半咖啡加一半奶茶的飲料。

淵（渊） yun¹ (jyn¹) [yuān] [通] ❶ 深水；深潭♦深淵／臨淵羨魚／魚躍於淵。❷ 深♦淵泉／淵博。[粵] 也作"痟"。肌肉疲勞而致的酸痛♦隻手好淵，遞唔得高（手臂肌肉酸痛，無法抬起）。

【淵痛】yun¹tung³ [粵] 肌肉酸痛。

院 yun²/yun⁶ (jyn²/jyn⁶) [yuàn] [通] ❶ 房屋圍牆裏的空地♦院落／前院／四合院／深宅大院。❷ 某些機關或公共場所的名稱♦法院／醫院／戲院／設計院。

【院商】yun²sêng¹ [方] 影片發行商。

【院線】yun²xin³ [方] 同時放映一家公司發行影片的電影院。

丸 yun² (jyn²) [粵] 口語變音♦湯丸（湯圓）／豬肉丸／牛肉丸。

【丸仔】yun²zei² [粵] 丸狀易於服食的毒品。

園（园） yun² (jyn²) [粵] 口語變音♦公園／動物園。

縣（县） yun² (jyn²) [粵] 口語音♦花縣／梅縣／縣政府。

☞ 另見 453 頁 yun⁶。

怨 yun³ (jyn³) [yuàn] [通] ❶ 仇恨♦怨憤／仇怨／結怨。❷ 責怪；不滿♦埋怨／抱怨／任勞任怨。[粵] 埋怨；責怪♦我唔怨你怨邊個嗰（我不埋怨你埋怨誰呀）？

【怨命】yun³méng⁶ (ming⁶) [yuànmìng] [通] 抱怨命運不濟或不公平。[粵] 認命。

鉛 (铅) yun⁴ (jyn⁴) [qiān] [通] ❶ 金屬元素。青灰色，質硬而重，有延展性。用途廣泛。❷ 石墨筆芯 ♦ 鉛筆。

【鉛筆刨】yun⁴bed¹pao⁴⁻² [粵] 鉛筆刀。

玄 yun⁴ (jyn⁴) [xuán] [通] ❶ 黑色而有光澤的 ♦ 玄色 / 玄狐 / 玄青色。❷ 深奥 ♦ 玄妙 / 玄機 / 玄理 / 玄之又玄。❸ 虛偽；不真實，不可靠 ♦ 故弄玄虛 / 這話真玄。

【玄關】yun⁴guan¹ [粵] 房屋入門處與大廳隔開的緩衝區。

懸 (悬) yun⁴ (jyn⁴) [xuán] [通] ❶ 掛 ♦ 懸掛 / 懸空 / 倒懸 / 懸燈結綵。❷ 沒有着落；沒有結果 ♦ 懸案 / 懸而未決。❸ 牽掛 ♦ 懸念 / 懸望。❹ 相差很遠 ♦ 懸隔。❺ 憑空設想 ♦ 懸想 / 懸擬。❻ 公開揭示 ♦ 懸賞。❼ 危險 ♦ 懸乎 / 太懸 / 真懸。

【懸紅】yun⁴hung⁴ [粵] 懸賞；開出賞金，公開徵求別人幫忙做某件事。

芫 yun⁴ (jyn⁴) [yán]

【芫茜】yun⁴sei¹ [粵] 芫荽，俗稱"香菜"。可以製藥和做香料，莖、葉可以吃。

元 yun⁴ (jyn⁴) [yuán] [通] ❶ 開始；第一 ♦ 元旦 / 元年 / 紀元。❷ 為首的 ♦ 元帥 / 元兇 / 狀元。❸ 主要；根本 ♦ 元音。❹ 構成一個整體的 ♦ 單元 / 元件。❺ 貨幣單位。十角為一元。❻ 朝代名。

【元寶】yun⁴bou² [粵] 紙馬 ♦ 燒元寶。

【元寶蠟燭】yun⁴bou²lab⁶zug¹ [粵] 香燭紙馬。

原 yun⁴ (jyn⁴) [yuán] [通] ❶ 最初的；開始的 ♦ 原先 / 原稿 / 原價。❷ 沒有經過加工的 ♦ 原油 / 原煤 / 原材料。❸ 諒解；寬容 ♦ 原宥 / 情有可原。❹ 寬廣平坦的地方 ♦ 平原 / 高原 / 草原。

【原底】yun⁴dei² [粵] 同"原本"。

【原子筆】yun⁴ji²bed¹ [粵] 圓珠筆。

【原子襪】yun⁴ji²med⁶ [粵] 尼龍襪。

【原訴人】yun⁴sou³yen⁴ [方] 原告，跟"與訴人"相對。

【原汁原味】yun⁴zeb¹yun⁴méi⁶ [粵] 指烹調時保持食物原先特有的味道。

圓 (圆) yun⁴ (jyn⁴) [yuán] [通] ❶ 邊上任意一點到中心點的距離都相等的形狀 ♦ 圓球 / 圓桌 / 圓圈。❷ 完備；周全 ♦ 自圓其說。❸ 貨幣單位。也作"元"。

【圓蹄】yun⁴tei⁴⁻² [粵] 豬肘子 ♦ 燉圓蹄。

【圓揼朵】yun⁴dem⁴dê⁴ [粵] 圓乎乎的。

【圓揼揼】yun⁴dem⁴dem⁴ [粵] 圓咕隆咚。

軟 (软) yun⁵ (jyn⁵) [ruǎn] [通] ❶ 柔；不硬 ♦ 柔軟 / 鬆軟 / 軟牀。❷ 柔和 ♦ 軟風 / 軟語 / 話說得很軟。❸ 懦弱 ♦ 軟弱 / 欺軟怕硬。❹ 沒有氣力 ♦ 酸軟 / 癱軟 / 兩腿發軟。❺ 容易被感動或動搖 ♦ 心軟 / 手軟 / 耳軟。

【軟邊】yun⁵bin¹ [粵] 把魚剖開，帶魚脊骨的一邊叫"硬邊"，另一邊叫"軟邊"。

【軟飯】yun⁵fan⁶ [粵] 女人掙來的錢 ♦ 軟

飯王（靠老婆為生的男人）/ 食軟飯（靠女人掙錢養活）。

【軟熟】yun^{5}sug^6 [粵] 鬆軟；柔軟；軟和 ♦ 新棉胎梗軟熟喇（新棉絮當然鬆軟）/ 飯煮得幾軟熟（米飯做得挺軟和）。

【軟揸揸】yun^{5}dad^{3}dad^3 [粵] 軟綿綿。

【軟滴滴】yun^{5}déd^{6}déd^6 [粵] 軟乎乎。

【軟腳蟹】yun^{5}gêg^{3}hai^5 [粵] 比喻雙腿乏力，走路緩慢的人 ♦ 行快啲喇，成個軟腳蟹噉（走快點哇，瞧你慢吞吞的樣子）。

【軟粈粈】yun^{5}neb^{6}neb^6 [粵] 軟乎乎。

【軟皮蛇】yun^{5}péi^{4}sé^4 [粵] ❶ 比喻拖沓懶散的人。❷ 二皮臉，指對甚麼都無所謂的人。

【軟荏荏】yun^{5}yem^{4}yem^4 [粵] 軟綿綿。

【軟手軟腳】yun^{5}seo^{2}yun^{5}gêg^3 [粵] 手腳乏力；四肢無力。

【軟性毒品】yun^{5}xing^{3}dug^{6}ben^2 [粵] 比鴉片、海洛因等毒性較緩的精神藥物、大麻、迷幻藥等 ♦ 吸食過丸仔之類的軟性毒品。

【軟性書籍】yun^{5}xing^{3}xu^{1}jig^6 [方] 指含有色情內容的讀物。

蓮 yun^5 (jyn^5) [粵] 植物的尖端最細嫩的部分 ♦ 菜蓮（嫩菜薹）。

縣（县） yun^6 (jyn^6) [xiàn] [通] 省級以下的行政區劃分單位 ♦ 花縣 / 通縣 / 縣城。

☞ 另見 451 頁 yun^2。

願（愿） yun^6 (jyn^6) [yuàn] [通] ❶ 樂意；想要 ♦ 自願 / 甘願 / 情願。❷ 希望；要求 ♦ 心願 / 意願 / 如願。❸ 對神佛許下的酬謝 ♦ 許願 / 還願。[粵] 願意 ♦ 你願唔願做落去吖（你願不願意幹下去呀）？

yung

擁（拥） yung^2 (juŋ^2) [yōng] [通] ❶ 用手環抱 ♦ 擁抱。❷ 圍着；包圍 ♦ 擁被而眠 / 前呼後擁。❸ 推察；支持 ♦ 擁戴 / 擁軍優屬。❹ 擠到一塊 ♦ 擁擠 / 簇擁 / 蜂擁而上。

【擁躉】yung^{2}den^2 [粵] 影星、歌星、球星的捧場者。

絨（绒） yung^2 (juŋ^2) [粵] 口語變音。呢子；呢絨 ♦ 絨衫（呢子上衣）/ 絨褲（料子褲）/ 駝絨。

【絨紙】yung^{2}ji^2 [粵] 布紋紙。

容 yung^4 (juŋ^4) [róng] [通] ❶ 裝；包含 ♦ 容器 / 包容 / 無地自容。❷ 對人度量大，不計較 ♦ 容人 / 寬容 / 情理難容。❸ 讓；允許 ♦ 刻不容緩 / 義不容辭。❹ 相貌；神情 ♦ 容顏 / 笑容 / 容光煥發。❺ 景象；樣子；狀態 ♦ 市容 / 軍容 / 陣容。❻ 或許；也許 ♦ 容或有之。

【容乜易】yung^{4}med^{1}yi^6 [粵] 多容易；不難；不費力 ♦ 容乜易俾人呃咗都唔知（很容易讓人給騙了還不知道）/ 開張介紹信之嘛，容乜易嗜（開一張介紹信，那容易得很）！

溶 yung^4 (juŋ^4) [róng] [通] 在液體中化開 ♦ 溶劑 / 溶質。[粵] 化；本身融化 ♦ 啲糖溶晒（糖全化了）。

蓉 yung^4 (juŋ^4) [róng] [通] ❶ 四川省成都市的別稱。❷ 見 "芙蓉" 條。[粵] ❶ 食物稀爛如泥狀 ♦ 蒜蓉（蒜

泥）/ 豆蓉（豆泥）/ 蓮蓉（蓮子泥）/ 椰蓉（椰子泥）。❷ 東西稀巴爛 ◆ 包點心責到蓉晒（包點心被壓得稀巴爛）。

【蓉蓉爛爛】yung4yung4lan6lan6 (粵) ❶ 稀爛 ◆ 煲到蓉蓉爛爛（煲得稀爛）。❷ 破破爛爛 ◆ 件衫着到蓉蓉爛爛（衣服穿得破破爛爛）/ 本雜誌俾佢翻到蓉蓉爛爛（雜誌讓他給翻得破破爛爛）。

榕 yung4 (juŋ4) [róng] (通) ❶ 榕樹，常綠喬木。樹幹分枝多，有氣根，木材可製器具。❷ 福建省福州市的別稱。(粵) 榕樹 ◆ 闊葉榕。

濃（浓）yung4 (juŋ4) (粵) ❶ 密；茂密 ◆ 今年啲荔枝好濃（今年荔枝果實纍纍）。❷ 釅；味厚 ◆ 啲茶唔好沖咁濃（茶別泡得太釅）。

☞ 另見 303 頁 nung4。

Z

za

揸 za1 (dza1) [zhā] (通) 用手指撮東西。(粵) ❶ 抓；拿；握 ◆ 揸刀 / 揸筆 / 揸鋤頭（扛鋤頭，也泛指耕田）。❷ 攥；捏；擠 ◆ 揸埋拳頭（攥緊拳頭）/ 揸埋一嚿（捏作一團）/ 揸乾啲水（把水擠乾）。❸ 掌握；控制 ◆ 揸大權（掌握大權）/ 揸住盤數（掌握賬目）。❹ 開車；駕駛 ◆ 揸車（開車）/ 揸飛機（駕駛飛機）。

【揸兜】za1deo1 (粵) 討飯；做叫化子。

【揸□】za1fid1 (粵) 拿事；管事。

【揸頸】za1géng2 (粵) ❶ 受氣；忍氣吞聲 ◆ 冇計喇，只好揸住條頸做人（沒辦法，只好忍氣吞聲）。❷ 氣人；令人生氣 ◆ 真揸頸（真氣人）！

【揸拿】za1na4 (粵) ❶ 把握 ◆ 冇晒揸拿（沒轍）。❷ 殘渣 ◆ 大食冇揸拿（大吃大喝，連殘渣也不剩，比喻花光吃光）。

【揸手】za1seo2 (粵) ❶ 掌管 ◆ 呢間舖由邊個揸手（這個店舖由哪一位掌管）？❷ 捏着；掌握 ◆ 個仔大喇，要有啲揸手錢先得嘅（孩子大了，得有點壓袋錢）。❸ 把手。

【揸腰】za1yiu1 (粵) 衣服的腰身窄 ◆ 揸腰裙（窄身裙）。

【揸大旗】za1dai6kéi4 (粵) 執牛耳；居領導地位。也說"揸旗" za1kéi4。

【揸雞腳】za1gei1gêg3 (粵) 抓辮子；抓住把柄。

【揸主意】za1ju2yi3 (粵) 拿主意 ◆ 你自己揸主意（你自己拿主意）。

【揸牛奶】za1ngeo4nai5 (粵) 擠牛奶。

【揸水煲】za1sêu2bou1 (粵) 拎開水壺，指在餐館、茶樓做跑堂。

【揸鐵筆】za1tid3bed1 (粵) 意指挖牆腳。參見"撬牆腳"條。

【揸鑊剷】za1wog6can2 (粵) ❶ 當廚子。❷ 指喚醒愛睡懶覺的人。

【揸大葵扇】za1dai6kuei4xin3 (粵) 做媒人。

【揸頸就命】za1géng2zeo6méng6 (粵) 忍氣吞聲；忍辱偷生。

【揸正嚟做】za1zéng3lei4zou6 (粵) 按原則辦事。也說"執正嚟做" zeb1zéng3

lei4zou6。

渣 za1 (dza1) [zhā] [通] ❶ 提出精華或汁液後剩下的東西 ♦ 渣滓 / 煤渣 / 蔗渣 / 豆腐渣。❷ 碎屑 ♦ 麵包渣 / 饅頭渣。[粵] 殘渣；碎渣 ♦ 菜渣 / 呢次輸到仆地，渣都冇埋（這次輸慘了，一個子兒不剩）。

鮓 za2 (dza2) [粵] 也作“苴”或“渣”。不好，不行，差勁；沒本事，水平低，質量差 ♦ 乜咁鮓㗎，噉都搦唔起（這麼差勁，連這個都拿不動）/ 呢隻產品夠晒鮓（這種產品質量太次）。

【鮓斗】za2deo2 [粵] 差勁；水平低。

【鮓皮】za2péi4 [粵] 同“鮓斗”。

【鮓嘢】za2yé5 [粵] 次貨。

咋 za3 (dza3) [zǎ] [通] 怎；怎麼 ♦ 咋好 / 咋辦。[粵] 語助詞。表示提醒或肯定 ♦ 得最後幾張票咋（只剩最後幾張票呢）/ 我啱返嚟咋，衫都未換（我剛回來呢，連衣服都還未來得及換）。

☞ 另見本頁 za4。

炸 za3 (dza3) [zhá] [通] 把食物放在沸油裏弄熟 ♦ 炸魚 / 炸油條。

【炸子雞】za3ji2gei1 [粵] [方] 比喻當紅的熱門歌星。

詐 za3 (dza3) [zhà] [通] ❶ 欺騙 ♦ 詐取 / 欺詐 / 訛詐。❷ 假裝 ♦ 詐病 / 詐死 / 詐降 / 詐聾（裝聾）。

【詐嗲】za3dé2 [粵] 撒嬌，也說“詐嬌” za3giu1 或“詐媽嬌” za3ma1giu1。

【詐諦】za3dei3 [粵] 假裝；裝蒜 ♦ 詐諦唔知（佯作不知）/ 佢詐諦啫（他裝蒜罷了）。

【詐懵】za3mung2 [粵] 裝糊塗；裝蒜。

【詐傻】za3so4 [粵] 裝傻。

【詐糊】za3wu4–2 [粵] 方言“糊”“和”同音。打麻將時把未“和”的牌看成“和”叫“詐糊”，比喻空歡喜 ♦ 食詐糊（空歡喜一場）。

【詐型】za3ying4 [粵] 發火；大發脾氣；耍威風。

【詐假意】za3ga2–1yi3–1 [粵] ❶ 指無惡意的假裝 ♦ 詐假意話唔要（假裝說不要）。❷ 鬧着玩 ♦ 佢詐假意同你玩吓啫（他跟你鬧着玩罷了）。

【詐癲扮傻】za3din1ban6so4 [粵] 裝瘋賣傻。也說“詐傻扮懵” za3so4ban6mung2。

【詐詐諦諦】za3za3dei3dei3 [粵] 虛情假意地；假惺惺地。

咋 za4 (dza4) [粵] 語助詞。表示疑問 ♦ 佢先得八歲咋，睇落又唔似噃（他才八歲哪，看上去不大像）/ 咁大堆先至五斤咋（這麼大的一堆才五斤嗎）？

【咋咋聲】za4za4–2séng1 [粵] 形容速度快 ♦ 咋咋聲啲糖溶晒（糖嘩嘩地都化了）/ 咋咋聲使晒啲錢（錢嘩嘩地都花光了）。

☞ 另見本頁 za3。

拃 za6 (dza6) [粵] ❶ 堵塞；阻攔 ♦ 架車壞咗，拃住條路（車子壞了，把路堵住）/ 佢拃住唔俾我入（他把我攔住不讓我進去）。❷ 量詞。相當於“把” ♦ 一拃菜（一把菜）/ 揦拃米餵雞（抓把米餵雞）。❸ 量詞。相當於“夥” ♦ 成拃人企喺門口（一夥人站在門口）。

【拃亂戈柄】za⁶lün⁶guo¹béng³ [粵] ❶ 打斷別人的話頭。❷ 妨礙別人的事情。

zab

札 zab³ (dzap⁸) [粵] ❶ 登記 ♦ 札數（入賬；登記賬目）。❷ 計算 ♦ 我數過㗎喇，你再札一札好啲嘅（我數過啦，你再算一算好些）。

【札馬】zab³ma⁵ [粵] 札馬步，練功時雙腿叉開，微彎地站立。

【札碼字】zab³ma⁵ji⁶ [粵] 蘇州碼字，即Ⅰ、Ⅱ、Ⅲ、Ⅹ…

☞ 另見 457 頁 zad³。

集 zab⁶/zeb⁶ (dzap⁹/dzɐp⁹) [jí] [通] ❶ 會合；聚集 ♦ 聚集 / 搜集。❷ 定期交易的市場 ♦ 市集 / 趕集。❸ 會合許多著作編成的書 ♦ 詩集 / 選集 / 小說集。

【集錦】zab⁶gem² [jíjǐn] [通] 輯在一起的圖畫、詩文等 ♦ 郵票集錦。[方] 組裝；拼裝 ♦ 集錦機（組裝機）。

習（习） zab⁶/zeb⁶ (dzap⁹/dzɐp⁹) [xí] [通] ❶ 反覆地學使熟練 ♦ 習字 / 溫習 / 學而時習之。❷ 對某事物常常接觸而熟悉 ♦ 習聞 / 習以為常 / 習非成是。❸ 習慣 ♦ 積習難改 / 相沿成習 / 陳規陋習。

【習作】zab⁶zog³ [xízuò] [通] 文章或繪畫的練習作業。[粵] 作業；練習 ♦ 交習作（交作業）/ 習作簿（作業本）/ 手工習作（手工練習）。

襲（袭） zab⁶ (dzap⁹) [xí] [通] ❶ 趁對方沒有防備突然攻擊 ♦ 空襲 / 奇襲 / 夜襲。❷ 照樣做；繼承 ♦ 抄襲 / 因襲 / 沿襲 / 世襲。❸ 量詞。指成套的衣服 ♦ 一襲新棉衣。

【襲警】zab⁶ging² [粵] 襲擊警方人員。

雜（杂） zab⁶ (dzap⁹) [zá] [通] ❶ 不單純的；多樣化的 ♦ 雜色 / 雜技。❷ 混在一起 ♦ 夾雜 / 攙雜 / 混雜 / 大雜燴。[粵] ❶ 雜碎；下水 ♦ 牛雜 / 雞雜。❷ 雜食 ♦ 雜菜 / 一齋兩雜。❸ 粵劇中的丑角。

【雜差】zab⁶cai¹ [粵] [方] ❶ 舊稱勤雜人員。❷ 現稱便衣警察。

【雜柴】zab⁶cai⁴ [粵] 松樹柴以外的木柴。

【雜嘜】zab⁶meg¹ [粵] 雜牌；雜牌的不地道的貨色。

【雜崩嚨】zab⁶beng¹leng¹ [粵] 雜七雜八。

【雜貨舖】zab⁶fo³pou³⁻² [záhuòpù] [通] 出售雜貨的店舖。[粵] ❶ 特指出售副食品的店舖。❷ 形容室內的物品又雜又亂。

【雜架攤】zab⁶ga³⁻²tan¹ [粵] [方] 舊貨攤。

閘（闸） zab⁶ (dzap⁹) [zhá] [通] ❶ 控制河渠水流的建築物，可以隨時開關 ♦ 水閘 / 洩水閘。❷ 使機器減速或停止旋轉的裝置 ♦ 電閘 / 車閘。[粵] ❶ 柵欄；柵欄上的門 ♦ 鐵閘。❷ 驗票證的關口 ♦ 出閘（出關）/ 入閘（入關；進剪票口）/ 搶閘（搶先過關）。

【閘住】zab⁶ju⁶ [粵] ❶ 停止 ♦ 老細吩咐先閘住唔好招工（老闆吩咐先停止招工）。❷ 打住 ♦ 閘住，唔好講埋晒啲唔吉利嘅嘢（打住，別老說這些不吉利的話）。

【閘門】zab³mun⁴ [粵] 鐵柵欄門。

【閘側】zab⁶zeg¹ 粵 側着；側放◆閘側張櫈坐（把椅子側放着來坐）/ 皮喼閘側放（皮箱側着放）。

鈒 zab⁶ (dzap⁹)

【鈒骨】zab⁶gued¹ 粵 布料剪裁後的鎖邊◆鈒骨機。

zad

紮（扎） zad³ (dzat⁸) （一）[zā] 通 ❶捆綁；纏束◆紮腿 / 紮腰帶 / 紮辮子。❷量詞◆一紮線 / 一紮報紙。粵 ❶"紮起"的簡略説法◆新紮師兄（最近嶄露頭角的師兄）。❷量詞。相當於"束"、"捆"◆買紮花（買一束花）/ 一紮樹枝（一捆樹枝）。

【紮腳】zad³gêg³ 粵 纏足；包小腳。

【紮起】zad³héi² 粵 崛起；嶄露頭角◆新紮起的年青演員（最近嶄露頭角的年青演員）。

【紮職】zad³jig¹ 方 獲得職位。

【紮炮】zad³pao³ 粵 勒緊褲腰帶，比喻捱餓、餓肚子。

【紮鐵】zad³tid³ 粵 紮鋼筋◆紮鐵工。

【紮粉仔】zad³fen²zei² 粵 紮成小紮的細粉條。

（二）[zhā] 通 ❶刺◆紮針 / 紮手 / 紮眼。❷鑽◆紮猛子 / 一頭紮進書堆裏。

【紮實】zad³sed⁶ [zhāshí] 通 踏實；實在。粵 ❶牢靠；結實。❷身材健碩。

札 zad³ (dzat⁸) [zhá] 通 ❶古代寫字用的小木片。❷信件◆書札 / 信札 / 手札。❸舊時的一種公文。粵 驚跳◆嚇到佢成個札起（把他嚇得跳了起來）。

【札醒】zad³séng² 粵 一覺驚醒。

【札札跳】zad³zad³tiu³ 粵 ❶活蹦亂跳◆條魚仲札札跳（魚還活蹦亂跳）。❷形容情緒十分激動、不安◆激到佢札札跳（氣得他渾身打顫）。

☞ 另見 456 頁 zab³。

zag

責（责） zag³ (dzak⁸) [zé] 通 ❶分內應做的事◆職責 / 盡責 / 人人有責。❷要求◆責己嚴 / 求全責備。❸指摘過失◆斥責。❹質問◆指責 / 引咎自責。❺受懲罰而捱打◆杖責 / 鞭責 / 笞責。粵 也作"砳"。壓◆責扁（壓扁）/ 責實（壓緊）/ 大石責死蟹（比喻以權勢壓人）。

【責數】zag³sou³ 粵 壓賬；拖欠貨款或欠款。

窄 zag³ (dzak⁸) [zhǎi] 通 ❶狹小◆狹窄 / 路窄 / 住房窄。❷氣量小；不開朗◆心眼窄 / 心胸窄。粵 ❶狹窄◆條街太窄（街道過於狹窄）。❷衣服瘦小◆瘦人着窄衫（瘦人穿瘦衣服）。

【窄少】zag³xiu² 粵 方 範圍狹窄，數量不多。

【窄唊唊】zag³gib⁶gib⁶ 粵 窄窄的。也説"窄搣搣" zag³mid⁶mid⁶。

擇（择） zag⁶ (dzak⁹) （一）[zé] 通 挑選；挑揀◆擇友 / 選擇 / 擇善而從 / 不擇手段。

【擇使】zag^{6}sei^{2} [粵] ❶ 難用；難以使用 ♦ 你呢部車認真擇使（你這部車子實在不好用）。❷ 棘手；傷腦筋 ♦ 呢單嘢好擇使（這事兒真傷腦筋）。

【擇食】zag^{6}xig^{6} [粵] 挑食；偏食 ♦ 佢好擇食㗎，所以咁瘦啫（他很挑食，所以這麼瘦弱）。

（二）[zhái] [通] 口語讀音。

【擇菜】zag^{6}coi^{3} [zháicài] [通] 挑出蔬菜中不能吃的部分，留下可以吃的部分。

【擇日子】zag^{6}yed^{6}ji^{2} [zháirìzi] [通] 選擇吉日。

zai

齋（斋）zai^{1} (dzai^{1}) [zhāi] [通] ❶ 屋子，常用作書房、學舍或商店的名稱 ♦ 書齋 / 榮寶齋 / 緻美齋。❷ 信仰佛教、道教的人吃的素食 ♦ 齋飯 / 吃齋 / 長齋 / 化齋。❸ 捨飯給僧人 ♦ 齋僧。[粵] 素的 ♦ 齋湯。

【齋菜】zai^{1}coi^{3} [粵] 素菜。

【齋啡】zai^{1}fé^{1} [粵] 不加牛奶的咖啡。

【齋舞】zai^{1}mou^{5} [粵] 沒有異性舞伴的舞 ♦ 跳齋舞。

【齋廚】zai^{1}qu^{4} [方] 素菜館。也說“齋舖”zai^{1}pou^{3}。

【齋堂】zai^{1}tong^{4} [粵] 佛寺。

【齋滷味】zai^{1}lou^{5}méi$^{6-2}$ [粵] 素什錦。

債（债）zai^{3} (dzai^{3}) [zhài] [通] 欠別人的錢 ♦ 借債 / 還債。

【債仔】zai^{3}zei^{2} [粵] 借債人。

寨 zai^{6} (dzai^{6}) [zhài] [通] ❶ 防衛用的柵欄 ♦ 山寨。❷ 舊時的軍營 ♦ 營寨 / 安營紮寨。❸ 四周有柵欄或圍牆的村子 ♦ 寨子 / 村寨。[粵] 妓院 ♦ 妓寨 / 老舉寨（窰子）/ 師姑寨（成為變相妓院的尼姑庵）。

zam

斬（斩）zam^{2} (dzam^{2}) [zhǎn] [通] 砍斷 ♦ 斬首 / 斬草除根 / 斬釘截鐵 / 披荊斬棘。[粵] ❶ 切；割；砍；殺 ♦ 白斬雞（白切雞）/ 斬樹枝（砍樹枝）/ 俾人斬死（被人殺死）。❷ 買需要切割的肉食 ♦ 斬兩斤燒鵝（買兩斤烤鵝）。❸ 宰了一切；敲了一筆 ♦ 俾人斬咗都唔知（讓人給敲了一筆還蒙在鼓裏）。

【斬柴】zam^{2}cai^{4} [粵] 砍柴。

【斬倉】zam^{2}cong^{1} [粵] 拋售股票；將貨物脱手。

【斬件】zam^{2}gin$^{6-2}$ [粵] 將熟食切塊上碟。

【斬客】zam^{2}hag^{3} [粵] 宰客，指賣方要價太高，欺騙顧客。

【斬纜】zam^{2}lam^{6} [粵] 斬斷纜繩，比喻與人一刀兩斷，斷絕關係，尤指男女愛情方面。

【斬料】zam^{2}liu$^{6-2}$ [粵] 買熟食。

【斬到一頸血】zam^{2}dou^{3}yed^{1}géng^{2}hüd^{3} [粵] 比喻被人狠狠地敲了一筆。

【斬腳趾避沙蟲】zam^{2}gêg^{3}ji^{2}béi^{6}sa^{1}cung$^{4-2}$ [粵] 為避沙蟲（指説可致腳氣病）而砍掉腳趾，比喻為避免小麻煩而不惜作出較大的犧牲；也比喻愚不可及的行為。

䁪 zam^{2} (dzam^{2}) [粵] ❶ 眨 ♦ 睇到佢入晒迷，眼都唔䁪一下（他看

入迷了，眼睛也不眨一眨)。❷ 閃 ♦ 點解盞燈晰吓晰吓 (幹嘛燈光一閃一閃的)？

【晰吓眼】$zam^2ha^5ngan^5$ [粵] 一眨眼；轉眼間 ♦ 晰吓眼就唔見咗人 (一眨眼就不見了人影) / 晰吓眼有兩年唔見咯可(轉眼間有兩年沒見面了)。

zan

盞 (盏) zan^2 ($dzan^2$) [zhǎn] [通] ❶ 小杯子 ♦ 酒盞 / 燈盞 / 茶盞。❷ 量詞 ♦ 一盞燈 / 兩盞酒。[粵] ❶ 好；棒 ♦ 呢件嘢幾盞嚅 (這件東西挺不錯的) / 味道真係盞(味道真棒)！❷ 愜意；有趣 ♦ 得閒嚟玩吓又幾盞嘅(有空來玩一玩還是挺有意思的)。❸ 妥當；適宜 ♦ 噉做唔係幾盞啩 (這樣做不大妥當吧)？❹ 徒然；白白地 ♦ 我睇算了，盞得搞嘅啫 (我看算了，無謂白費力氣)。❺ 空自；只落得 ♦ 盞賣壞個名 (只會敗壞了名聲) / 盞得俾老闆鬧 (結果只會捱老闆一頓罵)。

【盞搞】zan^2gao^2 [粵] 白費勁；白費氣力。

【盞鬼】zan^2guei^2 [粵] 好；美好。

【盞衰】$zan^2sêu^1$ [粵] 注定倒霉 ♦ 噉搞法盞衰嘅啫 (這樣做注定倒霉)。

【盞嘢】$zan^2yé^5$ [粵] 好東西。

棧 (栈) zan^2 ($dzan^2$) [粵] 口語變音。倉庫；旅館 ♦ 貨棧 / 客棧。

賺 (赚) zan^6 ($dzan^6$) [zhuàn] [通] 做買賣獲得利潤 ♦ 賺錢 / 賺利。

【賺頭蝕尾】$zan^6teo^4xid^6méi^5$ [粵] 先賺後賠。

【賺錢買花戴】$zan^6qin^{4-2}mai^5fa^1dai^3$ [粵] 做工掙錢不是為了糊口，而是為了添妝。讚歎別人經濟寬裕，做不做工、掙多掙少都無所謂。

zang

爭 (争) $zang^1/zeng^1$ ($dzaŋ^1/dzɐŋ^1$) [zhēng] [通] ❶ 力求得到或達到 ♦ 力爭。❷ 吵；辯論 ♦ 意氣之爭。[粵] ❶ 幫；護着 ♦ 爭理不爭親 (幫理不幫親) / 我邊個都唔爭 (我誰也不偏袒)。❷ 爭吵；爭論 ♦ 你哋喺度爭乜嘢吖 (你們在爭吵甚麼呀)？❸ 爭奪；不相讓 ♦ 爭家產 (爭奪家產)。

【爭交】$zang^1gao^1$ [粵] 勸架。

【爭住】$zang^1ju^6$ [粵] ❶ 偏袒某人 ♦ 爭住個仔(偏袒自己的孩子)。❷ 爭先；搶先 ♦ 爭住報名 (爭先報名)。

睜 $zang^1$ ($dzaŋ^1$) [粵] 缺；欠；短；差 ♦ 睜佢一個未到(缺他一個) / 睜佢十蚊 (欠他十塊) / 睜三兩夠五斤 (五斤短三兩) / 睜啲唔記得咗嗏 (差點給忘了)。

【睜住先】$zang^1ju^6xin^1$ [粵] 先欠着；暫時拖欠。

踭 (踭) $zang^1$ ($dzaŋ^1$) [粵] ❶ 肘 ♦ 手踭 (手肘) / 豬踭 (豬肘子)。❷ 跟 ♦ 腳踭(腳跟) / 高踭鞋(高跟鞋)。

☞ 另見 421 頁 $yang^3$。

掙 (挣) $zang^6$ ($dzaŋ^6$) [zhèng] [通] ❶ 用力支撐或擺脱 ♦ 掙脱 / 掙開。❷ 出勞力而取得報酬 ♦

掙錢 / 掙家業。粵 撐；擠；塞 ♦ 掙住個胃（吃飽了肚子撐着）/ 掙極都掙唔落（拼命塞也塞不進）。

zao

找 zao² (dzau²) [zhǎo] 通 ❶ 尋求；想要得到 ♦ 找人 / 找事做 / 找麻煩。❷ 退回；補還 ♦ 找錢 / 找零。

【找數】zao²sou³ 粵 ❶ 找錢 ♦ 仲有找數俾我（還沒給我找錢）。❷ 付款；結賬，同"睇數" ♦ 邊個找數（誰付賬）？

【找換】zao²wun⁶ 粵 兑換 ♦ 找換外幣（兑換外幣）。

【找贖】zao²zug⁶ 粵 找零 ♦ 唔夠碎紙找贖（不夠零錢找退）。

【找晦氣】zao²fui³héi³ 粵 尋釁。責罵某人以洩憤。

抓 zao² (dzau²) [zhuā] 通 抓舉，舉重運動項目之一。粵 纏繞；捆紮；箍住 ♦ 用鐵線抓實個砂煲（用鐵絲把砂鍋箍緊）/ 搦條粗繩嚟抓住個箱（拿一條粗繩子來把箱子捆住）。

焯 zao³ (dzau³) 粵 用油炸一炸；過油 ♦ 焯花生（油炸花生）/ 焯油角（炸油角）。

棹 zao⁶ (dzau⁶) [zhào] 通 ❶ 划船的用具，和槳相似。❷ 船 ♦ 歸棹。粵 ❶ 忌；忌諱 ♦ 感冒最棹忌食生冷嘢（患了感冒最忌吃生冷食物）。❷ 倒霉；糟糕；麻煩 ♦ 乜咁棹忌㗎，噉都會唔見嘅（真糟糕，咋會不見了呢）？

zé

遮 zé¹ (dzɛ¹) [zhē] 通 擋住；掩蓋 ♦ 遮擋 / 遮攔 / 遮蔽 / 遮掩 / 遮住 / 遮埋。粵 ❶ 傘 ♦ 陽遮（陽傘）/ 縮骨遮（摺疊傘）。❷ 練武用的防護牌 ♦ 藤遮（藤牌）。

【遮柄】zé¹béng³ 粵 傘把。

【遮骨】zé¹gued¹ 粵 傘骨子。

姐 zé¹ (dzɛ¹) 粵 口語音。❶ 用來稱呼平輩婦女，通常從名字中取得一字然後加"姐" ♦ 玲姐 / 珍姐。❷ 大姐 ♦ 家姐。

☞ 另見本頁 zé²。

啫 zé¹ (dzɛ¹) 粵 也作"嗻"。語助詞。❶ 表示轉折，相當於"嘛" ♦ 所以啫（所以嘛）。❷ 表示不在乎，相當於"罷了" ♦ 而家先至三點啫（現在才三點鐘罷了）。

【啫嚩】zé¹bo³ 粵 表示有限度，相當於只可以…啊 ♦ 俾三蚊啫嚩（只可以給三塊錢哪）。

【啫喱】zé¹léi² 粵 英 jelly 音譯。果子凍。

【啫喱膏】zé¹léi²gou¹ 粵 像果子凍一樣半透明略帶黏性的髮膏。

姐 zé² (dzɛ²) [jiě] 通 ❶ 稱同父母而年紀比自己大的女子 ♦ 大姐 / 姐妹 / 姐夫。❷ 稱同輩中年紀比自己大的女子 ♦ 表姐 / 江姐 / 李大姐。❸ 尊稱年輕女子 ♦ 小姐 / 尤二姐。粵 對女傭的稱呼，通常在名字中選一字然後加"姐" ♦ 芳姐 / 瓊姐。

【姐氣】zé²héi³ 粵 女人氣；女人味。

【姐手姐腳】zé^{2}seo^{2}zé^{2}gêg^{3} [粵] 形容手腳無力或做事優柔寡斷、拖泥帶水。

☞另見 460 頁 zé^{1}。

借 zé^{3} (dzɛ^{3}) [jiè] [通] ❶ 暫時使用別人的財物 ♦ 借錢 / 借貸 / 借車。❷ 暫時把財物給別人使用 ♦ 借給 / 出借 / 外借。❸ 假託 ♦ 借故 / 借題發揮 / 借屍還魂。❹ 憑；依靠 ♦ 借助 / 借刀殺人 / 借風使船。

【借殼】zé^{3}hog^{3} [方] 公司名存實亡，由他人控制經營。

【借橋】zé^{3}kiu$^{4-2}$ [粵] 借用別人的點子、主意、方法。

【借借】zé^{3}zé^{3} [粵] 客套語。借光；勞駕。也說“借過” zé^{3}guo^{3}。

【借歪啲】zé^{3}mé^{2}di^{1} [粵] 客套語。借借光；請讓一讓。也說“借一借” zé^{3}yed^{1}zé^{3}。

【借花敬佛】zé^{3}fa^{1}ging^{3}fed^{6} [粵] 借花獻佛。

【借頭借路】zé^{3}teo^{4}zé^{3}lou^{6} [方] 乘機；趁勢；找藉口；找由頭兒。

蔗 zé^{3} (dzɛ^{3}) [zhè] [通] 甘蔗，草本植物，莖有節，是製糖的重要原料 ♦ 蔗糖 / 蔗田 / 果蔗 / 黑蔗。

【蔗雞】zé^{3}gei^{1} [粵] 從甘蔗節上長出來的芽。

【蔗汁】zé^{3}zeb^{1} [粵] 甘蔗汁。

zeb

汁 zeb^{1} (dzɐp^{7}) [zhī] [通] 含有某種物質的液體 ♦ 墨汁 / 膽汁 / 乳汁。[粵] ❶ 菜餚的濃湯 ♦ 菜汁 / 雞汁 / 撈汁。❷ 擠壓出來的汁液 ♦ 橙汁 / 蔗汁 / 西瓜汁。

【汁都撈埋】zeb^{1}dou^{1}lou^{1}mai^{4} [粵] ❶ 比喻獨吞好處。❷ 比喻連一點點好處也不放過 ♦ 晚晚睇電視，連汁都撈埋 (晚晚看電視，連最後幾個鏡頭也不放過)。

執 (执) zeb^{1} (dzɐp^{7}) [zhí] [通] ❶ 拿着；掌握 ♦ 執筆 / 執掌 / 執政。❷ 堅持 ♦ 執意 / 固執 / 執迷不悟 / 各執一詞。❸ 施行；實行 ♦ 執行 / 執法。❹ 憑單 ♦ 回執。[粵] ❶ 撿；拾 ♦ 執到條鎖匙 (撿到一條鑰匙)。❷ 收拾；整理 ♦ 執枱 (收拾餐桌) / 執行李 (收拾行李)。❸ 抓住；逮捕 ♦ 衝紅燈俾阿蛇執住 (闖紅燈被警察抓住)。❹ 接生；生孩子 ♦ 佢啱啱執咗個女 (她剛生了個女嬰) / 執媽 (替人接生的女人)。❺ 沒收；收繳 ♦ 成批貨俾執晒 (整批貨全給沒收了) / 連車牌都俾執埋 (連車牌也給收繳了)。❻ 量詞。相當於“把”、“撮” ♦ 一執米 (一把米) / 一執毛 (一撮毛) / 落執鹽 (放一撮鹽)。

【執茶】zeb^{1}ca^{4} [粵] 抓藥 ♦ 執劑茶飲吓就冇事嘞嘞 (抓一劑藥吃吃就沒事啦)。

【執籌】zeb^{1}ceo$^{4-2}$ [粵] 抓鬮；抽籤。

【執地】zeb^{1}déi$^{6-2}$ [粵] 撿破爛；拾荒貨 ♦ 執地仔 (撿破爛的)。

【執到】zeb^{1}dou$^{3-2}$ [粵] 撿到，指輕易得到便宜、好處。

【執房】zeb^{1}fong$^{4-2}$ [方] 收拾房間。

【執福】zeb^{1}fug^{1} [粵] 得福。

【執笠】zeb^{1}leb^{1} [粵] 歇業；倒閉；收攤兒。

【執漏】zeb1leo6 (粵) 房屋撿漏。

【執尾】zeb1méi5 (粵) 同“執手尾”。

【執拗】zeb1ngao3［zhíniù］(通) 固執任性，不聽勸告。(粵) 爭執；爭吵。

【執拾】zeb1seb6 (粵) 收拾；整理♦執拾吓間房（把房間收拾一下）。

【執生】zeb1sang1 (粵) ❶ 演員演出時説錯台詞而靈活應變。❷ 遮掩過失。❸ 隨機應變，設法應付危局。

【執位】zeb1wei6-2 (粵) ❶ 打麻將打完四圈後互換位置。❷ 內閣改組後內閣成員重新調整職位。

【執屍】zeb1xi1 (粵) 收屍。

【執私】zeb1xi1 (粵) 緝私；沒收私貨。

【執輸】zeb1xu1 (粵) 吃虧；佔下風；落後於人。

【執藥】zeb1yêg6 (粵) 同“執茶”。

【執贏】zeb1yéng4 (方) 佔上風；得便宜；居於人前。

【執仔】zeb1zei2 (粵) 接生♦執仔婆（接生婆）；助產士。

【執正】zeb1zéng3 (粵) ❶ 公正處事♦執正嚟做（秉公辦事；按原則辦事）。❷ 打扮整潔♦今晚有應酬，執正啲先好出門（今晚有應酬，打扮得整潔一點才好出門）。

【執包袱】zeb1bao1fug6 (粵) 捲鋪蓋，指被辭退解僱。

【執到寶】zeb1dou3-2bou2 (粵) 撿着便宜了。

【執到正】zeb1dou3zéng3 (粵) ❶ 循規蹈矩，秉公辦事♦我哋經理樣樣執到正嚟（我們經理凡事依規章處理）。❷ 打扮得整潔漂亮。

【執雞腳】zeb1gei1gêg3 (粵) 抓住人家的把柄。參見“執痛腳”條。

【執平嘢】zeb1péng4yé5 (粵) 撿便宜貨。也說“執平貨”zeb1péng4fo3。

【執死雞】zeb1séi2gei1 (粵) 撿現成兒；得到意外的收穫、好處、便宜，譬如意外地買到退票等。

【執手尾】zeb1seo2méi5 (粵) 收拾殘局，做收尾或善後工作。

【執痛腳】zeb1tung3gêg3 (粵) 抓住人家的缺點、毛病或把柄。參見“執雞腳”條。

【執二攤】zeb1yi6tan1 (粵) ❶ 撿二手貨。❷ 指娶寡婦或非處女為妻。

【執番條命】zeb1fan1tiu4méng6 (粵) 撿回一條命，指僥倖逃生。

【執頭執尾】zeb1teo4zeb1méi5 (粵) 整理零碎兒；做零碎的雜活。

【執人口水溦】zeb1yen4heo2sêu2méi1 (粵) 人云亦云；拾人牙慧。

【執到金都唔會笑】zeb1dou3-2gem1dou1 m4wui5xiu3 (粵) 形容人性情刻板、不苟言笑。

【執輸行頭慘過敗家】zeb1xu1hang4teo4 cam2guo3bai6ga1 (粵) 譏諷那些行動遲緩而讓人佔了上風的人。

zed

杙 zed1 (dzɐt7) (粵) ❶ 胡亂地放；隨意地放♦將啲玩具杙晒入個櫃桶度（把玩具都放進抽屜裏）/ 啲行李先杙喺度先（暫時把行李放在這裏）。❷ 塞入；擠滿♦杙入去（塞進去）/ 杙滿晒人（擠滿了人）。❸ 塞子♦木杙（木塞子）/ 樽杙（瓶塞）。

姪 (侄) zed⁶ (dzɐt⁹) [zhí] [通] ❶ 兄弟的子女 ♦ 姪子 / 姪女。❷ 同輩親友的子兒 ♦ 表姪 / 內姪。

【姪仔】zed⁶zei² [粵] 姪子。

窒 zed⁶ (dzɐt⁹) [zhì] [通] 阻塞；不通 ♦ 窒塞 / 窒礙。[粵] ❶ 驚慌得目瞪口呆 ♦ 驚到窒晒（嚇得目瞪口呆）。❷ 突然停止 ♦ 佢講話時窒咗一下（他講話時突然停了一下）。❸ 故意提些疑難問題或說些令人難堪的話，使對方無言以對 ♦ 你唔好窒我嚸（你別套我）。

【窒腳】zed⁶gêg³ [粵] 走路時突然停住腳步。

【窒人】zed⁶yen⁴ [粵] 噎人家。

【窒口窒舌】zed⁶heo²zed⁶xid⁶ [粵] 張口結舌。

zêd

卒 zêd¹ (dzœt⁷) [zú] [通] ❶ 兵 ♦ 兵卒 / 小卒 / 馬前卒 / 身先士卒。❷ 差役 ♦ 走卒 / 獄卒。❸ 死亡 ♦ 病卒 / 暴卒 / 生卒年月。❹ 完畢；結束 ♦ 卒業 / 卒歲 / 不忍卒讀。

【卒之】zêd¹ji¹ [粵] 終於；終歸 ♦ 卒之俾佢搞啱（終於讓他給弄妥了）。

捽 zêd¹ (dzœt⁷) [zuó] [通] 揪 ♦ 捽他的頭髮。[粵] 搓；擦；揉；抹 ♦ 捽吓條衫領（搓一搓衣領）/ 捽吓條腰（揉一揉腰部）/ 捽啲萬金油（抹點清涼油）/ 捽乾淨塊玻璃（把玻璃擦乾淨）。

蟀 zêd¹ (dzœt⁷) [粵] 口語音。蟋蟀 ♦ 鬥蟀。

□ zêd⁴ (dzœt⁴)

【□□聲】zêd⁴zêd⁴⁻²séng¹ [粵] 形容動作飛快 ♦ □□聲標上嚟（噌噌地躥上來）。

zeg

側 (侧) zeg¹ (dzɐk⁷) [cè] [通] ❶ 旁邊 ♦ 側門 / 側影 / 樓側。❷ 斜着 ♦ 側目而視 / 側耳細聽 / 側身而入。[粵] 側着 ♦ 打側瞓（側着身子睡）。

【側邊】zeg¹bin¹ [粵] 旁邊 ♦ 郵局就喺側邊（郵局就在旁邊）。也說“側便” zeg¹bin⁶。

【側膊】zeg¹bog³ [粵] ❶ 斜肩；一肩高一肩低。❷ 推卸責任 ♦ 你想側膊吖（你想推卸責任呀）？

則 (则) zeg¹ (dzɐk⁷) [zé] [通] ❶ 規章；制度；條文 ♦ 規則 / 法規 / 原則 / 細則。❷ 榜樣；模範 ♦ 以身作則。❸ 表明因果關係，相當於“就”、“便” ♦ 兼聽則明 / 有則改之 / 欲速則不達。❹ 表示轉折，相當於“卻” ♦ 今則不然。❺ 量詞 ♦ 一則消息 / 寓言三則。

【則師】zeg¹xi¹ [方] 建築設計師。

仄 zeg¹ (dzɐk⁷) [zè] [通] ❶ 傾斜 ♦ 傾仄。❷ 狹小 ♦ 逼仄。❸ 心裏不安 ♦ 歉仄。❹ 指仄聲，古漢語上聲、去聲、入聲的總稱 ♦ 平仄。

【仄紙】zeg¹ji² [方] 支票。“仄”是英語 cheque 的音譯。也叫“銀仄” ngen⁴zeg¹ 或省作“仄” zeg¹。

zég

唧 zég^1 (dzɛk^7) (粵) 語助詞。相當於“啊”、“呢”、“呀”♦去邊唧(上哪兒去呀)？/ 我買咗本唧（我買了一本呢）。

【唧屐】zég^{1}kég^6 (方) 英 jacket 音譯。夾克。

脊 zég^3 (dzɛk^8) (粵) 口語音。背脊 / 脊骨。

隻(只) zég^3 (dzɛk^8) [zhī] (通) ❶單獨的♦隻身前往。❷極少的♦隻言片語。❸量詞♦一隻雞 / 兩隻手。(粵) 量詞。相當於“個”、“頭”、“種”、“首”等♦一隻杯 / 一隻牛 / 嗰隻花（那種花式）/ 唱隻歌仔（唱首歌）。

【隻抽】zég^{3}ceo^1 (粵) 一個對一個較量。

【隻手遮天】zég^{3}seo^{2}zé^{1}tin^1 (粵) 一手遮天。

【隻眼開隻眼閉】zég^{3}ngan^{5}hoi^{1}zég^{3}ngan^{5}bei^3 (粵) 睜一隻眼，閉一隻眼，假裝沒看見。也說“隻開隻閉”zég^{3}hoi^{1}zég^{3}bei^3。

蓆(席) zég^6 (dzɛk^9) [xí] (通) 用草、藤、竹篾等編成的東西，用來鋪牀或搭棚子等♦草蓆 / 藤蓆 / 竹蓆。

【蓆攝底】zég^{6}xib^{3}dei^2 (粵) 蓆子底下。

zêg

雀 zêg^2 (dzœk^2) (粵) 口語變音。小鳥；鳥兒♦打雀 / 一隻雀。

☞ 另見本頁 zêg^3。

雀 zêg^3 (dzœk^8) [què] (通) 特指麻雀，泛指小鳥♦黃雀 / 雲雀 / 門可羅雀 / 鴉雀無聲。

【雀局】zêg^{3}gug^6 (粵) 打麻將；麻將牌局。

【雀友】zêg^{3}yeo$^{5-2}$ (粵) 麻將牌友。

【雀仔】zêg^{3}zei^2 (粵) ❶小鳥；鳥兒。❷諱稱男童的生殖器。

【雀仔肚】zêg^{3}zei^{2}tou^5 (粵) 比喻人的食量小。

☞ 另見本頁 zêg^2。

桌 zêg^3 (dzœk^8) [zhuō] (通) ❶一種傢具，上有平面，可放東西或做事情♦書桌 / 飯桌 / 八仙桌 / 辦公桌。❷量詞♦一桌菜 / 兩桌客人。

【桌球】zêg^{3}keo^4 (粵) 枱球。

酌 zêg^3 (dzœk^8) [zhuó] (通) ❶斟酒；飲酒♦獨酌 / 對酌 / 自斟自酌。❷酒飯♦小酌 / 便酌。❸考慮♦酌辦 / 斟酌 / 酌情處理 / 字斟句酌。(粵) 酒席；宴會♦喜酌 / 桃酌（男子 60 歲生日宴會）/ 薑酌（滿月酒）。

着 zêg^6 (dzœk^9)

（一）[zhuó] (通) ❶接觸；挨上♦附着 / 膠着 / 不着邊際。❷使附着在別的物體上♦着色 / 着墨 / 着筆 / 不着痕跡。❸把精力放到某一事物上♦着力。❹下落；來源♦着落 / 生活無着。❺派遣♦着人前往調查。(粵) ❶在理；好處♦噉你就唔着喇（這你就輸了理啦）/ 一家便宜兩家着（大家都有好處）。❷佔♦一人着五成（每人佔五成）。❸逐一♦着個檢查（逐一檢查）。

【着跡】zêg⁶jig¹ [粵] [方] 有明顯的痕跡，引申指明顯。

【着數】zêg⁶sou³ [粵] 有利；合算；佔便宜 ♦ 有着數（有便宜可佔）/ 咁着數（沒有便宜可佔）/ 唔着數（不合算）。

(二) [zháo] [通] ❶ 接觸；挨上 ♦ 雙腳着地 / 上不着天，下不着地。❷ 感受；受到 ♦ 着涼 / 着急 / 着慌。❸ 燃燒 ♦ 着火。❹ 用在動詞後表示動作已經完成 ♦ 猜着了 / 睡着了。[粵] 開；亮 ♦ 着燈（亮燈）/ 路燈一齊着（路燈一齊亮）。

【着緊】zeg⁶gen² [粵] ❶ 着急 ♦ 我唔係好着緊嘅咋（我並不那麼着急）。❷ 抓緊時間 ♦ 着緊啲去辦（抓緊去辦）。❸ 對某人或某事特別關注 ♦ 你使乜咁着緊佢嗰（你用不着那麼關心她）。

逐 zêg⁶ (dzœk⁹) [粵] 口語音 ♦ 逐啲（逐一）/ 逐啲逐啲（逐一逐二，一點一點地）。

zei

擠（挤） zei¹ (dzɐi¹) [jǐ] [通] ❶ 用力壓使排出 ♦ 擠壓 / 擠牛奶 / 擠牙膏。❷ 許多人或物緊挨着 ♦ 擁擠 / 擠作一團 / 擠滿雜物。❸ 互相推、擁 ♦ 排擠 / 擠進會場。[粵] 放置 ♦ 擠咗落個櫃度（放入櫃子裏了）/ 喺邊度攞就擠番落邊度（在甚麼地方拿的就放回到甚麼地方）。

【擠迫】zei¹big¹ [粵] 擁擠 ♦ 公共巴士太擠迫。也作“擠逼”。

【擠低】zei¹dei¹ [粵] ❶ 放下 ♦ 等我擠低啲行李先（等我先把行李放下再說）。❷ 留下 ♦ 個仔仲細，未入得幼兒園，只好擠低俾阿媽湊（孩子還小，未上幼兒園，只好留給媽媽照料）。

【擠提】zei¹tei⁴ [粵] 擠着提取 ♦ 銀行擠提（許多人到銀行裏擠着提取存款）。

仔 zei² (dzɐi²) [zǎi] [通] 幼畜 ♦ 豬仔。[粵] ❶ 兒子 ♦ 契仔（乾兒子）/ 親生仔（親生兒子）。❷ 男孩；孩子 ♦ 孭仔（背孩子）/ 蘇蝦仔（嬰兒）/ 百厭仔（調皮的孩子）。❸ 有某種特徵、身份、嗜好的人 ♦ 單眼仔（獨眼龍）/ 四眼仔（戴眼鏡的人）/ 打工仔（體力勞動者）/ 爛賭仔（賭徒）。❹ 用在某地名之後，指某個地方的人，含貶義 ♦ 台山仔（台山人）/ 佛山仔（佛山人）。❺ 用在某些名詞之後，表示細小或暱稱 ♦ 雞仔（小雞）/ 樽仔（小瓶子）/ 亞雄仔。

【仔乸】zei²na² [粵] 母子 ♦ 三仔乸（母子仨人）。

【仔女】zei²nêu⁵⁻² [粵] 兒女；孩子。

【仔爺】zei²yé⁴ [粵] 父子 ♦ 兩仔爺（父子倆）。

【仔大仔世界】zei²dai⁶zei²sei³gai³ [粵] 兒子大了，自有他自己的事業、前程；兒孫自有兒孫福。

掣 zei³/qid³ (dzɐi³/tsit⁸) [chè] [通] ❶ 拽；拉 ♦ 掣肘 / 掣後腿 / 風馳電掣。❷ 抽 ♦ 掣籤 / 掣劍。[粵] ❶ 電器等的開關、閘門、旋鈕 ♦ 電掣（電源開關）/ 拉總掣（拉總閘）/ 光暗掣（調整燈具光線強弱的旋鈕）/ 時間掣（控制機器等運轉時間的裝置）。❷ 車閘；制動裝置 ◆ 手掣 / 腳掣 / 單車掣（自行車車閘）。❸ 剎車 ◆ 掣住架車（把車剎住）。

祭 zei³ (dzɐi³) [jì] [通] ❶ 供奉祖先或鬼神 ◆ 祭祖 / 祭神 / 祭祀。❷ 對死者表示追悼的儀式 ◆ 祭禮 / 祭文 / 公祭。

【祭品】zei³ben² [粵] [方] 犧牲品。

濟（济）zei³ (dzɐi³) [jì] [通] ❶ 渡；過河 ◆ 同舟共濟。❷ 補益；有益 ◆ 無濟於事。❸ 救助；扶助 ◆ 濟貧 / 救濟 / 接濟 / 賑濟災民。

【濟軍】zei³guen¹ [粵] 比喻不受管束，胡作非為的孩子。

制 zei³ (dzɐi³) [zhì] [通] ❶ 擬定；訂立 ◆ 因地制宜。❷ 限定；約束 ◆ 限制 / 控制。❸ 制度 ◆ 建制 / 學制 / 法制。[粵] 限制 ◆ 制吓佢先得（得限制限制他）。

【制水】zei³sêu² [粵] ❶ 有控制地供應用水。❷ 對花果、農作物等控制淋水、澆水。❸ 比喻斷絕或限制經濟補給。

嚌 zei³ (dzɐi³) [粵] 願意；肯；幹 ◆ 唔嚌就算（不願意就拉倒了）/ 我先唔嚌（我才不幹呢）。

【嚌得過】zei³deg¹guo³ [粵] 划得來；合算；值得 ◆ 嚌唔嚌得過吖（划得來嗎）？

【嚌唔過】zei³m⁴guo³ [粵] 划不來；不合算；不值得。

滯（滞）zei⁶ (dzɐi⁶) [zhì] [通] 凝積；不流通 ◆ 滯留 / 停滯 / 呆滯 / 阻滯。[粵] ❶ 消化不良 ◆ 食滯（食得肚子發脹）/ 消滯醒胃（開胃且幫助消化）。❷ 膩；難消化 ◆ 餐餐都係呢味餸，食都食滯喇（每頓都是這道菜，吃膩了）/ 食咁多肥豬肉，好滯㗎（吃那麼多肥豬肉，很難消化的）。❸ 呆滯；遲鈍 ◆ 滯手滯腳（手腳不靈活）。

【滯雞】zei⁶gei¹ [粵] 形容人笨頭笨腦，反應遲鈍。

【滯運】zei⁶wen⁶ [粵] 運氣不好 ◆ 呢排真係滯運（最近的確運氣不好）。也說“運滯”wen⁶zei⁶。

zem

針（针）zem¹ (dzɐm¹) [zhēn] [通] ❶ 縫織衣物用的引線工具 ◆ 針尖 / 織針 / 繡花針。❷ 細長像針形的東西 ◆ 時針 / 指南針 / 大頭針。❸ 注射用的器具或藥物 ◆ 針頭 / 打針 / 防疫針。❹ 中醫用的一種特製的扎入人體穴位，以治療疾病的金屬條 ◆ 銀針。[粵] ❶ 蜇；刺 ◆ 蜜蜂針人好痛（蜜蜂蜇人很疼）/ 俾蚊針到成身鼈（被蚊子咬得全身起疙瘩）。❷ 線人 ◆ 我條針啲消息好準（我的線人給我的消息很準確）/ 針仔（線人）。

【針紙】zem¹ji² [方] 注射證明。

【針筒】zem¹tung⁴⁻² [粵] 針管。

【針鼻削鐵】zem¹béi⁶sêg³tid³ [粵] 比喻所獲利潤甚微。

【針拮噉痛】zem¹ged¹gem²tung³ [粵] 刺痛。也省作“針拮噉”zem²ged¹gem²。

【針冇兩頭利】zem¹mou⁵lêng⁵teo⁴léi⁶

[粵] 針不可能兩端都鋒利，比喻事情很難兩全其美。

【針唔拮到肉唔知痛】zem^{1}m^{4}ged^{1}dou^{3} yug^{6}m^{4}ji^{1}tung^{3} [粵] 比喻不置於痛苦的境地很難知道痛苦的滋味。

斟 zem^{1} (dzɐm^{1}) [zhēn] [通] 從容器裏倒出酒或茶 ♦ 斟酒／斟茶。[粵] ❶ 商談；商議；合計 ♦ 斟生意（洽談生意）／條件仲未斟啱（條件尚未談妥）。❷ 從容器裏倒出液體 ♦ 斟水（倒水）／斟豉油（倒醬油）。

【斟波】zem^{1}bo^{1} [粵] 英 jump ball 音譯。跳球，也說“斟球” zem^{1}keo^{4}。

【斟吓】zem^{1}ha^{5} [粵] 合計合計 ♦ 有啲嘢同你斟吓（我有點事跟你合計合計）。

【斟盤】zem^{1}pun$^{4-2}$ [粵] 談判；商議 ♦ 雙方代表開始斟盤（雙方代表開始接觸談條件）／與賣家數度斟盤後，結果以三千六百萬港幣成交（經過與賣方多次商議價錢，終於以三千六百萬港元成交）。

枕 zem^{2} (dzɐm^{2}) [zhěn] [通] ❶ 躺着時墊在頭下的用具 ♦ 高枕無憂。❷ 頭枕着枕頭或其他器物 ♦ 枕戈待旦。[粵] ❶ 也作“腍”。❷ 繭；趼子 ♦ 手枕（手繭）／腳枕（趼子）／兩隻手都起晒枕（雙手結滿繭子）。❸ 罩子 ♦ 魚枕／雞枕。

【枕長】zem^{2}cêng^{4} [粵] 經常；一貫地；長年累月地 ♦ 枕長做野外作業（長年累月做野外作業）。

【枕住】zem^{2}ju^{6} [粵] 經常；老是 ♦ 枕住食呢種藥（長期服用這種藥物）。

【枕頭包】zem^{2}teo^{4}bao^{1} [粵] 長方形的麵包，味鹹。

浸 zem^{3} (dzɐm^{3}) [jìn] [通] ❶ 在液體裏泡 ♦ 浸泡／浸漬／浸種。❷ 液體滲入 ♦ 浸濕／浸透。[粵] ❶ “泡” 在某種學問或事業上 ♦ 佢喺呢個研究所浸咗好耐（他在這個研究所泡了很久）。❷ 量詞。相當於“層” ♦ 揦咗浸皮（把皮剝掉）／甩咗一浸皮（脫了一層皮）。

【浸豬籠】zem^{3}ju^{1}lung^{4} [粵] 舊時對不守節的女人，裝入豬籠沉進水中，活活淹死的殘酷私刑。

☞ 另見本頁 zem^{6}。

沉 zem^{6} (dzɐm^{6}) [粵] 下沉 ♦ 沉底。

☞ 另見 33 頁 cem^{4}。

浸 zem^{6} (dzɐm^{6})

【浸死】zem^{6}séi^{2} [粵] 淹死。

☞ 另見本頁 zem^{3}。

唚 zem^{6} (dzɐm^{6}) [粵] 量詞。❶ 相當於“股” ♦ 一唚煙（一股煙）／一唚[口+遀]（一股味）。❷ 相當於“陣” ♦ 一唚清風（一陣清風）。

zen

真 zen^{1} (dzɐn^{1}) [zhēn] [通] ❶ 不假 ♦ 真話／真相大白／千真萬確。❷ 確實；的確 ♦ 真好／真高興／真不錯。❸ 清楚；顯明 ♦ 真切／看得真／聽得真。

【真係】zen^{1}hei^{6} [粵] 真的；真是 ♦ 真係冇佢收（真拿他沒辦法）／真係人多（人真多）！

【真空】zen^{1}hung^{1} [zhēnkōng] [通] ❶ 沒

有空氣或只有極少空氣的空間。❷ 比喻沒有矛盾衝突的環境。[粵] 諱稱沒有穿內衣褲。

【真好嘢】zen¹hou²yé⁵ [粵] 真棒。

【真確性】zen¹kog³xing³ [粵] 準確性。

【真人表演】zen¹yen⁴biu²yin² [方] 裸體色情表演。

珍 zen¹ (dzɐn¹) [zhēn] [通] ❶ 珠寶 ♦ 珍寶。❷ 珍貴的東西 ♦ 珍藏 / 珍禽異獸。❸ 看重；重視 ♦ 珍愛 / 珍視。

【珍珠都冇咁真】zen¹ju¹dou¹mou⁵gem³zen¹ [粵] 比珍珠還真，形容事情千真萬確。

圳 zen³ (dzɐn³) [zhèn] [通] 田邊水溝。多用於地名。[粵] 水渠 ♦ 開圳引水。

震 zen³ (dzɐn³) [zhèn] [通] ❶ 迅速或劇烈地振動 ♦ 地震 / 震盪 / 震耳欲聾。❷ 情緒過分激動 ♦ 震怒。[粵] 發抖；哆嗦；顫動 ♦ 凍到震（冷得發抖）/ 驚到成身震晒（驚慌得渾身打哆嗦）。

【震多過瞓】zen³do¹guo³fen³ [粵] 形容整天擔驚受怕、坐臥不安。

鎮（镇） zen³ (dzɐn³) [zhèn] [通] ❶ 較大的集市 ♦ 城鎮 / 村鎮 / 鄉鎮。❷ 用武力維持安定 ♦ 鎮守 / 坐鎮。❸ 壓；抑制 ♦ 鎮尺 / 鎮痛 / 鎮紙石。❹ 把食物、飲料等同冰塊或水放在一起使涼 ♦ 冰鎮汽水。

【鎮驚】zen³ging¹ [粵] 壓驚。

【鎮住】zen³ju⁶ [粵] 控制；抑制 ♦ 你鎮唔鎮得住嗰批人㗎（你是否可以控制得住那夥人）？

陣（阵） zen⁶ (dzɐn⁶) [zhèn] [通] ❶ 軍隊作戰時佈置的戰鬥隊列 ♦ 陣線 / 陣容 / 嚴陣以待。❷ 泛指戰場 ♦ 陣亡 / 上陣 / 臨陣退縮。❸ 量詞 ♦ 一陣風 / 一陣雨 / 一陣熱烈的掌聲。[粵] 一會；一段時間 ♦ 等一陣（等一會）/ 企一陣（站一會兒）/ 過幾陣先買（過一段時間再買）。

zên

樽 zên¹ (dzœn¹) [zūn] [通] 古代盛酒器具。[粵] ❶ 瓶子 ♦ 花樽（花瓶）/ 酒樽（酒瓶子）/ 汽水樽（汽水瓶）。❷ 量詞 ♦ 一樽酒（一瓶酒）/ 買樽豉油（買一瓶醬油）。

【樽底】zên¹dei² [粵] 瓶底。

【樽頸】zên¹géng² [粵] 瓶頸；也比喻狹窄擁擠不易通過的地方。

【樽蓋】zên¹goi³ [粵] 瓶蓋。

【樽領】zên¹léng⁵ [粵] 上衣的高領；立領 ♦ 樽領冷衫（高領毛衣）。

【樽枳】zên¹zed¹ [粵] 瓶塞，多為軟木塞。

【樽仔】zên¹zei² [粵] 小瓶子。

【樽裝】zên¹zong¹ [粵] 瓶裝，區別於“罐裝”。

進（进） zên³ (dzœn³) [jìn] [通] ❶ 向前移動 ♦ 進軍 / 前進 / 推進。❷ 從外面到裏面 ♦ 進入 / 進屋 / 進工廠。❸ 收入；買入 ♦ 進賬 / 進項 / 進貨。❹ 呈上 ♦ 進言 / 進貢。

【進補】zên³bou² [粵] 進食某些補益身體的食物或藥物 ♦ 秋冬進補。

盡 (尽) zên⁶ (dzœn⁶) [jìn] ㊂ ❶ 完 ♦ 斬盡殺絕 / 山窮水盡 / 無窮無盡。❷ 達到最大限度 ♦ 盡興 / 盡善盡美 / 仁至義盡。❸ 全部用出 ♦ 盡心 / 人盡其才。❹ 全；都；所有的 ♦ 盡如人意 / 盡人皆知 / 盡數收回。

【盡地】zên⁶déi⁶⁻² ㊄ 盡着；盡最大限度 ♦ 料就得咁多，盡地做喇（料就這麼多，盡着做吧）。

【盡人事】zên⁶yen⁴xi⁶ ㊄ 盡人道。

【盡地一煲】zên⁶déi⁶⁻²yed¹bou¹ ㊄ 孤注一擲。

zeng

增 zeng¹ (dzɐŋ¹) [zēng] ㊂ 加；添 ♦ 增添 / 增補 / 增多。

【增磅】zeng¹bong⁶⁻² ㊄ 體重增加。

憎 zeng¹ (dzɐŋ¹) [zēng] ㊂ 恨；厭惡 ♦ 愛憎分明 / 面目可憎。㊄ 憎恨；討厭 ♦ 我憎死佢（我恨死他了）/ 我憎佢成日講大話（我討厭他老撒謊）。

【憎到入骨】zeng¹dou³yeb⁶gued¹ ㊄ 恨死；恨之入骨。

贈 (赠) zeng⁶ (dzɐŋ⁶) [zèng] ㊂ 把東西無代價地送給別人 ♦ 贈品 / 捐贈 / 饋贈。

【贈慶】zeng⁶hing³ ㊄ 幸災樂禍，說風涼話。也說"戥興" deng⁶hing³。

zéng

精 zéng¹ (dzɛŋ¹) ㊄ 口語音。❶ 聰明；機靈。多指小孩。❷ 精明；會算計。多指大人。

【精乖】zéng¹guai¹ ㊄ 聰明懂事。

【精叻】zéng¹lég¹ ㊄ 聰明能幹。

【精仔】zéng¹zei² ㊄ ❶ 投機取巧、會算計的人。❷ 形容人愛耍小聰明、自私、取巧。

【精出骨】zéng¹cêd¹gued¹ ㊄ 形容人私心特重，處處為自己打算。也說"精到出骨" zéng¹dou³cêd¹gued¹。

【精歸左】zéng¹guei¹zo² ㊄ 長歪了心眼兒。

【精精哋】zéng¹zéng¹déi² ㊄ 聰明的話 ♦ 精精哋就行開（聰明的話就走開）。

【精乖伶俐】zéng¹guai¹ling⁴léi⁶ ㊄ 聰明伶俐。

【精埋一便】zéng¹mai⁴yed¹bin⁶ ㊄ 把聰明用在做壞事或為自己打算上。

【精過冇尾蛇】zéng¹guo³mou⁵méi⁵sé⁴ ㊄ 形容人善於應變取巧。含貶義。

☞ 另見 197 頁 jing¹。

井 zéng² (dzɛŋ²) ㊄ 口語音 ♦ 水井 / 油井 / 天井。

正 zéng³ (dzɛŋ³) ㊄ 口語音。❶ 正宗；地道 ♦ 正貨 / 正高麗參。❷ 純正；標準 ♦ 味道好正 / 發音好正。❸ 正好；準確 ♦ 呢回俾佢吼到正（這回讓他抓個正着）。

【正斗】zéng³deo² ㊄ ❶ 正牌；名牌；純正；地道 ♦ 正斗嘢（正牌貨）。❷ 美；美好 ♦ 嗰度啲風景幾正斗（那裏的風景很美）。

【正嘢】zéng³yé⁵ ㊄ 好東西；質量高的東西 ♦ 去執番啲正嘢（去買點又便宜又好的東西）。

【正到痺】zéng³dou³béi³ [粵] 形容非常美好或質量極高。

☞ 另見 198 頁 jing¹；199 頁 jing³。

淨（净）zéng⁶ (dzɛŋ⁶) [粵] 口語音。❶ 清潔 ♦ 乾淨 / 白淨（白皙潔淨）。❷ 用在某些形容詞後以加強程度 ♦ 實淨（結實）/ 硬淨（硬掙）/ 新淨（簇新）。

☞ 另見 200 頁 jing⁶。

zêng

將（将）zêng¹ (dzœŋ¹) [jiāng] [通] ❶ 就要；快要 ♦ 將要 / 即將 / 行將就木。❷ 把；拿 ♦ 將門打開 / 恩將仇報。❸ 且 ♦ 將信將疑。❹ 保養 ♦ 將養 / 將息。

【將心比己】zêng¹sem¹béi²géi² [粵] 以己度人。

【將心比心】zêng¹sem¹béi²sem¹ [粵] 拿別人的誠心來衡量一下自己。

張（张）zêng¹ (dzœŋ¹) [zhāng] [通] ❶ 開；展開 ♦ 張開 / 張口結舌 / 張牙舞爪。❷ 擴大；誇大 ♦ 擴張 / 誇張 / 虛張聲勢。❸ 陳設；鋪排 ♦ 鋪張 / 張燈結綵 / 大張旗鼓。❹ 看；望 ♦ 張望 / 東張西望。❺ 姓。❻ 量詞 ♦ 一張嘴 / 一張牀 / 一張紙。[粵] 量詞。❶ 相當於“把”、“頂”、“條”等 ♦ 一張刀（一把刀）/ 一張椅（一把椅子）/ 一張蚊帳（一頂蚊帳）/ 一張氈（一條毛毯）。❷ 俗稱十歲 ♦ 佢已經三張幾嘢（他已經三十來歲）。

【張力】zêng¹lig⁶ 故事情節的緊張刺激性 ♦ 懸念張力豐富。

蟑 zêng¹ (dzœŋ¹) [zhāng]

【蟑螂】zêng¹long⁴ [zhāngláng] [通] 一種有害的昆蟲。體扁平，黑褐色，能發出臭味，並能傳染疾病。方言叫“甲甴” gad⁶zad⁶。

掌 zêng² (dzœŋ²) [zhǎng] [通] ❶ 手心 ♦ 手掌 / 掌上明珠 / 易如反掌。❷ 用手掌打 ♦ 掌嘴。❸ 把握；主管 ♦ 掌權 / 掌舵。❹ 某些動物的腳底面 ♦ 腳掌 / 熊掌 / 鵝掌。❺ 釘在鞋底前後的皮、橡膠等 ♦ 鞋掌 / 釘兩塊掌。❻ 馬蹄鐵 ♦ 馬掌。[粵] ❶ 摑 ♦ 掌佢一巴（摑他一巴掌）。❷ 看守；看管 ♦ 同我掌住吓啲行李（幫我看一看行李）。

【掌舖】zêng²pou³ [粵] 看舖子；守舖子。

【掌山】zêng²san¹ [粵] ❶ 山林看守人。❷ 看守山墳的人。

【掌心雷】zêng²sem¹lêu⁴ [方] 稱小口徑手槍。

【掌上壓】zêng²sêng⁶ngad³ [方] 稱俯臥撐。

杖 zêng² (dzœŋ²) [粵] 口語變音。手杖 / 枴杖 / 盲公杖。

仗 zêng³ (dzœŋ³) [zhàng] [通] 戰爭；戰鬥 ♦ 打仗 / 開仗 / 勝仗 / 敗仗。[粵] 量詞 ♦ 睇過兩仗醫生（看過兩次醫生）/ 佢今早嚟搵過你三仗嘞（他今天早上來找你三趟啦）。

脹（胀）zêng³ (dzœŋ³) [zhàng] [通] ❶ 體積變大 ♦ 膨脹 / 熱脹冷縮。❷ 身體內壁受壓而產生不舒服的感覺 ♦ 腫脹 / 肚子發脹 / 頭昏腦脹。[粵] 鼓脹；膨脹 ♦ 吹脹隻波（把球吹得鼓脹起來）/ 食到個肚脹晒（吃得肚子發脹）。

【脹泵泵】zêng³bem¹bem¹ [粵] 脹鼓鼓的。

【脹卜卜】zêng³bug¹bug¹ [粵] 脹鼓鼓的；鼓鼓囊囊的 ♦ 荷包脹卜卜（錢包脹鼓鼓的）。

象 zêng⁶ (dzœŋ⁶) [xiàng] [通] ❶ 哺乳動物。身體很大，耳朵大，鼻子長，可以伸捲 ♦ 大象 / 非洲象。❷ 形狀；樣子 ♦ 形象 / 景象 / 印象 / 萬象更新。❸ 摹仿 ♦ 象形 / 象聲。

【象拔】zêng⁶bed⁶ [粵] 象鼻子。

像 zêng⁶ (dzœŋ⁶) [xiàng] [通] ❶ 照人物製成的形象 ♦ 人像 / 畫像 / 雕像 / 肖像。❷ 形象相同或相似 ♦ 相像 / 活像 / 母女倆樣兒很像。❸ 比如；比方 ♦ 像這樣的例子 / 像他這種人。

【像生】zêng⁶sang¹ [粵] 栩栩如生；跟活的一樣 ♦ 像生馬（舞台上的道具馬）/ 像生點心（製作成狀如禽獸花草的點心）。

橡 zêng⁶ (dzœŋ⁶) [xiàng] [通] ❶ 橡樹，即櫟子。果實叫橡子，外殼可製烤膠。❷ 橡膠樹，常綠喬木。生於熱帶和亞熱帶，乳汁可製橡膠。

【橡筋】zêng⁶gen¹ [粵] 橡皮筋；皮筋兒 ♦ 用橡筋箍住啲單（用皮筋兒把單據箍住）。

【橡皮】zêng⁶péi⁴ [xiàngpí] [通] 用來擦去鉛筆等痕跡的橡膠製品。方言叫“膠擦” gao¹cad³ 或“擦膠” cad³gao¹。

【橡筋帶】zêng⁶gen¹dai³⁻² [粵] 鬆緊帶。有時也簡作“橡筋”。

【橡筋箍】zêng⁶gen¹ku¹ [粵] 橡皮筋；猴皮筋；紮頭髮的皮筋兒。

zeo

周 zeo¹ (dzɐu¹) [zhōu] [通] ❶ 邊緣 ♦ 圓周 / 四周 / 繞場一周。❷ 一次循環 ♦ 周而復始。❸ 全；都 ♦ 周身 / 眾所周知。

【周街】zeo¹gai¹ [粵] 滿街 ♦ 周街都有得賣（滿街都可以買到）。也說“通街” tung¹gai¹。

【周時】zeo¹xi⁴ [zhōushí] [通] 時時；時常 ♦ 佢周時提起你（他時常提起你）。

【周不時】zeo¹bed¹xi⁴ [粵] 時不時；常常 ♦ 佢周不時嚟探吓我（他時不時來探望一下我）。

【周身刀】zeo¹sen¹dou¹ [粵] 比喻博而不專的人 ♦ 周身刀冇張利。

【周身蟻】zeo¹sen¹ngei⁵ [粵] 比喻惹來一身麻煩。

【周身屎】zeo¹sen¹xi² [粵] ❶ 比喻劣跡昭著的人。❷ 比喻不易擺脫的麻煩。

【周身債】zeo¹sen¹zai³ [粵] 滿身是債。

【周身唔啱】zeo¹sen¹m⁴dim⁶ [粵] 指經濟拮据或麻煩纏身。

【周身鬆晒】zeo¹sen¹sung¹sai³ [粵] 渾身輕鬆。

【周時無日】zeo¹xi⁴mou⁴yed⁶ [粵] 時時；經常；沒有一天不…。

【周身唔得閒】zeo¹sen¹m⁴deg¹han⁴ [粵] 忙得不可開交。

【周身唔聚財】zeo¹sen¹m⁴zêu⁶coi⁴ [粵] 坐立不安，心神不寧。

酒 zeo² (dzɐu²) [jiǔ] [通] ❶ 用糧食、水果等含糖或澱粉的物質發酵，製成含乙醇的飲料 ♦ 黃酒 / 白酒

/米酒/葡萄酒。❷人笑時臉上出現的小圓窩♦酒窩。

【酒餅】zeo2béng2 [粵] 酒藥。

【酒保】zeo2bou2［jiǔbǎo］[通] 舊指酒店裏的伙計。[方] 酒吧間的服務員。

【酒米】zeo2mei5 [粵] 臉上長的粉刺。

【酒呬】zeo2neb1 [粵] 酒窩；笑靨。

【酒牌】zeo2pai4 [方] 經營酒類的營業執照。

【酒水】zeo2sêu2 [粵] 酒和其他飲料。

走 zeo2 (dzɐu2)［zǒu］[通] ❶步行♦走路/行走/走投無路。❷離開；逃避♦出走/逃走/雞飛狗走。❸探望；往來♦走親戚/走娘家。❹漏出♦走漏/走氣。❺改變或失去原料♦走味/走調。[粵] ❶跑♦走快啲喇，佢追上嚟喋喇（跑快點，他追上來啦）。❷逃；避♦走日本仔(日本佔領時期，百姓紛紛走難)。

【走寶】zeo2bou2 [粵] ❶比喻錯失良機。❷比喻少女失貞。❸比喻失之交臂。

【走步】zeo2bou6［zǒubù］[通] 指步伐操練。[粵] 指打籃球時持球跑。

【走趯】zeo2dég3 [粵] ❶奔走；跑腿♦搵個人嚟走趯下（找個人來跑跑腿）。❷走動；活動♦你剛出院，要多啲休息，唔好走趯咁多（你剛出院，要多點休息，別走動太多）。也説“走走趯趯”zeo2zeo2dég3dég3。

【走電】zeo2din6 [粵] 跑電。

【走埠】zeo2feo6 [方] 演員等到外地城市巡迴演出。

【走火】zeo2fo2［zǒuhuǒ］[通] ❶因不小心而使火器發火。❷電線破損跑電引起燃燒。[方] 逃離火警現場，又稱“走火警”zeo2fo2ging2。

【走雞】zeo2gei1 [粵] ❶錯失機會。❷逃脱；跑掉♦呢次俾佢走甩咗雞嘞（這回讓他給溜了）。

【走鬼】zeo2guei2 [粵] [方] 躲稽查，指無牌攤販、娼妓等逃避警察。

【走光】zeo2guong1 [粵] ❶照相器材等跑光。❷無意中露出身體的陰私部分♦走光相。

【走學】zeo2hog6 [粵] 逃學。

【走甩】zeo2led1 [粵] 逃脱。

【走路】zeo2lou6-2 [粵] 出逃；捲逃。

【走難】zeo2nan6 [粵] 逃難。

【走數】zeo2sou3 [粵] 逃債不還。

【走投】zeo2teo4 [粵] 開路；離開♦好夜喇，走投罷喇（很晚了，走吧）。也作“走頭”。

【走堂】zeo2tong4 [粵] 缺課；曠課。

【走私】zeo2xi1［zǒusī］[通] 逃避海關檢查，非法偷運貨物。[方] ❶私奔；祕密出走。❷丈夫瞞着妻子有外遇。

【走人】zeo2yen4 [粵] 走；開溜。參見“鬆人”sung1yen4。

【走樣】zeo2yêng6-2［zǒuyàng］[通] 失去原來的樣子。

【走盞】zeo2zan2 [粵] 活動餘地；迴旋餘地♦俾幾日時間我走盞吓（給我幾天時間活動活動）。

【走白牌】zeo2bag6pai4-2 [方] 私人汽車載客收費，屬變相營業。

【走歸左】zeo2guei1zo2 [粵] 比喻行差踏錯或誤入歧途。

【走法律罅】zeo2fad3lêd6la3 [粵] 鑽法律空子。

【走夾唔唞】zeo²gab³m⁴teo² ㊟ 逃之夭夭；沒命地跑；拼命奔逃。

晝（昼）zeo³ (dzɐu³) [zhòu] ㊣ 白天 ♦ 晝夜不停 / 如同白晝。㊟ 指上午或下午的一段時間 ♦ 上晝（上午）/ 下晝（下午）/ 上半晝班（上半天班）。

咒 zeo³ (dzɐu³) [zhòu] ㊣ 某些宗教或巫術的密語 ♦ 咒語 / 唸咒 / 符咒。㊟ 詛咒；咒罵 ♦ 你喺度咒我（你詛咒我）？/ 咒佢短命（詛咒他活不長）。

就 zeo⁶ (dzɐu⁶) [jiù] ㊣ ❶ 湊近；挨近 ♦ 就着燈光看書。❷ 到；開始從事 ♦ 就位 / 就學。❸ 趁着；順便 ♦ 就勢 / 就事論事。❹ 完成；成功 ♦ 成就 / 造就 / 一揮而就。❺ 立刻 ♦ 就好了 / 我就走。❻ 即使；即便 ♦ 就是給我也不要。❼ 單；只 ♦ 他就愛玩遊戲機。❽ 表示肯定語氣 ♦ 就是他。㊟ 遷就 ♦ 佢俾亞嫲就慣晒（她讓奶奶給遷就慣了）/ 就得一時唔就得一世（遷就一時遷就不了一輩子）。

【就腳】zeo⁶gêg³ ㊟ 順路。

【就嚟】zeo⁶lei⁴ ㊟ ❶ 應答對方催促的一句口頭語，相當於"我就來"。❷ 快要；即將 ♦ 就嚟落雨（快下雨了）/ 就嚟開場（很快就要開始表演了）。

【就手】zeo⁶seo² [jiùshǒu] ㊣ 順便；順手 ♦ 就手關門。㊟ 順利 ♦ 發財就手。

【就養】zeo⁶yêng⁵ ㊍ 得到撫養。

【就真】zeo⁶zen¹ ㊟ ❶ 才對呢；才是呢 ♦ 多謝佢就真（謝他才對呢）。❷ 才…呢 ♦ 你抵死就真（你才該死呢）。

zêu

追 zêu¹ (dzœy¹) [zhuī] ㊣ ❶ 趕 ♦ 追趕 / 追擊。❷ 查究 ♦ 追根究底。❸ 探求；尋求 ♦ 追尋。❹ 回顧 ♦ 追憶 / 追念。❺ 事後補辦 ♦ 追加預算 / 追繳稅款 / 追認為烈士。㊟ ❶ 追逼；追回 ♦ 追佢攞番本書（向他追還那本書）。❷ 追求 ♦ 追女仔（追求女孩子）/ 佢生咗個女，仲話要追個仔㖭（她生了一個女孩，揚言還要再生一個男孩）。

【追數】zêu¹sou³ ㊟ 追債；討賬；追討欠款。

【追星族】zêu¹xing¹zug⁶ ㊟ 為歌星捧場的歌迷羣體。

咀 zêu² (dzœy²) [zuǐ] ㊟ ❶ "嘴"的俗寫。❷ 地名用字 ♦ 尖沙咀，在香港。

嘴 zêu² (dzœy²) [zuǐ] ㊣ ❶ 口的通稱 ♦ 嘴巴 / 嘴唇 / 張嘴。❷ 說話 ♦ 嘴甜 / 嘴巧 / 嘴笨 / 插嘴。❸ 形狀或作用像嘴的東西 ♦ 煙嘴 / 壺嘴 / 山嘴。㊟ ❶"吻"的俗稱 ♦ 嘴佢一啖（吻他一下）。❷ 尖端 ♦ 筆嘴（筆尖）/ 箭嘴（箭頭）。

【嘴尖】zêu²jim¹ [zuǐjiān] ㊣ ❶ 說話刻薄。❷ 挑食；辨別滋味的能力強。也說"嘴刁" zêu²diu¹。

【嘴□□】zêu²lém²lém² ㊟ 舌頭微伸，沿嘴唇蠕動，表示剛品嚐過美味的食物。

【嘴吵吵】zêu²miu²miu² [粵] 嘴唇蠕動，表示輕蔑或不滿。參見“吵嘴吵舌”miu²zêu²miu²sid⁶。

醉 zêu³ (dzœy³) [zuì] [通] ❶ 飲酒過量，神志不清 ♦ 喝醉。❷ 沉迷，過分愛好 ♦ 醉心 / 沉醉。❸ 用酒泡製 ♦ 醉棗 / 醉蝦。

【醉酒佬】zêu³zeo²lou² [粵] 醉漢。

聚 zêu⁶ (dzœy⁶) [jù] [通] 集中；會合 ♦ 聚合 / 積聚 / 歡聚。

【聚腳】zêu⁶gêg³ [粵] 落腳；歇腳。

墜(坠) zêu⁶ (dzœy⁶) [zhuì] [通] ❶ 落 ♦ 搖搖欲墜。❷ 往下重 ♦ 墜纓 / 墜穗。❸ 下垂的東西 ♦ 耳墜 / 扇墜。

【墜火】zêu⁶fo² [粵] 清熱；下火 ♦ 食啲白粥墜火（喝點白稀飯下下火）。

ZO

阻 zo² (dzɔ²) [zǔ] [通] ❶ 攔；擋 ♦ 勸阻 / 通行無阻。❷ 險要的地方 ♦ 險阻。[粵] ❶ 阻攔；阻擋 ♦ 咪阻住個門口（別堵在門口上）。❷ 耽誤；妨礙 ♦ 阻唔阻你吖（妨礙你不）？/ 阻咗你好長時間嘞（耽誤了你很長時間）。

【阻埞】zo²déng⁶ [粵] 佔地方。

【阻街】zo²gai¹ [方] 阻塞街道，妨礙交通。香港對在街邊擺賣的攤販或拉客的妓女似乎難以定罪，只好控以“阻街” ♦ 阻街女郎（街頭妓女）。

【阻嚇】zo²hag³ [方] 威嚇阻止 ♦ 阻嚇作用。

【阻滯】zo²zei⁶ [粵] 不順暢 ♦ 有啲阻滯（不大順暢）。

【阻差辦公】zo²cai¹ban⁶gung¹ [方] 妨礙、阻攔警方人員執行公務。

【阻手阻腳】zo²seo²zo²gêg³ [粵] 礙手礙腳。

【阻頭阻勢】zo²teo⁴zo²sei³ [粵] 設置障礙，製造麻煩，妨礙別人做事。

【阻住地球轉】zo²ju⁶déi⁶keo⁴jun³ [粵] 埋怨別人妨礙整體行動。

左 zo² (dzɔ²) [zuǒ] [通] ❶ 面向南時靠東的一邊，跟“右”相對 ♦ 左手 / 左顧右盼 / 左右開弓。❷ 政治思想上屬於進步的、革命的 ♦ 左派 / 左翼作家。❸ 激進的；冒險的 ♦ 左傾關門主義 / 肅清“左”的流毒。

【左便】zo²bin⁶ [粵] 左邊。也說“左手便” zo²seo²bin⁶。

【左近】zo²gen⁶⁻² [粵] ❶ 附近 ♦ 左近有冇公廁（附近有沒有公廁）？❷ 左右；上下 ♦ 三十歲左近（三十歲左右）。

【左軚】zo²tai⁵ [粵] 設於左側的駕駛盤 ♦ 左軚車。

【左吠】zo²yao¹ [粵] ❶ 左撇子 ♦ 左吠仔（左撇子）。❷ 左手比右手靈活、好使。

【左口魚】zo²heo²yu⁴⁻² [粵] 鰨目魚。

【左手嚟，右手去】zo²seo²lei⁴, yeo⁶seo²hêu³ [粵] 比喻錢財來得容易散得快。

【左耳入，右耳出】zo²yi⁵yeb⁶, yeo⁶yi⁵cêd¹ [粵] 比喻把別人的囑咐、勸告當作耳邊風。

咗 zo² (dzɔ²) [粵] 助詞。用在動詞後，表示動作已經完成 ♦ 食咗飯未（吃過飯沒有）/ 沖咗涼先出街（洗完了澡才上街）。

助 zo6 (dzɔ6) [zhù] [通] 幫 ♦ 幫助 / 協助 / 互助 / 輔助。

【助護】zo6wu6 [方] 助理護士。

【助產士】zo6can2xi6 [方] 產士助理；助理產士。

坐 zo6 (dzɔ6) [zuò] [通] ❶ 讓屁股放在椅子、櫈子等支承物上 ♦ 坐着 / 坐立不安 / 如坐針氈。❷ 搭；乘 ♦ 坐船 / 坐車 / 坐飛機。❸ 位置所在 ♦ 坐北向南。❹ 向後移動；向下沉 ♦ 這種砲坐力大 / 這座房子向後坐了。❺ 定罪 ♦ 連坐 / 反坐。❻ 因為 ♦ 停車坐愛楓林晚。[粵] 放；置 ♦ 石獅坐喺正門嘅兩側（正門兩側分別置放一座石獅）/ 炒完菜記得坐番個煲喺風爐度（炒菜完了別忘了把鍋擱在爐子上）。

【坐梗】zo6geng2 [粵] 坐定；穩拿 ♦ 佢坐梗冠軍（他穩拿冠軍）。

【坐□】zo6xib1 [粵] 自行車的鞍子。

【坐定粒六】zo6ding6neb1lug6 [粵] 比喻十拿九穩，很有把握。

【坐食山崩】zo6xig6san1beng1 [粵] 坐吃山空。

【坐一望二】zo6yed1mong6yi6 [粵] 吃一看二眼觀三，比喻貪心不足。

【坐穩釣魚船】zo6wen2diu3yu4xun4 [粵] 穩坐釣魚船。

☞ 另見 41 頁 co5。

座 zo6 (dzɔ6) [zuò] [通] ❶ 座位 ♦ 入座 / 就座 / 滿座。❷ 墊在器物底下的東西 ♦ 燈座 / 鐘座 / 瓶座。❸ 量詞 ♦ 一座山 / 一座橋 / 一座樓。

【座火】zo6fo2 [粵] 同“墜火” ♦ 座火粥。

【座駕】zo6ga3 [粵] 謔稱自用的小車。

zog

作 zog3 (dzɔk8) [zuò] [通] ❶ 做；幹 ♦ 作樂 / 勞作 / 製作。❷ 起；興起 ♦ 振作 / 狂風大作 / 興風作浪。❸ 舉行；進行 ♦ 作報告 / 作鬥爭。❹ 寫作 ♦ 作詩 / 作曲。❺ 作品 ♦ 新作 / 傑作 / 處女作。❻ 裝 ♦ 裝腔作勢 / 忸怩作態。❼ 當作；作為 ♦ 認賊作父。❽ 發作；發生 ♦ 作怪 / 作嘔。[粵] 虛構；捏造；編造 ♦ 作古仔（編故事）/ 咁都好信嘅，係佢作出嚟嘅之嘛（這完全是他胡編亂造出來的，不可信）。

【作賽】zog3coi3 [方] 參加比賽。

【作大】zog3dai6 [粵] 誇大；言過其實。

【作反】zog3fan2 [粵] 造反 ♦ 作反咩（想造反哪）。

【作怪】zog3guai3 [zuòguài] [通] 搗鬼；起壞作用。

【作供】zog3gung1 [粵] 作證 ♦ 在庭上作供。

【作渴】zog3hod3 [粵] 口渴；想喝水。

【作致】zog3ji3 [粵] ❶ 收拾 ♦ 點作致佢（怎麼收拾他）？❷ 心有所圖。

【作悶】zog3mun6 [粵] 憋悶；身心不舒，食慾不振。

【作嘔】zog3ngeo2 [zuò'ǒu] [通] ❶ 噁心，想吐。❷ 比喻令人十分討厭。

【作實】zog3sed6 [粵] 落實；敲定。

【作死】zog3séi2 [粵] 罵人的話。找死；尋死 ♦ 你作死咩（你找死呀）。

【作嘢】zog3yé5 [粵] ❶ 寫作。❷ 性交。❸ 說謊。

【作業】zog3yib6 [zuòyè] [通] ❶ 為完成

學習、生產、訓練等任務而佈置的活動 ♦ 家庭作業。❷ 從事軍事訓練、生產有關的活動 ♦ 高空作業。[方] 做法；方式。

【作形】zog³ying⁴ [粵] 令人作嘔的裝腔作勢。

【作狀】zog³zong⁶ [粵] 做作；裝模作樣。

鑿 (凿) zog⁶ (dzɔk⁹) [záo] [通] ❶ 挖槽或打孔用的工具 ♦ 鑿子。❷ 打孔；挖掘 ♦ 鑿井 / 鑿山 / 開鑿。[粵] ❶ 偷；強取；敲詐 ♦ 鑿佢一啖 (敲他一筆) / 俾人鑿咗嘢 (讓人偷了東西) / 件古董俾佢鑿咗 (那件古董硬給他拿走了)。❷ 敲打 ♦ 鑿穿個頭 (敲破腦袋)。❸ 宰掉；幹掉 ♦ 幾時鑿咗呢個畜牲 (甚麼時候幹掉這個畜牲)。❹ 玩弄；姦污 ♦ 鑿咗幾個女仔 (玩了幾個妞)。

【鑿大】zog⁶dai⁶ [粵] 同"作大"。

【鑿大屎眼】zog⁶dai⁶xi²ngan⁵ [粵] 胡吹瞎扯，誇大其辭。

昨 zog⁶ (dzɔk⁹) [zuó] [通] ❶ 今天的前一天 ♦ 昨天 / 昨夜。❷ 泛指過去 ♦ 覺今是而昨非。

【昨日】zog⁶yed⁶ [粵] 昨天。

zoi

災 (灾) zoi¹ (dzɔi¹) [zāi] [通] ❶ 水、火、荒、旱等所造成的禍害 ♦ 水災 / 火災 / 旱災 / 天災人禍。❷ 個人遭遇的不幸 ♦ 招災惹禍 / 沒病沒災。

【災星】zoi¹xing¹ [粵] 指常常招惹禍害的人。

再 zoi³ (dzɔi³) [zài] [通] ❶ 又一次，有時指第二次 ♦ 再次 / 再版。❷ 表示將要重複的動作 ♦ 再看一次 / 下次再來探你 (下次再來探訪你)。❸ 更加 ♦ 再高一點 / 價錢可唔可以再平啲吖 (價錢可以便宜點嗎)？❹ 連接兩個動詞，表示先後的關係 ♦ 先摸清行情再做決定。

【再講】zoi³gong² [粵] 再說。

zong

裝 (装) zong¹ (dzɔŋ¹) [zhuāng] [通] ❶ 衣服 ♦ 服裝 / 時裝 / 春裝。❷ 修飾；打扮 ♦ 化裝 / 偽裝。❸ 作假；做作 ♦ 裝傻 / 裝模作樣 / 不懂裝懂。❹ 行李；包袱 ♦ 行裝 / 整裝待發 / 輕裝上陣。❺ 安置；安放 ♦ 安裝 / 裝燈 / 裝載。❻ 訂書或訂書的形式 ♦ 裝訂 / 裝裱 / 線裝書。[粵] ❶ 盛 ♦ 裝飯 (盛飯) / 唔好裝咁滿 (別盛得太滿)。❷ 誘捕 ♦ 裝老鼠 (誘捕老鼠) / 裝山豬 (誘捕野豬)。

【裝嵌】zong¹hem⁶ [粵] 裝配；組裝。

【裝香】zong¹hêng¹ [粵] 上香；獻香。

【裝彈弓】zong¹dan⁶gung¹ [粵] 設陷阱；設圈套。

【裝假茍】zong¹ga²geo² [粵] 裝假；弄虛作假。

睃 zong¹ (dzɔŋ¹) [粵] 也作"裝"。❶ 偷窺；窺視 ♦ 睃人哋換衫 (偷窺人家換衣服)。❷ 探看 ♦ 你出去睃吓佢返嚟未 (你出去看看他回來沒有)？

撞 zong² (dzɔŋ²) ⓪粵 口語變音。

【撞鬼】zong²guei² 粵 ❶ 罵人的話。活見鬼 ♦ 撞鬼咩，行路唔帶眼（活見鬼，怎麼走路不長眼睛）。❷ 自責的話。見鬼；倒霉；真邪 ♦ 撞鬼，眼鏡明明放喺呢度咯（真邪，我的眼鏡的確放在這裏的呀）。

【撞邪】zong²cé⁴ 粵 着邪。

☞ 另見本頁 zong⁶。

壯（壮） zong³ (dzɔŋ³) [zhuàng] 通 ❶ 強健 ♦ 強壯 / 壯士 / 壯實。❷ 雄強；不平凡 ♦ 雄壯 / 悲壯。❸ 增加勇氣或力量 ♦ 壯陽 / 壯骨 / 壯聲勢。

【壯旺】zong³wong⁶ 粵 健壯，旺盛。

狀（状） zong⁶ (dzɔŋ⁶) [zhuàng] 通 ❶ 形態；樣子 ♦ 形狀 / 原狀 / 狀貌。❷ 情況；情形 ♦ 現狀 / 罪狀 / 症狀。❸ 訴訟 ♦ 狀紙 / 告狀 / 供狀。❹ 特種格式的文件、憑證 ♦ 獎狀 / 委任狀 / 軍令狀。粵 方 律師 ♦ 大狀。

【狀棍】zong⁶guen³ 方 訟棍。

【狀師】zong⁶xi¹ 方 律師。

撞 zong⁶ (dzɔŋ⁶) [zhuàng] 通 ❶ 碰；擊 ♦ 撞車 / 撞鐘 / 相撞 / 衝撞。❷ 無意中遇上 ♦ 不想見他，偏撞上他。❸ 魯莽的舉動 ♦ 莽撞 / 橫衝直撞。粵 ❶ 碰到；不期而遇 ♦ 佢撞到個熟人（他正好碰到一個熟人）。❷ 碰 ♦ 撞穿個頭（碰破腦袋）/ 撞埋棵樹度（碰着樹幹）。❸ 闖 ♦ 唔好俾生暴人撞入嚟（別讓陌生人闖進來）。❹ 矇；瞎猜 ♦ 你再諗吓，咪亂咁撞（你再想想，別亂矇）。

【撞板】zong⁶ban² 粵 ❶ 碰釘子；受挫折 ♦ 撞晒大板（碰得鼻青臉腫，糟透了）/ 撞板多過食飯（成功少碰壁多）。❷ 糟糕；倒霉 ♦ 呢次真撞板（這回糟透了）。

【撞彩】zong⁶coi² 粵 ❶ 碰運氣 ♦ 靠撞彩點得㗎（靠碰運氣哪行）？❷ 碰巧，碰上好運氣 ♦ 撞彩搵番隻銀包（碰巧把錢包找回來了）。

【撞火】zong⁶fo² 粵 ❶ 碰到氣頭上 ♦ 你而家去搵佢，好容易撞正佢把火（你現在去找他，很容易碰到他的氣頭上）。❷ 習慣認為，涼性中藥要在早晚空腹時服用，如中午服了，就會"撞火"。

【撞見】zong⁶gin³ 粵 碰見；遇見。

【撞棍】zong⁶guen³ 粵 騙子。

【撞期】zong⁶kéi⁴ 粵 日期安排有衝突。

【撞啱】zong⁶ngam¹ 粵 碰巧。也說"碰啱" pung³ngam¹。

【撞到正】zong⁶dou³zéng³ 粵 碰巧；正好遇着。

【撞口卦】zong⁶heo²gua³ 粵 小孩子隨口說說，碰巧說中了。

【撞死馬】zong⁶séi²ma⁵ 粵 比喻行動魯莽、橫衝直撞的人。

【撞手神】zong⁶seo²sen⁴ 粵 碰手氣。

☞ 另見本頁 zong²。

zou

糟 zou¹ (dzou¹) [zāo] 通 ❶ 做酒剩下的渣滓 ♦ 酒糟。❷ 用酒糟醃製食品 ♦ 糟魚 / 糟肉 / 糟蛋。❸ 腐爛；朽爛 ♦ 木頭糟了 / 布糟了。❹ 不成功；出差錯 ♦ 事情弄糟了。

【糟質】zou^{1}zed^1 [粵] ❶ 糟蹋；浪費；損壞◆咁樣糟質啲嘢，係人都肉赤喇（這麼浪費，誰都會心疼）。❷ 刻薄；虐待；折磨◆俾人糟質都唔出聲，真冇用（遭到人家刻薄也不吭氣，真沒用）。

早 zou^2 (dzou^2) [zǎo] [通] ❶ 太陽剛出來的時候◆早操／清早／一大早。❷ 時間靠前的；初出現的◆早睡／早到／早衰。

【早茶】zou^{2}ca^4 [粵] 早晨吃的茶點◆飲早茶。

【早知】zou^{2}ji^1 [粵] 早知道；要是早知道◆早知今日，何必當初。

【早排】zou^{2}pai$^{4-2}$ [粵] 前些時候；前些日子。也說"早一排" zou^{2}yed^1 pai$^{4-2}$。

【早晨】zou^{2}sen^4 [zǎochen] [通] 從天將亮到八、九點鐘的一段時間。[粵] ❶ 早◆咁早晨就出街喇（這麼早就上街）？❷ 早上問候的話，相當於"早安"、"早上好"。

【早唞】zou^{2}teo^2 [粵] 晚上告別的話，相當於"晚安"、"好睡"。

祖 zou^2 (dzou^2) [zǔ] [通] ❶ 先人的通稱◆祖上／遠祖。❷ 父母親的上一輩◆祖父／祖母／外祖。❸ 事業或派別的創始者◆祖師／鼻祖／開山祖。❹ 姓。

【祖家】zou^{2}ga^1 [粵] 老家。

【祖屋】zou^{2}ngug^1 [粵] 先輩留下的房產。

【祖宗十八代】zou^{2}zung^{1}seb^{6}bad^{3}doi^6 [粵] 上八輩子。

灶 zou^3 (dzou^3) [zào] [通] 用於生火做飯的設備◆灶頭／爐灶／小灶。

【灶窟】zou^{3}fed^1 [粵] 灶膛。

【灶蝦】zou^{3}ha^1 [粵] 灶馬，類似小蟋蟀，但沒有翅膀，夜間常在灶旁覓食。

【灶君老爺】zuo^{3}guen^{1}lou^{5}yé^4 [粵] 形容板着臉孔的樣子。

【灶君上天】zou^{3}guen^{1}sêng^{5}tin^1（歇）有嗰句講嗰句 yeo^{5}go^{2}gêu^{3}gong^{2}go^{2}gêu^3 [粵] 有甚麼說甚麼。

造 zou^6 (dzou^6) [zào] [通] ❶ 製作◆造船／造紙／製造／釀造。❷ 憑空編出來◆編造／捏造／製造冤案。❸ 前程；達到◆造訪／登峯造極。❹ 培養◆可造之才。❺ 農作物的收成或收成的次數◆早造／一年三造／荔枝過造（荔枝過了收成期）。

【造化】zou^{6}fa^3 [zàohuà] [通] ❶ 自然界的創造者；也指自然。❷ 福分；運氣◆有造化。

【造好】zou^{6}hou^2 [方] 行情變好◆港股今晨略為造好。

【造馬】zou^{6}ma^5 [方] 賽馬中的舞弊行為；也泛指舞弊。也作"做馬"。

【造案】zou^{6}ngon^3 [方] 作案。

【造勢】zou^{6}sei^3 [粵] 製造聲勢；製造影響。

【造像】zou^{6}zêng^6 [zàoxiàng] [通] 雕塑成的形象。[粵] [方] 為人像攝影當模特。

做 zou^6 (dzou^6) [zuò] [通] ❶ 從事某種工作或活動◆做飯／做買賣。❷ 製造◆做衣服／做桌子。❸ 寫作◆做詩／做文章。❹ 充當；擔任◆做官／做教師／做母親的。❺ 結成◆做親戚／做朋友／做冤家。[粵] 演；放映◆做大戲（演戲劇）／做電影（放映電影）/ 做緊邊套吖（正演哪部戲呀）？

【做低】zou6dei1 (粵) 幹掉；搞垮 ♦ 俾人做低（讓人給幹掉了）。

【做東】zou6dung1［zuòdōng］(通) 做東道主。

【做雞】zou6gei1 (粵) 當妓女；賣淫。

【做乜】zou6med1 (粵) ❶ 怎麼；為甚麼 ♦ 做乜噉搞㗎(怎麼這樣弄)？❷ 幹甚麼 ♦ 你喺度做乜(你在幹甚麼)？

【做手】zou6seo2 (粵) 戲曲演員的表演功夫。

【做騷】zou6sou1 (方) 表演；演出。"騷"是英 show 的音譯。

【做數】zou6sou3 (粵) 做賬；整理賬目。

【做把戲】zou6ba2héi3 (粵) 耍把戲。

【做丑人】zou6ceo2yen4-2 (粵) 當捱罵的角色，指替人説情或辯護。

【做功課】zou6gung1fo3［zuògōngkè］(通) 完成學校佈置的作業。(方) 指事先的準備和研究 ♦ 做足功課（做好充分的準備）。

【做磨心】zou6mo6sem1 (粵) 做調停人。

【做世界】zou6sei3gai3 (粵) 做壞事；為非作歹，指幹行兇、搶劫、偷盜等勾當。

【做鬼做馬】zou6guei2zou6ma5 (粵) 牢騷話。做甚麼鬼；還能做甚麼。

【做戲咁做】zou6héi3gem3zou6 (粵) 像演戲一樣。形容表情、言語、動作虛假、誇張。

【做好做丑】zou6hou2zou6ceo2 (粵) 軟硬兼施；又唱紅臉又唱白臉。

【做鬼都唔靈】zou6guei2dou1m4léng4 (粵) 形容毫無長處，幹甚麼都不成。

【做咗人豬仔】zou6zo2yen4ju1zei2 (粵) ❶ 被人誘拐。❷ 被人出賣或背叛。

【做生不如做熟】zou6sang1bed1yu4zou6sug6 (粵) ❶ 做生客生意不如做熟客生意。❷ 到新公司幹不如留在原公司好。

【做慣乞兒懶做官】zou6guan3hed1yi4-1lan5zou6gun1 (粵) 討飯三年懶做官，指安於目前悠閒懶散的生活。

zug

粥 zug1 (dzuk7)［zhōu］(通) 用糧食煮成的半流質食品；稀飯 ♦ 稀粥 / 米粥 / 白粥（白稀飯）/ 潮州粥。

【粥品】zug1ben2 (粵) 各種不同特色的粥。

竹 zug1 (dzuk7)［zhú］(通) 竹子，多年生植物。莖節明顯，節間中空。質地堅韌，可做器物，也是造紙、建築的材料 ♦ 竹林 / 竹籃 / 毛竹 / 翠竹。(粵) 竹竿 ♦ 晾衫竹（晾曬衣物的竹竿）/ 盲公竹（瞎子探路的小竹棍）。

【竹篙】zug1gou1 (粵) 竹竿。

【竹枝】zug1ji1 (粵) ❶ 竹子的分枝；小竹子。❷ 小竹棍 ♦ 搵啲竹枝嚟做棉籤（找些小竹棍來做棉籤兒）。

【竹戰】zug1jin3 (粵) 打麻將。

【竹紗】zug1sa1 (粵) 府綢布。

【竹昇】zug1xing1 (粵) 竹槓子。

【竹織鴨】zug1jig1ngab3（歇）有心肝 mou5sem1gon1 (粵) 心不在焉。

【竹絲雞】zug1xi1gei1 (粵) 烏雞；黑肉雞。

【竹昇麵】zug1xing1min6 (粵) 用竹槓壓出來的粗麵條。

捉 zug^1 (dzuk^7) [zhuō] (通) ❶ 抓；逮 ♦ 捉魚 / 捉賊 / 活捉 / 捕風捉影。❷ 握 ♦ 捉筆 / 捉刀。

【捉姣】zug^{1}hao^4 (粵) 捉姦。

【捉棋】zug^{1}kéi$^{4-2}$ (粵) 下棋。

【捉字蝨】zug^{1}ji^{6}sed^1 (粵) 挑字眼；摳字眼。

【捉匿匿】zug^{1}néi^{1}néi^1 (粵) 捉迷藏。也說"伏匿匿" bug^{6}néi^{1}néi^1。

【捉兒人】zug^{1}yi$^{4-1}$yen$^{4-1}$ (粵) 同"捉匿匿"。

【捉用神】zug^{1}yung^{6}sen^4 (粵) 揣摸別人的用意。

【捉錯用神】zug^{1}co^{3}yung^{6}sen^4 (粵) 誤解別人的用意。

【捉黃腳雞】zug^{1}wong^{4}gêg^{3}gei^1 (粵) 捉拿闖入民居調戲、姦污婦女的好色之徒。

【捉人痛腳】zug^{1}yen^{4}tung^{3}gêg^3 (粵) 抓住別人的痛處或把柄。

【捉蟲入屎忽】zug^{1}cung^{4}yeb^{6}xi^{2}fed^1 (粵) 自找麻煩，自討苦吃。也說"挑蟲入屎忽" tiu^{1}cung^{4}yeb^{6}xi^{2}fed^1 或"捉蛇入屎忽" zug^{1}sé^{4}yeb^{6}xi^{2}fed^1。

【捉到鹿唔識脱角】zug^{1}dou$^{3-2}$lug^{6}m^{4}xig^{1}tüd^{3}gog^3 (粵) 拿着燒餅當枕頭，比喻碰上好機會卻不會利用。

足 zug^1 (dzuk^7) [zú] (通) ❶ 腳 ♦ 足球 / 手足無措 / 手舞足蹈。❷ 器物下部的支撐部分 ♦ 鼎足。❸ 充分；富裕 ♦ 充足 / 富足 / 實足 / 心滿意足。❹ 值得 ♦ 不足為奇 / 微不足道。

【足金】zug^{1}gem^1 [zújīn] (通) 成色十足的金子 ♦ 足金首飾。

【足水】zug^{1}sêu^2 (粵) 表示心滿意足或自鳴得意。

俗 zug^6 (dzuk^9) [sú] (通) ❶ 風尚；習慣 ♦ 風俗 / 習俗 / 移風易俗。❷ 大眾的；流行的 ♦ 俗語 / 俗稱 / 世俗。❸ 格調不高，令人討厭的 ♦ 庸俗 / 粗俗 / 俗不可耐。

【俗骨】zug^{6}gued^1 (粵) 俗氣。

續 (续) zug^6 (dzuk^9) [xù] (通) ❶ 接連不斷 ♦ 連續 / 繼續 / 延續 / 陸續有嚟(接續出現)。❷ 添加；接在原有的後面 ♦ 續集 / 狗尾續貂 / 把茶續上。(粵) 把線接上 ♦ 續線 / 續番條冷 (把毛線接上)。

濁 (浊) zug^6 (dzuk^9) [zhuó] (通) ❶ 水渾；不乾淨 ♦ 渾濁 / 污濁 / 濁水 / 濁流。❷ 混亂 ♦ 濁世。❸ 聲音低沉粗重 ♦ 濁音 / 濁聲濁氣。(粵) 渾；渾濁 ♦ 啲水好濁 (水很渾)。

贖 (赎) zug^6 (dzuk^9) (粵) 買賣交易中的找錢 ♦ 贖錢 (找錢) / 贖番三文俾你 (找回你三塊錢)。

噴 zug^6 (dzuk^9) (粵) 嗆。

【噴嚫】zug^{6}cen^1 (粵) 嗆着了 ♦ 飲咁快因住噴嚫 (喝這麼猛，小心嗆着)。

【噴喉】zug^{6}heo^4 (粵) 嗆喉。

zung

舂 zung^1 (dzuŋ^1) [chōng] (通) 把東西放在石臼裏搗去皮殼或搗碎 ♦ 舂米 / 舂藥。(粵) ❶ 用拳頭捅 ♦ 舂佢一拳 (捅他一個拳頭)。❷ 栽；墜；伸 ♦ 舂落坑渠 (栽進水渠裏) / 架飛機舂咗落海度 (飛機墜進海裏)。❸ 闖蕩 ♦

唔好成日四圍儆春（不要整天到處亂闖）。

【舂米公】zung[1]mei[5]gung[1] ㊎ 一種昆蟲。身體黑色，形似細腰棒，尾部不停地上下搖動。

【舂瘟雞】zung[1]wen[1]gei[1] ㊎ ❶ 形容走路像醉漢那樣搖搖晃晃。❷ 比喻亂碰亂撞的人。

【舂個頭埋去】zung[1]go[3]teo[4]mai[4]hêu[3] ㊎ 參與其事。多用於埋怨 ♦ 你做乜係要舂個頭埋去啫（你幹嘛要一頭扎進去呀）？

中 zung[1] (dzuŋ[1]) [zhōng] ㊟ ❶ 中心 ♦ 當中 / 居中。❷ 裏面；內部 ♦ 心中 / 家中 / 劇中人。❸ 位置在兩端之間 ♦ 中午 / 中期。❹ 等級在兩端之間 ♦ 中等 / 中學。❺ 不偏不倚 ♦ 中庸。❻ 適合；合適 ♦ 中用 / 中看 / 中聽。❼ 表示動作正在進行。❽ 指中國 ♦ 中文 / 古今中外。

【中更】zung[1]gang[1] ㊐ 三班制的中班。

【中褸】zung[1]leo[1] ㊎ 及膝的中長大衣。

【中停】zung[1]ting[4-2] ㊎ 中等。

【中庭】zung[1]ting[4] ㊐ 相鄰兩幢樓房中間的空地。

【中位】zung[1]wei[6-2] ㊎ ㊐ 中等水平。

【中意】zung[1]yi[3] ㊎ 也作"鍾意"。❶ 喜歡 ♦ 中意睇卡通片（喜歡看動畫片）。❷ 愛上 ♦ 佢中意咗你（他愛上了你）。❸ 滿意；合意 ♦ 冇樣中意（沒一樣合意的）。

【中學雞】zung[1]hog[6]gei[1] ㊐ 謔稱中學生。

【中中哋】zung[1]zung[1]déi[2] ㊎ 中不溜。

☞ 另見 482 頁 zung[3]。

忠 zung[1] (dzuŋ[1]) [zhōng] ㊟ 赤誠無私；盡心竭力 ♦ 盡忠 / 效忠。

【忠角】zung[1]gog[3] ㊎ 正面人物；正面角色。

盅 zung[1] (dzuŋ[1]) [zhōng] ㊟ 沒把的杯子 ♦ 飯盅 / 酒盅 / 茶盅 / 一盅兩件（一盅茶兩件點心）。

【盅仔飯】zung[1]zei[2]fan[6] ㊎ 大眾化飯食。用飯盅燉熟，飯面置香腸、臘味、雞蛋及小菜。

終（终） zung[1] (dzuŋ[1]) [zhōng] ㊟ ❶ 最後；末了 ♦ 始終 / 年終。❷ 從開頭到末尾的整段時間 ♦ 終日 / 終夜 / 終身大事。❸ 指人死 ♦ 臨終 / 送終 / 終年八十。❹ 到底；究竟 ♦ 終見成效。

【終歸】zung[1]guei[1] [zhōngguī] ㊟ 最後；必定。

【終須】zung[1]sêu[1] ㊎ 終究；終歸 ♦ 終須有日龍穿鳳（終歸會有出頭之日）。

鐘（钟） zung[1] (dzuŋ[1]) [zhōng] ㊟ ❶ 金屬製成的響器，中空，敲時發聲 ♦ 銅鐘 / 洪鐘 / 警鐘。❷ 計時的器具 ♦ 座鐘 / 掛鐘 / 鬧鐘。❸ 表示時間或時刻 ♦ 兩點鐘 / 三個鐘頭。

【鐘咭】zung[1]ked[1] ㊎ 考勤卡。

【鐘數】zung[1]sou[3] ㊎ 時間 ♦ 夠鐘數走了（到時間該走了）/ 睇住鐘數嚟做（看着時間來做）。

【鐘點妹】zung[1]dim[2]mui[6-1] ㊐ 按鐘點計酬的家庭女傭。

【鐘點工人】zung[1]dim[2]gung[1]yen[4] ㊐ 按鐘點計酬的臨時工人。

【鐘點工作】zung[1]dim[2]gung[1]zog[3] ㊐ 婉

指家庭主婦兼業賣淫。

【鐘點女工】zung¹dim²nêu⁵gung¹ ⓐ 按鐘點計酬的女工。

種（种）zung² (dzuŋ²) [zhǒng] ⓣ ❶ 物種，生物分類的基本單位。❷ 人種 ◆ 黄種人 / 白種人 / 黑種人。❸ 生物傳代繁殖的物質 ◆ 麥種 / 選種。❹ 量詞。表示種類 ◆ 三種人 / 兩種情況。❺ 姓。ⓐ 類別 ◆ 白種雞 / 大種雞。

總（总）zung² (dzuŋ²) [zǒng] ⓣ ❶ 概括；匯集 ◆ 總括 / 匯總。❷ 全部；全面 ◆ 總體 / 總動員 / 總罷工。❸ 主要的；為首的 ◆ 總務 / 總管 / 總公司。❹ 一直；經常 ◆ 總是遲到 / 天總下雨。❺ 總歸；畢竟 ◆ 人總要吃飯 / 小孩子總是小孩子。ⓐ 總是；老是 ◆ 總考第一（總是考第一）/ 嚟嘅總唔見佢（每次來老不見他）。

【總廚】zung²cêu⁴ ⓐ 總廚師；廚師長。

【總係】zung²hei⁶ ⓐ 總是。

粽 zung² (dzuŋ²) ⓐ 口語變音。粽子 ◆ 皂水粽 / 鹹肉粽 / 裹蒸粽。

中 zung³ (dzuŋ³) [zhòng] ⓣ ❶ 正對上 ◆ 中選 / 猜中 / 睇中（看中）。❷ 受到；遭受 ◆ 中彈身亡。

【中招】zung³jiu¹ ⓐ 上當；落入圈套。

【中規中矩】zung³kuei¹zung³gêu² ⓐ 中不溜秋；平平常常。

☞ 另見 481 頁 zung¹。

縱（纵）zung³ (dzuŋ³) [zòng] ⓣ ❶ 放；放走 ◆ 縱火 / 縱虎歸山 / 欲擒故縱。❷ 放任；不加約束 ◆ 縱慾 / 縱酒 / 放縱。❸ 身體猛然向前或向上 ◆ 縱身一跳。❹ 即使 ◆ 縱使 / 縱令 / 縱然。ⓐ 寵；溺愛 ◆ 縱壞（寵壞）/ 亞嫲好縱啲孫（奶奶對孫子孫女十分溺愛）。

仲 zung⁶ (dzuŋ⁶) [zhòng] ⓣ ❶ 一季中的第二個月 ◆ 仲夏 / 仲秋。❷ 兄弟排行第二 ◆ 仲兄 / 仲弟。❸ 地位居中的 ◆ 仲裁。❹ 姓。ⓐ ❶ 還 ◆ 仲未返（還沒回來）/ 仲有三日到期（還有三天到期）。❷ 更；更加 ◆ 去商場買仲平（到商場去買還要便宜）。

【仲兼】zung⁶gim¹ ⓐ 而且。

【仲係】zung⁶hei⁶ ⓐ ❶ 還是；仍然；仍舊 ◆ 仲係住嗰度（還是住那裏）/ 佢仲係喺嗰間公司做（他仍然在那家公司幹）。❷ 總是 ◆ 我話過佢好多次，佢仲係唔聽（我說過好多次了，他總是不聽）。

【仲好】zung⁶hou² ⓐ 還好呢；更好了。也説“仲好啲”zung⁶hou² tim¹。

【仲未】zung⁶méi⁶ ⓐ 還沒有。

【仲有】zung⁶yeo⁵ ⓐ 還有。

【仲好話】zung⁶hou²wa⁶ ⓐ 還説呢。也説“仲好講”zung⁶hou²gong²。